川柳五七語辞典

西方草志　編

三省堂

はしがき

五七語辞典は、名句・名歌の五音七音表現を集めた「お手本集」です。初心の人や独学の実作者の役に立ちたいという思いで作りました。これまでに、俳句を中心にした『五七語辞典』と、和歌を中心にした『雅語・歌語 五七語辞典』を出版しています。

定年を迎えて、ゆとりある時間を持てた人が、長年の思いを込めて、さあ一句と思ったものの、はて、言葉が浮かんで来ない。実作者からは、実作をして数年たつと言葉がマンネリ化してしまうという悩みを聞きます。上達の近道は、豊富な表現に触れることです。五七語辞典は、先人の残してくれた名句・名歌のエッセンスに、誰もが容易に触れられるようにと考えました。

この『川柳五七語辞典』では、川柳の出発点となる江戸時代の作品集「武玉川」「柳多留」から始まり、明治・大正・昭和前期までの作品集から表現を採集し、感情・動作・生活・仕事など二十六の分野に分類しました。引用した作者名は約千四百名、主な作者は井上剣花坊、近藤飴ン坊、高木角恋坊、骨皮道人、山川花恋坊、田中五呂八、西島〇丸、西田当百、前田雀郎、吉川英治、そして、14章（性）には葛飾北斎、15章（思想）には鶴彬の句を多く引用しています。結果、俳句や和歌とは一味違った川柳独特の表現がぎっしり詰まった本になりました。

今、川柳はサラリーマン川柳をはじめ様々な形式で時代を切り取り、批評する楽しい短詩形文芸として人気を集めていますが、戦争・貧困・格差社会を背景とした大正・昭和の川柳からは驚くほど現代に通じるものを感じます。

採集した約四万の表現の分類にあたっては、時代の風俗・習慣・用語が烈しく変化しているため、細心の注意を払ったつもりですが、至らないところはお許しください。特に江戸時代の句は庶民文化花盛りのなかで、吉原をはじめとする性風俗や武家社会の権威への鋭い切り込み、町人社会を隠語や掛詞、当て字を使って洒落として楽しむ風潮があるため、語句も難解でした。

なお、本書の句には、身分制度などを反映した歴史的用語が含まれますが、川柳に託された表現者の思いを理解するためには必要と考えました。ご了解ください。今ではもう使われなくなった言葉も、表現として捨てがたい味わいのあるものや響きの面白いものなどは、むしろ新鮮で、実作の刺激になると考え、積極的に採集しました。江戸から昭和までという数百年にわたる激動の時代を反映した句を、一緒に分類するという試みにはもともと無理がありますが、時代によって言葉はちがっても、日常生活の喜怒哀楽などには相通じるものがあります。むしろ、時代を越えて一堂に会した「言葉の競演」として新旧の言葉たちを楽しんでくださると幸いです。

なお、既刊二冊の五七語辞典では響きを優先し、五音七音に分けて並べましたが、本書では、川柳の皮肉や滑稽・時事・批判精神などの特殊性を大事にし、面白さを生かすために長めに引用し（五音＋七音や七音＋五音など）、句またがりも嫌わずに採集しました。

五七語辞典の読者からは「たくさんの表現を眺めているうちに、いつの間にか自分の言葉が浮かんでくる」という声が届きます。皆様に活用して頂けることが望外の喜びです。

今回も、句の選択・分類に数千時間を要しました。ＤＴＰ制作はエディットの三本杉朋子さんに、データ整理は阿部路衣さんに、編集は三省堂編集部の阿部正子さんにお世話になりました。

最後に、この辞典を作るにあたって、日本独自の文化遺産である川柳の作者と作品関係者に感謝申し上げます。

編者

『川柳五七語辞典』凡例

■構成　本書は江戸から明治・大正・昭和前期までの川柳の表現、約四万を集めた辞典です。
全体を二十六の章に分け、見出語をたてて該当する表現を並べました。
／（スラッシュ）のあとは、ひねりのある関連表現です。
章のうち、❶［感情］、❷［状態］、❸［動作］は見出語の五十音順に並べ、
❹［言葉］以降は見出語の五十音順でなく、意味別に分けて並べました。

■見出　【　】内が見出しです。見出語には紙幅の許す限りで［　］に意味を補いました。
見出語（約五千）はすべて巻頭の五十音索引で引けます。句の中の語句が不明な時は
まずは索引を引いてみてください。その語句が見出に立っている場合があります。
索引にない語句は『大辞林』などの中型以上の辞書を参考にしてください。

■表記　歴史的かなづかいは現代かなづかいに、漢字表記は現行表記に改めました。
ふりがなは引用文献にあるもの以外にも振り、適宜［　］に漢字表記を補いました。
ただし、見出語と読み方が同じ場合は、句の中のふりがなを省略しています。

■引用文献は３８９頁、引用作者名は３９０頁参照。◎「五七語」とは五音七音表現を表す造語です。

1 感情 1

2 状態 18

3 動作 39

4 言葉 72

口ぶり 73　愚痴 74　悪口 75　語 75

5 生活

挨拶 76　集まり 77　客 78　友 78　隣 79　世間 80　付合 80　暮し 82　貧 83

財産 84　金策 85　借金 85　金 87　金額 89　通信 90　手紙 91　書類 92　印 92

家事 93　裁縫 93　洗濯 94　掃除 94　虫退治 95　用 96　買物 96　家財 97

日用品 98　容器 100　寝具 101　燃料 103　暖房 103　風呂 104　温泉 106　寝る 107

起きる 108　結婚 109　花嫁 109　縁談 110　縁 110　仲 111　浮気 111　妊娠 112　お産 113

子 114　子育て 115　葬式 117　災難 118　病む 119　病人 120　病院 120　ケガ 121

健康 121　灸 122　病名 123　薬 124　俗信 126　運不運 127　説教 127　学校 128　飼う 129

行事 130　行楽 136　趣味 136　スポーツ 137　ゲーム 137　遊び 139　籤 140　賭博 141

6 人

妻 142　夫 144　嫁姑 145　母 145　父 146　親 147　息子 147　兄弟 148　姉妹 148　親類 148　女 149　娘 150　男 151

若者 152　老人 152　人称 153　群集 154　連れ 155　人 155　者 157　長 158　昔の人 159　人名 159　名 161

7 仕事

商売 162
店舗 163
店員 164
食べ物屋 165
料理人 168
物売 168
店屋 170
職人 172
材料 175
道具 175
機器 176
作業 177
工場 178
農 178
漁 180
猟 181
会社 181
情報 182
金融 183
役人 183
警察 183
番 184
医者 184
物流 185
交通 186

8 技芸

音楽 187
歌 187
和楽器 188
稽古 190
芝居 190
役者 191
劇場 191
踊る 192
芸者 193
芸 194
大道芸 195
門付 195
文芸 196
本 197
絵 197
細工 198
写真 199
新聞 199
書く 200
字 201
筆記具 201
ノート 202
紙 202

9 衣

着る 203
洋服 204
下着 205
身頃 206
着物 207
染め 208
帯 208
羽織 209
素材 210
化粧 211
剃る 212
刺青 212
鏡 212
香 213
装身具 213
髪 214
髪型 215
傘 216
被り物 217
履物 218

10 食

食べる 220
食事 220
膳 221
主食 221
汁 223
副食 224
漬物 224
野菜 225
魚 226
肉 229
味 229
調味料 230
料理 231
調理 232
飲物 232
果物 233
菓子 233
茶 235
茶道 235
調理具 235
食器 237
酒器 237
酒 238
酒屋 239
飲む 240
酒飲み 241
酔う 241
煙草 242

11 住

家 243
部屋 244
家具 246
水回り 247
建具 248
戸 249
窓 249

屋根 250
庭 250
建てる 252
建物 252
町 253
町名 255

12 往来
旅 256
宿 257
駅 257
乗る 257
車 258
鉄道 258
往来 259
橋 260
船 260
帆 261
馬 262
飛行機 262

13 体
頭 263
首 263
顔 263
鼻 266
目 266
口 267
歯 268
身 268
手 270
足 273
内臓 274
肌 274
生理 275
息 276
力 277

14 性
色気 278
デート 278
駈落 278
操 279
SEX 279
好色 280
性器 281
遊客 281
女郎買 282
花魁 283
女郎 284
遊廓 285
吉原 286

15 思想
国家 287
経済 288
世相 289
救う 290
飢え 290
広告 291
仕事 292
奉公 292
給料 293
労働者 293
失業 294
争議 294
法 295
思想 295
考え 297
智恵 297
学問 298
教養 298

16 宗教
神 299
祈る 300
お参り 300
神社 301
祭 302
仏 302
仏像 303
経 303
法 304
修行 304
僧 305
寺 306
教会 307

17 生死
生 308
命 309
年齢 309
老若 310
死 311
自殺 313
殺 314
墓 314
世 315
天上 315
霊魂 316
魔 316
仮想界 317

18 戦い
敵 318 戦争 319 兵隊 319 武器 320 武士 320 刀剣 321 毒 322 罪 322 盗む 323 刑 324

19 時
暦 325 昔の時 326 時刻 326 時間 327 経過 328 月日 328 時代 329 日 330 朝 330 夜 331 季節 332

20 数量
数字 334 昔の数 336 数 337 多少 337

21 位置・形
位置 338 遠近 339 広狭 340 前後 340 左右 340 上下 341
高低 341 方角 341 形 342 丸い 342 大小 343 長短 343

22 音色
音 344 声 345 鳴く 346 色 346

23 光灯火
闇 348 光 349 灯 349 火 351 火事 352

24 天象
空 353 月 353 星 354 陽 355 雨 356 雲 358 風 358 雪 359 雷 360 他 360 天候 361 寒暖 362 気 363

25 地理
山 363 海 364 川 365 水 365 地 366 道 367 鉱物 368 石 369 土 369 所 370 里 370 地名 371

26 動植物
植物 372 植物名 374 動物 378 動物名 379

◎引用文献一覧 389　引用作者名一覧 390

装丁・イラスト　和久井昌幸

五十音索引

（本文中のすべての見出語が引けます）

●あ

あい 愛 1
あい 藍 347
あいあいがさ→相傘 217
あいがさ 相傘 217
あいかた 相方 154
あいさつ 挨拶 76
あいしょう 相性 18
あいじょう 逢状 91
あいじん 愛人 112
あいじん(愛人→色 112
アイス 234
あいそう 愛想 1
あいだ 間 339
あいちゃく 愛着 1
あいつ 154
あいづち 相槌 77
あいて 相手 154
あいにく 生憎 18
アイヌ 161
あいのて→調子 189
あいびき 逢引 278
あいぼれ 相惚れ 1
あいもどり 逢戻り 111
アイロン 94
あう 逢う 39
あお 青 347
あおいまつり 葵祭 302
あおぐ→尊敬 10
あおくび→鴨 382
あおぞら 青空 353
あおた(青田→田 178
あおにさい 青二才 152
あおむく 仰向く 39
あおものいちば 97
あおる 煽る 39
あか 垢 275
あか 赤 346
あかあかと 赤々と 347
あかがえる 赤蛙 125
あかぎれ 121
あかご 赤子 113
あかだすき→襷 99
あかちゃん→赤子 113
あかつき 暁 331
あかてがら→簪 214
あかぼう 赤帽 186
あかるい 明るい 349
あき 秋 333
あきかぜ 秋風 358
あきさめ 秋雨 357
あきす(明巣→盗人 323
あきだな 明店 244
あきだる(明樽→樽 100
あきない 商い 162
あきや→明店 244
あきらめる 諦める 1
あきる 飽きる 1
あきれる 呆れる 1
あく 悪 323
あくえん→縁 110
あくしゅ 握手 77
あくじょ 悪女 150
あくしょ(悪所→廓 285
あくたろう→不良 323
あくにん 悪人 323
あくび 欠伸 277
あくひつ 悪筆 200
あくゆう 悪友 78
あぐら 胡座 39
あけがた 明方 331
あけすけ 18
あげだい 揚代 284
あけのかね 明の鐘 326
あけむつ→六つ 326
あげや 揚屋 285
あける 開ける 39
あご 顎 265
あご→自腹 88
あこうぎし 赤穂義士 321
アコーディオン 187
あこがれる 憧れる 1
アゴヒモ 294
あさ 朝 330
あざ 痣 121
あざ(痣→赤子 113
あさおき 朝起き 108
あさがえり 朝帰り 331
あさがお 朝顔 374
あさがおや 朝顔屋 171
あさぎ 浅黄(侍) 321
あさぎ 浅黄(色) 347
あさくさ 浅草 255
あざける→罵る 62
あさね 朝寝 108
あさひ 朝日 356
あさぶろ→朝湯 106
あさま 浅間山 363
あさまいり 朝参り 300
あさましい 浅ましい 18
あざむく→裏切る 43
あさめし 朝飯 221
あさゆ 朝湯 106
あさりうり 浅蜊売 166
あざわらう 嘲笑う 39
あし 足 273
あじ 鯵 227
あじ 味 229
あしあと 足跡 343
あしいれこん 足入婚 109
あじけない→つまらない 10
あしだ 足駄 219
あしどり→足 273
あしながじま 足長島 317
アジビラ 291
あしばや→歩く 40
あしぶみ→足 273
あしもと 足元 273
あしよわ 足弱 273
あしらう 39
あす 明日 330
あずきがゆ 小豆粥 131
あずきめし 小豆飯 222
あずける 預ける 39
あせ 汗 275
あぜみち 畦道 368
あせる 褪せる 18
あそび 遊び 139
あそぶ 遊ぶ 139
あだ(仇→無駄 36
あたえる 与える 39
あたたかい 暖かい 362
あたたまる 温まる 18
あたためる 暖める 39

あたま 頭 263
あたまをふる 頭を振る 263
あたらしい 新しい 18
あたり 辺り 340
あたる 当たる 19
あつい 厚い 19
あつい 熱い 19
あつい 暑い 362
あつげしょう 厚化粧 211
あっけない 19
あっさり→淡い 19
あっぱれ→立派 38
あつまり 集まり 77
あてつける 40
あてな(宛名→郵便 90
あてにする 40
あてはまる 19
あと 跡 342
あどけない→幼い 311
あととり 跡取 147
あな 穴 341
あなどる 侮る 40
あに 兄 148
あによめ 兄嫁 145
あね 姉 148
あねげいしゃ→姐さん 194
あねご→女 149
あねむこ 姉婿 145
あのひと(人) 154
あばた 274
あばらぼね(骨) 274
あびせる 浴びせる 40
あひる 家鴨 379
あぶ 虻 379
あぶない 危ない 19
あぶみ 鐙 262
あぶら 油 351
あぶらうり 油売 169
あぶらえ 油絵 198
あぶらげ 油揚 224
あぶらむし 油虫 379
あぶらむし(人) 158
あぶる 焙る 40
あぶれ 294
アベック→連れ 155
あへん 阿片 125
あぼうきゅう 阿房宮 252
あま 海女 181
あま 尼 306
あまい 甘い 19
あまえる 甘える 1
あまごい 雨乞 357
あまざけ 甘酒 238
あまざけや 甘酒屋 239
あまだれ 雨垂 357
あまでら 尼寺 306
あまど 雨戸 249
あまのいわと(岩戸 315
あまのがわ 天の川 354
あまのじゃく 天邪鬼 316
あまみ 甘味 230
あまもり 雨漏り 357
あまやどり 雨宿り 357
あまる 余る 338
あみ 網 181
あみ(網→ベール 218
あみがさ→笠 217
あみだ→仏 302
あみだくじ→籤 140
あみまど→窓 249
あみもの 編物 93
あめ 飴 234
あめ 雨 356
あめざいく→飴屋 166
あめしょう→気性 24
あめつち→天地 367
あめのおと→音 344
あめや 飴屋 166
アメリカ 米国 371
あやしい 怪しい 19
あやす 116
あやとり 綾取り 139
あやまる 謝る 1
あやまる→詫状 92
あやめ 374
あやめだち 菖蒲太刀 133
あやめふき 菖蒲葺 133
あゆ 鮎(魚) 180
あゆ 鮎(肴) 227
あらいがみ 洗い髪 214
あらごと→所作 191
あらし 嵐 359
あらじょたい 新世帯 82
あらそう 争う 40
あらたまる 改まる 80
あられ 霰 361
あり 蟻(虫) 379
あり 蟻(労働者) 294
ありがたい 有難い 2
ありくい 蟻食い 380
ありったけ 338
ある 有る 19
あるく 歩く 40
あるじ 主 158
アルバム 199
あれる 荒れる 19
あわい 淡い 19
あわせ 袷 207
あわてる 慌てる 40
あわれ 哀れ 19
あわれむ→同情 11
あん(庵→家 243
あんこう 鮟鱇 227
あんころ→ぼた餅 234
あんざん 安産 113
あんじる(案→心配 10
あんしん 安心 2
アンテナ 254
あんど(安堵→安心 2
あんどん 行灯 350
あんない 案内 182

●い

い 胃 274
いい 19
いいおとこ (男) 152
いいおんな (女) 149
いいかえす→口答え 48
いいきる→言う 40
いいぐさ 言草 75
いいつのる→言う 40
いいなづけ 許婚 110
いいにくい→言う 40
いいひと→愛人 112
いいふくめる→言う 40
いいぶん 言分 75
いいまかす 40
いいまける 40
いいむすめ (娘) 151
いいわけ 言訳 74
いう 言う 40

いえ 家 243
いえじゅう 家中 82
いえづと→土産 256
いえで 家出 128
いえる→治る 120
いおう 硫黄 369
いかけや 鋳掛屋 172
いかさま 19
いかだ 筏 261
いかだのり 筏乗 186
いかり 錨 262
いかる 怒る 2
いき 粋・意気 20
いき 息 276
いきうつし→似る 31
いきうめ 生き埋め 313
いきがい→生きる 308
いきかえる 生き返る 308
いきがみ 生神 299
いきづかい→息をつく 276
いきどおり→怒る 2
いきなり 327
いきのこる 生き残る 308
いきもの 生き物 308
イギリス 英国 371
いきる 生きる 308
いきをつく 息をつく 276
いく 行く 41
いく 幾 337
いくさ 軍 319
いくじなし→弱虫 38
いくら 幾ら 88
いけ 池 251
いけどる 生け捕る 41
いけにえ→犠牲 47
いけばな 生花 190
いける(飲)→上戸 241
いけん 意見・異見 127
いこう 衣桁 204
いこく 異国 287
いこくせん 異国船 287
いこつ 遺骨 118
いさかい 41
いさぎよい 潔い 20
いざかや 居酒屋 239
いざけ 居酒 240
いざこざ→いさかい 41
いさましい 勇ましい 20
いさめる→たしなめる 55
いし 石 369
いじ 意地 2
いしあたま→堅物 23
いしきり→石屋 174
いしころ 石ころ 369
いしだたみ 石畳 368
いしだん 石段 251
いしどうろう 石灯籠 251
いしばし 石橋 260
いじめる 41
いしゃ 医者 184
いしや 石屋 174
いしゅ 意趣 41
いしょう 衣装 191
いじらしい 20
いじる→いじめる 41
いじわる 意地悪 41
いす 椅子 246
いずも 出雲大社 301
いせい 威勢 20
いせまいり 伊勢参り 300
いそ 磯 365
いそうろう 居候 158
いそがしい 忙しい 20
いそぐ 急ぐ 42
いた 板 252
いたけだか→いばる 42
いたずら 42
いただく→貰う 81
いたのま 板の間 247
いたまえ 板前 168
いたむ 痛む 119
いたわる 122
いち 市 96
いち 位置 338
いちご 苺 374
いちこ(巫女)→口寄 126
いちじ 一時 326
いちど 一度 334
いちどきに 327
いちにちじゅう 327
いちばかご→籠 101
いちばん→最初 328
いちや 一夜 334
いちゃつく 280
いちょう 銀杏 374
いちりづか 一里塚 368
いちわ 一羽 334
いっけん 一軒 335
いつしか→いつの間 327
いっしょう 一生 308
いっしょに 一緒に 20
いっしん→真剣 10
いつづけ 居続(廓 283
いってき 一滴 334
いっとう 一等 140
いつのま(間) 327
いっぱい 一杯 240
いっぱつ 一発 334
いっぴつ 一筆 91
いっぷく 一服 242
いっぽん 一本 334
いつわり→騙す 56
いと 糸 93
いと 絃 188
いど 井戸 247
いどがえ→大掃除 95
いとくず 糸屑 94
いとぐるま 糸車 93
いとしい 愛しい 2
いどばた 井戸端 77
いどほり 井戸掘 174
いとまごい 暇乞 77
いない 居ない 20
いなか 田舎 371
いなかもの 田舎者 157
いなづま 稲妻 360
いななく 嘶く 346
いなびかり 稲光 360
いなり 稲荷 301
いにんじょう 委任状 92
いぬ 犬 380
いぬ→去る 51
いね 稲 179
いねむり 居眠り 108
いのこる→居る 20
いのしし 猪 380
いのち 命 309
いのちびろい 命拾い 309
いのる 祈る 300
いはい 位牌 245

いばる 42
いびき 鼾 277
いびつ→歪む 342
いびょう 胃病 123
いびる 42
いぶる 燻る 352
いぼ 疣 121
いま 今 327
いみん 移民 287
いも 芋 225
いもうと 妹 148
いもじる 芋汁 223
いもむし 芋虫 380
いもや 芋屋 166
いもり→惚薬 125
いやがらせ 嫌がらせ 42
いやだ 嫌だ 2
いやみ 嫌味 75
イヤリング→飾り 213
いらだつ→怒る 2
いりまめ 炒豆 234
いりむこ→婿 145
いる 居る 20
いる 射る 42
いるす 居留守 79
いれがみ 入髪 216
いれずみ 刺青 212
いれぢえ 入知恵 298
いれば 入歯 268
いればし 入歯師 185
いろ 色(愛人) 112
いろ 色(色彩) 346
いろおとこ 色男 112
いろけ→色っぽい 278
いろごと 色事 280
いろざんげ 色懺悔 278
いろっぽい 色っぽい 278
いろは 201
いろぶみ 色文 91
いろまち 色町 285
いろむすめ→色っぽい 278
いろめく→色っぽい 278
いろり 囲炉裏 104
いろをする 色をする 280
いわ 岩 369
いわし 鰯 227
いわしうり 鰯売 166
いわたおび→腹帯 113
いわな 岩魚 380
いわれる 言われる 42
いん→印 92
いんが 因果 127
インキ 201
いんきょ 隠居 152
いんきょじょ 隠居所 245
いんぎん 慇懃 20
いんさつや 印刷屋 172
いんし 印紙 92
いんすい 淫水 281
いんせき 隕石 369
インテリ→博学 157
インド 印度 371
いんとく(隠徳→善 28
いんばんや 印判屋 172
いんろう 印籠 100

●う

ウインド 164
うえ 上 341
うえき 植木 250
うえきばち 植木鉢 250
うえきや 植木屋 174
ウエトレス→女給 165
うえの 上野 255
うえる 飢える 290
うえる 植える 373
うお 魚 379
うおがし 魚河岸 96
うかい→鵜遣い 180
うかつ→うっかり 21
うき(憂き→憂鬱 16
うきな 浮名 112
うきねどり 浮寝鳥 380
うきよ 浮世 289
うきわ(浮輪→泳ぐ 137
うく 浮く 20
うぐいす 鶯 380
うけ 136
うけじょう 請状 292
うけだす→身受 284
うけつけ 受付 164
うけとり 受取 92
うける 受ける 42
うごく 動く 42
うごめく→動く 42
うさぎ 兎 380
うし 牛 380
うしかた 牛方 186
うしのときまいり 126
うしみつ 丑満 326
うしろ 後ろ 340
うしろおび 後帯 209
うしろすがた 後ろ姿 269
うしろゆび→噂 22
うす 臼 176
うず 渦 366
うすい 薄い 20
うすがみ 薄紙 203
うずくまる→しゃがむ 52
うすぐらい 薄暗い 348
うすごおり→氷 361
うずみび 埋み火 351
うずめる 埋める 42
うせる→失くす 30
うそ 嘘 21
うそつき→嘘 21
うた 歌・唄 187
うたい 謡 188
うたがう 疑う 2
うたたね 転寝 108
うたまろ 歌麿 160
うたをよむ→句 196
うちあける 42
うちかけ 打掛 207
うちき 内気 3
うちみず 打水 93
うちゅう 宇宙 353
うちわ 団扇 98
うちわはり 団扇張 172
うつ 打つ 42
うつ 撃つ 320
うづかい 鵜遣い 180
うっかり 21
うつくしい 美しい 21
うっちゃる→放る 65
うつつ→うわの空 3
うっとうしい→憂鬱 16
うっとり→恍惚 25
うつむく 42
うつらうつら→まどろむ 108
うつりが 移り香 213

うで 腕 272
うでずく 腕ずく 277
うでどけい→時計 97
うでわ→飾り 213
うでをくむ 腕を組む 272
うどん 222
うどんや 饂飩屋 167
うなぎ 鰻 227
うなぎや 鰻屋 166
うなされる 42
うなずく 42
うなだれる 43
うなる 346
うぬぼれ 自惚れ 43
うのはな 卯の花 374
うば 乳母 116
うばう 奪う 43
うばう→剥ぐ 62
うぶぎ 産着 113
うぶや(産屋→産所 113
うま 馬 262、381
うまい 美味い 229
うまい→上手 27
うまいち→市 96
うまかた→馬子 185
うまぬすっと→馬盗人 323
うまのほね 馬の骨 157
うまれかわり→生れる 308
うまれつき→本性 35
うまれる 生れる 308
うみ 海 364
うむ 産む 113
うめ 梅(食) 225
うめ 梅(木) 374
うめぼし 梅干 225
うめみ 梅見 132
うら 裏 339
うらおもて 裏表 339
うらきど→木戸 252
うらぎる 裏切る 43
うらぐち 裏口 252
うらしま 浦島 160
うらだな 裏店 244
うらない 占い 126
うらまち 裏町 254
うらむ 恨む 3
うらめしい→恨む 3
うらもん 裏門 254
うらやむ 羨む 3
うららか 麗か 21
うらをかえす 282
うり 瓜 233
うりあげ 売上 163
うりこ 売子 164
うりだし 売出 162
うりふたつ→似る 31
うりもの 売物 162
うりや 売家 244
うる 売る 162
うるさがる 43
うるし 漆 175
うるしや 漆屋 172
うるわしい→綺麗 24
うれしい 嬉しい 3
うれのこり 売れ残り 283
うろたえる→慌てる 40
うわき 浮気 111
うわごと→寝言 73
うわさ 噂 22
うわぞうり→上草履 219
うわのそら(空) 3
うわめ 上目 267
うん 運 127
うんでい→違う 30
うんてんしゅ 運転手 186
うんどう 運動 137
うんめい 運命 127

●え

え 絵 197
えいえん 永遠 329
えいが 映画 136
えいが(栄華→盛り 26
えいご 英語 75
えいてん 栄転 182
えいゆう 英雄 156
えいようふりょう 123
えがお 笑顔 265
えかき→絵師 197
えがく 描く 197
えき 駅 257
えきいん 駅員 186
えきしゃ 易者 126
えきちょう 駅長 186
えくぼ 笑窪 265
えさ 餌 379
えし 絵師 197
えぞ 蝦夷 371
えだ 枝 373
えだまめ 枝豆 225
えだる→酒樽 100
えちごや 越後屋 170
えて(得手→得意 30
えど 江戸 255
えどっこ 江戸っ子 157
えな 胞衣 113
えのぐ 絵の具 198
えはがき 絵葉書 90
えび 海老 227
えびちゃ→女学生 128
エプロン 98
えほう 恵方 341
えぼし 烏帽子 217
えま 絵馬 301
えまき 絵巻 198
えみ 笑み 3
えらぶ 選ぶ 43
えらむ 選む 43
えり 襟 206
えりあし 襟足 263
えりがみ 襟紙 95
えりまき 襟巻 218
えりもと 襟元 206
える 得る 43
エレベーター 176
えん 円 89
えん 縁 110
えんかい 宴会 240
えんがわ 縁側 250
えんぎ 縁起 126
えんぎだな 縁起棚 245
えんきん 遠近 339
えんじゃく→狭量 24
えんしゅう→輪 342
えんぜつ→議会 288
えんそく 遠足 136
えんタク 円タク 258
えんだん 縁談 110
えんてん 炎天 362
えんどおい 縁遠い 110
えんとつ 煙突 250

えんとつや 煙突屋 178
えんにち 縁日 136
えんぴつ 鉛筆 201
えんま 閻魔 315
えんまどう→堂 307
えんりょ 遠慮 43

●お

お 尾 379
お(苧→縄 175
おい 甥 148
おいかえす 追い返す 43
おいだす 追い出す 43
おいにょうぼう 142
おいはぎ→賊 324
おいら→俺 153
おいらん 花魁 283
おいる 老いる 311
おいわい お祝 81
おう 追う 43
おう 王 156
おう(王→将棋 138
おう→翁 153
おうぎ 扇 97
おうごん→金銀 368
おうせつま 応接間 245
おうだん 黄疸 123
おうへい→いばる 42
おうむ 鸚鵡 381
おうらい 往来 259
おおあたま 大頭 263
おおい 多い 337
おおいちざ 大一座 282
おおかみ 狼 381
おおきい 大きい 343
おおげさ 22
おおごえ 大声 345
おおさか 大阪 255
おおじ 大路 368
おおそうじ 大掃除 95
おおぞら 大空 353
おおつえ 大津絵 198
オートバイ 258
オーバー 205
おおはなび 大花火 134
おおひろま 大広間 245
おおふりそで 大振袖 151
おおぶろしき 大風呂敷 74
おおぼとけ→大仏 303
おおもん 大門 286
おおや 大家 158
おがくず 大鋸屑 176
おかしがる 3
おかず→菜 224
おかって→台所 247
おかぼれ 岡惚れ 3
おかみ 女将 165
おがむ 拝む 43
おがむ→お参り 300
おかもち→出前持 164
おかやき→悋気 17
おき 沖 364
おきおき→朝起き 108
おきごたつ→炬燵 104
おきてがみ→書置 91
おきどころ 置所 370
おきな 翁 153
おきる 起きる 108
おきわすれ→忘れ物 71
おく 置く 44
おく 奥 340
おくがろう→家老 159
おくさま 奥様 143
おくのて→手段 53
おくば(奥歯→歯 268
おくびょう 臆病 3
おくりび 送り火 133
おくる 送る 44
おけ 桶 100
おけぶせ 桶伏 128
おこす 起こす 108
おごる(驕る→高慢 49
おごる 奢る 82
おさない 幼い 311
おさななじみ→顔馴染 78
おさらい→稽古 190
おさらば→別れる 71
おさん お産 113
おじ 伯父 148
おしい 惜しい 3
おしうり 押売 169
おしえる 教える 44
おじぎ お辞儀 76
おしそうに 3
おしち お七 160
おしつける 44
おしどり 鴛鴦 381
おしのける 44
おしぼり 99
おしゃく 雛妓 193
おじゅうや お十夜 134
おしょう 和尚 306
おじょうさん→嬢 151
おしょく お職 284
おしらす→裁判 295
おじる→怖がる 8
おしろい 白粉 211
おす 押す 44
おぜんだて→仕度 52
おそい 遅い 328
おそろしい 3
おたいこ お太鼓 209
おだいば お台場 255
おちついた 22
おちつかない 22
おちば 落葉 373
おちぶれる 83
おちむしゃ 落武者 321
おちゃうけ お茶請 235
おちゃつぼ お茶壺 235
おちゃひき お茶挽 283
おちる 落ちる 44
おっさん 152
おって 追手 318
おっと 夫 144
おでん 231
おてんば お転婆 151
おでんや おでん屋 167
おと 音 344
おとうと 弟 148
おどける 44
おとこ 男 151
おとこぎ→勇ましい 20
おとこのこ 男の子 115
おとこまさり→強い 30
おとこゆ 男湯 105
おとしだま→年玉 130
おとしもの→忘れ物 71
おどす 脅す 44
おとな 大人 156
おとなげない→狭量 24

おとなしい 22
おともなし→無音 344
おどり 踊り 192
おどりこ 踊り子 193
おどる 踊る 192
おとろえる 衰える 22
おどろく 驚く 4
おなじ 同じ 22
おに 鬼 316
おにがしま 鬼ケ島 316
おの 斧 176
おば 伯母 149
おはぐろ お歯黒 211
おはぐろどぶ(溝) 286
おはり お針 173
おび 帯 208
おびえる→怖がる 8
おびどめ 帯留 209
おひゃくど お百度 300
おびをとく 帯を解く 209
おふくろ お袋 146
おふせ お布施 301
おぼえる 覚える 22
おほたき 御火焼 135
おぼれる→好色 280
おぼん お盆 133
おまいり お参り 300
おまえ お前 154
おみくじ 御神籤 301
おみなえし 女郎花 374
おもい 重い 343
おもいおもい→それぞれ 29
おもいがけない 22
おもいきる 4
おもいだす→思い出 4
おもいつく 4
おもいつめる 4
おもいで 思い出 4
おもいなおす 4
おもう 思う 4
おもかげ 面影 264
おもしろい 面白い 22
おもちゃ 玩具 139
おもちゃや 玩具屋 170
おもて 表 339
おもに(重荷→苦労 49
おや 親 147
おやかた 親方 158
おやじ 親父 146
おやのひ→命日 118
おやふこう 親不孝 44
おやぶん 親分 158
およぐ 泳ぐ 137
おりがみ 折り紙 139
おりづめ 折詰 237
おりもの 織物 207
おりる 降りる 44
おる 折る 45
オルガン→楽器 187
オルゴール→楽器 187
おれ 俺 153
おろか 愚か 23
おわたり お渡り 302
おわる 終る 23
おん 恩 80
おんがく 音楽 187
おんきゅう 恩給 293
おんし→師 158
おんじゃく 温石 104
おんじん 恩人 80
おんせん 温泉 106
おんな 女 149
おんながた 女形 191
おんなきゃく 女客 78
おんなごころ→心 7
おんなのこ 女の子 115
おんなゆ 女湯 105
おんようじ 陰陽師 126

●か

か 蚊 381
が 画 197
が 蛾 381
カーテン→簾 248
かい 会 136
かい 貝 379
かいか 開化 289
かいがない 甲斐がない 4
かいぎ 会議 77
かいぐすり 買薬 125
かいけい 会計 165
かいけつ 解決 45
かいこ 蚕 210
がいこくじん 外国人 161
がいこつ 骸骨 313
かいさつ 改札 257
かいしゃ 会社 181
がいしゅつ 外出 96
かいすいよく 海水浴 134
かいすうけん→切符 257
がいせん→勝鬨 318
かいぞえ→仲人 110
かいだん 怪談 194
かいだん→梯子段 244
かいちょう 開帳 303
がいとう 外套 205
がいとう 街灯 349
ガイドブック 291
かいとり 買取 168
かいぬし→資本家 289
がいぶん→噂 22
かいもの 買物 96
かいらいし 傀儡師 195
かいれい 回礼 131
かいろ 懐炉 104
がいろじゅ 街路樹 254
かう 買う 96
かう 飼う 129
かえす 返す 45
かえりみる 顧みる 45
かえる 帰る 45
かえる 蛙 381
かお 顔 263
かおつき 顔つき 263
かおなじみ 顔馴染 78
かおみせ 顔見世 190
かおり 香り 213
かおをだす 顔を出す 45
かか 嬶 142
かかし 案山子 180
かかと 踵 273
かがみ 鏡 212
かがみとぎ 鏡磨 172
かがみもち 鏡餅 131
かがむ 屈む 45
かがやく 輝く 349
かかりうど→居候 158
かがりび→松明 351
かき 牡蠣 227
かぎ 鍵 249
がき 餓鬼 115

がき(餓鬼→鬼 316
かき 柿 233、374
かきあわす かき合す 204
かきおき 書置 91
かきごおり(氷) 234
かきだし 書出し 92
かきつばた 杜若 375
かきとめ 書留 90
かきね 垣根 251
かきわり 牡蠣割 180
かく 掻く 45
かく 書く 200
かく 角 342
かぐ 嗅ぐ 45
かぐ 家具 246
がく 学 298
かく(角→将棋 138
かくげん 格言 75
かくご 覚悟 45
がくし 学資 88
かくしげい 隠し芸 137
がくしゃ 学者 298
かくす 隠す 45
かくとう→闘う 318
かくべえじし 角兵衛獅子 195
かくめい 革命 295
がくや 楽屋 192
がくゆう 学友 78
かぐら 神楽 302
かぐらどう 神楽堂 301
かくらん→日射病 123
かくれが 隠れ家 243
かくれみの→隠れる 45
かくれる 隠れる 45
かくれんぼ 隠れんぼ 139
かくん 家訓 83
かげ 陰 348
かげ 影 348
がけ 崖 364
かけあい 掛合 345
かけあんどん 掛行灯 350
かけい 筧 247
かけおち 駈落 278
かげき 歌劇 188
かげぐち→告口 75
かげぜん 陰膳 221
かけとり 掛取 86
かけね(掛値→値 162
かけひき→付合 81
かげぼうし 影法師 349
かげま 陰間 280
かける 駈ける 46
かげろう 陽炎 363
かこ 過去 330
かご 籠 101
かご 駕 258
かごかき 駕かき 186
かこつける 46
かごのとり 籠の鳥 284
かこむ 囲む 46
かさ 傘 216
かさ 笠 217
かさ 嵩 338
かさ→洋傘 216
かざい 家財 97
かさく(家作→不動産 84
かざぐるま 風車 139
かさや 傘屋 170
かざり 飾り 213
かざりもの 飾り物 245
かざる 飾る 46
かし 菓子 233
かし 河岸 365
かじ 家事 93
かじ 舵 262
かじ 火事 352
がし(餓死→飢餓 291
かしおり 菓子折 237
かじか 河鹿 382
かじかむ 363
かしかり 借し借り 86
かしこい→利口 38
かしこまる 畏まる 23
かしぶとん 貸布団 102
かしほんや 貸本屋 171
かしま 貸借 244
かしまし→やかましい 37
かじみまい 火事見舞 81
かしや 菓子屋 166
かしや 貸家 244
かじや 鍛冶屋 173
かしゆかた 貸浴衣 207
かしら 頭 158
かじる→噛む 46
かしわで 拍手 300
かしわもち 柏餅 234
かす 貸す 85
かず 数 337
ガスタンク 176
カステラ 233
ガスとう 瓦斯灯 350
かずのこ 数の子 227
かすみ 霞 360
かすり 絣 208
かぜ 風邪 123
かぜ 風 358
かせぎて 稼ぎ手 293
かせぐ 稼ぐ 292
かぜのおと 風の音 344
かぜのかみ 風の神 299
かそうかい 仮想界 317
かそうば→焼場 117
かそうみ 家相見 126
かぞえび 数え日 135
かぞえる 数える 337
かた 肩 269
かたい 固い 23
かたうで 片腕 79
かたおもい 片思い 4
かたがき 肩書 92
かたかけ→ショール 218
かたき→敵 318
かたきうち 敵討 318
かたきやく 敵役 191
かたぐるま 肩車 269
かたこり 肩こり 269
かたそで→袖 206
かただすき→襷 99
かたつきみ→月見 283
かたづく→嫁ぐ 109
かたづける 片付ける 46
かたつむり 蝸牛 382
かたて 片手 271
かたどまり 片泊り 257
かたな 刀 322
かたびら→一重物 207
かたぶつ 堅物 23
かたみ(片身→鰹 227
かたみわけ 形見分 118

かたる 語る 46
かちき（勝気→強い 30
かちどき 勝鬨 318
かちょう 課長 182
カツ 229
かつ（勝つ→博打 141
かつお 鰹 227
かつおうり 鰹売 166
かつおぶし 鰹節 230
がっかり→残念 9
がっき 楽器 187
かつぐ 担ぐ 46
かつぐ→誘拐 69
かっけつ 喀血 119
がっこう 学校 128
がっこうぎょうじ 129
かっこんとう 葛根湯 125
がっしゅく→宿 257
がっしょう 合掌 300
かつどう→映画 136
かっとする→怒る 2
かっぱ 合羽 218
かっぱ 河童 317
かっぽうぎ 割烹着 98
かつら 216
がてん→承知する 53
かどう（火動→腎虚 280
かとく 家督 84
かどすずみ→涼み 134
かどちがい 門違い 23
かどづけ 門付 195
かどまつ 門松 130
かとり（蚊取→蚊遣 95
かどれい 門礼 131
かな 仮名 201
かなあみ 金網 175
かない→家中 82
かなしい 悲しい 4
かなづち 金槌 175
かなぼう 鉄棒 175
カナリヤ 129
かに 蟹 382
かにもじ→横文字 201
かね 金 87
かね 鉄漿 211
かね 鉦 304
かね 鐘 307
かねかし 金貸 85
かねがない 金が無い 85
かねのばん→番 184
かねもち 金持 84
かのこ（鹿子→絞り 207
かばう 庇う 46
かばしら→蚊 381
かばね 屍 313
かばやき 蒲焼 227
かばやきや→鰻屋 166
かばん 鞄 98
かびん 花瓶 100
かぶ 株 288
カフェ 165
かぶき 歌舞伎 190
かぶきざ→館 254
かぶと 兜 321
かぶりふり→頭を振る 263
かぶりもの 被り物 217
かぶろ→禿 286
かべ 壁 246
かへい 貨幣 89
かべにみみ→噂 22
かほう 果報 127
かぼちゃ 南瓜 225
かま 鎌 180
かま 釜 235
かまきり 蟷螂 382
がまぐち→財布 98
かましめ 釜注連 236
かまど 竈 236
かまぼこ 蒲鉾 224
かまぼこや 蒲鉾屋 168
がまん 我慢 4
かみ 紙 202
かみ 髪 214
かみ 神 299
かみあぶら 髪油 215
かみいれ→財布 98
かみがた 髪型 215
かみくず 紙屑 203
かみしめる→噛む 46
かみしも 上下 209
かみそり 剃刀 176
かみだな 神棚 245
かみなり 雷 360
かみのこい 紙の鯉 133
かみびな 紙雛 132
かみぶくろ→袋 99
かみゆい 髪結 173
かみよ（神代→時代 329
かむ 噛む 46
かむろ 禿 286
かめ 亀 382
カメラ 97
かも 鴨 382
かもなべ 鴨鍋 229
かや 蚊帳 102
かやうり 蚊屋売 169
かやく 火薬 320
かやり 蚊遣 95
かゆ 粥 221
かゆい 痒い 274
かよう 通う 46
がら 柄 208
からうま 空馬 262
からかう 46
からかう→なぶる 60
からかう→慰まる 60
からかさ→傘 216
からかみ 唐紙 248
からくり 195
からし 辛子 231
からじょう 空錠 249
からす 烏・鴉 382
ガラス 硝子 175
からすがね 烏金 86
ガラスや 硝子屋 172
からだ（体→身 268
からっかぜ 空っ風 359
からっぽ 空っぽ 23
からみ 辛味 230
からめて 搦手 339
からもの 唐物 185
からわ 唐輪 216
がらん 伽藍 306
かり 雁 382
かりぎ 借着 204
かりる 借りる 86
かる 刈る 179
かるい 軽い 343
かるくち 軽口 74
かるた 138

カルタばくち（博打） 141
かるはずみ→軽薄 25
かるわざし 軽業師 195
かれる 枯れる 372
カレンダー 325
かろう 家老 159
かろんじる→見くびる 67
かわ 革 175
かわ 川 365
かわいい 可愛い 23
かわいがる 可愛がる 46
かわごえ 川越え 259
かわせ 為替 288
かわたび 革足袋 219
かわどめ 川止め 259
かわびらき 川開き 134
かわや（厠→雪隠） 248
かわら 瓦 250
かわら 河原 365
かわらけ 土器 199
かん 棺 117
かん 燗 240
かん 館 254
がん 願 300
かんがえ 考え 297
がんかけ→願 300
かんき（歓喜→嬉しい） 3
かんぎょう 寒行 304
かんきん（看経→経） 303
かんくちょう 寒苦鳥 317
がんくび 雁首 243
がんこ 頑固 23
かんごえ 寒声 345
かんごふ 看護婦 185
かんざけ 燗酒 240
かんざし 簪 214
かんじ 幹事 77
がんじつ 元日 130
かんしゃ→有難い 2
かんじゃ→病人 120
かんしゃく→怒る 2
かんじょう 感情 4
かんじょう→売上 163
かんしん 感心 5
がんぜん 眼前 267
がんたん→元日 130
かんだんけい 寒暖計 177
カンテラ 350
かんどう 勘当 128
かんな 鉋 176
かんなくず→大鋸屑 176
かんにん 堪忍 5
かんぬき→錠 249
かんぬし 神主 302
かんねぶつ 寒念仏 304
かんねん 観念 297
かんのくすり→赤蛙 125
かんのん 観音 302
かんばん 看板 164
かんばんや 看板屋 170
かんびょう 看病 119
がんびょう 眼病 123
がんぶろ 雁風呂 300
がんほどき→願 300
かんむり 冠 217
かんめ 貫目 337
がんやく 丸薬 125
かんろく→体格 268

●き

き 気 5
き 忌 118
き 木 374
きいろ 黄色 347
きえる 消える 24
ぎえんきん 義捐金 290
きおく 記憶 24
きおとこ→童貞 279
ぎおん 祇園 255
きが 飢餓 291
きかい 機械 176
ぎかい 議会 288
きがかるい→軽薄 25
きがかわる 5
きかざる→身だしなみ 204
きがすむ 5
きがつまる→憂鬱 16
きがとがめる 5
きかぬふり→無視 68
きかんしゃ 機関車 259
ききあきる→聞く 47
ききかじる→聞く 47
ききながす 聞き流す 46
ききょう 桔梗 375
ききん 飢饉 290
きく 利く 24
きく 聞く 47
きく 菊 375
きぐすりや 木薬屋 171
きくにんぎょう 134
きくのはち 菊の鉢 251
きげき 喜劇 190
きげん 機嫌 5
きこく 帰国 287
きこり 樵 181
きざ 気障 24
きざみたばこ（煙草） 242
きざむ 刻む 232
きし 岸 365
きじ 記事 200
きじ 雉子 382
ぎし→赤穂義士 321
きしむ 軋む 344
きしゃ 記者 200
きしゃ 汽車 259
きしゅくしゃ 寄宿舎 253
きしょう 気性 24
きしょう 起請 300
きしょう（起請→誓う） 283
きじん 奇人 157
キス 280
きず 疵 121
きず 疵（刀） 322
きず→欠点 25
きずぐすり 傷薬 125
ぎせい 犠牲 47
きせつ 季節 332
きぜつ 気絶 119
きせる 煙管 243
きせん 貴賎 159
きた 北（吉原） 286
きた 北 342
きたえる 鍛える 47
きたかぜ 北風 359
きたない 汚い 24
きたまくら 北枕 313
ぎだゆう 義太夫 188
きちじ（吉事→縁談） 110
きちじつ 吉日 325
きちゅうふだ 忌中札 117
きちょう→帰国 287

きちんやど→宿 257
きっきょう 吉凶 126
きづく 気づく 47
きつつき 啄木鳥 382
きって 切手 90
きつね 狐 382
きつね→夜鷹 285
きつねつき 狐憑 126
きつねつり 狐釣 181
きつねび 狐火 317
きっぷ 切符 257
きづよい→強い 30
きど 木戸 252
きどあいらく 6
きにいる 気に入る 5
きになる 気になる 5
きぬ 絹 210
きぬぎぬ 後朝 331
きぬた 砧 94
きぬや 衣屋 170
きねや→稽古 190
きのう 昨日 330
きのこ 茸 225
きのこがり→茸狩 135
きのどく 気の毒 6
きのまよい→迷う 66
きはつゆ 揮発油 175
きふ 寄付 290
きぶくれ 着ぶくれ 204
きふじん 貴婦人 149
きぶん 気分 6
きへい 騎兵 319
きぼう 希望 6
きまぐれ→気まま 6
きまま 気まま 6
きみ 君 154
きみがよ 君が代 287
きみじか→せっかち 28
きむすこ→童貞 279
きむすめ→処女 279
きめる 決める 47
きも 肝 274
きもの 着物 207
きゃく 客 78
ぎゃくさつ 虐殺 314
きゃくま 客間 245
きゃはん 脚絆 219
キャベツ 225
キャラメル 233
きゅう 灸 122
ぎゅう 妓夫 286
きゅうか 休暇 292
きゅうか→斎日 293
きゅうかんちょう(鳥) 383
きゅうくつ 窮屈 340
きゅうじ 給仕 165
きゅうじつ 休日 292
きゅうじゅう 九十 310
きゅうせいぐん 290
きゅうちょう→生徒 128
きゅうてん 灸点 122
きゅうでん 宮殿 252
ぎゅうとう 牛刀 176
ぎゅうなべ 牛鍋 229
ぎゅうにくや 牛肉屋 167
ぎゅうにゅう 牛乳 233
ぎゅうふん 牛糞 178
ぎゅうめしや 牛飯屋 167
きゅうよう 急用 96
きゅうり 胡瓜 225
きゅうりゅう→流れ 365
きゅうりょう 給料 293
きよい 清い 24
きょう 京 255
きょう 経 303
きょう 今日 330
ぎょう→仕事 292
きょうかい 教会 307
きょうかいあらそい 295
きょうかしょ→授業 129
ぎょうぎ 行儀 80
きょうげん 狂言 190
きょうさく 凶作 290
ぎょうじ 行事 130
ぎょうじ(行司→相撲 137
きょうしつ 教室 128
きょうじや 経師屋 172
ぎょうしょう 行商 168
ぎょうずい 行水 106
きょうそうざい(剤) 125
きょうそく 脇息 246
きょうだい 兄弟 148
きょうだい 鏡台 213
きょうちくとう 375
きょうよう 教養 298
きょうりょう 狭量 24
きょえいしん→見得 36
きょく 曲 187
きょくすい 曲水の宴 132
ぎょくちょう 玉帳 283
きょくば→サーカス 195
ぎょけい 御慶 131
きょせい 去勢 281
きよひめ 清姫 160
きょむ→虚しい 15
きよもり 清盛 160
きょろきょろ→見る 68
きらい 嫌い 6
きらく 気楽 6
きらずじる 223
きり 錐 176
きり 霧 361
ぎり 義理 80
キリギリス 383
キリスト 160
きりょう 器量 24
きりり 24
きりん 麒麟 317
きる 切る 47
きる 着る 203
きる 斬る 314
きれい 綺麗 24
きれいずき→掃除 94
きれぎれ→細かい 343
きれぶみ→去り状 111
ぎろん 議論 295
きをつかう 気をつかう 5
きをもむ→気になる 5
きん(金→金銀 368
ぎん 銀 199
ぎん(銀→金銀 368
きんか 金貨 89
ぎんか 銀貨 89
ぎんが→天の川 354
きんがく 金額 89
きんがん 近眼 267
ぎんぎせる 銀煙管 243
きんぎょ 金魚 129
きんぎょうり 金魚売 169
きんぎん 金銀 368

きんげん(金言→格言 75
きんこ 金庫 246
ぎんこう 銀行 183
ぎんざ 銀座 255
きんさく 金策 85
きんし 禁止 24
ぎんし(銀糸→雨 356
きんじとう→塔 314
きんしゃ 錦紗 210
きんしゅ 禁酒 241
きんじょ 近所 79
ぎんせかい 銀世界 360
きんせん(金銭→金 87
きんだん→禁止 24
きんちゃく→財布 98
きんちょう 緊張 25
きんでい 金泥 199
きんとき 金時 160
きんときうり 金時売 168
きんどけい→時計 97
ぎんながし 銀流し 199
ぎんねこ(銀猫→娼婦 284
きんのたまご 金の卵 293
きんば 金歯 268
きんぱい 金盃 237
きんぱく(金箔→箔 199
きんびょうぶ 金屏風 248
きんまんか 金満家 84
きんむ→勤め 181
きんゆう 金融 183

● く

く 苦 6
く 句 196
ぐ(愚→愚か 23
くい 杭 252
くいしばる→我慢 4
くいちがう→違う 30
くいつく→食らいつく 48
くいつみ 喰積 131
くう 食う(生活) 82
くう 食う 220
くうかん 空間 339
くうき 空気 363
くうきょ→虚しい 15
くうしゅう 空襲 319
ぐうぜん→たま 327
くうそう 空想 297
くうそうどうぶつ→魔 316
ぐうぞう(偶像→像 198
くえない(食→食う 82
くがい 苦界 285
くがくする→学ぶ 129
くがつ 九月 326
くぎ 釘 252
くぎだな 釘店 170
くく 九々 337
くぐりど(戸) 249
くぐる 潜る 47
くげ 公家 159
くさ 草 373
ぐさい→愚か 23
くさいち 草市 133
くさかり→刈る 179
くさくさ→苦にする 6
くさまくら→野宿 257
くさもち 草餅 132
くさり 鎖 324
くさる 腐る 25
くされえん→縁 110
くし 櫛 214
くじ 籤 140
くじ 公事(裁判) 295
くしまき 櫛巻 215
くじゃく 孔雀 383
くしゃくだな→長屋 244
くしゃみ 277
くじゅう 九十 310
くじゅうく 九十九 336
くじゅうく 九十九(歳) 310
くじゅうくや(夜) 329
くじら 鯨 383
くじらじる 鯨汁 223
くじらつき 鯨突 181
くじる→いちゃつく 280
くずかご→ゴミ箱 100
ぐずぐず→煮えきらない 31
くすぐったい 274
くすねる 323
くずもちや 葛餅屋 166
くずや 屑屋 177
くすり 薬 124
くすりぐい 薬食 229
くすりとり 薬取り 124
くすりばこ 薬箱 124
くすりびん 薬壜 125
くすりぶくろ 薬袋 124
くすりや 薬屋 171
くすりゆ 薬湯 105
くずれる 崩れる 25
くせ 癖 25
くぜつ 口舌 47
くせもの 曲者 323
くそ 糞 276
くたびれる 47
くだもの 果物 233
くだをまく→酔いどれ 242
くち 口 267
ぐち 愚痴 74
くちいれや 口入屋 292
くちえ 口絵 197
くちかず 口数 73
くちがすぎ 口が過ぎ 75
くちがすべる→軽口 74
くちぐるま 口車 48
くちごたえ 口答え 48
くちさき 口先 48
くちじゃみせん 346
くちすう→キス 280
くちどめ 口止め 48
くちばしる→喋る 52
くちびる 唇 267
くちぶえ 口笛 346
くちぶり 口ぶり 73
くちべに 口紅 211
くちべらし→身売 291
くちまね→真似 35
くちまめ 口豆 73
くちよせ 口寄 126
くちをきく→話す 63
くちをだす 口を出す 48
くつ 靴 218
くつう→苦 6
くつし 靴師 172
くつした 靴下 205
ぐったり→疲れる 57
くっつく 25
くつみがき 靴磨き 178
くつわむし くつわ虫 383
くどく 口説く 48
くに 国(国家) 287

くに 国(故郷) 370
くにがろう→家老 159
くにことば 国言葉 75
くにする 苦にする 6
くになまり→国言葉 75
くにほろぶ 国亡ぶ 287
くにもの 国者 371
くばりもち 配り餅 135
クビ 294
くび 首 263
くびかざり→飾り 213
くびくくり 首縊り 314
くびづか 首塚 314
くびっぴき 首引 139
くびをとる 首を取る 318
くふう 工夫 48
くぼみ 窪み 341
くまで→酉の市 135
くみあい 組合 294
くむ 汲む 48
くめん 工面 48
くも 雲 358
くも 蜘蛛 383
くもつ 供物 301
くもつ→霊棚 134
くものす 蜘の巣 383
くもる 曇る 362
くやしい 悔しい 6
くやみ 悔やみ 117
くら 蔵 253
くらい 暗い 348
くらいつく 48
くらがり 暗がり 348
くらげ 海月 383
くらし 暮し 82
くらびらき 蔵開き 131
くらべうま 競馬 133
くらべる 比べる 48
くらやみ→闇 348
くり 庫裏(台所) 247
くり 栗 225、375
クリスマス 135
くりや 栗屋 166
くる 来る 48
ぐる 155
くるう 狂う 25
くるしい→苦 6
くるま 車 258
くるまざ 車座 77
くるまどめ 車止め 258
くるまひき 車引 186
くるまや 車屋 186
くるわ 廓 285
くれ(暮→年の暮 135
くれむつ→六つ 326
クレヨン 198
くれる 暮れる 332
くれる (呉れる) 49
くろ 黒 347
くろう 苦労 49
くろかみ 黒髪 215
くろきうり 黒木売 169
くろわく 黒枠 200
くわ 鍬 180
くわえる 咥える 49
ぐんかん 軍艦 319
ぐんしゅう 群衆 154
くんしょう 勲章 287
ぐんじん 軍人 319
ぐんたい 軍隊 319
ぐんば 軍馬 319

●け

け 毛 215
けい 刑 324
けいかく 計画 49
けいかん→巡査 183
けいき 計器 177
けいき 景気 288
げいぎ 芸妓 193
けいききゅう 軽気球 262
けいこ 稽古 190
げいこ 芸子 193
けいこや 稽古屋 190
けいざい 経済 288
けいさつ 警察 183
けいじ 刑事 183
げいしゃ 芸者 193
げいしゃ→猫 193
げいしゃや 芸者屋 194
げいじゅつ 芸術 194
けいせい 傾城 284
けいと 毛糸 210
けいとう 鶏頭 375
けいば 競馬 141
けいはく 軽薄 25
けいべん→鉄道 258
けいま(桂馬→将棋 138
けいりん 競輪 141
ゲーム 137
けおとす 蹴落す 49
けが 怪我 121
げか 外科 120
けがす 汚す 49
げき 劇 190
げきじょう 劇場 191
げきひょう 劇評 190
けきりいし 毛切石 106
げこ 下戸 241
けさ 袈裟 306
けさ(今朝→今日 330
けし 芥子 375
けしいん 消印 90
けしかける→煽る 39
けしき 景色 370
げじげじ 383
けしずみ 消炭 103
けしぼうず→髪型 215
げしゅく 下宿 244
けしょう 化粧 211
けしょうすい 化粧水 211
けす 消す 49
げすい 下水 247
げそくばん→番 184
げた 下駄 218
げたばこ 下駄箱 247
げたや 下駄屋 172
ケチ 25
けっかく 結核 124
げっきゅう 月給 293
げっけい 月経 275
げっこう 月光 354
けっこん 結婚 109
げっしょく 月蝕 354
けっしょく→ひもじい 291
けっしん→決める 47
けってん 欠点 25
けっぱく→清い 24
げっぷ 月賦 85
けつまづく→つまづく 58
けとばす 蹴飛ばす 49

けはい 気配 25
げび（下卑→下品 25
げひん 下品 25
けまり 蹴鞠 137
けみ 毛見 183
けむし 毛虫 383
けむり 煙 352
けもの 獣（人） 156
けもの 獣 379
けやき 欅 375
けらい 家来 159
げり 下痢 123
けん 拳 139
けん 剣 321
けん 間 336
けんか 喧嘩 49
げんかん 玄関 245
げんき 元気 309
げんきん 現金 88
けんこう 健康 121
げんこう 原稿 200
げんこうし 原稿紙 200
げんこつ 拳骨 272
けんし 検死 313
けんじ（検事→裁判 295
げんじつ→浮世 289
けんじん 賢人 156
げんせい 現世 315
げんそう→幻 36
けんたい→飽きる 1
けんちく 建築 252
けんとう（献灯→灯明 245
げんとうかい 幻灯会 136
けんとうし→勅使 182
げんばく 原爆 320
けんばん 検番 194
けんびきょう 顕微鏡 177
けんぶつ 見物 136
けんやく 倹約 83
けんり 権利 295
けんりょく 権力 288

●こ

こ 子 114
こ 個 156
ご 碁 137
こ（妓→芸妓 193
こい 恋 7
こい 濃い 25
こい 鯉 383
こい 鯉（食） 227
こい（鯉→池 251
こいがたき 恋敵 112
こいざめ 恋ざめ 7
こいじ 恋路 7
こいづか 恋塚 314
こいのぼり 鯉幟 133
こいびと 恋人 112
こいぶみ 恋文 91
こいやみ 恋病 7
こう 功 127
こう 香 213
こう（講→無尽講 77
こう（講→伊勢参り 300
こういん 口淫 279
こういん 光陰 328
こううん 幸運 127
こうえん 公園 254
こうか（後架→雪隠 248
こうかい 後悔 7
こうがい 郊外 253
ごうがい 号外 200
こうがい（笄→簪 214
ごうがいうり 号外売 169
こうぐん→軍隊 319
こうけん→補佐 65
こうこう 孝行 49
こうこく 広告 291
こうこつ 恍惚 25
こうざ 高座 194
こうさてん 交差点 254
こうし 孔子 161
こうし 格子 250
こうじ 工事 178
こうしゃ（巧者→上手 27
こうしゃく 講釈 194
こうじょ 孝女 150
こうじょう 口上 76
ごうじょう→頑固 23
こうしょく 好色 280
こうじん 荒神 299
こうしんまち（庚申） 305
こうすい 香水 213
こうずい 洪水 118
こうせん（光線→光 349
こうた 小唄 188
こうだんし 講談師 194
こうちゃ 紅茶 235
こうちょう 校長 128
こうつう 交通 186
こうでん 香典 117
こうとう 紅灯 349
ごうとう 強盗 324
こうどく 鉱毒 322
こうのもの 香の物 224
こうば 工場 178
こうばん 交番 183
こうふ 工夫 178
こうふく（降伏→戦争 319
こうふく→幸せ 26
こうぶつ 鉱物 368
こうほね 375
こうまん 高慢 49
こうもり 蝙蝠 383
こうもり→洋傘 216
こうやく 膏薬 125
こうらく 行楽 136
こうり 行李 101
こうりがし 高利貸 86
こうろう 高楼 253
こえ 声 345
ごえいか 御詠歌 305
こえおけ→肥し 180
こえがわり→声 345
こえとり 肥取 177
こえぶね 肥舟 261
ごえもん 五右衛門 160
ごえもんぶろ 105
こえる 越える 50
コーヒー 珈琲 233
こおり 氷 361
こおりうり 氷売 165
こおりみず 氷水 232
こおる 凍る 362
こおろぎ 蟋蟀 383
ごがたき 碁敵 138
こがたな 小刀 176
ごがつ 五月 325
こがない 子が無い 115
こがみなり 子雷 360
こがらし 木枯し 359

こきゅう 呼吸 276
こきょう 故郷 370
こぎれ 小切れ 211
こぐ 漕ぐ 261
こくう 虚空 353
こくえき(国益→税 289
こくげん 刻限 326
こくじはん 国事犯 295
こくちばん 告知板 291
ごくどう 極道 323
こくはく→打ち明ける 42
ごくらく 極楽 315
こけ 苔 373
こけおどし→脅す 44
こける 50
こげる 焦げる 232
ここ 338
ごこう 後光 303
ここうちょうさ(調査) 79
こごえ 小声 345
こごと 小言 127
ここのつ 九つ 326
こころ 心 7
こころ→胸(心) 15
こころえる→悟る 51
こころざす→努力 60
こころもち 心持 8
こころよい 快い 8
ごさい 後妻 143
こさく 小作 180
こし 腰 270
こじ 孤児 115
こしおび→しごき 209
こしかける 腰掛ける 50
こしがひくい→挨拶 76
ごしき 五色 346
こじきごや(小屋) 244
こしぬけ→弱虫 38
こしまき 腰巻 206
こしもと 腰元 159
こしゆ 腰湯 106
ごじゅう 五十 310
こじゅうと 小姑 145
ごしょ 御所 253
こしらえもの→偽 31
こしらえる 50
こじん 故人 118
ごしんぞ 御新造 143
ごしんとう 御神灯 301
こすい→ずるい 28
こずえ 梢 373
コスモス 375
こする 50
ごぜ 瞽女 196
こせき 戸籍 92
こぜに 小銭 88
こせんかい 古銭買 169
こぞう 小僧 152
こそこそ→こっそり 26
こそだて 子育て 115
こそで 小袖 210
こだから 子宝 116
こだくさん 子沢山 116
こたつ 炬燵 104
こだま→山彦 344
こだわる→気になる 5
こっか 国家 287
こづかい 小遣 88
こっき 国旗 287
こっきょう 国境 287
こっきんのしょ(書) 295
コック 168
こっくり(死) 312
こっそり 26
こつつぼ 骨壺 118
こづつみ 小包 90
こっとうや 骨董屋 171
こっぱ 木っ端 103
コップ 237
コップざけ(酒) 238
こて 鏝 176
こと 琴 189
こどく 孤独 8
ごとし 如し 73
ことづて→伝える 58
ことば 言葉 72、73
こどものひ 子供の日 133
ことり 小鳥 378
ことわる 断る 50
こなぐすり 粉薬 125
こなた 341
こなべだて 小鍋立て 231
こなゆき 粉雪 360
このみ→好き 10
こはく 琥珀 213
こばむ 拒む 50
こばやい 子早い 113
こはる 小春 332
こばん 小判 89
こはんとし 小半年 329
こはんにち→日数 329
こびき(木挽→樵 181
こびたい 小額 216
こびとじま 小人島 317
こびる 媚びる 50
こぶ 瘤 121
こぶ 昆布 230
ごふ 護符 301
ごぶ 五分 337
こふく 鼓腹 315
ごふくや 呉服屋 170
ごぶごぶ→半分 338
こぶし 拳 272
こべり→船板 262
ごぼう 牛蒡 225
こぼす 50
こぼす→愚痴 74
こぼれる 26
こま 独楽 140
ごま 胡麻 231
こま(駒→馬 262
こまいぬ 狛犬 301
こまかい 細かい 343
こまげた 駒下駄 218
こまち 小町 150
こまづかい 小間使 159
ごまのはい→盗人 323
こまものや 小間物屋 170
こまる 困る 8
ゴミばこ ゴミ箱 100
こむそう 虚無僧 305
ゴムぞうり→サンダル 219
ゴムバンド 100
こめ 米(食) 221
こめ 米(糧) 290
こめぐら→蔵 253
こめさし 米差 177
こめそうば 米相場 288
こめつき 米搗 173
こめのね→米相場 288

こめびつ 米櫃 101
こめや 米屋 168
こもり 子守 116
こもりうた 子守唄 187
こやく 子役 191
こやし 肥し 180
ごようきき 御用聞 164
こよみ 暦 325
こよみうり 暦売 169
こより 紙縒 203
こりこう→ずるい 28
こりしょう→気性 24
ごりょうにん 御寮人 149
こりる 懲りる 8
ごりん 五厘 89
コレラ 124
ころ→時節 326
ころがる 転がる 50
ごろく 五六 336
ころす 殺す 314
ころびあい 転び合い 280
ころぶ 転ぶ 50
ころぶ→こける 50
ころも 衣 207
こわい 怖い 8
こわいろ 声色 195
こわがる 怖がる 8
こわめし 強飯 222
こをだく 子を抱く 115
こんごうづえ→杖 97
こんだて 献立 221
こんたび 紺足袋 219
こんにゃく 蒟蒻 225
コンパクト→手鏡 213
コンパス 177
こんぺいとう 金平糖 234
こんや 紺屋 173
こんれい 婚礼 109

●さ

ざ 座 77
サーカス 195
サービス 163
サーベル 322
さい 菜 224
さい 才 298
さいえん 再縁 111
さいく 細工 198
さいくん 細君 143
さいけん 細見 285
さいけん 債権 295
さいご 最後 328
さいころ 賽ころ 141
さいこん 再婚 111
ざいさん 財産 84
さいしき 彩色 346
さいしょ 最初 328
ざいしょ 在所 371
さいせいし 再生紙 202
さいせん 賽銭 302
さいそく 催促 50
サイダー→清涼飲料 232
さいなん 災難 118
さいにち 斎日 293
さいばん 裁判 295
さいふ 財布 98
さいほう 裁縫 93
ざいもくや 材木屋 170
ざいりょう 材料 175
サイレン 344
サイン 92
さえる 冴える 26
さお 棹 262
さお→物干竿 251
さおとめ 早乙女 180
さか 坂 367
さかい 境 339
さかさま 逆さま 339
さがす 探す 50
さかずき 盃 237
さかずきごと 盃事 109
さかだち→体操 137
さかだる 酒樽 100
さかて 酒手 88
さかて 逆手 271
さかな 肴 226
さかな→魚 379
さかなや 魚屋 166
さかや 酒屋 239
さからう 逆らう 50
さかり 盛り 26
さかりば 盛り場 253
さかんや 左官屋 174
さき 先 340
さぎ 鷺 384
さぎ(詐欺→いかさま 19
さきがり 先借 86
さぎちょう 左義長 132
さぎょう 作業 177
さぎょうしゃ 作業車 176
さく 咲く 372
さくしゃ 作者 196
さくしゅ 搾取 289
さくや(昨夜→昨日 330
さくら 桜 375
さくらがり 桜狩 133
さくらそう 桜草 375
さくらんぼ 233
さぐる 探る 50
ざくろ 柘榴 376
ざくろぐち→湯殿 105
さけ 鮭 228
さけ 酒 238
さげすむ 蔑む 51
さけになる 酒になる 240
さけのみ 酒飲み 241
さけもほど 酒も程 240
さげる 提げる 51
ささ 笹 376
さざえ 228
ささばたき→口寄 126
ささめごと 私語 73
ささやく 囁く 345
さざんか 山茶花 376
さし(縒→銭縒 89
さし→物差 177
さじ 匙 236
さしいれ 差入 81
さじかげん 匙加減 124
さしがね→物差 177
さじき 桟敷 192
ざしき(部屋) 245
ざしき(酒席) 194
ざしきろう 座敷牢 128
さしぐし さし櫛 214
さしみ 刺身 227
さしむかい 差向い 282
さす 差す(刀) 322
ざせき→電車 259
ざぜん 座禅 305
さそう 誘う 51

さだめ→運命 127
さち(幸→幸せ 26
さつ 札(紙幣) 89
さつき 皐月 376
さっきだつ 殺気立つ 26
ざっし 雑誌 196
ざっとう 雑踏 154
ざつねん 雑念 297
さっぱり 26
さつまいも→焼芋 224
さと 里(田舎) 371
さと→廓 285
さといも 里芋 225
さとう 砂糖 230
さとがえり 里帰り 371
さとご 里子 115
さとごころ 里心 371
さとぶち 里扶持 88
さとる 悟る 51
さなえ(早苗→苗 179
さなだむし 真田虫 384
さば 鯖 228
さばく 砂漠 367
さび 錆 26
さび(寂→風流 34
さびしい 淋しい 8
ざぶとん 座布団 99
さぼてん 仙人掌 376
さまざま 様々 26
さまたげ→邪魔 27
さみだれ 五月雨 357
さむい 寒い 362
さや 鞘 322
さゆ(白湯→湯 232
さゆう 左右 340
さら 皿 237
さらう→誘拐 69
さらし 晒 210
さらす 晒す 51
サラリーマン 182
さりじょう 去り状 111
さる 去る 51
さる 猿 384
ざる 笊 101
さるぐつわ 猿轡 324
さるまた 猿股 206
さるまわし 猿回し 195
さわがしい 騒がしい 26
さわぎ→騒ぐ 51
さわぐ 騒ぐ 51
さわる→触れる 65
さん 三 335
さんえん 三猿 335
さんかく→角 342
さんかご 産籠 116
さんがつ 三月 325
さんがにち 三ケ日 130
さんきらい 山帰来 125
ざんげ 懺悔 51
さんご 珊瑚 213
さんざい 散財 85
さんじ 三時 327
さんじゅう 三十 310
さんじゅうごにち 304
さんじゅつ 算術 337
さんじょ 産所 113
さんすいしゃ 撒水車 176
さんずがわ 三途川 315
さんすけ 三助 105
ざんせつ 残雪 360
サンダル 219
さんど 三度 335
さんどう 参道 300
さんとうしゃ 三等車 259
さんにん 三人 335
ざんねん 残念 9
さんのいと 三の糸 189
さんば 産婆 113
さんばし 桟橋 260
さんぱつ 散髪 215
さんぷ 産婦 113
さんぽ 散歩 51
さんま 秋刀魚 228
さんもん 山門 306
さんやく 散薬 125
さんらん 燦爛 349
さんり(灸) 三里 122
さんり(三里→里 336

●し

し 師 158
し 詩 196
し 死 311
じ 痔 121
じ 字 201
しあわせ 幸せ 26
しあん 思案 297
じい 爺 153
しお 塩 230
しお 潮 365
しおかぜ 潮風 358
しおからい 塩辛い 230
しおくみ 潮汲 181
しおひがり 汐干狩 134
しおびき→鮭 228
しおりど 枝折戸 252
じおんな 地女 150
しか 四火 122
しか 鹿 384
しかい 四海 364
しがい 死骸 313
しかえし→意趣 41
しかく→角 342
じかたび 地下足袋 219
しがつ 四月 325
しかばね→屍 313
じがみうり 地紙売 169
しがみつく→抱きつく 55
しかられる 51
しかる 叱る 51
じかん 時間 327
じかんひょう 時間表 325
じき 自棄 9
じき(直) 327
しき(坑→炭鉱 178
しきい 敷居 246
しきし 色紙 203
しきしま→銘柄 242
しきぞめ→三布団 283
しきふ 敷布 101
しきみ 樒 301
しきみうり 樒売 169
しきもの 敷物 248
しくじる→失敗 52
じぐち(地口→洒落 74
しぐれ 時雨 357
しけい(死刑→刑 324
しげる 茂る 373
しけん 試験 129
しご 四五 336
じこ 事故 258

しこうてい 始皇帝 161
じごえ(地声→声 345
しごき 209
じこく 時刻 326
じごく 地獄 315
しこくやど→巡礼 305
しごけん 四五軒 336
しごさつ 四五冊 336
しごと 仕事 292
しごとぎ 仕事着 204
しごとし→鳶 174
しごにち 四五日 336
しごにん 四五人 336
しごねん 四五年 336
しさい(仔細→訳 297
じざい→囲炉裏 104
しさく 思索 297
じざけ 地酒 239
じさつ 自殺 313
じさんきん→持参嫁 109
じさんよめ 持参嫁 109
しじ 死児 312
しし(獅子→太神楽 195
しし(獅子→ライオン 388
ししっぱな→鼻 266
ししなべ 猪鍋 229
しじま 26
しじみじる 蜆汁 223
ししゃ 使者 182
じしゃく 磁石 177
しじゅう 四十 310
ししゅう(詩集→詩 196
しじゅうくにち 304
じしょ 辞書 197
ししょう 師匠 158
しじん 詩人 196
じしん 自信 9
じしん 地震 118
じすい 自炊 232
しずか 静か 26
しずく 雫 366
じせい 辞世 313
じせつ 時節 326
しそう 思想 295
じぞう 地蔵 303
しそく 紙燭 351
しそん 子孫 149
した 舌(言葉) 73
した 舌 267
した 下 341
じだい 地代 88
じだい 時代 329
したうち→舌 267
したぎ 下着 205
したく 仕度 52
したくきん 支度金 110
したごころ 下心 9
したじっこ 下地子 193
したしむ 親しむ 9
したつづみ 舌鼓 230
したてもの 仕立物 93
したてや 仕立屋 173
したまち 下町 253
したわしい→愛しい 2
したをだす 舌を出す 52
しちいれ 質入 85
しちがつ 七月 325
しちぐさ 質草 85
しちごさん 七五三 135
しちじゅう 七十 310
しちふくじん→宝船 130
しちや 質屋 183
しちょう→蚊帳 102
しちりん 七輪 236
じちんさい 地鎮祭 252
しつ 室 245
じつ 実 9
しつぎょう 失業 294
しつけ(躾→糸 93
しつこい 26
しっそ 質素 83
しっと 嫉妬 9
しっと→悋気 17
しっとり 27
しっぱい 失敗 52
じつぼさん→血の道 123
しつれん 失恋 9
しでん 市電 258
じてんしゃ 自転車 258
じどうしゃ 自動車 258
じどうしゃや(屋) 170
しとやか→上品 27
しなびた 萎びた 27
じなん 次男 147
しなん→教える 44
しにがお 死顔 312
しにがね 死金 88
しにがみ 死神 299
しにせ 老舗 163
しにどころ 死処 312
しにばな 死花 312
しにみず→死 311
じぬし 地主 158
しのびあい→密会 278
しのびあし→歩く 40
しばい 芝居 190
しばいうま 芝居馬 191
しはいにん 支配人 164
じばら 自腹 88
しはらう 支払う 86
しばらく 暫く 328
しばられる 縛られる 128
じひ 慈悲 9
じびょう→病気 119
しぶいかお 渋い顔 265
じぶつ 持仏 302
じぶん 自分 153
じぶん 時分 326
しへい(紙幣→札 89
シベリア 371
しぼり 絞り 207
しほん→資本家 289
しほんか 資本家 289
しま 島 365
しまい 姉妹 148
しまい 仕舞(終) 328
しまう 仕舞う 52
しまがら 縞柄 208
しまだ 島田 216
しまる 締まる 27
じまん 自慢 52
しみ 染 27
しみじみ 27
しみず 清水 366
しみる 染みる 27
じむいん 事務員 182
じむしょ 事務所 253
しめかざり 注連飾 135
しめころす 絞め殺す 314
しめだす→追い出す 43

しめる 閉める 52
しめる(説教) 128
しも 霜 360
しもばしら 霜柱 360
しもやけ 霜焼 121
しゃいん 社員 182
しゃか 釈迦 303
しゃかいなべ 社会鍋 290
じゃかご→籠 101
しゃがむ 52
じゃき 邪気 317
しゃく 癪 124
しゃく 酌 240
しゃく 笏 302
しゃく 尺 336
しゃくし 杓子 236
しゃくねつ 灼熱 362
しゃくはち 尺八 189
しゃくふ 酌婦 239
しゃくやく 芍薬 376
じゃこう 麝香 213
しゃしょう 車掌 186
しゃしん 写真 199
しゃしんき→カメラ 97
しゃしんや 写真屋 172
しゃそう 車窓 259
しゃちこばる→緊張 25
しゃちほこ 鯱鉾 253
しゃちょう 社長 182
シャツ 204
しゃっきん 借金 86
シャッポ 217
じゃのめ 蛇の目傘 216
しゃば 娑婆 289
じゃびせん 蛇皮線 189
しゃふ 車夫 186
しゃべる 喋る 52
しゃぼんだま 石鹸玉 140
じゃま 邪魔 27
しゃみせん 三味線 189
しゃみせんや(屋) 172
しゃも 軍鶏 384
しゃらく 写楽 160
じゃらす 52
しゃりき 車力 186
しゃりん→車 258
しゃれ 洒落 74
しゃれこうべ→髑髏 313
しゅ 朱 347
しゅいん 手淫 280
しゅう 衆 155
じゅう 銃 320
じゆう 自由 27
じゅういちがつ 十一月 326
じゅうえん 十円 89
じゅうがつ 十月 326
しゅうぎ 祝儀 81
しゅうきょう 宗教 304
しゅうきん→掛取 86
しゅうきんや 集金屋 86
じゅうく 十九 310
じゅうご 十五 310
じゅうご 銃後 319
じゅうこう→銃 320
じゅうごにち→七五三 135
じゅうさつ→刑 324
しゅうし 宗旨 304
じゅうじ 住持 305
じゅうじ 十時 327
じゅうじか→教会 307
じゅうしちや 十七屋 186
じゅうしょく 住職 305
しゅうじん 囚人 324
しゅうてん 終点 257
しゅうでん→電車 259
しゅうと 舅 145
しゅうとめ 姑 145
じゅうにがつ 十二月 326
じゅうにじ 十二時 327
じゅうのう 十能 103
じゅうばこ 重箱 237
じゅうはち 十八 310
シュウマイや(屋) 167
じゅうもんじ 十文字 342
じゅうや→お十夜 134
じゅうやく 重役 182
じゅうよっか 十四日 304
じゅうろく 十六 310
じゅうろくしち 310
しゅかん 主観 297
しゅき 酒器 237
しゅぎ 主義 296
しゅぎょう 修行 304
じゅぎょう 授業 129
しゅくすい→二日酔 242
しゅくちょく 宿直 184
しゅくめい→運命 127
しゅこう→工夫 48
しゅし(種子→種 179
しゅじゅつ 手術 120
しゅしょく 主食 221
しゅじん→主 158
しゅす 繻子 211
じゅず 珠数 304
じゅずや 数珠屋 172
しゅだん 手段 53
じゅつ 術 318
しゅっけ 出家 305
しゅっさん→お産 113
しゅっせ 出世 181
しゅっせい 出征 319
しゅっぱつ→発つ 256
しゅとう 種痘 123
しゅび 首尾 53
しゅふ 主婦 143
しゅみ 趣味 136
じゅみょう 寿命 309
じゅん 順 337
じゅん(純→清い 24
しゅんが 春画 198
しゅんかん 瞬間 327
じゅんさ 巡査 183
じゅんぎょう→旅役者 191
じゅんちょう→首尾 53
じゅんれい 巡礼 305
じょい 女医 185
しょう→背負う 54
しょう 升 337
じょう 嬢 151
じょう 錠 249
しょうか 唱歌 188
しょうが 生姜 225
しょうかいじょ 紹介所 292
しょうがつ 正月 130
じょうかんや 上燗屋 239
しょうき 鍾馗 133
しょうぎ 将棋 138
じょうきせん 蒸気船 261
じょうげ 上下 341
しょうこ 証拠 27

じょうご 上戸 241
しょうこう 焼香 117
じょうざ 上座 77
じょうさいや 定斎屋 171
しょうじ 障子 248
しょうじ 生死 308
じょうし 情死 313
しょうし(笑止→馬鹿らしい) 33
しょうじがえ→大掃除 95
しょうじき 正直 9
しょうじょ 少女 151
しょうじん 精進 305
じょうず 上手 27
しょうせつ 小説 196
しょうだん 商談 77
じょうだん 冗談 74
しょうち 承知する 53
しょうち 承知せず 53
しょうちゅう 焼酎 239
じょうど 浄土 315
しょうにいしゃ(医者) 185
しょうにか 小児科 120
しょうにん 商人 162
しょうねん 少年 152
じょうねん 情念 9
しょうのう 樟脳 95
しょうばい 商売 162
じょうばこ→文箱 100
しょうひょう 商標 291
しょうびょうへい 320
じょうひん 上品 27
しょうふ 娼婦 284
しょうぶ 菖蒲 133
しょうぶ 勝負 318
しょうぶ→博打 141
しょうぶ 菖蒲 376
じょうふ→間夫 112
しょうふだ 正札 162
しょうぶゆ 菖蒲湯 133
しょうべん 小便 276
じょうほう 情報 182
しょうぼうしょ 352
じょうまえや 錠前屋 172
しょうめいしょ 証明書 92
しょうもん 証文 92
じょうもん 定紋 208
しょうや 庄屋 158
しょうゆ 醤油 230
じょうるり 浄瑠璃 194
しょうわ 昭和 329
ショール 218
しょか(書架→本箱 247
しょかい 初会 282
じょがくせい 女学生 128
しょきみまい(見舞) 81
じょきゅう 女給 165
しょく 職 292
しょくじ 食事 220
しょくちゅうどく 123
しょくどう 食堂 167
しょくにん 職人 172
しょくば→職 292
しょくぶつ 植物 372
しょけ(所化→僧 305
じょげん 助言 73
じょこう 女工 178
しょさ 所作 191
しょさい 書斎 245
じょさいない 如才ない 27
しょじょ 処女 279
しょせい 書生 157
じょせいき 女性器 281
しょたい→世帯 82
じょたいへい 除隊兵 320
しょたいめん 初対面 77
じょちゅう 女中 159
しょちょう 署長 184
しょっき 食器 237
しょっきゃく→居候 158
しょっこう 職工 178
しょて 初手 328
しょなのか 初七日 304
じょなん 女難 111
しょもつ 書物 197
しょや 初夜 109
じょや 除夜 136
じょゆう 女優 191
しょるい 書類 92
じょろう 女郎 284
じょろうがい 女郎買 282
しらうお 白魚 228
しらが 白髪 215
しらがぞめ 白髪染 215
しらたま(食) 白玉 234
しらたま→露 361
しらない 知らない 53
しらぬま→いつの間 327
しらは→歯 268
しらびょうし 白拍子 194
しらふ 素面 28
しらべる 調べる 53
しらほ→帆 261
しらみ 虱 384
しらみとり 虱取り 95
しられる→知る 53
しり 尻 270
しりぞく 退く 53
しりにしく 尻に敷く 53
しりょう(死霊→霊 316
しる 知る 53
しる 汁 223
しるこ 汁粉 234
しるこや 汁粉屋 166
じれい(辞令→勤め 181
じれったい 9
しろ 城 253
しろ 白 347
しろうと 素人 156
しろざけ 白酒 239
しろざけや 白酒屋 239
しろたび 白足袋 219
しろむく→八朔 283
じろりみる→睨む 61
しわ 皺 342
しわ 皺(肌) 274
しわい→ケチ 25
しわす 師走 135
じんかく 人格 28
じんきょ 腎虚 280
しんきろう 蜃気楼 363
しんぐ 寝具 101
しんけい 神経 274
しんけいすいじゃく 123
しんけいつう 神経痛 123
しんけん 真剣 10
じんこう(人口→評判 34
しんこきゅう→呼吸 276
しんこん 新婚 109
しんさい→地震 118

しんし 紳士 152
しんしつ 寝室 245
じんじゃ 神社 301
しんしゅ 新酒 239
しんじゅ 真珠 213
しんじゅう 心中 313
しんじる 信じる 10
しんじん 信心 300
じんせい 人生 308
しんせたい→新世帯 82
しんせつ 親切 53
しんぜん 神前 301
しんぞ→御新造 143
しんぞう 心臓 274
しんだい 身代 84
しんちゃうり 新茶売 168
しんない 新内 188
しんねこ→差向い 282
しんねん 新年 130
しんぱい 心配 10
しんぴ 神秘 28
しんぶん 新聞 199
しんぶんしゃ 新聞社 199
しんぺい 新兵 320
じんぼう(人望→評判 34
しんぼう→我慢 4
しんぼく 神木 301
しんぼち→僧 305
しんみょう→お針 173
しんみり→しみじみ 27
じんめ 神馬 301
じんめい 人名 159
しんゆう 親友 78
しんり 真理 296
じんりきしゃ→車 258
しんるい 親類 148
じんるい 人類 156
しんるいがき 親類書 92

●す

す 酢 230
す 巣 379
すあし 素足 273
すい→粋 20
すいか 西瓜 233
すいかうり 西瓜売 166
すいがら 吸殻 243
すいきょう→物好き 157
すいぎん 水銀 368
すいこまれる 53
すいしゃ 水車 180
すいしょう 水晶 213
すいじん 水神 299
すいつける 242
すいへい 水兵 320
すいもの 吸物 223
すう 吸う 242
すうじ 数字 334
ずうずうしい 28
すえっこ 末っ子 115
すがお 素顔 265
すがた 姿 269
ずがたかい→高慢 49
すがたみ 姿見 213
すがる 縋る 53
すき 好き 10
すぎ 杉 376
すきこ→髪結 173
すきて 梳手 105
すきとおる 透通る 28
すきま 隙間 339
すきやき すき焼き 229
すきやきや すき焼屋 167
すぎる 過ぎる 328
ずきん 頭巾 217
すく 梳く 214
ずく 木兎 384
すくう 救う 290
すけだち→助ける 55
スケッチ 198
すけん 素見 282
すごい 凄い 28
すこし 少し 338
すごろく 双六 138
すし 鮨 231
すしや 鮨屋 167
すず 鈴 345
すずかけ 篠懸 376
すすき 芒 376
すずしい 涼しい 363
すすはき→大掃除 95
すずみ 涼み 134
すずみだい 涼み台 134
すずみぶね 涼み舟 134
すすむ 進む 53
すずむし 鈴虫 384
すずめ 雀 384
すずめやき 雀焼 229
すすめる 勧める 53
すずめわな 雀罠 181
すずり 硯 202
すすりなき→泣く 11
すずりばこ 硯箱 202
すそ 裾 206
すそもよう→裾 206
スター→俳優 191
ずたずた→破れ 38
すだち→巣 379
すだれ 簾 248
すだれ→忌中札 117
スタンド→電灯 349
ずつう 頭痛 123
すっぽん 228
すっぽんや 泥亀屋 167
すてご 捨子 115
すてことば→啖呵 75
すてっぺん→最初 97
ステッキ 328
ステテコ 205
すてどころ 捨所 370
すてばち→自棄 9
すてる 捨てる 54
ストーブ 104
ストライキ 294
ストやぶり(破り) 294
すな 砂 369
すなあそび 砂遊び 140
すなお 素直 28
すなぼこり 砂埃 369
すね 脛 273
すねかじり 脛かじり 158
すねる 拗ねる 54
スパイ 182
すはだ→肌 274
すばらしい 28
ずぶぬれ→濡れる 32
すべ(術→手段 53
すべる 滑る 54
スポーツ 137
ズボン 205
スポンサー→広告 291

すみ 炭 103
すみ 墨 202
すみ 隅 339
すみうり 炭売 169
すみえ 墨絵 197
すみこみ→働く 292
すみぞめ 墨染 306
すみだわら 炭俵 100
すみつぼ 墨壺 175
すみとり 炭取 103
すみび 炭火 351
すみや 炭屋 170
すみやき 炭焼 181
すみれ 菫 376
すむ 澄む 28
すむ 住む 54
すむ(済む→終る 23
すもう 相撲・角力 137
すもうとり 角力取 137
スリ→盗人 323
すりこぎ 擂粉木 236
スリッパ→上草履 219
すりばち 摺鉢 236
する 54
ずるい 28
するどい 鋭い 28
すれちがう すれ違う 54
すわる 座る 54
すん 寸 337
すんぽう 寸法 94

●せ

せ 瀬 365
せい 背 270
せい 性 279
ぜい 税 289
せいえき 精液 281
せいかつ 生活 82
せいかつなん 生活難 83
せいき 性器 281
せいき 世紀 329
せいきゅうしょ→書出し 92
せいくらべ→背 270
せいこう 成功する 54
せいざ 星座 355
せいし 西施 161
せいじ 政治 288
せいじゃ 聖者 307
せいしゅん 青春 311
せいしょ 清書 200
せいしょ 聖書 307
せいしょうなごん 160
せいしょくき 生殖器 281
せいじん→聖者 307
せいせき→勉強 129
せいてん→晴れる 361
せいと 生徒 128
せいどう 聖堂 307
せいねん 青年 152
せいふく 制服 204
ぜいむしょ 税務署 183
せいもん(誓文→誓う 283
せいよう 西洋 371
せいよく 性欲 280
せいり 生理 275
ぜいり 税吏 183
せいりょういんりょう 232
せいろう 蒸籠 236
セーター→毛糸 210
せおう 背負う 54
せかい 世界 371
せがき 施餓鬼 300
せがむ 55
せがれ 147
せき 席 192
せき 咳 277
せきしょ 関所 184
せきぜん(積善→善 28
せきぞろ 節季候 195
せきたん 石炭 368
せきとう(石塔→塔 314
せきとり→相撲取 137
せきにん 責任 28
せきばらい 咳払い 277
せきゆ 石油 103
せぎょうぶろ(施行) 105
せきれい 鶺鴒 384
せく 急く 42
せけん 世間 80
ぜげん 女衒 291
せけんてい 世間体 80
セコンド→秒 327
せじ 世辞 76
せじ(世事→世間 80
せせらぎ 365
せそう 世相 289
せたい 世帯 82
せっかい 石灰 175
せっかち 28
せっかん 折檻 128
せっきょう 説教 127
セックス SEX 279
せっけん 石鹸 106
せっこう 斥候 320
ぜっこう→仲たがい 111
せっしょう 殺生 314
せった 雪駄 219
せっちん 雪隠 248
せつない 10
せっぷく 切腹 314
せつぶん 節分 132
せつやく 節約 83
せつよう→辞書 197
せとぎわ 瀬戸際 327
せともの→陶磁器 199
せとものや 瀬戸物屋 170
せなか 背中 270
ぜに 銭 87
ぜにぐるま 銭車 177
ぜにさし 銭緡 89
ぜになし 銭無し 85
ぜにばこ 銭箱 100
せのび 背伸び 55
せびろ(背広→洋装 204
せまい 狭い 340
せまる 迫る 55
せみ 蝉 384
せみのこえ 蝉の声 346
せめる 責める 55
セメント 175
せり 芹 376
セル 210
せわ 世話 81
せわしい→忙しい 20
せん 銭 89
せん 千 336
せん 線 342
ぜん 善 28
ぜん 膳 221
せんえん 千円 89
ぜんかもの 前科者 324

せんき→神経痛 123
せんきょ 選挙 288
せんご 戦後 319
ぜんご 前後 340
せんこう 線香 117
せんし 戦死 319
せんじゅかんのん 303
せんじょう 戦場 319
せんじる 煎じる 125
せんす(扇子→扇 97
せんすいき 潜水器 177
せんせい 先生 129
せんぞ 先祖 149
せんそう 戦争 319
せんだい 先代 149
せんたく 洗濯 94
せんたくや 洗濯屋 173
せんたん 先端 342
せんち(戦地→戦場 319
せんちょう 船長 186
せんどう 船頭 186
せんとう→湯屋 104
せんにん 仙人 317
ぜんにん 善人 156
せんねん 千年 329
せんぷうき 扇風機 97
せんべい 煎餅 234
せんゆう 戦友 78
せんりゅう→句 196
せんりょうばこ(箱) 89
せんろ 線路 259

●そ

そう 僧 305
そうのつま(妻→大黒 143
ぞう 像 198
ぞう 象 384
そうあげ 総揚げ 283
そうあん→家 243
ぞうかしゅ 造化主 299
そうぎ 争議 294
そうぎしゃ 葬儀社 117
ぞうきん 雑巾 99
ぞうげ 象牙 175
そうし 双紙 196
そうじ 掃除 94
そうしき 葬式 117
そうじや 掃除屋 178
そうじょう 僧正 306
そうしんぐ 装身具 213
そうず(添水)→鳴子 180
ぞうすい 雑炊 222
そうだん 相談 55
そうちょう 早朝 331
ぞうとう 贈答 81
そうなん 遭難 118
ぞうに 雑煮 131
そうばし 相場師 289
ぞうひょう 雑兵 319
そうまとう 走馬灯 350
そうめん 素麺 222
ぞうり 草履 219
ぞうりとり 草履取 321
そうれい 葬礼 117
そえぢ 添乳 116
ぞく 賊 324
ぞくしん 俗信 126
そくはつ 束髪 216
そこ 底 341
そこねる→失敗 52
そざい 素材 210
そせい→生き返る 308
そだち→育てる 116
そだてる 育てる 116
そつぎょう 卒業 129
そっちゅう→脳卒中 124
そっと 29
そで 袖 206
そでぐち 袖口 206
そと 外 341
そねむ→嫉妬 9
そば 蕎麦 222
そば 蕎麦(晦日) 136
そばかす 雀斑 275
そばや 蕎麦屋 167
そばきり→蕎麦屋 167
ソファー 246
そぼ 祖母 153
そむく 背く 55
そめ 染め 208
そめものや 染物屋 173
そら 空 353
そらどけ 空解 209
そらね 空寝 107
そらまめ→豆 226
そりはし 反橋 260
そる 反る 55
そる 剃る 212
それぞれ 29
そろう 揃う 29
そろばん 算盤 177
そん 損 85
そんけい 尊敬 10
そんごくう 孫悟空 161
そんちょう→長 159

●た

た 田 178
たい 鯛 228
たいいん 退院 120
たいおんき 体温器 120
たいかく 体格 268
だいかぐら 太神楽 195
たいぎょう→スト 294
だいく 大工 174
たいくつ 退屈 10
たいげん→大風呂敷 74
たいこ 太鼓 189
たいこ→藪医者 185
たいこ→昔 329
だいこく 大黒 143
だいこん 大根 225
たいこもち→幇間 286
だいさん 代参 300
だいし 大師 300
だいじ 大事 29
たいしつ 体質 122
たいしゅう→民衆 155
だいしょ 代書 182
たいしょう 大将 158
たいしょう 大正 329
だいしょう 大小 322
たいしょくかん 220
だいじん 大尽 112
だいじん→内閣 288
たいじんこく 大人国 317
たいそう 体操 137
たいだ 怠惰 29
だいたん→勇ましい 20
だいち 大地 366
だいどう 大道 368
だいどうげい 大道芸 195

だいどころ 台所 247
たいない 胎内 113
たいにん(耐忍→耐える 10
だいのじ→寝転ぶ 61
タイピスト 182
だいひつ 代筆 182
たいふう 台風 359
だいふく 大福 234
だいふくちょう 202
だいぶつ 大仏 303
たいほう 大砲 320
たいまつ 松明 351
だいみゃく 代脈 185
だいみょう 大名 159
ダイヤ 213
だいやく(代役→付合 81
たいよう 太陽 355
たいら 平ら 342
だいり(内裏→雛 132
だいれいふく 大礼服 204
たうえ 田植 179
たうえうた 田植唄 188
たえる 耐える 10
たえる(絶→消える 24
たおす→倒れる 55
たおれる 倒れる 55
たか 鷹 384
たかい 高い 341
たがいに 互いに 29
たかいびき→鼾 277
たかしまだ 高島田 110
だがしや 駄菓子屋 166
たかっけい→角 342
たかね(高音→鳴く 346
たかびしゃ→いばる 42
たがやす 耕す 179
たから 宝 214
たからくじ 宝くじ 141
たからぶね 宝船 130
たかり→油虫 158
たかる 55
たかわらい→笑う 17
たき 滝 366
だきしめる→抱く 55
だきつく 抱きつく 55
たきつぼ→滝 366
たきび 焚火 351
たく 炊く 232
たく 焚く 351
だく 抱く 55
たくあん→漬物 225
タクシー 258
だくしゅ 濁酒 239
たくみ→大工 174
たくらみ→謀 62
たけ 竹 376
たけ(丈→寸法 94
たけうま 竹馬 140
たけがり 茸狩 135
たけのこ 筍 226
たけみつ 竹光 322
たこ 凧 140
たこ(出来物) 121
たこ 蛸 228、385
たごと 田毎 179
だし 出汁 230
だし 山車 302
たしなみ→教養 298
たしなめる 55
たしょう 多少 337
だす 出す 55
たすき 襷 99
たすきがけ→襷 99
たすける 助ける 55
たずねる 訪ねる 56
たそがれ→夕暮 332
たたかい→戦争 319
たたかう 闘う 318
たたく 叩く 56
ただしさ→真理 296
たたみ 畳 248
たたみがえ→大掃除 95
たたみや 畳屋 174
たたむ 畳む 56
たち 太刀 321
たち(性→気性 24
たちいた 裁板 93
たぢからお 手力雄 152
たちぎき 立聞 56
たちとり 太刀取 324
たちのき 立ち退き 83
たちばなし 立話 77
たつ 発つ 256
たっきゅう 卓球 137
たっしゃ 達者 121
たづな 手綱 262
たっぴつ 達筆 200
たっぷり→多い 337
たてかえ 立替 88
たてかける 56
たてぐ 建具 248
たてひざ 立膝 274
だてまき→しごき 209
たてまつる 奉る 56
たてもの 建物 252
たてる 建てる 252
たとえる 56
たどん 炭団 103
たな 棚 245
たなおろし 店卸し 163
たなぎょう 棚経 134
たなこ 店子 244
たなだて→立ち退き 83
たなちん 店賃 88
たなばた 七夕 133
たに 谷 364
たにがわ→川 365
たにん 他人 154
たにんぎょうぎ(行儀 80
たぬき 狸 385
たぬきじる 狸汁 223
たぬきね 狸寝 107
たね 種 179
たのしい 楽しい 10
たのむ 頼む 56
たのもしい 頼もしい 29
たのもしこう 頼母子講 77
たば 束 338
たばこ 煙草 242
たばこいれ 煙草入 243
たばこのわ(輪) 242
たばこぼん→灰吹 243
たばこや 煙草屋 171
たび 足袋 219
たび 旅 256
たびごころ 旅心 256
たびたび 337
たびにっき→日記 202
たびびと 旅人 256
たびまくら 旅枕 256

たびむかえ→旅 256
たびや 足袋屋 170
たびやくしゃ 旅役者 191
たべものや 165
たべる 食べる 220
たべん 多弁 73
たぼ 髱 215
たま(偶) 327
たまぐし 玉串 301
たまくら 手枕 272
たまご 玉子 224
たまござけ 玉子酒 239
たまごや 玉子屋 168
たましい 魂 316
だます 騙す 56
たまずさ 玉章 91
たまだな 霊棚 134
たまてばこ 玉手箱 317
たまねぎ 玉葱 226
たまのこし→結婚 109
たまよけ→徴兵 319
だまる 黙る 29
だまる→黙(もく)す 37
たみ(民→民衆 155
ダム 365
たむけ 手向 301
たむし 田虫 121
ため 為 29
だめ 駄目 29
ためいき 溜息 276
ためる 溜める 56
ためる 貯める(金) 84
たもと 袂 206
たゆう 太夫 284
たより 便り 91
たよりない 頼りない 29
たよる 頼る 57
たらい 盥 100
ダラかん ダラ幹 294
たりない 足りない 29
ダリヤ 376
たる 樽 100
たるがい 樽買 169
だるま 達磨 306
だれ 誰 154
たわむれる 戯れる 57
たわら 俵 100
だん 談 77
だん 団 155
だんあつ 弾圧 295
たんか 啖呵 75
たんか 短歌 196
だんか 檀家 306
だんがん 弾丸 320
たんき→せっかち 28
だんけつ 団結 295
だんご 団子 234
たんこう 炭鉱 178
だんごや 団子屋 166
たんざく 短冊 203
だんじき 断食 305
だんじょ 男女 156
たんしょ→欠点 25
たんじょうび 誕生日 325
だんしょく→陰間 280
たんす 箪笥 247
ダンス 192
だんせいき 男性器 281
たんぜん→どてら 210
だんたい→団 155
たんてい 探偵 182
たんでき→夢中 15
たんでん(丹田→腹 269
だんな 旦那 144
だんぱつ 断髪 215
だんぼう 暖房 103
だんまり 30
たんめい 短命 309
だんらん 団欒 83
だんろ 暖炉 104

●ち

ち 血 275
ち 地 366
ちいさい 小さい 343
ちえ 智恵 297
ちえのわ 智恵の輪 138
ちえぶくろ 智恵袋 298
ちかい 近い 340
ちかう 誓う 57
ちかう 誓う(遊女) 283
ちがう 違う 30
ちかそしき 地下組織 318
ちかづき→顔馴染 78
ちかみち 近道 368
ちから 力 277
ちからいし→力持 277
ちからくらべ 力競べ 139
ちからもち 力持 277
ちきゅう 地球 367
ちきゅうぎ 地球儀 177
ちぎる 千切る 57
ちくおんき 蓄音器 97
ちくふじん 竹婦人 101
ちこく 遅刻 328
ちじ 知事 158
ちしお 血汐 309
ちしゃ(智者→博学 157
ちじょう 地上 367
ちず 地図 198
ちせい 知性 298
ちそう 馳走 221
ちち 乳 116
ちち 父 146
ちち→乳房 269
ちぢこまる 縮こまる 57
ちぢみ 縮 207
ちぢれげ 縮れ毛 215
ちっそく 窒息 276
チップ 88
ちっぽけ 343
ちどり 千鳥 385
ちねつ 地熱 367
ちのみち 血の道 123
ちばしる 血走る 275
ちぶくれ→血 275
ちぶさ 乳房 269
ちぶさがくろむ→妊娠 112
ちまき 粽 223
ちもらい 乳貰い 116
ちゃ 茶 235
ちゃ 茶(色) 346
ちゃうけ→お茶請 235
ちゃかい 茶会 235
ちゃしつ 茶室 235
ちゃじん 茶人 235
ちゃせん 茶筅 235
ちゃだい 茶代 88
ちゃたく 茶托 235
ちゃづけ 茶漬 222
ちゃつみうた 茶摘唄 188

ちゃのゆ 茶の湯 235
ちゃばしら 茶柱 235
ちゃぶくろ 茶袋 235
ちゃぶだい→机 246
ちゃみせ 茶店 165
ちゃめし 茶飯 222
ちゃや 茶屋 165
ちゃや→舟宿 285
ちゃや→中宿 285
チャルメラ→喇叭 345
ちゃわん 茶碗 237
ちゃわんざけ 茶碗酒 239
ちゅうごし 中腰 270
ちゅうざい→交番 183
ちゅうしゃ 注射 120
ちゅうふう→脳卒中 124
ちゅうもん→店員 164
ちゅうゆじょ 注油所 170
チューリップ 376
ちょう 長 159
ちょう 蝶 385
ちょうし 調子 189
ちょうし→徳利 238
ちょうじゃ 長者 84
ちょうじゅ→長命 309
ちょうしんき 聴診器 120
ちょうず 手水 247
ちょうせんにんじん →人参 125
ちょうたん 長短 343
ちょうちょ 蝶々 385
ちょうちん 提灯 350
ちょうちんや 提灯屋 170
ちょうつがい 蝶番 249
ちょうどいい→都合 58
ちょうない 町内 253
ちょうなん 長男 147
ちょうねん→年期 293
ちょうへい 徴兵 319
ちょうみりょう 230
ちょうめい 町名 255
ちょうめい 長命 309
ちょうめん 帳面 202
ちょうり 調理 232
ちょうりぐ 調理具 235
チョーク 201
ちよがみ 千代紙 202
ちょき 猪牙 261
ちょきん 貯金 84
ちょくし 勅使 182
チョコレート 233
ちょこ 猪口 238
ちょんまげ→髪型 215
ちらし→引札 291
ちらしがき(書) 196
ちり 塵 95
ちりめん 縮緬 207
ちる 散る 372
ちろり 240
ちわげんか→口舌 47
ちをはく→血 275
ちん 狆 385
ちんきゃく 珍客 78
ちんぎん 賃金 293
ちんまり 343
ちんもく 沈黙 30
ちんもちや 賃餅屋 173
ちんれつ 陳列 164

●つ

つい 対 203
ついしょう→世辞 76
つうしん 通信 90
つうちょう→帳面 202
つうやく 通訳 182
つえ 杖 97
つか 柄 322
つがい 番い 379
つかい→使者 182
つかい→文使い 91
つかいこみ 使いこみ 323
つかう 使う・遣う 57
つかまえる 捕まえる 57
つかまる 捕まる 57
つかむ 掴む 57
つかれる 疲れる 57
つき 月 353
つきあい 付合 81
つきあたる 57
つぎのま→間 245
つきひ 月日 328
つきまとう 57
つきみ 月見 134
つきみ 月見(廓) 283
つきみそう 月見草 376
つきよ 月夜 354
つく 突く 57
つぐ 酌ぐ 240
つくえ 机 246
つくし 土筆 376
つくづく→しみじみ 27
つけぎ(付木→マッチ 103
つけぐち 告口 75
つけこむ つけ込む 58
つけぶみ 付文 91
つけもの 漬物 225
つげる 告げる 58
つごう 都合 58
つじ 辻 254
つじうたい 辻謡 196
つじうら 辻占 126
つじうらや 辻占屋 126
つじどう(辻堂→堂 307
つたえる 伝える 58
つち 土 369
つち→鉄槌 175
つちけむり 土煙 369
つちこね→左官屋 174
つちになる 土になる 312
つちのか 土の香 179
つっかいぼう(棒) 249
つつがなく→無事 34
つづく 続く 30
つつしむ 慎む 10
つっつく→突く 57
つつましい→慎しむ 10
つづみ 鼓 189
つつむ 包む 58
つづら→行李 101
つと→土産 256
つとめ 勤め 181
つな 綱 175
つなぐ 繋ぐ 58
つなみ 津波 118
つねぎ→普段着 204
つねる 58
つの 角 379
つのつきあい→いさかい 41
つのをだす→悋気 17
つば 唾 275
つばき 椿 376

つばめ 燕 385
つぶす 潰す 83
つぶて 369
つぼ 壺 101
つぼざら 壺皿 141
つぼみ 蕾 151
つぼやき→さざえ 228
つま 妻 143
つま 褄を取る 194
つま(亡妻)→亡き 118
つまさき 爪先 273
つまだつ→歩く 40
つまづく 58
つまびき 爪弾き 188
つまみぐい(食) 220
つまむ 摘む 58
つまらない 10
つみ 罪 322
つみき 積木 139
つみくさ 摘草 179
つむ 積む 58
つむじかぜ(風) 358
つめ 爪(楽器) 188
つめ 爪(体) 272
つめたい 冷たい 11
つめのひ 爪の火 84
つめる→つねる 58
つや 通夜 117
つやめく 艶めく 278
つゆ 梅雨 333
つゆ 露 361
つよい 強い 30
つら 面(顔) 265
つらあて→当てつけ 40
つらい 辛い 11
つらのかわ 面の皮 265
つらら 氷柱 361
つり 釣り 136
つりかわ→電車 259
つりざお 釣竿 136
つりせん 釣銭 163
つる 蔓 373
つる 鶴 385
つるはし 鶴嘴 175
つるべ 釣瓶 247
つれ 連れ 155
つれない→冷たい 11
つれびき→弾く 188
つれる 連れる 58
つんとする 58

●て

て 手 270
であい 出合茶屋 285
であい→密会 278
であう→逢う 39
てあし 手足 273
てあて→賃金 293
てあらい→手水 247
ていき 定期 257
ていしゃ 停車 257
ていしゃば 停車場 257
ていしゅ 亭主 144
ていじょ 貞女 150
ていそう 貞操 279
ていねん 定年 182
でいり 出入 58
でいり→御用聞 164
デート 278
テープ 100
でおんな 出女 284
でかい 343
てかがみ 手鏡 213
でかける→外出 96
てがた 手形(関所) 184
てがた 手形(利殖) 288
てがみ 手紙 91
てがる 手軽 30
でがわり 出代り 293
てき 敵 318
できごころ 出来心 11
できない 出来ない 58
できる 出来る 58
できる 出来る→性 279
でごうし→格子 250
でこぼこ 凸凹 342
でし 弟子 157
てじな 手品 195
てじゃく 手酌 240
てじょう 手錠 324
てしょく 手燭 351
ですぎる 出過ぎる 59
てすり 手摺り 260
てそうみ 手相見 126
てだい 手代 159
てだま→弄ぶ 69
でたらめ 30
てちょう 手帳 202
てつ 鉄 368
てつがく 哲学 298
てっかば→賭場 141
てつき 手つき 271
てつだう 手伝う 59
てつじん 哲人 156
でっち 丁稚 159
てっつい 鉄槌 175
てつどう 鉄道 258
てつびん 鉄瓶 236
てっぽう 鉄砲 320
てつめんぴ 鉄面皮 265
でどころ 出処 370
てながじま 手長島 317
てならい 手習い 190
てならいぼん 手習本 190
てにおえない 30
てぬき 手抜き 30
てぬぐい 手拭 98
てのすじ→手相見 126
てのひら 手の平 271
デパート 163
てぶくろ 手袋 99
でぶしょう→不精 34
でふね 出舟 261
てぶら 手ぶら 81
てまえ 手前 153
でまえもち 出前持 164
てまどる 手間取る 59
てまね 手真似 271
てみやげ 手土産 81
でむかえ→迎える 68
デモ 295
てもと→持合せ 88
でもどり 出戻り 111
てら 寺 306
てらおとこ 寺男 306
てる 照る 361
でる 出る 59
テレビ 90
てれる→はにかむ 13
てをあらう(洗う) 271
てをあわせる 271

てをかざす 271
てをかりる(借りる) 271
てをたたく(叩く) 272
てをにぎる(握る) 271
てをはさむ 271
てをひく(引く) 271
てをふく(拭く) 271
てをふる(振る) 271
てん 展 198
てん 天→天上 315
てん 天(空) 353
てんいん 店員 164
てんか 天下 288
でんがく 田楽 231
でんがくや 田楽屋 167
てんかふん 天花粉 106
てんき 天気 361
でんき→電灯 349
てんきよほう 361
てんぐ 天狗 317
てんこう 転向 296
てんごく 天国 315
てんさい 天災 118
てんさい 天才 157
てんし 天使 315
でんしゃ 電車 259
でんじゅ→教える 44
てんじょう 天井 246
てんじょう 天上 315
でんしょばと 伝書鳩 129
でんしん 電信 254
でんせん 電線 254
てんち 天地 367
てんち→引越し 96
でんちゅう 電柱 254
でんとう 電灯 349
でんどうし 伝道師 307
てんとうふ 点灯夫 349
てんにょ 天女 315
てんにん 天人 316
てんびん 天秤 177
てんぷら 天婦羅 231
てんぷらや 天麩羅屋 167
でんぽう 電報 90
てんません 伝馬船 261
てんめい 天命 309
でんわ 電話 90
でんわき 電話器 90
でんわぐち 電話口 90
でんわせん 電話線 90
でんわこうかんしゅ 182

●と

と 戸 249
ドア 249
といき→溜息 276
といし 砥石 176
といだけうり 樋竹売 169
ドイツ 独逸 371
トイレ→雪隠 248
とう 問う 59
とう 塔 314
どう 堂 307
とういす 籐椅子 246
どうか 銅貨 89
とうかいどう 東海道 256
どうかせん→火薬 320
とうがらし 唐辛子 231
どうぎ(胴着→洋装 204
とうきょう 東京 255
どうぐ 道具 175
どうくつ 洞窟 364
どうぐや 道具屋 170
とうげ 峠 364
どうけ 道化 191
とうけん 刀剣 321
とうけんや 刀剣屋 170
とうさん 父さん 146
とうじ 湯治 106
とうじ 冬至 333
とうじき 陶磁器 199
どうじゃ 同者 305
どうじょう 同情 11
とうしん 灯心 351
とうじん 唐人 161
どうする 59
どうそうかい 同窓会 81
とうだい 灯台 349
どうちゅう 道中 256
どうづく→突く 57
どうてい 童貞 279
とうとい 尊い 30
とうば 塔婆 314
とうふ 豆腐 224
どうぶつ 動物 378
どうぶつえん 動物園 254
とうふや 豆腐屋 168
とうみょう 灯明 245
とうみん 冬眠 333
とうもろこし 226
とうよう 東洋 371
とうらい(到来→贈答 81
どうり 道理 297
とうろう 灯籠 133
とうろうながし 133
どうろくじん 道陸神 299
とおい 遠い 339
とおえん→親類 148
とおからず→じき 327
とおざかる 339
とおで 遠出 136
とおのり 遠乗 136
とおめがね 遠眼鏡 177
とおり 通り 254
とおりもの→博打打 157
とおる 通る 59
とが 咎 323
とかい(都会→都 254
とき 時 327
どき 時(〜時) 326
ときがり 時借 86
ときものや 研物屋 172
ときゅう 土弓 138
とぎゅうば 屠牛場 178
どきょう 度胸 30
とく 説く 296
どく 毒 322
どく→退(の)く 61
とくい 得意 30
どくガス 毒ガス 322
どくしゃく→手酌 240
とくしん→わかる 71
どくぜつ 毒舌 75
どくそう 毒草 322
どくふ 毒婦 150
どくろ 髑髏 313
とげ 刺 121
とけい 時計 97
とけいや 時計屋 172
とこ 床 101
どこ 何処 370

とこあげ 床上げ 120
とこしえ→永遠 329
とこずれ 床ずれ 121
とこのま 床の間 245
とこや 床屋 174
とこよ(常夜→毎日 330
ところ 所 370
ところてん 心太 234
ところてんうり(売) 165
とこをする 床をする 280
どざえもん 313
とざん 登山 137
とし 年 325
とし 年(齢) 309
としがみ 年神 131
としこし 年越 135
としごろ 年頃 310
としだま 年玉 130
としのいち 年の市 135
としのくれ 年の暮 135
としま 年増 150
とじまり 戸締り 249
どじょう 228
どじょうじる 鰌汁 223
としょかん 図書館 254
としより 年寄 152
とじる 閉じる 59
としわすれ 年忘れ 135
としをとる 年を取る 311
とそ 屠蘇 131
どぞう→蔵 253
とだな 戸棚 247
トタン 250
とち 土地 367
とちくるう→戯れる 57
どちらも→互いに 29
とつぐ 嫁ぐ 109
とっくり 徳利 238
どて 土手 367
どて 土手(遊郭) 285
どてっぱら→腹 269
どてら 210
どどいつ 都々逸 188
どとう→波・浪 364
とどける 届ける 59
となり 隣 79
となりざしき 隣座敷 282
どなる→大声 345
とのさま 殿様 159
とば 賭場 141
とび 鳶(職人) 174
とびいし 飛石 251
とびら→ドア 249
どびん 土瓶 236
とぶ 飛ぶ 59
どぶ(遊郭→鉄漿溝 286
どぶ 溝 251
とぼける 59
どま 土間 246
トマト 226
とまりきゃく 泊り客 257
とまる 泊る 257
とみ 富 84
とみふだ 富札 141
とむらい 弔い 117
とめおけ 留桶 100
とも 友 78
とも 供 155
ともえ 巴(人) 160
ともえ(巴→紋 208
ともかせぎ→稼ぐ 292
ともしらが 共白髪 308
とやまのくすりうり 171
どよう 土用 333
どようび 土曜日 325
どようぼし 土用干 95
とら 虎 385
どら(人) 157
トラック 258
とらのこ 虎の子 88
トランプ 138
とり 鳥 378
とりあわず→あしらう 39
とりい 鳥居 301
とりうちぼう→帽子 217
とりおい 鳥追 196
とりかえす→奪う 43
とりかご→籠 101
とりこみ→騒ぐ 51
とりさし 鳥刺 181
とりぜん 取膳 221
とりたて→肴 226
とりなべ 鳥鍋 229
とりのいち 酉の市 135
とりのけ 鳥の毛 379
とりまく 取り巻く 59
とりや 鳥屋 167
どりょく 努力 60
とる 取る 60
どれい 奴隷 291
どろ 泥 369
どろうみ→鉱毒 322
とろける→恍惚 25
トロッコ→作業車 176
どろぼう 泥棒 323
どろみず→苦界 285
とろろじる(汁) 223
どん(鈍→のろま 32
とんし 頓死 312
とんでゆく 60
とんど 132
トンネル 368
どんぶり 丼 237
とんぼ 蜻蛉 385
とんや 問屋 163

●な

な 名 161
な(名→評判 34
ない 無い 30
ないかく 内閣 288
ないぎ 内儀 142
ないしょ 内緒 60
ないしょく 内職 93
ないぞう 内臓 274
ナイフ 176
なえ 苗 179
なおる 治る 120
なか 中 341
なか 仲 111
なかい 仲居 165
ながい 長い 343
ながい(長居→長っ尻 78
ながいき→長命 309
ながうた 長唄 188
ながきひ→春日 332
ながぐつ→靴 218
ながざしき→長っ尻 78
ながし→台所 247
ながしめ 流し目 278
ながじゅばん 長襦袢 206

ながす 流す 106
ながたがい 仲たがい 111
ながっちり 長っ尻 78
なかなおり 仲直り 111
ながばなし 長話 77
ながひばち→火鉢 103
なかま 仲間 78
ながまくら 長枕 101
なかみせ→店 163
ながめる 眺める 60
ながや 長屋 244
なかやど 中宿 285
なかよし 仲良し 111
ながれ 流れ 365
なき 亡き 118
なぎ 凪 358
なきがお 泣顔 264
なきごと 泣言 74
なぎさ 渚 365
なきじょうご→泣く 11
なきっつら→泣顔 264
なぎなた 長刀 322
なく 泣く 11
なく 鳴く 346
なくこ 泣く子 11
なぐさまる 慰まる 60
なぐさめる 慰める 11
なくす 失くす 30
なぐる 殴る 60
なげいれ→生花 190
なげく 嘆く 12
なげこみ 投げ込み 284
なけなし 30
なげる 投げる 60
なこうど 仲人 110
なごり→愛着 1
なさけ→人情 12
なし 梨 233
なじみ→顔馴染 78
なじみ→遊客 281
なす 茄子 226
なずなうり 薺売 169
なぞ 謎 31
なだめる→慰める 11
なつ 夏 333
なつかしい 懐かしい 12
なづけ 名付 161
なっしょ 納所 183
なっとう 納豆 224
なっとうり 納豆売 168
なっぱふく→仕事着 204
なつまけ 夏負け 122
なつやすみ 夏休み 134
なつやせ 夏痩 122
なでしこ 撫子 376
なでる 撫でる 60
ななくさがゆ 七草粥 131
ななさい 七歳 310
ななめ 斜め 339
なにわぶし→節 188
なのはな 菜の花 376
なびかぬ 31
なびく 31
ナフキン→布巾 99
なぶる 60
なぶるかぜ(風) 358
なべ 鍋 235
なべやきや 鍋焼屋 167
なまあくび 生欠伸 277
なまいき 生意気 31
なまえい 生酔 241
なまけもの 怠け者 158
なまける→怠惰 29
なまこ 海鼠 228
なまざかな→肴 226
なます 膾 228
なまめく→艶めく 278
なまよい 生酔 241
なまり 訛 75
なみ 波・浪 364
なみだ 涙 12
なみだきん 涙金 88
なみだぐむ→涙 12
なみのはな→塩 230
なむ(南無→念仏 303
なやむ 悩む 12
なら 奈良 255
ならう→手習い 190
ならづけ→漬物 225
ならべる 並べる 60
なり 形 342
なりきん 成金 84
なりひら 業平 160
なりゆき→首尾 53
なる 成る 60
なる 鳴る 344
なるこ 鳴子 180
なるほど→感心 5
なれない 馴れない 31
なれなれしい 31
なれのはて→落ちぶれる 83
なれる 馴れる 31
なわ 縄 175
なわしろ 苗代 179
なわつき→前科者 324
なん→災難 118
なんきんまめ 南京豆 234
なんくせ 難癖 75
なんざん(難産→お産 113
なんじ 汝 154
なんてん 南天 377
なんぱせん→遭難 118
なんよう 南洋 371

●に

に 荷 185
にあう 似合う 31
にいづま 新妻 143
にうりや 煮売屋 168
にえきらない 31
におう 匂う 31
におうぞう 仁王像 303
におうもん 仁王門 301
にかい 二階 244
にがい 苦い 31
にがいかお 苦い顔 264
にがつ 二月 325
にがみ 苦味 230
にがわらい 苦笑い 12
にきび 275
にぎやか 賑やか 31
にぎりめし 握り飯 222
にぎる 握る 61
にく 肉 229
にくい 憎い 12
にくたい 肉体 268
にくや 肉屋 167
にぐるま→作業車 176
にぐるまひき→車力 186
にげごし→弱虫 38
にげこむ→逃げる 61

にげみず 逃げ水 363
にげる 逃げる 61
にげる→駈落 278
にごりざけ 濁酒 239
にごる 濁る 31
にさん 二三 335
にさんど→二三 335
にさんにち 二三日 335
にし 西 341
にじ 二時 326
にじ 虹 363
にしき 錦 210
にしきえ 錦絵 198
にしび 西日 355
にしめ 煮しめ 231
にじゅういち 二十一 310
にじゅうし 二十四 310
にじゅうしち 二十七 310
にせ 偽 31
にせくび(偽首→首 263
にそう(尼僧→尼 306
にだいめ 二代目 149
にちようび 日曜日 325
にちようひん 日用品 98
にっき 日記 202
にっきゅう 日給 293
にっこう→光 349
にっこうよく 日光浴 355
にっこり→笑う 17
にっしゃびょう 日射病 123
にっしょく 日蝕 356
にっすう 日数 329
にど 二度 335
にどめ→再婚 111
にばしゃ 荷馬車 262
にはち→蕎麦屋 167
にひゃくとおか 333
ニヒリズム 296
にほん 二本 335
にほん 日本 371
にほんご 日本語 75
にほんばし 日本橋 255
にまい 二枚 335
にまいじた 二枚舌 31
にまめや 煮豆屋 168
にもの 煮物 224
にゅうえい→出征 319
にゅうじょうしゃ 192
ニュース 289
にゅうどう 入道 306
にょう(尿→小便 276
にょうぼう 女房 142
にょごがしま→廓 285
にらむ 睨む 61
にらめっこ 睨めっこ 139
にる 似る 31
にる 煮る 232
にわ 庭 250
にわかあめ 俄雨 356
にわかざむらい(侍) 321
にわし→植木屋 174
にわたずみ→水溜り 366
にわとり 鶏 386
にんぎょう 人形 139
にんげん 人間 156
にんしょう 人称 153
にんじょう 人情 12
にんじん 人参(薬) 125
にんしん 妊娠 112
にんずう 人数 337
にんべつ(人別→戸籍 92

●ぬ

ぬいはくや 縫箔屋 173
ぬいものし→お針 173
ぬいもん→紋 208
ぬう 縫う 93
ぬえ 鵺 317
ぬかにくぎ→無駄 36
ぬかぶくろ 糠袋 106
ぬかみそ 糠味噌 224
ぬかるみ 泥濘 368
ぬきあし→歩く 40
ぬきえもん→襟元 206
ぬきぐし→櫛 214
ぬきみ 抜身 322
ぬく 抜く(刀) 322
ぬぐ 脱ぐ 203
ぬくもる→温まる 18
ぬけがら→役に立たない 37
ぬしや 塗師屋 172
ぬすっと 盗人 323
ぬすむ 盗む 323
ぬのこ 布子 210
ぬり 塗 199
ぬりまくら→枕 101
ぬる 塗る 211
ぬれぎぬ→無罪 323
ぬれる 濡れる 32

●ね

ね 値・直 162
ね 根 373
ねいき 寝息 277
ねいす→ソファー 246
ねいる→寝る 107
ねえさん 姐さん 194
ネオン 349
ねがいごと→願う 13
ねがう 願う 13
ねがお 寝顔 265
ねかす 寝かす 107
ねぎ 葱 226
ねぎ 禰宜 302
ねぎる 値切る 163
ネクタイ 205
ねこ 猫 386
ねこ 猫(芸者) 193
ねこいた→火鉢 103
ねごかし 寝ごかし 283
ねこぜ 猫背 270
ねごと 寝言 73
ねころぶ 寝転ぶ 61
ねざけ 寝酒 239
ねしな 寝しな 107
ねじる 342
ねすがた 寝姿 107
ねすごす→朝寝 108
ねずみ 鼠 386
ねずみきど 鼠木戸 191
ねずみとり 鼠取り 95
ねずみはなび 鼠花火 140
ねそびれる→寝る 107
ねたふり→空寝 107
ねたむ→嫉妬 9
ねだる 61
ねだる→無心状 92
ねだん→値・直 162
ねだん 値段がつく 163
ねつ 熱 119
ねつびょう 熱病 124
ねどこ→床 101

ねどころ→寝室 245
ねばなし 寝話 77
ねはん 涅槃 315
ねはんぞう 涅槃像 303
ねびえ 寝冷 122
ねぶそく→寝る 107
ねぼう→朝寝 108
ねまき 寝巻 102
ねむい 眠い 108
ねむる 眠る 107
ねめる→睨む 61
ねや(閨→寝室 245
ねる 寝る 107
ねん 念 13
ねんが 年賀 131
ねんがじょう 年賀状 131
ねんき 年期 293
ねんきあけ 年期明け 293
ねんぐ 年貢 289
ねんごろ 念頃 13
ねんし 年始 131
ねんしきゃく 年始客 131
ねんすう 年数 329
ねんねこ 116
ねんぶつ 念仏 303
ねんまつ→年の暮 135
ねんりょう 燃料 103
ねんれい 年礼 131
ねんれい 年齢 309

●の

の 野 367
ノア 160
のう 農 178
のう 能 191
のう 脳 274
のうしょ 能書 200
のうそっちゅう(卒中) 124
のうてき 能笛 345
のうふ 農夫 180
ノート 202
のがけ 野掛 136
のき 軒 250
のぎく 野菊 377
のく 退く 61
のぐそ→糞 276
のこぎり 鋸 176
のこる 残る 32
のしかかる 61
のじゅく 野宿 257
のぞき→からくり 195
のぞく 覗く 62
のぞみ 望み 13
のちぞい 後添 143
のど 喉 267
のどか 長閑 32
のどぼとけ 喉仏 267
ののしる 罵る 62
のばす 延ばす 328
のび→背伸び 55
のびる 伸びる 32
のぼり→鯉幟 133
のぼる 登る 62
のみ 蚤 386
のみとり 蚤取り 95
のみもの 飲物 232
のむ 飲む 240
のり 糊 175
のり 海苔 224
のり 法 304
のりあい 乗合 258
のりこし 乗越し 258
のりまき 海苔巻 231
のりもの 乗物 258
のる 乗る 257
のれん 暖簾 164
のろう 呪う 126
のろけ 惚気 62
のろのろ 32
のろま 32
のんき 呑気 32
のんびり 32

●は

は 歯 268
は 葉 373
バー 239
ハーモニカ 187
はい 灰 352
はいいろ 灰色 347
はいえき→駅 257
はいかい 俳諧 196
ハイカラ 157
ハイキング→遠足 136
ばいしゃく→仲人 110
はいせん 盃洗 237
はいた(歯痛→虫歯 268
はいたつ 配達 186
ばいどく 梅毒 124
ばいどく→山帰来 125
はいびょう→結核 124
はいふき 灰吹 243
バイブル→聖書 307
はいへい 廃兵 320
ばいやく 売薬 125
はいゆう 俳優 191
はう 這う 62
はうた 端唄 188
はえ 蠅 387
はえとり 蠅取り 96
はおり 羽織 209
はか 墓 314
ばか 馬鹿 32
はがき 葉書 90
ばかす→化ける 62
はかせ 博士 298
はかない 儚い 32
ばかにする 62
はかま 袴 209
はかまいり 墓参り 314
はかまぎ→七五三 135
はがゆい→焦れったい 9
ばからしい 33
はかり 秤 177
はかりごと 謀 62
はぎ 萩 377
はぎしり 歯軋り 268
はきもの 履物 218
はく 箔 199
はく 吐く 276
はぐ 剥ぐ 62
ばく 獏 317
はくがく 博学 157
はくし 白紙 203
はくしゅ 拍手 272
はくじょう→冷たい 11
はくじょう→打ち明ける 42
ばくだん 爆弾 320
ばくち 博打 141
ばくちうち 博打打 157
はくちょう 白鳥 387
はくめい→短命 309

はくらいひん 舶来品 185
はぐるま 歯車 177
ばくれんもの→極道 323
はけ 刷毛 175
はげあたま 禿頭 263
バケツ 95
ばけもの 化物 316
ばける 化ける 62
はこ 箱 100
はごいた 羽子板 140
はこいり 箱入娘 151
はこにわ 箱庭 136
はこね 箱根 184
はこや 箱屋 286
はごろも 羽衣 316
はざくら→桜 375
はさみ 鋏 176
はさん 破産 83
はし 箸 236
はし 橋 260
はじ 恥 33
はしい(端居→居る) 20
はしがみ 箸紙 282
はしごだん 梯子段 244
はしござけ(酒) 239
はしたぜに(銭) 88
はじめ→最初 328
はじめて 初めて 33
はじめる 始める 62
ばしゃ 馬車 262
はしゃぐ→戯れる 57
はしょる 端折る 204
はしら 柱 252
はしる 走る 62
はしる→駈ける 46
はす 蓮 377
バス 258
ばすえ 場末 253
はずかしい 恥かしい 13
はずかしめる→汚す 49
はずむ→跳ねる 63
はすめし→霊棚 134
はぜ 沙魚 387
はそん 破損 118
はた 旗 248
はた 旗(戦闘) 318
はだ 肌 274
はたおり 機織り 93
はだか 裸 269
はだかよめ 裸嫁 110
はたけ 畑 179
はだざわり→肌 274
はだし 裸足 273
はたしじょう(状) 318
はたち 二十 310
はだぬぎ 肌脱 269
はたび 旗日 325
はたらく 働く 292
はち 鉢 100
はち 蜂 387
ばち 撥 188
ばちあたり 罰当り 62
はちあわせ 鉢合せ 62
はちがつ 八月 326
はちじ 八時 327
はちまき 鉢巻 99
はちもんじ 八文字 283
パチンコ 141
はつ→初めて 33
はつうま 初午 132
はつがつお 初鰹 227
はっけ(八卦→占い) 126
はつこい 初恋 13
はっこつ→骸骨 313
はつごよみ→暦 325
はっさく 八朔 283
バッジ→目印 92
はつずり 初刷 200
はつだいし 初大師 130
はつだより→便り 91
ぱっち→股引 206
バット→銘柄 242
はつに 初荷 185
はつひ 初日 356
はつみせ 初店 282
はつめい 発明 298
はつもの 初物 224
はつゆき 初雪 360
はつゆめ 初夢 130
はて 果て 340
はで 派手 33
はと 鳩 387
はとば 波止場 260
はな 鼻 266
はな 花 372
はないき 鼻息 276
はなうた 鼻唄 346
はなうり 花売 169
はなお 鼻緒 219
はながみ 鼻紙 203
はなかむ 鼻かむ 266
はなぐすり 鼻薬 323
はなくそ 鼻くそ 266
はなげ 鼻毛 266
はなざかり 花盛り 372
はなし 話 63
はなしがめ→放生会 300
はなしどり→放生会 300
はなす 話す 63
はなすじ→鼻 266
はなぞの 花園 254
はなづけ 花漬 225
バナナうり(売) 165
はなび 花火 134
はなふだ 花札 141
はなふぶき 花吹雪 372
はなまつり 花祭 133
はなみ 花見 132
はなみち 花道 191
はなみまく 花見幕 132
はなむこ 花婿 109
はなめいし 花名刺 92
はなや 花屋 171
はなやか 華やか 33
はなよめ 花嫁 109
はなれうま 放れ馬 262
はなわ 花輪 117
はにかむ 13
ばにくなべ 馬肉鍋 229
はね 羽 378
はねつき→羽子板 140
ハネムーン→新婚 109
はねる 跳ねる 63
はは 母 145
ばば 婆 153
はばかり→雪隠 248
はぶたえ 羽二重 207
はぶらし→歯磨 268
ばふん 馬糞 178
はま 浜 365

はまぐり 蛤 228
はまゆみ 破魔弓 130
はみがき 歯磨 268
はやあし→歩く 40
はやい 早い 328
はやおき 早起き 108
はやおけや 早桶屋 172
はやし 囃子 302
はやし 林 367
はやり→流行 289
はやりかぜ→風邪 123
はやりっこ 流行妓 194
はら 腹 269
はら 肚 297
ばら 薔薇 377
はらいもの 払物 162
はらおび 腹帯 113
はらがけ 腹掛 206
はらがたつ 腹が立つ 13
はらがへる 腹が減る 33
パラソル 217
バラック 252
はらのむし 腹の虫 269
はらばい 腹這い 63
はらむ 孕む 112
はらわた 腸 274
はり 針 94
はりあい 張合 14
はりいた→張物 94
はりうり 針売 169
はりかた 張形 281
はりこ 張子 139
はりしごと 針仕事 93
はりのやま→地獄 315
はりばこ 針箱 94
はりひじ→いばる 42
はりぼうず→針箱 94
はりもの 張物 94
はる 春 332
はるか 遥か 340
はるかぜ 春風 359
はるぎ→晴着 204
はるさめ 春雨 357
はるひ 春日 332
はるめく 春めく 333
はれぎ 晴着 204
はれもの 腫物 121
はれやか→華やか 33
はれる 晴れる 361
ばれる 63
ばん 番 184
ばん 晩 332
パン(食) 221
パン(糧) 290
はんえり→襟 206
ばんがさ 番傘 217
ハンカチ・ハンケチ 98
はんぎょく 半玉 193
はんけつ 判決 295
ばんざい 万歳 318
ばんじ 万事 33
ばんしゃく 晩酌 240
はんしょう 半鐘 352
はんじょう 繁昌 33
はんじる 判じる 63
ばんだい 番台 105
はんたい→否定する 64
ばんづけ 番付(芝居) 191
ばんづけ→相撲 137
はんてん 半纏 210
バンド→ベルト 205
ばんとう 番頭 159
ばんにん(万人→万 336
はんぶん 半分 338
はんぺん 224
ハンマー 175
ハンモック 101

●ひ

ひ 碑 314
ひ 日 330
ひ 灯 350
ひ 火 351
ひ 日・陽 355
び→美しい 21
ひあい→悲しい 4
ひあたり 日当り 356
ピアノ 187
ひあわい 樋合 339
ひいき 贔屓 14
ひいらぎうり 柊売 169
ビール 238
ひうちいし 火打石 103
ひえしょう 冷性 122
ひえる 冷える 363
ひおけ 火桶 104
ひがあたる 355
ひがさ→パラソル 217
ひがし 東 341
ひがしずむ 陽が沈む 355
ひからびる 33
ひかり 光 349
ひかる 光る 349
ひがん 彼岸 315
ひきかえす→戻る 69
ひきさく→破る 69
ひきだし 抽斗 246
ひきふだ 引札 291
ひきゃく 飛脚 186
ひきゃくや→十七屋 186
ひきょう 卑怯 33
ひく 引く 63
ひく 弾く 188
ひく 轢く 314
ひく→身受 284
ひくい 低い 341
びくに 比丘尼 284
ピクニック→野掛 136
ひけ 引け 326
ひげ 髭 212
ひげそり 髭剃り 212
ひけらかす→自慢 52
ひこうき 飛行機 262
ひこうせん 飛行船 262
ひこく→裁判 295
ひざ 膝 273
ひざがしら→膝 273
ひざかり 日盛り 355
ひさご→瓢箪 100
ひざし 日差し 355
ひさしぶり 久しぶり 329
ひざまくら 膝枕 274
ひじ 肘 272
ひじまくら 肘枕 272
ひしゃ(飛車→将棋 138
ひしゃく 柄杓 236
ひしょ 避暑 256
びしょう 微笑 14
ひじょうじ 非常時 288
ひじょうせん 非常線 254
びじん 美人 150

ピストル→銃 320
ひたい 額 265
ひだね 火種 103
ひだり 左 340
ひだりきき 左利き 341
ひだりて 左手 340
ひたる 浸る 63
ひだる 33
ひぢりめん 緋縮緬 206
ひつ 櫃 101
ひつぎ 柩 117
ひっきぐ 筆記具 201
ひっくりかえす 63
ひっこし 引越 96
ひっこぬく 63
ひっこむ 引っ込む 63
ひつじ 羊 387
ひつじかい→牧場 179
ひっそり 34
ひづめ 蹄 262
ひていする 否定する 64
ひでり 旱 362
ひと 人 155
ひとあし 一足 334
ひといき 一息 276
ひとえもの 一重物 207
ひとかい→女衒 291
ひとかげ 人影 269
ひどく 34
ひとくさい→匂う 31
ひどけい→時計 97
ひとこえ 一声 334
ひとごえ→声 345
ひとごころ→人情 12
ひとさらい→誘拐 70
ひとすじ 一筋 335
ひとだかり 人だかり 154
ひとだち→人出 154
ひとだま 人魂 316
ひとつ 一つ 334
ひとつぶ 一粒 335
ひとづま 人妻 143
ひとで 人出 154
ひとどおり 人通り 154
ひととき 一時 327
ひとにぎり 一握り 334
ひとは 一葉 334
ひとばらい→追い出す 43
ひとばん 一晩 331
ひとまわり 一回り 334
ひとみ 瞳 266
ひともしごろ(頃) 326
ひとよ→一夜 334
ひとり 一人 334
ひとりごと 独り言 73
ひとりっこ 一人っ子 115
ひとりね→寝る 107
ひとりぼっち 334
ひとりむし 火取虫 387
ひとりもの 一人者 334
ひな 雛 132
ひなげし 雛罌粟 377
ひなしがし 日済貸 86
ひなた 日向 355
ひなだな 雛店 170
ひなたぼっこ 356
ひなのさけ 雛の酒 132
ひなばこ→雛 132
ひなまつり→雛 132
ひなわ 火縄 103
ひなわうり 火縄売 169
ひなん 避難 118
びなん 美男 152
ひにく 皮肉 75
ひにんやく 避妊薬 125
ひねくれる→拗ねる 54
ひのし→アイロン 94
ひのはかま→袴 209
ひのまる 日の丸 287
ひのみばん 火の見番 352
ひのやまい→熱病 124
ひのようじん 352
ひばし 火箸 104
ひばち 火鉢 103
ひばな 火花 351
ひばり 雲雀 387
ひびく 響く 344
ひびや 日比谷 255
びふ 美婦 150
ひふきだけ 火吹竹 103
ひま 暇・閑 34
ひまいり 暇入 96
ひましゅ(油) 125
ひまち(日待→月見 134
ひまわり 向日葵 377
ひみつ 秘密 14
ひめ 姫 150
ひめくり→カレンダー 325
ひめる 秘める 14
ひも 紐 99
ひもじい 291
ひもの 干物 224
ひやあせ 冷汗 14
ひやかし→素見 282
ひゃく 百 336
ひゃくえん 百円 89
ひゃくにんいっしゅ 138
ひゃくねん→年数 329
ひゃくまん→万 336
ひやとい 日雇い 178
ひやみず 冷水 232
ひやむぎ 冷麦 223
ひやめし 冷飯 222
ひややか→冷える 363
ひややっこ 冷奴 224
ひよう 費用 88
びょう 秒 327
びょういん 病院 120
びよういん 美容院 174
びょうき 病気 119
ひょうぐや 表具屋 172
ひょうご 標語 291
びょうさい 病妻 120
ひょうさつ 標札 244
ひょうさつや 表札屋 172
びょうじ 病児 120
ひょうしぎ 拍子木 184
びょうしつ 病室 120
ひょうしょう 表彰 287
ひょうたん 瓢箪 100
びょうにん 病人 120
ひょうのう 氷嚢 119
ひょうばん 評判 34
びょうぶ 屏風 248
びょうめい 病名 123
ひょうろう 兵糧 320
ひよくわん 比翼椀 237
ひよこ 378
ひより 日和 361
ひよけ 日除け 248

ビラ 291
ひらいしん 避雷針 250
ひらく 開く 64
ひる 昼 330
ビル 252
ひるがえる 翻る 34
ひるがお 昼顔 377
ひるね 昼寝 107
ひるめし 昼飯 221
ひれ 鰭 379
ひろい 広い 340
ひろう 拾う 64
ビロード 210
ひろしげ 広重 160
びわ 琵琶 189
ひん 貧 83
びん 壜 101
びん 鬢 216
びんさし 鬢差 216
びんずる 303
ひんそう 貧相 264
びんぼう 貧乏 83
びんぼうがみ 貧乏神 299
ピンポン→卓球 137

●ふ

ふ 譜 187
ぶ 分 337
ふ(歩→将棋 138
フィルム 199
ふうが→風流 34
ふうき(富貴→富 84
ふうけい→景色 370
ふうじる 封じる 64
ふうせん 風船 139
ふうとう 封筒 90
ふうふ 夫婦 144
ふうふげんか 64
ふうりゅう 風流 34
ふうりん 風鈴 345
プール→泳ぐ 137
ふうん 不運 127
ふえ 笛 345
ふえうり 笛売 169
フェルト 210
ふか(富家→富 84
ふかい 深い 341
ふかい(不快→病気 119
ふがいない 不甲斐ない 34
ふかく→油断 69
ふかみ→深い 341
ぶき 武器 320
ふきがら→吸殻 243
ふきげん 不機嫌 14
ふきのとう 蕗の薹 377
ふきぶり 吹降り 357
ぶきみ→怪しい 19
ふきや 吹矢 139
ぶきよう 不器用 34
ぶぎょう 奉行 159
ふぎり→無沙汰 80
ぶきりょう 不器量 34
ふきん 布巾 99
ふく 拭く 64
ふく 吹く 64
ふぐ 河豚 228
ふく(服→洋装 204
ふくさ 袱紗 99
ふくじゅそう 福寿草 377
ふくしょく 副食 224
ふぐじる 河豚汁 223
ふくちゃ 福茶 235
ふくつう 腹痛 123
ふくのかみ 福の神 299
ふくびき 福引 141
ふくれる 脹れる 34
ふくろ 袋 99
ふくろう 梟 387
ふくわかし 福沸し 131
ふけいき 不景気 288
ふける 老ける 311
ふける 更ける 331
ふこう 不幸 34
ふごう 富豪 84
ふこう→親不孝 44
ふさい 負債 86
ふざい→留守 79
ふさぐ 塞ぐ 64
ふざける 64
ぶさた 無沙汰 80
ぶさほう 不作法 80
ふし 節 188
ふじ 藤 377
ぶし 武士 320
ぶじ 無事 34
ふしあな 節穴 341
ふしあわせ→不幸 34
ふしぎ 不思議 14
ふじさん 富士山 363
ぶしどう 武士道 321
ふじみ 不死身 309
ふしめ 伏目 267
ふじゆう 不自由 34
ぶしゅび→不便 35
ふじょう 不浄 306
ぶしょう 不精 34
ふしん 不審 14
ふしん 普請 252
ふじん 夫人 144
ふじんか 婦人科 120
ブス→不器量 34
ふすま 襖 248
ふせん 付箋 90
ふそく 不足 34
ふた 蓋 100
ふだ 札 92
ぶた 豚 387
ぶたい 舞台 191
ふたご 双子 115
ぶたごや 豚小屋 179
ふたつ 二つ 335
ふだつき→不良 323
ふたつみっつ 二つ三つ 335
ふたの(二布→腰巻 206
ふたり 二人 335
ふだんぎ 普段着 204
ふち 淵 366
ぶちこわす 64
ぶちのめす 64
ぶちまける 64
ぶちょうほう→下手 35
ふちん(浮沈→浮く 20
ぶつ(打つ) 64
ぶっか 物価 288
ふつかきゅう 二日灸 123
ふつかよい 二日酔 242
ぶつかる 64
ぶつかる→鉢合せ 62
ふっこう 復興 290
ふつごう→不便 35
ぶつぞう 仏像 303

ぶつだん 仏壇 245
ぶつま 仏間 245
ぶつりゅう 物流 185
ふで 筆 201
ふてい 不貞 279
ふてね 不貞寝 107
ふとい→図々しい 28
ぶとうかい 舞踏会 136
ふどうさん 不動産 84
ぶどうしゅ 葡萄酒 239
ぶどうだな 葡萄棚 251
ふどうみょうおう 303
ふところ 懐 206
ふところぐあい 85
ふところで 懐手 272
ふとどき 不届き 35
ふとる 肥る 122
ふとん 布団 102
ふな 鮒 387
ふないた 船板 262
ふなじょたい 船世帯 82
ふなびくに 舟比丘尼 284
ふなむし 船虫 387
ふなやど 舟宿 285
ふなゆさん→遊山 136
ふにおちない→不審 14
ふにんそう→貧相 264
ふね 舟・船 260
ふのう 不能 281
ふばこ 文箱 100
ふびんこう→不届き 35
ふぶき 吹雪 360
ふふく→不平 74
ふへい 不平 74
ふべん 不便 35
ふぼ 父母 147
ふほう(訃報→黒枠 200
ぶまし→利 289
ふみ 文 91
ふみきり 踏切 257
ふみきりばん 踏切番 186
ふみだい 踏台 246
ふみづかい 文使い 91
ふみにじる→汚す 49
ふみばこ→文箱 100
ふむ 踏む 64
ふゆ 冬 333
ぶゆう 武勇 321
ふゆごもり 冬籠り 333
ぶらさがる ぶら下る 65
ふらち→不作法 80
ふられきゃく(客) 282
ブランコ 139
ぶり 鰤 229
ふりかえる 振り返る 65
ふりそで 振袖 207
ふりむく 振り向く 65
ふりょう 不良 323
ふる 降る 357
ふるい 古い 35
ふるえる 震える 65
ふるぎや 古着屋 170
ふるさと→故郷 370
ブルジョア 289
ふるだぬき 古狸 157
ふるほんや 古本屋 171
ふるまいみず 振舞水 81
ふれあるく→広告 291
ふれる 触れる 65
ふろ 風呂 105
ふろしき 風呂敷 99
フロック→外套 205
ふろふき 風呂吹 231
プロレタリア 294
ふわたり→手形 288
ふん 分 327
ふんか 噴火 363
ぶんきん 文金高島田 110
ぶんげい 文芸 196
ぶんさん→破産 83
ふんすい 噴水 251
ふんどし 褌 205
ふんばる 踏ん張る 65
ふんべつ 分別 298
ぶんまわし→コンパス 177
ぶんめい 文明 296

●へ

へ 屁 276
へい 塀 251
へい 兵 319
べいか→米相場 288
へいきこうば 178
へいけ 平家 160
へいぼん 平凡 35
へいわ 平和 296
ベール 218
へそ 臍 270
へそくり 85
へた 下手 35
へたなじ→悪筆 200
へちま 糸瓜 377
べっきょ 別居 111
べっこうや 鼈甲屋 172
べっそう 別荘 253
べったり→くっつく 25
へっつい→竈 236
べっぴん 別嬪 150
へつらう→媚びる 50
へど(反吐→吐く 276
べに 紅(色) 346
べに 紅(化粧) 211
べにふで 紅筆 211
へび 蛇 387
へびや 蛇屋 171
へや 部屋 244
へらずぐち→悪口 75
ペリー 160
へる 減る 35
ベルト 205
ベレー→帽子 217
ペン 201
べんかい→言訳 74
ペンキ 175
ペンキや(屋) 174
べんきょう 勉強 129
べんごし 弁護士 295
へんじ 返事 91
へんじする 返事する 65
べんじょ→雪隠 248
へんじん 変人 157
ベンチ 246
べんてん 弁天 303
べんとう 弁当 221
べんとうばこ 弁当箱 237

●ほ

ほ 穂 179
ほ 帆 261
ほう 法 295
ぼう 棒 175
ぼうえんきょう 177

ほうおう 鳳凰 317
ぼうか 防火 352
ほうがく 方角 341
ほうかちょう 奉加帳 301
ほうかん 幇間 286
ほうき 箒 95
ほうげん→国言葉 75
ほうこう 奉公 292
ぼうさい(妻)→亡き 118
ほうじ 法事 304
ぼうし 帽子 217
ほうじょう→僧 305
ほうじょうえ 放生会 300
ぼうず 坊主 305
ぼうずあたま 坊主頭 215
ほうせき 宝石 213
ぼうせきこうぼ 178
ほうそうよけ 127
ほうたい 包帯 120
ほうちょう 庖丁 236
ほうのう 奉納 301
ほうばい 朋輩 79
ほうびき 宝引 141
ぼうふう 暴風 359
ぼうふら 孑孑 387
ほうむる 葬る 117
ほうむる→投げ込み 284
ほうもん→訪ねる 56
ぼうや 坊や 115
ほうる 放る 65
ほうろう 放浪 256
ほえる 吠える 346
ほお 頰 265
ボーイ→給仕 165
ほおかむり 頰かむり 218
ほおずき 鬼灯 377
ほおずきや 鬼灯屋 171
ほおずり→頰 265
ほおづえ 頰杖 265
ボート 261
ボーナス 293
ほおべに 頰紅 211
ホーム→駅 257
ボールペン→ペン 201
ほかけぶね 帆掛舟 262
ほがらか 朗らか 14
ぼく 僕 153
ぼくし 牧師 307
ぼくじょう 牧場 179
ぼくり 木履 219
ほくろ 黒子 275
ポケット 206
ほけんや 保険屋 183
ほご 反古 203
ほこり 誇り 14
ほこり→塵 95
ほころび 綻び 94
ほさする 補佐する 65
ほし 星 354
ほしい 欲しい 14
ほしいい 干飯 222
ほしか 干鰯 180
ほしがる→ねだる 61
ほしころす 干し殺す 314
ほしづきよ 星月夜 354
ほしもの 干物 94
ほしょう 保証 295
ほす 干す 65
ほそい 細い 342
ほそおもて 細面 264
ほたけ→御火焼 135
ほたる 蛍 129、388
ほたるうり 蛍売 169
ほたるがり 蛍狩 134
ボタン 205
ぼたん 牡丹 377
ぼたもち ぼた餅 234
ぽちぶくろ ぽち袋 81
ほっとする→安心 2
ぽっぺん 139
ホテル 257
ほとけ 仏 302
ほととぎす 時鳥 388
ほね 骨 274
ほねおる→苦労 49
ほのぼの 35
ほばしら→帆 261
ほほえみ→微笑 14
ほめる 褒める 65
ぼや 小火 352
ほらをふく→自慢 52
ほり 堀 251
ほりもの 彫物 212
ほる 掘る 66
ほる 彫る 198
ホルム 125
ホルモンざい→強壮剤 125
ほれぐすり 惚薬 125
ほれる 惚れる 14
ぼろ 99
ほろぶ 亡ぶ 35
ほん 本 197
ぼん(盆→お盆 133
ぼん 盆(容器) 101
ほんい(本意→本心 15
ぼんおどり 盆踊 134
ほんき 本気 15
ほんけ 本家 83
ぼんござ 盆茣蓙 141
ほんしょう 本性 35
ほんしん 本心 15
ほんとう 本当 35
ぼんのう 煩悩 304
ほんばこ 本箱 246
ぼんぷ 凡夫 158
ほんぷ(本夫→夫 144
ほんぶく 本復 120
ほんぶり 本降り 357
ぼんぼり→行灯 350
ほんや 本屋 171
ぼんやり 35

●ま

ま 間 245
ま(魔→化物 316
マージャン 麻雀 138
マーチ→曲 187
まいおうぎ→扇 97
まいこ 舞妓 193
まいご 迷子 115
まいにち 毎日 330
まう 舞う 192
まえ 前 340
まえあし 前足 379
まえおび 前帯 209
まえかけ 前掛 98
まえがみ 前髪 216
まえだれ 前垂 98
まえぶれ→気配 25
まおとこ 間男・間夫 112
まがさす→病上り 280

まがり 間借 244
まがる 曲る 342
まき 薪 103
まきえ 蒔絵 199
まきこむ 巻きこむ 66
まきたばこ 巻煙草 242
まく 巻く 66
まく 蒔く 179
まく 幕(芝居) 192
まく 幕 249
まく(幕→花見幕 132
まくら 枕 101
まくらえ→春画 198
まくらがみ 枕紙 102
まくらがみ 枕神 299
まくらもと 枕元 102
まぐろ 鮪 229
まぐろうり 鮪売 166
まくわうり 真桑瓜 233
まげ 髷 215
まけおしみ 負惜しみ 35
まける 負ける(賭) 141
まける 負ける(商) 163
まご 孫 148
まご 馬子 185
まごうた 馬子唄 188
まごころ 真心 15
まごつく 66
まさむね→小刀 176
まじめ 真面目 35
ましょうめん 真正面 339
ます 桝 101
ますい 麻酔 120
まずい 不味い 229
マスク 99
まずしい 貧しい 83
ますせき 桝席 192
またぐ 跨ぐ 66
またぐら 股ぐら 273
またび 股火 104
マダム 150
まち 町・街 253
まちあい 待合 285
まちあいしつ 待合室 246
まちがえる 66
まちぼうけ 66
まちわびる 66
まつ 待つ 66
まつ 松 377
まっか→赤 346
まつかざり 松飾 130
まっくら 真っ暗 348
まっくろ→黒 347
まつご 末期 312
まっこう 抹香 213
まっさき→最初 328
まっしろ→白 347
まつすぎ 松過ぎ 130
まっすぐ 真っ直ぐ 339
まっせ 末世 315
まっせき 末席 77
まつたけ 松茸 226
マッチ 103
まつのうち 松の内 130
まっぱだか→裸 269
まつり 祭 302
まど 窓 249
まどガラス→窓 249
まどぐち→受付 164
まどり→間 245
まどろむ 108
まないた 俎板 236
まなこ 眼 267
まなぶ 学ぶ 129
まぬけ→のろま 32
まね 真似 35
マネキン 151
まねく 招く 77
まばゆい 349
まぶ→間男・間夫 112
まぶしい 眩しい 36
まぶた 瞼 267
まぼろし 幻 36
ままごと 139
ママさん 150
ままはは 継母 146
まめ 豆(食) 226
まめ 豆(出来物) 121
まもない→じき 327
まもりふだ 守り札 301
まもる 守る 66
まゆ 眉 265
まゆ(繭→養蚕 180
まゆだま 繭玉 131
まゆのね→物価 288
まゆをそる 眉を剃る 212
まゆをひく 眉を引く 212
まよう 迷う 66
まよけ 魔除け 127
まり 鞠 137
マリア 160
まるい 丸い 342
マルキシズム→思想 295
マルクス 160
まるまげ 丸髷 216
まるめる→丸い 342
まるわた 丸綿 110
まろさ→丸い 342
まわし 回し 283
まわた 真綿 210
まわりみち 回り道 368
まん 万 336
まんが 漫画 198
まんげつ 満月 354
まんざい 万歳 195
まんじゅう 饅頭 234
まんじゅうや 饅頭屋 166
まんぞく 満足 15
マント 205
まんなか 真中 341
まんねんひつ 万年筆 201
まんまる→丸い 342

●み

み 身 268
み(身→我身 153
みあい 見合 110
みあげる 見上げる 67
ミイラ 313
みうけ 身受 284
みうしなう 見失う 67
みうち(身内→親類 148
みうり 身売 291
みえ 見得 36
みえいく→法事 304
みおくる→送る 44
みがく 磨く 67
みかた 味方 318
みかづき 三日月 354
みがまえる→用心 70
みかん 蜜柑 233

みかんぶね　蜜柑船　261
みぎ　右　340
みくだりはん　111
みくびる　見くびる　67
みこ　巫女　302
みぐるしい→浅ましい　16
みこし　御輿　302
みごと　見事　36
みごろ　身頃　206
みさお→貞操　279
みじかい　短い　343
みじめ　15
ミシン　93
みず　水　365
みず　水(飲)　232、81
みずあそび　水遊び　140
みずあめ→飴　234
みずあらそい　水争い　295
みずうみ　湖　365
みずうり　水売　165
みずかがみ　水鏡　366
みずぎわ　水際　366
みずぐすり　水薬　125
みずたま　水玉　366
みずたまり　水溜り　366
みずっぱな　水洟　266
みすてる　見捨てる　67
みずてん　不見転　284
みずどり　水鳥　378
みずのおと→音　344
みずびき　水引　203
みずぶろ　水風呂　106
みずまき→打水　93
みずまわり　水回り　247
みずみずしい　瑞々しい　36
みずみまい　水見舞　81
みずむし　水虫　121
みせ　店　163
みせ　見世　285
みせがまえ　店構え　163
みせさき　店先　163
みせじまい→店　163
みせびらき→店　163
みせもの　見世物　195
みせや　店屋　170
みせる　見せる　67
みそ　味噌　230
みぞ　溝　251
みそ→自慢　52
みそか　晦日　135
みそかそば　晦日蕎麦　136
みそしる　味噌汁　223
みそめる　見初める　15
みぞれ　霙　361
みだしなみ　204
みたてちがい　67
みたてる　見立てる　67
みだら→好色　280
みだれ　乱れ　36
みだれがみ　乱れ髪　215
みだればこ　乱れ箱　204
みち　道　367
みちしるべ　道標　368
みちづれ　道連　155
みちばた→道　367
みちもり(道守→守)　184
みっかい　密会　278
みつかる　見つかる　67
みつぐ　貢ぐ　81
みつける　見つける　67
みつこし　三越　164
みつだん　密談　77
みつぶとん　三布団　283
みつめる　見つめる　67
みどりご→赤子　113
みとれる　見惚れる　15
みな　皆　155
みなおす　見直す　67
みなげ　身投　313
みなしご→孤児　115
みなと　港　260
みなみ　南　341
みなみかぜ　南風　359
みにあまる→有難い　2
みぬかれる→ばれる　63
みぬふり→とぼける　59
みの　蓑　218
みのうえ　身の上　153
みのがす　見逃す　67
みのこす　見残す　67
みのさび→責任　28
みのり　実り　179
みはば→寸法　94
みはらし→露台　250
みぶり　身振　67
みほん　見本　162
みまい　見舞　81
みまいかご　見舞籠　81
みまわり　見回り　184
みみ　耳　265
みみあか→垢　275
みみうち　耳打ち　67
みみがくもん　耳学問　298
みみず　蚯蚓　388
みみずほり→釣り　136
みみたぶ　耳たぶ　266
みみをかす→耳打ち　67
みみをすます→聞く　47
みみをふさぐ　68
みや　宮　301
みゃく　脈　119
みやげ　土産　256
みやげ→手土産　81
みやげや　土産屋　170
みやこ　都　254
みやこどり　都鳥　388
みょう　妙　36
みょうじ→名　161
みょうじょう　明星　354
みょうやく　妙薬　125
みりん　味醂　230
みる　見る　68
ミルク　116
みれん→愛着　1
みんしゅう　民衆　155

●む

むおん　無音　344
むが　無我　36
むが(無雅→野暮　38
むかいかぜ(風)　358
むかえび　迎え火　133
むかえる　迎える　68
むがく　無学　298
むかし　昔　329
むかしのかず(数)　336
むかしのとき(時)　326
むかしのひと(人)　159
むぎ　麦　179
むぎこがし　麦こがし　234
むきになる　15

むぎばたけ 麦畑 280
むぎめし 麦飯 222
むぎゆ 麦湯 235
むぎわら 麦藁帽子 217
むく 剥く 68
むく 向く 338
むくち→口数 73
むぐる→潜る 68
むげい 無芸 36
むげん 無限 340
むこ 婿 145
むごい 惨い 36
むこう 向う 338
むこうさじき(桟敷) 192
むごん 無言 36
むざい 無罪 323
むさぼる→夢中 15
むざん→惨い 36
むし 無視 68
むし 虫 379
むしうり 虫売 169
むしかご→籠 101
むしがつく 虫が付く 278
むしきき 虫聞 135
むしたいじ 虫退治 95
むしのね→鳴く 346
むしば 虫歯 268
むしぼし 虫干 95
むしめがね 虫眼鏡 177
むしもち 虫持 124
むしもの 蒸物 231
むじょう 無常 36
むじょうもん 無常門 306
むしよけ 虫除け 127
むしる 68
むしろ 筵 248
むしん 無心 68
むじんこう 無尽講 77
むしんじょう 無心状 92
むしんろんしゃ 296
むす(蒸す→暑い 362
むずかしい 難しい 36
むすこ 息子 147
むすぶ 結ぶ 68
むすめ 娘 150
むせる 277
むだ 無駄 36
むだぐち 無駄口 74
むち 鞭 324
むちゅう 夢中 15
むつ 六つ 326
むつごと→いちゃつく 280
むっとする→腹が立つ 13
むつまじい 睦じい 111
むつむ→睦じい 111
むなぐら→胸 269
むなげ 胸毛 269
むなしい 虚しい 15
むね 胸(心 15
むね 胸 269
むねあげ→普請 252
むねんむそう 305
むひつ 無筆 200
むふんべつ 無分別 298
むほん 謀叛 295
むよう(無用→禁止 24
むよく→欲 17
むら 村 371
むらいしゃ 村医者 185
むらさき 紫 347
むらさき→醤油 230
むらさきしきぶ 160
むらはずれ 村外れ 371
むり 無理 36
むろ→室 245

●め

め 目・眼 266
め 芽 373
めい 姪 148
めい(名医→医者 184
めいがら 銘柄 242
めいぎ 名妓 194
めいげつ 名月 354
めいし 名刺 92
めいじ 明治 329
めいしょ 名所 370
めいじん 名人 156
めいにち 命日 118
めいぶつ 名物 256
めいれい→権力 288
めいわく 迷惑 37
メーデー 133
めかくし 目隠し 267
めがさめる 108
めがたき 女敵 112
めがね 眼鏡 97
めがねばし 眼鏡橋 260
めがねや 眼鏡屋 170
めきき 目利 298
めぐすり 目薬 125
めぐまれた 恵まれた 37
めぐりあう 巡り合う 68
めざし 目刺 229
めざめ 目覚め 297
めし 飯(食事 220
めし 飯 222
めしたき 飯焚(人) 232
めしつぶ 飯粒 222
めしどき 飯時 326
めしびつ 飯櫃 101
めしもり 飯盛女 284
めしや 飯屋 167
めじるし 目印 92
めしをたく 飯を炊く 232
めずらしい 珍しい 37
めだか 目高 388
めだつ 目立つ 37
めちゃくちゃ→でたらめ 30
めつき 目つき 267
めでたい 目出度い 37
メリヤス 210
めをつむる 目を瞑る 267
めをふさぐ 目を塞ぐ 267
めん 面(芝居) 191
めんうち 面打ち 199
めんかい 面会 81
めんどう 面倒 16
めんぼくない→恥ずかしい 13

●も

もうける 儲ける 84
もうしご 申し子 113
もうじゃ 亡者 158
もうせん 毛氈 100
もうふ 毛布 102
もうぼ 孟母 161
もえる 燃える 352
モール 210
モガ 157
もぎとる 68
もくぎょ 木魚 304

もくす 黙す 37
もくば 木馬 140
もくもくと 黙々と 37
もぐら 土龍 388
もぐる 潜る 68
もくれい 黙礼 76
もくれん 木蓮 377
もしょう 喪章 117
もず 百舌 388
モスリン 210
もたれる 68
もち 餅 223
もちあるく 持ち歩く 69
もちあわせ 持合せ 88
もちつき 餅搗き 93
もちっと 338
もちばな 餅花 131
もちや 餅屋 166
もつ 持つ 69
もてあそぶ 弄ぶ 69
もてあます 持て余す 69
もてない→振られ客 282
モデル 197
もてるきゃく(客) 282
もと 元 37
もとめる→欲しい 14
もとゆい 元結 215
もどる 戻る 69
もの 者 157
ものいう 物言う 69
ものうり 物売 168
ものおき 物置 251
ものおもい 物思い 16
ものがたり 物語 196
ものぎぼし 物着星 126
ものさし 物差 177
ものずき 物好き 157
ものたりない 16
もののふ→武士 320
ものほし 物干 251
ものほしざお 物干竿 251
ものわすれ→忘れる 71
モボ 157
もみじ 紅葉 373
もみじみ 紅葉見 134
もめる 69
もめん 木綿 210
もめんや 木綿屋 170
ももいろ 桃色 347
ももうり 桃売 166
ももたろう 桃太郎 160
ももひき 股引 206
ももわれ 桃割 216
もや 靄 361
もよう 模様 342
もらいこ 貰い子 115
もらう 貰う 81
もり 守 184
もり 森 367
もりじお 盛り塩 164
もりめし 盛飯 222
もる(漏→こぼれる 26
モルヒネ 125
もん 文(金) 89
もん 紋 208
もん 門 251
もんく 文句(言葉) 73
もんく 文句(不平) 74
もんつき 紋付 210
もんどころ→紋 208
もんばん 門番 184
もんび 紋日 283
もんめ 匁 337

●や

やおや 八百屋 168
やがく 夜学 128
やかたぶね 屋形船 261
やかましい 37
やかん 薬缶 236
やぎ 山羊 388
やきいも 焼芋 224
やきいもや 焼芋屋 166
やきころす 焼き殺す 314
やきじお 焼塩 230
やきば 焼場 117
やきもち 焼餅 16
やきもの 焼物(食) 227
やきもの 焼物 199
やきゅう 野球 137
やぎょう 夜業 292
やく 役 191
やく 焼く 232
やぐ 夜具 102
やく(妬く→焼餅 16
やくおとし 厄落し 126
やくしゃ 役者 191
やくしゅや 薬種屋 171
やくしょ 役所 183
やくそく 約束 69
やくどし 厄年 126
やくにたたない 37
やくにん 役人 183
やくば→役所 183
やくび 厄日 126
やくれい 薬礼 124
やけあと 焼跡 352
やけい 夜警 184
やけざけ 自棄酒 239
やけど 火傷 121
やげん 薬研 176
やさい 野菜 225
やさしい 優しい 16
やじうま 野次馬 154
やしき 屋敷 253
やしなう 養う 69
やしゃ 夜叉 316
やしょく 夜食 221
やすい 安い 162
やすぎぶし→節 188
やすっぽい 安っぽい 37
やすみび→休日 292
やすもの 安物 96
やせる 痩せる 122
やそ 耶蘇 307
やたい 屋台 164
やたい→山車 302
やたいずし 屋台鮨 167
やたて 矢立 202
やちん 家賃 88
やつ 奴 154
やつ(八つ→刻限 326
やっきょく→薬屋 171
やっこ 奴(家来) 159
やっちゃば→青物市場 97
やつで 八手 377
やつれる 122
やど 宿 257
やとう 雇う 292
やどちょう 宿帳 257
やとな 雇仲居 165

やなぎ 柳 378
やね 屋根 250
やねぶね→屋形船 261
やねや 屋根屋 174
やば 矢場 138
やひ(野卑→下品 25
やぶ 薮 373
やぶいしゃ 薮医者 185
やぶいり 薮入 293
やぶる 破る 69
やぶれかぶれ 37
やぼ 野暮 38
やま 山 363
やまいがち 病いがち 119
やまが 山家 244
やまし 山師 157
やまねこ→娼婦 284
やまのかみ 山の神 143
やまびこ 山彦 344
やまぶき 山吹 378
やまぶき→小判 89
やまぶし 山伏 305
やまゆり 山百合 378
やみ 闇 348
やみあがり 病上り 280
やみいち 闇市 96
やむ 病む 119
ややあって→暫く 328
やり 鑓 321
やりて 遣手 286
やりもち 鑓持 321
やるせない 16
やれ 破れ 38
やろう 野郎 152
やわらかい 柔らかい 38

●ゆ

ゆ 湯(風呂) 105
ゆ 湯(飲) 232
ゆ→温泉 106
ゆあがり 湯上り 106
ゆいごん 遺言 118
ゆいのう 結納 110
ゆう 結う 214
ゆううつ 憂鬱 16
ゆうかい 誘拐 69
ゆうがお 夕顔 378
ゆうかく 遊廓 285
ゆうかん 夕刊 200
ゆうかんうり 夕刊売 169
ゆうきゃく 遊客 281
ゆうぐれ 夕暮 332
ゆうし 勇士 320
ゆうじょ(遊女→女郎 284
ゆうじょう→人情 12
ゆうすずみ→涼み 134
ゆうぜん 友禅 208
ゆうだち 夕立 357
ゆうだちぐも 夕立雲 358
ゆうひ 夕日 356
ゆうびん 郵便 90
ゆうびんきょく 90
ゆうびんはいたつ 186
ゆうびんポスト 90
ゆうべ 夕べ 332
ゆうめし 夕飯 221
ゆうやけ 夕焼 356
ゆうやくし 夕薬師 300
ゆうやみ→闇 348
ゆうゆう→ゆったり 38
ゆうれい 幽霊 316
ゆうわく→誘う 51
ゆがえり 湯帰り 106
ゆかた 浴衣 207
ゆがむ 歪む 342
ゆき 雪 359
ゆきあう→すれ違う 54
ゆきかき 雪かき 360
ゆきがっせん 140
ゆきだおれ 行倒れ 119
ゆきだより→便り 91
ゆきだるま 雪達磨 140
ゆきどけ 雪解 360
ゆきのはだ→肌 274
ゆきみ 雪見 132
ゆきもよう 雪模様 360
ゆく 行く 41
ゆくえ 行方 341
ゆくすえ 行末 330
ゆげ 湯気 275
ゆけむり→温泉 106
ゆさん 遊山 136
ゆしゅつひん 輸出品 185
ゆず 柚子 233
ゆずゆ→薬湯 105
ゆずる 譲る 69
ゆせん(湯銭→番台 105
ゆだん 油断 69
ゆたんぽ 湯たんぽ 104
ゆったり 38
ゆでる 茹でる 232
ゆどうふ 湯豆腐 231
ゆどの 湯殿 105
ゆな 湯女 284
ユニホーム→制服 204
ゆのみ 湯呑 237
ゆば 湯葉 224
ゆばん 湯番 105
ゆび 指 272
ゆびさき 指先 272
ゆびさす 指さす 272
ゆびわ 指輪 213
ゆびをおる→数える 337
ゆびをきる→誓う 283
ゆぶね 湯槽 105
ゆみ 弓 321
ゆみや 弓矢 321
ゆめ 夢 16
ゆや 湯屋 104
ゆらぐ→揺れる 38
ゆり 百合 378
ゆるす 許す 70
ゆるめる 緩める 38
ゆれる 揺れる 38

●よ

よ 世 80、315
よあけ→夜が明ける 331
よあそび 夜遊び 278
よい 良い 38
よい 宵 331
よいごこち 酔心地 241
よいざめ 酔覚 242
ヨイトマケ 178
よいどれ 酔いどれ 242
よう 用 96
よう 酔う 241
ようい→仕度 52
よういくひ→里扶持 88
ようがく 洋学 298
ようがさ 洋傘 216
ようかん 羊羹 234

ようがん 容顔 264
ようき 容器 100
ようきひ 楊貴妃 161
ようご 洋語 75
ようこう 洋行 287
ようさん 養蚕 180
ようし 養子 147
ようし 洋紙 202
ようじ 楊枝 236
ようしゅ 洋酒 239
ようしょ 洋書 197
ようじょ 養女 151
ようじょう 養生 121
ようしょく 洋食 229
ようじん 用心 70
ようそう 洋装 204
ようだい 容態 119
ようちえん→学校 128
ようはなし 用は無し 38
ようふく 洋服 204
ようふくや 洋服屋 173
ようやく 328
よがあける 331
よぎ 夜着 102
よぎしゃ→汽車 259
よきひ 佳き日 325
よく 欲 17
よくよく→ひどく 34
よこ 横 338
よこがお→顔 263
よこずわり 横座り 70
よこづな→相撲取 137
よこび→夕日 356
よこひき 夜興引 181
よこめ 横目 70
よこもじ 横文字 201
よごれ 汚れ 38
よこれんぼ→岡惚れ 3
よざくら 夜桜 133
よさむ 夜寒 362
よさん 予算 88
よじ 四時 327
よしきり 葦切 388
よしのがみ→紙 202
よじょうはん 四畳半 245
よしわら 吉原 286
よしわらすずめ(雀) 282
よしわらゆき(行) 286
よすてびと 世捨人 156
よせ 寄席 194
よせい→余命 309
よせなべ 寄せ鍋 231
よせる 寄せる 70
よそ 他所 370
よそごと 他所事 80
よたか 夜鷹 285
よだれ→唾 275
よつ 四つ(時刻) 326
よつつじ→辻 254
よつであみ 四手網 181
よつでかご 四つ手駕 258
よどおし 夜通し 331
よとぎ 夜伽 119
よなか 夜中 331
よなきそば 夜鳴蕎麦 167
よにげ 夜逃 83
よのなか→世間 80
よばい 夜這 278
よばなし 夜話 77
よびすて 呼び棄て 161
よびりん 呼鈴 345
よぶ 呼ぶ 70
よぶ 呼ぶ(結婚 109
よふけ 夜更け 331
よみがえる→生き返る 308
よみせ 夜店 164
よむ 読む 70
よめ 嫁 145
よめい 余命 309
よめいり 嫁入 109
よりあい 寄合 77
よりかかる 70
よりしほう 四里四方 336
よりそう→寄せる 70
よりつかず 70
よる 寄る 70
よる 夜 331
よろい 鎧 321
よろいど 鎧戸 249
よろける 70
よろこぶ 喜ぶ 17
よろしく→挨拶 76
よろめく→よろける 70
よわい(齢→年 309
よわき 弱気 17
よわむし 弱虫 38

●ら行

らいう 雷雨 360
ライオン 388
らうや 羅宇屋 169
らかん 羅漢 306
らく→気楽 6
らくがき 落書 200
らくごか 落語家 194
らくじつ 落日 356
らくだ 駱駝 388
らくだい 落第 129
ラジオ 90
ラジオたいそう 122
らしゃ 羅紗 211
らしゃや 羅紗屋 170
らっか 落花 372
ラッパ 喇叭 345
ラブレター→恋文 91
ラムネ 232
らん 蘭 378
らんかん 欄干 260
ランプ 350
らんまん→華やか 33
り 利 289
り 里 337
り(理→道理 297
りえん 離縁 111
りえんじょう(状) 111
りきむ 力む 277
りくつ 理屈 297
りこう 利口 38
りこしゅぎ→主義 296
りそう 理想 296
りちぎ 律儀 38
りっぱ 立派 38
りっぷく→腹が立つ 13
りていひょう 里程標 368
りはく 李白 161
りはつし 理髪師 174
リボン 214
リヤカー→作業車 176
りゅう 龍 317
りゅうぐう 龍宮 317
りゅうこう 流行 289

りゅうせい 流星 354
りゅうれん→居続 283
りょう 両 89
りょう 漁 180
りょう 猟 181
りょうあん 諒闇 348
りょうがえや 両替屋 183
りょうし 猟師 181
りょうじ 療治 119
りょうしゅうしょ
→書出し 92
りょうしん 良心 17
りょうち 領地 287
りょうて 両手 271
りょうり 料理 231
りょうりする→料る 232
りょうりにん 料理人 168
りょうりぶね 料理船 261
りょうりや 料理屋 167
りょうる 料る 232
りれきしょ 履歴書 92
りんき 悋気 17
りんご 林檎 233
りんじゅう 臨終 312
ルージュ→口紅 211
るす 留守 79
るすい→留守番 79
るすばん 留守番 79
るにん 流人 324
ルビー→宝石 213
るり 瑠璃 347
れい 礼 76
れい 霊 316
れいぎ 礼儀 80
れいしゃ 礼者 131
れいじょう→嬢 151
れいぞうこ 冷蔵庫 97
れいふく→大礼服 204
れいめい 黎明 349
レインコート→合羽 218
レール→線路 259
れきし 歴史 330
レコード 187
れつ 列 337
レッテル 296
れんげそう 蓮華草 378
れんこん 蓮根 226
レンズ→カメラ 97
れんたん→炭団 103
れんぼ(恋慕→恋 7
ろ 艫 262
ろうか 廊下 244
ろうがい→結核 124
ろうがん 老眼 267
ろうぎ 老妓 194
ろうごく 牢獄 324
ろうし 老子 161
ろうじん→年寄 152
ろうそく 蝋燭 351
ろうどう 労働 292
ろうどうしゃ 労働者 293
ろうにん 浪人 152
ろうふうふ 老夫婦 153
ろくがつ 六月 325
ろくじゅう 六十 310
ろくどう 六道 304
ろくろ 轆轤 175
ろくろくび(首) 195
ろじ 露地(茶道) 235
ろじ 路地 254
ろだい 露台 250
ろてん 露店 164
ロボット 294
ろん 論 296

●わ

わ 輪 342
ワイシャツ 205
わいろ 賄賂 323
わかい 若い 310
わがし 和菓子 233
わかじに 若死 312
わかしゅ→若者 152
わがっき 和楽器 188
わがまま 17
わがみ 我身 153
わかもの 若者 152
わがや 我家 82
わかる 71
わかれ→暇乞 77
わかれみち 別れ路 368
わかれる 別れる 71
わけ 訳 298
わける 分ける 71
わさび 山葵 226
わし 鷲 388
わずか 僅か 338
わずらう 患う 119
わずらわす→面倒 16
わすれもの 忘れ物 71
わすれる 忘れる 71
わた 綿 210
わだい 話題 77
わたいれ→布子 210
わたうちや 綿打屋 173
わたし 私 153
わたしば 渡し場 260
わたしもり 渡し守 186
わたす 渡す 71
わたぼうし 綿帽子 110
わたりぞめ 渡り初め 260
わたりもの→者 157
わたる 渡る 71
わな(罠→狐釣 181
わにぐち 鰐口 301
わびごと 詫言 74
わびじょう 詫状 92
わびしい 侘しい 17
わびる→謝る 1
わら 藁 179
わらいぐさ→嘲笑う 39
わらいじょうご→笑う 17
わらいぼん 笑い本 197
わらう 笑う 17
わらじ 草鞋 219
わらび 蕨 226
わらわせる 笑わせる 71
わりかん 割勘 88
わりこむ 割り込む 71
わりびきしゃ 割引車 259
わる 割る 71
わるぐち 悪口 75
わるさ 悪さ 323
われ 我・吾 153
わん 椀 237
わん 湾 364
ワンタンや 167
わんぱく 腕白 152
わんりょく→腕ずく 277

感情

【愛《あい》】愛憎《あいぞう》こもごも　愛の糸　愛の真理も知りつくし　愛の巣《す》へ　愛の添《そ》うたる娘の子　愛を知り　愛を持ち　姉らしい愛の櫛《くし》　父と母愛したりない　寵愛《ちょうあい》の　妻の愛を児《こ》にとられし　嫁《ゆ》く荷《に》に入れる母の愛

【愛想《あいそう》】あいそうが過《す》ぎて　あいそうに聞く三《しゃ》みせんの愛相《あいそう》に先押寄《まずおしよ》せる　あいそうのよいのを　犬にあいそうしてはいり　靴磨《くつみが》き愛想《あいそ》もなくて　子の愛想に一《ひと》つひき

【愛着《あいちゃく》】愛着の心根《こころね》を抜《ぬ》く　愛着の眼《め》が疲れ　増《ま》す愛着の心から　出戻《でもど》りは未練《みれん》なことを　みれんの無いが　未《み》練者《れんもの》　未練者《みれんもの》めが這上《はいあが》り　娘は未練《みれん》らしく立ち　酒屋名残《なごり》を惜《おし》むなり　なごりをおしむ旅でなし

【相惚《あいぼ》れ】相惚《あいぼれ》の今日も格子《こうし》で　相《あい》ぼれの仲人《なこうど》　惚《ほれ》あう中《なか》に

【諦《あきら》める】あきらめがよすぎて　あきらめきった魚《うお》の顔　諦めた末の　あきらめて　諦《あき》らめて居《い》た　あきらめていても　諦めている気へなまじ　あきらめて寝る顔を見る　及ばぬ恋とあきらめる　女車掌《おんなしゃしょう》をあきらめる　あきらめている女房の　暮《くれ》のあきらめ

【飽《あ》きる】倦《あ》きが来た頃に　飽《あき》たと見えてみんな留守《るす》　あきはてる迄《まで》は　遊び飽き食《く》い飽きさかり飽く　おんなじ型にモデル倦《あ》き　かきとぶどうにあき給《たま》い　午後からの時計に倦《あき》た　侍《さむらい》の名にあきる　しげ〳〵《しげ》と我妻《わがつま》に飽く　女房に飽いている　むす子碁《ご》にあき鞠《まり》にあき　もうあきて　倦怠《けんたい》の欠伸《あくび》に浮《う》かぶ　三日坊主《みっかぼうず》を言い当てる

【呆《あき》れる】あきれてみせるバナナ売り　呆れてる自然　京《きょう》でもあきれべい　藪《やぶ》っ蚊《か》も呆れ

【憧《あこが》れる】憧《あこ》がれの虫が吸《す》わるヽ《る》　憧れの夜《よ》は明《あ》けて行《ゆ》く　貴婦人《きふじん》との恋を憧憬《どうけい》している

【甘《あま》える】甘えてもいい膝《ひざ》　甘えよう　お酌女将《しゃくおかみ》に甘えてる　あまだるい声で殿《との》さま　甘たるい色で微笑《ほほえ》む

【謝《あやま》る】あやまってこれでよいかと　恋人あやまらせ　あやまる客へ　女将《おかみ》にわびがたんとあり　お隣《となり》へ詫《わ》びて　親の方《ほう》からわびる顔　喧嘩《けんか》の詫《わび》に還俗《げんぞく》し　侘《わび》る浪人《ろうにん》　女

房に遥《はる》かにわびる　一言《ひとこと》も詫《わ》びず　詫《わ》びながら　詫《わび》をする気なり　藁《わら》で手をふき〳〵《ふき》詫《わ》びる

【有難《ありがた》い】ありがたいなといそぎ出《だ》し　ありがたし飯《めし》ありぬ　ありがてい事《こと》には　菊の苗《なえ》有難がらせ　故郷《こきょう》の有難さ　ゴム靴《ぐつ》有難し　寝顔《ねがお》で見てもありがたい　雪隠《せっちん》を過分《かぶん》〳〵《かぶん》と　感謝する　身にあまる恩《おん》は　身に余る光栄《こうえい》などと／えゝ《え》病人とみなく「食」らい

【安心《あんしん》】安心して寝た　安心ですと空《くう》を切り　安心をして買ってけと　これで大丈夫と　ほっとした心で拝《おが》むほっとなり　あんどする　親の墓建《た》てた安堵《あんど》へ　時計の音のある安堵《あんど》　母あんど　人安堵《ひとあんど》

【怒《いか》る】怒りこみ上げる朝鮮語となる　怒りの底にある涙怒りの和《やわ》らぎて　怒りを両の掌《て》に握《にぎ》り　怒っては悔《く》いる怒られた位《くらい》に　怒るなり　怒るのは父　怒るまい言うまい　怒るよう　蚊《か》が鳴くように怒《おこ》ってる　疳癖《かんぺき》の筋《すじ》まで心頭《しんとう》に発する怒り　泪《なみだ》ぐましい父の怒り　仏《ほとけ》怒ろうともしない　豈逆鱗《あにげきりん》を恐れんや　赫《か》っとして　いきどおり時事《じじ》を憤《いきどお》り　梯子《はしご》半《なか》ばで憤《いきどお》り　むすめいきどおり　いら〳〵《いら》とする出勤《しゅっきん》に　金持《かねもち》の塀《へい》に焦立《いらだ》つ　木枯《こがらし》は苛立《いらだ》たしげに　姿見えぬに気を焦《いら》ち　太陽が焦《い》らだっているかんしゃくのように　癇癪《かんしゃく》話しまで打《うち》こわし　癇癪《かんしゃく》を母にも起こす　野呂間《のろま》の癇癪《かんしゃく》　心の奥の玉を割り

【意地《いじ》】意地があり　意地がなし　意地で添《そ》う　梅《うめ》の意地　男の意地をつぶす所《とこ》　負けぬ意地　片意地《かたいじ》な姉よ同志《どうし》の三味《しゃみ》に意地を持ち　片意地《かたいじ》になって　娘の意地を

【愛《いと》しい】いとしがり　いとしや母はしちを置《おき》　恋《こい》いとし慕《した》われる　貴国《きこく》が慕《した》わしい

【嫌《いや》だ】あそこへはいやと　あの人と蔵《くら》へはいやと　いやがって　いや気《け》のさした昨日今日《きのうきょう》　いやと云《い》う　いやとおもえば　いやな気味《きみ》　いやならばいやとい「言」やればこれがいやだと　素読計《そどくばか》りじゃ嫌ざんす　その口がいやさに　白衣など嫌だ　又参《またまい》りましたはいやな　むす子女房《にょうぼ》はいやといい　夜食はいやという　ゆかたではいやだと娘　笑いなさらばいやだよと　こんどからもう御免《ごめん》だと　むすめいやみないしゃといい

【疑《うたが》う】疑いの一歩手前へ　うたがいははれたと　疑いもなく　疑えば限りない　疑わぬ人　疑われそうな又人《またひと》が疑わず　たんこぶ迄《まで》をうたがわれ　狐《きつね》疑われて

【内気《うちき》】母は内気にしてしまい　娘は世間見《せけんみ》ずにされ　直《す》ぐ顔へ袖《そで》のふた　影弁慶《かげべんけい》は詈《ののし》り　かげ弁慶《べんけい》を遣《つか》うなり

【恨《うら》む】恨まれず　うらみっぽい女　うらみに涸《か》れた乳をのみ　恨《うらみ》の数に入《い》れ　うらみわび　男を怨《うら》みぬいて生き　うらめしや焼酎火《しょうちゅうび》　恋も怨《うら》めしき　なおうらめしき朝ぼらけ　花の咲《さい》たも恨めしく　うらむ比丘尼《びくに》の

【羨《うらや》む】羨《うら》やませ　羨まれ　羨まれてる　うらやんでじゝいを起《おこ》す　女将羨《おかみうら》やまれ　小言《こごと》聞く人を羨む　友の身を羨む膳《ぜん》で　若い夫婦に羨《うら》やませ

【嬉《うれ》しい】嬉しい雨が　うれしい顔二《ふた》つ　嬉しい日　うれしい人は離れて居《い》　うれしゅうてたまらぬ顔を　嬉し悲し　うれしい髪を　うれしい飯《めし》を　嬉しがらせの手を変える　嬉しがり　うれしがるやつだと　嬉しき日　嬉しくも惜《おし》くも　うれしさ踊る外《ほか》はなし　嬉しさの朝々《あさあさ》を嬉しそう　せっせと動くのがうれし　どうもうれしい事をいう　何《なん》ぞと問《とわ》れ穴《あな》うれし　何をやっても嬉しがり　春嬉し　案山子《かかし》も感涙《かんるい》　感激は　御遷都《ごせんと》の歓喜《かんき》　大歓喜《だいかんき》　大供《おおども》も子供も嬉々《きき》と　心の踊る

【うわの空《そら》】気もうわの空を仰《あお》いで　心が中《ちゅう》ブラリンでは　心茲《こころここ》にあらず　寒さをいえば空返辞《からへんじ》　うつ《っ》ゝにも団扇《うちわ》の動く　稽古三昧《けいこしゃみ》うつ《っ》ゝに聴《き》いて　白川も夢うつ《っ》ゝ

【笑《え》み】甘い笑み　笑みふくみ　なげきの中の笑み　涙の涸《かれ》し時漏《も》らす笑み　皮肉《ひにく》な笑みで吸《す》う煙草《たばこ》

【おかしがる】万歳《まんざい》をおかしがり　娘はおかしがり　目をなくしておかしがり　わけもいわずにおかしがり

【岡惚《おかぼ》れ】岡惚《おかぼれ》から電話　岡惚れに浮名《うきな》が立って　岡惚れの名前をにごす　犬の横《よこ》れんぼ　横から惚《ほ》れて

【臆病《おくびょう》】おくびょうさ　臆病と笑わば笑え　臆病な犬は　臆病な心に　臆病な奴《やつ》が　臆病には利《き》かず　よめず臆《おく》せず　女は武士のおくれ神《がみ》［臆病神］

【惜《お》しい】糸柳《いとやなぎ》切るには惜しい　内《うち》に入《い》る顔にはおしい　おしい事《こと》　おしい姿を捨《す》て置《おき》　惜しい旅　惜しい茶碗《ちゃわん》を　おしい隠居《いんきょ》が一人《ひとり》きれ　惜《おし》がられ　惜しく閉《し》め　惜しく成《な》り　捨《す》てるに惜しい包紙《つつみがみ》　夢にしてしまうは惜しい

【惜《お》しそうに】惜しそうに　惜《おし》そうに来る　おしそうにこし帯《おび》を解《と》く　おしそうに姿を崩《くず》す　おしそうに雪隠《せっちん》を出る　おしそうにものをくれるが　残り惜しそうに

【恐《おそ》ろしい】おそろしい　恐《おそろ》しい金《かね》　おそろしがるがお

そろしい　恐《おそろ》しき　おそろしや　親父《おやじ》の顔は恐ろしい
鏡を見るが恐ろしく　はたひろ［二十尋］斗《ばかり》おそろしい
冬の月よりおそろしき　未完《みかん》を見せる恐ろしさ

【驚《おどろ》く】 驚いた　驚いて振《ふ》り向《む》く傍《そば》に　驚いて目さむれば　驚かすつもりの女　御母堂様《ごぼどうさま》を驚かせ　背《せな》のを取《と》って驚かせ　夜網打《よあみう》つ人に驚く　寝耳《ねみみ》に水《みず》を歓《よろこ》ぶは

【思《おも》い切《き》る】 思い切るすがたの出来《でき》る　思い切れ駄目《だめ》だと医師も　けいせい［傾城］に思いきられて　もう思い切って居《い》る　思い切気《きる》で　夕立に思い切《きっ》たる

【思《おも》いつく】 かえさぬ手など思いつき　鮓《すし》と思いつき
梯子乗《はしごのり》から思いつき　叱《しか》られてから思いつく

【思《おも》いつめる】 思いつめても　宿《やど》で死ぬほど思いつめ　思い余っていうが　是迄《これまで》と思い極《きわ》めて

【思《おも》い出《で》】 思い出の秋　想《おも》い出やあの山つつじ　思い出を泣けば　思い出を残して　こしかたを思うなみだの　過《すぎ》し昔を思い出《だ》し　似ている顔を思い出《だ》し

【思《おも》い直《なお》す】 朝顔《あさがお》の思い直して　思い直した気味《きみ》で振《ふ》り　思い直して運ぶ針《はり》　情死《じょうし》を思い直せば

【思《おも》う】 思い入《い》れ　思うこと　思う事なし　思う事皆《みな》書かば　思うところまで　思うに足《た》りぬ投所《なげどころ》　思って居《い》
思やせぬ　思わざる　思わぬに　思われる　こんなに乗れるかと思い　ソウカナと思う　そろ〳〵《そろ》と思うところを
誰も思うまい　どれも思いは一《ひと》つらし　何思うことなき
なにもおもわず　ひとりおかしい事思う　みな思ってる

【甲斐《かい》が無《な》い】 有《あ》るかいはござりやせんと　待つ甲斐もなく日の暮《く》れる

【片思《かたおも》い】 片思い高根《たかね》の花の　似顔絵《にがおえ》を抱《だ》く片思い　やっぱり片思い　片恋《かたこい》へ　返事がなくて片《かた》し貝《がい》

【悲《かな》しい】 あても無く歩けば悲し　うら悲《がな》し金ほしき顔　悲しい馬の顔　悲しがり　悲しさは　悲しまる
悲しみを抱《だ》き　白い悲しみ　物悲《ものがな》し　昼を寝る女はかなし　指に悲しい瞳《め》を落《おと》し　嫁《よめ》もそろ〳〵《そろ》かなしがり
老《お》いて行《ゆ》く悲哀《ひあい》を　塵《ちり》に混《まじ》って行《ゆ》く悲哀《ひあい》　見る悲哀《ひあい》

【我慢《がまん》】 我慢する　痩我慢《やせがまん》などはなし　こらえなさいと仲人《なこうど》いい　くいしばるたび　健気《けなげ》は膝《ひざ》を食《く》いしばり　辛《しん》抱《ぼう》してる気で夫婦　辛抱《しんぼう》を試《ため》すが　だけれども辛抱《しんぼう》しやと　嫁《よめ》に来て辛抱《しんぼう》どこか　こらえ〳〵《こらえ》て

【感情《かんじょう》】 感情も腐《くさ》る　感情をおとなしくせよと　雲一《ひと》

ひらの感情が　原稿紙つい感情に

【感心《かんしん》】感心しつゝ《つ》又《また》寝入《ねい》り　大仏《だいぶつ》を女《おんな》感心　亭主《ていしゅ》は感心し　なるほど井戸《いど》に蓋《ふた》がある　なるほどと皆《みな》がみとめて　成程《なるほど》ビールが出来《でき》ている　なるほど我白髪《わがしらが》　昼寝する足はなるほど　氏《うじ》よりもなる程《ほど》そだち

【堪忍《かんにん》】堪忍が強く見え　堪忍が味方《みかた》となって　堪忍を所帯道具《しょたいどうぐ》　堪忍の一線路　堪忍の二字《にじ》ハ　堪忍袋《かんにんぶくろ》食い破《やぶ》る　さあそこを堪忍してと　忍従《にんじゅう》の殻《から》を破《やぶ》った

【気《き》】浮《うい》た気にならぬも重き　親の気になれとは　気が折れず　気が沈み　気がちがい　気ざわりな　気にくわず　気にはたらきの無い男　気に向いた　気の知れた男　気のそぞろなる　気の高さ　気のなごみ　気はありやなしやと　気ばっかりさと堀部《ほりべ》いい　気を引いてやれとは志気奮《しきふる》う　沈んでる気をうかし　席を譲《ゆず》って気の晴れるその気では来《こ》ぬといゝ〳〵《いい》　大気焔《だいきえん》　試《ため》す気も　どういう気だかと　何気《なにげ》なくかかれば　なんの気もないに人の気も締《しま》り　ふえますに気がへりますと

【気《き》が変《か》わる】女気《おんな》が変《かわ》り　毒婦《どくふ》の気が変《かわ》り　水の浅瀬に気がかわり　気をかえて見たが

【気《き》が済《す》む】逢《あ》う人に逢《お》うて気がすむ　気のすむ丈《だ》けの注連《しめ》を張り　済まぬ事　まだ気のすまぬ　妻にも晴れた顔の色　晴々《はればれ》と母が笑《わら》う日　気晴《きばら》しに

【気《き》が咎《とが》める】女車掌《おんなしゃしょう》の気がとがめ　始終《しじゅう》気が咎め

【気《き》に入《い》る】気に入過《いりすぎ》て　しゅうとめの気に入る嫁《よめ》は母の気に入る友だちは　主《しゅう》の気に入《いる》　気に入らぬ　気の合わぬまんま　むすこ気にいらず　娘の気に入らず

【気《き》になる】編笠《あみがさ》の中が気になる　気に成《な》る襟《えり》を直す妻　気にもなり　此雨《このあめ》に内《うち》が気になる　爪弾《つまび》きが気になるらしい　一《ひと》つ気になる　餅《もち》が気になる電話口《でんわぐち》　いつまで気にかゝ《か》り　夫《おっと》が気に掛《かかり》　気にかゝ《か》る朝　気に掛《かか》る事で　髭《ひげ》が気にかゝ《か》り　舞妓《まいこ》泣く程《ほど》気にかゝ《か》り　ちとこだわって　気のもめる日ハ　気をもんでさと　一人《ひとり》寝ますと気をもませ

【気《き》をつかう】落《おと》さぬように気を配り　気遣《きづか》いの無い気を配る　十色《といろ》の気を使い

【機嫌《きげん》】いさゝ《さ》かの機嫌　妹のきげん　およそよき機嫌となって　神の御《ご》きげん　機嫌も帯《おび》の〆《しめ》ごゝ《こ》ろ　機嫌も酒で取直《とりなお》し　きげんよくまけずに帰る　きげんをとると

御《ご》機《き》嫌《げん》とり鷺《さぎ》を烏《からす》も　子の機嫌　上《じょう》機《き》嫌《げん》　鮨《すし》で機嫌を取るつもり　そのきげんではと　妻の機嫌へ子も笑い直しては入《い》る子のきげん　夕立に機嫌の直る

【喜怒哀楽《きどあいらく》】喜怒哀楽の明鴉《あけがらす》　喜怒哀楽の面《つ》らもあり　喜怒哀楽をみな笑顔《えがお》

【気の毒《きのどく》】お茶を気の毒そうに飲み　御寺《おてら》へたいし気の毒さ　気のどくがって　気の毒そうに筆《ふで》を執《と》り　気の毒な眼《め》を見つけ　時価《じか》を気の毒がって出《だ》し　隣《となり》おしえる気の毒さ　ひっそりとした気のどくさ　いたわしさ

【気分《きぶん》】降《くだ》りは暗い気分なり　触《ふ》れぬ江戸気分　食堂の気分　菜《な》の花《はな》を活《い》けた気分で　微酔《ほろよい》気分なり

【希望《きぼう》】希望があって高く鳴《な》り　希望書き切れず　希望に満ちた雑煮《ぞうに》なり　希望を暗い国に置き

【気まま《き》】明日《あす》は又明日《またあす》の事さと　ある気儘《きまま》　浮木《うき》は気儘《きまま》な首を振《ふ》り　得手勝手《えてかって》　勝手気儘《かってきまま》な芽《め》を立てる　気まかせの　気儘頭巾《きままずきん》と名を付《つ》けて　気儘《きまま》にはさせてくれたと　気儘《きまま》に糸瓜《へちま》伸び回《まわ》り　まゝ《ま》ならば　まゝ《ま》さと　おやじ　まゝ《ま》よ〳〵《ままよ》の身の果《はて》が　気まぐれな女給《じょきゅう》で　気まぐれな旅で　気まぐれに我手《わがて》にとまる　子の気紛《きまぐ》れへ

【嫌い《きら》】犬ぎらい　お上手《じょうず》が嫌いな育ち　君よりも嫌いな　西洋嫌《ぎら》いは　体操の教師を嫌う　単純にしてシャツ嫌《ぎら》い　つまみ菜《な》が好きだ嫌いだ　人に嫌われ　舟嫌《ふなぎら》い　蛇嫌《へびぎら》い　ほんとうに嫌いだろうと　娘《むすめ》気をへらし

【気楽《きらく》】気楽な時もなかりけり　気楽なり謡い好《うたいずき》　他人は気楽そうに見え　おらくじゃといえば　そのらくさ　楽なのが来て邪魔《じゃま》になる　楽なもの　楽々《らくらく》と寝て海を見る　楽らしく見せて

【苦《く》】女の苦のはじめ　苦は忍《しの》べ　苦は花が咲き月がさし　苦しかろうと髯《ひげ》をぬき　四苦八苦《しくはっく》　死ぬ苦世《よ》にある間の苦　得《とく》より苦　山程《やまほど》な苦を／窮鳥《きゅうちょう》を入《い》れず

【苦にする《く》】白粉《おしろい》ハ我《われ》を苦にする　苦にする暑い事　ばんに寝る事を苦にする　明《あけ》の鴉《からす》も苦にならず　借金《しゃっきん》も苦になるうちが　苦に病《や》む母の　世《よ》に出るを苦に病《や》む　玄関《げんか》番《ばん》くさ〳〵《くさ》とする　やかれるでくさ〳〵《くさ》すると

【悔しい《くや》】口惜《くちおし》き　口おしや　くやしい声で　くやしいという面《つら》で這《は》う　悔しがり　くやしがる　悔しくも　悔《く》ゆる事ばかりへ　じだんだをふんでは見たが　姑《しゅうと》くやしがり　泥坊《どろぼう》悔しがり　女房《にょうぼ》死ぬ程《ほど》くやしがり　平《ひら》

場《ば》口惜《くちお》しき　利用されたを口惜《くや》しがり　情無《なさけな》し

【恋《こい》】団扇《うちわ》ひくも恋　絵になる恋をしてあるき　絵の恋が　絵のような恋は　女の筆《ふで》は恋に見え　風の内《うち》に恋をしてゆく　勝《かち》に熟《じゅく》して恋も無く　彼が恋　生一本《きいっぽん》な恋　恋風《こいかぜ》に　恋風《こいかぜ》もふくさ帯《おび》　恋殻《こいがら》を　恋こゝ《こ》に成《な》り立《た》てば　恋心《こいごころ》　恋頃の　恋しい時ハ　恋しゅうは無いが恋知る日　恋すれば苦《くる》し　恋つゞ《づ》け　恋成《な》らず酒飲む人と　恋に生き　恋に飢《う》え知識に飢《う》えた　恋に落ち恋にされ　恋に上下《じょうげ》をつけたがり　恋に泣く日を　恋になる迄《まで》は　恋の歌乗せて淡路《あわじ》に　恋の愚痴《ぐち》　恋の腰が抜《ぬけ》　恋の子の血の色なせる　恋の姿形態《なりかたち》　恋の橋がゝ《か》り恋の花　緋鹿《ひが》の子《こ》に恋の絆《ほつ》れる　恋のやっこの　恋の闇《やみ》明るく成《なる》と　恋は乳《ち》の毒　恋はつまらぬものになり　恋も淋《さび》しい梅《うめ》の味　恋を生《いきる》の死《しぬ》の　恋をした顔とは見えず恋をした罰で　恋をして嫌《きら》いの多い　恋をする身に　恋を待つ窓にからんだ　恋を見せ　恋を見給《みたま》え　今年の恋はどんな恋　此頃《このごろ》恋を知りそめし　三年の恋とは　祝福をされる恋　その恋も言わず　あぶない恋が行《ゆき》　恋《こい》ぐさを枯《か》らして歩行《ありく》　踏まれる恋も　ちいさい恋はけちらかし　血の子恋の子おかめの子　のがれることも恋の内《うち》　のこる恋　ばら〔薔薇〕の恋を　まだ恋はならずまだ恋を知らぬ女中の　待つ恋の忍べば濡《ぬ》るゝ《る》　身にもかわにもしまぬ恋　見ぬ恋を　村の恋　眼《め》が物を言う程《ほど》の恋　もう恋もこれ迄《まで》なりや　若《も》し恋があれば買《か》いたい山恋しあの里《さと》恋し　譲《ゆず》った恋のもつれ出《だ》し　恋の黄昏《たそがれ》恋愛を経《へ》ずに　我《われ》に恋も無く　言訳《いいわけ》くらき恋の山　我《われ》を失う恋ごろも　朧夜《おぼろよ》の恋慕《れんぼ》　恋慕《れんぼ》の闇《やみ》に待伏《まちぶ》せる

【恋《こい》ざめ】恋さめて　三年の恋もさめるは　禿《は》げた方《ほう》から恋がさめ　恋をして見る気のさめる　桜ざめとは

【恋路《こいじ》】恋路のはしけもの　檜笠《ひのきがさ》恋は木曽路《きそじ》の　みやこの恋のみち　文字で覚えた恋の道　説教のような恋路に

【恋病《こいやみ》】恋やせにボタンの緩《ゆる》む　恋病でクスリ〳〵《クスリ》と春まけは　恋愛胃病と　恋病の薬に遣《つか》う　恋煩《こいわずら》いを

【後悔《こうかい》】後悔が先達《さきだち》　後悔さ師《し》に聞残《ききのこ》す　後悔をしても　悔《く》い多し　悔《く》いを知る　ついに悔《く》い足《た》らず

【心《こころ》】一時《いっとき》の改心《かいしん》　魚心《うおごころ》から　親心《おやごころ》　きのう今日かわる心に　今日も心の草を取る　草の青さに染《そ》む心　子《こ》心《ごころ》に　心が鉛《なまり》でありながら　心澄《す》んでいる　心そとへ出《い》

で 心投げ出《だ》され 心に〆《しめ》た帯《おび》 心になり切れず 心に迷う無駄《むだ》な事 心にも上下《かみしも》着せよ 心にもなき膝《ひざ》を折り 心のうらに星が住み 心の枝配《えだくば》り 心の鍵《かぎ》もかけ 心の草を取り続け 心の白木綿《しろもめん》 心の隅《すみ》の動ききり 心の底に音をきき 心の壺《つぼ》を抱く 心の富《とみ》を知り 心の中に風の中に 心の防腐水 心の窓をしめて金 心の窓を閉《と》じ 心の丸い父を見る 心は赤にし 心は二《ふた》つ身は一《ひと》つ 心待ち 心も沈む煤《すす》の色・心豊《ゆたか》なり 子供心に親ごゝ《こ》ろ さゝ《さ》らのような心では 染《し》むこころ 心眼《しんがん》で見て たがいちがいの心なり 飛《と》び出《だ》した心 何かを待つ心 脱《ぬ》ぎきれぬ心の垢《あか》や ぬるむこころと花ながす 歯は染《そめ》ず心を染《そ》めた 母の心の痛みきり 曳《ひ》かれて行《ゆ》くこゝ《こ》ろ 人心地《ひとごこち》 一筋《ひとすじ》の心に 人の心をはかり込み 皮膚と心の中の溝《みぞ》 火を握《にぎ》るような心で ほむらに吸《す》われ行《ゆ》く心 物心《ものごころ》おぼえて 遣《や》り場《ば》ないものに 女《おんな》ごゝ《こ》ろの追われがち 女心《おんなごころ》へ降《ふ》りつゞ《づ》け 女心《おんなごころ》をよろこばせ

【心持《こころもち》】朝の心もち 落着《おちつ》く朝の心持 そぐわぬ心もち 冬をたてつく心持 紋付《もんつき》の心持 世《よ》にすまぬ心地《ここち》

【快《こころよ》い】犬蓼《いぬたで》の心よく這《は》う 風快き酒の酔《よい》 快さ こゝ《こ》ろよく雑煮《ぞうに》に居《すわ》る 心よくのせると

【孤独《こどく》】王者の骨のたゞ《だ》孤独 孤独の夜の底

【困《こま》る】噂《うわさ》にも困り 大困《おおこま》り 踊ってあるくのに困り 食《く》わせる餌《え》に困り 軍服を出《だ》されて困る 困らして呉《く》れたと女将《おかみ》 困るのは産婦《さんぷ》 女房にも困り 鼻の利《き》きすぎるにも困り 母困り 藪蚊《やぶか》に困り 嫁《よめ》困り

【懲《こ》りる】男に懲りた姉 こりた顔 懲りた奴《やつ》 こりたやら こりもせず 布団《ふとん》を焼いた夜《よ》から懲り

【怖《こわ》い】今更《いまさら》娘怖くなり こわいこと 身《み》の毛《け》よだつ也《なり》 こわかった 怖かりし こわく成《なり》 怖そうに のぞけばこわい清水寺《せいすいじ》 おっかない顔で おっかないたち売《うり》をする

【怖《こわ》がる】お客をこわがらせ お袋《ふくろ》をこわがるむす子 髪結《かみゆい》こわがられ 怖がって 陶器《とうき》女中を恐《こわ》がらせ 女房をこわがるやつは びくついて居《い》るに 酒屋のおじる中《なか》なおり すゝ《す》きの穂《ほ》にもおじるなり 青空へおびえ勝《がち》なるお七《しち》におびゆ恋心《こいごころ》 ふと怯《おび》ゆ ぶる〳〵《ぶる》母おびえ

【淋《さび》しい】秋淋しなぞと うすら寂《さび》しさ 歌えばなお淋し うら淋し 教える身をば淋しがり 落《お》ちる事《こと》なくて淋しき 子の素直《すなお》さを淋しがり 淋しい妓《こ》 淋しい時

に拭《ふい》て置《おき》　淋しい時の足《た》しになり　淋しいねねえ！と淋しい晩《ばん》に使われる　淋しい人だからと惚《ほ》れ　淋しい水の色　淋しい物ハ姑《しゅうとなり》 也　淋しがり　淋しがる人もあろうに　淋しかろ　淋しき男に　淋しき名なり　淋しく畳《たたみ》の数《かず》をよみ　淋しくない程度で　淋しく箸《はし》を取り淋しくもあるかな　淋しけれ　淋しさとくらさへ　淋しさや　淋し過ぎ　淋しまれ　淋しゅう聴《き》きぬ　騒《さわ》いだ後《あと》の淋し過ぎ　どこか淋しそう　一人《ひとり》淋しがり　一人《ひとり》さびしく　渡し場のさびる九日　淋しさを拾《ひろ》い集《あつめ》て

【残念《ざんねん》】覚《さ》めて残念　残念だのんしと　残念でならないという　残念ながら拝《おが》まされ　空は希望と失望と　たいこ持《もち》がっかりとして　乳《ち》もらいはがっかりとして

【自棄《じき》】割《さ》かれたを自棄に　自棄に我《われ》から身を沈め捨鉢《すてばち》の目に　棄鉢《すてばち》の世《よ》をながらえて　捨鉢《すてばち》をなだめて帰す　死ぬる身のどうでもいゝ《い》に

【自信《じしん》】一年の計《けい》に自信があって　自信ある姿で　自信ないカメラへ　自信の作が売れ残り

【下心《したごころ》】下心有《あっ》てつばなを　生木《なまき》を裂《さか》ん下心

【親《した》しむ】いよいよ親しまれ　菊に親しむ　親しさは親しみの心隈《くま》なし　一人《ひとり》に親しゅうす

【実《じつ》】女の実を知り　実のある客でせわしい　実のある話《はな》し　実ばなし　実をいい　日に三度ずつ実を見せ

【嫉妬《しっと》】嫉妬《しっと》問屋《どんや》のきぶね様《さま》　つきのけて嫉妬の胸に緋《ひ》の紐《ひも》は小さい嫉妬　婦長の嫉妬心　留守《るす》にはだれが来たと言う　女のそねみなり　琴《こと》をならわせそねまれる同級は嫉《ねた》み　ねたましい事の一《ひと》つの　婆《ば》ゝ《ば》が嫉妬髪《ねたみがみ》

【失恋《しつれん》】酒を失恋ヤケに飲み　失恋で覚え　失恋とはいわず　失恋をしたか

【慈悲《じひ》】叱《しか》らず慈悲の咳一《せきひと》つ　慈悲の余りの一夜塩《いちやじお》　慈悲を垂《たれ》　母の慈悲　遺族へ無慈悲《むじひ》なり

【正直《しょうじき》】正直汗《あせ》を拭《ふ》き　正直と紹介状に　正直と見込み　正直な蕎麦《そば》も　正直に　正直にいうと　正直に寝ずに待つのは　正直に働く蟻《あり》を　正直に話《はな》せば長く　正直の頭《こう》べは　正直の心　正直の身にも損あり　正直者へ雨が洩《も》り　正直をおし戴《いただ》いて　武士の正直　正直な居候《いそうろう》正直に大工《だいく》の通《かよ》う　正直の種を植《うえ》るや　嘘《うそ》いわぬ徳《とく》

【情念《じょうねん》】情火《じょうか》をじっと握《にぎ》りしめ　情念を絞《しぼ》りつくした

【焦《じ》れったい】下《げ》駄《た》の歯の雪に焦《じ》れ　焦《じれ》たがり　じれっ

たいお子だと　自烈《じれっ》たい妓《こ》だと　じれったく鳴《な》る風鈴《ふうりん》へ手紙では最《も》う自烈《じれっ》たい　筆《ふで》で書く字が自烈《じれっ》たい　じれさせる　心気臭《しんきくさ》さに　なぜそう人を焦《じ》らさせる　もどかしいマッチ　もどかしさ　こたつから歯がゆく立った　はがゆい恋が腕を組み　歯がゆくて　向《むか》いの親仁《おやじ》歯痒《はがゆ》がり

【真剣《しんけん》】 真剣です真剣です　真剣に　母となる真剣　真《ま》顔《がお》にて　一心《いっしん》と二親《にしん》八　一心不乱《いっしんふらん》わらきぬた　二親《ふたおや》が一心《いっしん》

【信《しん》じる】 蒼空《あおぞら》の色を信ずる　小鳥は羽を信じ切り　先に立つ一羽を信じて　白手袋を信じきり　信じてた頃の日記を　信ずれば極楽《ごくらく》へ行《ゆ》く　太陽を信じて

【心配《しんぱい》】 心配そうな光りかた　心配に酒が要《い》り　心配の相応《そうおう》にある　心配の方面委員　心配も三日目になり　母心配を別に持ち　案《あん》じるより海が易《やす》いと　帰りの雪を案《あん》じ居《お》り　金を案《あん》じる　おとなし過《すぎ》る子を案《あん》じ　ちょき[猪牙]舟《ぶね》をあんじるように　不幸の子を案《あん》じ

【好《す》き】 あつ湯好《ゆず》き　和尚《おしょう》さまきつい好《すき》　嫌《きら》いとも好きとも言わず　この花が好きです　師匠《ししょう》からして芝居好《しばいず》き　素人好《しろうとずき》の　すいたのが来《く》りゃ　好きな唄《うた》　好きなもの好きにしておく　それにも顔の好《すき》きらい　人好《ひとず》きの　むかしの好きな人　娘は秋が好き　矢張芝居《やはりしばい》は好きという　山が好き海も亦《また》好き　食好《しょくごの》み　すいな事《こと》　やわら好《ずき》

【せつない】 きゅうじをせつながり　せつない首を曲げせつながり　腹帯《はらおび》をせつなく結ぶ

【尊敬《そんけい》】 敬意を表し置《おく》　尊敬をされて　ああと仰《あお》ぐ　仰《あお》げば太い大師流《だいしりゅう》

【退屈《たいくつ》】 退屈な　退屈が伝染をして　退屈な巡査《じゅんさ》　退屈な人の頭も　退屈な窓に　たいくつの馬　たいくつの中を流るゝ《る》　退屈へ退屈が来て　舟の退屈　指の退屈

【耐《た》える】 耐えがたけれど　堪《た》え難《がた》し　耐えている　耐えにけるかも　耐忍《たいにん》の幹《みき》　耐忍《たいにん》の記念碑《きねんひ》にせよ

【楽《たの》しい】 楽しげな　たのしみに手のかわをむく　たのしみに満《み》つ　楽しみの一《ひと》つ　楽《たのし》みを思い見る味《あじわ》い　楽しめど　貧《ひん》も楽《たのし》みそうに見え　娘より母が楽しむ　歓楽《かんらく》の唄《うた》のなかばに　貧しさの中の歓楽《かんらく》の

【慎《つつし》む】 上に立つ身ほど慎め　控《ひか》え目《め》の　見ても慎《つつ》しめ口の蓋《ふた》　つつましい　つゝ《つ》ましく咲いている

【つまらない】 家庭つまらない　父と来た湯《ゆ》がつまらない　つまらなさ　つまらなし　つまらぬが溜《たま》って詰《つま》る　寝

ずに待つ身につまらない　味気《あじけ》なかろ今　めしのさいにはあじきなし　嫁味気《よめあじけ》なく蚊帳《かや》を吊《つ》り

【冷《つめ》たい】冷たさの上に躍《おど》れ　冷たさも　冷たさを知ってはいれど　冷たすぎ　冷《ひや》っこい妓《こ》の心　待っている壁が冷たい　犬目《いぬめ》の花嫁《はなよめ》　じゃけんな仕方也《しかたなり》　そうかいなとはつれなかり　つれなすぎ　愛敬《あいきょう》のない女の手　愛敬《あいきょう》のない巫女《みこ》ばかり　薄情《はくじょう》という　薄情者《はくじょうもの》を恋《こ》いつづけ

【辛《つら》い】煽《あお》ぐのをいっそつらがる　辛《つ》らい文《ふみ》　辛《つら》い目《め》に逢《あわ》ねば　うきめをみ　まことは針《はり》のむしろ也《なり》

【出来心《できごころ》】一時《いちじ》の出来心　その日の出来心

【同情《どうじょう》】奥様に同情をして　同情をする記事がありあわれむべし　女をおくる憐《あわ》れむ瞳《め》　憐憫《れんびん》の一瞥《いちべつ》

【泣《な》く】一点入れた方《ほう》も泣き　いつまで泣いていらっしゃるお泣きなさいと　おもうほど泣《なき》　女は泣きはじめ　昨日も今日も泣いて居《い》る　此処《ここ》へ来て泣きなと　これではならぬ貰泣《もらいな》き　そばに泣き人《て》がついて居《い》る　妻として泣く夜《よ》と　手放《てばな》しで泣いて　泣いた眼《め》が　泣いていて　泣《ない》て来て笑《わろ》うて帰るのは　泣いて来る　泣《ない》て〳〵《ないて》　泣いてやり　泣かされて居《い》ても　泣かせない　泣きくずれ　泣《なき》声《ごえ》を　泣きじゃくり乍《なが》ら　泣きに来た娘に　泣きにきて泣けずになりぬ　泣き残り　泣きはじめ　泣《なき》やませ　泣別《なきわか》れ　泣く事はないと　泣くだけは泣かしておけと　泣く時の　泣くな妻　なくなと馬にかきのせる　泣くばかり　泣くまいに　泣くもよし　泣《なく》を見てかえり　一人《ひとり》泣き　べそをかき　ほろほろ泣いている　ほんに泣《なく》時《とき》　みんなが泣いてくれるから　無為無能《むいむのう》この身哭《な》きたし　娘を泣きにやり　優勝の眼《め》がうるみ　夜泣《よなき》する物は恰《あた》かもすゝ《す》り泣く如《ごと》く　姿の出てるすゝ《す》り泣き　袖《そで》が短いすゝ《す》り泣き　もらい泣《なき》する　愁《うれ》い忘れた泣上戸《なきじょうご》　男泣き　男なら泣くなと泣くなと　泣いている父とは知らず　泣男《なきおとこ》　泣いてるは母の顔　母が泣くのでやめにする　母として泣く夜《よ》　母は泣かせられ　母を泣かせる　わっ〳〵《わっ》となかせて置《おい》て

【泣《な》く子《こ》】子供を泣《なき》やませ　子は泣いた儘《まま》に　しばらく子を泣かせ　泣かされて小供《こども》の帰る　泣かせて背《せな》の子は帰り　泣きじゃくる子の瞳《め》に　泣子《なくこ》すや〳〵《すや》　泣く児《こ》に言いきかせ　泣く子を抱《だい》て　間男《まおとこ》がだくとなきやむ

【慰《なぐさ》める】神のなぐさみ　なぐさみに作る　なぐさみ

に女房《にょうぼ》のいけん　慰めている姉《ねえ》さんの　慰めてくれた女が　慰めてくれはせぬかと　慰めてやれば　慰めという花が咲き　慰められた礼も書き　母の乳《ち》をなぐさみにのむ　双方《そうほう》をなだめる母は　なだめ〱《なだめ》来る

【嘆《なげ》く】碧《あお》くない眼《め》を嘆《な》げき　嘆願《たんがん》の前途に　嘆きたし　なげきの中へかしこまり　嘆くなよ

【懐《なつ》かしい】下駄《げた》の懐《なつか》しみ　戸外《こがい》の闇《やみ》を懐かしみ　達《だる》磨《ま》はなつかしい　なつかしい郷土展　小説をなつかしみ　春という字がなつかしい　人のうるささなつかしさ　星の一《ひと》つをなつかしみ　泣いた日もなつかしや

【涙《なみだ》】乾《かわ》き果《は》てたる涙なり　誘《さそ》う涙に出る涙　しめる涙の須磨《すま》の曲《きょく》　堕涙《だるい》の記　出る涙　出るは涙も渇《か》れた頃　泣かん涙の涸《か》るゝ迄《るまで》　涙が落ちる重《かさ》ねた手　涙が込んで来る　涙珊瑚《さんご》の玉《たま》となり　涙ためている　涙で洗う女　涙でも拭《ふ》けと　涙とは冷たきものよ　涙に塩のあるものか　涙の痕《あと》や酒のしみ　涙の雨の溜《たま》り所《どこ》　涙のかわく頃　涙の中に新《あら》たなり　涙の目　涙は多く口から出《で》　なみだはるかに　涙ふくんで笑い出《だ》す　泪《なみだ》もまじる洟《はな》をかみ　涙もろき我《われ》にも　涙をふいてやり　涙を巻納《まきおさ》め　涙を見ろと言《い》った顔　涙を余計《よけい》持ち　ぬかずけば唯《た》だ涙あり　母親の涙に勝てぬ　母の涙を見咎《みとが》める　母を涙の底へ埋《う》め　頬《ほお》つたう涙　やっと涙が出てくれる　級長《きゅうちょう》涙ぐみ　女《じょ》教師《きょうし》涙ぐみ　涙ぐまれる夕《ゆうべ》かな　母はもう直《す》ぐ涙ぐみ

【悩《なや》む】珠算《しゅざん》に知るなやみ　悩ましい　悩みある　悩みが一《ひと》つ増し　世《よ》に容《い》れられず夜《よ》を悩む

【苦笑《にがわら》い】逢《あ》って双方《そうほう》苦笑い　子供の外《ほか》はにがわらい　見《み》る〱苦笑い　我《われ》を見詰《みつ》めて苦笑い

【憎《にく》い】門《かど》の柳《やなぎ》が憎らしい　かわゆい子旅から憎く　口よりも心の憎し　小面憎《こづらにく》いこと　死んでもあいつらが憎い　憎悪《ぞうお》の旗印《はたじるし》　戸を引寄《ひきよせ》るにくらしさ　なぜ憎む　憎い秋　憎いうそ　憎い顔　憎いと八　憎い憎い人のにくそうに　にくらしいきぬ〱《ぎぬ》［後朝］を見る　にくらしい口だと　にくらしさ　女房《にょうぼ》にくゝ《く》いい　ぶすい［不粋］で無いのにくらしさ　ほんとうに憎く　憎くなし　眼《め》の敵《かたき》　女に憎まれる　自動車で憎まれに来る　憎まれ度《たく》はなし　台所《だいどこ》へ来て憎まれる　嫁《よめ》さんは憎まれる

【人情《にんじょう》】熊手《くまで》人情をかきあつめ　人情に会い　人情の刃《は》渡《わた》りをする　母の情《じょう》　血もあれば涙もあるが　情《なさ》け深《ぶか》い

深《ふか》なさけ　湯女《ゆな》の情《なさけ》も　情《なさけ》知り　生《うま》れた儘《まま》の人心《ひとごころ》　清き人心《ひとごころ》　悟《さと》れ表裏《ひょうり》の人心《ひとごころ》　人心《じんしん》の暗きに　友情が　友情はいっそ手ぶらで　友情は友情

【願《ねが》う】お願いがあって言えない　御願事《おねがいごと》があり　お願い申せ　願いある身だと　願いけり　願出《ねがいだ》し　ねがい昼いう物でなし　願う所《とこ》　願わくは一雨《ひとあめ》あれの　猫の来《らい》世《せ》を母願い　労咳《ろうがい》の願《ねがい》は　六波羅《ろくはら》の願《ねが》い事《ごと》

【念《ねん》】去《さ》りとは念《ねん》が入《い》り過《すぎ》る　念《ねん》を入《い》れ　念押して聞く　念を押すのをうるさがり　くやみに念を入《い》れ

【念頃《ねんごろ》】跡《あと》ねんごろにほうむるハ　念頃ぶりは立《たつ》てのみ　火の始末《しまつ》ねんごろにして　湯屋《ゆや》へ来て念頃ぶりは

【望《のぞ》み】茶漬《ちゃづけ》など所望《しょもう》　遠き望みも　望ましく　のぞみが多すぎる　のぞみかね　本望《ほんもう》さ

【恥《はず》かしい】あなたに変《かわ》る恥かしさ　今更《いまさら》娘恥かしい　うら恥かしき　下着の儘《まま》の恥かしき　それも恥かしい　何がはずかしいものだと　ならんで食《く》うの恥かしさ　はずかしいうちは　恥《はずか》しい顔葉隠《はがく》れに　はずかしい顔へ　恥かしい事を知らねば　はずかしい袖《そで》口に行《ゆ》き　はずかしい時には袖《そで》を　恥かしい年齢《とし》　恥かしい人が出来《でき》　恥かしい目に　はずかしい夜《よ》が忘られぬ　恥かしゅう　はずかしや　はじしめる　ひつじほど食《く》う恥かしさ　みんな恥かしい　きえたがり　間《ま》の悪さ　面目《めんぼく》も無き膝小僧《ひざこぞう》　めんぼくもなく酔《よい》は醒《さめ》　我顔《わがかお》の面目《めんぼく》もなき　つむ年の面目《めんぼく》もなし

【初恋《はつこい》】後《うし》ろへかくす初心《うぶ》な恋　初恋の人に似ていて　初恋の破《やぶ》れたなりで　初恋を包むスミレの　初恋を残して　初恋はお汁粉《しるこ》を食べ

【はにかむ】はにかみの子供に　はにかみもあり　はにかむ年になって逢《あ》い　妹《いもと》てれ　おどり子はてれて居《い》る　巡査《じゅんさ》の少してれ　テレて床屋《とこや》に娘待ち　内義《ないぎ》が留守《るす》でてれたもの　まだ人形をてれかくし

【腹《はら》が立《た》つ】考えてから腹を立て　これほどの腹立《はらだ》ちを　宗祇《そうぎ》は腹を立直《たてなお》し　立つ腹も　立つ可《べ》き腹を立てずして　腹が立ち　腹だちそうに燃《もえ》てきえ　腹立《はらだ》ちて　腹立てたように　腹立てて出て　はらのたつ顔も交《まじ》って　はらのたつすそへかけるも　腹のたつ時　腹の立つ供《とも》　腹の立つ女房《にょうぼ》となりで　腹のたつのも咽《のど》までの　腹の立つ話　はらのたつものは　腹を立ってもその日ぎり　腹を立て

腹を立てなおし　一人《ひとり》腹を立て　よく〳〵腹のたつ気色《けしき》
よく癪《しゃく》にさわる男が　むかっ腹《ぱら》　むっとして出て　ムッと
して見たが　御立腹《ごりっぷく》などゝ《と》　何を馬鹿なと御立腹《ごりっぷく》

【張合《はりあい》】かん［看］病にはり合《あい》の有《ある》　張《は》り合《あい》のある客にさ
れ　草市《くさいち》にはり合《あ》いのない　隣《となり》から張合《あい》もなく

【贔屓《ひいき》】紙角力《かみずもう》にもひいき付《つ》き　里《さと》ひいきしてねめられ
る　ひいき脚本書きたがり　ひいきなり　ひいきの役者
知って居《い》る　紋《もん》にひいきのあるでなし

【微笑《びしょう》】ある微笑　女の微笑　口元の微笑　恋人の微
笑に　御仏《みほとけ》微笑する　頬笑《ほほえ》みにともる　中年《ちゅうねん》の恋を
ほゝ《ほ》笑《え》む　赤《あか》ん坊《ぼ》の微笑

【秘密《ひみつ》】公然の秘密　天上《てんじょう》の秘密を抱いて　ひきだしに
妻の秘密は　桃色《ももいろ》の秘密を抱いて

【秘《ひ》める】心に秘めて嫁《ゆ》き　白を秘む　ひとに秘《ひ》す日記
も書かぬ　秘話《ひわ》一《ひと》つ　胸其《そ》の奥に秘めて赤　歴史を秘めて

【冷汗《ひやあせ》】冷汗で渡る諏訪湖《すわこ》の　冷汗の裁《た》ち違《ちが》いでは　冷《ひ》や
りとすると罪は消え　母ヒヤリ　冷汗をかいて守るハ

【不機嫌《ふきげん》】きげんのわるい　亭主《ていしゅ》不機嫌　遠い不機嫌
歯車の不機嫌な　抽斗《ひきだし》機嫌わるそうな　ふきげんな客
不機嫌な主人へ遠く　不機嫌な日ハ　ふきげんを人に知
られる　虫の居所《いどこ》を直させる

【不思議《ふしぎ》】あめつちのふしぎ　子供は不思議なり　ふし
ぎさよ　不思議や脈を打つ　きどくにばゞ《ば》あ武者《むしゃ》が出ず

【不審《ふしん》】或《あ》る日の父を不審がり　この鉢巻《はちまき》の御不審《ごふしん》か　不
審で通る裏梯子《うらばしご》　いささか腑《ふ》に落ちず　女房《にょうぼ》腑《ふ》に落ちず

【朗《ほが》らか】朗らかさ　ほがらかに千代をことぶく　朗
らかねえと姉が来る

【誇《ほこ》り】淡《あわ》き誇りに暮《く》れて行《ゆ》く　心の居間《いま》に気の誇り
力の無い誇《ほこり》　プライドは　誇りをもって

【欲《ほ》しい】あるならば欲しき　子が欲しい　こらえてい
れど欲しい事　しみじみ語る女《おんな》欲し　つねにほしき　軒《のき》
並《なみ》に漁《あさ》り　人肌《ひとはだ》の酒の欲しさよ　ほしい顔せまいぞと
欲しい金　欲しがった　ほしがらせ　ほしき牛若《うしわか》　ほし
くなり　まだ欲しい　われら求め合い　何《なん》にも求めまい

【惚《ほ》れる】悪性《あくしょう》に惚れて　打ち込んでからを　夫の惚
れた　おとこに惚れて　オレに惚れ　女惚れ　女余計《よけい》惚
れ　数知れず惚れたが　首《くび》ったけはまって　この人に惚れ
てよかった　その野暮《やぼ》な所へ惚れる　女房《にょうぼ》に惚れて　一《ひ》

とかたまりに惚れて居《い》る　惚れそうな物だと息子《むすこ》　惚《ほれ》たいような夜《よる》を覚《さ》め　惚れたっきりの日が続き　惚れたとは　惚れた人来て　惚《ほれ》た真似《まね》惚《ほれ》られた真似《まね》　ほれたやつ惚れたわけでなし　惚れていて　ほれている事が嬉《うれ》しい　惚れてやるものかと歩く　惚れられたからと　惚れられた経験もなく　惚れられたこと後《あと》で知る　ほれられたそうにして居《い》る　ほれられたと思い　惚《ほれ》られたように惚れられて　惚れられて惚れて　惚れられる秘伝《ひでん》を惚れる女あり　ほれるか〱《ほれるか》と　右と見て左《ひだ》りへ惚《ほれ》る　みんなの前で惚れるなり　むしょうに惚れてみれば　ほの字《じ》ばかりで　村中《むらじゅう》が惚れ　文言程《もんごんほど》に惚れて居《い》ず

【本気《ほんき》】妹の本気が怖《こわ》い　五九郎《ごくろう》が本気に叱《しか》る　本気かと　本気になって猫を蹴《け》り　本気のようでなし

【本心《ほんしん》】本心にだんだん遠い　本心に反し　本心を男が聞くと　ほんとうの心　また本心をきゝ《き》そびれ　意《い》の如《ごと》し　桜煮《さくらに》と蛸《たこ》も本意《ほい》を　本意《ほい》無くも　真情《しんじょう》の発露《はつろ》

【真心《まごころ》】犬のまごころ変わりなし　下手《へた》な字のまごころうれし　まごゝ《こ》ろの涙に消ゆる　真心を知ってゝ《て》

【満足《まんぞく》】心足《こころた》る　満《み》ち足《た》りた人だけ　御《おん》の字《じ》に成《な》ったと顔の外何《ほかな》に不足なき　無い物は不自由斗《ばか》り　どうやらやってます　店もどうやらやって行《い》け

【みじめ】居《い》てみじめ　蟹《かに》はみじめに吊《つ》るされる　鶏《とり》までがみじめな日　みじめな花の顔　みじめに見える鼻の汗《あせ》

【見初《みそ》める】青かりしより思いそめ　霞《かすみ》に見そめ霧《きり》に出来《でき》　写真で見初め

【見惚《みと》れる】口あいて神楽《かぐら》見とれる　美貌《びぼう》に見惚れる　虹《にじ》に見とれる　墓桶《はかおけ》を下《さ》げて見とれる　小町《こまち》見とれて

【むきになる】たばこものまずむきに成《なる》　値上《ねあ》げにむきになって来る

【夢中《むちゅう》】追羽根《おいばね》に夢中　碁《ご》で夢中用《よう》ある人も　浮《うか》さるゝ《る》種が無いのに　うかされて唄《うた》う　側目《そばめ》さえ振《ふ》らずに花嫁《はなよめ》の傍目《わきめ》もふらず　耽溺《たんでき》の朝の悲しき　耽溺《たんでき》の曇《くも》り心《ごころ》に　安逸《あんいつ》をむさぼりながら　小説を貪《むさ》ぼる

【虚《むな》しい】天壺空《てんこむな》しく成《な》り果《は》てし　みな空《むな》し　むなしやな　空虚《くうきょ》に握《にぎ》りしめ　何か空虚《くうきょ》な笑い声《ごえ》　瓶《びん》の空虚《くうきょ》をとりかこむ　まりの空虚《くうきょ》を握《にぎ》り得《え》し　一切《いっさい》は虚無《きょむ》だと虚無《きょむ》時代　ねぎの虚無《きょむ》土の創造　ありたけの空虚《くうきょ》の中で

【胸《むね》】〔心〕　親の胸　かすかな胸の灯《ひ》ぞ　胸中《きょうちゅう》の錦《にしき》を

切《せつ》なる胸は唄《うた》われず　てっぺきの胸　張《はり》つめた胸を　胸がすき　胸迫《せま》る　胸に綾《あや》　胸に雲なければ　胸に錠《じょう》おろせば　胸に畳《たた》んで　胸の痛みも新《あた》らしく　胸の木《き》戸《ど》　むねのくもりをといで置《おき》　胸の戸を開き切ったる　胸の火の高《たか》が　胸の灯《ひ》を翳《かざ》す　胸の不潔は身の汚れ　胸を撫《な》でると　むねをわるくする　胸の火は昼より夜へ

【面倒《めんどう》】 こめんどうなと二《に》升《しょう》たき　人一人《ひとり》の面倒さ　孟母《もうぼ》度《たび》ゝ《たび》わずらわせ　わずらわせ　わずらわし　厄介《やっかい》な物を

【物思《ものおも》い】 島田《しまだ》の物思い　物思う人に　物思う身に　土《ど》蔵《ぞう》へ向《むい》てものおもい　よう〳〵《よう》とたつ物思い

【物足《ものた》りない】 静かではよいが物足らぬ　禅宗《ぜんしゅう》の味《あじ》物足らず　亭主《ていしゅ》物足らず　物足らぬ母の腕　物たらぬ町　物足らぬままの飯《めし》　物足らぬ訳《わけ》を　あきたらず　手紙ではもうあきたらぬ

【焼餅《やきもち》】 焼餅喧嘩《やきもちげんか》で　焼餅の苦笑《にがわら》い　焼餅は女房《にょうぼ》一《ひ》人《と》りで　出《で》しなに一《ひと》つやき　やかぬがたてゝ《て》いぶす也《なり》　やくていしゅ　夜着《よぎ》二《ふた》つやけをおこして

【優《やさ》しい】 姉はやさしい気を見せる　組屋《くみや》の女房《にょうぼ》糸やさし　やさしい中に　世《よ》の中の優しい人に

【やるせない】 女の遣瀬《やるせ》無《な》く　やるせないうっぷんの果《は》て　やるせない夫へ　やるせなさ

【憂鬱《ゆううつ》】 失業的憂鬱に　歯車の歯の憂鬱の　憂鬱な障《しょう》子《じ》の色の　嫁《とつ》ぐ身の知らぬ愁《うれい》に　人の憂《うれ》いを喜んで　うっとしそうな田舎馬《いなかうま》　顔のうっとしさ　かんぶつ屋《や》うっとうしいと　気の詰《つま》る顔　気の詰《つま》る嫁《よめ》　憂《う》き事《こと》に馴《な》れて　憂勤《うきつと》め　小さな憂《うれ》い事《ごと》　物憂《ものう》き傘一《かさひと》つ　ものうく見てる

【夢《ゆめ》】 明日《あす》さめる夢を閉《し》め切る　ある夜《よ》うれたる夢を見る　医者の見る夢計《ばか》り食《く》い　いつ迄《まで》夢に若い顔　いろんな夢が濡《ぬ》れて行《ゆ》く　起《おこ》された夢　朧気《おぼろげ》に夢路《ゆめじ》を辿《たど》る　子の夢に　逆夢《さかゆめ》になれと祈《いの》りし　荘士《そうし》の夢となりぬべし　其夜《そのよ》の夢に　月と夢の国　飛ぶと夢見し気の疲れ　なき親に逢《おう》た夢　花の夢醒《さ》めれば　は［歯］のぬけた夢　春の夜《よ》の夢と　日のあたる夢をよく見《みる》　ふところへ夢を受取《うけと》る　まるい夢の　見れバ皆夢《みなゆめ》　夢がさめ　夢で越《こ》し　夢ではない　夢と雨とが残る朝　夢という　夢に来る女に　夢にそむいた石一《ひと》つ　夢に入《い》る前　夢に葡萄《ぶどう》の蛇《へび》が寄る　夢にまで見る眼《め》ながらも　夢に見た女のような　夢の国　夢の中どこまで伸びる　夢の中にも雨が降《ふ》り　夢の

幕切《まくきっ》て落《お》として　夢のよう　夢は浮寝《うきね》の浪《なみ》まくら　夢開《ゆめびら》き　夢を置く枕《まくら》の下に　夢をのこして　夢を見たそうで夢を見てひとり悦《よろこ》ぶ　夢見《ゆめみ》でもよかったか

【欲《よく》】開けば又《また》見たき欲あり　親の欲で見え　女の欲は金で無し　この辺に住みたい欲を　死ぬ迄《まで》でいゝ《い》欲を母一《ひと》つ持ち　人よくの甚《はなは》だしきは　人の欲　ほんとうに欲を離れた　未《ま》だ欲があるか　欲が来る　欲が出る　欲捨《す》た身には欲なり　欲徳《よくとく》に転《ころ》ぶ人　欲と首引《くびっぴき》　欲に眼《め》は替《かわ》らず　欲の多い顔　欲の世《よ》に　欲ハなけれどあぶながり　心の猿《さる》に毛がふえる　欲張《よくば》るも欲張《よくば》らなくも欲もほど　欲をたしなみて　欲を忘れた人となり　利《り》欲《よく》に迷う気で吐《はけ》ず　無欲《むよく》の様《よう》な人ばかり

【喜《よろこ》ぶ】こんなにも喜ぶ母と　火をみつけたよろこびを悦《よろ》こばしからずや　喜《よろ》こばれ　喜びありやと　喜びに歓《よろこ》びのない明日《あす》ばかり　喜ぶ母と居《い》て楽し

【弱気《よわき》】気のよわいていしゅ　気のよわり　弱《じゃく》よく強《きょう》を制《せい》し　中に気弱なお婆《ばあ》さん　坊主《ぼうず》だけよわみなり　弱いことをいう　弱い方《ほう》が言い　弱気に思いあたること弱きを助《たす》く顔でなし　よわく出る　弱くなり切って

【良心《りょうしん》】良心のほとばしりの　良心を楽屋《がくや》においた

【悋気《りんき》】［嫉妬］　きれいなりん気也《なり》　眼鏡《めがね》は悋気らしく見え　悋気の飛《と》び火《ひ》　悋気にハ旦那《だんな》が負《まけ》て　遠い悋気のもう悋気などせぬときめ　悋気して　悋気の飯《めし》を　いわぬりんきを　りんきの糸車《いとぐるま》　岡焼《おかやき》は事《こと》ほど左様《さよう》　岡焼《おかやき》ふれ歩き　角《つの》の出る病《やま》い　角《つの》をはやして吸付《すいつけ》る　女房《にょうぼ》に角《つの》が生《は》え　ゆび二本ひたいへ当てて

【わがまま】我儘《わがまま》と気儘《きまま》な世帯《しょたい》　わがままな子は　我《わが》儘《まま》な娘《こ》へ　わがままに育って　聞《きき》わけもなく　だだをいう手前味噌《てまえみそ》　我田《がでん》へ水も八分目《はちぶんめ》　元のやんちゃにして帰し

【侘《わび》しい】湿ってる靴が侘しい　留守居《るすい》侘しく鮭《さけ》を焼き侘しい影《かげ》が落ち　わびしさは　侘《わび》しらに猿粥焚《さるがゆたい》て

【笑《わら》う】頭を打った笑い声《ごえ》　妹は笑いこけ　大石《おおいし》笑われる　思《おも》い出《だ》し笑い　面白い程《ほど》笑い　女はむだな笑いあり女笑わぬ顔になり　掛食《かけぐい》は笑《わらわ》れる　口を莟《つぼみ》にして笑い子が笑《わら》い　ゴシップ笑うだけ　さり気《げ》なく笑い　しっ声《せい》［尻声］の無い笑いよう　そう笑っては済《すま》ぬ也《なり》　大《だい》は小《しょう》かねると笑う　互いの胸は笑い合い　誰とでも笑い　手間《てま》ほどは有《ある》ぞと笑う　年籠《としごも》り笑って暮《くら》す　何かしら笑って帰

る　何を笑うと　何を笑うやら　母が笑う日　ハメをはずした大笑《おおわら》い　はらをかゝ《か》えて　吹出《ふきだ》しそうな勅《ちょく》をうけへ、〳〵〳〵《へへへへ》と先《まず》わらい　娘笑いこけ　むだな笑いあり目で笑い　もらい笑いに　笑い合い　笑い声　笑いこみ笑い好《ずき》　笑いすぎた後《あと》を涙で　笑い損《ぞん》　笑い度《た》いのを笑い泣き　笑い止《や》む迄《まで》　笑いを知らぬ顔で来る　笑う門《かど》笑う子が手から手へ行《ゆ》く　笑う事ばかり入《い》れたき　笑うたび　笑うなら笑え　笑うなり　笑うにも泣くにも笑うのみ　笑えば腹《はら》へちとこたえ　笑《わらっ》て居《い》れば足《た》れり笑ってはいけぬと　笑ってやるが　笑ってる女のハート　笑ってる様《よう》にゆれ　わらわせもなかせもせない　笑わない約束で立つ　笑《わ》らわねば話のならぬ　便秘を笑われるわらわれて来《き》やしょうと出る　わらわれる度《たび》に　笑われる迄《まで》を　笑《わ》ろてやり　泣き笑い黙《だま》って燗《かん》を　無理にされてる泣き笑い　かけて帰《かえっ》て高《たか》わらい　隣《とな》りで不意《ふい》に高《たか》笑い　低く言高《いいたか》く笑《わらう》ハ　帰るまで笑いつゞ《づ》ける　笑い上戸《じょうご》に泣上戸《なきじょうご》　笑い上戸《じょうご》へツケを出《だ》し　義理《ぎり》でニッコリ　つまづいてにっこり笑う　何を聞いたかにこ〳〵《にこ》し　にこついた内儀《ないぎ》の跡《あと》へ　にこつかせ　ニッコリと　にっと笑《わらっ》て

状態

【相性《あいしょう》】　相性は聞《きき》たし　相性は知《しり》たし　合性迄《あいしょうまで》も口走《くちばし》り

【生憎《あいにく》】　あいにく金があり過ぎる　あいにく米がなしあいにくといい〳〵《いい》　あいにくとふり通《どお》し　生憎糠《ぬか》が切れ

【あけすけ】　あけすけに笑える心　あけすけものをいう女房《にょうぼ》あけすけ言って退《の》け　ずけずけと言うを

【浅《あさ》ましい】　浅猿《あさま》しく　すがるこゝ《こ》ろの浅ましさ　目ざめて朝の浅猿《あさま》しさ　前からあてる見ぐるしさ　見苦《みぐる》しい俺《おれ》　見ぐるしい程《ほど》つかわれる　見苦《みぐる》しく酔《よ》いしものかな

【褪《あ》せる】　褪せた折鞄《おりかばん》　褪せた浴衣《ゆかた》の女客《おんなきゃく》　色紐《いろひも》褪せた儘《まま》で冬　ビール四五本《しごほん》褪せたまま

【温《あたた》まる】　温《あた》たまる焚火《たきび》に　人間あたたまり　猫の鼻あたゝ《た》まり　靴やや温《ぬく》もる事を　ぬくもって　ポケットだけの手のぬくみ　あたたかにして食《く》わせ

【新《あたら》しい】　新《あた》らしい女はよせと　新しい顔　あたらしい

事をばしらぬ　新しい妓《こ》に目をつける　新《あたら》し蚊屋《かや》のあたらしくしてもやっぱり　新《あた》らし過《すぎ》て

【当《あ》たる】当《あた》るよう　懸賞《けんしょう》当選　少し当《あた》るとくじを替《か》え十《とお》が九《ここの》つあたらぬ気　大当《おおあた》り　ひとえ羽織《ばおり》で大《おお》あたり

【厚《あつ》い】厚いもの　厚くなる面《つら》の皮　男が切っていゝ《い》厚さ

【熱《あつ》い】熱いぞと　熱く焼け　いつか熱くなり　火鉢《ひばち》の縁《ふち》の熱いこと　炬燵《こたつ》のあつすぎる

【あっけない】あっけない右大臣《うだいじん》だと　あっけない夜《よ》をあっけなく避暑地《ひしょち》の花火《はなび》

【当《あ》てはまる】自分一人《ひとり》へ当てはまり　どこかのうちに当てはまり

【危《あぶ》ない】あぶなく見える　いと危《あやう》き　危機一髪で息をとめ　客はあぶない目をつむり　時計あぶない音で鳴《な》り　どこかあぶない夏姿《なつすがた》　あぶなくも無いに　天窓《あたま》の上をあぶながり　母おやあぶながり

【甘《あま》い】甘い相談　あまい母　子に甘く　しごくあまいとしいられる　女性に甘い免許証　まだあまし

【怪《あや》しい】怪しまれ　奇怪《きかい》な朝　ただになるかと怪しまれ　がたりともさせず無気味《ぶきみ》な　気味《きみ》わるい　御無《ごむ》用《よう》ときみわるくいう　不気味《ぶきみ》なり

【有《あ》る】あっただけ　あったはず　ありぬべし　ありやなし　あるかえと　有るかと聞いてわるくいい　有るとこにゃ有るなと　有る筈《はず》の　有る程《ほど》の　大根だね有りは何かあり　何があるだろう　一人位《ひとりぐらい》あるにして置《お》くまだも有るように　有合《ありあわ》せですと

【荒《あ》れる】荒れ狂《くる》う　海が荒れ　海が怒ったように荒れ一荒《ひとあれ》あれて　山荒れかい摘《つま》み

【淡《あわ》い】淡い恋　淡い月夜のビル街《がい》の　淡きおそれ　陽《ひ》が淡い　あっさりとしたは

【哀《あわ》れ】哀れ金なくて　あわれさは　哀れなもののうち哀れなり　哀《あわれ》に見れば哀也《あわれなり》　哀れを知らじ壁　哀れを物語り　皮も留《とど》めずあわれなり

【いい】いい頭　好《い》い石を置いて　いゝ《い》隠居《いんきょ》　いゝ《い》機嫌《きげん》いい客を待たせて　好《い》い景色《けしき》　いゝ《い》姑《しゅうと》　いい助手になって　いゝ《い》涼《すず》み　いゝ《い》智恵も出ず　いゝ《い》月夜　いゝ《い》と云《い》い　いゝ《い》長襦袢《ながじゅばん》見せて行《ゆ》き　いゝ話　いゝ《い》春さ　いゝ《い》降《ふ》りだなどゝ《と》だら助屋《すけや》ではええ顔じゃ　父と寝た夜《よ》のいゝ《い》話

【いかさま】いかさまにかけて　インチキな世《よ》の　新し

い手の詐欺《さぎ》をほめ

【粋《いき》・意気《いき》】粋がき、粋《き》といわれて身のつまり　意気な喧嘩《けんか》は　粋な母　スフの意気　新妻《にいづま》粋を見せて居《い》る　一《ひと》村《むら》を粋《すい》にして立つ　すいぶって昼過《ひるすぎ》に行《ゆく》　江戸の張《は》り

【潔《いさぎよ》い】いさぎよくりょう治《じ》を頼む　借金《しゃっきん》をいさぎよくする　ぼたもちをいさぎよく食《く》う

【勇《いさ》ましい】勇ましい人ら　勇ましい街《まち》に　勇《いさむ》とも鉢《はち》巻《まき》八よせ　倶利伽羅《くりから》で木曽《きそ》の勇《いさみ》　死の勇気《ゆうき》ばっかり強い智《ち》仁勇《じんゆう》　勇敢《ゆうかん》に　大胆《だいたん》な鋏《はさみ》に植木　ちと大胆《だいたん》な口をきき　命しらずの　侠気《おとこぎ》を出《だ》すと　負《まけ》る男気《おとこぎ》

【いじらしい】いじらしき童心《どうしん》　いじらしさ　いじらしや　かぞえる妻のいじらしや　嫁《よめ》いじらしい汗《あせ》を拭《ふ》き

【威《い》勢《せい》】威勢よく駈《か》け　威勢よく起《た》つ級長へ　よい威勢

【忙《いそが》しい】忙しい日ハ　いそがしい程《ほど》しずかなり　いそがしゅう　暮《くれ》の忙《せわ》しさを　煙《けむ》を包んで忙《いそ》がしい　御多忙《ごたぼう》も　二人《ふたり》蹲《しゃが》んで忙《いそ》がしい　せわしい足取《あしど》り　せわしがり　忙《せわ》しさの暮《くれ》に髪刈《か》る　忙《せわ》しさを逃《のが》れて来れば　せわしない恋　せわしない露《つゆ》をあきなう　せわしなくつゝ《っ》いて　忙《せ》わしなさ　年の暮《くれ》にもせわしない　吐《は》く息にばかりせわしい　わずかに成《なっ》てせわしなき　席不暇暖《せきあたたまるにいとまあらず》

【一緒《いっしょ》に】一緒に来《き》　一緒に酔《よ》うて面白し　外科《げか》と一《いっ》所《しょ》に　声と一緒に丁稚《でっち》倒《こ》け　魂と一緒に　寝れば一緒に花も寝る　綻《ほころ》びと一緒に　いっしょくたになり

【居《い》る】居なりかと　居ますが如《ごと》くふくれてる　居るうちは　居ればさほどでない子供　かさなって居るでじっといる　じっとしていれば　小《ち》さく居る　永《なが》く居る気で　二人《ふたり》居てわびしや　居残《いのこ》っているのが　居残《いのこ》りに権現様《ごんげんさま》は居残《いのこ》りか　奴隷《どれい》の数をはべらせて　侍《はべ》らせる　端居《はしい》して　端《はし》ちかな所《とこ》でのんでる

【居《い》ない】居ないあいつの分までうたおう　おんどりのいない街《まち》へ　誰《だあ》れもいない奥で　たそがれてからすがいない　日本にない鳥が啼《な》く　毎晩内《まいばんうち》に居ず

【慇懃《いんぎん》】いんぎんに叱《しか》る女房《にょうぼ》は　いんぎんに成《なっ》た夫《おっと》が提灯《ちょうちん》へ慇懃に来る　遣《つか》ういんぎん

【浮《う》く】浮いている　浮き上《あが》り　浮き沈み　お湯《ゆ》に浮きあがり　離れ〴〵《ばなれ》に浮上《うきあが》り　浮沈《ふちん》の苦《く》

【薄《うす》い】うすい縁《えん》　うすい唇《くちびる》　薄い状袋　薄ぐもり　薄煙《うすけむ》り　薄頭痛《うすずつう》　薄月夜《うすづきよ》　薄《うすっ》ぺらな世辞《せじ》が嵩《たか》まる　薄《うす》

笑《わら》い　感に堪《た》えたる薄さなる　口約束と薄とぼけ　校庭へ射《さ》す陽《ひ》が薄い　炬燵《こたつ》から薄睡《うすねむ》く聞く　盃《さかずき》の薄さへ初夢《はつゆめ》に薄笑《うすわら》い　富士の薄朝日《うすあさひ》　まだ薄眠《うすねむ》いように明《あ》け麦湯《むぎゆ》の薄明《うすあか》り　向《むこ》うの屋根《やね》に薄い靄《もや》　森黒く空薄青《うすあお》い

【嘘《うそ》】うか〳〵《うか》と嘘をつき　嘘々《うそうそ》の中に　うそかとおもう嘘ついて帰る夜《よ》の下駄《げた》　うそつき帰る　嘘つきが寄ってたかって　うそつきに来《き》た傾城《けいせい》は　うそでない　嘘に痛き胸嘘になる迄《まで》には十日《とおか》　うそに実《み》が入《い》る　うそのいえないいところ　嘘八百を統計表で　嘘ひとつ　嘘もつき　嘘も突《つき》よう　嘘も又世《またよ》の道具　嘘もよし　嘘を言い　嘘を扇《おうぎ》でぱちと締《し》め　嘘を考える　嘘をたんまり置いて行《ゆ》き嘘がきらいで　嘘をつけとの　嘘を吐《は》く子に　嘘をほんとに聞いてやり　うそをやと　小川に嘘を洗うべく親もウソをまぜ　今宵《こよい》の嘘のあざやかさ　是《これ》からうそをつく斗《ばかり》　誰教えねど嘘をつき　人間に嘘がある　塗《ぬ》りかくす嘘　蒔《まい》ても生《は》えぬ嘘の種　真赤《まっか》なうそのつき所《どころ》　真赤《まっか》な嘘をつき　うそが溜《たまっ》て　見えすいたうそみんな嘘　昔《むか》しの嘘も今ははげ　元《もと》のうそつき　矢継早《やつぎばや》なる嘘が出る　よう寝ましたと嘘を吐《は》き　うそ付《つか》ぬ日に　長崎の嘘　江戸の嘘付《うそつき》　バイブルの嘘へ

【うっかり】うっかりとのぞかれもせぬ　うっかりと花《はな》見《み》をねだる　舞妓《まいこ》うっかり　うかつにも　うかと上げうかと溜息《ためいき》見つけられ　女給《じょきゅう》迂闊《うかつ》な眼《め》を投げる

【美《うつく》しい】悪のまゝ《ま》なる美しさ　糸のたるみが美しい美《うつ》くしい雨にして居《い》る　美しい上にも　美しい顔で　美しい風　美《うつ》くしいけものの皮を　美《うつ》くしい蛇体《じゃたい》と語るうつくしい角《つの》が生《は》え　美しい供《とも》　うつくしい女房《にょうぼ》叱《しか》るが美しい斗《ばかり》で　美《うつ》くしい化物《ばけもの》が出る　美しい不幸は　美しいまゝ《ま》で此世《このよ》を　美しき嫁《よめ》の顔　美しく減る　美しく見る　うつくしく夜を燃《も》し合《あ》う　うつくし過《す》ぎて　美し過ぎている　女が美しい　女影《かげ》まで美しい　女の美しさこれで亡《ほろ》びる美《うつ》くしさ　酒の色美しと見て　つくねんとしたうつくしさ　妻のなみだの美しき　寺の娘《こ》のただ美しく　となりの嫁《よめ》はうつくしき　涙の美しい　母おやのうつくしさ　刃《は》もののように美しき　晩《ばん》の鏡のうつくしさ　朝日さしこむ肉体美《にくたいび》　水着で歩く肉体美《にくたいび》　曲線美《きょくせんび》美《び》に添《そ》う美《び》　美《び》はなきか　美《び》は美《び》だが　美《び》を追うか

【麗《うら》か】梅《うめ》うらら　師走《しわす》の旅うらら　麗かさ　麗かな

リズム　春の麗かさへ遅れ

【噂《うわさ》】阿呆《あほ》らしい噂　今お噂をした処《ところ》　噂あり　噂聞く　噂する　噂であるそうな　噂に泣ける　噂の尼《あま》の　噂の二人《ふたり》遠くいる　噂不安な飯《めし》の味　噂ほど　吾妻《わがつま》の噂も出《で》　傾いた噂へ　社《しゃ》の噂　十日《とおか》程《ほど》噂を残す　少し名の立つもうれしき　伝聞《でんぶん》の口うつし　人の頭の蠅《はえ》を追い　流言《りゅうげん》は礫《つぶて》に　わるい沙汰《さた》聞いて　がいぶんのわるさ　外聞《がいぶん》八萩《はぎ》で　外聞《がいぶん》を気にして　うしろゆびさゝ《さ》れた女郎《じょろう》　さゝ《さ》れてあつし後《うし》ろ指《ゆび》　壁に耳ある筈《はず》　壁に耳はなし

【おおげさ】大袈裟《おおげさ》に驚いてやる　しょうぞく過《すぎ》て　針程《はりほど》の事を棒《ぼう》ほど　針《はり》ほどを棒《ぼう》とは母の

【落《お》ち着《つ》いた】おちついた気に墨《すみ》が磨《す》れ　おちついた心落ちついて　落付《おちつ》いて居《お》れど　おちつかれ　憎らしい程落《ほどおち》付《つ》いて　葱畑《ねぎばた》へ落着《おちつ》こう　平気《へいき》な子　平気《へいき》なり

【落《お》ち着《つ》かない】落ちつかず　心の落付《おちつ》かず　母落《おち》つけず　母一人《ひとり》気の落付《おちつ》かぬ　優待席《ゆうたいせき》に落ちつかず

【大人《おとな》しい】おとなしい子で　おとなしい子になっている　おとなしい亭主《ていしゅ》　温和《おとな》しい人へ　おとなしく　おとなしくせぬと　おとなしくたゝ《た》ずみ給《たも》う　おとなしぶってのこされる　おとなしゅうつがせ

【衰《おとろ》える】衰えたるを知れる犬　人の衰え　鮎《あゆ》と一所《いっしょ》にさびる也《なり》　新しいまんまで廃《すた》る

【同《おな》じ】同じ家　同じ顔　同じ国　同じ血が通《かよ》う　同じ露《つゆ》に濡《ぬ》れ　同じのは無い　おなじ墓の中　同じ枕《まくら》で幾《いく》人《にん》も　同じ紋《もん》　小同大異《しょうどうたいい》　所詮《しょせん》は同じ智恵　心中《しんじゅう》のどちらも同じ　どう向いて寝ても同じな　人同じからず　皆同穴《みなどうけつ》の貉《むじな》なり　笑っても泣いても同じ

【覚《おぼ》える】意見する身にも覚えの　うき事《こと》を覚えて　うろ覚え　おうた日を覚《おぼえ》て居《い》るが　御《お》覚《おぼえ》が御座《ござ》りましようと　お内儀《ないぎ》の手を見覚《みおぼえ》る　覚え込み　覚えられ　孔雀盗《くじゃくと》りおぼえ　淋《さび》しさを花に覚える　質《しち》と云《い》う字は能《よ》く覚え　母も覚える鷺娘《さぎむすめ》　母もむかしの覚《おぼえ》あり　みんな女房《にょうぼ》に覚《おぼえ》られ　止《や》んで覚《おぼえる》　よく覚え

【思《おも》いがけない】思いがけない妻帰り　思いがけない鳶《とび》をつり　思いがけなき袖《そで》だたみ　思わぬ人が出《だ》してくれ　こたつへかけてひょんな物　不慮《ふりょ》な事　勘定違《かんじょうちが》いの眼《め》パチ〳〵《パチ》　予想外だったと払う　予想より下へはずれる

【面白《おもしろ》い】いわれようにて面白し　浮世《うきよ》は面白い　やぶ

れかぶれの面白き　おもしろい恋が　面白い日を送り　面白がって行《ゆ》き　面白かりし　おもしろかろうがと　面白くない訳《わけ》　面白く見る風の街《まち》　面白く酔《よ》う女房《にょうぼう》に　面白くりんごが剥《む》ける　面白さ　女の屑《くず》も面白し　金《かね》六面白い　金《かね》は面白いやつ　地名のおもしろく　女房《にょうぼ》の留《る》守《す》もおもしろい　隣《となり》同士《どうし》のおもしろき　人の女で面白し　雇《や》仲《とな》居の望み面白し

【愚《おろ》か】愚かしく　愚かなる妻の正札《しょうふだ》　愚妻《ぐさい》とは愚妻《ぐさい》の前で　愚妻《ぐさい》とは冥加《みょうが》を知らぬ　愚者《ぐしゃ》の張る意地《いじ》は　愚《ぐ》者《しゃ》の目に　愚《ぐ》に愚《ぐ》が意見　愚《ぐ》の多欲《たよく》　愚《ぐ》も知れず　コックリを信じる愚《ぐ》　悟《さと》りの愚《ぐ》に返り　仁者《じんしゃ》も愚者《ぐしゃ》も　なお愚《ぐ》なる我《われ》となさしむ　我足食《わがあしくら》う蛸《たこ》より愚《ぐ》　食《く》うたわけ能《のう》なしの　能《のう》のないやからの口も　はじ知らず　昼間の蛍《ほたる》なり　骨の無いあたまばかりが　無神経《むしんけい》　いもで居《い》る

【終《おわ》る】杭《くい》は親子で打ち終り　正月もこれで終りの　処《しょ》女《じょ》の終りの陽《ひ》が流れ　父兄会終り　ペンの吐《は》く線のおわりも　舞終《まいおわ》る　果《はた》している　すんだ様《よう》　説教が済《す》むとそれで済《す》み　祭が済《すん》で

【畏《かしこ》まる】客はかしこまり　こまったようにかしこまり　ぞうりを持ってかしこまり　畳《たたん》だようにかしこまり　ことばすくなにかしこまり　どちへ向《むい》てもかしこまり　祭を父のかしこまり　眼鏡《めがね》を懸《かけ》てかしこまり　ひょんな小《こ》家《いえ》に畏《かしこま》り　恐《おそ》れ入《いり》ますへ

【固《かた》い】石固く　岩固く　押込《おしこ》んだ空気が固い　下駄《げた》の固さあり　餅《もち》が固いので　固くする

【堅物《かたぶつ》】かたい大屋《おおや》なり　固いのを酔《よ》わすに年増《としま》　かたすぎる　石あたま　角《かど》が有《あり》　硬《こう》とも軟《なん》とも　四角ばっては出来《でき》ぬ業《わざ》　かたっくるしいやつがや［病］み

【門違《かどちが》い】追う牛蝿《うしばえ》の門違い　門違いあったら　門違いから幾春《いくはる》の　門違いでもてれぬなり　煙草《たばこ》の門違い

【空《から》っぽ】銭箱《ぜにばこ》もからっぽう　停車場《ていしゃば》は空っぽ　ふところはからっぽ　蜜箱《みつばこ》空っぽ　みなからっぽにしたお乳《ちち》

【可愛《かわい》い】嘘《うそ》でも可愛らし　可愛い親にも　可愛い口をきく男　可愛い子には足袋《たび》でも　可愛い二人《ふたり》来る　可愛い窓の花　可愛い蕨《わらび》の芽《め》　可愛子《かわいご》に　可愛さが余り　可愛さに　かわいらしいの内《うち》へ入《い》れ　可愛い舞扇《まいおうぎ》　馬の可愛い目　転《ころ》げて笑わす愛盛《あいざか》り　しおらしい姿

【頑固《がんこ》】正直で頑固で下戸《げこ》で　イッコク［一刻］な三味線《しゃみせん》

状態

屋《や》　目の色を変《かえ》て頑固の　我《が》を通す女　我《が》を曲《ま》げず　強情《ごうじょう》な女　強情《ごうじょう》は　強情《ごうじょう》をわらった友を　変屈《へんくつ》の傍《そば》へ

【消《き》える】糸ざくらきえいるように　駅から霧《きり》へ消えて去り　角《かど》を消え　消えて行《ゆ》く　消え兼《か》ねる　だん〳〵《だん》消える朝の霧《きり》　涙に消《き》ゆる砂利《じゃり》の霜《しも》　母親が消えて　波《は》紋《もん》の消える沼　一人《ひとり》消え　陽《ひ》に消える雪の心が　見せて消え　絶《た》えるとき　時、空、絶《た》ゆ

【記憶《きおく》】記憶をたどる朝のお茶　子の記憶　つりの記憶に目をつむり

【利《き》く】利《きき》そうに思うハ　何《なん》にでもきく　丸薬《がんやく》の利く　試験に御薬《おくすり》は利かず　毒ほどに利かばと思う　利《きか》ぬ呪《まじない》

【気障《きざ》】跡引《あとひ》き下戸《げこ》が気障ですよ　気障な奴《やつ》　しまいにきざな目をふさぎ　仙台節《せんだいぶし》は気障ですねえ

【気性《きしょう》】己《おのれ》が蛇《へび》の性《さが》　勝栗《かちぐり》は負《まけ》ぬ気性の　しょうねが有《あ》ると　性《しょう》わると　和《わ》の気性　個性とやらが出る　凝《こり》性《しょう》を知ってる　凝《こ》り過ぎて　御《お》きらいなたちだと　じっとしているたちでなし　雨性《あめしょう》の伊達《だて》　晴《はる》る雨性《あめしょう》

【汚《きたな》い】汚《きた》ながり　きたなげに見《み》る　恋を流すにきたなすぎ　小汚《こぎたな》いとも云《い》い兼《か》ねて　女房《にょうぼ》の足をきたながり　人をきたないものに見る　ゆうべの枕《まくら》きたながり

【清《きよ》い】朝の清さ　清い唇《くちびる》　清い恋なれど　清いつぶらな涼《すず》しい瞳《め》　清き人心《ひとごころ》　母を守って清き日日《ひび》　水脈《みお》きよら　水の清さに靴をぬぎ　潔白過《けっぱくすぎ》て友はなし　昼置《ひるおき》になって潔白《けっぱく》　純心《じゅんしん》の　純《じゅん》なこと　萩《はぎ》白し純《じゅん》なる儘《まま》を

【狭量《きょうりょう》】燕雀《えんじゃく》いずくんぞ　燕雀《えんじゃく》を　燕雀《えんじゃく》を皆黙《みなだま》らせる　人を皆燕雀《みなえんじゃく》にして　人をみな燕雀《えんじゃく》に見て　おとなげなくも　餅《もち》によばるはおとなげない

【器量《きりょう》】おのが器量の非《ひ》を言わず　きりょうがどっとせず　きりょうばなしは法度也《はっとなり》　器量よし　此下《このした》もなき器量也《なり》　妻の器量を認められ　雅量《がりょう》かな

【きりり】きりりと女房《にょうぼ》売り馴《な》れる　急度《きっと》して出る

【綺麗《きれい》】妹の目がきれい　きれいさを羨《うら》やまれ　きれいだなと思い　きれいと思う消防車　きれいに牛をしかる所《とこ》　綺麗に塗《ぬ》れば　綺麗に見えた夜を酔《よ》い　綺麗に結《ゆ》えた髪で詰《つ》め　綺麗な鬢《びん》を吹き乱し　麗《うる》わしき花で悲しむことのうるわしさよ　雪のうるわしさ

【禁止《きんし》】禁止され　禁止の本を抱いて死に　立禁の札《ふだ》をへし折り　男子禁制　よせと云《い》う　通りぬけ無用《むよう》で

禁断《きんだん》の木《き》の実《み》の罠《わな》へ　禁断《きんだん》の木《き》の実《み》へ　今日は問答無《もんどうむ》用也《ようなり》

【緊張《きんちょう》】緊張をうらむ　鼻にある緊張　鯱《しゃっちょ》こ張《ば》り　前の二列は堅《かた》くなり

【腐《くさ》る】明日《あす》腐る果物　明日《あす》腐る魚を　かつおは半《はん》ぐされ　腐っても斜《はす》には裂《さ》けぬ　くさらせて置くが　土台も腐る梅雨《つゆ》　腸《はらわた》から腐る魚《うお》　浦《うら》の苫屋《とまや》も腐れたり

【崩《くず》れる】威厳《いげん》やゝ《や》くずれ　落葉《おちば》を載《の》せた儘《まま》くずれ　崩れる雲の峯《みね》　崩れる脛《すね》のうら淋《さび》し　崩しけり

【癖《くせ》】いしゃのくせ　忌《い》み嫌《きら》う癖に　妹の癖は　いろんな癖を知り　同じ癖　叔母《おば》の癖　癖が有《あ》り　口《くち》ぐせにいう石の上　下駄《げた》も曲《まが》り癖《ぐせ》　寒さ静けさ遊《あそ》び癖《ぐせ》　女給《じょきゅう》手を捲《ま》く癖を持ち　すぐ金に見積《みつ》もるが癖　人間の癖にはき癖《ぐせ》の曲《まが》りも　鼻もちならぬ癖　一《ひと》つの癖を見つけ出《だ》し　昼寝の癖もいつか止《や》み　むこのくせ　わるいくせ

【くっつく】しらす干《ぼし》くっついていて　刃《は》の裏にくっついてこびついて居《い》る　こびりついてゝ《て》　鉄粉《てっぷん》にこびりつかれてずる〱《ずる》べったりさ　べったりと文《ふみ》

【狂《くる》う】狂い〱《くる》行《いゆき》　狂い死《じ》に空一《いっ》ぱいで　狂うさま　根を張る樹々《きぎ》の狂うさま　物狂《ものぐる》い　狂乱《きょうらん》の桜に

【軽薄《けいはく》】嫁《よめ》のけいはくはじめ也《なり》　軽《かる》はずみ　気の軽い女の階子《はしご》　お気がかるいと

【ケチ】あたじけないと首を振《ふ》り　伊勢屋の持病《じびょう》 吝疾《りんしつ》と　王昭君《おうしょうくん》はけちんぼう　吝《けち》くさく花の咲いてる　ケチ〱《ケチ》して芸者《げいしゃ》　けちな客　ケチな洒落《しゃれ》　けちな庭　けちな鑓《やり》　せちがらいやつ　兄さんは吝《けち》になり　母親の勘定高《かんじょうだか》い　二人《ふたり》して出《だ》すとはけちな　ほんとうはケチな淋《さび》しい　しわいやかた船《ぶね》　しわいやつ　吝《しわ》く成《なり》　しわん坊《ぼう》　橋を越すのはしわいやつ　出《だ》し惜《おし》み

【欠点《けってん》】酒という傷惜《お》しまれる　生涯の疵《きず》は　すこしきず　銭《ぜに》のねえのが玉《たま》に瑕《きず》　酒に短所が出てしまい　短所ぞ長き鼻の下　女房《にょうぼ》の短所数《かぞ》えて　あらを見出《みだ》し合い

【気配《けはい》】どっからか人の出て来る　一人《ひとり》来た気配　夕立の来る気配知る　夕立の前触《まえぶれ》

【下品《げひん》】下品《げび》た医者　げびたもの　下卑《げび》た若殿《わかとの》　げびを言い　銭《ぜに》が自由で下卑《げび》る　はなしがやひ[野卑]になり

【濃《こ》い】インキのあともいつか濃く　濃き莨《たばこ》の煙ひと吐《は》きすれば　濃過《こす》ぎたり　八手《やつで》濃き雨

【恍惚《こうこつ》】恍惚が狙《ねら》っているぞ　こうこつと　日あたり、う

つとり　魂《たま》しいとろける　御仏《みほとけ》の慈眼《じがん》とろける

【こっそり】こっそり梅干《うめぼし》ですませ　コッソリと耳へ口こそ〳〵《こそ》と食《く》い　こそ〳〵《こそ》とはなせば　紙帳《しちょう》こそ〳〵《こそ》

【こぼれる】こぼれあい　こぼれ魚《うお》　こぼれたように家があり　こぼれてつから萩《はぎ》の花　詩はこぼれ　墨《すみ》こぼれ　振袖《ふりそで》の手をこぼれけり　又《また》こぼれ菜《な》の花《はな》が咲き　水道の漏《も》り　釣瓶漏《つるべも》る音をのこして　漏《もり》から這入《はい》る

【冴《さ》える】女　世帯《おんなじょたい》は冴え返り　河鹿《かじか》の冴える晩《ばん》　冴えかえる雫《しずく》が　冴えた下駄《げた》の音　月が冴え　月許《つきばか》り冴えて　沼が冴え　音色《ねいろ》も冴える　月も冴え　話の尽《つ》きた耳へ冴え　春冴えかえる朝の水　筆意《ひつい》も冴《さえ》た

【盛《さか》り】うね〳〵《うね》は盛り　女の盛りなり　子供の食《く》い盛《ざか》り　さかりに来て　一盛《ひとさか》り　娘ざかりをはだかにしむまいさかりをむだ仕事　夜《よ》を盛り　若盛《わかざか》り　栄花《えいが》の沙汰《さた》は聞流《きくなが》し　さんらんの栄華《えいが》の明日《あす》の

【殺気立《さつきだ》つ】殺気だち　殺気立つ旗《はた》の槍《やり》　疲れへ殺気立って飛ぶ焼餅《やきもち》　赤い夕陽《ゆうひ》の殺気をあびた

【さっぱり】薩張《さつば》りすると持ってかれ　洗濯でさっぱりとした　洒々落々《しゃしゃらくらく》とし

【錆《さび》】錆がつき　錆た色　錆《さ》びついた呪《のろい》に　錆に気の付いた頃には　錆た剃刀《かみそり》　おもい錆付《さびつ》く

【様々《さまざま》】さま〳〵《ざま》な　様々な人が通《とお》って　さま〴〵《ざま》に扇《おうぎ》を遣《つか》う　人さま〴〵《ざま》

【騒《さわ》がしい】悪《あ》しきを払《はら》う騒がしさ　さてもいそがしさわがしし　さわがしや　隣《となり》近所の騒がしさ

【幸《しあわ》せ】幸せと向き合う膝《ひざ》を　仕合《しあわ》せな妓《こ》とほめられて　倖《しあわ》せなど思い　しあわせになろうよ　仕合《しあわせ》は嫁《よめ》だと　仕合《しあわせ》ものと　幸せをおもう　みんな幸せそうに見え　仕合《しあわせ》を掃《は》きあつめよと　幸《さち》はあるべきを　人の幸《さち》聞くうれしさに　幸福を金で買い　幸福を口癖《くちぐせ》にする　幸福を漂《ただよ》わす　幸福のお膳《ぜん》は

【しじま】じっと四月の夜《よ》のしゞ《じ》ま　静寂《せいじゃく》の花のあしたを　夜のしゞ《じ》ま

【静《しず》か】足のあまりもしずかなり　閑静《かんせい》でよいと　しずかさは　閑《しず》かさ見たり　静かさを　静かなり　静かに聞けば　静かにくれ給《たま》え　静かに幕《まく》　水は静かなり　しんかんと　咳一《せきひと》つ聞《きこ》えぬ中を　波風立《たて》ず　水を打ったよう

【しつこい】出合《であい》しつっこさ　ひつらこさ

状態

【しっとり】朝の磯《いそ》しっとりとして　しっとりと朝が来ている　病人の手へしっとりと　浴衣《ゆかた》しっとりと

【萎《しな》びた】オスメスのしなびただけの　きれいにしなび給《たも》う　しなびた腕をなで　萎びた乳《ちち》を捻《ひね》くらせ

【締《し》まる】あせる程《ほど》なお締《しま》る　雨でしまる道　締まりすぎ

【染《しみ》】あぶらじみ　お茶のしみがあり　壁の汚点《しみ》　酒のしみ　涙の痕《あと》や酒のしみ　袴《はかま》のしみを見る

【しみじみ】朝の冷《ひえ》身にしみ〴〵《じみ》と　掻《か》き合《あ》わす袖《そで》しみ〴〵《じみ》と　玉露《ぎょくろ》の味をしみ〴〵《じみ》と　淋《さび》しさをしみ〴〵《じみ》しみ〴〵《じみ》と一番鶏《いちばんどり》を　しみ〴〵《じみ》と男を怖《こわ》く　しみじみ指と合う心　しんみりときく気が　シンミリと話《はな》すに意見してつくづく見れバ　つく〴〵《づく》と思えば淋《さび》し

【染《し》みる】あの時の言葉がしみて　鮎《あゆ》の香《か》が色紙《しきし》にしみる　壁の中までしみ通り　しみらせる　だんだん染みるでこぼこの心へしみる　骨にしみ入《い》る灸《きゅう》のつぼ

【邪魔《じゃま》】あやうい恋の邪魔をする　浮く花を邪魔くさ相《そう》に　踊《おどり》のじゃまじゃちいさい子　車の通る邪魔になり子供の邪魔がられ　自分に邪魔な人ばかり　邪魔なもの　じゃまにする　邪魔になり　じゃまをする子には真棒《しんぼう》の邪魔か　鮨《すし》へ行《ゆ》く手に少し邪魔　調法《ちょうほう》な物の邪魔なハ　母に邪魔がられ　また邪魔なものを　横車《よこぐるま》さまたげますと　商売の妨《さまた》げをする　桜に毛虫恋に鬼《おに》

【自由《じゆう》】自由しばりつけ　自由に下駄《げた》を穿《は》きちらし自由の巨像《きょぞう》砕《くだ》く音　自由の春動く　禅宗も今は自由の両の手が自由に成《な》ると　天衣無縫《てんいむほう》

【証拠《しょうこ》】愛してる証拠を　生きている証拠に　いそがしいしょうこは　産《う》まないが証拠と女優　幼《おさ》な馴《な》染《じみ》の証拠にし　気分よい証拠に　承知せぬ証拠

【上手《じょうず》】聴《き》き上手　子育《こそだて》の上手　転《ころ》ぶは上手　上手か下手《へた》か解《げ》せぬ也《なり》　上手にうまく立回《たちまわ》り　上手程《ほど》　のみを取るのが上手なり　話上手《はなしじょうず》の物おしえ　膝《ひざ》を上手に使うとこ　笛上手《ふえじょうず》　鞠《まり》の上手の　水と火を上手につかう　毛筆《もうひつ》の上手がひとり　わらいが上手なり　器用過《きようすぎ》たり　熟練《じゅくれん》な　なれたもの　異見巧者《いけんこうしゃ》の　旅がこうしゃで

【上品《じょうひん》】うたゝ寝《たね》も上《じょう》ひんなのは　琴《こと》はひんがよしじゞ《じ》むさくないおびくにん　上品振《ぶ》って腹《はら》が減り　ものごしのよい女　こま下駄《げた》のしとやかさ　淑《しとや》かさ

【如才《じょさい》ない】お医者の如才ない　木遣《きや》りの声は如才なし

器量《きりょう》をほめる如才なさ　従卒《じゅうそつ》如才ない　じょさいの無いが　焼けた金庫に如才ない

【素面《しらふ》】桜ばなしらふでかつぐ　素面になって詫《わ》びに来る　素面の花見《はなみ》也《なり》

【人格《じんかく》】校長の人格　人格と寝言《ねごと》は別な　人格の裏を人格はいゝ《い》が　遊んでも食《く》う人格者　二重人格者

【神秘《しんぴ》】神秘にして仕舞《しま》い　神秘論者木の股《また》から生《うま》れ生《せい》の神秘よ　水の神秘も井戸《いど》に尽《つ》き

【図々《ずうずう》しい】母はあつかましいも見る　女がきも［肝］のふといやつ　ていしゅはふとく出る　ふといぞや　ふといやつだと猫を追い　むすめはふとく成《なり》

【透通《すきとお》る】うつくしい火の透通る　殿様《とのさま》の紋《もん》すきとおり透《すき》とおる腹《はら》の中　透通るような女で　金魚《きんぎょ》の命すき通《とお》り

【凄《すご》い】凄い白粉《おしろい》　凄い挑灯《ちょうちん》　凄い明神《みょうじん》　凄い人間　凄い滝　すごく見え　物《もの》すごし　すさまじさ

【素直《すなお》】桜素直に咲いて散り　師匠《ししょう》の指に素直なり　素直さを襟《えり》に見る　素直な女なり　素直な時の妻ばかり

【素晴《すば》らしい】帯《おび》だけ素晴らしい　すばらしい親父《おやじ》を持てる　素晴らしい妓《こ》に酌《しゃく》をされ　素晴らしい詩が溶《と》けている　素晴らしい月を見て来た

【澄《す》む】恋も無情《むじょう》も蒼《あお》く澄み　澄み切った　澄み切る石一《ひと》つ　澄む一点　澄む空に　澄んだ月　仏性《ぶっしょう》澄んでいる澄んでゆく灯《ひ》に　母の心は澄んでいる

【ずるい】ずるい眼《め》を鶏《とり》に見られた　老人のずるさは　ぬけめなし　こすいやつ　諸太夫《しょだいぶ》にしてはこすいと　とう〱《とう》こすい方《ほう》がかち　小《こ》ざかしき児《こ》の　小利口《こりこう》という柄《がら》で来る　小利口《こりこう》にふぬけを遣《つか》う　小悧巧者《こりこうもの》ばかりの国の

【鋭《するど》い】鋭い悲しみ　鋭き色をひそめ得ず　鋭さの上の鋭さ　はえぬきと見えてするどい　冬の破片《はへん》のするどさや

【責任《せきにん》】責任があって　責任だらけなり　責任を果《はた》して案山子《かがし》　身から出たさびで　身に錆《さび》の付くのは知らぬ　身の錆《さび》の色に染め

【せっかち】せっかちが　せっかちの駈《かけ》を乗る気で　気みじかなつきや［米搗屋］　気短《きみじか》なはだし　気みじかに　地《じ》蔵《ぞう》の短気《たんき》笑って居《い》　短気《たんき》の道具　人のこゝ《こ》ろも短くて

【善《ぜん》】先生《さきしょう》善《ぜん》をなし　性は善　積善《せきぜん》の家　積善《せきぜん》の老《おい》の酒　善悪《ぜんあく》が明るくなると　善に耳を掘り　追善《ついぜん》の鞠《まり》善の種を蒔《ま》き　善良《ぜんりょう》な汗《あせ》　善を積む　隠徳《いんとく》は真綿《まわた》で包

む　陰徳《いんとく》は闇《やみ》の梅《うめ》　陰徳《いんとく》を陽報《ようほう》にする

【そっと】嬉《うれ》しさそっと映《うつ》したり　質屋《しちや》そっといい　障《しょう》子《じ》そっと開《あ》け　死《しん》だ隣《となり》でそっと呼ぶ　そっと数隠す豆　そっと黄《き》な粉《こ》も買《こ》うておき　そっとしておいてやりたい　そっと喫《す》い　ろじをそっと明《あけ》　そろ〳〵《そろ》と行きなと

【それぞれ】それぞれに　それぞれの近所の灯《ひ》　それ〳〵《ぞれ》の尻《しり》を据《す》えて　星それ〳〵《ぞれ》の身を光り　とりどりの噂《うわさ》残して　てん〳〵《でん》に　思い思いに剥《は》げはじめ　思い〳〵《おもい》の人が行《ゆ》く　浴衣《ゆかた》も思い〳〵《おもい》なり

【揃《そろ》う】蛙《かえる》の歌揃い　気持よく音が揃った　地《じ》うたい揃い　揃って黒い田舎椀《いなかわん》　父《ちち》の父子《ちち》の子も揃い　二人《ふたり》揃って　せき［咳］をせき　二人《ふたり》の口が揃い過《す》ぎ　皆《みな》揃い

【大事《だいじ》】飴《あめ》を大事にして帰り　しごく大事に芋《いも》をくい　大事に跡《あと》を振《ふり》かえり　大事の事《こと》を言《いわ》ぬ也《なり》　大事の闇《やみ》へ

【怠惰《たいだ》】案山子《かかし》にも劣《おと》る怠惰の　教師の怠惰　試験も零点《れいてん》怠惰　怠惰懐《ふとこ》ろ手《で》　てえげいにだらけなさいと　怠《なま》けて居《お》れば済《す》む男　なまけ〳〵《なまけ》出る　なまけるなとどやされる　餅《もち》の有《あ》る内《うち》はなまける

【互《たが》いに】相身互《あいみたがい》の　お互いに手が邪魔《じゃま》でない　お互《たがい》に惚《ほ》れては居《い》ない　互いに絞《しぼ》り出《だ》し　互いの年を笑いあい　互いに見《み》合《あわ》す　互《たがい》に笑う　互《たがい》の心灯《ひ》がとぼり　双方嘘《そうほううそ》のつき分《わか》れ　どちらも勝ったつもりなり　どっちもが

【頼《たの》もしい】頼母《たのも》しい講義録《こうぎろく》　頼母《たのも》しい禿《は》げ方《かた》ですと　呑口《のみくち》のまだ頼母《たのも》しき　林檎《りんご》のあった頼母《たのも》しさ

【黙《だま》る】押しだまる　此頃《このごろ》母黙り　黙ったまゝ《ま》で立ち　黙って居《い》よう　黙って座《すわ》る旅の宵《よい》　だまってたゝ《た》かれる　黙って投げて見る　黙って二人《ふたり》分《わか》れけり　黙ってる　黙ってる時だけ　黙りこくって火が消《きえ》る　父黙り　妻も黙ってる　一人《ひとり》黙って損をする　何《なん》にもおっしゃんな

【為《ため》】食《く》う為に書く哀《あわ》れさよ　子の為にかくして一《ひと》つぬぎ　両為《りょうだめ》と　わが為に　笑われぬ為に泣《なか》せる

【駄目《だめ》】駄目だと医師も　もうだめとなに今からと　もう駄目とみて　ならぬという字目にて書《かき》

【頼《たよ》りない】頼りない火事と　たよりない亭主《ていしゅ》　たよりなさ　かけそくにならないやつら

【足《た》りない】一反《いったん》でたらぬとむすめ　何が足らぬとぬかすのか　一品《ひとしな》足らぬなり　飯《めし》の足らぬを主《おも》に書き　足らぬ所へ親を出し

【だんまり】三人でだんまりになる　だんまりでいる　気安《きやす》さに　だんまりでいることが　女房《にょうぼ》にだんまり

【違《ちが》う】大掃除《おおそうじ》から食違《くいちが》い　筋道《すじみち》が違うと　スペルがちと違い　することが食《く》ちがい　段違い　違ってもよしとみな違い　雲泥《うんでい》の違い／江戸と国とは雪と灰

【沈黙《ちんもく》】沈黙に一《ひと》つの梯子《はしご》　沈黙の心を乱《みだ》す　沈黙の中へ　沈黙へ根を張る樹々《きぎ》の

【続《つづ》く】円満《えんまん》がつゞ《づ》くと　乳房《ちぶさ》から乳房《ちぶさ》へ続く　続きけり　続く家並《やなみ》がなつかしい　続く幻影《げんえい》　きりのない

【強《つよ》い】強い子に　弱しと見えるほど強し　頑丈《がんじょう》に　気が強し　気強《きづよ》い女　気づよい女房《にょうぼ》ごくりのみ　気づよい嫁《よめ》は　三人という気強《きづよ》さを　妹の勝気《かちき》に似合《にあ》う　勝気《かちき》な母のもう素足《すあし》　男まさりの筆《ふで》を噛《か》み　女房の男勝《おとこまさ》りで

【手軽《てがる》】お手軽でない費用　財布まで朝はお手軽　手軽う質《しち》を頼まれる　手軽く行《ゆ》かぬなり　簡単明瞭に　取《と》り付《つ》き安《やす》い顔へいい　安い主従《しゅじゅう》　御法便《ごほうべん》

【でたらめ】出鱈目《でたらめ》な煙草《たばこ》の輪《わ》　丸《まる》っきり出鱈目《でたらめ》じゃない　お扇子《せんす》を目茶苦茶《めちゃくちゃ》にする　滅茶苦茶《めちゃくちゃ》な線でスケッチ

【手《て》に負《お》えない】神や仏の手に負えず　どれもてっこにおえぬ也《なり》　親の手にあまる

【手抜《てぬ》き】いびきをきくと手ぬきをし　此《この》うえもなき手ぬき也《なり》

【尊《とうと》い】仰げば尊し　あな尊《と》うと　高きが故《ゆえ》に貴《たっと》からず

【度胸《どきょう》】女車掌《おんなしゃしょう》のいゝ《い》度胸　小女《こおんな》にある度胸　叱《しか》られてからの度胸は　度胸は未《いま》だ定まらず

【得意《とくい》】まんざいとくいをとっくとく　藪医《やぶい》が得意の語《かたり》　車が得手《えて》の越後者《えちごもの》　乳母《うば》のえて物

【無《な》い】あれも是《これ》も無い　教える道もなかりけり　欠《か》くべからざる者が無い　さなきだに　そのかぶは無いに　無い事をいう世《よ》の中《なか》と　ないと知り　無いとみゝ《み》ずを掘《ほっ》て居《い》る　無いものゝ《の》鼻につかえる　無かる可《べ》からず　何も無いそうで　何もなし　一《ひと》つより無いのを　無一物《むいちぶつ》　無《む》から出て無《む》にかえる間《ま》の　無《む》に帰るべき　無《む》を包む　K18が見あたらず　日陰見当《ひかげみあた》らず

【失《な》くす】おんなくし　人間の顔をなくして　みんな貸《かし》なくし　覇気《はき》いまだ失《う》せず　失《う》せにけり　悲しむ力失《う》せにけり　血も艶《つや》も失《う》せて　月、雲に失《う》せしと

【なけなし】なけなしの銭《ぜに》で　なけなしの美女《びじょ》もらわ

れる　なけなしの餅《もち》を　なけなしの野道《のみち》を

【謎《なぞ》】行った謎　大きな謎につきあたり　男は謎を知っている　恋の謎《なぞ》　スフィンクスも知らぬ謎　謎に大声《おおごえ》　一《ひと》つの謎におぼれ込み　むすめの謎を

【なびかぬ】なびかねば　なびかぬしたく　なびかぬ娘

【なびく】鏡になびく髪　風の姿になびく髪　なびかせた柳《やなぎ》をくじく　なびく葦《あし》　なびき合《あい》たる

【生意気《なまいき》】生意気なくせに　生意気な書生《しょせい》は

【馴《な》れ馴《な》れしい】馬になれ〱《なれ》には　しこなして門《かど》めにあう　なれ〱《なれ》しい踊子《おどりこ》　馬鹿になれなれと

【馴《な》れる】いねむるなれたもの　嘘《うそ》に馴れて来る　繰《く》り回《まわ》す世帯《しょたい》に馴れて　雀《すずめ》もう馴れて　東京に馴れて　馴れた女中《じょちゅう》の裾捌《すそさば》き　給仕《きゅうじ》とばかり打解《うちと》ける

【馴《な》れない】うちとけず　なじまぬも　腹《はら》に馴染《なじ》まぬ帯《おび》をしめ　まだ肌になじまぬ里《さと》の

【似合《にあ》う】紙子《かみこ》の似合う　尖《とが》ったのが似合い　似合いますやろうと　似合いますやろうと仲居《なかい》　低い鼻にも不《ふ》似合《にあい》な　よく似合い　破鍋《われなべ》にとじた蓋《ふた》

【煮《に》えきらない】旅立《たびだち》にえきらず　にえきらぬ娘をにえきりやれ　グズ〱《グズ》云《い》って居《い》たが　二《に》の足《あし》で　一人《ひとり》か二人《ふたり》うじ〱《うじ》し

【匂《にお》う】いい匂い　女達皆《みな》においあう　きのうの原の匂《にお》いあり　銭湯《せんとう》の抜《ぬ》き湯《ゆ》の匂う　何所《どこ》やら匂う　匂いをかいで　匂わせる　古里《ふるさと》の匂いあり　丁子《ちょうじ》の匂う　松脂《まつやに》匂う　尼《あま》の枕《まくら》も人くさし　人くさい風　青臭《あおくさ》し

【苦《にが》い】其唇《そのくちびる》の苦かりき　また苦し　夢一《ひと》つたたんでにがき　苦いきせる［煙管］を

【賑《にぎ》やか】女《おんなり》 利久《きゅう》の賑やかさ　鏡にうつるにぎやかさ　賑やかな友達の来る　賑《にぎや》かなようで淋《さび》しい　賑やかにく［暮］れ　賑やかに火のきえて居《い》る　町の賑やかさ　祭と違う賑《にぎや》かさ　賑《にぎやか》な家　にぎやかな顔　にぎやかな寺

【濁《にご》る】汲《く》みようで濁る井戸《いど》　すみにごり　濁らず二千五百年　濁る盃洗《はいせん》　濁る水　水の濁《にごっ》た日は

【偽《にせ》】ニセ札《さつ》ほどの新しさ　にせなど貰《もら》う　似《に》せ飛脚《びきゃく》　似《に》せ武士《ぶし》と　偽物《にせもの》の蝦夷彫《えぞぼり》　偽物《にせもの》の方《ほう》が　床《とこ》の間《ま》は雅邦《がほう》の偽で　こしらえた物ばかり　こしらえ物のよな

【二枚舌《にまいじた》】おいらんの二枚舌　舌二枚　尊《とうと》い二枚舌

【似《に》る】かの人に似たるぼたんを　ごん太《た》に似たる男か

状態

な　他人の空似《そらに》らしい　妻に似た妓《こ》を　妻の言葉が母に似る　逃げた女房《にょうぼ》と生写《いきうつ》し　母の写真に生《い》き写《うつ》し　似ている子　似て居《お》れど　似て屈《かが》み　母に似る姉の顔　蛇《へび》に似た女の肩を　みんな似ている手跡《しゅせき》なり　能《よ》くお似《に》ました子　類似《るいじ》は蘇我《そが》の馬と鹿　おやゆずりだと　母と並んで瓜二《うりふた》つ　くくり枕《まくら》の瓜二《うりふた》ツ

【濡《ぬ》れる】いっそ濡《ぬれ》ついで　しっとり袖《そで》がぬれ　ずぶ濡れて　ずぶぬれに成《な》って　ずぶぬれの儘《まま》で　濡れそぼれ　濡《ぬれ》たてゝ《て》　濡れた手で　濡れている　濡れて帰るなり　ぬれて来る　半分《はんぶ》ずつぬれて行《ゆき》　やさしく少しぬれている

【残《のこ》る】チト残り　残りたる暑さ　夜鳴《よなき》残りの玉をよみ　まだ残り　きのう書いたが名残《なごり》なり　江戸の余波《なごり》の

【伸《の》びる】うなぎはのび上《あが》り　桟敷《さじき》からのび上《あが》るのはさしのばす　のび上《あが》り　のび上《あが》るさるぐつわ　伸びて来る　伸びてゆく　まだのびもせぬにもう来る　伸《のび》たり縮《ちぢ》んだり　のびちぢみ　彫《ほ》った牡丹《ぼたん》の伸び縮《ちぢ》み

【のろのろ】のろ〳〵《のろ》されぬ蒲焼屋《かばやきや》　のろ〳〵《のろ》しても尻《しり》軽《がる》な　のろ〳〵《のろ》渡る嫁《よめ》の馬　噂《うわさ》いう中へのろりと

【のんびり】のんびりとした顔で寄る　のんびりと湯《ゆ》で海を見る　気づよきと気の長いとが　のう〳〵《のう》とする

【長閑《のどか》】顔がのどかなり　長閑に薫《かお》る梅《うめ》　世《よ》が長閑なら　気の長さ

【呑気《のんき》】着物がなくて呑気なり　まあのんきそうに糸瓜《へちま》の　みんな呑気な顔でいる　後生楽《ごしょうらく》

【のろま】大野呂間《おおのろま》　亭主《ていしゅ》のろま也《なり》　馬鹿と間抜《まぬ》けの放射線　魂の抜《ぬ》けた顔して　間抜《まぬ》け掟《おきて》を守るなり　間《ま》抜《ぬ》け位《くらい》を驚かず　大関《おおぜき》は鈍《どん》なところに　鈍《どん》にされ

【馬鹿《ばか》】あの馬鹿を　いにしえの馬鹿は　大馬鹿三太郎　大馬鹿と大人物《だいじんぶつ》と　大馬鹿者だ　きいてばかなもの　今度の馬鹿へ乗替《のりかえ》る　どれも〳〵《どれも》馬鹿　馬鹿あそび　馬鹿驚かせ　馬鹿が起きて来る　馬鹿が食《く》い　莫迦《ばか》がよってたかって　馬鹿だった　馬鹿とも見込《みこ》まれる　馬鹿とも呼ばれ　馬鹿な顔　ばかなやつ　馬鹿なればこそ　馬鹿に着《きせ》たる馬鹿の面《めん》　馬鹿は大きく口をあき　馬鹿無鉄砲《むてっぽう》　馬鹿をしなさいと　まんざらバカでなし　もう馬鹿はよそう　少しお目出《めで》たし　人が皆《みな》あほうに見える

【儚《はかな》い】雨も儚きもののうち　所詮《いわゆる》儚《はか》なきものばかり　案山子《かかし》果敢《はか》ない陰《かげ》を見せ　果敢《はか》ない女なり　はかない交《こう》

尾《び》である　儚《はか》なき恋も今日かぎり　はかなきものをね切《ぎり》つめ　果敢《はか》な過ぎ

【馬鹿《ばか》らしい】後《あと》で馬鹿らしく　高札《こうさつ》の馬鹿らしさ　片腹痛《かたはら》い　日曜日馬鹿《ばか》々しくも　ばか〳〵しくも野《の》を戻り　ばか〳〵《ばか》しくも能《よ》い天気　藪医者《やぶいしゃ》へ馬鹿々《ばか》しくも　笑止千万《しょうしせんばん》　嫁《よめ》は心で笑止《しょうし》がり　紅裏《もみうら》のないも笑止な

【恥《はじ》】家の恥　親の恥　女恥とする　戯作《げさく》の恥を思う朝　どっちの恥か　日本一のはじをかき　女房に恥をかかせる　恥多き我《われ》ならん　恥から先へ　恥の内《うち》　恥のよう　恥を大きくし　はじをかき　一《ひと》はじかくとはやり出《だ》し　貧《ひん》は身の恥辱《ちじょく》　枕一《まくらひと》つははじの内《うち》　身を恥じる　元手《もとで》のいった恥をかき　我恥《わがはじ》をいっそさらけて

【初《はじ》めて】え丶《え》年で初《はつ》さというは　桟敷《さじき》で見たがはじめ也《なり》　袴着《はかまき》た初心《しょしん》　初めてだと悟《さと》り　はじめて妻と書く夜《よ》なり　はじめて嫁《よめ》のよくが知れ　初《はつ》に来た　初《はつ》の雛《ひな》　へんぴで初《はつ》にき丶《き》　丸髷《まるまげ》を初めて結《ゆ》った　草分《くさわ》けの

【派手《はで》】朝の布団《ふとん》を派手に乾《ほ》し　愈《いよい》よ妻を派手にする　思《おも》い切《きり》派手に　妻の好《この》みで少し派手　どう歩行《あるい》てもはでな音　派手《はで》嫌《ぎら》い　派手好《はでごの》み　派手なのを着せる積《つも》りで派手な浴衣《ゆかた》に身を包み　派手な嫁《よめ》が来る　やっぱり派手な洋傘《かさ》をさし／ぱっとしたもの

【華《はな》やか】今日のはなやかさ　日記の華《はなや》かさ　華《はなや》かな灯《ひ》に　華やかな夢を食べる　晴《は》れやかな小銭《こぜに》の音も　晴《は》れやかに　爛漫《らんまん》と　爛漫《らんまん》の花に火の降《ふ》る

【腹《はら》が減《へ》る】おなかゞへったとも云《い》えず　空腹是食《くうふくぜじき》と悟《さと》ってる　下宿《げしゅく》で腹が空《へ》り　子供は急に腹がへり　子供腹が減り　始終《しじゅう》腹が減り　花よめはらがへり　腹が減っている　腹が減り　みんな腹がへり　二人《ふたり》腹が減り

【万事《ばんじ》】人間万事　万事かけあう

【繁昌《はんじょう》】はんじょうさ　繁昌の温泉場《おんせんば》　繁昌の理髪床《りはつどこ》　はんじょうを知る俄雨《にわかあめ》　繁昌を見せて　のびるげな

【干《ひ》からびる】女淋《さび》しく乾涸《ひから》びる　昨日《きのう》の雨がひからびる　眠《ねむ》るが如《ごと》く干からびる　干からびた婆《ばば》　干からびて居《い》る　世《よ》の中《なか》へ出て干からびる　笑いの底のひからびて

【卑怯《ひきょう》】此碁《このご》に及んで卑怯な奴《やつ》　挟打《はさみう》ち卑怯な手だと卑怯にはあらず　卑怯の耐忍《たいにん》　味噌灸《みそきゅう》はひきょうなやつが

【ひだる】〔空腹〕　下戸《げこ》の哀《あわれ》はひだるがり　ひだるい咽《のど》を雀鮓《すずめずし》　ひだる甚五郎《じんごろう》　りっぱな形《なり》でひだるがり　かた

身よりおなかのすばる

【ひっそり】 けがをしてひっそりとする　御本家《ごほんけ》のひっそり閑《かん》と　ひっそりとした頃　夢をひっそり包む雪

【ひどく】 朝日にハひどく負《まけ》　ひどく酔《よい》　さんざん弾《ひ》いて減った撥《ばち》　よく〳〵《よく》か　よくよくのこと　能《よ》く〳〵《よく》の事か　よく〳〵《よく》のりっぷく

【暇《ひま》・閑《ひま》】 今日もひま　閑がありすぎる　ひまで居《い》る　閑なこと　ひまなのを苦《く》にして　閑な店火鉢《みせひばち》　ひまらしい見《み》せに　暇を要《い》れ　暇をとり　優遇《ゆうぐう》をせられてひまな　秋の空見る暇があり　有閑《ゆうかん》な男たち　有閑《ゆうかん》の

【評判《ひょうばん》】 評判がいいぞと　評判の女給《じょきゅう》　筆《ふで》の名が高しモデルの方《ほう》の名が高し　名の揚《あが》る頃親は無《なく》　名を後世《こうせい》に揚《あ》げぬ也《なり》　名を残し　人口《じんこう》にかゝ《か》わらず　人口《じんこう》を衣《ころも》でふさぐ　口《くち》に乗り　人望《じんぼう》の種を取り　人望《じんぼう》を拾《ひろ》う

【翻《ひるがえ》る】 翻る時を待ってる　へんぽんたるところ

【風流《ふうりゅう》】 稼《かせ》ぎながらに雪月花《せつげつか》　なか〳〵《なか》野暮《やぼ》でない女　風雅《ふうが》なたおれもの　風流な蚤《のみ》は　風流にしても　朝の寂《さび》　茶座敷《ちゃざしき》の寂《さび》を　冬の寂《さび》　昔光ったらしい寂《さび》

【不《ふ》甲《が》斐《い》ない】 甲《か》斐《い》性《しょう》なしと見られたり　妊婦《にんぷ》の腑甲《ふが》斐《い》無《な》き　ふがいない魂二《たまふた》つ　不《ふ》甲《が》斐《い》なき

【不《ぶ》器《き》用《よう》】 ぶきな客　ぶきな姿に

【不《ぶ》器《き》量《りょう》】 お多《た》福《ふく》の涙は　顔が不整理　醜婦《しゅうふ》望まれる　立臼《たてうす》なべのふた　立臼《たてうす》に芽《め》の出たような　チンクシャの安兵《やすべ》ヱ《え》が来る　不《ぶ》男《おとこ》の　不《ぶ》男《おとこ》へ美女《びじょ》　不器量に娘の見える　不《ぶ》細《さい》工《く》の内《うち》にして置く　食麺包《しょくパン》に目《め》鼻《はな》

【脹《ふく》れる】 伯父《おじ》のふくれ也《なり》　脹れるな　餅《もち》の外《ほか》ふくれつらせぬ　もち花《ばな》をふくれた顔へ

【不幸《ふこう》】 ふしあわせ　知るという事の不幸を　不幸に請《う》け出《だ》され　不幸の朝帰り　不幸を守る神はなし

【無事《ぶじ》】 子の無事を　扠《さて》それからが無事ならず　何事《なにごと》も無く　無事な人　無事に神頼《かみだの》み　用意した薬も無事で　土産《みやげ》は無事ばかり　つゝ《っ》がなく茶わんを戻す

【不自由《ふじゆう》】 長寿《ちょうじゅ》不自由身の薬《くす》り　蛤《はまぐり》に成《なつ》ての不自由　分限者《ぶげんしゃ》の身を不自由に　不自由な根から

【不精《ぶしょう》】 ふだんの顔はぶしょうもの　筆不精《ふでぶしょう》　出不精《でぶしょう》帰って来《き》　出無性《でぶしょう》なことから話す／出《で》ぎらいという振袖《ふりそで》は

【不足《ふそく》】 しきせ［仕着］のふそく舌を出《だ》し　乳が不足　何かふそくのすがた也《なり》　不足な酒肴《さけさかな》　まだふそく　何が

不足か　何か不足の出家《しゅっけ》にて
【不届《ふとど》き】いずれが不届《ふとどき》　不届《ふとどき》な男　教師の不品行《ふひんこう》
新聞社不品行《ふひんこう》
【不便《ふべん》】美味《びみ》欠《か》く不便も為《なん》ぞ　不便がり　洋服は不便
と　不都合《ふつごう》を思い出《だ》したる　不都合《ふつごう》を都合によりとして
不首尾《ぶしゅび》なやつは屁《へ》もひらず　間男《まおとこ》の不首尾《ぶしゅび》は
【古《ふる》い】気の古さ　妻古く　女房《にょうぼ》古くなり　古い所を
継《つ》ぎ合《あわ》せ　ふるいのは　古き都《みやこ》の話しも出《で》　古きものの
【平凡《へいぼん》】平凡な湯治《とうじ》で　平凡な日向《ひなた》　平凡に慣《な》れて
平凡を悪《にく》むあまりに　口程《くちほど》の事は　月並《つきなみ》ハ
【下手《へた》】あんよはお下手　三味線《しゃみせん》は極《ごく》の下手　天文《てんもん》の下《へ》
手講師《たこうし》　どれも下手　下手画工《へたえかき》　下手将棋《へたしょうぎ》　下手大工《へただいく》
下手茶人《へたちゃじん》　下手の銃猟《じゅうりょう》　下手の鞠《まり》　下手は悲しい声を
出《だ》し　蠅取蜘《はえとりぐも》の下手に成《なり》　下手はぶちかえり　下手仏《へたぶつ》
師《し》　下手らしい　たゞ《だ》遣《や》るにさえ上手下手《うまいへた》　紺屋《こんや》のぶち
ようほう　すわっては口《くち》ぶちょうほう
【減《へ》る】いのち日毎《ひごと》に減っている　たびに減り　段《だん》ゞ《だん》に
減《へり》　ひたすらに減っている　一人《ひとり》へる　減って行《ゆ》き　日《ひ》に
〳〵《ひに》減ってゆき　減《へら》せざるものゝ《の》一《ひと》つの　減ると思えぬよ

うに減り　ぼち〳〵《ぼち》減ってゆき
【ほのぼの】茜《あかね》さす空ほの〳〵《ぼの》と　ほのぼのと咲く朝《あさ》
顔《がお》も　夜《よ》はほのぼのと　ほの〳〵《ぼの》と明《あけ》
【亡《ほろ》ぶ】アメリカが亡びぬうちは　五万三千石《ごく》亡び　亡
びよと土にこめたる　滅亡《めつぼう》の地球に残る
【本性《ほんしょう》】生《うま》れ付《つき》　人間の本性が出る　本性に成《な》ると
本性はさくらの下で　狸正体《たぬきしょうたい》あらわれる
【本当《ほんとう》】どの恋を本当にしよう　本当に怒《おこ》った犬を　本
当に嫁涼《よめすず》み　本当の値《ね》が言えず　ほんとうの事は　ほん
とうの眼《め》を開《あ》ける　本当は禁酒する気へ　寝言《ねごと》にいうが
本《ほん》の事《こと》　ほんの事《こと》　本《ほん》の紅葉《もみじ》と母へいい　本《ほん》の親
【ぼんやり】橋桁《はしげた》をぼんやり染《そ》めて　ぼんやりと浮く
彼女　ボンヤリな家業《かぎょう》　気労《きづか》れの只《ただ》ぼんやりと
【負惜《まけお》しみ】愚《ぐ》の負惜《まけおし》み　何負《なにま》けてたまるか　負《ま》け惜《お》
しみ　老《ろう》スリの負《ま》け惜《お》しみ
【真面目《まじめ》】売る方《ほう》もまじめくさって　まじめな顔で　ま
じめに成《なっ》て　真《ま》じ目《め》に成《な》るが　真面目になると親のこと
まじめに向《むか》い合《あ》い
【真似《まね》】いしゃのまねするは　一休《いっきゅう》を真似る犬　鵜《う》の真

似の鴉《からす》　鵜《う》を真似た　口真似《くちまね》で催促される　口吻《こうふん》を学《まな》び
死ぬ真似で　死んだ真似　人真似《ひとまね》は出来《でき》ず　まねて行《ゆき》
まねられて見れば　最《も》うまねる　酔《よう》たあす女房《にょうぼ》のまねる

【眩《まぶ》しい】かどへ出ることがまぶしい　銀貨《ぎんか》子の手にま
ぶしそう　近所の顔がまぶし過ぎ　菜《な》の花《はな》の京《きょう》はまぶし
い　花まぶし　布団《ふとん》を干して窓《まど》眩し　眩し過ぎ

【幻《まぼろし》】まぼろしとわれ［我］　まぼろしの様《よう》に咲き　幻の
様《よう》に月見る　まぼろしのように緋《ひ》が浮く　まぼろしは消
えて　みなまぼろしの物ばかり　幻想《げんそう》の魚が泳ぐ

【見得《みえ》】女給《じょきゅう》少し見栄《みえ》　つまらない見得で　見栄《みえ》知った
頃の若さが　見《み》えぼうで　見栄坊《みえぼう》の　見《み》えぼうをいう
そのにくさ　あわれ虚栄《きょえい》を強《し》いられて　小さな虚栄心《きょえいしん》

【見事《みごと》】腹《はら》は居《すわ》ったのが美事《みごと》　美事田毎《みごとたごと》に群《む》れ蛍《ぼたる》　見事
な貝はみなにされ　美事《みごと》に夜を切り

【瑞々《みずみず》しい】みず〱《みず》しい情熱を篭《こも》らせ　水々《みずみず》としたのを

【乱《みだ》れ】御乱行《ごらんぎょう》　ちと乱れ　流れを乱す武玉川《むたまがわ》　緋《ひ》の
乱れ

【妙《みょう》】町内《ちょうない》でごんみょうに知る　妙なとこから書きはじ
め　妙な所《とこ》から声を出《だ》し　よっぽど妙な腹《はら》でいる

【無我《むが》】一転二転無我無空《むがむくう》　しゅっー吸殻《すいがら》の無我

【無芸《むげい》】妹の無《む》げいは　無芸大食《たいしょく》　居候《いそうろう》　無芸の大食《おおぐ》い

【惨《むご》い】埋立《うめた》てのむごさを　おとゝ《と》いはむごくしたなと
しけをくったもむごいもの　そうむごくいわぬものだと　筍《たけのこ》
むごい相談　むごったらしい蔵《くら》をたて　惨忍《ざんにん》な心に
の苦悶《くもん》むざんや　無惨《むざん》に晒《さら》す下駄《げた》の顎《あご》　むざんやな

【無言《むごん》】諷《うたい》をば無言で通す　経《きょう》を読む鳥は無言で　無
言なり　無言のまゝ《ま》を喜ばれ　無言の夜《よ》となっている

【無常《むじょう》】今も無常を見る所　恋《こい》無常　無常の風を掃《は》き
よせる　無常の鐘《かね》をついて行《ゆ》き　諸行《しょぎょう》無常に

【難《むずか》しい】チトむずかしい地《じ》を渡し　何やらむずかし
さ　むずかしく　六ケ《むずか》敷《しく》なると　むずかしさ

【無駄《むだ》】一日むだにしようぞえ　無駄足《むだあし》させた　無駄
な頭を結《ゆ》いました　むだな声を聞き　無駄な火を　無
駄にならない無駄を出《だ》し　無駄を開《あ》け　我《わ》が生きる無
駄を　仇《あだ》に着《き》す　浪一《なみひと》つあだには打たぬ　日を仇《あだ》に送る
な　糠《ぬか》に釘《くぎ》　石に立つ矢と糠《ぬか》に釘《くぎ》　貴船様《きぶねさま》めもぬかに釘《くぎ》
女はもちころし　寿《じゅ》の宝 持腐《たからもちぐさ》れ

【無理《むり》】女将《おかみ》の無理に泣ける酒　産後《さんご》の無理云《い》うて

車掌《しゃしょう》へ無理をいい　ぜんたい無理な毛をはやし　母は無理にも鬼《おに》になり　みんな無理食《むりぐい》　無理な願《がん》　無理な首尾《しゅび》とは　無理な目を開き　無理に詰《つ》めこむ糠袋《ぬかぶくろ》　無理に乗り

【迷惑《めいわく》】有難《ありがた》迷惑　入《い》らぬ世話《せわ》　惜《お》しい女房《にょうぼ》と入《い》らぬ世話《せわ》　巡礼《じゅんれい》の迷惑さ　子は迷惑に着埋《きう》められ

【恵《めぐ》まれた】子に恵まれず　恵まれた　背《せ》に陽《ひ》は恵み日の恵みより露《つゆ》の恩《おん》　恵《めぐ》み金《きん》

【珍《めずら》しい】人を飲む酒も珍《めず》らし　めずらしい内《うち》は　めずらしい内《うち》はきゅうりも　めずらしい顔が見えると　めずらしい顔二《ふた》つ三《み》つ　珍《めず》らしい神の名を売る　珍らしい人　珍《めず》らしく見る　めずらしと　めずらしもの丶《の》

【目立《めだ》つ】ちと目立ち　女将《おかみ》の顔の目立つなり　桟敷《さじき》に一人《ひとり》目にかゝり　夏手袋の黒めだつ　一人《ひとり》半纏着《はんてんぎ》が目立ち　見せず共《とも》人の目につく　目につく人の花もあり

【目出度《めでた》い】赤子《あかご》の数に目出度がり　正月のめでたけれ目出度い家へ　めでたい字　めでたいぞ　めでたい日　めでたがらぬは当《とう》の嫁《よめ》　目出《めで》度神《たくかみ》となり玉《たも》う　めでたけれ目出度さの中に　めでたさよ　出る杭《くい》の教え目出《めで》たし

【黙《もく》す】［だまる］　壁黙す　蝦蟇《がま》よ何故《なぜ》黙す　大地《だいち》黙す黙する水は底深し　黙すれば淋《さび》し　黙せば秋の夜《よ》の響き　口へゆびさして　口をふさがせる　戸を建《たて》よ己《おの》が口

【黙々《もくもく》と】たゞ黙《だ》々と飯《めし》を食《く》う　黙然《もくねん》と　黙々と遺骨《いこつ》を送る　黙々と急ぐ峠《とうげ》に

【元《もと》】はかなく返る元の水　また元の　又《また》元のところへ元の貧しき丘となる　元の水　元の道

【やかましい】あたりからやかましくいう　敷居《しきい》を越すのやかましさ　やかましいことよ　やかましい女房《にょうぼ》やかましさ　かしましや　したゝ《た》かかしましい

【役《やく》に立《た》たない】家の役には立ちません　何かの役にたたぬまま　店の役に立たぬ　とりえがないで　ねかしもの　捨《す》てものにして　鼠《ねずみ》とらずを供《とも》につれ　化粧水とった抜殻《ぬけがら》　抜《ぬけ》がらが元へ戻れば　いわばチューブのしぼりかす　文字《もじ》は絞《しぼ》り粕《かす》

【安《やす》っぽい】先へ来て居《い》る安《やす》げいしゃ　嫁《よめ》をやすくする四五度《しごたび》もた［立］つ安《やす》ていしゅ　安くみえ

【やぶれかぶれ】女のやぶれかぶれなり　やぶれかぶれの青い傘《かさ》　入婿《いりむこ》はやぶれかぶれの　やぶれかぶれの恋に馴《な》れ

【野暮《やぼ》】きついやぼ　ていしゅはやぼなはらを立《たて》　旗《はた》の立つ廓《くるわ》を野暮に　腹立《はらた》てばやぼらしくなる　人がらのいゝ《い》やぼがはき　ぶしゃれなやつが　野暮な音がする　野暮な猪牙《ちょき》　やぼなやつ　やぼむすめ　雅致《がち》もなく泣《な》てる　不風雅計《ぶふうがばかり》あんじ出《だ》し　無雅《むが》の旅　無雅《むが》も隣《となり》の梅《うめ》を誉《ほ》め

【破《や》れ】破れ傘《がさ》をかし　破れ財布《ざいふ》から黄金《かね》　破障子《やれしょうじ》から梅見《うめみ》　破れ足袋《たび》迄入《までい》れて置《おく》　ずた〳〵《ずた》の団扇《うちわ》あり

【柔《やわ》らかい】御《ご》ていしゅのやわらかなのに　飯《めし》ばかり和《やわ》らかいのに　柔《やわら》かい桜の色に　柔《やわら》かい線で　柔《やわら》かい骨ばかり斬《き》る　柔《やわらか》く風が崩《くず》れる　やわらかさ

【ゆったり】ゆったりとしてゆったりと　ゆったりと初鶏《はつとり》を聞く　のたりともせぬ　悠然《ゆうぜん》と　ゆるがしい　悠々《ゆうゆう》と

【緩《ゆる》める】勝《かっ》て財布の緒《お》をゆるめ　革帯《かわおび》を二《ふた》つゆるめて巨燵《こたつ》やぐらのゆるく成《なり》

【揺《ゆ》れる】芦《あし》の先が揺れ　そこで揺れ　一寸《ちょっと》ゆれ　海《の》苔《り》が搦《から》んでゆれている　ゆらいでる　揺《ゆり》返し　揺れている　ゆれて行《ゆ》き　揺れながら　揺れること　白い雲ゆらぎ　蝋燭《ろうそく》の金《きん》のゆらめき

【良《よ》い】あとかたもなきこそよけれ　あれもよしこれもよしとて　声のよさ　月のよさ　のみでよし　ものがようござると　山帰《やまがえ》り已後《いご》人のよさ　よい女房《にょうぼ》　ようござりましょうと　能《よき》むこを

【用《よう》は無《な》し】おやたちに用は無し　柿熟《かきじゅく》す頃は用なし　用がなく　用もなけれども

【汚《よご》れ】ちと汚れ　つくばいをよごし　雪をよごした儘《まま》帰り　よごれずにあれ　汚れたのも拾《ひろ》い　汚れたる手でよごれもの　汚《よごれ》をふき〳〵《ふき》詩を作り

【弱虫《よわむし》】意気地《いくじ》なく　男爵《だんしゃく》の意気地《いくじ》なき　こしぬけの外《ほか》を皆腰抜《みなこしぬけ》にする　逃腰《にげごし》になって　逃《に》げ腰《ごし》へ

【利口《りこう》】あまり利口の沙汰《さた》でなし　目も利口《きき》もきゝ《き》　利口に成《なっ》て　利口過《すぎ》たハ　利口にありく　渦《うず》はかしこく巻いている

【律儀《りちぎ》】夫《おっと》の律義也《なり》　しずくで返す律義者《りちぎもの》　尊《とう》とし馬《ば》鹿律儀《かりちぎ》　律義に宿《やど》へ帰る　りちぎにひくは

【立派《りっぱ》】本物より立派　立派な暮《く》らしよう　りっぱな落馬《らくば》又《また》となし　りっぱなるもの　立派に子を育て　あっぱれでござると師匠《ししょう》　あっぱれな智恵で　人品天晴《じんぴんあっぱ》れ　失念《しつねん》といえばりっぱな

動作

【逢《あ》う】相逢《あいお》うた　逢いたい気　逢いたい人が一人《ひとり》いる　逢いに来る　逢いに出る　逢いに行《ゆ》く身に　逢うという丈《だけ》の事　逢う場所にされてる椎《しい》の中に　逢う人に〱《あうひとに》　逢えずに帰る　逢えた夜《よ》の逢えぬ心を唄《うた》にする　逢える時間　逢える日の女　逢った嬉《うれ》しさ　逢ったきり　逢った昼　いつまた逢える人　今日は知人に逢う日也《なり》　小《こ》さんに道で逢い　済《す》まない人に逢い　先《せん》の妻と逢い　一寸《ちょっと》逢いに来る　友に逢い　暖簾《のれん》の外で会《あ》い　灰小屋《はいごや》の出逢《であい》　ばったりと途《みち》で逢いたい　晴れて父に逢いたい望み　舞妓《まいこ》を連れたのと出合《であ》い　又《また》逢ったような仕草《しぐさ》で　紫頭巾《むらさきずきん》逢いに行《ゆ》き　もう逢えぬ日を　やめた妓《こ》に逢って　奇遇互《きぐうたがい》に白くなり　奇遇《きぐう》とは

【仰向《あおむ》く】仰向いた儘《まま》　仰向《あおむい》て聞《きき》　仰向いて腹《はら》を立《た》て丶《て》る　あおむいて見ては　あおむく田舎茶《いなかぢゃ》や　あおむくは父　仰向けに寝る不敵《ふてき》　あおむいて見る

【煽《あお》る】大阪で煽り　舌の我《われ》を煽り　手をつなげとけしかける　屏風《びょうぶ》も人をけし懸《かけ》る　神聖《しんせい》と煽《おだ》てて置いて

【胡座《あぐら》】あぐらに手間《てま》のとれる　大《おお》あぐら　片胡座《かたあぐら》　片足を仕回《しま》って　膳《ぜん》が出てあぐらをかくの　番頭大《ばんとうおお》あぐら　袖《そで》も涙の大《おお》あぐら　古い玄関《げんか》に大胡座《おおあぐら》

【開《あ》ける】明《あ》けたがり　明《あ》けた襖《ふすま》に　あけて見たくてならぬもの　あけて見て　あけてやる

【嘲笑《あざわら》う】嘲笑う男の　己《おのれ》を嘲笑い　白壁《しらかべ》をあざ笑い　人の笑《わら》い草《ぐさ》　一笑《いっしょう》に付《ふ》して　せゝ《せ》ら笑ってる　冷《つめた》い笑い顔　苅《か》り取れ笑《わら》い草《ぐさ》

【あしらう】客あしらいも口車《くちぐるま》　鼻あしらいで　鼻であしらい　鼻であしらう骨董屋《こっとうや》　御《ぎょ》し易《やす》し　歩《ぶ》あしらい　涙を取り合わず　ほめる客には取合《とりあ》わず

【預《あず》ける】預《あずか》った金が　あずけられ　五十銭《せん》預ける小僧《こぞう》　財布預けると　尻《しり》を預けて覗見《のぞきみ》る　羽子板《はごいた》を預けて帯《おび》を

【与《あた》える】与えられ　充分《じゅうぶん》に乳《ちち》を与えて　天二物《てんにぶつ》与えず　奪《と》られる箱を与えられ

【暖《あたた》める】暖める　あったためてくれなと足を　恋あたゝ《た》

むる　天ぷらをあたゝ《た》める火に

【当《あ》てつける】あてつけたように　姐《ねえ》さんへチト当てつけの　面当《つらあて》にさえも　面当《つらあて》に結《ゆ》う

【当《あ》てにする】上《あ》げ輿《ごし》の当てにして置《おく》　当てにした富《ふ》士《じ》　当てにする人の腹《はら》　当てにせぬ雲が出る

【侮《あなど》る】侮りがたい味　姉を侮りて　女の智恵のあなどれず　客をあなどる　母をあなどる　くぼく見る

【浴《あ》びせる】あびせかけられ　陽《ひ》に浴《あび》せ

【焙《あぶ》る】あぶられる　片《かた》っぽの手を焙り　ストーブはお尻《しり》を焙る　太鼓《たいこ》をあぶる也《なり》　出前《でまえ》手をあぶり

【争《あらそ》う】争うた夜《よ》の姑《しゅうとめ》へ　追羽子《おいばね》を争う頃は　鞘当《さやあて》に争《あらそい》で勝たんと　ヅケを争う人と犬　羽掻《はが》いじめ

【歩《ある》く】網《あみ》の目《め》をくゞ《ぐ》ってあるく　歩行《ありか》せて見せ　歩行《ありけ》バうごく仏達《ほとけたち》　歩いていた話　あるいて太る金の足　歩きよう　歩けば月も歩き出《だ》し　歩けば闇《やみ》につきあたり　お前が歩いてる　駈《か》け歩く　かっさかさあるき　口が歩いてる　二人であるいて　そこらあたりを歩きましょ　只《ただ》歩き　出あるくな　女房《にょうぼう》よく歩き　這《は》い歩《ある》き　橋まで歩く秋　深田《ふかだ》のように歩行《ありく》　風呂敷《ふろしき》を着ても歩けず　平素《へいそ》と違《ちが》う歩き様《よう》　もう歩き　よち〳〵《よち》歩む　よっぽど歩く姿なり　きざみ足　摺《す》り足で廊下《ろうか》　千鳥足《ちどりあし》　足《あし》早《ばや》に　親の足早《あしばや》　はや足の女の跡《あと》へ　蟹爪立《かにつまだ》って　つま立《だ》ってあるく官女《かんじょ》を　足音を立てず歩いて　忍《しの》び足垣《かき》から内《うち》は　盗《ぬす》み足　あやつりのようなぬき足　通るぬき足　ぬ抜《ぬ》き足《あし》しのび足うつる　ぬき足でかえるていしゅは　ぬき足でめしびつを出《だ》す　にげ足で嫁《よめ》の出て居《い》る

【慌《あわ》てる】周章《あわて》よう　奥様のあわてる方《ほう》へ　校長の稍《やや》慌てて　ちとあわてて　妻慌て　うろたえた手で　うろたえるうどん桶《おけ》　目を回《まわ》したに狼狽《うろた》えて

【言《い》い負《ま》かす】味噌役人《みそやくにん》を言いまかし　言い勝《か》って　ていしゅをばいゝ《い》こめ内義《ないぎ》　言いふせる気で　妙智力《みょうちりき》にていいぬける　言負《いいまけ》ぬ女の覚悟《かくご》

【言《い》い負《ま》ける】妻に言負《いいま》かされて無事《ぶじ》　言い負けて寝る　紺屋《こんや》にいいまける　いいこめられるろんごよみ

【言《い》う】あの時はああも言うさと　いいそこないの蓋《ふた》になり　言いつまり　言い残したい口を開《あ》け　言いのべる　言うが儘《まま》　言うだけを言って　云《い》うて置き　言うて欲《ほ》し　いうなりになる　家で言う　医者も云《いい》かねて　思

うこと言わず　木に餅《もち》のなるようにいう　今朝《けさ》はそなたはいやるなよ　そういってきやよの前は　そういってくれりゃあおれも　その次を何《なん》と言おうか　それ以上言えば　ちっといい　どこをどう云《い》っても　なぜそれを早く言わない　何か云《い》い　何か云《い》いかけて　何か云《い》いたそうなんぞいゝ《い》たい姿なり　何《なん》とでもいえば　後《のち》にいい　はねられるだけはねていい　平《ひら》ったく申《もう》せばと言う　まあ云《い》って御覧《ごらん》と　又《また》どうぞなどゝ《と》いえない　ものいいが直るとやっといい　口をすくして　言いつのり　他人の頃《ころ》を云《い》いつのり　言いにくい　云《いい》にくい事《こと》の云《いい》よい　云《い》いにくい事《こと》も云《いわ》せる　短い事《こと》の言《いい》にくき　外《そと》でいいふくめ　女房《にょうぼ》に言いふくめ　言い出《だ》して　言いはじめ　船場《せんば》から言い初《はじ》め　言切《いいきっ》て出る　言いきれず　きっぱりと言おう　そこまで言い切ってしまった　まだほえて居《い》ますかと聞く

【行《い》く・行《ゆ》く】あしたなら行《ゆ》く事にする　行《い》こか戻ろうか　行《い》っていやれと　先《さ》きへ行《ゆ》き　すれすれに行《ゆ》くそばへ行《ゆ》き　ちっと行《ゆ》きそっと行《ゆ》き　ついて行《ゆ》き　行先《ゆきさき》を行《ゆ》き過ぎる　行《ゆ》きたがり　行《ゆ》きつけば　行《ゆき》なやむ　行《ゆ》きましょうよと　行《ゆ》く気なり　行《ゆ》くつもり　行《ゆ》く人の方《ほう》へたゞ《だ》行《ゆ》く　行《ゆ》く人を　往《ゆ》く水に心をのせて

【生《い》け捕《ど》る】生捕《いけど》った河童《かっぱ》　いけどりにする　いけどるように人をつみ　虎《とら》を生捕《いけど》るか

【いさかい】いさかいの母へ　いさかいは　親子いさかいおふくろと半《はん》いさかいで　半《はん》いさかいでくどく也《なり》　店のいさかい知らぬ振《ふり》　いざこざの末に　いざこざは親類にあり　反目《はんもく》の中に　角突合《つのつきあい》へ

【いじめる】姉にいじめられ　いじめる庭の松　今のカアヤが虐《いじ》めます　だれかしらいじめて帰る　久松《ひさまつ》はいじめられ　変にいじめる役をもち　舞妓《まいこ》いじめられ　遣《や》り手《て》にいじめられ　いじり合《あい》　女にいじり殺される

【意趣《いしゅ》】［仕返し］　意趣返《いしゅがえ》しに八奇麗也《きれいなり》　恋の成《な》らない意趣を書き　なんのいしゅだかわるくいい　湯《ゆ》のいしゅを水でかえすは　嫁《よめ》の時分《じぶん》の意趣がえし　渡《わた》し場《ば》の意趣だと煤掃《すすはき》の意趣　蹴《け》られた意趣に　日頃《ひごろ》の意趣と　意趣のある顔　去年の意趣を　女房《にょうぼ》いこん［遺恨］をはらす也《なり》

【意地悪《いじわる》】意地のわるいが　意地わるく出来上《できあが》ってる雲のかさなる意地わるさ　小《こ》意地をわるく　そこ意地《いじ》のわるいも見える　意地のきたない雨が降《ふり》

動作

【急《いそ》ぐ・急《せ》く】急ぐなら先へおいでと　急ぐほど　上総《かずさ》へ急ぐ雲を見る　急に能率《のうりつ》上げたがり　名指《なざし》へ急ぐ春の宵《よい》　人皆《みな》急ぐ　急《せ》いて出る　急《せ》けばとて

【いたずら】いたずらな猫　おいたをしないことにする　頭巾《ずきん》を猫にかぶせけり　出《で》がけにものをかくされる

【いばる】ある夜《よ》内義《ないぎ》のいだけ高《だか》　課長の威丈高《いたけだか》　車《しゃ》掌《しょう》をとらえ威丈高《いたけだか》　医者の横平《おうへい》　横柄面《おうへいづら》をあと回《まわ》し　おうへいで直《ね》が出来《でき》ますと　横柄《おうへい》に売《うる》　鶴《つる》の横平《おうへい》　風の横平《おうへい》　強がっていた　強がりを言う　けんぺいに投出《なげだ》して行《ゆ》く　高飛車《たかびしゃ》に叱《しか》り　高飛車《たかびしゃ》に怒鳴《どな》ってへいる　蛙《かわず》が張《はり》肘《ひじ》で見る　張《はり》ひじをしても　張肘《はりひじ》で居《い》る　肱《ひじ》を張り

【いびる】いびられに行《ゆ》くが　小僧《こぞう》をいびり遣《つか》う也《なり》　しゆうとばゝ《ば》〔姑婆〕いびりすごして　先《せん》の嫁《よめ》いびり殺して又遣《またつか》いころす腹《はら》だと　そろ〳〵《そろ》爪《つめ》を磨《と》ぎ初《はじ》め

【嫌《いや》がらせ】つまんで見せていやがらせ　どりゃ見ようぞといやがらせ　腹癒《はらい》せに生きているとは

【射《い》る】あの胸を射る一言《ひとこと》が　空を射る心の針《はり》が　空を射ん　月を射る塔《とう》の穂先《ほさき》の　人を射る　星の眼《め》の射抜《いぬ》く真下《ました》で　的《まと》を射る　ものを射る

【言《い》われる】内《うち》で女房《にょうぼ》にも言われ　猿と云《い》われて　ダメだねといわれ　何《なん》と云《い》われても　面白い人と言《いわ》れて

【受《う》ける】受《うけ》つ流しつ　受けてみせ　しかと受け

【動《うご》く】右往左往《うおうさおう》に妓《こ》の動き　動きそう　動く浮《うき》木静かにしろと　動く雲　雲動き　チト動き出《だ》して　吹雪《ふぶき》の中に動くもの　蛇《へび》動き出《だ》して　まだうごく　まめ〳〵《まめ》しく動き　皆《みな》動き　よく動き　動かぬ灯《ひ》が一《ひと》つ　小舟《こぶね》の動かない　人、街《まち》にうごめく　ほの暗《ぐら》く中に蠢《うご》めく

【埋《うず》める】うずめてしまえ　埋められ　皆《みな》埋めたあとで

【打《う》ち明《あ》ける】打明《うちあけ》てしまった恋の　打ち明ける前に白状《はくじょう》をむすめはうばに　まっすぐにはく状《じょう》をする　婿《むこ》の白状《はくじょう》　告白《こくはく》の胸を抱いては

【打《う》つ】打てば頑《がん》ゝ《がん》　きぬぎぬに打つ背中　二《ふた》つ打ち

【うつむく】うつむいた父が来ている　俯向《うつむ》いて　うつむいて居《い》ると　俯向《うつむく》は言訳《いいわけ》よりも　うつむくは母の恩《おん》　うつ向けば　牙婆《すあい》うつぶく　溜涙《ためなみだ》唯だ俯向《うつむ》いて

【うなされる】うなされて　となりの娘うなされる　蜻蛉《とんぼ》の精《せい》にうなされる

【うなずく】うなずいただけで　頷《うなず》かれ　うなずき合《あう》

も　女将《おかみ》何やらうなずかせ　男うなずくばかりなり　盃《さかずき》をさせばうなずく　鼻でうなずく大天狗《おおてんぐ》

【うな垂《だ》れる】さゝ《さ》やくようにうなだれる　注視《ちゅうし》の中に首を垂れ　濡《ぬ》れたまんまに頂垂《うなだ》れる

【自惚《うぬぼ》れ】うぬぼれでかく日《じつ》［隔日］に剃《そ》る　うぬぼれの心　自惚《うぬぼれ》の心に　自画自讃《じがじさん》　自分に惚《ほ》れて居《い》る

【奪《うば》う】奪われた田をとりかえしに来て　ソビエットを奪えと　乗取《のっと》って見れば　分捕《ぶんどり》と思われて居《い》る　横奪《よこど》りをされる　舞妓《まいこ》悲鳴《ひめい》で取り返し　よう〳〵《よう》馬を取りかえし

【裏切《うらぎ》る】裏切った者に　裏切りに　裏切りの勧告書　裏切りをしろと　裏切れず　妻に裏切られ　裏切りの甲斐《かい》なく　嘲《あざ》むが如《ごと》くもの書けば　花をあざむく顔斗《ばかり》

【うるさがる】うるさくてどうもならぬと　近所はうるさがり　是《これ》がうるさいと　粗相《そそう》な鼻をうるさがり　手《て》引《びき》はうるさがり　うるさ型《がた》

【選《えら》ぶ・選《えら》む】えり残されし　男撰《おとこえら》みの　師《し》は撰《えら》め　一粒選《ひとつぶよ》りの佳《よ》き言葉　丸ぢょうちん［提灯］でえって取《とり》　狩人《かりうど》のむこ［婿］をえらむも　日をえって茶をのみに行《ゆく》

【得《え》る】鯉《こい》を得し　春を得つ　人を得て　虎穴《こけつ》に入《いり》て虎《こ》子《じ》を得ず　何物《なにもの》も得ず

【遠慮《えんりょ》】遠慮して食《く》う　遠慮する母を　遠慮なくいじり　遠慮無くはいり　遠慮の固《かた》まり　くだらない遠慮　御遠慮《ごえんりょ》を各々凝《おのおのこ》らす　ぶゞ漬《ぶづ》けを遠慮して食《く》う

【追《お》い返《かえ》す】追返《おいかえ》す犬に愚知《ぐち》　追《お》っぱらわれる　金一《きんいっ》銭《せん》で追《お》っぱらい　土工《どこう》を追っぱらって　弥次馬《やじうま》追っ払《ぱら》い

【追《お》い出《だ》す】追い出され　追い出されましたと母へ　追《おい》出《だ》したあとで　追出《おいだ》すは　おんだされましたと　かねつき堂を追い出され　巨燵《こたつ》を追い出され　承知《しょうち》〳〵《しょうち》と追い出され　翌日《よくじつ》は店《たな》を追わるゝ《る》　階子《はしご》の口で人《ひと》ばらい　人払《ひとばら》い話が済《す》むと　風をしめ出《だ》した　締出《しめだ》しにしたのが

【追《お》う】跡《あと》を追い　追い続け　追回《おいまわ》し　追うて行《ゆ》く　追っ掛《か》けて　おっかけて行《ゆ》くと　面白がって追《おっ》かける　花火《はなび》は人をおっかける　文《ふみ》でおっかけ　両手をひろげおっかける　追い越して見ればつまらぬ　追いこんだ

【拝《おが》む】油《あぶら》かい［買］拝むなり　御篭《おかご》わきまたを拝んで拝まされ　拝みたおしに　おがむがいいおさめ　拝むにくらしさ　拝んだ跡《あと》でたゝ《た》かれる　落ちのびた箱根で拝む　そう拝《お》がむなよ　どういっておがんだと聞く　何を

動作

拝むか　なんとよんだかおがむ也《なり》　日本人だけに拝める　のゝ《の》さんを拝んで居《い》　伏拝《ふしおが》み

【置《お》く】置いてあり　置いて行《ゆ》き　置《おき》かえて　置き直し　鉦《かね》とたいこを置いてく［食］い　下へ置き　どっしりと置《おい》てからいう　留《と》め置かれ　皆置《みなおい》て行《ゆ》かねばならぬ

【送《おく》る】姉に送られて　送って出れば　送られて来たのにおくられる　送り別れて　そこらまで送られながら　膝《ひざ》を抱《かか》えて送る縁《えん》　滞《とどこお》りなく送り出《だ》し　又今朝《またけさ》も睨《にら》んで送る　見送ったあとの寒さに　見送って　見送られ見送りに　見送る母の手に残り　見送る松の姿かな

【教《おし》える】教えてくれる　子に教え　昔教えたの　悔《くや》みの指南《しなん》する　むすこにけん［拳］をしなんする　夫に腰《こし》湯《ゆ》の伝授《でんじゅ》する　くわせて置《おい》てでんじゅをし　こぶ巻のでんじゅ　皿回《さらまわ》し河童《かっぱ》伝授《でんじゅ》の

【押《お》しつける】えりおしつける　押《おし》つけて置《おく》　押《おさ》えつけおっつける　凍《こお》った頬《ほお》をおっつける　狆《ちん》をばいしゃへおっ付《つけ》る　美男《びなん》にあばたおっつける　ばちをおっ付《つけ》る　臥《ふ》せつけて　野望《やぼう》が押《おさ》えつけ　さずけられ

【押《お》しのける】押し除《の》け先《さ》きへ乗る正義　押しのけようとする　水《みず》ぐるま水《みず》押しのけて

【押《お》す】押《お》し方《かた》もいろいろとある　押し通し　押すな〳〵《おすな》と　押せば開《あ》く　掛《か》け声《ごえ》ほどに押していず　そうおしてたまるものかと　めっそうにおすまいぞやと

【落《お》ちる】落ちそうな　落ちそうになって　落《おち》て来る　落ちんとす　落《おつ》る実《み》の　がっくりと落《おち》　其内《そのうち》に落ちるだろうと　何か落ち　はらはらと　ボタリボタリ落ち　おっこちそうな雲の上　落っこちた毛虫《けむし》　おっこちて瘤《こぶ》が出来《でき》　落っこった夢に　茶の木のうえへおっこちる

【おどける】おどけずと　おどけもの　恋無常《こいむじょう》などゝ《と》おどける　母はおどけてしかられる

【脅《おど》す】雨戸《あまど》くるたびおどかされ　脅かしに乗らないようで　おどかしの　おどかすような　羽子板《はごいた》の値《ね》におどかされ　歯をむき出《だ》しておどされる　細長い箱でおどかす　間男《まおとこ》を子供が脅す　こけおどしにも　本《ほん》の犬おどし　女房《にょうぼ》にゆすりぬかれたり　わが煙突《えんとつ》におどされる

【親不孝《おやふこう》】何故《なぜ》不孝　不孝は雪の肌《はだ》と臥《ふ》し　不孝者《ふこうもの》

【降《お》りる】降りて来る　女降り　すぼまって馬からおりる　夕霧《ゆうぎり》が下《お》りて来《き》そうな

【折《お》る】おっぺしょるように　折られても又《また》折られても　折添《おりそ》えて　折れたかと思えばおきる　此花《このはな》を折るなだろうと　富士川で三《しゃ》みせんを折る　へし折《おっ》て

【解決《かいけつ》】解決がついて　解決に酒は　けっちゃくもせぬに大勢《たいせい》は既《すで》に決《けっ》して

【返《かえ》す】この人返さない　さあみんなかえせと　してかえし　高下駄《たかげた》を洗って返す　弾《は》ねかえすものに

【顧《かえり》みる】かえりみて　顧みるいとまもなくて　顧《かえり》みる五十年　恥も慮外《りょがい》も顧みず　百余年かえりみすれば

【帰《かえ》る】行野《いくの》の道で帰さるゝ《る》　いつ帰るともなき人のおまえは帰る俺《おれ》は寝る　帰られず　帰りやるかきついやつだと　帰る帰さぬ　帰るなり　帰《か》えろうとして帰《か》えらぬ　帰去来《ききょらい》の　小刻《こきざ》みに帰り　今夜も帰らない　寂《さび》しく帰る　すぐ帰ります　少《すこ》ウし見て帰り　早《はよ》う帰れの音を立て　日がくれてかえろと　一人《ひとり》は帰りかけ　罷立《まかりた》ちまっすぐに帰って　見て帰り　もう帰る頃を　夜風《よかぜ》を母帰る　あすはもう上《あ》がると　みんな散らして引上《ひきあ》げる

【顔《かお》を出《だ》す】歩《ある》行き労《つか》れた顔を出し　一輪塀《いちりんへい》へ顔を出し　河馬《かば》はとぼけた顔を出し　かわりばんこに顔を出し　師匠《ししょう》も鮨《すし》へ顔を出し　時計をのぞく顔を出し　ポッカリと顔を出し　面出《つらだ》しのしにくい

【屈《かが》む】かゞ《が》む男にそる男　少しこゞ《ご》んで先へたち

【掻《か》く】頭より鼻を掻き　かいて貰《もら》う蟹食《かにくい》　かきなとあたま出《だ》してかし　かくやつさ　河童《かっぱ》も皿を掻き　この裏を掻けと　そこかいてとはいやらしい　掻き回《まわ》す風情《ふぜい》は見えぬ　小《こ》ゆびでかき回《まわ》し　大根《だいこん》おろしで引《ひっ》こすり

【嗅《か》ぐ】嗅いで取り　嗅《かい》で退《の》く人を見限《みかぎ》る　かいで見るかぐ事もならず　髪を嗅ぐ　店の匂いを嗅いで出る

【覚悟《かくご》】板挟《いたばさ》み覚悟を決めて　覚悟して行《ゆ》く長廊下《ながろうか》覚悟の女弟子《おんなでし》　覚悟の首は振《ふ》りながら　殺さるゝ《る》覚悟がにぶる　淋《さび》しい覚悟させ　舌を抜《ぬか》るゝ《る》覚悟也《なり》　死ぬ覚悟妻は二ツ《ふたつ》の覚悟する　眠らない覚悟　身は消える覚悟

【隠《かく》す】かくさずに御出《おいで》と　隠しだてしても罪なし隠してする夜学《やがく》　隠すではないが　隠すもの見たし子のある事はまだ隠し　ひしかくし　見た事はひしかくし　いらざる年のかくし事《ごと》　くさい物に蓋《ふた》

【隠《かく》れる】隠れたり　子迄《こまで》隠れる　母の後《うしろ》へ食《くい》に出《でる》　御岳《みたけ》見えたり隠れたり　隠《かく》れ蓑《みの》着ても名高《なだか》し　不用な隠《かく》れ蓑《みの》

【駆《か》ける】男の前をかけぬける　芸者《げいしゃ》も少し駆け　子が駆《か》け抜《ぬ》ける　何か嬉《うれ》しく駆けて来る　娘駆け　廊下《ろうか》へ出ると屹度《きっと》駆け　かけめぐり　夢は廊下《ろうか》をかけめぐり　夢は宿直《とのい》をかけ廻《めぐ》り

【かこつける】女将《おかみ》は洒落《しゃれ》にかこつける　客にかこつけて　子にかこつける夫婦間　人さえ見るとからみつき他《た》に事《こと》をよせて

【囲《かこ》む】大火鉢《おおひばち》囲んで　泣虫《なきむし》を四五人《しごにん》囲む　火を囲み灯《ひ》を囲む　西瓜《すいか》取りかこみ　人間の屏風《びょうぶ》で囲む

【飾《かざ》る】飾らぬ人は　飾らぬも美《び》なり　飾られるとは知らぬなり　飾るなり　夜《よ》を飾り

【片付《かたづ》ける】鏡台前《きょうだいまえ》を片づける　下のもの皆《みな》片付けてばた〱《ばた》と片づけて行《ゆ》く　まず寝る間《ま》だけ片付ける　弱虫を片付けに来る　われ物をおっかたづけて

【語《かた》る】いつの日かともに語るらん　女と語り　女と語る　語りあう魚《うお》と水《みず》　語り合う夜もなく　語り出《いで》　かたり出《だ》し　語り人《て》も聞人《ききて》も汗《あせ》の　語りまする　子供の語る親の恥《はじ》　問《と》わず語《がた》りも老《ふ》けている　涙が語る彼女の眼《め》　入道《にゅうどう》と内侍《ないし》と語る　湯槽《ゆぶね》で語る未知《みち》の人

【担《かつ》ぐ】かついで来てはなげて行《いき》　かつぎあきたか下《さ》げて持《もち》　担ぎ込み　下駄《げた》をかけるとかつぎあげ　子が担ぎ　生酔《なまよい》をかついで通る　夜着《よぎ》をかつぎ出《だ》し

【庇《かば》う】出来《でき》そこなった子を庇い　出戻《でもど》りの姉を庇い　人二人《ひとふたり》かばって　浪人《ろうにん》をかばう仲居《なかい》の

【噛《か》む】蝗《いなご》など噛んで　今こそ噛み破《やぶ》る　噛みつづけ　噛む指に響く胸　ねち〱《ねち》と噛《かむ》を見てから　未《ま》だ噛んで居《い》る　焼烏賊《やきいか》がかめなくなった　今をさかりとかじる也《なり》　手の甲《こう》をかじる也《なり》　噛《かみ》しめて見よ　かみしめて見る

【通《かよ》う】弟《おとと》中学へ通うてる　通いつめ　通う舟　涙から枕《まくら》へ通う　昼通うのハしらで居《い》て　娘の社《しゃ》へ通い

【からかう】からかった後《あと》の娘《むすめ》を　からかったうえでからかっただけ　からかった序《ついで》に貰《もら》う　からかって見る　あほうもの　少しからかわれ　女の声はからかわれ　からかわれ乍《なが》ら／きずがつき　きょくるなり

【可愛《かわい》がる】うかれ女《め》に可愛がらるゝ《る》　可愛がられた恩《おん》が知れ　可愛がられて逃《にげ》て行

【聞《き》き流《なが》す】お掛《か》けなさいを聞流《ききなが》し　女将《おかみ》の世辞《せじ》を聞き流し　聞流《ききなが》す耳は　又鳴《またな》るお手を聞き流し

【聞《き》く】板越《いたご》しに聴《き》く　聞いたかと問《と》えば食《く》ったかと　聞《きい》た風《ふう》とは　聞いている　聞いてきなよと　訊《き》いてやれ　聞いてる方《ほう》は星を見る　聞き合《あわ》せ　聞き覚《おぼ》え　聞きたがり　聞人《ききて》が有《あっ》て　きゝ《き》にくい　聞くことみんな恥《はず》かしい　聞く父も問《と》う兄もなし　聞《きく》の文字見よ門に耳　聞くばかり　聞《きこ》えたか　来た先を聞《きけ》バ　きりもむように聞《きき》たてる　このまますまぬことを聞き　さびしく聞いている　そりゃ聞こえぬは　唯《ただ》聞く人となりにけり　だれに聞いたか　とかくいさい「委細」を聞《きき》たがり　何かと聞いて見たくなり　なにやら言うを聞きながら　なんだ〳〵《なんだ》と聞《きい》て寄り　なんといったとつれに聞き　底《そこ》をふるい聴《き》く　意見また聞《ぎ》きの　娘はみんな迄《まで》きかず　よく聞けば　意見きかされる　恋人聞かされる　つもりばっかり聞かされる　身売《みうり》が聞かされる　ジッと耳すまして　耳を澄《す》まして　聞《きき》かじり英語も遣《つか》う　聞きかじりの農民の窮状《きゅうじょう》を　何やらきゝ《き》かじり　いやみを聞《きき》あきる　聞《きき》あきし　床《とこ》屋《や》は客に聞き飽《あ》きる　村で聞きや

【犠牲《ぎせい》】いけにえの気で　人身御供《ひとみごくう》に　一人《ひとり》の犠牲に　捨石《すていし》になりゆく　身を捨《すて》て

【鍛《きた》える】意識が鍛えられ　鉄で鍛えた面《つら》の皮　鉄は火で鍛え　麦《むぎ》めしできたえ直して

【気《き》づく】上と下とに気がつかず　うしろの息に気づくなり　気がつかず　気がつけば　気のつく帰途《きと》　櫛《くし》を忘れたのを気づき　腹《はら》が減ったにツイ気づき　春まだ浅い灯《ひ》に気づき　ひげの伸びてるのに気づき　フト気づきまおとこ気がつかず　内儀《ないぎ》見ぬく也《なり》

【決《き》める】きめている　張場《はりば》まで来てきめて行《ゆく》　やっぱり髷《まげ》で行《ゆ》くときめ　目鼻《めはな》をつける　決心をした夜《よ》の河《か》岸《し》が　決心をして　それ程《ほど》の決心もなく　きまってる

【切《き》る】切っている　切《きり》かげん　切《き》り口《くち》は柘榴《ざくろ》の様《よう》と　切出《きりだ》さんとして　食《く》い切らせ　知らず切り　すぐ剪《き》られ　千六本《せんろっぽん》に切りまくり　花型《はながた》に切《き》って　ぶった切《ぎ》ろうという　先《ま》ず腕木《うでぎ》から切り始め

【潜《くぐ》る】かなしい声でくゞ《ぐ》る也《なり》　地を潜る　張《はり》ものを上手にくゞ《ぐ》る　柳《やなぎ》から柳《やなぎ》へ潜る

【口舌《くぜつ》】「痴話《ちわ》げんか」　大《おお》くぜつ　切見世《きりみせ》の口舌　白拍子《しらびょうし》くぜつの跡《あと》で　夕べのはくぜつ　痴話喧嘩《ちわげんか》

【くたびれる】今日も昨日も草臥《くたび》れる　くたびれ切《きっ》た足

が出る　くたびれた三味《しゃみ》は　くたびれたやつが見付《みつ》ける　草臥《くたびれ》て寝るまで稼《かせ》ぐ　草臥足《くたびれあし》のモウ一里《いちり》　草臥《くたびれ》る親の口　草臥《くたびれ》る金　舞妓《まいこ》はくたびれる　はでなが早くたびれる　草臥《くたびれ》に行夫婦連《ゆくふうふづれ》　流行を逐《おい》くたびれて

【口答《くちごた》え】教師へ口答え　口答えする子も　車に口ごたえ　言い返し　芸者《げいしゃ》も『君《きみ》』と言い返し

【口先《くちさき》・口車《くちぐるま》】口先《くちさ》きで日和《ひより》をくずす　口先は法螺《ほら》の貝《かい》　跡《あと》へ引く口車　器械にならぬ口車　即時にめぐる口車　火《ひ》の車《くるま》から口車　口車京八《きょう》油の　口に乗り

【口止《くちど》め】口どめにあう度《たび》　口留《くちどめ》に知《しっ》た話の　口止めをされる丁稚《でっち》の　あの口に戸の立てにくい　口に戸をたてぬと　口に戸を立《たて》れば　口の蓋《ふた》になる形《なり》　口《くち》へ封《ふう》

【口《くち》を出《だ》す】口を入れ　交通事故へ口を出し　小金《こがね》のあるが口を出し　細君《さいくん》口を出し

【口説《くど》く】口説《くど》かれて　くどかれてみる心なり　くどきぞん　くどくのを聞《きい》て居《い》る　くどくやつすいつけながら　たゞ《だ》のはなしもくどくよう　遠《と》おくからくどくを見れば　時を口説いてる　なあなあで口説く女将《おかみ》の　ぬり桶《おけ》へ書《かい》てくどけば　はもんのわけは師《し》をくどき　春の残りをくどかれる　無理《むり》口説き　湯《ゆ》でくどき

【工夫《くふう》】趣向《しゅこう》の一ツ《ひと》也《なり》　つめ将棋《しょうぎ》工夫が出来《でき》て　薄情《はくじょう》と見せる工夫に　約束の花見《はなみ》の趣向《しゅこう》　我看病《わがかんびょう》を我《われ》工夫

【汲《く》む】男ならすぐに汲《くも》うに　亭主《ていし》やっぱし水を汲み　波を汲み　なんにもないを汲んでみせ　水を汲み　水を汲む音のきこえる

【工面《くめん》】あげくのはては死《しぬ》くめん　姉の工面が五円札　工面する内《うち》　だます工面は酒が入《いり》

【食《く》らいつく】食らいつきそうに　食らいつく　食《く》い付くように鏡を見《み》　摘《つま》む鼻食《く》いつく乳《ちち》の　芸者《げいしゃ》に喰付《くいつか》れ

【比《くら》べる】こん競《くら》べして　嫁《よめ》の手とくらべて　蝋燭《ろうそく》の寿《じゅ》命《みょう》くらべや

【来《く》る】足近く来る　いつどう来《く》るか　来合《きあわ》せて　来《きた》るべき　来《き》てくれず　来《き》て座《すわ》り　来《き》て見れば　来《き》は来《き》たが　来るところ　来るまでの　だれが来るもんだと　ちかい内来《うちき》なといい〳〵《いい》　ちょっと来《き》やれはいやなきみ　二度来《こ》ない　母の来るたびに　ばん［晩］あたりちっと来給《きたま》え　人来《きた》るときんば　ひょいと来て　ふいに来た　やって来る　舞込《まいこ》んで　後《あと》に来る人を　来る人が来《こ》ぬと見えた

る　来る人に語りたげなる　来る人の来《き》て居《い》る笑い

【くれる】今くれた　呉《く》れ過ぎる　くれた名をいう雛《ひな》の主《ぬし》　呉《く》れてやる金だ　物くれたがる　送り越し　御《ご》下賜金《かしきん》　御《ご》ほうびに下《くだ》さりながら　負《まけ》て勝賜《かちたも》う

【苦労《くろう》】一日の苦労の垢《あか》を　食《く》ってしまって苦労がり　首ヒネル苦労症《くろうしょう》　くろうがり　くろうそう　苦労のない世界　苦労をさがす苦労性《くろうしょう》　白髪《しらが》のたねをまきはじめ　母親の苦労は　母苦労　まだよかとくろうに思う　むだ苦労　気苦労《きぐろう》がつゞく目前《めさき》に　女房の苦労が絶《た》えぬ　人が骨折《ほねおっ》て　ほねが折れましたと渡す　重荷《おもに》おろしてほねがおれる也《なり》　骨を折《おり》　重荷《おもに》に息《い》き杖《づえ》　恋の重荷なり

【咥《くわ》える】くわえさせ　手拭《てぬぐい》のすみをくわえる　手拭《てぬぐい》をくわえた声の　なわを引《ひっ》くわえ　蛤《はまぐり》の松葉《まつば》くわえて指ばかりくわえる顔を

【計画《けいかく》】出《だ》し抜《ぬ》いてやる計画に　百計《ひゃっけい》ここに尽《つ》きにけり

【蹴落《けおと》す】蹴落されてる　猿小屋《さるごや》も谷へ蹴落す　猪小《ししご》屋《や》を谷へ蹴落《けお》とす　橋の雪蹴落して行《ゆ》く

【汚《けが》す】君命《くんめい》をはずかしめ　きっと踏みにじられる日をおそれる　念仏《ねんぶつ》ふみよごし　踏みにじられた芝《しば》よ

【消《け》す】消すように塗《ぬ》る　商店街は消し忘れ　女教師《じょきょうし》少し伸びて消し　指で消し

【蹴飛《けと》ばす】薬は蹴《け》とばされ　三《み》つ四《よ》つけとばされ

【喧嘩《けんか》】けんかいくつかつまみ出《だ》し　喧嘩が花とは　喧《けん》嘩腰《かごし》　喧嘩したやつ　喧嘩しているのではない　けんかして根《ね》こぎにされる　喧嘩する子も面白し　けんか徂春《そしゅん》も病《や》むと聞く　喧嘩だ！喧嘩だ！　喧嘩の苦《く》　喧嘩はモウ買《かわ》ず　喧嘩半分で　喧嘩ゆうたのゆわないの　喧嘩を乗せたまま走り　けんかをのらへ追出《おいいだ》し　ケンカを見に通《かよ》い　子の喧嘩泣いてる方《ほう》は　辻喧嘩《つじげんか》　遠巻《とおまき》に見て居《い》る喧嘩　内義《ないぎ》同士けんかねの有《あ》る　呼《よん》で喧嘩をして帰し

【孝行《こうこう》】魚心《うおごころ》無ければ孝《こう》も　孝行が　孝行で売られ　孝行で評判な妓《こ》の　孝行な子さと　孝行にして　孝行に持つ女房は　孝行のはしくれもせず　孝《こう》なり寝《ね》とげ子がみんなよくしてくれる　先立《さきだ》つのが孝《こう》ぞ雪の道

【高慢《こうまん》】こうまんな顔で来るのが　酒屋をおこす高慢さ　鼻を誉《ほめ》られ高慢の　屋《や》ね船《ぶね》で高《こう》まんをいう　医者の頭《ず》が高《たか》し　高《たか》く止《とま》るな　きつい奢《おご》りなり　妻の気の驕《おご》り　人飢《う》え碁《ご》将棋《しょうぎ》は驕《おご》る　奢《おご》る身は　奢《おご》る口

【越《こ》える】越えて行《ゆ》き　橋を越えると値《ね》が変《かわ》り　ひよどり越《ごえ》を　大井川越《こえ》て泣出《なきだ》す

【こける】こけた子を起《おこ》して　黙《だま》ったまんま石はこけ　離《はな》れ〳〵《ばなれ》にこけかかり　美人の方《ほう》へこけか丶《か》り　ひとりでに羽織《はおり》のこける　山がこけか丶《か》り　ろうそくが又《また》こける

【腰掛《こしか》ける】石に腰を掛け　雲に腰を掛け　こしをかけると糸をやめ　こたつにこしを懸《かけ》　しょうゆの樽《たる》へこしを懸《かけ》　疲れた腰を松に掛《か》け　焼石《やけいし》に腰かけ　嫁《よめ》はこたつへこしを懸《か》け

【こしらえる】足をこしらえる　顔をこしらえる　どこでどう拵《こしら》えたのか　人間の拵《こし》らえた　夕飯《ゆうはん》こしらえる

【こする】こすっても出ぬ　敷台《しきだい》で泥をこすって　火へ来《く》るとひとこすり　ひる寝《ね》は目をこすり

【断《ことわ》る】命の保険を断られし秋　おことわり　交際の断りようも　断りの二度目を　なぜだか急にことわられ　ご希望に添《そ》えずと　滅相《めっそう》もないと

【拒《こば》む】生まれ来るいのちを拒む　はね付《つけ》られて

【媚《こ》びる】媚《こび》るのに溶《と》く白粉《おしろい》の　媚《こび》る目に　媚《こび》を含んだ瞳《め》で笑い　諂《へつら》う友があって酔《よ》い　へつらわぬ

【こぼす】あらゆる泪《なみだ》こぼしけり　屑《くず》やまたこぼして安く　こぼさぬは飯《めし》ばかりなり　辻占《つじうら》へ注《つ》ぎこぼし　女《にょう》房《ぼ》がこぼす水醤麩《みずしょうふ》　またへつま［褄］はさんでこぼす

【転《ころ》がる】面白《おもしろ》うころげ　じっけん台をころげ落《おち》　ため［溜］へころげ込《こみ》　白鳥《はくちょう》がころげ懸《かか》ると　蓮《はす》の葉でころげ　風呂敷《ふろしき》からころげ　笑《わら》い転げて　転がった

【転《ころ》ぶ】ころりと寝左エ門《ねざえもん》　転んでも起きても　転んでも泣かない子　ころんでもよい栓《せん》をする　七転《ななころ》び迄《まで》で草臥《くたびれ》　棒をつかぬところぶたち　ころんで八只起《ただおき》られぬ

【催促《さいそく》】言い過ぎた気味《きみ》で催促　居催促《いざいそく》した顔もせぬ　さいそくも質屋《しちや》のするは　膝《ひざ》から冷《ひえ》て居催促《いざいそく》

【探《さが》す】家さがすうち　うろ〳〵《うろ》捜《さが》す子安貝《こやすがい》　かねて捜《さが》したものに合い　草をわけてのせんぎ者《もの》　探しあぐんださがしてこいの金を出《だ》し　さがし物　さがすふみ［文］　去ったあす物をさがすに　蛍《ほたる》をさがす烟草《たばこ》好き

【逆《さか》らう】逆らわず　さからわぬ嫁《よめ》　ヘイ〳〵〳〵《ヘイヘイ》と逆らわず　母の律義《りちぎ》を逆らわず

【探《さぐ》る】掻巻《かいまき》さぐる夜もあり　神の眼《め》を探る師走《しわす》の探り合い　互《たがい》にさぐり合い　つめたい胸をさぐられる

笛をかい探る　状勢をはかるなり

【蔑《さげす》む】うらやまれさげすまれ　女という名さげすまれ　軽蔑《けいべつ》を笑って　さげすみを

【提《さ》げる】要《い》らざるものを提げ　こうさげてゆけとおしえる　提《さげ》て来《く》る水　提《さげ》て見ぬ手《て》鍋《なべ》ハ重キ　酒を下《さ》げからっ手《て》で来てさげて行《いく》　法事《ほうじ》の折《おり》を姑《しゅうと》提げ　両手に何か提げ

【誘《さそ》う】さそい人《て》へ　誘われて往《ゆ》くのは今ぞ　沈む亭主《ていしゅ》を誘い出《だ》し　どやどや誘いに来《き》　誘惑と侮辱《ぶじょく》の中に　誘惑に勝った娘へ　まねき出《だ》し／巨燵《こたつ》で一寸《ちょっと》あたって見《み》水を向け　戻るふりして袖《そで》を引《ひき》　ちとあなたあれへと

【悟《さと》る】一切《いっさい》を空《くう》やと悟り　悟ってもやはり　さとられる　悟ること　悟れ過去未来　慈善事業でない悟り　極《ごく》道《どう》が心得《こころえ》ている　仏師《ぶっし》も心得《こころえ》て

【晒《さら》す】業《ごう》さらし業《ごう》さらしめと　さらす恥《はじ》なきは　恥をさらしに出る立花《りっか》

【去《さ》る】去られた跡《あと》へ　去られた町へ　去られてもされても未《まだ》　去りがたき子細《しさい》と言《い》ハ　去りかねて　去る程《ほど》に　去るものうとき作りよう　一人《ひとり》去り二人《ふたり》去りいにたがり　今去《い》んだ客を問《と》われる　そこら掃《は》いて去《い》に

【騒《さわ》ぐ】子が騒ぎ　騒ぎ過ぎ　さわぐまいものか　白《しろ》襟《えり》で来た妓《こ》が騒ぐ　大《おお》さわぎ　母に弾《ひ》かせる騒ぎなり　山谷鳴動《さんやめいどう》　スッタモンダ也《なり》　たった二人《ふたり》に此《こ》の騒ぎ　鰌《どじょう》のような騒ぎなり　取込《とりこみ》の障子《しょうじ》へ　取込《とりこ》みの中に

【懺悔《ざんげ》】懺悔する男　大胆《だいたん》な懺悔　懺悔の有《あり》そうな顔

【散歩《さんぽ》】朝散歩　咲く花に散歩《さんぽ》心《ごころ》も　散策《さんさく》のうしろで散歩だと分かり　夕散歩　ぶらつくを　御《お》ひろいに

【叱《しか》られる】唄《うた》を年増《としま》に叱られる　女に叱られる　小《こ》気味《ぎみ》よい程《ほど》叱られる　コン畜生《ちくしょう》と猫叱《しか》れ　叱っても親の心は　しからるゝ《る》所《ところ》迄《まで》行《いく》　しかられた通りに母は　しかられた所《とこ》へ　叱られた果《はて》　しかられた日の　叱《しか》れた火《ひ》鉢《ばち》無駄におき　しかられた娘その夜《よ》は　叱られて　叱られている暮《くれ》の金　叱られて出た　叱られて泣いている子と叱られて見《み》たい　しかられながら食《く》へらし　叱られに来《く》る叱られまいとする　叱られるたんびに　つよくもしかられず　とがめられ　値《ね》切り足《た》らぬを叱られる　間男《まおとこ》はしかられる　丸髷《まるまげ》に叱られている　別々に叱られている

【叱《しか》る】おうちゃくと日頃を叱る　良人《おっと》を眼《め》で叱り

弟を叱り直して　おもしろがってしからせる　親を炬燵《こたつ》
へ叱《しか》り込《こ》み　叱《し》かっても　叱っても泣いても呉《く》れぬ　叱る
親仁《おやじ》も　叱りたい様《よう》な顔して　叱りに行《ゆ》けば影《かげ》もなし
しかるをきけば　だれかしら叱って通る　ちっとずつし
かって　どっからかしかりての出る　どろんこの子を叱る
まい　女房《にょうぼ》に叱られる　一先《ひとまず》しかりやめ　人をしかるに
日をかぞえ　また叱り　みんな娘の気でしかり　余所《よそ》
の子は叱れぬ理《り》　よわいしかりよう　しからせて聞くが
女房《にょうぼ》をかみふせて行《ゆく》

【仕度《したく》】お仕度の間《ま》を　仕度の長いのを叱り　支度《したく》に手《て》
間《ま》がとれ　人先《ひとさ》きへしたくの出来《でき》る　膳立《ぜんだて》に　雪の膳立《ぜんだて》
男は先に逝《ゆ》く用意　傘《かさ》まで用意して　あつらえる

【舌《した》を出《だ》す】舌を出し〱《だし》　知ったのが来《く》りゃ舌を出し
女房《にょうぼ》舌を出し　嫁《よめ》舌を出し　舌をちらりと

【失敗《しっぱい》】しくじって　雪がしくじらせ　誤《あやま》って　打損《うちそこ》ね
わが家《や》で死に損《そこ》ね　裁《たち》そこの《の》うて　嫁《よめ》の落度《おちど》なり

【仕舞《しま》う】蟹《かに》の目《め》玉《だま》の仕舞所《しまいどこ》　ご自分でせったをしまう
巨燵《こたつ》しまわれる　背負呉服《しょいごふく》みんな仕舞って　白いのを質《しち》
屋《や》へ仕舞う　たんすへぴんとしまわれる　箱《はこ》せこへ仕廻《しま》
う也《なり》　別荘の机仕舞えば　もう仕舞う

【自慢《じまん》】車長持《くるまながもち》自慢せる　謙遜《けんそん》の自慢　地主《じぬし》の自慢
自慢して帰り　自慢にて　娘自慢の母出好《でず》き　むすめ
じまんをし　婿天狗《むこてんぐ》　御亭主天狗《ごていしゅてんぐ》　得々《とくとく》として動くな
り　丸顔《まるがお》をみそにして居《い》る　みそらしく　取《と》り親《おや》の名
をひけらかし　ひけらかす人　車長持《くるまながもち》はなにかけ　洋《よう》
学《がく》を鼻にかけ　嫁《よめ》なけなしの鼻にかけ　低い鼻にかけ
法螺《ほら》を吹く俺《おれ》にも　ほらをふく息子《むすこ》の帯《おび》も

【閉《し》める】閉め切って　閉めてみつ　仏壇《ぶつだん》をぴったり閉め
て　閉《と》ずる最後の一頁《いちページ》

【しゃがむ】甘酒《あまざけ》の荷《に》へ来てしゃがみ　蟹《かに》と蜻蛉《とんぼ》へ子等《こら》
しゃがみ　世帯《しょたい》持つ話に蹲《しゃが》む　西瓜《すいか》に蹲《しゃが》む者五人　体量
器蹲《しゃが》む裸に　小さくうずくまる　箱庭《はこにわ》にうずくまり

【喋《しゃべ》る】秋の夜長《よなが》を喋りに来《き》　頷《うなず》けば愈々《ゆうゆう》喋る　女よ
く喋り　しゃべらしておけば　喋れそうな顔へ　父親よ
く喋り　年増《としま》今夜の喋る事　二度目に会えばよく喋り
一人《ひとり》しゃべって　閉口《へいこう》といい〱《いい》しゃべる　またしゃべり
饒舌家《じょうぜつか》　きょうの仏《ほとけ》と口《くち》ばしり　隣《となり》の小供口走《こどもくちばし》り

【じゃらす】犬がじゃれ　客をじゃらして飯《めし》を食《く》い　灸《きゅう》

の紙丸めてじゃらす　腰紐《こしひも》に猫がじゃれつく　シテよりもワキがじゃらけて　じゃらして文《ふみ》を渡す也《なり》　猫などをじゃらし候《そろ》

【手段《しゅだん》】奥《おく》の手《て》に家出《いえで》というを　おくの手は杖《つえ》ふり回《まわ》し　術《すべ》も無し　其他《そのほか》に伝《つて》は無し　掴《つか》むすべなき手がぶらり

【首尾《しゅび》】ごく〳〵《ごく》悪い首尾とみえ　首尾よくも　順調に進み　成行《なりゆき》にいっそまかせる　世《よ》の成行《なりゆき》に任《まか》せきり

【承知《しょうち》する】あらいゝ《い》わ　いゝ《い》わあぶねえいゝ《い》わ也《なり》　聞《きき》わけて　肯定の　五入《ごにゅう》には承知四捨《ししゃ》には異議《いぎ》　賛成の数に入《い》れとく　合点《がてん》の上で　看病の毒八合点《がてん》の

【承知《しょうち》せず】承知せず　同意せず　百も不承知《ふしょうち》とは知らず　不承知《ふしょうち》な　不賛成なは　誉《ほめ》ながらがてんの行《いか》ぬ

【知《し》らない】知らない物は鰒《ふぐ》の味　知らないわ　知らなんだ　知らぬ顔　知らぬが仏《ほとけ》　知らぬのも仏《ほとけ》　知らぬこと　知らぬ世界が　知らぬ地の深み　知らぬなり　知らぬはていしゅ一人《ひとり》也《なり》　知れぬ筈《はず》　誰《た》れ知らぬ　人の知らぬ事　本人はまだ知らず　見《み》も知らぬ　われしらず

【調《しら》べる】隠密《おんみつ》に調べられてる　車掌《しゃしょう》の名をしらべ　調べあげ　寝てから調べられ

【退《しりぞ》く】退《しり》ぞいて　退けば飢《う》えるばかりなり

【尻《しり》に敷《し》く】尻に敷れて　其《その》べらぼうを尻に敷き　女《にょう》房《ぼ》を尻に敷き　師匠《ししょう》を尻に敷《しき》　大屋《おおや》を尻に敷《しい》て　大屋《おおや》をば尻《しり》にはさみし

【知《し》る】あれこれが知った　あれ是《これ》に知られて　今ぞ知り　くらからず　子供ごころに知って居《い》る　知られたり　知り切《きっ》て居《い》ると　知るまいと　誰が知る　誰ンだか知ってゝ《て》と　一人《ひとり》知ったふり　娘知って来る　いつか親父《おやじ》の耳へ入《いり》　此辺《このへん》にみんな知られて　知れたら知れた時の事　どうせもう知れたと　我子《わがこ》より与所《よそ》の子の知る

【親切《しんせつ》】御親切《ごしんせつ》から　親切な男に　親切なことを取《と》り柄《え》に　親切に言われて迷子《まいご》

【吸込《すいこ》まれる】媾曳《あいびき》吸い込まれ　バアへ吸込まれ　漏斗《ろうと》のように吸いこまれ　雛《ひな》も柄杓《ひしゃく》に吸込《すいこま》れ

【縋《すが》る】親豚《おやぶた》に子豚《こぶた》の縋る　悲しさを柱に縋る　ふら〳〵《ふら》と女へすがる　思わぬ人にすがり付《つき》

【進《すす》む】足の進む夏　すゝ《す》む時計をやたらほめ　突《つ》き進む　時計を進ませる　日は進む　ニヤリと一人《ひとり》進み出《い》で

【勧《すす》める】椅子《いす》にすすめられ　格安《かくやす》の方《ほう》をすゝ《す》める

上肉《じょうにく》を勧め　茶をすすめ　手頃《てごろ》な妻を勧められ

【捨《す》てる】命は捨てられる　君の骨はすてられつ　小刻《こきざ》みに捨て丶行《てゆ》く日の　五万石《ごまんごく》すてれば　詩園《しえん》の窓の下に捨つ　すつるなかれ　捨つれば物足《ものた》りず　捨《すて》かねる　捨《すて》た欲　捨《すて》て来た釣道具《つりどうぐ》　捨てねばならぬ　捨《すて》よかし　捨《すて》られず　捨てられた恋　捨てられて捨て丶行《てゆ》く日を　捨《すて》られる　捨《すて》る気は無いか　捨《すて》る葉に惜《お》しき匂いや　整理をすると捨《すて》かねる　何一《ひと》つ捨てるものなく　街《まち》に棄《す》つやがて捨てねばならぬもの　すてる紙あれば

【拗《す》ねる】拗ねた女の長襦袢《ながじゅばん》　すねた子は　すねたやつ　すねているとこへ　丁度《ちょうど》拗ねたい日の心　亭主《ていしゅ》すねて居《い》る　何か拗ね　女房《にょうぼ》のすねたは　浜の松すねて生《は》えたも　髷《まげ》の根が拗ねてゆるんで　飯粒《めしつぶ》の一《ひと》つ拗ねたを一疋《いっぴき》遠く臍曲《へそまが》り　ひねくれた賢女《けんじょ》を作る

【滑《すべ》る】西瓜《すいか》のかわですべる所《とこ》　辷《すべ》ったの転《ころ》んだのとすべるを見れば瓜《うり》のかわ　橋で辷《すべ》るを　ゆうべの雨に滑るとこ　辷《すべ》る拝殿《はいでん》

【住《す》む】ここに住みつく　住み切れず　高台《たかだい》に住んで人の住むとこじゃないよと　古く住み　儘《まま》ならぬ人も住み

【する】そうすればいゝ《い》に　何をしに　何をするでも無く　なんすれぞ　なんにするのだと　母なんにしょうとて　やらかしてくれろとはいる／てきぱきと

【すれ違《ちが》う】踊姿《おどりすがた》とすれ違い　路次《ろじ》ですれちがい　はる〲《ばる》と負けに行合《ゆきあ》う　行合《ゆきあ》う傘《かさ》を上と下　行逢《ゆきあ》った蟻《あり》

【座《すわ》る】女座《おんなすわ》り替《か》え　広野《こうや》に座る石　しゅうとのなおるひざなおし　すわった所《とこ》はうつくしき　座らしておいて突出《つきだ》す　座らせて　座りざま　座り直して鞘《さや》ばらい座り直して筆《ふで》を持ち　座り直すと脛《すね》がみえ　端然《たんぜん》とすわれば　小さく座る　チャンと座れば　どかと座《ざ》せばどっかりと座れば　どっしりと座る　女房《にょうぼ》も座り直して話し二三度《にさんど》座《すわ》り替《か》え　母のする通りに座る　坊やの前に座ってる　まあちょっとすわれと　先《ま》ず座り　また座り真向《まむかい》に座らされ　もう既《すで》に座った膝《ひざ》が　下座《げざ》をする

【成功《せいこう》する】亜米利加《アメリカ》で成功をして　成功の自分の噂《うわさ》成功の手のごつごつと　成功を教える易者《えきしゃ》

【背負《せお》う】笈仏《おいぶつ》背負《しょっ》て寝た心　骨柳《こうりゅうしょい》背負直《なお》す　子を背負い　背負梯子《せおうはしご》　つまらぬものをしょいこまれ　不動《ふどう》は背負《しょ》って居《い》る　餅《もち》背負《しょ》って来た母

【せがむ】草餅《くさもち》を子にせがまれて　せがまれて売る　せがむ子へ渡す　背中へ子供来てせがみ　おがまれて出《だ》す

【背伸《せの》び】事務了《おえ》て背伸びが嬉《うれ》し　背伸びした手に伸び一《ひと》つ　のびをしてから飯《めし》を食《く》い　伸《のび》をする手に

【迫《せま》る】作者せまられる　迫って来《き》　せまり来る森の雨

【責《せ》める】せめ合《あい》に成《な》ると　せめられて　にじられる

【相談《そうだん》】一片《いっぺん》の相談も無く　かるい相談　相談が出来《でき》て　相談ずっか〱《ずっか》出来《でき》　相談をしい〱《しい》　相談をして義理《ぎり》をかき　どうしようの相談を聞く　女房《にょうぼ》に相談し話《はな》す相談　医者へ相談　婿《むこ》の相談　嫁《よめ》の相談

【背《そむ》く】意識にそむく金を持ち　背き出る力　背ければ　地にそむく　先《ま》ず親に背いて

【反《そ》る】松魚《かつお》の反《そり》を　反り返り　突《つ》き押《お》すはたく反る　捻《ひね》る　値《ね》を聞《きい》て少し反ったる　ふん反《ぞ》った

【倒《たお》れる】樹《き》が倒れる　たおれた屍《かばね》を　生酔案《なまよいあん》の上《じょう》倒れ　生酔《なまよい》が倒れたまんま　ぶっ倒れ　蝋燭《ろうそく》が三度倒れる　おったおし　つき倒し　はり倒し

【たかる】大師《だいし》の粥《かゆ》にたかる蠅《はえ》　たかる蟻《あり》　まだ生きているのにたかる　山ほどたかる　爐《ろ》にたかる話

【抱《だ》きつく】かえりにだきつかれ　だきついてあす気のすまぬ　抱付《だきつい》て明るく成《な》りし　抱付《だきつい》て翌恥《あすはず》かしき　抱《だき》ついて見る　抱《だき》つくまでが　出《で》しなに重くだきつかれ　居《い》なよと首へしがみつき　女はしがみついたまま　しがみつくように

【抱《だ》く】相抱《あいだ》けるまゝ《ま》　大切に抱いているから　抱いて寝る　だいてはいるとは　抱き飽《あ》いた侍女《じじょ》　抱きつくし抱くだけの　一《ひと》つに抱いて居《い》る　二《ふた》つが抱き尽《つく》し　満たされぬ壺《つぼ》を抱いて　傷つく身を抱かれ　だかれて来《き》たる　誰にでも抱かれる子なり　人にだかれる年《とし》でなし　冬の子は抱かれ　抱きしめて見ても　振袖《ふりそで》抱《だ》き締《し》める

【たしなめる】たしなめぐらい屁《へ》ともせず　たしなめたついでに親も　ちょいとたしなめる　親の非は諫《いさ》め三度《さんど》諫《いさめ》た物《もの》がたり　注意した通り

【出《だ》す】そっと出し　出し合《あっ》てちょうちん［提灯］を買う　出したきり　出して見せ　突《つ》き出され　みんな出し終《おわ》って　又翌《またあ》すも出すわとだます

【助《たす》ける】昨日の敵に助けられ　香水《こうすい》助けてる　助かった方《ほう》には　助け舟《ぶね》　辛《つ》らさを橋で助けられ　おどり

子がすけて　天狗《てんぐ》すけ太刀《だち》に
【訪《たず》ねる】 尋《たず》ねられ　母らしい人の尋《たずね》る　はる〴〵《ばる》と
母をたずねて　文士《ぶんし》というが訪ねて来《き》　訪問《ほうもん》し
【叩《たた》く】 銀貨《ぎんか》のヘリで叩かれる　叩かれて　た〵《た》きたいほ
どた〵《た》かれず　叩けどさらばとは開《あ》けず　とほうもな
いとた〵《た》く尻《しり》　舞妓《まいこ》のきつい叩きよう
【畳《たた》む】 おとなしく羽織《はおり》を畳む　蚊帳《かや》を夫婦で畳むなり
金屏風《きんびょうぶ》た〵《た》むと　扇子《せんす》は派手《はで》に畳まれる　袖畳《そでだた》み　たた
むものでなし　畳んだ紙を胸に見せ　布団《ふとん》を畳む春巨燵《はるごたつ》
【立聞《たちぎき》】 立聞に　立聞の人に罪なし　立聞《たちぎ》きは今来た
ように　立聞らしくあるく也《なり》　ほめく立聞　夜《よ》そば切《きり》
立聞をして　我作《わがさく》の立聞をする
【立《た》つ】 足から冷えるように立ち　凝《じ》っと立ち　佇《たたず》めば
立ち上《あが》り　立ちかえり　立ちかける　立《たち》ながらこそ
仁王立《におうだち》して　ひょろと立ち　振《ふり》ながら立《たち》　みなすっと立
つ　みんな立ちあがり　脇へ立ち　立錐《りっすい》の余地へ　女素《す》
直《なお》に立ちつくし　船の灯《ひ》を見て立ち尽《つく》す　爪立《つまだ》て
【立《た》てかける】 銀《ぎん》ぎせる立《たて》かけておく　立てかけた傘《かさ》
立てかけたように　立《たて》ておく　二度《にど》迄《まで》ハたてかけて見る

一《ひと》つの梯子《はしご》たてかけて　物思う身を立てかける　弓の折
れ立《たて》かけてある
【奉《たてまつ》る】 馬鹿を待合《まちあい》奉り　草鞋《わらじ》をはかせ奉り
【たとえる】 誰が嗅《か》いで見て譬《たとえ》たか　ついにうんかにた
とえられ　友禅《ゆうぜん》の帯《おび》にたとえし
【頼《たの》む】 跡《あと》の戸をたのむと　うまいたのみよう　頼みが
いなき人と知り　たのみごと聞いてくれずに　男性は頼
むに足《た》らず　なげ込んでくんなと頼む　明日《あす》の日付で
頼まれる　宗匠《そうしょう》頼まれる　女房に頼まれて出て　凡児《ぼんじ》
がたのまれる　留守《るす》の昼寝に頼まれて
【騙《だま》す】 蜘蛛《くも》人間をだました気　欺《だま》さるる方《ほう》は　だま
しよい　だまそうと泣けば　寺からと女房《にょうぼ》をだます
泣く子を欺《だま》す　二度だましたと　帰りどこかでだまさ
れる　だまされた　だまされた方《ほう》へ　だまされた事を
だまされてやる気の母は　反対にだまされていた　二歩《にぶ》
かたったと伯父《おじ》はいい　折〴〵《おりおり》母はたばかられ　偽《いつわ》りの
恋を投げ　いつわりをいうかもしれず　ちょろまかし
母はまやかされ　お袋それはよくかゝ《か》り　口うらを
【溜《た》める】 かくして溜めるなり　物を溜め　老後老後

と買い溜めて　溜《ため》て縫《ぬわ》せる

【頼《たよ》る】頼り切り　頼りすぎ　涙をこめてたよるなり　病人の頼るトマトの　禁酒して何を頼《たのみ》の

【戯《たわむ》れる】戯れと思えず　ろう下《か》でとち狂《くる》い　日和足《ひよりあし》駄《だ》でとちぐるい　おかしい内《うち》にかえすなり　はしゃぎよう　ひょうきんにするなと姉に　座《ざ》きょうだと

【誓《ちか》う】神様に誓ってなどと　更生《こうせい》を誓い

【千切《ちぎ》る】嵐《あらし》に吹き千切られ　白雲《はくうん》を千切って　だん〳〵《だん》と千切れて　搗《つ》くちぎる　梨の皮ちぎれて落ちて葉《は》しょうがをちぎって　ひっちぎり

【縮《ちぢ》こまる】ちゞ《ぢ》こまり　女給《じょきゅう》はちゞ《ぢ》こまり　ならいが吹《ふく》とちゞ《ぢ》こまり　一《ひと》ちゞ《ぢ》み　ちゞ《ぢ》かまった影《かげ》

【使《つか》う・遣《つか》う】気前《きまえ》よく使い　十円をこまかく使うつかわせるより　夫《おっと》遣うがくせに成《なり》　愚《ぐ》も遣いよう　コキ使い　叩《たた》き直して遣う気か　母を遣うがくせに成《なり》人も遣いよう　人を遣うも筆《ふで》のさき　眼《め》で人つかう　用《もち》いよう　ひとり使われる　又《また》女房に遣《つか》われて

【捕《つか》まえる】つかまえ所《どこ》にこまる也《なり》　つかまえるそうだと　うなぎの手とらまえ　ちりめんはとらまえい〻《い》と　とらまえたがる稲光《いなびかり》　捕《と》り逃《に》がし

【捕《つか》まる】食《く》い逃《に》げは捕《つかま》って　つかまったらしい声　捕まってから　はだかにするととかまらず　長《なが》おいをしてとつかまり　むす子とかまらず　蝿《はえ》を捕《と》ることは　松は蔦《つた》にも捕縛《ほばく》され　捕《とら》われている柳《やなぎ》かな　とらわれに　捕《とら》われる身を　ゆう里《り》にむす子とらわれる　罠《わな》に皆罹《みなかか》り

【掴《つか》む】むんずと汽車を引《ひ》ッつかみ　鷲《わし》づかみ　のびの手でつかんではなす

【疲《つか》れる】青田《あおた》に疲れてい　選び疲れて　気が疲れ　帰る夫に気が疲れ　着陸の疲れ　疲れて帰る　母疲れ　みな疲れ　打《うち》わらのように成《なり》　ぐったりと火鉢《ひばち》の前へ

【突《つ》き当《あた》る】易者《えきしゃ》の店へ突当《つきあた》り　賽銭《さいせん》突き当り　消防突き当り　すだれにつき当り　ばったり突きあたる　人に突き当り　二人《ふたり》に突当《つきあた》り　冬へ突き当り　ぽかりと富士《ふじ》へ突き当り　二階の闇《やみ》に突当《つきあた》り　夕日の突当《つきあた》り

【付《つ》きまとう】うるさく妓夫《ぎゅう》はつきまとい　屑屋《くずや》うるさく付《つ》きまとい　不景気《ふけいき》つきまとい

【突《つ》く】ずぶ〳〵《ずぶ》つき通し　力まかせに突き飛ばし　たいこも一《ひと》つどうづかれ　何を見せたかどうづかれ　はし

ごでどうづかれ　かんざしでつっ突き回《まわ》す　きせるでちよいと一《ひと》つつき　しゃくしでつっつかれ　つゝ《っ》きおこされる

【つけ込《こ》む】くぐり戸《ど》が明《あ》くとつけ込む　くらいものからつけこまれ　つけ込んで

【告《つ》げる】夫《そ》れからそれと春を告げ　時を告げ　何をつげたか　陽《ひ》はひそ〳〵《ひそ》と春を告げ

【都合《つごう》】都合少しよし　都合のいい言葉　人間の都合で誂《あつら》え向《む》きは降《ふ》って来る　丁度《ちょうど》いゝ《い》火を持ち歩き　のぞくに丁度《ちょうど》いゝ《い》高さ

【伝《つた》える】伝えけり　電線に唸《うな》り伝えて　言伝《ことづて》は届く言伝《ことづて》　女房の言伝《ことづて》いわぬ　神へ言伝《ことづて》

【包《つつ》む】包まれる　昼寝の顔を包むなり　娘きっちり包むなり　夕刊に包んで捨《す》てる

【繋《つな》ぐ】さくらに人をつなぐ所《とこ》　つながって沢庵《たくあん》が切れ　繋《つなが》るゝ《る》馬　繋がれた儘《まま》立った儘《まま》

【つねる】つねられた痕《あと》さする也《なり》　やっとつねった　抓《つね》られまいとした手から　こしみのゝ《の》うえからつめる　尻《しり》つめってもだあ［黙］まって　尻《しり》をつめればいかほどの　つめられて　抓《つめ》られて太股《ふともも》痛い　つめられぬようにと　つめるぐらいはえせ笑い

【つまづく】女へ一人《ひとり》けつまづき　金持蹴躓《かねもちけつまず》き　来て横《よこ》丁《ちょう》で蹴《け》つまづき　神木《しんぼく》の根へ蹴《け》つまづき　畳《たたみ》に蹴つまづき　つまづいた　つまづいて出るいゝ《い》儲《もう》け　皆竹子《みなたけのこ》に蹴《け》つまづき　めったに人がけつまづき　敷居《しきい》へ蹴《け》つまづき

【摘《つま》む】つまゝ《ま》せる　つまみけり　摘《つ》みに出《い》で

【積《つ》む】狩場《かりば》ほどぶっ積《つ》んでおく　３２１とつみ上げる　高く積み　積上《つみあ》げて溜息《ためいき》が出る　何を積む　雪の白さに白を積む　雪はしんしん積む許《ばか》り

【連《つ》れる】朝の錠《じょう》かけて連《つ》れ立《だ》つ　おつれこみなさいましたは　子を連れて　連れ出《だ》され　孫《まご》の様《よう》なを一人《ひとり》連れ　まっすぐ帰る妻を伴《つ》れ　ろくなものをばつれてこず

【つんとする】気取《きど》る顔　つんとした女の方《ほう》が　つんとしたのに　女房《にょうぼ》はつんとする

【出入《でいり》】蚊帳《かや》の出入《でいり》も　出入《でいり》には　入《い》り替《かわ》り立《た》ち替《かわ》り

【出来《でき》る】後《あと》が出来て消え　たった一人《ひとり》出来　出来たこと　出来るやつ　又一人《またひとり》出来て　少し出来かゝ《か》り

【出来《でき》ない】素人《しろうと》に出来ない形《なり》　日和《ひより》見る気では出来ない　身動きの出来ないなりが　母はしそこない

【出過《です》ぎる】出過《ですぎ》たら又《また》出直せよ　出過《ですぎ》て誉《ほめ》られる今《こ》年竹《としだけ》　出過《ですぎ》れば茶も苦《にが》し

【手伝《てつだ》う】あかぬ戸を外で手伝う　口へ両手を手伝わせ　妻にも手伝わせ　手伝っている拗《す》ねて居《い》る　女房《にょうぼ》の手伝いをする　ふと手伝って見たくなり

【手間取《てまど》る】少し手間が取れ　手間取った髪を姑《しゅうとめ》　手間を取らせる几帳面《きちょうめん》　手を叩《たた》いてから手間取る　年賀《ねんが》に少し手間が取れ　咽元過《のどもとすぎ》るに手間取れる　薬を飲むがはかどらず　身請《みうけ》のはかどらず

【出《で》る】上に出る　出されたを出て来たにする　ちょこ〳〵《ちょこ》と出て　出そうだに出ぬ　出たっきり　出て居《い》ると　出て見れば　出ると戻《もど》ると　ニヤリと一人《ひとり》進み出《い》で　ひょっくり出《で》　ほっかりと出る　まだ出ると

【問《と》う】家問えば　かく問《とわ》ばかく答えんと　人民《じんみん》に問えば　鮓《すし》の名をいざこと問《とわ》ん　問いおとし　とどけた人をといつめる　問われて見れば　鶴屋南北《つるやなんぼく》借問《しゃくもん》す

【どうする】あの金をどうするのだと　どうする気　どうする気も無し　どうする事も出来《でき》ぬ鳥　どうするのだと矢のごとし　どうなさる

【通《とお》る】一《いっ》ぺんはすげなく通る　たゞ《だ》見て通る　とうらしゃい　通って見《み》　通りかけ　通り兼《かね》　回《まわ》って通る親の前　河底《かわぞこ》をぬける心に　境内《けいだい》通りぬけ　寒く抜《ぬ》け　通りぬけ　真昼淋《まひるさび》しく通り抜《ぬ》け

【閉《と》じる】閉じ易《やす》し　扉《とびら》とざせよ　ぱっととじ　ぴたと閉ず

【届《とど》ける】男一《いっ》ぴき届けられ　酒の届いた音がする　島台《しまだい》届けられ　道頓堀《どうとんぼり》の灯《ひ》が届き　届いたる徳利《とくり》　届けて出《で》　記念《かたみ》届けて

【飛《と》ぶ】お客飛《とび》こむ三味《しゃみ》のおと　懸命《けんめい》に壁へ飛び付くしいの木をとびこすように　宙《ちゅう》を飛ぶ　飛上《とびあが》る武士　飛《とび》下《お》りて　飛下《とびお》りは俺《おれ》の体で　飛びこんだところに　飛込《とびこ》んでこようが　飛《とび》たつ思い　飛付《とびつい》た井《い》の蛙《かわず》　飛びついて飛《とび》にけり　飛ぶかもめ　飛べども燕《つばめ》流さるる　鶏《にわとり》ほどは飛上《とびあが》り　二《ふた》ツ飛び　ぶっ飛《と》ばし　眼《め》の玉《たま》も飛込《とびこ》む

【とぼける】知りませんよと　それは知りやせん　並木で知《しり》ません　又《また》見て見ないふりをする　見ぬふりで我《わが》方《ほう》を見る　見ぬふりをしてる　隠す文《ふみ》ぬからぬ顔で

【取《と》り巻《ま》く】女給《じょきゅう》に取り巻かれ　取巻《とりま》いた中に　取《とり》ま

いて道祖神《どうそじん》まつり　眼《め》の据《すわ》ったを取巻《とりま》いて

【努力《どりょく》】積《つ》む努力捨《す》てる努力に　人間になる努力　皆《みな》東京をこゝ《こ》ろざし　ものみな天《てん》をこころざす

【取《と》る】取《とり》わけて　取るべき時に取らねばと　取るものをとると

【飛《と》んで行《ゆ》く】だまって飛《とん》で行《ゆ》き　土手《どて》を飛《とん》で行《ゆ》き　とばれるだけはとんで行《ゆき》　ぼん［梵］字のようにとんで行《いき》　四十《しじゅう》を越《こ》せば飛《とん》で来《くる》　何を置《おい》てもとんで来る

【内緒《ないしょ》】内証《ないしょう》でうまい酒呑《さけのむ》　内《ない》しょうはできていやすと　内《ない》しょうをちらりと聞《きい》て　内証《ないしょ》のが二三枚ある

【眺《なが》める】雀《すずめ》嬉《うれ》しい目で眺め　畳《たたみ》の上で眺められ　手間《てま》取《ど》った髷《まげ》ながめられ　たけた娘を打詠《うちながめ》　はるかよい眺め

【慰《なぐさ》まる】［からかう］　おまえの番となぐさまれ　降参《こうさん》の顔をなぐさむ　慰《なぐ》さまる　日本の人になぐさまれ

【殴《なぐ》る】嬉《うれ》しい時も殴られる　親に殴られる　子を抱いたまゝ《ま》擲《なぐ》られる　殴られる鞭《むち》を

【投《な》げる】雲助《くもすけ》投げられる　是《これ》はさと箕《み》からなげると　ずどんとなげつけ　他領《たりょう》の方《ほう》へ草をなげ　取《とつ》て投げ　投げ込んだ　投げ出《だ》され　投《なげ》たのも捨《すて》たも　投《なげ》て見《みる》なげるなというは　仏子《ほっす》投《なげ》る所《とこ》　ポンと投げ　又《また》あした投げてやろうと　無造作《むぞうさ》にうしろへ投げた

【撫《な》でる】あごなど撫でられぬ　顎《あご》を境《さかい》に撫でおろし　頭なでられる　おびんづる程《ほど》撫でられる　逆さに顔を撫でられる　たゞ《だ》撫《なで》る　露《つゆ》雨蛙《あまがえる》顔を撫で　つるり撫で　撫でゝ《て》やる髪　撫でる結綿《ゆいわた》　白布《はくふ》をなでてみる　髭《ひげ》を撫でほお［頬］などなでゝ《て》見る　店中《みせじゅう》を撫でて行《ゆ》き

【なぶる】［からかう］　顔なぶり合う　蝿《はえ》になぶられ　蝶《ちょう》になぶられ　連《つれ》を待つ女をなぶる　嬲《なぶ》られる　女房《にょうぼ》になぶられて出る　見世《みせ》から文《ふみ》でなぶられる　見に出たむすめなぶられる

【並《なら》べる】秋を並べて　雨の夜《よ》の枕《まくら》並べて　縁《えん》へならべる　菌廊下《きのころうか》にならべたり　子を列《なら》べ　さかな屋《や》ならべたて　田植《たうえ》ほど尻《しり》をならべる　並ぶなり　無理にでも亭主《ていしゅ》と並ぶ　夕刊へ顔を並べて

【成《な》る】足洗う湯《ゆ》も水に成る　尼《あま》に成って知れ　蟻《あり》と成り　縁《えん》と成り　斯《こ》う成って見《み》れバ　とう〳〵《とう》成《なり》にけり　なったやら　なり下《さが》り　秋になりきる橋一《ひと》つ　女教師《じょきょうし》の母になりきる　月になり切る露《つゆ》一《ひと》つ

【握《にぎ》る】あしわらを又《また》握り　弱点を握って見せる　卵握られる　握ったは　握られる　握り締《し》め　握りつぶす気か　握る水　枕《まくら》に釈迦《しゃか》を握りしめ　指だけ握らせる

【逃《に》げる】榎《えのき》をうえぬ道をにげ　大手《おおて》をひろげては逃《にげ》る　おっかけもせぬのに逃《にげ》る　川へ逃げ　雲のかけらをつけて逃げ　此処《ここ》へ逃げましたと　殺されそうな声で逃げ　正座を逃げて来る　ちっと追ってはたんと逃《にげ》　ちゅうと逃《にげ》　血を草に残して逃げる　ついと逃《にげ》　つかまえもせぬのににげる　どや〳〵《どや》にげる都落《みやこおち》　逃支度《にげじたく》　逃《にげ》た晩《ばん》　逃げたやら　逃《にげ》て行《ゆ》き　逃《にげ》なんす　にげのびた　逃げもせぬ物を買うのに　逃げ行《ゆ》くよ　逃《にげ》るがやめに成《なり》　逃《にげ》る時にも　逃げるよう　ねじ首《くび》にして逃げる　鼠花火《ねずみはなび》のように逃《にげ》　逃《のが》れて来《く》れば春になり　残ったは逃げた　一逃《ひとにげ》にげて　先《まず》にげる　娘崩《くず》れるように逃げ　群《む》れて逃《に》ぐ　もう逃がさない人が待ち　持逃《もちにげ》広う見る　陸を泳いで逃げるなり　にがすなよ　逃《にげ》おうせ　あれこれやっとまき　ちり〳〵《ぢり》に　取《とり》にげをしたやろうめと　煙草屋《たばこや》へ逃げ込むように　逃込《にげこ》みもせず　逃げこんだならおんだす気《き》　逃げ込んで嫁《よめ》の着替《きが》える

【睨《にら》む】帰り支度《じたく》を睨んでる　自動車を睨み　車掌《しゃしょう》睨んだり　にらまれて居《い》る　睨まれる　睨みつけ　白眼《にらむ》めつけ　じろ〳〵《じろ》見《み》　じろり〳〵《じろり》見る　じろりと見《み》師《し》の坊《ぼう》　臍《へそ》の座《ざ》で睨んでる　睨めば怖《こわ》い女親《おんなおや》　嫁《よめ》をにらめつけ　娘じろりと見たっきり　袖《そで》をひかれてねめ廻《まわ》し　ねめて居《い》る　一《ひと》うねずつにねめ回《まわ》し　夜《よ》なべをねめ回《まわ》し

【寝転《ねころ》ぶ】男は横になり　その砂原に寝転んで　徳利《とっくり》も寝転び　隣《とな》り寝転び　寝ころぶ刑事室　寝ころべば土　ねころべば野《の》に若草《わかくさ》の　寝ころんだ　寝転んだりした夜《よ》　寝転んできく　寝ころんで富士《ふじ》を見上げる　大《だい》の字《じ》になるは　大《だい》の字《じ》に寝る子

【ねだる】酒をねだられる　亭主《ていしゅ》にねだりよい　泊《とま》り夜蕎麦《よそば》をねだられる　ねだり出《だ》し　ねだるもの　むすめのねだる市《いち》　夜具《やぐ》をねだる也《なり》　ゆしまの芝居《しばい》ねだられる　両方をねだってむすめ

【退《の》く】さあのきなさいと　そりゃのいたりと　焚火《たきび》へソラ退いた　ついとわきへのき　のけたい顔がひとりある

【のしかかる】おのれが顔にのし懸《かかり》　暮《くれ》の重さがのしかゝ《か》り　しなびた腕にのしかゝ《か》り

【覗《のぞ》く】書くもんだなとのぞかれる　叱《しか》って寝せた子を覗き　巡査《じゅんさ》に舟を覗かれる　すりよって女と覗く　大《だい》仏《ぶつ》覗かれる　チョト覗き　通《とお》り雨ガードでのぞく　覗いてる　覗かれそうで　覗かれて　覗かれる気で　覗く客　のぞくにかゝ《か》わらず　覗けば鍋《なべ》に煙《けむ》が立ち　覗けばみんなからくりさ　橋の下のぞくと　一《ひと》つ出《だ》しては覗いて見《み》　昼寝を覗く陽《ひ》を刻《きざ》み　眼鏡《めがね》越しからのぞかれる　破《や》れから子が覗き　麗沢《れいたく》をこわ〲《ごわ》のぞく　覗屋《のぞきや》ばかり　垣間見《かいまみ》の突目《つきめ》と

【罵《ののし》る】亭主《ていしゅ》を罵り　罵り返す客も客　有名の人を罵《のの》しる　何事《なにごと》ぞ　嘲り人《あざけびと》となりけらし　溺《おぼ》れ得ぬ恋を嘲《あざ》ける　一桶《ひとおけ》の水をあざける

【登《のぼ》る】どうだ登れまいと　登りつめ　登るほど低《ひく》くなる　富士《ふじ》の　下手《へた》な木登《きのぼり》

【惚気《のろけ》】抓《つね》られた痕《あと》がのろけの　惚気かしら　惚気賃《のろけちん》　惚気箱《のろけばこ》　夫《おっと》びいきに

【這《は》う】地を這うような鐘《かね》を聴《き》き　土の上を這い　何《なん》尺《じゃく》の地を這い得《う》るや　這習《はいなら》う母の小《こ》膝《ひざ》を　匍《は》う虫あり　はって出る　水の底這い回《まわ》るよな　下から春は這い上《あが》り

【化《ば》かす】狐《きつね》にばかされ　女房《にょうぼ》を化かす　ばかした気さと　化《ばか》した狐《きつね》　能《よ》うばかしおったと寄《よっ》て　さればぐらいは化かされる　しら魚《うお》の火に化《ばか》さるゝ《る》　化かされた所が

【馬鹿《ばか》にする】女 世帯《おんなじょたい》をバカにする　馬鹿にした音だと　馬鹿にしてお呉《くれ》でないと　馬鹿にして貰《もら》い

【謀《はかりごと》】実は苦肉《くにく》のはかりごと　はかりごとその内《うち》に潜《ひそ》めば　息子《むすこ》のはかりごと　利《り》を得《え》ん為《た》めの謀《はか》り事《ごと》　やれでかいたくみをしたと　悪《わる》だくみ

【剥《は》ぐ】けものから剥いで　そろ〱《そろ》嫁《よめ》をはぎはじめ　母をはぎ　剥《は》がれたる嘘も

【化《ば》ける】切っても切れぬ伯母《おば》に化け　ばけそうなのでもよしかと　化けそうな婆《ばあ》さんがいる　化《ばけ》る狐《きつね》へ

【始《はじ》める】おしまいと云《い》って始める　おっぱじめ

【走《はし》る】思いきり走ってやれ　走りけり　ひたはしり〱《ひたはしり》　ひと走り　人奔《ひとはし》る

【罰当《ばちあた》り】すだれへ戻るばちあたり　罰《ばち》のあたる恋　祭のばちあたり　八《や》つ乳《ぢ》の猫はばちあたり

【鉢合《はちあわ》せ】石と蒟蒻《こんにゃく》鉢あわせ　顔と顔鉢合せ　蟹《かに》の鉢合せ　ハチ合《あわ》せ漫画で書くと

【話《はなし》】うまい話無し　うまい話を淋《さみ》しがり　きのう余った話をし　これは昔の話だがねと　損の無い話　たち入《い》った話の多い　父の話お膳《ぜん》が片づかず　つくばった話はどこで切れてもいゝ《い》話　話尽《つ》きた　話とは違《ちが》い　話なくなる　話《はな》しの枝も花　話《はな》しの洗濯《せんたく》　話《はな》しは渋《しぶ》い事ばかり　話まだ解《と》けず　話まであえまぜにする　話楽《らく》ではない様子《ようす》　話をつける　ぼろい話は無いとみえ　みそごい話をし　むねくそのわるいはなしを　迷信《めいしん》の話を　四方《よも》山《やま》の話は　おとし話《ばなし》をして帰り　暖《あたたか》な話して行《ゆく》　声高《こわだか》に話がはずむ／口の土産《みやげ》は逃《にげ》た魚《うお》

【話《はな》す】朝顔《あさがお》へ話しこみ　うかと親身《しんみ》に話し込み　顔氏《がんし》のたまわく　給仕《きゅうじ》とはなし〱《はなしく》食い　話し込み　話出《はなしだ》す雪　話《はなし》つづけ凫《おり》　はなしゃれと　話すが如《ごと》きセリフなり　話すにはあまりに悲し　評義《ひょうぎ》する　女はたんと口をきゝ《き》　きれいな口をきゝ《き》過《すご》し　憎《にく》い口をきき　半端《はんぱ》と見えぬ口をきゝ《き》　目で話《はなし》する　まくしたてられて

【跳《は》ねる】跳ねさせておいて　跳ねる子供を膝《ひざ》に置き　一《ひ》とはねはねてかえりけり　頬杖《ほおづえ》へ炭火《すみび》がはねる　えろうはずんで　はずむ手まりに

【腹這《はらば》い】腹這いになって　腹這いになれば　腹匍《はらば》うて恋の唄《うた》聴《き》く　腹《はら》ン這《ば》い　歓喜《かんき》に腹這《はらばい》て

【ばれる】小火《ぼや》からばれて来る　ろけんする迄《まで》は　酌《しゃく》婦《ふ》に見抜《みぬ》かれる　土地の芸者《げいしゃ》に見抜《みぬ》かれる　尻《しり》がわれ

【判《はん》じる】見物《けんぶつ》判じ合い　舶来《はくらい》は絵で判じとく　はんじさせ　はんじもの／箱書《はこがき》に行《ゆ》く

【引《ひ》く】少しあて身《み》で引《ひい》て行《ゆき》　せくな〱《せくな》と引きずられ　それとなく引く　引いて居《い》る　引《ひき》ずられながら　引きずるばかりなり　へびのたくるように引き　馬はだまって曳《ひ》いて来る　裾《すそ》を曳《ひ》いてゝ《て》　蔓草《つるくさ》のように曳《ひ》かるゝ《る》　乗る力あれば曳《ひき》ぬと

【浸《ひた》る】血の壺《つぼ》にひたる　浸るなり　陽《ひ》にひたる敷松葉《しきまつば》　もう酒に浸る勿《なか》れと　湯《ゆ》に浸り

【引《ひ》っくり返《かえ》す】大蝦蟇《おおがま》を引《ひっ》くりかえす　針箱《はりばこ》をひっくりかえす　米倉《こめぐら》をくつがえし　象牙《ぞうげ》の塔《とう》をくつがえし

【引《ひ》っこ抜《ぬ》く】表《おもて》はひっこぬく　引出《ひきだ》しをひんぬいて来る　引《ひき》ぬかれ　引《ひっ》こぬくように　朝顔《あさがお》のつるを引《ひ》っ切《き》る

【引《ひ》っ込《こ》む】売出《うりだ》しの旗《はた》が引っ込む　押《おさ》えると引っ込む　餅《もち》に　引込《ひっこ》みがつかず

【否定《ひてい》する】否否否《いないないな》と　うち消したことが　女は否定する　さにあらず　反対へ　反対をするは

【開《ひら》く】すぼんだように開くなり　握《にぎ》った手開いて　ばつちりと開き切ったる　開《ひ》らく花

【拾《ひろ》う】五百石《ごひゃっこく》ひろい　すてばひろうの気でつける　人のひろうを見た斗《ばかり》　拾《ひろ》い尽《つく》されつ　忘れ扇《おうぎ》を拾《ひろ》て見る

【封《ふう》じる】軸《じく》に封ぜられ　戸を封じ　何を封じ込む　バットに手足封じられ　春は封ず　人知れず恋を封じた美《び》に封じ込んだ　不実《ふじつ》まで封じ

【夫婦喧嘩《ふうふげんか》】子の祝《いわ》い夫婦げんかの　団子屋《だんごや》の夫婦喧嘩ハ　夫婦げんかで行《ゆく》ところ　夫婦喧嘩も　朝帰《あさがえ》りそりやはじまると　くんずほぐれつ雪の中　女房《にょうぼ》引《ひ》っ掻《か》くまい事か　雪をむしってぶっつける

【拭《ふ》く】足も拭いてくれ　拭いて居《い》る　拭いてやれ　拭き込む板に艶《つや》　拭きつづけ　色がつくかとばかり拭く

【吹《ふ》く】軽く吹け　切られの与三《よさ》へ吹き　こう吹いています　竹のふき納《おさめ》

【塞《ふさ》ぐ】おっぷさぎ　八方塞《はっぽうふさ》がり　塞がらず　恋にふさがる

【ふざける】あまりふざけた髭《ひげ》を立て　和尚《おしょう》以《もっ》ての外《ほか》ふざけ　靴音《くつおと》だけふざけ　正月のふざけはじめは　姿見《すがたみ》の前でふざける　ふざけ合《あ》い　ふざけ出《だ》しては　父子《おやこ》ふざけて叱《しか》られる　そちもは入《い》れとおじゃらつき　ぞんざえる

【ぶちこわす】踊りを打《ぶち》こわし　貯金玉《ちょきんだま》ぶちこわし　泥《どろ》もまじって打《ぶ》ちこわれ

【ぶちのめす】帳面《ちょうめん》でぶちのめされる　ねぎったらぶちのめしそう　ぶちのめされたように成《なり》

【ぶちまける】銭《ぜに》ぶんまける火鉢《ひばち》うり　ぶちまけて二《ふた》足《あし》にげる　ぶちまけるように千鳥《ちどり》は

【ぶつ】［打つ］　きっと一《ひと》ツぶち　御貴殿《ごきでん》はぶたれ　のれんをかける棒でぶち　人をたのんで一《ひと》つぶち　ぶたれても嬉《うれ》しい人と　ぶたれると　ふり袖《そで》でぶたれる御用《ごよう》

【ぶつかる】嬉《うれ》しく手と手ぶっつかり　ぶっつかる迄《まで》はぶっつける　酩酊《めいてい》へぶっつかったる

【踏《ふ》む】影《かげ》を踏み〳〵《ふみ》　つよくふみ　踏まれそこなう　踏まれても地下へはびこる　ふまれてもふまれても　踏み出《いだ》し　踏み切られ　踏み殺し切れぬ蟻《あり》に　踏倒《ふみたお》さるゝ《る》　頬《ほお》の痩《やせ》　踏みたるは釈迦《しゃか》とは知らず　踏違《ふみちが》い　ふみちら

し　踏みはじめ　踏《ふみ》はずさせる　振袖《ふりそで》を重そうに踏む　ふん付《づけ》たかとおもわれる　糸瓜《へちま》の死骸《しがい》踏み付《つ》ける　虫を下駄《げた》で踏み　笑《わらっ》て寺の土を踏《ふみ》

【ぶら下《さが》る】籐《とう》椅《い》子《す》宙《ちゅう》にぶらさがり　藤見《ふじみ》の上戸《じょうご》ブラ下る　ぶら下り　月の雫《しずく》がブラ下《さ》がり

【振《ふ》り返《かえ》る】居留守《いるす》の家を振返《ふりかえ》り　大きく後《うし》ろふりかえり　坂へかゝ《か》ると振返《ふりかえ》り　橋の長さを振りかえり　一《ひ》と足毎《あしごと》に振《ふ》り返《か》えり　振り返ると　振りかえる心の底に　道行《みちゆき》振りかえり　むだにふりかえり

【振《ふ》り向《む》く】遊ぶ人を振向《ふりむ》きもせず　振向《ふりむ》いて裏を見上げる　振り向く顔へ惚《ほ》れてやり　振り向けば誰か居《い》そうな　ふり向けばむだ道多し　もう八公《はっこう》をふり向かず

【震《ふる》える】欅《けやき》もう寒くふるえて　恋なよやかに顫《ふる》えてる　手拭《てぬぐい》顫《ふる》えてる　ふるえてるのと入れ代《かわ》り　毛根《もうこん》はふるえ　楽焼《らくやき》の筆《ふで》がふるえる

【触《ふ》れる】己《お》のが悲憐《ひれん》にふれさせず　心の闇《やみ》に触れ　遂《つい》に触れ　触れし指と指　触れもせで別れし恋を　絹夜具《きぬやぐ》が冷《ひい》やりさわる　さわって見たくなり　ひいやりさわる置《おき》ごたつ　冷《ひい》やりと寝莫蓙《ねござ》にさわる　水髪《みずかみ》が冷たくさわる

【踏《ふ》ん張《ば》る】八《はち》の字《じ》のふんばり強し　踏ン張った儘《まま》で娘の　踏《ふん》ばって撞《つ》　文字までふんばって居《い》る

【返事《へんじ》する】アィと返事する　母《かあ》さん返事する　口返《くちへん》事《じ》　途切《とぎ》れ〳〵《とぎれ》の返事なり　となりの内《うち》でへんじをし　なまへんじ　ハイと云《い》い　ハイハイと返事する　ひくい返事はおとなり　二《ふ》た声《こえ》へんじする　へんじをして貰《もら》い　嫁《よめ》のへんじをちいさがり　返事をばでっかくしろと　砂糖のような返事来《へんじがき》

【放《ほう》る】旭《あさひ》のほうる竹の雪　いっかどの身所《みどこ》をほうる　料理人ひょいとほうって　盃《さかずき》をひょいとほうれば　信濃《しなの》迄《まで》ほうり出《だ》し　羽折掛《はおりかけ》れバほうり出《だし》　放《はな》ちたい　うっちやって置けば　うっちゃって看板《かんばん》にする　うっちゃる花の枝

【補佐《ほさ》する】後押《あとおし》は　息子《むすこ》の跡押《あとお》し　後見《こうけん》も笑う　後《こう》見《けん》の恥《はじ》　尻押《しりおし》は　尻持《しりもち》に和尚《おしょう》を持《もつ》て

【干《ほ》す】からかさを干《ほし》　干《ほし》かえし　乾《ほ》すつもり

【褒《ほ》める】雨一日はほめられる　雨まで誉《ほめ》て　運慶《うんけい》の作《さく》丈《だ》け褒めて　女の誉《ほめ》る　閑静《かんせい》をほめ〳〵《ほめ》　客をほめ　小便《しょうべん》の序《ついで》にほめる　据《す》えた子をほめると　世《せ》間中《けんじゅう》ワットほめ　壮烈《そうれつ》をほめる三者は　滝をほめ　月は誉《ほ》め雪には

こまる　年を誉《ほめ》れば　仲《なか》のいゝ《い》子をほめてやり　二行ほめ　浜座敷《はまざしき》風を褒《ほ》め〱《ほめ》　歯《は》迄皆誉《までみなほめ》ちぎられた　葉《は》向《むけ》茶《ちゃ》を誉《ほめ》る　誉《ほめ》にくい物　ほめもほめ　ほめられた子の子を誉過《ほめすぎ》て　誉《ほめ》られて淋《さび》しい物ハ　ほめられるたび持直《もちなお》す　ほめる戒名《かいみょう》　ほめる髭《ひげ》　見えるようにほめ　見違《みちが》えますと云《い》い　やたらほめ　誉《ほめ》らるゝ《る》男の金は　誉《ほめ》る方《ほう》へ向く稲《いね》　兄弟中《きょうだいじゅう》を誉る　こゝ《こ》ろで髪《かみ》を誉る

【掘《ほ》る】蟻《あり》の巣《す》を掘る　掘らせて奪うやつに向き　掘り起《おこ》し　掘り出《だ》された　掘るまいぞ　みゝ《み》ずでも掘るように見る　鴉《からす》もほじくらず　ほじくられ

【巻《ま》きこむ】いつか軟派《なんぱ》へ巻き込まれ　巻き込むとまきこまれきったと話す

【巻《ま》く】きり〱《きり》と巻き　何かニコ〱《ニコ》巻き納《おさ》め　巻上《まきあげ》る文《ふみ》　うでへ巻《まき》つけて　翠簾《みす》を巻く顔へ

【まごつく】聊《いささ》かまご〱《まご》し　生《うま》れた時もまごつかせ　伴奏《ばんそう》へ少しまごつく　まごつく旅の五六日

【跨《また》ぐ】女房《にょうぼう》の朝寝《あさね》を跨ぐ　春夏をふら〱《ふら》またぐ　跨がねばならぬ所に　またがれ損《ぞん》に

【間違《まちが》える】ダイヤルをまた間違える　電柱一《ひと》つ間違える　間違えたお経《きょう》に　間違った事も　気の済《す》まぬ人たがい　人たがえにて盗まれる

【待《ま》ちぼうけ】正月を待《まち》かねる　待兼《まちかね》た夜《よ》の水鶏《くいな》　待《まち》かねて子は寝て仕廻《しま》う　待ち呆《ぼう》け　高尾《たかお》が顔を待《まち》ぼうけ　待《まち》ぼけの翌日《あした》　待ちぼけの窓が明《あ》き

【待《ま》ちわびる】女淋《さび》しく待ちわびる　国の手紙を待詫《まちわ》びる　恥かしい日を待ち詫《わ》びる　待ち詫《わ》びる手に

【待《ま》つ】妹を待っている　思わぬ人を待《まっ》て居《い》る　帰りまで待てぬ　じっと待ち　誰待つとしも　何を待ってる　なんその時を待って居《い》る　箱を待ち　母を待つ子に　早出《はやで》の室《へや》に寒く待ち　待たされる　待顔《まちがお》へさくら折《おりお》〱《り》　待ちきれず　待ったなし　待っている　待ってましたの　待って待って待って　待つは帽子《ぼうし》で風を納《い》れ　まったりと見ては待ち　宵《よい》を待つ身に待たるゝ《る》身

【守《まも》る】空閨《くうけい》を守る男の　三人の子を護《まも》りぬく　必死と堤《どて》を守る芝《しば》　守られる　護《まも》る生命《いのち》のぬれている　守ろうぜ

【迷《まよ》う】妻迷い　二人《ふたあり》まだ迷い　迷う指　気が迷い　気のまよいさと　気迷《きまよ》いというのを　子を迷《まよわ》して親の闇《やみ》　夜迷う人の　まどわせる　迷わした数を聞きたい　迷わ

せる　無理迷わされ泣かされる

【見上《みあ》げる】しげ〳〵《しげ》見上げられ　妻を見上《みあげ》る　連立《つれだ》つ母に見上げられ　見上ぐれば雲　見上《みあげ》た子　見上げ見下《みお》ろし追払《おいはら》い　仰《あお》ぎ見る　仰《あお》ぐ目ににじむ

【見失《みうしな》う】音の行方《ゆくえ》を見失い　言葉を見失い　ベイゴマ一《ひと》つ見失い　いのちのいのち見失い

【磨《みが》く】磨いた身《み》　みがいてはあれど　磨きなば人も玉なり　磨く他《ほか》ない　磨《す》りつくされ　艶《つや》を出《だ》し

【見《み》くびる】金持ちのみくびられ　金持を見くびる妻の　かまきりの斧《おの》をみくびる　見くびった人だと　見くびって　軽く見ず　軽《かろ》んじる　じんかい［塵芥］よりもかろんずる　見おとされ　安く踏まれた目を感じ

【見捨《みす》てる】翌六《あす》見捨《みすて》る　花を見捨《みすて》て帰る雁《かり》　仏《ほとけ》に見《み》捨られ　靴磨《くつみが》きにも見はなされ　貧乏に見放《みはな》され

【見《み》せる】顔は見せられず　それとなく見せる　見せずともよいに　見せてくれ　見せにやり　見せまいと思うた涙　見せもせず　わざと見せて置く

【見立違《みたてちが》い】お目《め》がね違《ちが》い也《なり》　見立違いとふられてる　見たて違い也《なり》　萩《はぎ》を唐津《からつ》と論《ろん》じてる

【見立《みた》てる】まゆをひそめて見立《みたて》られ　藪医《やぶい》見たてる

【見《み》つかる】星座見つからず　足袋《たび》がみつからず　以前捜《さが》した物が出る　書置《かきおき》はめっかり安《やす》い

【見《み》つける】左官《さかん》ろんごをめっけ出《だ》し　ぬき足見つけられ　一《ひと》つの点を見つけ出《だ》し　見つけられずに子があがり　淋《さび》しき我《われ》を見出《みいだ》して　似たるぼたんを見いでたり

【見《み》つめる】たえず見つめられ　見詰《みつ》めれば　水面を見つめる返事　湯気《ゆげ》をみつめる　我子《わがこ》を見つめたり

【見直《みなお》す】勘定《かんじょう》は見直され　金魚《きんぎょ》上から見直され　参《さん》詣《けい》見直され　リンゴが剥《む》けて見直され

【見逃《みのが》す】芸者《げいしゃ》見のがさず　飲友達《のみともだち》は見のがさず　針《はり》ほどの非《ひ》も目を通す　見のがしにすれば

【見残《みのこ》す】旧蹟《きゅうせき》を雨に見残す　見残した京《きょう》　見残して出かける

【身振《みぶ》り】しゅうと身ぶりをしてはなし　ひそかにゴルフ打つ身ぶり　人の振《ふ》り見て直したる　見て振《ふ》りも直せば

【耳打《みみう》ち】傘《かさ》をすぼめて耳へ口《くち》　蚊帳《かや》の話の耳に入《い》り　耳打ちの影《かげ》が　三味線《しゃみせん》へ耳打ちに来る　耳うちのように追伸《ついしん》　耳打ちを聞く幇間《たいこもち》　耳に口　耳こすり　一々《いちいち》母

の耳を借り　今年は耳を貸す身分　耳貸して　耳を貸し
【耳《みみ》を塞《ふさ》ぐ】耳を塞《ふさ》いで　箱でもしたい音をきゝ《き》
【見《み》る】雨を見る　改めて見て　いつか見たげなと　爰《ここ》をよく見やと　じっと見る　凝《じ》っと見ていると　じっと見ていれば　それに見え　どう見ても　ぬすみ見る　はからずも見るや　はたで見るほどに　ふと見れば　又《また》かねと見るまでもない　まともに見ると　見えぬ迄《まで》見る　見かじった　観《かん》ずれば　見たい程《ほど》見て　見たゞ《だ》けの　見たような筈《はず》　見たり見られたり　見ていれば　見て来《き》やれ　見に行《い》て　見にくいをはたらいて遣《や》る　見に来る　筈《はず》で　見にたかり　見ましたか　見まじとす　見られたと覚《さと》って早い　見る人もなき　見るべからざるものを見るも有《あ》り見ないのも有《ある》　見るものでないと　見れバよい人　よく見られよう見られよう　よく見れば　俗眼《ぞくがん》とはなりぬ　きょろきょろ歩く妻をつれ　きょろ〱《きょろ》と男はすれど
【迎《むか》える】子を抱いたのに迎えられ　母のむかいはこわくなし　迎いに出《で》　むかいは二人《ふたり》へり　玄関へもう出迎《でむか》えぬ　県知事出迎《でむか》える　出迎《でむか》えの　坂《さか》むかい

【剥《む》く】むき捨《す》てある瓜《うり》のかわ　むくまゝ《ま》にむかれている　面白くりんごが剥ける
【無視《むし》】墨《すみ》つぎを無視した　無視されようとも　黙殺《もくさつ》へやがては判《わか》る　聞かぬふりして　きかぬふりするは
【むしる】鮎《あゆ》をきたならしくむしり　片手畳《たたみ》をむしってる　草むしり　草をむしって立ち上《あが》り　毛をむしり　蠅《はえ》がむしっている　はねむしる鴨《かも》に　柳《やなぎ》の芽《め》をむしり
【無心《むしん》】今一度《いまひとたび》の無心をし　梅干《うめぼし》の無心　無心するかおよ［顔佳］花《ばな》　むしんはさしひかえ
【結《むす》ぶ】邪魔《じゃま》な柳《やなぎ》を輪に結び　結び切る　むすぼれた紐《ひも》へほゝ《ほ》笑《え》む　むすんだ形《なり》で
【巡《めぐ》り合《あ》う】国産同士巡り合い　敵《かたき》にめぐり会《あ》い　天《てん》終《つい》にめぐり合わせる　めぐり逢《あ》う日迄《まで》は
【もぎとる】鼻までもぎ取《と》られ　もぎとるように人を入《い》れ
【潜《もぐ》る】羽毛《うもう》のあいへもぐる蟻《あり》　隣《となり》へむぐり込み　みゝ《み》ずもぐれど　むぐって出《で》　むぐらせて遣《や》る
【もたれる】男は電柱にもたれ　子守《こもり》のもたれかゝ《か》る　鹿《しか》にもたれて髯《ひげ》をぬき　人にもたれて　もたれかゝ《か》るが

きついすき　もたれた壁の　夜行《やこう》もたれ合い

【持《も》ち歩《ある》く】持ち歩き　書画《しょが》を持ち歩き　菩薩《ぼさつ》が持ちあるき　枕《まくら》一《ひと》つをもち歩行《あるき》

【持《も》つ】あんまり人の持たぬもの　子に持《もた》せても　歳暮《せいぼ》を持って来る　遠くから持《もっ》て来《く》る　何か持ち　持ち続け　持《もっ》て居《い》ず　持てる程《ほど》持っても　よじ〳〵《よじ》持《もっ》て来《く》る

【弄《もてあそ》ぶ】烟管《きせる》を弄び　花火《はなび》線香《せんこ》をもてあそび　蓮《はす》の葉にもてあそばれて　つりしのぶ手玉《てだま》に取《とっ》て　日なたで石を手だまにし　久しぶりじゃと丸められ

【持《も》て余《あま》す】怒《おこ》った犬を持て余し　犬のうれしさもてあまし　疑《うたが》い一《ひと》つ持てあます　夫《おっと》の留守《るす》にもてあまし　此《この》奥様《おくさま》をもてあまし　死ぬ〳〵《しぬ》を持て余し　新聞記者を持余《もてあま》し　代理《だいり》の妻を持て余し　時計崩《くず》してもてあまし　年増《としま》の恋をもてあまし　無筆《むひつ》は文《ふみ》をもてあまし

【戻《もど》る】あと戻り　飢餓《きが》の底から引っかえし　そこらから戻ったような　戻って来《き》　戻らねバおはらいハなし　戻る気の男に女　戻るには　蟻《あり》石ころに引還《ひきかえ》し

【物言《ものい》う】穴ぐらで物いうような　落ちついてものいう所　垣根から尼《あま》に物言う　何か物は云《い》い　鳩《はと》に物言う　顔馴染《かおなじみ》　猫に物言う若き尼《あま》　ものをいう　物の言いたい人通る　物言わず　もの云《いわ》ぬ手の美しき

【もめる】朝が揉《も》め　女中ともめる種をまき　不断《ふだん》もめ　ホームドラマのようにもめ　もめ続き

【約束《やくそく》】お約束　きまぐれの約束をする　くだらない約束　子は約束を堅《かた》くする　死ぬと言う約束はなく　前例とせぬ約束で　道で逢《あ》う約束　約束が　約束の上は　約束を欠《か》かぬ男で　約束をした父さんを　若い身で安請合《やすうけあい》の　約束がちがいて　約束だおれ

【養《やしな》う】弟が母を養う　二《に》尺足《しゃくた》らずに養われ

【破《やぶ》る】食破《くいやぶ》る　何もかもつき破りたい　引き裂《さ》いて丸めたものが　引裂《ひきさ》かれ　引っさく迄《まで》を見てかえり

【誘拐《ゆうかい》】拐帯《かいたい》の　かつがれる宵《よい》に　家も田もかっさらってさらわれた娘が居《い》れば　人さらい人には逢《あ》えど　ぶっさらいましょうとたいこ　かつがれはせぬと　かつがれる

【譲《ゆず》る】女ゆずり合い　席を譲られて　譲り合う畦道《あぜみち》

【油断《ゆだん》】油断して居《い》ると　油断なり　ゆだんをすると　何か書きつゝ《っ》山へぬけ　一生のふかくは　入聟《いりむこ》の不覚《ふかく》は　油断せず　女房《にょうぼ》が来てもゆだんせず　油断なき猫の母

油断のない時計　よけれどゆだんならぬ所《とこ》

【許《ゆる》す】一切《いっさい》を許し　おやたちのゆるしで来ると　勘《かん》当《どう》をゆるすと　二心《ふたごころ》ゆるせ　ゆるしやよと巨燵《こたつ》で話《はな》す　わがままも今日のみゆるせ　このたびは免《めん》ずと

【用心《ようじん》】身の用心に　用心に置《おこ》うと　用心にひるねしている　身構《みがま》えをして眼《め》の配り　寄らば斬《き》るぞと身構《みがま》える

【横座《よこずわ》り】芸者《げいしゃ》の横座り　鹿《しか》の横座り　横《よこ》っ座《すわ》りで足袋《たび》をぬぎ　横《よこ》っ座《すわ》りの女客《おんなきゃく》

【横目《よこめ》】チラリと女給横眼《じょきゅうよこめ》で見《み》　電車横目に見て歩き　横眼《よこめ》を使う癖《くせ》がつき　吉原《よしわら》を横に見て行《ゆく》

【寄《よ》せる】あの船を寄せて見《み》しょうと　淋《さび》しい顔をそっと寄せ　あじろをかき寄《よせ》る　泣いて来た子を寄せつけず　寄せつけるなと　写真屋寄《よ》り添《そ》わせ　寄添《よりそ》って

【呼《よ》ぶ】うるさく呼びに来る　金坊《きんぼう》と呼ぶ声　さんづけに呼んで　霜《しも》の朝を呼び　代地《だいち》で呼ぶは女なり　隣《となり》の犬を呼び　女房亭主《にょうぼていしゅ》を呼びつける　三声《みこえ》よび　呼《よび》あるきよぶ時オイとねえあなた　呼んで来る　呼んで見る

【読《よ》む】紅葉露伴《こうようろはん》以後読まず　ご本尊《ほんぞん》も読めないものを　しかと読めぬなり　捨仮名《すてがな》の拾《ひろ》い読み　立読《たちよ》みをして　丹仁《たんじん》と読ませて走る　中央公論を読み　徒然《つれづれ》に摘《つま》み読《よみ》する　亭主《ていしゅ》のは読まぬなり　何を読む　女房《にょうぼ》読み　拾《ひろ》い読みしても　棒読計《ぼうよみばか》りでは　読まぬ本　読み終《お》えたあとの　読み了《おお》せ　読みさしの鏡花集《きょうかしゅう》　読みたい欲を聞いてみる　読み直し　よむを聞《ききき》〳〵《き》　読めぬ文字から眠《ねむ》気《け》さし　よめまいと　読めるので　くんどくのようだと

【寄《よ》りかかる】行先々《ゆくさきざき》で寄《より》かゝ《か》り　杉戸《すぎど》に寄《より》かゝ《か》り　うしろ通れば寄《より》かゝ《か》り　傾城《けいせい》ハ寄掛《よりかかり》　とう〳〵《とう》松に寄懸《よりかか》り　柱寄りかかれる太さ　屋敷《やしき》のさくら寄《より》かゝ《か》り　よりかゝ《か》るからだんす　寄《より》かゝ《か》る柱もなくて

【寄《よ》り付《つ》かず】鬼《おに》も寄付《よりつか》ず　客あやうきに寄りつかず　子供寄りつかず　大事《だいじ》の娘寄《より》つかず　苦笑《にがわら》いでは寄り付《つか》ぬ　猫もむす子も寄付《よりつか》ず　二度寄《ふたたびよりつか》付ず

【寄《よ》る】あたり見《み》い〳〵《みい》そばへ寄り　女の寄《より》たがり　慈《じ》眼《がん》にずっと寄りすゝ《す》み　忍び寄り　にじり寄《より》　母が帰るとそばへ寄《より》　人が寄り　よって行《ゆ》き　寄る魚　わきよれに

【よろける】脚立《きゃたつ》よろけた声を立て　少しよろけて花が散り　草履取《ぞうりとり》よろけるなりに　生酔対《なまよいつい》によろけ出《だ》し　三《み》つ四《よ》つようろよろ　よろけて杭《くい》の穴へ落ち　よろけまい

人をよろめかせ　よろめく方《ほう》に水溜《みずたま》り

【わかる】お祭と牛にもわかる　斯《こ》うなると解《わか》っていたら　この冷酒《ひやざけ》がわかるかい　酢の味のわかる頃から　そう言えばわかると　手落《てお》ちとわかるまでの手間《てま》　早合《はやが》点《てん》するが　気はしれず　わからない　解《わか》り兼《か》ね　得心《とくしん》さすつもり　得心《とくしん》をさせて　とくしんをさせて質屋《しちや》は

【別《わか》れる】あかぬ別れの　今日も格子《こうし》で別れけり　左《さ》様《よう》ならの後《あと》の夜《よ》を鳴る　さよならさよならさよならさよならの声ばかりきく　友達と別れ　飲む約束をして別れ　柱に縋《すが》る別れの日　人のわかれを　更《ふ》けて土橋《どばし》の別れ際《ぎわ》　酔《よ》うて別れて淋《さび》しくて　別れの眼《め》には泣くと見え　別れ来て　別れたっきりそれっきり　別れた当座《とうざ》三味《しゃみ》をやめ　別れた日を憶《おも》い　別れての　別れて二人《ふたり》別れて見れば　別れなり　わかれの時はたち［二十歳］のまゝ《ま》　別れんとして　おさらばを障子《しょうじ》の内《うち》で　おさらばを宵《よい》にして置《おく》　二度めのさらば笠《かさ》でする

【分《わ》ける】おこしのようにわけてやり　源平《げんぺい》に分《わか》れ

【忘《わす》れ物《もの》】帯《おび》を叩《たた》いた忘れもの　三保《みほ》に奇麗《きれい》なわすれもの　忘れ物して　闇夜《やみよ》の落《おと》し物《もの》　うどん屋に置忘《おきわす》れたる／あくる朝羽織《はおり》のかえる　あくる年雨具《あまぐ》の届く

【忘《わす》れる】頭忘れて何をいう　意見も忘《わす》れ草《ぐさ》　一切《いっさい》を忘れるほどの　歌澤《うたざわ》忘れ勝《が》ち　子供を忘れかけ　扇子《せんす》忘れられ　それからそれと忘れたり　地を忘れ天を忘れて見忘《みわす》れし　夕《ゆう》べをもうわすれ　忘らるにやすき　忘らるる身を　忘るゝ《る》な身の締《しま》り　忘《わす》れ貝《がい》　わすれかね　忘れ算《ざん》　忘れじとする興奮へ　わすれたき事あり　わすれたの　忘れたような　忘れたる　忘れて来《き》　わすれめや　忘られぬ味《あじわ》い　しばしが程《ほど》は物忘《ものわす》れ　もとの物わすれ

【渡《わた》す】肩から渡す　じゃまだと渡す　貧乏のバトンを渡す　前銭《まえせん》を渡すに　渡すなり

【渡《わた》る】芦渡《あしわた》る　狐《きつね》が渡るは　氷《こおり》を渡る　夏渡るのは月ばかり　八橋《やつはし》をくの字に渡る

【笑《わら》わせる】起きぬけに来て笑わせる　小《こ》さんはから〱《から》笑わせる　腰でも一《ひと》つ笑わせる　笑わすな

【割《わ》り込《こ》む】割込《わりこ》まして貰《もら》いまっさと　割込《わりこ》まれ　割り込みは　割込《わりこ》んで来る三枚目

【割《わ》る】炭《すみ》を割り　大地《だいち》を割って出た　女房《にょうぼ》皿《さら》を割り　ひびが入《い》り　割《さか》れぬ先《さき》ハ

言葉

【ことば】あかんべい　あたりさわりで　跡《あと》からばったばたと来る　あにはからんや　あのまあおじゃれがいつそもう　ウヌ畜生《ちくしょう》め〳〵《ちくしょうめ》　えいやっと　エトセトラ　煙《えん》突《とつ》ニョッキ〳〵《ニョッキ》立ち　おうさ〳〵《おうさ》で引《ひき》ずられ　おこがましくも　おっと来た　おっと手を焼くなと　おっぱめる　親《おや》〳〵《おや》大変　親《おや》ゝどうしょう　学者もグニャ〳〵《グニャ》　かしなといえばあかんべい　ガタクリで　がたぴしと　ぎっしりと　きやっという　ギョッとした　きり〳〵《きり》とうず　芸者《げいしゃ》チュウ〳〵《チュウ》タコカイナ　けちがつき　剣突《けんつく》を食《くら》って　こういたしますと　こちらいけないわと　是《これ》は〳〵《これは》とそりかえり　是《これ》は〳〵《これは》とばかり　これよりぞ　転《ころ》んだ子ちゝ《ち》んぷい〳〵《ぷい》　こんなのも　下《さが》りんす　桜《さくら》オギヤア梅《うめ》オギヤア　サラサラと　しどろもどろ　しゃなり〳〵《しゃなり》春蛇《じゃ》の道は蛇《へび》か　しょぼ〳〵《しょぼ》雨を向《むこ》うまで　スリガラス

スッテスッテスリガラス　生徒に天窓《あたま》カキクケコ　そう高くなけりゃべらぼう　そりゃ出たと　それからと云《い》うものはもう　それしきの　夫《そ》れっきり　それもして見たと　それもそうだと　大変蛇《たいへんじゃ》　たゞ《だ》もっともだ〳〵《もっともだ》　だん〳〵《だん》に　チャンチキリチャン〳〵《チャン》チキリ　ちょこなんとてけれッつのぱアという　テケレッツのパアで親仁《おやじ》を　デッカンショ　丁稚勘定《でっちかんじょう》トッテコーイ　でぼちんのでぼ〳〵《でぼ》として　どうしたか　どうしてくりょと　どうしてとどうしても　心天《ところてん》ひょろ〳〵《ひょろ》〳〵《ひょろ》と　どた〳〵《どた》し　どっこいしょ　兎《と》に角《かく》これへ呼びなさい　とびとびに　兎《と》も角《かく》も亭主《ていしゅ》　なきにしもあらず　何が出ようも知れぬ也《なり》　何もかも　何物《なにもの》の二に割《わ》り出《だ》せし　何《なに》よりも　なまじなまなか無いで楽《らく》　なんとなく　なんのかの　何《なん》のかのとてにじり込《こみ》　二と二では四だが　にょき〳〵《にょき》と　にょつきにょき　にわ鳥《とり》は何《なに》さ〳〵《なにさ》で　パタ〳〵《パタ》〳〵《パタ》は　ばたら〳〵《ばたら》と笠《かさ》をなげ　母すこたんとやらかされ　びっくりと　びっくりにシンニュウがつく　ぴったりと　ひょこ〳〵《ひょこ》と　ヒョロ〳〵《ヒョロ》と　ヒョロ〳〵《ヒョロ》〳〵《ヒョロ》と入《い》り乱れ　べら棒《ぼう》でござると　べらぼうなところに　べら棒《ぼう》ぬすまれる

べらぼう奴《め》　ポッカリと　ぽったりと　ポッチリと　ぽとりぽとり　まァよいさ　まっとうにすりゃ　みりゝ《り》みり〳〵《みり》とあるくなり　むざら〳〵《むざら》と酒が減り　娘きやっといい　めろ〳〵《めろ》と焼く火に似たり　メロンメロ屋　若《も》しや夫《そ》れかと　もっともな　山よ川よと呼んでにげ　藪医《やぶい》のなんのかの　よっぽどの　より取《ど》りにみどりをそえてらん〳〵《らん》と　らん〳〵〳〵《らんらん》と

【言葉《ことば》】糸買《いとう》りの艶言葉《つやことば》　忌《い》み言葉《ことば》　いわぬ事かと　美しい言葉の裏に　片言《かたこと》の如《ごと》くノリトは　言《こと》の葉《は》が皆良薬《みなりょうやく》の言葉尻《ことばじり》　言葉たゝ《た》かい　言葉にも艶《つや》がなし　言葉の綱渡《つなわた》り　言葉の花束《はなたば》で　言葉の花束《はなたば》を投げよ！　言葉は身の化粧　言葉も食《は》まず　小児《こども》の片言葉《かたことば》　直《す》ぐ流すが得《とく》な言葉質《ことばじち》　済《す》みません丈《だ》けの言葉で　ていねいな言葉で鳥にさえ相言葉《あいことば》ある　「ならこそ」に熨斗《のし》をつけ合うはっきりと最後の言葉　深く言葉が死んでいる　讃言葉《ほめことば》言葉たとい嘘《うそ》でも　皆《みな》ある言葉　婉曲《えんきょく》な言葉にギラと

【文句《もんく》】ころし文句《もんく》ハ黒《くろ》い口《くち》　寒い文句を考える　新文句　文《ふみ》の文句に米をいれ

【助言《じょげん》】子に助言　助言が二歩《にふ》を見つけ出《だ》し　助言ならいやよと　雪の日は助言のふえる　口を添《そ》え

【如《ごと》し】顔へ突っぱりする如し　きら星《ぼし》のごとくに其夜《そのよ》罪ある如く夜《や》を病む　手の如く　どっから見ても愚《ぐ》の如し　物いう如くならぶ壺《つぼ》　藪蚊《やぶっか》のさすごとし

口ぶり

【口《くち》ぶり】いな口ぶりと　真《ま》っさきへ寄る口ぶりと　一寸《ちょっと》した言いよう

【舌《した》】酔漢《すいかん》の巻《ま》き舌《じた》　巻舌《まきじた》で　舌も回《まわ》らず　まわらぬ舌でほめらるゝ《る》　回《まわ》らぬ舌に逆《さか》らわず

【私語《ささめごと》】桜の雨をさゝ《さ》めごと　私語《ささめき》の解《わか》らぬまゝ《ま》に

【独り言《ひとりごと》】廓《くるわ》をあとに独り言　連《つれ》の無い子の独り言　ドンが鳴《な》たと一人《ひと》り言《ごと》　独《ひと》りつぶやく　家主《やぬし》の独り言

【寝言《ねごと》】おさんは寝言聞きとがめ　手荒《てあら》い寝言なり　寝言も舶来《はくらい》　うわごとを笑って

【口数《くちかず》】口数の多い女の　母の言葉数《ことばかず》　今の母へは無口《むくち》なり　口数をきかぬ女将《おかみ》の　ひるまは至極無口也《しごくむくちなり》

【多弁《たべん》】竈《かまど》に多弁口を閉《と》じ　愚《ぐ》の多弁　言葉多くて多弁すな　馬鹿者の多弁　よく喋《しゃべ》り　ねつをふき　べんをふるって先帰《まずかえ》し　雄弁《ゆうべん》の響きの底に　弁者《べんしゃ》に実《じつ》なし

【口豆《くちまめ》】口ハ妹《いもと》が先へ　口はたっしゃ也《なり》　口豆な錠《じょう》　口

まめなやつ　口豆な奴《やつ》は　口も八丁《はっちょう》

【大風呂敷《おおぶろしき》】大風呂敷に包まれて　大風呂敷は広げるな　大言《たいげん》はは［吐］きはいたが　不学《ふがく》の大言《たいげん》

【軽口《かるくち》】軽い口　口が軽くて　口がすべった日から　つい口がすべったらしい　男とへらず口《ぐち》

【無駄口《むだぐち》】むだ口《ぐち》の無いせんがく寺《じ》　無駄口をきく腕になり　やめるむだっ口《くち》　だ口《ぐち》はほうきしょって逃《にげ》

【冗談《じょうだん》】冗談が当《あた》り　冗談にして　じょうだんに談義《だんぎ》などきく　冗談はおよしと　冗談も云《い》えて　冗談もいわずに　じょうだんをしい〱《しい》捨《すて》る

【洒落《しゃれ》】安政頃の洒落をいい　教えも洒落《しゃれ》た僧《そう》　是《これ》は〱《これは》としゃれてのる　洒落いうてまだまだ死ねぬ　洒落が通《つう》じ兼《か》ね　しゃれたもの　洒落乍《なが》ら　洒落を言い　出《で》来《き》過ぎた洒落で　よい洒落に　わからない洒落へたいこはいっそ地口《じぐち》をいいたがり

愚痴

【愚痴《ぐち》】汗《あせ》の愚痴　お座敷《ざしき》の愚痴　帯《おび》へ肥《ふと》った愚痴があり　女どうしの愚痴に更《ふ》け　女のぐちにふしをつけ　愚痴な母　愚痴は還《かえ》らず　愚痴はやめ　ぐちをいゝ《い》　愚痴を聞いてやり　ここでも安《やす》い愚痴を聞き　内勤《ないきん》につい愚痴の出る　女房愚痴になり　女房《にょうぼ》からまる猫に愚智　肥《ふと》った人と同じ愚痴　骨の折《お》れた愚痴　嫁《よめ》の愚痴となり　愚痴こぼす　女房《にょうぼ》は大《おお》こぼし

【泣言《なきごと》】上下《かみしも》で泣言をいう　泣言に耳洗いたし　泣きごとの伯母《おば》へ　泣言を聞く耳持たぬ

【不平《ふへい》】ガスタンク不平集めて　気の揃《そろ》ったは不平組《ふへいぐみ》　不平集めて盛《も》り上《あが》る　不平なら　前垂《まえだれ》の不平丸めて　世《よ》へ不平　横から口を尖《とが》らかし　酒飲み不服《ふふく》　何が不《ふ》服《ふく》か　不服《ふふく》はプイと風呂《ふろ》へ行《ゆ》き

【文句《もんく》】［不平］　交替《こうたい》に文句が多い　何《なん》の文句もない夜《よ》かな　昼寝文句を言いに起き　文句でもありそうに　文句をつけるほどなおり　女房へとがる口　与太《よた》を言い

【言訳《いいわけ》】言訳が暗くなり　言訳と別に　言訳に　言訳の禁酒は　言訳の種に実《み》のない　いいわけ程《ほど》の　いいわけもだまりおろうは　言訳も最早《もはや》とゞ《ど》かぬ　言訳過《すぎ》てうたがわれ　てい主《しゅ》言訳立《たち》かねる　老《おい》の言訳　軽い言訳　いいわけをきかぬは　寝《ね》て居《お》らぬ言訳　いいぬけて　いいぬけを　弁解《べんかい》する雛妓《おしゃく》　弁解《べんかい》の無駄《むだ》へ　弁疏《べんそ》する

【詫言《わびごと》】素通《すどお》りの詫《わび》を言《い》ってる　前でわび言《ごと》　わび言《ごと》に

出《で》る　わび言《ごと》へ　詫言に来《き》そうな人が　宵《よい》の侘言

【言草《いいぐさ》】言い草《ぐさ》の　言草はからみ付《つ》き　言草も過《すぎ》ると

【言分《いいぶん》】言分も　主人にも言分がある

悪口

【悪口《わるくち》】口のよくない友が来て　にくまれ口《ぐち》を三つきゝ《き》　へらず口《ぐち》　毎晩《まいばん》くるとわるくいい　悪く云《い》い　わる口がいやさに　口がいやさに

【告口《つげぐち》】言いつけられた妓《こ》が待《まつ》ている　いしゃへいつけるつげ口《ぐち》をすると　陰口《かげぐち》にかゝ《か》わりもなく

【嫌味《いやみ》】いやきみをぬかすばゝ《ば》あと　いやみの風が吹きいやみを言ってまけさせる

【難癖《なんくせ》】難癖を　かゝ《か》あが寄《よっ》てなんを付《つけ》　かげでけちをつけ

【口《くち》が過《す》ぎ】家のひずみに口が過《すぎ》　俺《おれ》が言い過ぎた　口が利過《ききすぎ》　口の戸は走り過《すぎ》ると　女郎話《じょろうばなし》に口が過ぎ

【毒舌《どくぜつ》】相傘《あいがさ》の跡《あと》から毒が　恋のなやみへ毒をつき　毒《どく》口《ぐち》もきゝ《き》ようにより　毒舌の限り　どくづかれ　毒をいい　どくをいうのへ　メスに似た一語を吐《は》いて

【皮肉《ひにく》】女将《おかみ》皮肉なことを言《い》い　泥棒の皮肉は　貧乏の言わす皮肉を　返盃《へんぱい》へ皮肉がまじる　あてこすり

【啖呵《たんか》】お生増様《あいにくさま》と　覚《おぼえ》て居《い》なと　くたばれとばかりこりゃ見なとはだけて見せる　たいがいにしろと　たんかきってみたい　啖呵を切ると損が立ち　なんとでもいなと　にげしなに覚《おぼえ》て居《い》ろは　拾《ひろ》うと困る捨言葉《すてことば》　言葉も捨小舟《すておぶね》

語

【国言葉《くにことば》・訛《なまり》】味のない俚言《りげん》　大阪弁《おおさかべん》が物足《ものた》らず　上言葉《かみことば》　国言葉　方言《ほうげん》を書き留《と》めて置く　京《きょう》なまり　もとの京談《きょうだん》　京談《きょうだん》を交《まぜ》て　京談《きょうだん》で叱《しか》られて居《い》る　物をいうなら京言葉《きょうことば》　天草《あまくさ》なまりにて鼾《いびき》には国なまりなし　エプロンと同じ訛《なま》りで　九官鳥《きゅうかんちょう》が国訛《くになま》り　訛《なま》らぬ武士に

【英語《えいご》】英語が読めて声を出《だ》し　英語など出来《でき》て　落《おち》付《つ》いた英語を使う　間違《まちご》うた仲居《なかい》の英語

【日本語《にほんご》】日本語で言えぬところが　妙《みょう》な日本語

【洋語《ようご》】「西洋のことば」　生噛《なまがみ》にする洋語　洋語サラ〳〵《サラ》　洋語は飴《あめ》の薄荷《はっか》入《い》り

【格言《かくげん》】格言は読んだ時だけ　反対の格言もある　妻の名言《めいげん》　金言《きんげん》の通りにやると　金言《きんげん》は　金言《きんげん》を聞《きい》て溜《た》め　金言《きんげん》を込めて置《おき》たし　母親の言う諺《ことわざ》を

生活

挨拶

【挨拶《あいさつ》】挨拶が　あいさつにあきて　あいさつにこまり　挨拶にしびれ切らして　挨拶に帽子《ぼうし》限りの　挨拶はあとと火を掘る　挨拶も左様《さよう》しかれば　あいさつもせず　アイヤしばらくと　暑い寒いの御挨拶《ごあいさつ》　今帰りますと　イヨウと女事務《おんなじむ》言われ　お早《はよ》うと　御《ご》きげんようとねこの　御堅勝《ごけんしょう》かと腰を掛け　御在庵《ございあん》かと　御免《ごめん》よと　失礼しましたと　娑婆《しゃば》以来是《これ》は〱《これは》と　しゃばいらいだをいうところ　つぎ足《た》しの挨拶　でんがく串《ぐし》であいさつし　とっときの敬語を使う　長い目でごろうじませと　ハアという　帽子《ぼうし》の儘《まま》でヤアとヤア　物申《ものもう》にどうれ〱《どうれ》と　よろしくなどゝ作《とさく》を入れ　よろしくを又《また》よろしくと　あくまで腰を低く来る　腰が低くも　腰低うして

【黙礼《もくれい》】桟敷《さじき》から目礼《もくれい》　黙礼は誰であったか　眼《め》と眼《め》で辞儀《じぎ》をする　黙礼の間《あい》　舟へ黙礼　黙礼の中を流るゝ《る》

【口上《こうじょう》】いうまじき口上　口上がすむと　口上はどうだと　うまい口上　闇《やみ》の口上　低い口上　口上のたびに手拭《てぬぐい》

【世辞《せじ》】迂散《うさん》な客にさえも世辞　世辞言わぬ事さえ　女将《おかみ》の世辞が何《なん》になる　和尚《おしょう》は別に世辞があり　門口《かどぐち》だけの世辞　空《から》お世辞《せじ》　怖《こわ》い世辞　今夜《こよい》限りの世辞を聞き　糸瓜撫《へちまな》でお世辞もあって　御追従《おついしょう》　追従《ついしょう》のうしろ姿に　猫に一疋《いっぴき》けいはく［軽薄］し　嫁《よめ》のけいはくはじめ也《なり》

【礼《れい》】いきばり声《ごえ》で礼をいゝ《い》　いつもながらの礼を聞き　おきそうにして礼をうけ　男のびゞ《び》る嫁《よめ》の礼　御礼《おれい》を云《い》いつゞ《づ》け　仕事場御礼申《おれいもう》し上げ　ちぎりの礼に　鳥のほねたゝ《た》いた礼に　ひえをかき〱《かき》礼をいい　みんな礼をいい　昨夜叱《ゆうべしか》れた礼をいい　予定の礼を云《い》い　礼状を出《だ》さねばならぬ　礼を請《う》け　礼を受け

【お辞儀《じぎ》】頭でお辞儀をし　頭一《ひと》つ下げ　あたま二《ふた》つさげ　会釈《えしゃく》が軽過ぎる　お辞儀するために着て行《ゆ》く　お辞儀をし　笠《かさ》のじぎ　辞儀する度《たび》に帯《おび》が鳴《な》り　じぎの手の長さ　失職《しっしょく》へお辞儀して行《ゆ》く　相思《そうし》と見えぬお辞儀をし　母親にお辞儀をさせる　母はお辞儀をするばかり

【握手《あくしゅ》】握手がしたくなり　嫉妬《しっと》も少しある握手
【初対面《しょたいめん》】妻は初対面　嫁《よめ》の初対面　紹介をした
【暇乞《いとまごい》】いとま乞《ごい》して　犬にも旅のいとま乞《ごい》　顔だけ明《あ》けていとま乞　初物毎《はつものごと》にいとまごい　畳《たたみ》のぬれるいとま乞《ごい》　蝿《はえ》を追うのがいとまごい　今度こそお暇《いとま》をする

集まり

【集《あつ》まり】人集まって　集会に　お開きへ　散会をして　不参加の
【寄合《よりあい》】あごの無い寄合　より合《あい》の上座《じょうざ》に　無礼講《ぶれいこう》
【座《ざ》】座に直《なお》り　高御座《たかみくら》　半座《はんざ》で母はつれてにげ
【車座《くるまざ》】車座のくずれ客　車座へ紺《こん》の手の出る
【上座《じょうざ》】木賃宿《きちんやど》上座張《は》ってる　上座から　ていしゅと見えてかわ［革］に座し　横座《よこざ》一国亭主領《いっこくていしゅりょう》
【末席《まっせき》】末席にさらわれている　末席へ来ると　末席へ来るは　わざと末座《まつざ》に手をつかえ　はるか末座《まつざ》で雨にぬれ
【招《まね》く】茶知らずの茶に招かるる　招かれた　まねかれる　招くがまゝ《ま》の路《みち》の冬　吉田通《とお》って招かれず
【幹事《かんじ》】かんざめでいいと幹事の　幹事の忙《いそ》がしさ　幹事飲まされる　幹事また　幹事役　女房幹事なり
【無尽講《むじんこう》・頼母子講《たのもしこう》】無尽講　無尽茶屋《むじんぢゃや》　無尽で飲む酒　無尽の欲しい顔ばかり　頼母子講を取るつもり　頼母子と保険と　たのもしの尻《しり》へ出るのが　頼母子の二《に》番札《ばんふだ》　頼母子を落《おと》して
【談《だん》】親父御法談《おやじごほうだん》　後日談《ごじつだん》きかせに　雑談《ざつだん》を消すに　車中談《しゃちゅうだん》　筆談《ひつだん》に曰《いわ》く　ふり積《つも》る美談《びだん》　猥談《わいだん》が不平に変《かわ》る　無駄話《むだばなし》　ぐち話《ばなし》　巡査と高話《たかばなし》　茶話《ちゃばなし》のとぎれた所《とこ》へ　儲け話《もうけばなし》を聞きかじり　矢ッ張り馬鹿話《やばばかばなし》
【会議《かいぎ》】評議一決《ひょうぎいっけつ》し　村会議　農談会智識《ちしき》の種も
【商談《しょうだん》】商談チトはずみ　直《す》ぐ商用に触《ふ》れたがり
【密談《みつだん》】みつだんし　みつだんに母のはいるは　密談の半《はん》時《とき》つづく　みつだんへはなったらしが　内談《ないだん》と見えて
【夜話《よばなし》】とぎれた夜話を　夜話に調子を合《あわ》す
【寝話《ねばなし》】寝話の　寝《ね》ものがたりにいえという
【話題《わだい》】話を切ったいゝ《い》話　夫人の手話題に尽《つ》きて　話題見つけたり　朝酒《あさざけ》の話の種に／月の沙汰《さた》
【相槌《あいづち》】相槌があくびに変わる　相槌を打たねばならぬ
【長話《ながばなし》】蚊遣《かや》りに消《きえ》る長話　話が長く成《なり》
【井戸端《いどばた》】井戸端の長話　井戸端会議　井戸端の大騒《おおさわ》ぎ
【立話《たちばなし》】立話とぎれた処《とこ》で　立話満月褒《まんげつほ》めて

生活

客

【客《きゃく》】お客は不実也《ふじつなり》　押《お》し出《だ》しのきく客　きっぱりと帰った客も　客があり　客人の熱をとり　客同士　客の子が　客の眼《め》に　客一人《ひとり》　客へ出《だ》したきり　客まねき　客も黙《だま》って　客を洗った水を撒《ま》き　客をいっぺん外に出《だ》し　雲の上の客　来る客へ　来る客を虫が知らせる　暮《くれ》の客　雑誌を持った客が来る　正客《しょうきゃく》の顔から先へ　殿《しんがり》の客は　たゞの客　父に似た客が　妻の客　定刊本《ていかんぼん》のような客　トンチンカンの客が来る　引きとめる客へ　一組《ひとくみ》の客へ皆《みな》立つ　戻り客　一《いち》の客　どなただかお出《い》でと

【女客《おんなきゃく》】いっそつらがる女客　女の客はかえりうち　しやれる女客　又《また》話す女客　ただの女でないお客

【長《なが》っ尻《ちり》】〔長居〕茶好《ちゃずき》の長っ尻　長尻《ながじり》を見送って立つ　蚤《のみ》と蚊斗《かばか》り長っ尻　宇治茶譲り合う長座敷《ながざしき》　箒《ほうき》　長座《ちょうざ》の客を掃《は》く　長居《ながい》をすれば恥《はじ》多し

【珍客《ちんきゃく》】珍客が見えて　珍客へ　臨時の客に夜討蕎麦《ようちそば》

友

【友《とも》】兄の友達一人《ひとり》切れ　一字《いちじ》忘れた友があり　旧友《きゅうゆう》と　十人の友へ　友撰《えら》め　友達といえど　友達にさえ見限《みかぎ》られ　友達に何かやりたい　友達に見せると　友達の友達と会う　友達の女房《にょうぼ》　友達をまいて　友に死なれて　友の妻は醜《みにく》かれと　友もさびしそう　友もまた　友を奪いし雪渓《せっけい》なれば　友を捨《す》て又《また》友の減るかと思い　友人《ゆうじん》がみんな見本の　寝た子をおこす友が来る　夫とむに〔無二〕なやつ　友達甲斐《ともだちがい》がなし　友達《ともだち》がいにする

【悪友《あくゆう》】悪友に　悪友の顔になり　悪友むだにさせるなり　悪友を逃《に》げてボーナス　これが悪友だと知らず　たまに来た悪友からの

【学友《がくゆう》】妹にどの学友も　学友の　美文的《びぶんてき》学友

【親友《しんゆう》】親友にさえも　親友の一人《ひとり》　親友の下駄《げた》

【戦友《せんゆう》】戦友の歌《うと》うた歌が　タンクから出た戦友の

【仲間《なかま》】アフリカの仲間達　いしゃ仲間　うじむしが仲間を蹴《け》って　腕を組《く》む仲間に　鰻食《うなぎく》おうと歌仲間　釣《つり》仲間《なかま》　仲間の手がくまれ　仲間を殺す　飲み仲間　花の仲間にはいる日が来た　取巻《とりま》きは

【顔馴染《かおなじみ》】あとの二人《ふたり》は顔馴染　こうなる前の顔馴染　酌婦《しゃくふ》の顔馴染　馴染へ乳を飲まれたり　呼べば去年の顔なじみ　朝風呂《あさぶろ》での見知《みし》り　島は見知《みし》りの顔ばかり

見たような顔へ　知《しっ》た人　近づきの花嫁《はなよめ》　ちかづきをかんがえて居《い》る　近付《ちかづき》に一人《ひとり》も逢《あわ》ず　稚馴染《おさななじみ》の友なりき

【片腕《かたうで》】片腕に足《た》らぬ奴《やつ》だと　女房のかたうでになる

【朋輩《ほうばい》】［仲間］　ほうばいがいしゃの娘で　ほうばいがていしゅ見るとて　朋輩が呼んで　朋輩と　朋輩の口が過ぎ　ほうばいを寝《ね》しずまらせて　朋輩を膳《ぜん》につかせる

隣

【隣《となり》】うちも隣も赤ん坊　お隣からも来る　お隣りの梅《うめ》をほめ　お隣りの娘《こ》も育ち　お隣の風呂《ふろ》の煙も　かべどなり　こちらへ向けて干《ほ》す隣　子をさし上げて隣まで　隣り合い　隣り合わせて意地《いじ》に住み　隣から来た花嫁《はなよめ》は　隣から来て　隣から来る　隣から戸をたゝ《た》かれる　隣から走って帰る　となりからひっさげて来る　隣からゆかたで　隣りと競《きそ》う包《つつ》み嵩《がさ》　隣同士《となりどし》　となりとはひさしの事で　隣と不和《ふわ》に成《な》り　隣の子　隣の女房《にょうぼ》誘《さそ》いに来《き》　隣りの嫁《よめ》は結《ゆ》うてやり　隣は泣《なき》のなみだ也《なり》　隣りへ帰る夏柳《なつやなぎ》　隣へ腹《はら》を立《たて》に行《ゆき》　となりへ寄るが　隣りまでかぶれ　隣迄《まで》淋《さび》しがらせる　隣も梅《うめ》に客そうな　隣りを見ると好きな人　女房《にょうぼ》隣りへ声をかけ　最《も》う隣から人の口　両隣《りょうどな》り受付にする　医者と隣《とな》って　お隣の鍵《かぎ》をあずかる

【近所《きんじょ》】近所いい　近所黄金世界也《なり》　近所涼《すず》しく今宵《こよい》いる　近所で知って居《い》る　近所の犬叱《しか》れ　近所の娘《こ》　御《ご》近所《きんじょ》に気遣《きづか》れ　御《ご》近所《きんじょ》へ来たがと

【戸口調査《ここうちょうさ》】戸口調査のすだれ越《ごし》　戸口調査ヘマをいい

【留守《るす》】一《いち》の得意《とくい》は遂《つい》に留守　お留守ハ承知と　今日も留守らし柿《かき》の庵《いお》　御《ご》ていしゅが留守で　子供の留守　スグ留守《るす》中《ちゅう》の礼に行《ゆ》き　旅の留守　旅のるす何をしようと　妻の留守　女房の留守　又一夜《またひとよ》留守二夜《ふたよ》留守　雪の夜《よ》の留守を　留守だとはめをはずす也《なり》　留守だ〳〵《るすだ》と　留主《るす》中《ちゅう》の話しを　留守と見て　留守に生《うま》れて　留守に来て　留守ねらうやつは　留守の妻　又留守《またるす》か　留守も中〳〵《なかなか》おつなもの　女房の不在《ふざい》　不在《ふざい》がち

【居留守《いるす》】［留守のふり］　居留守使う　金策《きんさく》は居留守の家を　留守を遣《つか》うのはじめ也《なり》　留守と云《いわ》せて

【留守番《るすばん》】子の旅に留守居《るすい》の親の　怒鳴《どな》られている留守《るす》居番《いばん》　留守居《るすい》の役で食《く》いもたれ　留守居《るすい》して　留守たのむ人へ枕《まくら》と　留守番が居《い》たんだ　留守番で近所に馴染《なじ》む　留守番をたのまれた戸の　留守を頼む叔母《おば》

世間

【世《よ》・世間《せけん》】翌日《あす》は乗《のる》べし車の世　これからは世が良くなると　世智辛《せちがら》い世はきらい　人の世の　丸く世を暮《く》らせ　丸く世を渡る　世にうとく　世に負けて　世の寒さ知らず　世渡《よわた》りの嘘《うそ》に　世の中がいやだと　世の中がどうでも女　世の中に　世の中の米は半分　世の中を茶にして独《ひと》り　世間から　世間ではそうは見て居《い》ぬ　世間と闘《たたこ》うて　世間並《せけんなみ》　世間のあらで飯《めし》を食《く》い　世間の事をやっと知り　世間の狭《せま》いことをいい　世間はそうでない　山彦《やまびこ》の様《よう》な世間を　世に疲れけり　嫁《よめ》はまだ世間の口に　うき世《よ》を狭《せま》く老《おい》にけり　世事《せじ》に熟《じゅく》せば　世事《せじ》には細いはりがねし　世事《せじ》のよい男　次《つ》ぎはぎにして見る世相《せそう》

【世間体《せけんてい》】世間体とは　肩がすばる也《なり》　社会窺《うかが》いぬ

【他所事《よそごと》】余所事《よそごと》にして　よそごとのように

【他人行儀《たにんぎょうぎ》】他人行儀のまゝ更《ふ》ける　他人めいてる新夫婦　他人めく日の膳《ぜん》の鯛《たい》　詫《わ》びを言う日は他人めき水臭《みずくさ》くなる源《みなもと》は／あつく礼いわる《る》ゝ恋は

【改《あらた》まる】あらたまる心に　改まるのは屠蘇《とそ》の段《だん》　幼《おさ》な馴染《なじみ》へ改まり　友達へあらたまり　袴《はかま》はく日の挨拶《あいさつ》を

【行儀《ぎょうぎ》】行義《ぎょうぎ》の分《わか》る馬《うま》やの子　行儀よう　行儀よく座《すわ》る　元は行義《ぎょうぎ》をよくそだち　起居動作《ききょどうさ》

【礼儀《れいぎ》】鳩《はと》でさえ知る礼儀　鳩《はと》ハ礼儀にかゝ《か》わらず

【不作法《ぶさほう》】不作法を　ようぎ〔容儀〕をくずすなり　失礼の覚えなし　はしたない事をいうので　不心得《ふこころえ》　姉のふらちゆえ　いつの間《ま》か不埒同志《ふらちどうし》が

【無沙汰《ぶさた》】御無沙汰《ごぶさた》の方《ほう》がよろしい　御無沙汰《ごぶさた》も利息も　無沙汰した訳《わけ》を師匠《ししょう》は　ぶさたのなりはじめ　不《ふ》義理《ぎり》は身の嵐《あらし》　沙汰《さた》のかぎりな顔が来《くる》

付合

【恩《おん》】一等親《いっとうしん》の恩忘れぬ身　男の方《ほう》は恩があり　重味《おもみ》の知れる親の恩　親の恩子に泣かされて　恩を知っている　越《こ》してから知る水の恩　どの恩を返そう　引上《ひきあ》げられた恩を仇《あだ》　恩のはじまり　豆《まめ》で暮《くら》すも親の恩　恩知らぬ人の屑《くず》　道徳は母の恩

【恩人《おんじん》】恩人に高価なみやげ　恩人の家で　恩人のその足音も

【義理《ぎり》】明日《あす》を契《ちぎ》りし義理と寝る　一家《いっか》の義理はかきどうし　うしろうしろと義理の顔　義《ぎ》のいろは　義理が二《ふた》つ出来《でき》　ぎり仁義《じんぎ》知った男は　一《ひと》ツでも義理の届《とどい》た

義理に云《い》う異見《いけん》　義理の有《あ》る　義《ぎ》をむすび　近所へぎりをかき　小さな義理を果《は》たす音　降《ふ》って湧《わ》いたる義理一《ひと》つ

【見舞《みまい》】 かん見廻《みまい》からにおわせる　どうだなととなりへ見廻《みま》う　ほうそう見まい来る　見舞に来ても横を向き

【火事見舞《かじみまい》】 火事見舞　火災へあつき志《こころざ》し　焼《や》け跡《あと》を義理《ぎり》で見舞《みま》った

【暑気見舞《しょきみまい》】 暑気見《しょきみ》まいせなかをむけて　暑気見舞たってはだかに　佃煮暑《つくだにしょ》の見舞《みまい》

【水見舞《みずみまい》】［水害の見舞］　水の見廻《みまい》の　水見舞

【見舞籠《みまいかご》】 見舞籠　見舞の籠《かご》の持《も》ち重《おも》り　水菓子《みずがし》の籠《かご》

【お祝《いわい》】 内祝《うちいわ》い　内輪《うちわ》の祝《いわ》い事《ごと》　御祝《おんいわい》　賀《が》の祝《いわい》　すぐ祝《しゅく》杯《はい》をあげたがり　床上《とこあ》げ祝《いわ》い　寝てる子を起《おこ》して祝《いわ》う　引き祝《いわい》　前祝《まえいわ》い　わけ知らずに祝《いわ》う小豆飯《あずきめし》

【祝儀《しゅうぎ》】 祝辞《しゅくじ》は輪をかける　祝儀袋《しゅうぎぶくろ》の外に出ず　祝義不《ぶ》祝義《しゅうぎ》　七《しち》けんが同じ祝義の　心付《こころづ》け　もう現われて来た寸志《すんし》　紙花《かみばな》も

【ぽち袋《ぶくろ》】［祝儀袋］　女房《にょうぼ》小《こ》癪《しゃく》なポチ袋　ポチのない客へ

【振舞水《ふるまいみず》】 振舞水の　ふるまい水《みず》をみんなのみ

【贈答《ぞうとう》】 進上《しんじょう》の初《はつ》わらび　しんぜろよ　葡萄酒《ぶどうしゅ》進物《しんもつ》

役人は到来《とうらい》があり　到来《とうらい》の魚《うお》じま　女房見に行交肴《ゆくまぜざかな》

【手《て》ぶら】 素手《すで》で帰った事はなし　たゞ《だ》も行かれぬが

【手土産《てみやげ》】 高価なみやげ叱《しか》られる　父の土産《みやげ》は金を呉《く》れ　手みやげがいるから　手土産のように

【貰《もら》う】 着るも提《さ》げるも貰い物　他人に貰う　茶を貰い名はやりてにて貰《もら》い好《ず》き　二《ふた》つは貰える気《き》　貰《もら》い水《みず》の吟《ぎん》貰いよう　貰うなり　貰ったゲタをまだはかず　貰われて貰われる　いたゞ《だ》いて　いたゞ《だ》く事が癖《くせ》に成《なり》　記念品受けて　けっしていたゞ《だ》かず

【同窓会《どうそうかい》】 同窓会子《こ》のある事は　同窓会の話しなり

【面会《めんかい》】 日曜に来たのへ　面会所　面会日

【差入《さしいれ》】 差入が絶《た》え　差入に

【世話《せわ》】 一言《いちごん》も無いせわになり　世話好《せわず》きの眼《め》に　世話ついでだと　世話に来て　とことん世話する気　憎まれながら人の世話　めんどうを見てくだされと

【貢《みつ》ぐ】 勘当《かんどう》へしばらく貢ぐ　大分《だいぶ》貢いで夫《それ》っ切《きり》

【付合《つきあい》】 つきあいの血の出る金を　つき合《あい》を御《ご》ぞんじないと　お出《で》入如才《いりじょさい》なし　だん〳〵《だん》こん意《い》うすく成《なり》　煙幕《えんまく》のうちに　駈引《かけひき》の揉手《もみて》を　かけひきを知らぬ涙の　代《だい》

役《やく》少し怖《こわ》く浴び　役不足《やくぶそく》

【奢《おご》る】おごったを徳《とく》にして居《い》る　奢らせたとは　おごらせる　奢られる筈《はず》　奢る客　奢る奴《やつ》　出《で》まい洒落《しゃれ》まい奢るまい　要するに奢《おご》り損《ぞん》にて

暮し

【生活《せいかつ》】明日《あす》に待つ生活　安静な生活だ　犬一《ひと》つ飼《か》えぬ生活の　生活の窓を開けば　生活をはっきりと知る　太陽のない生活は　美的《びてき》生活とは　ふと聞けば生活の話　良い生活　楽隠居《らくいんきょ》

【暮《くら》し】あぶなげな生計《くらし》の中の　くらしが楽に見え　くらしやや上《うわ》むき　こうして暮《くら》し行《ゆ》く身かな　漬物《つけもの》の山がみるみる減る暮し　近頃《ちかごろ》よい暮し　妻《つま》どり子《こ》どりのくらし　電灯《でんとう》の紐《ひも》の長さの暮しする　一人《ひとり》で暮す主義があり　世《よ》に遠く暮して　ぐにゃぐにゃのくらしに

【食《く》う】遊んでいて食えず　遊んで食えるように云《い》い　食う事に追われ　食う事のげに面白さ　食う事計《ばか》り能《よ》く案《あん》じ　食うだけのくらしに　食うやりくりを　食えるがいう　この世《よ》では食えぬ仏《ほとけ》が　これからどうして食ってゆこうかと　働けば食えると　食えない老夫婦《ろうふうふ》　どうせ食えない生命《いのち》じゃねえか

【世帯《せたい》】世帯持つ話に蹲《しゃが》む　世帯が持って見たいだけ　女世帯《おんなじょたい》の今帰り　くるしいわけは二《ふ》た世帯《せたい》　世帯ぶり　世帯くずしの錆《さび》た喉《のど》　世帯をツイ洗い　風呂敷《ふろしき》へ一世帯《いっしょたい》　世帯めき　仲《なか》の好《い》い世帯　一世帯《いっしょたい》ほど潜《ひそ》ませる　世帯の〆《しめ》どころ　二人《ふたり》世帯《じょたい》に金が無い　骨迄《ほねまで》見ゆる痩世帯《やせじょたい》　やっぱり俺《おれ》は世帯持《せたいもち》

【船世帯《ふなじょたい》】亭主棹《ていしゅさお》を差《さ》し　船世帯　船住居《ふなずまい》

【新世帯《あらじょたい》】あら世帯　色を妬《や》かれる新世帯　気をつけられるあら世帯　家のけむりの立てはじめ　新世帯顔見合《みあわ》せて　新世帯出来《でき》たと見えて　新世帯まゝごと程《ほど》に呼び立てる新世帯／寄《よ》り給《たま》えあがりなんしと

【家中《いえじゅう》】家中子《こ》に返《かえ》り　家中飛び起きる　家中の暗さあつめて　家中歯を浮かせ　内中《うちじゅう》が寄って漬菜《つけな》を　家《うち》中《じゅう》に風が吹いてる　家内安全《かないあんぜん》　家内中《かないじゅう》　家内中《かないじゅう》あつめて　家内《かない》二派《には》になり　家内斗《かないばかり》で夜《よ》をふかし　他のものは入《い》れまいぞやと　猫も家内《かない》の数に入《い》り　家《や》の内暗《うちくら》く

【我家《わがや》】お家《うち》にもあると　おらが家《うち》へ寄《よ》らっせえよと　俺《お》ら方《ほう》でぶっ立てべいよ　俺《おれ》の家ばかりにあらず　泣きに行《ゆ》くわが家《や》　我家ありがたし　我家で眠る腕を持ち

生活

わが家《や》ばかりの夏らしく　笑いに行《ゆ》くわが家《や》

【団欒《だんらん》】楽しげな団欒へ　だんらんさせてくれ　団欒へ吹く北の風　家中《いえじゅう》笑わせる　家中《うちじゅう》が円《まる》く座《すわ》るも

【本家《ほんけ》】本家から風の便《たよ》りで　本家とは知らずに孫《まご》が

【家訓《かくん》】家訓のほかは知らぬ妻　人受《ひとう》けはせぬ家憲《かけん》

貧

【生活難《せいかつなん》】搾《しぼ》られた生活　処世難《しょせいなん》　生活苦《く》　生活難が来る　生活へぶつかり　鼠《ねずみ》には生活難がない　売喰《うりぐい》の裏に淋《さび》しき　すれすれに一年くらす

【夜逃《よにげ》】置去《おきざ》りにして夜逃《よに》げ　泥棒《どろぼう》と夜逃と路次《ろじ》で

【破産《はさん》・潰《つぶ》す】お家《いえ》のくいつぶし　銀のきせるでぶっつぶし　食《く》いつぶすやつに限って　身代《しんだい》をこいつが潰す　潰された顔へ　つぶされる日が迫《せま》り　つぶしたで　潰れそうつぶれてもよいとおぬしは　破産する日に　半《はん》つぶれ半分つぶされる　分散《ぶんさん》の蔵《くら》に　ぶんさんの礼にあるくは

【貧《ひん》・貧乏《びんぼう》】今に貧乏　多角形で貧乏になる　どん底《ぞこ》の貧に　貧するはドンの時迄《まで》　貧すればどんたくもせず　貧にいて　貧に泣く　貧の真《ま》っ只中《ただなか》　貧は救われず　貧《ひん》富《ぷ》は蚊帳《かや》の内《うち》と外　貧乏が美しすぎる　貧乏な眼《め》だとは　貧乏のまっただ中の　貧乏隙《ひま》あり大晦日《おおみそか》　貧乏へ元の貧乏　京《きょう》の貧乏　心淋《さび》しき無財産　清貧《せいひん》と云《い》う涼《すず》しさに　銭《ぜに》さえ見限《みかぎ》られたる　御不勝手《おふがって》　火《ひ》の車《くるま》

【貧《まず》しい】貧しい膳《ぜん》へ黙《だま》りがち　まずしい中に旨味《うまみ》有《あ》り　貧しい日が続き　貧しき石の斯《か》く光る　貧しき心なり　貧しくも文化の家の　貧しさ負《お》うて列《なら》ぶ顔　貧しさに慣れて　貧しさも余りの果《はて》は　貧しさを隠す発作《ほっさ》の貧しさを知らず　貧しさを見せまじとする

【落《お》ちぶれる】落ちぶれた時に　酒で落《おち》ぶれ　落《おち》ぶれてからは　何時《いつ》か身分が屈《くっ》してた　売食《うりぐ》いの一番筆《いちばんふで》はせんじつめましたと　まだドン底《ぞこ》へ落ち切らず　満州《まんしゅう》へ再び落ちる　身を持崩《もちくず》す　生《い》き神様《がみさま》のなれの果《は》て　末《まつ》路《ろ》と成《なっ》て　ミスニッポンのなれの果《は》て　模範女工《もはんじょこう》のなれの果《はて》　余所《よそ》へは見せぬ左《ひだ》り前《まえ》　猟師《りょうし》の左《ひだ》りまえ　零落《れいらく》し

【立《た》ち退《の》き】こおろぎに家明渡《あけわた》す　立ち退きに　店《たな》だてが二人《ふたり》出来《でき》　五分〳〵《ごぶごぶ》にして店《たな》だてが

【倹約《けんやく》】かんりゃくをおそわって居《い》る　けんやくで　倹約は倹約　けんやくを武芸のように　笑って暮《くら》す倹約の

【質素《しっそ》】大家《おおや》の質素　質素にも愉快《ゆかい》／装飾はないが

【節約《せつやく》】切りつめた暮《く》らしの中の　四五日ほねをしゃぶ

らせる　節約の雲の中から

【爪《つめ》の火《ひ》】爪で焚《た》く火は　爪に火を灯《とも》して　爪の火に蠟《ろう》燭《そく》　爪の火の光りが見える　爪の火を

財産

【家督《かとく》】家督あぶなく　家督を譲《ゆず》り哲学者　子に家を譲《ゆず》り葉《は》　まだ〳〵《まだ》家督譲《ゆず》らない　家督がもめて　家督の祝儀《しゅうぎ》

【財産《ざいさん》】財産も煙《けむ》にされ　財産も散《ち》り蓮華《れんげ》　財《ざい》の内《うち》　蓄財《ちくざい》の蔓《つる》が伸び

【身代《しんだい》】［財産］　身代に惚《ほ》れて　身代の洗濯　身代の杖《つえ》にはブッキラ棒《ぼう》が　身代の魔除《まよ》け　身代をなげて見ねばと　やがてしんだいなげ頭巾《ずきん》／無筆《むひつ》で出来《でき》たいろは庫《ぐら》

【不動産《ふどうさん》】不動産金《かな》しばり　不動産まで食《く》い潰《つぶ》し　嫁《よめ》の不動産　家作《かさく》持つ和尚《おしょう》　火打箱《ひうちばこ》程《ほど》な家作《かさく》で

【富《とみ》】功名《こうみょう》と富貴《ふうき》の上を　富に否定の封《ふう》をする　富《と》めば富《とむ》とて又《また》不足　富家《ふか》にも辛苦《しんく》　藪医《やぶい》者《しゃ》に富貴《ふうき》さずける

【富豪《ふごう》】富豪犬を飼《か》い　富豪の死　富豪の庭園に

【金持《かねもち》】金借りて金持の気も　金持建《た》てはじめ　金持と云《い》う名に泳ぐ　金持と飲み　金持名が知れず　金持に成《な》ると請合《うけあ》う　金持のくせに　金持の死は近し　金持のする喧嘩《けんか》　金持を鶯《うぐいす》という　俄分限《にわかぶげん》の　出来分限《できぶげん》

【長者《ちょうじゃ》】草分《くさわ》けの長者　千万長者の顔に似ている　百万長者なり　二《に》代《だい》の長者

【成金《なりきん》】成金さんといい　成金に八重垣《やえがき》つくる

【金満家《きんまんか》】老《おい》て金満　子《こ》無き金満家　光りに光る金満家

【儲《もう》ける】暗算《あんざん》で人の儲けが　確実に儲かる話　肩でもうける　金儲《かねもう》け　衣《ころも》を一《ひと》つもうけたり　父儲け　生《なま》温《ぬる》いことで儲かる　丸儲《まるもうけ》　みな儲かった人に見え　無死《むし》満塁《まんるい》の儲《もう》け口《ぐち》　儲《もうか》った疲れを発《はっ》す　儲かりそうな気で起きる　もうけ筋《すじ》　儲けたし又《また》遊びたし　儲ける音ばかり　儲けることを知っている　儲ける術《すべ》を知り　もうけるのに　もっと儲けろと／所得金医者は調合《ちょうごう》し

【貯《た》める】うなる程溜《ほどため》て　金を溜《た》め　金をためる男の話　ためたがるつかいたがるで　貯めている　ためるだけ溜《た》めて　使っても溜《た》めても金は　別々に金を貯めてる

【貯金《ちょきん》】奇蹟《きせき》のような貯金帳　子の貯金少したまると　貯金しましょうと　貯金玉《ちょきんだま》　貯金帳　貯金〳〵《ちょきんちょきん》と　貯金まとまりかけている　貯蓄怠《ちょちくさぼ》るな　貯蓄《ちょちく》する気で髭《ひげ》のばす　妻も貯金に子を産《うま》せ　預金帳

金策

【懐具合《ふところぐあい》】ふところはでんがく［田楽］切《ぎ》りの　懐《ふところ》は田楽《でんがく》もない　懐《ふとこ》ろも寒し

【金《かね》が無《な》い】金が無い　金が無いじゃない　金がなし　金なくば　金なら併《しか》し今は無い　金のないある日に　金の無い世界に生きて　金の無くなる音をさせ　金も親もなし　ふところに金の無い日を　カネオクレ　金がつゞ《づ》かぬと　無《な》い袖《そで》は結局ふれぬ　無《な》い袖《そで》もふれといわれる

【銭無《ぜにな》し】銭がない　銭無しのきつい味噌《みそ》　銭なしのくせに　銭はなし　無いやつのくせに　もゝ引程《もひきほど》は銭がなし　文《もん》なし三人　やっぱり銭がなし　銭《ぜに》のない日をかぞえけり

【金策《きんさく》】金策断《ことわ》られ　金策に尽《つ》きて秀才　金策らしい手紙なり　遣《や》り繰《く》り繰りへ

【へそくり】臍《へそ》くり出《だ》した妻　臍繰《へそくり》で買う債券《さいけん》は　臍《へそ》繰《くり》で母が買《かい》　我金女房《わがかねにょうぼ》貸し　どっからか出《だ》して

【月賦《げっぷ》】オーバーに月賦は損《そん》と　月賦が済《すむ》と背が光り　月賦にして貰《もら》い　たしかなら月賦でいゝ《い》と

【散財《さんざい》】散財をしようかと　金《かね》びらを切《きっ》て羽をのす　浪費をすれば涸《か》れ　蜜柑《みかん》のように金をまき

【質草《しちぐさ》】質草かるに鎌《かま》をかけ　質《しち》に取る田《た》の　質草ハいつも質草流れて居《い》　質《しち》の足《た》し　嫁《よめ》のしちのこらず出《だ》すと　入《いれ》かえのさいそくにくる　入れた質《しち》　質《しち》の流れをせき留《とめ》て／先《ま》ず袴《はかま》だけ身受《みう》けする　質屋《しちや》では流刑《るけい》

【質入《しちいれ》】しちをあたまへのせて行《ゆ》き　質《しち》に置く損料着《そんりょうぎ》　質《しち》を置き　派手な柄《がら》から質《しち》に置き　古金《ふるがね》を質入《しちい》れ　しち使《づかい》／長いものから食《くい》はじめ　琴《こと》をかせとは

【損《そん》】あたり近所へそんが知れ　茅場《かやば》町《ちょう》損をしたのも　損から先へ話《はな》す　そん金《きん》の世間《せけん》へ知れる　そんにして置《おく》　損の一《ひと》つなり　損は無し　損ハ女房《にょうぼう》　損をして　手付《てつけ》ぞんにする　どう積《つ》っても損が立ち　取替損《とりかえぞん》になり　一人《ひとり》だまって損をする　取るもう［憂］しとらねばそんな

借金

【貸《か》す】いくら貸すねと脱《ぬぎ》ながら　うらみをいってかして遣《や》り　お貸しする　貸《かし》上手《じょうず》　貸してくれ　貸してやり　貸しもせず住みもせずなり　かす時はしごくしずかな　貸す方《ほう》に回《まわ》すわかぞえて居《い》てもかさぬ所《とこ》　すこし貸せという　黙《だま》って貸してくれ　又貸《またが》しの行方《ゆくえ》知れず

【金貸《かねかし》】金貸も十《と》月《つき》縛《しば》りで　金貸棒《ぼう》を引《ひい》てやり　金《かね》か

し笑《わら》い顔《がお》　金を貸し
【高利貸《こうりがし》】痛か放せの高歩貸《たかぶかし》　高利貸やゝ《や》ともすれば
高利《こうり》の方《ほう》はつき合《あわ》ず　どなたといえば高利貸
【借《か》し借《か》り】借し借りはならないという　借《か》した物《もの》を
バ取《と》りたがり　借《かり》もなし貸《かし》もなし　貸借《たいしゃく》もなく
【借《か》りる・借金《しゃっきん》】借《かり》があり　借り倒されるその上に
借りたのを　借りて返されず　借《かり》の事《こと》　借りられる
借りる気へ　今日だけは借りのない気の　小さな借りを
思い出《だ》し　ちっとかり　どの借《か》りも手《て》は付《つけ》ず　はしたな
借《かり》を思い出《だ》し　よしみも無いにかりに来る　金などは借
りまい　かりるとたてこづき　ツケを見ると　かり方《かた》は
借りに行《ゆ》く身へ　借りに来たとは書いてなし　かりに来
る　借りに来る時だけ　借りのある男　借りのある門
借《かり》は借《かり》春は春さと　さし引いてくれと　その夜《よ》返してそ
の夜《よ》借り　借りた金には利《り》を食《くわ》せ　借金でする事業
借金で人を泣《な》かせる　借金の山から寒い　背負《しょっ》て立《たた》れぬ借
金は　解《と》く帯《おび》も借金／大晦日《おおみそか》かくれんぼ　払《はら》わない気
の大三十日《おおみそか》　舌《した》を抜《ぬか》るる覚悟《かくご》也《なり》
【烏金《からすがね》】一昼夜限りの高利の金　烏金　烏《からす》かりてもおごるやつ

【時借《ときがり》】一時的な借金　時借された妓《こ》の噂《うわさ》　時《とき》がりに
【先借《さきがり》】先《さ》き借《が》りの受取《うけとり》を書く　前借《まえがり》はもう昼《ひる》にした
【日済貸《ひなしがし》】貸した金の元利を日割でとりたてる　言訳《いいわ》け日済《ひな》し聞きあきる　ひ
よっと日なしをかりはじめ　輪を吹く日済貸
【負債《ふさい》】終生《しゅうせい》を負債になやむ　負債は春の雪
【支払《しはら》う】玩具屋《おもちゃや》へ銀貨《ぎんか》を払う　上下《かみしも》で払うは　今日
借金を支払いぬ　支払日《しはらいび》　高金《たかがね》を払って　払《はらっ》て苦しい
礼《れい》もせぬくせに
【掛取《かけとり》】［集金］　かけとりが帰ると　掛取腰をかけ　か
けとりといい合《あい》ながらも　掛取に下《さ》げた頭は　掛取の顔
鬼《おに》と見る　掛取の声に　かけ取《とり》の来《こ》ぬが　掛取の仲居《なかい》
掛取のやに掃除《そうじ》　掛取へ盃《さかずき》をさす　つごもりの日は掛取
と　とり立てにくる朝となって　掛取《かけと》り棒を引《ひき》　あかす
懸乞《かけごい》／首でも取って来る気也《なり》
【集金屋《しゅうきんや》】集金の女それでも　集金蜂《はち》に似る　集金は
茶をもらい　集金へ　集金屋　訪問と集金がてら　借金《しゃっきん》
を取りに　かし方《かた》をぶって済《す》むかと／爰《ここ》を仕切《しき》ってこう
せめて　どうだなと戸へ寄《よ》りかゝ《か》る

金

【金《かね》】足の付く金　いざ金になると　今のお金で　渦巻《うずま》く人と金　嘘《うそ》みたいの金で　おかしな金のかくし所《どこ》　金があったら　金があり　金があるから　金がいり　金かけたほどに　金が出来《でき》　金が出て行《ゆ》く音を聞け　金が寝る　金がまた金をよんでる　金がもの言って　金が物を言い　金瓦《かねかわら》ほどぬすまれる　金くさくなる寺の池　金で済《す》む事ならという　金で済《す》むことを　金でせかせるものでなし　金で無い　金にする　金にするのハ　金に成《な》り　金になるのは面白し　金に見返され　金に嫁《ゆ》き　金のある間お味方《みかた》　金の有《あ》る所《とこ》を　金のいる話　金の顔　金のかゝ《か》った女なり　金の事言いそびれ　金のこと言うと　金のなる木をやりたがり　金の生《な》る木は枯果《かれは》て　金の減《へ》るわるい思案《しあん》　金の回《まわ》りがよく判《わか》り　金も遊べば利《り》が付《つか》ず　金を借《かり》る声が　金を積むその陰影《いんえい》の　金を取り　金を拾《ひろ》いたい　金を持たせて見《み》きたない箱へ金を入《いれ》　貴重は金か人命か　金銭上《きんせんじょう》の事　金銭《きんせん》も運動をする　懐《ふところ》に居《い》る金でなし　金銭《きんせん》を湯水《ゆみず》　金のふる　金の山　空気の当《あた》る金に成《な》り　組見《くみみ》の金を　これしきの金に　これほど金はありながら　下に和尚《おしょう》のうずめがね　搾《しぼ》って取ったかね　商家《しょうか》寝かして置《おか》ぬ金　窃取《せっしゅ》した金は悪　それほど金は尊《とおと》いか　安《やす》がねでくえぬ也《なり》　叩《たた》いてお金になるまでと　ちと金が出来《でき》て　血の出る金と　遣《つか》い残りを置いて行《ゆ》き　つかうべき金につかわれ　一握《いちあく》の金ぞ　手の届く金　とかくに川で金をすて　残る金　馬鹿な金　ぱっとした金　半金《はんきん》で済《す》ますお客の　人の金を見せ　昼来て金をおき　前金《まえきん》をやるよと　無暗《むやみ》と金の要《い》る話　元より金に嫁《か》せし身の　宵越《よいごし》の金を敵《かた》きにはならぬ金　金が敵《かたき》で　金は身の敵味方《てきみかた》　むつかしい金

【銭《ぜに》】汗染《あせじ》んだ銭投出《なげだ》して　生《いか》した銭遣《つか》い　うでをまくって銭をつき　変《かわ》り銭《ぜに》までさらけ出《だ》し　腰銭《こしぜに》の　銭金《ぜにかね》ずくをいい　銭金《ぜにかね》は湧《わ》き物だ　銭呉《く》れと出《だ》した掌《て》は　銭出《だ》して貰《もら》える　銭と見てちる　銭にさえなれば　銭にならんのきょうの雪　銭の穴からよく見える　銭も生《いか》した遣《つか》いよう　銭をいじると　ゼニを使った鮎《あゆ》の骨　銭を持ち　誰か銭を撒《ま》き　どか銭《せん》をつかいなんなと　淋《さび》しい銭をはなし鳥《どり》　三人寄れば銭の音　人間銭の音　働《はた》らいた銭で　橋の銭　遍路《へんろ》わたしの銭いらず　まだ今日だけの

銭は有《あ》り　お足《あし》がないので　濡手《ぬれて》で掴《つか》むあぶく銭《ぜに》

【小銭《こぜに》】笊《ざる》で小銭を踊らせる　ポケットの小銭が

【はした銭《ぜに》】いみじきはした銭の音　くつ〳〵《くっ》笑うはした銭　ちゃりんちゃりんとはした銭　飲むに足《た》りないはした銭　はした銭などおっことし　目腐《めくさ》れ金《がね》をやり

【虎《とら》の子《こ》】［大事な金］　虎の子で褌《ふんどし》を買う　虎の子の金《かね》

【幾《いく》ら】いくらいりますと　幾らかになる気で　いくらするものか　いくらほどなくさしゃったと　おぬしの方《ほう》にいくら有《あ》る　君の方《ほう》はいくら出《だ》す　死ぬ程《ほど》でない金《かね》の高《たか》

【現金《げんきん》】今の医《い》現金だけは真似《まね》　げんぎん店《だな》へいなか者現金で買う貴《とう》とさを　現銀《げんぎん》は

【死金《しにがね》】死金で迷う坊主《ぼうず》の　死《し》に金《がね》も生きて遣《つか》った

【涙金《なみだきん》】涙金目薬《めぐすり》ほどに　豚《ぶた》より安い涙金

【割勘《わりかん》】下戸《げこ》が出《だ》す酒の割《わり》　梅園《ばいえん》へ割勘で来る　天窓《あたま》わり　割勘の

【持合せ《もちあわ》】手許《てもと》也《なり》　持合せ

【自腹《じばら》】自腹切る村芝居《むらしばい》　自腹の切れぬ　手前《てまえ》のあごで

【小遣《こづかい》】小使《こづかい》今日は自分用　小遣くだせんし　小遣帳《こづかいちょう》の　小遣帳《こづかいちょう》をやめにする

【立替《たてかえ》】立替があった気がする　立替を思い出《だ》させる

【チップ】チップの外《ほか》の剰銭《つり》　チップを貰《もら》う顔になり

【酒手《さかて》】下戸《げこ》も酒手をねだってる　酒手一分《いちぶ》なり　車夫《しゃふ》も酒手を欲《ほ》し気《げ》なり

【茶代《ちゃだい》】お茶代は　ケチな茶代へ

【予算《よさん》】大臣の予算　農村予算が　予算に入《い》れぬ恋をする　予算にない支出

【費用《ひよう》】生《い》きた金なり衛生費　交際費　子も殖《ふや》してる育児金　出張の金と　高く積む資金に迫る　内縁扶助料《ないえんふじょりょう》が罰金《ばっきん》を納《おさ》めに来ると　保険金を言わず　回《まわ》らぬ車金《くるまがね》見舞金だった　コンミッションを吐出《はきだ》させ　手切金《てぎれきん》

【家賃《やちん》・店賃《たなちん》】店賃が高いか　店賃の軽減論　店《たな》ちんの早く済《す》むのが　店《たな》ちんほどは内《うち》に居《い》ず　同様《どうよう》な家賃で家賃は父が貸した金　家賃は滞《とどこお》り

【学資《がくし》】学費をかせぐモス袴《ばかま》　産婆《さんば》の学資も　書生《しょせい》の学資　花に散《ち》らすな学資金

【地代《じだい》】地代は宵《よい》に定《さだ》まらず　神殿《しんでん》の地代を

【里扶持《さとぶち》】［里子の養育費］　里扶持が絶《た》えて　里扶持もとらず　里扶持を稼《かせ》ぐ　里扶持を取《と》て行《ゆき》

金額

【円《えん》】 二円寄付《きふ》　皆《みな》を制《せい》して五円札《さつ》　百万円也《なり》に

【十円《じゅうえん》】 十円を四《よっ》ツに畳《たた》む　女給《じょきゅう》十円札《さつ》で来る　五十円

【百円《ひゃくえん》】 小《こ》だたみにした百円の　百円札《さつ》　百円札《さつ》残念ながら　百円札《さつ》の持ち心地《ごこち》　百円札《さつ》へ改《あらた》まり　百円でツリだと　百円に足《た》りない金で　百円をくずした場所の百円を割るに女房

【千円《せんえん》】 千円札《さつ》が惜《お》しくなし　千円握《にぎ》らせる　千円の帯《おび》　千円の自動車　裏からすかす五千円

【銭《せん》】 一銭《いっせん》のお客　一銭《いっせん》も取らぬ車夫《しゃふ》　十銭《じっせん》に　二銭《にせん》濡《ぬ》れて居《い》る　葉書二《に》銭《せん》となる　一筋《ひとすじ》が四《し》銭《せん》ずつする

【五厘《ごりん》】 一本喫《す》えば五厘なり　五厘銭《ごりんせん》　五厘掴《つか》んで浮《うき》上《あが》り

【札《さつ》】 折《おっ》た紙幣《しへい》で詫《わび》に来る　帯《おび》を〆《しめ》た紙幣《さつ》　紙幣《さつ》がある　紙幣《さつ》束《たば》の重みが　紙幣《さつ》の色　紙幣《さつ》の束《たば》　札《さつ》ビラを切る日　紙幣《さつ》まではよう破《やぶ》らない　手垢《てあか》のつかぬ札《さつ》でとりとめどころなき紙幣《さつ》の数　富家《ふか》の紙幣《さつ》　まさしく紙幣《さつ》がある　もろ〳〵《もろ》の紙幣《さつ》

【小判《こばん》】 切れ小判　小判ではいやだとにげる　小判は草鞋虫《ぞうりむし》　小判掘出《ほりだ》して　小判皆《みな》動き　さあ小判ほしかやろうに　新そばに小判を崩《くず》す　猫の目に小判は　迷《ま》い子《ご》につく小判　山吹色《やまぶきいろ》の事《こと》といゝ《い》　山吹色《やまぶきいろ》のもの　山吹《やまぶき》は

【貨幣《かへい》】 隠居《いんきょ》する天保銭《てんぽせん》　金より銀のきく所　新貨《しんか》も世智辛《せちがら》く　丸い物で買い

【金貨《きんか》】 帯留《おびどめ》の金貨が　帯留《おびどめ》の金貨淋《さび》しい　金貨へも交《まじ》る銅　金貨を手から手へ見せる

【銀貨《ぎんか》】 御《お》ん手《て》に銀貨うず高く　女は銀貨を一《ひと》つ　賭《か》けられた銀貨を　給仕《きゅうじ》は銀貨ばかり也《なり》　銀貨うず高い

【銅貨《どうか》】 新米《しんまい》銅貨握《にぎ》らされ　銅貨転《ころが》って　銅貨高《たか》が知れ　白銅貨《はくどうか》の穴

【文《もん》】 遺族三文《さんもん》にもならず　一文《いちもん》の花火《はなび》は　一文《いちもん》も出《だ》さぬ　七色《なないろ》売って銭一文《ぜにいちもん》　残り一文碁《いちもんご》の手つき

【両《りょう》】 一票《いっぴょう》を五両ときめる　五両出《だし》　小判《こばん》百両おこしごめ　百両をかけると首を

【千両箱《せんりょうばこ》】 半箱《はんばこ》じゃきゝ《き》ますまいと　千両で〆出《しめだ》しに成《な》る　千両にするつもりの名　千両箱に鰹《かつお》ぶし

【銭緡《ぜにさし》】［縄］ さしをなげあくびしい〳〵《しい》　さしを百《ひゃく》なげる　高い銭《ぜに》さし買う女房

通信

【電話《でんわ》】逢《あ》う電話　伯母《おば》さんと電話　借《かり》電話《でんわ》　今日は電話の聞《きこ》え過ぎ　催促《さいそく》の電話　魚屋の電話で梳手《すきて》　辻電話《つじでんわ》　電話でもいゝ《い》にと母は電話で礼を言い　電話と同じ使《つかい》が来《き》　電話に寒い音を聴《き》き　電話のかゝ《か》る時を待ち　女房《にょうぼ》から電話　女房《にょうぼ》電話をかけて見る　まだ空《あ》かぬ自動電話を　物々《ものもの》しい電話　用もない電話　笑って切る電話　話中《はなしちゅう》　一通話だけ話し

【電話器《でんわき》】おつな伝話機《でんわき》　子の旅に伝話器《でんわき》ほしき　受話機を置いて　商家《しょうか》の電話器　電話機敷《しき》へ　伝話器《でんわき》につなぎ合《あわ》せる　伝話器《でんわき》を月に掛《かけ》たき　伝話器《でんわき》を引く商家《しょうか》　農家の電話器　無形《むけい》の電話器

【電話口《でんわぐち》】飴玉《あめだま》がある電話口　上《うわ》ずっている電話口　電話口手で蓋《ふた》をして　電話室から煙《けむ》が出る

【電話線《でんわせん》】電話線かけて　都会に引《ひい》た電話線

【ラジオ】奥座敷《おくざしき》ラジオを止めて　背中からラジオが届く　ラジオから　ラジオ隣《となり》へ行って鳴《な》り　ラジオ馬鹿な声　レシーバア取れば　ポータブル提《さ》げて見ている

【テレビ】テレビは二度に見せ

【郵便《ゆうびん》】気の知れぬ郵便　郵便の来たのが見える　郵便の保険証　郵便も折々積《おりおりつも》る　郵便を見てから　留主《るす》へ郵便逆戻《ぎゃくもど》し　宛名《あてな》書く　混《こ》み入《い》った番地

【電報《でんぽう》】電報が来て　電報にチチの二文字《ふたもじ》　電報を打ち直してる　頼信紙《らいしんし》

【郵便《ゆうびん》ポスト】ポストに柳《やなぎ》　郵便受《うけ》ひそか

【郵便局《ゆうびんきょく》】郵便局の赤い旗《はた》　郵便局は文《ふみ》づかい

【書留《かきとめ》】書留が来ると　書留の二字　書留の郵便状も

【小包《こづつみ》】小包の形くずして　小包の中から

【消印《けしいん》】消印とはちがい　ふるさとの消印

【切手《きって》】切手の客が来る　切手の交換所　電信切手足へはり　礼状の不足税《ふそくぜい》

【付箋《ふせん》】淋《さび》しく戻る付箋つき　付箋して二度目の文《ふみ》も

【封筒《ふうとう》】絵封筒《えぶうとう》　ふうじ目《め》を柱で付《つけ》る　封《ふう》じ紙《がみ》もらいに来たに　のり出《だ》してからふうをきり

【葉書《はがき》】昨夜の葉書入れて　朱書《しゅがき》で来る端書《はがき》　亭主《ていしゅ》へ会費の要《い》る端書《はがき》　端書背中《はがきせなか》で物を云《い》い　葉書溜《たま》ってる　端書《はがき》につなぐ　端書《はがき》にも親展《しんてん》と書く　端書《はがき》の桐一葉《きりひとは》　ハガキを折《おっ》て糸を巻き　返信端書《へんしんはがき》　戻った葉書はさんどき

【絵葉書《えはがき》】絵葉書五枚使いきり　絵葉書の通りに眠り

絵葉書の通りの場所へ　絵はがきは花時《はなどき》ばかり

手紙

【手紙《てがみ》】お手紙へ文鎮《ぶんちん》を置く　解《げ》せぬのは妓《こ》の手紙　死ぬほどに惚《ほ》れた手紙の　速達に速達が継《つ》ぐ　手紙が来《き》　手紙焼くうしろ姿に　手紙を書いて生きている　長々《ながなが》しい手紙　にせ手紙　母から手紙来る　文《ふみ》と手紙の間《あ》いを書き　待っていた手紙　胸に抱《だ》かれるいい手紙　山々の手紙　礼手紙《れいてがみ》　愚父《ぐふ》と書き　絶《ぜっ》交状《こうじょう》に封《ふう》じ込《こ》み　内義《ないぎ》の下書《げしょ》で　拝啓陳《はいけいのべ》れば　筆《ふで》まめは

【逢状《あいじょう》】なじみ客の来店を芸者に知らせる手紙　逢状を帯《おび》へ　逢状を隣座敷《となりざしき》に

【一筆《いっぴつ》】たった一筆　一筆《ひとふで》たのむ　本職《ほんしょく》が一筆添《そ》えて

【玉章《たまずさ》】［手紙］　玉《たま》ずさの来る　玉章を書くが

【書置《かきおき》】書置角《かど》がとれ　書置の置場に迷う　書置の墨《すみ》の色　書置の惚気《のろけ》に　書置の二人乍《ふたありなが》ら　書置のような心で　書置に金という字が　尋《たず》ねましたと書《か》いて置《おき》　置手紙《おきてがみ》

【文《ふみ》】一筆《いっぴつ》そめしと書く文が　慰問文《いもんぶみ》　入れて置文《おくふみ》　落《おと》しうまい事書《ことか》いた文見る　おとしてもよしかと文を　文拾《ふみひろ》うは罪か　仮名《かな》だけの文に　くされな文も　ことづかる文で　さとのふみ　そも〳〵《そも》の文　たいこ四五通持って来る　たのむふみよろこんで行《ゆく》　ていしゅの文にかげがさし　どちらも文をたんと持ち　なまにんじゃくな母の文　猫に血文《ちぶみ》を見て貰《も》らう　恥かしい文殻《ふみがら》を焼く　ひんもんで置《お》く母の文　封《ふう》じ文《ぶみ》　文が女房《にょうぼ》の手に渡り　文でくらわせる　文に書き　文はのぞくにかかわらず　文読《ふみよ》む窓の　文を返しなよ　ほおづえで見て居《い》る文の　まだ明日《あす》のある文が来《く》る　ものぐるわしく文を書《かき》　破《やぶ》けない文を　読めぬ文　わがすかぬ男のふみは　腹《はら》だちの文／途中で口語体《こうごたい》

【色文《いろぶみ》・付文《つけぶみ》】色文をさらって逃《にげ》る　色文を人中《ひとなか》で書く　色文を拾《ひろ》って　袂《たもと》にて読む付文は　付文が歯痛《はいた》の時で

【恋文《こいぶみ》】恋の文《ふみ》　恋文にうなずきながら　恋文を捨《す》てるに惜《お》しい　恋文をはたきに刻《きざ》む　子の呼《よび》かけし懸《け》想文《そうぶみ》　ラブレターかと思ったら　レターもどかしい

【文使《ふみづか》い】遊女の手紙を客に届ける使い　顔知られてる文使《ふみづかい》　痴話文《ちわぶみ》の使《つか》い　文《ふみ》づかいけんもほろゝ《ろ》の　届け文《ぶみ》　文《ふみ》をことづかりきれず

【返事《へんじ》】悲しく返事待つ　返事書く　返事素人《しろと》になり　返事をあけてみせ　むかしの残るへんじ有《あり》

【便《たよ》り】海が荒《あ》れたる便り来る　雁皮紙《がんぴし》で来る秋の便《びん》　気安《きやす》い仲の便りが来《き》　嶋《しま》の便りに　便りだけしろと　畑

売る便りさみしく　避暑便《ひしょだよ》り　ふっつりたよりなく　痩《や》せている便り　花だより　木曽路《きそじ》の初便《はつだよ》り　まず淋《さび》しさの初便《はつだよ》り　雪便《ゆきだよ》り　鰹《かつお》の片便《かただよ》り　足尾《あしお》へ行って片便《かただよ》り

【無心状《むしんじょう》】 国へ無心状　くれの文《ふみ》何がどうでも　罪な無心状　端書《はがき》の無心文《むしんぶみ》　無心状親を差置《さしお》き　無心状がくる　無心状北《きた》［吉原］より来る／金を貸せ頓首《とんしゅ》

【詫状《わびじょう》】 詫状の住所　詫状を書《かい》たら

書類

【書類《しょるい》】 住所録　診断書　推《すい》せん状が来る　嘆願書《たんがんしょ》　通知簿《つうちぼ》に　会報《かいほう》を見れば

【受取《うけとり》】 受取を書く原稿紙　請《うけ》とりをよむ　ペン書きの受取《うけと》りくれた　やりこめる気の領収書

【書出《かきだ》し】［請求書］ 書出しにぶちのめされた　麦秋《ばくしゅう》に書出しを遣《や》る　もう少し残る書出し　孟母《もうぼ》へ書出し　膳《ぜん》をすべる帳書《ちょうがき》

【委任状《いにんじょう》】 委任状その株主は　白紙《はくし》委任状

【戸籍《こせき》】 閻魔《えんま》の戸籍　戸籍でも一粒《ひとつぶ》よりの　謄本《とうほん》に　謄本《とうほん》の上でも　本籍へ　人別《にんべつ》をむす子のぬける

【証文《しょうもん》】 証文が勝って泣いてる　証文に　証文を淋《さび》しくた《た》ゝむ　前借《ぜんしゃく》証文を踏倒《ふみたお》し／つなみのような文《ぶん》をいれ

【証明書《しょうめいしょ》】 保険証顔へ張り　よれよれの証明を

【サイン】 サイン二三字《にさんじ》串《くし》にさし　馴《な》れたサインに

【親類書《しんるいがき》】 家族・親族の名や関係を書いた書類　親類書にさて困り　親類書の

【履歴書《りれきしょ》】 帽子《ぼうし》置く場所も履歴書　履歴書は達者《たっしゃ》に書けて　履歴書へ退校《たいこう》の名を　履歴書をいつ預《あずか》った　由緒書《ゆいしょがき》

【印紙《いんし》】 印紙を鼻へ張り　肩へ印紙の張《はっ》てある　無印紙で規則に触れる

印

【印《いん》】 印鑑の掃除などして　捺《お》してさえ貰《もら》や　こわい判《はん》をつき　実印《じついん》にきけば　集印帳　蔵書印《ぞうしょいん》　判を捺《お》し　欄外《らんがい》にいる印を借り　連印《れんいん》を断ったのが　黒肉《くろにく》の重味《おもみ》を見せる

【札《ふだ》】 合札《あいふだ》の無い下駄《げた》出《だ》さず　下足札《げそくふだ》　猫に小判《こばん》の迷子《まいご》札《ふだ》　番号札　募集札　無用《むよう》の札を張《はり》

【名刺《めいし》】 石版《せきばん》の名刺も堅《かた》し　書名刺《かきめいし》ですと　去年の名刺ふと見つけ　冷たく光る名刺《めいし》受《うけ》　名刺をくれる年でなし

【花名刺《はなめいし》】［女名刺］ 女工《じょこう》の花名刺　序《ついで》に貰《もら》う花名刺

【肩書《かたがき》】 肩書が賑《にぎ》やかすぎて　長《ちょう》のつく肩書の友

【目印《めじるし》】 目印は　王の字の徽章《きしょう》閻魔《えんま》の　バッジつけ替《か》えて　腕章《わんしょう》をつけて由来《ゆらい》へ　標木《ひょうぼく》は倒《たお》れかゝ《か》って

家事

【内職《ないしょく》】育てぬいてる袋貼《ふくろは》り　手内職《てないしょく》　内職に　内職の膝頭《ひざがしら》　内職程《ほど》に拡《ひろ》げられ　内職に習ったミシン　半《はん》ケチ女房《にょうぼ》の手内職《てないしょく》

【編物《あみもの》】編物にじゃれる猫　靴下編《くつしたあ》んでくれ　此処《ここ》半月《はんつき》を編《あ》み続け　真夏《まなつ》から編《あ》み続けてる

【機織《はたお》り】織《お》りて着る　はたおらぬよめん女《じょ》〔嫁女〕　機織りに行《ゆ》く　機《はた》どころ　機娘《はたむすめ》　はたを織《お》るじゃまをもつれた機《はた》も綾加減《あやかげん》　夜機《よばた》の音にも耳澄《すま》す　嫁《よめ》の機上《はたじょう》手《ず》　脇《わき》つめは機織時《はたおりどき》に　麻《あさ》つなぎ

【糸車《いとぐるま》】糸車びんぼ〱《びんぼ》と　男の回《まわ》すいとぐるま

【餅搗《もちつ》き】汗《あせ》のおさめに餅を搗き　となりではもう餅をつき　昔の腕で餅を搗き　餅はつく　餅を搗かされる　地主《じぬし》の餅でねつかれず　こね取《ど》りはさきをぬらして

【打水《うちみず》】打水に　打水の向きも　打水を千鳥《ちどり》に歩《あ》るく　打水をやめて夕立　打水を礼に　子供が水を打ち　砂《すな》地《じ》へ打水　撒《ま》き終《お》えた　水打って　水打ってしばらく閑《ひま》な　水まいたとたんに　水撒《みずまき》に仲《なか》を割られる　水を打ち　水を打ちに出る　水を打つ事を　目に打水の光ること　留守番《るすばん》水を打ち

裁縫

【縫《ぬ》う】大針《おおばり》に縫う　帯《おび》を縫う　くけて遣《や》り　自分のを縫う灯《ひ》が更《ふ》ける　せんどのをまだ縫って居《い》る　たゝ《た》せて置《お》いて縫い　只《ただ》縫うて居《い》て乳へ子をぶら下《さ》げて縫う　妻《つま》縫うだけで暮《く》れ　縫いつづけ縫直《ぬいなお》したる　縫目《ぬいめ》迄《まで》笑って居《い》　ぬいものを少《すこし》よせるもぬう事に勝織《かちお》るにまけ　縫うて居《い》る袷《あわせ》を前に　縫うにさえ　縫うものもなく　縫ってやるやつさと　年内に縫う気母何か縫って　肱突《ひじつき》を縫い　母こくめいな継《つ》ぎをあて

【ミシン】出来《でき》ぬミシン縫《ぬ》い　ミシン台

【仕立物《したてもの》】肩上《かたあげ》をおろし　こしかけて仕立物する　復《ふく》習《しゅう》と仕立物とへ　仕立栄《したてばえ》　下着《したぎ》はみんな直しもの　仕立《した》おろしをむす〔息〕子《こ》着る

【裁板《たちいた》】裁板に　裁板の背を走り　裁板へつまずいて立つ　裁板をずれて　裁板をよけて仕立屋《したてや》

【針仕事《はりしごと》】言訳《いいわけ》ほどの針仕事　針仕事手《て》がるく成《なっ》て柳《やなぎ》の奥の針仕事

【糸《いと》】糸が直《す》ぐ笑い　糸の尖《さき》　糸を巻くように　買《かい》にやる子へきぬ糸を　絹小町《きぬこまち》　こんがらかった糸を解《と》き　縫針《ぬいばり》に付《つけ》た糸　木綿糸《もめんいと》　躾糸《しつけいと》　しつけとり〱《とり》　仕付《しっ》け取る

【糸屑《いとくず》】糸屑を散らして嫁《とつ》ぐ　糸屑を繋《つな》いだ儘《まま》で　糸屑をはたいて母に

【針《はり》】けいこ針《ばり》　裁縫《さいほう》の針を落とした　仕廻《しまい》やしょうと針をさし　縫《ぬ》う針も曲《まが》れば　母針の手へ聞き直り　針さす音の　針の穴素直《すなお》に光る　針の穴より来る如《ごと》し　針のめどじれったい　針を落《おと》し　針をさし　針を吹く　伏《ふ》す針の　又《また》運ぶ針　まっ直《す》ぐな針の真上《まうえ》で　よばれても二針《ふたはり》三《み》はり　針を数《かぞ》えて母は立ち　ピンをふみつけて

【針箱《はりばこ》】針箱の一番下は　針箱を片手でさがす　針箱をさがすと　針坊主《はりぼうず》　針山《はりやま》に埃《ほこり》のたまる

【寸法《すんぽう》】小袖《こそで》の丈《たけ》も身にあまり　子の丈《たけ》に物指遣《ものさしつか》う　ゆきたけの合《あわ》ぬを　身巾《みはば》がチト狭《せま》し　身《み》はゞ《ば》の事で一《ひと》げんか　身巾《みはば》も狭《せま》く見え　嫁《よめ》は身幅《みはば》も広くなり

【綻《ほころ》び】独《ひと》り者《もの》ほころびのまゝ《ま》　ふんどしのほころび迄《まで》も　ほころびと子をとりかえる　ほころび一《ひと》つ手を合《あわ》せ　ほころびを着て行《ゆく》女　悪いほころび縫《ぬ》ってあげ　鎰裂《かぎざき》の

洗濯

【洗濯《せんたく》】洗えども洗えども　川に寝て洗濯し　洗濯へ明《あ》け暮《くれ》　女房能《にょうぼよ》い日にせんたくし　紫も洗いざらして　つまみ洗《あら》いの　洗濯にけちを付《つけ》たる　洗濯の袂《たもと》から出る

【砧《きぬた》】(つちで布を打って やわらかくする台)　音のよき遠砧《とおきぬた》　砧打ち　砧の片手《かたて》うち　母の砧へ　更《ふ》けて打つ砧　夜を盗むや遠砧《とおきぬた》

【張物《はりもの》】布引《ぬのびき》を見た眼《め》　はりものゝ杭《のくい》を　張物の大蛇《だいじゃ》に見える　内義《ないぎ》戸《と》板《いた》をばたつかせ　張板《はりいた》の裏へまわって張板《はりいた》の緋《ひ》が燃え上《あが》る　張板《はりいた》へ気をかえている

【アイロン】アイロンからを春めかせ　アイロンに口から曲《ま》げる　アイロンの船　火のし借《が》し　火熨斗《ひのし》する紅絹《もみ》へ　火鉢《ひばち》をあらす火《ひ》のしの火　娘ひのしはキイタカ〳〵《キイタカ》

【干物《ほしもの》】日に干《ほ》せば　干《ほ》されたる　干《ほ》した物　干物毎《ごと》に赤とんぼ　干物の袖《そで》に　干物を頼んで女房《にょうぼ》

掃除

【掃除《そうじ》】うたゝ《た》寝を掃《は》く　オレが掃《は》くワタシが掃《は》くと　硝子拭《がらすふき》　ごみも無いのにはいて居《い》る　こんな所《ところ》も掃《は》かされる　さっぱりとそうじをさせて　巡査拭《じゅんさふ》き掃除　そうじ糀屋《こうじや》ほどにする　掃除した者は誰だと　そうじして置いた座敷《ざしき》へ　掃除に来ては文字を消し　掃除に琴《こと》の絃《いと》が鳴り　遠《と》おくでみれば掃《はい》て居《い》る　掃き出《だ》され　掃残《はきのこ》し　掃《は》く先へ先へ　掃《は》く先《さ》きを　母家中《いえじゅう》を掃立《はきた》てる　母はそろりと掃残《はきのこ》し　母は掃《は》き

拭掃除《ふきそうじ》 女将《おかみ》は綺麗《きれい》好きと見え 子に恵《めぐ》まれず奇麗《きれい》ずき

【大掃除《おおそうじ》】 馬鹿《ばか》〳〵しくも大掃除 御持仏《おじぶつ》はおふくろがゝり 床《とこ》の間《ま》は亭主受持《ていしゅうけも》つ 井戸《いど》がえに出るかんざしは 金気《かなけ》のあるは井戸計《いどばか》り 格子拭《こうしふ》くたすき少女の格子拭《こうしふ》く母をうしろに 障子貼《しょうじは》り替《か》えて 畳《たたみ》がえひっ付合《つきあ》て 畳《たたみ》がえ目立《めだつ》て安い 女房《にょうぼう》のたゝ《た》く畳《たたみ》に 琉球《りゅうきゅう》の表《おもて》がえ 白いやろうはしかられる すゝ《す》竹《たけ》をうりに来たのは すゝ《す》はきの顔を洗えば すゝ《す》をとり 出る顔の無いすゝ《す》はらい 煤掃《すすはき》の骨折賃《ほねおりちん》に 煤掃《すすはき》に人形が出て

【バケツ】 バケツ気のない音を立て バケツの水をまいて去《い》に

【塵《ちり》】 うず高かりし塵を吹く 御髯《おひげ》の塵を払《はら》うべし 埃煙《ちりけむ》り 塵だらけ 塵積《つも》る 塵はたき 一人《ひとり》〳〵《ひとり》にごみを出《だ》し 藤《ふじ》へ落着《おちつ》くうす埃《ほこり》 ほこりも春のものになり 山高《やまたか》に埃《ほこり》がたまる 盃《さかずき》にほこりのたまる

【箒《ほうき》】 落葉《おちば》から掃《は》く草箒《くさぼうき》 疵《きず》なし玉箒《たまぼうき》 こゝ《こ》にまとめる竹箒《たけぼうき》 しゅろぼうき 塵《ちり》の世《よ》に箒をいとう 箒がたてゝ《て》あるばかり 箒さえ曲《まが》るぞ 箒三味《ほうきしゃみ》 箒立《たて》られず 箒で掃出《はきだ》す 箒の波へ捨《す》てゝ《て》行《ゆ》き 箒抱《かか》える杵屋《きねや》の子

虫退治

【土用干《どようぼし》】 風を待つ日の土用干 から〳〵《から》と鳴《な》る土用干 土用干してしょうし[笑止]な土用干 ひるねして居《い》る土用干 古いはなしの土用ぼし むすめまかせの土用干 きょうもほし〳〵《ほし》 雛《ひな》の土用干 雛《ひな》を立《たて》

【虫干《むしぼし》】 御虫干《おむしぼし》 箱入《はこいり》の虫干をする 虫干にくすんで見える 虫干に小袖《こそで》着たがる 虫干の一番下に 虫干に仕廻《しまい》残して 金を食《くっ》た虫干 虫干の所化《しょけ》

【襟紙《えりがみ》】 えり紙《がみ》の吹《ふき》ちる中で えり紙《がみ》をさらって通す

【樟脳《しょうのう》】 樟脳くさき 樟脳匂う 樟脳の紙だけのこる

【蚊遣《かやり》】 蚊遣が少しゆれ 蚊《か》やりの先の月を褒《ほ》め 蚊遣《かやり》火《び》の行末《ゆくすえ》なびく 涙手伝う蚊遣《かや》りの火 蚊《か》いぶしの先《さき》に居《い》る 蚊《か》をやいた斗《ばかり》で 又蚊《またか》いぶしが燃上《もえあが》り 蚊取香《かとりこう》で痛めた喉《のど》を つぎたしをする蚊遣香《かやりこう》 隣《となり》へほうる蚊遣草《かやりぐさ》 蚊《か》やりをあおぐ舞扇《まいおうぎ》

【鼠取《ねずみと》り】 石見銀山《いわみぎんざん》 殺鼠剤《さっそざい》 鼠取《ねずみとり》

【蚤取《のみと》り】 毛財布《けざいふ》で猫の蚤取《のみとり》 蚤《のみ》を取る女房手練《にょうぼしゅれん》のぱち〳〵《ぱち》と蚤《のみ》の逃げ行《ゆ》く ノミとり粉《こ》まいて

【虱取《しらみと》り】 みなごろしだと湯《ゆ》をわかし

用

【蝿取《はえと》り】 蝿打《はえうち》でかき寄せて取る　蝿叩《はえたた》き命冥加《みょうが》は蝿を打つ　蝿取器《はえとりき》ポツンと　回《まわ》って溜《た》める蝿取器《はえとりき》

【用《よう》】 家には用もあるべきに　いつ用にたつか入用《いりよう》をきかねば　起きねばならぬ用が有《あ》りおとなの走る用があり　今日も社用だなと思い　先生に用件がある　茶道具を出《だ》す用もあり　新尼《にいあま》にまだ用のある　二階の用を　別な用　丸髷《まるまげ》に結《ゆ》う用がある　忘れた用の　たまった用の渡りぞめ　二人《ふたり》で出かける用は

【急用《きゅうよう》】 砧《きぬた》にかける急な用　急用がこんなにもある鳴《な》りのしずまる急用事

【暇入《ひまいり》】 ひま入《いり》と書いた返事は　ひま入《いり》と書《かい》て来たのは

【外出《がいしゅつ》】 出ると男を先へたて　女房《にょうぼ》に先《さ》きへ出やという覗《のぞ》き屋《や》ばかり夫婦づれ　夫婦打ちつれ　夫婦連《づ》れ　夫尻目《しりめ》に妻出掛《でか》け　炊《た》けるとこまでして出かけ　とく出《い》でて　よく出かけ

【引越《ひっこし》】 孟母《もうぼ》また所《ところ》を替《かわ》る　何《なん》で阿母《おっかあ》また越《こ》すの　越《こ》して行《ゆ》き　そばやに借りを置いて越《こ》し　転宅《てんたく》の校歌の引越《ひっこ》してからの　落ちついた先を　転地教育で　転地の夜《よ》　隣《となり》で死ぬとこしたがり

買物

【買《か》う】 明日《あす》の米代《こめだい》と知りながら買う　いやな男に買わせたの　後《うし》ろにいるが一《ひと》つ買い　押合《おしあ》って買わずに戻る　買切《かいきり》に　買い占《し》めてやろうという　買いたいものが並んで居《い》　買いたいものばかり買足《かいた》して人を待つ背《せ》の　買立《かいたて》の　かいっくら　買《かい》つけぬ買《かい》に出る　買人《かいびと》も出る　買う米も　買った事あるわと買って来る　買って遣《や》った方《ほう》　買って行《ゆ》き　かわないと通《と》うさぬという　買《こ》うてやり　妻は買い　娘買いそびれもし買うとなれば　此頃《このごろ》ものも買《かい》ならい

【買物《かいもの》】 買出《かいだ》しに行く　買《か》い出《だ》すと　買物は　小買物《こかいもの》乳をのむ内《うち》は買《かい》に来《こ》ず　女房《にょうぼ》の小買物《こかいもの》　物買《ものかい》に

【安物《やすもの》】 ひざが光るで安く見え　下直《やす》い簾《すだれ》で　安《やす》ものゝ《の》うれるばんだと　安《やす》ものゝ米《のこめ》うしないは　安《や》す物《もの》を買い

【市《いち》】 市過《いちすぎ》は　市の買物　市のきゃく　市の酒　市の夜《よ》からの　市へ立《たち》　植木市　馬のくされ市　しょうが市出《だ》す夜市《よいち》　蚤《のみ》の市　古市《ふるいち》の客は大《おお》かた　馬市《うまいち》と立《たて》てちよぼ市《いち》　マーケット三銭《さんせん》安い

【闇市《やみいち》】 闇市の寄付が揃《そろ》うて　闇市もいずこへ

【魚河岸《うおがし》】 魚河岸の気性《きしょう》は　車は入《い》れぬ魚市場《うおいちば》

【青物市場《あおものいちば》】ヤッチャ場《ば》へ来て夜が白《しら》み　青物市場《やっちゃば》へ

家財

【扇風機《せんぷうき》】雛妓《おしゃく》の寄らぬ扇風機　小僧《こぞう》へ回《まわ》る扇風機　3に戻した扇風機　扇風機避《さ》けて　扇風機主客を知らぬ　扇風機の筋《すじ》へ　煽風器吹く

【蓄音器《ちくおんき》】世論《せろん》の蓄音器　脳髄《のうずい》の蓄音器

【冷蔵庫《れいぞうこ》】冷蔵庫　小豆《あずき》が冷《ひえ》る冷蔵庫

【カメラ】カメラ狂《きょう》　カメラの脚《あし》の伸び縮《ちぢ》み　写真機の前は　写真機を冠《かぶ》って　日曜のカメラへ　向けられたカメラを逃げる　花の山レンズへ這入《はい》れ　ピントグラスへ白く落ち　レンズへ看護婦が二人《ふたり》

【時計《とけい》】逢《あ》う夜《よ》の釣《つり》どけい　いつも時計の先《さ》きを行《ゆ》き　今は時計も恨《うら》み数《かず》　大時計《おおどけい》　咬《かじ》る音かや掛時計《かけどけい》　元日の置時計《おきどけい》　狂《くる》う時計は　せめて時計の赤い紐《ひも》　時計が死んでいた　時計くさりに　時計とがめるように鳴《な》り　時計に今朝《けさ》も起こされる　時計見て帰宅　時計を見《み》とまる宿屋《やどや》の安時計《やすどけい》　墓から出た時計　柱時計《はしらどけい》は生きている　鳩時計《はとどけい》　枕時計《まくらどけい》に　目覚《めざま》し時計《どけい》は　安時計《やすどけい》　屋根時計《やねどけい》　動いて戻る金時計《きんどけい》　金時計《きんどけい》心にかけて　狂《くる》うは金《きん》の襟時計《えりどけい》　獅子《しし》の金時計《きんどけい》　日時計《ひどけい》に　八坂《やさか》の尺《しゃく》時計《どけい》　漏刻《ろうこく》も　あの男まで腕時計《うでどけい》　腕時計相争《あいあらそ》うて　時計持つ人のうるさし　時計を出《だ》して指《さ》して見せ

【眼鏡《めがね》】近眼鏡《きんがんきょう》との距離　書生《しょせい》の眼鏡　年寄《としより》に若目鏡《わかめがね》　眼鏡のくもり袖《そで》で拭《ふ》く　眼鏡の女給稼《じょきゅうかせ》いでる　眼鏡の度がきつい　眼鏡はずさぬ親心《おやごころ》　眼鏡を取りにくる　嫁《よめ》の顔目《め》がねの外で　色眼鏡《いろめがね》　老眼鏡《ろうがんきょう》はさびしいね

【杖《つえ》】あかざが杖をほしそうな　一本《いっぽん》の杖千金《せんきん》の　樫木《かたぎ》の棒を母の杖　苦戦《くせん》を語る松葉杖《まつばづえ》　こりゃどこへ御出《おいで》と杖を　転《ころ》ばぬ先の杖をつく　仕込杖《しこみづえ》　杖と化《か》ス　杖にすがりて来《き》たりけり　杖に成《な》る　杖のあたまへ手をかさね　つえの下からだます也《なり》　虎《とら》が庵《あん》にも杖の竹《たけ》　鳩《はと》の杖　見《み》上《あ》げるような杖をつき　盲人の杖が突《つ》き出《だ》す　休めた杖へ手を重《かさ》ね　金剛杖《こんごうづえ》でいがをむき　金剛杖《こんごうづえ》をシャにかまえ　桑《くわ》は嬉《うれ》しきしもく［撞木］杖《づえ》

【ステッキ】ステッキの軽さ　ステッキをつく幸せと　ステッキを取《と》りに入《い》らっしゃいと　ステッキを持ちかえぬ

【扇《おうぎ》】扇折り風を仕込《しこ》むに　扇子《おうぎ》にてひたいをたたく　扇の風も花の敵《てき》　扇の紐《ひも》を捲《ま》きつくし　扇を鼻へあて　京扇《きょうおうぎ》恋を覗《のぞ》くに　句《く》のある扇子《せんす》　軍扇《ぐんせん》も　扇子《せんす》の先《さき》で

よけて出る　鉄の扇骨《おうぎぼね》　張扇《はりおうぎ》　ほうっては扇子《せんす》をひろう
ポケットの扇が落ちる　わすれてく扇と　扇子箱《おうぎばこ》だぞと
扇箱鳴《おうぎばこな》らして見ては　可愛《かわい》い舞扇《まいおうぎ》　左孕《ひだりはら》みの舞扇子《まいおうぎ》
ひおうぎであたまをはれば　檜《ひ》扇《おうぎ》の如《ごと》く拡《ひろ》げて

【団扇《うちわ》】暑く団扇で煽《あお》がれる　団扇が動くなり　団扇
白く　団扇だんだん暮《く》れて行《ゆ》き　団扇で顔をかくす
うちわではおもうようには　団扇では取れそうもない
うちわと虫が入《いれ》かわり　団扇にあった夢を見る　団扇の
うごく蠅《はえ》ぎらい　うちわは涼《すず》しそう　惜《おし》げなき渋団扇《しぶうちわ》
手が切れそうな渋団扇《しぶうちわ》　客の団扇　捨《す》てらるゝ《る》頃は団
扇も　寝て居《い》ても団扇のうごく　母親だけ団扇　回《まわ》る団
扇を女持《おんなも》ち　モップルの団扇よ　よく羽団扇《はうちわ》をとり落《おと》し

【鞄《かばん》】落合《おちあ》う手《て》筈大鞄《はずおおかばん》　口を明《あ》く提《さげ》カバン　ランドセル
背負《しょ》って　リュックサックが一人《ひとり》立ち

【財布《さいふ》】金入仕《かねいれし》廻也《まうなり》　金《かね》ざいふひろうと　空財布《からざいふ》　き
つちり財布カラになり　月末の財布　財布の底も見せて
やり　さい布《ふ》斗《ばかり》を食《く》いのこし　財布腹《はら》が張り　財布もう
スッカラカンへ　島の財布へばちをいれ　尻《しり》の破《やぶ》れる銭《ぜに》ざ
いふ　貪欲《どんよく》な財布に　引潮《ひきしお》になる財布　娘から財布

巾着《きんちゃく》をメ《しめ》〱《しめ》おりる　紙入《かみいれ》そっと明《あけ》て見る　赤い蟇口《がまぐち》か
ら貰《もら》い　蟇口《がまぐち》がパック〱《パック》　蟇口《がまぐち》の鎖《くさり》も嬉《うれ》し　蟇口《がまぐち》を押《おし》
戻《もど》し　蟇口《がまぐち》を素《す》直《なお》に見せる　正月の子の蟇口《がまぐち》の

日用品

【手《て》拭《ぬぐい》】赤手《あかて》拭《ぬぐい》も茶の花香《はなが》　汗《あせ》とり
であたまをつゝ《っ》む　活《いき》る手ぬぐい
手拭ではたいて　手拭で巻いて　手拭取れの舟番所《ふなばんしょ》　手
拭の貰《もら》いだめまで　手拭を絞《しぼ》る　手ぬぐいをひっぱり合《あっ》て
手拭を人《ひと》じちにする　濡手《ぬれて》拭《ぬぐい》を持ち　豆絞《まめしぼ》り　京《きょう》の手
拭　息子《むすこ》手拭かぶってる

【前掛《まえかけ》】前掛冠《かぶ》り獅子《しし》を舞《まい》　前掛と一《いっ》緒《しょ》にかつぐ　前
掛を滑《すべ》る林檎《りんご》は　前掛は　前掛を借りる

【前垂《まえだれ》】［前掛］　前だれの内《うち》ぞゆかしき　前垂《まえだ》れを借り
て　前だれをはずして内儀《ないぎ》　前だれをふみしだき

【エプロン】エプロンが　エプロンの女給《じょきゅう》　エプロンの白き
に　エプロンの白さ　エプロンをかけさせ

【割烹着《かっぽうぎ》】割烹着良人《おっと》の留守《るす》を　匠師《ししょう》の割烹着

【ハンカチ】ハンカチに　ハンケチの汚れ　ハンケチを出《だ》
す顔になり　ハンケチをふりふり歩く　汚れたハンケチ
の痕《あと》　嫁《よめ》の肌へ太布《たふ》

生活

【マスク】車掌《しゃしょう》マスクへ聞直《ききなお》し　マスクした　マスクの儘《まま》で訳《わけ》を云《い》い　マスク武器に見え

【手袋《てぶくろ》】手袋拳固《げんこ》にもして見《み》　手袋の片手《かたて》　手袋の相《そう》場狂《ばくる》わす　手袋のよごれもいつか　めりやすをはめると

【襷《たすき》】襷にも帯《おび》にもなると　襷の背《せな》を見たいなり　たすきはずして膳《ぜん》に付《つき》　襷を掛《か》けて叱《しか》られる　袂《たもと》に襷落ちかかり　縄襷《なわだすき》　女房が襷で　母は襷を取忘《とりわす》れ　風呂敷《ふろしき》に襷を足《た》して　お茶を呼んでる紅《あか》だすき　大根積《だいこつ》む紅《べに》の襷《たすき》を　畏《かし》こまる片襷《かただすき》　親類の娘は片襷《かただすき》　和尚《おしょう》の襷がけ　新聞を読む襷がけ／しばられたように髪結《かみゆい》

【鉢巻《はちまき》】米噛《こめかみ》へ鉢巻　なまぬるい鉢巻をする　這入《はい》る鉢巻　はち巻で　鉢巻と櫛巻《くしまき》の中《なか》　鉢巻の儘昼寝《ままひるね》也《なり》　鉢巻のゆるんだついで　鉢巻は昨夜の儘《まま》の　鉢巻をする間に　坊主《ぼうず》の鉢巻　ほつれ髪《がみ》へ鉢巻をする

【紐《ひも》】シデ紐をきっちりほどく　何《なん》の紐やら　紐あと腮《あご》に残る　ひもが添《そ》えてあり　紐といてごらんと　紐を添《そ》え

【布巾《ふきん》】生垣《いけがき》にふきんの白き　つやぶきん　ナフキン鶴《つる》に折り　フキンへ黒い血がにじみ

【おしぼり】おしぼりに気のつく年に　おしぼりの中へ眼《め》をあく　蒸《むし》タオル

【風呂敷《ふろしき》】麻風呂敷《あさぶろしき》を背負《しょわ》せ　おなじみの風呂敷を見る　乾《かわ》いたる湯風呂敷《ゆぶろしき》　小風呂敷《こぶろしき》　染風呂敷《そめぶろしき》の　寺の風呂敷に　風呂敷にさえ　風呂敷にひもを足《た》し　風呂敷の色にも娘　風呂敷は　風呂敷をかぶったあした　風呂敷をきつうくくらぬ　風呂敷を着《き》ても歩《あ》るけず　風呂敷を着て休んでる　風呂しきをとくと　列へ並んだ小風呂敷《こぶろしき》

【袱紗《ふくさ》】見せたい袱紗祝《いわ》い重《じゅう》　大《だい》がくをふくさにつゝ《つ》む　服紗《ふくさ》の幕《まく》を明《あ》け　ねじり服紗《ふくさ》も一《ひと》むかし

【ぼろ】嵐《あらし》にボロをはためかせる　漉直《すきなお》されず人のぼろ　女房《にょうぼ》はぼろを入《い》れたがり　襤褸《ぼろ》からも出る

【雑巾《ぞうきん》】雑巾にならぬ絹《きぬ》　雑巾も乾《かわ》いて　男のあとを女拭く

【袋《ふくろ》】菓子袋《かしぶくろ》　一針《ひとはり》ぬきのそばぶくろ　元の袋へ桟敷《さじき》入れ　桔梗袋《ききょうぶくろ》　あべ茶の紙袋　かんぶくろ［紙袋］　数珠《じゅず》袋《ぶくろ》　鬼《おに》もうちがいこしにまく　とそぶくろ［屠蘇袋］

【座布団《ざぶとん》】小切《こぎ》れの座布団　座布団にのこる　座布団の柄《がら》へ　座布団を折ると　座ぶとんを先頭にして　座布団を遠出《とおで》半分《はんぶん》

【毛氈《もうせん》】もうせんで死《しぬ》のを　もうせんを敷《しく》とほろ〳〵《ほろ》　もうせんなしに　毛氈へ狆《ちん》を引連《ひきつ》れ　もうせんへのるが

【ゴムバンド】腕にあずけたゴムバンド　ゴムバンド切れて

【テープ】愛人に投げたテープが　血の通《かよ》うテープも

容器

【桶《おけ》】うどん桶　桶でうけ　桶とはな［花］提《さ》げて　桶に二《に》石《こく》の酒尽《つ》きて　桶一《ひと》つ流れて　苧《お》桶《おけ》あてがう　かいの桶　たった一手《ひとて》桶《おけ》　塗《ぬ》り桶《おけ》程《ほど》に　ぬり桶を引っさげて来る　手《て》桶《おけ》で猫を捨《すて》る

【留桶《とめおけ》】［銭湯で使う桶］留《と》め桶《おけ》の　留桶の寄《き》進《しん》について　湯《ゆ》屋《や》の桶をつみ　とめ桶《おけ》を遣《つか》い　又《また》とめ桶《おけ》へ目《め》を回《まわ》し

【盥《たらい》】金盥《かなだらい》　銅盥《かなだらい》　銅《かな》だらいくさりで繋《つな》ぐ　盥の水捨《す》てる　鬢盥《びんだらい》かたけたような　耳だらい　借《かり》た盥に蝸牛《かたつむり》

【樽《たる》】醤油樽《しょうゆだる》据《す》えた日　樽の文字尊《とうと》き木ぞと　明《あ》き樽《だる》になってよろける　明樽《あきだる》の高枕《たかまくら》

【酒樽《さかだる》】柿の渋《しぶ》ぬく酒の樽《たる》　酒樽に　酒樽のほっ立《た》て尻《じり》も　酒樽のように見え　酒樽を抜《ぬ》いて　樽《たる》をちょこ〳〵《ちょこ》すて〻《て》にげ　来年の樽《たる》に手のつく　えだる［柄樽］置《おい》て行《ゆき》　家《え》樽《だる》をばもたせて出るが　鏡抜《かがみぬ》いて　ぬり樽《だる》と打死《うちじに》も有《あ》り

【瓢箪《ひょうたん》】鬼殺《おにごろ》し瓢《ひさご》に入れて　瓢箪にまだ残ってる　瓢箪は人を酔《よわ》して　瓢箪も背中で踊る　瓢《ひさご》這《は》う門

【蓋《ふた》】蓋はこういう役もする　蓋を明《あ》け〳〵《あけ》　蓋をしめる　蓋をする　井戸《いど》の蓋　思いに蓋をして

【箱《はこ》】空箱《あきばこ》の　黒がねの箱もあけ　道具箱《どうぐばこ》　箱が一《ひと》つあき　枕《まくら》にたらぬかるた箱《ばこ》　餅箱《もちばこ》に　弗箱《ドルばこ》へ入れた金

【ゴミ箱《ばこ》】ゴミ箱あさらせるため　ちり箱《ばこ》に　紙屑籠《かみくずかご》も福禄寿《ふくろくじゅ》　屑籠《くずかご》に何を嘆《たん》ずる　屑籠《くずかご》へ朝の気持を

【印籠《いんろう》】［腰にさげた薬入れ］印籠をくれなと尻《しり》で　長門《ながと》印籠《いんろう》　客の印籠　印籠ばかり光る

【銭箱《ぜにばこ》】銭箱だけが捨《す》て〻《て》あり　銭箱に紙止《とど》まらず　銭箱へがら〳〵《がらがら》と　銭箱へはやく日の出る

【文箱《ふばこ》】急ぐ文箱の紐《ひも》が解《と》け　帯〆《おびしめ》直す書状箱《しょじょうばこ》　状《じょう》箱《ばこ》ふって見る　かよう文箱《ふみばこ》

【鉢《はち》】並んでる鉢　値《ね》切られた鉢へ　鉢も手の鳴《な》る方《ほう》へ売れ　的《まと》の輪《わ》にする七《なな》ツ鉢《ばち》

【俵《たわら》】米俵《こめだわら》　下積《したづみ》の俵は　俵《たわら》富士《ふじ》　６俵を３２１と

【炭俵《すみだわら》】見当《けんとう》つけた炭俵　炭俵提《さ》げて焚火《たきび》へ

【花瓶《かびん》】花瓶の絵　花生《はない》けのぶっかえる程《ほど》　花活《はないけ》へ二人《ふたり》這寄《はいよ》る　花差《はなさ》しになる角《つの》を持ち　花立《はなたて》を背負《しょ》って

【盆《ぼん》】朽木《くちき》盆《ぼん》　団子《だんご》の盆を

【桝《ます》】躍《おど》らして売る鰌《どじょう》　升《ます》　不正桝《ふせいます》

【罎《びん》】空罎《あきびん》へ　空罎《あきびん》を出《だ》すと　一《いっ》升罎《しょうびん》の底の酒　演説をするような罎　硝子罎《ガラスびん》一合買《いちごうが》いの　空瓶《からびん》と　二《に》合瓶《ごうびん》　瓶《びん》の色　瓶《びん》の栓《せん》がぬけ　罎の底　罎を出《だ》し

【壺《つぼ》】口のない壺に　砂糖壺をどうして知った　棄《す》て迷う古びし壺に　壺の美しさ　壺の花捨《す》てれば

【飯櫃《めしびつ》】飯櫃の底にばったり　飯櫃の蓋《ふた》へかくのは　めしびつをかゝ《か》えて内儀《ないぎ》　めしびつをしばりからげる

【米櫃《こめびつ》】米櫃がガラ〳〵《ガラ》　米櫃からり　米櫃に別れたる当座　米櫃の雷《らい》　米櫃を逃げる空気に　米唐戸《こめからと》

【櫃《ひつ》】てい主《しゅ》にこ〳〵《にこ》櫃をしょい　具足《ぐそく》びつのは

【笊《ざる》】米あげざるとしめしかご　笊に水盛《も》って　笊をふって出る

【籠《かご》】網代《あじろ》の魚《うお》や籠の蟹《かに》　籠に欲《よく》が出来《でき》　菊と籠　身をしずめたるにだしかご　山籠《やまかご》の垂《た》れを捲《ま》くれば　市場《いちば》籠《かご》がくる　荷風《かふう》に古い市場籠《いちばかご》　自分ものぞく市場籠《いちばかご》　雨のつぶてを聴《き》く蛇籠《じゃかご》　蛇籠《じゃかご》にならぬ女竹《おんなだけ》　流《なが》れ〳〵《ながれ》て咲く蛇籠《じゃかご》　虫籠《むしかご》と　虫籠《むしかご》の色紐《いろひも》　籠桶《こおけ》の音　鳥籠《とりかご》にあまる　鳥籠《とりかご》の空間と　風すじへ置く蠅《はえ》いらず

【行李《こうり》】竹や柳で編んだ収納具　戸棚の中で行李を開《あ》け　柳行李《やなぎごうり》一《ひと》つで来《き》　やなぎごり　破《やぶ》れぬ柳行李《やなぎごり》　はんがいへ　葛籠《つづら》にて聞《きき》　つゞ《づ》らをばしょわせて出るが　古葛籠《ふるつづら》　明荷《あけに》の馬へ

寝具

【床《とこ》】［寝床］　かたきもち程《ほど》床をかえ　米の余徳《よとく》で藁《わら》の床　ちょうちんの火で床をとり　床に入《い》り　床の番　とこへ引《ひい》て行《いき》　まだ床がさめぬと　むつかしく床をとらせる　奉公《ほうこ》納《おさめ》に床をとり

【ハンモック】ハンモック顔へ毛虫《けむし》が　ハンモックから

【敷布《しきふ》】敷布の上だったが　敷布へみんな掻《か》き集め

【枕《まくら》】小豆枕《あずきまくら》に　いつも低く枕　風留《かぜたま》るとて籠枕《かごまくら》　菊まくら干《ほし》ても　きょうもする枕　寝《ね》沈《しず》んだ枕に　寝付《ねつ》かれぬ枕　船底《ふなぞこ》の浮《う》き枕　枕あてがい　枕から空気を抜《ぬ》くと　枕してのもの　枕衝《つ》きぬいた　枕に畳《たた》み込んだ　枕まではずし　嫁《よめ》の高《たか》まくら　くゝ《く》り枕へ茶の煎《いり》がら　枕のしまる音　赤い塗枕《ぬりまくら》　一《ひと》つは母の塗《ぬ》り枕　昼寝の塗 枕《ぬりまくら》　夜毎《よごと》に替《かわ》る塗枕《ぬりまくら》　きいと鳴癖箱枕《なるくせはこまくら》　坊主《ぼうず》にも合《あう》さし枕

【長枕《ながまくら》】二人寝用共寝の事　ふしぎをたつる長枕　罪もあたらず長枕

【竹婦人《ちくふじん》】［竹で編んだ抱き枕］　竹婦人妬《ねた》む蛇籠《じゃかご》に　避暑

生活

に竹婦人　抱籠《だきかご》を負《お》うても見たり

【枕元《まくらもと》】役《えん》の行者《ぎょうじゃ》の枕許《まくらもと》　丁稚《でっち》の枕許《まくらもと》　枕元女の時計　枕許《まくらもと》の死を　枕元の眠剤《みんざい》　枕もと読まない本が

【枕紙《まくらがみ》】手紙をひらく枕あて　手に皺《しわ》を伸《の》す枕紙

【毛布《もうふ》】赤毛布《あかゲット》　肩をずる毛布　白毛布《しろもうふ》四《よ》つに畳《たた》んで　班長《はんちょう》の毛布は　毛布から

【夜具《やぐ》】〔布団、かいまきなどの総称〕妓《こ》の夜具にフランネル　抜《ぬけ》た夜具　のしの付く夜具を船から　母に任せる夜具の柄《がら》　夜具の綿《わた》　夜具へ人だかり　夜具を敷《し》く事が

【布団《ふとん》】勝手《かって》に布団とりに行《ゆ》き　川へふとんをほうりこみ　炬燵布団《こたつぶとん》を置きかえる　敷《し》き詰《つ》めし布団に淋《さび》し　布団が乾《かわ》き梅乾《うめかわ》き　布団着て寝ても　ふとんで釣《つ》って来てみせる　布団の中で泣けば　布団の中に消え　布団へ手　布団綿《ふとんわた》　布団を縫《ぬ》い急ぎ　干《ほ》した布団がふくれすぎ　待っていてくれた布団の／天徳寺《てんとくじ》おんむくじって

【貸布団《かしぶとん》】貸布団質《しち》にゆき　誰《た》が肌ふれん貸布団

【夜着《よぎ》】〔掛け布団。かいまき〕赤い夜着よく〳〵《よく》見れば　客夜着《きゃくよぎ》も　しょい込《こ》む夜着ぶとん　たゆう哀《あわれ》や木綿《もめん》夜《よ》着《ぎ》　釣夜着《つりよぎ》の　何《なん》ぞ云《いい》そうな夜着　貧《ひん》すりゃどんすの夜着ものう　夜着かけたこたつから出て　夜着着《き》ると　夜着など着てあるき　抜《ぬ》けた夜着いますがごとく　夜着の上からでっちられ　夜着の中から受答《うけこたえ》　朝寝《あさね》の夜着で　腹《はら》の立つ夜着　小夜着《こよぎ》も足の置所《おきどころ》

【寝巻《ねまき》】父の寝巻を　とっときの寝巻を着せる　ねまきになってからも吹き　寝巻の妻を出《だ》し

【蚊帳《かや》】朝の蚊帳　起《お》きてみつ寝て見《み》つ蚊屋《かや》を　表二《おもてに》かいのかやが見え　片隅《かたすみ》は蚊帳が吊《つ》れない　蚊帳を持ってく不案内《ぶあんない》　蚊帳が静かな波を打ち　蚊帳から加減《かげん》して教《おし》え　蚊帳越《ご》しに見られてゐ《い》たは　蚊帳釣《つ》った夜《よ》は　蚊屋《かや》の網《あみ》　蚊帳のいる国で　蚊帳のうちそと物言いて　蚊帳の外　蚊帳のちに　蚊《か》やの釣《つ》りはじめ　蚊帳の裸《はだか》へ声をかけ　蚊《か》や一《ひ》と重《え》でも　蚊帳へ屏風《びょうぶ》を立て回《まわ》し　蚊帳を透《す》かして匂《にお》うよう　蚊帳を吊《つ》る妹を　蚊帳を出て来て子の肩に蚊帳引《ひ》っ掛《かか》り　淋《さび》しき昼の蚊屋《かや》　旅に寝つけぬ蚊帳を吊《つ》り　月を見つめる蚊帳の波　豆腐屋《とうふや》の涼《すず》み蚊屋《がや》　一《ひと》つ蚊帳でも　独《ひと》りに蚊帳の裾《すそ》の冷《ひえ》　ふたり寝《ね》た時の蚊《か》屋釣《やつ》る　母衣蚊屋《ほろがや》を　枕蚊《まくらか》や　萌黄《もえぎ》の蚊屋《かや》　四隅《よすみ》の蚊帳の紐《ひも》　覗《のぞ》かれもせぬこの紙帳《しちょう》　紙帳《しちょう》目にかけず

燃料

【薪《まき》】 河岸《かし》の薪　積み上げた薪の陰《かげ》から　薪がよく割れる　まきざっぱ　薪の大《おお》くべ引給《ひきたも》う　まきのふし　真木《まき》をむしってさあという

【木っ端《こっぱ》】 こっぱたき〳〵《たき》　木っ端も［燃］すごとく

【石油《せきゆ》】 石灯籠《いしどうろ》へ石油　火止《ひどめ》した石油　火を待つ石油よ

【炭《すみ》】 穴籠《あなごも》りする熊野《くまの》炭《ずみ》　いぶってる炭　いぶり炭《すみ》　かた炭《ずみ》を大《たい》せつにする　気の揃《そろ》わない炭を入れ　これが最後の炭をつぎ　親類からの炭　炭か灰か火か　炭はねて炭矢鱈《すみやたら》ついで　炭を食《く》い　炭をつぎ　徳用炭《とくようずみ》の午後となり　花にゆかりの桜《さくら》　炭《ずみ》　水かけた炭長く持《もち》　わるい炭

【消炭《けしずみ》】 消炭を取るに指先　消炭をぶんまける

【炭団《たどん》】 穴あき炭団長《なご》う保《も》ち　炭団の火　炭団は粉《こな》になり　炭団へ丸くなり　炭団をゆり起《おこ》し　半焼《はんや》けの炭団　練炭《れんたん》の穴の通りに

【十能《じゅうのう》】 ［炭火を運ぶ器］　十能に粉炭《こずみ》一《いっ》ぱい　十能のまゝ《ま》　十能は　十能を持って急げぬ　持った十能の火がおこり

【炭取《すみとり》】 炭取りの底かきさぐる　炭取へ　炭取をお貸しと

【マッチ】 朝日へ擦《す》るマッチ　黄燐《おうりん》マッチ　風を憎《にく》んでマッチを擦《す》り　今度のマッチ向きを替《か》え　女給《じょきゅう》マチを擦《す》る　マッチすれば　マッチに押され　マッチの行状記　マッチは強い音をたて　付木《つけぎ》の匂う　袂《たもと》の下に付木《つけぎ》の火

【火種《ひだね》】 朝の火種にある歓喜　火種はいじり〳〵《いじり》瘦《や》せ　火を貰《もら》い

【火縄《ひなわ》】 淋《さび》しい火縄なり　ふって火なわを猪牙《ちょき》へ入れ

【火吹竹《ひふきだけ》】 ［火を吹いておこす竹筒］　火吹竹ぐるみてい主《しゅ》を　火吹竹働き甲斐《がい》は　火吹竹味噌《みそ》摺《す》れず　燃《も》える火吹竹　紅《べに》の付《つい》てる火吹竹　手持《てもち》ぶさたな火吹竹

【火打石《ひうちいし》】 身を砕《くだ》く火打石　身を果《はた》す火打石　焚付《たきつけ》にする火打箱《ひうちばこ》　まず明《あ》け初《そ》める火打箱《ひうちばこ》

暖房

【火鉢《ひばち》】 女将《おかみ》火鉢の縁《ふち》を拭《ふ》き　交番の火鉢に　宿直《しゅくちょく》の火鉢で出前《でまえ》　瀬戸火鉢《せとひばち》　全盛《ぜんせい》の頃の火鉢で　だんだん火鉢押しやられ　猫火鉢《ねこひばち》など捨《すて》る頃　ひとりでに火鉢のおこる　火鉢から　火鉢で顔を見せ　火鉢に埋めた火が亡《ほろ》び　火鉢に顔をくべ　火鉢に子が二人《ふたり》　火鉢に遠くいる　火鉢の中は川開《かわびら》き　火鉢の火をほじり　火鉢へ遠く手を揃《そろ》え　火鉢を押して来る　火鉢をかき立てる　昼は火もなき火鉢　店火鉢《みせひばち》　落ちつかぬ長火鉢《ながひばち》　寝ずにいる長火鉢《ながひばち》　猫板《ねこいた》へ置く盃《さかずき》に

猫板《ねこいた》を拭《ふ》き終《お》わるのを

【股火《またび》】火鉢などにまたがるようにあたること　船頭《せんどう》股火をし　二遍目《にへんめ》の電話へ股火　股火から離れともない　また火《び》して

【火桶《ひおけ》】火桶に時雨《しぐれ》今を待つ　火桶を撫《な》でゝ《て》　まるくいる火桶へ　桐《きり》火桶　見る間《ま》に土の大火桶《おおひおけ》

【火箸《ひばし》】握《にぎ》る焼火箸《やけひばし》　火箸あり　火箸でせゝ《せ》る灰汁《あく》の桶《おけ》　火ばしにてやぼめ〳〵《やぼめ》と　火箸を持ってお前かい　火箸で書《かい》て見せ　やけた火箸で追回《おいまわ》し

【ストーブ】ストーブが消えたまんまの　ストーブに汗《あせ》ばむ程《ほど》に　ストーブの事務所ばかりの　ストーブの隅《すみ》で手紙が　ストーブの火へ炭《すみ》をつぎ

【囲炉裏《いろり》】囲炉裏から飛ぶ栗《くり》も　囲炉裏に炭《すみ》を継《つ》げ　何か囲炉裏へ書いてみる　自在鍵《じざいかぎ》　自在《じざい》の灯《ひ》

【暖炉《だんろ》】暖炉の燃ゆる音　炉《ろ》は燃ゆる

【炬燵《こたつ》】油手《あぶらで》でこたつへあたり　からだはこたつ也《なり》　元《がん》日《じつ》を炬燵に覚《さ》めて　国の話も出る炬燵　首っきり炬燵へ　炬燵からいう贅沢《ぜいたく》を　こたつから首が生《は》へ　巨燵《こたつ》にはえる　こたつから出そうにしては　互燵《こたつ》から出るは　炬燵から真赤《まっか》な顔が　炬燵すっかり忘れられ　炬燵冷たい足が触れ　こたつでこね回《まわ》し　こたつでしかられる　炬燵何かとのせられる　炬燵には　巨燵《こたつ》の大入《おおいり》　炬燵の芝居《しばい》　炬燵のぬくみ離れ兼《か》ね　炬燵の火　こたつは住所定《さだま》らず　炬燵へ少し慣れ過ぎる　炬燵へ籠城《ろうじょう》　巨燵《こたつ》もあしのつく道具　火燵《こたつ》も寒い道具《どうぐ》也《なり》　しいられてあたるこたつは蓼食《たでく》う虫と互燵《こたつ》に寝《ね》　火の消えた炬燵　もう寝ようかと炬燵を出《で》　置炬燵《おきごたつ》火がとろい　片手だけ出る置炬燵《おきごたつ》　手が邪魔《じゃま》でない置炬燵《おきごたつ》　小当《こあた》りのこたつに

【懐炉《かいろ》】四五《しご》時間懐炉が保《も》って　懐炉灰程《かいろばいほど》の

【温石《おんじゃく》】腹部を温める軽石　温石を焼く　温石と一所《いっしょ》にさめる

【湯《ゆ》たんぽ】朝の湯たんぽ　湯たんぽから余《あま》り　湯たんぽを蹴《け》る子に困り

風呂

【湯屋《ゆや》】江戸のゆや　おっつき合《あ》て湯屋へ来る　立草臥《たちくたびれ》て湯屋へ行《ゆ》く　へそをかき〳〵《かき》湯屋へ来る　湯《ゆ》やでいい　湯屋でも遣《つか》う小判《こばん》形り　湯屋よりあまる水煙《みずけむり》　湯屋の煙《けむ》吹き乱れ　湯屋は大目《おおめ》に見《み》湯屋ふくれ　湯屋ぶら下《さげ》る　湯屋へ来て話すは　湯屋を出る　履歴《りれき》は湯屋に居《い》る虱《しらみ》　銭湯《せんとう》で　銭湯《せんとう》に噂《うわさ》を置いて浴場《よくじょう》がポカンと建《た》って

【番台《ばんだい》】女湯《おんなゆ》の方《ほう》へ番台　銭《ぜに》を置く時女湯《おんなゆ》を　番台叩《たた》かせる　番台で　番台の子供やっぱり　番台は傘《かさ》とも言わず　番台へ白銅《はくどう》　湯屋《ゆや》の番台　湯銭《ゆせん》を余《あま》すコップ酒《ざけ》

【湯番《ゆばん》】柄杓《ひしゃく》のえ出《だ》して湯番は　湯《ゆ》ばん門《かど》からまねく也《なり》　湯番のおやじ言いまかし　湯番はわびにくる

【梳手《すきて》】梳手また湯を替《かえ》に来る　梳手見とれる櫛《くし》を拭《ふ》き

【女湯《おんなゆ》】女風呂《おんなぶろ》　女湯に居《い》る弱虫を　女湯の声を探《さぐ》れば　女湯の流し　女湯の方《ほう》へはらせる　女湯は妻もまじって　女湯を覗《のぞ》きがてらに　女湯を覗《のぞ》く男は　女湯へ抱いて来るのは　子を女湯へことづける／しまい湯《ゆ》へ来る

【男湯《おとこゆ》】男風呂《おとこぶろ》　男湯子を洗い　男湯に先夫《せんぷ》の声す　男湯の中に一人《ひとり》の　男湯を女ののぞく

【風呂《ふろ》】明知風呂《あけちぶろ》　浅い居風呂《すえふろ》　勝手《かって》の見える風呂へ入《い》れ　釜風呂《かまぶろ》に敷《し》く塩《しお》だわら　唐風呂《からぶろ》で　子と風呂へ来ると　先へ駈込《かけこ》む楽屋風呂《がくやぶろ》　居風呂《すえふろ》のわきにしゃがんで戸棚風呂《とだなぶろ》　隣《とな》りの風呂は無妻主義《むさいしゅぎ》　昼の風呂　昼風呂《ひるぶろ》に　船風呂《ふなぶろ》や　風呂ひさ〴〵《びさ》の足をのし　風呂へ行《ゆ》き風呂へ行《ゆ》く時間　風呂へ行《ゆ》こうとゲタをさげ　風呂屋に縁《えん》がなし　風呂屋の帰り緒《お》が切れる　風呂屋の煙《けむ》を吸《す》い　風呂屋へひとりもの　風呂屋まで　風呂行《ゆ》きが　風呂を立て　女夫風呂《めおとぶろ》　夫婦風呂《めおとぶろ》　貰《もら》い風呂《ぶろ》裸で将棋《しょうぎ》　八瀬《やせ》の塩風呂《しおぶろ》　追焚《おいだき》の声を煙《けむ》がる　湯上《ゆじょう》るり

【施行風呂《せぎょうぶろ》】［ほどこしの風呂］　洗えば不潔《ふけつ》施行風呂　湯《ゆ》の施行　垢《あか》の他人を悦《よろ》こばせ

【五右衛門風呂《ごえもんぶろ》】お尻《しり》がいら〳〵《いら》と熱い　五右衛門風呂で揉《も》み　娑婆《しゃば》へ浮《うか》んだ地獄風呂《じごくぶろ》

【湯《ゆ》】にくまれものがあつ湯ずき　ぬる湯好《ゆず》き　湯があふれ　湯が沸《たぎ》り　湯から出て　湯に酔《よ》って　湯の沸《た》ぎる儘《まま》に　湯の中で　湯へ長く入《いり》　湯もたぎるなり待つ日なり　もう入れてくれなと　むかい湯《ゆ》に来たりゃ寄りなと

【薬湯《くすりゆ》】薬風呂《くすりぶろ》足をかけると　薬湯で会《あ》い　薬湯は眼《め》をつむり　薬湯へ眼《め》を休ませて　薬湯を父は真赤《まっか》に　柚《ゆ》子風呂《ずぶろ》の匂《におい》に　柚子湯《ゆずゆ》に辷《すべ》り　橙湯《だいだいゆ》待つ火鉢《ひばち》

【湯槽《ゆぶね》・湯殿《ゆどの》】湯ぶねに起きているは誰《た》ぞ　湯ぶねを出れば　浴槽《よくそう》は脚《あし》まで見える　御湯殿《おゆどの》しずか也《なり》　しずむとき念仏《ねんぶつ》のうく　湯殿に少し　湯殿にも成《な》る　湯殿のあがりなり　湯殿は智恵の出ぬ所　水向《みずむ》けをするざくろ口《ぐち》

【三助《さんすけ》】客の背中を流したりする奉公人　三助灸《きゅう》のあと　三助の桶無尽《おけむじん》　三

助の小原節《おはらぶし》　三助は禅僧《ぜんそう》よりも　褌《ふんどし》をしたのが出ると

【流《なが》す】御《お》せなかをきつく流すが　かみさんが流してくれる

【毛《け》切石《きりいし》】女湯《おんなゆ》は石できる音　蛙啼《かわずなく》なり毛切石　石で切るのをあぶながる

【石鹸《せっけん》】石鹸箱　湯《ゆ》の石鹸　生《は》えぎわで泡《あわ》をこさえる

【糠袋《ぬかぶくろ》】あかすりのぬかのと　明《あ》けるぬか袋《ぶくろ》　たらいのふちにぬかぶくろ　女房必死《にょうぼひっし》の糠袋　ぬか袋《ぶくろ》犬のあたまへ　糠袋曰《いわ》く　真昼《まひる》を赤い糠袋　身を投げる糠袋　紅葉袋《もみじぶくろ》をゆずる也《なり》　ぬかを一《ひ》とつかみ

【天花粉《てんかふん》】粉《こ》のふいた子を抱いて出る　天瓜粉《てんかふん》だらけも来てる　天瓜粉《てんかふん》ぬる

【朝湯《あさゆ》】朝風呂《あさぶろ》で知った顔　朝風呂《あさぶろ》のあたまへのせる　朝湯でよく茹《ゆだ》り　朝湯に洗い落《おと》す　朝湯の角《かど》で都節《みやこぶし》

【湯帰《ゆがえ》り】女房《にょうぼ》湯ざめがして帰り　湯がえりを見すまして居《い》る　湯帰りを見たで　湯の帰り　湯殿帰《ゆどのがえ》りの

【湯上《ゆあが》り】風呂《ふろ》上《あが》り夕顔《ゆうがお》へ来て　元結《もとゆい》のゆるむ湯上り　湯上りの女の肌に　湯上りの女の裸像《らぞう》　湯上りの扇風機　湯上りの爪剪《き》る先や　湯上りの肌へ　湯上りを春の娘《こ》になる　湯《ゆ》げのたつ形《な》りで　湯を上《あが》り　ゆかたにてふくを

【腰湯《こしゆ》】腰湯乳母《うば》が相伝《そうでん》　腰湯に大根葉《だいこんば》

【行水《ぎょうずい》】妻の行水　母の行水　行水の跡《あと》に捨《す》ぶね　行水の落ちて行《ゆ》く口《くち》　行水の囲《かこい》となりて　行水のわく内《うち》　行水はそこらを濡《ぬ》らす　行水こぼす先《さき》を　行水をして行水をひょいと見かける　怖《こわ》い行水　日のくれる行水　如露《じょうろ》の夕立　たらいの雨を　たらいの子を叱《しか》り／子はビリケンの型でいる

【水風呂《みずぶろ》】水風呂借《か》って　水風呂の釜《かま》　一人《ひとり》水をあび

温泉

【温泉《おんせん》】熱海《あたみ》の湯　医師のなき地に温泉　温泉のそも徒然《つれづれ》が　温泉町の灯《ひ》へ下《お》りる　草津《くさつ》の湯《ゆ》　道にうば子《こ》の湯《ゆ》　むかしこの湯《ゆ》に竜之介　いでゆ「出湯」の灯《ひ》　山《やま》の湯《ゆ》の溢《あふ》れて　山《やま》の湯《ゆ》の元日もない　温泉《ゆ》の宿《やど》の雨を聴《き》き　子のできるお温泉《ゆ》へ発《た》ち　新温泉《しんゆ》のゆかた　温泉《ゆ》の戻《もどり》　ゆもどりに　湯煙《ゆけむり》は峰《みね》に伸び　湯気《ゆげ》を隔《へだ》て丶《て》雪をほめ　湯煙《ゆけむ》りが山に届いて

【湯治《とうじ》】湯治客　湯治場《とうじば》の客も　湯治願《とうじねがい》の墨《すみ》を摺《すり》　湯治のいとま乞《ごい》　鼻声《はなごえ》で湯治の供《とも》を　湯治から病《やまい》のかわる　湯治がえりはつよく成《なり》

寝る

【寝《ね》る】 上着のまゝ《ま》で寝る　重《かさ》なって寝ても　髪に手をやり乍《なが》ら寝る　草も木も寝るに　ざこ寝《ね》して　じっとして寝たは　死んだように寝て　袖抱《そでだ》いて寝る　父の眼《め》をはばかって寝る　妻も子も寝ている　中《なか》へ寝るから中納言《ちゅうなごん》　寝《ね》ざあなるまいと　寝しずまり　寝沈《ねしず》んだ　寝たとこへ戻り　寝た形《なり》で居《い》るは　寝た人の影《かげ》そのまゝ《ま》に　寝て居《い》て人任せ　寝て居《い》るは　寝てしまい　寝ては居《い》ませんと　寝て用が無いで　寝耳《ねみみ》にさわる　寝るだけにして　寝るつらさ　寝る時の心になれぬ　寝るには惜《お》しい春の風　寝わすれた　早く寝る　早寝する　臥《ふし》ていれば　マァ寝なんしょ　また方角を変えて寝る　目を明《あけ》て寝《ねる》　もう寝たかまだか　もう一《ひと》つ売れば寝る気の　宵寝《よいね》して　よく睡《ねむ》れましたと　よく寝れば寝るとてのぞく　わけて寝るから中納言《ちゅうなごん》　寝そびれてからが　ねそびれるはず　水の音寝そびれて聞く　下戸《げこ》独《ひと》り寝たる姿や　一人寝《ひとりね》は　ひとりねをして居《い》る客が　寝入《ねいり》ばな　寝入《ねい》る子の乳首《ちくび》放した　一寝入《ひとねいり》だるい寝不足《ねぶそく》　寝足《ねたら》ぬ顔の　まだ寝不足《ねぶそく》な歯を磨《みが》き　寝《ね》返《がえ》りを打つ児《こ》の顔に　寝られぬ夜の　寝つかれず

【眠《ねむ》る】 穴をあけて眠る　炬燵《こたつ》の冷《ひえ》た儘《まま》眠り　こんこんの眠りに　今度こそ眠ろうとする　すいみんの内《うち》に　眠ってしまえば　眠ってばかりいる　病人もう眠り　もったいなく眠り　眠られぬ儘《まま》　眠られぬ夜《よ》は

【寝《ね》かす】 おし付《つ》け寝かす也《なり》　おとなしく寝やと　子《こ》を寝付《ねせつけ》て　寝せ付けてていしゅとかわる　寝せつける　母寝かし　もっと寝てござれに　やっと今寝つきましたと

【寝《ね》しな】 寝しなに一《ひと》つゆすぶられ　寝しな迄合羽《までかっぱ》着て居《い》る　寝かけた母が起き　寝込みへ帰り給《たま》いなば

【空寝《そらね》・狸寝《たぬきね》】〔寝たふり〕　おやじのそら寝入《ねいり》　空寝の頬《ほお》をツマ楊枝《ようじ》　狸《たぬき》へ寄りかゝ《か》り　寝言《ねごと》などいう空《そら》ね入《い》り　起《おき》る狸寝　狸寝が　寝たふりで

【不貞寝《ふてね》】 うらみ寝《ね》て　恨寝《うらみね》へ　階下《した》の不貞寝を見て出かけ　背を向けて寝れば　女房《にょうぼ》も背を向ける

【寝姿《ねすがた》】 しらぬ寝《ね》すがた　寝姿のいいのも　寝みだれて　寝姿がよくて　寝姿見せて　見たい寝すがた　寝姿のうちでいやしき

【昼寝《ひるね》】 討死《うちじに》という昼寝なり　表《おもて》だゝ《た》ずにひるねをし　昼寝《ひるね》起《おき》　昼寝起きて来る　昼寝から起《おき》て損《そん》した　昼寝

の顔の蠅《はえ》を追い　昼寝の顔を　昼寝の子　昼寝の罪を蚤《のみ》が責《せめ》　昼寝も草も起返《おきかえ》る　向きをちがえて昼寝する

【眠《ねむ》い】銀行で少し眠たい　どっちか一人《ひとり》睡《ね》むたがり　ねぶったい　眠い顔　睡《ね》むい背をあぶり　眠い目がさめて　眠気《ねむけ》さました　ねむたい顔はなし　ねむたそう　花よめ寝《ね》ごいさかり也《なり》　一人《ひとり》か二人《ふたり》ねむたがり

【まどろむ】アトリエはうつら〳〵《うつら》に　うつら〳〵《うつら》と夜《よ》が明《あ》ける　ツイとろとろとまどろめば　とろとろとしたは　爐《ろ》の端《はた》でウツラ〳〵《ウツラ》の　鹿《しか》のうつら〳〵《うつら》

【居眠《いねむ》り】居眠り肩へ来てとまり　居眠りひとりへり　居眠りにあらず　居眠りの小僧《こぞう》に邪魔《じゃま》な　汽車で居眠り　牛飼《うしかい》と牛と居眠《いねむ》る　え「餌」をひろうように居眠《いねむ》る　お隣《となり》りの居眠り　心が居眠り　ちっとずつ頭を下《さ》げる

【転寝《うたたね》】うたゝ《た》ねの顔へ一冊　うたゝ寝《たね》のつらへ　うたた寝《ね》の眠られず　うたゝ寝《たね》の夢半分は　転寝へ　うたゝ《た》寝へふうわり掛《かけ》て　子の布団《ふとん》敷く転寝《ひるね》の　転寝《ごろね》も春三日

起きる

【起《お》きる】今起きた　起き上がり　起《おき》たかと針《はり》を数《かぞ》えて　起きて居《お》り　起きて来る　起《おき》て出る　起直《おきなお》り　起きぬけて　起きぬけに　起きるつらさを　起《おき》るのをわすれて置《おい》て　どう起きて　ひる前に起きて　宿屋《やどや》まだ起きて　むっくり起《おき》た

【起《お》こす】朝寝《あさね》おこせば　起こされた不平《ふへい》に　起《おこ》されて　おこされる　起《おこ》し番《ばん》たのみて　寝た人を起《おこ》して回《まわ》る　寝るんだから起きろよと　丸寝《まるね》を起《おこ》す　女房《にょうぼ》をゆり起《おこ》し　ゆり起《おこ》す風さえなくて　ゆりおこす手をたゝ《た》かれる

【早起《はやお》き】日曜の早起《はやおき》を　早起きに近寄らず　早起きの店を　早起き見て通り　早起きも父に似ている

【朝起《あさお》き】おき〳〵《おき》のきげんは　おき〳〵《おき》のふきげん

【目《め》が覚《さ》める】一旦眼《いったんめ》をさまし　親父《おやじ》眼《め》が覚《さ》め　鬘《かつら》脱《ぬ》ぐ如《ごと》くに覚《さ》める　国宝の鐘《かね》にめざめる　覚《さ》めて居《い》る　角笛《つのぶえ》に目ざめて　ふと覚《さ》めて　目が醒《さめ》て　目がさめて見れば淋《さび》しい　眼《め》が覚《さ》める　眼《め》の覚《さめ》た子を見て　よい目ざめ　いくよねざめの　傾城《けいせい》の寝覚《ねざめ》のよいも　寝起《ねおき》の渋《しぶ》る癖《くせ》

【朝寝《あさね》】朝寝したのへ　朝寝する炬燵《こたつ》に　朝寝する妻職《しょく》を持ち　朝寝する人をおこすは　江戸に居《い》る内《うち》朝寝する　朝寝する町は　女房《にょうぼ》を持《もっ》て朝寝に　まじまじと朝寝の徳《とく》を　朝寝坊《あさねぼう》　寝《ね》ぼうでも　寝坊《ねぼう》の君子《くんし》　寝坊《ねぼう》めがと　寝過《ねすご》したまま　寝過《ねすご》しを　細帯《ほそおび》の寝過《ねすご》したらしい

結婚

【結婚《けっこん》】結婚と言う陥《おと》し穽《あな》　母と気の合う娘《こ》を貰《もら》い　生《う》む約束で式を挙《あ》げ　玉《たま》の輿《こし》に乗るのと　玉《たま》の輿《こし》出る　金婚《きんこん》の　倦怠期《けんたいき》

【求婚《きゅうこん》】嫁《よめ》はんになるかと　こいよ〱《こいよ》といった果《はて》

【呼《よ》ぶ】［結婚］江戸からよんでにくまれる　はらんだを承知でよんで　よぶをむす子はいやという　呼んだ当座《とうざ》は呼ぶまでの苦労は知らず

【足入婚《あしいれこん》】足入《あしいれ》の前に　足を入《い》れ

【嫁《とつ》ぐ】国を出たまゝ《ま》嫁ぐなり　嫁ぎたり　嫁ぎ行《ゆ》く嫁ぐ朝　嫁ぐ子に風も吹け雨も降《ふ》れ　嫁ぐ日がもう絹《きぬ》糸《いと》へ　娘もう嫁ぎ　やがて嫁《か》す娘ありけり　嫁《ゆ》く気なり　嫁《よめ》に行《ゆ》き　あぶなき娘ゆうべ遣《や》り　嫁《かたづ》ける時には娘二人《ふたり》かたづけるとは　娘まだ嫁《ゆ》かず

【嫁入《よめいり》】意地《いじ》によめ入《いり》　男見てからするよめ入《いり》　今日嫁入があって留守《るす》　友の嫁入するを聴《き》く　嫁入の俥《くるま》　嫁入はせぬ気であった　嫁入へかす無事《ぶじ》な馬

【婚礼《こんれい》】御婚礼《ごこんれい》　こん礼《れい》のあした　婚礼の昨日《きのう》淋《さび》しい婚礼の給仕《きゅうじ》に　婚礼の夜《よ》を　婚礼を蜆《しじみ》ですます

【盃事《さかずきごと》】男へなめて差《さ》し　十度目《とたびめ》の盃事が　婿《むこ》へ盃《さかずき》戻る

【花婿《はなむこ》】化《ば》けそうな花むこの出る　花むこはどうだ〱《どうだ》と　花むこはよほどの頭痛　婿《むこ》えらみ［選］する内《うち》

【新婚《しんこん》】新婚の只侍《ただはべ》り　新婚の箪笥《たんす》四五日《しごにち》　新婚の妻は　新婚の不覚《ふかく》は　新婚の夜《よ》を寝つかれず　新婚へ蜜月《みつげつ》の枕《まくら》に散れる　三等《さんとう》にするホネームーン　ホネームーン可愛《かわい》い癖《くせ》に

【初夜《しょや》】嬉《うれ》しい夜《よ》　新枕《にいまくら》／はまぐりがすゞ《ず》めに成《な》ると

花嫁

【花嫁《はなよめ》】自動車へ乗る花嫁へ　恥《はず》かしく花嫁が出《だ》す　花嫁考える　花嫁こしをかけ花嫁と云《い》わるゝ《る》内《うち》に　花嫁にだきついたとは　花嫁に襷《たすき》した程《ほど》　花嫁に時〱《ときどき》化《ばけ》る　花嫁を百貫道具《ひゃっかんどうぐ》　花嫁のおちつかず　花嫁の写真を抱いて　花嫁の手が切れそうな　花嫁の行《ゆ》くも帰るも　花嫁は顔を隠して　花嫁は黙《だま》って　花嫁は湯《ゆ》へ行《いか》れぬを　花嫁も見る新聞紙　花嫁湯《ゆ》へさそい　花嫁らしいもい［居］　花よめを引《ひき》ずり回《まわ》す

【持参嫁《じさんよめ》】［持参金つきの花嫁］金力《きんりょく》で埋《うま》る娘の　金力《きんりょく》で略式で来た花嫁は　新婦《しんぷ》の心もち　新嫁《にいよめ》注《つ》いでやり融通《ゆうずう》のつく　持参金花嫁《はなよめ》　持参金嫁《よめ》より先に　持参畑《じさんばた》持参嫁　村の嫁持参お多福《たふく》　持参金無くなれば　次の

持参金　持参を尻《しり》に敷《し》く　持参千両《せんりょう》　金《きん》きせ［着］の嫁《よめ》を呼び　正札《しょうふだ》つきの女房《にょうぼ》来る

【裸嫁《はだかよめ》】望まれていく持参金なしの花嫁　裸で嫁入《よめい》り　裸で呼《よん》だ　裸嫁　花《はな》嫁《よめ》の丸《まる》はだか　風袋《ふうてい》なしの裸嫁　裸でといえば

【支度金《したくきん》】したく金取って行《ゆく》のは　身分が違《ちが》う支度金

【丸綿《まるわた》・綿帽子《わたぼうし》】子に丸綿をいやがられ　小さく綿帽子　丸綿のすわ〳〵《すわ》うごく　丸わたをうっとしがるは丸綿をかぶせながらも　綿《わた》ぼうし風をおさえて　綿《わた》ぼうしだけは　ぼうし針嫁《ばりよめ》は銀のを　二度の綿《わた》

【文金高島田《ぶんきんたかしまだ》】文金が見える電車へ　文金は手を引かれ　門《かど》にいる高島田　父と見に来る高島田

縁談

【縁談《えんだん》】あの縁談もあのまんま　縁談の故障　縁談のもつれた事を　縁談一《ひと》つ持って来る　縁談を占《うらな》わせ　縁近し　手軽い縁談　娘に吉《きち》事《じ》なり　嫁《よめ》のだんごうきゅうになり　京《きょう》へ縁組《えんぐみ》　写真で縁談　縁談遠いとこから来《き》

【縁遠《えんどお》い】赤くもならず縁遠い　お講《こう》に目《め》立《だ》つ縁遠さ　昼過《ひるすぎ》の娘は　娘で終《おわ》る気か　嫁《い》きそびれ　嫁《ゆ》き遅《おく》れ

【見合《みあい》】公園の見合　見合後の破談《はだん》　見合するどっちの親も　見合する日を　見合とは知らずに　見合に出るは何事《なにごと》ぞ　見合には　見逢《みあい》の日　訳《わけ》もなく二人《ふたり》見合《みあ》って写真をば見本にし　見つ見せつ　娘見に来たとも見えず

【仲人《なこうど》】あんどんへうつして仲人《なこど》　仲人が来るとかくれる　仲人が無いので　仲人が念を押し　仲人しかるべくふやし　仲人実《じつ》はまわしもの　仲人しゃれをいい　仲人の跡《あと》から出来《でき》る　仲人の嘘《うそ》へ　仲人の諷《うたい》　仲人の膳《ぜん》　仲人のむすめ帳《ちょう》　仲人は雨までほめて　仲人も少しくどいた　仲人屏風《なこどびょうぶ》へそ引込《びきこみ》　橋のかけ賃《ちん》取る仲人　かいぞえ［介添］が嚙《か》む夜着《よぎ》のえり　媒人《なこうど》の嘘《うそ》で悲劇の　媒人《なこうど》はたゞ《だ》名ばかりで　媒妁《ばいしゃく》のない夫婦／舌《した》はぬかるゝ《る》覚悟也

【許婚《いいなずけ》】言《い》い名《な》付《ずけ》　許婚だけが　許婚電話でさえも　許婚入営《にゅうえい》の朝　許嫁看護に飽《あ》きて　許嫁黙《だま》ったまゝ《ま》に　国の許嫁　便《たよ》りの来《こ》ない許婚　袴《はかま》をたゝ《た》むいいなづけ　母が付いてる許婚　もと〳〵《もと》許嫁　縁女《えんじょ》たゞ《だ》

【結納《ゆいのう》】遠い所《とこ》から結納が来《き》　結納うりはぐり　ゆい納《のう》へさしさわり　結納までは　結納にあたりのわるい

縁

【縁《えん》】浅い縁　縁切《えんきり》が来た夜《よ》　こじれたる縁に　釣合《つりあわ》ぬ縁は　ほだしは捨《す》て難《がた》し　悪縁《あくえん》だねと

猪口《ちょく》を差《さ》し　悪縁《あくえん》の　腐《くさ》れ縁ですと
【女難《じょなん》】女難で納所《なっしょ》身をひかれ　女難の相《そう》に成《な》り
【再縁《さいえん》】再縁の媒酌《ばいしゃく》　再縁の嫁《よめ》は　再縁はもう宜《よ》い頃と
美女《びじょ》の再縁
【逢戻《あいもど》り】一度離婚した者と再婚すること　逢戻り　逢戻る迄《まで》はなかった
【再婚《さいこん》】手軽《てがる》う二度の縁《えん》につき　二度の嫁《よめ》　二度め也《なり》
二度目の顔を知《しっ》て呉《く》れ　二度目には娘で通る　二度目のは　互《たがい》に二度め　二ばんばえ　孫程《まごほど》の二度目を入れて
再婚をきけば
【出戻《でもど》り】出戻りが台所へ来て　出戻りの淋《さび》しく今日は　出戻りへ極内々《ごくないない》の　戻りむすめをつんにがし

仲

【仲直《なかなお》り】その顔で仲直りとハ　手打《てうち》は蕎麦《そば》で仲直り　仲がなおりかけ　仲直りうんよし〳〵《よし》と　仲直り鏡を見るは　仲直りとは恥《はず》かしき　仲の直らぬ仲直り　なみだをぬぐう仲なおり　寝《ね》るが夫婦の仲直り　わぼくをし　他人を入れてあゆみより
【仲良《なかよ》し】仲がよさそうに　仲よしが二人《ふたり》来る　女房《にょうぼ》と仲がよし　鵯《ひよ》や雀《すずめ》と仲のよさ　夫婦仲《ふうふなか》いゝ《い》の　水入《みずい》らず
【睦《むつま》じい】睦じいのを一《ひと》つ撮《と》り　睦じき女夫《めおと》　兀天窓《はげあたま》同士睦《むつ》み　福《ふく》は内輪《うちわ》の睦《むつ》み合い　睦《むつ》む長屋《ながや》の棟続《むねつづ》き
【仲《なか》たがい】目下《もっか》仲たがい　仲間外《はず》れのような母　花《はな》見《み》の仲間われ　絶交《ぜっこう》をして　ひやひや思う夫婦中《ふうふなか》
【別居《べっきょ》】別居したそうな　別居して
【離縁《りえん》】離縁する　離縁の門《もん》で　切《き》れ話《ばなし》／去ったあす物をさがすに　去荷物《さりにもつ》　離別荷《さりに》の通る
【離縁状《りえんじょう》】離縁状書く日は　離別状寅《とら》の日に書く
【三下《みくだ》り半《はん》】三《み》くだり書《かい》てまてしばし　三行り半で帰る雁《かり》　三下り半で去る此世《このよ》
【去《さ》り状《じょう》】［離縁状］　書《かい》て貰《もら》う去り状　去り状書いて遣《や》る　さり状くれろ也《なり》　去り状で拭《ふ》く子の涙　去り状で元《もと》の従弟《いとこ》と　去り状にぎりころす也《なり》　去り状の跡《あと》へ　去り状の上に居《す》わりし　去り状の墨《すみ》　去り状も唐紙《からかみ》に書《かい》て　去り状を裂《さ》けば泣き止《や》む　去状《さりじょう》が飛ぶ　笑う去り状　去り状を取る内《うち》　去り状を引《ひき》ずって置《おく》　去り状をやると　切《き》れぶみに　切《き》れ文《ぶみ》の中へのこを

浮気

【浮気《うわき》】紫陽花《あじさい》に似た浮気　浮気する頭と知らず　浮気な妓《こ》　浮気な心の芽《め》　浮気の天人《てんじん》　親がする浮気

【浮名《うきな》】［情事のうわさ］　浮名立てられた同士の　浮名の早既《はやすで》に　浮名も立たず秋が来る　浮名をせめて　思いも寄らぬ浮名哉《かな》

【愛人《あいじん》】愛人と云《い》うは　愛人にまだ職業が　愛人の髪に風　愛人の前は　愛人は牝鹿《めじか》の如《ごと》く　愛人を尻向《しりむ》けにして　愛するのへ　先《ま》ず愛人の趣味に合い　情人《いいひと》に淋《さび》し過ぎ　いい人の名前硝子《ガラス》へ　情婦《じょうふ》訪《と》う途次《とじ》

【色《いろ》】［愛人］　色に手拭《てぬぐい》買ってやり　色の艶《つや》　乳母《うば》がいろ

【間男《まおとこ》・間夫《まぶ》】人妻と密通する男　のっそりと来る間男は　間男つれてにげ　間男と亭主《ていしゅ》　間男に聴《き》けば　間男ぬかす也《なり》　間男の鼻緒《はなお》が切れる　間男は来《き》にくがり　間男は逃げたが　間男は目《め》かりのきいた　間男はれてするつもり　間男よばりする　間男をおさえたそばに　間男を切れろとていしゅ　間男を知らぬふりする　間男をとらえて見れば　まおとこを見出《みいだ》して　間男を持っている　村《むら》まおとこは五俵出《ごひょうだ》し　間夫《まおとこ》のはだしはきつい　間夫《まおとこ》の命拾《ひろ》うて　どいつも間夫《まぶ》に名を知られ　間夫《まぶ》は引過俺《ひきすぎおれ》は間夫　寝取《ねと》られて騒《さわ》がない　嫁《よめ》よりも以前と姦夫《かんぷ》／ゆるくしばって五両とり　しめ［注連］をはずすと寄《より》つかず　糸のひきて有《あり》

【女敵《めがたき》】妻と通じた憎い男　女敵うちに出る　めがたきと思えど

【色男《いろおとこ》】［美男子。情夫］　一座《いちざ》みな色男　色男困ったように　色男四角な智恵で　色男ちとそろばんは　色男でも　色男寝《ね》ざめの悪い　色男ねらわれる　色男帽子《ぼうし》きた儘《まま》　何《なん》のおのれが色男　南京《なんきん》の色男　若い者皆《みな》いろおとこ

【大尽《だいじん》】［大金持］　大尽が帰ると　大尽は舞《ま》わして置いて

【恋人《こいびと》】近所まで来たと恋人　恋人に逢《あ》う楽しさを　恋人の家へうかうか　恋人の家まで　恋人を鸚鵡《おうむ》に聞けば　なすまゝ《ま》になる恋人の

【恋敵《こいがたき》】きざな恋敵　恋敵おんなじ詩集　恋のかたきなり　色敵《いろがたき》　みなライバルというルージュ

妊娠

【妊娠《にんしん》】まだかのと　はたちにもたらないたねを　大きなはらでいいふせる　大きなはらのまゝ《ま》で去り　おっこちそうな腹《はら》　懐妊《かいにん》の鏡を見るが　身もちにて　臨月《りんげつ》へ／黒吉《くろきち》に成恥《なるはずか》しさ　黒くなる乳房《ちぶさ》へ　乳《ち》の黒み夫に見せて　まゝ《ま》夜《よ》色《いろ》づく乳《ち》の黒み

【孕《はら》む】女孕んだだけが損　子を孕み　じき孕み　孕ませたせんぎ［詮議］は　はらませて置いて　孕みけり

孕んだ噂《うわさ》なり　はらんだでそうだん　はらんでもいいと　孕んでも俺《おれ》は知らぬと　孕んでも手柄《てがら》にならぬ　添《そ》うて悔《くや》しい腹《はら》に成《な》り　腹《はら》の子を余所《よそ》へ授《さず》ける

【子早《こばや》い】妊娠しやすい　私《わた》しゃ子早いが合点《がってん》か　子ばやい方《ほう》と

【胎内《たいない》】胎動へ微笑《ほほえ》む夜を　胎内の動きを知るころ　胎内の闇《やみ》に

お産

【お産《さん》】明日《あした》もあるに除夜《じょや》の産《さん》　姉の産《さん》　初産《ういざん》の　産《うむ》を怖《こわ》がる　お目出度《めでた》心配　今年お産の多いこと　産《さん》あげく　産《さん》の伽《とぎ》　御《ご》難産《なんざん》　難産《なんざん》に

【産所《さんじょ》】［お産をする所］　産所の夫　産所を尊《みこと》御《おん》のぞき　亭主《ていしゅ》産所へきゝ《き》に来る　産所伺《うかが》う　産家《うぶや》の口に母の関《せき》

【安産《あんざん》】安産の御使者《おししゃ》は　それ安産のお守《まも》りだ　泣《ない》て目《め》出《で》たき軽い産《さん》　始まり軽く産《うま》れる子　平産《へいざん》の

【産《う》む】一日延《の》びに安《やす》く産み　産み疲れて死んでやれ　生《う》みつけず　産みはなし　己《おの》れに似たる子を産めり　子が子を産んで　子供産んでも　子も産《うま》ん　子を産《うま》せ　児《こ》を産めば　日本で産落《うみおと》し　一人《ひとり》産み　昼鍋《ひるなべ》をして子をもうけ　もう産まぬことにしなさい　留守《るす》に一人《ひとり》で産んで置《おき》　今度も女　産児制限

【胞衣《えな》】胞衣を埋《うめ》れば　見届《みとどけ》る生胞《えな》

【産婆《さんば》】［助産師の旧称］　産婆来て　産婆袖振《そでふっ》て駈《か》け　産婆ちと　産婆も医者の気　招かれて来る産婆　嫁《よめ》の産婆も腕まくり　産婆学出願書

【産婦《さんぷ》】産《う》みてより産婆《さんば》の若い　三度迄《さんどまで》産婦へ聞いて　産婦いい　産婦におこされる　産婦へ手をあてる　産婦やわ〳〵《やわ》ゆすぶられ　臍《へそ》の緒《お》を干《ほす》／酢《す》のわけを聞いて

【腹帯《はらおび》】妊婦が腹に巻く帯　腹帯に　腹帯をせず生《うま》れ　はら帯をせずに産《う》んでは　花嫁《はなよめ》は岩田帯《いわたおび》　短《みじ》かき岩田帯《いわたおび》

【赤子《あかご》】赤《あか》がむごいと村の母　赤子が泣いている　赤子の芸の　赤子を奥へ借りる　赤子二歳に老《お》いにけり　赤子のふたを取《とり》　赤子を抱《だけ》ば　手のひらへ赤子をのせて　赤子の尻《しり》にあざ　真赤《まっか》なをだいて湯《ゆ》へ来る　赤ん坊《ぼ》が未《ま》だ邪魔《じゃま》くさい　赤んぼの欠伸《あくび》　赤ン坊《ぼ》の声に元日　赤ん坊《ぼ》の寝息《ねいき》　赤ン坊《ぼ》の夢の間を　赤ン坊《ぼ》を抱けば　乳呑児《ちのみご》も一杯のんで　乳呑児《ちのみご》を背《せ》に　みどり子《ご》の欠《あくび》の口の　みどり子《ご》に膳《ぜん》をとられて　みどり子《ご》のつまみ初《はじめ》ハ

【申《もう》し子《ご》】授かり子　申し子と思う夫の　申し子と云《いわ》れて

【産着《うぶぎ》】安産着《やすうぶぎ》　奢《おごり》はじめは産着より　産着の火伸《ひのし》

子

【子《こ》】蜑《あま》の子のつめたい乳《ちち》に　云《い》う事をきかぬ小供《こども》に　家の子に見られ　生き残された子にうずく　遺児《いじ》二人《ふたり》　隠居《いんきょ》の子　うちの子の泣き声でない　うちの子は家にいる　鬼子《おにご》でも　おばあちゃん子も女中《じょちゅう》っ子《こ》も来る　誉《ほめ》て帰す悪《わる》イ子　堅《かた》い子を　子がさわり　子が三人あるかと繰返《くりかえ》す　子が出来《でき》てから　子が一人《ひとり》　子から糸を引き　子供おいしい足を振《ふ》り　子供三人あって　子供といゝ《い》話　子供に折《お》りを提《さ》げ　子供に布《ふ》団掛《とんか》けてやり　子供にもなれず　子供の顔へよくふくれ　子供の数をたずね合《あ》い　子供の声を小《ちい》さがり　子供の方《ほう》を買ってやり　子供の目　子供ばかり見え　子供ばっかりでは困り　子供へはさむもの　小児《こども》もむずかしい　子にあわて　子に逆《さから》って連歩《つれある》き　子に摺《す》り餌《え》　子にたのし子に泣かれ　子にばかりたよっていない　子に歯の生《うま》るうれしさよ　子にほだされて呼びはじめ　子にまわし子の頭　子の息で又曇《またくも》り　子の数をさきへあんじる　子の靴紐《くつひも》の解《と》けたまゝ《ま》　子の食欲は何《なん》グラム　子の進歩子の手のみんなよく動き　子の殖《ふ》える他は目立《めだ》たず子の身代《みがわ》りとなっている　子の身持《みもち》　子の倫理　子は親で持《も》つ　子は親の杖《つえ》となり　子は子なり　子は凧《たこ》親は糸子は寝せて置けと断る　子は眠り　子も見つめ　子よ妻よ　子ら海を知らず　子を負《お》うた　子を思い病《や》む母一人《ひとり》　子をかして　子を借《か》りて来《く》る　子をさらわれた母がいる　子を叱《しか》り　子を杖《つえ》と頼む気はなし　子を膝《ひざ》に子を持って　子を持ってから　子を持って御覧《ごらん》は母の　子をゆすり　子を忘れ　寒《さむ》そな子　島の児《こ》に　社長の子のおもちゃ　社長の子みんなけらいと　すばしこい子が託児所の子供　たのしむ児《こ》　つまらぬ子をもうけ　腹《はら》を痛めた子　人の子はさいなまれ　他人《ひと》の子を親に返した一人《ひとり》遊んで居《い》る連子《つれこ》　ひとり貰《もろ》うて帰りたや　ひよっ子がみんな駈《か》けだす　ふけい気《き》なお子だと　ふしょう〲《ぶしょう》に子にまよい　二人《ふた》りの子前後小《こ》の字《じ》に　フト目をそらす子の寝息《ねいき》　船の子へ蟹《かに》なげて遣《や》る　間男《まおとこ》の子とし　らず　ませた子の顔を　まだ起きていた子に　まだ舌も回《まわ》らぬ子さえ　継子《ままこ》の姉が抱き　継《まま》ッ子は　悶《もだ》えの子戻ると連れた子をくばり　良い子悪い子なかりけりよく笑う子をかりにやり　わが子におしえられ　我子《わがこ》に似たる子に引《ひか》れ　我子《わがこ》へは一《ひと》つもやらぬ　我子《わがこ》より与《よ》

所《そ》の子の知る　犬撲《いぬう》つ童《わらべ》も　幼君《おさなぎみ》　大人《おとな》びる

【女《おんな》の子《こ》】女の子絹《きぬ》を着せれば　女の子鏡台《きょうだい》へ来て　女の子猿股穿《さるまたは》いて　女の子にて矢のごとし　少し女の子はオシャマ　おちょぼは乗って見る

【男《おとこ》の子《こ》】男子《おとこご》借りる事が出来《でき》　男の子あるを承知で男の子はだかにすると　男の子へ残り

【坊《ぼう》や】お腹《なか》の坊や　栗《くり》は坊やにしてやられ　小児《こども》いしゃ坊《ぼう》や〳〵《ぼうや》と　達磨《だるま》だけ坊やの前に　蠅《はえ》を坊やにせがまれる　坊や泣いている　坊やの舌があれている　和製の坊や

【一人《ひとり》っ子《こ》】一人《ひと》り子同士脱走《だっそう》　両方が一人っ子

【末《すえ》っ子《こ》】姑《しゅうとめ》　末《すえ》を産み　末子《すえこ》は名前だけ書ける　末っ子の涙で　末っ子は泣きの一手《いって》で　末っ子はまだ起きている末っ子は萌《もや》し独活《うど》　末の子の手を冷《つめ》たがり　末子《ばっし》の利発《りはつ》

【貰《もら》い子《こ》】庭子《にわこ》貰《もら》われ　貰い子の家　貰われて行《ゆ》く子に賢《かしこ》い子もやれず　馬鹿な子はやれず　赤子《あかご》もらいの

【里子《さとご》】里子帰して　里《さと》っ子《こ》に　侍《さむらい》を忘るゝ《る》里子

【餓鬼《がき》】近所の餓鬼の遊《あそ》び所《どこ》　この餓鬼め又飯《まためし》を食《く》うはぎしりはどのがきめだと

【孤児《こじ》】親なき身　親の無い　親の無い子と話す宵《よい》　孤児は見知らぬ母の夢　泣く事に馴《な》れてみなし児《ご》　母無《ははな》し子《ご》　みなし児《ご》となったも知らぬ　みなしごの遊び

【捨子《すてご》】良い着物を着せて子を捨てる　母《かあ》ちゃんがくれたと捨子　捨子が泣《な》いて世帯《しょたい》めき　捨子のふとり　捨子育てる　捨子の身にも灸《きゅう》の痕《あと》　捨子見付《みつけ》る　捨子貰《もら》うにゃましといい　捨《す》てる子《こ》に　拾《ひろ》わるゝ《る》親は　振向《ふりむけ》ば笑《わら》う捨子の　棄子《すてご》の笑い／なんじ元来《がんらい》みかん籠《かご》

【迷子《まいご》】太鼓《たいこ》まで連れた迷子に　迷《ま》い子《ご》が泣けば　迷子と知れて　迷《ま》い子《ご》泣いてゆき　迷子眠くなり　迷《ま》い子《ご》はあっちを向いて　まよい子《ご》の　迷《まよ》い子《ご》の親はしゃがれて

【双子《ふたご》】対《つい》のみどり子《ご》　一人《ひとり》来た訳《わけ》をふたごは　双児《ふたご》を別に置き

【子《こ》が無《な》い】子のない階下《した》の夫婦なり　子のない女房《にょうぼ》うつくしき　子の無いを苦《く》にする　子を持たずして知る

子育て

【子《こ》を抱《だ》く】赤ちゃんを抱かせて貰《もら》う　姉の子を抱いてるとこへ　間男《まおとこ》がだくとなきやむ　おきた〳〵《おきた》とだいて来る　ていしゅだいて来る　今年生《うま》れた子を抱かせ　子を軽く抱《だき》　児《こ》を抱いた　子を抱けば　だいた子にたゝ《た》かせて見る　抱い

た子を嬉《うれ》しがらせる　抱き上げて叔父《おじ》重たいぞ　抱き上げて三日見《み》ぬ間《ま》の　抱けばわが子が猿に似《に》て　てい主《しゅ》あいそに二人《ふたり》だき　抱人《だきて》がよさに　人の子抱《だい》て　歩く子と抱く子と背負《しょ》う子

【子沢山《こだくさん》】子沢山西瓜《すいか》を切るに　一人《ひとり》殖《ふ》えてる子沢山　貧家《ひんか》の子沢山　子福者《こぶくしゃ》と誉《ほめ》て　子《こ》ぼんのう

【子宝《こだから》】子宝の中に忙《せわ》しく　小宝《こだから》に食立《くいたて》られて

【あやす】親も及ばぬあやしかた　熊手《くまで》のような手であやし　ごぜはあやして泣出《なきだ》され　子をあやし　ねかす子をあやしてていしゅ［亭主］　がら〳〵《がら》などをふって見せ

【育《そだ》てる】芸者《げいしゃ》子を育て　捨子《すてご》育てる　七《なな》つ迄《まで》そだてさしょうと　人の子を人に育てる　独子《ひとりご》ハ馬鹿で育《そだつ》て　娘を育てないところ　宇治《うじ》よりも育《そだ》チと　君が子の育ちを見たり　育ちを見せる靴の底　育児箱　育児法とかでそこらあたりの乳母車《うばぐるま》　乳呑《ちの》みにバスケット

【子守《こもり》】子守の髪に癖《くせ》がつき　子守は唄《うた》をやめ　子守は見て帰り　子守も軍歌《ぐんか》　だき守《も》りのわりなき無心《むしん》　寺子屋にもり仕《し》てもらう　なま梅《うめ》をあずけて子もり　子守の恋は今日も暮《く》れ　踏切《ふみき》りの子守へ　もりは二《ふた》ゆすり

【ねんねこ】ねんねこの腰は左右へ　ねんねこを隅《すみ》に

【産籠《さんかご》】産籠で子供の遊ぶ　産籠の中で

【ミルク】粉《こな》ミルク　哺乳瓶《ほにゅうびん》　ミルクの缶《かん》に男泣き

【乳《ちち》】御歯《おは》なき母へ上《あげ》る乳　気の毒そうな乳《ち》をのませ　恋を忘れた乳が張り　俵乳《たわらぢち》あげた殿《との》から　乳うずき　乳に飢《う》えてあり　乳呑《の》みたりない　乳も涸《か》れがてよ　乳をあますよう　乳を吸《す》うように　乳をのみ　乳をのみ〳〵《のみ》　乳をやり　乳を噛《か》むを叱《しか》り乍《なが》らも　乳を長《なが》く呑《のみ》　出る乳とて加減《かげん》　呑《の》みたがる乳　我乳《わがちち》を盗んで乳をもらい　乳兄弟《ちきょうだい》　乳を飲ませに化《ばけ》て来《こ》い

【添乳《そえぢ》】客へ添乳のもうしわけ　添寝《そいね》の乳が張り　添乳蚊《か》を煽《あお》り　添乳した写真を見せて　添乳のひじがはずれて　添乳にも　勇気を添乳

【乳母《うば》】あの乳母が書《かく》で　乳母がみやげに桃の花　乳母の指図《さしず》で塗《ぬ》ってなし　乳母は子に土産《みやげ》　乳母ハちいさき乳母は乳で呼び　乳母ははだかを追回《おいまわ》し　乳母は負《まけ》て居《い》ず　乳母笑い　強く成《なる》乳母　新参乳母《しんざんうば》の　お乳《ち》の人

【乳貰《ちもら》い】乳貰いが掃除して行《ゆ》く　乳貰いに今来なさいと　乳貰いに来《き》て　乳貰いも絞《しぼ》る汗《あせ》　海士《あま》の貰乳《もらいぢ》

生活

葬式

【葬《ほうむ》る】 一二三で葬られ　江戸を葬る鈴の音　葬《ほう》むられ　煙と灰になって

【弔《とむら》い】 大《おお》とむらいの通る音　お葬《とむら》いが通る　とむらい追《おっ》て行《ゆき》　とむらいがつゞ《づ》いてむすこ　とむらいに行《ゆ》くも嬉《うれ》しい　とむらいのあたまにしては　とむらいのかたをかえるの　葬《とむらい》は別に出て　とむらいをよろしい筋《すじ》と安弔《やすとむらい》の　軽いとぶらい　枕飯《まくらめし》　霊柩車《れいきゅうしゃ》あとを

【通夜《つや》】 通夜に酔《よ》い　半通夜《はんつや》を　通夜僧《つやそう》の汗《あせ》ふきおわす間男《まおとこ》が通夜をして　通夜に泣上戸《なきじょうご》　謹《つつし》んで居《い》る通夜僧《つやそう》の

【悔《く》やみ】 くやみいいながら　悔やみを言うて去《い》に

【香典《こうでん》】 香典の包みで　香典を右からつかう

【焼香《しょうこう》】 あと焼香の勘当子《かんどうし》　煙《けむ》にまかれた焼香場《しょうこうば》　焼香の中に看護婦　焼香ハチト面《つら》の皮　焼香場《しょうこうば》蚤《のみ》を火葬《かそう》に　しょう香《こう》を先へしたので

【線香《せんこう》】 せん香《こう》折れという　線香買い　線香が消《きえ》てしまえば　線香の多く立つのも　線香の煙《けむ》で消し　線香の火で　線香へ移り兼《かね》　出《だ》す線香　線香も恋に遣《つか》えば

【喪章《もしょう》】 小《ちい》さき喪章　ちゃんと喪章をつけてるわ　喪章を付けて居《い》る

【葬礼《そうれい》】 医者の門《もん》を葬礼　そう礼《れい》なれた　葬礼二つ行《ゆき》　葬列に　葬列のように歌がない　葬列めいた　葬列や多忙の人も

【葬儀社《そうぎしゃ》】 葬儀社で掃《は》く　葬儀社の　葬儀社は諸行無常《しょぎょうむじょう》の　葬儀社もつゞ《づ》いて出来《でき》る　葬具店《そうぐてん》　葬式屋だけ

【葬式《そうしき》】 明《あ》け方《がた》に出《だ》す葬式は　会葬《かいそう》で　会葬《かいそう》の中に死《しん》だなら酒葬《しゅそう》にしろと　水葬《すいそう》は　葬儀やっぱり泣いている　葬式が出たきり　葬式の費用も無くて　葬式を済《す》ましてからの　湯《ゆ》かんされ　湯灌場《ゆかんば》の笑い　あとぎとう［後祈祷］　入口に立つ葬戻《そうもどり》　いんどう［引導］が済《す》むと

【忌中札《きちゅうふだ》】 忌中札子供面白がって　すだれへ帰る不届きさ　すだれへ戻るばちあたり　すだれを這入《はい》る気の毒さ

【花輪《はなわ》】 広告のような花輪を　ハチ公《こう》は花環《はなわ》のしとね

【棺《かん》・柩《ひつぎ》】 棺桶《かんおけ》の値を知らず　棺が三つ出る　棺に乗事《のること》と　棺へ入《い》り　棺へと封《ふう》じ込み　棺を打つ釘《くぎ》の響《ひびき》に　淋《さび》しい棺が出る　二《ふた》ツの棺を出《だ》し　裏町を柩が通る　糠雨《ぬかあめ》に濡《ぬ》れる柩へ／片棒《かたぼう》をかつぐ

【焼場《やきば》】 火《か》葬場《そうば》も　かりそめの風が焼場で　人を焼く煙　今頃は灰になったと　満員にならぬ焼場の　焼場の

株ばかり　焼場道《やきばみち》　骨上《こつあ》げに　灰《はい》よせに　灰寄《はいよ》せなどと摺《す》り違《ちが》い

【遺骨《いこつ》・骨壺《こつつぼ》】 遺骨を送る駅の雨　おんどりみんな骨壺となり　から〳〵《から》と鳴《な》る骨箱《こつばこ》が　骨壺に　骨壺を手荷《てに》物《もつ》にして　女房《にょうぼ》の骨が赤い甕《かめ》　骨出《だ》して見る　骨の壺納骨《のうこつ》に

【形見《かたみ》分《わけ》】 うかとはくれぬ形見分　形身《かたみ》と八又泣《またな》けという　記念《かたみ》の琴《こと》に　かたみのぬれて　かたみわけ嫁人《よめひと》がらを　小包《こづつみ》で出《だ》すかたみ分け　模様《もよう》争う記念《かたみ》分け／泣《なき》ながら眼《まなこ》を配る

【遺言《ゆいごん》】 奥《おく》がたへゆい言《ごん》はなし　是《これ》もゆい言《ごん》と　遺言状《ゆいごんじょう》　遺言に不服《ふふく》が有《あっ》て　遺言の扶持《ふち》　遺言反古《ほご》にされ　遺言までを　遺言の大事《だいじ》を明《あか》す　遺言の硯《すずり》が出ると

【忌《き》】 一周忌《いっしゅうき》　きのうと思う十七忌《じゅうしちき》　命日《めいにち》も忌日《きじつ》も知らぬ　町内《ちょうない》でみんなきぶく「忌服」の

【故人《こじん》】 故人の名が残り　故人をたたえる日

【亡《な》き】 亡き母がひょっこり　亡き夫《つま》の遺志《いし》を継《つ》がせる　亡妻《なきつま》の　亡妻《ぼうさい》を隣《となり》で誉《ほめ》る　美しい妻を亡《な》くして

【命日《めいにち》】 売った日を命日よりも　揃《そろ》う命日　命日の朝を親の日に　親の日は山《やま》の芋《いも》食《く》え

災難

【天災《てんさい》】 天災にして　天のなすわざわい　火《ひ》の手《て》は人を焼く煙《けむ》り

【地震《じしん》】 震災地の写真　震災に死者の山　震災の救助案　余震《よしん》にも慣れて来る頃　大地震《おおじしん》　きつい地震と庭で言い　激震《げきしん》に　地震崩《くず》れへ海の風　地震のある日腕をくみ　地震の絵かと子供聞き　地震の報告　地震の揺《ゆ》るを直《すぐ》に知り　地震ゆり止《やみ》　地のゆるぎ　微震《びしん》のあった朝の萩《はぎ》　万歳楽《まんざいらく》と大地震《おおじしん》　持上《もちあげ》た大地震《おおじしん》

【津波《つなみ》】 大津波《おおつなみ》　津浪《つなみ》の町の

【洪水《こうずい》】 大水《おおみず》が出て　決潰《けっかい》する夜《よ》の　洪水地獄《じごく》をうつして　水損《すいそん》の村　水《すい》そんとひそん「干損」の状《じょう》が　水難《すいなん》を先《ま》ず蹴《け》のがした　沈没の　水跡《みずあと》の　家をながするしだらでん「震動雷電」

【遭難《そうなん》】 明るい浜《はま》の遭難碑《そうなんひ》／おれが米でもうまるはずちょうし「銚子」の魚《うお》は米を食《く》い

【破損《はそん》】 破損直しは　はそんに二人《ふたり》しかられる

【避難《ひなん》】 避難の夜《よ》　舞妓《まいこ》の避難なり　一《ひと》ツ畳《たたみ》にかたまらせ　土に寝て　人妻《ひとづま》と割床《わりどこ》に寝る　罹災者《りさいしゃ》の身に

病む

【病《や》む】五年病み　歯を病んだ頃の　独《ひと》り病む　足を病馬《やむ》に　病《やま》い犬《いぬ》　病みぬいたように覚《おぼ》える　病みの殻《から》半身ぬけば　病臥《やみふ》せば　病む男　病む顔を　病む娘《こ》の気に障《さわ》り　病むは我《われ》のみならず　病むもよし病まば見るべし　病んで旅より送られぬ　我《われ》病めり　悲しいわけは母が病《や》み　病んで知る

【患《わずら》う】わずらいなんした顔さと　わずらいの内《うち》は　煩《わずら》う禿《かぶろ》またがれる　煩《わずら》う馬の

【痛《いた》む】痛い事　いたい事無《ことな》いと　痛いと思う事もあり　痛む母の腹《はら》　人の痛さも思い遣《や》る　独《ひと》り痛みける

【病《やま》いがち】正直過ぎて病勝《やまいが》ち　病いがち

【病気《びょうき》】うちかえす病気　此人《このひと》に此病《このやま》いあり　子の病気　四百四病《しひゃくしびょう》の範囲外　病《やま》いと一《いっ》しょに帰るとこ　病《やまい》の根　女に付《つい》た病《やまい》なり　花柳病《かりゅうびょう》　思えば古きわが持病《じびょう》　善人《ぜんにん》に持病《じびょう》　不快《ふかい》だと

【行倒《ゆきだお》れ】案山子《かかし》の倒者《たおれもの》　行路病《こうろびょう》　釈迦《しゃか》行倒れ　瑞《みず》穂国《ほのくに》に行倒れ　行倒れ襟《えり》に楊枝《ようじ》を　行倒れは菰《こも》をきる

【容態《ようだい》】奥様の容態を　おもき枕《まくら》を　まきじたでようだいをいう　ようだいを十分きくと　容体《ようだい》は母に言わせて

【気絶《きぜつ》】気絶したればこそ　満月見て気絶

【喀血《かっけつ》】喀血の生きる工風《くふう》に　喀血の焔《ほのお》と揺れる

【熱《ねつ》】高熱の時やゝ《や》さめて　この熱を　常のねつとは違《ちが》います　熱だけ置いてくる　熱とれて

【氷嚢《ひょうのう》】子の熱をさます氷《こおり》に　こめかみへ氷《こおり》のきしむ

【脈《みゃく》】いしゃへみゃく　うばの脈から先へ見る　口をすっぱくみゃくを取《とり》　こもからみゃくを出《だ》して見せ　狆《ちん》の脈から先へ見る　ハッキリと脈を知る　人の脈　脈と言うはなし　脈所《みゃくどこ》を見せて　脈のうつことに　脈のうつことを知ってる　脈は見ず　脈をうち　脈をとり　脈をとりに来る　脈をとり合う

【療治《りょうじ》】［治療］　鬱症《うつしょう》のりょうじ　学医の療治下手《べた》　心《こころ》菩薩《ぼさつ》の外科療治　こんにゃく食《く》うも療治にて　手《て》りょう治《じ》やめに成《なり》　りょう治場《じば》で聞けば　療治する

【看病《かんびょう》】えり人《びと》でかん病《びょう》に出る　看病が手真似《てまね》で叱《しか》る　看病に好《このみ》が出来《でき》て　看病の妻の言葉が　かん病をはぶかれる　くっついて居《い》て看病し　看病が死ぬ気に成《なる》と

【夜伽《よとぎ》】夜寝ないでつきそう　病人は夜伽の穴《あな》を　夜伽の礼に寄《より》　夜伽更《ふ》けて行《ゆ》く　我《われ》に夜伽かきり〳〵《ぎり》す

病人

【病妻《びょうさい》】妻病《や》む日　病気の妻が死に　病気の妻の顔　病妻の寝息《ねいき》　病《や》む妻の枕《まくら》に

【病児《びょうじ》】数へ病《や》んでる子のも入れ　病院の子の春を過ぎ　病気の子の寝顔《ねがお》　病《びょう》じゃな子　病《や》む子へも

【病人《びょうにん》】星霜《せいそう》へたる病《やま》いもの　病人が　病人に手の届かない　病人に土産《みやげ》を見せる　病人のいう通り　病人の顔色知っていて　病人の寝たも　病人のみんな見て置く　病人別の　病人もなおる気でいる　病人も跨《また》がれる　また病人が食べはじめ　翌日は病人　青瓢箪《あおびょうたん》がえんを這《は》い　血圧語り合い　病身《びょうしん》の息子《むすこ》に　病身《びょうしん》な乳母《うば》　患者フト病《や》み上《あ》がり　髪洗う病後《びょうご》の女　羽織病後《はおりびょうご》にちと重く

【治《なお》る】いつ癒《なお》るとも知らず嚥《の》む　癒《なお》ったら娘芝居《しばい》へ　治らぬはず　癒《い》え切らず　癒《い》ゆる当《あ》てなく　白禿《しらくぼ》の頭も癒《いえ》て

【本復《ほんぷく》】［治る］　本復の髪　本服《ほんぷく》の礼に　願いの叶《かな》う本服《ほんぷく》　本復の人　見立違《みたてちが》いで本服《ほんぷく》し

【床上《とこあ》げ】［全快祝い］　床上げの笑顔《えがお》にひとし　床上げの窓から埃《ほこり》

【退院《たいいん》】退院の車しず〳〵《しず》　退院日

病院

【病室《びょうしつ》】病室で見詰《みつめ》る雨の　病室の真昼《まひる》の底に　病室を古往今来《こおうこんらい》　患者控室

【病院《びょういん》】こちらは病院です　所々《ところどころ》に建《た》つ病院　病院に三泊四日　病院のガスは　病院の菜《さい》と鯛味噌《たいみそ》　名月《めいげつ》に病院は皆　医の術も進み　サナトリウムなど知らぬ　赤《せき》十字《じゅうじ》　叩《たた》いて診察

【外科《げか》】狩場《かりば》〳〵へ外科を呼《よび》　げかどの針《はり》を出《だ》し　げかなどにかかったも有《あ》る　外科の供《とも》とかく委細《いさい》を　げかの前　外科は言い　それ見なさいとげかを呼び　外料《がいりょう》を外料《がいりょう》へいさぎよく行《ゆく》

【小児科《しょうにか》】小児科の夫婦で来たが　小児科へ母叱《しか》られに

【婦人科《ふじんか》】産科医《さんかい》に見せて嬉《うれ》しい　婦人科で逢《あ》って

【手術《しゅじゅつ》】手術台　冷たい手術台　やっぱり手術せよという

【麻酔《ますい》】魔睡剤朧《ますいざいおぼ》ろに此世《このよ》　魔睡剤我《ますいざいわれ》に返れば

【体温器《たいおんき》】検温器　体温器

【注射《ちゅうしゃ》】カンフルの二度目に　点滴《てんてき》注射器の下《もと》に

【聴診器《ちょうしんき》】聴診器に言わず　病《やま》いの居所《いどころ》耳で見る西洋医

【包帯《ほうたい》・繃帯《ほうたい》】鉢巻《はちまき》が繃帯になる　繃帯の方《ほう》でも　繃帯を巻く／ピンセット置く静かさも

ケガ

【怪我《けが》】けがのない内《うち》にと　けがのなかった子を叱《しか》り　己《し》が手で己《し》が怪我　ひどい怪我

【疵《きず》】足に疵　うきにはもれぬかすり疵　疵になり　疵の有《あ》るのがのんでさし　疵の無い人は通らぬ　疵のよう　脛《すね》の疵　すりむいた疵を泣かない　すりむかれなまきずの一日たえぬ　二度めの疵が深手也《ふかでなり》　針《はり》とがめみけん疵　向《むこ》う疵　殿《との》がひたいにつけて置《おき》

【刺《とげ》】尖《とげ》ぬいて貰《もら》うを　指のトゲ抜《ぬ》いて貰《もら》うに

【痣《あざ》】いのれどあざはぬけぬなり　尻《しり》ぺた中《じゅう》あざだらけ

【火傷《やけど》】今できた火《ひ》だこ　唇《くちびる》のやけど　子の火傷　耳《みみ》ハやけどの　嫁《よめ》の火傷は薬鍋《くすりなべ》　やけどする蝉《せみ》

【霜焼《しもやけ》】霜《しも》ばれも出来《でき》る間が　しもやけがわれて　霜《しも》やけになりそうな　しもやけのクリーム買って　霜焼の手を袖《そで》へ入《い》れ　しもやけの耳で　霜やけの両手見せたる

【あかぎれ】あかぎれの有《あ》る内《うち》　あかぎれの指を春着《はるぎ》へ　ひゞ《び》あかぎれは書きおとし

【床《とこ》ずれ】床ずれの　母床ずれを見せたがり

【痔《じ》】男どうして痔持也《じもちなり》　痔ははえぬきのやまいなり　馬車に痔持《じもち》の百面相《ひゃくめんそう》　若殿《わかとの》の痔は

【腫物《はれもの》】よこね［横根］も怪我《けが》の顔で外科《げか》　はれ物《もの》にのむごぼうの実《み》　腫物の中で絡《つる》ねぶと　ひょう疽《そ》を病《や》んで鼻に出来物《できもの》

【瘤《こぶ》】瘤が出来《でき》　瘤と瘤　瘤のある飴屋《あめや》で通り

【たこ】鍬《くわ》だこにあわやペンだこ　たこのある手と手が握《にぎ》る　撥蛸《ばちだこ》で　耳にも蛸《たこ》が出来《でき》　りっぱに出来《でき》る畳《たたみ》だこ　針《はり》だこを　石場《いしば》で光る枕《まくら》だこ

【まめ】足の豆　靴はいて足に豆出《だ》す

【田虫《たむし》・水虫《みずむし》】伊勢《いせ》やの銭田虫《ぜにたむし》　顔で数珠《じゅず》くる銭痒虫《ぜにたむし》　水虫のひどさを

【疣《いぼ》】顔の疣　眉間《みけん》へ派手《はで》な疣一《ひと》つ

健康

【健康《けんこう》】健康な一家《いっか》に邪魔《じゃま》な　健康を害す　稼《かせ》ぐ身は無病《むびょう》　無病《むびょう》の世《よ》

【達者《たっしゃ》】子も達者　達者かいなどと社長に　達者でいたい顔　達者な客を憎《にく》く見る　達者な父となり　達者也《なり》　父親の達者　母達者　人並に達者です　耳も眼《め》も歯も達者　御《お》丈夫《じょうぶ》で

【養生《ようじょう》】老《お》いの身《み》養生　おのが養生　出養生《でようじょう》　転地療養　養生で　養生に来た手が白い　身の不養生《ふようじょう》

【ラジオ体操《たいそう》】地主《じぬし》のラジオ体操　ラジオ体操の手が揃《そろ》い　健康な市民ラジオへ

【いたわる】足の湯《ゆ》もいたわる　艶《つや》もなき髪をいたわり　病妻《びょうさい》をいたわりながら　病人に労《いたわ》られ

【体質《たいしつ》】汗性《あせしょう》の姉　脂足《あぶらあし》　気上《けあが》りがすると　のぼせ性《しょう》

【冷性《ひえしょう》】寒《さむ》がりと　寒《さむ》がりの暑《あつ》がり　冷症《ひえしょう》で　冷性《ひえしょう》の人を燗《かん》する

【寝冷《ねびえ》】子の寝冷　寝冷した子へよく回《まわ》り　寝冷して花嫁《はなよめ》の寝冷は

【肥《ふと》る】ころげ育てに子は肥り　肥《ひ》立《だ》った女房《にょうぼ》笑うなり　肥ったる身には　肥りよう　肥るのに苦労　目《め》方《かた》殖《ふ》えて来る　横ぶとり　飽満《ほうまん》の肉に　太《ふと》っ腹《ぱら》　肥《こえ》ても痩《やせ》ても

【痩《や》せる】秋を痩せ　おもいに痩せて　糸ほど嫁《よめ》は痩せ　母《かあ》さんを斯《こ》うやせさせて　先生も痩せている　亭主《ていしゅ》痩せ　肉の痩《やせ》　村は痩せ人は痩せつも　痩《やせ》が見え　やせぎすは　やせこけた犬に　やせこけたものを　痩《やせ》こけて居《い》ても蟷《とう》螂《ろう》　痩せた肩をいからし　痩せたがり　痩せたのが持てば　痩せた人　痩《やせ》っぽちが起《た》ち　痩せている女　痩《やせ》ている芸者《げいしゃ》に　痩《やせ》て行《ゆ》き　痩せる法　我《わ》が痩《やせ》を映《うつ》すともなく

【夏痩《なつやせ》】美《うつ》くしい夏痩が来る　社員一同夏痩《や》せて　夏痩の俤《おもかげ》を恋《こ》う　夏痩の肩がこけ　夏痩の女房《にょうぼ》に似合《にあ》う

【夏負《なつま》け】子供もなくて夏を負け　扇子《せんす》の徳《とく》で夏まけず　夏まけの　夏まけもせぬ武者《むしゃ》ぶりと

【やつれる】面《おも》やつれしてる参詣《さんけい》　癖《くせ》をのみこむほどやつれ　ともにやつれる物思《ものおも》い　やつれたる女房の来る　正直な方《ほう》がやつるゝ《る》　やつれよう

灸

【灸《きゅう》】愛す子に灸は　足に巴《ともえ》の灸を据《す》え　あたゝ《た》まりゃきくみそやいと　跡《あと》の数をきゝ《き》　いたずら者に灸をすえ　乳母《うば》が灸　親へ灸を据《す》え　肩の灸かきこわし　灸すえた子を　灸すえたように　灸の落武者《おちむしゃ》　灸一《ひと》つせず　灸をすえ　灸をすえて遣《や》り　灸をすえはぐり　灸をむ［無］になされますかと　こしの灸　子の灸をすえて　春すえやしょうと　一火《ひとひ》〳〵《ひとひ》にあついかや　百会《ひゃくえ》の灸は　またの灸　むすめの灸をすえ　やいとぎゅう　やいとばし［灸箸］　灸の跡《あと》などいじらせる

【灸点《きゅうてん》】灸をすえる所に墨で書く点　灸点に　灸《きゅう》てんを待って居《い》る

【三里《さんり》】［灸のつぼ］　三里すえて立ち　古き三里の灸《きゅう》のあと

【四火《しか》】［灸のつぼ］　おっことす四火のきゅう　四火の灸《きゅう》

四火をすえ　四火すえる　よ〔四〕火《び》を据《す》えやれと／皮《かわ》切《きり》が済《す》むと

【二日灸《ふつかきゅう》】子にも能《よ》く利《き》く二日灸　二日灸きくか〳〵《きくか》と　二日灸でやき直す　又《また》のがれたる二日灸

病名

【胃病《いびょう》】胃拡張の友達に逢《あ》う　胃酸過多《かた》居候《いそうろう》胃病なし　大男胃弱病《おおおとこいじゃくびょう》　また孫《まご》を胃病にしたと　内損《ないそん》は非常の死と　黄金を握《にぎ》り胃癌《いがん》を

【栄養不良《えいようふりょう》】栄養不良かも知れず

【黄疸《おうだん》】黄疸病《おうだんやみ》の剥蜆《むきしじみ》　こんじきの男　しゞ《じ》みうりきいろなつら〔面〕へ　蜆汁《しじみじる》黄色ん坊が

【下痢《げり》】下痢幾日《いくか》　署長《しょちょう》も下痢をやり　神農腹下《しんのうはらくだ》し痢病《りびょう》から　はしたに見せるりびょう〔痢病〕病《やみ》　腹下《はらくだ》り気にかゝ《か》り　食傷《しょくしょう》のたんびにやせる　腹中《ふくちゅう》の雷鳴《らいめい》

【眼病《がんびょう》】はやり目の一側《ひとかわ》ならぶ　眼《め》を病《や》みて尖《とが》る心に眼《め》を病《や》んで

【血《ち》の道《みち》】〔婦人病〕　血の道と独《ひと》りできめて　血の道もてんねき見える　俄《にわ》かに血の道　オゝ《お》そうじゃ実母散《じつぼさん》　初《しょ》手《て》は思案の実母散《じつぼさん》　血のくすり

【種痘《しゅとう》】今の世《よ》ならばする種痘　牛痘《ぎゅうとう》を植《うえ》る親　人痘《じんとう》を牛に種《う》え　印度《いんど》の自然痘《しぜんとう》

【食中毒《しょくちゅうどく》】お世話《せわ》をかけて鰒《ふぐ》をやめ　鰒《ふく》だんべいと藪《やぶ》医《い》おき　ゆうべの鰒仲間《ふぐなかま》／桜の皮をなめ

【神経衰弱《しんけいすいじゃく》】神経衰弱だ　憂欝《ゆううつ》なる神経衰弱者諸君

【頭痛《ずつう》】アゝ《あ》頭痛　朝の頭痛もいえて受け　医者の頭痛は　頭痛がし　頭痛山平愈寺《ずつうさんへいゆでら》　頭痛に病《や》むな大天窓《おおあたま》　頭痛の時は哀《あわれ》なり　飲過《のみすぎ》て頭痛は今朝《けさ》の　嫁《よめ》の頭痛の根

【日射病《にっしゃびょう》】兵は日射病　かくらん〔霍乱〕と藪医《やぶい》見たてる

【風邪《かぜ》】足から風を引き　お庇《かげ》で風邪をひいた文《ふみ》　女《おんな》胸から風邪を引き　カゼ気味《ぎみ》の子供の顔に　風ぐらいなんだと　風邪位《くらい》飲めば治《なお》るの　風邪心地《かぜごこち》　風邪で寝る　風邪の気味《きみ》　風邪を引き　十七屋《じゅうしちや》から引きはじめ　主人のカゼ心地《ごこち》　たいがいな風邪《ふうじゃ》はぬける　たがいちがいに風を引《ひき》　年中《ねんじゅう》風を引く女　母親風邪をひき　母は隠して風邪をひき　風邪《ふうじゃ》かと思えば娘　風の神　風をおして出る　左まえなる風の神　げっそりとするはやり〔流行〕風

【腹痛《ふくつう》】しく〳〵《しく》かぶる　腹痛で　腹痛の訳《わけ》が判《わか》って　わきばらをかゝ《か》えて

【神経痛《しんけいつう》】疝気所《せんきどこ》　疝気《せんき》とは医者の作意《さくい》よ

【虫持《むしもち》】虫持にしたのは　夜ふけて呼べば虫をやみ
【癪《しゃく》】癪の世話《せわ》絶《たえ》ぬ　つよい癪　となり座敷《ざしき》はしゃくをおし　又美《またうつ》くしい癪を押し　我未《われいま》だ癪脱し得ず
【熱病《ねつびょう》】おこりやみ　扇《おうぎ》で招く火の病《やまい》　火の病《やまい》　火の病《やま》い水掛論《みずかけろん》を　医者ははだか［裸］で脈《みゃく》をとり
【脳卒中《のうそっちゅう》】片側往来中気《おうらいちゅうき》だと　卒中風《そっちゅうぶ》　中症《ちゅうしょう》をこわがっている　脳溢血《のういっけつ》　人の卒中《そっちゅう》　中風《ちゅうふう》でやめる酒　中風《ちゅうぶ》やみ
【コレラ】嚊《かか》コレラ　門前にコレラ札《ふだ》
【結核《けっかく》】結核菌と脂《し》ふんの渦《うず》に　結核に空気の悪い　恋《こい》やみへ　格子《こうし》でわるい咳《せき》　長屋《ながや》の結核菌　百里《ひゃくり》先から伝《でん》死病《しびょう》　錆《さ》びる肺　肺病患者の頭の如《ごと》く　肺を病《や》む乳房に　ひと息ごとの肺の煤《すす》　みな肺で死ぬる女工《じょこう》の　胸病《や》んで　もう綿《わた》くずも吸《す》えない肺で　おろうがい　お労咳《ろうがい》かと　ろうがい大不出来《おおふでき》　労咳《ろうがい》に　ろうがいの願《ねがい》は　ろうがいの娘　ろうがい笑うなり　ろうがいをやむがと
【梅毒《ばいどく》】［性病］江戸の疱瘡《ほうそう》に　今日見た鼻《はな》ッかけ　瘡毒《そうどく》に衣を着せる　梅毒第二期患者諸君／目と口のある人
【他《た》の病《やまい》】脚気《かっけ》の気味《きみ》を蓮《はす》に起き　しょうかんは　驚《きょう》風《ふう》に散る花の顔　痳病《りんびょう》の供《とも》　すんでの事にはしょう風《ふう》
麻疹《ましん》が起きたがり　となりのじえき［時疫］しょって来る　喘息《ぜんそく》のそば呑《の》むたばこ　こうひ［扁桃腺炎］の早薬《はやぐすり》

薬

【薬《くすり》】医者の薬が　置《お》き薬《ぐすり》　御薬園《おやくえん》　片仮名《かたかな》の薬はいやな　きっちりと薬をのむが　薬が風を引き　薬では直らぬように　薬に割る砂糖　薬の名薬のような顔一《ひと》つ　薬を聞けばしねという　毒よく聞けば身の薬　歯の薬　抽出《ひきだ》しにあった薬で　百薬《ひゃくやく》を医者に盛《も》り　身の薬　耳に聞く薬の味も　痰切《たんきり》の入《い》らぬ観世《かんぜ》が　薬草《やくそう》の名が長し　下剤《げざい》をかけたよう　解毒剤《げどくざい》　昂《こう》奮剤《ふんざい》射《う》たれた羽叩《たた》きて　のみ逃《にげ》を　呑《の》ましゃれと
【匙加減《さじかげん》】くだらない匙加減　匙《さじ》で殺して取った金　匕《さじ》でもるものとは見えぬ　さじをすて　匙《さじ》を見せ　調合《ちょうごう》をしても　目出《めで》度《たく》遣《つか》うさじかげん　良薬《りょうやく》も匙加減
【薬取《くすりと》り】帰らぬ薬取り　薬とりも来《こ》ず
【薬袋《くすりぶくろ》】薬ぶくろで　どっちらの袋かしれぬ　薬種袋《やくしゅぶくろ》の
【薬礼《やくれい》】［治療代。薬代］おんびんな薬礼もする　薬礼の先《ま》ず脈《みゃく》を引く
【薬箱《くすりばこ》】薬箱いかして持つは　薬箱出ると　薬箱初《はつ》にもたせて　薬箱宿《やど》へかえして

【薬壜《くすりびん》】夫婦で同じ薬壜　妻に夜寒《よさむ》の薬壜

【丸薬《がんやく》】赤球《あかだま》の　転《ころ》がって行《ゆ》く丸薬に　仁丹矢張《じんたんやは》り色かわり　大刀打折《たちうちおれ》て地黄丸《じおうがん》　鼻くそ売りつける　百味丸《ひゃくみがん》万金丹《まんきんたん》が　みんなのまれるきおう［奇応］丸《がん》

【膏薬《こうやく》】言訳《いいわけ》になる頭痛膏《ずつうこう》　うっかり出来《でき》ぬ頭痛膏《ずつうこう》　吸《す》い出《だ》し膏薬鼻へ張《は》り　斜《ななめ》に頭痛膏《ずつうこう》

【煎《せん》じる】利《き》かぬ薬を煎じてる　せんじがら　せんじてのめと　毒だめが煎じ詰《つま》った　しょうが入《いり》ますぞ

【買薬《かいぐすり》】買薬に人立《ひとだち》のなき　買薬になるまでの命

【売薬《ばいやく》】利《き》き目《め》の法螺《ほら》も九層倍《くそうばい》　売薬で済《す》まし

【妙薬《みょうやく》】寺の妙薬　妙薬をあければ中は

【煎薬《せんやく》・散薬《さんやく》】くらやみで龍王湯《りゅうおうとう》を　香蘇散《こうそさん》　散薬を手に笑わすな　中将湯《ちゅうじょうとう》を服《の》みつゞ《づ》け　枇杷葉湯《びわようとう》や　煎薬に顔が笑《え》み

【水薬《みずぐすり》】水薬色が変わると　水薬口をつけ　見立違《みたてちが》いの水薬　水薬《すいやく》の色利《き》きそうもなく

【粉薬《こなぐすり》】薬迄《まで》粉が流行《はやり》　粉薬水薬《こぐすりみずぐすり》

【ひまし油《ゆ》】ひまし油へ　ヒマシ油を呑《の》ませても

【ホルム】コロロホルムの女　誰やらホルム匂《にお》わせる

【惚薬《ほれぐすり》】惚ぐすりむかしきいたを　惚ぐすり利《きく》か利《きく》かと　無理に買《かわ》せる惚ぐすり　小判《こばん》は惚ぐすり　裏《うら》からはたく惚ぐすり　守宮《いもり》が利《きい》て　黒焼《くろやき》でした恋も

【強壮剤《きょうそうざい》】強壮剤でも　ダブルベットとホルモン剤　ちつくちく食《く》う六味丸《ろくみがん》　益《ますます》八味丸《はちみがん》

【人参《にんじん》】［朝鮮人参］　人参刻《きざ》むそばで読み　人参蔵《にんじんぐら》でつかみやい　人参などに目をかけず　人参を干《ほす》　やがて人参

【避妊薬《ひにんやく》】朔日丸《ついたちがん》は茶屋で飲み　月に一筋《ひとすじ》ずつが飲み

【モルヒネ】モルヒネ食《くわ》ばビンまでも　モルヒネも奇効《きこう》

【阿片《あへん》】身《み》に阿片　阿片を与えられ

【葛根湯《かっこんとう》】葛根湯が風引いた　母親はまだ葛根湯

【山帰来《さんきらい》】［梅毒の薬］　女房《にょうぼ》も山帰来　山帰来干す　のむもくやしき山帰来　もそっとまいれ山帰来　梅毒薬《かさぐすり》うそも付《つか》れぬ山帰来　山帰来呑《のみ》〱《のみ》

【傷薬《きずぐすり》】疵愈《きずいや》す馬糞《ばふん》　血止《ちど》め薬《ぐすり》　百足《むかで》の油かりに行《ゆき》

【赤蛙《あかがえる》】［こどもの疳《かん》の薬］　赤蛙来《く》る　色あげをする赤蛙追剥《おいはぎ》にあう赤蛙　もゝ立《もだち》をとる赤がいる

【目薬《めぐすり》】眼薬《がんやく》の貝《かい》も　目薬を淋《さび》しい所で

俗信

【占い《うらな》】薄暗《うすくら》がりで占われ　うらないにさいなんと出る　占《うらない》へも行って　ぼくぜいがえてで居《い》　畳算《たたみざん》　主《ぬし》の八卦《はっけ》はあたりんす　八卦《はっけ》おき八卦《はっけ》の銭《ぜに》の

【辻占《つじうら》】正月の辻占派手《はで》に　辻占で気を腐《くさ》らせる　辻占と　辻占につど〱《つど》礼を　辻占の声　辻占を詮《せん》じつめると

【辻占屋《つじうらや》】悲しい恋の辻占屋　辻占屋おつりに先《さ》きの辻占屋犬を見つけて　皆《み》んな買われる辻占屋

【易者《えきしゃ》】占者《うらないしゃ》　易者いよいよいい話　易者に一人《ひとり》引っかゝ《か》り　易者の髭《ひげ》は赤黒い　易者又《また》　易者もう組《くみ》し易《やす》しとそこへ辻易者《つじえきしゃ》　手筋《てすじ》を易者淋《さび》しがり　売卜者《ばいぼくしゃ》

【陰陽師《おんようじ》】陰陽師　何を聞くやら陰陽師　三碧《さんぺき》というが気になる　清明《せいめい》ほどにあてる也《なり》

【家相見《かそうみ》】家相見が来て茶々《ちゃちゃ》を入《い》れ　家相見が挽《ひ》く車家相見に用はなし　家相見閉口《へいこう》

【手相見《てそうみ》】手相《てそう》見てやると　手の筋《すじ》見せて気に掛《かか》り　手の筋《すじ》を格子《こうし》の外へ　手の筋《すじ》をふるえて出《だ》すも　天下手理《てんかしゅり》　手の筋《すじ》を見ると　我手《わがて》に残る子持筋《こもちすじ》　あてる手の筋《すじ》

【縁起《えんぎ》】えんぎのわるい　親船《おやぶね》にわたる舟鼠《ふなねずみ》　下《くだ》り蜘《ぐも》三世相《さんぜそう》　左《ひだ》り馬

【吉凶《きっきょう》】吉凶もともに　切られた夢を見よ　添《そ》われぬ恋に吉《きち》と出る　左《ひだ》りの痒《かゆ》い耳　耳垢《みみあか》のかゆみ吉事《きちじ》の

【物着星《ものぎぼし》】爪にできる白い斑点　着物の出来《でき》る爪《つめ》を見せ　ほどほどに出る物着星　傾城《けいせい》のはなした爪《つめ》に　芥子粒《けしつぶ》ほどの物着星

【口寄《くちよせ》】口寄の詰《つま》る所《ところ》ハ　低い口寄　生口《いきぐち》を寄せて　うらみ泣《なき》だす笹《ささ》ばたき　こわい笹《ささ》ばたき　戻る巫女《いちこ》の

【厄日《やくび》】月末を厄日というて　厄日が定められ

【厄年《やくどし》】皆《みな》厄年にしてしまい　厄年にやっと気がつく厄年も無く　厄《やく》どしを　厄年は見徳《けんとく》で寄る　あと厄《やく》の寒さ　つみ髪《がみ》の前やくらしい　廿五《にじゅうご》と四十二で込《こむ》

【厄落し《やくおと》】霞《かす》む二人《ふたり》は厄落し　夜《よ》は厄《やく》はらいやくおとし　二人《ふたり》ぐらいはやく払《はらい》

【呪《のろ》う】呪うが如《ごと》く　のろうやつ　呪《のろ》われる主《ぬし》は　落ちた墓穴《ぼけつ》の呪声《のろいごえ》

【丑《うし》の時参《ときまい》り】丑の時参り　時参り楠《くす》の木へ藁人形《わらにんぎょう》　天窓《あたま》で知れた時参り　頭を手燭《てしょく》にし　恐《おそろ》しい釘《くぎ》に

【狐憑《きつねつき》】狐《きつね》が落《おち》て　狐憑　きつねつきおちると　狐付《きつねつ》く　内宇《うちう》賀《が》神《じん》の　取《とり》まいて来《く》る狐《きつね》つき　村を騒《さわ》がす狐《きつね》つき

【魔除け《まよけ》】悪魔をバ除《のが》す日除《ひよけ》の　真《しん》の魔除玉《まよけだま》　悴《せがれ》の悪《あく》魔除《まよ》け　新田《にった》の矢《や》　ぼんてんに魚《うお》をさしとく　方除《ほうよ》けに
【虫除《むしよ》け】虫除けの札書《ふだかき》かけて　虫よけをよみよく張るは　除《よけ》の歌
【疱瘡除《ほうそうよ》け】児《ちご》の着て居《い》る緋《ひ》の衣《ころも》　花嫁《はなよめ》の疱瘡除けは赤い紙燭《しそく》でおくられる　紅紙燭《べにしそく》／股《また》ぐらの御無心《ごむしん》にあう

運不運

【運《うん》】運を見ておくれなんしと　諦め切れぬ運を持ち　運勢《うんせい》の本にはさまる　運の来る道を塞《ふさ》げて　運は点だと　運は時にあり　家運《かうん》は泣くばかり　盃《さかずき》で運の定《さだ》まる
【幸運《こううん》・果報《かほう》】幸運が逃げて行きそう　降《ふ》り来る幸い果報を待って居《お》り　寝て待てど果報が来《こ》ぬと　耳の果報にほとゝ《と》ぎす　身に果報　婦運長久《ふうんちょうきゅう》と祈《いの》るらん
【不運《ふうん》】運がたらぬなり　運来ぬも理《り》なり　運のつき運のない男が見てる　運不運昨夜のくもと　間男《まおとこ》のふうん　三日あわぬがふうん也《なり》　千両箱《せんりょうばこ》の運が尽《つき》
【運命《うんめい》】運命が笑った　運命をくばるはりがね　さんざんな運命　凋《つか》むべき運命に　凋《しぼ》むべきさだめに　宿命《しゅくめい》に宿命《しゅくめい》の軌道《きどう》を汽車は　宿命論者《しゅくめいろんしゃ》だ　天命次第《てんめいしだい》也《なり》

説教

【因果《いんが》】因果悟《さと》ったように咲き　河《かわ》に因果な雪が降《ふ》る　棺《かん》に打つ釘《くぎ》の因果を　めぐる因果の渦《うず》を見せ
【功《こう》】祖先の功による男爵《だんしゃく》の　女房の功徳《くどく》を知らぬ　女房《にょうぼ》ばかりの功ならず　内助《ないじょ》とは
【意見《いけん》・異見《いけん》】いけんいい　いけんいわるゝ《る》　年でなし　異見がすむと　意見聞く両掌《りょうて》の下に　意見するキッカケとなる　いけんついでにとめられる　異見の奥儀《おうぎ》　いけんの聞《きき》はじめ　異見の腰が折れ　異見の側《そば》を　異見は耳へいれるのか　意見ビールの口当《くちあた》り　いけんもしたりすゝ《す》めたり　異見も身《み》にあたり　大《たい》病《びょう》の異見に　異見を夢で聞き　親の異見も　勝った日はいけんいわぬが　来るとまず異見　強意見《こわいけん》　酒飲みに意見するにも　妻の意見も聞いて見る　女房の異見聞く日は　母異見　母とおんなじ意見也《なり》　母は去年の異見をし　まちまちの意見　目の覚《さめ》ぬ人へ異見の　夕べのいけんをし　異見言う人も昔は／わがどらを先へ話して
【小言《こごと》】大小言《おおこごと》　口叱言《くちこごと》いわんず刹那《せつな》　小言いゝ《い》〳〵《い》小言かと思えば　小言聞いてる暇《ひま》がなし　叱言《こごと》は主人じかに出る　叱言《こごと》へ齢《とし》が出る　怖《こわ》し笑って云《い》う小言　一小《ひとこ》

言《ごと》あって　飯《めし》は小言を菜《さい》にして　かまどへくべる口小言《くちこごと》

【しめる】財布《さいふ》の紐《ひも》で〆《しめ》られる　しめられるむす子のそばに　しゃれて内義《ないぎ》にしめられる　ちとしめてくりょう殿《との》と浅黄《あさぎ》をしめにくる／にがい薬をもりに出る

【折檻《せっかん》】折檻の声　能《よ》い音のせっかん　袋だたきのあった晩《ばん》　ちりめんをとり縄《なわ》にする　見《み》せしめの為《た》めの

【縛《しば》られる】傾城《けいせい》縛られる　縛られた奴《やつ》も　縛られた呂律《ろれつ》のまゝ《ま》に　松の木へしばられて居《い》る

【桶伏《おけぶせ》】遊廓で代金を払わない客への制裁　豆腐をねだる桶伏　桶伏に成《なる》ほど桶伏の有《ある》で　桶《おけ》ぶせをはじいて通る

【勘当《かんどう》】勘当の綱《つな》を引っぱる　勘当の俺《おれ》と　勘当の前夜勘当の袂《たもと》に重き　勘当の時すくうやく　義理《ぎり》で勘当二日《ふつか》お［置］き　勘当の髭《ひげ》がのび　勘当へ小包《こづつみ》で出《だ》す　京《きょう》へ勘当　勘当をゆるされたあす　親類の持余《もてあま》されは　月にうかれておん出《だ》され／息子《むすこ》銚子《ちょうし》の月を見る

【座敷牢《ざしきろう》】座敷牢一人《ひとり》の友が　座敷牢遺言《ゆいごん》も無く

【家出《いえで》】家出の娘　家を出る　よめ家出

学校

【学校《がっこう》】学校が好き好き　学校で　学校は八日《ようか》からさ　学校へ行《ゆ》く顔をして　学校へ呼ばれて　学校補助　学校休む風が吹き　学校を気にして子供　学校を出て幾年《いくとせ》や　学校を出ると　高校にさえやれない子から　小学校を出たまんま　女学校《じょがっこう》大学を卒《お》え　チャン〳〵《チャン》と学校帰《がえ》りを　中学へ行ける子を　学びの庭のつくしんぼ　学《まな》びやに　洋学校　運動場《うんどうば》教壇で　職長室に赤い花　尋常科《じんじょうか》　文科出《ぶんかで》の　乳母付《うばつき》の幼稚園　幼稚園送り迎《むか》いへ　幼稚園腹《はら》の立《た》つ子へ

【夜学《やがく》】夜学から帰れば　夜学から戻って　夜学生《やがくせい》　夜学では　夜学の段階子《だんばしご》　夜学の勉強　夜学をさせようかと思い　夜学に更《ふ》けて　夜学校《やがっこう》の横で　雪の夜学校《やがっこう》

【教室《きょうしつ》】教室の暗さへ　教室はどっと笑って　教室を狭《せま》く食《く》い　よその教室見て通り

【校長《こうちょう》】校長どなたかとたずね　校長の白い手袋《てぶくろ》

【女学生《じょがくせい》】色に出にけり女学生　おしえ子《ご》の育ち見恍《みと》るる　女学生包みの下へ　女学生度胸《どきょう》をきめて　女生徒が　ハッキリ女学生　半日《はんにち》うたう女学生　ブッキラボーな女学生　海老茶美《えびちゃび》に背景のある　門で海老茶《えびちゃ》の手を離れ

【生徒《せいと》】巫女《いちこ》かと思《お》もや女生徒　一年生別れ　一年生を教えそう　学生の中《うち》が花さと　苦学生《くがくせい》　三年生とな

り　学士《がくし》の親がかり　新学士《しんがくし》　生徒がドッと湧《わ》き　生徒は学《がく》に鞭《むち》　生徒持ちたがり　村生徒　生徒杉《すぎ》の伸《の》び　級長《きゅうちょう》の号令　級長《きゅうちょう》は見つめ　級長《きゅうちょう》も出来《でき》ぬ試験に

【先生《せんせい》】通《かよ》い女教師《じょきょうし》母といる　女教員《じょきょういん》二人《ふたあり》寄ると　女《じょ》教師《きょうし》が立つ車掌台《しゃしょうだい》　女教師《じょきょうし》ふと見つけ　先生という尊称に　先生と先生　先生と呼んで　先生に恋してメノコ先生の家に　先生の苦心《くしん》　先生の手がつつみ　先生はそうも読めると　先生安い方《ほう》を買い　教育家　教授なり

【学校行事《がっこうぎょうじ》】運動会は謝絶《しゃぜつ》する　校歌になって酒もなし　参加賞　参観日　式があり　謝恩会　ＰＴＡに義《ぎ》理《り》を欠き　父兄へ作《つく》り笑《わら》いする

【学《まな》ぶ】あしたに道聞く　苦学《くがく》した話　苦学手炉《くがくしゅろ》も蛍《ほたる》の火　昼寝《ひるね》は止《やめ》て夜《よ》も苦学《くがく》　貿易を早く学んだ

【授業《じゅぎょう》】算術《さんじゅつ》の話で　数学に強い　体操科　みんな手を挙《あ》げたがるのを　予習来る　講義中　講義録を伏せ　教科書がまだきれい　教科書に無いことすべて　綴方《つづりかた》

【卒業《そつぎょう》】卒業試験　卒業に　卒業の日が待遠《まちどお》い　卒業の名簿《めいぼ》に見えぬ　卒業へ　卒業をして簿記棒《ぼきぼう》へ

【勉強《べんきょう》】錐《きり》で勉学　復習する大声　勉強が積《つも》り　勉強嫌《きら》いなり　勉強の正札《しょうふだ》つきで　勉強の力瘤《ちからこぶ》　勉強の光りが　勉強をしろと　教育が有《あ》って　入学が出来《でき》て　成績が少し上った　全甲《ぜんこう》は先《ま》ず隠居所《いんきょじょ》へ　丙《へい》の親

【試験《しけん》】一高《いっこう》の受験　学業試験　小試験　試験場　試験不合格　試験前の夢　試筆也《しひつなり》　答案紙もう出来《でき》ました

【落第《らくだい》】落第聞いて寝る　落第すな生徒　落第の歴史あり　落第を女給《じょきゅう》　薄々《うすうす》　落第を何《なん》にも言わず

飼う

【飼《か》う】飼犬《かいいぬ》の何処《どこ》をどう来て　かい馴《な》らす　飼《かわ》れて籠《かご》に　鶏舎《けいしゃ》の朝　鶏《とり》の柵飼《さくがい》　鳥の世話《せわ》　鶏《にわとり》を飼って　先《ま》ず飼猫《かいねこ》をとって投げ

【カナリヤ】カナリヤの唄賑《うたにぎ》やかに　カナリヤの瞳《ひとみ》の奥の　カナリヤを売る日　カナリヤを逃《にが》して

【伝書鳩《でんしょばと》】伝書鳩感激されて　伝書鳩なら　鳩《はと》を飼う役で　空中の郵便夫

【金魚《きんぎょ》】生き残る金魚と　買った金魚のみんな赤《あか》　金魚口あけ尾《お》をふらん　金魚こそいゝ《い》面《つら》の皮《かわ》　金魚にも品評会　金魚の顔を縦《たて》に見る　金魚の中に鮒《ふな》　硝子《ガラス》の金魚を金魚球《きんぎょだま》　金魚鉢《きんぎょばち》かきまわしたい　指を濡《ぬら》した金魚鉢《きんぎょばち》

【蛍《ほたる》】書を学ぶ蛍の籠《かご》も　蛍で学ぶ学《がく》　蛍へ部屋を暗く

する　蛍を集めて書《か》きそうな　蛍を隅《すみ》へ持《も》てゆき　炉《ろ》も蛍
少し離れて蛍籠《ほたるかご》　二階のほたる籠《かご》　樒《しきみ》に光る飼蛍《かいぼたる》

行事

【元日《がんじつ》】改める気のお元日　元日に女の
あるく　元日に泣くは　元日の風神棚《かみだな》に
元日の灯《ひ》も　元日の礼　元日は朝起《あさおき》をする　元日を寝
ては居《お》られぬ　元日を閑《ひま》でいる　元旦《がんたん》の女房《にょうぼ》　元旦《がんたん》はい《い》ゝ
分別《ふんべつ》を　扠《さて》元日のむつかしさ　寺の元日　先《ま》ず元旦《がんたん》は味
覚から　神棚《かみだな》からのお朔日《ついたち》　年こ《こ》ゝにカラッと明《あ》けて
なすすべもなく正月へ　無事《ぶじ》に年明《としあ》けて

【三ケ日《さんがにち》】三ケ日顔を見ぬ物　三ケ日淋《さび》しい物は　三
が日蔵《くら》はあけない　三が日酔《よ》うて帰って

【新年《しんねん》】あらたな年《とし》に成《なり》　ころび出た新年という

【正月《しょうがつ》】正月に行《ゆ》くぞと　正月の夜《よ》や　正月はまだ二《ふつ》
日《か》ある　正月はもみ手《で》で　正月はよいものと思う　正
月も遠くなり　正月を座《すわ》れば　人参《にんじん》が残るおせちへ
寝《ね》正月《しょうがつ》　寝ながらも正月らしい　廿日《はつか》正月《しょうがつ》まつ魚屋《うおや》
粥杖《かゆづえ》で柳《やなぎ》の腰の　書初《かきぞめ》もほめて　あろうてもきるきそ初《はじめ》

【初夢《はつゆめ》】初夢がモシさめますと　初夢にしては　初夢の
笑い屏風《びょうぶ》へ　初夢は親に食《く》わせる　初夢を秘《ひ》めて　鳶《とび》ま
で八見る　富士の夢君にさ《さ》ゝげて　不二《ふじ》を夢見て

【宝船《たからぶね》】七福神を乗せた宝の船の絵。枕の下にしいて寝る　宝船漕手《こぎて》は見えず　宝舟《たからぶね》さ
かさによんで　宝船乗せられたなと　宝船帆《ほ》は張切《はりき》って
晩《ばん》にねるならたから舟《ぶね》　目出《めで》たし宝船／ほうろくの入《い》
る神もあり　いな大《だい》こんをえびす様《さま》　亀も不精《ぶしょう》な顔を
上げ　日本からも一人《ひとり》乗り　毘沙門《びしゃもん》の鎧《よろい》が邪魔《じゃま》な　舳《へさき》
の方《ほう》へみんな寄り

【年玉《としだま》】［贈答品］　お年玉の財布　年玉扇《としだまおうぎ》　年玉ぐるみ
丸くなり　年玉にきちんと座《すわ》る　年玉の銀貨《ぎんか》二枚が
年玉の茶わんをむいて　年玉へ小僧《こぞう》　年玉をつるさって出《だ》す

【初大師《はつだいし》】素湯《さゆ》に星浮く初大師　はつ大師《だいし》人の波うつ

【破魔弓《はまゆみ》】はまゆみを貰《もろ》うた顔は　弓は手桶《ておけ》に納《おさ》めたり

【松《まつ》の内《うち》】淋《さび》しく暮《くら》す松の内　雀の驕《おご》る松の内　八百《はっぴゃく》
八町《やちょう》松の内　松の内だけ滞《とどこお》り　松の内皆出《みなで》払《はら》って

【松過《まつす》ぎ】門松《かどまつ》のすっこむ時分《じぶん》　松がとれ　松過《まつすぎ》の財布
に残る　松すぎの閑《ひま》となりたる　松の内は過ぎ

【松飾《まつかざり》】墨絵《すみえ》のような松飾　松かざりくずす時には

【門松《かどまつ》】門松に大勢《おおぜい》立《たつ》て　門松をうれしくくゞ《ぐ》る　門
松を取ると出て見る　ささやかな門松に　松が枝《え》のとな

りへからむ　松立つもよしなくもよし

【蔵開《くらびら》き】蔵開きいそがる丶《る》　帳《ちょう》の上書《うわが》き蔵《くら》びらき

【年賀《ねんが》】賀《が》の初《はじめ》　年賀式　年賀の辻《つじ》の霜《しも》

【年賀状《ねんがじょう》】一枚はいる年賀状　国へ謹賀新年《きんがしんねん》　重役《じゅうやく》の賀状　年始状《ねんしじょう》終《おわ》り　喪《も》中《ちゅう》へ来る賀状

【年始《ねんし》】いらぬ年始に回《まわ》り事《ごと》　重《かさ》ね酔《よ》う年始に袴《はかま》　御《ご》年始《ねんし》の中《うち》へ　だらけずに回《まわ》って来《き》なと　てい衆《しゅ》年始にこわごわ来《き》　年始のこぶが一《ひと》つ出来《でき》　ずっと来てずっと出て行《ゆく》　ふくめんと羽織《はおり》を取ると　矢を二本箱入《はこいり》にして

【回礼《かいれい》】回礼は暮《く》れて落付《おちつ》く　回礼を受ける小僧《こぞう》は下戸《げこ》の礼　飲めそうな方《ほう》へ回礼　礼《れい》の供《とも》

【御慶《ぎょけい》】［新年の挨拶］　漕《こ》ぎ乍《なが》ら御慶をかわす　御慶鸚鵡《おうむ》返《がえ》しで　井戸《いど》で御慶のうらじゃくや［裏借屋］　御慶に念《ねん》が入《い》り　生酔《なまえい》は御慶にふしを

【年礼《ねんれい》】年礼の留守《るす》を　年礼飲んで待ち　年礼をずけ過《すぎ》たで　年礼の果《はて》

【門礼《かどれい》】門礼で済《すま》ぬとていしゅ　門礼にしたのが

【礼者《れいしゃ》】門松《かどまつ》にすがる礼者は　呑《の》む礼者

【年始客《ねんしきゃく》】終《しま》いだという年始客　年賀客　年始帳《ねんしちょう》

【年神《としがみ》】門口《かどぐち》で年神思案《しあん》　年神さまの

【繭玉《まゆだま》】繭玉に　繭玉一《ひと》つ売れ　繭玉へ風寒からず　まゆ玉《だま》も革の羽織《はおり》も　繭玉をつる此《こ》の家も　ゆれる繭玉

【餅花《もちばな》】二《ふた》つ三《み》つつけて餅花　餅花が有《あ》るかと　餅花に鼠《ねずみ》　餅花の嵐《あらし》は

【喰積《くいつみ》】年始客への祝儀の食物　かえる時くいつみの出る　食《くい》つみがこしやくに出来《でき》て　食《く》いつみも松葉《まつば》斗《ばかり》に

【七草粥《ななくさがゆ》】薺《なずな》をはやす夫《つま》　七種《ななくさ》さ　七草《ななくさ》という日の朝の七《なな》くさを寝床《ねどこ》で笑う／まな板をた丶《た》くと　台所《だいどこ》はた丶《た》く

【小豆粥《あずきがゆ》】あずき粥《がゆ》　露《つゆ》もまだひぬ小豆《あずき》がゆ

【屠蘇《とそ》】断《ことわ》り付《つき》の屠蘇を飲み　さわやかに屠蘇の膳《ぜん》　第一《だいいち》便《びん》は屠蘇へ来る　段々俺《だんだんおれ》に似て来た屠蘇　屠蘇《とそ》機嫌《きげん》　屠蘇丈《だ》けで済《す》ます積《つも》りの　屠蘇に酔《よ》い　屠蘇の座《ざ》に　屠蘇の座《ざ》の妻珍《めず》らしく　屠蘇より親へ延命酒　屠蘇を頂《いただ》く太《だい》神楽《かぐら》　二《に》二《にん》が六の屠蘇きげん　女房もお屠蘇にちょっと

【福沸《ふくわか》し】始末《しまつ》はじめの福わかし　福わかし鬼《おに》わかしでも

【鏡餅《かがみもち》】御鏡《おかがみ》にする一臼《ひとうす》へ　餅《もち》に飾《かざ》り海老《えび》

【雑煮《ぞうに》】お雑煮に顔は揃《そろ》えず　蕪《かぶら》の雑煮也《なり》　鴨雑煮《かもぞうに》　火を打《うっ》てそれから雑坐《すわ》らせたい雑煮　雑煮餅《ぞうにもち》焼きつつ

煮　別に煮ている雑煮餅《ぞうにもち》　もういくつ上《あ》がるとぞうに

【とんど・左義長《さぎちょう》】けっこうな帯《おび》もどんどに　舅《しゅうと》はとんどから戻り　とんどからとんどへ朝の　二階からとんど見つけて　左義長や面白過《すぎ》て　花びらあぶる左義長

【初午《はつうま》】午祭《うままつ》り　午祭《うままつり》となりも同じ　初午に虻《あぶ》も障子《しょうじ》を　初午にたこを上げるは　初午の帰り

【節分《せつぶん》】鬼《おに》は内《うち》福は外だと　節分に鬼《お》にゃ内《うち》はやす　節分の豆を拾《ひろ》うて　蒔《まい》て見たがる年の豆　節分の床《ゆか》に

【雪見《ゆきみ》】ばかめらと雪見の跡《あと》に　雪見連《ゆきみづ》れ　雪見の雅《が》　冬枯《ふゆがれ》は六《む》ツ《っ》の花見《はなみ》か　六《む》つの花見《はなみ》の隅田堤《すみだてい》

【梅見《うめみ》】郊外《こうがい》の梅を見に来た　言の葉も匂う梅見の古梅園《こばいえん》　夜の梅見に出掛《でかけ》

【雛・雛祭《ひな・ひなまつり》】赤子《あかご》にひなを見せ　色の黒いが母の雛　弟《おとうと》をふせぐ雛まつり　かけこんで雛をせっつく　立雛《たちびな》の箪笥《たんす》に雛の二《ふた》つ三《み》つ　早いひな　払雛《はらいびな》　雛がなし　雛なればこそ間《ま》に合《あ》うと　雛に毛氈《もうせん》借りられる　雛の有《あ》る内《うち》は　ひなの使《つかい》にきかれけり　雛の灯《ひ》へ坐《すわ》り　ひなの椀《わん》ひな迄《まで》せいがひくいなり　雛わけに　雛をしょい　雛を出《だ》し　ふいに出るひなは　ふり袖《そで》をおさえてひなを　三日を過ぎた雛のよう　娘のほしき雛祭《ひなまつり》　ひなの箱ころんだ所《とこ》で　雛の箱まだふみも見ず　雛の蓋《ふた》あけて　雛箱《ひなばこ》へその日帰《ひがえ》りの内裏《だいり》びな　だいり雛《びな》つとにして行《ゆく》

【紙雛《かみびな》】紙でした雛《ひな》　紙雛に角力《すもう》とらせる　紙びなはころぶ時にも　神《かみ》びいな

【雛の酒《ひなのさけ》】ひなの酒下戸《げこ》をへだてぬ　雛の酒茶わんでのんで　ひなの酒みんなのまれて

【曲水の宴《きょくすいのえん》】杯が通りすぎないうちに詩歌をよむ　杯《さかずき》流しの遊び　文《ふみ》が流れてしまう　下戸《げこ》の曲水《きょくすい》／下戸《げこ》青〳〵《あおあお》と帰る

【草餅《くさもち》】草餅の使《つかい》　草もちの使《つかい》はすぐに　草餅をやいて

【花見《はなみ》】お花見のナリで来る　菰《こも》かぶり花見の船に　堀《ほり》へ行《ゆ》く花見船《はなみぶね》　桜の中にいためつけ　他人とは見えぬ花見も　田楽《でんがく》もない花見なり　花なら花っきり　花に背をむけて　花見から帰らず　花見客　花見に子をつける　花見にも行《い》かれぬことを　花見の雨で　花見の中へどさら落ち　花の朝ちん［狆］もつれてと　花の日のあした　花戻《はなもど》り　花見ぬも雅《が》なり　花なれば社《こそ》

【花見幕《はなみまく》】毛むしを幕の外へなげ　花の幕《まく》　花見の幕《まく》どなり　幕のふくれるたびに散り　幕を打《うち》

【桜狩《さくらがり》】加賀《かが》やぬり笠《がさ》さくらがり　山伏《やまぶし》ばかり桜狩

【夜桜《よざくら》】花見《はなみ》から夜桜　夜桜に客も散り込む　夜桜の戻り

【花祭《はなまつり》】［四月八日の釈迦の誕生日の法会］　四月八日がこゝ《こ》にあり　釈迦《しゃか》は六時を指《さ》し給う　花祭釈迦《しゃか》は濡《ぬ》れたり　岡持《おかもち》へお釈迦《しゃか》を入れて　象《ぞう》を曳《ひ》くうの花笠《はながさ》の　観音《かんのん》の花《はな》見時《みどき》　灌仏《かんぶつ》の湯気《ゆげ》に隠れて　闇《やみ》のあかりや仏生会《ぶっしょうえ》

【メーデー】嵐《あらし》をはらむメーデー歌《か》　五月一日の太陽がない　鉄の流れとなるメーデー　微笑《ほほえ》んで聞くメーデー歌《か》　メーデーのない　メーデーよ　ゆるさぬメーデー祭

【競馬《くらべうま》】絵での競馬《けいば》はよい男　耳を帆《ほ》にするくらべ馬

【子供《こども》の日《ひ》】こどもの日の天気　弁慶《べんけい》の使《つかい》

【鍾馗《しょうき》】しょうきか金太郎　雛《ひな》ほどに食《く》わぬ鍾馗や　下手《へた》鍾馗《しょうき》　坊やは紙の鎧《よろい》なり　鍾馗など提《さ》げて／唐《とう》の大臣《おとど》を軒《のき》へ立《たて》

【菖蒲《しょうぶ》】あやめさげ行《ゆく》　菖蒲酒《しょうぶざけ》

【菖蒲湯《しょうぶゆ》】菖蒲《しょうぶ》は湯屋《ゆや》の用に立《たち》　菖蒲湯で　菖蒲湯は遅《おそ》く来たのへ　菖蒲湯をあんなに長い

【菖蒲太刀《あやめだち》】あやめ太刀《だち》　しょうぶ刀《がたな》で切《きり》なびけ

【菖蒲葺《あやめふき》】あやめふき　階子《はしご》の礼にあやめ葺《ふき》

【鯉幟《こいのぼり》】鯉幟　五月鯉《さつきごい》四海《しかい》を呑《の》まんず　中洲《なかす》の幟《のぼり》軽くゆれ　幟《のぼり》に過《す》ぎた猿を付け　闇《やみ》に来て見幟《みるのぼり》竿《ざお》　幟《のぼり》がふえて　初節句《はつぜっく》幟《のぼり》の高《たか》を　初幟《はつのぼり》　古幟《ふるのぼり》

【紙《かみ》の鯉《こい》】洗いにならず紙の鯉　風で脹《ふく》れた紙の鯉　紙の鯉立てゝ《て》

【七夕《たなばた》】書く子倦《あき》て七夕と二字　七夕様《たなばたさま》を書きたがり　先《まず》七夕にかわきそめ

【草市《くさいち》】草市にききょうの切れる　草市のはかなき物を　草市はみなまぼろしの　草市へ来て鳴く虫は

【お盆《ぼん》】うら盆の客　気はうら盆の染《そめ》ゆかた　経木買《きょうぎかい》足《た》す魂《たま》まつり　地蔵盆《じぞうぼん》　盆が来《く》りゃ　盆三日　盆の置物　けちな盆　盆の来るのが　盆前《ぼんまえ》に　盆前《ぼんまえ》の墓洗い

【迎え火《むかえび》】涙を隠すお迎い火《むかいび》　迎火《むかえび》の中にあり〱《あり》　迎え火をまたいで通る　万灯《まんとう》の／とうろ作るや玉《たま》むかえ

【送り火《おくりび》】［霊を送る火］　送り火は静かに消えて　送り火を見る門徒《もんと》の子

【灯籠《とうろう》】高灯籠《たかどうろ》　茄子《なす》灯籠《どうろう》が墓印《はかじるし》　引き手の多い高灯籠《たかどうろ》

【灯籠流し《とうろうながし》】信女《しんにょ》ながるゝ《る》すてどうろ　灯籠《とうろ》過《す》ぎ　流

生活

れ行《ゆ》く灯籠《とうろう》の灯《ひ》に

【盆踊《ぼんおどり》】足を踏まれた盆踊　踊りの手　くり返してる盆踊り　たいこであおぐ盆おどり　丁度此村《ちょうどこのむら》盆踊り　とて・・・もを付《つ》けた盆踊　夫婦も出逢《であ》う盆踊り　盆踊誰かと思《おも》や

【霊棚《たまだな》】［お盆のお供え］　精霊《しょうろ》へのちそう　霊棚の牛に角《つの》なし　霊棚の供物《くもつ》をねだる　霊棚をはだかで拝《おが》み　盆《ぼん》棚《だな》は主《しゅう》も家来《けらい》も　茄子馬《なすびうま》　おず《おず》〳〵すえる蓮《はす》の食《めし》

【棚経《たなぎょう》】自転車で来る棚経へ　棚経は年に一度の

【夏休《なつやす》み】日記がたまる夏休《なつやすみ》　母になりきる夏休み

【川開《かわびら》き】江戸の川開き　鍵屋《かぎや》に頼む川開き　親類を呼ぶ川開き

【花火《はなび》】すだれ越《ご》し花火に　花火となってきえにけり　花火なら黒玉《くろだま》　花火のあがる訳《わけ》を聞く　花火は終り氷《こおり》割る　花火を惜《お》しく貰《もら》われる　流星《りゅうせい》の内《うち》に

【大花火《おおはなび》】大花火　夜干《よぼし》が見える大花火

【海水浴《かいすいよく》】外人の水着を撮《と》って　海水着《かいすいぎ》　海水浴は磯《いそ》辺《べ》だと　腰巻《こしまき》で海水浴は

【汐干狩《しおひがり》】汐干戻《しおひもどり》の足袋脱《たびぬ》いで　汐干《しおひ》行《ゆ》きゃのどが干《ひ》る　湯文字《ゆもじ》をしめて汐干狩

【蛍狩《ほたるがり》】初蛍《はつぼたる》握《にぎ》って戻る　都会の初蛍《はつぼたる》　蛍狩　蛍見《ほたるみ》の膳《ぜん》　蛍とらせて　蛍逃《のが》して　もちっとでほたるへとゞ《ど》く

【涼《すず》み】朝涼《あさすず》の　加茂《かも》の川涼み　巡査《じゅんさ》もちと涼み　涼みと見えぬ影《かげ》と影《かげ》　橋は涼みの人通《ひとどお》り　船艤《ふねぎ》して涼みがてらの　安《やす》いすゞ《ず》みなり　床涼《ゆかすず》み　橋に浴衣《ゆかた》のしめる迄《まで》　門《かど》すゞ《ず》みしっぺたたゝ《た》き　むすめの門涼《かどすずみ》　格子《こうし》の内《うち》で夕涼《ゆうすず》み　夕すゞ《ず》に成《なっ》て出ようと　約束で出る夕涼み

【涼《すず》み舟《ぶね》】涼み船俺《ぶねおれ》が漕《こ》ごうと　涼み舟端唄《はうた》に遠い

【涼《すず》み台《だい》】汗《あせ》をかゝ《か》せる涼み台　お隣《となり》の涼み台からすゞ《ず》み台ぎしり《ぎしり》〳〵と　涼台《すずみだい》くさめをすると

【お十夜《じゅうや》】［念仏を唱える法会］　御十夜《おじゅうや》のあずきがゆ　十夜ハしけで　お十夜もそこそこにして

【菊人形《きくにんぎょう》】菊花壇《きくかだん》　菊人形に血が通《かよ》い

【月見《つきみ》】あのあたりから月が出る　月がひんがよし　月にはくらい道を行《ゆき》　月に又《また》ござれと　月見たり　月見の客は丸い友　後《のち》の月　三夜待《さんやま》ち　七夜待《しちやまち》　日待《ひまち》の夜《よ》　村日待《むらひまち》ぜんがとれると　物干《ものほし》おりる六夜待《ろくやまち》

【紅葉見《もみじみ》】紅葉見を　紅葉見といっちゃ出《だ》さぬと　紅葉見いったらし　よき紅葉狩《もみじがり》

【茸狩《たけがり》】 茸狩に　茸狩の戻り　茸狩は紅葉狩《もみじがり》より

【虫聞《むしきき》】［虫の鳴き声を賞美する］ 虫聞にツイ五六町《ちょう》　虫聞の気持で歩め　虫聞の耳に

【御火焼《おほたき》】 御火焼や民《たみ》あたゝ《た》こう　ほたけの礼を言《いい》火焼のまんじゅ　吹子《ふいご》まつりの玉みかん

【七五三《しちごさん》】 御髪置《おかみおき》　帯解《おびとき》は　七五三　千歳飴《ちとせあめ》はかま着《ぎ》のどうだましても　袴着《はかまぎ》をきかぬ妹に　袴《はかま》の子　そだてときせる十五日　よく出来《でき》やした十五日

【酉《とり》の市《いち》】 かついで貰《もら》う鳥の町　三《さん》の酉夜《よ》はほのぼのと酉の市出抜《でぬ》けて寒き　鳥の町　人の羽重《はがさ》ね酉《とり》の町　福《ふく》おこし　大熊手《おおくまで》燦爛《さんらん》として　自動車で帰る熊手《くまで》は　千両《せんりょう》箱落《ばこおと》して熊手《くまで》　半天《はんてん》が五人に熊手《くまで》　風呂敷《ふろしき》へ包む熊手《くまで》は

【クリスマス】 お笑い日本のクリスマス　クリスマの夜《よ》面《つら》が揃《そろ》ってクリスマス　母妙《みょう》な節《ふし》クリスマス

【師走《しわす》】 金策《きんさく》の師走というを　師走知らずの湯《ゆ》につかり　師走に遠く居《い》る　師走らしい音に夜《よ》が明《あ》け　師走を遊ぶ　やはり師走を忙《せわ》しがり　綿《わた》くずのついたが師走

【注連飾《しめかざり》】 おかざりを　注連飾女房《にょうぼ》の智恵で　総代《そうだい》そとへ注連《しめ》を下《さ》げ　春や心の注連《しめ》かざり

【年《とし》の市《いち》】新年の用品を売る年末の市　市帰《いちがえ》り大戸《おおと》上《あ》げろと　市《いち》に寄り正月の買《かい》ものに出て　年の市／はぐれまいぞと

【年《とし》の暮《くれ》】［年末］ 暮近き辷《すべ》り台《だい》　暮近く　暮に髪刈《か》る暇《ひま》を持ち　暮の袂《たもと》から　暮の町　暮らしい音よ速《はや》さよ年の暮なりし　年の暮は暮　年の暮らしい　年の瀬《せ》を越して　此暮《このくれ》の顔が見たいと　年暮《ねんぼ》の宵寝《よいね》かな　間《ま》も無《な》く暮《く》れる年にして　余日《よじつ》も無いに美しさ　余日《よじつ》も無いにやかましい　押詰《おしつま》るほど　月《げっ》ぱくに寄《よっ》て　年末の気分が遠い

【数え日《かぞえび》】今年もあといく日　数《かぞ》えても十日《とおか》の菊《きく》や　算《かぞ》え日《び》に一《ひと》桁狂《けたくる》う　数え日は　日を数《かぞ》え　晦日《みそか》まで日を数《かぞ》え

【年越《としこし》】 年越の来るのも知らず　年を越しますと

【年忘れ《としわすれ》】 年忘れ　年わすれ袴《はかま》で来たで　やぶれかぶれの年忘《としわすれ》　話の下卑《げび》る年忘《としわすれ》　八十八《はちじゅうはち》のとし忘《わすれ》

【配り餅《くばりもち》】 きり〳〵《きり》配れ　くばり餅《もち》わらじをはくと　おそなえの次手《ついで》に頼む　餅《もち》の相談し

【晦日《みそか》】 うそでは行《ゆか》ぬ大三十日《おおみそか》　大晦日《おおみそか》あるとこに　大《おお》三十日《みそか》来《くる》　大三十日《おおみそか》又《また》来たぞへと　恩着《おんき》せられる大晦日《おおみそか》　暮《く》れかゝ《か》る大晦日《おおみそか》　三十日《みそか》に付《つけ》るくすりなし　晦日の鬼《おに》は来《こ》ず　晦日前　晦日《みそか》〳〵《みそか》に　つごもりを

【晦日蕎麦《みそかそば》】つごもり蕎麦《そば》を食《くい》よび屋《や》　みそかそば残つたかけは

【除夜《じょや》】医者の除夜　同じ思《おもい》の除夜を聴《き》く　除夜の鐘《かね》　除夜には鼻がちと高し　除夜の豆　除夜の御明《みあか》し

行楽

【映画《えいが》】大写《おおうつ》し　西部劇　泣いて見た映画　花嫁《はなよめ》映画みるばかり　踏んだと思う撮影所　活動《かつどう》へ誘《さそ》えば　活動《かつどう》へ夫婦で行《い》って

【縁日《えんにち》】縁日が此処《ここ》から切れる　縁日で菊を買い　縁日の角帽《かくぼう》　縁日へ　縁日を見る宿《やど》の下駄《げた》　夏の夜《よ》の縁日を恋《こ》う　まだ縁日は宵《よい》の口《くち》　紙芝居《かみしばい》

【会《かい》】仮装会《かそうかい》　招待券《しょうたいけん》が無駄《むだ》になり　水産博覧会　世界選手権　リサイタル

【幻灯会《げんとうかい》】幻灯会は　幻灯画の客　幼稚《ようち》導く幻灯会／説明もボンヤリ下手《へた》な

【舞踏会《ぶとうかい》】舞踏会亭主《ていしゅ》が邪魔《じゃま》に　舞踏会の時間

【見物《けんぶつ》】大阪を観《み》るものにする　見学へ　見物にむだ口《ぐち》の無い　見物をする綱渡《つなわた》り　観光の先達《せんだつ》

【遊山《ゆさん》】無銭遊興《むせんゆうきょう》　舟遊山《ふなゆさん》　船をうかべて　遊山舟《ゆさんぶね》

【遠出《とおで》】梅《うめ》かけて遠出礼《とおでれい》　邪魔《じゃま》が遠出の名でまじり　遠出官費《かんぴ》で旅行の気　遠出過《す》ぎ　遠出なり　遠出髷《とおでまげ》

【遠乗《とおのり》】遠乗にそろばんのいる　遠乗の

【遠足《えんそく》】遠足が帰る　遠足首を出《だ》したがり　遠足は滝にぶつかるハイキング　ハイキングのメーデー歌《か》

【野掛《のがけ》】［ピクニック］　酒《さか》や尋《たず》ね　野がけ道　芝《しば》にねて見る野がけ道　春宵《しゅんしょう》に野がけの通る　野がけに打《うっ》てつけ　野掛の飽《あき》はて丶《て》　野がけは火をはたき　ピクニック

趣味

【趣味《しゅみ》】姉の趣味　石摺《いしずり》の趣味に　妹の趣味　金になる趣味　趣味は無し　それ丈《だ》けの趣味菊の苗《なえ》　釣《つ》りの趣味　二人《ふたあり》の趣味を　蒐集《しゅうしゅう》の

【釣《つ》り】あかはらを釣《つっ》て　浮木《うき》をねめ　岡釣《おかづ》りは竿《さお》をふまえて　苦しさに動く針先《はりさき》　御夫婦《ごふうふ》の釣《つり》　釣好《つりず》き三途《さんず》川《がわ》　釣《つり》をする内《うち》は子牙《しが》ない　釣《つり》を垂《た》れ　鮠釣《はやづ》りの独《ひと》り暮《く》れたり　待釣《まちづり》の　つりは客のもの　婆《ばば》とせり合う蚯蚓掘《みみずほり》

【うけ】筌釣《うけ》のいとまは恋の渕《ふち》　びく〱《びく》を待つ釣《つり》のうけ

【釣竿《つりざお》】釣竿に直《すぐ》な針《はり》　釣竿の先《さ》きで　釣竿のちょっちょとみえる　釣竿持って　釣竿を肩にしていた　釣竿をしまって　釣竿を出《だ》す浜屋敷《はまやしき》　何もかゝ《か》らぬ釣りをたれ

【箱庭《はこにわ》】箱庭で一日つぶす　箱庭の池だけ知って

【隠《かく》し芸《げい》】隠し芸酒でほころぶ　琴《こと》のかくし芸　旦那芸《だんなげい》　鰌《どじょう》すくいにチト笑い　もう隠し芸ともいえず　むかしとったる杵《きね》づかで　余興《よきょう》は兄の薩摩琵琶《さつまびわ》

スポーツ

【運動《うんどう》】運動に米《こめ》ふみをする　運動に出たに　運動の様《よう》に　スケートへ　鉄亜鈴《てつあれい》　プロレスの如《ごと》く　ボディビル

【泳《およ》ぐ】浮《うか》む積《つも》りで泳いでる　泳いで居《い》　泳ぎ着《つ》く岩から　泳ぐ亭主《ていしゅ》のそばへ行《ゆ》き　泳げ出《だ》したも書添《かきそ》える　畳《たたみ》水練《すいれん》　抜手切《ぬきてき》る　プールの陽《ひ》　プール開《びら》きとみる蛙《かえる》　浮《うき》袋《ぶくろ》泳ぐ亭主《ていしゅ》の　浮輪《うきわ》の方《ほう》へ逃げ　浮輪《うきわ》を持って子の笑顔《えがお》

【鞠《まり》】掌《て》にまりの　鞠に四本の木陰有《こかげあ》り　鞠は仁《じん》の端《はし》

【蹴鞠《けまり》】なげ込んでやるそれた鞠《まり》　下手《へた》のまり扨《さて》にぎやかな　下手《へた》のまりはやくよこせと　鞠ぐつはいてあるけいず　鞠《まり》の弟子　鞠場《まりば》から

【体操《たいそう》】体操の型で　体操は嫌《いや》だと逃《にげ》る　うまく出来《でき》たさかだち　逆立《さかだ》ちやってくる　逆立《さかだち》をしたのも居《お》って

【卓球《たっきゅう》】ピンポンの外《ほか》は静かな　ピンポンへ

【登山《とざん》】登山靴とここで別れる　登山隊

【野球《やきゅう》】甲子園　サイレンが鳴って三振《さんしん》　少年野球　誰もエラーのこと言わず　ついに野球が好きになり　ホームラン　本塁打《ほんるいだ》　野球場　野球戦　ライトを守らされ

【角力《すもう》・相撲《すもう》】草角力《くさずもう》　相撲狂《すもうきょう》に非《あら》ず　相撲好《すもうず》き　相撲にも剣《つるぎ》と矢　相撲の子　相撲は商売　角力をふるまわれ　野良相撲《のらずもう》　一人淋《ひとりさび》しき勝角力《かちずもう》　負角力《まけずもう》砂を払えば　指角力《ゆびずもう》　うらで二ばん取《とり》　角力場《すもうば》に　土俵入臍《どひょういりへそ》の下から　取組《とりくみ》たてる角力小屋《すもうごや》　物言《ものいい》がつくと溜《たま》りへ　行司《ぎょうじ》は飛び歩き　行司平気《ぎょうじへいき》で見そこない　行司《ぎょうじ》も手に団扇《うちわ》　残《のこ》った〱行司《のこったぎょうじ》　足角力《あしずもう》　お土産《みやげ》の番付《ばんづけ》　相撲番付《すもうばんづけ》

【角力取《すもうとり》】下駄《げた》も食《く》いこむ相撲取《すもうとり》　腰をかゞ《が》める角力取　相撲《すもう》が嫁《よめ》を取り　角力《すもう》とり女が惚《ほ》れて　大名道具《だいみょうどうぐ》角力取　蚤《のみ》にまけたる角力取　裸絵《はだかえ》の角力　力士《りきし》の重い口　横綱《よこづな》の土を　横綱《よこづな》はまだ恋をせず　横綱《よこづな》も　関取《せきと》り酒屋　関取《せきとり》の下駄《げた》を見に来る　関《せき》とりの乳《ち》のあたりに

ゲーム

【碁《ご》】囲碁《いご》の遺恨《いこん》に　石取《いしとり》たがるみそこしご　業《ぎょう》の間に楽《たの》む碁　碁が強いそうで　碁じゃ無いと　碁で遅くなったにしても　碁に負《まけ》て　碁のいけん　碁の客に　碁将棋《ごしょうぎ》をやめて稼《かせ》げと　碁の勝負　碁を崩《くず》す音　碁を仕廻《しまい》　碁を休み　電話へ

碁石持《ごいしもっ》て立ち　二目《にもく》の負《まけ》に成《な》り　碁会所《ごかいしょ》といしゃとへ碁会所《ごかいしょ》の娘　碁会所《ごかいしょ》はこの夕立に　碁《ご》ばんの外はつぼをかり　古碁盤《ふるごばん》　碁の助言《じょげん》いいたく成《な》ると　碁石《ごいし》の隠《かく》し芸《げい》

【碁敵《ごがたき》】囲碁《いご》の友　碁打《ごうち》と中《なか》のわるい　碁敵の声　碁敵は憎さもにくし　憎くなし碁《ご》の敵《かた》き　碁《ご》の相手

【将棋《しょうぎ》】勝《かち》将棋　将棋に付いて座替《ざがえ》する　将棋ばんさし上《あ》げていて　高飛車《たかびしゃ》の小言将棋《こごとしょうぎ》に　短命な下手将棋《へたしょうぎ》はさみ将棋の　王手《おうて》は本能寺　はだか王らしく　筆《ふで》のじくにて王を逃《にげ》　よしやれと王をかくす也《なり》　角《かく》をなりゆうべの角《かく》をくやしがり　京都府を将棋の駒《こま》と　駒組《こまぐみ》をせぬに　駒《こま》の打《うち》たい中将棋《ちゅうしょうぎ》　掌《て》の中の駒《こま》を鳴《な》らして桂馬《けいま》があれま都《みやこ》づめ　桂馬《けいま》とは　桂馬《けいま》の高飛び　桂馬《けいま》の鼻に歩《ふ》の如《ごと》し　飛《と》びとびの桂馬道《けいまみち》　脛《すね》を叩《たた》いて飛車《ひしゃ》を成《な》り　引き成《な》りの飛車《ひしゃ》　飛車《ひしゃ》が成《な》り　飛車《ひしゃ》をとられた口《くち》おしさ　飛車《ひしゃ》を取る香車《きょうしゃ》は　世《よ》に飛車角《ひしゃかく》行を皆《みな》とられ　恐《おそ》れ入《い》り〳〵角《いりかく》行を成《な》り　西瓜《すいか》の核《たね》が歩《ふ》の代《かわ》り二歩《にふ》をみつける下手将棋《へたしょうぎ》　はしの歩《ふ》をつくひまはなし歩《ふ》が金《きん》になり金《きん》になり

【双六《すごろく》】あがりの遠き絵双六《えすごろく》　親と子の双六　双六の上《あが》りは菓子で　双六へ賭《かけ》る菓子　双六へ出て

【智恵の輪《ちえのわ》】ちえの輪をぬく智恵の程《ほど》　ぬけぬ智恵の輪

【麻雀《まーじゃん》】マージャンが碁《ご》になっただけ　麻雀もてあそぶやからにも

【射的《しゃてき》】射的に入《い》りあげる　射的場《しゃてきば》の　射的屋をよせばよかった　まず一発《いっぱつ》が当《あた》るなり

【矢場《やば》・土弓《どきゅう》】書生《しょせい》の矢場遊び　まとさえ付《つか》ぬ矢場通《がよ》い　楊弓場《ようきゅうば》つれをまつ間《ま》の　宜《よ》い的《まと》が並んで　まとば「的場」のほとゝ《と》ぎす　あたり矢《や》に出る高入道《たかにゅうどう》　妻は土弓を初《はつ》に射《い》て　深川《ふかがわ》の土弓射習《いなら》う　度紋《どもん》のむすめ矢を拾《ひろ》う

【トランプ】トランプで占《うらな》う　西洋骨牌《トランプ》を

【かるた・百人一首《ひゃくにんいっしゅ》】かるた会　かるたなどならべてかるたの絵　歌留多《かるた》の留守《るす》の　子にいろはかるた読むなり　花がるた　昔の声で読むかるた　いろはの数が一《ひと》つ減り　歌がるた乳母《うば》はにぎって　歌がるた小判《こばん》に書《かい》て歌がるたちょき〳〵《ちょき》切って　歌がるたなどに事《こと》よせ　都《みやこ》女《おんな》のうたがるた　うきがともには百人一首　百人首二《ひゃくにんしゅふた》つにわって　百人のかつえぬように　百人の中へ一声《ひとこえ》　古《こ》歌《か》をならべて御《お》たのしみ　坊主《ぼうず》が出たでばれた也《なり》　見物

をするはずかしさ

遊び

【遊《あそ》ぶ】遊ばねば人らしくなし　遊び過《すぎ》　遊び好《ず》き　遊ぶ智《ち》と儲《もう》ける智《ち》　遊んでも仕事をしても　女もたまに遊びたし　喜《き》遊《ゆう》小《こ》宰相《ざいしょう》　遊《ゆう》戯《ぎ》移り行《ゆ》き　古い遊びも思い出し

【ままごと】まゝ事《まごと》で　まゝ事《まごと》の世帯《しょたい》くずしが

【玩具《おもちゃ》】同じおもちゃを買《こ》うて来る　玩具が回《まわ》り出《だ》す　夜中《よなか》　おもちゃのような服が行《ゆ》き　玩具箱　子の玩具　静脈の見ゆる玩具と　妻というオモチャを　火の出る玩具　珍《めず》らしい玩具に　ぶり〳〵《ぶり》太鼓《だいこ》買う芸子《げいこ》

【人形《にんぎょう》】浮人形《うきにんぎょう》のうき沈み　死際《しにぎわ》は人形に似て　煤掃《すすはき》人形に人形が出て　毛の抜けた人形を抱く　飛人形《とびにんぎょう》　人形と仲を裂《さ》かれて　人形と覗《のぞ》く鏡も　人形のどれも　人形は微笑《ほほえ》んだ儘《まま》　縫《ぬい》ぐるみ　はげた人形を　人形《ひとがた》は情《じょう》がうつらない　マスコット　指人形《ゆびにんぎょう》も

【張子《はりこ》】犬《いぬ》はりこ　犬張子《いぬはりこ》乳母《うば》の小児《こども》と　撫《なで》て買う張《はり》子《こ》虎《とら》　張子でも　張《はり》ぬきの兜《かぶと》幟《のぼり》の

【ぽっぺん】ポッペンは千日前《せんにちまえ》の　ぽっぺんを吹《ふ》き〳〵《ふき》戻る

【綾取《あやと》り】綾《あや》とりの菱《ひし》を　もえぎの紐《ひも》であやを取《とり》

【拳《けん》】軍師《ぐんし》拳腹《けんはら》の備《そな》えも　拳うつ部屋が開《あ》き　拳にはつよいよい女房《にょうぼ》　拳をおしえてしかられる　野球拳《やきゅうけん》

【首引《くびっぴき》】首引《くびひき》に負けりゃ　輪袈裟《わげさ》で首っ引《くびぴき》

【吹矢《ふきや》】あたる度《たび》からくり的《まと》の　吹矢でも吹《ふき》たいような

【積木《つみき》】親達が積んだ積木の　積木に飽《あ》きて唄《うた》に成《な》り　積木の家の中に居《い》る

【折《お》り紙《がみ》】折鶴《おりづる》や　紙に折る舟を　千羽鶴《せんばづる》　鶴折《つるおっ》て恋しい方《かた》へ

【風車《かざぐるま》】何時迄《いつまで》回《まわ》る風車　まわる彼岸《ひがん》の風車　風車子《こ》のある神の　矢車《やぐるま》に子心《こごころ》となる　子が子にもたす舞車《まいぐるま》

【風船《ふうせん》】風船がしぼんで　風船が天井《てんじょう》にある　風船首を振《ふ》り　風船の暗礁《あんしょう》　風船の中のいのちが　風船玉《ふうせんだま》に穴

【力競《ちからくら》べ】腕押《うでおし》の手に　腕《うで》こかし　ずしりと俵《たわら》おとす音　棒押しに

【睨《にら》めっこ】たがいににらめ競《くら》　にらめくらする茶屋の銭《ぜに》　睨めっこ噴出《ふきだ》す顔へ　笑わしている白眼《にらみ》ごく

【ブランコ】ブランコに　ブランコはなかなか空《あ》かぬ　浴衣《ゆかた》ブランコして乾《かわ》き

【隠《かく》れんぼ】いつも隠れんぼの鬼《おに》　此処《ここ》まで御出《おい》で　さ

あとらえたぞかくれんぼ　手のなる方《ほう》へ
【羽子板《はごいた》】羽子板で茶を出《だ》しながら　羽子板の絵は羽子板の押絵《おしえ》を出たる　はご板をなげて　羽子板を渡して　はごの子《こ》がそれて　はごの子の干物《ほしもの》を拾《ひろ》う　はごの子をつきすてにして　また羽子板にふとらされ　まだ羽子板は買ったまゝ《ま》　お前も羽根をついといで　お笑いとはごのこばかり　くさる羽子《はご》のこ　今年は響《ひび》く羽子《はね》の音
羽子突《はねつき》の　羽根《はね》をつき　屋根《やね》の羽根《はね》　遣《や》り羽子《はご》を
【鼠花火《ねずみはなび》】線香《せんこ》花火へ顔が混《こ》み　鼠《ねずみ》せんこがはいあるく　鼠煙花《ねずみはなび》に猫追われ　花火《はなび》せん香《こ》に出る薄《すすき》
【砂遊《すなあそ》び】砂遊び　土弄《つちなぶ》り　山くずししょう
【水遊《みずあそ》び】皮も水鉄炮《みずでっぽう》に成《な》り　水遊び　水なぶり
【石鹸玉《しゃぼんだま》】寂滅《じゃくめつ》を知るシャボン玉　シャボン玉は浮きしゃぼんの玉《たま》の　しゃぼんふき　ふっと吹く沙盆《しゃぼん》のくゞ《ぐ》る
【雪合戦《ゆきがっせん》】今雪打《ゆきうち》をして来た手　雪打《ゆきうち》の敵
【雪達磨《ゆきだるま》】邪魔《じゃま》も悟《さと》らぬ雪達摩　雪達磨しけ込む二人《ふたり》
炭団《たどん》で睨《にら》む雪達磨　雪ダルマだん〱《だん》やせる　雪こかし
雪達磨とけて形《かた》ちも　雪達磨二《ふた》つ眼玉《めだま》を　雪ころばしの
【凧《たこ》】凧《いかのぼり》　おっ放《ぱな》す鶴《つる》の凧　掛《かか》り凧《だこ》　切れて行《ゆく》たこのゆくえは　子のねだる烏凧《からすだこ》　好きな絵凧《えだこ》は四枚半　凧からかけ付《つけ》る　凧きれて　凧々《たこたこ》　凧の糸目《いとめ》の付け加減《かげん》
凧の場を狭《せば》め　父親凧を買って来る　父は気の無い凧を揚《あ》げ　軒《のき》に座禅《ざぜん》の達磨凧《だるまだこ》　日合《まあい》を見ては凧を上《あげ》　待切《まちき》れぬ凧の子　奴凧《やっこだこ》からんで切《きれ》た　糸巻《いとまき》をおどらして凧
【竹馬《たけうま》】先生に逢《お》うた竹馬　竹馬に鞭《むち》をあて　竹馬の
【独楽《こま》】独楽の二《ふた》つが触《ふ》れんとす　螺《ばい》まわす子どもは
【木馬《もくば》】木馬に乗せてみんな逃《にげ》　木馬に乗って笑《おか》しがり
木馬に似たり　木馬の腹《はら》の
【他の遊び】穴一《あないち》の音　犬遊び　かごめ〱《かごめ》　紙《かみ》でっぽうにしてさせる　三輪車　じゃんけんじゃんけん　にぎやかな押合弘法《おしあいこうぼう》　走競《はしっく》ら　福笑《ふくわら》い目が鼻へ行《ゆ》く　フラフープ　松葉切《まつばぎ》りする　競馬《けいば》ごっこで尻《しり》が腫《は》れ

籤

【籤《くじ》】去年当《あた》った子に引かせ　くじつよし　くじどりで　亭主《ていしゅ》にも三等があり　手にしかと握《にぎ》りし籤の　ドット子供の当《あた》り籤《くじ》　本《ほん》くじを取る山伏《やまぶし》のもうつくは〱《つくは》と通る　抽籤《ちゅうせん》で　阿弥陀籤《あみだくじ》　アミダなど企《くわだ》てる　あみだに成《なり》て銭出《ぜにだ》さず
【一等《いっとう》】一《いち》の富《とみ》　一等が出て当《あて》もの屋《や》　一等だ死だ

【富札《とみふだ》】富札の出るはずかしさ　富札の引《ひき》さいて有る

【福引《ふくびき》】五等だと思う福引　五等出る　福引にすりこ木《ぎ》取って　福引の束子《たわし》　福引の鼻緒《はなお》　福引の補助券《ほじょけん》　福引を

【宝《たから》くじ】買うのをやめた宝くじ　宝くじ願いといわず

【宝引《ほうびき》】鯉引《こいひ》かす辻宝引《つじほうびき》も　辻宝引《つじほうびき》に　宝引なわの長《なが》みじか　宝引は近い嫁《よめ》ほど　めでとうつかみ合《あ》う宝引

賭博

【パチンコ】パチンコ代を持ち　パチンコにゆだねたり　指でかせいだ菓子を入れ

【競馬《けいば》】足代《あしだい》を残して競馬　勝競馬《かちけいば》　競馬跡《けいばあと》かけた〳〵《かけた》と　競馬に負けた眼《め》へかすみ　その後は競馬で見たと世《よ》の事業みな競馬　馬券《ばけん》はしわのまゝ《ま》でよし

【競輪《けいりん》】競輪場　競輪の駅へ降《お》り　競輪の予想買う

【博打《ばくち》】いつも勝《か》ち　お勝《かち》ならもっとあがれと　勝逃《かちにげ》はならぬつもりの　勝ったが後《あと》で　勝ったならしまえ　勝ったならにげて来なよと　勝ったので　勝って帰れぬ金と知りごめんごめんと勝ちつづけ　憎々《にくにく》しくも勝ち続け　博奕《ばくち》している孔子廟《こうしびょう》　博奕宿《ばくちやど》　船博奕《ふなばくち》　賭《か》けふやされた

【負《ま》ける】あざやかに負けて　おさ〳〵《おさ》負けぬ　親取るとまけ〳〵《とるとまけ》　つまり負けたんだね　負けたは負けたなり　負《まけ》た方《ほう》からぶん投《なげ》る　負けていず　負けて居《い》る　負けるとは　敗《ま》けんとす　又《また》負けた

【盆茣蓙《ぼんござ》】［つぼを伏せるござ］　ござをしき　壺《つぼ》とござ敷きつめる　寺を取るのでぼんござと　ぼんござへこがらしのする　ぼん蓙《ござ》へ桜ちりしく　ぼんござへねるぶったくり

【壺皿《つぼざら》】《ばくちのさいころを入れて伏せる器》酒の次には坪《つぼ》の事　三味《しゃみ》のとなりはふせる音　坪皿《つぼざら》の明《あ》くを見て行《ゆく》　坪《つぼ》をふせ　盤上《ばんじょう》は坪《つぼ》におされる　舟でもふせて行《いく》ところ

【賽《さい》ころ】一六《いちろく》の度《たび》に目につく　さいころと一緒にぽんと　さいころの一転　サイコロはちゃんと迷わず　賽コロは兎角《とかく》娘の　ダイス振《ふ》る　きつい目が出たと　賽《さい》の目《め》にへんな目が出るといい〳〵《いい》

【カルタ博打《ばくち》】九代《くだい》めかっぱ也《なり》　五代目はしゃかで　寝て聞けば　よみの朝

【花札《はなふだ》】青二《あおに》から出るは　花札をめくった音へ

【賭場《とば》】［ばくちをする所］　決《けっ》して網《あみ》の下《お》りぬ賭場　賭場から外科へ行き　鉄火場《てっかば》で　土場《どば》で切《き》り火《び》でのんで居《い》る　どばの犬しちや［質屋］の門《かど》に　土場《どば》へ取《とり》に来る

人

妻

【女房《にょうぼう》】家も背負《しょい》出《だ》すかと女房 いそ〳〵《いそ》と女房《にょうぼ》 絵のような女房《にょうぼ》を持って 書《かい》て来たのは女房《にょうぼ》の手 髪を女房《にょうぼ》に指図《さしず》され 気の向いた夜の女房《にょうぼ》は恋女房《こいにょうぼ》 今年もどうぞ女房《にょうぼ》どの 今度来た女房《にょうぼ》にもある 賞与金《しょうよきん》女房《にょうぼ》の拝《おが》む 世話女房《せわにょうぼう》 そのくせ妻は恋女《こいにょう》房《ぼ》 偶《たま》に女房《にょうぼ》も水をかけ どの景色《けしき》へも女房が 女房《にょうぼ》意見せず 女房《にょうぼ》嫌《いやが》らず 女房《にょうぼ》嵐也《あらしなり》 女房が美《うつく》しすぎて女房が先《さ》きに歩いて 女房《にょうぼ》が先に知り 女房《にょうぼ》が死ぬと夫は 女房が女房になる 女房子を育て 女房でない女房と 女房とあるくに 女房と成《な》れば 女房にいうだけいわす 女房のいぬ静かさに 女房に大《だい》こう〳〵《こう》［孝行］と 女房に済《す》まない 女房にする気なる気の 女房に成《なる》と 女房の言った師走《しわす》に 女房の顔ばかり見て 女房の顔を立てる日 女房の傘《かさ》をかして遣《や》り 女房の指図《さしず》通《どお》りの 女房の知らぬ宿屋《やどや》の 女房の膳《ぜん》は 女房の手を握《にぎ》らせず 女房《にょうぼ》売られる容色《ようしょく》なり 女房を飾るに亭主《ていしゅ》女房を大切にする 女房を雪にうずめて 女房を若くおもう 女房《にょうぼ》お膳《ぜん》の音をさせ 女 房《にょうぼ》が行《ゆ》けば 女房《にょうぼ》からんだ事をいい 女房《にょうぼ》着る気也《なり》 女房《にょうぼ》知り 女房鷹《たか》の爪《つめ》女房《にょうぼ》亭主《ていしゅ》と立ち替《かわ》り 女房也《にょうぼなり》 女房《にょうぼ》に腮《あご》で使《つか》われる女房《にょうぼ》に下駄《げた》を出《だ》してやり 女房《にょうぼ》にし 女房に似た人に逢《あ》い 女房《にょうぼ》の朝燕《あさつばめ》 女房《にょうぼ》の手 女房《にょうぼ》の手前 女房《にょうぼ》の留守《るす》へ 女房《にょうぼ》は湯気《ゆげ》の中にいる 女房《にょうぼ》は火消壺《ひけしつぼ》 女房《にょうぼ》ぶり女房隷書《にょうぼれいしょ》で物を云《い》い 母の目で持《もっ》た女房《にょうぼ》は 元の女房《にょうぼ》に逢《あ》ったよう ゆく〳〵《ゆく》ハ女房《にょうぼ》と見える 余徳女房《よとくにょうぼ》の物一《ひと》つ 理《り》に勝って女房《にょうぼ》あえなく 去《さっ》た女房 女房《にょうぼ》が怖《こわ》く成《なり》 邪魔なは女房也《にょうぼなり》

【老女房《おいにょうぼう》】［年上の妻］ 老女房のまこも髪《がみ》 雑巾《ぞうきん》の行《ゆ》く老女房 茶棚の光る老女房 年上の女房《にょうぼ》 女房《にょうぼ》年が上

【嚊《かか》】ウロ〳〵《ウロ》と嬶の処置 かゝ《か》さまがしかると娘 嚊の気を 袖留《そでとめ》によしとかゝ様《かさま》 茶やのかゝ《か》

【内儀《ないぎ》・内義《ないぎ》】御内儀《おないぎ》が出る 御内義《おないぎ》がにらめつけたと茶屋の内儀に百かりる 内義はだし［裸足］で待っている

お内義はおんまくじって　とう〱《とう》内義やめさせる　内儀の顔のおもいやせ　内義はだめな美しさ　酒屋《さかや》の内儀起き

【細君《さいくん》】細君となる娼妓《しょうぎ》　細君馴《な》れたもの　細君の帯《おび》は　細君は向《むか》って左　太った女房《にょうぼ》細君と

【山《やま》の神《かみ》】［恐妻］　裏店《うらだな》の山の神　手に余る山の神

【妻《つま》】いきり立つ妻の心も　送る妻　一豊《かずとよ》の妻になれない　景気《けいき》よく帰れば妻の　収入《なか》の半ばで妻を　だましの利《き》かぬ妻となり　妻遅れ　妻がいる　妻木村屋《きむらや》に負けぬなり　妻さぐり　妻淋《さび》し　妻亭主《ていしゅ》のは読まぬなり　妻と知る　妻に言わすと　妻にけなされて　妻に成《な》り　妻にほし　妻の演技をあとでほめ　妻の声　妻の品　妻の寝たりけり　妻の読んでた本を読み　妻笑い　妻を愛する男　妻を忌《い》み　妻をもたねば　日本人を妻に持ち　樊噲《はんかい》の妻　もう是《こ》れ切《き》りと妻へ言い　若い妻　わが妻は一人《ひとり》の女　一夜妻《いちやづま》　去《さ》られた妻の　寡婦《かふ》の数　家内泣《かないなき》

【後妻《ごさい》】校長の後妻は　後妻脅《おど》される　後妻気がかろし　後妻ぞっとする　後妻煙草《たばこ》を喫《す》うが癖《くせ》　しかる後《のち》の妻　法事《ほうじ》に念《ねん》の入《い》る後妻／仏《ほとけ》の妹が来《き》

【後添《のちぞい》】［後妻］　起《おこ》されし後添　しょうじん［精進］をすれば後添　後添にそれと云《いわ》れて　後添が来て　後添といえど親なり　ほろ酔《よい》になる後添に

【主婦《しゅふ》】主婦きょうも残ったものに　主婦日記

【新妻《にいづま》】只《ただ》新妻の指にだけ　新妻という柄目立《がらめだ》ち　新妻の燻《いぶ》して　新妻の羽織《はおり》が目立《めだ》つ　新妻の眼《め》に残り　新妻の漸《よう》く馴《な》れて　新妻を用は無けれど

【人妻《ひとづま》】人妻米《こめ》のないあした　ひと妻《づま》に　人妻のかくて浮世《うきよ》を　人妻の我に笑いし　人の妻なりき　闇《やみ》に咲く人妻　女房《にょうぼ》は人のもの

【奥様《おくさま》】奥様家庭ぶりを見せ　おく様《さま》と言《いわ》れて顔が　奥様に会いたいという　奥様によけられる　奥さまの加勢《かせい》　奥様の土臭《つちくさ》き　奥様の遠縁《とおえん》という　奥様へ御礼《おれい》を云《い》うと　奥様むずかしい　奥様弱いことを知り　もう奥さんになりすまし　奥は構《かま》わず寝て仕舞《しま》い　奥様の毒《どく》を

【御新造《ごしんぞ》】御新造に成《なっ》ても　御新造の出嫌《でぎら》い　御新造ははやっ［流行］た人と

【大黒《だいこく》】［僧の妻］　和尚《おしょう》大黒背負《しょっ》てにげ　大黒どのもえびす講《こう》　大黒にねだられ　大黒の吝《しわ》い所を　大黒は欲《よく》に

かまけて　大黒の愛相尽《あいそうつき》て　くり婆《ばば》あ

【夫人《ふじん》】夫人の柄《がら》の派手《はで》になり　新夫人《しんふじん》　夫人子《こ》の無い顔で来る　目のふちをぼかす夫人の　令夫人《れいふじん》乳母《うば》に来《こ》られて　令夫人《れいふじん》旧友が来て　令夫人《れいふじん》光っていれば

【夫婦《ふうふ》】姉夫婦　鬼夫婦《おにふうふ》　川の字形《な》りに寝る夫婦　気が多い若夫婦　若代《わかよ》夫婦の　子無き夫婦　新夫婦もと孤児院に　出来合《できあい》らしい夫婦也《なり》　似た者夫婦　似ぬ物夫婦　夫婦きりはなし　夫婦してうなぎを食《く》えば　夫婦してひく荷車《にぐるま》は　夫婦とはよいもの　夫婦とも避寒《ひかん》　夫婦して痔持《じもち》　夫婦仲《ふうふなか》　夫婦に見てやらず　夫婦の中をさむがらせ　ぶん〳〵《ぶん》「分々」に寝るが夫婦の　ポツンと夫婦　ボンベイの夫婦かな　浪人夫婦《ろうにんふうふ》　秋だ夫婦だ手でも引く　か丶《か》あ持一人《もちひとり》すめりと　連合《つれあい》に死なれましたる　つれあいを起《おこ》すにもまだ　添《そ》い遂《と》げる

夫

【亭主《ていしゅ》】うちの亭主はどこで啼《な》く　御《ご》ていしゅが死んで　御《ご》てい主《しゅ》がどれだか知れぬ　困る亭主へ女房貸《にょうぼか》し　先《せん》の亭主を思出《おもいだ》し　すっこんで居《い》やれとていしゅ　亭主起《おこ》り炭《ずみ》　ていしゅがうす「臼」をひき　亭主が仏《ほとけ》で　てい主《しゅ》ちそう「馳走」に他出《たしゅつ》する　亭主出《だ》してやり　亭主たる者　てい主出《しゅで》ばって叱《しから》れる　亭主成《な》るべし祇園様《ぎおんさま》　亭主の顔へ泥　亭主の方《ほう》がおとなしい　亭主蚤一《のみひと》つとり　亭主の悪いせいにする　亭主は家にとはゆかず　亭主は後《うし》ろを見《み》　亭主は顔に火をもやし　亭主は麩《ふ》　ていしゅぶり　亭主へお化《ばけ》です　ていしゅむしが知り　亭主を先に寝《ね》せ　ていしゅをにくがらせ　泊《とまっ》て来たがていしゅまけ　馬鹿亭主《ばかていしゅ》　若《わか》てい主出《しゅで》ようとすれば　ていしゅからものを言い出す　我《われ》死なば亭主を持てと

【旦那《だんな》】朝寝《あさね》の旦那は「掃」きのこし　折《おり》丶《おり》蓼《たで》を食《く》う旦那　砂糖の様《よう》な旦那　旦那が片荷《かたに》づり　旦那がまけてしずか也《なり》　旦那どこぞへ行きなさい　旦那をば出《だ》しなとしゃれる　恰度《ちょうど》旦那の去《い》んだ後《あと》　ぶどう棚《だな》なったと旦那　旦那と呼《よん》で吹出《ふきだ》す

【夫《おっと》】蒼《あお》い夫が居《い》　夫語らず妻言わず　夫たり父たり　夫とも兄ともしれぬ　良人《おっと》の影《かげ》も無く　夫の留守《るす》に三味《しゃみ》を出《だ》し　夫は二丁跡《にちょうあと》から出《で》　良人《おっと》よ妻と言い始め　良人《おっと》を木偶《でく》にするの意味　少し夫をひずんで見《み》　人に皆《みな》負ける良人《おっと》が　やど六《ろく》のまなこを盗む　証人の本夫《ほんぶ》　心中《しんじゅう》の検死《けんし》に本夫《ほんぶ》

嫁姑

【嫁《よめ》】穴《あな》かしこ笑って嫁ハ　あの嫁は俺《おれ》にも文《ふみ》を　或日《あるひ》嫁に　おらが嫁きいてくん　爪《つめ》など　嫁の荷《に》が着《つ》いた所で　子に髪を嫁結《ゆ》ってやり　嫁隠す嫁は　何やら嫁にいたゞ《だ》かせ　嫁未《いま》だ　嫁思い　嫁が来た年に　嫁が来る　嫁が出て　嫁こらえ　嫁芝居《しばい》　嫁沈着《ちんちゃく》を認められ　嫁に云《い》い　嫁には氷孫《まご》にとけ　嫁にも鰭《ひれ》がつき　嫁のあら半分隠す　嫁の帯《おび》　嫁の楫《かし》　嫁の髪きょうの内《うち》には　嫁の木地《きじ》　嫁のくずし初《ぞ》め　嫁のくせに成《なり》　嫁の琴《こと》ちかしい客へ　嫁の名が近代的な　嫁の日は永《なが》し　嫁の夕すゞ《ず》み　嫁の礼《れい》　嫁は女であればよし　嫁ハ姑《しゅうと》をいぶし出《だ》し　嫁はもめんもの　嫁貧《ひん》なくし　嫁も手《て》伝《つど》うて　嫁を剛《つよ》がる　嫁を取り　華族《かぞく》華族《かぞく》の嫁を取り　嫁を見に　嫁を目で縛《しば》り　六位《ろくい》の席に嫁《よめ》娘《むすめ》　嫁の姿の大事《だいじ》也《なり》　嫁一人《ひとり》のけて

【婿《むこ》】択《えら》まれた婿で　お婿様《むこさま》だと　煙《けむ》りを立てる婿を取《とり》　恋むこが来て　恋むこの　こい婿を入れたで　淋《さび》しがる婿　終《つい》には家の住座婿《じゅうざむこ》　生《なま》かべどのを従者婿《じゅうざむこ》　後《のち》のむこ　二《ふた》人《り》は婿になれぬやつ　二人《ふたり》娘に婿一人《ひとり》　婿次第《しだい》　婿の評《ひょう》判《ばん》　婿に偽《いつわ》らず　婿に成《な》る人　婿に行《ゆ》き　婿の入札《いれふだ》　婿の大鼻《おおはな》　婿はつっこまれ　婿は時々酔《よ》うて来る　婿半年も前の事　婿を取《とり》　入婿《いりむこ》のしかられ始《はじめ》　入婿《いりむこ》おん出《だ》され　入婿《いりむこ》があるに　入婿《いりむこ》が抱《だこ》うというと　入婿《いりむこ》の心も知らず　入婿《いりむこ》のつらさ　入《い》りむこは

【姑《しゅうとめ》】口の御無事《ごぶじ》なしゅうとめご　黒いのを抜けば姑　里《さと》方《がた》で惜《お》しがる姑《しゅうと》　姑《しゅうと》死なざりき　姑《しゅうと》は誉《ほ》める嫁《よめ》の乳　姑か鬼《おに》か　姑が婿《むこ》を誉《ほ》め　姑口あいて寝る　姑たてにとり　姑なくばひるまでも　姑に笑う嫁《よめ》　姑のつむじは　姑の針《はり》で　姑女《しゅうとめ》の笑納《わらいおさ》め　姑はよほど昔の　嫁《よめ》が姑に成《なっ》て

【舅《しゅうと》】しゅうと入《い》り　舅へ酒を出《だ》し　舅も同じ養子《ようし》也《なり》

【小姑《こじゅうと》】小姑ちと活発が　小姑と姑《しゅうとめ》で　小姑はいぶり炭《ずみ》　小《こ》じゅうとめ　嫁《よめ》やりこめる小《こ》じゅうとめ

【兄嫁《あによめ》】嫂《あによめ》が最初に気づく　嫂《あによめ》と来て　嫂《あによめ》に一円《いちえん》借りる　嫂《あによめ》へお化花火《ばけはなび》を

【姉婿《あねむこ》】姉婿と二人《ふたり》　姉むことよもやは

母

【母《はは》】明るくなって母戻り　あればかり男かと母《かあ》　お母《かあ》さんと呼んで見し　お母《かあ》さんは　母ちゃんのチヽ《チ》ンプイ　可憐《かれん》なる母は　御母儀《ごぼぎ》から急度《きっと》たのみと　今夜も母は餅《もち》を焼き　時の大臣《おとど》の母者人《ははじゃひと》　亡《な》

き母がひょっこり　何やら母はきゝ《き》のこし　母あきらめた様《よう》に立ち　母あれも食《く》えこれも食《く》え　母一番に　母送り　母おしえ　母おもい妹おもい　母親が言った通りに　母親がとる針路　母親と別な思いで　母親などをとき落とし　母親に熱い目させて　母親の或《あるい》はおどし　母親は夜《よ》の鶴《つる》　母親を無事《ぶじ》に届けて　母があります　母が病気で休んでる　母此頃《このごろ》の身《み》の回《まわ》り　母更《さら》に　母だけ泣いてくれ　母となり子となり　母と持ち　母何も想《おも》わざる　母に呑《のま》せた乳《ち》　母に灯《ひ》がともり　母にも言えぬ母の鬼《おに》　母の小判《こばん》の　母の細工《さいく》は猫じゃらし　母の品《しな》　母の腹借物《はらかりもの》ならば　母の日の母は　母の老《ふ》けたる　母の臍《へそ》掘らぬ子　母の臍的《へそまと》にして　母の方《ほう》でもぎごちない　母の前　母の眼《め》が曇《くも》り　母のもの判《わか》り　母は置き　母は気もつかず　母は口惜《くや》しく　母はぐるぐる娘を回《まわ》り　母は子のあまりで　母は仕事を持って出る　母はにくさとなつかしさ　母は夜毎《よごと》に富士の夢　見えてくる母なり　母控《ひか》え　母諸共《もろとも》に引き取られ　母を越したり越されたり　秘《ひそ》かに母を恋《こ》う　ほっといてくれない母に

【お袋《ふくろ》】家に一人《ひとり》のおふくろかな　馬程《うまほど》なやつをおふくろ　おふくろが切って回《まわ》すで　お袋が死んだがさいご　おふくろと極《ご》く仲の好《よ》い　おふくろほどなふしあわせ　お袋の影《かげ》　お袋の手紙　御袋《おふくろ》のようだと　おふくろの留《る》守《す》　おふくろ斗《ばかり》しゃべりぬき　おふくろを恨《うら》んで　お袋をおどす道具は　隣《となり》のお袋　ばさ〳〵《ばさ》な髪でお袋

【継母《ままはは》】継母《けいぼ》に抱《だか》れた子　継母《けいぼ》をやわらげる　継母が追出《おいだ》す　継母の罪は　継母へ口答《くちごた》えして

父

【父《ちち》】居職《いしょく》の父は淋《さび》しがり　今更父上様《いまさらちちうえさま》と書き　厳《おごそ》かに春待つ父や　鬼味噌《おにみそ》な父　父親と来て　父親と寝る子が　父親の気がくもり　父がいる父親は　父寡黙《かもく》　父とおんなじ顔になる　父ときまりが悪く逢《あ》い　父と子と妻はらからに　父となる遊戯《ゆうぎ》　父に成《な》り　父に似た人も見かけて　父の袷《あわせ》　父の帰らぬ夜《よ》　父の顔よく知らず　父の冬父らしく　てゝ《て》親がひろえば　良い父になろうと　夜の父　男くささを父に知り

【父《とう》さん】あしたから父さんと寝る　父さん買ってくれ　父さんかなと　父さんの靴の音　父さんに借りたことにし　父さんの床《とこ》へ寝かして　パパさんが抱いて

【親父《おやじ》】いきり立つ親爺《おやじ》の鼻の　馬に親父を旨《うま》く乗せ

親仁《おやじ》貸さぬ也《なり》　おやじ着る　親父出《だ》し　親父となった腕を組《く》み　親仁《おやじ》のよめぬ本を出《だ》し　おやじはしらぬぶんおやじは村の呑《のみ》だおれ　親父見てけむい顔　親父《おやじ》雷《らい》　御《ご》しんぷ「親父」は　しもげたおやじ　どうしても親父

親

【親《おや》】今は互《たがい》に親となり　上に上あり親に親男親《おとこおや》　親《おや》ぁ鬼《おに》〳〵《おやぁおに》　親知らず子知らず　親だとは言わさぬ親を　親という宝は　親にあてがわれ親につきあえず　親には惜《おし》み子には待ち　心配が親に殖《ふ》え　親の顔仁王《におう》　親の金　親の口に合い　親の食《めし》　親の年　親の身に　親の目に斑猫《はんみょう》　親の留守《るす》　親は草葉《くさば》の陰《かげ》でなき　親はしゃがれて礼を言い　親は夫《それ》ほど痩《や》せぬ芋《いも》親船《おやぶね》の気も取り直す　親むつかしく負けてやり　親ゆえにまようては出ぬ　女親《おんなおや》　加勢《かせい》に親がつき　かり親を　里親《さとおや》の　ぜんたいどんな親が産《う》み　手本《てほん》は惨《むご》い親を持ち　馬鹿な親　ふた親はとうに死んでる　負けず嫌《ぎら》いの親ばかり　親子めいて飲み　おやのと子のは大《おお》ちがい親は子で持ち　親は子の笠《かさ》　親も親なり子も子なり親も子もあろう　親は春心地《はるごこち》　親の闇《やみ》　親と金とにしばられて　母親はもったいないが　親の微力《びりょく》を痛く泣《なく》

【父母《ふぼ》】生《うま》れ立《たて》には父母が撫《な》で　父蹴《け》って母蹴《け》って寝て父母なき我《われ》と恋！　父母の声が出る　父母のない女　父母の墓へ詫《わび》　父母もついに折れ　両親の後備軍《こうびぐん》

息子

【息子《むすこ》】足に毛がないとむす子は　海川はやひ「野卑」だとむす子　買わぬむす子へ来《き》にくがるむす子たのんで　心外《しんがい》とやいわんむす子　どうだむす子という所《ところ》　仲間へむす子まぎれこみ　まく事がならぬでむす子　息子気がそれる　息子雲がくれ息子賞状でも得《え》た気　むすこに神がのりうつり　息子の妙智力《みょうちりょく》　息子の胸に女あり　むす子は傘《かさ》でうけ　息子を針《はり》に招き出《だ》し　三男《さんなん》として

【せがれ】倅《せがれ》は楯《たて》をつき　せがれめがしかりましょうと

【長男《ちょうなん》】酒屋の兄息子《あにむすこ》　甚六《じんろく》も徴兵《ちょうへい》　総領《そうりょう》が検査の年に　長男が段々俺《おれ》に似て来た　初恋《はつこい》もなく総領《そうりょう》は

【跡取《あととり》】あとゝ《と》りおゝ《お》いすそぶげん　跡取と知れて

【次男《じなん》】御《ご》次男《じなん》の　次男にせびられる　次男に手間《てま》のとれる　棟梁《とうりょう》は次男を技師に

【養子《ようし》】孝行《こうこう》を仕《し》過《すぎ》て養子　髭《ひげ》の養子の　養子に行《い》った事が知れ　養子に嫁《よめ》をあてがわず　養子《ようし》聟入《むこいり》聟《むこ》よりは

止《よ》せばよいのに養子口《ようしぐち》

兄弟

【兄弟《きょうだい》】兄弟の氷水《こおりみず》　喧嘩《けんか》すな兄よ弟《おとと》よ　四《し》海《かい》皆《みな》兄弟　仲悪《なかあし》き兄と弟《おとと》に　腹違《はらちが》い

【兄《あに》】兄怒り　兄だとは思いしが　兄の酒　兄は蕾《つぼみ》の有《ある》をとり　兄まさり　さびしい兄の顔　投手の兄もおり　兄《にい》さんおそく起き　兄《にい》さんがあなたに変《かわ》る　兄《にい》さんといわせる迄《まで》の　兄《にい》さんの名前を　呑《のみ》こみの悪い兄貴《あにき》へ　仏《ほとけ》の兄をうるさがり

【弟《おとうと》】絵の好きな弟《おとと》と　弟の智恵は　弟の智恵をつぎ足《た》す　弟は江戸へ逃《にげ》たと　弟は吹け姉は吹くなと　弟はもう眠くなる　弟へ学資を送る　弟を泣かしてばかり

姉妹

【姉妹《しまい》】姉の声妹の声　姉妹つぎ〳〵《つぎ》に　姉《ねえ》さんも良いが　妹の先《さ》きへかたづく

【姉《あね》】姉に宛《あ》て　姉になり　姉の鷹揚《おうよう》なのへ惚《ほ》れ　姉は嬉《うれ》しい日をかぞえ　姉話し　うす〳〵《うす》は姉もしったる　言葉少なき姉となり　是《これ》からこうは姉さまの　なんだ姉から来た手紙　本当の姉を　姉《ねえ》さんが何か云《い》ってる

【妹《いもうと》】編物《あみもの》の妹《いもと》　妹が遊びに来てる　妹と思召《おぼしめ》してと　妹に会《お》うて　妹の心に似たる　妹の方《ほう》がよし　妹は芋《いも》の使いの　妹もぶらり〳〵《ぶらり》と　妹を今更《いまさら》に見る　妹にして置《おく》も　妹を嫁《よめ》にやり　いもと弟《おとと》連れて　妹《いもと》の下駄《げた》を借り　少しは妹に気が置かれ　訳《わけ》を知る妹だけへ

親類

【親類《しんるい》】親類なみに上《あ》がり込《こ》み　親類になる挨拶《あいさつ》へ　親類の屑《くず》　親類の親類もくる　親類をかぞえ直して　他人より身内《みうち》があって　何か身内《みうち》めき　諏訪《すわ》の親類遠くなり　遠くの親類　遠縁《とおえん》の無紋《むもん》を望む　遠縁《とおえん》らしい雇人《やといにん》　町の名に遠縁一人《とおえんひとり》

【孫《まご》】初孫《ういまご》の手の紅葉《もみじ》　鬼婆《おにばば》の孫に死なれて　三人の孫へ孫がほしいほしい　孫に涙を見つけられ　孫の数　孫のちそう［馳走］にりん［鈴］が鳴《な》り　孫の守《もり》　孫は字に書《かい》ても　孫は柾目《まさめ》の下駄《げた》をはき　孫までも搾《しぼ》る地主《じぬし》の　孫も味方《みかた》におびきこみ　孫をおっぱなし　孫を抱《かか》えて婿《むこ》探し　孫をしょい　夜夜《よるよ》なか孫をなかせて　我孫《わがまご》に似た子目につく

【姪《めい》・甥《おい》】細君《さいくん》の姪は　女給《じょきゅう》主人の姪と知れ　ふだん着《ぎ》で着た姪　甥めが事できょうも行《ゆき》　お年玉《としだま》甥だの姪が

【伯父《おじ》】異見《いけん》をきいた叔父《おじ》に逢《あ》い　叔父《おじ》が連れ戻る　伯父さんの異見《いけん》　面白い伯父さんが来て　伯父の酔《よ》い　伯

父をしずめる　儲《もう》かるというに叔父《おじ》さん
【伯母《おば》】伯母が来て解《とく》　伯母が又来《またくる》　伯母ひとり誉《ほめ》
伯母へとまりがけ　叔母《おば》を喜ばせ　来《こ》られぬ義理《ぎり》の伯母
が来る　叔母《おば》さんだとは後《あと》で知れ
【子孫《しそん》】御子孫《ごしそん》は　子孫も高い顔　杉の苗《なえ》子孫信ずる
【先祖《せんぞ》】先祖から庭にあるもの　先祖代々女好《おんなず》き　先
祖にすまぬ五紋《いつもん》　先祖の血がにじみ　長者《ちょうじゃ》代々婿養子《むこようし》
【先代《せんだい》】先代からの革財布《かわざいふ》　先代の偉《えら》さが判《わか》る
【二代目《にだいめ》】長者《ちょうじゃ》二代無し　二代目が潰《つぶ》すだろうと　二
代目は金《かね》だまの飛ぶ　若旦那《わかだんな》ちいさいぞえと

女

【女《おんな》】アヽ《あ》無理解な女　新しい女に　家に風波《ふうは》
の立《たつ》女　いつかチャブ屋《や》で見た女　大原女《おはらめ》に
女が出《で》　女が舞い出て来た　女が見たくなり　女勘忍《かんにん》
え　女さかしゅうして　女寒がらず　女知り　女すく
なし　女少し酔《よ》っている　女せいぞろえ　女だてらなり
女黙《だま》って窓へ立ち　女連《おんなづ》れ　女でごんす　女同士《おんなどし》　女と
男　女と思えども　女とは　女とはよき名なりけり
女に逢《あ》って費《つか》わされ　女に返せとも云《い》えず　女にしては
黒すぎる　女にはいっそ目のある　女には今でもまよう

女の堕《お》ちる月があり　女の変《かわ》りよう　女の気　女のく
さったようなが　女のこえになり　女の銭《ぜに》を読み　おん
なの箸《はし》に憎まれて　女の方《ほう》は足袋《たび》を脱ぎ　女は傘《かさ》をす
ぼめたり　女ばかりの街《まち》がよし　女ばかりの夜《よ》の白さ
女は下を向くさだめ　女一人《ひとり》が儘《まま》ならず　女拭《ふ》く　女
ぶり　女負けて居《い》ず　女脇見《おんなわきみ》は損《そん》のよう　女を包む春
の色　女を丸で見せぬ所《とこ》　女を見るといきみ出《だ》し　笠《かさ》取
ればオヤ女なり　覚《さ》めたる女なり　自覚《じかく》した女ばかり
で　知った女で他言《たごん》せず　自前《じまえ》の女　すべて女というも
のと　茶屋女《ちゃやおんな》　なき女なれば　泣くという女　憎《にく》うは
無い女　ばれおんな　晩《ばん》を買われる眼《め》の女　人になり
切った女が　一人《ひとり》の女　冷《ひや》やかに女と女　ますら男《お》にゆ
るぐ女の　良いとこもある女　ボルネオの姐御《あねご》　善女《ぜんにょ》を
寒《さむ》がらせ
【いい女《おんな》】いゝ《い》女将《おかみ》　いい後妻《ごさい》　いゝ《い》嫁女《よめじょ》　逆《さか》さに見ても
いゝ《い》女　とり乱してる美《い》い女　よい女房《にょうぼ》酌《しゃく》ばかりして
【貴婦人《きふじん》】貴婦人というものになり　貴婦《きふ》の舞踏会《ぶとうかい》
花に又《また》花咲く貴婦《きふ》へ
【御寮人《ごりょうにん》】案内が来る御寮人　御寮人までは

【孝女《こうじょ》】孝女で娼妓《しょうぎ》　木綿着《もめんぎ》の孝女　村孝女《むらこうじょ》

【貞女《ていじょ》】尼寺《あまでら》を廃《はい》され貞女　あまり親仁《おやじ》に貞女過ぎ　貞女三夫《さんぷ》にまみえたり　貞女めき　請出《うけだ》した妓《こ》が貞女

【小町《こまち》】小町の花の色　小町は目を通し　小町ほど　内心は小町の気　三《み》めぐりの雨は小町を　小町は年が寄《より》　銭《ぜに》ずくでいかぬ小町を　百夜《ももよ》の小町

【美人《びじん》】美しいのをあまよばり　美しいのを的《まと》に置《おき》　きのうは美人今日は尼《あま》　コレは素的《すてき》な美人也《なり》　半面美人《はんめんびじん》　美人とガラス越し　子なき美女《びじょ》　粗服《そふく》の美女《びじょ》は　鄙《ひな》の美《び》女《じょ》　貧家《ひんか》の美女《びじょ》は　麗人《れいじん》に　女も見事也《みごとなり》　シャンの手へ人中《じんちゅう》で咲く紅《べに》の花　お綺麗《きれい》な方《かた》ねと　みんな綺麗《きれい》な人ばかり　去《さ》られても未《まだ》美しき

【美婦《びふ》】穴のあく程《ほど》美婦見られ　再縁《さいえん》の美婦は　写真にて美婦の評　半面《はんめん》の美婦写真　日に焼《やけ》た美婦は　美婦の能弁《のうべん》　美婦は石版《せきばん》　向《むか》う鏡に美婦の顔　湯上《ゆあが》りの美婦

【別嬪《べっぴん》】鼓《つづみ》打つ別嬪　別嬪が並んでいるに　別嬪の涙　別嬪へお神輿《みこし》さんの　皆《みな》別嬪にしてしまい

【姫《ひめ》】いやだ〳〵《いやだ》とさくら姫　御姫様《おひめさま》つるさるように　赫耶《かくや》姫赫灼《ひめかくしゃく》として　くらやみへそとおり［衣通］姫は　さよ姫はあきらめのない　姫君《ひめぎみ》が　若き木花開耶《このはなさくや》姫《ひめ》

【マダム】マダム素顔《すがお》のまま出かけ　有閑《ゆうかん》マダム筆《ふで》にする

【ママさん】ママさん鞄持《かばんも》ち　ママと呼ばれて年が知れ

【悪女《あくじょ》】悪女に惚《ほれ》しなげしまだ　命迄《まで》あげると悪女

【地女《じおんな》】地女のこえ　地女のようだと　元の地女

【毒婦《どくふ》】毒婦逢《あ》い　毒婦に助けられ　毒婦の顔になり　毒婦の声でなし　毒婦の墓へ酒をやり

【年増《としま》】大年増《おおとしま》　おどり子大《おお》としま　年増にて　年増の眉毛《まゆげ》よく動き　年増は弾《ひ》ける構えなり

娘

【娘《むすめ》】いつ迄《まで》も娘で置くの　おかしいむすめ　がちゃ〳〵《がちゃ》の娘《こ》に　金になる娘を生《う》んだ　今日は日本の娘で居《い》　毛《け》ばたきを看板娘《かんばんむすめ》　自活《じかつ》して通す娘の　死ぬという娘　たけたむすめへちょいとなげ　たゞ《だ》さえもけんな娘に　茶屋《ちゃや》の娘へ嫁《よめ》の口《くち》　つま恋《ごい》の娘を手を組《く》んでそらせる娘　土手《どて》に出る茶屋娘《ちゃやむすめ》　はいり小《こ》口《ぐち》へ娘入《い》れ　日にやけた娘を誉《ほめ》る　娘いる　娘からす飛び　娘小鳥に何かやり　娘外へ出ず　娘乳房《ちぶさ》を二度突《つ》かれ　娘っこは　娘同士《むすめどし》　娘に扇落《おうぎおと》させる　娘の観世《かんぜ》撚《より》　娘の所《とこ》は袖《そで》ばかり　娘の目ぬき也《なり》　娘穿《は》き　娘は

くし［櫛］のはをかぞえ　娘は口へそでをあて　娘は恋を抱《だ》いて死に　娘はこれ次第　娘は既《すで》に春げしき　むすめ道からついて来る　娘見に行《ゆく》　娘《むすめ》娘《むすめ》の酌《しゃく》でのみ　娘持ち娘も無駄《むだ》を言い　娘《こ》をやって　娘《こ》を嫁《よめ》にやるさびしさはよその娘を下手《へた》に聞き　よそ行《ゆき》の髪で娘は　嫁《よめ》にやる娘《こ》がまだ二人《ふたり》　我娘《わがこ》居《お》る　むす［娘］うふふんと笑う也《なり》

【いい娘《むすめ》】よい娘　能《よ》いむすめ年貢《ねんぐ》すまして　能《よ》いむすめ母もほれての　娘気《むすめぎ》へ

【箱入娘《はこいりむすめ》】こたつでは箱が這入《はい》ると　そこが箱入　箱入も虫がつき　ひぞうむす［秘蔵娘］　一人《ひとり》のまな娘

【養女《ようじょ》】養女というがわかって来《き》　養女何《なん》とも思わない養女独《ひと》り食べ　娘だとかげでいい　養女分役者《ようじょぶんやくしゃ》と出来《でき》て

【大振袖《おおふりそで》】［娘］　大振袖が国を出る　大《おお》ふり袖《そで》の病《やま》い也《なり》

【お転婆《てんば》】おちゃっぴい　お転婆な写真を　御《お》てんばにかまいなんなと　きゃん娘　茶目《ちゃめ》さんと　てんばいい

【少女《しょうじょ》】伊那乙女《いなおとめ》　乙女《おとめ》の膝《ひざ》は春　少女界《しょうじょかい》　少女の笑《えみ》ぞよき　少女をみまもりぬ　われは乙女《おとめ》の気であるき

【嬢《じょう》】おじょうさまだと誰かいゝ《い》　嬢様《じょうさま》が口についてと嬢さんと女中が　嬢さんの素足嬉《すあしうれ》しゅう　嬢さんの好きながⅆ店《みせ》に　どこの令嬢《れいじょう》かと思う　令嬢《れいじょう》としか見えぬなり　令嬢《れいじょう》へ口移《くちうつ》し　資本家の令嬢《れいじょう》の　じょうさまをおい込《こ》んでたつ

【マネキン】マネキン嬢《じょう》　モンペはくマネキン

【蕾《つぼみ》】蕾手折《たお》りし　蕾の子に云《い》われ　つぼみよ死ね！　はち切った蕾に　華《はな》と散った次《つ》ぎの蕾は　闇《やみ》にいる蕾

男

【男《おとこ》】あずま男をつくばわせ　いけすく男也《なり》　一旦《いったん》切れた男なり　大男《おおおとこ》　男が男臭《くさ》くなり　男と男振《ふ》り向かず　おとこと見えて　男に惜《お》しい筆《ふで》の跡《あと》　男に櫛《くし》をうりたがり　男に手をとらせ　男に届かない　男にはもろく　男にものが言い安《やす》し　男のいうことば　男の息をかり　男の事でそれっきり　おとこのように居《い》る　男は胸をかしてくれ　男冥加《おとこみょうが》を　男もよいがきたない手　男もよいがうそをつき　男やもめも　男より強くいる　男らは貧しくひとり　俺《おれ》より余計《よけい》来る男　組《く》み敷《し》いた男の　こんな筈《はず》ではない男　好《す》いた男を入《い》れたがり　酸《す》いも甘いも知る男　すかねえと思う男は　たぎった男二人《ふたり》来る　年男《としおとこ》　とぼ〳〵何処《どこ》へ行《ゆ》く男　尨大《ぼうだい》な男に　仏《ほとけ》の様《よう》な男なり　昔男《むかしおとこ》ありけり　やぐらへ乗

って来た男　要領《ようりょう》の好《い》い男なり　よくにた男　男一疋《いっぴき》　男の中の男でわかる　上《あがっ》たおとこぶり

【いい男《おとこ》】いゝ《い》男がっている　おれもよい男と　俺《おれ》より好《よ》い男　はじはかけども能《よ》い男　一人《ひとり》か二人《ふたり》よいおとこ

【手力雄《たぢからお》】腕自慢《うでじまん》する手力雄　手力雄かたい雨戸《あまど》を

【美男《びなん》】鍛冶《かじ》やの美男見付《みつ》たり　奇麗《きれい》な男なり　美男にておわす大仏《だいぶつ》　美男一代《いちだい》　唐《から》の美男の

【おっさん】踏切《ふみきり》のおっさん　もうおっさんで通《とお》る年

【紳士《しんし》】自称紳士の鼻柱《はなっぱしら》　滅金《めっき》紳士はチト軽し　憤然《ふんぜん》と紳士　村紳士　殿方《とのがた》とこそ申《もう》しけれ

【野郎《やろう》】糸瓜野郎《いとうりやろう》あらわれ出た　杓子《しゃくし》めを摺子木野郎《すりこぎやろう》　ひなさまへやろう来て居《い》る　野郎が致《いた》すもので無し

【浪人《ろうにん》】真《しん》の浪人　屋根《やね》に浪人　浪人の笠《かさ》は　浪人の静《しずか》に歩行《ありく》　浪人の草履《ぞうり》作るも　浪人の夢　浪人は元手《もとで》なし

若者

【若者《わかもの》】若年《じゃくねん》ものをむごくする　年聞《としき》けば人まだ若き　若いもの　若き男の　舟の若党《わかとう》　若さへ肥《こえ》が匂うなり　むかしの若衆引《わかしゅひき》あわせ　若衆《わかしゅ》は夜食《やしょく》ひかえる　若衆《わかしゅ》かしこき

【青二才《あおにさい》】あのにさい　きんたまを二才の洗う　二才鬼《にさいおに》　二才客《にさいきゃく》　松は二葉《ふたば》の青二才　小野郎《こやろう》ふえて

【青年《せいねん》】青年にいつか別れる　青年見直され　青年餅《もち》をつき　文学青年諸君　男子《だんし》ぞ肩を聳《そび》やかせ

【小僧《こぞう》】小僧があればこそ笑い　小僧巡査《じゅんさ》へよく話し　小僧そわ〳〵《そわ》店にいる　小僧使われる　小僧綱渡《つなわた》りの稽《けい》古《こ》　小僧撫《なで》たがり　小僧のませて来る　小僧も化《ば》けて大入道《おおにゅうどう》　この洟《はな》たらし小僧らと　番《ばん》の小僧は蟹《かに》を取り

【腕白《わんぱく》】腕白の頃なつかしい　腕白早く寝る

【少年《しょうねん》】九郎冠者《かじゃ》まかる小坪《こつぼ》の　少年車掌《しゃしょう》赤く来る　少年の素直《すなお》を叱《しか》る　少年の夢

老人

【年寄《としより》】家に似合《にあ》いのお年寄《としよ》り　年寄のから手《て》で拝《おが》む　としよりの尊《とう》とき猾《ず》るき年寄の見る物でなし　老髪《おいがみ》の外《ほか》には雪を見ぬ　老《おい》ぼればかり尊《とう》とまれ　老《お》いを知り　御老体《ごろうたい》／天命《てんめい》を知る人ばかり

【隠居《いんきょ》】いとけなきものと隠居の　隠居飽《あ》き　隠居のいうた通り降《ふ》り　隠居のおもちゃ　隠居へ孫《まご》をはこぶ　おくそこの無い子と隠居　御《ご》いんきょをあま口に見て　昔なら隠居の年の　隠居の朝寝《あさね》

【老夫婦《ろうふうふ》】老夫婦珠数《じゅず》つながりで　老夫婦の喧嘩《けんか》　嘘《うそ》を知らない夫婦老《お》ゆ　夫婦も老《お》いて

【翁《おきな》・爺《じい》】翁あり　翁小簑《こみの》をやりやアいゝ《い》　翁の知らぬ註《ちゅう》を入れ　翁ほめ　塞翁《さいおう》困《こま》ってる　さいおうの義《ぎ》とおやじいい　ばしょう翁《おう》ボチャンというと　古池へ翁の知らぬ柳翁《りゅうおう》といわれたがらぬ　おじいが目みろと　策師《さくし》とみえぬ好々爺《こうこうや》　じじむさき　文弥《ぶんや》隣《とな》りの爺起《じいお》こす

【祖母《そぼ》】祖母《おばあ》さまの誇《ほこ》り　かき餅《もち》は祖母に頼んで　当《とう》世《せい》の祖母

【婆《ばば》】いよおばゝ様《ばさま》　すてられたおばも　取《と》て置《おき》の婆ばゝ《ば》あよばりする　親父《おやじ》の提灯《ちょうちん》笑う婆　憎《にく》まれ婆々《ばば》の

人称

【俺《おれ》】ある日の俺をチト叱《しか》り　俺のくらさにおどろくな　俺の名を何処《どこ》へ置こうと　俺の番だと　俺のヤツ　俺は結城《ゆうき》を着ているぞ　今年は俺と云《い》った顔　俺《お》いらの春の花　おいらの町へ来《こ》いという　俺《お》いらのものばかり　おいらも鯛《たい》をつゝ《っ》もうや　俺達《おれたち》の血と脂《あぶら》の噴火《ふんか》だ　俺達《おれたち》の手で

【我《われ》】そこに小さな我を見る　猫の瞳《め》にうつる我《わ》れ　面接に嘗《かつ》ての我《わ》れを　わがもので　我あり一人《ひとり》あり　我女《おんな》ならばと思う　台所吾《われ》の天下《てんか》の　塵《ちり》の世と吾《われ》をば繋《つな》ぐ　吾笑顔《わがえがお》　吾《わ》が髪の　吾行《われゆ》かば

【私《わたし》】公私《こうし》別あり　滅私《めっし》とは非我《ひが》の認識　私が散らした　私だけか　私にきまった顔がない　わたしにそんなものはいらない　私にも考えがある　私は生きている　私を生みました　拙者《せっしゃ》は投《なげ》られる

【自分《じぶん》】自分にかえる酒の隙《ひま》　自分の顎《あご》を淋《さび》しがり　自分の声でなし　自分の場所へ埋《う》めさせず　自分へ腹《はら》を立てゝ《て》も見《み》　別な自分に囁《ささや》かれ　ほんとうの自分だと

【手前《てまえ》】手前ものだけ　手前ものゆえ　手前のものゝ《の》ようにいい

【僕《ぼく》】番頭僕《ばんとう》といい　僕はだまって箸《はし》を割り　僕私《わたくし》と言い惑《まど》い　僕を生《う》んだ村

【我身《わがみ》】送る我身を小さく見る　逆境《ぎゃっきょう》の身を　この身はいらず百度石《ひゃくどいし》　身にあるまじき　身に箔《はく》を着《つ》けて　身に翅得《はねう》るも　身のためよ　身のふりかたの　身を投《なげ》て　足の立ったる　行《ゆく》のも煎《せん》じ詰《つま》った身　我身の浮沈《うきしず》み

【身の上《うえ》】身のうえ語る遠回《とおまわ》し　身の上申しあげ　身の上を見詰《みつ》めおり　身をかこつ

【君《きみ》】女車掌《おんなしゃしょう》を君《くん》で呼び　君おどろうか唄《うた》おうか　君が追われても　君ならず　君の村　君の指　君見ずや　君よ見ろ　君を帰らぬとこへ連れ　道化《どうけ》じみた近視眼《きんしがん》諸君《しょくん》　何はなくとも君と僕　北南なる君と僕

【お前《まえ》】おまえいつ気が直ったと　お前知ってるかい　お前とならば　お前達が　お前達も寝よと

【汝《なんじ》】寄付《きふ》とは汝奇特《きとく》なり　汝元来《がんらい》　汝虱《しらみ》を何故《なぜ》湧《わ》かす　汝らという顔をして

【相手《あいて》】相手にし　相手にとってふそくなし　相手見つけた声になり　話相手は鸚鵡《おうむ》なり

【相方《あいかた》】相方は三日月《みかづき》　敵娼《あいかた》笑わせる／間《あい》をさせ

【あいつ】あいつあいつが　あいつがともいわれ　あいつへ惚《ほ》れてやろう也《なり》　買わばあいつとゆびをさし　ぜんたいあいつ売れ過ぎる

【あの人《ひと》】あの人は観音《かんのん》さまじゃ　あの人も　あの人も利巧《りこう》過ぎるが

【奴《やつ》】内《うち》のやつとんといやのと　女には目のある奴と　ぐちなやつ　けちな奴土瓶《どびん》の酒で　さそうやつ　銭《ぜに》の無い奴は窓から　たおすやつ　毒になる奴がすゝ《す》める　ならんで行《ゆ》くはなめたやつ　仏《ほとけ》いじりもこわい奴　見て斗居《ばかりい》るつよいやつ　もてた奴　もてぬ奴　悪い奴　彼奴《きゃつ》には

【誰《だれ》】だあれでも無いと　だあれにも言いなさんなとたがわざか　誰か歩いてる　誰かが雨男《あめおとこ》　誰か来《き》そうな湯気《ゆげ》を立て　誰か見ている腕時計　誰も見ていぬ　誰も見てくれず　何《なに》やつのしわざか　三遊亭某《さんゆうていなにがし》が居る

群集

【群衆《ぐんしゅう》】群集に淋《さび》しき我を　群集の顔の一《ひと》つに　群衆の口みな動き　群集の中に群衆のなだれ　群衆眼《め》をぬかれ　腹充《はらみ》てる群《む》れに

【雑踏《ざっとう》】雑踏で踏倒《けたお》し　雑沓は　人《ひと》いきれ　人《ひと》ごみに

【人《ひと》だかり】魚売る灯《ひ》に人だかり　つづみへもちらほらたかる　ふるえた声の人だかり　ろうかに人だかり

【人出《ひとで》】菊の人出に雨こんこ　人出から　人の波　人立《ひとだち》は　池の身投《みなげ》に人立《ひとだち》の

【人通《ひとどお》り】金で騒がぬ人通り　畳《たたみ》の上の人通り　電車の道の人通り　通りたえ　人通り　店の中にも人通り

【野次馬《やじうま》】弥次馬《やじうま》が遠巻《とおまき》にする　野次馬にすまないような　弥次馬《やじうま》の顔　野次馬の洒落《しゃれ》に　弥次馬《やじうま》の鼻柱《はなっぱしら》へ

【他人《たにん》】赤の他人は　大きくなって他人じみ　寒そうな

他人の顔の　他人の谷へ　他人の目から　他人の金の入《い》れ所《どころ》　他人の手にかけず　他人の水を呑《のん》で知り　他人の飯《めし》にある薬　他人のように言い　他人へ意見する　近い他人を恋しがり　人は人なぜ帰らぬと　矢《や》っ張《ぱ》り他人也《なり》　ひとさまの飯《めし》の味　もう余所《よそ》の人と

【皆《みな》】みんな酔《よ》い　正直はみんな飢《う》え　皆踊り　皆俺《おれ》を恐れて居《い》ると　皆逃《にげ》る　皆早く寝ようときまる　皆身にあびる酒の借《か》り　皆笑う中に　みんな歌って　みんなが口をあけ　みんな尖《とが》った口を寄せ　皆《み》んな除《の》け　みんなもまれた客ばかり　皆《みん》な酔《よ》ったと云《い》う姿　十人が九人

【衆《しゅう》】医者衆《いしゃしゅう》は　江戸《えど》衆《しゅう》は数がいけぬと　手《て》あきの衆は

【民衆《みんしゅう》】四民《しみん》のいっち下でうち　民草《たみくさ》の　民《たみ》の汗《あせ》　民《たみ》の疾苦《しっく》をひしかくし　貧民《ひんみん》ふえて　平民《へいみん》は　民衆の渦《うず》に　民衆の路《みち》をぐん〳〵《ぐん》　民衆よ　民衆を培《つちか》うところの　元みんかんに人となり　大衆の手が打《う》ち鳴《な》らす　大衆の怒《ど》濤《とう》　大衆の中の父　大衆の春だ　大衆を売る奴《やつ》は無事《ぶじ》

連れ

【連《つ》れ】連れがあり　つれがわるいとかどわかし　連れに逢《あ》い　つれに迄《まで》うとんぜられる　連れの背中をたてに取り　連れは三軒《さんげん》先にいる　アベックで来たと　アベックを見て来ただけの

【道連《みちづれ》】好《い》い道連に手を曳《ひ》かれ　道連の話し下手《べた》　宜《よ》き道連と蝸牛《かたつむり》

【供《とも》】ではお供しようと　供がかぞえる　供が殖《ふ》え　供にやとわれ　供の呑内《のむうち》ふみを書き　供はだんごを持ってかけ　美しい供　小町《こまち》が供の

【ぐる】起《おこ》せ〳〵《おこせ》とぐるになり　こなたまでぐるだと

【団《だん》】観光団より始まれり　見学団　長屋《ながや》へすくむ視《し》察団《さつだん》　青年団帰り　団体が休んで　団体へおかまいもなく　まじめに歩く団体旗《き》　暴力団を雇《やと》い入《い》れ

人

【人《ひと》】あらかたの人は　えり人《びと》で　追いぬいてゆく人ばかり　踊る人歌う人　居《お》れぬ人々　曇《くも》りなき人を　新人《しんじん》と云《い》うは　新人《しんじん》は　つねの人でなし　人あふれ　人があり　人が落ち　人が立ち　人が見たなら　人さえ見ると　人ずくな［少］　人遂《つい》に　人と水　人なれば　人に行当《いきあたり》　人にはならずとも　人の上　人のじゅずつぶ　人の相場《そうば》のつきじまい　人の苗《なえ》　人の夜　人はいません　人ハ古くなり　人見ずや　人みなが落ち着く先の　人も味が出ず　人を倒すな　人を呑《の》み　人

を見ておこる也《なり》　人を皆《みな》人と思うて　人を別《わ》け　閑人《ひまじん》に　別な人になり　実《み》を結ぶ人　行《ゆ》きずりの人に乞《こ》わるる　十代目難十郎《なんじゅうろう》の　みょうもん［妙門］らしい人はなし　宿《やど》なしの夢に見せ

【個《こ》】一個人の所有とす　個に還《か》える　個を愛《め》づる

【獣《けもの》】けだものの食《く》える哲理《てつり》も　二足獣《にそくじゅう》　人間でないけものなり

【大人《おとな》】大人が踊るなり　大人ども　友は大人になりにけり　息子《むすこ》大人となりにけり

【男女《だんじょ》】男とおんな　男女混劇　男女同権なら　雄《おす》と雌《めす》

【人間《にんげん》】茲《ここ》が人間の水平線かも　人間が神を食《く》ってる　人間土の上を這《は》い　人間共《にんげんども》はフンドシです　人間にあつかわず　人間に生《うま》れ一度は　人間に効《き》くとは書かぬ　人間にして呉《く》れず　人間にちっとも似ない　人間の上で笑って　人間の型を　人間の皮だけ借りた　人間の正《しょう》札《ふだ》　人間の巣《す》の一角《いっかく》に　人間の千秋楽《せんしゅうらく》に　人間の店《たな》ざらし　人間の種子《たね》が尽《つ》きたら　人間の肉へも　人間の煉《れん》瓦《が》は脆《も》ろし　人間は笑い　人間二人《ふたり》つき　人間虫に似る　人間を哄笑《こうしょう》してる　人間を掴《つか》めば　人間を闘牛《とうぎゅう》に見る　人間を焼いても食《く》える　人間を安《やす》く見る　人間を屋根《やね》から拾《ひろ》う　真人間《まにんげん》　やっと人間らしくなり

【人類《じんるい》】人類の脚《あし》は知れてる　人類の仕末《しまつ》を　人類の夢は

【世捨人《よすてびと》】衆道《しゅどう》の上の遁世者《とんせいしゃ》　世捨人　世を捨《す》てた人のじまんは　世を捨《す》てた身の　捨《す》てた身と思えどすごき

【素人《しろうと》】素人に成《な》ったがさいご　素人になりたく　素人になると　素人になる日　素人の寄《よ》てもよめぬ　素人へ近い女郎《じょろう》の　素人めかす二人《ふたり》なり

【名人《めいじん》】名人が書けば　名人がぽっくり死んだ　名人の棋戦《きせん》とやらで

【英雄《えいゆう》】英雄がまた変わり　英雄の好色《こうしょく》　英雄の辞書には見えぬ　両雄《りょうゆう》の名のみぞ残る

【王《おう》】王様あわて者《もの》　王様のように　王様は何《なん》ですか　王者王子《おうじ》おのが王者になるを　王者になるを疑わず　王の頭上《ずじょう》を白き雲の黄金《おうごん》の皿《さら》

【賢人《けんじん》】賢人が出来《でき》ぬと　賢人は竹《たけ》

【善人《ぜんにん》】元日は皆《みな》善人に　善人に付き餓死《がし》　善人は善人を見殺《みごろ》しにする

【哲人《てつじん》】哲人の　哲人の涙に

【天才《てんさい》】才子《さいし》の学問　天才に筆《ふで》を持たすと　天才の影《かげ》に　天才の影《かげ》は一《ひと》つ　天才の歯ぞ　天才へ

【博学《はくがく》】博学世事《せじ》うとし　博学の名が世《よ》に流れ　インテリが疲れて　我田《がでん》へ水は引《ひか》ぬ智者《ちしゃ》　智者老《ちしゃおい》て　智者《ちしゃ》と愚《ぐ》者《しゃ》　離職した閑居《かんきょ》の智者《ちしゃ》か

【ハイカラ・モガ・モボ】ハイカラは　妹がモガで知れ　モダンガールなり　モダンなり　兄《にい》さんがモボ／雛《ひな》の中での通《とお》り者《もの》

【奇《き》人《じん》・変《へん》人《じん》】変《かわ》り者　奇人伝《きじんでん》著者も奇人の　この長《なが》屋《や》では奇人なり　変人の

【江戸《えど》っ子《こ》】江戸っ子には出来《でき》ず　江戸っ子の居候《いそうろう》　江戸っ子の口に鮎《あゆ》　江戸っ子の子供に　江戸っ子の三助《さんすけ》がいる　江戸児《えどっこ》の目には　江戸ッ子の面《つら》に　稲荷《いなり》の吾妻《あずま》っ子《こ》　開化《かいか》の神田っ子　鳩仲間《はとなかま》　見付物《みつけもの》だと突合《つきあわ》ぬ

【書生《しょせい》】信濃《しなの》の貧書生《ひんしょせい》　書生朝帰《あさがえ》り　書生の唄《うた》を　書生の漢語　出来《でき》たふりする青書生《あおしょせい》　八《はち》と熊《くま》強い書生に

【弟子《でし》】兄弟子《あにでし》が死《し》ねば〱《しねば》と　男弟子《おとこでし》は来《こ》ず　かじやの弟子は常《つね》のかお　禁治産《きんちさん》スグの舎弟《しゃてい》は　弟子がみんな引け　弟子どもをはげますような　弟子に知れ　弟子はその夜《よ》を寝つかれず　弟子一人《ひとり》　弟子へめあわせる　破門《はもん》した弟子の手筋《てすじ》の　門人《もんじん》のようメカのよう　綿《わた》の弟子　鍛冶屋《かじや》の弟子の

者

【者《もの》】あんな者と云《い》うそんな者に　あんなものをと　気《き》さく者《もの》　食《く》わせ者　下郎《げろう》さして居《い》る　人気者《にんきもの》　あれ切《きり》かのとたわけもの　渡《わた》り者　汁《しる》のみ迄《まで》もわたりもの

【どら】いっかどのどら　大《おお》どらだどらだと雛《ひな》を　カッポレのどら和尚《おしょう》　どらに逢《あ》いたいが　ドラの子を尋《たず》ね　どら息子《むすこ》叩《たた》く戸響く　梟《ふくろう》のどら息子《むすこ》　野良息子《のらむすこ》

【馬《うま》の骨《ほね》】馬の骨から御《ご》たん生《じょう》　馬の骨をまち

【古狸《ふるだぬき》】苦界《くがい》十年古狸　古《ふる》だぬきめがと　よこさずばなけと古参《こさん》の　山を懸《かけ》たる古狸　中《ちゅう》ぶるなかおが

【山師《やまし》】大山師《おおやまし》　きつい山師とゆびをさし　山師の妻《つま》に

【田舎者《いなかもの》】いなかゞ《が》五六人　田舎もの　お上《のぼ》りの中《なか》に　麦めしおやじ　山出《やまだ》しの千代《ちよ》が生《うま》れも

【物好《ものず》き】物好きが過《すぎ》て　物好きであの真似《まね》はせず　すいきょうものが割《わっ》てくれ　橋ですいきょう者《もの》を待ち

【博打打《ばくちうち》】勝ったやつ　勘定《かんじょう》をするまけたやつ　てっかう

ち　まけたやつ　ころぶ程《ほど》着る通《とお》りもの

【亡者《もうじゃ》】生《い》き亡者　とんちな亡者　亡者の道行《みちゆき》　亡者額《ひたい》に屠蘇《とそ》ぶくろ

【油虫《あぶらむし》】［たかり］　ぐるりはみんな油むし　多芸《たげい》なやつは油むし　町代《ちょうだい》は油むしさと

【脛《すね》かじり】親の臑《すね》　おやのすね今をさかりと　親の脛かじり　噛《かじ》った親の臑《すね》

【居候《いそうろう》】居候屋根《やね》の日向《ひなた》で　箒《ほうき》持つ居候　豆蟹《まめがに》の居候　懸《かか》り人《うど》　掛人《かかりうど》ちいさな声で　掛人寝言《かかりうどねごと》にいうが　食《しょっ》客《きゃく》になき胃病　食客《しょっきゃく》を退去させ　釣《つ》り好《ず》きの食客《しょっきゃく》

【怠《なま》け者《もの》】天狗《てんぐ》となまけもの　なまけ者恥《はじ》よ　早起《はやおき》の怠惰者《なまけもの》　梟《ふくろう》のなまけ者　見直すなまけ者　ぶはたらき

【凡夫《ぼんぷ》】仏《ほとけ》も元は凡夫なり　凡夫とおなじ臍《へそ》をもち　凡夫の夢の面白さ　凡人《ぼんじん》の目へ／薬にも毒にもならず

長

【親分《おやぶん》】おやぶん声をはり上《あげ》る　国宝の親分が居《い》る　スポーツの親分という

【親方《おやかた》】おやかたにはかまを着せる　親方の顔で　おやかたの系図《けいず》を聞けば　親方の名前で　親方は　棟梁《とうりょう》の

【大将《たいしょう》】作大将《さくだいしょう》が見あらわし　大将になる気　大将にもなれる　大将の　大将までは居《い》ず　花の大将

【頭《かしら》】子をしょったのが頭分《かしらぶん》　頭取《とうどり》の門《かど》で［出］

【師《し》】師の影《かげ》は踏むなよ　師の影《かげ》を踏むが定理《じょうり》か　師ののたまわく　師の坊《ぼう》は　師八弟子《でし》に噛《か》んで哺《ふくめ》る　綿《わた》の師屁《へ》をかぶり　落《お》ちぶれた恩師《おんし》と　恩師《おんし》は別の太い文字

【師匠《ししょう》】生花《いけばな》の師匠　一度師匠をした女　お師匠はん踊りの師匠くる　師匠に出会《であ》う昼の街《まち》　師匠のにげ所《どころ》　師匠はあまりこわくなし　羽織《はおり》着ぬ碁《ご》の師匠

【主《あるじ》】主人《あるじ》が自《みず》らす　主人《あるじ》なき誉《ほまれ》の家に　庵主《あんじゅ》ほめ　一城《いちじょう》の主にかえる　女主《おんなあるじ》じと侮《あなど》れぬ　主人《あるじ》にヒコが焼け　爆音《ばくおん》で主人《あるじ》が戻る

【庄屋《しょうや》】大庄屋《おおじょうや》　庄屋殿《しょうやどの》　庄屋のやかましさ　年貢戻《ねんぐもど》りに酔《よ》う庄屋

【地主《じぬし》】地主にやるものがない　地主の阿魔《あま》ばかり　地主ぶるといい　とりに来る地主　不在地主《ふざいじぬし》の田が続き

【大家《おおや》・大屋《おおや》】大家さんの子だと　大屋しかって恥《はじ》をかき　大屋をば人と思わぬ　まかりひっ込新大屋《こむしんおおや》　御酒《みき》どくり持った大屋に　家主《いえぬし》をやりこめたので

【知事《ちじ》】知事様《ちじさま》に可愛《かわい》がられる　知事さんを殿様《とのさま》にし

て　知事代理　知事殿《ちじどの》の筆《ふで》で

【長《ちょう》】局長が帰ると　区長すぐに逢《あ》い　村長にでもして置けと　代表持って行《ゆ》き　団長の筆《ふで》で　村芝居《むらしばい》村長の子が

昔の人

【貴賤《きせん》】心に角《つの》は持たぬ賤《しず》　賤《しず》や賤《しず》　新華族《しんかぞく》　男爵《だんしゃく》を得て　低き身は　宮《みや》ハ落給《おちたも》う　もんどり打って貴族《きぞく》の死

【公家《くげ》】おもねる公家の上へ落《おち》　公家を見たがる

【殿様《とのさま》】大殿様《おおとのさま》が一人《ひとり》ぎり　殿様にだかせて置いて　殿様の今日の御無理《ごむり》の　殿様は　若との様じゃ有《ある》まいし

【大名《だいみょう》】暮《くれ》の大名　大名の糞《くそ》　大名は小判《こばん》の中に　大名も鯛《たい》のうら食《く》う

【奉行《ぶぎょう》】奉行職《ぶぎょうしょく》　見て回《まわ》る奉行に庄《しょう》や

【家老《かろう》】家老の方《ほう》へつけたい名　国家老《くにがろう》帰ると　皆黙《みなだま》らせる国家老《くにがろう》　奥家老《おくがろう》しなび尽《つく》して　おく家老《がろう》そり橋《ばし》をはう

【家来《けらい》】馬に水のませる家来　御家来《ごけらい》の名ばかり売れる御家来《ごけらい》はオレかと　旅の空家来へ近く

【奴《やっこ》】［武家の下僕］　奴おこされる　やっこの高いびき

【番頭《ばんとう》】下心《したごころ》ある番頭は　番頭が身受《みうけ》に来ると　番頭大分《だいぶ》金が出来《でき》　番頭に覚《おぼ》えの名　番頭の塩《しお》で持《もち》

【手代《てだい》】くすんだ手代也《なり》　手代畳《たたみ》にはえたよう　古い手代の

【丁稚《でっち》】借りて来た丁稚の智恵で　仕立屋《したてや》のでっち　弱点を握《にぎ》り丁稚の　ついでに丁稚家に寄り　丁稚に過ぎたもの　丁稚に用がふえ　丁稚一人《ひとり》の店になり　丁稚を呼び戻し　紫《むらさき》などゝ《と》丁稚いい

【腰元《こしもと》】いも虫のようにこし元《もと》　腰元が着《つ》く　腰元の物《もの》思《おも》い　腰元前をよく合《あわせ》　逃げのびた腰元　逃《にげ》る腰元

【女中《じょちゅう》】今度来た女中がこわい　女中が又貰《またもら》い　女中から夜《よ》の明《あ》けかゝ《か》る　女中連《じょちゅうづれ》　負《まけ》の女中の丸《まる》はだか

【小間使《こまづかい》】小間使　小間使逃げ

人名

【人名《じんめい》】アポロンの姿　安珍《あんちん》は尻《しり》の方《ほう》から家康先《さ》きが見え　一休《いっきゅう》に聞けば　旨《うま》い〱《うまい》とアダムエバ　エノケンの笑いにつゞ《づ》く　エンゲルスカイゼルが　喜多八《きたはち》が呑《の》み込んで居《い》る　空海《くうかい》えい［酔］もせず　兼行《けんこう》先生　孔明《こうめい》は子を抱いて居《い》る　ザイラー、モンタン、ザンス、パンチョス　ソロモンの栄華《えいが》を笑う　定九《さだく》郎《ろう》　俊寛《しゅんかん》の夢計《ばか》り　蒼海《そうかい》にコロンブス　タゴールは芭蕉の詠《よ》んだ　太郎《たろう》寿太郎《じゅたろう》源太郎《げんたろう》　杜甫《とほ》に一人《ひとり》の弟子《でし》も居《い》ず豊国《とよくに》が伊予紋《いよもん》になる　ナポレオン花火《はなび》の様《よう》に　ネロの如《ごと》くおかす初夜《しょや》　バイロンの卵は　花嫁花婿《はなよめはなむこ》の列へ手をあげるヒットラー　パブロワを真似《まね》て　彦九郎《ひこくろう》のように手をつく　左の甚五郎《じんごろう》　ベーブルースはこんな顔　弁慶《べんけい》八山で育《そだ》て　水戸黄門《みとこうもん》を誉《ほめ》て行《ゆ》く　娘に見える歌右衛門《うたえもん》　弥次喜多《やじきた》は　幸村《ゆきむら》は生きる気でない　六歌仙《ろっかせん》　ロマノフの官女《かんじょ》なりしを

【キリスト】キリスト吹きはじめ　キリストも　基督《キリスト》も釈迦《しゃか》も　キリストよ泣け

【ノア】ノアの洪水蚤《のみ》の身に　ノアの船百万噸《トン》も

【ペリー】ペルリ後は　彼理《ペルリ》船をよせ

【マリア】教会のマリヤ　マリヤ孕《はら》んだ噂《うわさ》なり

【マルクス】釈尊《しゃくそん》の手をマルクスは　風鈴《ふうりん》の下にマルクスマルクスに行水《ぎょうずい》させる　マルクス止《や》めにする

【浦島《うらしま》】浦島の漁父《ぎょふ》も富《とみ》　浦島ほどの心持ち

【桃太郎《ももたろう》】桃太郎語る乳母《うば》　桃太郎出て来《こ》い

【金時《きんとき》】金時が行《い》きそうな所《とこ》　金時は鬼《おに》が出ないと

【五右衛門《ごえもん》】五右衛門などと笑われる　五右衛門はなまにえの時

【歌麿《うたまろ》】歌麿売れぬまんま古《ふ》り　歌麿も観陽《かんよう》も居《い》る

【広重《ひろしげ》】広重の空が明るい　広重めきて霞《かす》みけり

【写楽《しゃらく》】壁の写楽の絵にともり　写楽にも一度見せたい

【業平《なりひら》】なりひらのおしい事には　業平のお供《とも》は

【紫式部《むらさきしきぶ》】式部聖霊《せいれい》に感《かん》ず　式部は明《あ》けはだけ　式部は筆《ふで》を置《おき》　紫女《しじょ》が筆《ふで》

【清少納言《せいしょうなごん》】名迄《なまで》せいしょうなごんなり　夜《よ》もすがら寝ぬ清女《せいじょ》／清塚《きよづか》に雪景色《ゆきげしき》

【清盛《きよもり》】清盛苦笑《にがわら》い　清盛の医者　清盛の浮気《うわき》に尼《あま》が清盛はウヌが勝《かっ》手に　清盛も太閤《たいこう》も居《い》ぬ　清盛へ見舞《みまい》

【平家《へいけ》】茸狩《たけがり》は平家の庄《しょう》へ　逃《にげ》て来《き》た平家の顔の　平家の暮《くれ》近し　平家は亡《ほろ》ぼされ

【清姫《きよひめ》】清姫銀の箸《はし》　清姫も初め人魚《にんぎょ》の　清姫をどこでまこうか

【巴《ともえ》】巴は古い陣羽織《じんばおり》　巴の雪の肌　巴も終《つい》に生《いけ》どられともえ八兜《かぶと》着ざりけり

【お七《しち》】八百屋お七。恋をして放火し火刑となった　お七にはねられる　お七を焼いた原に咲く　ジャンダークお七のように　裸馬《はだかうま》お七を乗せて　お七が墓所《はかしょ》聞きあるき

【孫悟空《そんごくう》】毛を棒ほどに孫悟空　孫悟空白髪《しらが》の方《ほう》を孫悟空手頃《てごろ》の雲に
【始皇帝《しこうてい》】内《うち》にわへ始皇え［榎］の木を　始皇おどす也《なり》
始皇から見れば清盛《きよもり》　始皇と妃《ひ》　死ぬまいとする始皇帝
【孟母《もうぼ》】孟母度々《たびたび》手数料　孟母とて換《か》えぬ心の　孟母は能《よ》く仕《し》あげ　孟母また思案《しあん》　孟母店を替《か》え
【楊貴妃《ようきひ》】ようきひのうたい宵《よい》から　楊貴妃歯を磨《みが》き
ようきひぶたをくい　ようきひを湯女《ゆな》に仕立《したて》る
【西施《せいし》】傾ける覚悟で西施　西施嫁《よめ》に行《ゆ》き
【李白《りはく》】李白が呑《の》んだ酒の説《せつ》　李白の膝《ひざ》も崩《くず》るころ　李白傍若無人《ぼうじゃくぶじん》なり　李太白一合《りたいはくいちごう》ずつに　酒葬《しゅそう》にしろと李太白《りたいはく》
【老子《ろうし》】老子爪《つめ》を剪《き》る　老子にさゝやく天《あま》の川《がわ》
【孔子《こうし》】孔子を後《うし》ろ手《で》に縛《しば》り　食《く》いものにかけては孔子
孔子の弟子《でし》もうそをつき
【アイヌ】アイヌの鬚《ひげ》が　アイヌの瞳《め》
【外国人《がいこくじん》】大《おお》またに西洋人の傲慢《ごうまん》　外人来るでなし
異人《いじん》人《ひと》の子　帰化人《きかじん》の出願書　紅毛《こうもう》ハ　高麗人《こまびと》も　ヤンキーの自由の巨像　どこか淋《さび》しいロシヤ人《じん》
【唐人《とうじん》】唐人の寝言《ねごと》もわかる　どんじりに乗る唐人は笑うたび唐人のへる　図武六《ずぶろく》の唐人

名

【名《な》】綽名《あだな》を笑うのみ　我《わが》おさな［幼］名《な》で　おさな名《な》を錦《にしき》にくるむ　いう名なり　犬に通《とお》り名　俺《おれ》の名は揉《も》み消され　女名《おんなな》の　死しても名　匿名《とくめい》は　所《ところ》を聞けば名をたずね　名が変《かわ》り　名が知れず
名でよばれるは　名はかえず　名迄味噌《なまでみそ》をつけ　名も惜《お》しいけれど　名をいって　名をかえる尼《あま》　名を聞かれたを　名を知らず　名を見れば　名をよばせ　母の名は母の名を珍《めずら》しく見る　臍《へそ》の緒《お》にある本名《ほんみょう》は　本名《ほんみょう》を初《はつ》に知り　指にからまる名をうとみ　嫁《よめ》の名で旅から届く　老師《ろうし》へ妻の名も入れる　客らしく名も改めて　お客の名を覚え　芸者《げいしゃ》の名もおぼえ　女給《じょきゅう》の名を覚《おぼ》え　近所の犬の名を覚え　星の名を覚《おぼ》え　久しい雅号《がごう》なり
姓《せい》となり　町内《ちょうない》の同姓を知る　まだおんなじでない苗《みょう》字《じ》　苗字《みょうじ》からして
【呼《よ》び棄《す》て】呼びすてて　呼び棄てにせぬいい縹緻《きりょう》
【名付《なづけ》】味《あじ》な名が付《つ》く　かるい名を付《つけ》　酒塩《さかしお》と名付《なづけ》て
その大《おお》むかし火となづけ／えぼし親《おや》

仕事

商売

【商い《あきない》】小《こ》商《あきな》い　ひれふして商いをする　商売気《しょうばいけ》はぬけず　商売でああは出来《でき》ぬと　商売は　商売はさっぱり　士族《しぞく》の商法　武士の売買《うりかい》

【商人《しょうにん》】商人に　商人の道を　死を安《やす》くする商人　松取りて商人めかす　小商人《こあきんど》　夜商人《よあきんど》　口切《くちきり》や

【売《う》る】飴《あめ》一《ひと》つ売って　売っとる男　売らんかな　売切れを　売り残している　売る気は気なれども　売る玉に売先《うれさき》もよくこなれ　売れたゞ《だ》け　売れなくて不平を鳴《なら》す　かざりものを売《うり》　地所《じしょ》を売り　十《じっ》けんよんで一本うれ　専売《せんばい》と称《しょう》して　高く売り　通るたびまだ売れてない　置替《おきかえ》て見て一《ひと》つ売れ　隣《となり》で片身《かたみ》売れて　隣《となり》のも売る勧商場《かんしょうば》　何か売《うっ》たか　鼻を鳴《な》らして売り付ける　一《ひと》つ売り二《ふた》つ売り　一《ひと》つのこして売《うっ》てやり　芸者《げいしゃ》売れもせず　まだ売れず　昔はアレもうれました　もう売るものがなく　よく売れる　売られずにいるは　売られつ《っ》ゝ

【見本《みほん》】小紋帳《こもんちょう》見るごとく　紺屋《こんや》の色本《いろほん》　サンプルのように　日本で出来《でき》る見本市　見本を持《もっ》て来る

【売物《うりもの》】売物を寝かし歓《よろこ》ぶ　売物を寝かし利《り》を得る　品《しな》ものが痩《や》せはじめ　和製の品《しな》を売りに行《ゆ》く

【売出《うりだし》】売出《うりだ》し許《ばか》り買《かっ》て居《い》る　売出へ加《くわ》わらず　特価品《とっかひん》　福袋《ふくぶくろ》　投げ売りにする　投売《なげうう》りは　廉売所《れんばいしょ》　廉売《れんばい》へ

【払物《はらいもの》】「売り払う不用品」　あわれな払物　馬と車の払《はらい》もの　払物言直《いいね》に売れて　しめっぽく出る払蔵《はらいぐら》

【値《ね》・直《ね》】言直《いいね》に売れて一思案《ひとしあん》　御直段《おねだん》がよいと　買う人に値を聞いてみる　紙のハタキの値の高く　御亭主《ごていしゅ》に値を当てさせる　酒肴付《さけさかなつき》七十五銭　しょうじ「障子」の内《うち》で直をこたえ　炭《すみ》の値を　墨《すみ》の値をいうて書いてる　袖《そで》口《ぐち》にあて《て》ゝ直をする　太鼓《たいこ》の直　直が高し　直次第《ねしだい》で四《し》五本《ごほん》いると　値は高い方《ほう》から売れる　値を尋《たず》ね　値をほめる　本当の値がわかり　渡り歩いて値を申し　淋《さび》しくた《た》ゝく定直段《じょうねだん》　懸値《かけね》する様《よう》に　かけね「掛値」なし

【正札《しょうふだ》】正札つきの女房《にょうぼ》来る　正札で売る店を出《だ》し

【安《やす》い】こんなに安い玉《たま》うどん　女房へ安く言っとく　安

い値をつける　安いのに　安くあげ　安くされ　安くする　安くふまれる　勘定《かんじょう》が安かったねは

【負《ま》ける】少しおまけの気味《きみ》に立ち　対《つい》のゆかたを見て負けず　マケてくれ　負《まけ》ぬ現金　まけぬあたまをおもくふり　負ける声　わすれたようにまけて来る

【値段《ねだん》がつく】市《いち》の値が出来《でき》る　かぼちゃの直《ね》が出来《でき》る　玄関《げんか》で肴直《さかなね》が出来《でき》る　値の出来《でき》る迄《まで》は　初鰹直《はつがつおね》が出来《でき》る　そうはもうつかぬと　つかないよなどゝ《と》ばんとう　鳥の直《ね》を付《つけ》る　麦わら笠《がさ》の直《ね》を付《つけ》る

【値切《ねぎ》る】かえっては買《かわ》ぬとねぎる　言葉巧《たく》みに値切られる　此上《このうえ》ねぎるところなし　ねぎっても人ぎゝ《き》のよい　ねぎらずに遣《や》れば　値切らない代《かわ》り　値切られた丈《だけ》を直切詰《ねぎりつめ》　値切るのをハッキリと聞く　服を値切ってる　直切足《ねぎりた》らいで　いとしやと言い言い値切《ねぎる》

【釣銭《つりせん》】ツリをくれ　釣銭《つり》を出《だ》し　剰銭《つり》を間違《まちが》えても笑い

【売上《うりあげ》】売上は稲《いね》こきの歯に　売上を切る　売揚《うりあげ》を少し借りたい　売りだめがなくば　売溜《うりだ》めに　勘定《かんじょう》の不足は　勘定《かんじょう》をするに楽しい　お帳場《ちょうば》の　出納《すいとう》は本丸ほどに　帳尻《ちょうじり》へ　帳尻《ちょうじり》を見るだけでいゝ《い》　うりたてに食込《くいこ》みのたつ

【サービス】サービスという親切の　サービスに主人の両手　団体のサービス

店舗

【店《みせ》】買《かい》に来《こ》ぬ店　がらんどうの小店《こみせ》　小売店《こうりてん》　小間店《こまみせ》を開業し　てんや［店屋］は汁《しる》ずくな［少］　根《ね》のつよい見世《みせ》と　売店《ばいてん》へ　繁昌《はんじょう》な見《み》世《せ》　店に不似合《ふにあい》　店へ出る　見世迄《みせまで》も顔出《かおだ》して行《ゆく》　店を出《だ》し　向《むか》いの店の売れること　能《よく》うれる見世《みせ》さと　売り仕舞《じまい》　売店《うりだな》のように　仕入《しい》れにまじる　早仕舞《はやじまい》しますと　店仕舞《みせじまい》　店番《みせばん》を母へ頼めば　店開《みせびら》き　仲見世《なかみせ》で飲むが　仲店《なかみせ》に子は泣いている　仲見世《なかみせ》を賑《にぎや》かに行《ゆ》く

【店卸《たなおろ》し】店卸し見せるも　晦日《みそか》の店《たな》おろし

【店先《みせさき》】店頭《てんとう》に　店先に一《ひと》つ落ちてる　見《み》せさきへ出ては　見《み》せでのむのはやすいやつ　店下《たなした》をあるけば

【問屋《とんや》】赤穂《あこう》の塩問屋《しおどんや》　大問屋《おおどんや》キチンと積んだ　紀《き》の国《くに》屋《や》　問屋の女房仕切判《にょうぼしきりばん》　干菜問屋《ひなどんや》

【老舗《しにせ》】老舗の恥《はじ》とする　老舗を思う底力《そこぢから》

【店構《みせがま》え】この三尺《さんじゃく》の店構え　物の買《かい》よい二《に》間口《けんぐち》

【デパート】高い高い百貨店《ひゃっかてん》の　デパートで女に逢《あ》って　デパートの女が憎い　デパートをにらむ

【三越《みつこし》】妻《つま》三越をまだ知らず　三越で逢《あ》う事にする
三越を二度回《まわ》り　結納《ゆいのう》も済《す》み三越へ

【屋台《やたい》】屋台なればこそ　屋台のあとを押し　屋台のころの客もよび　屋台店《やたいみせ》

【夜店《よみせ》】傾城《けいせい》は夜見世《よみせ》のしおれ咲《ざき》　子を伴《つ》れた夜店
夜店段々冷《ひ》えてくる　夜店で青葉買って来る　夜店隣《となり》で灯《ひ》を借りる　夜店に寒き人だかり　夜見世《よみせ》の秋の悲しまる　夜店の碁《ご》　夜店も恋の手引草《てびきぐさ》　夜店蘭《らん》が売れ

【露店《ろてん》】ひと樽《たる》の酒屋《さかや》の出来《でき》る　干店《ほしみせ》にある西川絵《にしかわえ》　干《ほし》見世《みせ》へ顔を出《だ》し　模擬店《もぎてん》で

【看板《かんばん》】絵看板《えかんばん》　看板が邪魔《じゃま》　看板で見れば大蛇《だいじゃ》は看板の　看板も九《く》そう倍《ばい》　看板を買《か》い　銭《ぜに》かんばんの高島《たかしま》を看板にする／どこも矢を出《だ》す湯屋《ゆや》の軒《のき》

【暖簾《のれん》】柿色の暖簾に　たちかけた子の手へのれん　恋ものれんを来てなぶり　紺暖簾《こんのれん》　暖簾がふえ　長暖簾《ながのれん》さめぬ古暖簾《ふるのれん》　二階へものうれん掛《かか》る　暖簾から　のれんで通《とお》す／のれんを分けた　のれんを分ける

【陳列《ちんれつ》】陳列の帯《おび》　陳列の程《ほど》に　陳列を

【ウインド】ウインドーにひとけた違《ちが》う　ウインドーの何か売れ　ウインドの気でなく　小粋《こいき》な飾《かざ》り窓《まど》

【盛《も》り塩《じお》】盛り塩の　庭に三筋《みすじ》の清《きよ》め塩《じお》　振《ふ》る汐花《しおばな》も一筋《ひとすじ》に　縁起塩《えんぎしお》

店員

【店員《てんいん》】恋人に似た店員に　女店員一寸《じょてんいんちょっと》の風邪に　一人《ひとり》で帰る女店員《じょてんいん》　店衆《たなしゅう》を

【注文《ちゅうもん》】うそ泣きで注文をきく　注文がいち〳〵《いち》違《ちが》う
注文取りに駄目《だめ》を押し

【売子《うりこ》】いたましい売子を　売子の様《よう》にお供《とも》さげ　中売《なかうり》が来て足でふみ　外《ほか》の売人《うりて》がよぶようさ　見習《みなら》いの　自分も欲しい物を売り　見切場《みきりば》に汗《あせ》ばんでいる

【出前持《でまえもち》】出前持指を鳴《な》らして　吉原《よしわら》へ岡持通《おかもちかよ》う　自転車で来る岡持《おかもち》は　注文渡す提桶《さげおけ》や　行器《ほかい》のおおい

【御用聞《ごようきき》】御用聞改《あらた》まり　御出入《おんでいり》　出入《でいり》の八百屋知らぬなり

【支配人《しはいにん》】えんりょなさいと支配人　奇抜《きばつ》な支配人
豪商《ごうしょう》の支配人　支配人洒落《しゃれ》が出る

【受付《うけつけ》】受付が代理《だいり》で　受付は年金付《つき》の　受付は無口《むくち》に　受付へ名刺《めいし》が戻り　取次《とりつぎ》をしたばかりなり　窓口はあちらとのみで　窓口を出た人の金

【会計《かいけい》】会計さんにだけ　我金《わがかね》のように会計

【給仕《きゅうじ》】給仕給仕を羨《うらや》ませ　給仕もう　新参《しんざん》の給仕袴《はかま》に新そばのきゅうじ　昼は給仕の名で呼ばれ　矢《や》っ張《ぱ》り給仕なり　ボーイを口説《くど》く一等車　婿《むこ》よりもボーイの目《め》立《だ》つ

【女給《じょきゅう》】朝日から朝日へ女給　雨の日の女給は　公休《こうきゅう》を女給は誰《だれ》と　高女出《こうじょで》の女給なりけり　女給馳《か》け　女給知っている　女給素気《すげ》のう待たしとき　女給同志《どうし》が数《かぞ》え合《あ》い　女給遠く掛《か》け　女給の閑《ひま》な晩《ばん》　女給花を植え　女給は別な椅子へ行《ゆ》き　女給は又《また》笑い　女給は安く使われる　掃除《そうじ》する女給の昼へ　ウエトレス

【女将《おかみ》】女将上《あが》って来《き》　女将開《あ》けて入《い》り　女将いっぱし口をきゝ《き》　女将起《おこ》される　女将がほめてくれるもの　女将の声で散り　女将は言《い》いに出る　女将は折《おり》を開《あ》けさせず　女将は聞くばかりなり　女将は知っている　女将は別な智恵をかし　女将もどって来《き》　女将も罷《まか》り出る　女将笑《わろ》うてあとへ足《た》し　お静かな事《こと》と女将も　常客《じょうきゃく》に女将　祟《たた》りをば忘れ女将の　頓服《とんぷく》を呉《く》れた女将も　膝《ひざ》一《ひと》つ打って女将は　閑《ひま》な女将の手が伸びる　老女将《ろうおかみ》

【仲居《なかい》】おへん事《こと》おへんと仲居　集金の仲居　仲居に叩《たた》かれる　仲居に拾《ひろ》われる　仲居行《ゆ》きづまり　好《よ》き仲居　常着《つねぎ》の仲居案内《あない》する　仲居奥様《おくさま》見て帰り

【雇仲居《やとな》】［仲居］　雇仲居の下駄《げた》も揃《そろ》えられ　やとなは別な足袋《たび》をはき　雇仲居老《ふ》けて来る／別室へ案内

食べ物屋

【茶屋《ちゃや》】朝の水茶屋《みずぢゃや》　裏茶屋《うらぢゃや》はかの人計《ばかり》　掛茶屋《かけぢゃや》の貴賓《きひん》　草臥《くたびれ》の時　荷《にな》い茶屋《ぢゃや》　芝居《しばい》茶屋《ぢゃや》　角力茶屋《すもうぢゃや》困った　滝《たき》の茶屋　だんご茶屋《ぢゃや》　峠茶屋《とうげぢゃや》　二《に》軒茶《けんぢゃ》や　ばゝ《ば》あが茶屋は人遠《ひとどお》し

【茶店《ちゃみせ》】空《から》の茶店の蚊《か》に食《く》われ　喫茶店《きっさてん》　茶店の暇乞《いとまご》い　茶店へ儲《もう》けさせ

【カフェ】カフェーの卓子《テーブル》　カフェーへ来ると　カフェーへふさぎに　カフェに長《なが》っ尻《ちり》　二十世紀のカフェー　鼻毛《はなげ》よまれるカフェーの夜《よ》　何かと云《い》うとプランタン

【水売《みずうり》】水売が来る　水くみの念頃《ねんごろ》ぶりは　水売《うっ》て

【心太売《ところてんうり》】ところてんうりなぶる也《なり》　娘でうれる心太

【氷売《こおりうり》】宇治《うじ》をとり　氷屋《こおりや》の灯《ひ》が残ってる　氷屋《こおりや》の聯《れん》を　夏痩《なつや》せをする氷店《こおりみせ》　暑中《しょちゅう》氷売　諏訪町氷見世《こおりみせ》

【バナナ売《うり》】買ってけとバナゝ《ナ》売　バナナ屋のかぞえ直して　バナナやむいて見せ　別の房《ふさ》からもいで負《ま》け

【西瓜売《すいかうり》】西瓜見世《すいかみせ》　たゝ《た》いて見せるすいか売《うり》

【桃売《ももうり》】もぎ立ての水蜜《すいみつ》の味　桃売りに　桃売の来る頃

【飴屋《あめや》】飴屋知って居《い》る　飴屋伸《の》し　飴《あめ》やは引《ひき》のばし　飴屋へ春の風が吹き　飴売《あめうり》が来て　飴売《あめうり》の単物《ひとえもの》　飴売《あめうり》ふくらませ　少々《しょうしょう》の夜の飴売る　飴細工《あめざいく》色をつけるが　飴の鳥細工《とりざいく》　飴のはこ鳥《どり》　吹過《ふきすぎ》た飴細工《あめざいく》

【芋屋《いもや》】芋屋のツリをとり　芋屋店を閉《し》め　芋《いも》うりのがきさと　小芋《こいも》うり　野老《ところ》うり

【菓子屋《かしや》】菓子屋の会議　稽古《けいこ》のようなカリカリ屋　唐《とう》がし屋

【葛餅屋《くずもちや》】葛餅という旗《はた》があり　くず餅屋

【栗屋《くりや》】栗屋は小さい手へ渡し　焼栗屋《やきぐりや》焦《こ》げてる煙《けむ》と

【汁粉屋《しるこや》】汁粉もち　汁粉屋の女に　汁粉屋へ寄ったと女房《にょうぼ》　ひやかしの気で汁粉屋へ　ぜんざい屋

【焼芋屋《やきいもや》】買って来る藷《いも》　目標にされて藷屋《いもや》は　焼藷屋《やきいもや》　焼芋屋蓋開《ふたあ》けてから

【駄菓子屋《だがしや》】街道《かいどう》の駄菓子屋　駄菓子屋にもとでの切れた　駄菓子屋へ矢張《やっぱ》り集まる

【団子屋《だんごや》】あんに相違《そうい》は団子屋に　飛団子家台《とびだんごやたい》はんじよう　御手洗《みたらし》の団子も売れて　土手《どて》の団子屋は

【餅屋《もちや》】餅見世《もちみせ》や　餅屋かと聞けば　もち屋から出て　餅屋にしては投《なげ》ぬ

【饅頭屋《まんじゅうや》】まんじゅう屋　饅頭屋煙《けむ》を包んで　饅頭湯《ゆ》気《げ》を立て　夜《よ》をふかす饅頭屋

【魚屋《さかなや》】今くえばよしと肴屋《さかなや》　魚屋《うおや》おひれをつけていい　さかなうりうっちゃるえらを　肴《さかな》うり念頃《ねんごろ》ぶりは　さかな屋が近所に出来《でき》た　魚屋少し負《ま》け　魚屋にまず引《ひき》合《あ》わす　魚屋の　魚屋はすべりそう　肴屋《さかなや》八元値《もとね》言うなど　魚屋は笑って腸《わた》を　肴店嵐《さかなだなあらし》が食《く》て／選物屋《えりものや》

【鰯売《いわしうり》】手をおんのけるいわし売《うり》　取《とり》かえるいわし売《うり》　生《なま》いわし見切《みきり》に売《うっ》て　ひしこの直《ね》つるさってする

【鰹売《かつおうり》】鰹うりつるべを落《おと》し　鰹うりとなりへ片身《かたみ》　鰹の直居風呂《ねすえふろ》でする　水打つ初鰹《はつがつお》

【浅蜊売《あさりうり》】浅蜊売　あさりうりみ［身］のないように　あさりをふみつぶし　むきみうりやがて買《かう》ほど

【鮪売《まぐろうり》】まぐろうり根津《ねづ》へへな〱《へな》　鮪売り安いものさと

【鰻屋《うなぎや》】うなぎ屋を止《やめ》た話の　焼くのが無理かと鰻屋の妻　鰻売《うなぎう》り　かば焼《やき》や　くたぶれたうなぎからさく

如何《いか》に無《む》惨《ざん》や鰻裂《うなぎさ》き　蒲焼《かばやき》の来るのが遅い

【おでん屋《や》】おでん屋筋《すじ》の尻《しり》を負《ま》け　おでんや一人《ひとり》起きている　おでんやへ浅漬《あさづけ》を置き　おでんやへ首を突込《つっこ》む　おでん屋へ人を押し込む

【シュウマイ屋《や》】シュウマイの笛を　シュウマイや

【ワンタン屋《や》】ワンタンが熱い　ワンタン屋口明前《くちあけまえ》の

【牛肉屋《ぎゅうにくや》】牛肉の背負《しょい》売《う》りもする　煮込《にこみ》の牛肉屋

【すき焼屋《やきや》】すき焼へ　すき焼屋

【牛飯屋《ぎゅうめしや》】牛を待たせて牛《ぎゅう》めし屋　河岸《かし》は牛飯おでん店《みせ》

【鳥屋《とりや》】今日殺すとり屋のとりが　鳥《とり》や見世《みせ》

【泥亀屋《すっぽんや》】泥亀屋　すっぽんを出《だ》ス

【天麩羅屋《てんぷらや》】天麩羅そばが御意《ぎょい》に入《い》り　天麩羅で名をあげた店　閑《ひま》な天婦羅屋《てんぷらや》　ぽっちり天《てん》ぷら屋たらし

【田楽屋《でんがくや》】田楽切《でんがくぎ》りといいあわせ　田楽屋

【鍋焼屋《なべやきや》】鍋焼へ寄る気ともなる　鍋焼屋　鍋焼を聞く頃

【肉屋《にくや》】肉屋から　馬肉屋《ばにくや》を出てデロレンへ／祭りにもけだものを出《だ》す

【飯屋《めしや》】めし屋が水を打ってくれ　めし屋から紹介された　なめし［菜飯］見世《みせ》　もはやねたとはけんどんや

【食堂《しょくどう》】食堂があっても食《く》えぬ　食堂で　食堂に奥さん同志《どうし》　食堂を出ると

【料理屋《りょうりや》】小料理屋《こりょうりや》　料理屋が立派過ぎ　料理屋を兼《かね》た宿屋《やどや》で

【鮨屋《すしや》】おまんは鮓屋《すしや》也《なり》　鮓屋《すしや》の子　握《にぎ》り人《びと》と見え

【屋台鮨《やたいずし》】新聞を読む屋台鮨　屋台鮨ゲソを通《つう》がる　屋台鮨のれんがなぶる　屋台鮨一《ひと》つ落《おと》した

【蕎麦屋《そばや》】曲芸《きょくげい》にあらずそば屋は　蕎麦の客きれ〴〵《ぎれ》　蕎麦屋でしびれ切らす京《きょう》に来て　蕎麦屋の提灯《ちょうちん》　蕎麦屋へ秋が来る　打《うつ》の切るのと大騒《おおさわ》ぎ　口で膳出《ぜんだ》すそば切《きり》や　そば切《きり》のあかりをかする　そばきりの声を力に上下《かみしも》で二八《にはち》なり　二八《にはち》をわけてたべ［代金十六文］

【夜鳴蕎麦《よなきそば》】［夜のそば売り］　木《こ》の葉《は》も交《まじ》る夜《よ》そば売《うり》　蕎麦の夜打《ようち》も　つり銭《せん》を渡して夜啼《よなき》　引《ひき》ずり菊石《きくいし》もつ夜泣《よなき》　夜《よ》そばいい　夜蕎麦売《よそばうり》　夜《よ》そば切《きり》　夜《よ》たかそば通り　夜《よ》たかそば心せわしく　夜啼《よなき》こつ〳〵《こっ》音をさせ　夜啼《よなき》の車場所を変《か》え／かけおち［駈落］者《もの》に二《ふた》つうり

【饂飩屋《うどんや》】うどん屋で儲《もう》けたらしい　うどん屋とはり

合《あう》あさね　うどんやの飯《めし》を食《く》い　うどん屋の鈴《りん》ふるえてる

【蒲鉾屋《かまぼこや》】御乳母《おうば》笑わす蒲鉾や　蒲鉾屋

【玉子屋《たまごや》】玉子売る家《いえ》を　玉子ばかりは生《なま》で売り　玉《たま》子《ご》ヽ《たまご》で幕《まく》が明《あ》き　玉子屋が一《ひと》つ落《おと》した　玉子屋の折《おり》へ詰《つ》め　玉子《たまご》売酔《うりよ》ったと見えて　ようきヽ《き》ますと玉子うり

【煮豆屋《にまめや》】煮豆だけ残って　煮豆屋の鈴《りん》だけ入る

【煮売屋《にうりや》】にうり屋でのませてかえす　煮売屋の謡《うたい》より豆腐うる声　手の水を振《ふ》って豆腐屋

【豆腐屋《とうふや》】豆腐売《うり》までもひやかす　豆腐屋小半丁《こはんちょう》　豆腐屋の笛が泣く　豆腐屋は一揺《ひとゆ》り揺《ゆ》って　豆腐屋を　橋の豆腐を呼び戻し　隙《ひま》な豆腐屋　誉《ほめ》るとうふ屋　とう〳〵《とう》たらりとうふうり　男気《おとこぎ》のあるとうふうり／薄着《うすぎ》の肌へ布目《ぬのめ》つく

【納豆売《なっとうり》】朝寒《あさざむ》の納豆売り　提灯《ちょうちん》で納豆を売る

【八百屋《やおや》】丸髷《まるまげ》に八百屋　八百屋から売るとは　八百屋来る　八百屋で売る鯰《なまず》　八百屋にて　八百やへ頼《たの》まれる　八百屋帽子《ぼうし》へ入れて来る

【金時売《きんときうり》】金時うりを　金時の人に食《くわ》るヽ《る》

【新茶売《しんちゃうり》】宇治《うじ》の競《きそ》いも新茶の荷《に》　新茶売　茶売めの

【米屋《こめや》】家中痩《いえじゅうや》せて居《い》る米屋　米屋から　米屋そんすれど

【他の食べ物屋】あげ物屋《ものや》　菌売《きのこう》り　牛乳屋　鯨《くじら》うりどうにつく内《うち》　果物屋　黒焼屋《くろやきや》　蒟蒻屋《こんにゃくや》　塩《しお》もの屋《や》　蜆売《しじみうり》　生姜売《しょうがうり》　竹《たけ》の子売《こうり》の　田螺売《たにしうり》　泥鰌屋《どじょうや》を逃《にげ》て　泥鰌《どじょう》は　菜《な》売るかたから　なすびうり　なまこうりつまんで見せて　煮〆屋《にしめや》に来て　葱売出《ねぎうりで》る　ひっかいてとめがす売《うり》は　蜜豆屋《みつまめや》　夜《よ》はまぐり　嫁菜売《よめなうり》

料理人

【板前《いたまえ》】板前と食べて仲居《なかい》は　板前の飼《か》う鶯《うぐいす》の　板前のかしこまり

【料理人《りょうりにん》】はすに切《きり》こむ料理人　火を引《ひく》りょうり人　料理人うす刃《ば》へのせて　料理人客に成日《なる》は　料理人切合《きりあう》ようなりょうり人すとん〳〵《すとん》と　切ってはほうる料理人　料理番生《りょうりばんい》きているのへ　料理人煮立《にたて》る中に

【コック】牛刀《ぎゅうとう》持つコック　コック帽《ぼう》　下《した》コック

物売

【行商《ぎょうしょう》】断わられながら行商　値《ね》をつけてくれと行商　香具師《やし》大事がり　いヽ《い》声で売り歩き　ふりうりの鯛《たい》　ぼてい振《ふり》

【買取《かいとり》】扇箱買《おうぎばこかい》　ぬか買《がい》は　灰買俳諧師《はいかいはいかいし》　はらい扇子《おうぎ》箱《ばこ》　古《ふる》ぼね買《かい》は　古鉄買《ふるがねかい》の持余《もてあま》し　朝茶《あさちゃ》であるく古着《ふるぎ》買《かい》　ぼろ買《か》いは子のしめしにも　見倒《みたお》し屋《や》

【古銭買《こせんかい》】あぶみ古《ふる》がね百につけ　居間に召《めさ》る丶《る》古銭買

【樽買《たるがい》】樽買にむだ足《あし》させぬ　樽《たる》ひろい毛ぬきをあて丶《て》

【押売《おしうり》】押売の顔　押売りは　押売へ栓《せん》をさし　にせ物を売り　マッチの押売／見世中《みせじゅう》へ二三把《にさんわ》なげて

【花売《はなうり》】花売りの片荷《かたに》は　花売へ

【金魚売《きんぎょうり》】金魚うり是《これ》か〳〵《これか》と　金魚屋《きんぎょや》は売れる見込《みこみ》の軒端《のきば》の金魚売　ゆれて金魚はまだ売れず　入谷《いりや》の目高売《めだかうり》

【虫売《むしうり》】聞けば虫売安く言い　虫売の掴《つか》みそこねて　虫うりのむごったらしい　虫に売らせる虫の声

【蛍売《ほたるうり》】蛍売小暗《おぐら》い町を　都会の初蛍《はつぼたる》　蛍八通《とお》り者《もの》

【蚊屋売《かやうり》】蚊屋売の声のい丶《い》のを　蚊屋売は

【黒木売《くろきうり》】黒木うり尻目《しりめ》で見るが　黒木売呼《よぶ》と

【針売《はりうり》】糸針《いとはり》を売る錆声《さびごえ》の　針売のさび声《ごえ》

【地紙売《じがみうり》】［地紙は扇に貼る紙］　袖《そで》をぬいこむ地《じ》がみうり　歌と地紙を世《よ》に残し　しっきゃくまけ［失脚負］の地紙売　やけを旨《むね》として地紙売　扇子《おうぎ》うりまけて戻って

【笛売《ふえうり》】笛うりは　本音《ほんね》を吹《ふい》て売る笛屋《ふえや》

【樋竹売《といだけうり》】樋竹売の通《と》うる声　とい竹《だけ》は

【柊 売《ひいらぎうり》】柊うりなずなの時は　見た男なり柊売

【炭売《すみうり》】炭売よごす雪の門　炭をうり　ふり売炭《うりずみ》の

【油売《あぶらうり》】油売りタラタラタラと　そえるまねする油うり

【火縄売《ひなわうり》】火縄売　火縄うりなんのかのとて

【号外売《ごうがいうり》】号外売となる男　号外屋巡査《ごうがいやじゅんさ》の顔へ　鈴の無い号外売の

【夕刊売《ゆうかんうり》】夕刊売に霙降《みぞれふ》る　夕刊を売る子の声に

【羅苧屋《らうや》】朱羅宇《しゅらう》の煙《けむ》で目がくらみ　やにっこい稼《かせ》ぎは羅苧屋　羅苧のすげ替《か》え　羅苧屋巻《ま》き　首まげる煙管職《きせるしょく》

【暦売《こよみうり》】暦うり　士族《しぞく》の暦《こよ》み売り

【樒売《しきみうり》】樒売　しきみうり一本出《だ》して　樒の元手《もとで》借りに来る　若き者なし樒売

【薺売《なずなうり》】となりへぬけるなずな売《うり》　薺うり

【他の物売】あやめうり　植木売《うえきうり》　苧殻売《おがらうり》　己《おの》れを責《せめ》る見徳屋《けんとくや》　毛《け》ぬきうり　小《こ》ぎれ売《うり》　ごまめうり　こわそうに年越売《としこしうり》の　紙帳《しちょう》うり　しゃぼん売り　双六《すごろく》うり　のほおかむり　す丶《す》き売《うり》　すだれ売《うり》　せり売屋《うりや》　セル売《う》りのどこか淋《さび》しい　たどんうり　つぎうりのこし　つくし売《うり》　つけ木売《ぎうり》　つばなうりよく〳〵《よく》見れば　とうろうり　五種香《ごしゅこう》うりも　苗売《なえう》りの節《ふし》に　ぬれ銭《せん》つなぐ

手水売《ちょうずうり》　はしごうり　葩売《はぜう》り眠る　花火《はなび》うり　火口屋《ひぐちや》は湿《しめ》り顔《がお》　柄杓《ひしゃく》うり　ブラ〳〵《ブラ》と瓢《ひさご》売り　焙烙売《ほうろくうり》のマーク売り　鑓《やり》うりは　ろうそく売《うり》の　若布《わかめ》売《うり》

店屋

【呉服屋《ごふくや》】呉服店《ごふくだな》二《ふた》つにきって　ごふく見《み》世《せ》げっそりとする　呉服見世《ごふくみせ》にも客引《きゃくひき》が　ごふく屋で色の黒いは　呉服屋ですぐに着て行《ゆく》　ごふく屋のめし　背負《しょい》呉服本場《ほんば》というを　たどんをいじる呉服《ごふく》店《だな》　なで《なで》ゝという呉服店《ごふくだな》　引《ひき》だしぬける呉服店《ごふくだな》

【越後屋《えちごや》】越後屋の灯《ひ》を　越後屋を直切《ねぎ》って見　越後屋の損　三井《みつい》の噂《うわさ》する　三井《みつい》のめしを食《くい》／狐迄買《きつねまでかい》に来る

【衣屋《きぬや》】きぬ売《うり》にゆるしをくれる　絹売《きぬうり》へ前後から出て衣屋《ころもや》へ遣《や》るをおしむは

【古着屋《ふるぎや》】古着屋では監視　古着屋へ執事《しつじ》を遣《や》って　みつものや

【足袋屋《たびや》】足袋屋噛《か》み　足袋屋へ走らせる

【木綿屋《もめんや》】太物屋《ふとものや》　木綿店《もめんだな》戸をたて《て》ゝから　木綿屋でおくのはおしい

【羅紗屋《らしゃや》】ラシャ売《うり》面白い　露西亜人《ロシアじん》の羅紗屋

【小間物屋《こまものや》】小間物やあたりを見ては　小間物屋男に櫛《くし》を　小間物屋頭痛にし　小間物屋紐《ひも》をほどけば

【看板屋《かんばんや》】看板屋　昆布《こぶ》屋の看板張直《はりなお》し

【玩具屋《おもちゃや》】おもちゃ屋が動かしたので　玩具屋の窓

【眼鏡屋《めがねや》】眼鏡売り　眼鏡屋も目につく迄《まで》が

【材木屋《ざいもくや》】材木ゴロ〳〵《ゴロ》　材木屋付いて歩いて　材木屋渡り歩いて　製材の音親《した》し　大工取込《だいくとりこ》む材木屋

【傘屋《かさや》】傘屋を通り抜《ぬけ》　骨を折るなと傘屋《からかさや》

【自動車屋《じどうしゃや》】自動車の屋根《やね》で　自動車屋修理する

【雛店《ひなだな》】［雛道具の店］　雛店で花見《はなみ》に行《いか》ぬ　ひな店《だな》へつれ

【瀬戸物屋《せともの や》】藍《あい》のさびしい瀬戸物屋　せと物屋

【炭屋《すみや》】炭屋に見せる石を貯《た》め　指のあと残して炭屋

【注油所《ちゅうゆじょ》】ガソリン屋ちょこなんとして　注油所を出れば

【提灯屋《ちょうちんや》】提灯屋赤丸《あかまる》ばかり　提灯屋から直り初《そ》め　提灯屋ひょいと巴《ともえ》が　提灯屋祭が近く

【釘店《くぎだな》】釘店近所　釘店で

【土産屋《みやげや》】みやげ屋あっけなし　土産屋の

【刀剣屋《とうけんや》】太刀売《たちうり》ひらりぬき　刀剣屋

【道具屋《どうぐや》】けちな道具みせ　小道具屋《こどうぐや》　茶道具屋《ちゃどうぐや》　道具やはにた〳〵《にた》わらい　道具屋も蹴散《けちら》かし　馬道具屋《ばどうぐや》

【骨董屋《こっとうや》】骨董屋客が帰って　骨董屋いつの間《ま》にやら鼻であしらう骨董屋　長野の骨董屋

【本屋《ほんや》】売る本屋　唐本屋《とうほんや》　本屋をしかり〳〵《しかり》見る　読まぬは本屋の子

【古本屋《ふるほんや》】古本売りに来る　古本の裏《うら》うち　古本屋重《かさ》ねておいて　口絵《くちえ》の無いを縄《なわ》で買い

【貸本屋《かしほんや》】貸本屋これはおよしと　貸本屋質屋《しちや》の庫《くら》も貸本屋何を見せたか　四五冊《しごさつ》かくすかし本屋　独口利《ひとりくちき》くかし本屋　博学多才《はくがくたさい》貸本屋

【木薬屋《きぐすりや》】オーイ〳〵《オーイ》ときぐすり屋　調べられてるきぐすり屋　木薬屋

【薬屋《くすりや》】薬屋へ真《まっ》すぐ這入《はい》る　孤児院の薬売《くすりうり》　汐干《しおひ》かゝ《か》さぬ眼薬屋《めぐすりや》　送金をする薬舗《やくほ》　歯ぐすり屋　母薬屋へ連れて来る　又《また》同じ薬屋に逢《あ》う　薬局の入口　薬局を携《たずさ》えて来る　死ねると見せる薬剤師

【薬種屋《やくしゅや》】漢方薬、生薬の店　薬種やでとそを買《かい》　薬種屋のかんばん　薬種屋のやっと聞きとる　薬種屋は足の薬も

【定斎屋《じょうさいや》】［定斎は煎じ薬］　定斎屋の其足取《そのあしどり》へ　定斎屋日《ひ》向《なた》をさがす

【富山《とやま》の薬売《くすりうり》】富山の薬礼《くすりれい》をいい　まりそえて売る反《はん》魂丹《ごんたん》

【煙草屋《たばこや》】たばこ店から教えられ　煙草店《たばこみせ》　煙草屋の夕掃除《ゆうそうじ》　村のたばこ屋売切れる　煙草屋三《さん》の絃《いと》を置き

【花屋《はなや》】切花屋《きりばなや》　花屋で話し込み　花屋は蝶《ちょう》をつれてのり　花屋は被布《ひふ》を着て座《すわ》り

【鬼灯屋《ほおずきや》】不平《ふへい》を鳴《なら》す鬼灯屋　鬼灯はえりのこり　鬼灯を鳴らす娘《こ》がいる

【朝顔屋《あさがおや》】朝顔売《あさがおうり》は　其日暮《そのひぐら》しの朝顔屋　露《つゆ》をあきなう朝顔屋

【蛇屋《へびや》】蛇屋咬《か》まれた疵《きず》を見せ　蛇屋の窓を去り　蛇屋一《ひと》こきこいて見せ

【他の店屋《みせや》】空壜屋《あきびんや》　油見世《あぶらみせ》など　入髪屋《いれがみや》　打《うち》ひも屋《や》　貸舟屋《かしぶねや》　楽器店　金庫屋は　毛糸屋《けいとや》へ　小太鼓屋《こだいこや》　自転車屋　菅笠屋《すがさや》　竹独楽屋《たけこまや》　建具店《たてぐてん》　帳面屋《ちょうめんや》　隣《となり》に暗い仏壇屋《ぶつだんや》　針子屋《はりこや》の　半襟屋《はんえりや》　風船屋《ふうせんや》鳴っているのを風鈴屋《ふうりんや》そろり〳〵《そろり》と　宝石屋《ほうせきや》　まき屋をしっ叱《しか》り　万《まん》灯屋《どうや》　ようじ見世《みせ》　リボン屋の　椀屋《わんや》がたつかせ　四文《しもん》屋《や》は　十九文《じゅうくもん》やが見せる客　六文屋《ろくもんや》　三《み》ツ物屋《ものや》来て

職人

【印刷屋《いんさつや》】明日《あす》という活字《かつじ》も　印刷の実《さね》植《うえ》篤《あつ》がある　印刷屋　植付《うえつけ》て居《い》る活字《かつじ》　活版《かっぱん》て居《い》る活字版《かつじばん》　鱗形屋《うろこがたや》は暮《くれ》に刷《す》り　活字《かつじ》の磨滅《まめつ》　活版《かっぱん》のつめ加減《かげん》　活版屋《かっぱんや》へ士族《しぞく》　手《て》当《あた》りな活字《かつじ》を組《く》めば　齋《とき》を知らせる魚版木《うおはんぎ》　板木屋《はんぎや》の息つぎ文字や　平台《ひらだい》を輪《りん》転機《てんき》にして　文字《もじ》摺《ず》りの活版社《かっぱんしゃ》

【靴師《くつし》】靴師から大統領　世情《せじょう》を踏知《ふみし》る靴師から

【三味線屋《しゃみせんや》】三《しゃ》みせん屋うしろぐらくも　三《しゃ》みせん屋かたり出《だ》すかと　三味線屋惚《ほ》れられかけて

【時計屋《とけいや》】チン〳〵《チン》時計師《どけいし》が　時計屋に見せると　時計屋の金槌《かなづち》可愛《かわい》い

【写真屋《しゃしんや》】写真師《しゃしんし》ビックリ　写真屋人を焼《やい》て食《く》い　写真屋へ　花嫁《はなよめ》を写真屋　早取《はやどり》の写真見世《しゃしんみせ》

【硝子屋《ガラスや》】硝子職《しょく》　ガラス屋の幽霊《ゆうれい》ビードロ〳〵《ビードロ》と　硝子屋吝嗇《りんしょく》

【早桶屋《はやおけや》】早桶は粗末な棺おけ　年神思案《としがみしあん》早桶屋　隣《となり》に早桶屋

【団扇張《うちわはり》】団扇張《は》り　うちわうり少しあおいで／我汗《わがあせ》は煽《あお》ぐ暇《ひま》なし

【表具屋《ひょうぐや》】ひょうぐ屋へ役者絵《やくしゃえ》の来る　表具屋見《み》せの墨《すみ》達磨《だるま》　身《み》を表具するしつけ方《かた》

【経師屋《きょうじや》】経師屋が持つ障子紙《しょうじがみ》　経師屋の刷毛《はけ》ハ

【表札屋《ひょうさつや》】表札屋　大臣の名も書いて置く

【印判屋《いんばんや》】印判屋　彫《ほ》る字を吹いて判屋《はんや》暮《く》れ

【漆屋《うるしや》】うるしかき　漆屋の口論《こうろん》／の丶《の》字一字《いちじ》で日を暮《く》らし

【数珠屋《じゅずや》】数珠やがつなぐ　じゅず屋ではこしらえ上《あげ》て

【塗師屋《ぬしや》】扉迄《とびらまで》塗師屋が　塗師屋をなぶる腕相撲《うでずもう》

【鼈甲屋《べっこうや》】べっ甲屋表《おもて》の御用《ごよう》　べっ甲屋くるった所《とこ》を

【下駄屋《げたや》】下駄の歯入《はい》れは待って居《い》る　下駄屋の傘《かさ》を見て通り　下駄屋の叩《たた》く音　下駄を売り

【鏡　磨《かがみとぎ》】鏡　研《かがみとぎ》おのれが顔へ　かゞ《が》みとぎ地紙《じがみ》の跡《あと》へ　かゞ《が》みとぎ少し出《だ》したで　声笑わるゝ《る》鏡とぎ　ザッと研《と》ぐ錆鏡《さびかがみ》　念入《ねんい》りの鏡とぎ　羽《は》おり着て来るかゞ《が》みとぎ　鏡研《かがみとぎ》顔に飽《あき》れば　鏡屋《かがみや》の／水《みず》がねを吝《しわ》く振出《ふりだ》す

【研物屋《とぎものや》】いい研屋《とぎや》　錆《さび》で儲《もう》かる刃物研《はものと》ぎ　とぎ物屋《ものや》　研《と》ぎぬいて見ても　剃刀《かみそり》を砥《と》いでいる

【錠前屋《じょうまえや》】錠前直しなり　錠前屋

【鋳掛屋《いかけや》】鋳《い》かけは手を洗い　鋳掛屋炭《すみ》で取《とり》　いかけ屋

で　尻《しり》ばかり直して鋳掛　鍋《なべ》いかけ　鍋《なべ》の鋳《い》掛《かけ》の火が飛ぼう／穴を大きくして直し　焼直《やきなお》し　大釜《おおがま》へ半分はいる

【鍛冶屋《かじや》】鍛冶屋にある重味《おもみ》　鍛冶屋の足でナア　食《く》う鍛冶屋　たゝ《た》きあう刀鍛冶《かたなかじ》　鍛冶《かじ》が家の真《ま》っ赤《か》な火　なまくらな鍛冶屋　野《の》村鍛冶屋《むらかじや》　火の消《きえ》たよう刀鍛冶《かたなかじ》

【賃餅屋《ちんもちや》】金をもらって餅をつく　賃餅屋　若餅《わかもち》へ一臼《ひとうす》すける

【米搗《こめつき》】味なし米の器械搗《づき》　米つきのなんにすねたか　米つきはとりをかゝ《か》えて　米つきひだるがり　米つきを落城《らくじょう》すると　米を搗《つ》き　しいられもせぬに米つき　精米所　賃搗屋《ちんつきや》　舂屋《つきや》引っぱりだこにされ　三《み》きね程《ほど》あてゝ《て》つきやは　一臼《ひとうす》十五文《もん》　一《ひ》ときねに首二《ふた》つふり

【洗濯屋《せんたくや》】洗濯屋　張場《はりば》と洗濯屋

【洋服屋《ようふくや》】一《ひと》つお辞儀《じぎ》をして服屋　洋服屋は儲《もう》け　洋服屋仮縫《かりぬい》の時　仮縫《かりぬい》に道順がある　仮縫《かりぬい》を

【仕立屋《したてや》】仕立屋が　仕立屋の子が着た羽織《はおり》　仕立屋はまだ春でなし　仕立屋へわけ有《あ》って来る　下手《へた》な仕立屋　盛夏《せいか》の仕立屋　裁《た》ち屑《くず》も　唐桟《とうざん》や

【お針《はり》】「裁縫」　御針《おはり》いゝ《い》仕事　お針のそばにまっぱだか　お針は縄《なわ》をとき　お針を邪魔《じゃま》がらせ　紅絹《もみ》を縫《ぬ》うお針　通《かよ》いお針も　針妙《しんみょう》をお針と言《いっ》て　針明《しんみょう》のすわった形《なり》に　針明《しんみょう》の目をかき立《たて》る　お物師《ものし》の縫物子《ぬいものし》　物縫《ものぬい》の誉《ほめ》られはじめ

【縫箔屋《ぬいはくや》】金糸《きんし》銀糸《ぎんし》で縫《ぬ》う桜　ぬいはく屋

【綿打屋《わたうちや》】吸《す》わされる綿《わた》ほこり　鳴《なる》わたくりのかしましさ　綿打はビンボ〳〵《ビンボ》で　綿打屋　綿《わた》つみは

【染物屋《そめものや》】精《せい》を出《だ》す染物屋　染物屋流すと見せて　話す手のある悉皆屋《しっかいや》　紫屋《むらさきや》／うそをつく婿《むこ》を〳〵《むこを》と

【紺屋《こんや》】合羽屋《かっぱや》と紺屋と寄って　紺屋のむすめうそをつき　紺屋も少し色をさし　紺屋も明後日《みょうごにち》　こん屋の子紺の手の出る　こん屋からもたせてよこす　紺屋の干場《ほしば》　こん屋のまえをすぐ通り　急《せ》かれてる紺屋　約束をちがえぬ紺屋《こうや》　紺屋の罪の軽くなり　紺屋の女房《にょうぼ》美しき

【髪結《かみゆい》】大疵《おおきず》の元結屋《もとゆいや》どのが　女髪結《おんなかみゆい》　髪結床《かみいどこ》からずっと行《ゆき》　髪結が替《かわっ》てかわる　髪結さんに任せない　髪結智恵をつけて行《ゆ》き　髪結で待つ妓《こ》へ　髪結床《かみゆいどこ》につき　かみゆいのぞうりはく日に　髪結の目に　髪結は知っている　かみゆいはぶっかぶり　髪結も　髪ゆいやすむなり　かみゆいゆびをふき　髪結を一艘《いっそう》つんで　愚痴《ぐち》髪結を二人《ふたり》

替《か》え　根《ね》ぞろえをして髪結は　ぼうぼうとした髪結は
町《まち》がみゆいが　梳《す》き子《こ》来る　梳子稽古台《すきこけいこだい》
【美容院《びよういん》】美容院　美容館《びようかん》出て
【理髪師《りはつし》】散髪屋《さんぱつや》　チョキン〳〵《チョキン》と理髪師の　村理髪
【床屋《とこや》】幾《いく》らか〻《か》ると床屋聞き　千秋楽《せんしゅうらく》は床屋なり
床屋から戻り　床屋刈《か》り直し　床屋の梅《うめ》が店で咲き
床屋は春になり　BARBER《バーバー》と書けど
【ペンキ屋《や》】ペンキ屋の色工合《いろぐあい》　ペンキ屋も知らぬと申す
【井戸掘《いどほり》】井戸掘唄《うた》にして暮《く》れる　井戸掘に　いどほり
の聞水筋《きくみずすじ》や　井戸掘はモグリの方《ほう》が　金掘《かねほり》と井戸ほりの
気は　天地《てんち》にひゞく井戸屋の屁《へ》
【屋根屋《やねや》】下《お》りるやねふき　茅家根屋《かややねや》　魚《さかな》を旨《うま》く食《く》う
家根屋《やねや》　作るかわら師《し》　屋根屋頭で猫を踏み　家根屋《やねや》
が上這《うわば》い　屋根屋釘吐《くぎは》く　やね屋さん待《まち》な
【左官屋《さかんや》】一日は左官来る　左官が遣《つか》う椿《つばき》の葉　左官
に帯《おび》を締《しめ》て遣《や》り　左官のふしだら　左官屋を　木舞《こまい》か
き　土《つち》こねは　土《つち》こね迄《まで》が足をぬき
【畳屋《たたみや》】千畳敷《せんじょうじき》の畳さし　畳さし　畳屋が　畳屋さん
帰り　畳屋をはしたに遣《つか》う／臂《ひじ》を食《く》わせて又《また》さすり

【植木屋《うえきや》】植木屋が五分苅《ごぶがり》にする　植木屋勘定《かんじょう》ずく
植木屋想像　植木屋に聞けば　植木屋の一番前は　植
木屋の煙草《たばこ》がすむと　植木屋水をやり　金《かね》の生《な》る水を
植木屋で　出来栄《できばえ》をほめれば庭師《にわし》　庭師《にわし》いる
【石屋《いしや》】石屋朱《しゅ》をつぶす　石屋の手に掛《かか》り　石切《いしきり》の腹《はら》の
立日《たつひ》ハ　石切《いしきり》の方《ほう》へ片《かた》ぶく
【大工《だいく》】朝霜《あさしも》に早い大工の　木を棒にふる下手大工《へただいく》　五《ご》
百目《ひゃくめ》と大工がいえば　子を持った大工　さすが大工の打
った釘《くぎ》　大工かんなの三《さん》をさげ　大工にも灸見《きゅうみ》せ給《たも》う
大工のたてぬ家に咲《さき》　大工の破《やぶ》れ家《や》　大工は切ってやり
大工呼びにやり　夏大工《なつだいく》はだかでたびを　大工の箱に
蝸牛《かたつむり》　大工ひっ切らず　大工水をもり　船大工《ふなだいく》　大工
の遅《おそ》ざくら　大工の智恵を　たくみとは　飛騨《ひだ》から出
た内匠《たくみ》　鑿《のみ》はロダンの気で叩《たた》き
【鳶《とび》】鳶と云《いわ》れに　とびなかま　鳶のけんかを　鳶は屁《へ》
元《もと》をさがしてる　仕事師《しごとし》の持つ弁当は　請負師《うけおいし》
【他の職人】裏に疣《いぼ》おく張《はり》かた師《し》　土器師《かわらけし》　細工《さいく》始め
の十露盤屋《そろばんや》　指物師《さしものし》　蹄鉄屋《ていてつや》のふいごなつかし　人形師《にんぎょうし》
金《かね》ふきは　麹屋《こうじや》の手前味噌《てまえみそ》なり　貧しい飾職《かざりしょく》

材料

【硝子《ガラス》】赤ガラス　天造《てんぞう》のガラス板《いた》　色《いろ》
硝子《ガラス》　硝子の家に住み　硝子の下で打ち
ガラスを入れた　刷《す》りガラス　スリガラススッテスッテ
染硝子《そめガラス》　何処《どこ》かで硝子われる音　びいどろの盃《さかずき》　わると

【象牙《ぞうげ》】かみの毛でぞうげをつなぐ　象牙のうつる　象
牙の撥《ばち》で三味《しゃみ》　象牙《ぞうげ》撥《ばち》

【セメント】セメントでこわばった白い肺で　セメンに足
の跡《あと》　アスファルト

【ペンキ】塗《ぬ》りたてのペンキ　ペンキを塗《ぬ》る粗材《そざい》

【揮発油《きはつゆ》】キハツ油で襟《えり》を拭《ふ》き　揮発油の置場《おきば》

【糊《のり》】板のはぎ目の糊工合《のりぐあい》　糊ある紙は虫がつき　糊買《こ》
うた妻をのこして　糊つけて　糊で付《つけ》たる顔二《ふた》つ　やま
と糊　浴衣《ゆかた》の糊を硬《こわ》くさせ

【漆《うるし》】うるしくさく無い道具は　白漆《しろうるし》

【石灰《せっかい》】下等酒に入れる防腐剤　石《いし》ばいに酔《よ》て　石灰《いしばい》のたんと入《い》ったを

【革《かわ》】革屑《かわくず》へ　ハルシヤ革《がわ》ほどひゞ《び》がきれ

【綱《つな》】綱の弛《ゆる》み勝《がち》　ポール回《まわ》して綱はずし　断崖《だんがい》を攀《よ》じ
るロープに

【縄《なわ》】足を縄にない　縄をかけ　なわをとき　荷造《にづくり》の縄
に　人間を縛《しば》る縄　松の木の縄がたるんで

【苧《お》】[糸]　苧をあずけ　とぎれると苧などをひねる

【金網《かなあみ》】金網が気に入《い》らず　金網を徹して存《ぞん》す

道具

【鉄槌《てっつい》】だ[駄]口《ぐち》鉄槌しょってにげ　鉄槌
の錆《さび》は　鉄に砕《くだ》くる鎚《つち》の音　闇《やみ》へ鎚《つち》の音

【ハンマー】ハンマーに裏切《うらぎ》る或《あ》る日　ハンマアのテロにこ
たえる　ハンマアのどひゞ《び》きにひらく　ハンマ振《ふ》る彼等《かれら》

【金槌《かなづち》】かなづちでたゝ《た》くと　かなづちでたび《たび》〳〵明《あ》ける

【鶴嘴《つるはし》】錆《さ》びた鶴嘴　つるはしが　つるはしの火花《ひばな》！
鶴嘴の真下《ました》の石が

【道具《どうぐ》】七道具《ななつどうぐ》もありそうな　何《なん》の気《き》も無い道具也《なり》
いんきょひそう[秘蔵]なり　シャベルとなった　竹《たけ》べらを
ぬくと　手勝手《てがって》の悪い

【刷毛《はけ》】なで《なで》〳〵はけをかりて行《いく》　刷毛で塗《ぬ》る大家《たいか》の絵
刷毛は天井迄《てんじょうまで》のびる　水刷毛《みずはけ》になる　経師《きょうじ》の刷毛序《はけついで》

【棒《ぼう》】棒切《ぼうきれ》が飛ぶ　棒ちぎれ　棒のようなる

【鉄棒《かなぼう》】鉄棒で　鉄棒ふって見せ　鉄棒ほどの音をさせ

【墨壺《すみつぼ》】墨壺をこぐらかし　墨坪《すみつぼ》からの蜃気楼《しんきろう》

【轆轤《ろくろ》】縄轆轤《なわろくろ》　ろくろ挽《ひ》き

【臼《うす》】石臼免職《いしうすめんしょく》　臼の礼　杵屋《きねや》もこまる臼の唄《うた》
【砥石《といし》】砥石いろ〳〵《いろ》向《むき》を替《か》え　砥《と》の如《ごと》し　ひしゃくをふるう剃刀砥《かみそりと》　指に砥石の香《か》が残り
【薬研《やげん》】やげんの上に有《あ》る木瓜《ぼっか》　やげんを貸《か》して遣《や》り
【牛刀《ぎゅうとう》】牛刀で鶏《とり》も裂《さ》く　鶏《とり》を割《さ》くに牛刀
【鋸《のこぎり》】くし程《ほど》なのこ切《ぎり》　蔵《くら》へのこ切捨《ぎりすて》にげ　鋸で豆腐引き切る
【小刀《こがたな》】印刀《いんとう》の音パリ〳〵《バリ》と　小刀に命を刻《きざ》む　肥後《ひご》守《かみ》　政宗《まさむね》ではなはだもめる　ポケットの正宗《まさむね》
【ナイフ】錆《さび》たナイフの拾《ひろ》い物　三挺《さんちょう》のナイフ　ナイフの先を除《の》けて切れ
【錐《きり》】他人の眼《め》から錐をもみ　きりもみは
【剃刀《かみそり》】剃刀の刃《は》の　剃刀をふり回《まわ》し　げんぷく〔元服〕も二剃刀《ふたかみそり》は　顔にレザーやよく辷《すべ》り
【斧《おの》】斧は急進　斧は腕力　斧をぶんどる　木を伐《き》る斧の柄《え》となる木　斧斤《ふきん》入《はい》らず　薪割《まきわり》を置いて立ち
【鉋《かんな》】鉋で削《けず》る鉋台《かんなだい》　鉋とぐ　鋸《のこぎり》と鉋の中に
【大鋸屑《おがくず》】大鋸屑は　おがくずを升《ます》であきなう　鉋屑《かんなくず》かんなくずおもしろがって　かんなくずかみ〳〵《かみ》大工《だいく》
尻《しり》に下《さが》ったかんな屑《くず》　ちっとかそっとかんなくず　吹《ふ》き溜《だま》ってるカンナ屑《くず》　真白《まっしろ》な鉋屑《かんなくず》
【鋏《はさみ》】空鋏《からばさみ》軽くリズムに　散髪の鋏《ばさ》み栄え　すべてが錆《さ》びた鋏なり　はさみに食《く》つかれ　鋏に眼《め》がないので　鋏《はさ》み持つ手に　鋏を止めて興《きょう》に入《い》り
【鏝《こて》】泥《どろ》鏝の邪魔《じゃま》する　鏝をさすたびに　鏝を邪魔《じゃま》がって　もう鏝はいゝ《い》んだろうと

機器

【機械《きかい》】足をもぐ機械だ　機械室　機械！どれい！地獄絵《じごくえ》ぞ！　機械のサボタアジュ　機械の腹《はら》へ口を入《い》れ　機械もサボリ出《だ》し　先の機械の音も聞き　エンジンの音だけ聞いた　回転の速《はや》さの極《きわ》み　ゼンマイをぎっしり巻いて
【エレベーター】エレベーター345と　エレベーターはたてに見せ　エレベーターを出る
【ガスタンク】大《だい》なる瓦斯《ガス》タンクめがけて　瓦斯《ガス》タンク！
【作業車《さぎょうしゃ》】ごみ車《ぐるま》　肉車《にくぐるま》　荷車《にぐるま》はくたびれず　ひしゃげたトロッコの廃線《はいせん》　都大路《みやこおおじ》を肥《こえ》ぐるま　リヤカーの二人《ふたり》に
【撒水車《さんすいしゃ》】撒水車フト　撒水車向かうところに　悠々《ゆうゆう》として撒水車

【歯車《はぐるま》】歯車で噛《か》まれた指が　歯車の澄《す》み切るまろさ歯車まわる

【潜水器《せんすいき》】潜水器見ては　発明の潜水器　水潜《みずくぐ》る器械も

【銭車《ぜにぐるま》】銭車跡《あと》をおすのが　さいりょうの付いた車は

【遠眼鏡《とおめがね》】遠眼鏡　遠《とお》めがね側《そば》から口を　供《とも》に遣《や》る遠《とお》めがね　馴《な》染《じみ》の屋《や》根《ね》へ遠眼鏡　覗《のぞ》いてる遠眼鏡　はやくうけとる遠目がね　又《また》見る遠《とお》めがね　遠《とお》めがね置《おき》

【望遠鏡《ぼうえんきょう》】基督《きりすと》の眼《め》と望遠鏡　目をつなぐ望遠鏡と

【顕微鏡《けんびきょう》】顕微鏡のぞけば　虱《しらみ》を顕微鏡

【虫眼鏡《むしめがね》】のぞく虫眼鏡　五分程《ごぶほど》が一寸《いっすん》になる

【算盤《そろばん》】算盤が要《い》る金が要《い》る　算盤が要《い》ることになり　十露盤《そろばん》が一桁《ひとけた》ちがう　そろばん玉《だま》一《ひと》つ　算盤珠《そろばんだま》も腹《はら》にある　算盤に当《あた》り　算盤に駈《か》けあるき　算盤に用が無くなる　算盤の桁《けた》　算盤の玉は　十露盤《そろばん》へ　そろばんも廃《よ》して嬉《うれ》しい　そろばんを二度手に取ると　算盤を逃《のが》れて嬉《うれ》し　そろばんをひかえたような　そろばんをわきにはさんで　御破算《ごはさん》へ珠《たま》の滑《すべ》りを　足もそろ盤《ばん》　算盤に乗《のり》

【秤《はかり》】親の秤の欲がはね　算盤《そろばん》と秤《はか》る棹《さお》　秤《はか》りにかけよ秤を買《こ》うたように入《い》れ　棒秤《ぼうばかり》

【天秤《てんびん》】天秤ぎわへ寄《よ》り　天秤チトしない　天秤でわびれば　天秤を杖《つえ》にあずけて

【物差《ものさし》】ものさし裏返《うらがえ》り　物さしで痒《かく》　ものさしで計《はか》りたがるも　物さしでひるねの蠅《はい》を　物さしで雪をつつく　ものさしは今度の苗字《みょうじ》　さしがねを下手《へた》に遣《つか》えばさしを持つ　くじらざし　鯨尺《くじらじゃく》　母を定規《じょうぎ》につかう

【米差《こめさし》】米《こめ》さしは　米《こめ》さしをぬき

【コンパス】コンパスへ　ぶん回《まわ》し　ペンキ屋のぶん回《まわ》し

【寒暖計《かんだんけい》】寒暖計と共に　器械なら寒暖計

【計器《けいき》】風力の測量器らし　羅針盤《らしんばん》

【磁石《じしゃく》】磁石なく　磁石を持《もた》ぬ蒸気船　蛍《ほたる》の影《かげ》にふる磁石　何所《どこ》の磁石も

【地球儀《ちきゅうぎ》】地球儀に　地球儀の丸さの平和

作業

【屑屋《くずや》】いつもの屑屋腰をかけ　紙屑屋《かみくずや》　屑買《くずかい》の厚司《あつし》　屑拾《くずひろ》い　屑屋買い　屑屋金《かね》儲《もう》け　屑屋来る　屑屋知って居《い》る　屑屋に本を縛《しば》られる　屑屋は別に儲《もう》ける気　くずよ〳〵《くずよ》と二《に》へんよび　孟子《もうし》は屑屋へ居《きょ》を移し　どれも使えぬ物ばかり　古鉄屋《ふるがねや》

【肥取《こえとり》】こいとり馬にまたがりて　こい取《とり》に一《ひと》しゃくた

のむ　こい取火《とり》を貰《もら》い　ほり取《とり》ぼやく　小便買《しょうべんかい》も

【牛糞《ぎゅうふん》】牛《うし》の糞《ふん》にも茶味《ちゃみ》詩情《しじょう》　坐《すわ》ったあたり牛《うし》の糞《ふん》

【馬糞《ばふん》】馬の糞《ふん》ひろい分署《ぶんしょ》へ　馬糞掻《か》き　一貝《ひとかい》すくう馬《ば》ふんかき　まぐそ取《と》り　馬《ま》ぐそよけ〳〵《よけ》茶《ちゃ》やを出る

【煙突屋《えんとつや》】煙突屋　煙突屋吠《ほえ》られそうに

【靴磨《くつみが》き】靴磨き顔を写《うつ》して　靴磨き坪何万《つぼなんまん》へ　雲を見ている靴磨き　子持《こも》ちの靴みがき　靴立った儘《まま》磨かせる

【掃除屋《そうじや》】掃除婦《そうじふ》の　掃除屋が来て　雑役婦《ざつえきふ》から　派《は》出婦《しゅつふ》髷《まげ》に結《ゆ》い

【ヨイトマケ】［多くは女性］　女らの手のヨイトマケ　ヨイトマケ一度に　ヨイトマケ是《これ》きりの杭《くい》　ヨイトマケ調子《ちょうし》に乗って　ヨイトマケ泣かれて　ヨイトマケ一《ひと》つ殴《なぐ》って　ヨイトマケ笑うを聞けば　女土工《おんなどこう》起ち　ニコヨンは

【工事《こうじ》】工事の灯《ひ》朝日にぼけて　工事場みなサボリ　雪《せつ》道《どう》工事　挽割《ひきわり》の汽車工事

【工夫《こうふ》】工夫等《ら》の汗《あせ》へ　石油工　土工一人一人《どこうひとりひとり》　土木課の人夫《にんぷ》　枕木《まくらぎ》は土工《どこう》の墓標《ぼひょう》となって　苦力《くーりー》の汗《あせ》が金になり

【日雇《ひやと》い】ばかされたように日用《ひよう》は　日雇いの　日傭取《ひようとり》

【炭鉱《たんこう》】シキの底　坑《しき》のひるめし　坑《しき》の飯《めし》　坑《しき》の闇《やみ》にたえ切れぬ　血を咯《は》いて坑《しき》をあがれば　穴から鉱夫《こうふ》出る　石炭坑夫《こうふ》の顔のように　炭坑夫《たんこうふ》

工場

【工場《こうば》】工場街《こうじょうがい》へ！　工場主《こうじょうしゅ》　工場のひびきに　工場の細い煙《けむ》　工場へ！学校へ！　工場を整理する　工場を叩《たた》き出《だ》し　大工場《だいこうば》　次《つ》ぎ次《つ》ぎ　町工場《まちこうば》　工場の烟《けむ》がやみ　鉄工場《てっこうば》　花火工場《はなびこうば》のある田圃《たんぼ》

【屠牛場《とぎゅうば》】屠牛場へ来て　夕焼《ゆうやけ》の中の屠牛場

【兵器工場《へいきこうば》】昇《のぼ》る兵工廠《へいこうしょう》の煙《け》む　兵器工場の職工《しょっこう》募集

【紡績工場《ぼうせきこうば》】富士紡績に恋も無く　紡績が出来《でき》て　紡績の笛に　紡績の募集員　姉を殺した綿《わた》くずを　製糸《せいし》場《ば》は静かになって　人絹工場《じんけんこうば》へ

【女工《じょこう》】帰る女工と見れば病《や》む　工女《こうじょ》の顔に煤《すす》と垢《あか》　女工朝夕《あさゆう》見て通り　女工唄《うた》い飽《あ》き　女工が二人《ふたり》落ちつかず　女工には惜《お》しいと言われ　女工退《ひ》け

【職工《しょっこう》】職工どもがと　職工の群《むれ》が　職工を

農

【田《た》】男は田の力　甲斐《かい》の田を越後《えちご》の鎌《かま》で　枯《か》れた田へ　枯田圃《かれたんぼ》　十年はつくれぬ田にされ　田の事は知らぬ　田を売ってからの　青田《あおた》のようにほめられる　青田《あおた》をかうは一《いち》か六《ろく》　争いの水が青田《あおた》に

【田植《たうえ》】一度にうごく田植笠《たうえがさ》　首をまたより見る田植　田植には貸す約束の　田植の馬の　さびらきの日は

【田毎《たごと》】田毎案山子《かかし》も月の弓《ゆみ》　田毎〱《たごとたごと》　田毎の月は

【苗《なえ》】あき地へ苗を植《う》え　植えたばかりの苗の風　苗木《なえぎ》に風の癖《くせ》　早苗《さなえ》とり　早苗《さなえ》は伸《のび》る

【苗代《なわしろ》】苗代の青や　苗代の落《おと》し水《みず》　見える苗《なわ》しろ

【蒔《ま》く】赤い実《み》を蒔く明日《あす》の花　チトおそ蒔《まき》のけし畑《ばたけ》　稗蒔《ひえまき》の　蒔《まく》べきものは種

【種《たね》】ぎっしり種子《たね》を詰《つ》め　種子《たね》と種子《たね》　種となる　種《たね》籾《もみ》も　何か待たれる種を撒《ま》き　空へ落《お》つべき実《み》はなきか

【耕《たがや》す】靴で耕作《たがや》す農学士《のうがくし》　耕して編《あ》む農学者　耕せば　屯田兵《とんでんへい》の耕作《こうさく》も

【稲《いね》】稲《いな》ほをはかるむねの内《うち》　稲の露《つゆ》　稲の出来《でき》を聞き　稲の葉のよれるを　稲の穂《ほ》のこゞ《ご》み　稲の虫もきれ　稲はひとゝ《と》き陽《ひ》がゆれわたり　稲も首を下《さ》げ　稲を扱《こ》き　出来秋《できあき》の稲屏風《いねびょうぶ》　花つけた稲へ　孕《はら》み稲　半作《はんさく》の稲刈《か》らせて　実入《みい》り稲　雨露《うろ》受《うけ》て実《みの》る稲　一露《ひとつゆ》稲の雨

【穂《ほ》】一穂《いっすい》の　稲の穂が揃《そろ》って寝《ね》　長い出穂《しゅっすい》　穂先《ほさき》でも出そうだと行《ゆ》く　穂浪《ほなみ》うつ稲の出来《でき》　穂を拾《ひろ》い

【刈《か》る】稲苅《いねかり》の雇《やと》いにも出る　刈入《かりい》れは　刈り終えた日の苅残《かりのこ》す仏《ほとけ》の座《ざ》　刈分《かりわ》けにしてと　今度刈る　とり入《い》れの跡《あと》を　真菰刈《まこもかり》　麻刈《あさかり》の一鎌《ひとかま》ずつに　草刈《くさかり》になびく草　草刈《くさかり》の籠《かご》に　月は夜刈《よが》りの味方《みかた》なり　夜刈《よがり》の灯《ひ》

【実《みの》り】高粱《こうりゃん》の実りへ　土の中なる穂《ほ》が実り　出来不出来《できふでき》

【摘草《つみくさ》】じん笠《がさ》でつみ草《くさ》に出る　摘《つ》み草唄《くさうた》いやめ　摘草の　摘草を見ている巡査《じゅんさ》　春の香《か》に酔《よ》う若菜摘《わかなつ》み

【麦《むぎ》】身は起《おこ》せ踏《ふま》れた麦も　麦の波　麦をつき　麦を踏み

【畑《はたけ》】瓜《うり》ばたけ出てからはなお　菊畠《きくばたけ》　コロ〱《コロ》逃《にげ》る　西瓜畑《すいかばた》　茄子畑《なすばたけ》　畑打《はたけう》ち　畑から　畑から畑へ　畠《はたけ》で一人叱《ひとりしか》られる　はたけの鼻まがり　畑へも　綿畑《わたばた》け

【藁《わら》】紙となる藁も　藁からも紙　わらきぬた　藁を打ち　藁うつ音も

【土《つち》の香《か》】土の香が草に流れる　土の匂《におい》がいきれ立つ　土のにおいを親《した》しむ夜《よ》

【豚小屋《ぶたごや》】豚小屋の朝　豚小屋の不潔《ふけつ》は　豚小屋へ西《にし》日《び》が落ちる

【牧場《ぼくじょう》】牛小屋《うしごや》の家根《やね》霜《しも》光る　牛部屋《うしべや》に　春の牧《まき》の水　うまからん　羊飼《ひつじかい》　牧場へもえ出て　夕山《ゆうやま》かげの羊飼《ひつじかい》

老牛《ろうぎゅう》を牽《ひ》く　秣切《まぐさき》る手元《てもと》に

【養蚕《ようさん》】巣《す》にかかる蚕養《おこ》　腹《はら》をもへらす蚕時《かいこどき》　桑《くわ》は真《まっ》裸《ばだか》　桑《くわ》を食《は》む音　蝶《ちょう》となる繭《まゆ》の糸　無言《むごん》の口で作る繭《まゆ》

【肥し《こや》】稲の肥しに去年《こぞ》の糠《ぬか》　げんげ畑《ばたけ》こやしにするはさなぎからこさえた肥《こえ》を　鯛《たい》は肥しにならず　田《た》の草《くさ》も後肥《のちごえ》し　肥桶《こえおけ》に下坐《げざ》せぬ計《ばか》り　肥《こや》し桶《おけ》売り物

【干鰯《ほしか》】干鰯の中へ漬《つ》けられる　干鰯の無我《むが》を

【鎌《かま》】鎌を研《と》ぎ　鎌を研《と》ぐ父子《おやこ》微笑《ほほえ》む　鎌を研《と》ぐ間《ま》をくもる鎌　木賊鎌《とくさがま》　二鎌《ふたかま》ほどは水をきり　和布《め》苅鎌《かりがま》

【鍬《くわ》】地主《じぬし》の顔へ鍬の泥《どろ》　鋤鍬《すきくわ》は終《つい》に握《にぎ》らで　春の鍬鍬先《くわさき》はたと触《ふ》れ　土の香《か》を笑《え》む鍬先《くわさき》に

【案山子《かかし》】案山子いつか　案山子「お早《はよ》う」　案山子そっぽを向いて立ち　案山子に道を問《と》う旅人《たびびと》　案山子の陰《かげ》で逃げべいか　案山子のほしき庭桜《にわざくら》　鉄砲《てっぽう》を持つ案山子　案山子無難《ぶなん》な足が出来《でき》　案山子も陣《じん》を引《ひき》　案山子弓がなく　案山子を焚《た》いた風呂《ふろ》へ入《い》り　明残《あけのこ》りたる案山子哉《かな》

【水車《すいしゃ》】水車師走《しわす》の米を搗《つ》く　水車に米搗《つか》せて居《い》る　水車は米を搗《つ》いて居《い》る　水車《みずぐるま》いくら踏《ふ》んでも　水車程《みずぐるまほど》しょって出る　水車昔馴《みずぐるまむかしな》染《じみ》の　水車《みずぐるま》あたりへ夏を　夏の水車《みずぐるま》　水車小屋《すいしゃごや》　龍骨車《りゅうこし》に呑《のま》れた蛙《かえる》

【鳴子《なるこ》】門口《かどぐち》に鳴子縄《なるこなわ》　怠惰《たいだ》の鳴子守《なるこも》り　鳴子の音を鳴子の綱《つな》に引《ひ》っかゝ《か》り　鳴子の綱《つな》は切れて居《お》り　鳴子の音《ね》に躍《おど》り　鳴子引《なるこひき》よく〳〵《よく》みれば　鳴子引《ひ》く　水鳴子《みずなるこ》事《こと》ともせずに　鳥《とり》おどし　谷の添水《そうず》の

【小作《こさく》】小作可哀《かわい》小作可哀《かわい》と　小作の子と生まれ　小作の倅也《せがれなり》　小作の娘買いに来る

【早乙女《さおとめ》】早乙女の　早乙女の居《い》る田へ移る　早乙女の植残《うえのこ》し　早乙女の笠《かさ》も田毎《たごと》の　五月女《さおとめ》をすゝ《す》いでは出《だ》す　早乙女に出る　早乙女に悋気《りんき》云《いわ》るゝ《る》

【農夫《のうふ》】種を蒔《ま》く農夫の　農の徳《とく》　農も碇《いかり》をおろして寝《ね》　冷気《れいき》農夫の腹《はら》へしみ　老農《ろうのう》の喘《あえ》ぐ月　白い百性《ひゃくしょう》

漁

【漁《りょう》】漁火《いさりび》借りよ沖津鯛《おきつだい》　鮑《あわび》とり　鰹船《かつおぶね》　鯨《くじら》より鰯漁《いわしりょう》　地《じ》びき舟《ぶね》

【鮎《あゆ》】鮎は飛び越える　鮎迄《まで》みなごろし　鮎もちっとでみなごろし　汲鮎《くみあゆ》の側《そば》に寝て居《い》る

【牡蠣割《かきわり》】蠣割《かきわり》へ　蠣割《かきわり》を寒《さむ》うながめて　蛎割舟《かきわりぶね》は

【鵜遣い《うづか》】今吐《はい》た鵜の顔を　鵜遣いの鵜は　鵜遣いのふりむく山も　鵜遣《うづかい》は　鵜のつらは凡慮《ぼんりょ》の外《ほか》な　鵜も鮎《あゆ》も

必死　人形見るような鵜飼船《うかいぶね》　鵜飼《うかい》が宿《やど》も　鵜飼《うかい》の火
【鯨突《くじらつき》】一の銛《もり》二の銛《もり》　鯨舟《くじらぶね》もりしゃ［銛斜］にかまえ
はねて居《い》る鯨突
【潮汲《しおくみ》】汐《しお》くみに所望《しょもう》の浪《なみ》が　浪《なみ》の花ふきぶりでくむ
【網《あみ》】網打《あみうち》の　細魚《さより》目《め》を指《さ》す流《なが》し網《あみ》　じごく網おろす
漁夫《ぎょふ》の　舟かりて唐《と》網《あみ》うたん　藻《も》くずは捨《すて》る手《た》ぐり網《あみ》
【四手網《よつであみ》】鯨得《くじらえ》る気で張る四手《よつで》　四手《よつで》白魚《しらうお》上《あが》る影《かげ》
【海女《あま》】海女すれている　蜑《あま》のおとろえ　海女の黒光《くろびか》り
海女の恋　海女は浮いて来《こ》ず　海士《あま》の顔　今出た海士《あま》の
蜑《かに》は逆《さか》さになってとり　指折《ゆびおり》の海士《あま》

猟

【炭焼《すみやき》】あんな所で炭を焼き　炭焼の煙《けむ》りで
峰《みね》は　炭焼は内《うち》の煙《けむ》りを　炭焼きへ　炭焼も
内《うち》でくすぶる　炭焼く煙《けむ》も流れ寄り　谷間で炭を焼き
【鳥刺《とりさし》】鳥さしがかつぐと　鳥さしが嚔《くしゃ》め逃《のが》して　鳥さ
しにじゃまが入《いり》　鳥さしの捨《すて》た落葉が　鳥さしの罪ハ
鳥さし吹《ふき》やめる／生《いき》た雀《すずめ》の帯《おび》を〆《しめ》
【夜興引《よこひき》】冬の夜に山でけものを狩る　照射《ともし》して　夜興引に出《だ》す
【狐釣《きつねつり》】［罠］　狐釣り　きつね釣《つ》りをばまだるがり　狐《きつね》
罠《わな》　惣身《そうみ》のかゆい狐釣り　不気味《ぶきみ》な狐罠《きつねわな》
【雀罠《すずめわな》】子はそれ〳〵《ぞれ》に雀罠　野《の》じめの雀じゅずつなぎ
はつ雪《ゆき》に雀罠とは
【樵《きこり》】樵夫《きこり》に暑く日が当《あた》り　樵夫《きこり》の肩に匂《にお》う百合《ゆり》　杣《そま》
の長命《ちょうめい》　杣《そま》が食食《めしく》う　下手木挽《へたこびき》　向《むか》う木挽《こびき》の　桐《きり》は木《こ》
挽《びき》が手にかゝ《か》り
【猟師《りょうし》】くまと組打《くみうち》する猟師　猟師の妻の　名代《なだい》の猟
師　猟師の鉄炮《てっぽ》そつがない　猟銃《りょうじゅう》を　歩行鷹匠《あるくたかじょう》

会社

【会社《かいしゃ》】社がくれた　社と家と　社の門
で　捕鯨《ほげい》会社は　重役室　出張所
【勤《つと》め】かいきんをしたので　勤務する　出勤と登校の
留守《るす》の　出勤ひき返し　出勤路　通勤路《つうきんろ》　勤めする
勤めの朝を出る　勤めの椅子へ掛《か》けて見る　勤めの中に
敵があり　勤《つとめ》のほかに書き　務《つと》めの身　赴任《ふにん》する　勤続《きんぞく》
二十五年　四十年勤続《きんぞく》の盃《はい》　始業の汽笛《きてき》よ　社宅から
社宅　入社して　早退《はやび》きは　欠勤《けっきん》の電話　『病欠』で来た
昇給の辞令《じれい》かくしに　辞令《じれい》が出《で》　土へ親《した》しむ辞令《じれい》が来《き》
【出世《しゅっせ》】女将《おかみ》出世をほめてくれ　親の名で出世　子がみ
んな出世して居《い》る　出世した気の母がいる　出世も早足《はやあし》
出世もさいの振《ふ》り加減《かげん》　身上《しんじょう》の登《のぼ》り坂《ざか》　下見て登《のぼ》れ位《くらい》

山《やま》　出世をせぬ男　立志伝《りっしでん》　立身出世など無用《むよう》

【栄転《えいてん》】栄転に　栄転の夫人を　栄転ほめて行《ゆ》き　汽車を栄転又《また》きかれ　栄転をまっ先《さき》に知る　御栄転《ごえいてん》

【定年《ていねん》】停年期《ていねんき》　定年退職　定年をめでたく酔《よ》うて

【課長《かちょう》】一寸《いっすん》の虫へ課長の　課長二《に》十《じっ》銭《せん》程《ほど》奢《おご》り　課長の机なり　課長不便《ふべん》な所《とこ》に住み

【社長《しゃちょう》】鉛筆を社長が持てば　顔見せるだけの社長の菊地寛今日は社長の　社長室　社長の息を背《せな》に知り　社長のイスがまい　社長の食《く》わぬ飯《めし》　社長の人間味《にんげんみ》　社長まだ若い　真実に怒った社長　名ばかりの社長へ迫《せま》る

【重役《じゅうやく》】銀行の奥に重役　怖《こわ》い眼《め》になって重役　重役が帰ってからの　重役の今来て帰る　同車《どうしゃ》した重役

【タイピスト】社長のタイピスト　字を聞くタイピスト　タイピスト顔を上《あげ》ると　タイピスト給仕《きゅうじ》の背《せな》を

【事務員《じむいん》】女事務《おんなじむ》かと思《おも》や　事務服の女　事務を了《お》えてうれし　事務を執《と》り

【社員《しゃいん》】上役《うわやく》をその上役《うわやく》が　女秘書《おんなひしょ》　代理して　同僚は　人代《にんだい》は　平社員《ひらしゃいん》　側近《そっきん》という　新任の下《さ》げた頭の新任の白い服

【サラリーマン】サラリーマンの妻になりたい　サラリーマンは羨《うらや》まれ　サラリマン　勤人《つとめにん》ばかり　月給取《げっきゅうとり》

情報

【使者《ししゃ》】雨に使《つかい》の多いこと　急ぐ使《つか》いへ笑いかけ　一羽ずつなでて使《つかい》は　火星《かせい》の使《つか》い未《いま》だ来《こ》ず　使《つか》い叱《しか》られる　使《つか》いのあたま雪と知れ　唐《とう》の使《つか》いが来《き》そうなり　女の家へ使者が立ち　使者はまず馬から下《お》りて　使者を上《あ》げ

【勅使《ちょくし》】雨乞《あまごい》の勅使は　三度《さんど》の勅使　勅使を見ると犬がほえ　ねえ御勅使《おちょくし》と　悪《わる》ちょくし　ならしにあるくけんとうし「遣唐使」　覚悟のまえの遣唐使《けんとうし》

【スパイ】スパイいじめる母となり　スパイに敬《うや》まわれ

【案内《あんない》】時分触《じぶんぶれ》　爆笑をさせてガイドは　スチュアデス

【通訳《つうやく》】通弁《つうべん》は　通訳その他背が低し　通辞《つうじ》の寝言《ねごと》

【代書《だいしょ》・代筆《だいひつ》】代書人　次の客待たせて代書　年を代書に知られたり　代筆で呼んだ客　代筆は明日《あす》の日付で代筆へ言わねばならぬ

【探偵《たんてい》】人事《ひとごと》のように探偵　探偵社

【電話交換手《でんわこうかんしゅ》】交換手囀《さえず》るように　交換手済《す》みません　交換手をば　ほんとに忙しい交換手

金融

【銀行《ぎんこう》】銀行の扇《おうぎ》　銀行の壁照《て》り返し　銀行のズウッと奥も　銀行の天井《てんじょう》へ響く　銀行は　銀行退《ひ》ける昼　銀行ゆきも慣れて来る　向《むこ》うが銀行　銀行が建《た》つときまった

【質屋《しちや》】質屋あるいて行《ゆ》けという　しち屋直《ね》にふまず　質屋の大戸《おおど》上《あ》げさせる　質屋の蔵《くら》へ冬がくる　質屋の庫《くら》も背負《しょっ》て立ち　質屋はゆるり〱《ゆるり》とし　質屋へそっとすべらかす　質屋を拝《おが》む　小《こ》ざむらい質屋を出ると　町《ちょう》人《にん》でしち屋を出るは

【保険屋《ほけんや》】風通しほめて勧誘《かんゆう》　勧誘員《かんゆういん》来《きた》る　保険会社の板囲《いたがこ》い　保険屋と知らず　保険屋に返事をすれば

【両替屋《りょうがえや》】両替屋のせてくれろと　両替をして

【税務署《ぜいむしょ》】今日も税務署まだ来るか　税務署で　税務署をしばらく待たす

役人

【税吏《ぜいり》】足くんで腕組《く》む税吏　税吏今来てるに

【毛見《けみ》】毛見籠《けみかご》の　毛見が袂《たもと》のおもしろし　毛見の草履《ぞうり》に　腫物《はれもの》の如《ごと》くに毛見を　毛見の鑓持《やりもち》

【納所《なつしょ》】すゞ《ず》めを納所買《かい》に出る　納所に暗い朝の星

【役所《やくしょ》】役所の欠伸《あくび》　今日は役所が早く引け　登記所《とうきしょ》で　三等局をしょって居《い》る　出納課《すいとうか》ぴったり合《あ》って　保健所にそぐわぬものに　二十年役場《やくば》の書記《しょき》で　村役場《むらやくば》

【役人《やくにん》】外交官　官途《かんと》に就《つ》かせられ　高位高官《こういこうかん》とは　左右《さう》の官《かん》ほどに　しこためる御《お》やくだげなと　執達吏《しったつり》　役懸《やくがか》り穴《けつ》の広いか　役人のほねっぽいのは　魯《ろ》の官吏《かんり》

警察

【警察《けいさつ》】移動警察　警察の裏へ回《まわ》った　拘《こう》留所《りゅうしょ》　水上警察《すいじょうけいさつ》　水上署《すいじょうしょ》　警視庁　パトカーの　パトロール　検問所《けんもんじょ》　指紋帳《しもんちょう》　保護願《ほごねがい》内《うち》へ帰れば

【交番《こうばん》】交番所みんなで押せば　交番で生涯《しょうがい》酒は　交番に印半纏《しるしばんてん》　交番の菊美しく　交番は寒そうにいて　交番は何か笑って　交番へ行こうと　交番をのぞけば　弁慶橋《べんけいばし》の交番所《こうばんしょ》　駐在所《ちゅうざいしょ》からはじめろと　駐在所《ちゅうざいしょ》からやかましい　派出所《はしゅつじょ》の　皆《みな》さん方《がた》の警察署

【刑事《けいじ》】刑事が冷たすぎ　刑事室　刑事の前に五寸釘《ごすんくぎ》　刑事部屋《けいじべや》　私服部屋《しふくべや》　特高《とっこう》がモテ余《あま》す　雪崩《なだれ》へ刑事ちと押され　何かある刑事さん　早張込《はやはりこみ》の手は回《まわ》り　密《みっ》告《こく》もいっしょに刑事　桜筋《さくらすじ》　交番に刑事と見えて

【巡査《じゅんさ》】［警官］　袷《あわせ》洗う巡査を　韋駄天《いだてん》の応援巡査　交番に和服《わふく》の巡査　巡回《じゅんかい》の巡査の鼻に　巡査麻縄《あさなわ》つないで

る　巡査が二人《ふたり》　巡査たばこに火をつける　巡査次へ行《ゆ》き
巡査に盾《たて》を突《つ》いている　巡査の叱《しか》る処《ところ》まで　巡査の棒の
つや　巡査のような巡査なり　巡査は行詰《ゆきづ》まり　巡査へ
申すよう　巡査もほめる　巡査行《ゆ》き　立番巡査《たちばんじゅんさ》を　泥
棒を伴《つ》れた巡査へ　帽《ぼう》の無い巡査　町の巡査の髭《ひげ》青し
安兵衛《やすべえ》を巡査が起《おこ》す　夜の巡査は腕を組《く》み　わが息子《むすこ》
ほどの巡査に　警官《けいかん》と並んであるく　婦警《ふけい》涙の人となり
【署長《しょちょう》】署長は叱《しか》るだけにする　署長眼鏡《めがね》を二《ふた》つ持ち

番

【関所《せきしょ》】鐘《かね》に二言《にごん》はない関所　関所から京《きょう》へ
関所の姥《うば》といとまごい　不破《ふわ》の関守《せきもり》　関所の門や
ぶり　関《せき》の跡《あと》　関《せき》の縁《えん》　関《せき》のつれづれ　関《せき》の庭鳥《にわとり》　比丘《びく》
尼《に》は関《せき》を過《すぎ》にけり
【関守《せきもり》】声の尖《とが》る関守　下戸《げこ》の関守　新関守《しんせきもり》の
【手形《てがた》】関手形《せきてがた》　手形とほくろ見くらべる
【箱根《はこね》】［関所］　江戸の蓋《ふた》　欠落《かけおち》もさせぬ箱根や　野郎《やろう》
帽子《ぼうし》取る箱根　箱根で死ぬときめた人　箱根迄行夢路《までゆくゆめじ》
かな
【守《もり》】［番人］　網代守《あじろもり》　木《き》守《まも》り一《ひと》つ枝の番　堂守《どうもり》は　氷《ひ》
室守《むろもり》　律儀《りちぎ》な野《の》守《もり》　街道《かいどう》を守るよう　道守《みちも》る人は

【番《ばん》】橋の番　下足番《げそくばん》　下駄《げた》の番　見付番蝿《みつけばんはえ》をうつして
めし食《く》うはたけ［畑］番　心遣《こころづか》いな金《かね》の番
【門番《もんばん》】御門番《ごもんばん》　門番にちょっとかかり　門番の趣味は
木戸番《きどばん》は　玄関番《げんかんばん》　門衛《もんえい》の　門衛《もんえい》呼びとめる
【夜警《やけい》】まだ宵《よい》の中《うち》から夜警　真夜中《まよなか》を好《この》む夜警は
夜警聞き　夜警の責《せめ》を知るも朝
【拍子木《ひょうしぎ》】拍子木気取《きど》り床《とこ》の番　拍子木で蔵《くら》の戸を押
す　拍子木ほどの札《ふだ》を下《さ》げ　拍子木を打つ格好《かっこう》で
【見《み》回《まわ》り】お回《まわ》りを気をつけやれと　見回りの
【宿直《しゅくちょく》】宿直眠くなり　宿直を淋《さび》しがらせて　宿直を
引受《ひきう》けている　御夜詰《およづめ》に　交代《こうたい》で寝ようとすれば

医者

【医者《いしゃ》】医心《いごころ》の有《ある》で　医者が匙《さじ》なげれば
医者が手を引《ひ》くと　いしゃ殿《どの》が見切《みき》ると
いしゃどのは　医者に掛《かか》る医者　いしゃに叱《しから》れる　医者の
来た話　医者の口から　いしゃの手ぎわにいけぬなり
医者の門ほと〳〵《ほと》打つは　医者へ行《ゆ》く　医者も来て　医
者をお見《み》それ申程《もうすほど》　一家《いっか》が寄《よ》って医者にかけ　医の試
験　医も知らぬ　院長を先にぞろ〳〵《ぞろ》　御抱医《おかかいい》　開業
医　顔に移りて青医者《あおいしゃ》　きかぬ医者　首をひねって西洋《せいよう》

医《い》　御《ご》てんい［典医］でしんだは　御てんやく［典薬］　淋《さび》しく出るが町医《まちい》也《なり》　直した医者を　はやらない医師ははやりいしゃ　日《ひ》の出医者《でいしゃ》　まんじゅうをいしゃに持《もた》せて目医者《めいしゃ》の顔が　施療《せりょう》する名医《めいい》　名医《めいい》が劇薬《げきやく》

【代脈《だいみゃく》】［医者の代診］　代脈の候補者らしい　本《ほん》ぞうの通代《とおりだい》みゃく　酒を免《ゆる》す代脈　代脈は若《わか》とう［党］で来た

【女医《じょい》】女いしゃわたりがついて　女医おとなしく腰を曲《ま》げ　女医さんも　女医通《とお》り　横町《よこちょう》唐《とう》の女医者《おんないしゃ》

【小児医者《しょうにいしゃ》】屎《くそ》を見に来る小児医者　小児いしゃおうよし〳〵《よし》が　小児いしゃむだなみゃくから　流行《はや》らぬ小児医者

【村医者《むらいしゃ》】田舎医者《いなかいしゃ》　地方医に藪《やぶ》多ければ　村の外科《げか》

【藪医者《やぶいしゃ》】女《おんな》藪医者《やぶいしゃ》　藪いしゃにかけてみる　藪医者の先《さ》きへ　藪いしゃへ断《ことわり》いうて　藪医《やぶい》そのくせに　藪医《やぶい》は飛《とん》で起き　藪針医《やぶはりい》とて　太鼓《たいこ》ではない医術　叩《たた》き込《こま》れた太鼓医者《たいこいしゃ》　漁父《ぎょふ》より下手《へた》な医師　にわかいしゃ

【看護婦《かんごふ》】院長につく看護婦は　看護婦が聞いているのを　看護婦済《す》まなく見《み》　看護婦と代《かわ》る女房《にょうぼ》は　看護婦の男のような　看護婦の肩を借り　看護婦の車　看護婦は拝《おが》まれる　看護婦も祝《いわ》ってくれる　看護婦も誇《ほこ》らしくいる　人間になって看護婦　看病婦《かんびょうふ》

【入歯師《いればし》】入歯師の家族　入歯屋《いればや》の看板《かんばん》

物流

【荷《に》】送る荷の　これきりの荷物枕《まくら》に　手荷物《てにもつ》の外《ほか》に　荷おろせば馬はかいで見る　荷が過《すぎ》て車回《まわ》らず　荷主《にぬし》荷を惜《おし》み　荷物《にもつ》はざっと是《これ》つきり　荷物《にもつ》を股《また》に　荷をおろし　荷をこなし　荷をほどき　引越《ひっこ》しの荷へ　先荷《まずに》がつくと明《あ》けたがり　陸揚《りくあ》げに

【初荷《はつに》】青物屋《あおものや》葱《ねぎ》の初荷を　寒風《かんぷう》の初荷　初荷の牛に話し掛《か》け　初荷の牛は眼《め》をつむり　初荷の才《さい》はじけ　初荷の笑い合い　初荷船《はつにぶね》　初荷を出《だ》したあとを

【舶来品《はくらいひん》】［輸入品］　舶来の家を建《た》てたる　舶来の嘘《うそ》も加えて　舶来は　夢も舶来　舶来のブランデー

【唐物《からもの》】［輸入品］　唐物に少しは似たる　唐物に似《に》せ陣《じん》織《おり》の　売顔《うるかお》でなし唐物屋《とうぶつや》

【輸出品《ゆしゅつひん》】輸出する写真の富士も　輸出する和《わ》の漆器《しっき》　輸出の漆器《しっき》　輸出品

【馬子《まご》】馬と馬子　馬子がまじってばくちじゃみ　馬子の寝道具《ねどうぐ》　馬子も馬も斃《たお》れて　女馬士《おんなまご》　勝った馬士《まご》

どろぼ〳〵《どろぼ》と馬士《まご》は来る　馬士《まご》の一声《ひとこえ》　馬士《まご》はせい〳〵《せい》追《おっ》て来る　馬方《うまかた》の一大事《いちだいじ》　馬方《うまかた》しかりに出《で》　合羽《かっぱ》やへ馬《うま》かたが来《く》りや

【牛方《うしかた》】〔牛を使って荷を運ぶ人〕　牛かたのあきらめて行《いく》牛かたは三足《みあし》戻って　牛飼《うしかい》を蹴《け》つまずかせる

【車引《くるまひき》】〔車で荷や人を運ぶ人〕　車引女《おんな》を見ると　車引かじがはねると　車挽桂馬《くるまひきけいま》に登る　一《ひと》つるべのむ車引

【車力《しゃりき》】〔荷車挽き〕　車力いゝ《い》　車力の病気よくなると

【赤帽《あかぼう》】　赤帽駈《か》けて行《ゆ》き　赤帽の後《あと》を小走《こばし》り

【配達《はいたつ》】　牛乳配達　配達に念《ねん》を押される　運送屋来て

【飛脚《ひきゃく》】　金飛脚《かねびきゃく》　早飛脚《はやびきゃく》　飛脚の息の　飛脚見て帰り

【十七屋《じゅうしちや》】〔飛脚屋〕　十七屋とてん〔渡天〕はいかに　十七屋日本の内《うち》は　飛脚屋《ひきゃくや》の目算違《もくさんたが》う

【郵便配達《ゆうびんはいたつ》】　春を投げ込む配達夫《はいたつふ》　郵便配夫　郵便夫　郵便屋五日頃から　郵便屋さんと馴染《なじん》で

交通

【運転手《うんてんしゅ》】　運転手の白手袋を　思わず馬鹿と運転手　叮嚀《ていねい》すぎる運転手

【駕《かご》かき】　明《あ》けた駕かきゆでたよう　駕かきたけたやつ駕かきついて来る　駕かきの声斗《ばかり》して　駕かきめらに遣《や》ってのり　駕舁《かごかき》ゆげが立《たち》　駕《かご》の者　梶棒《かじぼう》を握《にぎ》り疲れて

【車屋《くるまや》】　車屋そんはせず　車屋に　車屋をのせて車屋

【車夫《しゃふ》】　奥様を輓《ひ》く抱《かか》え車夫《しゃふ》　己《おの》が汗《あせ》車夫にかゝ《か》せる　帰り車夫　車夫が来る　車夫喧嘩《けんか》　車夫は苦笑《にがわら》い　人《じん》力挽《りきひ》きと追《お》いっくら　辻待《つじまち》の車夫　年の坂越《こえ》る車夫　本物の車夫に　老車夫《ろうしゃふ》の喘《あえ》ぐ後《うし》ろに

【駅員《えきいん》】　駅員の目によくよくの　駅夫《えきふ》知ってる名を見つけ

【駅長《えきちょう》】　駅長の顔は　駅長の挙手《きょしゅ》　駅長は二十二型が

【車掌《しゃしょう》】　女車掌《おんなしゃしょう》の手　女車掌《おんなしゃしょう》のいゝ《い》度胸《どきょう》　介添《かいぞえ》の付《つ》いた車掌は　言葉を荒く車掌詰《つ》め　車掌台　車掌調子《ちょうし》を腰でとり　車掌の秋となり　車掌は白い靴をはき　車掌パンチで挟《はさ》んでみ　車掌へ蚊《か》が一《ひと》つ　帽《ぼう》の無い車掌

【踏切番《ふみきりばん》】　踏切しかと青を出《だ》し　踏切旗《はた》を振《ふ》り　踏切番の頭の上へ　踏切番の墓

【船長《せんちょう》】　船長の世帯が見える　船長の眉《まゆ》へ皺描《しわか》く

【船頭《せんどう》】　船頭抱きたがり　船頭へのめと　船頭堀《ほり》へつけ

【渡《わた》し守《もり》】　棹《さお》でまねいた渡し守　渡し守一《ひと》さお戻す

【筏乗《いかだのり》】　筏のりかえりは鍋《なべ》を　大きく曲《まが》る筏乗　ヒョイと立つ筏乗

技芸

音楽

【音楽《おんがく》】音楽家《おんがくか》が　音楽ききすます　楽《がく》隊《たい》の後《うし》ろ　管絃《かんげん》の雲間《くもま》にきこゆ

【曲《きょく》】暁《あかつき》の曲　名曲《めいきょく》聞くところ　名曲《めいきょく》一《ひと》つ　不思議なシンフォニーを　マーチなら合う　軍艦《ぐんかん》マーチつゆ知らず

【レコード】レコード五枚かけ　レコードの　レコードをさげた　レコードをとめに立ち　笑うが如《ごと》くジャズが鳴《な》り

【譜《ふ》】暁《あかつき》の曲譜を組《く》んで　楽譜《がくふ》のように来《き》てとまり　三味線《しゃみせん》の譜へ動かない　調《しら》べの譜

【楽器《がっき》】現代の楽器に触《ふ》れて　盗人《ぬすっと》を知らす楽器は　不思議な楽器持って居《い》る　オルゴールこけしへ聞かす　嵯峨野《さがの》の奥にバイオリン　放課後のオルガンを聞く　都々逸《どどいつ》をオルガンで弾《ひ》き

【ハーモニカ】寒い姿のハーモニカ　父の玩具《おもちゃ》のハーモニカ　ハーモニカ侮《あなど》り難《がた》き　船から誰かハーモニカ

【ピアノ】芦屋《あしや》へピアノ売られゆく　淋《さび》しいピアノの音《ね》　次第《しだい》にピアノ返事をし　ピアノに遠く話し込み

【アコーディオン】アコーディオンは下手《へた》でよし　手《て》風《ふう》琴初手《きんしょて》は君《きみ》が代《よ》

歌

【歌《うた》・唄《うた》】あの唄の通りで　歌い疲れたり　うたう足軽《あしがる》　唄うのか泣くのか知れぬ　歌えば唄に泣かさるゝ《る》　歌えばなお淋《さび》し　唄え舞《ま》え　唄があり　うたが来る　歌修業《うたしゅぎょう》　唄になり　歌の哀調《あいちょう》　讃美歌《さんびか》に歌のあるだけへ　唄やめば　降《お》りてく朝の唄　軽い唄　草津の客の唄もやむ　子の頃に流行《はや》った歌で　そゝ《そ》り歌《うた》　叱《しか》った唄をくちずさみ　地搗唄《じつきうた》　童謡《どうよう》に　よく唄う人を　春の唄　半分程《ほど》は唄を知り　フイと唄を替《か》え　船唄《ふなうた》に　文相《ぶんしょう》の耳にうたごえ　文鳥《ぶんちょう》の唄へ　毬唄《まりうた》も　燃える歌　もてないのをうたい　夜の街《まち》の唄　ラブソング　誰憚《だれはば》からぬラブソング　一人《ひとり》は唄う枯芒《かれすすき》　淋《さび》しさに歌えば

【子守唄《こもりうた》】男の子守《こも》り唄《うた》　軍歌《ぐんか》も子守唄　子守唄淋《さび》し　淋《さび》し男の子守《こも》りうた　父を待ってる子守唄　妻もうたえる子守唄　婆《ばばあ》は知らぬ子守唄　古い子守の唄で寝ず　耳の底より子守唄　守《も》り子《こ》の唱歌《しょうか》　我《われ》に悲しき子守唄

【唱歌《しょうか》】お隣《となり》の唱歌へ　児《こ》の唱歌　窓から唱歌なり　咲いた咲いたを聞きながら　鳩《はと》ポッポ子供と唄《うた》う

【歌劇《かげき》】歌劇出て　少女歌劇《しょうじょかげき》　ソプラノにちと前へ出る

【茶摘唄《ちゃつみうた》】子を寝《ねか》すにも茶摘唄　茶摘み唄声《こえ》も出花《でばな》の茶摘の唄仲間

【田植唄《たうえうた》】田植の唄はやみ　嫁《よめ》ひかえ目《め》の田植唄

【馬子唄《まごうた》】馬子うたに　馬子唄調子《ちょうし》が高い

【節《ふし》】磯節《いそぶし》に　小室節《こむろぶし》　雪車唄《そりうた》で転《ころ》がす節は　大漁節《たいりょうぶし》　何ぶしだなどゝ《と》二《に》節目《せつめ》はもうしめり　ふしをつけ　豊《ぶん》後節《ごぶし》　八木節《やぎぶし》の女　婚礼《こんれい》も終《つい》には安来節《やすぎぶし》　世紀の底の安来節《やすぎぶし》　浪花節《なにわぶし》甚《はなは》だしきは／虎造《とらぞう》アワー

【義太夫《ぎだゆう》】義太夫が出来《でき》る芸者《げいしゃ》の　義太夫の門語《かどがた》り

【小唄《こうた》】会社の小唄会《こうたかい》　小唄の橋へ死にゝ《に》来る

【新内《しんない》】新内語《しんないがた》り一人《ひとり》だけ　新内へ吸《す》いつけてやる　欄《らん》干《かん》に新内を聴《き》く

【端唄《はうた》】端唄の師《し》　撥《ばち》で広げるはうた本《ぼん》

【長唄《ながうた》】長歌《ながうた》は舌を引《ひき》ずり　宵《よい》に長うた二度通り

【都々逸《どどいつ》】都々逸を書く　長いドゞ《ド》イツ諷《うた》う也《なり》

【謡《うたい》】うたい講《こう》　謡の師《し》　決算期謡もやめて　小謡《こうた》いや鹿《しか》のふんよけて地諷《じうたい》　飛〳〵《とびとび》に謡をうたう　ぴったりと謡をやめる　七小町《ななこまち》　あやめ踊《おどり》の笛の昼

和楽器

【弾《ひ》く】同《おんな》じとこを弾き　蚊《か》のくうもこらえるひき語《がた》り　下座《げざ》を見つめたまゝ《ま》で弾き　こう持って弾きなと　敷《し》いて弾き　実体《じってい》に弾《ひき》　清掻《すががき》を律儀《りちぎ》に弾くは　すがゝ《が》きも味噌《みそ》摺《す》るような　偶《たま》に弾《ひき》　ばかにして弾くに　弾いてくれはくれ　弾きながら来《くる》　弾かぬなり　ひきがたり　ひきやむと　ひく斗《ばかり》ならと花嫁《はなよめ》　嫁《よめ》はちっと弾き　こきゅうすり　つれびきは　憎い連弾《つれびき》　笑う連弾《つれびき》　寒弾《かんび》きげい子《こ》の雫《しずく》の手

【絃《いと》】絃がきれ　絃が鳴《な》り　絃がもれ　絃切れた響き未来へ　糸の切れたが　鳴《な》り終《お》えぬ絃のふるえに

【爪《つめ》】糸爪《いとづめ》も琴爪《ことづめ》も　絃爪《いとづめ》もない　爪をかけ

【爪弾《つまび》き】爪《つま》びきの　爪弾きへチントンシャンと　爪弾《つまびき》を聞く　爪弾きの先を忘れて　爪弾きへ小唄《こうた》をのせる

【撥《ばち》】扇《おうぎ》のような撥を持ち　稽古撥《けいこばち》　さじのよう成《な》るばちでひき　蝉丸《せみまる》の撥　次のばち　撥貸して見に行《ゆ》けば　撥帛紗《ばちきんしゃ》　撥さばき　撥でも一《ひと》つ芸を見せ　撥になり　ばちを手にとるときかぬと　撥をとり

【琴《こと》】あずま琴《ごと》　一絃琴《いちげんきん》の琵琶《びわ》疏水《そすい》　一絃琴《いちげんきん》は　一弦《いちげん》琴《きん》の滝　八《や》雲琴《くもごと》出雲《いずも》寺《じ》で買う　空鳴《からなり》の琴が気になる　うしろに琴を立て　月琴《げっきん》の音色《ねいろ》　琴きいて居《い》る　琴では間《ま》に合わず　琴の音《ね》に聞惚《ききほれ》て居《いる》　琴の音《ね》も止《や》んで　琴の音《ね》を　琴やめて　琴を聴《き》き　琴をけなしてとう〳〵《とう》寝《ね》　琴を出《だ》し　立琴《たてごと》は　二絃琴《にげんきん》　世《よ》に聞《きこ》えたは断《たつ》た琴　和《わ》ごんの師《し》　琴箱《ことばこ》の通るもめだつ　琴箱《ことばこ》の行《ゆ》きどころ見れば

【蛇皮線《じゃびせん》】蛇皮線に　蛇皮線を弾《ひ》く

【琵琶《びわ》】女の薩摩琵琶《さつまびわ》　琵琶で泣き唄《うた》で笑って　サワリと云《い》ったとこをやり　琵琶の聞人《ききて》を

【三味線《しゃみせん》】芸者《げいしゃ》三味線持って除《よ》け　三味線が弾《ひ》けて　三味線の絵に　三味線の物を云夜《いうよ》の　三味線は外野《がいや》へさがる　三味線はよしましょうよと　三味線も持たずに　三味線箱《しゃみせんばこ》を　三味《しゃみ》の箱先へよこして　三味《しゃみ》せんを車へはこぶ　三《しゃ》みせんをにぎってのぞく　裏の三味《しゃみ》やんで　えたいの知れぬ三味《しゃみ》をひき　奥で弾《ひ》く三味《しゃみ》が聞《きこ》える　芸者《げいしゃ》が唄《うた》う昼の三味《しゃみ》　汐干《しおひ》の三味《しゃみ》は舟にゆれ　三味《しゃみ》が弾《ひ》け　三味《しゃみ》に淋《さび》しい夜《よ》を過《すご》し　三味《しゃみ》もよし　三味《しゃみ》を持ち　三《しゃ》味《み》をよく弾《ひ》く娘分《むすめぶん》　床《とこ》げい者《しゃ》ずるにかけては　流し三《じゃ》味《み》とぎれ〳〵《とぎれ》て　鳴《な》らぬ三絃《しゃみせん》　眠くなる三味《しゃみ》　舟みるとこで三味《しゃみ》を弾《ひ》き　ペコ三味《しゃみ》の　ぺん〳〵〳〵《ぺんぺん》とならして見《み》　嫁《よめ》の三味《しゃみ》埃々《ほこりほこり》と　糸の来る内《うち》　忍《しの》び駒《ごま》　高い猫の皮　太《ふと》で出る事にしている　はりかえに遣《や》ったと　二《に》上《あが》りへくるとつく〴〵《づく》

【三《さん》の糸《いと》】［三味線の最も高い音を出す糸］　三の糸こき〳〵《こき》　三の糸ふっつり切れる　二《に》を上《あ》げ三《さん》を下《さ》げ　柳橋三《やなぎばしさん》を下《さ》げれば

【調子《ちょうし》】三味線《しゃみせん》も浮《うい》た調子の　へんなちょうしでひいて居《い》る　水調子《みずちょうし》　合《あい》の手に　三味線《しゃみせん》のあいの手に取《とり》

【鼓《つづみ》】おとにきく鼓に　小鼓《こつづみ》は恋の思出《おもいで》　琴《こと》に鼓の浪《なみ》を寄せ　鼓打《つづみうつ》　つゞ《づ》みはたらかず　思い出《だ》してはどんと打《うち》

【太鼓《たいこ》】大太鼓《おおだいこ》　おのが太鼓で尋《たずね》られ　きょくだいこ　獅子《しし》太鼓《だいこ》　太鼓打《うち》　太鼓張《は》り破《やぶ》れて　どん〳〵《どん》かゝ《か》か　うち出《だ》しのなり　太鼓も一重《ひとえ》張《ば》り　埃《ほこり》を叩《たた》く大太皷《おおだいこ》　果太皷《はてだいこ》　やぐらうつ　乱拍子《らんびょうし》

【尺八《しゃくはち》】尺八で来る　尺八でつっぱって見る　尺八と百《ひゃく》八《やつ》の鐘《かね》　尺八にむねのおどろく　尺八の穴を押さえて　尺八の音ぞ　尺八の人　尺八を慕《した》う涼《すず》みの　尺八を庭へ

入れ　吹き終わるまでは尺八　吹きはじめ

稽古

【稽古《けいこ》】お稽古に行《い》って居《お》ります　寒稽《かんげい》古《こ》　稽古から戻《もど》って　稽古《けいこ》三味《しゃみ》掛《か》けると　稽古の三味《しゃみ》に口を入《い》れ　稽古日《けいこび》の　小鼓《こつづみ》の稽古　初稽《はつげい》古《こ》　大浚《おおさら》い　お浚《さら》いがある／杵屋《きねや》を休む子の多く

【稽古屋《けいこや》】稽古屋の隣《とな》りに住んで　稽古屋のようも　稽古屋へ通《かよ》う息子《むすこ》の　稽古屋を覗《のぞ》いていたも　稽古所《けいこじょ》の簾《すだれ》に　稽古所《けいこじょ》の窓面白く　もう稽古所《けいこじょ》へ知れ渡り　稽古場《けいこば》へ

【手習《てなら》い】医者の手習い　手習子《てならいこ》　手習《てなら》い子《こ》かえると鍋《なべ》を　手習いの無情をにらむ　手習いは　蛞蝓《なめくじ》が手習いをする　針《はり》の手習い　夜手習《よてならい》　夜習《よなら》いは　手習屋《てならいや》　一中《いっちゅう》を習う侍《さむらい》　下これに習う　三味《しゃみ》も習《なろ》うて置《お》くつもり　妻が三味《しゃみ》習う　断髪《だんぱつ》をして絵を習い　どこでどう習《なろ》うて来たか　ならうなら　ひきならい　字を習い

【手《て》習本《ならいぼん》】手本《てほん》よみ〳〵《よみ》舟に乗り　報酬《ほうしゅう》だけの教草《おしえぐさ》　千字文《せんじもん》　うす本《ぼん》へ　稽古本《けいこぼん》

【生花《いけばな》】投入《なげいれ》の梅《うめ》に嵐《あらし》八　投入《なげいれ》の鬼《おに》あざみ　なげ入《いれ》の干《ひ》からびて居《い》る　なげ込みといって生花《いけばな》　むす子《こ》花を立ち　水が不足の花を生《い》け　花道会《かどうかい》　水上《みずあ》げが利《き》いて四五日《しごにち》

芝居

【芝居《しばい》】翌《あす》の芝居に　田舎芝居《いなかしばい》の　犬芝《いぬしば》居《い》　面白う囃《はや》す芝居の　劇《げき》よりも芝居へ　母は　猿芝居《さるしばい》　芝居帰《しばいがえ》りの夜《よ》をふかし　芝居が好きでまだ独《ひと》り　芝居から帰って　芝居でも見《み》しょうとむす子《こ》　芝居の前を行《ゆき》　芝居の留守《るす》に掃出《はきだ》され　芝居の蝋《ろう》とぼり　芝居びいきの　芝居見《しばいみ》の　芝居をばやめて内裏《だいり》の　戦争の芝居　夏芝居《なつしばい》　初芝居《はつしばい》曽我《そが》から曽我《そが》へ　一幕《ひとまく》ぎりの猿《さる》芝居《しばい》　ふ[降]ればい《い》ゝなは芝居好《しばいず》き　まおとこ[間男]と芝居也《なり》　身になる芝居見て帰り　安芝居《やすしばい》　かぶり付《つき》　殺《ころ》し場《ば》の女の帯《おび》は　文楽《ぶんらく》が果《は》てゝ《て》

【劇《げき》】気分劇　社会劇　新派劇《しんぱげき》　寸劇《すんげき》の　放送劇

【喜劇《きげき》】喜劇もう笑えずなって　ともかくも喜劇に終《おわ》る

【劇評《げきひょう》】劇評家《げきひょうか》終りに下座《げざ》を　劇評の切抜《きりぬき》を待つ

【歌舞伎《かぶき》】アゝ《ア》歌舞伎が見てい　大歌舞伎《おおかぶき》　暫《しばら》く〳〵《しばらく》と成田屋《なりたや》の　かぶきにあわぬ恋はなし

【顔見世《かおみせ》】顔見世に贔屓《ひいき》争う　顔見《かおみ》せのお供《とも》はどれも　顔見世はいかな粋《いき》でも　顔見せのさかりの間《あい》も

【狂言《きょうげん》】一狂言書いて　大時代《おおじだい》　狂言師《きょうげんし》　狂言があたり　狂言の切《きり》は／作《つく》りばっかりしてあるき

【能《のう》】薪能《たきぎのう》 雨ふりて薪《たきぎ》の能は 生玉《いくたま》の能見るおごり お能は鯛《たい》に羽根《はね》がはえ 乞食能《こじきのう》 能の手の平《ひら》 ワキ僧《そう》は動くシテツレ

【面《めん》】面とれば翁《おきな》も若し 面とれば戸長殿《こちょうどの》なり 面とれば猶《なお》ヒットコの 夜叉《やしゃ》の面かぶった下も

役者

【女優《じょゆう》】映画《えいが》女優《じょゆう》へ出《だ》すときめ 自動車の欲しい女優に 女優少しは考える 女優に黒い影《かげ》がつき 女優の稼《かせ》ぎ時《どき》 女優の子 女優万遍《まんべん》なく笑い 泰然《たいぜん》として女優巻《まき》 本名で見れば女優も

【俳優《はいゆう》】キネマ俳優が 俳優の 名優《めいゆう》芸でうけ 名優《めいゆう》の アルバイトと言わずタレント 声優《せいゆう》の 秋の灯《ひ》に弱いスターの こんな顔でもスターなり

【役者《やくしゃ》】女役者の眉《まゆ》のあと 河原乞食《かわらこじき》へ入揚《いれあ》げる 手《て》まり歌《うた》にも出ぬ役者 役者の名をも聞《きき》 役者の墓を探させる 下《くだ》り役者《やくしゃ》の 我顔《わがかお》にもどる役者の

【旅役者《たびやくしゃ》】青白《あおじろ》い旅役者 旅の一座《いちざ》のたちが知れ 旅役者丸寝《まるね》して居《いる》 巡業《じゅんぎょう》の楽屋《がくや》にけむる 巡業《じゅんぎょう》の故郷に飾る 切合《きりあい》をする旅芝居《たびしばい》 旅芝居《たびしばい》皮癬《ひぜん》を蒔《まい》て通りけり

【女形《おんながた》】女形《おやま》の心女《おんな》めき 女《おんな》がたから立役者《たてやくしゃ》 女形を男で見てる 風［風邪］にして置《おく》女形 吉日《きちじつ》のある女形

【道化《どうけ》】恋！ピエロ！どうけ役《やく》 まゆげで済《すま》ぬどうけがた

【役《やく》】揚巻《あげまき》は梅幸《ばいこう》の役 役どころ 脇役《わきやく》にその人を得て

【敵役《かたきやく》】悪方《あくがた》は 女の憎む敵役 敵《かた》き役《やく》 給銀《きゅうぎん》やすいかたき役 貴《とう》とき敵役 せりふの長い敵討《かたきう》ち

【衣装《いしょう》】いしょうの能《よ》いがいっち下手《へた》 出《で》の衣裳《いしょう》

【子役《こやく》】子役正面向いて泣く 子役抱かれるだけのこと 子役のからむ 子役蜜柑《みかん》へ手もつけず

【所作《しょさ》】立回《たちまわ》り 一坪程《ひとつぼほど》で所作をする 落馬《らくば》でしょさの所《とこ》をぬき 百やると荒事《あらごと》をする 公家《くげ》の荒事《あらごと》

劇場

【芝居馬《しばいうま》】馬の脚《あし》 芝居馬 半分の馬が寝て居《い》る

【番付《ばんづけ》】爪《つめ》を切《き》り〳〵《きり》絵番付《えばんづけ》 番付も買って 番付を探すに 番付を枕《まくら》に敷《し》いて 番付の字も太ってる 外題《げだい》では 今日のプログラム

【舞台《ぶたい》】ステージの声 独吟《どくぎん》で舞台へかゝ《か》る 舞台裏 舞台飛《とび》 舞台はいつも応接間 切落《きりおとし》 道具方《どうぐかた》

【鼠木戸《ねずみきど》】乳母《うば》は木戸《きど》を出る 木戸《きど》まで娘恥《はず》かしく

【花道《はなみち》】花道下《お》りる 花道へ将棋倒《しょうぎだお》しに 花道へ酔《よ》って出るのは 花道を 花道を一《いっ》ぱいに来る 花道を狭《せま》く

【幕《まく》】揚幕《あげまく》に声あり　大きな嘘《うそ》で幕があき　切りまくの頃　中幕《なかまく》までは役が無し　中幕《なかまく》を見捨《みす》てゝ《て》　幕の留守《るす》　幕あいに食べぬと　幕あき時《どき》のこゝ《こ》ろもち　幕の内《うち》　まく引《ひき》はへんてつもなく　幕を引張《ひっぱ》る

【楽屋《がくや》】楽屋銀杏《いちょう》の疲れ足　楽屋入《がくやい》り　楽屋じゃ敵魚《かたきうお》と水　楽屋でも噂《うわさ》　楽屋なり　楽屋に寝てる　久《ひさ》かたの楽屋へ這入《はい》る　来たとがくやの窓でいう　楽屋へ来ると値《ね》が下《さ》がり　楽屋番奈落《がくやばんならく》の怪《かい》を　楽屋風呂《がくやぶろ》　楽屋道《がくやみち》

【入場者《にゅうじょうしゃ》】入《い》りは落ちたかと　大入《おおいり》の土間《どま》　大入場《おおいりば》　客がはいり過ぎ　半額券を呉《く》れ　閉場《へいじょう》の客

【席《せき》】椅子席《いすせき》の　御席札《おせきふだ》　下戸《げこ》の多い席で　ひる席はともかくも泣く婦人席

【桝席《ますせき》】鼠《ねずみ》のように桝へ下《お》り　枡の島田《しまだ》に引《ひっ》かゝ《か》る　桝へ来た　聴衆を桝へ入《い》れ

【桟敷《さじき》】稲株《いなかぶ》のある土間桟敷《どまさじき》　織子《おりこ》で桟敷埋《うず》められ　客と行《ゆく》桟敷は　桟敷から　桟敷でも噂《うわさ》　桟敷の顔も引《ひき》締《し》まり　桟敷へ母坐《すわ》り　桟敷をせばめられ　袴《はかま》着て桟敷へ通《かよ》う　貰《もら》った桟敷なり　家賃《やちん》より高い桟敷へ　となりの桟敷みかん呼《よび》　みかんの皮のとぶ所《とこ》に

【向《む》う桟敷《さじき》】しゅうたん［愁嘆］を向う桟敷は　むこうさじきのもらい泣《なき》　向う桟敷へとどきかね　百桟敷《ひゃくさじき》

踊る

【舞《ま》う】銀杏《いちょう》舞い　君が舞《まい》　櫛《くし》を落《おと》して舞い終り　地上の乱舞《らんぶ》　どれだけを舞《も》うたかは　鼠《ねずみ》まいしてかえるなり　羽衣《はごろも》をてん〳〵《てん》舞《まい》で　舞い納《おさ》め　舞い落ちる　舞《まい》ざらえ　舞疲《まいつか》れ　舞《まい》の忘れ勝《がち》　舞《まい》の袖《そで》　舞《まい》の初《はじま》り　舞う胡蝶《こちょう》　秋の三番叟《さんばそう》　三番叟《さんばそう》ふむ雪の門　むす子《こ》のうその三番叟《さんばそう》

【踊《おど》る】踊っているのです　踊ってる足に　おどってるおどってる　踊り居《おり》し足もとに　踊りすぎ　踊り度《た》い心を舞踏《おどり》疲れて恋に更《ふ》け　踊る気で　くじ引《びき》へひかれて踊る　真《しん》から踊る気でもない　チラリ踊っただけの雪　根駄《ねだ》も踏《ふみ》ぬく踊《おど》り好《ずき》　まわりを踊る

【踊《おど》り】阿波《あわ》おどり　おどりが済《すん》で　踊りの手　踊《おどり》の戻り道　踊《おどり》を見てもらい　鴎踊《かもめおど》りは　住吉おどりにせ女《おんな》　この秋の踊《おどり》　雀《すずめ》おどりの　浜踊り　ひょっとこが出てる背中の　外《ほか》のおどりハ目に付《つか》ず　壬生踊《みぶおどり》

【ダンス】極《きわ》どいダンスなり　ダンサーに天井《てんじょう》低い　ダンシング　ダンスの様《よう》に門を出《いで》　トーダンス泳ぐ手つきへ

【踊《おど》り子《こ》】馬ほどななり［形］でおどり子　踊り子と大《だい》根《こ》とかわる　踊子《おどりこ》の里《さと》が知れ　おどり子のたのんではいる　おどり子の母は　おどり子またをおっぷさぎ　おどりこをくよ〳〵と見る　踊りっ子　泥臭《どろくさ》き踊り子も出る

【舞妓《まいこ》】盃《さかずき》を舞妓両手へ　舞妓笑《え》み　舞妓金魚《きんぎょ》のような帯《おび》　舞妓草履《ぞうり》に履《は》き替《か》える　舞妓なんやら買わすなり　舞妓になったとは知らず　舞妓の鼓《つづみ》貸せという　舞妓は腹《はら》を立てゝ《て》いる　舞妓は指で突《つ》いて去《い》に

芸者

【雛妓《おしゃく》】雛妓あどけない　雛妓こぼれるように降《お》り　お酌《しゃく》殺されそうな声　雛妓たわむれる　雛妓は首をすげ　雛妓鼻から煙《けむ》を出《だ》し　雛妓わざ〳〵《わざ》音をさせ　固《かた》まった雛妓　叱《しか》られぶりのいゝ《い》　雛妓　座《すわ》ってるだけの雛妓は　京《きょう》で抱くものいう雛《ひな》は

【半玉《はんぎょく》】鯖《さば》に半玉歯が痛い　半玉きたながり　半玉気にかける　半玉の恋は　半玉の騒《さわ》ぎ　半玉は眠たそう

【下地子《したじっこ》】衣紋《えもん》をつくる下地《したじ》っ子《こ》　芸妓《げいぎ》の下地子

【芸妓《げいぎ》・芸子《げいこ》】秋田《あきた》の美妓《びぎ》の頬《ほお》　妓惚《おんなぼ》れていず　芸妓の虚病《きょびょう》　芸妓の空笑《そらわら》い　芸妓は兄と呼び　芸妓もう独《ひとり》できめて　芸妓をおもちゃ　芸妓を連《つれ》て滝　字の読める芸妓というが　蕎麦屋《そばや》へ芸妓　チョン脱《ぬぎ》で芸妓勝《かち》　芸妓別《べつ》間《ま》で膳《ぜん》につき　裏木戸《うらきど》からは妓《おんな》づれ　売れない妓《こ》　妓《こ》がかえり　妓《こ》に迷う書生《しょせい》　知れる妓《こ》は　スッキリとした妓《こ》を選《よ》って　食べる妓《こ》の　みんな若い妓《こ》　呼ぶ妓《こ》を誰《だれ》と誰《だれ》　利口《りこう》な妓《こ》　若い妓《こ》の　いたずらなお手だとげい子《こ》　げい子《こ》一生いやという　げい子《こ》にいっそあやなされ　玄関《げんか》から芸子の上《あが》る　まだ源氏名《げんじな》の無い女

【芸者《げいしゃ》】上《あ》げて芸者を買って見る　逸話《いつわ》に芸者笑うこと　いにしえの芸者なるらん　内芸者《うちげいしゃ》　芸者唄《うた》い出《だ》し　芸者が顔を拭《ふ》いて呉《く》れ　芸者来る　芸者チュウものに弾《ひ》かして　芸者どうにか糸へのせ　芸者の方《ほう》がだいぶ上　芸者のよいところ　芸者はうその礼を云《い》い　芸者は念を押し　芸者は惚《ほ》れ直し　芸者は眼《め》で笑い　芸者も飲む気なり　芸者膝《ひざ》を拭《ふ》き　芸者美《び》を　芸者呼ぶのを烟《けむ》たがり　芸《げい》娼妓《しょうぎ》　芸で売る気はなけれども　三人の芸者　好きないとこに似た芸者　それも芸者の芸のうち　どちら向いても芸者なり　琵琶《びわ》芸者　耳掻《みみかき》を芸者持ち

【猫《ねこ》】［芸者］　猫の噂《うわさ》に　猫のしまい［姉妹］をつれて来る　猫八魔《ま》のもの　猫妓《ねこやっこ》一等賞だと　ねじゃか［寝釈迦］の近所

ねこが居《い》る　元は猫だと

【褄《つま》を取《と》る】［芸者になる］　麻布《あざぶ》で褄を取る気なり　おんなじようにつまを取　褄取《つまと》って　左褄《ひだりづま》　二度褄《にどづま》の芸で二度褄《にどづま》の留《と》め名《な》で出てる　二度の褄　二度目の褄を持ち

【姐《ねえ》さん】［姉芸者］　オッと姐さんこっちだよ　姐さんが来てから　姐さんの江戸気質《えどかたぎ》　姐さんの弾《ひ》いてる背《せな》で姐さんへ仇討《かたきうち》　姐さんへ耳貸《みみか》しに立ち　姉芸者あれを踊れと　姉芸者妹芸者　姉芸者すっぱすっぱ

【白拍子《しらびょうし》】［遊女］　舞寄《まいよ》るしら拍子　白拍子行先《ゆくさきざき》〳〵で白びょうし手《て》がらをしなと　しら拍子にっこりとして

【名妓《めいぎ》】　今の名妓に振《ふ》りかえり　冗談にせぬ名妓なり名妓というに酌《しゃく》をさせ　名妓を見知る晴《はれ》た庭

【流行妓《はやりっこ》】［売れっ子］　いっち朝寝《あさね》は流行妓　流行妓相談役が　流行妓にもある　明《あか》し花《ばな》　売れっ妓《こ》の無理を

【老妓《ろうぎ》】　味《あじお》うて老妓は猪口《ちょこ》を　踊る老妓の淋《さび》しかり狸《たぬき》だと思う老妓の　老妓にゆるう煙《けむ》が立ち　老妓の咳《せき》がまだやまず　老妓は叱《しか》りつけ　全盛《ぜんせい》の過ぎた芸者《げいしゃ》の婆芸者説《ばばあげいしゃと》き　婆芸者《ばばげいしゃ》お丶《お》恥《はず》かしと　婆芸者黙《ばばげいしゃだま》っていると

【芸者屋《げいしゃや》】　芸者屋苦しがり　芸者屋の亭主《ていしゅ》　芸者屋の昼へ　芸者屋へ肥《こや》し取《と》り

【検番《けんばん》】　券番《けんばん》を出るお披露目《ひろめ》に　まだ見番《けんばん》は話し中

【座敷《ざしき》】［酒席］　秋ならぬ座敷　お座敷でなく　お座敷の帰りをしゃがむ　お座敷を又替《またか》えに来る　かし座敷座敷着《ざしきぎ》の　座敷で吠《ほ》える　一座敷《ひとざしき》

芸

【芸術《げいじゅつ》】　芸術という人形の　芸術といわれて弱る　芸術の一端《いったん》を知る　芸術の真似《まね》も教える芸のすさびを　すてる芸はじめる芸に

【寄席《よせ》】　向《むこ》うの寄席は浪花節《なにわぶし》　寄席が閉《は》ね　寄席芸人の身を案《あん》じ　寄席の隅《すみ》にいる　寄席の笑い声　寄席へ来て寄席へ行く晩《ばん》に　女太夫《おんなだゆう》はざるをふり　真語《しんがた》り　漫談《まんだん》へ

【高座《こうざ》】　老《お》いては高座みじめなり　酔払《よっぱら》い高座でやれば

【落語家《らくごか》】　落語家のする芝居《しばい》　志《し》ん生《しょう》を笑い直して　噺《はなし》家《か》の　落語家《はなしか》の踊り　円朝《えんちょう》の席富貴《ふうき》

【怪談《かいだん》】　怪談の　怪談へ風鈴《ふうりん》の風となり　怪談も交《まじ》る

【講釈《こうしゃく》】　御《ご》こうしゃく　夜講釈《よこうしゃく》　軍書読《ぐんしょよみ》　互燵《こたつ》で太平《たいへい》記《き》　咄《はな》して聞《きか》す太平記《たいへいき》

【講談師《こうだんし》】　講談師　尾《お》に尾《お》をつけて妖狐伝《ようこでん》

【浄瑠璃《じょうるり》】　上《じょう》るりが出ますと　じょうるりのあわれは

後架《こうか》で浄瑠璃浚《さら》ってる　浄《じょう》るりで殺した声を　かたるを笑《わら》い〳〵《わらい》ひき

【声色《こわいろ》】こわいろで帰るは　声色の間に替《か》えた　こわいろへ御《お》経《きょう》のまじる　声色屋《こわいろや》ほんとの声で

大道芸

【見世物《みせもの》】銭儲《ぜにもうけ》するみせもの師《し》　南《なん》京玉《きんだま》を輝やかし　南京《なんきん》の皿《さら》あつかい　女房《にょうぼ》の面《つら》は百《ひゃく》まなこ　魔術かや　物《もの》まね師《し》一《ひと》たび咄《はな》せば　足も扇子《せんす》を一《ひと》つ持ち　玉乗《たまのり》のはやし唄《うた》

【からくり】からくりが切れて　からくり程《ほど》はあるく也《なり》　からくりをすてし双手《もろて》を　眼《め》先《さき》のからくり　木偶《でく》の綱《つな》　のぞきいい　のぞきの子供笑い

【傀儡師《かいらいし》】かいらいし箱をたゝ《た》くが　九段《くだん》を上《のぼ》るかいらいし　時宜《じぎ》をして行《ゆく》傀儡師／けだものを一疋《いっぴき》まぜる

【角兵衛獅子《かくべえじし》】越後獅子《えちごじし》　越後《えちご》縮《ちぢみ》も角兵衛獅子　己《おの》が股《また》くぐる角兵衛獅子　角兵衛腹《はら》へ聞き　角兵衛舞仕舞《まいじまい》

【サーカス】曲馬団《きょくばだん》　曲馬《きょくば》の一手《いって》やって逃げ　曲馬《きょくば》の娘《こ》　宙《ちゅう》を乗る曲馬《きょくば》　熊遣《くまつか》い　サーカスの　綱《つな》わたり　もうサーカスの荷《に》が届き　輪《わ》ぬけの相手中《ちゅう》がえり

【軽業師《かるわざし》】白粉買《おしろいかい》に軽業師　軽業の子に似てる　軽業の群《むれ》に　白刃《しらは》をわたる軽業師　あの帆《ほ》ばしらを蝿唐人《はえとうじん》

【ろくろ首《くび》】足長《あしなが》の轆轤首《ろくろくび》　寒さ凌《しの》げぬろくろ首　生《なま》酔《よい》の轆轤首《ろくろくび》　楽ゝ《らくらく》と寝る轆轤首《ろくろくび》　ろくろ首

【手品《てじな》】秋さびた手品師の　種明《たねあか》ししても　辻手品《つじてじな》　手品師は　手品で旗《はた》を出《だ》す手つき　手《て》づまをちょっと足やすめ　笑われる下手手品《へたてじな》　手から揉《も》み出《だ》す万国旗《ばんこっき》

【太神楽《だいかぐら》】太神楽仕廻《しま》うとしゝ《し》「獅子」を　太神楽まわせるそばへ　太神楽見せる髪には　お獅子《しし》パク〳〵《パク》

【猿回《さるまわ》し】猿回し内《うち》へ戻《もど》って　猿回し黄色な糸は　さる回し子はやっかんで　猿回しつかんで出ると　杖《つえ》にしたがう猿の芸　猿曳《さるひき》が死んでも　猿曳綱《ひきづな》を手繰《たぐ》りよせ　我《われ》より猿に着《きせ》たがり　猿は殉死《じゅんし》せず

門付

【門付《かどづけ》】門付に　門付のうつむいて弾《ひ》く　箱回《はこまわ》し　法界屋《ほうかいや》弾《ひ》き歩《ある》く内《うち》　門万歳《かどまんざい》

【節季候《せきぞろ》】「門付」　せきぞろがもうさと　せきぞろにわかれて　唐《とう》の節季候　路次《ろじ》へ這入《はい》る節季候

【万歳《まんざい》】万歳そっといい　万《まん》ざいに糸をまき〳〵《まき》　万歳の来《き》た日　万歳の来たらし門の　万歳の口ほど　万歳のぞかれる　万歳はみなけいはくに　大和《やまと》から万《まん》ざいが来る

【辻謡《つじうたい》】道ばたで謡をうたい銭を乞うもの　辻謡　辻諷《つじうたい》扇《おうぎ》で／辻《つじ》ばなし

【鳥追《とりおい》】［門付］　鳥追がかた言福《ことふく》を　鳥追乳《ち》をのませ　鳥追《とりお》いのしかられて行《ゆく》　鳥追《とりお》いのすがゞ《が》きで行《いく》　鳥追《とりお》いは笠《かさ》を一寸《ちょっ》〳〵《ちょ》と　鳥追母の医者へ寄《よ》り

【瞽女《ごぜ》】［門付］　からかさを瞽女抱《かか》え　烏金《からすがね》ごぜもかし　ごぜの行水《ぎょうずい》し　ごぜの尻《しり》たゝ《た》けば　瞽女の袂《たもと》の鉋屑《かんなくず》　ごぜの母　ごぜ斗《ばかり》一《い》つ艘《そう》につむ　ごぜも少《しょう》〳〵《しょう》にが笑い

文芸

【句《く》】紅葉《こうよう》のお酒の句　草葉《くさば》の陰《かげ》で一句《いっく》よむ　腰折《こしお》れの歌は　新派《しんぱ》の句　川柳をたとえにひいて　武玉川《むたまがわ》から盗み出《だ》し　嵐雪《らんせつ》句を案《あん》じ　熱のある日に句が多し　渋抜《しぶぬけ》た句にへたは無し　けいせい［傾城］の句も追善《ついぜん》に　下手《へた》も取敢《とりあえ》ず手向《たむけ》の句　ほっく［発句］書いたよう　古人《こじん》を杖《つえ》につき　よみ人知《びとし》らず　又《また》歳事記《さいじき》はめくられる　名句集《めいくしゅう》など引寄《ひきよ》せて　都《みやこ》で歌をよみ習い　御捌《おさばき》に古歌《こか》も交《まじ》りて　祈祷《きとう》の連歌《れんが》夜《よ》をふかし　入婿《いりむこ》の狂歌《きょうか》出来《でき》たり　傾城《けいせい》星の歌よむ

【俳諧《はいかい》】恋の定座《じょうざ》と　十七文字でほめたらず　月《つき》の座《ざ》へまねけば　月を振回《ふるまわ》れ　はいかいの闇《やみ》を道《みち》びく

【短歌《たんか》】歌なれば茂《も》吉勇《きちいさむ》と　歌枕《うたまくら》　二十六字はあんじさせ　三十一文字《みそひともじ》で嫉妬《しっと》する　和歌に首《くび》ったけ　歌でいかねバ　折《おり》にふれて詠《よ》み　宿《やど》の時雨《しぐれ》を歌に詠《よ》み

【散《ち》らし書《が》き】歌の心のちらし書《がき》　旨味《うまみ》あるちらし書《がき》　恨《うら》みの文《ふみ》も散《ちら》し書《が》き

【詩《し》】歌劇が匂《にお》う詩を吟《ぎん》じ　詩がのこり　詩《し》箋《せん》買《こ》うて詩なきは寂《さび》し　詩と剣《けん》と　詩に耽《ふけ》る夜《よ》を　詩は少しつくりたし　詩を作り　唐詩《とうし》を写《うつ》す夜《よ》を愛す　琵琶行《びわこう》はおんなじ詩集持っている　詩集まだ　間男《まおとこ》の出《だ》した詩集は

【詩人《しじん》】詩商人《ししょうにん》　詩人死し　詩人の多くたいこもち　詩人の饒舌《じょうぜつ》に　大詩人《だいしじん》杜甫《とほ》に

【小説《しょうせつ》】其《その》文学を尊《とお》とむ　続《つづ》きもの　図書館で小説を読む　肉体の出ぬ小説を　文学や

【作者《さくしゃ》】結婚をさせろと作者　こそでたずねる作本屋《さくほんや》　作者も知らぬ智恵　小説家来ると　小説家の妻

【物語《ものがたり》】大鏡《おおかがみ》　新平家《しんへいけ》　水滸伝《すいこでん》　創世記　平家《へいけ》読むや　遭難記　太閤記《たいこうき》　大悲劇読めば　百物語百筋《ひゃくすじ》め　物語義経記《ぎけいき》　童話のように生《は》えて来《こ》ず　六十帖《ろくじゅうじょう》八

【双紙《そうし》】［物語］　絵双紙屋《えぞうしや》　草双紙《くさぞうし》　双紙も誉《ほめ》て清書《せいしょ》ほめ

【雑誌《ざっし》】雑誌に灰が落ち　雑誌を持った客が来る　週刊

誌　少年雑誌供《そな》えられ　婦人雑誌　古雑誌芸者《げいしゃ》の顔に　新年号積《つ》まれ　月遅れ読んで　まだ殺されず以下次号

【口絵《くちえ》】女《おんな》口絵の気で歩き　口絵に並ぶ顔

本

【本《ほん》】うず高き著書を残して　空蟬《うつせみ》を入《い》れた著書　良人《おっと》と見る絵本　義人録《ぎじんろく》　五行本《ごぎょうほん》　従軍記　処女作程《しょじょさくほど》の名は非《あら》ず　新刊の批評する　性欲の本　名だたる人の売った本　病床記《びょうしょうき》　没書《ぼっしょ》の中に　骨のある著作　本投《な》げ出《だ》す　本の匂いの一頁《いちページ》　本を買うそばへ　本を屛風《びょうぶ》にしはじめる　本を伏せ春　本を持ち本を読んで寝た　みくじ本《ぼん》　旅行記の著書があり　論語にも史記《しき》にも見えぬ　忘れた頃に新刊書　書籍につく表紙　二《に》親《しん》書籍の厚表紙《あつびょうし》　山に積む書籍　洋綴《ようとじ》の書籍　カナリヤと三重吉《みえきち》の本　先生の童話　上《じょう》るり本《ぼん》を出し

【笑《わら》い本《ぼん》】［艶本］　声をひそめる笑本《わらいぼん》　絵の所《とこ》を娘あけ

【書物《しょもつ》】書物は風がくって居《い》る　骨董集《こっとうしゅう》に　雑書《ざっしょ》にも無い　集《しゅう》二冊　書《しょ》に飽《あ》かず　全集全集　道学《みちまな》ぶ書《しょ》にも　蘭学書《らんがくしょ》　和漢《わかん》の書《しょ》　梵字《ぼんじ》のように虫が食《く》い

【洋書《ようしょ》】左から読む洋書　洋書を枕《まくら》とし　翻訳《ほんやく》に出る女房《にょうぼ》

【辞書《じしょ》】アイウエオ順と　アイウエオ順に過ぎない　一冊の辞林《じりん》の中に　漁師町にも見る字引《じびき》　節用《せつよう》でちぎれ〳〵《ちぎれ》の　節用《せつよう》をひかえて

絵

【描《えが》く】憧《あこ》がれを画《え》がけと　画《え》がく世界に　女を細く地《ち》に描き　待ちわびる女を描く

【絵師《えし》】［絵描き］　絵師の妻　信濃絵師《しなのえし》　大観《たいかん》ばかり画《え》師《し》ならず　痩《や》せ衰《おと》ろえた絵師に逢《あ》い　うき世絵書《よえかき》八　死ぬと直《ね》がすると画書《えかき》を　絵師の逃口《にげぐち》　松ほどに絵師もうねって

【モデル】影《かげ》のモデルになっていた　恋人がモデルであった　寒いかときけばモデルは　羞恥《しゅうち》をモデル持ち　膨《ふく》らんだ線をモデルは　モデルから話がついて　モデル台

【画《が》】惜《おし》い洋画《ようが》の腕を持ち　画像落《がぞうお》つ　校長の髭《ひげ》を自由《じゆう》画《が》　古画古陶《こがことう》　実景《じっけい》を南画《なんが》にすれば　雪舟《せっしゅう》の筆《ふで》と称する　特選画《とくせんが》　土佐の名画で笑《わら》わせる　政子曼陀羅《まんだら》昼に見て　毛《もう》筆画《ひつが》　壁の似顔《にがお》に惚《ほ》れている　肖像《しょうぞう》の前で　肖像《しょうぞう》も痩《や》せ

【絵《え》】田舎源氏《いなかげんじ》の絵の匂い　浮世絵《うきよえ》の顔が　絵が無いと男女の知れぬ　絵から絵へ行《ゆ》く　絵でみて八極楽《ごくらく》らしい　絵で見れば　絵にされる　絵に成《な》るように幕《まく》を張り　絵にも歌にもして偲《しの》び　絵のような　栖鳳《せいほう》でも買《か》おう

と思う　一寸《ちょっと》絵にして　裸《はだか》の女の絵　吹絵《ふきえ》ほど　焼筆《やきふで》で幽霊《ゆうれい》の絵　裸《ら》体《たい》の女の絵　絵《え》筆《ふで》たっぷり伸びる竹

【スケッチ】子供のスケッチ　写生して叱《しか》られる　スケッチに　スケッチにするには惜《お》しい

【大津《おおつ》絵《え》】大津絵で賑《にぎわ》う一座《いちざ》　大津絵程《ほど》はどれも書《かき》

【墨絵《すみえ》】墨絵の竹が出来《でき》　墨絵のように帰る僧《そう》　大観《たいかん》の墨絵が透《すけ》る

【油絵《あぶらえ》】油絵に似《に》て非《ひ》なる艶《つや》　油絵の顔へ食《く》いつく　油絵へ　投げ付けるように油絵

【絵《え》巻《まき》】絵巻とざしぬ　絵巻ひらけば黄河《こうが》の流れ　五《ご》尺《しゃく》に足《た》らず絵《え》巻物《まきもの》　燭《しょく》燃えて絵巻の解《と》ける　軸《じく》と軸《じく》

【錦絵《にしきえ》】きれいさは錦絵に出て　子の出世《しゅっせ》錦絵で見る　錦絵の霰《あられ》ちるなり　古郷へ飾る錦絵の

【春画《しゅんが》】春画書く日は遠く居《い》る　春画ひろげたまゝ《ま》　論語も教え春画も見《み》　かりっこはなしと高絵《たかえ》を　嚊《かか》をこまらす枕絵師《まくらえし》　枕絵《まくらえ》は添《そえ》ても　枕絵《まくらえ》を高らかによみ　枕絵《まくらえ》を持って　つるむ猫枕《まくら》ぞうしで／げらげらと西川の本見る

【漫画《まんが》】泥棒《どろぼう》の漫画　プロ吉やアヂ太の漫画　北斎漫画《ほくさいまんが》　ポンチ絵《え》で見た御面相《ごめんそう》　漫画から教えられてる　漫画で書くと星が飛び　漫画の世界を

【クレヨン】クレヨン画《が》　児《こ》のクレヨンが折れて描《か》け　陽《ひ》を孕《はら》むクレオンとなり

【絵《え》の具《ぐ》】絵《え》の具代《ぐだい》などと　絵《え》の具筆《ぐふで》　くし箱《ばこ》しゅ〲《じゅ》な絵の具あり　紅葉《もみじ》へ青絵具《あおえのぐ》　絵《え》の具皿《ぐざら》洗えば染《そ》まる　絵具皿《えのぐざら》洗って　一《ひと》つか二《ふた》つ絵《え》の具皿《ぐざら》

【展《てん》】帝展《ていてん》へまで　帝展《ていてん》見て戻り　展示会　文展《ぶんてん》へ出る　までは　文展《ぶんてん》を

【地図《ちず》】親父《おやじ》解《わか》らぬ地図を出《だ》し　折目《おりめ》正しい地図を出《だ》し　侍《じ》従《じゅう》は宿《やど》で地図を引き　世界地図　戦前の地図が間《ま》にあう　地図描く刹那《せつな》も　地図買って　地図に見えぬと　血にいろどった世界地図　万国地図《ばんこくちず》で知り

細工

【細工《さいく》】叔父《おじ》の細工過《す》ぎ　細工下手《さいくべた》　竹《たけ》細工《ざいく》　蝋細工《ろうざいく》　民芸《みんげい》にこって

【像《ぞう》】像になっても　其富豪《そのふごう》の銅像《どうぞう》　銅像《どうぞう》になっても　偶像《ぐうぞう》に　偶像礼拝《ぐうぞうれいはい》に群《む》れ急ぐごとく

【彫《ほ》る】己《おの》れに似たる神を彫る　過去の背中に夢を彫る　獅子《しし》に彫る石を　片切《かたき》りのたがね走《はし》りに

【土器《かわらけ》】土器に豆　かわらけは　羽虱《はじらみ》で土器になる

【焼物《やきもの》】楽焼師《らくやきし》　楽焼《らくやき》と九谷《くたに》　根津《ねづ》のやき物　からつ焼《やき》つの字《じ》除《のぞ》けと　薬回《まわ》らず尾張焼《おわりやき》　陶器のがまが出る　絵《え》師《し》の机は瀬戸物屋《せとものや》　瀬戸物《せともの》を落《おと》して

【面打《めんう》ち】能面師《のうめんし》　面打ちの裏にも鼻の　面打《めんうち》を呼ぶ

【塗《ぬり》】左官塗《さかんぬ》り　春慶塗《しゅんけいぬり》が好き　どれがどれやら塗《ぬ》っている　塗物《ぬりもの》の　殿《との》の塗下駄《ぬりげた》　雪のぬり下駄《げた》

【箔《はく》】お寺の箔が剥《は》げ　陶器の底を隠す箔　泥《どろ》の小判《こばん》に箔を置き　金箔《きんぱく》で仏像のおめかし　金箔《きんぱく》にまみれ　金《きん》箔《ばく》を使い　へらされた金箔《きんぱく》で　金粉《きんぷん》を　金襴《きんらん》の

【金泥《きんでい》】金泥の経《きょう》チト剥《は》げて　金泥の値丈《ねだ》けには買《か》う　金泥を溶《と》いて写経《しゃきょう》に

【銀《ぎん》】いぶし銀さながら　鋳物師《いもじ》の銀の段《だん》　銀カップ　銀が飛び　銀でほり　銀メッキ仕《し》た

【銀流《ぎんなが》し】銀ながし　おもてにあらわれる銀流し

【蒔絵《まきえ》】金蒔絵褪《きんまきえさ》めては　研出《とぎだ》しの蒔絵は　蒔絵筆《まきえふで》

写真

【写真《しゃしん》】朝夕《あさゆう》に謝《しゃ》す写真　写《うつ》って居《い》　写《うつ》ってる　親に似た我《わが》写真　記念写真　黒く撮《うつ》った愚痴《ぐち》が出る　写真記者　写真も色が醒《さめ》　写真を見《み》　其処《そこ》動くなは写真也《なり》　添《そ》われぬ写真抱いて居《い》る　どこからでも写せと　ヌード写真がかくまわれ　鼻恥かしき写真なり　母の写真も笑《え》めるかに　半身《はんしん》の写真は夫婦で取る写真　二人《ふたり》で撮《と》った豆写真《まめじゃしん》　御真影《ごしんえい》　昨夜の馬鹿な顔写り　三脚《さんきゃく》を富士《ふじ》の真向《まむき》に　働きのない顔写る

【アルバム】アルバムの一《ひと》とこ　写真帖《しゃしんちょう》昔の恋が

【フィルム】フィルムの尽《つ》くれば　フィルムもうしまい　富士にフィルム使い過ぎ　又借《またが》りのパテーベビーに

新聞

【新聞《しんぶん》】赤新聞《あかしんぶん》を読み耽《ふけ》り　田舎《いなか》新聞　御用《ごよう》新聞　新聞が来て居《い》る悲し　新聞では愚作《ぐさく》　新聞で見ましたという　新聞で見る角力《すもう》　新聞取消し　新聞にうつる　新聞の切抜《きりぬ》きが着く　新聞の種　新聞の付録　新聞の未完《みかん》を見せる　新聞の余白《よはく》もつぶす　新聞へ嘘《うそ》はじめ　新聞を張《は》て取消《とりけ》す　新聞を持って寝に行《ゆ》く　新聞を読む　朝刊読直《よみなお》し　三行欄《さんぎょうらん》を読み　三面《さんめん》へ出るほど　タイムスのペンに　マスコミの騒《さわ》ぎも　ラジオ版　よみうりは一冊うると

【新聞社《しんぶんしゃ》】銀座に並ぶ新聞社　新聞社に勤《つと》め　世間《せけん》に事《こと》あれと新聞社

【号外《ごうがい》】号外が散っている　号外に俺《おれ》の名が無い　号外の用意　号外を銀貨《ぎんか》で買った　号外を買わずに済《す》ます

【初刷《はつずり》】初新聞《はつしんぶん》の四方配《しほうはい》　初刷は　初刷を少しのぞいて初刷を開けばそこが　新聞の初号《しょごう》も読めず

【夕刊《ゆうかん》】今日は夕刊来《こ》ぬ日なり　鈴《すず》だけでいる夕刊は夕刊相場欄《そうばらん》　夕刊の眼《め》を放し　夕刊はまだ其《その》まゝ《ま》に夕刊ひとわたり　夕刊を見て

【記事《きじ》】記事になり　記事一《ひと》つ　ストライキより記事が無い　玉《たま》の井《い》の記事　妻の話す記事に　大見出《おおみだ》し

【黒枠《くろわく》】［訃報］　黒枠で見て　黒枠は

【記者《きしゃ》】記者何か　記者の旅　記者の筆《ふで》　記者までも震《ふる》う筆《ふで》　蜘《くも》の巣《す》へ記者慌《あわ》て　女優を記者は待ちあぐみ　相撲《すもう》記者　象《ぞう》ほど記者は筆《ふで》にせず　婦人記者　インタビュー

書く

【書《か》く】姉の手らしい箸袋《はしぶくろ》　渦《うず》を書き　書いてやろ　書き上げる　書きかかり　書きそびれ　書く指令　書くとこを見て参《まい》ったと　書けている　五と五とは十だと書いて　寿《ことぶき》と書くとき　寿《ことぶき》はどうくずしても　こんなこと書くかと思う　さっぱりと書いてくれなと　ぜひ書いておいて貰《もら》えと　草々《そうそう》と書いて

其《その》○○へ書き入れて　どこでどう書いたか　名を聞いて角《すみ》〱《ずみ》へ書く　はら一《いっ》ぱいな事《こと》を書《かき》　紅《べに》で書く寿《じゅ》の字は勉強と書き運《うん》と書き　見ると書くとの忙《いそ》がしさ　むだ書《が》きの　噺《はなし》を書いてかべへ張り　物書《ものかか》ぬ女淋《さび》しき　よめずとも自筆《じひつ》にしなと　書《かき》ちんを取るぞと

【清書《せいしょ》】清書《きよがき》にちっとちいさい　清書《きよがき》の字さえ曲《まが》ると

【達筆《たっぴつ》】達筆に取る硯蓋《すずりぶた》　水茎《みずぐき》とはいえず

【能書《のうしょ》】けいせいの能書は　能書と見えて竹で書《かき》

【悪筆《あくひつ》】悪筆《あくひつ》が寄って　折れ釘《くぎ》の文字では　かな釘《くぎ》とめゝ《め》ずと　巳年《みどし》のような文字を書き　能《よ》い筆《ふで》で蚓《みみず》を書いて

【落書《らくがき》】楽書《らくがき》になる草稿《そうこう》を　落書の英語　楽書《らくがき》まだ消えず　楽書《らくがき》を子供ごゝ《こ》ろに　落書をされて

【無筆《むひつ》】親仁《おやじ》無筆なり　おやという二字と無筆の　天《てん》狗《ぐ》の無筆　娘が無筆なり　無筆大きな声で読み　無筆と自慢《じまん》そう　読めぬ字を　雛妓《おしゃく》一字《いちじ》が読めるだけ

【原稿《げんこう》】帯《おび》は原稿二冊也《なり》　原稿書いている　原稿よくはこび　原稿を書きあげ　稿成《こうな》って　速達で原稿を出《だ》しダイジェスト　売文《ばいぶん》の　文章で見ると　名文はないじゃろ

【原稿用紙《げんこうようし》】原稿紙の芸術　只何故《ただなにゆえ》の原稿紙

字

【字《じ》】赤い文字　牛の垂文字《たれもじ》涎《よだ》れ文字　団扇《うちわ》の文字を子に読ませ　絵の様《よう》な字を書いて置く　襟《えり》に其身《そのみ》を縛《しば》る文字　書いて消す生死《しょうじ》一字《いちじ》や　頭字《かしらじ》をひろって　金の文字で埋め　今朝《けさ》も又《また》一字も書けず　この頃字のけいこ　ザラ紙《がみ》のフセ字にひそむ　字が書けるとて　字から字へ　字が割れて　字々《じじ》の血を　字で見ても　字に書いて見ても　知れぬ字を砥《と》へ書《かい》て聞く　字を聞《きき》に行《ゆく》　速記の字　徹夜で尻《しり》の字を揃《そろ》え　電気字を書く上へさげ　何《なん》という字によんで置《おく》　にた物の萩荻《はぎおぎ》の文字　鶏《にわとり》のような字を書く　灰の文字　母の文字　ひねくった文字　屏風《びょうぶ》の文字が読みにくい　品《ひん》という字に積んで干《ほ》し　不《ふ》の字が付《つい》て宜《よ》い物は　不《ふ》の字で寺八有卦《うけ》に入《いる》　奉祝《ほうしゅく》の文字にうずまる　孑孑《ぼうふら》に似た文字　ぼん字をひねるように書《かき》　文字に杖《つえ》つくは　よめぬ字を　分《わか》る字は　忘れた字

【いろは】イロハ四十八　「いろは」だけ知って　いろはにほへと　上中下《じょうちゅうげ》恋のいろはの

【横文字《よこもじ》】西洋字《せいようじ》なら這《は》う蚯蚓《みみず》　横文字に書直《かきなお》し　横文字の素読《そどく》　横文字へ仮名交《かなまじ》り　羅馬字《ローマじ》も走り書《が》き　蟹文字《かにもじ》の書も　蟹《かに》の文字《もじ》

【仮名《かな》】楷書《かいしょ》の中に交《まじ》る仮名　とっさまの手でかなを付《つ》け　平仮名《ひらがな》のむずかしさ　我名《わがな》まで平仮名《ひらがな》なりき

筆記具

【インキ】赤インキ　インキの文《ふみ》を見ずに死に　インクをつめる　詩が溶《と》けているインキ壺《つぼ》　黙《もく》すインキ壺《つぼ》　指に染《し》みし儘《まま》のインキに

【チョーク】今日はよくチョークの折れる　白墨《はくぼく》に描ける如《ごと》く　黒板《こくばん》に

【ペン】軽《か》るいペン軸《じく》　静夜《せいや》のペンの音　ときに自嘲《じちょう》のペンをとる　ペン・インク・小切手帳　ペン先空をねらう　ペン軸《じく》が一本邪魔《じゃま》な　ペン軸《じく》で頭を叩《たた》く　ペンダコあわれ綱《つな》に負け　ペンの錆《さび》　ボールペン疲れをしらぬ

【万年筆《まんねんひつ》】万年筆が来る　万年筆に　万年筆を

【鉛筆《えんぴつ》】鉛筆芯《しん》が折れ　鉛筆で書く程《ほど》　鉛筆のあと　鉛筆の芯《しん》　鉛筆の手紙　鉛筆の両方を出《だ》す　鉛筆を女《じょ》給《きゅう》胸から　手から手に鉛筆わたる　芯《しん》の幾倍《いくばい》ぞ

【筆《ふで》】足よりも筆に暇《ひま》なき　いゝ《い》筆をつかって　一本邪魔《じゃま》な毛がもつれ　お筆先《ふでさき》　蛙《かえる》見て得る筆意《ふでごころ》　書きやすそうな筆　紙に食《く》われる羊毛筆《ひつじふで》　軽い筆　筆もくたびれ

毛虫を筆ではらいのけ　転《ころ》ばぬ先の筆の杖《つえ》　ちび筆でかくと　続く草書《そうしょ》の筆のあや　筆《ひ》っせいの一村揃《ひとむらそろ》う　筆さえ持てば壁《へき》書《しょ》をし　筆では書けぬ文《も》字《じ》焼屋《やきや》　筆なめてなめて　筆慣《ふでな》れのした頃　筆の先　筆も及ばぬ　筆を取り　筆をもぎ　筆を持たすと生きてくる　坊主《ぼうず》に成《なっ》た筆　坊主《ぼうず》筆《ふで》　狸《り》毛《もう》の筆で書き　筆《ふで》さきも　揮《き》毫《ごう》さすつもり　案文《あんもん》の笔癖《はけぐせ》

【矢立《やたて》】携帯用の筆記具　涙を足《た》した矢《や》立水《たてみず》　矢立は水をさし

【墨《すみ》】薄墨《うすずみ》で　唐《から》すみと　煙を練《ね》って太平《たいへい》墨《ずみ》　濃《こ》過《すぎ》る墨で字は書けず　墨が折れ　墨磨《す》り減らし　墨する指に墨がつく　墨の流れたままで張り　墨の曲《まが》りをすり直し　墨の暗黒　墨を磨《す》る如《ごと》き　墨を磨《す》るように　磨《す》る墨の　達磨《だるま》墨《ずみ》　名《めい》墨《ぼく》ねばらず　ゆえん墨《ずみ》

【硯《すずり》】くぼむ硯に曲《まが》る墨《すみ》　小砂《こすな》にきしる店硯《みせすずり》　硯の海ではて　硯の海を　硯を持って行《いき》　墨《すみ》で減る硯　筆《ふで》も硯も

【硯箱《すずりばこ》】思えば淋《さび》し硯箱　朽《く》ちる黒さの硯箱　取寄《とりよ》せるあたり箱《ばこ》　埃《ほこり》まぶれの硯箱

ノート

【帳面《ちょうめん》】雑《ざっ》記《き》帳《ちょう》　出納《すいとう》の余《よ》白《はく》に　たゞ《だ》〆高《しめだか》が書いてあり　はしり帳《ちょう》　ペーパ帳《ちょう》　カロリーをノートに詰《つ》めて　家計簿《かけいぼ》をつきつけられる　酒の通帳《かよいちょう》　職場へ掛《かけ》の帳《ちょう》を付《つ》け　帳面に鯛〳〵《たいたい》鴨《かも》と　商家《しょうか》の出《で》入帳《いりちょう》

【大福帳《だいふくちょう》】鞍馬《くらま》を頼む大福帳　大福帳は書《かか》ぬなり

【手帳《てちょう》】一大事《いちだいじ》お茶屋《ちゃや》へ手帳　妻の手《て》帖《ちょう》に

【日記《にっき》】元日の日記へ　京日記《きょうにっき》　焚付《たきつけ》に日記帳　日記帳そろそろだれて　日記帳の端《はし》から　日記づけ　古日《ふるにっ》記《き》チト恥《はず》かしく　フト思い出の旅日記《たびにっき》

紙

【紙《かみ》】上田紙《うえだがみ》　紙が要《い》り　紙にさえ手を打《うち》おさむ　紙二《かみに》帖《じょう》寝《ね》まきのつまへ　紙には相違《そうい》なき　紙にふれ　紙の上　渋紙《しぶがみ》へ墨《すみ》が乗らない　土佐紙《とさがみ》が半切《はんぎり》見るまでは　巻紙《まきがみ》の凹《へこ》んだまんま　巻紙《まきがみ》の二重心《ふたえごころ》ハ松葉紙《まつばがみ》　漉込《すきこ》んで　みす紙《がみ》と名づけたり　みす紙《がみ》はその事のみで　面《つら》の皮吉野紙《よしのがみ》なら　吉野《よしの》の紙を二重《ふたえ》ごし恵比須紙《えびすがみ》　延金《のべがね》包むえびす紙《がみ》　尾《お》へ奉書《ほうしょ》の紙をかけ

【洋紙《ようし》】切れたがる西洋紙　洋紙の器械場　白妙《しろたえ》の洋紙も

【再生紙《さいせいし》】生《うま》れ替《かわ》った西洋紙《せいようし》　文歌《ふみうた》かたの漉替紙《すきかえし》

【千代紙《ちよがみ》】千代紙に恋さま〳〵《ざま》の　千代紙の細工《さいく》　千

代紙をくる〳〵《くる》と巻き

【白紙《はくし》】こゝ《こ》に白紙在《あ》り　澄《す》む白紙　何を慕《した》っている白紙　襤褸《らんる》を白紙に漉直《すきなお》す　白紙《しらかみ》は眼《め》の毒か

【薄紙《うすがみ》】薄紙がへがれて　うす紙《がみ》を引《ひっ》ぺがし

【鼻紙《はながみ》】鼻紙で手をふく内義《ないぎ》　はな紙《がみ》に唇《くちびる》という　はな紙《がみ》へ蛙《かわず》だきつく　はな紙《がみ》ほうり込《こみ》　鼻紙を口に預《あず》けて　のべ紙《がみ》を塵紙迄《ちりがみまで》に　浅草紙《あさくさがみ》の都鳥《みやこどり》　便所には浅草紙《あさくさがみ》と

【紙縒《こより》】紙撚とおして　こよりと聞《きい》て　小《こ》よりよって居《い》る

【水引《みずびき》】香奠《こうでん》の水引馴《な》れて　捨《す》たる水引　手を水引に借りられる　水引を掛《かけ》て　水引を二人《ふたり》掛《かか》って

【色紙《しきし》】色紙田《た》に書《かき》ちらしたる　十枚の色紙破《やぶ》って

【短冊《たんざく》】大根も短冊に切れ　短冊にいゝ《い》字を書かせ　短冊のけいこでもして　短冊を書くきつい事

【紙屑《かみくず》】紙屑庭を少し行《ゆ》く　紙屑の底に詩の反古《ほご》　紙屑ハ　帯刀《たいとう》で紙くずをける

【反古《ほご》】［紙くず］行灯《あんどん》はるとほぐにされ　歌の反故　書き反古の崖《がけ》に飛んだり　書き反古も花となりたる　趣意書《しゅいしょ》の反古を　しら魚《うお》を反古に包めば　反古となる　反古にすな　反古より脱《ぬ》けて蝶《ちょう》と化《か》す

衣

着る

【着《き》る】あきらめて上下《うえした》に着る　厚着《あつぎ》する　おしい男に着せて置き　襲《かさ》ね着《ぎ》をして　重《かさ》ね着《ぎ》を強《し》ゆるも妻の　重着《かさねぎ》の数をあらそう　着かえずに　着くずれを気にして娘　着ごこちをいうてもくれず　着せる紙　着たきり雀《すずめ》　着ればよし　こっくりと着て　子に着せる気に　何を着ておいでかと聞くぼろさらいきせ　よそ行《ゆ》きに着替《きが》えて　よっぽど着古《きふる》され　嫁《よめ》の着がえるいそがしさ　背《せ》に腹《はら》を更《か》えたのを着る

【対《つい》】対の結城《ゆうき》に博多帯《はかたおび》　対浴衣《ついゆかた》　罰《ばち》も当らぬ対浴衣《ついゆかた》

【脱《ぬ》ぐ】何時《いつ》脱いだのか　かくして一《ひと》つぬぎ　上下《かみしも》をぬぐやつさ　祖師《そし》に頭巾《ずきん》をぬぐ斗《ばかり》　そっくり脱いでそっくり着《き》　側《そば》へぬぎ　ちゃんと脱ぎ　脱《ぬい》だ肌　脱《ぬい》で見《みる》　ぬがぬ也《なり》　脱捨《ぬぎす》てるまでの　脱げるだけは脱ぎ　歯で手覆《ておお》ぬぐ　一《ひと》つ炬燵《こたつ》の中で脱げ　まあお脱《ぬ》ぎなさいと　ぬけが

衣服

らのいくつか出来《でき》る

【着《き》ぶくれ】婆《ばあ》サン子《こ》着ぶくれたまま　我斗《わればかり》着ぶくれて居《い》る　夜警《やけい》は着ぶくれる　ころぶ程《ほど》子に着せてある　母の寒さを着せられる　まさかのためにぶっかさね

【かき合《あわ》す】襟《えり》はかき合せ　じゅばんでのどをしめるよう　袖《そで》かき合結《あわせゆ》って居《い》る　ふかく合せた前を明《あ》け　前を合す稲妻《いなずま》　前をよくあわせ　浴衣《ゆかた》の襟《えり》をかき合せ

【身《み》だしなみ】身ごしらえ　身だしなみ　着飾って出る　着飾らせ　着飾るな　ちとめかし　内義《ないぎ》は櫛《くし》で二《ふた》つかき

【端折《はしょ》る】子の尻《しり》をはしょってはなす　尻端折《しりっぱしょ》るに気がつかず　はしょれ〳〵《はしょれ》と　尻《しり》からげ　掃除に亭主尻《ていしゅしり》からげ

【乱《みだ》れ箱《ばこ》】靴下《くつした》がある乱れ箱　乱れ箱のプラチナは

【衣桁《いこう》】衣桁に妻の長襦袢《ながじゅばん》　衣桁へ絹《きぬ》のものを掛《か》け　衣桁もゝ引《もひき》などもかけ　衣紋竹《えもんだけ》　ゆかた裏《うら》見る衣紋竹《えもんだけ》

【仕事着《しごとぎ》】うわっ張《ば》りまで引《ひき》はがれ　仕事着の塵《ちり》を払えば　錆《さ》びくさい菜《な》ッ葉服《ばふく》を　青服《あおふく》の眼《め》の色鈍《にぶ》く

【借着《かりぎ》】借着して　借着では身が狭《せま》し　夏の借《か》り着《ぎ》は拝借《はいしゃく》もので出る　花嫁《はなよめ》の借《か》り着《ぎ》　洋服の借《か》り着《ぎ》

【晴着《はれぎ》】押しつける春着《はるぎ》　どの人を春着《はるぎ》にしよう　春着《はるぎ》質《しち》に置き　枕《まくら》もと春着《はるぎ》を置いて　晴着が行《い》って参《まい》ります　晴着亭主《ていしゅ》をうなずかせ　嫁入《よめい》りの晴衣《はれぎ》こさえて

【普段着《ふだんぎ》】二三日留袖《にさんにちとめそで》に成《な》る　びゃく［白］衣《え》の人が来てあらし　不断着《ふだんぎ》で　ふだん着《ぎ》で出たと　恋のない常着《つねぎ》　常着《つねぎ》で出たを案《あん》じられ　母はもう常着《つねぎ》になって

洋服

【洋装《ようそう》】洋装の女　洋装をしたつもり　噂《うわさ》する中を洋装　洋装に日本の足を　合服《あいふく》で出て　稼《かせ》ぐに粗服《そふく》　子供服　人の着る衣服に服を脱ぎかけて　夜会服《やかいふく》チィット足が　ジャケツなり　胴着《どうぎ》の襟《えり》へ紐《ひも》をつけ　胴着《どうぎ》に回《まわ》す若い尼《あま》　背広《せびろ》の服でもモーニング貸す友　リンネルの背広《せびろ》の頃《ころ》を

【洋服《ようふく》】おくずしなさいに洋服　たまに着る洋服　洋服で来て　洋服になって不用な　洋服の妓《こ》を身請《みうけ》　洋服の背《せな》に蚤《のみ》　洋服のまんま　洋服をふだん着ぬ人　ヒダがあり

【大礼服《だいれいふく》】大礼服のままで読み　丸腰《まるごし》の大礼服は　大礼服も金牡丹《きんぼたん》　燕尾服《えんびふく》

【制服《せいふく》】制服の処女が並んだ　制服へ　制服をぬぐ暇《ひま》が無い　女店員揃《じょてんいんそろ》いの上着《うわぎ》　これがあたしのユニホーム

【シャツ】赤いシャツを見せ　アロハシャツ　男臭《くさ》さをシ

ヤツに識《し》り　縞《しま》のシャツ　シャツの袖《そで》見せ　シャツのボタンをちぎる汗《あせ》　シャツはお獅子《しし》の真似《まね》で脱《ぬ》ぎ　トランクへ襯衣《シャツ》の入れ場に　兵卒《へいそつ》のシャツとおんなじ　ホワイトシャツへ貸浴衣《かしゆかた》　目をつけたシャツがもうない

【ワイシャツ】ワイシャツに縫上《ぬいあげ》をする　ワイシャツの後ろへ回《まわ》る　ワイシャツも脱《ぬ》ぎそうにいる

【ズボン】ズボンせりあげる　ズボン釣《つ》り　ズボンの折《おり》目《め》が　ズボンのハネへ　ズボンの妙《みょう》なとこへ落ち　ズボンを敷《し》いて寝る　スラックス　ズボンの膝《ひざ》はつままれる

【靴下《くつした》】靴下穴を見せ　靴下が嬉《うれ》しがってる　靴下の穴　靴下の客　靴下をとると　靴下で駒下駄《こまげた》を穿《は》く

【ネクタイ】足踏んだ人のネクタイ　祝《いわ》われたネクタイで来る　蝶《ちょう》ネクタイはやとい主《ぬし》　ネクタイがヒラ〳〵《ヒラ》踊る　ネクタイ締《し》め直し　ネキタイ横を向き　ネクタイの赤きを購《もと》め　ネクタイの柄《がら》に　ネクタイの無い人がいる　ネクタイへ言分《いいぶん》がある　ネクタイを　ノーネクタイののど剛健《ごうけん》な　腹《はら》の立つ日のネクタイは　目立《めだ》つ蝶結《ちょうむす》び

【ベルト】血を吸《す》うたまゝ《ま》のベルトで　ベルトさえ我慢《がまん》が切れた　バンドの穴を替《か》え

【ボタン】きっちりボタンかけるなり　金牡丹《きんぼたん》　たびのぼたん穴　ボタン一《ひと》つ外《はず》れた隙《すき》に　釦《ぼたん》を付けてくれ

【外套《がいとう》】外套に包まれ切《き》って　外套の襟《えり》をたて　外套を連《つ》れに着せゆく　外套を手にして歩く　殻《から》のよな外套　寝巻《ねまき》の上へインバネス　皺苦茶《しわくちゃ》のフロック　フロックが

【オーバー】オーバーの裏の名を呼ばれ　オーバなり

【マント】編笠《あみがさ》の前でマントは　吊《つ》り革《かわ》へ将校《しょうこう》マント　マント着て出掛《でか》け　マントの襟《えり》をしっつかみ

下着

【褌《ふんどし》】梅《うめ》の木にふんどしを干す　御《お》宝紛《たからふん》失《しっ》と褌　上流で褌　ふところでふんどし〆《しめ》る　褌〆《しめ》直し　ふんどし好《ず》きに成《なり》　褌だけで月をほめ　ふんどしと言えば　ふんどしにぬう下の関　ふんどしの礼に来る　褌もとりましょうかと　ふんどしを帯《おび》にしている　ふんどしをしていとま乞《ごい》　褌を二重に回《まわ》す　ふんどしをみせに来る　間男《まおとこ》のふんどしをとく　モッコ褌引《ひき》あげる　屋《や》ねや一日きぬを〆《しめ》　りん国《ごく》のふんどしをする　わりふんどしを　越中褌《えっちゅうふんどし》　生国越中《しょうごくえっちゅう》としらみの　細布《ほそぬの》ハおっぱずれ　まだふんどしはひぢりめん

【ステテコ】ステテコでよいと　ステゝ《テ》コという様《よう》に上げ

衣服

【猿股《さるまた》】 猿股の紐《ひも》に焦《じ》れ　猿股穿《は》く娘　猿股を女優がはいて　特別の猿股をはく

【股引《ももひき》】 もゝ引《もひき》で　股引に　もゝ引《もひき》のいる縁《えん》を組《くみ》　もゝ《も》引《ひき》の泊《とま》りもとるで　股引の牡《ぼ》丹《たん》を探す　立付《たっつけ》の下地《したじ》まど　袂《たもと》の付いたぱっちはき

【腰巻《こしまき》】 腰巻のような物　都《みやこ》腰巻《こしまき》目をうばい　湯《ゆ》巻《まき》に蠅《はえ》が飛ぶ　下紐《したひも》というは　二布《ふたの》で涼《すず》むこし障子《しょうじ》　ふきんのわきにほすふたの［二布］

【長襦袢《ながじゅばん》】 少《すこ》ウシ見せる長襦袢　長襦袢咥《くわ》え楊枝《ようじ》でスラリと長襦袢　長襦袢鏡花《きょうか》の作に　長襦袢にもならず済《す》み　あみじばん　管襦袢《くだじゅばん》

【緋縮緬《ひぢりめん》】 裏襟《うらえり》に緋縮緬　風に目の付く緋縮緬　たま〳〵《たま》目《め》だつひぢりめん　ちらりと見える緋縮緬　ひぢりめんひらり〳〵《ひらり》と　娘すがたの緋縮緬　能目《よいめ》が出たかひぢりめん　くれないハ老《おい》のくすりと

【腹掛《はらがけ》】 腹掛に勝ったバラ銭《せん》　はらがけに成《な》ると子供は腹がけやっとさせ　腹懸《はらがけ》を干《ほ》す寺の

身頃

【ポケット】 尻《しり》のポケツにねじ込まれ　ポケット探《さぐ》り探《さぐ》り来る　ポケット掃除《そうじ》する　ポケットを裏返してる　小《ち》さいポケツで落《おと》して来《き》

【懐《ふところ》】 かんざしをふところにして　寒いふところ　何もかも懐にある　ふところの辞表　ふところの真《ま》四《し》角《かく》ながふところへ鬼《おに》を棲《す》ませて　ボーナスをふところにして　ふところへなんてんを入れ　内《うち》ぶところにばちぶくろ

【襟《えり》】 赤過ぎる襟を買い　襟替《えりかえ》の模《も》様《よう》に　襟が殖《ふ》え　襟《えり》首《くび》をヒヤ〳〵《ヒヤ》させて　襟を替《かえ》　えりをかけ　帯解《おびと》いて　半《はん》衿《え》りになる　半襟《はんえり》を買《か》って　半衿《はんえり》を拭《ふ》いて

【襟元《えりもと》】 襟元が軽く　寒い衿《えり》もと　はたして白き御《お》えり元《もと》　細い衿元《えりもと》　嫁衿元《よめえりもと》をくつろがせ　ぬき衣《え》紋《もん》

【裾《すそ》】 ざっと直す裾　裾と足袋《たび》姉は気にして　裾を吹く　昇《のぼ》るに裾を三度踏み　衣《え》桁《こう》の裾《すそ》模《も》様《よう》　乱菊《らんぎく》の裾が流れる　ほんとに欲しい裾《すそ》模《も》様《よう》　足へ燃付《もえつ》く緋《ひ》ぢりめん

【袖《そで》】 角袖《かくそで》のように　片袖《かたそで》すてゝ《て》にげて行《ゆき》　片袖濡《かたそでぬ》れて行《ゆ》くところ　そぎ袖は　袖のきまりがついていず　袖へ散り　父紅《あか》い袖を脱《ぬ》ぎ　着て見せる袖　鉄炮《てっぽ》から

【袖口《そでぐち》】 袖口に　袖口の出来《でき》　八《や》ツ口《くち》が紅《あか》い

【袂《たもと》】 打ち返す袂　袂落《たもとおと》しが絽《ろ》から透《す》き　袂からきようは是《これ》じゃと　袂から猪口《ちょこ》を出《だ》してる　袂たゞ《だ》うれし

着物

【着物《きもの》】着ものかゝ《か》えて　着物の上から蚊《か》　着物の事を考える　着物迄《まで》ツンツルテン　着物を着るとけちな声　洋人《ようじん》の和服《わふく》　和服《わふく》着てひっかけてあいさつに出る　嫁のものかりて

【衣《ころも》】うすものを隔《へだ》てゝ《て》　衣ぬぐ僧《そう》　衣の手まえ也《なり》　衣は色《いろ》ごのみ　衣へもつく　法被《はっぴ》一まい　ひ［緋］の衣　びゃくえ［白衣］で出るはめしがわり　本《ほん》のからごろも［唐衣］　花衣《はなごろも》畳《たた》んだまゝ《ま》の

【振袖《ふりそで》】重いふり袖　片袖《かたそで》を足《た》すふり袖は　はねるふり袖　ふり袖で　振袖と羽織《はおり》を吠《ほえ》る　ふり袖の内《うち》は　ふり袖のもげそうな場へ　ふり袖へやかんひっかけ　ふり袖をうごかすたびに　振袖を肩に担《かつ》いで　ふり袖を出《だ》して　蝶《ちょう》八ふり袖　十二《じゅうに》ひとえを着たがりて

【打掛《うちかけ》】うちかけを着て　緋《ひ》の裲襠《うちかけ》

【浴衣《ゆかた》】藍《あい》ゆかた　美しい浴衣が似合《にあ》う　お浴衣と出《だ》す黒地《くろじ》　加賀絹《かがぎぬ》の湯《ゆ》もじに　今夜からゆかたに着かえ　白地《しろじ》浴衣の洗《あら》い栄《ば》え　手拭《てぬぐい》の浴衣　古浴衣《ふるゆかた》　浴衣がけ　浴衣着て見たく　ゆかたそこまで行ってくる　浴衣そのまま　ゆかたの柄《がら》を着る　浴衣の母を若く見せ　浴衣のまんま呼び出《だ》され　浴衣をわびて酌《しゃく》

【貸浴衣《かしゆかた》】貸浴衣からかえば　寝るには早い貸浴衣　一《ひと》つ回《まわ》した貸浴衣　盆石拾《ぼんせきひろ》う貸浴衣　湯屋《ゆや》の貸浴衣

【袷《あわせ》】秋袷《あきあわせ》　袷着かえる　夜《よ》の袷

【一重物《ひとえもの》】寒中《かんちゅう》もひとえ物　帷子《かたびら》の藍《あい》は手ぬるし　帷子《かたびら》も浴衣《ゆかた》も　きょうのかたびらむね合《あわ》ず

【羽二重《はぶたえ》】殿《との》の屁《へ》八羽二重越《ごし》に　羽二重のしらみ　羽二重の艶《つや》　羽二重はいやと　羽二重斗《ばかり》着る

【縮緬《ちりめん》】黒ちりめんがおびき出《だ》し　縮緬一疋《いっぴき》　縮緬織《お》って散るいのち　ちりめんは　縮緬のお揃《そろ》いで出る

【織物《おりもの》】琥珀織《こはくおり》　上布着《じょうふき》奥島着《おくしまき》　上布《じょうふ》着ている　白襟《しろえり》に紅梅織《こうばいおり》も　白黒の織物肯定す　反物《たんもの》に　西陣《にしじん》の龍も富士越す　奥様の大島紬《おおしまつむぎ》　美女《びじょ》の黄《き》八丈《はちじょう》　京《きょう》で似《に》せ出《だ》す博多織《はかたおり》　自味《じみ》な玉紬《たまつむぎ》　仙台平《せんだいひら》の擦《す》れる音　羽二重《はぶたえ》だとて加賀《かが》を着せ　琉球紬《りゅうきゅうつむぎ》を着《き》

【絞《しぼ》り】いたこしぼりが　裏襟《うらえり》に鬼絞《おにしぼ》り　褌《ふんどし》は柳絞《やなぎしぼ》りに　鹿子《かのこ》結《ゆ》い　京鹿子《きょうがのこ》乱れ舞う　緋鹿《ひが》の子《こ》に　匹田鹿《ひったかの》子《こ》に花が散《ちる》

【縮《ちぢみ》】玉川縮《たまがわちぢ》みの中形《ちゅうがた》に　銚子縮《ちょうしちぢみ》を着てお酌《しゃく》　積《つも》りて

越後《えちご》縮《ちぢ》み織《おり》　明石《あかし》ちゞ《ぢ》みの小《こ》傾城《げいせい》

【絣《かすり》】紺《こん》がすり着てみたし　白がすり　制帽《せいぼう》と絣

染め

【染《そ》め】いよ染《ぞめ》を仇《あだ》めかしたり　落鮎《おちあゆ》の背から染出《そめだ》す　からすに染直《そめなお》し　きさご染《ぞめ》　京染《きょうぞめ》が秋を乾《かわ》いて　下染《したぞめ》を取寄《とりよせ》て　染返《そめかえ》し　月の夜《よ》も朧染《おぼろぞめ》ぎの　届く染物《そめもの》　花色染《はないろぞめ》の世帯《しょたい》向き　都《みやこ》ではやる地白《じしろ》がた　能〳〵《よくよく》見れば手前染《てまえぞめ》　茜裏《あかねうら》　黒に染めあいさびの上へ　おんなじ藍《あい》を今日染める

【友禅《ゆうぜん》】看護婦に友禅ちっと　番頭《ばんとう》が持つと友禅　友禅生きて見え　友禅の美しさもて　友禅の蝶《ちょう》よ　友禅の流れを　友禅の蛇《へび》に捲《ま》かれる　友禅を乾《ほ》せば

【定紋《じょうもん》】［家紋］定紋の丸をとり　定紋見てあるき　定紋を覗《のぞ》かれる　我《わ》が定紋はたなへ上げ

【柄《がら》】帯《おび》にいゝ《い》柄も　新柄《しんがら》を撰《え》る女　新柄《しんがら》を着て　すこし地味《じみ》な柄　似合《にあ》う柄　派手《はで》な柄　みんな気に入《い》る柄ばかり　みんなできめた柄　友禅《ゆうぜん》の柄も　浴衣《ゆかた》の柄へ

【縞柄《しまがら》】袷《あわせ》も真岡裏《もうかうら》　あわれな子持筋《こもちすじ》　青梅縞《おうめじま》　格子《こうし》縞《じま》海は荒《あ》れてる　琴浦《ことうら》の丹後縞《たんごじま》　ことしも同じ近江《おうみ》じま　縞《しま》がらのわるい小袖《こそで》で　揃《そろ》い着《ぎ》も牛房縞《ごぼうじま》　取り付く島のないを着る　女房《にょうぼ》のとっつくしまは　とんだ掛値《かけね》をゆうき嶋《じま》　奈良縞《ならじま》の帆《ほ》を尻《しり》にかけ　眠い縞《しま》をも苦《く》にせず着《き》　羽織《はおり》の碁盤島《ごばんじま》　縞を着尽《きつく》す　目の覚《さめ》た縞を着て居《い》る

【紋《もん》】五《いつ》つ紋　腰板《こしいた》へ紋が付いてる　蔦《つた》の紋　比翼《ひよく》の紋のもう紋はあちらに染める　紋が合《あ》うとて借りられる　紋を貸し　縞《しま》に紋ぬわせるやつは　縫紋《ぬいもん》の出来《でき》　縫紋《ぬいもん》で又蝶《またちょう》となる　おもえば無理な紋所《もんどころ》　紋所《もんどこ》にわたくしの有《あ》る　掛《かけ》ビラの二《ふた》つ巴《ともえ》に　二《ふた》つ巴《ともえ》のならぶ暮《くれ》　三《み》ッ巴《どもえ》

帯

【帯《おび》】妹に譲《ゆず》る帯が出来《でき》　帯が蛇《へび》になって　帯から袂《たもと》抜《ぬ》いて詫《わ》び　帯だけ正《まさ》に女なり　帯にちと足《た》らず　帯のぐるりを撫《な》で回《まわ》し　帯の緋《ひ》がにじむ　帯ゆるまぬか餅《もち》やなるか　帯をやたらに抱《だい》て　かゝ《か》え帯吉弥《きちや》むすびの帯の先　鯨帯《くじらおび》　真田帯《さなだおび》ひっくりかえし　刺繍《ししゅう》の帯と代《かわ》ったり　しりたれ帯が　白い素足《すあし》の昼夜帯《ちゅうやおび》　束帯《そくたい》で遊んで歩く　辻番《つじばん》もはさみ帯　手を帯へはさんでひとえ帯　まだ足《た》しのいる帯を買い　晦日《みそか》を知らぬ帯の色　浴衣《ゆかた》に赤い帯　妹は矢の字に　男《おとこで》　手を借りた帯　帯をして貰《もら》い　帯をしめ　帯を〆《しめ》て出《だ》し　帯をしめ直し　三尺帯《さんじゃくおび》を〆《しめ》　しめる夏帯《なつおび》　少女よ帯の結び目を　乳《ちち》を

殺してしめる　一揺《ひとゆ》り帯をしめ　提帯《さげおび》は　むすんだま丶《ま》でかえるおび　木賊《とくさ》の音の博多《はかた》帯《おび》　派手《はで》を好《この》みし博多《はかた》帯《おび》　君も兵児《へこ》帯《おび》かいと　兵児《へこ》帯《おび》に替《か》え

【帯《おび》を解《と》く】おとこは帯をまだ解かず　帯がほどける花がちる　帯解《おびと》かぬ夜《よ》を　帯を解きながらも　帯をとけば花びらが出る　心のしれた帯をとき　菅笠《すげがさ》の中《なか》へ帯《おび》とく　解《と》けか丶《か》る帯を待つ夜《よ》の　ぬいだ姿の帯を見せよう〳〵《よう》と中《なか》ゆいをとく　寝てとけば　解《と》けた帯

【空解《そらどけ》】女の帯《おび》の空《そら》どけも　金糸《きんし》の帯《おび》の空解《そらど》ける　そら解《どけ》にくや繻子《しゅす》の帯《おび》　繻子《しゅす》も空解　空解《そらど》けのせぬは

【お太鼓《たいこ》】姉は太鼓なり　お太鼓で隠す帯《おび》

【しごき】えり巻をしごきに貰《もら》う　しごきでばたり〳〵《ばたり》来る　素顔《すがお》白むくしごき帯《おび》　抱合《だきあい》のしごきが解《と》けて　緋扱帯《ひしごき》で　緋《ひ》のしごき　伊達巻《だてまき》でいて　伊達巻《だてまき》の色ばかりなる　伊達巻《だてまき》のゆるんだまんま　腰帯《こしおび》を〆《しめ》ると　こし帯《おび》を解《と》き〳〵《とき》　こし帯《おび》を雛《ひな》の幕《まく》とは

【後帯《うしろおび》】後《うし》ろ帯《おび》　日の暮《く》れそうなうしろおび　娘のうしろ帯　やしきで朽《くち》る後帯

【前帯《まえおび》】ならぬ前帯　前帯を後《うし》ろへ回《まわ》す　前帯で来ては

【帯留《おびどめ》】帯留はしめると　帯留をくわえた儘《まま》で

羽織

【羽織《はおり》】後からかける羽織へ　雨催《あめもよ》い今日の羽織を　己《おの》が羽織のなつかしき　お羽織はどれと簞笥《たんす》に　借りてゆく羽織に　革羽織《かわばおり》　小《こ》磯通《いそがよ》いの巻羽織《まきばおり》　子の羽織　書生羽織《しょせいばおり》に　何方《どちら》の羽織です　陣羽織《じんばおり》　長羽織《ながばおり》　女房《にょうぼ》のを直して羽織　羽折裏《はおりうら》　羽おりかかり　羽織だけ替《か》えて　羽織だけ畳《たた》んで置くも　羽織に添《そ》えてあり　羽折《はおり》ひっかけ江戸へ出る　羽織をよびにやり　花嫁《はなよめ》の羽織　むらに羽織なし　紹巴織《めしばおり》　紹《ろ》のはおり蛍《ほたる》が着ると　素直《すなお》な羽織紐《はおりひも》　羽織のひぼをむすばせる　羽織の紐《ひも》を結び替《か》え　一人《ひとり》羽織の紐《ひも》がない

【袴《はかま》】一高《いっこう》の袴は　借《か》り袴《ばかま》　カルサンは　切張《きりばり》もはかまでするは　はかま着たのは　袴着て居《い》る人へ行《ゆき》　袴来る　袴代帯代《はかまだいおびだい》　袴だけ取ると　袴だら〳〵《だら》と　袴の音のする日なり　袴まで着《つ》けて　袴を家へ事《こと》づける　袴を返しに来《き》　はかまをぬぎかけて　むさし坊《ぼう》はかまで　目見得《めみえ》袴を畳《たた》み終《お》え　ふんごみのま丶《ま》で　弟ハ緋のはかま　袈裟《けさ》の隣《となり》が緋の袴　夜《よ》を燃《も》し合う緋の袴

【上下《かみしも》】［武士の礼服］　麻上下《あさがみしも》で礼を言い　上下で帰る大《だい》

工《く》は　上下で吸《す》えば　上下で三日帰らぬ　上下のあとへうっちゃる　上下の音斗聞《ばかり》く　上下をつまんですわる

【紋付《もんつき》】 高下駄《たかげた》で来た紋付に　紋付しまわれる　紋付の　紋付へ　紋付を着て

【どてら】 今日もどてらを乾《ほ》してあり　書斎《しょさい》の朝をどてらでい〔居〕　だまってどてらかけてくれ　どてら朝湯《あさゆ》へ一人《ひとり》来る　どてら袷《あわせ》で綿《わた》は酒　どてら着て　ドテラのかけ心地《ごこち》　丹前《たんぜん》になれば酒よし　丹前《たんぜん》のま丶《ま》　広袖《ひろそで》を着て

【半纏《はんてん》】 ハンテンの　ハンテンの襟《えり》に　半天《はんてん》のにおいになって　はんてんはよせと　霜夜《しもよ》が怖《こ》わいちゃん〳〵《ちゃん》こ

【小袖《こそで》】〔綿入〕 かたびらで来る小袖で　黒小袖《くろこそで》世《よ》を早《はよ》うする　小袖着て寝る　小袖でくるしそう　小袖なり　奉公《ほうこう》をした小袖だと　やぶれたるおんぼうを着て

【布子《ぬのこ》】〔綿入〕 子の綿入《わたいれ》も　布子ぬぎ

素材

【綿《わた》・真綿《まわた》】 純綿《じゅんめん》へ追い縋《すが》ろうと　結綿《ゆいわた》に綿厚く軽く着せたし　真綿《まわた》にもつ心　真《ま》綿《わた》は母の手に素直《すなお》　真綿《まわた》まだ一枚ぐらい　真綿《まわた》を着《き》真綿《まわた》を背負《しょい》に母帰り　真綿《まわた》を背負《しょっ》て来る

【錦《にしき》・錦紗《きんしゃ》】 唐錦《からにしき》　全盛《ぜんせい》の錦の裏は　錦着て帰れば錦紗《きんしゃ》など前垂《まえだれ》にして　錦紗《きんしゃ》を着ると　自動車で錦紗《きんしゃ》で

【絹《きぬ》・蚕《かいこ》】 絹足袋《きぬたび》で　絹の羽織《はおり》　絹ぶとん　絹物で　靴下絹《きぬ》にして　絹布肌寒《けんぷはだざむ》し　畑に絹のハンケチ　湯伸《ゆのび》せぬ　絹は皺《しわ》　お蚕《かいこ》を着ても　絹となったも元は虫　絹となっても何疋《なんびき》とよむ　着る事もならぬ蚕《かいこ》に

【木綿《もめん》・晒《さらし》】 上総木綿《かずさもめん》へ　夫婦木綿もの　木綿とりちらし　木綿の外《ほか》は箱へ入れ　さらし織《お》って居《い》る　さらしつくきねでおしえる　奈良の晒《さらし》の二度洗《にどあら》い

【セル】 下宿人《げしゅくにん》セルに着替《きがえ》て　素肌《すはだ》にセルを着た女　セルが似合《にあ》うてい丶素顔《すがお》　セルで出て　セルの穴

【ビロード】 ビロードの足袋《たび》に横櫛《よこぐし》　ビロードのようだと坐《すわ》る　ビロードの様《よう》に　天鵞絨《ビロード》は着ず履《は》き被《かぶ》る

【フェルト】 新らしき妻のフェルト　フェルトに待兼《まちかね》た春

【メリヤス】 新しいメリヤス　メリヤスの声も　メリヤスは　めりやすをはめると

【モール】 金《きん》モール　剥《は》げたモールで縁《ふち》を取り

【モスリン】 モスの帯《おび》　モスリンの帯《おび》へ　メリンスのべた〳〵《べた》を衣《き》る

【毛糸《けいと》】 編《あ》む毛糸　毛糸が引《ひっ》か丶《か》り　なぜかさびしい毛《け》

糸針《いとばり》　あかいセーターの娘が運び　羊毛を食《く》う

【羅紗《らしゃ》】　結構毛《け》だらけ羅紗織場《らしゃおりば》　ずばり儲《もう》かる羅紗を裁《た》ち　らしゃを着ている寒い事

【繻子《しゅす》・朱子《しゅす》】　うまい音するしゅすの帯《おび》　黒繻子《くろじゅす》憎い裏《うら》　隣《どな》り　朱子の色　隣《とな》りに朱子の音　繻子がほどける

【小切《こぎ》れ】　小切れも高くなり　二《ふた》つ三《み》つ小切れもまじる　持《も》て余《あま》す小切れに銘《めい》す

化粧

【化粧《けしょう》】　薄化粧《うすげしょう》　男嫌《ぎら》いの薄化粧《うすげしょう》　弟のけしょうは　化粧室出《で》しなに　水化粧《みずげしょう》して　夕化粧《ゆうげしょう》　嫁《よめ》の手水也《ちょうずなり》　からだに作りあき　ざっとしたところが　つくらしゃりましと仲人《なこうど》　つくるにていしゅ気がつかず　まだ出来《でき》ぬ顔へしかける　脂取《あぶらとり》　隈取《くまどる》ように　美顔術半白《びがんじゅつはんぱく》にして　芸者屋《げいしゃや》化《ば》け始め

【厚化粧《あつげしょう》】　厚化粧するそばで　おしろいを霜《しも》と見られる女の厚化粧　濃《こい》おしろいのぬりはじめ　濃《こ》くつけて　ぶちに塗《ぬ》る厚化粧　おしろいのあらうち見べい　白粉《おしろい》のまだあらかべに　白壁《しらかべ》を両の手でぬる　ぬりたてゝ仏《てほとけ》よばりの

【白粉《おしろい》】　白粉で隠す皺《しわ》　白粉に窓を閉《し》め　白粉塗《ぬ》っている　白粉の香《か》に　白粉の事を聞かれる　白粉の地面割りおしろいの背の半程《なかば》　白粉も買えぬくらしに　白粉を塗《ぬ》る二等卒《にとうそつ》　おしろいを村中《むらじゅう》さがす　尻《しり》におしろい　手ばしこく白粉つけて　寝白粉《ねおしろい》　凄《すご》い白粉　婆《ばばあ》の白粉

【塗《ぬ》る】　あくせくとぬっても　おんなじようにぬり回《まわ》し　序《ついで》のように鼻を塗り　年《とし》をぬりこむ舞台香《ぶたいこう》　塗っているぬって見せ　まだぬり出来《でき》ぬかとせつき　待夜《まつよ》の顔を塗り　おもむろに首を仕上《しあ》げる　一刷毛女《ひとはけおんな》　牡丹刷毛《ぼたんはけ》

【化粧水《けしょうすい》】　糸瓜《へちま》から化粧水　へちまの水へ母しゃがみ行水《ぎょうずい》へ瓜《うり》のにおいを　身には用なし小町水《こまちすい》

【紅《べに》】　おまけ申すと小町紅《こまちべに》　香《か》のなき小町紅《こまちべに》　寒《かん》のべに京紅《きょうべに》の口に触《ふ》るれば　口へ紅《べに》さして春まつ　爪紅《つまべに》を消して嬉《うれ》しい　紅皿《べにざら》に埃《ほこり》の溜《たま》る　白粉《おしろい》も紅粉《べに》も

【口紅《くちべに》】　口紅の濃《こ》さも　口紅の妓《こ》に　真赤《まっか》な嘘《うそ》八口紅粉《くちべに》の　ルージュの艶《つや》や濃《こ》し

【紅筆《べにふで》】　べに筆を貸して　紅筆を舐《な》め〱《なめ》　紅筆を見る

【頬紅《ほおべに》】　年増《としま》頬紅　頬紅のあったら

【お歯黒《はぐろ》・鉄漿《かね》】　鉄漿《おはぐろ》の　おはぐろの口は左右へ　おはぐろの口ふり回《ま》わし　おはぐろのじゃまは　おはぐろの尻《しり》へだかって　おはぐろをつけ〱《つけ》　おはぐろを俄《にわか》につけ

て　おはぐろを貰《もら》いに行《いっ》て　おはぐろのひじでつき　先《ま》ずおはぐろのつばをはき　茄子《なす》の皮で鉄漿《かね》の　のぞけばかねをつけて居《い》る　かがみ見てそめものをする　黒くそめ　まっ黒な口で　初《はつ》かねは　初歯黒《はつはぐろ》

【眉《まゆ》を引《ひ》く】青隈《あおぐま》で出るは　糸ほどの眉を引き　芸妓《げいぎ》の引眉毛《ひきまゆげ》　母の好《す》かない眉をかき　嫁《よめ》も眉作る隙《ひま》なし

剃る

【剃《そ》る】あしたでも剃ってくれろと　医者につく剃下《そりさ》げ　顔をする間前《あいだ》がみ　月代《さかやき》を剃ると　剃ったまんま也《なり》　剃った夜《よ》は　剃らぬかわりに　剃られたり　剃りあとなぜきれい　剃り下《さ》げて　旋毛《つむじ》剃ってからしれ　ひたいを剃って居《い》る

【眉《まゆ》を剃《そ》る】花の眉毛《まゆげ》の落葉時《おちばどき》　眉は剃っても歯は染めず　目のうえをぞり〳〵《ぞりぞり》と　花嫁《はなよめ》を二《ふた》かみそりで

【髭《ひげ》】身体《からだ》一杯不精髭《ぶしょうひげ》　君髭を生《は》やすのかと　墨髭《すみひげ》も元の白地《しろじ》か　訴訟のたしに髭がなり　つりひげも樽《たる》に出《で》合《あわ》ば　八字髭《はちじひげ》　髭で蠅《はえ》を追い　髭ぬきの鏡に　髭伸《の》びているを忘れる　髭の外《ほか》のびる物なし　髭よりも延《のび》て立派な　髭をつけ　ひげをぬき　髭を生《は》やすと名をかえる　美髯公《びぜんこう》人の二階に　まだ髭は短かし

【髭剃《ひげそ》り】赤穂《あこう》以来の髯《ひげ》を剃り　あごのひげもっとぬらそと　つわもののひげそりあうや　髭落《ひげおと》す事を　ひげ剃って　髯《ひげ》を剃っていた　髭を剃ってる　髭を剃り　髭を剃る瞳《ひとみ》の中も　ミナミまでひげ剃りに来る

刺青

【刺青《いれずみ》】刺青のだぶついている　刺青や背の膏薬《こうやく》は　あざを付け　もん〳〵《もんもん》のはんてん　母の名は親仁《おやじ》の腕に　あたら美人のつくり疵《きず》　入《い》れ墨《ずみ》に　入墨《いれずみ》の女房《にょうぼ》の名迄《なまで》　刺青を惜《お》しがられてる　入墨《いれずみ》をして　刺青をまねてペン先

【彫物《ほりもの》】ほった恋しい名がしなび　彫物が好きな隠居《いんきょ》の彫物が下手《へた》なら　彫物の有《あ》るが　彫《ほり》ものの手で洗われる　一字命《いちじめい》　背中《せなか》にも武者《むしゃ》の彫《ほ》り

鏡

【鏡《かがみ》】鏡から　鏡つめたい光りよう　鏡ですくい取《とり》　鏡にうつる胡麻《ごま》のひげ　鏡に来て坐《すわ》り　鏡の音の　かゞ《が》みのふたを取《とり》　鏡の方《ほう》を見て使い　鏡の目　鏡へうつる馬の面《つら》　かゞ《が》み見て居《い》てしかられる　鏡を見ぬが　かなしみは鏡に　清き名は曇《くも》る鏡の　泣《ない》てわかれて売る鏡　な[泣]き跡《あと》の鏡に残る　何《なん》の鏡ぞ　我顔《わがかお》を知った鏡も　鬢鏡《びんかがみ》　鏡をみれば腹《はら》が立《たち》

【姿見《すがたみ》】［鏡台］　姿見が見透《みすか》す　姿見に顔背《そむ》け　姿見に立て　姿見へ立《た》った誇りを　すがた見へ近く寄っては　姿見を辷《すべ》り落ち　姿見を拭《ふ》けば　姿見に用のなき身と

【鏡台《きょうだい》】鏡台きずだらけ　鏡台に向《む》かえば　鏡台の顔と後《うし》ろと　鏡台へ向《む》かう心に　磯辺《いそべ》に月の鏡立《かがみたて》　鏡立《かがみだて》

【手鏡《てかがみ》】手鏡へ　手鏡を見ながら女　子守《こもり》のコンパクト　涙の跡《あと》をコンパクト

香

【香《こう》・移《うつ》り香《が》】赤玉《あかだま》の香合《こうごう》置《お》けり　伽羅《きゃら》の油を買ってやり　香《こう》は東風《こち》の物だと　仙女香《せんにょこう》　袖《そで》香炉《こうろ》　移り香の段々消えて　移り香を残して　蔵《くら》の移香《うつりが》

【抹香《まっこう》】木《こ》の葉《は》が金になる抹香　抹香の降《ふ》る

【麝香《じゃこう》】金包んでも漏《も》る麝香　匂《にお》い袋《ぶくろ》の麝香草《じゃこうそう》

【香《かお》り】異性の香《か》　色も香《か》も　梅《うめ》が香《か》が匂う　女の香《か》　香《か》にひたる　香《か》のあるを思い出にして　香《か》の高い梅《うめ》は荻生《おぎゅう》と　香《か》を放ち　菊の香《か》が高い　白百合《しらゆり》の高きかおりよ　茶の薫《かお》り　大和島根《やまとしまね》の香《か》　夕顔《ゆうがお》の香りとなって

【香水《こうすい》】香水という贈物《おくりもの》　香水を赤ネクタイ　香水をつけて出た　香水を仲居《なかい》も少し　香水をふって渡せば　寝香水《ねこうすい》

装身具

【飾《かざ》り】お盆に帰るイヤリング　しあわせでゆれる耳輪《みみわ》で　首飾《くびかざ》りはずすと眠い　場違《ばちが》いなネックレス　女優の腕輪《うでわ》透《す》いて見え

【指輪《ゆびわ》】ありたけの指が光って　印度《いんど》人銀指輪《じんぎんゆびわ》　売る気で見せる金指輪《きんゆびわ》　エンゲージリングに　良人《おっと》の知らぬ金《きん》指輪《ゆびわ》　かっちりと指輪が当《あた》る　雷《かみなり》に指環《ゆびわ》が怖《こわ》い　記念ざますと出《だ》す指輪　切《き》れ話《ばなし》やった指輪が　する〳〵《する》と指環《ゆびわ》が抜《ぬ》けて　宮《みや》と呼ばれる娘《こ》の指環《ゆびわ》　指輪に金《きん》の総入《そういれ》歯《ば》　指輪を売った手を包み　よく光る指輪女の

【宝石《ほうせき》】王冠《おうかん》の宝石と　血《ち》の玉《たま》のルビーに飾れ

【ダイヤ】買ってるダイヤ見て帰り　こんなでっかいダイヤ掘って　ダイヤが光り眼《め》が光り　ダイヤモンドを得たり　遠いダイヤの値《ね》　遺《のこ》るダイヤと電話室

【真珠《しんじゅ》】真珠拾《ひろ》い上げ　真珠が利《き》いて

【珊瑚《さんご》】珊瑚に穿《うが》つ穴　珊瑚の玉《たま》と化《か》し　さんご珠《じゅ》に若《わか》衆《しゅ》の歯形《はがた》　珊瑚《さんご》珠《じゅ》の心明るき　さんこ珠《じゅ》ハ赤い中での　さんごじゅを買《かう》　真珠・琥珀《こはく》・珊瑚・住友《すみとも》・鴻池《こうのいけ》

【水晶《すいしょう》】硝子《ガラス》と水晶　水晶へ荒砥《あらと》は　心の水晶

【琥珀《こはく》】琥珀蟻《こはくあり》を見せ　松から得た琥珀　琥珀の塵《ちり》を

衣服

さびしがり
【宝《たから》】苔寂《こけさび》を国宝《こくほう》に見る　鴫立沢《しぎたつさわ》の御宝物《ごほうもつ》　宝づくし　はみゝ《み》ぢかし　宝のように持ち
【櫛《くし》】朝日染出《そめだ》す君が櫛　唐櫛《からぐし》入れる乳母《うば》の髪　櫛が落ちないすそさばき　櫛に挽《ひ》く梅《うめ》　櫛の毛を　櫛は巨《こ》燵《たつ》を越《こ》して落《おち》　櫛はらい　世話《せわ》に砕《くだ》けて黄楊《つげ》の櫛　泣時《なくとき》の櫛ハ向《むこう》へ　ぬき櫛《ぐし》に引《ひ》っ立《たて》られる　ぬき櫛《ぐし》のすむとき　つゝ《っ》む　ぬけたくし四五《しご》へんおどる　膝《ひざ》へ横櫛《よこぐし》おちかゝ《か》り　一櫛入《ひとくしい》れて待ち　歯の足《た》らぬ櫛　すき櫛《ぐし》の通り心も
【リボン】後《おく》れ毛《げ》とリボンと靡《なび》く　恋人は髪にリボンのリボンつけたき少女なる
【簪《かんざし》】帯《おび》を見て簪を見て　かんざし差直《さしなお》し　かんざしでかき〳〵《かき》嫁《よめ》は　かんざしで眼《め》も突《つ》きそうな　かんざしの足くたびれる　かんざしの跡《あと》を　かんざしのK18が　かんざしの薄《すすき》もそよぐ　簪の一《ひと》つにさえも　かんざしの弓で知れ　簪を落《おと》して曇《くも》る　かんざしを持った女房《にょうぼ》に　くす玉《だま》のかんざし娘　細いかんざしはやり出《だ》し　黄泉路《よみじ》に障《さわ》る赤手柄《あかてがら》　妹の赤手柄《あかてがら》　笄《こうがい》に　花笄《はなこうがい》をそっと抜き
【さし櫛《ぐし》】さし櫛に成《なる》べき亀《かめ》の　さし櫛の巻絵《まきえ》顕《あらわ》す　花櫛《はなぐし》が枕《まくら》に散って　前差《まえざし》の　さくら見ている二枚ぐし

髪

【髪《かみ》】漆《うるし》に似たる髪を持ち　髪いじり　髪が出来《でき》　髪なが〳〵《なが》と　髪にも癖《くせ》のあるを知り　髪の毛が凄《すご》くもつれて　かみの光がぱっと出る　髪持《かみもち》の髪を染め　髪を匂わして　髪を褒《ほ》めれば褒《ほ》め返し　子にかまけない妻の髪　先へ飛立《とびだつ》とんぼ髪《がみ》　しっぽのような髪　執着の髪地に届く　長髪《ちょうはつ》のわりくどき　出来立《できた》ての髪　勿体《もったい》なくも髪が出来《でき》　崩《くず》しはじめはむすび髪《がみ》　髪洗い逆《さか》さになって　髪洗う　髪を洗うた日
【結《ゆ》う】髪結う女あり　髪結うて淋《さび》しく見える　髪を結い　髪を結い直し　髪を結う時に女は　髪を結って来《こ》ないが　女房《にょうぼ》に髪をゆわせる　春の髪を結い　結いおったなあと　秋は結わぬ髪　結う内《うち》に二度つれて来て　くる〳〵《くるくる》とつのぐって　ざっとたばねていきやしょう　根《ね》ぞろえの横にねじれて
【梳《す》く】髪を梳き　梳《すき》あげる髪に　梳髪《すきがみ》でなりと　梳《すき》髪《がみ》になって　梳くよ母　髪梳上《すきあげ》て　筋《すじ》かいに梳く髪も　髪をとく女つくづく　髪を解《と》き
【洗い髪《あらいがみ》】あらい髪《がみ》えんがわへ出て　洗い髪さらりと落

ちて　あらい髪《がみ》にぎって　洗髪《あらいがみ》脇《わき》の下から　妻の洗い髪
洗い髪干《ほ》せば　漬菜《つけな》のようにしぼり上《あげ》

【乱《みだ》れ髪《がみ》】汗《あせ》に乱れた鬢《びん》を撫《な》で　寝《ね》乱《みだ》れ髪《がみ》を笑う水　もつれ髪《がみ》　らんびん［乱鬢］に成《な》って　町内《ちょうない》を乱《らん》びんにして

【黒髪《くろかみ》】思い出はその黒髪の　黒髪へ櫛《くし》の歯を引く

【白髪《しらが》】あたまの白い　刈《か》り落ちる白髪の混じる　白髪の殖《ふ》えた母を知り　白髪の方《ほう》を先に抜《ぬ》き　なでつけもそうしらがなりや　初白髪《はつしらが》苦《く》にすな　もろ白髪迄《まで》はあぶなき　もろ白髪迄《まで》はうさんな　両端を持って白髪を　若白髪《わかしらが》

【白髪染《しらがぞめ》】白髪染処《ところ》まだらに　白髪《しらが》を染めるともいえず　塗《ぬ》りかくす白髪染　俳優の白髪染まで　黒油《くろあぶら》洗い落《おと》して

【毛《け》】赤くない毛と　生毛《うぶげ》なり　おくれ毛《げ》をかき上げる　黒い毛をぬいたが　毛があろうものなら和尚《おしょう》　毛の脱《ぬ》ける話　じり〳〵《じり》毛が焼ける　尻《しり》の毛があたまへ生《は》へる　別に惜《おし》がる毛《け》でもなし

【縮《ちぢ》れ毛《げ》】髪をちゞ《ぢ》らかし　ちゞ《ぢ》れ毛《げ》であろうと　ちゝ《ぢ》れっ毛《け》　なかぬ女郎《じょろう》のちゞ《ぢ》み髪《がみ》

【散髪《さんぱつ》】うちの子を刈《か》って　髪切って　髪を切る所《とこ》を　髪を切るなとそっといい　緑の髪を切り　散髪の最中《さいちゅう》　散髪をした顔　車掌《しゃしょう》散髪してるなり

【髪油《かみあぶら》】江戸《えど》桜《ざくら》　際黛《きわずみ》は　額《ひたい》ずみおく　鬢《びん》の梅花《ばいか》の

髪型

【髪型《かみがた》】大童《おおわらわ》　女子の茶筅組《ちゃせんぐみ》　四方髪《しほうがみ》　チョン髷《まげ》で帽子　チョン髷《まげ》で高帽子《たかぼうし》　中《なか》ざしへ一寸《ちょっと》手が行《ゆ》く　日本髪《にほんがみ》　廂髪《ひさしがみ》　大きな形《なり》で罌粟坊《けしぼう》主《ず》　日《ひ》すがら芥子坊主《けしぼうず》

【坊主頭《ぼうずあたま》】大入道《おおにゅうどう》　五分刈《ごぶがり》に香水《こうすい》　チョン髷《まげ》も五分苅《ごぶがり》にする　無慚《むざん》な青天窓《あおあたま》

【断髪《だんぱつ》】奥さんの断髪　断髪歩くなり　断髪の頸筋《くびすじ》　断髪の母となりけり　断髪も鮭《さけ》で茶漬《ちゃづけ》が　断髪を見る　眼《め》をしかめ／やっぱり同じ耳隠《みみかく》し

【櫛巻《くしまき》】櫛巻にすると　わざと櫛巻

【元結《もとゆい》】女へもどす揚元結《あげもとい》　根《ね》のくゝ《く》れてる白元結《しろもとい》　元結ぎわつかんで　元結が切れて　小枕《こまくら》のしまり加減《かげん》に　元結と油をもって

【髱《たぼ》】髱の出《で》た男なり　のびの手で髱へさわって　髱を辷《すべ》る雨《あま》だれ

【髷《まげ》】あの髷はならぬと姑《しゅうと》　銀杏髷《いちょうまげ》　付髷《つけまげ》の根がゆるみ　初髷《はつまげ》に　兵庫髷《ひょうごまげ》　本田髷《ほんだまげ》　髷遅く結《ゆ》いに来る　髷《まげ》

衣服

型《がた》の　髷の出来《でき》　髷もので出て茶献上《ちゃけんじょう》　髷を心がけ

【鬢《びん》】美しい鬢が乱れる　押出《おしだ》しのきく車鬢《くるまびん》　繰鬢《くりびん》に子の糸鬢《いとびん》や　しゅす鬢《びん》も日野《ひの》鬢程《びんほど》に　付《つけ》びんの綱《つな》わたりする　付鬢《つけびん》はせぬ天窓《あたま》　ばち鬢《びん》と　鬢髱《びんたぼ》を直《なお》す　鬢付《びんつけ》兵部《ひょうぶ》　鬢へやる手の肉づきを

【入髪《いれがみ》】入髪でいけしゃあ〳〵《しゃあ》と　入《い》れがみをして

【かつら】かつら着ぬ日ハ　かつらになるも

【鬢差《びんさし》】びんさしの　かもじばかりが黒見える

【丸髷《まるまげ》】敷島《しきしま》を喫《す》う丸髷へ　丸髷が出来《でき》　丸髷が似合《にお》うて惜《お》しい　丸髷で来た妹の　丸髷で来た姉さんへ　丸髷で来て　丸髷で煙草店《たばこみせ》　丸髷に結《ゆ》い　丸髷に結《ゆ》って見《み》度《た》いと　丸髷結《ゆ》うつもり　丸髷を解《と》いて

【小額《こびたい》】客小《こ》びたいのある男　小《こ》びたいの有《あ》るで

【前髪《まえがみ》】お給仕《きゅうじ》に出た前髪に　前髪の出来《でき》をほめ〳〵《ほめ》　前髪の下から鼻が　前髪へ白髪《しらが》の交《まじ》る　前髪をおろしてからと　前髪を取《とっ》ても残る

【束髪《そくはつ》】束髪に結《ゆい》たし　束髪の獅子《しし》っ鼻《ぱな》　美女《びじょ》の束髪

【唐輪《からわ》】いや片《かた》わげの吹きわげの　撥《ばち》で唐子《からこ》を撫下《なでおろ》し

【島田《しまだ》】かご島田　がっくりとなって島田の　島田が一《ひと》人《り》いる騒ぎ

【桃割《ももわれ》】桃割に　初島田《はつしまだ》　出戻《でもどり》の島田に結《ゆ》うて　投島田《なげしまだ》　桃割に　桃割の恋を　桃割をがっくり曲《ま》げて

傘

【傘《かさ》】あやめ傘《がさ》　逢《あ》わで帰りぬ迎え傘《がさ》　入《い》れにくい傘　大きな文字の傘を借り　傘出《だ》せば大店《おおだな》の傘を出し切《き》る　傘借りた礼　傘借りに　傘は斜《なな》めに雨を受け　傘へ入《い》り　傘へ入《いれ》ても損《そん》のない　傘へ入《い》れてやり　傘も子骨《こぼね》は親の杖《つえ》　傘を打ち　傘を買い　傘をかし　傘をかり　傘を下《さげ》て出る　傘をさす手はもたぬ也《なり》　傘を吹き折られ　借す傘に名を書《かか》ず　傘《からかさ》の開過《ひらきすぎ》　傘《からかさ》みなかえり　傘《からかさ》をしずくで帰す　傘《からかさ》を伊達《だて》にさゝ《さ》せる　傘《からかさ》を連《つれ》て行け　傘《からかさ》を半分かして　間髪《かんぱつ》を入れず傘売る　今年も欲しい傘の色　さて傘の来るあてはなし　ちとあやふやな傘もかし　ふるといるよとかして遣《や》り　迎《むか》え傘《がさ》　紅葉傘《もみじがさ》　門《もん》にて傘の音　傘の骨繋《つな》ぐ糸　傘の骨もいたまず　傘をさす日ハ淋《さび》しくて

【洋傘《ようがさ》】洋傘《かさ》を持ち　洋傘《かさ》を忘れて帰る　蝙蝠《こうもり》の傘《かさ》が売れ　こうもりのしずく　手にあるは蝙蝠傘《こうもりがさ》か

【蛇の目傘《じゃのめがさ》】紺蛇《こんじゃ》の目《め》　渋蛇《しぶじゃ》の目《め》さし　蛇の目傘首をのみ　蛇の目の傘《かさ》が重くなり　蛇の目の名を読まれ

衣服

【相傘《あいがさ》】［あいあい傘］ 合傘《あいがさ》の言《い》ひ募《つの》り 相傘を淋《さび》しく通す 傘《からかさ》へおたふくでさえ もあい傘《がさ》へ 義理《ぎり》の最合傘《もあいがさ》 瞽女《ごぜ》の相傘 相傘で立《た》つ

【パラソル】 一町《いっちょう》も先の日傘《ひがさ》に 絵日傘《えひがさ》に 絹傘《きぬがさ》に 日傘というも道具なり 日傘の似合《にあ》う 日《ひ》傘《がらかさ》さして 白いパラソルが回る 先生のパラソル パラソルと夏帽《なつぼう》と パラソルは向き替《かえ》て立ち 張り切ったパラソル

【番傘《ばんがさ》】 社《しゃ》の番傘が恥かしい 番傘に 番傘の古《ふる》を 番傘の方借《ほうか》りて行《ゆく》 番傘は借りは借り 番傘を片手であける 番傘を提《さ》げて朝湯《あさゆ》に 番傘を娘がさすと

被り物

【笠《かさ》】 笠ぬぐ大《おお》ぼとけ 笠の雪崩《くず》れぬように 笠めして何《なん》にもならぬ 笠も小蝶《こちょう》と見ゆる迄《まで》 寺領《じりょう》と見えて網代笠《あじろがさ》 竹笠《たけがさ》で檜笠《ひのきがさ》 法華坊主《ほっけぼうず》もあみだ笠《がさ》 まだきて通るつゞ《づ》ら笠《がさ》 編笠《あみがさ》が重たすぎ 編笠《あみがさ》で見る 編笠《あみがさ》の手振《てぶ》りにも 編《あみ》笠《がさ》のどれに惚《ほ》れよう あみ笠《がさ》ほど八日を通《とお》し 深編笠《ふかあみがさ》のまいる墓 あみ笠《がさ》の鼻につかえる

【帽子《ぼうし》】 洗《あら》われる帽子 顔へ帽子をのせて寝る 学帽《がくぼう》をかぶると親父《おやじ》 角帽《かくぼう》を見てくれるかと 冠《かぶ》らない帽子を釜形《かまがた》の帽子 食《く》いかけて脱ぐ帽子 小僧《こぞう》買いたいハンチング 紺青色《こんじょういろ》の帽《ぼう》 制帽《せいぼう》で顔がまとまる そんな帽子の渡しよう 夏帽子 夏帽《なつぼう》と共に 帽子《ぼうし》掛《かけ》子のも並んで 帽子かぶって 帽子グイッと曲《ま》げて 帽子の庇《ひさし》下《さ》げている 帽子は釜形《かまがた》 帽子部《ぼうしぶ》が先《ま》ず夏になる 帽子忘れた 帽子をぬいで許される 帽《ぼう》の字を読まれ まともに帽子冠《かぶ》らない 引《ひ》っかぶり 年寄《としよ》り役《やく》がベレー帽 ベレー帽かぶる社長で 鳥打《とりうち》の閣下《かっか》は 鳥打帽《とりうちぼう》

【シャッポ】［帽子］ 釜底《かまぞこ》のシャッポ シャッポ冠《かぶ》せる シャッポ也《なり》 シャッポはシケだ

【麦藁帽子《むぎわらぼうし》】 馴染《なじみ》のわるい麦帽子《むぎぼうし》 麦稈《むぎわら》で 麦藁の虎も 麦藁帽子 社長さんのは本パナマ

【烏帽子《えぼし》】 烏帽子狩衣《かりぎぬ》ぬぎすてゝ《て》 えぼしを着たが聟《むこ》と見え つっぱるたてえぼし 布子《ぬのこ》にかけえぼし

【冠《かんむり》】 王冠《おうかん》に花ふりかゝ《か》る かむりを着たが

【頭巾《ずきん》】 青頭巾《あおずきん》 御高祖《おこそ》が似合《にあい》 着徳頭巾《きとくずきん》の二皮目《ふたかわめ》 きとく頭巾 頭巾様 頭巾の山を折《おり》ながら 頭巾一《ひと》つの祖師《そし》となり 袖頭巾《そでずきん》 炮碌頭巾《ほうろくずきん》 丸頭巾《まるずきん》／山岡はねて 口だけ濡《ぬ》れる宗十郎《そうじゅうろう》

【頬《ほお》かむり】あたまでむすぶほおかぶり　三味線《しゃみせん》もほう冠《かむ》り　張飛《ちょうひ》びいきはほおかぶり　二重《ふたえ》回《まわ》りのほおかむり　頬《ほお》かむりとれば　嫁《よめ》はむすばぬほおかぶり

【ショール】酌婦《しゃくふ》ショールが欲しくなり　ショールとか云《い》う　肩掛《かたかけ》へ肩をすぼめて　鯛焼《たいやき》は待つ肩掛《かたかけ》へ

【ベール】西洋婦《せいようふ》顔へ網《あみ》　美婦《びふ》の顔に網《あみ》

【襟巻《えりまき》】襟巻で応対をする　襟巻をした儘《まま》でいる　首巻《くびまき》を取り帽《ぼう》をとり　襟巻に似た布切《ぬのきれ》を　人絹《じんけん》を首に巻いてる

【合羽《かっぱ》】合羽箱《かっぱばこ》　手出《てだ》しのならぬ丸合羽《まるがっぱ》　半合羽《はんがっぱ》　合羽に尖《とが》る　浴衣《ゆかた》女《おんな》の雨合羽《あまがっぱ》　時雨《しぐれ》で通る赤合羽《あかがっぱ》　レインコート着る　学生のレインコートの

【蓑《みの》】兄ハ腰蓑《こしみの》　塩の落《おち》る腰蓑《こしみの》　蓑と酒《さけ》とが

履物

【靴《くつ》】一足《いっそく》の靴である　革靴《かわぐつ》を買って　今日も靴をはき　靴が減り　靴すべり　靴のあと　靴の穴を見る　靴の裏　靴の先　靴の紐《ひも》　靴の紐堅《ひもかた》く　靴紐《くつひも》を解《と》けば　靴を買い　靴を高く買い　靴を穿《は》き　これはと靴の磨《みが》きたて　雑居の靴と下駄《げた》　白靴《しろぐつ》へ鳴《な》り靴《ぐつ》のギュウの音《ね》も出ぬ　庭をのぞけば靴があり　ひつくり返る靴　スキー靴《ぐつ》三和土《たたき》へ来れば　長靴《ながぐつ》の子が踏《ふ》み散らす　長靴《ながぐつ》も買わねばならず　編上《あみあげ》を結ぶ間も

【下駄《げた》】朝の下駄　跡歯下駄《あとばげた》　阿波屋《あわや》の下駄を店で穿《は》き　女将《おかみ》にほめて貰《もら》う下駄　おっとどっこい下駄が切れ　女下駄《おんなげた》　数《かぞ》える様《よう》に紅《べに》の下駄　下駄が面《つら》へ来る　下駄が無《な》い〳〵《ない》　ゲタがなし　下駄が行《ゆ》き　下駄さげて通る　下駄で来る　下駄と知りつゝ《っ》　下駄の音　下駄の土　下駄の泥《どろ》洗う心に　下駄の泥《どろ》がつき　下駄の泥《どろ》をけり　ゲタのなくなりそうなとこ　下駄の歯を折《お》って　下駄はいて走りの悪い　下駄穿《は》かぬ春の楽しさ　下駄を脱《ぬ》ぎ　下駄を持ち　自分の下駄と知り　互いの下駄の音を行《ゆ》き　高《たか》下駄《げた》の女給は　たよりすくない下駄をはき　ちびたゲタ　天竺《てんじく》の下駄で行《ゆき》　庭下駄《にわげた》の緒《お》切《き》れた儘《まま》の　庭下駄《にわげた》はコロンと　庭下駄《にわげた》を昨夜《ゆうべ》の雪に　母の直した下駄を穿《は》き　ひたすらに下駄　日和下駄《ひよりげた》　柳下駄《やなぎげた》　十九文《じゅうくもん》　堂島《どうじま》はみな表付《おもてつ》き　引摺《ひきずり》は　帰りを送る吾妻下駄《あづまげた》　初卯《はつう》で鳴《な》らす吾妻下駄《あづまげた》　世《よ》の中《なか》は今あづま下駄《げた》　塗下駄《ぬりげた》の軽い音　尻《しり》に履《はく》下駄／此《こ》の柾《まさ》は　三《さん》の字《じ》に踏出《ふみだ》す

【駒下駄《こまげた》】馬《うま》げたの　駒下駄はカランコロンと　駒下駄を川へ落《おと》して　鋲打《びょううち》の駒下駄で来る　跡《あと》からからりころ

り也《なり》　下駄《げた》に銀の鋲《びょう》／中切《なかぎ》りが持つ

【足駄《あしだ》】足駄で砂利《じゃり》を踏む工合《ぐあい》　いちょう歯《ば》の足駄もはかぬ　高足駄《たかあしだ》　洋服に高足駄《たかあしだ》

【鼻緒《はなお》】前《まえ》つばが亭主《ていしゅ》にゆるい　じっと鼻緒へ耐《た》えて出《いで》はなおの切れた下駄《げた》をはき　春の鼻緒ずれ　娘とは赤い鼻緒の　絵爪皮《えつまかわ》

【木履《ぼくり》】塗木履《ぬりぼくり》　ポックリの鳩《はと》へ忙《せ》わしい

【草履《ぞうり》】麻裏草履《あさうらぞうり》　阿波草履《あわぞうり》　板草履《いたぞうり》　オリーブの重《かさ》ね草履《ぞうり》に　女草履《おんなぞうり》に白い紐《ひも》　草珍《めず》らしき蝉草履《せみぞうり》　さあという時買う草履　捨草履《すてぞうり》　ぞうり隠しの　竹の皮草《かわぞう》履《り》今日来た　なぎなた草履《ぞうり》が　庭にある金剛《こんごう》　紅草履《べにぞうり》

耳のあたりへ藁草履《わらぞうり》／中《なか》ぬきは

【草鞋《わらじ》】昔《むかし》草鞋を脱《ぬ》いだとこ　四乳《よつじ》の草鞋　わらじはくわらんじをはくと二足《ふたあし》　草鞋穿替《はきかえ》る

【サンダル】サンダルで来て　つゝ《っ》かけただけで　誰を待つ身のゴム草履《ぞうり》

【上草履《うわぞうり》】［スリッパ］　足が冷たい上草履　上草履ぬぎちらかして　道草《みちくさ》を食《く》う上草履　スリッパがきちんと

【雪駄《せった》】こたつにて毛雪駄《けせった》をはく　ゴム雪駄　雪踏をじやらりじゃら　綱貫《つなぬき》で出《で》たと

【足袋《たび》】足を納《おさ》める袋足袋《ふくろたび》　新しい足袋で掃除《そうじ》が　洗《あら》い晒《ざら》しの足袋をはき　洗《あら》い足袋《たび》　裏白《うらじろ》の足袋も売れ　絹《きぬ》足袋《たび》がチヨ《ヨ》イ〳〵《チヨイ》のぞく　沓足袋《くつたび》をふすまへはねて　足袋の裏御《うらご》飯粒《はんつぶ》　足袋のはね　足袋履《は》きおろす　足袋をぬぎ　足袋を履《は》き　足袋を履《は》く姿を娘　足袋を貰《もら》って淋《さび》しがり　ダブ〳〵《ダブ》な足袋へ　花足袋《はなたび》を　はやる足袋十文半《ともんはん》　母親と同じ十文《ともん》を　やはり十文《ともん》の足袋をはくはっきり足袋の穴を見せ　母一人《ひとり》居《い》る足袋の穴

【革足袋《かわたび》】かわたびなどは　革たびの紐《ひも》なごう成《な》る

【紺足袋《こんたび》】紺足袋で買出《かいだ》しに行く　紺足袋に男まさりを見せて　めせばりゝ《り》しい紺の足袋

【地下足袋《じかたび》】足ぶみをして地下足袋に　地下足袋の冷たさ

【白足袋《しろたび》】いま白足袋を穿《は》くところ　女の足袋の白さなど　白足袋の人が目立《めだ》って　白足袋の汚れを溜《た》めて　白足袋を一家《いっか》で穿《は》く日　暗《やみ》には白い足袋の色

【脚絆《きゃはん》】脚絆解《と》きながら　荷《に》に付《つ》く嫁《よめ》のつゝ《っ》ぎゃはん　巻《ま》きなれぬゲートル　真赤《まっか》な脛巾干《はばきほ》す

食

食べる

【食《た》べる】おまえの跡《あと》でたべやしょう　時間過ぎ何か食べたい　食べさされ　食べつくした　食べて見せ　たべまする　たべんせんなどゝ《と》　葉《は》ぼたんが食べられそうに　よく食べたもの　ほうばって　粟《あわ》、ひえ食べて　お毒味《どくみ》という型ですみ

【食《く》う】今食った連《つ》れかも知れぬ　奢《おご》り食う　怖《おそ》ろしい数を食い　御《お》みや大きな口へ食い　食《くい》かけて　食いかねて　食いぬいてこようと　食う段《だん》になると　食うばかり　食うほどはおしえて　食うもの旨《うま》き土のもの　食うや〱《くうや》と　食えば足《た》る　食わせずにおくようにいい　食わないで生きられぬのを　食わないで居《お》れば死ねるに　坐《ざ》して食い　子供きゃく食う程《ほど》食って　小腹《こばら》がたつとくわずに居《い》　食《しょく》を得て　ぞんざいに食うものでなし　たいがいに食《く》て　たてに食い　作っても食うな　何か食いますと　生煮《なまに》えを食う頭割《あたまわり》　何《なん》ぞ食《くい》たい姿也《すがたなり》　一月置《ひとつきおき》に食《くい》　まだくわず　まだ其上《そのうえ》に食うという　三《み》つぶ食《くい》　もって食え　やっと食うだけの　立食《りっしょく》のあと　和尚《おしょう》も化《ば》けて食《くい》に来《くる》　食い飽《あき》た　蜆《しじみ》に食いあきる　こっそりと三度飯《さんどめし》食う　三度ずつ食って　やっぱり三度飯《めし》を食い

【大食漢《たいしょくかん》】大食《おおぐい》で破《やぶ》る胃　大食《おおぐ》いな事を　大《おお》めしぐいに成《な》り　是《これ》から江戸へ食《く》いに出る　おしなは五はいくい　便《たよ》りない大食《おおぐ》い　暴食《ぼうしょく》をしにぞろ〱《ぞろ》と／日光の責《せめ》

【摘《つま》み食《ぐ》い】子供と見える摘み食い　摘み食い腹《はら》に残って　泪《なみだ》の末《すえ》がつまみ食《ぐ》い　皆《みな》つまみ食《ぐ》い

食事

【飯《めし》】［食事］いつか飯がすみ　奥は淋《さび》しい飯を食《く》い　おもしろい飯をたべ　おらあ飯だとかさを出《だ》し　片づかぬ飯が　此頃《このごろ》にないめしを食《く》い　米のめし迄《まで》くわせたと　皺面《しわつら》つくる名字飯《みょうじめし》　旅籠《はたご》めし　めしがうまく食《く》え　飯が済《す》み　飯が出て　めしがわり　飯だけ食《く》っておけ　飯となる　飯に生き　飯にする　飯をかりに来る　飯を食《く》っている　飯を食《く》って飯を抜《ぬ》き　宿《やど》の飯　宵越《よいごし》になる夏の飯　出来《でき》たての飯　めし食《く》って大《おお》あせかくも　二階から御飯《ごはん》に下《お》りる

食

【朝飯《あさめし》】朝飯に　朝《あさ》めしを母の後ろへ　里《さと》の朝食《あさめし》

【昼飯《ひるめし》】くらやみで昼めしをくう　花見《はなみ》から昼めしに来る　昼飯も食《く》う　昼飯も食《く》わず　昼飯を拗《す》ねた子　昼めしを外からどなる　昼飯を待って　早昼《はやひる》をたべて来た　昼へ伴《つ》れ　昼を食べ　貧しき昼餉《ひる》へ添《そ》えるもの

【夜食《やしょく》】かぶろの夜食　二人《ふたり》夜食を思い出《だ》し　夜食食《く》う　夜食過《す》ぎると　夜《よる》の膳《ぜん》　夜食玉屋《たまや》が灯《とも》しそめ

【夕飯《ゆうめし》】子供をゆする夕餉時《ゆうげどき》　夕餉《ゆうげ》へ若き妻　夕飯に夕めしをくうを見て居《い》る　遅い夕飯

膳

【膳《ぜん》】秋の膳　あく抜《ぬ》けた料理の膳に　朝の膳　祝膳《いわいぜん》　送《おく》り膳《ぜん》　おくれて膳へ来る　下戸《げこ》の膳　五十膳ほどゝ《と》昼来て　子供がすえるぜん　すわると膳をつきつける　ぜんが出ますとよびに来る　膳へ上《あが》る子　膳の端《はし》　膳はふたとるもの多し　膳を立ち　膳を隔《へだ》てゝ《て》耳を貸し　二《に》の膳三《さん》の膳　寝て居《い》た形《なり》に膳をすえ　配《はい》膳《ぜん》に　三日続いて膳にあり　みんなの済《す》んだ膳へ来る　夫婦膳果《めおとぜんはて》は何やら　最合膳《もあいぜん》　よんだようだと膳を出《だ》し　膳は急げ

【陰膳《かげぜん》】影膳《かげぜん》の　陰膳のいらなくなった　かげ膳《ぜん》のおろそかに成《な》る　陰膳の主《ぬし》は　かげぜん三日すえ

【取膳《とりぜん》】唐人《とうじん》ととり膳《ぜん》で食《く》う　マア取膳にした所《とこ》が

【馳走《ちそう》】御馳走《ごちそう》の効果　御馳走《ごちそう》をしますと　子の好きな馳走で　馳走にやぶる村法度《むらはっと》　刃《は》ものざんまいのちそうが

【弁当《べんとう》】汽車弁蓋《きしゃべんふた》を取り　弁当が出来《でき》て　弁当殻《がら》のシンフォニー　弁当を皆抱《みなかか》え行《ゆ》く　神子《みこ》の弁当　腰弁《こしべん》今日も

【献立《こんだて》】献立表　献立を話してばかり　誉《ほめ》る献立　献立に鮹《たこ》八はずれぬ　献立八雨に食《くわ》れて　献立を合点《がてん》して行《いく》

主食

【米《こめ》】奥深し米の味　お米のない話　食《く》わす米あり　米が一杯　米つくる人人《ひとひと》　米と薪《まき》　米は半分馬鹿が食《く》い　米をかむ　酒にはならぬ大唐米《たいとうまい》　其日々々《そのひそのひ》の米に成《な》り　南京米《なんきんまい》の袋ほど　飯米《はんまい》を都《みやこ》に米を搬《はこ》ぶのか／八十八《はちじゅうはち》を御荷《おんにな》い

【パン】一片《いっぺん》のパンをはさんで　大きな玄米《げんまい》パン　口一列にパンの棚　食パンの屑《くず》で生きてる　食パンのはらわたを食《く》う　パンむしる　ふかしパン

【粥《かゆ》】お粥の湯気《ゆげ》の中の　粥に煮《に》て食《く》わす飯《めし》　粥腹《かゆばら》の言葉のはしの　白粥《しろがゆ》は　茶粥《ちゃがゆ》でブツ〳〵《ブツ》　茶粥《ちゃがゆ》は芋《いも》がよい　粒《つぶ》のある粥　粒《つぶ》をかぞえる粥になり　稗粥《ひえがゆ》をすゝ《す》り

姫《ひめ》とよぶ粥に付《つき》そう　ゆるぐ歯に十八粥《じゅうはちがゆ》を　湯《ゆ》の子《こ》がよさに

【雑炊《ぞうすい》】雑炊くいあまし　水《みず》ぞうすいにある団子《だんご》

【茶漬《ちゃづけ》】茶漬食《く》て居《い》る　茶づけしょう　茶漬にすると座《すわ》り込《こ》み　茶漬の茶を焙《ほう》じ　茶漬咽《む》せている　茶漬を急ぐなり　二杯目の茶漬　又今朝《またけさ》も茶漬で

【茶飯《ちゃめし》】茶飯薄《うす》く焦《こ》げ　茶食《ちゃめし》の胴《どう》を　ならちゃぐらいに目は懸《かけ》ず

【麦飯《むぎめし》】麦飯客へ出《だ》し　麦めしと書いて　麦飯に銀の箸《はし》　麦飯に鯛《たい》　麦めしのあじもわすれた　麦飯の子は　麦めしの馳走《ちそう》は　麦飯の腹心地《はらごこち》　麦飯の腹《はら》ごたえ　麦飯は身の補薬《ほやく》　麦飯も饗応《きょうおう》にする　麦飯をお客へ出《だ》すにもちあまされば麦を食《く》い　麦食《むぎめし》に陽炎《かげろう》もへる

【飯《めし》】海綿《かいめん》のような飯　古米《こまい》で焼《やき》し湯取食《ゆとりめし》　かやく物栗飯《くりめし》の　ちらしめし　引割飯《ひきわりめし》も　飯の芯《しん》　飯は黒くならぬ　飯より白き　滋養物《じようぶつ》　代用食《だいようしょく》　焼飯《やきめし》も五里行旅《ごりゆく》の

【握り飯《にぎりめし》】草臥《くたび》れて来る握り飯　少し取《と》っとく握り飯　握り飯猿《さる》を去《さ》ること　にぎりめしりくつ［理屈］いい〱《いい》

【干飯《ほしいい》】十人前のどうみょうじ　干飯《ほしい》をくらい水をのみ

【強飯《こわめし》】おこしのようなめしを食《くい》　御《お》めしをこわくたき　こわ食《めし》をむす太夫形《たゆうな》り　洞《ほら》に強飯

【小豆飯《あずきめし》】知らずに祝《いわ》うあずき飯《めし》　月明らかに小豆飯

【盛飯《もりめし》】うず高くもったを　地蔵《じぞう》ほどくらい　せがきほどもるよめのめし　でっちりもりつける　盛上《もりあげ》られて

【飯粒《めしつぶ》】御飯粒足袋《ごはんつぶたび》の裏　むずかしくめしつぶひろう　めし粒《つぶ》のように油を　めしをかぞえるように食《く》い

【冷飯《ひやめし》】冷飯の　冷食《ひやめし》を食《く》うを見て居《い》る　ひやめしを見い〱《みい》　もうひや飯《めし》もすえる頃

【うどん】家で茹《ゆで》れば　饂飩掛《うどんか》け　うどんが逃げるおもしろさ　うどんが二十七　うどんに箸《はし》が　饂飩《うどん》の誠《まこと》　饂飩《うどん》の粉《こ》　うどんの露《つゆ》に濡《ぬ》れ　うどんふみ　夫婦して食べる饂飩《うどん》に　丁稚《でっち》へうどん行渡《ゆきわた》り

【蕎麦《そば》】田舎蕎麦《いなかそば》　五目蕎麦《ごもくそば》　ざるそばを　強《し》いる蕎麦　そばを食《く》う　手打《てうち》そば　手打《てうち》でも出《だ》すと　海苔《のり》かけの蕎麦は　下手《へた》のそば　毎《まい》ばんそばのせしゅ［施主］が付き　蕎麦掻《そばがき》は温飩《うどん》の上に

【素麺《そうめん》】素麺湯《ゆ》へ這入《はいる》　傍《そば》で見ているそうめん食《く》い　入《にゅう》麺《めん》を替《かえ》て来る間《ま》に　にゅうめんに声がわりする

食

【冷麦《ひやむぎ》】ひや麦の箸《はし》は引いたり　ひやむぎを剥《は》がす　冷麦も冬ハうどんと

【餅《もち》】あべ川で馬はきなこを　あめのもちを食《く》い　亥《い》の子《こ》餅《もち》　堅餅《かたもち》の焼《やき》ざまし　木に餅のなるので　鯨餅《くじらもち》　五十にたらぬ餅を食《く》い　粉をふり袖《そで》の姥《うば》が餅《もち》　つばき餅《もち》　糠《ぬか》の餅　臍《へそ》餅を買う連《つれ》を待つ　豆餅《まめもち》が好きでは困る　水《みず》餅《もち》の　餅が焼け　餅としんこの間《あい》をゆき　餅によごれぬ　餅へ入れたのを　餅を切り終えて　餅を食《く》い　餅を焼き　餅を焼く匂い／あぶりこの　餅網《もちあみ》で

【粽《ちまき》】粽の葉　山伏《やまぶし》の内《うち》のちまきは　ちまき結《ゆ》う日ハ

汁

【汁《しる》】うしおびら　御膳汁付枕飯《おぜんしるつきまくらめし》　粕汁《かすじる》もせぬ禁酒寺《きんしゅでら》　から汁《じる》で陰酒《かげざけ》を払う　ざく〳〵《ざく》汁《じる》を恋しがり　釈迦汁《しゃかじる》は　汁のこゞ《ご》と也《なり》　つまみな汁《じる》にそだてられ　つゆが膝《ひざ》へ垂《た》れ　手桶《ておけ》の汁は身につかず　納豆汁《なっとじる》　なっとぞいえばいとこ汁《じる》　ねっから汁の味　ノッペ汁《じる》　博奕汁《ばくちじる》　はらゝ子《らご》の汁上《うわ》ずみを　振舞過《ふるまいすぎ》たせんばいり〔船場煎〕　味噌《みそ》とうしおの間《あい》へ出《だ》し　湯鯛《ゆだい》の眼《め》くじり　すましで常《つね》の飯《めし》を食《く》い

【吸物《すいもの》】木場《きば》の吸物　吸物のほかに　吸物もりはじめ　吸物をぺろりして遣《や》る　吸物に埃《ちり》をかませる　水《みず》ざかな

【味噌汁《みそしる》】井戸《いど》ばたでおつけをたてる　おつけさえあれば　御御御汁《おみおつけ》　ぬかみそ汁《じる》でぐっとやせ　味噌汁の匂《にお》い　味噌汁に淋《さび》しく写《うつ》る　味噌汁のすみわたり　味噌汁へ豆腐　味噌汁を恋しがる日の

【雪花菜汁《きらずじる》】おからを入れたみそ汁　おらが内《うち》でもきらず汁《じる》　きらずを買《かい》に来る　たっぷりときらず汁焚《じるた》く　豆腐汁《とうふじる》

【とろろ汁《じる》】とろゝ汁《ろじる》かっ込む時の　麦食《むぎめし》にとろゝ《ろ》と啼《なく》や／供御《くぎょ》に青渕《あおぶち》摺《す》らします

【芋汁《いもじる》】芋汁うまい釣《つ》らぬ舟　手伝《てつど》うていも汁《じる》をする

【河豚汁《ふぐじる》】ふぐ汁《じる》もくわざらにゃあと　鰒汁《ふぐじる》を食《く》わぬたわけに　ふくと汁《じる》　ふぐ汁《じる》の表《おもて》を

【鯨汁《くじらじる》】鯨汁　鯨《くじら》も汁《しる》の実《み》

【狸汁《たぬきじる》】たぬき汁《じる》に〔煮〕ながらうでを　たぬき汁化《じるば》かされたのが　狸煮《たぬきに》て居《い》る　暖《ぬく》き狸汁　勝手《かって》へ招く狸汁

【蜆汁《しじみじる》】オイ蜆《しじみ》オイ蜆《しじみ》　くわれぬ物はしゞ《じ》みじる　蜆汁　蜆《しじみ》の実《み》　蜆《しじみ》の実《み》臍《へそ》に似ている

【鰌汁《どじょうじる》】踊りで奢《おご》る鰌汁　女形丸煮《おんながたまるに》に限る　牛房鰌《ごぼうどじょう》は一門《いちもん》か　牛房《ごぼう》のそばで皆《みな》ごろし　どじょう汁《じる》とは出来《でき》

ごゝ《こ》ろ　聟《むこ》へ馳《ち》走《そう》の鰌汁《どじょうじる》

【菜《さい》】［おかず］　惣菜《そうざい》よりも　ていしゅはさいを聞《きき》に来る
菜を食《く》いたがり　弁当の飯《めし》の菜

副食

【豆腐《とうふ》】いらぬとうふを買《かい》に行《ゆ》き　絹《きぬ》ご
しをもてあまし　豆腐のきめの　豆腐の
鍋《なべ》に丸く濡《ぬ》れ　豆腐のもみじ形《がた》　豆腐までふるえて煮《に》
える　苦《にが》しおの利《きい》た豆腐は　煮《に》やっこで堂をほめ〳〵《ほめ》
百ほどたのむとうふの湯《ゆ》　ひるめしがわりの豆腐　奴《やっこ》に
切ったとこを打ち　豆腐にむかい

【湯葉《ゆば》】島田《しまだ》ゆば　ふくれて味のいゝ《い》島田《しまだ》湯波《ゆば》

【冷奴《ひややっこ》】型《かた》の崩《くず》れた冷奴　冷奴又《また》水替《かえ》て

【納豆《なっとう》】寺からと納豆箱《なっとうばこ》を　納豆に抱《だか》れて寝たる　納
豆の声が聞《きこ》える

【油揚《あぶらげ》】油揚にこぶは　油揚の使《つかい》は　油揚をさげた斗《ばかり》で
油揚を竹へはさんで　凡夫《ぼんぷ》油揚二枚損《そん》　五色揚《ごしきあ》げ

【海苔《のり》】青海苔《あおのり》を手に染《し》みそうに　これや浅草海苔《あさくさのり》の味
粗染《そだ》に留《とま》る海苔　海苔を焼き　海苔玉子《のりたまご》うちの御飯《ごはん》も

【蒲鉾《かまぼこ》】かまぼこをちぎって　かまぼこをナイフで切って
白板《しらいた》で夜食《やしょく》食う

【はんぺん】半片《はんぺん》の吸物《すいもの》　あん平替《ぺいか》える女形《おんながた》　はんぺ
い達摩《だるま》けつへつけ

【干物《ひもの》】スルメ焼いて　鳥干物《とりひもの》　干物を焼匂《やくにお》い　巻《まき》ずるめ

【玉子《たまご》】いやに冷たい玉子浮き　オムレツの出来《でき》そこない
は　暑中《しょちゅう》の玉子　銭出《ぜにだ》して貰《もら》える卵　玉子の煮《に》ぬき
卵わられて　卵を山と積み　生玉子《なまたまご》　目鼻《めはな》のある玉子
湯上《ゆあが》りの玉子　茹玉子《ゆでたまご》　生《う》み立《たて》の土産《みやげ》に　回《まわ》す鶏卵《けいらん》

【煮物《にもの》】ころばしは　となりへ煮《に》ると遣《や》り　酒麩《さかふ》煮《に》えたつ

【初物《はつもの》】御隠居《ごいんきょ》の初物毎《はつものごと》に　初《はつ》ものが来ると　初物にして

【焼芋《やきいも》】つれ〳〵《づれ》に焼芋を食《く》う　針箱《はりばこ》の上の焼藷《やきいも》　焼藷《やきいも》
の声　焼藷《やきいも》の思案《しあん》　焼藷《やきいも》をひそかに抱く　道中《どうちゅう》昼は八《はち》
里平《りはん》　うちわとみせてさつまいも　風しずまってさつまいも

漬物

【糠味噌《ぬかみそ》】ぬか味噌《みそ》をきたながらぬは
ぬかみそにもしかも瓜《うり》の　ぬかみその手
で　糠味噌へその手が白い　また糠味噌を新《あら》たにし

【香《こう》の物《もの》】香《こう》のものさいかくに出る　こうの物となりへ
漬《つけ》る　香《こう》のもの二《ふた》きれついて　香の物へし折ってくう　香《こう》
のものまな板で食《くう》　こう〳〵《こう》［香香］はやす急な客　献立《こんだて》
にのる香《こう》のもの

【漬物《つけもの》】浅漬《あさづけ》の切りように　浅漬《あさづけ》の塩みちくれば　あさづけも　洗う事ないどろぼ漬《づけ》　梅漬《うめづけ》へ　薄刃《うすば》にすがる　大根漬《だいこづけ》　漬物うまい店　漬物の味へ出て来る　漬物の押《おし》石《いし》になる　漬物をほめて　なまづけを出《だ》すと　干大根《ほしだいこ》誉《ほめ》て居《い》る山葵梅《わさびうめ》　負けならどぶ漬にしとく　守口《もりぐち》をのゝ《の》字《じ》に　沢《たく》あん漬《づけ》に　沢庵《たくあん》と梅干《うめぼし》　奈良漬《ならづけ》を張る　奈良《なら》漬《づけ》の一舟《ひとふね》残る　奈良漬食《ならづけくう》て笑う　みそづけ抔《など》で一《ひと》つのみ　味噌漬《みそづけ》の届いた礼に　みそ漬一《づけひと》つやり

【花漬《はなづけ》】桜漬《さくらづけ》　花漬《はなづけ》を湯《ゆ》に　湯《ゆ》で開く漬桜《つけざくら》

【梅干《うめぼし》】梅漬《うめづけ》の夜通《よどお》し干《ほ》すに　梅《うめ》づけをぶじなうちから　梅ぼしが口のすいほど　梅干からおぼえ　梅干を賞《め》でし　取込《とりこ》んだ梅干に　母へ梅《うめ》びしお　干梅《ほしうめ》匂う

野菜

【芋《いも》】田舎芋《いなかいも》　いもがしらおとして　片《かた》荷《に》へ入れるつくねいも　唐《とう》の芋《いも》　長芋《ながいも》を買う可《べ》く　へぎいもにのりでは　八《や》つ頭《がしら》　山《やま》の芋《いも》

【里芋《さといも》】芋が好き　芋と豆食《く》うても　芋の皮　いものかわでもむこうかと　芋の葉に降《ふ》る雨　薯《いも》の葉の　芋は今咽元《のどもと》あたり　だんごといもをつきつける

【梅《うめ》】甘露梅《かんろばい》　生梅《なまうめ》を内緒《ないしょ》でかじる

【枝豆《えだまめ》】枝豆でこちら向《む》かせる　枝豆でつっぱって来る　枝豆のはじき売《うり》　枝豆へ漫談《まんだん》の手が　脇息《きょうそく》の手で枝豆を

【南瓜《かぼちゃ》】南瓜の金《かね》で　南瓜の蔓《つる》をもてあまし　種になる南瓜　入賞の南瓜豊《ゆたか》に

【茸《きのこ》】岩茸《いわたけ》は　椎茸《しいたけ》の籠詰《かごづめ》で来る　茸多《たけおお》く　茸焼《たけや》けば　茸《たけ》の匂《にお》いとなって燃え

【キャベツ】キャベツをもってくる　二三枚《にさんまい》脱《ぬ》いでキャベツは　一人《ひとり》はキャベツばかり切り

【胡瓜《きゅうり》】胡瓜の痩《や》せッこけ　むだ花《ばな》の咲く胡瓜

【栗《くり》】旧友《きゅうゆう》と栗を焼き　栗がはね　栗拾《ひろ》い　栗を食べゆでん栗《ぐり》　囲炉裏《いろり》から飛ぶ栗も

【牛蒡《ごぼう》】洗う牛蒡に　筏牛房《いかだごぼう》の　わらじもとかぬに午《ご》房《ぼう》まいれ

【蒟蒻《こんにゃく》】動くこんにゃく　こんにゃくのぎざ〳〵《ぎざ》きつい　豆腐蒟蒻　白滝《しらたき》が煮《に》つまっている

【生姜《しょうが》】薬なら生姜　生姜の砂糖づけ　生姜の匂う　新生姜《しんしょうが》　土生姜《つちしょうが》　声のよくなる寒《かん》しょうが

【大根《だいこん》】砕《くだ》けて雪となる大根《だいこ》　ざっくりと大根を切る　千《せん》六本《ろっぽん》に酢をかける　大根《だいこ》あむ頃には　大根《だいこ》で桜などつ

くり　大根《だいこ》の襟《えり》も　大根《だいこ》のこもを取り　大根《だいこ》を持って追って出る　大根寒そうに肌を出《だ》し　大根《だいこ》で道をおしえられ　大根《だいこ》とねぎを引《ひ》っ下《さ》げて　大根の裁断《さいだん》もする　大根ハ曳《ひか》れた跡《あと》が　大根《だいこ》を買《か》い込《こ》む　抜《ぬい》た大根《だいこ》で

【筍《たけのこ》】筍となるな　竹《たけ》の子《こ》は一本ぬいて　筍は無けれど　筍は裸にされて　筍へ酷《ひど》い口《くち》　竹《たけ》の子《こ》をかついで回《まわ》る

【玉葱《たまねぎ》】たまねぎ軒《のき》につり　玉葱を切って泣いてる

【とうもろこし】鮞《はららご》と唐《とう》もろこしハ　もろこしをむくごとく也《なり》　雷除《らいよけ》のもろこし

【トマト】トマトなどたべて　トマトも切って

【茄子《なす》】秋茄《あきなすび》　秋茄子嫁《あきなすびよめ》にくわせて　色を売る茄子も　瓜《うり》や茄子《なすび》の間《あい》へ置き　押過《おしすぎ》てこわい茄子　塩《しお》おし場《ば》とる　茄子や瓜《うり》　白茄子《しろなすび》　なおけなげなる茄子の花　茄子の毒　茄子の葉が蝕《むしば》んで　負けた茄子　見られぬ面《つら》の種茄《たねなす》子《び》　鴫《しぎ》やきのあと串《くし》さびし

【葱《ねぎ》】女房役《にょうぼやく》ばかりでねぎは　葱だけの台所　葱鉄砲《ねぎでっぽう》　葱のふと股《もも》　ねぎ坊主《ぼうず》　口がいやさにねぎもくい

【松茸《まつたけ》】秋ならば松茸を食《く》う　きょうは松茸さんと組《く》み　松茸が飲《の》め〱〱《のめのめ》と　松茸のあした取られる　松茸の出そうな名也《なり》　松茸は採《と》らず　松茸を抜《ぬ》いて

【豆《まめ》】閻魔豆《えんままめ》　おなごが寄ると豆を食《く》い　おらが作った豆食《く》うて　かんろのような豆を食《く》い　高い豆を食《く》い　まだ食《く》える豆を見つけた　豆に歯は合《あわ》ぬ頃　豆の皮　豆の花　豆の葉に穴をあけては　豆を噛《か》みながら　小豆《あずき》がまだかたい　とっときの小豆《あずき》を出《だ》せば　そら豆の色も哀《あわ》れや　ゆでそら豆を二合《にごう》かい

【蓮根《れんこん》】蓮《はす》の根掘《ほ》って局聞《つぼねきき》　れんこんはこゝ《こ》らを折れと　蓮根を掘《ほ》る日の顔は

【山葵《わさび》】利《き》かぬ山葵は　さしみに山葵　わさびおろしで山葵ツン　山葵で泣いたあとを

【他の野菜】夏も厚着《あつぎ》で出る茗荷《みょうが》　和尚《おしょう》池を菜《な》にする　菜《な》を洗う　水菜《みずな》一株《ひとかぶ》　蓴菜《じゅんさい》の切口《きりくち》清き　蕨《わらび》のぞき込み

魚

【肴《さかな》】肴が来ると時を聞《きき》　肴食《く》う　肴の事も添《そ》えて書き　酒戦《しゅせん》の肴に　取《と》りたての肴　小骨《ぼね》ある魚を　このわたは　かさごでのんで居《い》る　うなぎにてのんでいる　留守塩《るすしお》からでのんで居《い》る　うにをなめ　むし鰈《がれい》　生《な》まものをかゝ《か》えた婆《ばばあ》　母へ生魚《なまざかな》　肴の顔を見忘れる　箸《はし》もって肴にまよう

【刺身《さしみ》】生盛《いけもり》は　さしみ作るも　サシミとは別に　さしみをぺろり食《くい》　其《そ》処《こ》を酢《す》に其《そ》処《こ》を刺身と　残ったさしみ取りたてのあわびは　まだ動くえびの刺身の

【焼物《やきもの》】アミ笠《がさ》を着せて浜焼《はまや》き　杉焼《すぎやき》に　搗屋《つきや》さんさあ焼き物と　浜焼《はまやき》に　やきたてのこはだ　やき物と小僧《こぞう》を一人《ひとり》　焼《やき》もの余《よ》程《ほど》落ちて見え　やきものをとゞ《ど》けた人を

【鯵《あじ》】鯵の色見て　鯵の声　地《じ》引鯵《びきあじ》

【鮎《あゆ》】鮎青く　鮎が一年きれるとこ　鮎がさびるのに鮎が泣《ない》たら　鮎食べ足《た》らぬ　鮎はねる　直《ね》段《だん》も下《くだ》り鮎《あゆ》箸《はし》を下《おろ》さず鮎の塩

【鮟鱇《あんこう》】あんこうに一雪《ひとゆき》ほしき　鮟鱇のお代《かわ》りをする鮟鱇は　あんこう迄《まで》をあぶながる　夜の鮟鱇に　釣《つ》り鮟鱇の滝《たき》のぼり　降《ふ》る雪に鮟鱇を吹く

【鰯《いわし》】赤い鰯をかついで来《き》　鰯が捕《と》れすぎて　鰯の山を縫《ぬ》ってゆき　鰯も一《いっ》ぴき　前菜《ぜんさい》と名のるいわしの

【鰻《うなぎ》】鰻かき　うなぎとたこをかし　鰻にでもきけ鰻の焼直《やきなお》し　鰻もおどろく　鰻も出《で》　化鰻《ばけうなぎ》　山《やま》の芋《いも》鰻に化《ば》ける　湯《ゆ》づけにうなぎそえて食《くい》　長芋《ながいも》が鰻となれば　鰻飯《うなぎめし》半分残す

【蒲焼《かばやき》】蒲焼の筏《いかだ》に箸《はし》の　蒲焼は酔《よ》わぬ二人《ふたり》へ　かばやきも斗《ばかり》ですまぬ　口に土《ど》用《よう》の入った時　中串《ちゅうぐし》をたのみ

【海老《えび》】伊勢えびのひげほど動く　海老の髭《ひげ》動くと見える　海老の美《び》髯公《ぜんこう》　海老はこうして船盛《ふなもり》に

【牡蠣《かき》】蛎《かき》を食《く》いはぐり　蠣《かき》を割《わ》り

【数《かず》の子《こ》】北海《ほっかい》に数の子殖《ふえ》る　数の子ハ蝦夷《えぞ》のさん［産］で数の子引《ひっ》たくり　数の子を噛《か》む音　数の子を無くなるまでは　数の子が呑《の》めるわネ　ごまめ数の子歳《とし》暮《く》れぬ

【鰹《かつお》】鰹がとれておしよせる　松魚《かつお》の声で　谷中《やなか》の松魚《かつお》鰹のそばで　鰹ひったてる　鰹を手《て》負《おい》にし　塩《しお》がつお鰹をりょう［料］る　鎌倉に鰹もくわず　夜《よ》鰹《がつお》に　片身《かたみ》となりへ　片身《かたみ》に［煮］るのを　片身《かたみ》へ生きてくる

【初鰹《はつがつお》】にげるはつ鰹《がつお》　初鰹　初がつおかついだまゝ《ま》で初堅魚《はつがつお》来て　初《はつ》がつお煮《に》て食《く》う気では　はつがつお〱《はつがつお》とて　はつ鰹一口《がつおひとくち》のめと　水打つ初《はつ》がつお

【鯉《こい》】あらい鯉《ごい》　一番でくる苞《つと》の鯉　鯉の活《い》け作《づく》り　鯉の死《し》に造《づく》り　鯉は往生《おうじょう》して浮《うか》み　鯉は乳《ち》の薬《くすり》　鯉は跳《は》ね氷《こおり》の鯉にまさる美味《びみ》　地《じ》曳《びき》の鯉を提《さ》げて来る　とぐ内《うち》鯉をおよがせる

【鮭《さけ》】鮭と鱈《たら》　塩鮭《しおざけ》の口ぱっくりと　塩引《しおびき》の切残《きりのこ》されて
塩引《しおびき》の半身《はんみ》が乾《かわ》く　塩曳《しおびき》ハあたまに成《なっ》て　手が出ない高
さに鮭は　南部鮭《なんぶざけ》もらい　再び塩にふるゝ《る》鮭　から鮭《ざけ》の
眼《め》へ　初鮭《はつざけ》の色濃《いろこ》き時ハ

【さざえ】栄螺《さざえ》の角《つの》が生《は》え　つぼ焼《やき》にせよとさざえに
壺焼《つぼやき》の心を

【鯖《さば》】刺鯖《さしさば》ハ　鯖のいもせに蓮《はす》ぶとん

【秋刀魚《さんま》】秋刀魚焼く煙《けむ》りを　さんまをぶつり食《くい》

【白魚《しらうお》】白魚の　白魚の子にまよう頃　白魚の天麩羅《てんぷら》
白魚のように持《もち》たし　白魚は王子《おうじ》でくわぬ

【すっぽん】すっぽんがいやすと　すっぽんに拝《おが》まれた
夜《よ》の　すっぽんの血であたたまる　すっぽんのように引き
込む　すっぽんをりょう[料]れば

【鯛《たい》】腐《くさ》ても鯛とは　黒鯛《くろだい》の子ハ黒鯛《くろだい》で　黒鯛《くろだい》を食《く》う憎
いこと　黒鯛《くろだい》をたてものにする　食《く》いようによって黒鯛《くろだい》
塩鯛《しおだい》に　鯛ぐらいたゞ《だ》うん〳〵《うん》と　鯛チリで　鯛という
魚へ客は　鯛と添寝《そいね》なり　鯛はまだ其儘《そのまま》でいる　縮緬《ちりめん》の
鯛を料《りょう》るが　なまだいを目高《めだか》のように　はねる鯛　巾《はば》
とる鯛があり　母へも鯛を買った朝　ぷっつり桜鯛《さくらだい》　焼《やい》
て見つ煮《に》て見つ鯛の　佳《よ》き夜《よ》と暮《く》るゝ《る》鯛が焼け

【蛸《たこ》】大章魚《おおだこ》に海草《かいそう》とりが　小《こ》ゆび程《ほど》たこ切《きっ》てくれ
酢天蓋《すてんがい》などこしらえて　石麻蛸魚《せきりんたこ》に吸《す》い出《だ》させ　蛸売《うり》
に来たのが　蛸緋鹿子《ひがのこ》にしゃちこばり　蛸をよんで来る
蛸の切腹《せっぷく》　つまんだとこが蛸の口　蛸の足

【どじょう】鰌《どじょう》のはいる鍋豆腐《なべどうふ》　鰌《どじょう》の升《ます》を持つ女　鰌《どじょう》
をばおまえころせと

【海鼠《なまこ》】桶《おけ》の形に居《い》る海鼠　海鼠に銀の箸《はし》　まだ脈《みゃく》の有《ある》
海鼠哉《かな》

【膾《なます》】なます一皿買《ひとさらこう》てくう　なますへ箸《はし》を付け　日《ひ》の
出膾《でなます》の　水貝《みずがい》の手を幕《まく》で拭《ふ》く

【蛤《はまぐり》】あかるみへ出《だ》す夜蛤《よはまぐり》　蛤あける音がする　蛤で
あげるが　蛤のからを捨《すて》　蛤はすうばかりだと　蛤を
壁でほってる　蛤をやけば　蛤《はま》の深川《ふかがわ》　水引《みずひき》で蛤を釣《つ》る
ありくかと酢貝《すがい》見ている　すはまぐり

【河豚《ふぐ》】皮むいて鰒《ふぐ》の身を食《く》う　死《し》に人《て》なしかと鰒《ふぐ》をかい
菜種鰒《なたねふぐ》　干鰒《ひふぐ》も毒ハなし　鰒肥《ふぐこえ》る頃だと思う　河豚ち
りへ　鰒《ふぐ》ときめて　河豚の味　ふぐの皿《さら》　ふぐはいただか
ぬ　鰒《ふぐ》ハいやかと　河豚は毒　鰒《ふぐ》も食《く》いますと花嫁《はなよめ》　鰒《ふぐ》

やめに成《なり》　河豚を食《く》う晩《ばん》　河豚食《く》うた夜《よ》に　雪の晩鰒《ばんふぐ》だ
んべいと　書置《かきおき》をして河豚を食《く》い　恐ろしきものゝ《の》食《くい》たき

【鰤《ぶり》】　丹後鰤《たんごぶり》二朱《にしゅ》にへんじて　照焼《てりやき》にもう箸《はし》がつき

【鮪《まぐろ》】　鮪買《かい》はぐり　まぐろも食《く》うと云《い》い　鮪を解剖《かいぼう》は

【目刺《めざし》】　宿直室目刺を買《か》って　ほぐれてる目《め》ざし　目刺
なり

肉

【肉《にく》】　馬の肉鹿《しか》の肉　肉鍋《にくなべ》味が出る　肉鍋《にくなべ》の香《か》が意地《いじ》わるい　肉に飽《あ》きたと言う形　肉林《にくりん》に肉をわけた恩《おん》　馬肉《ばにく》を嗜《たしな》む刎《さばけ》た人　はね出《だ》す兎肉《うさぎにく》　ホルモンにくわしい男　小僧《こぞう》が食《く》ったハムの味　食通《しょくつう》にロースを食《く》わす　ロース得て食《くい》　牛肉《ぎゅうにく》を呑《の》む　去年の牛は肉になり　ひさしぶりひつじを食《く》うと　羊《ひつじ》の肉の味　養《よう》生《じょう》に鹿《しか》も食《く》い

【薬食《くすりぐい》】［肉食］　酒盛《さかもり》に成《なる》くすり食《ぐい》　長生《ながいき》に薬食い　化《ばか》したやつを薬食

【洋食《ようしょく》】　新妻《にいづま》に今日のコロッケ　洋食家　洋食の大統領　ライスカレーで得られる恋と　楽々《らくらく》と切れるビフテキ

【カツ】　大《おお》いなるカツが出来《でき》　カツになる事とは知らぬ　妻の手でカツというのが　トンカツに　バーのカツ

【すき焼《やき》】　すき焼の葱《ねぎ》は　すき焼は　ただすき焼《や》きは匂うだけ　又葱《またねぎ》を入れ肉を入れ

【鴨鍋《かもなべ》】　かもにせり　加茂《かも》の禰宜鍋《ねぎなべ》とり公家《くげ》と　鴨の骨鴨八煮《に》て食《く》われ　芹《せり》のうえ鴨昼寝して　鍋《なべ》の鴨となり

【鳥鍋《とりなべ》】　鳥鍋をしきりにつゝ《つ》く　しゃもは粉骨砕身《ふんこつさいしん》し

【牛鍋《ぎゅうなべ》】　牛鍋の心せわしい　牛鍋へ　牛鍋もつき合《あわ》ず

【雀焼《すずめやき》】　雀《すずめ》さし　雀焼包む土産《みやげ》も

【猪鍋《ししなべ》】　猪十六《ししじゅうろく》の鍋《なべ》やきじゃ　薬《くす》り食《ぐ》いにも黒牡丹《くろぼたん》　牡丹鍋《ぼたんなべ》寒さしのぐも　山くじら　もゝ《も》んじい

【馬肉鍋《ばにくなべ》】　今は鼻緒《はなお》に馬肉鍋　桜鍋《さくらなべ》

味

【味《あじ》】　味《あじお》うて見よや　いろいろな飯《めし》の味　残った物に味があり　小松菜《こまつな》の旨味《うまみ》を知らぬ　茶に合う水の味

【美味《うま》い】　うまい音　うまい西瓜《すいか》を通り過ぎ　うまいもの食べつつ　うまいやつ　うまがらせ　うまそうにくう　うまそうに何やらにえる　こいつはうまいと　中華饅頭《ちゅうかまんじゅう》より味のよい　むまいぞ〳〵《むまいぞ》　むまいものだらけと

【不味《まず》い】　口なおし　せんべいねからむまくなし　そう切ったのはむまくなし　まずい酒　まずい飯《めし》

【舌鼓《したつづみ》】舌づゝ《っ》みうつ　我《わ》が意《い》を得《え》たる舌鼓

【甘味《あまみ》】甘い細工《さいく》の砂糖樽《さとうだる》　水蜜《すいみつ》の甘さは　少ししなびて甘くなり　母の乳房《ちぶさ》の甘かりし

【苦味《にがみ》】祖先《そせん》も咬《か》みしこの苦味　良薬《りょうやく》にある苦味

【辛味《からみ》】戻りに辛味さげて来る　五辛《ごしん》をきらい　匂《にお》う斗《ばかり》の青山椒《あおざんしょ》　山椒《さんしょ》は皮をへがれて　丁子《ちょうじ》の匂う　辛《から》そな肉桂《にっき》噛《かん》で居《い》る　肉桂《にっき》の匂う

【塩辛《しおから》い】塩からいにしめを上げて　塩からさ

調味料

【塩《しお》】梅干《うめぼし》へ吹《ふい》た塩　塩に虫つかず　贈る塩　ごましおあてゝ《て》　さッと塩を振《ふ》り　塩になる迄《まで》は絵になる　銭箱《ぜにばこ》に赤穂塩《あこうじお》　百の鰯《いわし》も塩をあて　鯵《にしん》にはらりと波《なみ》の花《はな》

【焼塩《やきじお》】やき塩《しお》つぼは　焼塩に成《なっ》ても　やき塩《じお》は　焼塩を削《けず》る女房《にょうぼ》の　やき塩《じお》を三つくったと

【醤油《しょうゆ》】さし身《み》に醤油　醤油買《かい》に行《ゆき》　醤油のかび　しょうゆのみ　醤油にも気づかいハさせず　醤油入《しょうゆいれ》　紫《むらさき》がけさ切れている　紫《むらさき》が奪う朱《あか》

【味噌《みそ》】金山寺味噌《きんざんじみそ》にほえる犬　これは〳〵《これは》と桜味噌《さくらみそ》　白味噌《しろみそ》に　すみそに残るうき思い　玉味噌《たまみそ》の味にもなじむ　ツイ味噌をつけ　寺は夜食《やしょく》の味噌を擂《す》り　糠《ぬか》にはならぬ後藤《ごとう》みそ　ねぎみそをすって居《い》る　蓮《はす》でまじなう　三年味噌《さんねんみそ》　ふき味噌《みそ》を子になめさせて　ふのやきを山《さん》椒《しょう》みそで　ほろ味噌《みそ》は　味噌するように　みそのふた　みそを片手へうけてのみ　味噌をする　味噌をつくように　味噌《みそ》こしを出《だ》す事始《ことはじ》め

【砂糖《さとう》】梅干《うめぼし》に砂糖　角砂糖《かくざとう》すっかり溶《と》けて　棚へ砂糖は置いとけん　ついがり〳〵《がり》と氷《こおり》ざとう

【酢《す》】気を引立《ひきたて》る酢の匂い　酢か酒塩《さかしお》のように買《かい》　酢だそうな　ずっと這入《はいる》と酢の匂い　酢にも味噌にも遣《つか》わるゝ《る》　酢のものが少し出来《でき》　酢はここにあるよと　瓶《びん》の千代汲《ちよく》め万年酢《まんねんず》　気を引立《ひきたて》る酢の匂い

【味醂《みりん》】小竹筒《ささえ》へつめるみりん買《かい》　灘《なだ》知らぬ味醂酒《みりんざけ》

【出汁《だし》】こぶだしでなどゝ《と》　土佐節《とさぶし》をだしに入れ　手《て》ずから入《い》れる味《あじ》の素《もと》

【鰹節《かつおぶし》】かつおぶし食《くい》にげにする　かつぶし箱をあてがわれ　袖《そで》につっぱる鰹節　庖丁《ほうちょう》で松魚節《かつぶし》かく

【昆布《こぶ》】こぶするめ　こぶ巻《まき》をくわせて置《おい》て　昆布を呉《く》れ　塩昆布《しおこぶ》だけになり　豆腐の下へ昆布　早《はよ》う戻った庚《こう》

巾昆布《しんこんぶ》 むすぶこぶ
【胡麻《ごま》】味は一《ひと》つに胡麻と塩 ごまのはねる音
【辛子《からし》】辛子に鼻の大掃除《おおそうじ》 辛子のためにめんどうと言う面《つら》でかく辛子 其面《そのつら》でからしをかけと 宵越《よいご》しの辛子に等《ひと》し 姑《しゅうとめ》に辛子かけとは
【唐辛子《とうがらし》】辛《かろ》うござるとぶっ違《ちが》い 七味唐《しちみとう》 とうがらしからいというに とうがらしこりはてる 馬鹿正直は唐辛子 明《あか》り程《ほど》なるとうがらし 淋《さび》しき蕃椒《とうがらし》 腐敗せぬ蕃椒《とうがらし》 まっかなやつを二《ふた》つくい 三ケ日《さんがにち》顔を見ぬ物

料理

【料理《りょうり》】一品《いっぴん》料理荒《あ》れ回《まわ》り 衛生料理もお手料理《てりょうり》 川料理 氷《こお》り料理で雪見《ゆきみ》なら精進《しょうじん》料理 素人《しろうと》料理 即席料理の役をせぬ 手料理《てりょうり》を皆《みな》たいらげた 鳥料理《とりりょうり》 内義《ないぎ》手で料理 料理法のみ教えられ 薬のようにもりさばき たこ焼《やき》が聞き賃《ちん》という
【鮨《すし》】飯鮨《いいずし》の飯《めし》にあやかれ 胃の腑《ふ》に足《た》らぬ稲荷鮨《いなりずし》 鰻《うなぎ》鮓《ずし》 梅若《うめわか》の土手鮨《どてずし》の小屋《こや》 おすしを食べてからにする折詰《おりづめ》の五《ご》もく鮓《ずし》 狐《きつね》ずし 急成《きゅうな》る客にこけらずし 芝《しば》ずしも 蛇《じゃ》の目鮓《めずし》 蛇《じゃ》の鮓《すし》の 諸方《しょほう》へおくる釣瓶鮓《つるべずし》 鮓《すし》一《ひと》つ皿《さら》の上 すし巻《ま》いて 鮨を膝《ひざ》から膝《ひざ》へ別《わ》け たま〱《たま》漬《つけ》る一夜鮓《いちやずし》 となりから貰《もら》ったすしに にぎりずし 早鮓《はやずし》をつけて 昼のすしを食べ 前に毛抜《けぬき》の笹《ささ》の山吉野のつるべ鮓《ずし》 あさひにまけぬひかり物 花の弁当ちらしとは
【おでん】関東煮《かんとうに》 味噌《みそ》おでん
【寄《よ》せ鍋《なべ》】寄せ鍋で 寄せ鍋の銀杏《ぎんなん》にある
【煮《に》しめ】にしめで茶づけくうて居《い》る にしめのにえる内《うち》に出来《でき》 甘露煮《かんろに》の美《び》もとろ火《び》 佃煮詰合《つくだにつめあ》わせ
【小鍋立《こなべだ》て】器用《きよう》な小鍋立《こなべだて》 妓《こ》と小鍋立《こなべだて》 小鍋立て
【蒸物《むしもの》】ケンチン蒸《むし》の箸捌《はしさば》き 渡す茶碗蒸《ちゃわんむし》 土瓶《どびん》むし
【風呂吹《ふろふき》】［大根料理］ 風呂吹の味噌《みそ》は ふろ吹《ふき》の湯気《ゆげ》 風呂吹を舌にころがす
【天婦羅《てんぷら》】家庭天《てん》ぷらおゝ熱《お》い 天麩羅《てんぷら》の指を
【田楽《でんがく》】田楽で帰るが でんがくでしゃれる でんがくの口は遠《と》おくで 田楽の二筋《ふたすじ》めには 田楽を面白く食《く》う でんがくをちょび〱《ちょび》はこぶ
【湯豆腐《ゆどうふ》】湯豆腐で朝直し 湯豆腐は 湯豆腐へ入《い》れ黒子《ほくろ》
【海苔巻《のりまき》】海苔巻だけへ箸《はし》を出《だ》し 海苔巻を開けば

食

調理

【料《りょう》る】［料理する］　女の料る魚《うお》でなし　鴨《かも》りょうるそばで懸取《かけと》り　鯉《こい》料る間《ま》を鯛《たい》りょうるあたり　指病《ゆびや》みに巻《ま》く鰌《どじょう》　料る鱗《うろこ》を削《そ》ぐ手《て》際《ぎわ》　飛ぶ鱗《うろこ》　わたをぬき　くず［葛］をねり

【刻《きざ》む】刻み行《ゆ》く　胡瓜《きゅうり》をきざみ豆を茹《ゆ》で　とん〳〵《とん》と　人参《にんじん》きざむそばでよみ　ひまな時ちんぴ［陳皮］をきざむ　薬園《やくえん》にチョキ〳〵《チョキ》刻む　骨をたゝ《た》かせる

【煮《に》る】鮟鱇《あんこう》が煮つまり　鴨《かも》煮らる可《べ》き罪ありや　小《こ》芋《いも》の煮えるそばで泣き　さア煮えて来たと　空煮《そらにえ》の豆腐タンサンで煮て呈《てい》し　何か煮え　煮たものを床《とこ》の間《ま》へ置く　煮付《につけ》にした白魚《しらお》　煮て食《く》われ　煮れば豆腐でさえ締《しま》り　ゆずる潮煮《うしおに》　あらを煮て杓子《しゃくし》果《か》報《ほう》に

【茹《ゆ》でる】此《こ》の蛸《たこ》今や茹《ゆで》らるゝ《る》　もう茹《う》で上《あが》る芋へ来る

【焼《や》く】鯵《あじ》焼く香《か》　さび鮎《あゆ》の焼かれてこそは　めざし焼く　焼きましょうかと箸《はし》を置き　焼けた栗《くり》　焼けてみせ

【焦《こ》げる】隠居所《いんきょじょ》に餅《もち》が焦げてる　奥は油の焦げる音　焦臭《こげくさ》い　焦げましたいや結構《けっこう》と　飯《めし》が焦げ

【飯《めし》を炊《た》く】扇《おうぎ》の風で飯を焚《た》き　近所飯炊く煙《けむ》を上げ　焦《こげ》ずに焚《た》ける飯《めし》　たまさかにけぶりを立てる　ねぶたさましに飯をたき　裸《はだか》の一人《ひとり》飯を炊き　まゝ《ま》焚加減《たきかげん》　飯焚《ままたき》ほどの汽車煙《けむ》り　飯焚《めしたい》て胸一《いっ》ぱいに　飯も炊き　飯を炊きあすの米をとぎ　とぎ汁《しる》の一筋《ひとすじ》白く　飯焚場《めしたきば》

【飯焚《めしたき》】［人］　めし焚《たき》かしこまり　めしたきが死《しん》で　めし焚《たき》に婆《ばばあ》を置《おい》て　めしたきのうやまって聞く

【炊《た》く】そう長く炊く気ではない　炊出《たきだ》しは

【自炊《じすい》】合宿《がっしゅく》のいっそ自炊に　女の自炊なり　自炊の雨の朝

飲物

【水《みず》】酔《よう》て水醒《さめ》て水　酒っぽい水を出《だ》し　生水《なまみず》を飲まない嘘《うそ》も　舛《ます》ではかった水を呑《のみ》　水美味《うま》し梅《うめ》の花多く／吸筒《すいづつ》が幾《いく》たり口を

【氷水《こおりみず》】書生《しょせい》氷を誉《ほめ》て呑《の》み　氷水冷《ひや》っコーイ

【冷水《ひやみず》】ひや水が来て　冷水をのんでゆき

【清涼飲料《せいりょういんりょう》】カルピスに吸《す》う　女気儘《きまま》な色を吸《す》い　客へ出《だ》すサイダ　ソーダ水《すい》　ストローに泡《あわ》がじり付《つく》

【ラムネ】商標《しょうひょう》を浮かせてラムネ　ラムネ皆《みな》になり　ラムネ屋《や》の娘は

【湯《ゆ》】さゆ［白湯］をのみ　飯時《めしどき》も白湯《さゆ》で御坐《ござ》い　湯《ゆ》ざましの水の味　蕎麦湯《そばゆ》で寒さわするゝ《る》

【牛乳《ぎゅうにゅう》】朝の牛乳を摂《と》るゆとり　牛乳絞《しぼ》る男の掌《て》　牛乳をすすめ　先妻《せんさい》の子に牛《うし》の乳《ちち》　ちちの瓶朝寝《びんあさね》の門で

【珈琲《コーヒー》】コーヒーの味とやかくと　珈琲は恐るべし　コーヒーを誘《さそ》うつれがなし　妻とのむコーヒー

果物

【果物《くだもの》】青き果《か》の甘《あま》きを思え　くだもののきれいどころに　無花果《いちじく》に　最後までレモンが残る　びわ一《ひと》つ食《く》ったが　竜眼肉《りゅうがんにく》の皮とさね

【さくらんぼ】カクテルの桜《さくら》ンボ　唇《くち》ふれしさくらんぼ

【瓜《うり》】瓜食《く》うた所《とこ》にわすれる　瓜は昼寝のさめ次第《しだい》　白《しろ》瓜《うり》に　冷《ひや》し瓜《うり》　へぼ瓜《うり》のようにうけとる　へぼ瓜《うり》のようにからげる　水桶《みずおけ》の瓜よう〳〵《よう》と

【真桑瓜《まくわうり》】かけ出《だ》す真桑瓜　立《たち》およぎする真桑瓜　何《なん》じゃ真桑に判《はん》がなか　まくわ瓜一《うりひと》つ　約束の真桑瓜

【柿《かき》】柿をたべ　かじって柿のかわをむき　崩《くず》れた柿を買って来る　樽《たる》ぬきは熟柿《じゅくし》くさいの

【西瓜《すいか》】西瓜切《き》って　西瓜くらいをちっと食《く》い　西瓜に蚊《か》がたかり　西瓜に塩をなめ　すい瓜《か》ぬす人《びと》　西瓜の手をはなし　西瓜の縄《なわ》ぬけ　西瓜の灯《ひ》　西瓜一《ひと》つ　西瓜真二《まっぷた》つ　西瓜好《すいかず》きを指《さ》さゝれる　なれぬ西瓜の小口切《こぐちぎり》　本日西瓜食べました　西瓜の水も

【蜜柑《みかん》】紀伊《きい》の思いを出《だ》すみかん　種なし蜜柑　面《つら》の皮むかれ蜜柑は　夏蜜柑《なつみかん》　ポンカンの筋《すじ》を取ってる　みかんかんする童同士《わらわどし》　蜜柑に芸のある芸者《げいしゃ》　蜜柑の皮　蜜柑の筋《すじ》も肩へとる　蜜柑の筋《すじ》をみんな取り　蜜柑まだ少《すこ》ウシ青い　ゆんべの蜜柑思い出《だ》し　金柑《きんかん》は煮《に》られて

【柚子《ゆず》】柚《ゆず》買う銭《ぜに》はあった筈《はず》　柚子の香《か》も　柚子の匂いが手に残り

【梨《なし》】梨の皮《かわ》　梨の芯《しん》　梨むく手にさえも

【林檎《りんご》】アップルと言うは　いま売ったあとのリンゴを林檎なり　林檎はもう落ちず

菓子

【菓子《かし》】菓子の蠅《はえ》を追《お》い　菓子ほど利《きか》ぬ菓子を買い　菓子を投げ　僧《そう》の菓子

【キャラメル】箱ごとでやればキャラメル

【チョコレート】飴《あめ》チョコ買ってくる

【カステラ】カステーラ器械焼き　かすてらとなれば女中の座敷南蛮菓子《ざしきなんばんがし》

【和菓子《わがし》】どら焼《やき》に呼《よば》れ　金鍔焼《きんつばやき》に　いでゆにうまい柚《ゆず》もなか　女房《にょうぼ》は食《く》わぬ桜餅《さくらもち》　蜜豆《みつまめ》の口へ　落雁《らくがん》も旅の

食

部に入《い》る

【白玉《しらたま》】白玉にかけるさとうも　白玉の助《す》けは

【饅頭《まんじゅう》】老《おい》の歯も葛《くず》まんじゅうや　塩瀬《しおぜ》まんじゅう　饅頭も酒が種　饅頭を食《くっ》て律儀《りちぎ》に　よねまんじゅうをすえらかし　菓子にも鶉餅《うずらもち》

【ぼた餅《もち》】油《あぶら》こいぼたもちを食《く》う　おはぎとは　おやわんへもるぼたもちの　つけ紐《ひも》でぼたもちくばる　ぼたもちを飛脚《ひきゃく》へ出《だ》して　ぼた餅を笑《わらっ》て食《くっ》て　身上《しんじょう》はつぶし餡《あん》　あんころを食《く》う十三日《じゅうさにち》　先《ま》ず備《そな》えたき自在餅《じざいもち》

【汁粉《しるこ》】汁粉もち嫁《よめ》はちぎって　壮士《そうし》の汁粉《しるこ》好《ず》き　ぜんざい替《かわ》る　汁粉の使《つかい》

【大福《だいふく》】大福の赤いのを取る　大福の使《つかい》　大福を握《にぎ》った儘《まま》で　大福をぶら下《さげ》て待つ　大福をみんな焼《や》かせる

【団子《だんご》】吉備団子《きびだんご》　串団子《くしだんご》はじめ一《ひと》つは　事問《ことと》い団子《だんご》団子出《だ》す　だんごのはらで取りに遣《や》り　だんごを食《くっ》て居《い》る／いしいしを食べて　お月見を

【柏餅《かしわもち》】その手は食《く》わぬ柏餅　葉隠《はがく》れの柏餅　おかしわの味噌《みそ》は　柏餅楢《なら》の広葉《ひろは》は　柏の葉女房買《にょうぼかい》　柏もらいの

【羊羹《ようかん》】諸《いも》ようかんへ回《まわ》り道　水羊羹《みずようかん》の艶《つや》　ういろう餅《もち》羊羹は

【飴《あめ》】弁慶《べんけい》の飴を下《さ》げ　さくらあめ　地黄煎《じおうせん》の杭《くい》持つ子供　水飴《みずあめ》に箸《はし》が短かい　水飴《みずあめ》の薬入り　水飴壜《みずあめびん》の縁《ふち》を這《は》い　あるへい「有平」の縞《しま》

【金平糖《こんぺいとう》】金平糖で虫が起き　金平糖も氷《こおり》がけ　瓶詰《びんづめ》の金平糖　ふり出《だ》しの金平糖　角突合《つのつきあい》の金平糖

【煎餅《せんべい》】あられ餅《もち》しかくにしたり　一枚のせんべへこぼすかき餅《もち》あんで提《さげ》る　煎餅にある海老《えび》の味　煎餅の耳は手のつかぬ煎餅　臍《へそ》くり銭《ぜに》でごろ〳〵《ごろ》屋《や》　巻《まき》せんべいを笑わしゃる　娘煎餅《せんべ》へ手がのびず　軽焼《かるやき》も子供駄菓子《こどもだがし》の

【炒豆《いりまめ》】煎豆《いりまめ》で腹《はら》のはったる　俸禄《ほうろく》でいり豆を売る　豆いりは　豆いりをかみ〳〵《かみ》　豆煎《まめいり》を食《く》い〳〵《くい》

【南京豆《なんきんまめ》】隅《すみ》に南京豆の殻《から》　落花生《らっかせい》

【麦《むぎ》こがし】下宿《げしゅく》へ母の挽《ひ》いた粉《こな》　こがしの湯《ゆ》　麦こがし　麦こがしうっかり笑った　麦こがし鼻の穴から

【心太《ところてん》】逢《あ》って袷《あわせ》のところてん　心太コップにうつる

【アイス】風呂《ふろ》へアイスの娘行《ゆ》き

【かき氷《ごおり》】氷《こお》りの馳走《ちそう》遠慮され　更《ふ》けて氷《こおり》が五《いつ》つ来る　ブッカキの声に／氷塊《ひょうかい》を皿《さら》に入《い》れ

茶

【茶《ちゃ》】朝茶《あさちゃ》を呑《のん》で掃《はき》に出る　朝のお茶　うまい茶は　御《お》かわりのないお茶が出る　お茶かと云《い》われ眼《め》に玉露《ぎょくろ》　お茶が無事《ぶじ》　お茶から見ると　お茶一《ひと》ツ　お茶を入《い》れ　お茶を入替《いれかえ》る　薫《かお》る茶も　接待茶《せったいちゃ》　茶が入《はい》り　茶々《ちゃちゃ》だけ鳥渡《ちょっと》呑んで去《い》に　茶の後《あと》へ　茶の恩《おん》や　茶の煙　茶の給仕《きゅうじ》　茶の徳《とく》は口から　茶の名も鷹《たか》のつめ　茶の花が咲いて　茶も喜撰《きせん》　茶をすすり　茶を出《だ》され　茶を直切《ねぎ》るやつが　茶をほうじ　茶を持《もっ》て出た　茶をわかし　ぬるい茶を貰《もら》い　寝《ね》に行《ゆく》前に茶をはこび　大和茶《やまとちゃ》の　宵《よい》に茶を飲んで　よう〳〵《よう》で屁《へ》のような茶を　茶前茶後《ちゃぜんちゃご》　お珍《めず》らしいお湯《ゆ》だ　一口《ひとくち》のんでふたをする

【お茶請《ちゃうけ》】お茶を飲む時に食べる菓子など　お茶受《ちゃうけ》の時に植木屋　茶うけに食《く》うは　茶うけに少ししょうがみそ

【茶柱《ちゃばしら》】茶柱を誰にもいわず　舞妓《まいこ》茶柱告げにくる

【福茶《ふくちゃ》】妻と今福茶に坐《すわ》る　福茶に寝付《ねつ》きえず

【紅茶《こうちゃ》】淑《しとや》かに紅茶へさわる　亭主《ていしゅ》紅茶をする気なり

【麦湯《むぎゆ》】麦湯の忙《いそ》がしさ　麦湯の冷《ひ》え加減《かげん》

【お茶壺《ちゃつぼ》】御茶壺《おちゃつぼ》の先は　そろ〳〵《そろ》と行《ゆ》くおちゃつぼの

【茶托《ちゃたく》】茶台《ちゃだい》の輪から　茶托五枚

茶道

【茶の湯《ちゃのゆ》】掛物替《かけものかわ》る茶の湯数奇《ちゃのゆずき》　気を付《つけ》て並ぶ茶の湯　芸隠す茶の湯　茶を学ぶ

【茶会《ちゃかい》】お茶の会　茶の会にかげのうすいが　茶の客で茶ぶるまい　女工《じょこう》に膝《ひざ》の痛いお茶

【茶室《ちゃしつ》】茶室から　茶の坐敷《ざしき》　茶ののめる庵《あん》は　にじり口《ぐち》から　草庵《そうあん》のお茶は

【茶人《ちゃじん》】宇治《うじ》の茶師《ちゃし》　錦手《にしきで》は茶人の目から　茶で暮《くら》す野中《のなか》の茶湯都人《ちゃのゆみやこびと》

【茶袋《ちゃぶくろ》】茶袋しぼるしゃくの底　茶袋を押せど

【茶筅《ちゃせん》】茶筅に泡《あわ》を立て　茶筌《ちゃせん》を借《かり》れば梅《うめ》に啼《な》く

【露地《ろじ》】千家《せんけ》の露路《ろじ》にゆき暮《く》れて

調理具

【鍋《なべ》】かえると鍋をのぞいて見《み》　重《かさ》ね鍋《なべ》　被《かぶ》りては鍋より重し　銀のくすり鍋《なべ》　嫁《よめ》の火傷《やけど》は薬鍋《くすりなべ》　提《さげ》て見ぬ手鍋《てなべ》は　鉄兜《てつかぶと》今日鍋となる　寺の大鍋《おおなべ》　鍋ずみぐらいじゃなおるまい　鍋のもりへ綿《わた》　なべぶたへ一切《ひときれ》のせる　鉢巻《はちまき》をする自炊鍋《じすいなべ》　はりま鍋《なべ》　燗鍋《かんなべ》コトリ鳴《な》る　行平《ゆきひら》で業平《なりひら》を煮《に》る　直すほいろの紙も

【釜《かま》】赤い釜　勝手《かって》釜が噴《ふ》き

【竈《かまど》】竈へくべる口小《くちこ》言《ごと》　ちん餅《もち》はかまど荷《にな》うに　へっついが店から見える　へっついの角《かど》におき　へっついのかな具《ぐ》　へっついのりっぱな側《そば》に

【釜注連《かましめ》】かまどのおはらい　かまはらい　釜払《かまはらい》吹出《ふきだ》す湯気《ゆげ》に　南《な》無《む》三宝釜〆《さんぼうかまじめ》　釜〆《かまじめ》が来たに／はじまると嫁《よめ》のにげ込む

【七輪《しちりん》】七輪は風にたのんで　しちりんへどっさりすわる　カンテキをひき寄せつ

【蒸籠《せいろう》】［むし器］　御《ご》飯蒸買《はんむしか》うほど　せいろうの礼は　蒸籠の湯気《ゆげ》を抱《かか》えて

【鉄瓶《てつびん》】提《さ》げて来た子の鉄瓶へ　鉄瓶がいろ〱《いろ》に鳴《な》る　鉄瓶が唄《うた》うと　鉄瓶が元通り沸《わ》く　鉄瓶に鼻を吹かれる　鉄瓶のかざり蓋《ぶた》　鉄瓶の湯気《ゆげ》も　鉄瓶へ気合《きあい》がかゝ《か》る

【土瓶《どびん》】欠土瓶《かけどびん》　知った土瓶の選《え》り好《この》み　怪我《けが》するもの　じゃ茶瓶《ちゃびん》の手　土瓶から弁当箱へ

【薬缶《やかん》】やかましい薬缶も　薬缶が仏ゝ《ぶつぶつ》　薬缶の尻《しり》は黒く焦《こ》げ　やかんのふた踊る／惣銅壺《そうどうこ》

【庖丁《ほうちょう》】出刃《でば》が錆《さび》て居《お》り　撫《なで》る庖丁　庖丁が鈍《にぶ》くて　庖丁で松魚節《かつおぶし》かく　庖丁の礼に一皿《ひとさら》　庖丁をさびしく遣《つか》う

【俎板《まないた》】かゝ《か》る俎板　まな板へあられで疵《きず》を　まな板へ千人程《ほど》の　まな板を／たばこの時にけずらせる

【摺鉢《すりばち》】すり鉢じゃ　すり鉢に舞《まい》をまわせる　すり鉢の音も　摺鉢のかす食《くい》に来る　摺鉢へ　すり鉢をおさえるものが　二度ずつ鳴《な》らす摺子鉢《すりこばち》　擂盆《らいぼん》へ

【擂粉木《すりこぎ》】すりこぎ手につかず　すり子木《こぎ》にすがって　擂木《すりこぎ》の立回《たちまわ》り　摺子木《すりこぎ》をきぬたに　擂木《すりこぎ》を笏《しゃく》に構えて

【匙《さじ》】銀のスプーンで掬《すく》いあげ　机上《きじょう》の飢《うえ》の銀の匙　ちりれんげ

【柄杓《ひしゃく》】子の柄杓手を持《もち》そえて　一柄杓《ひとひしゃく》ずつ　水を飲む柄杓をふせて

【杓子《しゃくし》】汁や飯などをすくう道具　銅杓子《かなじゃくし》かして　杓子は嫁《よめ》の後楯《うしろだて》　嫁《よめ》がしゃくしの取《とり》はじめ　嫁《よめ》に杓子を渡しけり

【楊枝《ようじ》】くろもじをかぎ〱《かぎ》禿《かぶろ》　黒文字《くろもじ》ころがされ　焚付《たきつけ》にするほど楊枝　殿《との》の楊枝を一《いち》のもり　房楊枝《ふさようじ》　楊枝さし　楊枝にもなる　楊枝を遣《つか》い〱《つかい》来る

【箸《はし》】芋追《いもおい》かけるにぎり箸《ばし》　さい箸《ばし》で是《これ》かえという　三本の箸では食《く》えず　杉箸《すぎばし》の一筋《ひとすじ》に割れ　世話《せわ》する箸と　食べる箸　雑煮箸《ぞうにばし》　箸おくかおかぬに　箸が鳴《な》り　箸をとらせて　箸も拾《ひろ》わずに居《い》る　箸を置き　箸を割り

食

母の箸　膝《ひざ》へ箸　昼めしの箸に　休むぬりばし　蕨箸《わらびばし》　割箸《わりばし》を主人割り　割箸《わりばし》を独《ひと》り割る日の　箸置《はしおき》買いに出る　お馴染《なじみ》の象牙箸《ぞうげばし》　象牙《ぞうげ》の箸は過ぎ

食器

【茶碗《ちゃわん》】御《お》むろ茶碗《ぢゃわん》よ春の宵《よい》　五器《ごき》も茶わんも　白き茶わんに白き飯《めし》　茶碗に音をさせ　茶碗の丸さ　茶碗は闇《やみ》を伏せて居《い》る　一《ひと》つか二《ふた》つすゞ《ず》茶《ぢゃ》わん　飯茶碗《めしぢゃわん》　井戸《いど》ばたの茶碗

【湯呑《ゆのみ》】動かずにいた湯呑茶碗《ゆのみぢゃわん》　持ち古《ふ》りし湯呑のこころ　湯呑の呑加減《のみかげん》　湯呑一《ひと》つが手に親《した》し

【比翼椀《ひよくわん》】比翼の大《だい》の方《ほう》で飲み　湯呑《ゆのみ》に比翼紋《ひよくもん》

【椀《わん》】おや椀《わん》ではかってはとぐ　五代もつゞ《づ》く根来椀《ねごろわん》　煮花《にばな》のかおる吉野椀《よしのわん》　古椀《ふるわん》を買っても　わんとはし持って来《き》やれと　椀をかくせば　椀をたゝ《た》いてとなりへ来《き》

【丼《どんぶり》】兄弟子《あにでし》の丼　前週の丼がある　丼の鰻《うなぎ》　丼をたゝ《た》き

【コップ】紙コップ　コップに水があり　コップの人生観

【皿《さら》】帰《かえ》る皿借《さらがり》　ゴスの皿　皿へもり　皿を重《かさ》ねる　素《す》的《てき》な皿を持って来る　青磁《せいじ》の皿の点の骨　なます皿《ざら》きゅうじの留守《るす》に　鮨皿《すしざら》に立ち　砂鉢《さばち》に動く　平皿《ひらざら》をへつって回《まわ》る　花嫁《はなよめ》のあました平《ひら》へ　それぞれの道具平《ひら》では

【重箱《じゅうばこ》】組重《くみじゅう》のある　重《じゅう》のふた　重箱ことづかり　重箱に咲牡丹餅《さくぼたもち》　重箱の煮《に》しめは　重箱は　重箱をむすんで

【弁当箱《べんとうばこ》】空《か》らの弁当箱が　弁当箱《べんとばこ》　弁当箱の置《おき》どころ

【折詰《おりづめ》】折包《おりつつみ》　折詰と酔《よ》うた亭主《ていしゅ》と　折詰の蓋《ふた》へ　折詰は見るだけにして　折詰を提《さ》げて校長　折詰を添《そ》えて幹事《かんじ》　折詰二《ふた》つ提《さ》げ　折《おり》の鯛《たい》付《つ》けて　折《おり》の忘れ物

【菓子折《かしおり》】折底《おりそこ》も蓋《ふた》もあり　菓子の折《おり》　実《じつ》のなき菓子折　また菓子折が無駄《むだ》になり

酒器

【盃《さかずき》】足留《あしどめ》に盃計《ばかり》　親父《おやじ》から来た盃へ　盃うけておき　盃大きくし　うまい盃　盃おさえられ　盃がどこらへ来たと　盃出《だ》して　盃と小《こ》判《ばん》　盃の雨とは　盃の数《かず》へ　さかずきの底に澄《す》みたり　盃の冷《さめ》てる横に　盃の二《ふた》つ来て居《い》る　盃はいやで　盃をうけろと　盃をさせば　盃をしゃぶらせる　小《こ》さかずき　三《み》つ組《ぐみ》かしてやり

【金盃《きんぱい》】金盃のすぐに目方《めかた》を　金盃へ挙《こぞ》って羽織《はおり》　金盃も組《く》み重《かさ》ね

【盃洗《はいせん》】さかずきをすすぐ水を入れておく器　どの盃洗も酒の味　盃洗がチリ〳〵《チリ》と鳴る　盃洗という風呂《ふろ》があり

【猪口《ちょこ》】恐縮の猪口は両手に　猪口は一《ひと》つでよい所　淋《さび》しい猪口を取り　猪口させば　猪口を差《さ》し　猪口一《ひと》つ　猪口二《ふたつ》　猪口が二ツあり　猪口が三《み》ツ　猪口だけは受けてる　猪口は貰《もら》うと首がのび　猪口を受け　猪口をさし　ねばる猪口　湯《ゆ》気《げ》の向《むこ》うへ猪口をさし

【徳利《とっくり》】錫徳利《すずとくり》　神酒《みき》徳利《どくり》　よき友達の酒徳利《さけどくり》　淋《さび》しき捨徳利《すてどくり》　女将《おかみ》も急《せ》いた一銚子《ひとちょうし》　小僧《こぞう》ちょうしとひたしもの

酒

【酒《さけ》】朝酒《あさざけ》がきいた其日《そのひ》の　あしたの風を酒にする　油のような酒といい　田舎酒《いなかざけ》　いり酒《ざけ》をさませ　江戸で味つく伊《い》丹酒《たみざけ》　おいらん酒《ざけ》　御《お》捌誉《さばきほめ》て酒を買《かい》　親へ汲《く》む酒は滝《たき》でも　缶詰《かんづめ》の酒飲みし心地《ここち》　菊《きく》酒《ざけ》を祝《いわ》う諸生《しょせい》の　今日も酒翌日《あす》も酒　クスリ〳〵《クスリ》と飲む酒が　互燵《こたつ》で雪見酒《ゆきみざけ》　酒迎《さかむか》い　酒が要《い》り　酒買時《さけかうとき》に酒が出たけれど　酒が出る　酒臭《さけくさ》い　酒癖《さけぐせ》のある父を持ち　酒つぎ一《ひと》つぶち　酒でなし　酒と云《い》う後《うし》ろ楯《だて》あり　酒とろり　酒なくて見ればさくらも　酒に鮎《あゆ》　酒に聞いて見る　酒に眼《め》のない者と見せ　酒に寄る　酒の味　酒の気もなく　酒の楽しけれ　酒の名をさゝ《さ》と呼ぶのも酒の水　酒のむ日とは書いてなし　酒の礼なら　酒は女将《おかみ》に酌《つ》がせとき　酒はまだダメかと　酒腹《はら》へ這入《はい》ると　酒肥《さけぶと》り　酒も佳《よ》し　酒貰《もら》う晩《ばん》か　酒をこやしに　酒を断《た》ちにくし　酒を断《た》つまでには　酒を煮《に》る爐《ろ》に猿《さる》が鳴《な》く　酒をふき出《だ》させ　酒食《しゅしょく》する度《たび》に早道　少しは御酒《ごしゅ》を召《めし》上《あが》り　蒼茫《そうぼう》と酒いまだしの　滝《たき》の酒　樽《たる》の酒　父親酒が減《へ》り　父の酒　罪訴《うった》える盗《ぬす》み酒《ざけ》　土瓶酒《どびんざけ》　人を茶にしたとめた男へ酒をつぎ　二《に》言《ごん》といわず酒をうけ　女房《にょうぼ》へ願うむかい酒《ざけ》　年貢酒《ねんぐざけ》　はずむ酒　振《ふっ》て出《だ》すおいらん酒《ざけ》　ほんとの酒の味を知り　まだぬるい酒熱い酒　見え透《すい》て居《い》る罎《びん》の酒　雪の酒　良い酒にして帰り　養老酒《ようろうしゅ》　天の美禄《びろく》に遠ざかり　百毒《ひゃくどく》の長《ちょう》　手ばなしでつけざしを呑《のむ》

【コップ酒《ざけ》】コップ酒におい　コップに強い酒

【ビール】黒ビールデーを　結局ビール飲んだだけ　生《なま》ぬるいビールになって　生《なま》ビール　飲む度《たび》にビールの罎《びん》も　ビール御持参貸坐敷《ごじさんかしざしき》　ビールなら　ビールに手をつけず　ビールの泡《あわ》をのみ　ビールの怒る時　ビールの栓《せん》が抜《ぬ》け　ビール冷《ひ》え　ビールを減らす友が来る

【甘酒《あまざけ》】甘酒に　甘酒は箸《はし》一本に　あま酒《ざけ》へ　甘酒を

冷《ひや》で呑《の》み　女房《にょうぼ》に甘くあられ酒《ざけ》

【玉子酒《たまござけ》】玉子酒心づくしと　玉子酒過《すぎ》て

【地酒《じざけ》】地酒にある強味　地酒の味も秋であり

【焼酎《しょうちゅう》】焼酎で洗う疵《きず》　焼酎で引《ひき》のしをする　焼酎は絶対いかん　焼酎ほめる奴《やつ》らさ　あわもりで酒《さか》もりをする　泡盛《あわもり》の冷《ひえ》確かめて

【新酒《しんしゅ》】新酒の酔《よ》い心《ごころ》　新酒をば　新酒を火《ひ》燗泡《かんあわ》の立つ

【濁酒《にごりざけ》】跡《あと》を引く濁酒《だくしゅ》　濁六《どぶろく》をふき〱《ふき》　申訳《もうしわけ》して出す濁酒《だくしゅ》　中汲《なかくみ》の酔《よい》の歓楽

【白酒《しろざけ》】白酒とお友達　白酒に赤くもならず　白酒に頬染《ほおそ》め合《あ》って　白酒に酔《よっ》て　白酒を

【茶碗酒《ちゃわんざけ》】茶碗酒満《みつ》れば　茶わんでのんでついと逃《にげ》

【葡萄酒《ぶどうしゅ》】生葡萄酒《きぶどうしゅ》　瓶詰《びんづめ》の葡萄酒　葡萄酒とパンの遅速《ちそく》を　葡萄酒は棚におき　葡萄の露《つゆ》が

【洋酒《ようしゅ》】西洋酒　喉《のど》に焼けつくウイスキー　福家《ふか》は洋酒の瓶《びん》の口　洋酒の三日酔《みっかよ》い　洋酒は治外法権《ちがいほうけん》と　アプサンを引《ひっ》かけて

【寝酒《ねざけ》】足へ寝酒の旅角力《たびずもう》　寝酒器械に差す油

【自棄酒《やけざけ》】やけ酒《ざけ》は湯呑《ゆのみ》を置いて　自暴酒《やけざけ》へ　ヤケ酒《ざけ》を

酒屋

【酒屋《さかや》】おきて居《い》て寝《ね》たふり酒屋　おれだよと酒屋をおこす　酒見世《さかみせ》へ　酒屋が為《ため》の桜咲《さくらさき》　酒屋から見れば大事な　酒屋で女房云《にょうぼい》い　酒屋の主人腕を貸し　汁粉屋《しるこや》が出《だ》す酒屋　新酒屋《しんざかや》　手をわけて酒屋尋《たずね》る　なんと酒屋はござらぬか　元の酒屋へ立《たち》かえり　酒《さか》ばやし　縄《なわ》のれん

【居酒屋《いざかや》】居酒屋に人がら捨《すて》て　居酒屋のけんか　居酒屋は鰯《いわし》焼く　居酒屋へ来た　居酒屋を止《や》めた子細《しさい》は　馬士《まご》居酒屋へ声をかけ

【バー】英語など交《まじ》えてバアの　神谷《かみや》バアを出る　夏のバアは来る　バーで飲直《のみなお》し　一刷毛《ひとはけ》ぬってバアに成《な》り

【酌婦《しゃくふ》】酌婦に寒い風ばかり　酌婦へ故郷《くに》と同じ声　酌婦六十銭《せん》ビール九十銭《せん》

【上燗屋《じょうかんや》】上燗屋へイヘイへイと　上燗屋湯気《ゆげ》の向《むこ》うに　夜店《よみせ》がよんだ上燗屋

【甘酒屋《あまざけや》】甘酒屋知っている　甘酒屋古《ふ》りし柳《やなぎ》に

【白酒屋《しろざけや》】白酒屋などは戸をさす　評判のよい白酒屋

【梯子酒《はしござけ》】あしたもあるぞ梯子酒　足を出《だ》す程《ほど》飲み回《まわ》り　梯子酒除夜《じょや》の鐘迄《かねまで》　梯子酒そも〱《そも》それで

飲む

【飲《の》む】あんぽんたんで呑《のみ》　いたゞ《だ》いてのむ　がぶりのみ　酒呑《の》んで青くなってる　仕事着で飲む一合《いちごう》は　尻《しり》をすえて飲み　たんとも呑《のま》ず　ちと飲んで　ついで呑《の》み　慎《つつし》んで飲めば　つとめますとい〳〵《いい》のんで居《い》る　何もかも飲みこんで行《ゆ》く　呑《の》まして置き　飲み明《あ》かしましょうは　飲みかけた　飲過《のみすぎ》て目が回《まわ》り　飲《のみ》たい虫が腹《はら》でなき　飲みなおし　飲みませぬのみんしたなどゝ《と》　のむ所《とこ》があると　のむと力がつよくなり　飲む話　飲むはよし心酔《よわ》するな　のんだ所をかんがえる　飲んでいる　もう飲めず　やっぱり飲むそうな行回《ゆきまわ》りかん回《まわ》りのむ　なんぼでも飲むさ

【宴会《えんかい》】歌の宴《えん》　宴会だけの筈《はず》で出る　宴会のある日宴会の下戸《げこ》は　宴会の戻りが　宴会みんな顔を出《だ》し　酒たけなわに　酒戦場《しゅせんじょう》　遠い酒《さか》もり　猫も出《で》ぬ酒席　船の酒《さか》もり　宴《さかもり》のめど　宴会を二《ふた》つ稼《かせ》いで　二次会に三次会混沌《こんとん》として　乾盃《かんぱい》も万歳《ばんざい》もして

【居酒《いざけ》】居酒飲んで居《い》る　居酒をば　片足を仕廻《しま》って居酒　小判《こばん》にてのめば居酒も

【酒《さけ》になる】木枯《こがらし》を聴《き》く酒となり　酒になり　話が済《す》むと酒になり　火《ひ》の番小屋《ばんごや》は酒になり　降《ふり》そこないも酒に成《なり》　雪の積《つも》った酒になり

【酒《さけ》も程《ほど》】酒も程あり　程に飲む酒は

【一杯《いっぱい》】一杯〳〵《いっぱい》又《ま》た一杯　一杯出《だ》すに手間取《てまど》らず　一杯の　一盃呑《いっぱいのむ》と　一《いっ》ぱいのんでかきかかり　片口《かたくち》で引《ひっ》かけて来る

【酌《しゃく》・酌《つ》ぐ】おつもりになる置酌《おきぐみ》に　芸のない妓《こ》は酌へ立ち　酌の手《て》くらがり　酌へさし　黙《だま》って酌をして呉《く》れる　女房《にょうぼ》に酌をさせ　暖簾《のれん》越し酌　御返盃《ごへんぱい》　まず一《ひと》つ受けて　子に酌がせ　怖《こ》わ〴〵《ごわ》酌いで　盃《さかずき》へ酌ぎこぼし　酌ぐのではなく盛《も》るの也《なり》　つぐ真似《まね》をさせて　符牒《ふちょう》同士へ無理に注《つ》ぎ　ようついだなあと

【手酌《てじゃく》】お手酌にまかせて女房《にょうぼ》　手酌になれて子沢山《こだくさん》　独酌《どくしゃく》に　独酌《どくしゃく》の馳走《ちそう》に　一人酒《ひとりざけ》

【晩酌《ばんしゃく》】晩酌の追加は　晩酌のビール　晩酌の酔《よ》い

【燗《かん》】一本熱《あつ》うつけてやり　一本だけの燗を待つ　岡でかんをする　送りますよと燗がつき　燗冷《かんざま》し　燗番《かんばん》に黙《だま》って燗をつけ直し　兎《と》も角《かく》燗ける

【ちろり】［酒をあたためる器］　ちろりの腰を懸《かけ》　ちろり

にて　銀のちろりの　ちろりの最期《さいご》

酒飲み

【酒飲《さけの》み】 酒好《さけず》きな夫　酒好《さけず》きになるかもしれぬ　酒のみに添《そ》うて　酒飲みの泰然自若《たいぜんじじゃく》　酒のみをまち合《あわ》せ　飲んだくれ　呑《のま》ぬ日もなし　猩々《しょうじょう》の辻《つじ》うたい　すまねえ〳〵《すまねえ》と　ガブ呑陀仏寝槃像《のみだぶつねはんぞう》　酒如来《さけにょらい》

【上戸《じょうご》】 利酒《ききざけ》をする上戸　上戸の建《たて》た蔵《くら》ばかり　上戸読み　花月《かげつ》へ上戸　飲《い》ける口　飲《い》ける妓《こ》で　酒もいけ

【下戸《げこ》】 顔に顕《あら》わす下戸の酒　下戸上戸《じょうご》　下戸で居《い》る下戸の連《つ》れ　下戸でも死ぬる理《り》を知らず　下戸共《ども》はどこへ消《きえ》たり　下戸に食《くわ》れる初鰹《はつがつお》　下戸の礼　下戸はおれ一人《ひとり》　下戸一人《ひとり》　下戸風呂敷《ふろしき》を忍《しの》ばせて　肴《さかな》を下戸かさね　酒座《しゅざ》に下戸　風月《ふうげつ》へ下戸の客　下戸父に似て　下戸母に似ず　下戸の鼻にハ　のまぬ客のまぬやつ一日拝《おが》む　飲めないと云《い》う方《ほう》へ　飲めぬ方《ほう》　一《いっ》ぱいはつがれぬように

【禁酒《きんしゅ》】 飲酒戒保《おんじゅかいも》ち　禁酒会　禁酒した芸者《げいしゃ》を呼んだ　きん酒してむす子　禁酒の友があり　禁酒の幽霊《ゆうれい》　旭《あさひ》の出《で》には呑《のま》ぬ酒　酒やめた　生涯酒は飲みませぬ　パッタリと呑《のま》ぬも　酒屋《さかや》の禁酒

酔う

【酔《よ》う】 あわれな酒に斗《ばかり》酔い　あんたは酔うている　江戸前《えどまえ》に酔った　男を怖《こわ》く芸者《げいしゃ》酔い　肩を貸す方《ほう》も酔ってる　かな緋《ひ》のように酔《よっ》て来る　今日は酔わしてくれという　酒の酔《よい》　さびしさに酔う酒なれば　大分《だいぶ》酔って居《い》る　盗電《とうでん》の下で酔ってる　なに酔《よ》ったとて〳〵《よったとて》　母もちと酔った　待つ妻酔って来たを知り　酔いきれず　酔い続け　酔うたのが　酔うていず　酔うて叩《たた》く　酔うて出て　酔《よう》て戻《もどっ》た　酔うもよし　酔えない酒にして帰り　酔えば春醒《さめ》れば秋と　酔っている　酔ってない瞳《め》で　酔《よっ》て乗り　なまなか酔った　酔わされてからが気になる　酔《よわ》せた先《さき》を叱《しか》る　酔わせた人を

【酔心地《よいごこち》】 無明《むみょう》の酒の酔《よい》ご〻《こ》ろ　もう三度目の酔心地　わしが国さに酔心地　ほろ酔《よい》の顔も花　ほろ酔《よい》の箸《はし》　ほろ酔《よい》は　微酔《ほろよい》へ　酒機嫌《さけきげん》

【生酔《なまよい》・生酔《なまえい》】「ぐでんぐでん」　とかく生酔立ちたがり　どぶろくの生酔　生酔が来るよとにげる　生酔に　生酔の有《あ》る雛祭《ひなまつり》　生酔の唄《うた》へも　生酔の鬼《おに》ゴッコ　生酔のつっかい棒《ぼう》に　生酔の覗《のぞ》けば　生酔は空気の中を　生酔ひるの気であるき　生酔を家《いえ》づと「苞」にする　生酔を送って

生酔を捨《す》てたも　生酔をつぶして置《お》て　もっとのませろと生酔　機嫌過《きげんすぎ》　ずぶになるつもりで

【酔《よ》いどれ】あゆめ〳〵《あゆめ》と酔《よい》だおれ　いつでも先へ酔《よい》つぶれ　鯛《たい》ちりに酔《よい》どれ少し　のんだくれ　酔い狂《くる》う　酔倒《よいだお》れ　酔《よい》どれに　酔《よっ》ぱらい　顔の赤いはこわくなし　玉山《ぎょくざん》は崩《くず》れて　早呑《はやのみ》こみにした酒乱《しゅらん》　滅《め》茶々《ちゃめちゃ》に酔ったへ　火《か》事場《じば》の酒に管《くだ》を捲《ま》き　書家《しょか》は草書《そうしょ》の舌遣《したづか》い　時には客に管《くだ》を巻き　女房《にょうぼ》はくだを巻きもどし　酔《よっ》てまた管《くだ》を巻き

【酔覚《よいざめ》】巨人だん〳〵《だん》醒《さ》める酒　酒さめて　酔《よい》が覚《さめ》ると年わすれん　酔覚際《よいざめぎわ》の水の味　酔《よい》ざめのうすらかなしさ　酔覚の気も開き　酔《よい》ざめの猿臂《さるひじ》をのばす　酔《よい》ざめのそばで　酔醒《よいざめ》の腹《はら》を直しに　酔醒《よいざめ》の水のお酌《しゃく》は　酔《よい》ざめの療《りょう》治《じ》　酔覚《よいざ》めへ　酔いざめ水を飲み　酔覚を　酔《よい》の醒《さめ》はじめ

【二日酔《ふつかよい》】恨《うら》んでる二日酔　女の方《ほう》も二日酔　煙《けむ》でたばこの二日酔　出れば社長も二日酔　二日酔大根《だいこ》おろしで　宿酔《しゅくすい》に飲む麦酒《ビール》　宿酔《しゅくすい》へ湯豆腐《ゆどうふ》／かぶとを着たる心もち　袖《そで》の梅《うめ》きかぬハ

煙草

【煙草《たばこ》】おたばこあがりませ　鴉片《あへん》より毒な煙草は　往来で煙草一人《ひとり》は　先《さ》ッき煙草を吸《す》った客　煙草いつもの辻《つじ》で消え　たばこ喫《す》う二度目の母を　煙草の落ちかかり　莨《たばこ》の煙《けむ》の　煙草の煙《けむり》　烟草《たばこ》の火　たばこのむ　たばこは人にしいられる　吹《ふ》き出《だ》した煙草の煙《けむり》　落馬《らくば》はすぐにたばこにし　鼻から煙《けむ》が出る　鼻からけむを出《だ》せという　付《つけ》ざしを渡すと

【煙草《たばこ》の輪《わ》】心、心に煙草の輪　煙草の輪　煙草輪に吹いて　延金《のべきん》の前に輪を吹く　輪を吹《ふき》日をくらし

【巻煙草《まきたばこ》】朝の巻煙草　憎い女の巻煙草　巻煙草などに　龍王《りゅうおう》の巻煙草　葉巻《はまき》の眼《め》で笑い

【刻《きざ》み煙草《たばこ》】あら切《ぎり》は　ちんこ［賃粉］切《きり》

【銘柄《めいがら》】国府《こくぶ》を買《かい》にやり　舞葉《まいば》のかおる　バット買う金をバットのけむりに　寒《さ》むそうに敷島《しきしま》をとる　敷島《しきしま》をとられて帰る

【吸《す》う】吸いに行《ゆ》く　二服喫《にふくす》い　不味《まず》く喫《す》い

【吸《す》い付《つ》ける】かみゆいのすい付《つけ》てそる　吸付《すいつ》かれ　吸《すい》つけ煙草《たばこ》で　すい付けてけむをいたゞ《だ》く　吸《すい》つける内《うち》に流れる　すり鉢《ばち》で吸付《すいつ》けて乗る　ろうそくの灯《ひ》ですい付《つけ》て

【一服《いっぷく》】一《いっ》ぷくふみつぶし　この道でいっぷくしよう　まず一《いっ》ぷくと　羽子板《はごいた》で一《いっ》ぷくはこぶ　喫煙所

【灰吹《はいふき》】吸殻を入れる竹の筒　灰吹の音で　灰ふき捨《す》てさせる　灰吹に烟《けむ》りの残る　灰ふきを持って見たてる　たばこぼんから天上《てんじょう》し　煙草盆算盤《たばこぼんそろばん》にのせ　たぼこぼんでもほしく見え

【吸殻《すいがら》】喫《す》いがらうまく落ち　積みつくす喫殻《すいがら》　はたく吸《すい》がら　あんどんはふきがらだらけ　ふきがらをけしてくんなと　ふきがらをじゅうといわせる　吹《ふき》がらを踏《ふみ》

【煙草入《たばこいれ》】たばこ入《いれ》　両口《りょうぐち》の煙草入れ

【煙管《きせる》】おやじきせるを出《だ》してみせ　きせる掃除《そうじ》をして帰り　煙管はござります　煙管まで又出直《またでなお》して　煙管を出《だ》して叱《しか》られる　きせるをはたき　金煙管《きんぎせる》　金《きん》のきせる　くわえぎせるでひき懸《かか》り　怠《さぼ》りのヤニ煙管《ぎせる》　つぎぎせるくわえてあるく　くわえぎせるはなりません　焼《やき》ぎせる　きせるにて書《かく》

【銀煙管《ぎんぎせる》】〔道楽者の必携品〕　銀ぎせるおとした話　銀ぎせる銀のようだと　銀ぎせるくわえてむす子　銀ぎせるふられてきずを　路《ろ》ぎん〔銀〕に払う銀ぎせる　わらつ火《び》へ銀をつっこむ　かんどう〔勘当〕へ持ってう〔失〕しょうと

【雁首《がんくび》】きせるの煙草をつめる部分　雁首がポクリ　がんくびでつっぱって居《い》る　がん首《くび》の色上《いろあ》げをする　吸口《すいくち》で火を吹《ふ》いて居《い》る

住

家

【家《いえ》】あばら屋《や》の　家近し　家でない　家賑々《にぎにぎ》と月入《い》れて　家二軒《にけん》　家の静かさよ　家のしめくゝり　家へ来る　家へ着《つ》き　家も秋　家持《いえもち》の　家もやゝけしきとゝのう　家を潤《うる》おす　美しく暮《くら》す家　この家の　三階の家あり　他家《たけ》の雨へ起き　チャント築地《つきじ》に家を買い　どの家も　なつかしき家に在《あ》る日を　一間《ひとま》足《た》りない家に住み　火の降《ふ》る家は　新宅《しんたく》の汚れはじめは瘦《やせ》た家　臨時に借《き》りた家のよう　四方《しほう》を覗《のぞ》く新宅《しんたく》　広い新宅《しんたく》　鼠《ねずみ》の内《うち》へ帰って来　人の巣《す》を作る　藁屋《わらや》の雨はうらの苦屋《とまや》の　あずま屋《や》へ来る　庵室《あんしつ》の薬せんじる　庵《あん》の戸へ尋《たず》ねましたと　庵初《いおりぞ》め　お仮屋《かりや》へ来て　我庵《わがいお》は富士の見えない　草の庵《いお》　草庵《そうあん》のなかに眼《め》をつむる

【隠れ家《かくれが》】隠れ家に美婦《びふ》　ずらかる隠れ家を　洩《も》れる隠れ家　婿《むこ》のかくれ家《が》

【乞食小屋《こじきごや》】乞食小屋カメラに入れる　乞食小屋からみんな出る　草庵《そうあん》乞食小家　蒲鉾小屋《かまぼこごや》に時を待ち

【山家《やまが》】［山里の家］医者のない山家　奥山家《おくやまが》　むきむきに建《た》てる山家の　山家に早い夜の色

【長屋《ながや》】い丶井戸《いいど》の長屋を　九尺店《くしゃくだな》でも　島の内《うち》長屋ずまいも　隣《とな》りは地獄裏長屋《じごくうらながや》　中で口《くち》きく相借家《あいじゃくや》　長屋《ながや》中《じゅう》長屋でにくまれる　長屋の子《こ》　長屋の晩《ばん》の膳《ぜん》

【店子《たなこ》】借りて住む人　店子から直訴《じきそ》が起る　店子の偽病気《にせびょうき》

【裏店《うらだな》】裏通りの長屋　裏店の女将軍《おんなしょうぐん》　裏店へ落ちて以来の暗いわが家《や》があるばかり　見れば吾家《わがや》も影《かげ》になり

【明店《あきだな》】［空き家］明店二けん出来《でき》　明店のたえぬがもとの明店　空家《あきや》がありあまるというのに

【貸家《かしや》】貸家ばかりの冬となり　貸家札貼《かしやふだは》って　霜《しも》を承知の貸家《かしや》札《ふだ》　二三軒《にさんけん》貸家を持って　家を借り

【売家《うりや》】売家札《ふだ》まで斜め　凄《すご》い売家《うりいえ》　売家を隣《となり》に持《もっ》て

【標札《ひょうさつ》】標札に聞けば　胸倉《むなぐら》へ標札を出《だ》す

【下宿《げしゅく》】帰る下宿に窓が明《あ》き　靴を揃《そろ》えて呉《く》れた下宿の娘《こ》　下宿屋《げしゅくや》空間《あきま》あり　下宿屋は鯛《たい》を買い　素人御下宿《しろうとおんげしゅく》　兎《と》に角《かく》下宿わき返《かえ》り　安下宿《やすげしゅく》でも

【間借《まがり》・貸間《かしま》】借りた一間《ひとま》なり　間借しているとは　間借のように住み　二階借《にかいがり》　貸間なり　貸間の札《ふだ》に立ち　貸二階《かしにかい》　一人《ひとり》もの二かいをかして

【二階《にかい》】奥二階　お祭りの日の二階　二階から此処《ここ》だ〳〵《ここだ》と　二階で昼寝なり　二階の灯《ひ》　二階の膝《ひざ》のかしこまり　二階のような気で下《お》りる　二階は吊《つる》すものばかり　二階へ上《あが》ってみたくなり　二階を借りて　無理な首尾《しゅび》した裏二階《うらにかい》　夕立《ゆうだち》を二階から見る　猫の二階へ上《あが》る

【梯子段《はしごだん》】［階段］裏梯子《うらばしご》頭は痛し　裏梯子《うらばしご》までと　踊《おど》り場《ば》の　階段で逢《あ》うと　きゅうじ［給仕］はしごを大義《たいぎ》がり　さむい階子《はしご》をかけ上《あが》り　段梯子《だんばしご》上《あが》れば　梯子段だけ二《ふた》ツ有《あ》り　段の違うさ丶《さ》やき　箱階子《はこばしご》

【廊下《ろうか》】さても冷《つ》めたい長廊下《ながろうか》　引付《ひきつ》けの廊下で　ふけわたるろうかを　夜の廊下の幾《いく》まがり　廊下が少し濡《ぬ》れ　廊下の突《つ》き当《あた》り　廊下の艶《つや》を惜《お》しがられ

部屋

【部屋《へや》】行灯部屋《あんどんべや》へ坐禅《ざぜん》　暮《く》る丶《る》部屋　芸者部屋《げいしゃべや》　化粧部屋《けしょうべや》　書生部屋《しょせいべや》　女中部屋《じょちゅうべや》　女優の部屋は取散《とりち》らし　心中《しんじゅう》の隣《となり》の部屋は　立《た》ち聞《ぎ》きゆるせ女部屋《おんなべや》　人のいぬ部屋に　雛《ひな》の部屋　元の部

屋　嫁《よめ》の部屋這入《はい》ると　深窓《しんそう》の
【座敷《ざしき》】京間《きょうま》の座敷　心中《しんじゅう》の座敷一《ひと》ばん［晩］　夏座敷《なつざしき》
袷羽織《あわせばおり》は　夏座《なつざ》敷裸《しきはだか》で何か　離《はな》れ座《ざ》敷《しき》の茶の一間《ひとま》　離《はな》
れへ三味《しゃみ》を借りて置き　ひさごの奥座敷《おくざしき》
【客間《きゃくま》】客室に琴《こと》もピヤノも　客間のは
【大広間《おおひろま》】畳《たたみ》波打つ大広間　火は利《き》かぬ大広間
【間《ま》】次《つぎ》の間へ聞《きこ》えるように　次《つぎ》の間へつくろって出《だ》す
ややこしい間取《まど》りもあって
【室《しつ》】画室《がしつ》で風を引き　自習室　死亡室　製図室《せいずしつ》　暖《だん》
室《しつ》に　室《むろ》の梅《うめ》　室《むろ》の花　温室に
【応接間《おうせつま》】応接間客が帰ると　すむまで待たす応接間
舞台はいつも応接間　吹雪《ふぶき》の見える応接間
【寝室《しんしつ》】寝室の死をうつ雨の　さむい寝所《ねどころ》　遠い寝所《ねどころ》
寝所《ねどころ》をへし折《おっ》て置く　老《おい》の寝間《ねま》　人は燃えてる閨《ねや》のうち
紅閨《こうけい》に　ちろりの通《かよ》う紅閨《こうけい》
【書斎《しょさい》】書斎から怒鳴《どな》り　闘魚《とうぎょ》など置いて書斎に　黙《もく》
想《そう》に落《お》つ書斎　もの音もあらぬ書斎の　丘《きゅう》ぼう未《いま》だ寝《ね》ず
【四畳半《よじょうはん》】二人《ふたり》四畳半　四畳半鳥が焦《こ》げつく　四畳半
波々《なみなみ》とつぐ

【床《とこ》の間《ま》】たぬき屋で床の間が済《す》む　床の間に百日紅《さるすべり》
床に冥加《みょうが》なばしょうの画《え》　床柱《とこばしら》
【仏間《ぶつま》】仏間から　仏間の鼠《ねずみ》
【仏壇《ぶつだん》】仏壇の灯《ひ》になづみ　仏壇の身代金《みのしろきん》　仏壇よく光
り　仏《ほとけ》のめしの中《ちゅう》がえり
【位牌《いはい》】位牌の子が笑い　位牌もち　仮位牌《かりいはい》　誰の位
牌か一《ひと》つ持ち　貧乏に過ぎた位牌は
【飾《かざ》り物《もの》】開《あ》け放《はな》つ飾り物　大方《おおかた》飾りもの　招き猫
薬玉《くすだま》を　島台《しまだい》届けられ
【神棚《かみだな》】神棚の広さに鼠《ねずみ》　神棚へ鰯《いわし》の煙　神棚へ屑屋《くずや》の
五銭《ごせん》　神棚も横綱《よこづな》を張る　棚の御神酒《おみき》を見付出《みつけだ》し
【灯明《とうみょう》】［神仏に供える明かり］　神棚の灯明　神棚灯《ひ》が揃《そろ》
い　灯明是《これ》も家の花　灯明の風を気にする　灯明を上げ
て　灯明を消して戻れバ　献灯《けんとう》にもたれて　献灯《けんとう》は
【縁起棚《えんぎだな》】縁起棚から宵《よい》になり　汚された延喜棚《えんぎだな》
【棚《たな》】片足だけを棚へぬぎ　袋棚《ふくろだな》　目のつけ所《どこ》も違《ちが》い棚《だな》
黒棚《くろだな》をかざって見せる　棚一《ひと》つ　棚をまげて釣《つり》
【隠居所《いんきょじょ》】隠居所をくすぼらせ　隠居を一夜《ひとよ》借《かり》る
【玄関《げんかん》】玄関口《げんかんぐち》で寒く待ち　玄関であくびをさせる　玄

関に足音ばかり　玄関にきたな過ぎ　衝立《ついたて》の有《あ》る上《あが》り口《ぐち》

【待合室《まちあいしつ》】煙《けむ》になる待合室で　ストーブに待合室の　待合室で見てもらい

【土間《どま》】片足土間へ下《お》り　大根が土間にころがり　土間の隅《すみ》なる蝸牛《かたつむり》　夕刊が土間に落ちてる

【天井《てんじょう》】大風《おおかぜ》の日の天井を　天井で　天井に榊《さかき》つかえて　天井低く見え　天井へ壁へ心へ　天井を見せて

【敷居《しきい》】上の閾《しきい》が減っている　敷居《しきい》ごし　ヤットまたいだ　門敷居《かどしきい》　敷居もおとなしき

【壁《かべ》】海くさい壁の中ゆく　うらかべは　壁から月が洩《も》れ　壁静か　壁に言うものゝ《の》　壁の穴　壁の影《かげ》壁をのこして　壁のかなたにつもる雪　壁の外までは見えない　壁の肋《ろく》も骨《こう》も見え　壁一重《かべひとえ》　壁へ顔向けて　壁を撫《な》で　壁をぶち　壁を振返《ふりかえ》り　壁を掘り　壁を見る　腰板《こしいた》は　町家《まちや》の壁の　ごみ〳〵《ごみ》の中の白《しら》かべ　すっくと壁に立ち　鉄壁《てっぺき》も通《と》うれと　どの壁も飾るにまかす　待っている壁も冷たい　壁土《かべつち》の　煉瓦《れんが》も積みて家

【踏台《ふみだい》】この踏台の寸足《すんた》らず　権助《ごんすけ》を踏台にする　生酔《なまよい》をふみ台にして　踏台にされるも人の

家具

【椅子《いす》】椅子があり　椅子そのものもひた走る　椅子倒れ　椅子で死ぬ場を寝《ね》ころんで　椅子の脚《あし》　イスは居眠《いねむ》るように出来《でき》　椅子は妹《いもと》のものになり　椅子を立ち　暮《く》れるイス　逆《さか》さのイスの間《あい》を抜《ぬ》け　文化村《ぶんかむら》椅子に母親　本社の古いイスが来る　回《まわ》り椅子

【ソファー】ソファーのくぼみ　寝椅子《ねいす》一脚《いっきゃく》紳士《しんし》めき

【ベンチ】母はベンチで夏蜜柑《なつみかん》　ぼんやりと浮くベンチ　ロハ台は

【脇息《きょうそく》】脇息に待ち　脇息へもたれて

【籐椅子《とういす》】寝籐椅子《ねとういす》　籐椅子のどちら向けても

【机《つくえ》】机上《きじょう》メモ　事務机　机から悔《く》やみを申す　机背負《しょ》わせる　机散らからず　机にのせる春の蚤《のみ》　机の上に灯《ひ》の下に　机は膝《ひざ》で持ち上がり　塗《ぬ》り机《づくえ》　夜《よ》の机　卓上《たくじょう》のあるが　餉台《ちゃぶだい》を広げる音に　螺鈿《らでん》の卓《たく》に豚くさく

【抽斗《ひきだし》】からまって抽斗のあく　スリルは妻の小《こ》ひきだし　抽斗に何を慕《した》って　抽斗の一番底に　抽斗の掃除をすると　抽斗の中にころがる　抽斗持って死に

【金庫《きんこ》】金庫親父《きんこおやじ》と出る娘　金庫の音もなく　金庫のような腹《はら》を持ち　金庫も据《す》えてあり　金庫をあきらめる

【下駄箱《げたばこ》】下足箱《げそくばこ》　下駄箱がちと広過ぎる　下駄箱へ

【戸棚《とだな》】戸棚から聞く若戎《わかえびす》　戸棚から酒も出て来る　戸棚から間男《まおとこ》　戸棚は箱を横にする　留守《るす》中《ちゅう》の戸棚

【箪笥《たんす》】から箪笥《だんす》　墨摺《すみす》ってさえ鳴《な》るたんす　箪笥に手をかけて　たんすから［唐］草金《くさきん》なし地《じ》　箪笥の上で下駄《げた》は待ち　たんすの裏に道があり　箪笥の奥の奥へ入れ　箪笥の方《ほう》を見る　たんすへ手をかける　たんすへ深く手を入《い》れる　たんすをまぜかえし　詰《つ》め込《こ》んだ箪笥の奥に　出来合《できあい》のたんすはどれも　嫁《よめ》は箪笥の中へ入《い》れ

【本箱《ほんばこ》】本箱に仲《なか》よう　本箱の彼方《かなた》に　本箱も柾目《まさめ》にしたし　本箱を背負《しょ》って寝ている　本箱をちらかしてゆく　起きて見つ寝て見つ書架《しょか》の　書架《しょか》に煤《すす》けた育児法　書架《しょか》の背文字《せもじ》に立ちくるる　啄木集《たくぼくしゅう》が書架《しょか》にあり

水回り

【台所《だいどころ》】汚《きた》ない台所　牛飯《ぎゅうめし》の台所　寒い台所　実家《じっか》の台所　台所《だいどこ》に　台《だい》所《どこ》へ回《まわ》した団扇《うちわ》　台所に暮《く》れる　台所《だいどこ》のふしん奉行《ぶぎょう》ハ話《はな》す台所《だいどこ》　母の台所　ふざける台所　冬の台所　やっぱり台所《だいどこ》　お勝手《かって》の棚へ　勝手《かって》へ女客《おんなきゃく》　勝手元《かってもと》　流しに虫の歌　ながしにわんだらけ　ながし元《もと》　鰒買《ふぐかっ》て余所《よそ》のながしへ　炊事場《すいじば》の乾《かわ》く間《ま》のない　つかううらやの惣《そう》ばしり

【庫裏《くり》】［台所］　庫裏から見える足のうら　庫裏の静まる　厨《くり》の月　庫裏は踊《おどり》のがくや也《なり》　庫裏を近道《ちかみち》　庫裏にさびしく溜《た》まる　庫裏の静まる　庫裏の鞘鳴《さやなり》

【板の間《いたのま》】板の間母の居《お》り所《どころ》　板の間へ菜《な》をぶんまける

【井戸《いど》】朝の井戸車《いどぐるま》　あふれ井戸　井戸がわへ嫁《よめ》つかまって　井戸という井戸を　井戸にも宿《やど》る月　井戸のポンプがみな凍《こお》り　井戸へおろして　井《い》のほとり　京《きょう》はのこらず車井戸《くるまいど》　車井戸《くるまいど》むりじゃいかぬと　こわ〲《ごわ》上げる井戸の綱《つな》　すっかりなじむ井戸の音　筒井筒《つついづつ》　女房《にょうぼ》は井戸でこわがらせ　覗《のぞ》く井戸　井戸覗《のぞ》く　昼の井戸　深井戸《ふかいど》を地主が掘って　古井戸《ふるいど》に　井戸ばたであびるははね釣瓶

【釣瓶《つるべ》】太夫《たゆう》のふりつるべ　つるべで呑《の》んでしかられる　ひとりでに釣《つ》るべの下《さが》る　不器用《ぶきよう》な釣瓶へ

【筧《かけい》】筧から飲む　筧にも引く滝《たき》の糸　筧の水に蓼《たで》が浮く　筧の水の音

【下水《げすい》】蜘《くも》と下水で日をくらし　下水管《げすいかん》　流るゝ《る》割下水《わりげすい》

【手水《ちょうず》】［手洗］　洗面所　塵手水《ちりちょうず》　手洗《てあらい》の月一《ひと》つ　手水《ちょうず》鉢《ばち》　疲れ手洗鉢《てあらいばち》へ捨《す》て

【雪隠《せっちん》】［トイレ］ 雪隠で唄《うた》をうたって　雪隠へ六十六屎《ろくじゅうろくくそ》　雪隠で新聞　雪隠でぶどう一《ひと》ふさ　雪隠二年越《ご》し　雪隠の内《うち》と外　雪隠の瓦家根《かわらやね》　雪隠の敷畳《しきだたみ》　雪隠の屋根《やね》は大《おお》かた　雪隠の用はなし　雪《せっ》ちんを苦労にし　雪隠を戻《もど》れバ　なが雪隠《せっちん》の二《に》年越《ねんごし》　嫁《よめ》は雪隠出《で》にくがり　雪隠へ先を越されて　便所も客止《きゃくど》め　書置《かきおき》を厠《かわや》へすてる　かわやから　厠口《かわやぐち》　厠《かわや》にいたら　後架《こうか》まで上下《かみしも》で行く　はゞ《ば》かりを借りる女《おんな》の　嫁《よめ》はゞ《ば》かりへ持って行《い》き

建具

【障子《しょうじ》】跡《あと》で障子の穴を張り　あぶらしようじもおろかなり　御障子《みしょうじ》が明《あ》いたで雀《すずめ》　小障子《こしょうじ》に　断《ことわ》りて障子をあける　酒肴《さかな》つゞ《づ》く障子に　障子あけ放《はな》ち　障子さえはれば　障子に丸いかげがさし　障子の穴をふせ　障子のうちの水仙花《すいせんか》　障子の紙一《かみひと》重《え》　障子の切張《きりば》り　障子をうとむ　障子を閉《し》めに立ち　障子を狭《せま》く人を呼び　障子を振《ふ》り返《かえ》り　煤《すす》け障子へ時に障子の紙を撫《な》でる　反古《ほご》障子《しょうじ》　障子明るき緋《ひ》の袴《はかま》

【襖《ふすま》】襖破《やぶ》れた音であき　鎗《やり》が出《で》そうな白襖《しろぶすま》　夜の襖は病《や》まず　間違《まちが》いの襖明《あけ》れば

【唐紙《からかみ》】唐紙が明《あ》く　唐紙の隣《となり》も　から紙の形《なり》に倦《あき》たる

【畳《たたみ》】畳にけつまづき　畳に頬《ほお》をつけて寝る　畳の穴に紙を張る　畳の上の秋をふむ　畳の縁《ふち》ゆく昼あそび　畳へ松の影《かげ》　一《ひと》ツ畳にかたまらせ　備後《びんご》表《おもて》の　古畳蚤《ふるだたみのみ》多し

【敷物《しきもの》】あぐらの下は虎《とら》の皮　襖《ふすま》の前の熊《くま》の皮

【筵《むしろ》】絵《え》莚《むしろ》に小石を付《つけ》て　寝て見てなぶる比翼蓙《ひよくござ》　花を忘れる貸しむしろ　餅筵《もちむしろ》子供は狭《せま》く　りゅうきゅうに寝る

【屏風《びょうぶ》】美しく売る貝屏風《かいびょうぶ》　きせるにて寄せる屏風の銀屏風《ぎんびょうぶ》　包《つつみ》から屏風を出《だ》して　屏風では六畳《ろくじょう》の間《ま》も　屏風の衣吹《ころもふき》おとし　屏風の詩《し》　枕屏風《まくらびょうぶ》の鴛鴦《おし》が聴《き》く　夜具《やぐ》に屏風を立回《たてまわ》し／雀形《すずめがた》たゝ《た》いて　袖屏風《そでびょうぶ》

【金屏風《きんびょうぶ》】菊の影《かげ》おく金屏風　金屏風出《だ》した日の母　外《ほか》に役《やく》あり金屏風／借物《かりもの》で見世《みせ》に後光《ごこう》が

【日除《ひよけ》】日覆《ひおおい》低き店へ　日除裏《うら》を見せ　葭簀《よしず》にかえて

【簾《すだれ》】青すだれ　葭《こも》すだれ　すだれ越《ご》し　すだれの外《そと》でいい　簾を赤くさせて行《ゆ》く　簾を掛《か》けて飯《めし》にする　縄《なわ》すだれ　嫁《よめ》の願いは鬼《おに》すだれ　一《ひ》と宿《しゅく》つゞ《づ》く鬼《おに》すだれ　管簾《よしすだれ》　玉《たま》だれの内《うち》に　カーテンに浮く

【旗《はた》】気の抜《ぬ》けている旗を出《だ》し　錦旗《きんき》に春の風が吹き　三角旗《さんかくき》忘れて行った　大漁《たいりょう》の旗にさんざめき

住

【幕《まく》】大きな幕をおろしましょ　白き幕となり　まくの穴から　幕人《ひと》の気《き》をうばうなり　幕をはらます風があり　幕をのぞけば金屏風《きんびょうぶ》

戸

【戸《と》】X《エックス》の戸をあけてみつ　大戸《おおと》上《あ》げろと　草の戸へ　斯《こ》うやれば戸が明《あ》くと云《い》う　戸の明《あ》け立《た》てのやかましさ　戸へたてつける　戸を明《あ》けず　戸を開《あ》けて　戸を明《あ》けておや〳〵《おやおや》と　戸を締《しめ》てから　拭戸《ぬぐいど》は廊下《ろうか》に建《たて》る　バッタリ戸をおろし　春の風戸を打ちて　人が水さして中戸《なかど》の　昼明《ひるあけ》て音のせぬ戸に　よし戸越《どご》し　夜の戸もおろし　ほとほとという戸の音に

【くぐり戸《ど》】犬くゞ《ぐ》り　耳門《くぐり》をあけて出る　首斗《くびばか》りくゞ《ぐ》りへ入れて　潜《くぐ》りを覗《のぞ》く美しさ　明《あけ》た切戸《きりど》に胸騒《むなさわ》ぎ

【ドア】ドア押して見て引いて開《あ》け　ドアが開《あ》く　屈託《くったく》せぬ鉄扉《てっぴ》　扉《と》に鍵《かぎ》のある哀《あわ》れ

【雨戸《あまど》】雨戸に穴があきの風　かたい雨戸をあける気味《きみ》　走りの悪い古雨戸《ふるあまど》　ふるは〳〵《ふるは》と雨戸くる

【鎧戸《よろいど》】銀行の鎧戸かたく　金庫を守る鎧戸に　よろい戸《ど》は　鎧戸を押せば　鎧戸を下《お》ろせば

【つっかい棒《ぼう》】しりさしにして　つっかい棒が折《おれ》た家　つっかい棒に長煙管《ながぎせる》

【鍵《かぎ》】一個の鍵にふれながら　鍵穴《かぎあな》一《ひと》つ　鍵が違《ちご》うて　鍵が鳴《な》り　鍵しっかりと掛《か》けて出る　鍵の音の消ゆるとこから　鍵一《ひと》つ　鍵をかくす也《なり》　世帯《しょたい》の鍵の下《さ》げはじめ　少しよけいにかぎをさげ　路次《ろじ》のかぎをかり

【戸締《とじま》り】厳重な戸締りで寝る　戸締りの音を聞き　戸締りよりは口の門　戸締りをせずに　戸締りを忘れた　よく閉《し》めて寝ろといい〳〵《いい》

【錠《じょう》】明《あ》キ兼《かね》る錠に　雪隠《せっちん》へおろす錠　不在《ふざい》の錠が下《お》り　家の閂《かんぬき》ぴたと閉《し》め　子は家の閂《かんぬき》

【空錠《からじょう》】見せかけの錠　裏木戸《うらきど》の空錠　空錠かねて承知《しょうち》なり

【蝶番《ちょうつがい》】禁酒洋紙で蝶番《ちょうつが》い　屏風《びょうぶ》の蝶《ちょう》つがい

窓

【窓《まど》】朝の窓　此《この》窓で富士《ふじ》が見えます　小窓《こまど》から見るたび見ゆる　どの窓見ても　のぞく窓　引窓《ひきまど》のたたぬを　窓から首を出《だ》し　窓でうるわらじ　窓越《まどご》しに銭《ぜに》を受取る　窓毎《ごと》に会社の違《ちが》う　風《かぜ》窓に逃げ　窓に糸瓜《へちま》と夕顔《ゆうがお》と　窓に倚《よ》り　まどの梅《うめ》　窓の月唄《うた》に忘れて　窓の無い　窓はねずみの風が吹き　時雨《しぐ》る丶窓へ　窓をあければ　人の住む窓を出てゆく　窓を打ち

住

丸窓《まるまど》へ一枝《ひとえだ》投げる　柳《やなぎ》の葉程《ほど》までをあけ　引窓《ひきまど》に　窓で売るわらじ　硝子《ガラス》窓《まど》　窓硝子《まどガラス》　窓のガラスを叩《たた》きあい　網窓《あみまど》あけ放《はな》てば　網窓《あみまど》の外の　その網《あみ》の目《め》にふくむ風

【格子《こうし》】顔へ格子の跡《あと》が付《つき》　今日も格子で別れけり　格《こう》子《し》先《さき》　格子内《うち》から出《だ》す煙草《たばこ》　格子の障子《しょうじ》少し明《あ》き　格子の外は靴をぬぎ　まだ起《おき》ぬ格子のうちに　出格子《でごうし》で鰹《かつお》買日《かうひ》は　出格子《でごうし》で往来《ゆきき》を留《とめ》る　出格子《でごうし》へ子をさし上《あげ》て

【縁側《えんがわ》】縁側に　縁先《えんさき》の　二人《ふたり》小春《こはる》の南縁《みなみえん》　皆《みな》縁側へ陣《じん》をとり　引越《ひっこし》の縁　縁へ並べる　稲《いな》づまや縁まで来ては縁から届くきゅうりもみ

【軒《のき》】漬物屋《つけものや》呼ばれた軒で　軒先《のきさき》や　軒に玉味噌《たまみそ》

【露台《ろだい》】カイゼルが露台へ出る日　バルコニー　露台に出る日　見晴《みはら》しへ又《また》泣きに来る　見晴《みはら》しで雪見酒《ゆきみざけ》

屋根

【屋根《やね》】赤い屋根　石置く屋根に　板屋《いたや》根《ね》の草　庵《おれ》の家根《やね》　クロスワードの家根《やね》を持ち　となりのやねで　万民《ばんみん》の瓦屋根《かわらやね》　ぺん〳〵《ぺん》草《ぐさ》の屋根へ消え　松越《まつご》しの屋根の上　屋《や》ね板《いた》を鳶《とび》のくわえる　屋《や》ねから落《おち》た人《ひと》と　屋根に敷《し》く落葉《おちば》の下の　屋根の上にも草の花　屋根の草　屋根の中なり桐《きり》の花　屋根ひとつ隔《へだ》てて　屋根へ追い上げて　別荘《べっそう》の家根《やね》が見えてる

【トタン】とたんぶき　トタン屋根《やね》　ブリッキに似たトタン　焼《やけ》トタン　屋根《やね》の亜鉛《トタン》が暑い恋

【瓦《かわら》】雨に瓦は黒いもの　朝が来ている鬼瓦《おにがわら》　破風《はふ》の上にも鬼瓦《おにがわら》　火を吹きそうな鬼瓦《おにがわら》

【煙突《えんとつ》】あの煙突が邪魔《じゃま》になり　烟筒《えんとつ》のように　煙筒《えんとつ》煙道《えんどう》　煙突おっ立て丶《て》　煙突そびえ立つ　煙突の中を覗《のぞ》いた　煙突一《ひと》つ殖《ふ》え　そびゆる煙突

【避雷針《ひらいしん》】孝子《こうし》は墓へ避雷針　古城《こじょう》を守る避雷針　避雷針のねらう　雷《かみなり》よけで天窓《あたま》うち

庭

【庭《にわ》】雨くる庭の　お庭先《にわさき》　互い違《ちが》いに庭をほめ　通《とお》り庭　庭が濡《ぬ》れ　庭ともつかず樹《き》を植える　庭に立ち　庭に水　庭のカニ動く　庭の隅《すみ》　庭のほこりで鶏《とり》を飼《か》い　庭のもの　庭掃《は》いてよる年を知る　庭は花壇《かだん》の色に酔《よ》い　庭をはき　冬の庭　万盛庵《まんせいあん》の庭を知り

【植木《うえき》】植木の犬《いぬ》ざくら　植木の夏となり　接木《つぎき》を枯《から》す虫　接木《つぎき》をし　庭の松へも振《ふ》りをつけ　雪ばかりなる植木棚《うえきだな》　盆栽家《ぼんさいか》かと初手《しょて》思い

【植木鉢《うえきばち》】あわて丶《て》入れる植木鉢　枯《か》れたまんまで植

木鉢　丹精《たんせい》の新芽《しんめ》惜《おし》んで　釣忍《つりしのぶ》　牡丹《ぼたん》の鉢を買う夜《よ》かな　又引払《またひきはら》う植木鉢　物干《ものほし》の植木やかんで　石台《いしだい》だらけ

【菊《きく》の鉢《はち》】菊根分《ねわ》け　菊の世話《せわ》　菊の主《ぬし》　菊の根を分《わけ》て添《そえ》たり　菊の鉢　菊の鉢嗅《か》いで　君が根分《ねわ》けの菊畑《きくばたけ》

【葡萄棚《ぶどうだな》】葡萄熟《じゅく》しつゝ《っ》　ぶどう棚あれいたちがとぶどう棚なったと　葡萄棚日除《ひよけ》にし

【石段《いしだん》】石段の数を忘れる　石段をかぞえわすれて石段を軽く降《お》りてる

【飛石《とびいし》】飛石に年号もある　飛石を数《かぞ》えて舞妓《まいこ》　人の下駄《げた》飛石にして　飛石にすると

【石灯籠《いしどうろう》】秋草《あきぐさ》を灯籠《とうろ》に添《そ》える　石《いし》どうろ買人《かいて》があればまだ売れてない石灯籠《いしどうろ》　夜に灯籠《とうろ》もねむい顔

【物干《ものほし》】物干かりに来る　物干で相撲《すもう》をとって　物干に暑《しょ》を避《さ》けて居《い》る　物干へ親類を呼ぶ　物干へひょいとあがって　屋根《やね》の物干

【物干竿《ものほしざお》】物干竿が落ち　物干竿で届きそう　さおあげのまた　竿《さお》を上げ　元の竿《さお》

【池《いけ》】雨の池　池すれすれの藤《ふじ》の房《ふさ》　池に宝珠《ほうじゅ》を盛上《もりあげ》る　池のうたかた一《ひと》つ消え　蛙《かわず》とぶ池はふかみの　伝説の池へ　せん水《すい》へしょうじひやかす　木枯《こがらし》に不忍《しのばず》の池《いけ》　池の鯉が寄り　手の鳴《な》る方《ほう》へ鯉緋鯉《こいひごい》　冬の緋鯉《ひごい》を見ていたり

【物置《ものおき》】それ覚えてか物置で　物置何か出る

【噴水《ふんすい》】智者《ちしゃ》が愛すか噴水器《ふんすいき》　血に噴水の管《かん》をあて　噴水に逆《さか》らっている　噴水に眼《め》を射《い》られたも　噴水の流れるところ　噴水の馬鹿が　噴水も上がらず

【溝《みぞ》・溝《どぶ》】大きな溝を掘りあぐみ　溝板を上げると　溝で行《ゆ》き止《ど》まり　溝なくば戸は立《たた》ず　溝へ来て　どぶをこし　小便《しょうべん》どぶへせず

【堀《ほり》】堀へ着《つ》き　堀を埋めては利《り》を払い

【垣根《かきね》】いけ垣《がき》のうらの相手は　柿赤し坂の石垣　垣《かき》にさえ四目《よつめ》　垣根からのぞく　其《そ》の境界へ桐《きり》を植え　竹垣《たけがき》へ打つ　手数《てかず》のかゝ《か》る垣《かき》を結《ゆ》い　籬《まがき》の乱《みだ》れ菊《ぎく》　あさがおの垣根ごし　母に逢《あ》うのも垣根ごし

【塀《へい》】寺の塀　船板《ふないた》で出来《でき》た塀　塀から鼻を出《だ》し　塀越えて　塀へ懸《か》けものかけて置《おき》

【門《もん》】大きな門をしめ　大きな屋根《やね》のある門《かど》を　門《かど》に立ち　神〳〵《かみがみ》を閉門《へいもん》にして　製鋼《せいこう》の門　鉄の門を破《やぶ》る　流れる門のバネを締《し》め　敗者《はいしゃ》の顔で門を出る　門の戸を

叩《たた》くとともる　門を出《で》ず　門を出《で》て行《ゆく》　門を一《ひと》しきり

【裏口《うらぐち》】裏から入るのを見つけ　うら口《ぐち》へ　裏へ回《まわ》れと母小《ははこ》声《ごえ》　一人《ひとり》も出《だ》さぬ非常口

【木戸《きど》】お隣《となり》の木戸が気になる　木戸《きど》ぎわに居《い》るひとり者《もの》　木戸が開いた　裏木戸《うらきど》からの客があり　裏木戸《うらきど》へ褪《あ》せた浴衣《ゆかた》の　裏木戸《うらきど》を開《あ》けさせる

【枝折戸《しおりど》】枝折戸を蹴《ける》　柴折戸《しおりど》を叩《たた》けば　枝折《しおり》へ雪の朝の客　柴《しば》の戸《と》をたてり　柴《しば》の戸《と》を大根《だいこ》でたたく

建てる

【建《た》てる】家を建て　組伏《くみふ》せたように建てる　こう建つと思わぬような建増《たてま》して　建増《たてま》し見てもらい　石突《いしづき》のはかゞ《が》ゆく

【杭《くい》】打ち込んだ杭は　杭うちのどひゞ《び》きよ　杭乾《かわ》き杭の影《かげ》　杭を提《さ》げ　棒杭《ぼうくい》と水　棒杭《ぼうくい》は　胴突《どうづき》の声

【柱《はしら》】じゃまに成《な》る柱の多い　どの柱にもとり乱し　柱にさゝ《さ》えられ　柱に箒《ほうき》とそろばんと　柱にも少し葉の有《あ》る柱にも杖《つえ》にもならぬ　柱は馬に食《くわ》れけり　柱へよっかゝ《か》り　梁《はり》の梁《はり》の眼《め》が　拭《ふ》きこんだ柱の艶《つや》も

【釘《くぎ》】板塀《いたべい》の上に釘　女の打った釘へかけ　釘打つと　釘があり　釘と銭《ぜに》の音　釘並び　釘の折れ　釘も利《き》かなくなった箱　釘を打つのがよく聞《きこ》え　釘を足《た》し　忍《しの》び返《がえ》しの釘なまれ　邪魔《じゃま》な所に釘がある　中途で曲《まが》る釘直して打《うっ》た釘　拾《ひろっ》た釘を　耳のない釘は　釘打った亭主《ていしゅ》の髪が　横に出る釘のこゝ《こ》ろと

【板《いた》】ひば板の所は　踏板《ふみいた》の　かまぼこ板も菊の札《ふだ》

【普請《ふしん》】お茶になる普請場《ふしんば》を　施主《せしゅ》は銀杏《いちょう》の葉を拾《ひろ》い仮葺《かりあし》を急ぐ普請へ　議事堂普請　唐変木《とうへんぼく》では普譜などニコライの普請　のぞいて通る橋普請《はしぶしん》　家根普請《やねぶしん》　普請《ふしん》場《ば》の霙《みぞれ》に　長普請《ながぶしん》　曲《まが》る家　棟上《むねあげ》を手渡しにする

【地鎮祭《じちんさい》】地鎮祭　たよりない竹を四隅《よすみ》に

【バラック】黒いバラックの　バラックの区役所　バラックの旗《はた》　バラックを

建物

【建築《けんちく》】西洋建築　白亜《はくあ》の大建築物《だいけんちくぶつ》は　鉄筋《てっきん》の中は

【ビル】天衝《てんつ》けばとてビルデング　ビルディングに追われビルデング　また一《ひと》つビルが建《た》つらし

【宮殿《きゅうでん》】化《ばけ》もの《の》ゝ出るしゝ《し》ん殿《でん》　スグの真上《まうえ》の紫宸殿《ししんでん》ベルサイユ　金殿《きんでん》に　神殿《しんでん》に

【阿房宮《あぼうきゅう》】［始皇帝の宮殿］　あぼう宮《きゅう》男の声は　阿房宮でも果《はて》は灰《はい》　阿房宮の工事　阿房の灰をかき

【御所《ごしょ》】青山御所《あおやまごしょ》の桜ちる　新御所《しんごしょ》の雨　桃《もも》の御所
古御所《ふるごしょ》や　院《いん》の御所　金鶏《きんけい》の間《ま》に　麝香《じゃこう》の間《ま》
【高楼《こうろう》】高楼の唄《うた》に奴隷《どれい》は　高楼の琴《こと》　高楼のニヒリズ
ム　五階の青楼《せいろう》
【城《しろ》】城跡《しろあと》も見た　城まつり　天守閣《てんしゅかく》　裸城《はだかじろ》　江戸城《えどじょう》
明《あ》け渡《わた》し　万里《ばんり》の城を築《きず》き
【鯱鉾《しゃちほこ》】鱗《うろこ》が踊る名古屋城《なごやじょう》　二度鯱鉾を見そこない
鍍金《めっき》の鯱《しゃち》へ火を灯《とも》し
【屋敷《やしき》】売《う》た屋敷を　絵にして暮《く》れる異人館《いじんかん》　御組屋《おくみや》
敷《しき》の　紅梅《こうばい》の見える屋敷は　新邸《しんてい》に落《お》ちつけばある　遠い
屋敷の花が見え　お屋敷といえば　家中《かちゅう》での乗り人《て》
【蔵《くら》】石の蔵を建《た》て　稲妻《いなずま》で明《あ》く蔵の戸に　押《おし》て見《み》る蔵
蔵建《た》て　蔵の鍵《かぎ》　蔵の戸が鳴《な》ると　蔵開《くらびら》き　蔵へ這入《はい》って目
が利《き》かず　蔵へ呼込《よびこみ》　蔵も我物《わがもの》　商家《しょうか》立派な烏蔵《からすぐら》　笑
うにくらへ逃《にげ》　宵月《よいづき》の倉屋敷《くらやしき》　蔵の移《うつ》り香《が》　婿《むこ》に蔵を見
せ　蔵を詠《なが》める　土蔵《どぞう》貸します貼紙《はりがみ》に　土蔵《どぞう》の見える
土蔵《どぞう》の腹《はら》が鳴《な》る　米庫《こめぐら》に住む鼠《ねずみ》　米蔵《こめぐら》へ続くレールで
【寄宿舎《きしゅくしゃ》】寄宿舎で　女学寮《じょがくりょう》　寮《りょう》という
【事務所《じむしょ》】暑かった事務所の話　仮《かり》事務所

【別荘《べっそう》】バンガロー　別荘の犬へ　別荘へ呼びつけられる

町

【町《まち》・街《まち》】あの十字街《じゅうじがい》の　仮死状態の夜の街
この街を狙《ねら》って　宿場町《しゅくばまち》　城下街《じょうかまち》　知らぬ町
濁煙《だくえん》の街の星なる　竹町《たけちょう》をふた節曲《ふしまが》り　寺町《てらまち》へ出てしま
い　通《とお》り町《まち》ずつずと行《ゆ》くと　物《もの》たらぬ町　灰降《はいふ》る町を捨《す》
てゝ行《ゆ》く　白亜異国《はくあいこく》のような街　ひそひそと力なき街
貧民街《ひんみんがい》視察　街の顔　町の春　街はあたゝ《た》かく光る　街
光る　町へ出る　街々《まちまち》の舞踏する　町を変え　水色の町
にちら〳〵《ちら》　宵《よい》の町　他所町《よそまち》の　新開地《しんかいち》　風致地区《ふうちちく》
夜明《よあけ》の町になり
【下町《したまち》】下町が好きで　下町の凧《たこ》は　下町は碁盤割《ごばんわ》り
【郊外《こうがい》】郊外に住んで　郊外をたずねあぐんだ　市外《しがい》
に住まんとす　町のはずれに帆《ほ》が見える
【場末《ばすえ》】ガム噛《か》んで場末の恋は　提灯《ちょうちん》が燃える場末の
場末と変《かわ》る町　場末の小屋《こや》の絵看板《えかんばん》
【盛り場《さかりば》】盛り場に育って似合《にあ》う　盛り場の足を見てい
る　盛り場へ来てはまぎらす
【町内《ちょうない》】町内中《ちょうないじゅう》へ首が出る　町内に　町内の仏《ほとけ》とらえ
て　町内無事《ぶじ》に明《あ》けている　町中《まちじゅう》を押しだまらせて

【都《みやこ》】遷都説《せんとせつ》　都会《とかい》から　都心《としん》なり　名も知らぬ大都《だいと》会《かい》　水の都　都では詩にしてノホヽ《ホ》ン　都に蕎麦《そば》の花
都には似ぬおけらの夜《よ》　都の大文字《だいもんじ》　都は昼の花疲《はなづか》れ
紫《むらさき》で都をすてる　花の都会《とかい》に遊園地　せちがらい都で
都をよく八云《いわ》ぬ　三日居《い》て都に倦《あき》る　都の水に飽《あき》

【裏町《うらまち》】裏町に月あり　太陽の無い街《まち》

【裏門《うらもん》】うら門《もん》へ出《で》やれと　裏門へ回《まわ》して呉《く》れる

【路地《ろじ》】あの路次《ろじ》を娘は怖《こわ》い　狭《せま》い路地　狭《せま》く路地をぬけ　断髪路次《だんぱつろじ》へ住み　抜《ぬ》け裏《うら》に　抜《ぬ》け路地《ろじ》を　びくのおるろじはどれじゃと　路次口《ろじぐち》に　ろじ口《ぐち》をかゝ《か》あでうめる　路地の奥　路次《ろじ》の傘《かさ》　路地の駒下駄《こまげた》いやらしい　路《ろ》次《じ》へかけて出る　ろじを打《うち》　路次《ろじ》を替《か》え　露次口《ろじぐち》に父を待ってる　露地《ろじ》を出る　袋小路《ふくろこうじ》から

【通《とお》り】大通《おおどお》りまだしのゝ《の》めの　湯屋《ゆや》が明るい裏通《うらどお》り

【辻《つじ》】才蔵《さいぞう》は辻で　辻がなし　辻に立ち　辻を折れ
どの辻も別れて帰る　四辻《よつつじ》に　四辻《よつじ》へ来ると　曲《まが》り角《かど》

【交差点《こうさてん》】出前《でまえ》は交叉点《こうさてん》　今は交差点

【電信《でんしん》】電信に走り負け　電信に引く蓮《はす》の糸　電信の綱渡《つなわた》り　電信は蜘《くも》の巣《す》

【アンテナ】アンテナの棒が殖《ふ》え　夕焼《ゆうやけ》にアンテナが浮く

【電柱《でんちゅう》】掛《か》けたかと電信杭《でんしんくい》に　電信《でんしん》の柱ともなる　電柱の　電柱のいっち向《む》うは　電柱の道　電柱へ丁度夜啼《ちょうどよなき》の
電柱へもたれて　電柱より　電柱を抜《ぬ》くんではない

【電線《でんせん》】電線の燕《つばめ》　電線の雪は　電線は地下へ通せと
電線も芽《め》を吹きそうな

【非常線《ひじょうせん》】女将《おかみ》もかゝ《か》る非常線　魚《うお》はのがるゝ《る》非常線

【街路樹《がいろじゅ》】街路樹に来《きた》る　街路樹の根元へ　街路樹の外《ほか》に　街路樹芽《め》が伸びる

【動物園《どうぶつえん》】愛護デー動物園の　名馬《めいば》もう動物園に

【花園《はなぞの》】新しい花園を襲《おそ》う　花園凋《しぼ》んで　花園の蜂《はち》も毒の剣《けん》　花園の蜜《みつ》をあつめて　花園を埋《う》めている

【公園《こうえん》】公園雨が降《ふ》り　公園になるイス一《ひと》つ　公園の鎖《くさり》にかけた　公園のベンチ　見晴《みはら》しの好《よ》い公園で

【館《かん》】京《きょう》にして歌舞練場《かぶれんじょう》と　水族館に鰭《ひれ》をふり　水族館の魚が来る　相撲亡《ほろ》びる国技館《こくぎかん》　博物館にありそうな　美術館　明治座《めいじざ》に　鹿鳴館《ろくめいかん》の所作《しょさ》に　歌舞伎座《かぶきざ》のじゅうたんと知る　歌舞伎座《かぶきざ》をおごろうと云《い》う

【図書館《としょかん》】図書館の硝子《ガラス》へ不意《ふい》に　図書館前へ来て別れ

図書館を焼いてしまえば

町名

【京《きょう》】京大坂《おおさか》は梅田汽車　京淋《さび》し　京住《きょうずま》い　京に三日は面白し　京の雨　京の女《おんな》の敏《さと》き耳　京の鐘《かね》　京の恋　京の芝居《しばい》は　京のこゝ《こ》ろの京の白壁《しらかべ》　京のとぼしい金をとり　京の蠅《はえ》　京の春となり　京の町　京の道　京の都《みやこ》の朝の風　京の夢　京の分《ふん》別《べつ》　又《また》見たい京　京は綺《き》麗《れい》な砂が立ち　奇《き》麗《れい》な京に御《ご》所《しょ》が幅《はば》とる京の地図　言葉の余る京の人　花いらんかな京の町　母を京都にやる望み　らく［洛］中《ちゅう》は

【大阪《おおさか》】大阪駅の人人人《ひとひとひと》　大阪に只戸《ただこ》籍《せき》だけ　大阪の客人《きゃくじん》に　大阪は屋《や》根《ね》の海です　憂欝《ゆううつ》なる大阪よ

【奈良《なら》】奈良の雨　奈良の京《きょう》　奈良の仏《ほとけ》たち　寝ている奈良の鹿《しか》

【祇園《ぎおん》】梶棒《かじぼう》を祇園へおろす　祇園から抜《ぬ》けて　祇園の鉾《ほこ》の舟　祇園の曲《まが》り角《かど》でひき　祇園の夜《よ》　友禅《ゆうぜん》燃える祇《ぎ》園町《おんまち》　夜の祇園《ぎおん》を黒蒔絵《くろまきえ》　祇園の蛍《ほたる》

【江戸《えど》】江戸《えど》唄《うた》に　江戸気性《えどきしょう》　江戸のうしろへ富士をかき　江戸の水　江戸へ行《ゆ》く　生粋《きっすい》の江戸を味《あじわ》う

【東京《とうきょう》】鶯《うぐいす》やこの東京へ　東京車《くるま》で水をまき　東京であばずれて来た　東京で売って抜《ぬ》け　東京の叔父《おじ》を使《たよ》って　東京の男に惚《ほ》れて　東京の米千葉の水　東京の種も植《う》え　東京へ来る道はあり　東京へ出て　真夜中の大東京《だいとうきょう》は

【上野《うえの》】上野駅で逢《あ》い　上野の山の小夜嵐《さよあらし》　上野へ着《つ》いた儘《まま》の下駄《げた》　俺《おれ》は上野か浅草か　思想上野の森を抜《ぬ》け花の上野の口に立ち　鐘《かね》ハ上野か　花の山

【浅草《あさくさ》】浅草に逢《あ》いたい人が　浅草の裏を迷《まよ》うや　浅草のおばちゃんへ行《ゆ》く　浅草の恋　浅草の海苔《のり》と紙　浅草の灯《ひ》をぼんやりと　十二階《じゅうにかい》で　仁丹《じんたん》を目《め》印《じるし》にする　六《ろっ》区《く》で写真なども取り　六区《ろっく》の情婦《じょうふ》斬《ぎり》

【お台場《だいば》】お台場の影《かげ》が大きい　台場からぼかし始めて夜の台場

【銀座《ぎんざ》】雨の銀座も面白い　帯《おび》に銀座の埃《ほこり》を見《み》　銀座裏　銀座の雨にウソを言《い》い　銀座の灯《ひ》　銀座の夜ひらく　銀座へ回《まわ》る風が吹き　銀座を斜《ななめ》に見て軽い　銀座を抜《ぬ》けて　銀《ぎん》ぶらの澄子《すみこ》は　しゃくな銀座の空明《そらあか》り

【日比谷《ひびや》】帝劇《ていげき》を出れば日比谷の　日比谷の向《むか》い風《かぜ》　日比谷の朧月《おぼろづき》　日比谷の大花《だいか》壇《だん》

【日本橋《にほんばし》】日本橋に頑張《がんばっ》て居《い》る　日本橋日本一の

住

往来

旅

【旅《たび》】空中の旅行は　旅先の湯屋《ゆや》の鏡に　旅支《たびじ》度《たく》　旅するための旅をする　旅馴《たびな》れは寝る　旅なれる　旅に居《い》て旅と思わぬ　旅に実《み》が入《いり》　旅の朝　旅の足　旅の雨　旅の顔　旅のからかさ　旅の気の　旅の恥《はじ》笑って話す　旅はたのしめよ　旅へ出《だ》し　長旅《ながたび》の疲れ　女房《にょうぼ》を叱《しか》る旅づかれ　初旅《はつたび》は　初《はつ》の旅明日《あす》を気にして　花の旅　春の旅　棒鼻《ぼうはな》にふらりと旅の　ゆうべはなして　きょうの旅　楽《らく》な旅　らしい旅　旅行券《りょこうけん》　道行《みちゆき》に　旅むかい　旅戻り　旅の虚無僧《こむそう》

【発《た》つ】旅立《たびだ》つ朝や　出発へ　今夜発つ　明日《あす》の朝発つ　佐渡へ旅立《たびだつ》　子のできるお温泉《ゆ》へ発ち　温泉《ゆ》へたつ朝も　草津へ立《たつ》ハ　かしま立《だち》

【道中《どうちゅう》】［旅］　双六《すごろく》でする道中は　道中の癪《しゃく》は　はがき　裸体《はだか》で道中し　冬道中のはかまにて　無筆《むひつ》の道中記

【東海道《とうかいどう》】五十《ごじゅう》三次《さんつぎ》ぱっとしれ　東海道を行ったきり

【旅心《たびごころ》】旅ごころ　久しぶり旅心　柿食べた旅愁《りょしゅう》に近い

【放浪《ほうろう》】陽《ひ》は放浪の旅に　放浪の胃《い》の腑《ふ》に足《た》らぬ　さすらいの　左遷《さすらい》の身だと　さすらえの身としゃれた文《ふみ》か　流れの身　ながされた姿で　なれも流れの身なるかな

【旅人《たびびと》】女旅《おんなたび》　旅芸者《たびげいしゃ》　旅人がじっと見ている　旅人と吹雪《ふぶき》と　隊商《たいしょう》の　一人旅《ひとりたび》だったと気づく

【旅枕《たびまくら》】旅の枕と心づき　旅の枕より　旅枕

【土産《みやげ》】家土産《いえづと》に虱《しらみ》背負《しょい》こむ　江戸みやげ　親の土産に手折《たお》る梅《うめ》　教員へ宜《よ》い土産　京《きょう》のみやげの　下で土産の紐《ひも》を解《と》き　父の出《だ》すみやげ　ほたるなどお土産にして　みやげどこかと　みやげ何もなし　土産は無事《ぶじ》ばかり　旅の土産ハ物覚《ものおぼえ》　土産の上を触《さわ》らせる　土産のうちへ　土産待つ子の夢を見る　土産物《みやげもの》　土産を買って子を起《おこ》し　みやげをすぐにおろし込《こみ》　みやげを持《もつ》て

【名物《めいぶつ》】軽《か》るく名物ほめて置き　名産《めいさん》を　名物の

【避暑《ひしょ》】あきらめた避暑　居《い》ながらに避暑　恋人が来た日の避暑地　避暑客に褞袍《どてら》を貸す　避暑客の　避暑地遅れた記事を読み　避暑に飽《あ》き　避暑に来た母　避暑の宿

宿

【宿《やど》】間《あい》の宿《しゅく》　あなたまかせの萩《はぎ》の宿　鵜飼《うかい》が宿も灯《ひ》が見えて　宿〳〵《しゅくしゅく》へぱっと知れ　常宿《じょうやど》にする　旅の宿で聞き　任せた宿のちと良過《よす》ぎ　安宿《やすやど》に宿借《か》さぬ灯《ひ》を　宿静か　宿取人《やどとりひと》の眼《め》にとまり　宿に着《つ》く人帰る人　宿の下駄《げた》　宿の子が廊下《ろうか》を駆《か》ける　宿の小僧《こぞう》が跡《あと》を追い　宿の廊下《ろうか》の秋を踏《ふ》み　宿へ行《ゆ》くと決め一夜《いちや》の雪の宿　宿持《やどもち》の　宿々《やどやど》は虫の息《いき》　宿屋《やどや》まで　湯《ゆ》の宿の　よその宿屋《やどや》の下駄《げた》になり　宿の布団《ふとん》は肌に冷え旅館のガラス張《ば》り　旅愁《りょしゅう》の宿に居《い》る　合宿所《がっしゅくじょ》　合宿《がっしゅく》の行灯《あんどん》をともす木賃宿《きちんやど》　木賃《きちん》の夜《よ》をはしゃぎ

【ホテル】グランドホテル　西洋の旅人宿《たびとやど》　ホテルへ女来る

【宿帳《やどちょう》】宿帳にいつわり多き　宿帳にわが女房の　宿帳は本名にして　宿帳へ正直に書く　宿帳まで知らず

【泊り客《とまりきゃく》】泊り客よう寝ましたと　泊りの知れたあるきよう　初旅《はつたび》の泊り客　個々の理屈《りくつ》を泊《と》める　逗留客《とうりゅうきゃく》に

【泊《とま》る】京《きょう》に一晩《ひとばん》だけ泊り　泊る諸国《しょこく》の鷺烏《さぎからす》　とまれとは言わず　雪空に其《その》僧泊《と》めよ　春は御《ご》とうりゅう

【片泊《かたどま》り】鎌倉武士は片《かた》はたご　きのうも今日も片泊り

【野宿《のじゅく》】今日も亦《また》あぶれか野宿　ペンチペンチの野宿

樹下石上《じゅかせきじょう》で花を浴び　草に寝て見れば　草に寝る　草に臥《ふし》て　草の床《とこ》　草枕《くさまくら》われに還《かえ》れば　まだ草が寝てる

駅

【駅《えき》】田舎駅《いなかえき》　駅裏《えきうら》黒いこと　駅路《えきじ》に長く汐留駅《しおどめえき》眠《ねむ》る　ターミナル　冷《つ》めたい夜の駅に着く　冬枯《ふゆがれ》の駅を　ホームに下駄《げた》の静かすぎ　ホームへ寒く立ち　ホームへ母が来てくれる　通過駅ボンヤリ通るのどかな通過駅　雪だけ見せる通過駅　廃駅《はいえき》に楽屋《がくや》廃駅《はいえき》の灯《ひ》に　朝の終点　終点で一刷毛《ひとはけ》　駅前で宿《やど》をとり

【停車《ていしゃ》】顔がおかしい急停車　名古屋は五分間停車

【停車場《ていしゃば》】急ぐ停車場　停車場の　乗換場《のりかえば》

【踏切《ふみきり》】踏切で　踏切の開《あ》く間《ま》

【改札《かいさつ》】改札口《かいさつぐち》の焦《じ》れる声　改札を出ると駈落《かけおち》

【切符《きっぷ》】青い切符は足が出《だ》せ　青を買い　赤切符　検《けん》札《さつ》に　周遊券　白切符　回数券が落ち　回数を出《だ》すに

【定期《ていき》】定期買おうか買うまいか　叮嚀《ていねい》に定期を見せる

乗る

【乗《の》る】くたびれて乗る物でなし　さっきの女まだ乗らず　乗《のっ》て来る　乗りかけへ乗る時の　乗ると下から持ち上《あが》る　乗る身と引く身　人《ひと》肌《はだ》に乗る　はじめて乗って　ひらり乗る　向き合って乗って

【乗越《のりこ》し】 乗越して置《お》て　乗越しは

【乗合《のりあい》】 この乗合の人達と終点へ　乗合のしゅびん〔尿瓶〕の礼に　乗合は

【乗物《のりもの》】 沈む乗物　長虫《ながむし》を乗物にする

【事故《じこ》】 一直線へ来てパンク　きのうの事故現場

【駕《かご》】 あぶれ駕　御《お》かごへつばなつきつける　駕の足　駕の戸を明《あけ》　駕ぶとんかゝえて這《は》入《い》る　霜《しも》よけらしい駕に乗《のり》　辻駕《つじかご》きばる也《なり》　通《とお》し駕《かご》　乗物のすだれを上《あげ》て　目のまわる駕を　戻《もど》り駕《かご》　駕代《かごだい》は三文《さんもん》　這《は》入《いる》乗《のり》もの　鋲《びょう》打《うち》にのれば　鋲打《びょううち》を名残《なごり》に降《お》りる

【四《よ》つ手《で》駕《かご》】 出るやつをまつ四つ手かご　乗りそうなやつへは四つ手　四つ手かご衣《ころも》のさがる　四つ手駕中《なか》でくぜつ〔口舌〕を　四つ手で参《まい》る　四つ手ぬけ　四つ手でゆする

【車止《くるまど》め】 回《まわ》らぬ筆《ふで》に車止め　道もきびしき車留《くるまどめ》

車

【車《くるま》】 おさらいがある人力車《じんりきしゃ》　人力《じんりき》に乗る相撲《すもう》　油して引く車　車には無し跡戻《あともど》り　車は兎角《とかく》転倒し　車柳《やなぎ》の樹《き》へ戻《もど》り　小砂利《こじゃり》で留《とま》る車の輪　故障車《こしょうしゃ》　風をきり　車よけて居《い》る　御所車《ごしょぐるま》　紗《しゃ》の俥《くるま》　そこにある轍《わだち》　車輪車輪　車輪の力切りはなし

【自動車《じどうしゃ》】 自動車で運ぶ芸者《げいしゃ》の　自動車直してる　自動車を飛ばして夫人《ふじん》　自動車の砂煙《すなけむり》から　自動車の方《ほう》で慌《あわ》てた　自動車横につかぬなり　自動車をあぶなくよける　自動車を押戻《おしもど》してる　出過《です》ぎたフォード一唸《ひとうな》り

【タクシー】 正直なタクシーがいて　タクシーの屋根《やね》が汚《きた》ない　タクシーを呼ぶ待合《まちあい》は

【円《えん》タク】 円タクに乗って　円タクへ両手を上げて　円タクをやめさして母　片袖《かたそで》を開《あ》けて円タク　輪《りん》タク屋《や》

【トラック】 トラックが出る倉《くら》を建《た》て　トラックで行《ゆ》くは

【バス】 故障したバスの二人《ふたり》は　城に観光バスが着《つ》き　バスが埃《ほこり》をかけて行《ゆ》く　バスがまた瓦《かわら》落とした

【オートバイ】 オートバイの型録《カタログ》をとる　バタバタで行《ゆ》く和尚《おしょう》さま

【自転車《じてんしゃ》】 自転車と話《はなし》して行《ゆ》く　自転車に乗りあるき　自転車の踏み加減《かげん》　自転車の踏み工合《ぐあい》　空気入《くうきいれ》

鉄道

【鉄道《てつどう》】 高架《こうか》鉄道　鉄道蜘《くも》の巣《す》　鉄道の地引線《じびきせん》　鉄の道　高架線《こうかせん》　軽便《けいべん》の置互燵《おきごたつ》　軽便《けいべん》の御代《みよ》や　呼べば軽鉄《けいてつ》止めてくれ

【市電《しでん》】 市電は寝に帰る　ように市電来《こ》ず

往来

【電車《でんしゃ》】いっぱし電車停《と》めるなり　今動く電車を　扠《さ》て乗換《のりかえ》の電車来《こ》ず　すぎてく避暑列車　電車が何《なん》ぼでも通り　電車で逢《あ》ったら　電車で帰るだけの恋　電車の子発車ベル　夕方の電車　列車すぎ　急行車《きゅうこうしゃ》見送っている花電車《はなでんしゃ》待つ間　終電車《しゅうでんしゃ》　終電《しゅうでん》へ　終列車着《つ》けど　車中《しゃちゅう》の日　車内に坂があり　満員車　満員の顔へ　空席《くうせき》を手で押《おさ》え　自由席扇《おうぎ》をつかい　席譲《ゆず》るだけで　つり皮《かわ》がゆれて　つり皮《かわ》に庶民ならんで　つり皮三《かわみっ》つほどはなれ

【汽車《きしゃ》】赤い汽車と汽車　朝汽車は　大急《おおせ》き切って汽車女朝着《つ》く汽車に乗り　歌集を提《さ》げて汽車の中　鎌倉へ汽車　汽車で追《おい》つく　汽車で来る鯨肉　汽車に乗り後《おく》れ汽車で富士　汽車には叶《かな》わねえ　汽車に引かれて善光《ぜんこう》寺《じ》　汽車の上にも雪が積み　汽車の音　汽車の客　汽車の景《けい》　汽車の便《びん》　汽車の窓区切《くぎ》り〳〵《くぎり》　汽車の窓に顔　汽車は煙吐《けむは》きつ　汽車も一服煙《いっぷくけむ》をぬく　汽車も出《で》つ入《いり》つ汽車を待つ生徒　下《くだ》り汽車　こりゃ汽車よ　小便《しょうべん》は出《で》来《き》ぬ汽車　食堂車　煤《すす》いと古き駅の汽車　前九後三《ぜんくごさん》と続く汽車　焚出《たきだ》す汽車の煙《けむ》　煙草吸《たばこす》う間《ま》に汽車のつく日光へ汽車結構《けっこう》な　箱入婆《はこいりばば》も見ゆる汽車　冬将軍《ふゆしょうぐん》むんずと汽車を　しら川夜汽車《かわよぎしゃ》　走る汽車夜は写《うつ》し絵《え》の夜行《やこう》汽車　夜の汽車　汽車は這《は》う百足《むかで》　汽車は百足《むかで》の這《は》ったよう　百足《むかで》の様《よう》な汽車を見る

【機関車《きかんしゃ》】汗《あせ》を一人《ひとり》で流す火夫《かふ》　頭だけ出《だ》して機関手《きかんしゅ》　貨車の長さに　金槌《かなづち》で叩《たた》き機関車

【三等車《さんとうしゃ》】心を刻《きざ》む三等車　亭主《ていしゅ》と並ぶ三等車　三等の長蛇《ちょうだ》を抜《ぬ》けて　三等の電気が暗い

【割引車《わりびきしゃ》】いっそ気になる割引車　睨《にら》んで送る割引車　割引で通《かよ》う娘の　「ワリビキ」へ　割引へ乗ったが

【線路《せんろ》】水防線路《すいぼうせんろ》　のびる線路の眼《め》が二《ふた》つ　枕木《まくらぎ》となってのびるレール　レールに掻《かき》集め　レールのを拾《ひろ》い集めて

【車窓《しゃそう》】汽車の窓　車窓からみる山々も　車窓蜜柑《みかん》の園に入《い》る　車窓をみんな開《あ》け　二等車の窓ガラス

往来

【往来《おうらい》】往来へ　顔上げる度《たび》のゆききの往戻《ゆきもど》り　通《とお》ります通《とお》れとの舟　毎日通ります　帰りには　道々《みちみち》追いこされ　旅の往来《ゆきき》や凧《いかのぼり》

【川越《かわご》え】大井川越《こえ》て泣出《なきだ》す　川越《かわご》しも　川を越す女／坂のようなる肩にのり

【川止《かわど》め】川止《かわどめ》の間　川どめに手《て》にはを直す　川留《かわどめ》を

わらじではなす　凄《すご》い川留《かわどめ》　川づかえ　はい水《すい》の宿《やど》をかり

【港《みなと》】生き返る港　どれにも帰る港あり　まだ消え残る港の灯《ひ》　港から港へ　湊《みなと》の飯《めし》ハ　由良《ゆら》の湊《みなと》に

【波止場《はとば》】波止場での別れ　波止場も皆《みな》動く朝　波止場から　心の波戸場《はとば》へ

【桟橋《さんばし》】軽く桟橋踏んで揚《あ》げ　桟橋でまだ言うことが桟橋の　桟橋は知らずに通る　寝《ね》て行《ゆく》船の着《つ》け所《どころ》

【渡し場《わたしば》】渡し銭出《ぜにだ》す　渡しの銭《ぜに》をにぎりつめ　渡場《わたしば》で考えている　渡し場で連《つ》れ待合《まちあわ》す　渡船場《わたしば》で待つ間《ま》　渡し場の　渡《わた》し呼ぶ声　隅田《すだ》の渡しの　船付場《ふなつきば》　渡し舟《わたぶね》

橋

【橋《はし》】大板の橋もかけ　仮橋《かりはし》で　五条《ごじょう》の橋で　想像の橋は届かぬ　鉄橋《てっきょう》で　渡月橋《とげつきょう》　太鼓《たいこ》ばし　流された天神橋《てんじんばし》も　二重橋《にじゅうばし》涙のあとの　猫又橋《ねこまたばし》ハふたまたぎ　橋があんまり涼《すず》しゅうて　橋から唾《つば》が落ちてくる　橋中《はしじゅう》が　橋となる　橋の名を読む　橋の人が殖《ふ》え　橋一《ひと》つ見えて　橋を渡ると値《ね》が変《かわ》り　はね橋《ばし》を下《お》ろして帰す　人と思わぬ橋の上　橋に吹空《ふくそら》　細い掛《かけ》橋《はし》だ　丸木橋《まるきばし》渡る気で踏め　丸木橋《まるきばし》わたる姿を　矢張《やは》り古風《こふう》な親父橋《おやじばし》　鑓《やり》のしずむ長橋《ながはし》　橋場《はしば》の朝ぼらけ

【眼鏡橋《めがねばし》】水晶《すいしょう》も引く眼鏡橋　耳から掛《かか》る目鏡ばし　眼鏡橋なら覗《のぞ》くべえ

【石橋《いしばし》】石橋を叩《たた》けば　医者の車が石橋を

【反橋《そりはし》】軽業《かるわざ》を出て反《そ》り橋《はし》を　此《この》反橋に　反橋の　そり橋《はし》へ来ると　反橋を先へ渡《わたっ》て

【手摺《てす》り】青竹《あおだけ》の手摺り　恰度《ちょっと》い丶《い》てすり　てすりに寄りか丶《か》り　ふっと手摺りの面白さ

【欄干《らんかん》】けだものを欄干にする　らんかんの鈴　欄干を

【渡《わた》り初《ぞ》め】渡《わた》り初《ぞめ》赤い夫婦は　渡り初めおっかなそうに　渡りぞめすむとそう［葬］礼《れい》　渡りぞめ段々若く

船

【船《ふね》・舟《ふね》】朝の船　雨の船　近江《おうみ》の通《かよ》い舟《ぶね》　女《おんな》船《ぶね》　岸壁《がんぺき》と船とを　グル〳〵《グル》地球を飛脚船《あんぎゃぶね》　汐干船《しおひぶね》　巡航船《じゅんこうせん》波をけたてて　連絡船《れんらくせん》も今日出ない　浚《しゅん》ちょう船《せん》の鎖《くさり》を　西瓜舟《すいかぶね》　時雨《しぐれ》の溜《たま》る捨小舟《すておぶね》　動かぬ池の捨小《すてお》ぶね　銭《ぜに》つかわする下《くだ》りぶね　船中《せんちゅう》で左様《さよう》な事と　高瀬舟《たかせぶね》　着船《ちゃくせん》に　泥舟《どろぶね》の讃《さん》　荷足舟《にたりぶね》　二《に》の字《じ》を残す雪見船《ゆきみぶね》　金比羅舟《こんぴらぶね》に　船路《ふなじ》をきらう二八月《にはちづき》　病《びょう》院船《いんせん》が出る　船主《ふなぬし》の蜘《くも》殺さぬも　船酔《ふなよい》はする筈《はず》でない　船が見え　船では三味《しゃみ》が鳴《な》り　船の風　船の酒たいをか

往来

ためて　薬種船《やくしゅぶね》　舟へ呼び集め　帽子《ぼうし》の並ぶ船　丸太舟《まるたぶね》　水の下ゆく船の影《かげ》　曳舟《ひきふね》の音　舟にたそがれ　船まで送るなり　闇《やみ》をこぐ舟　舟のあいさつ

【出舟《でふね》】沖《おき》は出船《でふね》の胴間声《どうまごえ》　焚火《たきび》出舟の連《つれ》を待ち　出《で》船《ふね》の別れ　舟出《だ》せば　宵出《よいだ》しの舟　出舟へ見廻《みまう》るなり

【漕《こ》ぐ】岸《きし》を漕《こが》せる　きしばかりこがせたがるも　漕ぐ船頭《せんどう》に唄《うた》もなし　六《む》つ七《なな》つこいで　行《ゆ》く水のなりにはこがぬ　十斗水《とおばかり》をこじると　一《ひと》かじぐいとやり

【ボート】只《ただ》音もなくボート来る　ボートを少しこわがらせ　二人《ふたあり》のボートへ　転覆《てんぷく》をしそうにヨット

【蒸気船《じょうきせん》】川蒸気《かわじょうき》ストップをして　汽船《きせん》に酔《よ》わぬようになり　汽車や汽船《きせん》は飛道具《とびどうぐ》

【猪牙《ちょき》】［吉原通いの快速船］　大川《おおかわ》へ猪牙をまき　帰る猪牙猪牙から飛ぶの　ちょきにのるのは下《しも》が〻《か》り　ちょきに酔《よ》うとは　猪牙の小便《しょうべん》　猪牙の文《ふみ》　猪牙船《ちょきぶね》の音斗《ばかり》する　猪牙舟《ちょきぶね》も小馬鹿《こばか》にならぬ　猪牙をのむように　べらぼうめがと猪牙ゆれる　戻る猪牙　二挺立《にちょうだて》　猪牙に六人　師走《しわす》の猪牙に　とぶような舟であろうと　突出《つきだ》す猪牙に　品川《しながわ》の猪牙に　猪牙に上下《かみしも》　屋《や》かたから猪牙《ちょき》へ　猪牙とすれ合う施我鬼船《せがきぶね》

【伝馬船《てんません》】［はしけ］　てんまで来るが　てんまで逃《にげ》る

【筏《いかだ》】筏浮世《うきよ》を見て通り　筏から見る　筏さし　筏差す　筏に乗って又《また》値《ね》切《ぎ》り　筏は岩で身をかわし　筏は花を見る　筏まで　筏も人も夢のよう　泳いで筏押してやり　水の行《ゆ》くま〻《ま》に筏は

【肥舟《こえぶね》】肥《こえ》とろ舟《ぶね》をよけて漕《こ》ぎ　肥船《こえぶね》も農家の為《た》めの肥舟や風かおる　糞船《くそぶね》の向《むか》い風《かぜ》

【蜜柑船《みかんぶね》】あれは紀国《きのくに》蜜柑船　蜜柑舟《みかんぶね》出る

【屋形船《やかたぶね》】屋形これから昼寝なり　屋《や》かたにいとこはとこ迄《まで》　屋《や》かた船《ぶね》すがたをかえて　屋根舟《やねぶね》さわぐなり　屋《や》ね舟膳《ぶねぜん》を出《だ》し　屋《や》ね舟《ぶね》へよべばおどり子　平舟《ひらた》から楼船《やかた》をそしる　家根船《やねぶね》の留守《るす》へ来て舞《ま》う　遊んで歩行屋形舟《ありくやかたぶね》

【料理船《りょうりぶね》】吸《すい》ものを出《だ》すで屋《や》ね舟《ぶね》　捨《すて》がなのつくりょうり舟《ぶね》　屋形《やかた》の料理船　蠣船《かきぶね》の霜《しも》を見てゆく　味《あじ》な音するやかた船《ぶね》　舟から上《あが》る妻楊枝《つまようじ》

帆

【帆《ほ》】おろす帆に　風過《すぎ》て帆は利《き》かず　黄色の帆　霧《きり》の雨晴れて帆を見る　三十五反《たん》の帆でくだき　短冊《たんざく》ほどの帆を上げる　継《つぎ》はぎの帆がゆるく

見え　帆縄《ほなわ》をにぎりしめ　帆にも皺《しわ》　帆もかいも波も眠《ね》むたい　帆を揚《あげ》てから　帆を上《あげ》る　真帆《まほ》片帆《かたほ》　白帆《しらほ》が島の陰《かげ》をゆく　白帆《しらほ》が白となる　麦と白帆《しらほ》の間《あい》に見え　帆柱《ほばしら》たてるようにまけ　帆柱《ほばしら》の江戸となりたり

【帆掛舟《ほかけぶね》】胡粉《ごふん》の帆かけ舟　帆かけ舟半分ハまだ　やがては帰る帆かけ船

【舵《かじ》】とりかじだ　とりかじをしなとおどり子

【棹《さお》】棹ぬく跡《あと》に　棹を取り

【船板《ふないた》】盃《さかずき》を小《こ》べりに置いて　やかた船小《ぶねこ》べりでさすと舟板《ふないた》に浪《なみ》を打たせる　舟《ふな》べりでしらみをつぶす

【錨《いかり》】錨から幾尋上《いくひろうえ》の　いかり綱《づな》　錆《さ》びた錨へ腰を掛《か》け　風波《ふうは》に錨　碇《いかり》を買《かい》に

【艫《ろ》】女房《にょうぼ》は艫を押し　艫の動き

馬

【馬《うま》】馬留《と》めて　馬を叱《しか》るに　だちん馬《うま》　駄《だ》馬《ば》にまたがっている　付けに眼《め》の出た借馬乗《しゃくばのり》　乗習《のりなら》い一人《ひとり》で馬場《ばば》を　はや乗《のり》のかざりをくゞ《ぐ》る　馬の髪《かみ》結《ゆ》う　帰る駒《こま》　君が駒《こま》わが駒《こま》遊ぶ　西日《にしび》を請《うけ》て洗い馬　小荷駄《こにだ》の首の　馬道《うまみち》で馬をまき　くつわがらつかせ　たてがみに赤浪《あかなみ》立てゝ《て》／にげ尻《じり》でかいばくわせる

【放《はな》れ馬《うま》】放れ馬　はなれ馬しいの木へ来て

【空馬《からうま》】から馬転《ころ》ばぬ理《り》　から馬で今年も帰る

【手綱《たづな》】思いがけなき手綱かな　きぬ〲《ぎぬ》に手綱かいぐり

【蹄《ひづめ》】蹄の音を追《お》って立ち　松と蹄の音ばかり

【鐙《あぶみ》】戻りにはあぶみふんばり

【馬車《ばしゃ》】碓氷《うすい》の下《くだ》り馬車《ばしゃ》　奥州行《おうしゅうゆき》の馬車　鉄道馬車左《てつどうばしゃひだ》りへひねる　馬車で駈《か》け回《まわ》り　馬車にゆられて　馬車の幌《ほろ》に　半日位《くらい》馬車が待ち　門前の馬車　馬車に広告

【荷馬車《にばしゃ》】ガラス積む荷馬車　粉《こな》の線引いて荷馬車は荷馬車の馬は耳を出《だ》し

飛行機

【飛行機《ひこうき》】飛行機落ちて蝶《ちょう》落ちず　飛行機が揚《あが》りますなと　飛行機が田植《たうえ》の上へ　飛行機と　飛行機の来た事も書き　飛行機を見上《みあ》げ　飛行機を見ようともせぬ　もう一機《いっき》つぎ足《た》しをする　機影《きえい》あり〱《あり》見えて　ジェット機で飛ぶすごろくの　羽田発《た》つとき　プロペラの音が大きい　プロペラの音を　プロペラの下で

【飛行船《ひこうせん》】飛行船　風船《ふうせん》に乗る所　風船《ふうせん》の乗心地《のりごこち》

【軽気球《けいききゅう》】空中へ軽気球　天上《てんじょう》へ軽気球

体

頭

【頭《あたま》】あたまが皆《みな》はいり　頭の内《うち》と外　頭の中に　頭の中の島影《しまかげ》に　頭も首へ一《ひと》かさね　あたまをばひきわるような　おたがいの頭を　おに板《いた》のようなあたまの　冷《さ》めたあたまに　天窓《あたま》が軽くなり　天窓《あたま》からやらかす　天窓《あたま》さげ〳〵《さげ》天窓《あたま》あげ　天窓《あたま》も虎斑《とらふ》苅《がり》　天窓《あたま》わり　天窓《あたま》をかく計《ばか》り　天窓《あたま》をば一《いち》もんじ　正直の天窓《あたま》は　蝿《はえ》ハ天窓《つむり》で又《また》つるミ

【大頭《おおあたま》】あたまがち　大《おお》あたま　落《おと》しだねでも大《おお》あたま

【頭《あたま》を振《ふ》る】かぶりふり　何かていしゅ〔亭主〕にかぶり振《ふり》　母のかぶりで横へきれ　振る頭

【禿頭《はげあたま》】い丶音《い》のするはげあたま　上から禿《は》げるナモという　角帽《かくぼう》を脱《ぬ》げば禿《は》げてる　さい槌《づち》あたま兀《はげ》あたま　島田《しまだ》を脱《ぬ》ぐと禿《はげ》光り　上席《じょうせき》へ兀天窓《はげあたま》　兀天窓《はげあたま》も散髪《さんぱつ》　兀《は》げた天窓《あたま》にはねた髭《ひげ》　禿《は》げた額《ひたい》をあつめたり　禿《は》げたを芸者云《げいしゃい》い　兀《はげ》っちゅう　若禿《わかはげ》は

首

【首《くび》】落《おち》そうな首も付《つ》いてる　御物見《おものみ》にあまった首を　切られた首を見せ　首が痛くなり　首ぐるみ打《うち》まぜにする　首じっけんの時もあり　首と手が出て　首の出た窓へ　首一《ひと》つ取次《とりつ》いでやる　首二《ふた》つ棒をくゞ《ぐ》って　首へ巻き　首を上げ　首を振《ふ》り　首を曲《ま》げ　首をやり　こうかア丶《あ》かと首を曲《ま》げ　付《つ》け首《くび》がありゃア　とたんに首を引っこめた　何後送《こうそう》と首をふり　ひいて見て又《また》首ひねる　まだ実《み》の入《い》らぬ首をとり　ヤンワリ〆《しめ》る首玉《くびったま》　夜《よ》る〳〵《よる》は首に縄《なわ》　似《に》せ首《くび》にかぼちゃをしたと　ふとんから首　にせ首を請人《うけにん》の見る　ぼんのくぼ

【襟足《えりあし》】衿足《えりあし》のこと　衿脚《えりあし》ばかり見て　えり脚《あし》を美しく見る　襟脚《えりあし》を見られた気持ち　其《その》エリ脚《あし》を見せてくれ

顔

【顔《かお》】青い顔　赤い顔して籠負《かごお》って　朝は静《しずか》な人の顔　あて言《こと》の当《あた》らぬ顔の　あねさまの顔が下《さが》るか　脂顔《あぶらがお》　荒っぽい顔に似《に》もせぬ　有《あ》り合いの顔にて　あり〳〵《あり》とある人の顔　いくつの顔が　うしろから能《よ》い顔の出る　生《う》み重《かさな》った顔か　生《う》み重《かさ》なりし顔　閻魔《えんま》顔《がお》　怖《お》じる顔　御多賀《おたが》にまかせ杓子顔《しゃくしがお》　檻《おり》を隔《へだ》て丶《て》人

体

の顔　温厚《おんこう》な顔に戻して　女顔也《おんながおなり》　女に見せる顔でなし　顔赤くして　顔上げていなと　顔淋《さび》し　顔が洗える　顔が出る　顔が徳利《とくり》になってくれ　顔でも洗え　顔に明地《あきち》の多い嫁《よめ》　顔に出る　顔のたしに成《なり》　顔はいつでも鬼瓦《おにがわら》　鬼瓦《おにがわら》めく遣《や》り手《て》　顔ばかり　顔は白玉の様《よう》でも　顔はせず　顔は一《ひと》つなり　顔ハ見ぬ物　顔二《ふた》ツ　顔へ筋《すじ》出ると　顔負けもせずに　顔も居《い》る　顔もせず　顔をあげ　顔をしかめるものをふみ　顔を捨《すて》に行《いき》　顔をする前に見て居《い》て　顔を曲《まげ》て見せ　顔を見て居《い》る　顔を見て居隣《いるとなり》の子　顔を見に行《ゆく》　顔を見らるゝ《る》　顔を目《め》出《で》たくあかめ合《あい》　かくべつな顔にて　地蔵顔《じぞうがお》して　家内《かない》が地蔵顔《じぞうがお》　心得顔《こころえがお》が閉め　心得《こころえ》た顔でひょろつく　こわい顔して　流石《さすが》に暗い顔は無し　して取った顔で　下《しも》ぶくれ　朱《しゅ》に交《まじ》り赤い顔して　斥《しりぞ》ける顔　水魚《すいぎょ》の和顔《わがん》にすめぬ顔にて　想像の通りの顔で　只人《ただひと》の好《い》い顔になりたとえる顔にこまる　父とおんなじ顔になる　人間の顔で　蚤《のみ》を取る顔　ぱち〱《ぱち》とした顔に成《なり》　人と話がしたい顔　まずい顔してよんで居《い》る　まだ顔を洗わぬ先に見知らぬ顔がじっと見る　見ぬ顔ながら思われて　見ようでちがう顔　みんな顔かくすが　めいわくな顔は物を乞《こ》わぬ顔　夕《ゆうべ》の顔を　顔ハ心に寄らぬ物　横顔《よこがお》で居《い》る　横顔《よこがお》へ向《むき》　横顔《よこがお》をついでに盗む　嫁《よめ》の顔　我顔《わがかお》に惚《ほれ》て　わかった顔で　竜顔《りゅうがん》は近く　おもざしは　顔も世界の道具也《なり》　うられそもないお顔つき　ふり袖《そで》に似ぬけちな顔　崩《くず》れそめたるおさな顔　くえる顔

【細面《ほそおもて》】恋をつゝ《っ》んだ細面　見ましたは細面だと

【容顔《ようがん》】なまじ容色《ようしょく》を惜《お》しまれる　百人に容義《ようぎ》勝《すぐ》れしようがんをくずして　美しい顔をくずして　容顔無礼《ぶれい》

【貧相《ひんそう》】貧相なりし裸の子　貧相はおのれを示す　貧相を人に見らるゝ《る》　不人相《ふにんそう》　不人相《ふにんそう》なる　笑い上戸《じょうご》の不《ふ》人相《にんそう》　貴婦《きふ》の不人相《ふにんそう》

【面影《おもかげ》】面影が浮く洗面器　面影が去り兼《かね》る　俤《おもかげ》の心のうちに顔が見え　月でさえ面影痩《やせ》た

【泣顔《なきがお》】笑顔上下泣《えがおかみしもなき》っつら　泣いてる顔を見ずにすぎ　泣顔があのくらいだと　泣顔ばかり眼《め》に残り　泣顔を又《また》思い出《だ》す　泣《な》きっ面《つら》するが　涙顔《なみだがお》　二百取られて泣《なき》ッ面《つら》

【苦《にが》い顔《かお》】禹王《うおう》は嘗《かつ》て苦い顔　せんぶりを飲んだ顔から　苦味《にがみ》ばしった茶の師匠《ししょう》　早桶屋《はやおけや》苦い顔　苦《にが》り切り

【渋《しぶ》い顔《かお》】渋い顔するな　上戸《じょうご》の客は渋い顔　ビールを嘗《なめ》て渋い顔　女房《にょうぼ》には渋い顔　くすぶった顔で

【笑顔《えがお》】笑顔を見せた損　子の笑顔　花の心を知る笑《え》がお　余儀《よぎ》ない笑《わら》い顔《がお》　我《われ》を孕《はら》みし母の笑顔を

【笑窪《えくぼ》】片《かた》えくぼ　妻のえくぼの　僅《わずか》に見える片《かた》えくぼ

【寝顔《ねがお》】お釈迦様《しゃかさま》寝顔で見ても　子の寝顔　罪消《つみきえ》る子の寝顔　寝顔に罪がなし　寝顔見て眠り　寝顔を云《い》えば知りません　寝顔を笑う程《ほど》になり　寝ている顔と覗《のぞ》く顔

【素顔《すがお》】素顔がヒョットコの　素顔の芸者《げいしゃ》呼びとめる　素顔の日が続き　素顔も目立《めだ》つ美人草《びじんそう》　天神《てんじん》へ素顔で参《まい》る　寝すごした朝を素顔の　礼いう時は素顔にて

【鉄面皮《てつめんぴ》】痒《かゆ》さは知らぬ鉄面皮　なまくらの鉄面皮

【面《つら》】遊んだ後《あと》は青い面　あのつらでかとなぐり書《が》き　大《おおき》な面でかし　すました面でいる　大福面《だいふくづら》でも　どこぞかつらに申《もうし》ぶん　のんだつら　ふけいきなつらをする　ぶつちょうづらで行《ゆき》

【面《つら》の皮《かわ》】赤くならない面の皮　面の皮千枚ばりの　つらの皮むかれて八出る　面の皮迄《まで》むいて行《ゆく》

【頬《ほお》】熱い頬をつけ　柿《かき》の艶娘《つやこ》の頬の艶《つや》　頬に立つ　頬をまた叩《たた》き　ほてる頬　頬をうつ　抱いた子とほおずりし　赤子《あかご》の頬を　海士《あま》の子の頬を　子の顔を顔で撫《なで》るも

【頬杖《ほおづえ》】気のない男ほおづえし　ほおづえで　頬杖の窓から　頬杖の眼《め》に　頬杖を突《つい》て読書に

【額《ひたい》】おでこ隠したし　額には筋《すじ》　額へ出《だ》して　富士額《ふじびたい》　惜《お》しいことにハ　丸《まる》びたい　夕焼のする富士額《ふじびたい》

【顎《あご》】顎が濡《ぬ》れ　あごから上を見せぬなり　腮《あご》から下の腹《はら》を持ち　顎で数《かぞ》えて　あごの下からちらつかせ　腮《あご》へあて　顎を動かす一作用　あごを出《だ》し　あごをつき出《だ》して　あごを二《ふた》つふり　二重顎《にじゅうあご》　鼻低うして腮《あご》長し

【眉《まゆ》】顔も眉毛《まゆげ》も　地蔵眉《じぞうまゆ》　将軍の眉やや動く　仁《じん》の眉匂やかな眉に　まゆをひそめて　ぼうぼう眉は大《おお》むかし／毛《け》むし二《ふた》つで化《ば》けられず

【耳《みみ》】洗う耳　ある耳に　妓《おんな》の耳にだけ聴《きこ》え　かりて耳をかき　此頃《このごろ》耳が遠くなり　澄《す》み切った耳へ　眠《ねむ》られぬ耳へ　左のみゝ《み》で聞《きき》　升田九段《ますだくだん》の耳の外　待ってた耳を耳ツトウ　耳で知れ　みゝ《み》にあたりし　耳に入《いり》　耳につき　耳の穴折紙付《おりがみつけ》る　耳の述懐《じゅっかい》　みゝ《み》のわきかき〳〵《かき》　耳は馬面《つら》は蛙《かえる》で　耳は草臥《くたびれ》ず　耳へ落《お》つ　耳をあて　耳

をあてたく思う也《なり》　都《みやこ》へ出ても耳が痩《やせ》　惣身《そうみ》を耳とはなりぬ

【耳《みみ》たぶ】是《これ》ぞ福耳《ふくみみ》　耳たぶは薄箆《うすっぺら》

【鼻《はな》】愛妻《あいさい》の低い鼻　団子鼻《だんごばな》　鼻がぬけ参《まい》り　なま兵法《びょうほう》の鼻の先　鼻あかせ　鼻から先へ

鼻

鼻先の芸で宜《いい》のは　鼻先へブラリ　鼻で愉快の　鼻の先が濡《ぬ》れ　鼻の艶《つや》　鼻の春　鼻の破《や》れ障子《しょうじ》　鼻を打つ　鼻は外尻《そとじり》は内《うち》　鼻を切る　鼻を叩《たた》いただけの用　鼻をつまんだ人は誰　鼻を尖《とが》らかして　鼻を誉《ほめ》られ　ポッチリ黒い所《とこ》が鼻　獅子鼻角《ししっぱなつの》がはえ　鼻は獅子《しし》　たよりない鼻筋《はなすじ》をして　父親に似た鼻筋《はなすじ》を　鼻筋《はなすじ》が高く見え

【鼻《はな》くそ】大仏《だいぶつ》の鼻屎《はなっくそ》　鼻糞《はなくそ》を丸めた本は

【鼻《はな》かむ】馬からおりて鼻をかみ　手洟《てばな》かみ　鼻をかませる　はなをよくかみなさいよと　鼻チンを店賃《たなちん》と聞く

【水洟《みずっぱな》】経文《きょうもん》へ老僧《ろうそう》水洟　とう〳〵《とう》たらり水《みず》っ鼻《ぱな》　水《みず》っ洟《ぱな》　水洟を布団《ふとん》へ落《おと》す

【鼻毛《はなげ》】鼻毛から読み初め　むかしのばした鼻毛見る

目

【目《め》・眼《め》】うつろな瞳《め》　うなじがほてる瞳《め》を感じ　落込《おちこ》んだ目に　此頃《このごろ》深く目に映《うつ》り　自然の眼　じっと見据《みす》える目をまとも　壮厳《そうごん》な眼か　俗眼《ぞくがん》とはなりぬ　他級は驚異《きょうい》の眼　冷《つめた》い眼　同業の目が　肉眼《にくがん》の前にまさしく　肉眼《にくがん》は浅し　鼻へ目玉《めだま》をのせて居《い》る　母の目にまかせて　半眼《はんがん》に閉《と》じて　一《ひと》つの瞳《め》　人の眼を奪い　開き切ったる瞳《め》に吸《す》われ　星の泣くよなつぶらな瞳《め》　真夏の夜《よ》の目がくらみ　みんなの眼　目が明《あい》て居《いる》　眼が赤い　眼が生《うま》れ　眼がうるみ　眼がかすみ　眼が肥《こえ》てみりゃ　目が出会《であ》い　眼が二《ふた》つ　目が見えず　目から火の出る筈《はず》　眼で殺す　眼で知らせ　瞳《め》に匂う　瞳《め》に残り　眼に吹雪《ふぶき》　目に山は山空は空　目のいそがしい　目の内《うち》へ入れて母《はは》おや　目のうとさ　眼の奥にひそむ墓場を　眼の軽《かる》く〳〵《かるく》なるまで　眼の底にひそむ心は　瞳《め》のなげき　目の一《ひと》だになくて貸《か》し　目ばかり歩行《ある》く　眼ばかりぱっちり　目は回《まわ》り首は回《まわ》らず　眼を洗《あら》い　目を食《く》らい　目をちっと細くするのが　眼をつなぎ　目を潰《つぶ》し　目をぬすみおったと　眼を狙《ねら》い　目を開き　目を窓という　瞳《め》をまとめ　入《い》れ眼《め》とは知らず　切《き》れ長《なが》の

【瞳《ひとみ》】女の瞳が飛《と》び出《だ》した　死ぬる瞳に吹雪《ふぶ》いてる　澄《す》みきった瞳なり　遠く瞳を放《はな》てば　のら猫の瀕死《ひんし》の瞳　見張《みは》るあの瞳　林檎《りんご》畑《ばたけ》の眸《ひとみ》かな

【眼《まなこ》】裏切《うらぎ》ったまなこをそらす　血走《ちばし》ったまなこ　不二《ふじ》山《さん》は江戸のまなこで　窓にまなこの底がぬけ

【近眼《きんがん》】近眼の蟹《かに》は　近眼《ちかめ》の蚊《か》

【老眼《ろうがん》】足《た》した老眼　老眼に程《ほど》よくかすむ

【目《め》を塞《ふさ》ぐ】智恵を捜《さが》しに目を塞《ふさぎ》　冷《つ》めたい指が目を塞ぎ　土手《どて》で見つけて目をふさぎ　目をふさぐ手を

【目《め》を瞑《つむ》る】金で目を瞑り　すっと出てまず目をつむる　瞑目《めいもく》へ菩《ぼ》薩《さつ》がうつる　瞑目《めいもく》をして相対《あいたい》す　眼《め》をつぶるように　目を瞑り　世《よ》に目をつむり　目を閉《と》じて歩けば

【目《め》隠《かく》し】目かくしされて　目隠しの主《ぬし》を知り

【眼前《がんぜん》】風吹きおこるまのあたり　眼《ま》のあたり

【瞼《まぶた》】泣く前の瞼の用意　瞼の裏に顔が浮き

【目《め》つき】今の目はたれを見やると　鷹《たか》に似た眼《め》で尖《とが》った目が白い　母の目はけわし　針《はり》のある目で撫《な》でられる　目がすわり　眼付《めつき》がきつうなり　眼《め》をすえて　目をむき出《だ》して　目遣《めづか》いは楽屋《がくや》落《お》ち

【上目《うわめ》】上眼《うわめ》した時　縫《ぬい》ながら額《ひたい》で見たる　額《ひたい》にて見る

【伏目《ふしめ》】観音さまはよい伏《ふ》し目《め》　賞《ほ》められて琴《こと》へ伏目の

口

【口《くち》】開《あ》かない口を　口がうごくで　口がない　口がよく曲《まが》って居《い》ると　口くつろげ　口と手と斗《ばかり》　口に孝《こう》　口に貯《たくわ》う　口につき　口に藁《わら》　口の窓から能《よ》く見える　口の用ばかり足《た》してる　口ばたのみそをふき〳〵《ふき》　口一《ひと》つ　口へ手をあてるが　口程《くちほど》に　口をしめ　口をすぼめて腹《はら》を〆《しめ》　口を衝《つ》いて出る　四角な口を出《だ》してにげ　七《しち》りんの様《よう》な口して　見えぬ所《ところ》八口を明《あき》

【喉《のど》】かわくのど　のどでいい　咽《のど》なでて居《い》る　のどのかわくは　喉のむず痒《がゆ》き　喉を剃《そ》り始め　一《ひと》つ〳〵《ひとつ》に咽《の》喉《ど》をしめ　咽《のど》の調子《ちょうし》を直してる　食道《しょくどう》を絞《し》めて

【喉仏《のどぼとけ》】のど仏《ぼとけ》意見の中に　美事《みごと》に動く咽喉仏《のどぼとけ》

【唇《くちびる》】うごく唇　かわく唇　唇《くち》と唇《くち》　唇《くち》の色　口《くち》びるがはれたと　唇じっと噛《か》み　口《くち》びるで紙をとり　唇の寒さは知らぬ　唇ばかりいそがしき　唇も知らずに済《す》んだ　唇をふくらまして来る　年の唇　なめる唇　はやい唇

【舌《した》】赤い舌　幾人の舌にふれ　一応舌の上へのせ　火焔《かえん》のような舌　舌で知らるゝ《る》人の味　舌なめずり　舌の上　舌の先　舌はありやと　舌へのせ　舌も足も縺《もつ》れて　出《だ》すな大事の舌のさき　熱のある舌へ　歯で噛《か》んだ己《おの》が舌

体

まわらない舌で　舌打《したうち》まで聞《きこ》え　舌打《したうち》で出る

歯

【歯《は》】石ある米で歯を痛め　お釈迦《しゃか》様《さま》の歯も下歯《したば》投上《なげあげ》る塔《とう》　でんがくぐしで歯をせゝ《せ》り　抜《ぬ》けた歯が来《く》る　ぬけた歯に　歯が黒し　歯から洩《も》る　歯が抜《ぬけ》てから味を知り　歯に合《あわ》ず　歯ぬかりのする　歯の痕《あと》を記念にすなる　歯のかけた　歯のない親が嬉《うれ》しがり　歯のない母へ乳《ちち》　歯の抜《ぬけ》た口に似合《にあわ》ぬ　歯は無くも物の味知る　歯より外へ　歯を算《かぞ》え　歯をならし　歯をむき出《だ》して　味噌《みそ》っ歯《ば》の子といて話す　歯の若さ茶《ちゃ》漬《づ》けの中に　歯の抜《ぬけ》た子の屋根《やね》を見て　歯へ当《あて》て見る　前歯《まえば》を潜《くぐ》る　うらみを奥歯《おくば》に噛《か》みしめ　奥歯《おくば》に残る　噛《か》みしめて奥歯《おくば》灰《はい》となる　鬼《おに》ともに白歯《しらは》を見せぬ　白《しら》歯《は》でも　真白《ましろ》き歯もて噛《か》む　嫁白歯《よめしらは》

【歯磨《はみがき》】歯磨は眼《め》を覚《さま》し　歯磨も入れて　歯みがきよりも　歯をみがき　歯を磨《みが》き乍《なが》ら子の欲《よく》　磨《みが》く歯も　歯《は》ブラシの柄《え》となる因果《いんが》　歯磨粉《はみがきこ》

【歯軋《はぎし》り】歯ぎしりのように　はぎしりをして見てもらい

【虫歯《むしば》】泣《ない》てる秋の虫歯病《むしばや》み　中に一人《ひとり》の虫歯病《むしばや》み　虫くい歯《ば》　虫歯の療治《りょうじ》　虫歯へまでも金《きん》を埋め　病《や》む虫歯　歯痛《はいた》に起きて裾《すそ》を踏《ふ》み　虫歯が痛み出《だ》し

【入歯《いれば》】入歯して噛分《かみわ》けのつく　入歯で食《く》う味　入歯でも可愛《かわい》ざかり　入歯と歯入《はい》れ　入歯に障《さわ》る　入歯の掛《か》け外《はず》し　入歯のぐあい　入歯はずして婆病《ばばあや》み　入歯はずして見なという　隠居《いんきょ》の入歯　総入歯《そういれば》　戻れず寄留《きりゅう》する入歯

【金歯《きんば》】かじるに過《すぎ》た金入歯《きんいれば》　泣《な》き〳〵《なき》金歯探して居《い》　無事《ぶじ》な歯へ金《きん》着せ

身

【身《み》・体《からだ》】惣身《そうみ》のすくむ角力《すもう》とり　灰となる身なり　身が光り　身から出た光り　身に咲《さい》た花に　身にしみおれと　身になる顔を　身のうちつれて　身の洗濯も　身をよけて　色《いろ》〳〵《いろ》にからだのかわる身体《からだ》を反古《ほご》になし　人間のからだで

【体格《たいかく》】体格で行く　貫目《かんめ》あるからだ　貫禄《かんろく》をみせて

【肉体《にくたい》】くろがねの肉体　弱肉の肉は　ともに化膿《かのう》した肉体への　肉がつき　肉体の老《お》いに背《そむ》ける　ふくらみ見せて肉襦袢《にくじゅばん》　人と思ハぬふとり肉《じし》

【姿《すがた》】ある姿　後《うし》ろから見ても姿が　うちくつろいだ姿なり　開院式の姿　姿崩《くず》れる　姿なる　立姿《たちすがた》　習うよりすてる姿に　吹く人の姿も　我《わが》すがた

【後《うし》ろ姿《すがた》】うしろ姿が誰かに似てる　後ろ姿の帯《おび》をほめ　うしろ姿へかゝる霧《きり》　巡礼《じゅんれい》の後姿《うしろすがた》に　すっと出て後《うし》ろを見せる　あきらめきつた後《うし》ろつき　憎い後《うし》ろつき

【人影《ひとかげ》】水や鏡に映つた人の姿　父の影　人影の延《のび》る頃来る　人の影細くて長い　夜《よ》に澱《よど》み行《ゆ》く人の影　わが影を置く　我影《わがかげ》の

【裸《はだか》】大きなはだか　裸で這入《はい》る　裸でも宜《いい》と　裸でも済《す》む夏が来る　裸でよいと　はだかにしょうという事か　裸にする気　はだかにておきるが　裸になつて見せるなり　はだかの子おもしろがつて　裸の亭主棚《ていしゅたな》を吊《つ》り　裸々々《はだかはだかはだか》　はだか身《み》へ　一仕事《ひとしごと》すませて裸　元は裸で生《うま》れた身　己《おの》れ素《す》つ裸《ぱだか》　角力《すもう》の真《ま》つ裸《ぱだか》　太夫《たゆう》はまつぱだか　手間《てま》をとらせる真《ま》つぱだか　真《ま》つ裸《ぱだか》での暇乞《いとまごい》　丸裸《まるはだか》

【肌脱《はだぬぎ》】大《おお》はだぬいで　片肌《かたはだ》ぬいで来る　肌をぬぎ　肌を脱《ぬ》いで見せ

【肩《かた》】あたれと思う肩を過《すぎ》　肩組んで行《ゆ》く児《こ》に　肩の風　肩できる風は　肩に風烈《はげ》し　肩へかけると　肩を越《こ》し　肩を揉《も》み　ちぢまつて来た肩　肩の巾《はば》

【肩《かた》こり】かたを二《ふた》つ三《み》つ　けんぺきを　此頃《このごろ》肩の凝《こ》りを知り　柱で肩をもんでいる

【肩車《かたぐるま》】江戸であらそう肩車　帯《おび》ときのかた車《ぐるま》

【胸《むね》】胸廓《きょうかく》をほめて　父の胸　撫《なで》て置く胸は　豊艶《ほうえん》な牡丹《ぼたん》の胸へ　胸板《むないた》つよく　胸《むね》ぐらの手心違《てごころちが》う　胸倉《むなぐら》をとつて　胸《むな》ぐらを取《と》ての跡《あと》が

【胸毛《むなげ》】胸毛ざら〳〵《ざら》汗《あせ》を拭《ふ》く　胸毛なぶらるゝ《る》　胸毛に汗《あせ》を見る　胸毛を馬の嗅《か》いで居《い》る

【乳房《ちぶさ》】産《う》んだ乳《ち》のあてくらをする　涸《か》れた乳房から　男の身にも乳《ちち》　おなごの乳《ち》　児《こ》に乳房　小娘《こむすめ》の乳《ち》が大きい　沈んで乳《ちち》を隠す　乳《ちち》の線　乳《ちち》を見せ　乳房吸《す》うている　乳房に春を感じつゝ《つ》　乳房のぬくみ腹立《はらだ》たし　乳房へとうがらし　乳房をはなさぬ子　屠蘇《とそ》をぬる乳房は　我《わ》が乳房ながら畏《かしこ》し

【腹《はら》】魚に酔《よう》てチウッ腹《ぱら》　ちいさな腹の内《うち》　腹工合《はらぐあい》　腹と腹背《せ》と背《せ》　腹にあるだけ口へ出る　腹にこたえぬ空気論　腹に棚釣《たなつ》って　腹ピッタリと水に触《ふ》れ　腹ふくるゝ《る》わざなり　はらもちをさん〴〵《ざん》にする　胴《どう》のふくれを　どてつ腹《ぱら》割れば　どてつ腹《ぱら》をうち　丹田《たんでん》にちからを入れて

【腹《はら》の虫《むし》】おさまるは腹の虫　腹の中にも虫の声　腹の虫鳴《な》く哀《あわ》れ

【腰《こし》】遊ばすに腰をかがめる　生きて来る腰　稲程《いねほど》に腰もかがまる　腰が生《いき》て来《くる》　腰が海老《えび》　腰が抜《ぬ》け　腰につけ　腰の美しさ　腰の曲《まが》った人が行《ゆ》く　腰も強いと腰をいれ　腰を伸《の》し　腰を揉《も》み　酒を見て腰がぬけ出るをこらえるような腰

【中腰《ちゅうごし》】中《ちゅう》ごしで割《わる》のがまき［薪］の　中腰で喫《す》う長煙管《ながぎせる》

【臍《へそ》】じっと見る臍のうずまき　母の臍　人の臍に　臍に似ている人の臍に　臍のあたりでし　臍の笑うは　臍へちら〳〵《ちら》稲の波　へそ迄出《までだ》してかみをゆい　臍をもち臍を忘れて　埃《ほこり》が仁王《におう》の臍の垢　みんな達者《たっしゃ》な臍を出《だ》し

【尻《しり》】居敷《いしき》から手を入れる　尻つゝ《っ》いて紙を出《だ》し　おいどを一《ひと》つとんとほめ　かいくも尻はかゝ《か》ぬなり　片尻《かたじり》ひんまくり　かたっ尻《ちり》つまんで　血色《けっしょく》のいゝ《い》尻を見る　尻うてば天窓《あたま》が痛し　尻が上《あが》らぬとこに出来《でき》　尻が浮き尻が座《すわ》り兼《か》ね　尻がちいさいと　尻がちとまがったで尻からさわぐ合羽籠《かっぱかご》　しりつきがわんぐりと成《な》る　尻の重味で後《あと》が減り　尻のしまいのつかぬもの　尻のために八尻をおして出る　尻をどたつかせ　尻を向けて行《ゆ》き　昼《ひる》食《めし》の時尻をむけ　早いは尻ばかり　皆様《みなさま》へ尻を向け

【背中《せなか》】上下《かみしも》のせなかをさする　クルリと背《せな》を向けて立ち　先の背中へ話《はな》す　背中の手を感じ　背中へ月が出る　背中を一《ひと》つ打ち　せにはらをかえて　背の低いのと高いのと　二《ふた》つの背《せ》　まあ〳〵〳〵《まあまあ》で背《せな》を向け　嫁《よめ》のせなかを一《ひと》つうち

【猫背《ねこぜ》】猫背で下駄《げた》の減《へ》り工合《ぐあい》　鳩胸《はとむね》と猫背

【背《せい》】丈《せい》くらべ　孫《まご》を立たせて背《せい》くらべ　ノッポーが叱《しか》られて居《い》る

手

【手《て》】遊ぶ手に　兄貴《あにき》の方《ほう》は手を離し　重《かさ》ねる手一葉《ひとは》二葉《ふたは》の　子供の手　こわそうにひざへ手を置《おき》　手が掛《かか》り　手が乾《かわ》き　手がきゝ《き》んせんと　手が寒い　手が出《だ》せず　手がつめたいと箱へ入《いれ》　手《て》っ首《くび》をなで〳〵《なで》礼に　手で補《おぎな》いをつける　掌《て》で押《おさ》える　手々《てて》が出にくい　手、手、手、手、　手で蓋《ふた》をするは　手にあれば手に取《とり》そうな朝の富士　手に取れば　手にのこる水を手にして　手にひゞ《び》く　手の多さ　手の甲《こう》へもちをうけ取る　手の親しみをうち払い　手の届く　手の中に　手へうけて見て　手もいじけさせじと　手を遊ばせる　手を入《いれ》て広げて見たし　手をかえる　手を出《だ》せば　手をつ

なぐものなく　手を取《と》て組《く》まして　手をとると顔を下《さ》げるが　手をはたき　手を離し　手を太く見せ　手を和《やわ》らかに提《さげ》て居《いる》　何《なん》の手か　羽織《はおり》から二ュッと手が出る　引っこめる手は　人の手を惧《おそ》れ　フイと手が　ほねぶとな手を口へあて　まどへ手を出《だ》して　みんな手をひろげ　無用《むよう》の御手《おんて》　行《ゆ》く先々《さきざき》の手にかゝ《か》り

【逆手《さかて》】かんざしもさか手に持てば　バリカンを逆手に使う

【手真似《てまね》】写真屋《しゃしんや》は手真似で　巡査《じゅんさ》ただ手真似でもどす

【片手《かたて》】片手で八足《た》らず　片手にぎってのんで居《い》る

【両手《りょうて》】平均のとれぬ両手よ　両手をすてる　両手を拡《ひろ》げる子　両の手に　両の手を出《だ》して

【手《て》つき】紙細工《かみざいく》外科の手付《てつ》きで　錐《きり》もみの手つきで　残り一文碁《いちもんご》の手つき　不馴《ふなれ》な手つき見つくされ

【手《て》の平《ひら》】手のひらへけんかをのせる　手のひらへ銭《ぜに》をつかせる　手のひらをばちで打《うち》

【手《て》をかざす】小手《こて》をかざして見る所　小手《こて》を翳《かざ》せば　旧山河《きゅうさんが》　暖爐《だんろ》に白い手をかざし

【手《て》をはさむ】帯《おび》に手をはさんで　片手は帯《おび》に食《くわ》えさせ　時〳〵《ときどき》またへ手をはさみ

【手《て》を握《にぎ》る】知った芸者《げいしゃ》の手を握り　職《しょく》に離れた手を握り　手を握られて　手を握りたい　手を握りたい人ばかり　握られた手を　握る手を　母の手をにぎって　雄雄《おお》しく手を握る　きゅうじ［給仕］の手でもにぎらせず

【手《て》を引《ひ》く】お祭手を引かれ　子の手を曳《ひ》いて　手を引かれ　つるさるように手を引れ　手を引《ひい》た女《おんな》別《ひか》れる

【手《て》を合《あわ》せる】あるいハおどし手を合せ　陰《かげ》で手を合せ　きのうの手を合せ　少《すこ》うし無理な手を合《あ》わせ　手をあわせ　母は真白《ましろ》い掌《て》を合せ　百染程《ひゃくぞめほど》の手を合《あ》わせ　前を通ると手を合せ　闇《やみ》から手を合《あ》わせ

【手《て》を借《か》りる】夫の手をかりる　お手を借り　手をかりる嫁《よめ》　手を借りて

【手《て》を拭《ふ》く】鯉売《こいうり》の手を拭いて居《い》る　小菊《こぎく》にて手をふく娘　前《まえ》だれ［垂］で手をふきながら

【手《て》を振《ふ》る】手を振って　手を振《ふっ》て置《おき》　手を振るを見て帰り

【手《て》を洗《あら》う】けちなちょうしで手を洗い　手の墨《すみ》を洗うをしかる　手を洗い　手を洗うほど

【手《て》を叩《たた》く】池の緋鯉《ひごい》に手をたゝ《た》き　手をたたく方《ほう》へ　早く明《あ》けろと手を叩く　用も無いのに手を叩き

【拍手《はくしゅ》】かっさいの中の一人《ひとり》を　拍手に打消《うちけ》され　ファッショ拍手する

【指《ゆび》】五《いつ》つある指のなかなる　後ろへは折《おら》ぬ指　親指つかわれる　おやゆびを鼻へ入《い》るなと　禁物《きんもつ》なまむし指　食《くい》付《つく》ように反鼻指《まむしゆび》　村嫁《むらよめ》隠すまむし指　薬指《くすりゆび》　小《こ》ゆびをはねて　知らぬ指　空豆《そらまめ》に似し指を持ち　鯰《なまず》ならべた様《よう》な指　伸《の》びぬ指　ゆたかに太《ふ》とる指　指あわや　指と指ひろげつくして　指の戦《おのの》き　指の数　指の白さや　指を五本にして笑い　指を出《だ》し　ゆびをなめ〱《なめ》　ゆびをぽっきぽき　指を見に行《ゆく》

【指《ゆび》さす】あすこいらだと指をさし　将門《まさかど》に指もささせぬ

【指先《ゆびさき》】指先で書く字　指先にフト霜《しも》を知る　指先の重《おも》味《み》嬉《うれ》しい　指先をチト持て余《あま》す　里《さと》と小《こ》指《ゆび》を隠す

【爪《つめ》】哀《あわ》れに爪を噛《か》む　一個の人の爪　おそろしい爪だと　先の爪　爪切るに　爪も切らぬ　爪を切り　爪を切る音　爪を立て　爪を取り　爪を取る背中へ　生爪《なまづめ》と云《い》わるゝ《る》な　指の爪

【拳《こぶし》】きゃしゃな拳をにぎりしめ　空拳《くうけん》に　握《にぎ》り拳《こぶし》じゃ通られず　握《にぎ》り拳《こぶし》の中で　にぎりこぶしへ当《あた》る風　握《にぎ》り拳《こぶし》を持《もっ》て行《ゆき》　ふり上《あげ》る親の拳《こぶ》しは

【拳骨《げんこつ》】親父《おやじ》のコツを食《くら》い　拳骨で挨拶《あいさつ》がすむ　拳骨でたたきこわす鉄扉《てつとびら》　拳骨のようで　父の拳固《げんこ》の味を恋《こ》う

【腕《うで》】頭から腕が出る　腕が鉛《なまり》じゃ　腕と腕　腕を見せ　腕のやせ　腕まくり　颪の童《わらわ》の腕まくり　腕をさすって　二《に》の腕《うで》に　若さの匂《にお》う腕の色

【腕《うで》を組《く》む】腕組《うでぐ》みをといて　腕を組み　腕を組む　投手大きく腕を組み　柳《やなぎ》の下に腕を組み

【懐手《ふところで》】後戻《あともど》りするふところ手《で》　石に躓《つまず》くふところ手《で》　男やものふところ手《で》　窮鳥懐《きゅうちょうふとこ》ろ手《で》してブラリ　国を憂《うれ》うる懐手　肥《ふと》った懐《ふとこ》ろ手《で》

【手枕《たまくら》】伯母《おば》の手枕《てまくら》　手枕に　手枕をかえす　土手《どて》に手まくら　稀《まれ》な手枕《てまくら》

【肘《ひじ》】置《おき》つぎの肱《ひじ》　女の肘は乳《ちち》へ付《つけ》　ひじでつき

【肘枕《ひじまくら》】子供の寝《ね》間《ま》に肘枕　枕を肘に取《とり》かえて

足

【足《あし》】足あげて小説を読む　脚《あし》がある　足があるから　足が冷え　足がひま　足空に捩《ね》じ向け　足つかい　足で蚊《か》を追うて　足で戸を叩《たた》くは　足に隙《ひま》なき　足の毛を引《ひく》が　足の爪《つめ》をとり　足の指動かして見て　足斗《ばかり》洗って　足へ摩《さす》りこみ　足もブラ〳〵《ブラ》目も利《きか》ず　足休《あしやす》め　足をおもくする　足を出《だ》したがいたいけな　足を楽しみ　足を伸《の》し　足を引き　足をふみ足を揉《も》む　明日《あす》に向く足の裏から　上へ足あげて　動く足ばかり目につく　後足《あとあし》を長く突《つ》ッ張《ば》る　おのれが足に女の方《ほう》も足を組み　きそうともなくきそう足　其足《そのあし》で我《わが》突《つ》っ立《た》てば足の裏　強き足のうら　どの足が穿《は》くか足《あし》も親に貸したし　足《あし》どり高く鋭く　神子《みこ》の足《あし》どり足踏《あしぶ》みが地下へ減《へ》り込む　やはり貧乏《びんぼう》ゆるぎをし

【素足《すあし》】素足すき髪金《がみかな》だらい　素足に憎い色蛇《いろじゃ》の目《め》　素足に踏めば転《ころ》がる　素足の春が居《い》た　素足へ買った靴を履《は》き　湯屋《ゆや》の娘《こ》の素足は

【裸足《はだし》】親父《おやじ》はだしで追付《おいつけ》ず　女のはだし　二三町《にさんちょう》女のはだし　跣足《はだし》で月を踏んで行《ゆ》く　はだしになると其《その》早さ

【手足《てあし》】疲れた手足を伸ばす　手足を見てくんな　手と足で見るは

【踵《かかと》】踵につづく浪《なみ》の音　踵の裏に消え　沓下《くつした》の踵の底の　総領《そうりょう》の踵　二階から白い踵《きびす》の

【足元《あしもと》】足元のあぶない癖《くせ》に　足元を見られて

【足弱《あしよわ》】足よわづれが　足弱と見込《みこ》んだように

【爪先《つまさき》】爪先で名前を刻《きざ》む　爪先に　爪先を付《つけ》て足袋《たび》屋《や》八　爪先を憎《にく》らしそうに

【脛《すね》】すねを出《だ》し　ぬるんだ水に白き脛　股《また》まで濡《ぬ》れた脛を見せ　向《むこ》う臑《ずね》　後ろは無事《ぶじ》なふくら脛《はぎ》

【股《また》ぐら】おどり子のまたぐら迄《まで》は　またぐらへ蛙《かえる》をはなつ　またぐらへつま［褄］をはさんで　またぐらへ手をつっこんで　股ぐらを潜《くぐ》て　またぐらをのげにさゝ《さ》れる　またぐらをぱっかり明《あ》けて　家根《やね》やまたぐら覗《のぞ》き合《あい》

【膝《ひざ》】口利《くちきか》ぬ膝へ　口利《くちき》く膝をのせ　たがいにひざをつゝ《つ》き合《あ》い　母の膝　膝せまき　ひざであるいて　ひざでおし　ひざなどはたき〳〵行《はたきゆき》　膝に寝る　膝の上　膝へ腮《あご》のっけて　膝へ入《い》り　膝へすわらせる　膝を打ち　膝を折り　蓬莱山《ほうらいさん》か母の膝　夜長《よなが》の膝をたよられる　夜《よ》なべの膝の　膝をくずせのまあ飲めの　せなかをきめるひざ

頭《がしら》　みんな明るい膝頭《ひざがしら》

【立膝《たてひざ》】立膝で女将《おかみ》の見てる　立《たて》ひざで文《ふみ》を書くのも立膝をしたり　伊達巻《だてまき》が立膝の儘《まま》　膝《ひざ》を立て

【膝枕《ひざまくら》】膝枕嚔《くしゃみ》をされて　膝枕はずせば　膝枕降《ふ》って来たかと　目を開《あ》く膝枕

内臓

【骨《ほね》】足の折れたる骨の列　起重機《きじゅうき》で曲《まが》る背骨《せぼね》　こと終《お》えたゆとりの骨を　生埋の骨へ　骨がつき　骨がらみ　骨なくも　骨の出た　ほねばかりなる　尾骨《びこつ》のうずきけり

【あばら骨《ぼね》】あばら骨から組《く》み上げる　あばら骨に畳《たた》む　あばら骨にも似たる　あばら骨をふれ　鏡にうつるあばら骨　徹夜続きのあばら骨

【胃《い》】胃袋《いぶくろ》が　胃を満《み》たすべく　しなびた胃袋《いぶくろ》にやろう　不消化論が胃につかえてか

【心臓《しんぞう》】心臓に日曜日はない　心臓は働く

【神経《しんけい》】神経が焼ける　神経の先で　神経のにぶい生徒に　神経を陽《ひ》にさらされた　神経を太く

【腸《はらわた》】腸に効《き》く　はらわたがあって　はらわたへ　腹《はら》わたも切れる様《よう》　五臓《ごぞう》へも配達をする

【肝《きも》】きもにこたえる　肝ねらう　詰《つ》んでるに肺肝《はいかん》くだく　肝のつぶれる八重葎《やえむぐら》／腑分《ふわけ》の戻り

【脳《のう》】大脳や　脳細胞の調節が乱れて　脳細胞はつなぎとめ　脳の中　脳味噌《のうみそ》が腐敗し蟹《かに》と化《か》す

肌

【肌《はだ》】女の肌を見て　顔よりはだの事　月にやけたか生白《なまじろ》し　鳥肌《とりはだ》となるまで　肌を入れ灯《ひ》に溶《と》けそうな肌の色　やせた子をはだにおぶって　やわ肌をなげく　黒いので七難《しちなん》隠す　素肌《すはだ》で防《ふせ》ぐ　恋の肌ざわり　憎《にく》い肌ざわり　木綿《もめん》の肌ざわり　銀箔《ぎんぱく》の雪《ゆき》の肌

【皺《しわ》】親の皺延《の》し　おんなにむだな皺はなし　見《み》上皺《あげじわ》　この皺を考えている　皺が寄り　皺と成《な》る　女房の皺の中なる　また一《ひと》つ皺が殖《ふ》え候《そろ》　娘ひたいへしわをよせ

【くすぐったい】こそぐって　こそばゆし　尻《しり》こそばい　尻《しり》こそばゆき席につき　てのひらへ雪こそばゆく

【痒《かゆ》い】かゆい手のひら　痒い所は掃《は》き残し　尻《しり》のかゆいをもてあまし　側《そば》でもかゆい心《こころ》もち　根分《ねわけ》手の痒み　鼻が痒くなり　一《ひと》くし望むかゆい所《とこ》

【あばた】［天然痘の発疹の跡］　あばたづらめといいつのり　大《おお》あばた　はじめて見出《みいだ》す白《しろ》あばた　あばたは荷《に》がお

もし／ゆずを二つに割ったよう

【にきび】 大《おお》にきび鼻のあたまへ　ニキビがあって縁遠《えんどお》し　にきびに手間《てま》が取れ　面皰《にきび》の間にはゆる髭《ひげ》

【黒子《ほくろ》】 泣《なき》ぼくろから　涙黒子《なみだぼくろ》［泣黒子］を見まじとす　美女《びじょ》の福黒子《ふくぼくろ》　ほくろがにやんまい　入《いれ》ぼくろ

【雀斑《そばかす》】 雀斑があるラブシーン　そばかすの有《あ》るで雀斑を侘《わび》しがり　蕎麦粕《そばかす》は蠅《はえ》の屎《くそ》

生理

【血《ち》】 血管も氷《こお》り　惨敗《ざんぱい》の血にいろどった　昵《じつ》と若い血を湧《わ》かせ　出血の量が　人肉《じんにく》と、血の酒　捨《す》てる血へ　血がはねた儘《まま》になってる　血だらけの手で　血と汗《あせ》と　血につながって　血に揺《ゆら》ぎ　血のうずき　血の通《かよ》う　血の気《け》無き　血の出るほど直《し》きり　血の落書《らくが》き　血のりに踏辷《ふみすべ》り　血は青々といきりたち　血みどろになった話　血を吸《す》うて血を吸《す》うて　血を吸《す》ったような女の　停《と》まってる血がなぐられて　夏の血が氷《こお》る　輸血恵《ゆけつめぐ》もうか　合法的な血ぶくれ　血ぶくれに来た　血も吐《は》けないのだ　血をはかせ　血を喀《は》けば　吐《は》く血へど

【月経《げっけい》】 月経が狂《くる》ってしまう　月経痛《げっけいつう》で不妊症　だんごは七日《なぬか》母がうり　七日《なのか》には逃《のが》れ　女房《にょうぼ》は月へさしさわり　最《も》うおきゃくしまやったかと

【血走《ちばし》る】 金魚血走っている　血走った目で　血走る大《だい》東京《とうきょう》の空　まるく大きな瞳《め》を血走らせ

【汗《あせ》】 汗かき化粧　汗が滲《にじ》んでいる家路《いえじ》　汗たら〳〵《たら》と　汗に働き　汗のペン置いて　汗は稲葉《いなば》の露《つゆ》と消え　汗は不平《ふへい》もなく拭《ふ》かれ　汗ふいて　汗をかき　汗を拭《ふ》き　汗をふきながら　いっそ葛湯《くずゆ》で汗をとり　大《おお》あせで帰るは　女の汗ハ　獅子《しし》横丁《よこちょう》で汗を拭《ふ》き　しゃかのあせ　座《すわ》る女中《じょちゅう》の鼻の汗　旅の汗　鼻の汗拭《ふ》いて　母親は脂汗《あぶらあせ》

【湯気《ゆげ》】 叱《しか》られる馬に湯気立つ　湯気のたつ馬　味噌踏《みそふ》みの湯気　湯気が立ち　湯気の立つ顔

【垢《あか》】 垢の他人に遣《つか》わるる　垢掻《か》いて居《い》る風呂《ふろ》や者《もの》　帰れば妻の垢臭《くさ》く　子にもかゝ《か》せぬ臍《へそ》の垢　つきぬ垢かな　爪《つめ》の垢　身の垢となる　届きかねたる耳の垢　なき〳〵《なき》耳のあかをほり　耳掃除《みみそうじ》

【唾《つば》】 印税の唾　顔の唾をふき　つばきしてあるくが　つばきをしてはふみつぶし　つばきをば御《お》ひねりにする　唾を呑込《のみこ》んで　双六《すごろく》へ涎《よだれ》を垂らす　水鼻《みずっぱな》が涎《よだ》れにまじる　よだれにて牛ハ愚《おろか》に

【吐く《は》】二十五さいをはいている　のむと出《だ》しては　吐き出《だ》した　あくる日へど［反吐］の礼に行《いく》　黒豆のあるへどをはき　吐くほど乳をのませとき

【屁《へ》】かくし屁《へ》しれる　稀薄《きはく》な奴《やつ》を二度すかし　口でまねする鸚鵡《おうむ》の屁　扨《さて》首をたれ屁をすかし　しゅうとめの屁を笑うのも　何を笑うといんきょのへ　屁が鼓《つづみ》なり　屁ともせず　屁の祝《いわ》い　屁の字なり　屁の出た方《ほう》がまけに成《な》り　屁をひっておかしくも無い　屁一《ひとつ》でシャキリなり　尻《しり》でひり　続く馬の屁　屁に覚えなし

【小便《しょうべん》】京女《きょうおんな》立ってたれるが　サラ〳〵《サラ》と小便が散る　小便し　小便たれろ　小便でしゝ《し》かけられた私です　小便に起《おき》て　小便におりしゝ《し》におり　しょうべんの先を曲《ま》げるよ　小便ハ無用《むよう》の塀《へい》に　立手水《たちちょうず》　小便をして逃げるのは　小便をする技巧《ぎこう》あり　小《しょう》べんをすわってしろと　船中《せんちゅう》の小便こうしゃ［巧者］　ため小便をたれてくい　二《に》かいから小《しょう》べんせぬで　寝《ね》小便《しょうべん》ばかりは出来《でき》ぬ　小用《こよう》に困る弁財天《べんざいてん》　尿《にょう》すれば

【糞《くそ》】糞をふみ　西行《さいぎょう》の野糞《のぐそ》してゆく　斟酌《しんしゃく》のない蠅《はえ》の糞　製糞器《せいふんき》　野糞《のぐそ》の一人《ひとり》待ってやり　野屎梵字《のぐそぼんじ》のようにたれ　雪に野糞《のぐそ》のイキみ形《がた》　野雪隠《のぜっちん》

息

【息《いき》】息を切り　息をする間《ま》もなかりけり　息はけば息はきかえす　息をひき　息を吹き息をするらしい　息をぬく　かすかな息を聞く　肩の息　ぐっと引く息が　匂《にお》やかな息にときめく　はっきり息を吐《は》いて行《ゆ》き　ひく息の深さを巻いて　げっぷうで門を出るのは

【一息《ひといき》】一息ついて　一息にコップを干《ほ》した

【呼吸《こきゅう》】命つぐ呼吸に　金魚の呼吸《いき》の届きそう　その呼吸《いき》が呑《の》み込《こ》めず　はずむ呼吸《いき》　花の呼吸の乱れたり　深呼吸《しんこきゅう》　待つ間《ま》体操深呼吸《しんこきゅう》　胸深く呼吸せよ

【窒息《ちっそく》】軽い窒息をおぼえる　窒息せん　街《まち》、窒息せん

【鼻息《はないき》】あらい鼻息　揃《そろ》う鼻息　鼻息白く見え

【息《いき》をつく】息をつくばかり　馬はしばらくいきをつき　炎《ほのお》のような息をつき　ヤア〳〵《ヤア》で息をついでる　コップを干《ほ》した息づかい　蛍《ほたる》の息づかい

【溜息《ためいき》】親の溜息　ため息に鏡がくもる　ため息一《ひと》つ　溜息へ対《つい》の溜息　溜息の向《むこ》うハ　長い溜息　草の根の吐《と》息《いき》にふるゝ《る》　冬越《ふゆご》しが出来《でき》ぬ吐息《といき》に　溜息をする女房ハ

【寝息《ねいき》】子の寝息　妻と子の寝息の中に　寝息緋色《ひいろ》の夜《よ》着《ぎ》を這《は》う　安《やす》らかな寝息の中の

【鼾《いびき》】あまりいびきがりちぎ［律義］過《すぎ》　鼾では　この鼾年増《としま》のいびき也《なり》　よういびきかく　女と高鼾《たかいびき》

【くしゃみ】くさめが出《で》　嬉《うれ》しい嚔《くしゃみ》が出《で》　くさめしてくしゃみすりゃ　嚔《くしゃみ》で唄《うた》の次が出《で》ず　くしゃみのひびくクシャミを一《ひと》つ残し立ち　くさめを笑う鏡磨《かがみとぎ》

【むせる】香《こう》の烟《けむ》りにむせる所《とこ》　子が咽《む》せる　蒸鮨《むしずし》の鮓《す》に咽《む》せる　むせっぽいもので　ごほん〳〵《ごほん》で

【咳《せき》】空咳《からぜき》をしてから　ごほり〳〵《ごほり》せき　せきがきたので　咳に目を覚《さま》し　時々変な咳をする　母の咳ちと落ちついて　一《ひと》つの咳で　ひとりでに咳が出る　まだ眠らない母の咳　夜明《よあ》けの咳一《ひと》つ　咳で押《おさ》えて　咳の礫《つぶて》あり

【咳払《せきばら》い】明《あか》りに遣《つか》う咳払い　面白がって咳にする　空気の中の咳ばらい　咳ばらいばかり大きな　そばで大きなせきばらい　大《たい》そうなせきばらいする　種々《しゅじゅ》の功《こう》ある咳払い　心の人へ咳ばらい　念《ねん》の入《いり》たる咳ばらい　咳ばらい家《いえ》一《いっ》ぱいに

【欠伸《あくび》】欠伸が出《で》　欠伸して　あくびして居《い》る蛤《はまぐり》のあくびして小《こ》僧銭《ぞうぜに》よむ　欠伸して見る妻の顔　欠《あくび》の尻《しり》を欠伸の涙見て笑い　欠伸の世《よ》　欠伸交《まじ》りの涙あり　あくびをさせるきつい降《ふり》　欠伸をし　煙筒《えんとう》のような欠《あく》びする　お向《むこ》うの欠伸がうつる　手の中でもんだあくびは　電車の娘《こ》欠伸するとこ　父《とう》さんのあくびへ　遠吠《とおぼ》え程《ほど》なあくびをし　共欠伸《ともあくび》　屁《へ》とあくび　もろ手をのばす大《おお》あくび

【生欠伸《なまあくび》】［中途半端な欠伸］女将《おかみ》の生欠伸　雲入道に生欠伸　芸者《げいしゃ》は生欠伸　酒の醒《さ》めたる生欠伸

力

【力《ちから》】ある力　一《いっ》ぱいの力で咲けば　底力《そこぢから》出《だ》し切ったまゝ《ま》の力で　力こぶ　淋《さび》しき時の力《ちから》瘤《こぶ》　ない力出《だ》して　踏みしめる力の底に　ほんとうの力で

【腕《うで》ずく】うでずくになると　腕ずくは金《かね》ずくよりも腕ずくの女房《にょうぼ》見に行《ゆく》　地下人《じげにん》はうでぶしで折る　腕《わん》力《りょく》で教え込んだか　腕力《わんりょく》の主義　腕力《わんりょく》を出《だ》す　小《こ》ぢからがあるで

【力持《ちからもち》】ちからが有《あっ》て　馬鹿力《ばかぢから》　端《はし》からきばる力もち力石《ちからいし》キロに直して　汗かいて見るちから石《いし》／肩がきゝ《き》

【力《りき》む】蒼空《あおぞら》へ力んで見ても　りきんだ男荷《に》をかつぎ力んで耳をふき

性

性

色気

【艶《つや》めく】一通の艶っぽさ　いとなまめける　女工《じょこう》も少しなまめいて　美《び》にして艶《えん》にして　吹けばなまめく乱れ髪　夜《よる》を着替《きが》え て夜《よる》の艶《つや》

【色《いろ》っぽい】色っぽくなって　女将《おかみ》の色っぽい笑い　女教師《じょきょうし》色っぽい　いろめいた声に骨おる　色めくと見て　仇《あだ》っぽい　今は仇《あだ》なる片靨《かたえくぼ》　色気《いろけ》あり　色気《いろけ》が失《う》せて　色気《いろけ》づき　色娘《いろむすめ》男の顔へ　目をする色娘《いろむすめ》

【流《なが》し目《め》】流し目《め》で薄目《うすめ》を笑う　流し目で流しへわたす　流し眼《め》で見られ　流し目八古いやつにて　目で懸《かけ》る橋を

【色《いろ》】色の世《よ》と　色深い坊主《ぼうず》　色をみせ　二道《ふたみち》をかけてと

【色懺悔《いろざんげ》】和尚《おしょう》の色懺悔　恋懺悔《こいざんげ》泣けばマリヤの

【虫《むし》が付《つ》く】〔相手ができる〕薔薇《ばら》にも虫が付《つき》たがり　虫がつき　息子《むすこ》に付《つい》た虫　娘に虫がつき　虫付《むしつか》ぬ娘の紋《もん》に　銀杏髷《いちょうまげ》にも虫がつき　母の虫封《むしふう》じ／息子《むすこ》に鞘《さや》が出来《でき》

デート

【逢引《あいびき》】媾曳《あいびき》の智恵は　媾曳《あいびき》もたのしみ　街路樹の陰《かげ》へ媾曳《あいびき》　今日は意表《いひょう》をつくデイト　約束の戸は　好《よ》い人が落合《おちあう》た夜《よ》の

【密会《みっかい》】出合《であい》したしょうこ背中に　出合《であ》いする所　のら出合《であい》　おしのびのはずを　忍《しの》ぶにしては派手《はで》な装《そう》　忍《しの》び逢《あ》う影《かげ》　忍《しの》ぶ夜《よ》の蚊《か》は　昔のしのび道　窓の通《かよ》い路《じ》

【夜這《よばい》】疵《きず》を夜《よ》ばいはひしがくし　承知せぬ夜這夜盗《やとう》に　すっぱりとはわせて置いて　はい込むと泥棒という　はいもどし　夜《よ》ばいにはきつい邪魔《じゃま》　夜《よ》ばいは足へたどり付《つき》　夜《よ》ばいは毛をむしり　どろぼうらしく引《ひっ》ぱられ

【夜遊《よあそ》び】夜遊びの兄へ　夜遊びの薬につける　夜遊びは迷《まよい》の道の　夜遊びを春から知った　夜出《よるだ》すとこなたのせいと　子の夜歩行《よありき》に　やけの夜歩行《よありき》

駈落

【駈落《かけおち》】駈落暮《くれ》を待ち　欠落《かけおち》するにわるい所《とこ》　駈落と身売沙汰《みうりざた》　欠落《かけおち》と見えて能《よ》い顔　駈落の石につまずく　駈落の時雨《しぐれ》て味な時刻を計《はか》る　駈落の手拭《てぬぐい》を吹く　駈落は日を取違《とりちが》え　欠落《かけおち》もきようにすれば　駈落を只酔狂《ただすいきょう》と　二人《ふたり》は駈落し　上方《かみがた》の欠落《かけおち》だけに　道の違《ちが》ッた駈落の　追人《おって》に二親《ふたおや》

の声　追人《おって》の中に婿《むこ》の顔　初手《しょて》二人《ふたり》後四五人《あとしごにん》は　連れて逃げ　内芸者《うちげいしゃ》役者と逃げる　どっちもにげる形《な》りでなし

操

【貞操《ていそう》】売れない貞操を抱《かか》え　貞節《ていせつ》に　貞操捨《す》て売《う》りに出てあぶれる　貞操と今とり換《か》えた　貞操に生《い》く可《べ》く　貞操のむくいは　貞操を押《お》し売《う》りに　芋茎《ずいき》まで操《みさお》に足《た》した　みさおをばていしゅのたてる

【不貞《ふてい》】田舎不義《いなかふぎ》　不義《ふぎ》で蓄財凍《ちくざいこお》らせた　道ならぬ恋に　あやうい首が二《ふた》つ来る　上手に中をわるく見せ　知らぬは亭主一人也《ていしゅひとりなり》　昼は物言わず／見付《みつけ》たら六《むっつ》にすると

【処女《しょじょ》】監督に処女を捧《ささ》げて　処女である姿　処女で通して　処女という丸味《まるみ》の中に　処女の終《おわ》りの緋《ひ》が流れ　処女の名を奪《うばっ》てからは　処女の瞳《め》に　生娘《きむすめ》も　生娘《きむすめ》と云《い》う顔でいる　生娘《きむすめ》にたちかえり　生娘《きむすめ》の振付《ふりつけ》をする

【童貞《どうてい》】童貞にあれば　童貞の間に　童貞の心の森の童貞のたどり着《つ》いたる　生《き》むすこに　木《き》むす子《こ》のしょうこ　生男《きおとこ》も琴柱《ことじ》に落《おち》る　きむす子［生息子］と見えて

SEX

【性《せい》】あかねと浅黄《あさぎ》まくり合《あい》　い〻《い》の〱《いいの》を尻《しり》で書く　の〻《の》字も書《かか》ぬ尻《しり》　後《うしろ》からさせ勝手《かって》　うすく一《ひと》きれ振舞《ふるまわ》れ　おえて居《い》るのに　おえねえんだと言い　おっかさん死んじゃいやだと　おっかないまくばいをする　およしなさいとかたくいい　かくし芸《げい》までしてかえり　かの事がもうよいぞやと　気行《きゆき》の情《じょう》を能真似《よくまね》るので　さかるなり　四十八手《しじゅうはって》の仮《か》名遣《なづか》い　四十八手《しじゅうはって》を使い分け　した跡《あと》を皆《みな》かんなめる　きれいに舌《した》を遣《つか》う　しとめたと見えて　素人《しろうと》よりは遠ざかり　其《そ》の腰で夜《よる》も竿《さお》さす　乳房《ちぶさ》にしゃぶりつき　一昨日出来《おといでき》ました　出来上《できあが》り　出来《でき》そうになると　出《で》来《き》た仲《なか》　出来《でき》たやつとおくへのいて　出来《でき》ている二人《ふたり》に　天井《てんじょう》を男の見るは　床《とこ》がいも　女房《にょうぼ》はまたをひっか〻《か》れ　ぬれ事《ごと》をまことにしたで　のせて居《い》て　ひだるかろうとおろか也《なり》　一人《ひとり》して済《すま》ぬ用事に　姫《ひめ》はじめ恵方《えほう》へ向《む》けと　姫始《ひめはじ》め煩悩《ぼんのう》個々に　ひよどりごえで落城《らくじょう》し　ひるもたんす［簞笥］のかん［鐶《かん》］が鳴《な》り　備後表《びんごおもて》へのり出《だ》させ　ぼたもちをすり子木《こぎ》でつく　本間《ほんま》やら臼《うす》やらしれぬ　男の方《ほう》が回《まわ》す役　くじに勝ったが下になり　娘を破開《はかい》させ　もがけどもぬけばこそ　櫓《やぐら》の下でた〻《た》きばき　やたらさせ　遊戯性交《ゆうぎせいこう》の所産《しょさん》です　交情《こうじょう》も

【口淫《こういん》】尺八《しゃくはち》で嚊《かか》　しゃぶりっこだと

【手淫《しゅいん》】手淫常習者の　せんずりを子におしえてる　そよ風は転合《てんごう》と思う　似た事をするろうそくや　毎夜《まいよ》自殺の皮つるみ　我《わが》ものを握《にぎ》る片手の

【床《とこ》をする】床をする噂《うわさ》で　とこをせぬのが

【色《いろ》をする】色をするつらか［面］と　山でいろをする

【色事《いろごと》】色事にはねのはえたる　日本人色事にゃ気が色事のもめから　女に羽子《はね》のはえる所《とこ》　肉池《にくち》に遊ぶ

【転《ころ》び合《あ》い】合点《がてん》ずくなる転び合い　ころび合《あい》まじり〳〵《まじり》と　ころぶからそれではやると

【いちゃつく】いちゃつくような箸遣《はしづか》い　いちゃつくを雑蔵《ぞうぐら》へ来ていちゃつかれ　加減《かげん》して指が先陣《せんじん》　此指《このゆび》に祭さしょうと　くじる真似《まね》して舌を出《だ》ス　ちゝ《ち》くられ　手が当《あた》りむつごと［睦言］

【キス】折《おり》ふし苦《にが》い口も吸《す》い　口の吸《すい》たい　口を吸《すわ》せる　後朝《きぬぎぬ》の熱き接吻《キッス》の　口吸《す》うた　月の光りにキッスされた

【麦畑《むぎばたけ》】どこですべいと麦をかり　二人《ふたり》ひれふす麦の中　麦刈《かっ》て　麦から顔を出《だ》していい　麦ばたけ小《こ》一畳《いちじょう》ほど　もがくなよ麦がいごくと　ざわざわざわと二人《ふたり》逃《にげ》物《もの》知顔《しりがお》な麦畑　泣子《なくこ》引出《ひきだ》す麦の中

好色

【性欲《せいよく》】愛欲《あいよく》に根を張る木々の　愛欲《あいよく》の業火《ごうか》に　色欲《いろよく》に　淫欲《いんよく》の手にしっかりと快楽の花が咲き　性欲がうずく春　性欲か無欲か　性欲という　性欲の仮面ぞろ〳〵《ぞろ》　性欲の美学《びがく》　隣高野《となりこうや》の聖《ひじり》やど　まっかなる性欲の花をかざし　秋《あき》がわき　臆病な性欲の角《つの》のばす　性いまだ　性は善なるか　女がなくて

【好色《こうしょく》】色《いろ》に溺《おぼ》れるな　水臭《みずくさ》い人に溺《おぼ》れて　てんば乳母《うば》赤い信女《しんにょ》をそそのかし　蚊帳《かや》はみだらなものに見る　みだらな二十四五　淫《みだ》らな夢ばかり　おもい合《あい》たるすそびんぼ　相模《さがみ》がいもり酒《ざけ》をのみ　鼻毛《はなげ》延長　鼻の下長く

【腎虚《じんきょ》】［房事過多による衰弱］御《お》いしゃじんきょと申《もうし》あげ　じんきょさせたが　じんきょをば　女房《にょうぼ》じんきょじゃ無いといい　じんきょで死んだやつ　顔へ毒断《どくだち》　殖《ふえ》る毒断《どくだち》　火動《かどう》にて遷化《せんげ》也《なり》　かどうのしょう［症］は追っかける　側《そば》に毒があるとハ　殿様《とのさま》を空堀《からぼり》にする

【病上《やみあが》り】五《ご》百里《ひゃくり》虎《とら》の病みあがり　病上り女房《にょうぼ》ひや〳〵《ひや》　病上りうつくし過《すぎ》て　魔《ま》がさした相《そう》で　魔《ま》をさす肥立《ひだち》ぎわ　ある夜《よ》女房《にょうぼ》に叱《しか》られる　しかられて枕《まくら》へ戻る

【陰間《かげま》】［男色］かげま一本《いっぽん》づかい也《なり》　陰間の咽《のど》を　しり

顔《がお》にしてやるかげま　雪隠《せっちん》へ二度来たかげま　陰間の元気　陰間の年《ねん》が明《あけ》　鴻門《こうもん》ハごめんだよ　親の為御《ためお》釜《かま》掘られる　お釜《かま》をみがく通和散《つうわさん》　ぞうり取《とり》にもお手がつき　まだしものこと男色《だんしょく》と　よし町《ちょう》のふらち　あぶない義理《ぎり》の　飛子《とびこ》を晒《さら》す御座《ござ》の舟　はやらぬ野良《やろう》無病なり　小《こ》姓《しょう》もごもつ殿《との》も殿《との》　しんべ子《し》［新部子］の声風に切れ

性器

【生殖器《せいしょくき》】生殖器切り捨度《すてた》き　生殖器ばかりになって　陰陽《いんよう》の馬鹿ハ　金精《こんせい》と蛸薬師《たこやくし》

【女性器《じょせいき》】かわらけハわっちゃアいやと　鯨《くじら》に頼《たよる》うなり声《ごえ》　嵯峨野《さがの》で仏御開帳《ほとけごかいちょう》　墨壺《すみつぼ》の口も干《ひ》上《あが》る　蛸不快《たこふかい》月の影《かげ》さす夜蛤《よはまぐり》　海苔麁朶《のりそだ》の浪《なみ》　夫婦ツマと呼《よび》　旧苔《ふるごけ》の髭《ひげ》をなで

【淫水《いんすい》】おちめハ誘《さそ》う水　ひめのりがへるに随《したが》い

【精液《せいえき》】禁欲主義者の夢精《むせい》かな　精虫《せいちゅう》の尾《お》をふるさまぞたしない水を遣《つか》いすて

【男性器《だんせいき》】陰茎《いんけい》へ土砂《どしゃ》ハ　追回《おいまわ》す男根《おとこね》　かわかぶりだとだれかいい　こたつにむすこ首《くび》ったけ　しいのみ程《ほど》にして逃《にげ》る　すっぽんの首を　すり子木《こぎ》ろれつ回《まわ》り兼《かね》　八畳《はちじょう》敷《じき》と一《ひと》ツ物《もの》　干蛸魚苞麩《ひだこづとふ》となり果《はて》る　前と背《せ》に不用《ふよう》な道具　きんたまをかくふり　睾《きん》丸の重みに　睾丸辺《こうがんあたり》へ食《く》い下《さ》がり　〆寄《しめよす》る睾丸《たま》ハ　びんずるのきん玉《たま》らしい　むだ金《きん》を広《ひろ》げてこまる　屋《や》ねふきの出《だ》したでさわぐ　五尺《ごしゃく》の中の棒　寺の秋牛房《あきごぼう》　人形を鑓《やり》のかわりに　抜身《ぬきみ》をぬぐう音　ぬきみでもつまりませぬと　馬鹿太《ばかふと》い如意《にょい》で　針《はり》の折れ込む　浅黄《あさぎ》おやしてる　御建立《ごこんりゅう》　三郎坊《さぶろうぼう》に中天《ちゅうてん》狗《ぐ》　旗《はた》ざおまでが寝てくらし　帆《ほ》ばしらの立ったをねかす　下多反《したぞ》りの鼻で離縁《りえん》の

【張形《はりかた》】牛をつかってアレサもう　奥では角細工《つのざいく》　楽屋《がくや》で声をからして居《い》　きのうの口をもう二本　器物《きぶつ》にてくらやみへ牛を引込《ひきこ》む　たった四五寸《しごすん》不足なり　長《なが》つぼね四五本《しごほん》持って　張形にする大生海鼠《おおなまこ》　張形に椿《つばき》を生《い》けて　はりがたのそばに役者え［絵］　はりがたはずい分よしと　冷《ひ》やで水牛《すいぎゅう》遣《つこ》うて見る　湯《ゆ》がいて食《く》えばあてられず　湯がかぬを食《く》ってみたがる

【去勢《きょせい》】去勢して　らせつ［羅切］したのを鼻に懸《か》け

【不能《ふのう》】不能の字　三《み》ツのうち目も歯もよくて

遊客

【遊客《ゆうきゃく》】あだついた客は　あれおきゃくさんがと　客にもたせけり　客人偏《にんべん》のあ

るとなし　客は大方風《おおかた》できれ　客二人《ふたり》切れて　客をねだって　品川《しながわ》の客横《よこ》づけが　世俗《せぞく》にうとい客が行《ゆき》　得意《とくい》の客の不《ぶ》あしらい　鳥が起《おこ》して帰す客　人のお客へかじりつき　正月くるとぼん［盆］に来《こ》ず　丸山《まるやま》の客　宵立《よいだち》の客は　お馴染《なじみ》を聞《きい》たのかいと　馴染《なじみ》の我《われ》を後《あと》にする

【振《ふ》られ客《きゃく》】 あい嫌《いや》でありんすを聞き　あいそうをよくふられたは　御下駄《おげた》はふられ　女にはもてず　隣《となり》にも振られ客　ふられ河童《かっぱ》の川流れ　振られたが徳《とく》　振られたで　ふられた夜《よ》　振られたり焼《やか》れたり　ふられては　鶏《とり》の啼《なく》まで振られ客　ふられて雪の朝帰り　ふられたうらに行《いく》　もてぬやつ　もてぬ浅黄《あさぎ》うら　もてぬばん

【もてる客《きゃく》】 大持《おおも》てに持《も》てゝ《て》　傘《からかさ》はもてる也《なり》　もてゝ《て》うれしく無《な》い夜《よ》なり　もてたやつから話出《はなしだ》し

【吉原雀《よしわらすずめ》】吉原によく出入りしている人　吉原雀にし　雀ももてること

【大一座《おおいちざ》】［団体客］　えゝ《え》鳥がとれて　あおむいて見る大一座　一坐《いちざ》ドンチャン皆《みな》騒ぐ　振《ふ》られたやつが起《おこ》し番《ばん》

【素見《すけん》】［見物客］　すけん物《ぶつ》それのいたりと　ひやかしが来て　素見の一人《ひとり》だまって　素見《ひやかし》に来る女房持《にょうぼもち》　素見の女房悋気《にょうぼりんき》なり　宝の山へ入《い》りながら　見るが目の毒とは

女郎買

【女郎買《じょろうがい》】 買って見ぬ内《うち》に女房《にょうぼ》をけちな女郎買　さすがむす子の買《かい》はじめ　一晩《ひとばん》かいに行《いき》　あそびは下手《へた》と　あだやおろかに遊ばぬ気　さむらいのあそび　褌《ふんどし》化《ばけ》て紀《き》の国屋《くにや》

【初店《はつみせ》】［デビュー］　国宝《こくほう》の如《ごと》く初見世《はつみせ》　嫁《よめ》に行《い》くように初見世《はつみせ》　お披露目《ひろめ》の妓《こ》を呼ばせられ　水揚《みずあげ》が済《すむ》と　桜迄《まで》つき出《だ》しに出《で》る　突出《つきだし》ハこうべをたれて

【初会《しょかい》】 海をほめるは初会也《なり》　汐干《しおひ》戻《もど》りを初会にて　初会客《しょかいきゃく》名前は　初会には道草《みちくさ》を食《く》う　初会は食《く》わず　初手《しょて》初会惚《ぼ》れ生《うま》れをきけば　数珠《じゅず》でぶったは初《しょ》ての事　盃《さかずき》の時に笑うは恥《はじ》のよう　高いよと初《しょ》てにおどかす

【裏《うら》をかえす】［二会目］　ウラに行《ゆ》き　裏の夜《よ》は四五寸《しごすん》近く　裏をかえさぬ客ばかり

【箸紙《はしがみ》】［馴染客専用の箸袋］　箸紙へ貫目《かんめ》を見せる　箸紙が出来《でき》りゃ　箸一《いち》ぜんの主《ぬし》になり　御箸入《おはしいれ》と書きなんし

【差向《さしむか》い】 差《さ》しになる　さし向《むか》い手が重《かさ》なると　差向い　一《ひと》つの猪口《ちょこ》で　一寸《ちょっと》差向い　となり座敷《ざしき》はさし向《むか》い　膝《ひざ》を突《つ》き合《あわ》せ　真猫《しんねこ》ハ　新猫《しんねこ》や　張合《はりあい》のなき盃《さかずき》は

【隣座敷《となりざしき》】 隣座敷に　隣座敷の灯《ひ》　隣座敷へ一寸《ちょっと》立ち

【回《まわ》し】かけもちの客を取ること　二《に》かいを回《まわ》り〳〵《まわり》寝る　回《まわ》し部屋《べや》　回《まわ》し床共《どこども》あくび　どっか又失《またう》せる

【寝《ね》ごかし】〔寝ている間に居なくなる〕　しらぬ寝ごかし　寝ごかしというて帰れど　寝ごかしはどちらの恥《はじ》と

【居続《いつづ》け】〔泊って帰らないこと〕　青柳流連《あおやなぎいつづけ》の雨　居つゞ《づ》けのむかい　居《い》つゞ《づ》けは内湯《うちゆ》が沸《わ》いて　居続《いつづけ》は冬の蠅《はえ》　風花《かざはな》の内《うち》は居つゝ《づ》け　居続《いつづけ》の度《たび》に　居続けの坐《ざ》へ親父《おやじ》　廓《くるわ》に流連《りゅうれん》す　流連《りゅうれん》の迎《むか》い　妓楼《ぎろう》に居残り

【お茶挽《ちゃひき》】〔客がなくて暇〕　お茶挽《ひ》いた夜《よ》は字を習《なら》う　お茶を挽《ひき》　昼見《ひるみ》せで馬をかぞえる　素見《すけん》と茶ひきいじり合《あい》

【売《う》れ残《のこ》り】　生きて居《い》てさえ売れ残り　うれぬやつ　真《ま》っ赤《か》なやつが五六人《ごろくにん》　四五人《しごにん》うれのこり　あぶれたはあぶれ女郎《じょろう》夜《や》食《しょく》を食《く》うが／にらめくら三時《みとき》して居《い》る

【玉　帳《ぎょくちょう》】〔遊女が揚代を記録しておく帳面〕　玉帳に星の数　くる輪《わ》では客帳　つらし遊女の客日記　客の評判記

【誓《ちか》う】〔男女の約束〕　誓文《せいもん》が利《き》く　誓文《せいもん》に立てる刀《かたな》は　江戸の起請《きしょう》は　二度起《き》請書《しょうかき》　起請《きしょう》なくして　起請《きしょう》の指の冷《ひえ》て居《いる》　指切るも　指のない手に　指を切るからは　くろ髪《かみ》を切《きっ》て出《だ》されて　三本きりしかない指先の　二本きりしかない指先の　折る指が少《すくな》くなって

【三布団《みつぶとん》】〔三枚重ねの高価な敷布団〕　うつ症《しょう》を治《なお》す三《み》つぶとん　敷初《しきぞめ》に　夜具《やぐ》をねだる也《なり》

【総揚《そうあ》げ】〔その店の遊女を全員呼ぶ〕　総揚《そうあげ》もさして女将《おかみ》は総踊《そうおど》り　総見《そうけん》は　惣仕廻《そうじまい》けっきの勇《ゆう》と　総揚げした報《むく》い

【紋日《もんび》】〔吉原の祝儀日〕　囲《かこ》いの中にある紋日　紋日前　紋日の翌《あす》を　亡《な》き玉菊《たまぎく》が客呼びて

【月見《つきみ》】〔紋日〕　十五にも居《い》ぬと　十三にも居《い》ない　月に来てくれろだろうと　月《つき》の座《ざ》があいていんすと　月二《ふた》つ出家《しゅっけ》けんご〔堅固〕に　月見を二度くらい　片月見《かたつきみ》

【八朔《はっさく》】〔紋日〕　あらしの日客さむそうに　八朔衣《ころも》がえ　八朔は苦《く》にしんす　しろたえに八朔そよぐ　一日白き苦《く》をもとめ　白《しろ》むくをぞっくりぬいで　白無垢《しろむく》を脱《ぬ》いで匂う白むく　白むくを着《きる》と沈む夕栄《ゆうばえ》

花魁

【花魁《おいらん》】〔高級女郎〕　青ざめた花魁を買う　洋装《ようそう》で来た花魁も　花魁のカカトの皮は　花魁の恋やぶれ　花魁顔《かお》へ八文字《はちもんじ》　花魁眉《まゆ》に八文字《はちもんじ》

【八文字《はちもんじ》】〔花魁道中〕　江戸町《えどちょう》で見る八文字　八の字は外八文字《そとはちもんじ》　八文字安いもの　京《きょう》はきれいな砂が立ち

性

【傾城《けいせい》】あねさんといゝ《い》やと　菊も傾城ひとくろう　傾城床《とこ》へ来る　傾城にするとて親は　傾城の鏡に夕日　けいせいのきゅうは　けいせいのちからでうごく　傾城の手負《ておい》　けいせいの文《ふみ》に　けいせいに指を切らせて　傾城わきへ向き　傾城にすねられる　傾城に笑《わらわ》れに行《いく》　たちまち傾城め　けいせいと女房《にょうぼ》の間《あい》を　けいせいの翌《あす》の枕ハ　女の中の聳《そびき》もの　高尾《たかお》死に　けいせいの墓

【お職《しょく》】お職と云《い》うを買う気なり　お職の赤蛙《あかがえる》

【身受《みうけ》】うけ出《だ》して鈴をふらせる　請出《うけだ》して見れバ　受《うけ》出《だ》す気　請《うけ》られた夜《よ》ハ売《うら》れたる　馬を買程《かうほど》でうけ出《だ》すべらぼう受出《うけだ》す気　身受する客は　身受の出来《でき》る金で無し　身受の破談《はだん》　儲《もう》けてスグに身受の気　身請《みうけ》の顔を落籍祝《ひきいわ》い　噂残《うわさ》して引《ひ》き祝《いわい》　冗談《じょうだん》にする落籍話《ひきばなし》　落籍《ひか》された淋《さび》しさを知る　落籍《ひか》されたらしい　落籍《ひか》されてやけで請出《うけだ》す　秤《はかり》で身受け　高尾米屋《たかおこめや》へ行く気なし

【投《な》げ込《こ》み】［葬る］　投げこみの穴に髑髏《どくろ》の　なげこみの施主《せしゅ》は　死しては浄閑寺《じょうかんじ》　花の名所《めいしょ》へすてられる

女郎

【女郎《じょろう》】生《き》じょうゆ［醤油］でくう女郎《じょろう》は　女郎のはてとおもわれず　死《しん》だ女郎を誉《ほめ》る　わざ〳〵《わざわざ》買《かい》に行《ゆく》女郎　生《い》き仏《ぼとけ》　実義《じつぎ》は女郎花《おみなえし》

【揚代《あげだい》】［遊女の代金］　玉代《ぎょくだい》の上《あが》ったツケを　三人で三分《さんぶ》なくなる　愉快後の付馬《つけうま》　ひとたびえ［笑］むと一分《いちぶ》取る

【娼婦《しょうふ》】公娼《こうしょう》という語を知らず　断《ことわり》の一字が娼婦にも　娼妓《しょうぎ》等はそれが役目と　娼婦型《しょうふがた》　娼婦死に　売春婦あぶれた夜は　山猫《やまねこ》は人を食《く》い　闇《やみ》の花　銀《ぎん》の猫も捨《す》て　眼《め》を糸にする銀《ぎん》の猫　涅槃《ねはん》に猫が見え

【太夫《たゆう》】落《お》ちた星　太夫職《たゆうしょく》　太夫童顔《どうがん》三十九　日ハ赤〳〵《あかあか》と太夫買《かい》　簾内《みすうち》の太夫也《なり》　元《もと》が太夫で　鳳凰《ほうおう》の玉子《たまご》を

【籠《かご》の鳥《とり》】［遊女］　〆《しめ》られる籠の鳥　泣く方《ほう》が勝つ籠の鳥

【出女《でおんな》】出女のかいこんで行《ゆく》　出女わらわす

【湯女《ゆな》】湯女と泣く　湯女どもが親父《おやじ》をゆでゝ《て》　湯女の愛相《あいそう》　湯女の笑いの　湯女の唇　湯女の胸《むな》ぐら

【飯盛女《めしもりおんな》】めしもりにくらいついたと　めし盛《もり》にふられた恥《はじ》を　飯盛をまず尋《たず》ね　品川《しながわ》の星的《ほしまと》にして　留女《とめおんな》

【比丘尼《びくに》】尼僧姿の私娼　歌《うた》びくに　加賀《かが》比丘尼　びくにかい［買］　びくには髪をたて　びく人《にん》はかおう物じゃない

【舟比丘尼《ふなびくに》】一升《いっしょう》につく舟《ふな》びくに　船《ふな》まんじゅう

【不見転《みずてん》】不見転芸を持ち　不見転に飽《あ》いて　不見転

のエクボを　不見転も客も黙《だま》って

【夜鷹《よたか》】ちょうちんで夜鷹を見るは　辻《つじ》に立《たつ》夜鷹は　夜《よ》鷹小屋《たかごや》　朝起《あさおき》にみれば夜発《やほつ》の　夜商《よあきな》い手の鳴る方《ほう》へ　土手《どて》で売るやつは白狐《しろぎつね》の　土手《どて》の狐《きつね》なり　惣嫁《そうか》こそぐる大柳《おおやなぎ》

遊廓

【廓《くるわ》】廓の梅《うめ》も実《み》のなる世《よ》　廓の春の雨　廓の灯《ひ》　ドンドコドンと異《い》な廓　経験に如《しか》ずと廓へ　坊主の廓通《くるわがよ》い　廓《さと》の昼《ひる》　廓《さと》の文《ふみ》たゞ《だ》来なさいに　あの廓《さと》も忘れて淋《さび》し　悲しく廓《さと》で聴《き》く　眼《め》の覚《さ》める廓《さと》の夢　岡場所《おかばしょ》のありんすなどは　たった一夜《いちや》の高砂屋《たかさごや》母のギオンオクリ　羅生門《らしょうもん》　悪所《あくしょ》よばりする　どっちへ出ても魔所計《ましょばかり》　労働街に魔窟《まくつ》の灯《ひ》よ　機密費《きみつひ》で女護《にょご》ケ《が》島《しま》ほど　畳《たたみ》の上の女護《にょご》の島　まどう［魔道］へ引《ひき》こまれ

【細見《さいけん》】［吉原の案内書］　細見を買《かっ》て行《ゆき》　山形《やまがた》の星　廓通《くるわがよ》いの道中記《どうちゅうき》　細見を鵜呑《うのみ》にすると　星入《ほしいり》はかえって高い

【揚屋《あげや》】［料亭］　揚屋覗《のぞ》いて鉢叩《はちたた》き　揚屋の灯《ひ》

【苦界《くがい》】生《うま》れては苦界　苦界から抜《ぬ》けて戸塚《とつか》で　苦界の物語り　孑孑《ぼうふら》に似た苦界　公界《くがい》十年　泥中《でいちゅう》に咲く蓮《れん》華《げ》　泥水《どろみず》から賄賂《わいろ》　泥水《どろみず》でお玉《たま》いけなく　泥水《どろみず》で白くそだつた　泥水《どろみず》と　泥水《どろみず》のくせに　泥水《どろみず》へ踏込足袋《ふみこむたび》も

【色町《いろまち》】色里《いろざと》の言葉に　色の都《みやこ》に灯《ひ》を溶《と》かし　色街《いろまち》に住んで　色街《いろまち》の昼を　隠《かく》し町《まち》　囲《かこい》まち　芸者《げいしゃ》町　灯《ひ》を点《つ》けて水街《みずまち》へ出る　遊女町《ゆうじょまち》　赤線《あかせん》をひいても　夜を売ル町に

【見世《みせ》】切見世《きりみせ》へ這入《はい》らぬものは　狆《ちん》も見世を張り　局《つぼね》見世《みせ》　引《ひき》ぞわずらうまじりみせ　宵見世《よいみせ》の格子《こうし》に燃ゆる

【待合《まちあい》】蟹《かに》の穴ほど待合のある　謹慎《きんしん》じゃない小待合《こまちあい》　小待合《こまちあい》朝を　待合あと回《まわ》し　待合で徹夜　待合のあした　待合のある小路《こうじ》　待合の資本主《ぬし》　待合の障子《しょうじ》は　待合の硯箱《すずりばこ》　待合は蚊帳《かや》をつり　待合乾《ほ》して見せ

【出合茶屋《であいぢゃや》】［ラブホテル］　いろは茶屋《ぢゃや》　いろはへ花のちりぬるハ　出合茶屋泣きさけぶのが　親置《おい》て出合宿《であいやど》　引手《ひきて》茶屋《ぢゃや》　ばん頭《とう》茶屋へひろいこみ　おくった足で小宿行《こやどゆき》

【舟宿《ふなやど》】［茶屋］　舟宿ことづかり　舟宿で化《ば》けやれと　舟宿の戸をたゝ《た》き　舟宿へ来てわりを言い　舟宿ろをおろし

【中宿《なかやど》】［茶屋］　くらい中宿　つかわずに居《い》ると中宿　中宿で衣《ころも》をかえし　舟虫《ふなむし》の這《は》う中宿の

【土手《どて》】［日本堤］　こつ［骨］を持ったは土手に居《い》る　瘤《こぶ》を押《おさ》えて土手を逃げ　土手で逢《あ》い　土手であったは百年め　師走《しわす》の土手をふんで行《ゆき》　なんの気もなく土手へ来る

【鉄漿溝《おはぐろどぶ》】鉄漿溝へもぶちまける　溝《どぶ》をこして逃げ

吉原

【吉原《よしわら》】赤い吉原　凄《すご》い吉原　白い吉原　吉原があかるくなれば　吉原の鰐《わに》が見入《みい》れて　吉原に実《まこと》が有《あっ》て　吉原ばかり闇《やみ》に成《な》り　吉原花を掃《は》き　よし原《わら》はもみじふみ分《わ》け　吉原へよるまめなやつ　海よりも田のもの　女に用の無い処《ところ》　三千の化粧流《なが》る　月宮殿《げっきゅうでん》へ二度のぼる　月宮殿《げっきゅうでん》へのっつける

【大門《おおもん》】［吉原入口］　大門を出《で》ると　大門を出る病人は和尚《おしょう》大門にて八医者　大門の関《せき》　とんぼでかつぐ関手前《せきてまえ》

【北《きた》】［吉原］　北から朝帰り　北へ北へ赤トンボ　西より北へ行気也《いくきなり》　北国《ほっこく》の心ほそ道　北にも嘘《うそ》の紅葉《もみじ》あり

【吉原行《よしわらゆ》き】北国《ほっこく》の阿弥陀御光《あみだごこう》を　行かぬはそんと行《い》かば行《いき》なさいと　行く相談がきこえかね　行く日になればいくらいる　一度いったらいゝ《い》わなと　いったあす行ったなと　いったのさばか〳〵《ばか》しいと　おさまらぬものだとおやじ　かつら男をのせて行《ゆき》　どんなのへ行《ゆく》えと　夏の内《うち》しきりにいって　にがすなとひっぱって行《いく》　花火《はなび》をよそに行くところ　引《ひき》ずって来るをにこ〳〵《にこ》　行時程《ゆくときほど》のちえは出ず　憎はさし武士は無腰《むこし》の　毒な夕ぐれ　とむらいからはいやという　なぜ町人《ちょうにん》に成《なっ》て来る　ひざをつっつくわるい奴《やつ》／無常は恋になり

【妓夫《ぎゅう》】廃嫡《はいちゃく》は妓夫にぶたれて　舟のぎゅう　騒ぐとぎゆうと呼び付《つけ》る　根津《ねづ》のぎゅう　長《なが》しけに妓夫のねも出《で》ぬ

【遣手《やりて》】じゅずを持つ遣《や》り手《て》は　無手勝流《むてかつりゅう》を仕込《しこ》まれる　名はやりてにて貰《もら》い好《ず》き　宿引《やどひき》のように遣《や》り手《て》の　やり手が立つと舌を出し　遣手から　遣手来て　遣手の身ごしらえ　遣手婆《やりてばば》　遣《や》り手《て》も損《そん》はなし　ろう下《か》へ遣《や》り手《て》尻《しり》を出《だ》し　憎《にく》まればゝ《ば》あ

【禿《かむろ》】禿《かぶろ》が本をかしなくし　禿《かぶろ》に爪《つめ》をとれという　禿《かぶろ》の春を待ち　禿《かぶろ》を厨子《ずし》に入《いれ》　禿おどされる　禿たんすへ寄《よっ》かゝ《か》り　禿の嘘《うそ》も　くすぐれば禿ちひゝ《ひ》と　さまづけに禿を遣《つか》う　はなしはせぬと禿いい　妹に禿が似たで

【箱屋《はこや》】泊《とま》る妓《こ》を送って箱丁《はこや》　箱屋の貸《かし》は　箱丁《はこや》は聞いている　まだ若い箱屋に　呼びに来る箱屋が悪い

【幇間《ほうかん》】［たいこもち］　たいこしんだいはめつ也《なり》　たいこ恥《はじ》を知り　たいこもち前世《ぜんせ》は　不興《ふきょう》なたいこもち帰る　幇間踊るなり　幇間陣《じん》を引き　世《よ》も末《すえ》になったとたいこ　たいこのたなごころ

思想

国家

【国《くに》】明るい国ありや　足場の悪い国　姥《うば》捨《すて》た国へ流れぬ　国の状《じょう》　国はまだ夜深《よぶか》し　国を建《た》て　国をとり　国賓《こくひん》へ　この国の土まだ若し　寂光《じゃっこう》の国を閉《とざ》して　三味《しゃみ》はお国を何百里《なんびゃくり》　どこの国から来た船か　花火《はなび》の様《よう》に国をとり　ひとの国じゅうりんすべく　フジヤマとサクラの国の　葡萄《ぶどう》の国の夜《よ》が明《あけ》る　母国《ぼこく》掠《かす》め盗《と》った国の　母国《ぼこく》の乱を聞く　脈《みゃく》のない国と合併《がっぺい》の国に抱かれる／それが岡見《おかみ》の姿かや

【国境《こっきょう》】国《くに》ざかい　国境になるとは知らぬ　国境を知らぬ草《くさ》の実《み》　国境を尋《たず》ねあぐんだ

【領地《りょうち》】占領地の屍《しかばね》　領土を獲《と》って死ぬ

【異国《いこく》】他国の春を淋《さび》しがり　他国の水になれ　異国の昼に出る　雑居《ざっきょ》許すな異国米《いこくまい》　止《やめ》る入唐《にっとう》

【異国船《いこくせん》】異国船沈没し　黒船《くろふね》が何《なん》だ

【帰国《きこく》】帰朝《きちょう》して　帰朝《きちょう》し労《つか》れた夜《よ》　下《さが》る蜘《くも》見て帰朝《きちょう》かと　新帰朝《しんきちょう》　筋金《すじがね》の混《まじ》る帰国が

【洋行《ようこう》】洋行し　洋行の順を待って丶《て》　洋行をして成就《じょうじゅ》

【移民《いみん》】移住民　移民船《いみんせん》　移民釣《つ》りに来る　移民の死　移民の募集札　移民村　雨の移民宿《いみんやど》　寒気《かんき》を防ぐ移民《いみん》宿《やど》　密航者　密航婦《みっこうふ》

【君が代《きみがよ》】君ケ代《きみがよ》を聴《き》いてるような　君が代を知らぬ子供の

【国旗《こっき》】赤とんぼ国旗へとまる　今日本の旗《はた》に成《な》り　国旗出《だ》しとけと　国旗を立てる家がへ[減]り　万国旗《ばんこっき》

【日の丸《ひのまる》】面白く日の丸が立つ　日章旗《にっしょうき》　日の丸ひるがえり　日の丸をまたぐと叱《しか》る　日の丸を見つけたくなる

【表彰《ひょうしょう》】表彰される人　表彰にどう間違《まちが》って　不平《ふへい》言うなと表彰状

【勲章《くんしょう》】襟《えり》に勲章　襟《えり》につく綬章《じゅしょう》　彼《か》の勲章を見し懼《おそ》れ　勲賞でだますなり　勲章の気取《きど》り　勲章やレールでふくれた　勲章をやろう　勲四等《くんよんとう》墓へ彫《ほ》っても

【国亡《くにほろ》ぶ】国亡び　国破《やぶ》れ　国やぶれても梅《うめ》の咲く　其国家《そのこっか》を亡ぼし　亡国《ぼうこく》の　亡びた国の唄《うた》を聴《き》く

【非常時《ひじょうじ》】挙国一致《きょこくいっち》の声を聴《き》き　国難《こくなん》に先立《さきだ》ち　非常時も無く春も無く　非常時や　世《よ》は非常時の庭五坪《つぼ》

【権力《けんりょく》】権力の餌《え》にくらいつき　支配力　特権《とっけん》の様《よう》に縄張《なわば》りを越して　金力《きんりょく》に　命令の聞こえぬままに　命《めい》を受け

【天下《てんか》】天下の薯《いも》を集めたり　天下の惰眠《だみん》破《やぶ》らんと　天下は蜘蛛《くも》の巣《す》の如《ごと》く　天下を取った訳《わけ》でなし

【政治《せいじ》】外交は狐　狸《きつねたぬき》を　祭政一致《さいせいいっち》と言うて　政見《せいけん》も　政治家に縁《えん》なき名もて　政治屋に　政争《せいそう》の記事に　代議士などに為《な》る人が無い　労農党　疑獄《ぎごく》はらんだ堤《どて》を

【内閣《ないかく》】どの内閣も気《き》に入《い》らず　内閣というオモチャ箱　官邸《かんてい》を　総辞職　永田町から勢いたち　永田町から花が降《ふ》り　前大臣のしなび行《ゆ》く　総理大臣咳《せき》も入《い》れ　大臣へ

【議会《ぎかい》】体は議会に　議会で眠るなり　議会の椅子の価《か》値《ち》　衆議院　議決する　議事堂でみたされぬ　市会《しかい》で料《りょう》る金曜日　演説者滝の水　婦女《ふじょ》の演説　我々《われわれ》婦人はと

【選挙《せんきょ》】一票《いっぴょう》書き入れる　清き一票《いっぴょう》を　候補者の貼紙《はりがみ》がある　選挙に流れる血　選挙日を明日《あす》に　選《せん》に落ち　総選挙　魂は選挙地に　当選をすれば　昼寝する清き一《いっ》票《ぴょう》　普選《ふせん》がジャマになり　有権者様々々《さまさまさま》も　落選《らくせん》の手紙

経済

【景気《けいき》】景気だけ見て来《こ》ようかと　よその景気を見に出かけ　温泉の景気　景気はどうであろうとも　上景気《じょうけいき》　経済はあなた任せの

【不景気《ふけいき》】卯年《うどし》不景気跳《は》ね飛ばせ　きせるを回《まわ》すふけいきさ　不景気で景気づくのは　ふけいきとい〱《いい》　ふけいきなほえやがるなと　不景気は不景気にして　不景気を知らず笑うか

【物価《ぶっか》】氷の直《ね》が上《あが》り　物価高《ぶっかだか》に削られて　諸相場《しょそうば》まで動き　繭《まゆ》の値《ね》下げる　繭《まゆ》の値《ね》の安さも言うて　安い蚕《かいこ》の

【米相場《こめそうば》】躓《つまず》く米相場　妻の米相場　米相場その夜《よ》上《あが》りて　狂《くる》う米の値《ね》　米の値《ね》の事も　米の値《ね》を知って　米の値《ね》を知らず　米の値《ね》を知らぬやからの　米をば高く売りたがり　新聞も米価《べいか》から見る　米でも下《さが》るかい

【株《かぶ》】騰《あ》がる株　株式講義録　株式で儲《もう》けて　株式屋株の話　株屋街《かぶやがい》　株やれば株につまずき　習わぬ株の通《つう》となり　配当の好《よ》いは　無配当《むはいとう》　暴落《ぼうらく》がいつまでつゞ《づ》く

【為替《かわせ》】為替落ち　来る為替　貞操《ていそう》を為替に組《く》んで

【手形《てがた》】金手形《かねてがた》　手形を合点《がてん》せず　古手形《ふるてがた》　世《よ》は相《あい》も

ちやふり手形　不渡《ふわた》り書いて居《い》る　不渡《ふわた》りかときかれ

【相場師《そうばし》】相場師の溜《ため》た金《かね》　相場師の女房《にょうぼ》　相場師は賽《さい》の河原《かわら》で　相場表投げて　腹《はら》を肥《こや》した投機商《とうきしょう》

【利《り》】潤益《じゅんえき》も烟《けむ》となり　保険の利子《りし》は殖《ふ》え　目前《もくぜん》の利に近過《ちかすぎ》て　利子《りし》にも利　利息《りそく》をとりはぐり　利《り》そくをばわしが出《だ》そうと　利に走る鉄道株《てつどうかぶ》の　利に走る人は　くらしには足《た》らぬ歩増《ぶま》しで　とれという歩増《ぶま》し　歩《ぶ》を増《ま》され

【ブルジョア】寝て食《く》えば　寝て食《く》える者へ　働かぬ獣《けもの》どもさかりに来て　プチブルジョアを絞《し》め殺し　ブルジョアの　ブルジョアの家　ブルジョアの犬　ブルジョアの珍《ちん》食会《しょくかい》に　われもプチブル

【資本家《しほんか》】資本とは熊手《くまで》に似たる　資本は紡績《ぼうせき》に集《つど》い資本家の大門《おおもん》　資本家も　株主の端《はし》くれ　飼主《かいぬし》ふとっている　飼主肥《かいぬしふと》り切っている　飼主《かいぬし》めひぼしになろう

【搾取《さくしゅ》】搾取器《さくしゅき》のけむりもくもく　搾取器《さくしゅき》へ　搾取した金《かね》は善　搾取した血《ち》へど吐《は》かせば　搾《しぼ》りつくされる若さ

【税《ぜい》】菓子税不納《ふのう》　菓子の税　血税《けつぜい》に　さて税をとり重税に追われ　重税の如《ごと》く奪われる　醤油税《しょうゆぜい》　税納《ぜいのう》もイクラか重き　増税の春を死ねない　免税になるまで生《う》めば　国益《こくえき》によりをかけ　国益《こくえき》の蔓《つる》がのび　納米《のうまい》にされる

【年貢《ねんぐ》】御年貢《おねんぐ》はこわい物だと　年貢うらめしの　年貢の穴埋《あなう》め　年貢のかたがつき　年貢の五割引

世相

【浮世《うきよ》】諦《あきら》めて暮《くら》す浮世は　粋《いき》な浮世に野暮《やぼ》らしい　浮世がおしくなり　浮世の賽《さい》の面白き　浮世はどこも春じゃもの　浮世は雪の解《と》ける音　浮世を渡る身の手形《てがた》　同じ浮世の寝入花《ねいりばな》　かくてうき世《よ》を花も見ず　墓場から見える浮世の　翌《あす》ハ浮世に突《つき》あたり　現実に疲れ　現実の世《よ》に遠ざかり

【娑婆《しゃば》】しゃば中《ちゅう》にかりは無いぞと　娑婆と云《い》う文字が出来《でき》　しゃばの女のかげはなし　娑婆へ置《おき》　そっと覗《のぞ》いてしゃばを見る　麦飯《むぎめし》のたんびに娑婆が

【ニュース】餓死《がし》ニュース　屍《しかばね》のないニュース映画で　欠《けっ》食《しょく》のニュースを

【開化《かいか》】維新《いしん》の入口に　維新《いしん》の芽《め》　開化人《かいかじん》　開化の虫の食《く》い残し　開化の世《よ》　開化嫁《かいかよめ》　新空気　明治の新空気

【流行《りゅうこう》】あの髪が是《これ》から流行《はや》る　いやな流行《はやり》だナと妻は流行《はやり》を云《い》わずなり　何が流行《はや》るを知る所　流行《はや》らぬ医者がやって来る　流行神《はやりかみ》　流行《はやり》の帯《おび》を見せ　はやる

鰻屋《うなぎや》 はやる店 流行と別に 流行に追われる髪の流行の話 流行を逐《お》くたびれて

救う

【救《すく》う】 ご協力乞《こ》うとは 救いをよぶ咽《の》喉《ど》 すくわせ給《たま》え 救われた子と犬と撮《と》れ 救われてからの 病人に救われて居《い》る 農村救済

【復興《ふっこう》】 復興の二年は 復興の街《まち》に

【寄付《きふ》】 寄付金人《じん》名簿 寄付のこと 寄付の話なり 郊外《こうがい》の祭の寄付を 救援袋《きゅうえんぶくろ》へ入れる

【義捐金《ぎえんきん》】［義援金］ 惜《お》しがる義捐金 お捻《ひね》りの義捐金 水害《すいがい》へ義捐金 罪ほろぼしの義捐金 震災《しんさい》へ義捐金

【社会鍋《しゃかいなべ》】 慈善鍋《じぜんなべ》 社会鍋くらいで 右へよければ社会鍋

【救世軍《きゅうせいぐん》】 救世軍女になると 救世軍と凶作地《きょうさくち》 救世軍の旗《はた》 救世軍へ砂《すな》ぼこり

【パン】 パン経済第一章 パン無き群衆 パンの平等を戦いとろう パンの山まもる兵士も パンを追う群衆となって パンをくれよと手をひろげ パンに飢《う》え性《せい》に飢《う》え

【米《こめ》】 あすの米 明日《あす》はお米の配給日《はいきゅうび》 救助米《きゅうじょまい》 倉《くら》には腐《くさ》る程《ほど》の米 米のないあした 死なないというだけの餌《えさ》で

飢え

【飢《う》える】 網張《あみは》る中に飢えし群《むれ》 胃の腑《ふ》飢迫《うえせま》る蟻《あり》 『無限』に飢えている 飢えさせておいて 飢えせまるごとく 飢えた手に 飢えたらばぬすめと 飢えたる群《むれ》の声 飢えて来る 飢えてねる子に聞かす唄《うた》 飢《うえ》と言う影《かげ》に追《おわ》れて 飢えと寝る 飢えと不平《ふへい》の歯車よ 飢えにける舌 飢えはじめ 飢え果《は》てゝ《て》 飢え果《は》てん 飢えます何か下《くだ》さい 飢える日 飢える者みな死ねという 飢えんとす 飢えんとする男 うずいてくる飢えの牙《きば》 飢ゆるとや 妻子《さいし》飢ゆれば 茶碗《ちゃわん》の底に飢《うえ》が見え 土食《く》う飢《うえ》よ 鼠《ねずみ》の牙《きば》を思う飢《うえ》 兵士も飢えて来る 連綿《れんめん》として飢えている 今日で十日も食《くい》ませぬ 今日の御飯《ごはん》が足《た》りませぬ たべものが尽《つ》き 漁村に魚《うお》尽《つ》きる 弱い馬から食《く》いはじめ 飼猫《かいねこ》から食べはじめ 草を食《く》うあわれへ

【凶作《きょうさく》】 凶作地 凶作つづきの田は 凶作の故郷《くに》へ 凶作を救《すく》えぬ仏《ほとけ》を 不作《ふさく》つゞ《づ》く日

【飢饉《ききん》】 飢饉食《ききんしょく》 飢饉とは知らず 飢饉につけ込んで 飢饉を吸《す》うている 口には知らぬ世《よ》の飢饉 ふるさとの飢饉

【飢餓《きが》】追いこんだ飢餓の底から　飢餓の底から引《ひ》ッ返《かえ》し　区切《くぎ》り区切《くぎ》りに飢餓の村　餓死《がし》がまち　平和論者を餓死《がし》させる　下手《へた》にうろたえると干死《ほしし》ぬ

【ひもじい】［空腹］　元旦《がんたん》の休みひもじい　聖者《せいじゃ》でもひもじい　十人が「ひもじい」　ひもじさと恋を　ひもじさが　ひもじさを堪《た》え　欠食《けっしょく》の胃袋が　欠食《けっしょく》の子をふやし

【女衒《ぜげん》】［女を遊女屋に売る］　女衒ちん屋《や》で酌《しゃく》をさせ　つばなをぜげんかい　女衒見付出《みつけだ》し　大病《たいびょう》にぜげんの見える売物になる娘の　帰りには人買《ひとかい》に成《な》る　人買《ひとかい》と

【身売《みうり》】妹を売る手紙　売られて行った　売られます　売られ行《ゆ》く女　売られるが辛《つ》らさを　売り値《ね》のよい娘のきれいさを　全身を売って　一人《ひとり》また売られ　身を売った娘に　身を売《うっ》て　身を売る夜《よ》　うられはぐった　食《く》う口《くち》をへらすに　口《くち》べらし　娘食《く》う人の親　飯《めし》に売られる／女房に眉毛《まゆげ》付けさせる

【奴隷《どれい》】その闘いに死ぬ奴隷達　地上の女奴《おんなど》隷《れい》たち　奴隷おいらん　どれい史書きあまり　奴隷ではない　奴隷のうらみ子に続き　奴隷の春近し　奴隷の街《まち》の電柱は　街《まち》に住む奴隷となれば　回《まわ》る地球の奴隷達

広告

【広告《こうこく》】行灯《あんどん》を背負《しょ》って広告　欠礼《けつれい》広告　毛《け》生薬《はえぐすり》を広告　広告紙《こうこくし》　広告を見て予告　広告塔《こうこくとう》の朝　種痘《しゅとう》の広告　電柱に広告　走り痔《じ》の広告もある　弘《ひろ》めもせずに店を出《だ》し　スポンサーの御好意　スポンサーここでちょっと　ふれ歩《ある》行く新聞屋　触《ふ》れ太鼓《だいこ》　広告屋　チンドン屋《や》足におどけた　東西屋《とうざいや》

【告知板《こくちばん》】告知板　読人《よみびと》に回《まわ》る告知板　叱《しか》られて読む　高札《こうさつ》の　制札《せいさつ》を高らかに読む　貼紙《はりがみ》をへがして回《まわ》る

【ガイドブック】ガイドブック　机に渡米案内記《とべいあんないき》

【ビラ】新聞のビラで　空からのビラは　ビラ配り　ビラを下《さ》げ　ビラを撒《ま》き　まだ古い辻《つじ》びらがある　落選《らくせん》のビラに　二枚あるのは承知なり　師走《しわす》のチラシ来る　絵《え》ビラ張《は》りつめ

【アジビラ】アジビラが飛ぶ衆議院　生命《いのち》を賭《か》けたアジビラ　春のアジビラの

【引札《ひきふだ》】［広告ちらし］　鮓屋《すしや》の引札　引札が下駄《げた》に吸付《すいつ》く　引札はゆびをなめ〱《なめ》

【商標《しょうひょう》】商標となり　登録商標が獅子《しし》っ鼻《ぱな》

【標語《ひょうご》】涼しくない標語　防諜《ぼうちょう》の標語大きく

仕事

【仕事《しごと》】 泥仕事《どろしごと》 日限《にちげん》を切った仕事へ 飯《めし》の種《たね》 あらわざをする 稼業《かぎょう》に冷たい手 起業《きぎょう》より廃業《はいぎょう》 祝《しゅく》せ 口程《くちほど》に出来《でき》ぬ業《わざ》 昼業《ひるぎょう》と夜業《やぎょう》

【夜業《やぎょう》】 霜夜《しもよ》の深夜業 夜業した 夜業する 夜業の時間 夜業の一人《ひとり》席にいず 夜業の窓に 夜勤料《やきんりょう》

【職《しょく》】 辞職後の髯《ひげ》 職がなし 職に就《つ》き 職は大学教授なり 天職《てんしょく》を弁《わきま》えず 身を退《の》いて 非職《ひしょく》は蛇《へび》の生《な》ま殺《ごろ》し 職場裏 職場職場へひゞ《び》く歌 職場ではしめぬ鉢巻《はちまき》

【紹介所《しょうかいじょ》】 公周旋《こうしゅうせん》と駅へ着《つ》き 紹介所 職安《しょくあん》の親類 程《ほど》の口をきき 住替《すみかえ》は 周旋屋《しゅうせんや》 周旋屋《しゅうせんや》兼《かね》た医者

【稼《かせ》ぐ】 江戸稼ぎ 稼ぎぶり 稼ぐ腕 稼ぐに死んだ気 稼ぐばかりの蜂《はち》 稼ぐ病《やまい》は 旅稼《たびかせ》ぎ だまって稼げ 溜息《ためいき》が出る稼《かせ》ぎ高《だか》 父の稼ぎの追いつけず 出稼《でかせ》ぎが 鳶《とび》さえ下を見て稼ぎ 業《なりわい》に追《おわ》れて稼ぐ身は 一《ひと》かせぎ 別々の工場で稼ぐ ボロ三味線《しゃみせん》がよく稼ぎ 全《まった》く別な世《よ》に稼ぎ 良く稼ぎ 禾扁《のぎへん》の家を逃出《にげだ》す 相模女《さがみおんな》と共稼《ともかせ》ぎ 泣《なき》ながら共稼《ともかせ》ぎ 夫婦共稼《ともかせ》ぎの 二人《ふたり》して稼げばという

【働《はたら》く】 思う程働《ほどはた》らけず 差当《さしあた》り働かんより 太陽の下で働《はた》らく はたらいた俺《おれ》にはあるぞ はたらいたばかりで死ぬる 働いて食《く》えず 働いて貰《もら》うつもりの 働かぬ孔雀《くじゃく》で美しい 働く妻にポツリ言う 働けど〳〵《はたらけど》 働けばうずいてならぬ 働け働け 働けば母は嬉《うれ》しい 住込《すみこ》みで来た 住込《すみこ》んだ晩《ばん》から

【労働《ろうどう》】 裏手《うらて》へかゝ《か》る労働歌《ろうどうか》 そして売春労働さ！ 労働歌 労働の出来《でき》ない口も 安全デー 能率《のうりつ》デー

【雇《やと》う】 一日雇《やと》う 愁《うれ》い面《づら》とて雇《やとわ》るゝ《る》 雇われず やとわれる 雇《やと》い主《ぬし》

【休暇《きゅうか》】 いとまもくれず目もかけず 休暇だんだん減っていき 休暇は本を読み 休めない

【休日《きゅうじつ》】 休日をざっと見て置く 呉《く》れやがった公休日《こうきゅうび》 つまらぬ定休日《ていきゅうび》 休みなし 休みなり 連休よし 休《やす》み日《び》なれど子守唄《こもりうた》 休日《やすみび》に行《ゆ》けば

奉公

【奉公《ほうこう》】 初奉公《ういぼうこう》の新枕《にいまくら》 外聞《がいぶん》の能《よ》い奉公と 奉公の話 元《もと》の奉公

【請状《うけじょう》】［身元保証書］ 請状の時よむばかり ひや麦でする受状《うけじょう》は

【口入屋《くちいれや》】［奉公の周旋］ 肝入《きもい》り恩《おん》にして きも入《いり》も 他人宿《たにんやど》 茶を二《ふた》つ汲《く》む口入《くちい》れ屋《や》 遣《つ》いて来たなと口入屋

【年期《ねんき》】［決められた奉公期間］　年忌《ねんき》算《かぞえ》る　重年《ちょうねん》をして年期がまたかさみ　居《い》なりかと

【年期《ねんき》明《あ》け】　年明《ねんあ》けはだし殻《がら》を食《く》う　年《ねん》が明《あけ》／すでに白滝《しらたき》なる所

【出《で》代《がわ》り】　しらぬ振《ふり》にて出代らせ　出《で》がわりに日和《ひより》のよいも　出代りの　出替《でがわり》やうばが跡《あと》追う　出《で》代《が》われり

【薮入《やぶいり》】［休暇］　肩《かた》上《あ》げのある薮入《やぶい》りは　傘《からかさ》で出る薮入　薮は　婆《ば》ゞ《ば》の薮入　薮入の間は　薮入の朝は　薮入は　薮入飛脚《ひきゃく》ほどあるき／たった三日が口につき　もう釜《かま》のふたやろう

【斎日《さいにち》】［休暇］　斎日にたちあがったは　斎日に帆《ほ》を見たやろう　斎日の連れは　斎日の娘　宿下《やどさが》り日《ひ》のべを願う

給料

【給料《きゅうりょう》】　昇給《しょうきゅう》に漏《も》れて　初任給　増給を言えぬなり　何かといって差引《さしひ》かれ　ポケットを押《おさ》え給料　俸給日《ほうきゅうび》だけは　減俸《げんぽう》の帰路《きろ》

【日給《にっきゅう》】　日給三十五銭《せん》ずつ　日給で半分食《く》える　日当《にっとう》を貰《もろ》うて　話にならぬ日給で

【月給《げっきゅう》】　給仕《きゅうじ》お茶それで月給　月給が取れて　月給が無いと　月給甲乙《こうおつ》　月給で　月給日　月給に反して　月給を言い当てられて　月給をくわしゅう言うと　月収を　この安月給《やすげっきゅう》で　こんな月給で　生首《なまくび》と月給

【賃金《ちんぎん》】　工賃《こうちん》へらされた　世界一安い賃銀《ちんぎん》で　賃金どれい　低賃銀《ていちんぎん》のすす煙《けむ》り　鍍金《メッキ》賃《ちん》に　死ね！という手当　手当をきめてある　手当をくれぬなり

【ボーナス】　賞与金《しょうよきん》　賞与《しょうよ》の半《なか》ば置《おい》て来る　賞与日《しょうよび》を書入《かきいれ》にして　賞与《しょうよ》を貰《もら》う顔　ボーナスが出ないと知れたボーナスに足の出る程《ほど》　ボーナスに差引《さしひき》多し　ボーナスの跡影《あとかげ》もなし　ボーナスのあらかた　ボーナスのつい足が向く　ボーナスの貧しさを知る　ボーナスを会社で開《あ》ける　ボーナスを最初に減らす　ボーナスを時々《ときどき》くれて

【恩給《おんきゅう》】　恩給で謡《うたい》に暮らす　恩給の淋《さび》しさを見る　恩給へ　恩給をとりに行《ゆ》く日に

労働者

【労働者《ろうどうしゃ》】　近代的筋肉労働者諸君　日本の労働者　労働者の行列見たり　代《かわ》りを募集する　立《たち》ン坊《ぼう》　労働の女の目にも

【稼《かせ》ぎ手《て》】　稼ぎ手のおんどりを　稼ぎ手を殺し　稼ぎ手を殺してならぬ　稼《かせ》ぎ人《にん》　東北の働《はたら》き手《て》

【金《きん》の卵《たまご》】　生《う》む外《ほか》はない金の卵　金の卵を産《う》み疲れ　金の卵を産《う》む鳥で

【ロボット】ロボットへ　ロボットを殖《ふ》やし

【蟻《あり》】［労働者］　穴を押し出る蟻の牙《きば》　蟻たべた　蟻ついに象牙《ぞうげ》の塔《とう》を　蟻となる　蟻となる哀《あわ》れ　蟻となれ　蟻にたくわえ尽《つ》きてくる　蟻の屍《しかばね》　蟻の死よ　蟻の巣《す》を掘る蟻食《ありく》い　蟻の卵のうまさを　蟻の群《むれ》　死ぬる蟻となり釈迦《しゃか》とは知らず蟻の死よ　死んだ蟻　どうせ死ぬ蟻で殺された蟻ばかり　パン屑《くず》を運ぶ蟻　物ともせずに蟻

【プロレタリア】プロレタリアート諸君　プロレタリアと云《い》う声だけで　プロレタリアの唄《うた》をうたう　プロレタリアの子　無産者《むさんしゃ》の上にもなびく　無産《むさん》の世紀かな

失業

【失業《しつぎょう》】これで失業になる　失業が増える　失業者をふやしておいて　失業の眼《め》に失業夢にあるばかり　失業を喜ばれている　離業者《りぎょうしゃ》の

【あぶれ】あぶれきいてくる　あぶれた腹《はら》の庭に鳴《な》るあぶれた人の群《むれ》　あぶれてしまう　あぶれはのろり〳〵《のろり》来る　今日もあぶれ　口が無し

【クビ】解雇通知が待っていた　解雇通知の束《たば》がくる会社はやめさされ　馘首《かくしゅ》以来の顔が寄《よ》り　馘《き》られた老女《ろうじょ》工《こう》　くびになり　クビになる恋と知りつゝ《つ》　クビになるばかり　首を馘《き》り　恋すればクビになる掟《おきて》で　束《たば》に馘《き》り殺人会社、殺人デー　全部を馘首《かくしゅ》する　みんな馘切《くび》れば人《ひと》べらしよらずさわらぬ　病《や》めば首を馘《き》り　いつしか人を切る　御《お》払箱《はらいばこ》と見え　夜明《よあけ》に首に成《な》り　操業短縮化

争議

【争議《そうぎ》】売る争議　雀《すずめ》より争議の怖《こわ》いダラ幹《かん》が争議を売ればあがる株《かぶ》　むしろ旗《ばた》　村はまだ争議のまゝ《ま》で　要求書　要求を蹴《け》り　裏《うら》切《ぎ》らせるダラ幹《かん》　缶詰《かんづ》めにする　労使《ろうし》夜《や》食《しょく》の箸《はし》を割り

【ダラ幹《かん》】［堕落幹部］　金を貰《もろ》うているダラ幹　ダラ幹《かん》だけがのこされる　ダラ幹になって

【組合《くみあい》】組合がふえると故郷《くに》のレポ　組合旗《くみあいき》だけ残り組合旗《くみあいき》握《にぎ》りしめ　組合法に畏《かし》こまり　労働ボス吼《ほ》えて

【ストライキ】ストライキに入《はい》らず　ゼネストだ　ゼネストに入る全線に　ゼネストのレポ　ゼネラルストライキ葬儀会社のストライキ　遂《つい》にストライキ　日本のストライキ　渡《わた》せ〳〵《わたせ》とストライキ　怠業《サボタージュ》　怠業《たいぎょう》と云《い》うが

【スト破《やぶ》り】スカップが増えた工場の　スカップが回《まわ》せば　スカップの募集札《ぼしゅうふだ》

【アゴヒモ】アゴヒモがたのみなり　アゴヒモをピケに

頼んで　デモよりも多いアゴヒモに　武装《ぶそう》のアゴヒモは

【団結《だんけつ》】団結して春を待つ　団結という名で　団結の果《は》てに俺《お》いらの　団結へ賭《か》けろ　スクラムを組《く》むおんなたち

【デモ】職《しょく》を与えろとデモになる　デモごっこデモごっこデモでしめ　俺《おれ》らは怒濤《どとう》となろう　怒濤《どとう》の牙《きば》

【革命《かくめい》】革命歌《かくめいか》に育ち　革命などと吐息《といき》しぬ　革命の鏡だ　さあ革命を言いたまえ　仏蘭西《ふらんす》革命史　蛇《へび》の革《かく》命歌《めいか》　夜業《やぎょう》の革命歌《かくめいか》　階級撤廃《てっぱい》　解放の歓喜《かんき》　解放の前夜　こうして中産階級は亡《ほろ》びゆく　次は闘争《とうそう》

【国禁《こっきん》の書《しょ》】国禁の書に　国禁の書を抱《かか》えれば

【国事《こくじ》犯《はん》】女の惚《ほ》れる国事犯　履歴《りれき》に誇《ほこ》る国事犯

【弾圧《だんあつ》】弾圧がいやなら　弾圧の斧《おの》がとどかぬ　検束《けんそく》をしても亦《また》組《く》む　総検《そうけん》に

【謀《む》叛《ほん》】するむほん　叛《そむ》き出《だ》し　一謀叛《ひとむほん》　むほんとは謀叛の下地《したじ》也《なり》　蹶起《けっき》して　叛逆者《はんぎゃくしゃ》の十字架《じゅうじか》を背負《せお》う　反旗《はんき》を伏す　反抗か　村一揆《むらいっき》

法

【法《ほう》】営業法なんぞは知らず　法律の本クタ〱《クタ》な　法律の罠《わな》人が掛《か》け　法律は父　法を説《と》き　五ケ条《ごかじょう》も反古《ほご》となり

【権利《けんり》】権利と義務に　地上権　深山《みやま》にありき「所有権」

【債権《さいけん》】債権者とても　債権と債務の中を

【保証《ほしょう》】たよりない保証人だと　保証する　保証人

【裁判《さいばん》】壁訴訟《かべそしょう》　裁判所　遂《つい》に社長を相手《あいて》取《ど》り　お白《しら》州《す》で五人指《さ》し　控訴《こうそ》をする気なり　控訴院　検事《けんじ》もてあまし　検事《けんじ》の四十《しじゅう》足《た》らず　親父《おやじ》が判事《はんじ》で　父判事《はんじ》母の弁護で　和解して　原告《げんこく》と被告《ひこく》夫婦で　毒殺の被告《ひこく》

【公事《くじ》】［裁判］　田舎公事《いなかくじ》　家督公事《かとくくじ》　かとく公事《くじ》まず文通《ぶんつう》で　川公事《かわくじ》まだすまず　公事工《たく》む人の見て居《い》る　長い公事　公事の相談　負公事《まけくじ》の方《ほう》へ娘ハ

【水争《みずあらそ》い】水いさかいを押流《おしなが》し　水は争い

【境界争《きょうかいあらそ》い】負公事《まけくじ》となる境論《さかいろん》　山田のさかいろん

【判決《はんけつ》】判決が近づく朝々《あさあさ》を　判決の重さ　判決の日は

【弁護士《べんごし》】老《お》いの弁護人　お袋《ふくろ》が弁護人　弁護人欲しそう　重罪も弁護人　律《りつ》くらき弁護人　代言《だいげん》受験者　むぐりの代言師《だいげんし》　二人《ふたり》を結ぶ司法書士

思想

【思想《しそう》】鉱石《こうせき》の思想　刻々《こくこく》盛《も》られ行《ゆ》く思想　思想戦線　思想的囹圄《れいご》の門の　思想を怖《おそ》れ　思想をゆすぶる工廠《こうしょう》の　そう思想をあらわす

な　左《ひだ》りにもなれず　ペシミスト　レアリズムの旗《はた》　射《い》すくめられたマルキスト　マルキシズムの峰《みね》

【ニヒリズム】工場にニヒリストの煙突《えんとつ》　蒼穹《そうきゅう》はニヒリスティックに　ニヒリストの煙突《えんとつ》　ニヒリズム

【主義《しゅぎ》】家族主義者の群《むれ》に入《い》る　共産主義のそろばんを資本主義の火事だ　資本主義の工場　社会主義者の死主義が並んでる　主義はない　主義一《ひと》つ売り二《ふた》つ売り主義をもち　二義《にぎ》三義《さんぎ》無主義《むしゅぎ》　肥《ふと》った資本主義　むかしも民主主義　君は利己主義《りこしゅぎ》だと　利己主義《りこしゅぎ》と云《い》う

【レッテル】レッテルを信じ　民権《みんけん》のレッテルの代《かわ》りにレッテルが一《ひと》つ沈んで　レッテルに街掩《まちおお》われて

【転向《てんこう》】転向を拒《こば》んで　転向をしろと

【理想《りそう》】裾模様《すそもよう》までの理想へ　理想主義　理想の花に誇《ほこ》る可《べ》く　平等《びょうどう》にしろと

【真理《しんり》】真理にかびの芽生《めば》えた　真理のあるやなし　真理はおしだまり　真理へ縄《なわ》をかけ　真理もとざされる　真理を紙にうつして　真実《しんじつ》は　真実《しんじつ》らしく言い　真相《しんそう》はこうだと　妻の真実《しんじつ》　正解は一人《ひとり》　正《ただ》しきにすがってわれら　正《ただ》しさと知る目《め》の狂《くる》い

【文明《ぶんめい》】文明とは何　文明の　文明のたそがれよ　文明の街《まち》　文明の実《み》の種と土　文明のるつぼよ

【平和《へいわ》】顔をポカンとして平和　猿《さる》に平和な日が続き日の平和　平和来て　平和とは　平和ほし／納《おさま》ってから

【無神論者《むしんろんしゃ》】窓ぎわへ無神論者が　無神論者にしてしまい

【論《ろん》】蟻《あり》の唯物論《ゆいぶつろん》　虚《うつろ》に吼《ほ》ゆる自由論　禁烟室《きんえんしつ》に額《がく》の論　禁酒論《きんしゅろん》なりをしずめる　結論がある　此処《ここ》にも松井須《す》磨子《まこ》論　酒呑《の》みながら主戦論　猿の進化説　資本論やけど　宗旨《しゅうし》ろん　女権論《じょけんろん》その頬骨《ほおぼね》に　進化論　井蛙論《せいあろん》　正論《せいろん》を持って　相対性《そうたいせい》原理　地球論《ちきゅうろん》　出来《でき》ぬ論　二元《にげん》論　ばかのろんはやみ　反共論さかん　人の宇宙説　風《ふう》来《らい》も放屁論《ほうひろん》　屁《へ》のろんになくのも　弁証法を屋根《やね》に葺《ふ》きまた初《はじ》まった星の論　水の論　槍《やり》の論　唯物論《ゆいぶつろん》の続き哉《かな》　湧出《わきだ》した過激論　湧出《わきだ》した中止論　一元か二元か

【議論《ぎろん》】汽車の技師議論　極端に走れば論も　そのろんは春のことよと　愚論《ぐろん》は酒へ割《わっ》た水　水掛論《みずかけろん》に居《い》るむずかしい議論だ！　論ばかり　弁論部《べんろんぶ》　泡《あわ》をとばして

【説《と》く】明日《あす》説けど　神話《しんわ》説く事よ　説諭《せつゆ》され　宗匠《そうしょう》に酒の道説く　地理を説き　「物」を説く

【道理《どうり》】気にするも道理　鋸《のこ》は道理論　一《ひと》つの哲理《てつり》を持たざりき　道が知れてから　親分《おやぶん》のりづめ　条理で鍛《きた》える　二人《ふたり》ぞ一夫《いっぷ》一婦《いっぷ》が理《り》　矛盾が無いと見え　ものゝ理《のり》を袋へ入れて　理《り》に落ちて　理《り》に暗い人の

【理屈《りくつ》】演出家のりくつ　理屈では　理屈に理屈つく世《よ》なり　理屈の中に住み　りくつのよいは　おふくろり　［理］を聞《きか》ず　論理の前に　筋《すじ》を立て　割《わり》を言い

【目覚《めざ》め】女として目覚め　人間として目覚め

【観念《かんねん》】観念の眉《まゆ》美しい　古き観念の屋根《やね》がもる

【空想《くうそう》】空想にも疲れ　空想の吾《わ》れに帰れば　空想を追う瞳《め》へ　妊娠のもう空想も

【主観《しゅかん》】ニッケルの主観　人の小主観《しょうしゅかん》

考え

【考《かんが》え】考えがこんがらがって　考えているのを　考えているを　考えておけば　かんがえて見なよと　考えて見ればくだらぬ　考《かんがえ》は　かんがえもなく　考える　考える程《ほど》　考える余地《よち》を与える　この先を考えている　今晩《こんばん》の考えがある　更《さら》に打つ手を考える　何考えているのやら　姉の案　儒《じゅ》や尊《とおと》し　しょぞん有《あ》って行《ゆき》　思慮《しりょ》は舵《かじ》

【雑念《ざつねん》】雑念の　雑念を　雑念をジッと見据《みす》える

【思案《しあん》】逢《あ》う事にきめて思案の　姉は思案の筆《ふで》をなめ　しあんしい〱《しい》めしを食《く》い　思案にあまった　思案の腮《あご》を　思案の終《おわ》り　死ぬとも見えぬ思案なり　ソロ〱《ソロ》思案煎《せん》じ詰《つ》め　ハテナと門で妻思案　あかるい思案　一思《ひとし》案《あん》して　宵《よい》の思案は消えて行《いき》

【訳《わけ》】跡《あと》からわけの知れる　あらわれたわけは　笑顔《えがお》の訳を女将《おかみ》知り　貸されない訳を　欠席の訳を知ってる　今夜は酔《よ》える訳があり　酢《す》のわけを聞いて　わけの有《あ》るていたらく　仔細《しさい》ある秤《はかり》を提《さ》げて　仔細《しさい》あるらしい

【肚《はら》】お互《たがい》に肚を探《さぐ》って　お互《たがい》の肚はきまった

【思索《しさく》】思索半《なか》ば　深く思索を歩ませる　瞑想《めいそう》の

智恵

【智恵《ちえ》】動く真下《ました》の智恵の塔《とう》　大きな智恵をつけもうし　女の智恵で　叶《かな》わぬ時の智恵　借《かり》た智恵　芸者《げいしゃ》の智恵を　子の智恵を　獣医《じゅうい》の頓智《とんち》　赤面《せきめん》もせぬ才智《さいち》　ちえが分《ぶん》に出る　智《ち》えでなし　智恵という悪魔《あくま》に或日《あるひ》　智恵と金　智恵の石蹴《け》る　帰り道　智恵の海から出《で》　怖《おそろ》しい智恵が出る　智恵の実《み》食《く》わさんと　智恵は鏡の裏に尽《つ》き　智恵は心の釘隠《くぎかく》し

智恵は互《たがい》にしぼり出《だ》し　智恵は身《み》の不《ふ》動産《どうさん》　智恵を貸し　智恵を借り　智恵を出《だ》し　智恵を包んで提《さ》げてゆき　人の智恵　人間だけの智恵　人間の智恵は似たもの　ぬれる外《ほか》よい智恵の出ぬ　寝る智恵も　パンと智恵深き智恵の海　不善《ふぜん》の智恵の出る所　益々《ますます》うまい智恵も出《で》ず　能《よ》い智恵の　よいちえハ一《ひと》ツも付《つ》けぬ　智恵のない顔が揃《そろ》て　走智恵《はしりぢえ》おとこの智恵の

【智恵袋《ちえぶくろ》】愚者《ぐしゃ》の智恵袋は　元から足《た》りぬ智恵袋

【入智恵《いれぢえ》】入《い》れ智恵《ぢえ》で　入智恵の底がぬけ　姑《しゅうとめ》がつけぢえし　直《す》ぐにしなびる入智恵は　入智恵されて

【分別《ふんべつ》】さめての上《うえ》への御分別《ごふんべつ》　分別のさびしや　分別も男に近き　分別も其日《そのひ》〱《そのひ》の　分別を借せといわれて　安《やす》い分別かしてやり　能《よ》い分別をさすり出《だ》し

【無分別《むふんべつ》】御短慮《ごたんりょ》の　思慮《しりょ》の無い家老《かろう》は　せめて文殊《もんじゅ》のむふんべつ　馬鹿な思慮《しりょ》　無分別なる腹《はら》の虫　雀《すずめ》の無分別

学問

【学《がく》】学ある方《ほう》を兄と呼び　学の糸口《いとぐち》　学問の半熟《はんじゅく》も　座《ざ》敷学《しきがく》　新化学　数学の教師休んで　杖《つえ》にもならぬ学　人間界は科学の灯《ひ》　まだくらい学の道　修身にない

【哲学《てつがく》】哲学の一頁《いちページ》より　哲学の中の　哲学の本伏せて見る　人間の哲学　銘々《めいめい》の哲学に　哲学という心配が

【無学《むがく》】華族《かぞく》の無学　無学の明弁泥《めいべんどろ》ぬりに

【洋学《ようがく》】英学《えいがく》の知ったふり　洋学勉強　洋学も和歌も出来《でき》

【耳学問《みみがくもん》】耳学問で編出《あみだ》せぬ　耳学問で論じてる

【学者《がくしゃ》】科学者の顔に詩が吹く　学者ばかり也《なり》　学者ぶる学者は　漢学者　草臥《くたびれ》る生学者《なまがくしゃ》　外題《げだい》ばかりの学者なり　初心《しょしん》の天文者《てんもんしゃ》　地学士《ちがくし》も知らぬ　哲学者の舌　天文者《てんもんしゃ》天窓《あたま》かき〱《かき》　読む計《ばか》りの学者

【博士《はかせ》】聖者《せいじゃ》の脈《みゃく》をとる博士　博士老《お》い　博士にもならで　博士の鼻と　博士の気　夢博士《ゆめはかせ》　故郷へ博士号《はくしごう》

教養

【教養《きょうよう》】教養がある襟脚《えりあし》の　自責《じせき》する程《ほど》の教養　尼《あま》のたしなみ　僧のたしなみ

【才《さい》】才覚《さいかく》したり　才で持つ女将《おかみ》　文才《ぶんさい》のある番頭《ばんとう》の

【目利《めきき》】一人《ひとり》は伽羅《きゃら》の目利《めき》きもし　目利茶碗《めききぢゃわん》の雲の峰《みね》　目き《き》ゝのとおり

【知性《ちせい》】知性にうとき声をあげ　知性の美《び》を生《い》かし

【発明《はつめい》】蒸気の発明　新発明の機《はた》器械　電気灯《でんきとう》発明　発明家飯《めし》のたんびに　発明の粉挽器《こなひきき》　発明品

宗教

神

【神《かみ》】天津《あまつ》神《かみ》　生《い》ける神よ死せる仏《ほとけ》よ　狗神《いぬがみ》は神にいらぬか　エホバは土で捏《こ》ね　男神《おがみ》けものと恋をする　神が書き　神かくし　神が見え　神々《かみがみ》の盗みたまえる　神々《かみがみ》は赤き部屋　神様に頼む心に　神様にとりすがり　神様にまで禁酒させ　神様の愚痴《ぐち》と　神様の畜生《ちくしょう》　神様は七五三縄《しめなわ》です　神様よ　神様を信じて　神様をだまして　神という巨人を思え　神という言葉が　神ならず　神に消ゆ　神の絵像《えぞう》を撒《ま》く仕掛《しか》け　神の休息所　神のくに　神の子も肉につぶせば　神の末　神の膳《ぜん》　神の明滅《めいめつ》　神の留主《るす》とは　神はどこに　神も聞《きき》耳《みみ》　神よなぜ言わぬ　神を言い　神をきく椅子に　神を知っている　神を閉《と》ず　神を皆閉門《みなへいもん》させて　けだものか神か　心に神が住むそうな　金神《こんじん》の　神力《じんりき》に束《つかね》て　太陽は女神《めがみ》よ　田《た》の神《かみ》は穂懸《ほかけ》て祭る　手に蝋燭《ろうそく》を持てる神　天神《てんじん》ハ梅林《うめばやし》　時《とき》の神　飛神《とびがみ》に　人間の造った神に　美《び》の神が　屁《へ》ひりの神ハ末座《まつざ》なり　女神《めがみ》かな　山も川も神の心の　猿田彦《さるたひこ》　八咫鴉《やたがらす》　冷静に見ても聖天《しょうでん》　神の留守《るす》よい事にして　神の手のランプと　ビリケン投出《なげだ》し

【荒神《こうじん》】荒神のお気《き》には入《い》らぬ　荒神の気にさわり

【死神《しにがみ》】死神が退《の》いて　死神が離れて

【水神《すいじん》】水神の雑魚《ざこ》寝《ね》に　水神へ唄《うた》が流れる

【生神《いきがみ》】生《い》き神様《がみさま》の枕元《まくらもと》　生《い》き神《がみ》という　生神と知れば　生神に取《とり》つかれ　生《い》き神《がみ》の　生《い》き神《がみ》のつく二人《ふたり》連《づれ》

【枕神《まくらがみ》】貧乏神夢枕《びんぼうがみゆめまくら》　枕神立つかいも無き

【造化主《ぞうかしゅ》】造化主の計算外か　造化主の眼《め》には　造物主《ぞうぶつしゅ》

【道陸神《どうろくじん》】道陸神に箔《はく》を置《おき》　道陸神へ願《がん》をかけ

【貧乏神《びんぼうがみ》】貧乏神の破《やぶ》れ傘《がさ》　貧乏神がいるらしい　貧乏神はおり　貧乏神へ月参《つきまい》り　貧乏神の氏子《うじこ》也《なり》　貧乏神へ踏む百度《ひゃくど》　貧乏神を叩《たた》き出《だ》し　貧乏神《びんぼがみ》　びんぼ神《がみ》　寄らぬ気になる貧乏神《びんぼがみ》　勝手口《かってぐち》から這入《はいり》そう

【風《かぜ》の神《かみ》】風の神せなかをながす　神の中にも風の神　風の神送り　機嫌《きげん》の直る風の神　仕廻仕事《しまいしごと》に風の神

【福《ふく》の神《かみ》】寝て居《い》ては福は来《こ》ず　福神《ふくじん》の多忙　福の神

福の神門にまごつく　もどりあわすがふくの神　福《ふく》の這《は》入口《いりぐち》　笑う門福《かどふく》もにげ

祈る

【祈《いの》る】お祈りが済《す》むと　神祈る唇《くちびる》すごく　きねんする　白壁《しらかべ》に祈る蒼《あお》き顔の男　ぶちわるやうにいのられる　啓示《けいじ》の前にひざまずきご祈祷《きとう》のことは　誰《た》がかための祈祷《きとう》

【合掌《がっしょう》】合掌は祈《いの》るこころの　合掌をさせて　刃《やいば》の下の合掌か　私も神に手を合わす

【信心《しんじん》】信心でないが　信心の袖《そで》にこぼるゝ《る》　信心へ

【雁風呂《がんぶろ》】雁風呂の国も開けて　雁風呂の煙《けむ》り

【施餓鬼《せがき》】大《おお》せがきしてから　川施餓鬼《かわせがき》　せがき船《ぶね》

【放生会《ほうじょうえ》】よい陰《かげ》へ放《はな》しうなぎや　放生会　放《はな》し雀《すずめ》の羽ほしそうな放《はな》し亀《がめ》　売《うり》きれる放《はな》し亀《がめ》　木《き》に突当《つきあた》る放《はな》し鳥《どり》　命五文《いのちごもん》のはなし鳥《どり》　放《はな》ち鳥《どり》　放《はな》し鳥行黙礼《どりゆくもくれい》の間《あい》

お参り

【お参《まい》り】新しい四方拝《しほうはい》　垣越《かきご》しに見る富士参《ふじまい》り　寒詣《かんまい》り　参詣《さんけい》のたびに　千日参《せんにちまい》り　礼参《れいまい》り　礼詣《れいもうで》　おまえもかわたしも行《ゆく》と　拝《おが》む法善寺　おがんだら直《じ》きに帰れと　しきせで拝《おが》むえんま堂

【代参《だいさん》】御代参《ごだいさん》ころんで帰る　代参に来て我恋《わがこい》もふし拝《おがみ》

【伊勢参《いせまい》り】いせ講《こう》へ　伊達《だて》ない勢講《せこう》　伊勢講《いせこう》と出て伊勢で詣《もう》でぬ法師也《ほうしなり》　あつまる奥道者《おくどうしゃ》　ぬけ参《まいり》

【参道《さんどう》】参道を登りつめると　参拝《さんぱい》道の砂ぼこり

【大師《だいし》】朝大師《あさだいし》眠《ねむ》たい顔に　長髪《ちょうはつ》で大師へ参《まい》る／大《だい》こくの湯《ゆ》をのみはじめ

【朝参《あさまい》り】朝路《あさじ》から戻り　朝詣《あさもうで》　宗旨《しゅうし》を変えて朝詣《あさもうで》　薬師《やくし》を朝にする

【夕薬師《ゆうやくし》】夕薬師白い桔梗《ききょう》の　夕薬師袖《そで》へ入日《いりひ》ハ

【お百度《ひゃくど》】お百度に　お百度の足が冷たい　供《とも》も百度御《お》百度《ひゃくど》を蟻《あり》がする　とけた帯《おび》百あるく内《うち》　百度参《ひゃくどまい》りの立ち番し　百度参《ひゃくどまいり》に行《ゆき》あたり　暑中《しょちゅう》にも百度の絶《たえ》ぬ

【願《がん》】大きな願《がん》をかけ　願《がん》かけに来たと　わずかな願《がん》をかけながし　やせて叶《かな》う大願《たいがん》　娘の願叶《ねがいかな》いけり　願《がん》成就《じょうじゅ》　願《がん》ほどき　はだしに成《なっ》て願解《がんほどき》

【拍手《かしわで》】かしわ手《で》に梅《うめ》の実落《みお》つる　神前《しんぜん》の拍手が澄《す》む宮《みや》の柏手

【起請《きしょう》】起請に及ぶべき　火起請《ひぎしょう》の鉄火《てっか》を焼《やく》も　湯起《ゆぎ》請《しょう》に　あたら女《おんな》の手は焼《やけ》た

【お布施《ふせ》】腹巻《はらまき》に御布施《おふせ》　彼岸《ひがん》のお布施軽《かる》う受け
【供物《くもつ》】供物魚鳥《うおとり》を殉死《じゅんし》させ　仏《ほとけ》より供物をおがむ　仏《ほとけ》よりもり［盛］物《もの》おがむ
【手向《たむけ》】手向なり　初物《はつもの》を手向　手向の水をあらく向《む》ケ
【奉加帳《ほうかちょう》】筆添《ふでそえ》て出《だ》す奉加帳　奉加帳にて蝿《はえ》を追う
【奉納《ほうのう》】納太刀《おさめだち》　納《おさ》めどり　奉納のかねは　奉幣《ほうへい》のうち　納《おさ》メ馬《うま》　上《あが》り馬《うま》

神社

【出雲大社《いずもたいしゃ》】出雲から叱《しか》られそうな　出雲を急に見たい　出雲の帳《ちょう》の何番目　西洋と縁組《えんぐみ》出雲
【稲荷《いなり》】［神社］稲荷建《た》ち　ばかされる稲荷様　夜更《よふ》けてお稲荷サーン　玉垣《たまがき》の修理
【宮《みや》】そこはかとなき宮廻《みやめぐ》り　宮すゞ《ず》め　宮の森　宮詣《みやまい》り　寺で宮参《みやまい》り　鎮守《ちんじゅ》の宮へ　淋《さび》しい宮に　霜《しも》の野々宮《ののみや》
【神楽堂《かぐらどう》】神楽堂　ぬき身《み》を遣《つか》う神楽堂
【神前《しんぜん》】御神前《ごしんぜん》　神前へ来て　神乞《かみご》いの
【狛犬《こまいぬ》】こま犬《いぬ》の顔を見合《みあわ》ぬ　駒犬《こまいぬ》の撫所《なでどころ》　高麗狛《こまいぬ》の鼻で躍《おど》って　こま犬《いぬ》ばかり知《しっ》て居《い》る　台に高麗狗《こまいぬ》されちまい
【神木《しんぼく》】御神木《ごしんぼく》　最《もう》神木とうやまわれ
【仁王門《におうもん》】仁王門　仁王の居《い》ない仁王門
【鳥居《とりい》】銅《あか》の鳥井《とりい》に　石の鳥居も　大鳥居《おおとりい》　神八鳥居も曲《まが》りなし　竹鳥居《たけとりい》　鳥居ぎわ　見れば鳥居も高からず　夕立や鳥居洗えば　鳥居の影《かげ》がさし　鳥居を馬の舐《ねぶ》る
【鰐口《わにぐち》】敲《たた》く鰐口　わに口《ぐち》は鈴をつぶした　わに口《ぐち》は四《よっ》つたゝ《た》いて　鰐口の惣名代《そうみょうだい》に　鰐口の穴
【絵馬《えま》】絵馬は剥《は》げ　絵馬の金箔《きんぱく》／馬や狐《きつね》で茶をわかし
【玉串《たまぐし》】玉串になれきっている　玉串の向き
【御神灯《ごしんとう》】御神灯　静かな御神灯
【御神籤《おみくじ》】お神籤が　お神籤を二人《ふたり》で読んで　お神籤を読み直しつゝ《つ》　凶《きょう》の神籤を振《ふ》り直《なお》し
【守《まも》り札《ふだ》】愛宕《あたご》の札を又《また》もらい　売った娘へ守札《まもりふだ》　千社《せんじゃ》札《ふだ》　触《ふ》れてみる成田山《なりたさん》　守り札　めんどりの守り札
【護符《ごふ》】虫の居所《いどこ》の護符也《なり》　わに口《ぐち》たゝ《た》く護符とり　勝《かち》守《まも》り　あきやの留主《るす》は角大師《つのだいし》　角大師《つのだいし》いざまいろうの
【神馬《じんめ》】神馬虐待《ぎゃくたい》されて居《お》り　ごへいでなぶる神馬引《じんめひき》　神馬《じんめ》牽市《ひきいち》をつゝき　神馬に豆の足《た》らぬ
【樒《しきみ》】しきみの中に　樒の春の緑する　樒の元手《もとで》借りに来る　誰《た》がために育《そだ》つ樒の　なげ入《いれ》のようにしきみは

【賽銭《さいせん》】賽銭突《つ》き当《あた》り　賽銭の音もからりと　賽銭の山へ　賽銭は投《なげ》ず　賽銭も捻《ひね》ってなげる　賽銭も雪も一緒に　賽銭を出《だ》す顔でなし　賽銭を忘れてかえる

【巫女《みこ》】美しい神子《みこ》はやたらに　熊野巫女《くまのみこ》申《もう》さく　言伝《ことづて》くばる梓神子《あずさみこ》　湯《ゆ》だての神子《みこ》を／ひたいで鈴をふり納《おさめ》

【神主《かんぬし》】神主が見て無駄《むだ》になり　神主靴で来る　神主の馬　神主の埃《ごみ》　神主は甦《よみがえ》り／人の頭の蠅《はえ》を追い

【笏《しゃく》】笏で請《うけ》　笏で書き　笏で陸《くが》へさし　笏でつき

【禰宜《ねぎ》】切子《きりこ》釣《つ》る禰宜　小社《こやしろ》の禰宜で　貧《ひん》の禰宜　山羊《や》羊髯《ぎひげ》の禰宜が

祭

【祭《まつり》】葵《あおい》花咲く開府祭《かいふさい》　秋祭　お祭が来る　御祭《おまつり》に出たのを　お祭りへ　山王《さんのう》は天下祭のかげ祭　その祭の日をたずね　寺へ祭を入《いれ》る　豊年踊《ほうねんおど》りもなし　祭り跡造《あとつく》り花《ばな》　祭の子　祭りの形《なり》で呼びに祭の夜《よ》　祭前《まつりまえ》　祭夜《よる》となり　宵祭《よいまつり》　おみき所《しょ》へ

【葵祭《あおいまつり》】葵のまつりかもの艶《えん》　あおい祭はみやこなり

【お渡《わた》り】渡御《おわたり》へ　渡御《おわたり》を少しゆがめる　もうお渡りの来る時分《じぶん》

【山車《だし》】だしを売《うっ》て来る　角《つの》をもがれて行屋《ゆくや》たい　戻《もど》り牛《うし》

【神楽《かぐら》】神楽師《かぐらし》へお座敷《ざしき》が有《あり》　里神楽《さとかぐら》　夜神楽《よかぐら》の銭《ぜに》

【御輿《みこし》】子の神輿　神輿《みこし》洗って　御輿舁《みこしか》いている　みこしと聞いて引《ひっ》こまれ　みこしの跡《あと》を追《おっ》て行《ゆき》　神輿《みこし》の雪崩入《なだれい》るを笑《え》む　神輿《みこし》を避《さ》けて一《ひと》つ売れ　神輿《みこし》の機嫌《きげん》直る

【囃子《はやし》】通《とお》り神楽《かぐら》をちっと吹《ふき》　馬鹿囃子《ばかばやし》　囃子方《はやしかた》　囃子も馬鹿も調子づき　囃子の楽屋《がくや》　笛太鼓《ふえたいこ》

仏

【仏《ほとけ》】愛染《あいぜん》へ無心《むしん》申さぬ　生《いき》た仏の出るたえ麻《ま》　おん汗《あせ》ばみの盧遮那仏《るしゃなぶつ》　帰依仏《きえぶつ》と悟《さと》らで作る　鬼子母神《きしもじん》移住させたき　食《く》えぬ仏の並ぶ天《てん》　業火《ごうか》の中の仏たち　これがほとけか　四天王首実検《してんのうくびじっけん》に　新仏《しんぼとけ》　仏怒《おこ》ろうともしない　仏様《ほとけさま》　仏ただにこやかに居《い》る　仏でいるがいい　仏説《と》く老人　仏と二人《ふたり》　仏に済《す》まぬ事《こと》ばかり　仏にはすまないような　仏の油買うばかり　仏の座《ざ》　仏のは　仏の灯《ひ》　仏の日　仏を頼む　御仏《みほとけ》の顔の淋《さび》しさ　御仏《みほとけ》の手の蟻《あり》と人　無仏世界也《むぶつせかいなり》　安《やす》もの《の》、仏の示現《じげん》　昏さむき仏の日　六阿弥陀《ろくあみだ》居《お》って

【観音《かんのん》】観音様を肌守り　観音は山椒《さんしょう》　観音を出《だ》しに

【持仏《じぶつ》】持仏がちんと鳴《なり》　持仏で珍《ち》いん〳〵《ちいん》　持仏の小《こ》淋《さび》しさ　持仏をみせる　持仏でためす

【釈迦《しゃか》】御釈迦様《おしゃかさま》すっくと立って　釈迦孔子《こうし》キリスト様も　釈迦悟《さと》り　釈迦にもなれないよ　釈迦の国　釈迦はそこにいる　釈迦は寝て見せる　釈迦を客　釈迦を握《にぎ》りしめ　仏陀《ぶっだ》の目　弥陀《みだ》しゃかの違《ちが》い　釈尊糞《しゃくそんくそ》を垂《た》れ　釈尊《しゃくそん》の腰のあたりに　釈尊世《しゃくそんよ》に降《くだ》り

仏像

【仏像《ぶつぞう》】銅仏《かなぶつ》は　小仏《こぼとけ》は夢なり　少し仏の目を恐れ　仏像の封印《ふういん》切れば　仏像は仏像ゆらぐ　仏像を木にして　仏陀《ぶっだ》の針《はり》が天をさし　仏《ほとけ》ただにこやかに居《い》る　仏《ほとけ》の眼《め》　本箱にならぶ仏《ほとけ》に　木像《もくぞう》が坐禅組《ざぜんくん》でる　歩行《あるけ》ばうごく仏達《ほとけたち》　仏眼《ぶつげん》でちゃんとして居《い》る　御仏《みほとけ》の眼《め》は上を見ず　安置《あんち》され　御汗《おあせ》とうとや御《お》身拭《みぬぐい》　笑《わら》い仏《ぼとけ》のにっこにこ　開帳《かいちょう》に下《くだ》る仏《ほとけ》を　走《はし》り大黒《だいこく》反《そり》の合《あ》う蓮《はす》

【後光《ごこう》】舟後光《ふなごこう》　水垢離《みずごり》の肩に後光の　後光の滝しぶき

【開帳《かいちょう》】開帳の　釈迦《しゃか》の開帳　善《ぜん》の綱《つな》とび付く程《ほど》で

【地蔵《じぞう》】石の地蔵の髪を結《ゆ》い　見ておわします石地蔵《いしじぞう》　淋《さび》しい地蔵尊《じぞうそん》　地蔵しばらく刀番《かたなばん》　地蔵尊《じぞうそん》　地蔵堂《じぞうどう》　地蔵の笑《わら》い顔《がお》　地蔵へ朝日袈裟掛《けさがけ》に　地蔵へ小便《しょうべん》　野暮《やぼ》な地蔵あり　六地蔵《ろくじぞう》

【仁王像《におうぞう》】二王《におう》が出来《でき》て　仁王さま二人《ふたり》ならんで　仁王の大草鞋《おおわらじ》　仁王へ靴を奉納《ほうのう》し　二王《におう》へちから紙《がみ》　仁王彫《ほ》ってあり　榾《ほだ》に仁王のような顔　山寺《やまでら》の仁王

【千手観音《せんじゅかんのん》】千手観音へ速記生　千手様《せんじゅさま》　千《せん》の手で

【大仏《だいぶつ》】大仏様御怪我《だいぶつさまおけが》　大仏の嚔《くさめ》に　大仏は独活《うど》の味　大仏の膝《ひざ》から　拝人《おがみて》ハなし大仏《おおぼとけ》

【不動明王《ふどうみょうおう》】不動まで行くのも　不動明王焦《こ》げ玉《たま》い

【賓頭盧《びんずる》】受付らしいお賓頭盧　御賓頭盧《おびんずる》　びんずるの賽銭《さいせん》　びんずるの撫《なで》れば笑《わら》う　賓頭盧ビクリ

【弁天《べんてん》】弁天の貝とはしゃれた　弁天の前では波も　弁天をのけると　大《だい》こくの跡《あと》を弁天

【涅槃像《ねはんぞう》】疵《きず》のついたるねはん像《ぞう》　横に書《かい》たはねはんぞう

経

【経《きょう》】折目《おりめ》をたゝむふもんぼん［普門品］　経文《きょうもん》を暗《そら》んじている　忍び泣くように読経《どきょう》の　しぶ〳〵《しぶ》きょうをよみならい　大《だい》はんにゃ　歎異抄《たんにしょう》旅に持ち来て　読経《どきょう》へ泣かんばかりに　般若経《はんにゃきょう》　碧巌録《へきがんろく》の翻《ひるがえ》り　法花経《ほけきょう》の　尼《あま》の経　母の看経《かんきん》　看経《かんきん》の間《あい》　経机《きょうづくえ》　五道《ごどう》を守る人　枕経《まくらぎょう》

【念仏《ねんぶつ》】口のうちで言う念仏が　三度目の南無阿弥陀《なむあみだ》

仏《ぶつ》　常念仏《じょうねぶつ》さもいやそうな　頼むでもなし南無《なむ》えんまどろ〳〵《どろ》と念仏の市《いち》よ　南無《なむ》あみだ仏《ぶつ》　南無網《なむあみ》にかゝ《か》る仏《ほとけ》に　南無大悲《なむだいひ》たのむ御岳《みたけ》の　南無女房《なむにょうぼ》　南無《なむ》の二字《にじ》南無《なむ》ブツと　なんまいだ　うき世《よ》の隅《すみ》に念仏講《ねぶつこう》　念仏でぞめく撞木町《しゅもくちょう》　念仏のころがる内義《ないぎ》　念仏を面白《おもしろ》そうに　野風呂《のぶろ》の念仏　鉢念仏《はちねんぶつ》の　むすぶ念仏　念仏ばかり功徳《くどく》でないと　誉《ほめ》て念仏　百万《ひゃくまん》べんの

【珠数《じゅず》】今日珠数を忘れて　珠数にして見れば　じゅずの切れたを溜《ため》て見せ　珠数の無常観　珠数も汗《あせ》かくじゅずもくりがたし　じゅずを切る時は　珠数をくる手にも　珠数をすり　数珠《じゅず》を持ち　珠数を揉《も》み　そのじゅずはしまってくれと　袂《たもと》の数珠《じゅず》に　手にじゅずをからんで和尚《おしょう》　ひざへ来る子にじゅずを出《だ》し　耳と首とにじゅずをかけ　珠数きるあした　珠数さらさらと

【鉦《かね》】禅《ぜん》の鉦　ふせがねをうつが　鉦の音　鉦をうちたゝ《た》き鉦《がね》　鉦も太鼓《たいこ》も遣《つか》いよう

【木魚《もくぎょ》】僕は木魚じゃないと　木魚のように

法

【法《のり》】戒律《かいりつ》の前に　のりのにわとは　百日法《ひゃくにちぼっ》花《け》　法難《ほうなん》のたびに　法の返答　六法《ろっぽう》は　三界《さんがい》のからくり見よや

【六道《ろくどう》】餓鬼道《がきどう》の気味《きみ》があり　六道の辻《つじ》も　六道の火《ひ》の用心は　しゅら道《どう》へ落《おち》て居《い》る

【宗教《しゅうきょう》】阿片《あへん》宗教に陶酔《とうすい》するために　宗教の一点

【宗旨《しゅうし》】売度《うるたび》に数珠屋《じゅずや》改宗　御宗旨《ごしゅうし》が異《ことな》い　御宗旨《ごしゅうし》に真言《しんごん》も　禅宗《ぜんしゅう》は　臨済《りんざい》の

【法事《ほうじ》】生酔《なまよい》が法事の坐《ざ》　法事過《すぎ》　むき出《だ》しに法事の折《おり》を　みえいく「御影供」にさえたなざらし

【三十五日《さんじゅうごにち》】五七日《ごしちにち》

【四十九日《しじゅうくにち》】七々《しちしち》も済《す》まず浮名《うきな》の

【初七日《しょなのか》】七日には入《い》るのだとせしゅ　無常迅速《じんそく》七日なり

【十四日《じゅうよっか》】二七日《ふたなのか》

修行

【修行《しゅぎょう》】しゅぎょうがたらぬ也《なり》　難行苦《なんぎょうく》行《ぎょう》は　忍辱《にんにく》の行《ぎょう》をつみ　山入《やまいり》の笈《おい》に　火《ひ》渡《わたり》という姿　荒行《あらぎょう》戻り　手心《てごころ》かろき鉢《はち》たゝ《た》き

【煩悩《ぼんのう》】煩悩の犬狂《くる》わせる　煩悩の犬に追わるゝ《る》　煩悩の底を仏性《ぶっしょう》　煩悩も冬日《ふゆび》も暮《く》るる　解脱《げだつ》の書《ふ》みを見ず

【寒行《かんぎょう》】寒行と橋ですれ合う　寒行へ同情をして

【寒念仏《かんねぶつ》】寝られぬ夜半《よわ》や寒念仏　淋《さび》しき寒念仏　声

の能《よ》く成《なる》寒念仏　寒念仏目に見る物は　ばかな寒念仏
宵《よい》の寒念仏　闇《やみ》をいただく寒念仏　切《き》り回向《えこう》
【庚申待《こうしんまち》】庚申様《こうしんさま》を　庚申の夜《よ》の一人寝《ひとりね》は　庚申夜《こうしんよ》を
ふかし　青い庚申　庚申の翌《あす》
【座禅《ざぜん》】座禅がすむと蚤《のみ》をとり　座禅を組《くん》で
【巡礼《じゅんれい》】絵姿に似た巡礼の　国《くに》ざかい越《こ》して巡礼　順《じゅん》
礼《れい》が来ると　順礼《じゅんれい》の歌は　順礼《じゅんれい》乗せて　順礼《じゅんれい》の背に
巡礼の冷《ひや》し頬《ほお》　巡礼は　六部《ろくぶ》宿《やど》　膏薬《こうやく》もうる四国宿《しこくやど》
／鶯《うぐいす》に出て　みかんにはじめ柿でぬぎ
【同者《どうじゃ》】山又《また》山同者笠《どうじゃがさ》　富士《ふじ》同者《どうじゃ》／行衣《ぎょうえ》も一夜仕立《いちやじたて》にし
【御詠歌《ごえいか》】御詠歌三度あげ　御詠歌に
【精進《しょうじん》】精進のうそ　精進の器を讃《ほ》めて　しょうじんの
ならぬつとめの　精進落《しょうじんおち》に　独《ひとり》精進　精進日　婆《ばば》の精
進　口留《くちどめ》をする精進も　しょうじんもする
【断食《だんじき》】断食がくって居《い》るのは　だん食《じき》のかわり　断食
の腹下《はらくだ》し　断食の屁《へ》の　断食をするは
【無念無想《むねんむそう》】巌《いわお》の無念無想かな　草むしり無念無想の
無念無想の石の上
【出家《しゅっけ》】何が不足の出家にて　お鋏《はさみ》を戴《いただ》く気

僧

【僧《そう》】案内僧《あないそう》先に吹《ふ》かるる　雲水《うんすい》の　絵に若《わか》
僧《そう》の思い入《い》る　猾僧《かっそう》の奇蹟《きせき》に病《や》める　慈眼《じがん》なお
破戒《はかい》の僧に　人が死ぬので僧飢《う》えず　僧都《そうづ》の身こそ悲し
けれ　僧も病《やまい》に医を迎《むか》え　竹伐《たけきり》の僧　だんぎ僧一口《ひとくち》の
んで　檀林《だんりん》へ通る僧だと　名僧《めいそう》の　役僧《やくそう》の　老僧《ろうそう》の　し
やくじょうふりたてる　木《き》の端《はし》でないのが　木食一人《もくじきひとり》雲
の峰《みね》　木食《もくじき》の意地《いじ》　出家《しゅっけ》の異見《いけん》　ほんの出家《しゅっけ》ハ　方丈《ほうじょう》の
咳《せき》　方丈《ほうじょう》の手から一歩《いちぶ》が　方丈《ほうじょう》の人をそらさぬ　盆《ぼん》の
所化《しょけ》　地理にくわしき所化《しょけ》がつき　盆《ぼん》持った所化《しょけ》　所化《しょけ》
の鼻唄《はなうた》　しんぼちの寄ると　新発意《しんぼち》は
【虚無僧《こむそう》】虚無僧の顔へ　こも僧《そう》の見習いに出る　こも
僧はひじで娘を　虚無僧の尺八《しゃくはち》仕廻《しま》う　ぼろ〳〵《ぼろ》とい
う形《なり》でなし　覗《のぞい》て見たい目《め》せき笠《がさ》　似た顔も見ず吹歩《ふきあ》
行《る》き　てんがい〔天蓋〕上る尺八《しゃくはち》の尻《しり》
【山伏《やまぶし》】山伏の　山伏は片寄《かたよ》せてふく　山伏をたのんで
山伏に度〳〵《たびたび》化《ば》ける　凄《すご》い山伏
【住持《じゅうじ》】ここの住持の菩提心《ぼだいしん》　仏手柑《ぶしゅかん》を呉《く》れた住持へ
【住職《じゅうしょく》】住職が変《かわ》ってからの　住職が今日靴で来て
【坊主《ぼうず》】なまぐさが寄《よっ》て食《く》い　坊主が牢《ろう》へ来る　坊主き

やく　坊主涼《すず》しゅう火にはいり　坊主も迷う　盆《ぼん》の坊主

【入道《にゅうどう》】さがみ入道女《おんな》だと　入道が髪を結《ゆ》ってる　入道の相談相手　痩寺《やせでら》に痩入道《やせにゅうどう》の

【和尚《おしょう》】いもほり和尚　和尚涼《すず》しい火にはいり　和尚は二日酔《ふつかよい》　和尚の夢に見え　鬼《おに》どもをあつめて和尚　ぐうたらの和尚　死《しん》だ和尚を　損《そん》だと和尚気がそれる　大和尚《だいおしょう》　狸《たぬき》でも食《く》うたか和尚　りちぎな和尚也《なり》

【僧正《そうじょう》】先僧正《せんそうじょう》のかたみなり　僧正の一《ひと》つのつみは　僧正の欲得《よくとく》もなく　僧正はりあげる　大僧正《だいそうじょう》も血の余り

【達磨《だるま》】達磨かいてと　達摩の小便《しょうべん》　達磨の背《せ》めく金冬《きんとう》瓜《が》　だるまもあればねじゃか有《あり》　つまらない面《つら》で達磨は

【羅漢《らかん》】蚊曰《かいわ》く羅漢は刺損《さしぞん》じゃ　五百羅漢《ごひゃくらかん》　しつけ方《かた》悪い羅漢の　羅漢のあばら骨《ぼね》

【袈裟《けさ》】袈裟を掛《かけ》た松　袈裟を手にかけて　美しい袈裟　けさごろも遠《と》おく寝《ぬ》る夜《よ》の　袈裟衣《けさごろも》盗む狸《たぬき》の

【墨染《すみぞめ》】墨染になって世《よ》を去る　墨染の袖《そで》へ　黒染の法《ほう》衣《い》へ捨《す》てる　墨染のちからずくにハ　人をはなれて墨衣《すみごろも》

【伽藍《がらん》】雨の山伽藍が煙《けむ》る　大伽藍《だいがらん》　大仏《だいぶつ》の伽藍は　屋根《やね》も柱もない伽藍

寺

【山門《さんもん》】山門の桜に　山門を下から拝《おが》む　山門を出ると

【寺《てら》】奥《おく》の院《いん》　お寺様　お寺さん　お寺の子　お寺の日の永《なが》さ　お寺の塀《へい》の横で夜《よる》　お寺はとうに寝てしまい　御寺《おてら》の煤《すす》はらい　降《お》りてのぼって如意輪寺《にょいりんじ》　金閣寺《きんかくじ》　旦《だん》那寺《なでら》から銅鑼《どら》を借り　旦那寺迄《だんなでらまで》　長命《ちょうめい》の寺なればこそ　寺切《き》りでかえりおろうと　寺で五俵《ごひょう》かかり　寺に絵行脚《えあんぎゃ》　三日居《い》る　寺のある村かと　寺の異見《いけん》に　寺のうしろに寺を出て寺まで帰る　なにがしか寺に包む日　萩《はぎ》の寺　星のふる寺　時雨《しぐ》るゝ《る》寺の　寺の余情に　峯《みね》の寺　見ようによって俗《ぞく》な寺　屋島寺《やしまでら》　山寺《やまでら》の珍事《ちんじ》に　麓寺《ふもとでら》ちびりちびりと／苔《こけ》にかくれた葷酒標《くんしゅひょう》

【寺男《てらおとこ》】センチを知らぬ寺男　寺男の俗謡《ぞくよう》

【檀家《だんか》】一旦那《いちだんな》　旦家《だんか》いい　百旦那《ひゃくだんな》

【無常門《むじょうもん》】車でも出るむじょう門《もん》　無常門

【不浄《ふじょう》】不浄門　身にもろもろの不浄を着《き》

【尼寺《あまでら》】あまでらに行って　尼寺に咲く花桃《はなもも》の　尼寺の朝　尼寺の日向淋《ひなたさび》しい　なき指かくす比丘尼寺《びくにでら》

【尼《あま》】［尼僧］　赤い紐尼僧内緒《ひもにそうないしょ》の　尼にでもなろうと　尼の女気《おんなけ》　尼の乳　尼の本望《ほんもう》　尼の夢　尼一人《ひとり》堂《どう》に残して

女子文壇《じょしぶんだん》を所持の尼　抱《だ》て来《く》る尼　手を洗う尼　尼僧《にそう》の法衣《ほうい》少し揺《ゆ》れ　尼僧振《にそうふ》り返《か》えり　にわかあま　おもしろい尼　昼暗く若き尼　降《ふ》るような落葉《おちば》を尼僧《にそう》　指の無い尼を笑えば　新尼《にいあま》の我《われ》をいやがる　新尼《にいあま》のことばのはしに　比丘尼《びくに》の化粧　びくには結《ゆ》って見たく成《なり》

【鐘《かね》】 秋の鐘となり　鋳潰《いつぶ》した鐘に　入相《いりあい》は一《ひと》つついては恨《うら》む鐘　大鐘《おおがね》を鋳潰《いつぶ》す智《ち》　遠寺《えんじ》の鐘に　かぞえる鐘の鐘が鳴《な》り　鐘杉《すぎ》をぬけ杉《すぎ》をぬけ　鐘つきをゴン助兼《すけかね》る　鐘にも春の宵《よい》の音　鐘の大声《おおごえ》　鐘の音《ね》のひろごり二《ふた》つ鐘の施主《せしゅ》　鐘の音《ね》の消える刹那《せつな》の　鐘の音《ね》の溶《と》け込んでゆく　鐘の役《やく》せぬは　鐘はうなれど不融通《ふゆうずう》　鐘を聴《き》き鐘を撞《つ》き　四五町《しごちょう》先で音《ね》をためし　邪魔《じゃま》をする鐘　鐘《しょう》楼《ろう》を下《お》りれば　捨鐘《すてがね》も聞いて　つきぞこないの鐘がなり　釣鐘《つりがね》風に揺れ　釣鐘《つりがね》が鳴《な》る　寺の鐘に名をさす　猫の目を鐘の代《かわ》りに　初《はつ》がねは　花の鐘　はやがねに　ほどなくごおんごんという　梵鐘《ぼんしょう》の下で　やかましい晩鐘《ばんしょう》を聴《き》く山の鐘　向《むこ》うはかあんかん　雇《やとわ》れて撞《つ》く　おとこを繋《つな》ぐ鐘の声　芭蕉の詠《よ》んだ鐘を聴《き》き　大年《おおとし》の鐘　百八《ひゃくはち》を

【堂《どう》】 座禅堂《ざぜんどう》　禅堂《ぜんどう》の壁　釣鐘堂《つりがねどう》　堂に置き　花御堂《はなみどう》　廟堂《びょうどう》の高きに在《あ》りて　本堂に余ったが　堂に置き　羅《ら》漢堂《かんどう》　六角堂《ろっかくどう》　若狭《わかさ》から来る二月堂　飢《うえ》がむらがる観《かん》音堂《のんどう》　助《す》け人が辻堂《つじどう》に居《い》る　閻魔堂《えんまどう》どしりと下《お》ろす

教会

【教会《きょうかい》】 教会裏で餓死《がし》　教会の　教会一《ひと》ツ寺一《ひと》ツ　教会も救ってくれず　祭壇《さいだん》の灯《ひ》を剪《き》りつなぎ　トラピスト恋をつゝ《っ》んだ　アーメンを祈《いの》れど　踏絵《ふみえ》に暗き灯《ひ》がともり　苦しい十字架《じゅうじか》を　十字《じゅうじ》架《か》は生《いき》たいという　十字架《じゅうじか》を磨《みが》き疲れた

【耶蘇《やそ》】 不良少年今は耶蘇　耶蘇宗《やそしゅう》も忌《い》むは

【聖堂《せいどう》】 聖壇《せいだん》の火に　聖堂で数珠《じゅず》を出《だ》し　聖堂の灯《ひ》はじり〳〵《じり》と　聖堂の灯《ひ》を継《つ》ぐ人の　耶蘇《やそ》の会堂《かいどう》

【聖書《せいしょ》】 聖書を売れば明日《あす》のパン　このバイブルの天金《てんきん》さバイブルの背皮《せがわ》にされる　聖書が一《ひと》つある

【聖者《せいじゃ》】 飢《う》えたる聖者街《まち》に入《い》る　饗宴《きょうえん》を見向《みむ》かぬ聖者聖者入《い》る　聖者かな　聖者の宴《えん》　聖者のひざを飢《う》えた蟻《あり》　聖人《せいじん》が天《てん》を指さす　聖人《せいじん》か盗賊《とうぞく》か　聖人《せいじん》に夢なし

【伝道師《でんどうし》】 宣教師《せんきょうし》　伝道師　伝道の妻となり

【牧師《ぼくし》】 小金《こがね》を貸す牧師　牧師は嘘《うそ》を足《た》し　牧師は地《じ》声《ごえ》なり　牧師与作《よさく》に説《と》いている

生死

生

【生《うま》れる】 生《う》まれ来るいのちを拒《こば》む　生れた家を　生れた腹《はら》へ穴をあけ　生れた儘《まま》の身の宝《たから》　生れたを知らず　生れぬ前の母があり　生《う》まれる苦《く》　生《う》まれる日を待っている　木の肢《また》から生れ　子が生れ生れた文《ふみ》を抱きあるき　釈迦《しゃか》生れ　柔順に生れたことの　信玄《しんげん》に生れて来ても　生れた家をきたながる　生《せい》を亨《う》け　布団《ふ とん》から生れ　安らかに生れた夜《よる》は　鬼王《おにおう》の生《うま》れ変《か》わりか　花守《はなもり》の生れかわりか

【生《い》きる】 生きたまゝ《ま》　生きつゞ《づ》けては来た　生きていたかと生きている　生きて居《い》る嬉《うれ》しさ　生きている音をのこして　生きているから生きてゆく　生きているな　生きているには違《ちが》いない　生きている者のなかゝ《か》ら　生きて見え　生きて行《ゆ》く事に　生きてるものが浮いている　貧乏《びんぼう》によく生《いき》た　生きようか　生きる気か　生きるため　こっちの方《ほう》が生きてます　この子一人《ひとり》に生きている　最後の物で生き　墓道《はかみち》で生きているのが　人一人《ひとり》生きている音の　無駄《むだ》には生きぬ人の顔　やっぱり生きている　生甲斐《いきがい》のある陽《ひ》をあびる　生甲斐《いきがい》を知る二人《ふたり》は　生きようか死のうか生きよ　生老病死《しょうろうびょうし》あり　生《せい》あれば死あり　生《せい》の前　生《せい》と死を　死ぬよりむごい生《せい》

【生《い》き残《のこ》る】 生き残り　生き残る蟻《あり》の凱歌《がいか》に　生残《いきのこ》る下戸《げこ》　男生き残り　寝屋《ねや》に生残《いきのこ》り　幇間《ほうかん》生き残り　生き延《の》びる　今年も生《いき》のびた　生延《いきのび》て子に叱《しか》らるゝ《る》

【生《い》き返《かえ》る】 生き返り　毛布で一人《ひとり》生き返り　女房《にょうぼ》よみがえり　ばらの一《ひと》つよみがえり　没書《ぼっしょ》がよみがえり　街《まち》、朝の蘇生《そせい》　蘇生《そせい》の隠居《いんきょ》　蘇生《よみがえ》る人　息を吹き返し

【生《い》き物《もの》】 生きものゝ《の》ようにとらえる　生《しょう》のもの

【共白髪《ともしらが》】［夫婦共に長生き］ こんな南瓜《かぼちゃ》と友白髪《ともしらが》　共白髪

【人生《じんせい》】 人生苦《く》にならず　人生に八年貸して　人生の回《まわ》り舞台《ぶたい》へ　人生は債券《さいけん》に似て　人生はつまらなく　人生を便所のうじ虫に　人生を浪費する　退屈な人生

【一生《いっしょう》】 一生しまかされ　一生に一度の宵《よい》を　一生に二度の慶事《けいじ》を　一生の女房《にょうぼ》とむす子　一生人《ひと》の尻《しり》をも

ち　一生ひまがあかずに居《い》　一生をたった一度で　不機《ふき》嫌《げん》で一生くらす　我《わが》一生の損は　一生のうそ書て見《みる》

命

【命《いのち》】明日《あす》知れぬ命だつか［使］え　命あっての桃種《ももだね》と　命あらば　生命《いのち》落ッことし　命かぎりの　命刻《きざ》まるる　命乞《いのちご》い　命さえぎるものもなし　生命《いのち》捨て売りに出て　命にさわる事はなし　いのちの殻《から》となり　命のじゃんけん　生命《いのち》の絃《つる》が鳴《な》り　命の根をおろし　いのちのやり場に困り　いのちも暗《くら》からず　命も亦惜《またお》しい　命を吸《す》い上げる　今日を限りの命なら　食《く》うだけの命となって　せめて子の命のかぎり　生《なま》なかに命があって　握《にぎ》ってるもの、命《の》が　花川戸《はなかわど》命知らずの　張《は》り替《か》えが利《き》かぬ生命《いのち》の　人の命を　冬を踏む命ほそ〳〵《ぼそ》　まっ二《ぷた》つになったいのちが　寄せ来る生命《いのち》よ　命《いの》ちにも洗《せん》濯時《たくどき》ぞ　命のせんたく　貴賎《きせん》命の洗濯場《せんたくば》　人の命を提《さげ》て行《ゆき》　物思《ものおも》う命

【命拾《いのちびろ》い】ありがたく命を拾《ひろ》う　捨《す》ても拾《ひろ》いもせぬ命　握《にぎ》る命は拾《ひろ》い物《もの》　命拾いが寺に寝て　狼《おおかみ》の命拾いハ

【寿命《じゅみょう》】寿命だと言って　寿命とは思えど　寿命の話聞かされる

【血汐《ちしお》】案山子《かかし》の笠《かさ》の血《ち》しお哉《かな》　神聖の血汐　血汐の穢《けが》れに立去《たちさ》りし　球《たま》に狂《く》るう若き血よ

【元気《げんき》】あのげん気　元気なお子《こ》とほめ　新聞の元気へ葉の生気《せいき》静かに／塩気《しおけ》の抜《ぬけ》る

【天命《てんめい》】天命につきたやつ　天命を楽しんで居《い》る

【長命《ちょうめい》】あいつらは長生《ながい》きをして　長生《ながいき》は仕《し》たし　長生《ながい》きも大きな違《ちが》い　寿命《じゅみょう》の長いものばかり　長寿《ちょうじゅ》の菊は春咲《さか》ず　山家《やまが》の寿《じゅ》　長命の相《そう》と見られた

【短命《たんめい》】年若《としわか》に御《ご》短命《たんめい》　短命の相《そう》だった　薄命《はくめい》らしい翳《かげ》

【不死身《ふじみ》】不死身と聞いて下駄《げた》をぬぎ　不死身のどれいばかりなり　不老不死《ふろうふし》たもって

【余命《よめい》】年が無し　命区切《くぎ》られつ　余生《よせい》とは　鐘《かね》を撞《つ》くだけが余生《よせい》の　竿先《さおさ》きに成《な》ってと　行届《ゆきとど》く頃先がなし

年齢

【年《とし》】いくつにも　え、《え》年をしてあがるなり　此年《このとし》で　仕舞物《しまいもの》する齢《とし》になり　たゞ《だ》の年でなし　齢云《としい》わず　年が知れ　年が不相応《ふそうおう》　齢《とし》に不足のない仏《ほとけ》　年の数ばかり　年の積《つも》れかし　年の波　年は隠したし　年を知り　年を一《ひと》つ取り　年を見せ　引く事はなし年の波　二《ふた》つほど年の嘘《うそ》　ほんまの年が知

れ　本《ほん》の年い［言］いな〱《いいな》と　能《よ》い年をしてとは　齢《よわ》いの蔓《つる》ものび　年嵩《としかさ》を　芸者《げいしゃ》の年をきき　年は聞かなくとも若し　年を聞き　フト母の年を聞いてる　またしても年を聞かれる　わが女房の年を聞き　お前の齢《とし》はいくつだい　今年まで隠した年を　次第《しだい》に憎き年と成《なり》

【年頃《としごろ》】年頃に　年頃になって　妙齢《みょうれい》の頃を

【七歳《ななさい》】十三七《じゅうさんなな》ツ迄《まで》育て　七歳にして子を孕《はら》み

【十五《じゅうご》】今年十五の許嫁《いいなづけ》　十五六《じゅうごろく》　心臓が弱い十五の若衆《わかしゅ》に虫《むし》の付《つ》く十五　十五湯《ゆ》に長く入《いる》　十五のかぶろ

【十六《じゅうろく》】温飩屋《うどんや》の娘二八《にはち》の　村落《むら》から二八《にはち》の春を　鏡《きょう》台《だい》で十六という　人妻《ひとづま》の十六にして

【十六七《じゅうろくしち》】十六七でつめらるゝ《る》　はえぬのを十六七は十七で師匠《ししょう》は転《ころ》び　十六七で人見知《ひとみしり》

【十八《じゅうはち》】十八の暮《くれ》に　十八は迫《せま》って来《き》　十八九《じゅうはっく》

【十九《じゅうく》】十九で袖《そで》をふり　落籍《ひか》される十九を　十九の年も無事《ぶじ》で過《すぎ》　どっちも十九

【二十《はたち》】うすら髭《ひげ》二十の男　娘《こ》がはたち　御成人《ごせいじん》　二十位《はたちくらい》の気で居《お》れば　二十歳《はたち》には見えない髷《まげ》を　まだはたち　三日見《み》ぬ間《ま》の御成人《ごせいじん》　もう二十歳《はたち》　娘《むすめ》のはたち

【二十一《にじゅういち》】志《こころざし》ある二十一　二十一波《なみ》　二十一に見え

【二十四《にじゅうし》】二十四の女の匂い　二十四の娘《こ》

【二十七《にじゅうしち》】三九《さんく》で年《ねん》が明《あけ》　二十七年いまだ陣痛《じんつう》！

【三十《さんじゅう》】三十に近づく年よ　女教員《じょきょういん》三十にして　三十で恐《おそろ》しいもの　三十に成《な》ると女の明日《あす》の夜《よ》を思う三十路《みそじ》の

【四十《しじゅう》】四十女《しじゅうおんな》の破風《はふ》びたい　四十とも五十とも見え四十島田《しまだ》へ月を浴び　四十面《しじゅうづら》　四十に手が届く　四十になってやっと知り　四十の我《わ》れを恥《は》じて来る　不惑《ふわく》四十の唇噛《くちか》みぬ　四十初惑《しょわく》とおもいしに／四十二の子の美しき

【五十《ごじゅう》】夢には長し五十年　五十の替《かえ》ズボン　人《ひと》五十五十年恋も知らずに　五十ケ年の保険なり　五十の賀《が》五十を越えて　たのしさも知る五十の茶　薪屋《まきや》も五十年

【六十《ろくじゅう》】六十の賀《が》は／本《ほん》けがえりをたぶらかし

【七十《しちじゅう》】ゲエテ七十花の春　七十余代寝て果報《かほう》

【九十《くじゅう》】九十の賀《が》　夫婦九十の　九十の夫婦

【九十九《くじゅうく》】九十九《くじゅうく》で死ぬる命も　九十九《くじゅうく》の人は

老若

【若《わか》い】あんまり若い作りよう　いつもお若いとは　気の若さ　磨《す》り減《へ》らすだけの若さに　する若さ　母はこのごろ若くなり　母も亦《また》若やぐ

まだ若い　道行《みちゆき》にあんまり若い　若からず　若き日の
若くなる　若さなり　若《わこ》う見え　白粉《おしろい》にしばしが程《ほど》は
若かりき　孫《まご》を育てゝ《て》若返《わかがえ》り

【青春《せいしゅん》】青春の唄《うた》　青春の血《ち》という年で　青春の呪《のろ》い織《お》り込んでやる　青春の眼《め》に　青春を買う　青春を悩み

【幼《おさな》い】幼い日　稚《おさ》な気《ぎ》になって　幼き日の　あどけない　あどけないようで　あどけなさ　がんぜない　がんぜなさ　供物《くもつ》をねだる頑是《がんぜ》なさ　邪気《じゃき》のない顔へチラ〳〵《チラ》　母へ無邪気《むじゃき》な肩を持ち

【年《とし》を取《と》る】頭の上へ年をとり　ぼう〳〵《ぼう》として年を取《とり》　年がたけ　年を取ったというばかり　年をとる日かと　どっちらで年を取《とろ》うと　年の寄《よ》る人の姿も　女房ばかり　年が寄《より》　人八口から年が寄り／梅干《うめぼし》とふすまが寄《よ》て

【老《お》いる】初老《はつおい》の　うかうかと老《おい》　おいこんだのがたわしうり　おいこんだのは湯《ゆ》をあびる　老いて子に従《した》がうことを　老《おい》ても励《はげ》め直《なお》し釘《くぎ》　老《おい》の坂《さか》　老《おい》の茶呑伽《ちゃのみとぎ》　老《おい》の庭いじり　老《おい》の日に　老《おい》の夢　老《おい》は老《おい》の友　老《おい》は氷《こおり》のとけた水　老いぼれた　おいぼれて行《ゆ》く　老いもせず　食《く》う人八年《ねん》ゝ老《ねんおい》て　書記《しょき》で老い　母老いて小さくなりし　まざ〳〵《まざ》母の老《おい》　むだ道多し老《おい》の坂《さか》　養老《ようろう》は　よいよいになる頃やっと　南へ向《むい》て老《おい》にけり　賤《いや》しく老《おい》て入《いり》

【老《ふ》ける】兄より老けて　女は後《あと》にふけるもの　女房《にょうぼ》老けて見え　老けたなといえば　年《とし》より先に老《ふ》けて行《ゆ》く

死

【死《し》】圧死《あっし》せる　いうて死に　一度に死にたがり　胃の腑《ふ》の死に切れず　今死ぬと言うのに　六兵衛《ろくべえ》は死んだそうだよ　お前が死んでいる　きたなく死《しん》で行《ゆ》き　凩《こがらし》の吹く晩《ばん》に死に　この中で誰が明日《あす》死ぬ　さいわいに人が死ぬので　しいの木の下で死に　死すべきとき死なざれば　死出《しで》の旅　死なしてならぬ　死なば客死に後《おく》れ　死に切れず　死にそうな顔で　死にたいと云《い》って姑《しゅうとめ》の　死《し》にたがる婆《ば》ゞ《ば》　死にたがる豚は居《い》ないに　死にたくばしになとむすめ　死にはぐれめとそっと言い　死にました　死にますと書いてはないが　死人《しにん》のように身をまかせ　死ぬことに向《むか》い　死ぬことをやめて　死ぬ事を忘れて生きる　死ぬだろう　死ぬ所《とこ》を止《やめ》たと　死ぬのかと思う　死ぬのを知りませぬ　死ぬ人が言うを忘れて　死ぬ蛭《ひる》だ　死ぬまでと　死ぬものがそんとは　死ぬる気で嫁《い》ったというに　死ぬるはずみに花が散り　死ね

る智恵　死のうか生きよう春朧《はるおぼろ》　死の国へ船出《ふなで》の岸は死の魚《うお》の瞳の底の　死の使者よ　死の背景に　死は一二《いちに》寸先《すんさ》きにある　死は悲《かなし》む可《べ》きか　死は詩也帰也《しなりきなり》と　死は安《やす》し生《せい》は高しと　死へ対陣《たいじん》　死もたのし　十人は楽に死ねると　死を怖《おそ》る　死をさえも撰《えら》んだ母に　死を遠き者に　死を念《ねん》じたって　死んだ跡《あと》にて　死《しん》だ噂《うわさ》も　しんだかと思えばおきる　死《しん》だその日ハ　死んだためし無し死んだ眼《め》で見ては分《わか》らぬ　死んでいる　死んで仕廻《しまつ》て死んで知る　死んで見せたのか　も知れず　死んで実《み》を結《むす》ぼう　死　行穴《しんでゆくあな》までもなき　死《しん》で行《ゆ》く身のいたずらに鉄に噛《か》まれて非業《ひごう》の死　天より落《お》つる如《ごと》きが死　賑《にぎ》やかにしぬ　ねこだのうえで死にたがり　人死して　人死せり　人に死ねとはのたまわず　病死《びょうし》して　触《ふ》れてさびしき死の壺《つぼ》よ　まだ死《しに》もせぬのに泣いて　無数の死　娘も死にたがり　もう死んだ　よごれ淋《さび》しく死を憶《おも》う路傍《ろぼう》の犬の死よ　しゃぼんの様《よう》に死に　うそのない人と成《なり》けり　息引《いきひ》くように消え　ついに闇《やみ》をば知らで果《は》てのぞみの果《は》ての骨となり　果《は》てに死す　嫁《よめ》の死水《しにみず》取る気《き》也《なり》　死水《しにみず》を股引《ももひき》でとる　死水《しにみず》のそばで

【こっくり死《し》】こっくりを願いまするところりと死ねば　たゞ《だ》こっくりを願って居《い》　ぽっくり往生《おうじょう》

【若死《わかじに》】若死の日記に残る　若《わか》じにをしなよと　世《よ》が早し

【土《つち》になる】〔死ぬ〕　土になり　土になる思いを　土になるだけの　終《つい》に行《ゆ》く土をうらみや

【頓死《とんし》】虻不慮《あぶふりょ》な頓死ハ　内《うち》から〆《しめ》てとん死《し》する　とん死呼《しよび》かえし　和尚《おしょう》の頓死　頓死の顔へ

【末期《まつご》】扠《さて》にぎやかなまつご也《なり》　末期の願也《ねがいなり》　急養子《きゅうようし》

【臨終《りんじゅう》】死に臨《のぞ》み　儒者《じゅしゃ》の死際《しにぎわ》　死際《しにぎわ》に呼ぶ女房へ　断《だん》末魔《まつま》　臨終へ　息のあるうちに　終《つい》の道　虫の息《いき》　指をさして臨終　今日明日《きょうあす》の命

【死花《しにばな》】死《し》に花《ばな》も　死花を親に咲《さか》せる

【死顔《しにがお》】死顔で　死顔を他人で拝《おが》む　死顔を人に見らるゝ《る》　デスマスク

【死児《しじ》】死児の草鞋《わらじ》の紐《ひも》をとき　死んだ子供は帰らない　死んだ子に似たのをつくる　死んだ子の話は　春を逝《ゆ》く子に／今年生きてりゃ満五《まんいつ》つ

【死処《しにどころ》】さすが坊主の死にどころ　三国一《さんごくいち》の死にどころ　父《とう》さんの死処《しにどこ》を　鼻のつかえる所《とこ》で死に

【辞世《じせい》】医者衆《いしゃしゅう》は辞世をほめて　辞世の意味が　辞世を下《さ》げて首をつり　辞世のてには直す　辞世の筆《ふで》を

【生《い》き埋《う》め】生き埋めになる坑《しき》を　生き埋めのうらみつぶし値《ね》の生き埋めとなる　夫婦の姿で生き埋めとなり

【北枕《きたまくら》】一家《いっか》の北枕　子にさえ嫌《きら》う北枕　枕がえしや

【骸骨《がいこつ》】骸骨と一《いっ》しょに残る　骸骨のどこに　骨ハ朽《く》ち骸骨を囲《かこ》む木立《こだち》に　白骨《はっこう》が土になる夜《よ》の　白骨《はっこう》になるまで

【髑髏《どくろ》】元日に髑髏　死の底に髑髏の破片《はへん》も　髑髏の首かざりして　髑髏の表情が　髑髏の眼《め》を吹く　しゃりこうべ　蚤《のみ》としらみの髑髏《しゃれこうべ》

【ミイラ】命から離れて木乃伊《みいら》　奴隷《どれい》のミイラ舌なきを

【屍《かばね》】屍みな　屍を超えて燃《も》ゆ　草《くさ》むす屍なり　屍《しかばね》の一《ひと》つを父《とう》ちゃんと知る　亡骸《なきがら》は区吏《くり》に任《まか》せる

【死骸《しがい》】いまは仲間の死骸掘り探す　美《うつ》くしい屍骸《しがい》の浮《うか》ぶ　うらみ呑《の》んだ仲間の死骸が　死骸を見たがいい　蝶《ちょう》の死骸を引上《ひきあ》げる　ムネ打《うち》の死骸を捨《す》てる

【土左衛門《どざえもん》】水死人《すいしにん》　樽《たる》へ詰《つ》め込む土左エ門《どざえもん》　同名多し土左衛門　土左衛門笑《わろ》うてやるは

【検死《けんし》】けんしが済《す》むと井戸《いど》をかえ　けんしのにが笑い

自殺

【心中《しんじゅう》】銀が心中の草結び　死に切《き》って嬉《うれ》しそうなる　死のうという男　心中が済《す》んでしもうて　心中が出るで　心中が化《ば》けると　心中に食《く》い残された　心中の足を　心中の足を結ぶに　心中の歩き疲れた　心中の男宵《よい》から　心中の帯《おび》をして居《い》る　心中の女ばかりが　心中の邪魔《じゃま》をして　心中の其親々《そのおやおや》は　心中の残る一人《ひとり》に　心中のもう暁《あ》けがたを　心中の楼《ろう》主《しゅ》へ　心中は思案《しあん》の外《ほか》が　心中は主従　心中はほめてやるのが　心中へ　心中を殺人にいう　心中を立《た》てずにのると　死で夫婦《めおと》と成《な》りけり　死んで行《ゆ》く二人《ふたり》に　不心《ふしん》中《じゅう》　無理心中先月解雇《かいこ》　美《うつ》くしい二人《ふたり》が死ねば　男めはにげたそうな　助《たす》かった方《ほう》には／長髪とむすんだ顔　馬鹿をつくしたさし向《む》い　江戸のまん中《なか》でわかれる

【情死《じょうし》】情死息を引き　情死の手に　情死は盛《さか》んに泣けど　新婚と情死と逢《あ》う　無理情死は　今は《いまわ》の際《きわ》に泣き疲れ

【身投《みなげ》】池の身投に人立《ひとだち》の　たしかになげた水の音　身《み》投《な》げする背を抱き止める　橋から連れて来る

【自殺《じさつ》】自殺がしたくなり　何《なん》で死を急ぎ　遺書も出《だ》し

【切腹《せっぷく》】腹切《はらき》り刀《がたな》三日持ち　腹《はら》を切《き》り　ふくみ状《じょう》

【首縊《くびくく》り】首縊って死ぬ　首縊り　首溢りあった桜に　首くゝり死ぬるはずみに　首くゝ《く》りつら当《あ》てにとは　首くゝ《く》り富《とみ》の札《ふだ》など　首吊《くびつ》りの背中へ

殺

【殺《ころ》す】いくらでも出《だ》す殺《こ》ろすなと　うちころし　殺さずに置けば百まで　殺された方《ほう》の理窟《りくつ》を　殺される時　殺される晩《ばん》　殺してやろうと採用書　殺す程《ほど》殺される程《ほど》　次第々々《しだいしだい》に殺される　射殺されれ　素人細工《しろとざいく》にころす也《なり》　豚殺し　暗討《やみうち》が怖《こわ》く

【干《ほ》し殺《ころ》す】干《ほ》しころしもされず　干《ほ》しころす鼠《ねずみ》の子

【絞《し》め殺《ころ》す】絞め殺すたびに　しめ殺す手で餌《えさ》をあてがわれ　一人《ひとり》絞め殺せば

【焼《や》き殺《ころ》す】火達磨《ひだるま》にして殺される　焼き殺されまい

【虐殺《ぎゃくさつ》】虐殺の血汐《ちしお》に　虐死《ぎゃくし》した揚句《あげく》に

【殺生《せっしょう》】蚊屋《かや》を限りの殺生し　殺生八面白《おもしろ》き

【斬《き》る】首がころがる試《ため》し斬《ぎり》　首の座《ざ》で斬《きら》れざりけり　袈裟斬《けさぎり》にした肌を入《い》れ　四五人《しごにん》斬った　試《ため》し斬《ぎり》　辻切《つじぎり》を見ておわします　二人《ふたり》斬《きり》　祭の晩《ばん》の女斬《おんなぎり》

【轢《ひ》く】彼奴《きゃつ》轢《し》いたろかと思い　轢《し》かれてる様《よう》に　轢死人《れきしにん》

墓

【墓《はか》】あらそいのない墓の秋　けいせい〔傾城〕の墓　夫《つま》の墓　人間は墓に在《あ》り　墓茶碗《はかぢゃわん》　墓の下　墓へ行《ゆ》け行《ゆ》けと　墓へ来て　墓へ剣《けん》　墓へも草が蚊屋《かや》をつり　無縁墓地《むえんぼち》母はひと杓《しゃく》　我墓《わがはか》に泣く時いかに　納《おさめ》の色なおし　朱《しゅ》を墨《すみ》にするは　墓場の垣で摘《つ》み　墓場の風が鳴《な》る　墓場まで　客を墓所《はかしょ》へつれて行《いき》　供《とも》ははか所《しょ》でせみを取《とり》　墓石《はかいし》が並《なら》んで　墓石《はかいし》にはならない　墓石《はかいし》を刻《きざ》む男が　墓穴《はなあな》を掘る人夫《にんぷ》にも　墓穴《はかあな》の底にもえ出たやがて墓穴《はかあな》となる　おくつき〔奥城〕の樒《しきみ》は赤し

【首塚《くびづか》】戦死者や処刑者の首を埋めた墓　首塚の梅《うめ》咲いている　首塚の梅《うめ》の近所や　将軍塚《しょうぐんづか》の

【恋塚《こいづか》】恋の犠牲になった人の墓　恋塚の奉加《ほうか》に　比翼塚《ひよくづか》

【墓参《はかまい》り】石に躓《つま》ずき墓参《はかまいり》　墓詣《はかまい》りに出る

【塔《とう》】五重《ごじゅう》の塔へ独《ひと》り者《もの》　金字塔《きんじとう》　骸骨《がいこつ》のピラミッド　石塔《せきとう》を客へ振回《ふるま》う　年号もない石塔《せきとう》が　餅好《もちずき》ハ我石塔《わがせきとう》に

【塔婆《とうば》】塔婆で寺の風呂《ふろ》が沸《わ》き　塔婆で見直され

【碑《ひ》】記念碑も　殉職《じゅんしょく》の碑が　石碑《せきひ》に答無し　石碑《せきひ》見る　忠魂碑《ちゅうこんひ》　碑の銘《めい》をよみ　裏銘《うらめい》にある鍛冶《かじ》の墓　墓《ぼ》誌銘《しめい》は誰も読まない　議員でもしたのか墓に

世

【世《よ》・現世《げんせい》】座食《ざしょく》する世でなしと　世が来《こ》ようか〳〵　世なみを聞くが世から〳〵《よから》寄せますか〳〵《よせますか》　世の華美《かび》を恐る丶我《る》は　世の姿　世の盛衰《せいすい》を世に響き　世は食《く》うに隙《ひま》なし　うつし世を　明日《あす》の世《よ》のかみ分《わけ》て　後に知る世の風味《ふうみ》　かかる世ながら花古典とならん　軽く世を生きる　この世の限りなり　此《こ》の世のも見て　濁世《じょくせ》にや　世は涼《すず》し　世はのがれても　世は果《はて》に似つ　世は矢の進歩　世への願いして　世を納《おさ》む　世を深し　世を捨《すて》て師《し》の首拾《くびひろ》う　渡られぬ世の淵瀬《ふちせ》終わり

【鼓腹《こふく》】〔太平の世〕　鼓腹の世《よ》　鼓腹の恩知《おんし》らず　民《たみ》の腹《はら》鼓《つづみ》　腹鼓《はらつづみ》打つほど　世《よ》の太平《たいへい》に粥《かゆ》を食《く》い

【三途川《さんずがわ》】来《こ》いとはいやな三途川　三途川眼鏡橋《めがねばし》　三《さん》途《ず》のうばが　西《さい》の河原《かわら》を

【地獄《じごく》】之《これ》を地獄という　地獄から観音背負《かんのんせお》い　地獄からこの世《よ》へ　地獄きぬ〳〵《ぎぬ》　地獄尋《たず》ねる　地ごくでも目あかしをする　地獄になれとはあんまりな　地《じ》ごくの絵　地獄をも　まかり違《ちが》うと地《じ》ごく也《なり》　世《よ》は地獄地獄の薪《まき》の　地獄へ落《おと》す　血の池に籠釣瓶《かごつるべ》　ふたの明《あ》く日に罷出《まかりいで》　竹馬《たけうま》で針《はり》の山《やま》　針差《はりさし》を地獄の山と　針《はり》の山《やま》

【閻魔《えんま》】閻王《えんおう》の口へ小僧《こぞう》を　閻魔王《えんまおう》　えんまの口へ　閻魔の世話《せわ》になり　えんまを尊《とう》とがり　鬼《おに》と閻魔の論じ合い　鬼《おに》は閻魔の尻《しり》につき　安田閻魔へわたされる

【末世《まっせ》】末世の女下駄《おんなげた》　末世迄《まで》ひびくハ

【極楽《ごくらく》】極楽ハ　極楽はこうだと　極楽は見たし　極楽へ行けますように　極楽へ一歩近づく　極楽へ出たかのように　極楽へ遣《や》らない気　極楽を問《と》えば　それが極楽

【浄土《じょうど》】大夕焼《おおやけ》の下に浄土を　九品《くぼん》の浄土まで　浄土へは双六《すごろく》でさえ　じょ病のんのへ行《ゆき》たがり

【彼岸《ひがん》】入替《いれかえ》となる彼岸　現象《げんしょう》の彼岸　衝《つ》きぬいても彼岸　彼岸くる　彼岸なり　もの珍《めず》らしく踏《ふ》む彼岸

【涅槃《ねはん》】ねはんに猫が見え　涅槃まで続こう

天上

【天上《てんじょう》】天上か地上か　天上の蜘蛛《くも》を見《み》付《つ》ける　天《てん》が知る作り泣《なき》　天之《てんこれ》を憎んで並ぶ天《てん》

【天の岩戸《あまのいわと》】岩戸の開《あ》いたよう　岩戸のうちに

【天国《てんごく》】改札《かいさつ》は天国行きと　天国は近し　天国を探して

【天使《てんし》】キューピット矢の払底《ふってい》に　児《こ》の体に羽根《はね》の絵図《えず》

【天女《てんにょ》】吉祥《きっしょうてんにょ》天女の御臍《おんへそ》　天女どこかにいそうなり

【天人《てんにん》】おりぬ天人　天人も知らぬ快楽ぞ　天人もはだかにされて　天人らしいのはゴット　天人の囃子《はやし》は
【羽衣《はごろも》】返す羽衣　羽衣を鮮《なまぐさ》い手で　羽衣を脱《ぬ》ぐと天人《てんにん》　羽衣を破《やぶ》った松が　衣《ころも》返せば凧《いかのぼり》

霊魂

【魂《たましい》】酒で魂《たまし》い奪《うば》うたは　心魂《しんこん》に徹《てっ》して　魂が抜《ぬけ》てから啼《な》く　魂がないと　魂の影《かげ》点々と　魂の傷をぬらした　魂の声を聞き　魂の無いのを　魂の遣《や》り場の無い日　魂はどこで抱《だ》き合《あ》う　魂《たまし》いらしき今日の月　魂を刻《きざ》む　魂を見失ったる　刎炭《はねずみ》に魂魄《こんぱく》あって　一《ひと》つの魂が　日本魂《やまとだましい》　若きたましいのもちぬし　生見魂《いきみたま》　袖《そで》が魂　魂のいくつも有《ある》を　魂で咲く
【人魂《ひとだま》】近眼《きんがん》の人魂　悲《ひ》と魂《だま》でゆく気散《きさ》んじや　人魂の電気灯《でんきとう》　人魂は　人の魂《たましい》が　煩悩《ぼんのう》の人魂　憎い人魂
【霊《れい》】死霊《しりょう》が迷うなり　男の死霊《しりょう》　霊あれば怨《うら》んでやれと　霊と肉別る丶《る》時に　霊肉《れいにく》の一致《いっち》に　霊の火に焼き残されて　神霊《しんれい》がのり移ったと　生霊《いきりょう》が退《の》く

魔

【鬼《おに》】ありや鬼じゃ　鬼が下戸《げこ》ならどうだろう　鬼征伐《せいばつ》の　鬼と言《いわ》る丶《る》　鬼と寝るのも面白し　鬼共《おにども》野菜食《く》いたがり　鬼にならねばかえられず　鬼のいぬ間《ま》を　鬼の来《こ》ぬ内《うち》　鬼の方《ほう》で逃げ　鬼の目になみだをながす　鬼一口《おにひとくち》に　鬼も逃げ　鬼も仏《ほとけ》と早替《はやがわ》り　鬼も目に涙　鬼神《きじん》さなど丶《と》　くいつく程《ほど》の鬼でなし　来る鬼も　地獄宿《じごくやど》でも鬼を避《さ》け　〆《しめ》とく鬼の門《もん》　年越《としこ》しの鬼になる身を　目に見えぬ鬼とや　我胸《わがむね》の鬼ばかり　わるくそだつと鬼になり　鉄棒《かなぼう》を鬼も枕に　餓鬼《がき》が極楽覗《ごくらくのぞ》くよう　餓鬼《がき》を地獄《じごく》で産《う》み出《いだ》し　いばらき頭痛がし
【鬼ケ島《おにがしま》】小供《こども》の角《つの》は瘤《こぶ》のよう　豆を打つ鬼ケ島　一家《いっか》皆《み》な角突合《つのつきあい》の／栄螺《さざえ》に目鼻《めはな》と子を誉《ほめ》る
【天邪鬼《あまのじゃく》】天邪鬼　よっぽどあまのじゃく
【夜叉《やしゃ》】［鬼神］　手は夜叉で　夜叉の顔
【化物《ばけもの》】あやかしがついて　化物の息子《むすこ》　仁和寺《にんなじ》の化物《ばけもの》　化物をしょい込んだので　ボンヤリと出るお化《ばけ》　よく化《ばけ》ものの出るところ　口は耳まで裂《さ》けたよう　そうづかのオッカアなどと　山姥《やまんば》は　雪女郎《ゆきじょろう》の衣《きぬ》づれ　小魔《しょうま》の羽《は》ばたく夜《よ》　魔《ま》の国の空気に　化物屋敷《ばけものやしき》　禅天魔《ぜんてんま》紅葉《もみじ》で
【幽霊《ゆうれい》】幽霊が手さぐりで出る　幽霊に応挙《おうきょ》が迷《まよ》う　幽霊が出るよと　幽霊と婆《ばばあ》を添《そ》えて　幽霊になって　ゆうれいに成《なっ》てもやはり　幽霊の鳥羽絵《とばえ》は

【狐火《きつねび》】狐火のように提灯《ちょうちん》　ふっと消すなり狐の火

【邪気《じゃき》】じゃ気《き》のあるばゞ《ば》あと　邪気払《じゃきばら》い

【仙人《せんにん》】桟敷《さじき》の仙人　洗濯に落《おち》た仙《せん》　仙人と特約が有《あ》る　仙人になれず　仙人は欲《よく》もなし　仙人も魔物《まもの》も住んだ　仙女《せんにょ》ほどうつくしくなる　久米仙《くめせん》が招けど　久《く》米《め》仙《せん》の頃に堕落《だらく》を／落《おち》て見たいと粂《くめ》の弟子《でし》

【天狗《てんぐ》】浚《さら》う天狗に引河童《ひくかっぱ》　天狗おっぱなし　天狗の家をきりたおし　天狗の大喧嘩《おおげんか》　天狗の管絃《かんげん》　天狗のとまる木が並び　天狗は鼻が邪魔《じゃま》に成《な》り　天狗富士に居《い》ず

【河童《かっぱ》】女河童の皿《さら》　河童小僧《こぞう》も究理学　河虎《かっぱ》さえ皿《さら》の水　河童の皿《さら》に　河童の屁《へ》　河童を岡へあげ　虚弱の川童《かっぱ》

【寒苦鳥《かんくちょう》】ヒマラヤにすむという想像上の鳥　寒苦鳥　身代《しんだい》は寒苦鳥

【龍《りゅう》】蛟龍《こうりょう》未《いま》だ雲を得ず　龍神《りゅうじん》も敵《てき》になり

【貘《ばく》】痰持《たんもち》の貘には食《く》えぬ　寝語《ねごと》も食《く》わず貘戻り　貘の妻　貘ハやせ　貘の食傷《しょくしょう》　貘腹《はら》をへらす／初夢《はつゆめ》は親に食《くわ》せる

【鵺《ぬえ》】四五ケ所《しごかしょ》ぬえに引《ひっ》かゝ《か》れ　なく声鵺に似たりけり　ようかいの中ぬえで無いとみえ　ぬえ程《ほど》に　ぬえを見に　でもぬえは／夜という偏《へん》に鳥だと

【麒麟《きりん》・鳳凰《ほうおう》】鳳凰やきりんが出ると　鳳凰も尾《お》に身《しん》代《だい》を　帝《みかど》を諷《はや》す麒麟出《い》ず　麟鳳《りんぽう》の遊《あそ》び所《どこ》

仮想界

【龍宮《りゅうぐう》】玉取《たまと》りに龍宮中《じゅう》の　龍宮から抗議出そうな　龍宮で聞けば亀の子　龍宮の演説者　龍宮の音楽を聴《き》く　龍宮の学校で読む　龍宮の教員　龍宮の角力《すもう》は　龍宮の内閣　龍宮の風船らしく　龍宮は蚊帳《かや》を釣《つ》てる　龍宮より帰る　龍宮の出初《でぞ》め

【玉手箱《たまてばこ》】軽すぎることが気になる　玉手箱　明《あけ》たる跡《あと》をほうり出《だ》し　仕廻《しま》う時に八皺《しわ》だらけ

【手長島《てながじま》】痒《かゆ》いところへ手がとゞ《ど》き　二間柄《にけんえ》の蛇皮線《じゃびせん》を弾《ひ》く　習字には困る近眼の　玉転《たまころ》がしで断わられ　手《て》長《なが》がすえてやり　二階から目薬《めぐすり》をさす　蓮掘《はすほ》りの手間《てま》賃《ちん》安き　肘枕《ひじまくら》十《じゅう》の字に寝る　短い奴《やつ》が捕縛《ほばく》され

【小人島《こびとじま》】白魚《しらうお》一《いっ》疋《ぴき》つかい物　白黒の胡麻《ごま》で碁《ご》を打つ　松明《たいまつ》にマッチを使う　端午《たんご》目高《めだか》の吹流《ふきなが》し　隧道《トンネル》に土竜《もぐら》を遣《つか》う　糠袋《ぬかぶくろ》さげて米屋《こめや》へ　蚤《のみ》を馬虱《しらみ》を牛と　針程《はりほど》の疵《きず》縫《ぬう》て居《い》る　松の葉を割箸《わりばし》にする　杉箸《すぎばし》を息杖《いきづえ》にする

【足長島《あしながじま》】足長島の小股引《こももひき》　足ながの三里《さんり》　橋は無用《むよう》と

【大人国《たいじんこく》】大人国の子供　駱駝車《らくだしゃ》に乗る大人国の

戦い

敵

【敵《てき》】敵する者ハなし　敵対《てきたい》す　敵に食《くわ》せる竈《かまど》　数《かず》　敵にとり　敵狙《ねら》う身に近江笠《おうみがさ》　敵の来るに似て　敵もなし　どうしたら敵が愛せる　敵同士《かたきどし》　声がかたきにそのまんま　敵《かたき》死して　敵《かたき》がし［知］れて

【敵討《かたきうち》】敵討　祖父《そふ》のかたきもうてという　童話かたきを討《う》ちたがり　母と別れて敵討　親の仇討蛙《あだうちかえる》の子　あくる日は夜討《ようち》としらず　兄弟の夜《よ》うちは　返《かえ》り討《うち》

【首《くび》を取《と》る】首でも取って来る気也《きなり》　首でも行《ゆく》とふいて居《い》る　首取った　首を取《とり》　あつ盛《もり》の首　此首《このくび》をやろうと

【勝負《しょうぶ》】勝負付《しょうぶづけ》　鎧兜《よろいかぶと》で勝負する　歯がたゝ《た》ず　まいるぞかゝ《か》るぞはいけず　我勝《われかつ》た顔をして居《い》る

【追手《おって》】追回《おいまわ》す人逃げる人　追人《おって》の気がふえる　追人《おって》の中に　追人《おって》の気転《きてん》　追手は一度つき当り　追手は覗《のぞ》きこみ　追手は道をきゝ《き》　呼びとめて追手へ母の

【味方《みかた》】大衆は味方のはずが　敵となり味方ともなる　味方と頼ム練馬武者《ねりまむしゃ》　落城《らくじょう》前に来る加勢《かせい》

【万歳《ばんざい》】王様万歳！　御寺《おてら》の万歳　軍歌と万歳と　万歳とあげて行った手を　万歳に　万歳に四《し》へん目《め》の手を　万歳の声どよみ　万歳の声は　万歳の声へ出る

【勝鬨《かちどき》】勝鬨あげるしゃも［軍鶏］の　強者の鬨《とき》の声　凱《がい》旋《せん》し　凱旋《がいせん》に　かちどきどっとまくらびき

【闘《たたか》う】格闘《かくとう》に身を賭《か》ける　泥濘《ぬかるみ》と格闘史《かくとうし》　湧《わ》く闘志《とうし》　粉骨《ふんこつ》で返せよ　撲《なぐ》れば撲《なぐ》り返すのみ

【果《はた》し状《じょう》】［決闘状］　さる隠居《いんきょ》から果し状　はたし状回《じょうかい》状《じょう》で出《だ》す　はたし状《じょう》泣くな〳〵《なくな》と　屏風《びょうぶ》を倒す果《はた》し合い

【術《じゅつ》】居合抜然《いあいぬきぜん》と　町人《ちょうにん》で剣術《けんじゅつ》　やわら取《とり》　忍術《にんじゅつ》を使いたくなる

【地下組織《ちかそしき》】地下組織　地下にくぐって　地下の蟻《あり》　地下へもぐって　牙城《がじょう》の地下を

【旗《はた》】赤い旗を持《もち》　赤旗白旗の先頭に　上から旗のたれる街《まち》　叔父《おじ》先頭《せんとう》で旗を持ち　傘《かさ》じるしから　錦《にしき》の御旗《みはた》　旗が立ってあぶれてしまう　旗の海　旗のゆれ　旗一《ひと》ツ　祖国を越えて　旗振《はたふ》りは

戦争

【戦争《せんそう》】鶯《うぐいす》も戦う春を　休戦に　戦争のある国の　日露《にちろ》の役《えき》を勝ち　戦犯《せんぱん》を指さず　降服《こうふく》の直感にこみあげる　総崩《そうくず》れ　実戦談へ夜《よ》の深み　戦術の　持久戦《じきゅうせん》　善戦をしても　戦い勝てり花咲けり　戦いは何処《どこ》だかしらぬ　たたかい日々に非《ひ》なるかな　戦う中《うち》へ冬が来る　軍縮がたゝ《た》って

【軍《いくさ》】軍に羽《はね》が生《は》え　いくさやみぬ　勝《かち》いくさ　なぜ人間の世《よ》のいくさ　まけ軍《いく》さ　禍《わざわ》い招く烽火台《のろしだい》　軍破《やぶ》れて舟軍《ふないくさ》　車《くるま》がゝ《か》りを夢のよう

【戦場《せんじょう》】戦場で足《た》らず　戦場へ写真を落《おと》す　ざん壕《ごう》で読む　待避壕《たいひごう》で　胡地《こち》に戦う誰の為《た》め　戦地を公園　パノラマで見る戦地の図　古戦場《こせんじょう》

【軍艦《ぐんかん》】艦隊入港　軍艦が泛《うか》ぶのだ　軍艦に化《ば》けて軍艦の横《よこ》っ腹《ぱら》から　煙にむせぶ軍艦旗《ぐんかんき》　潜航艇《せんこうてい》の次は何

【軍人《ぐんじん》】軍人して通り　軍神《ぐんしん》の像の真下《ました》の　工兵《こうへい》の司令官らし　将校《しょうこう》のきげん　訓練所将校《しょうこう》がいる

【軍隊《ぐんたい》】今日は酔《よ》ってる軍旗祭《ぐんきさい》　軍隊の夏となり　軍の回《まわ》り角《かど》　戦車と靴の鋲《びょう》　軍国の哀《あわ》れ秋しる　行軍《こうぐん》のおんなじ顔に　行軍《こうぐん》の行《ゆ》くてへ　行軍《こうぐん》の喇叭《ラッパ》

【軍馬《ぐんば》】軍馬は背負《せお》わされ　軍馬も川を舟で越しえない

【出征《しゅっせい》】征《い》きました　出征のあとに　出征のあとに食《く》えない　出征の門標《もんぴょう》があって　入営旗《にゅうえいき》　入営と退営がある　入営に近い正月　入営を祝《しゅく》すと

【戦死《せんし》】戦死する敵にも　戦死の夜《よ》　大本営《だいほんえい》を怨《うら》み死《じ》に

【銃後《じゅうご》】露営《ろえい》の歌になる銃後　千人針《せんにんばり》の夏の街《まち》

【空襲《くうしゅう》】空襲に　空襲の日本は

【戦後《せんご》】大戦のあとの内地に　戦争後　疎開跡《そかいあと》

兵隊

【兵《へい》】籤《くじ》にまで強い兵士を　工兵《こうへい》二人《ふたり》汗《あせ》になり　コザックは　踏みにじる兵隊である　兵士変《かわ》った狙《ねら》いよう　兵隊が掛《か》けると　兵隊が三人兵隊探しあて　兵隊と女が　兵隊の子に　兵隊をつれて兵戻り　先陣競《せんじんきそ》う　演習の疲れ　常備兵《じょうびへい》　後備兵《こうびへい》　後《こう》備《び》の懐《なつか》しみ　予備後備《よびこうび》　蟻《あり》の予備後備《よびこうび》

【徴兵《ちょうへい》】甲種《こうしゅ》は一人《ひとり》　徴兵が戻り　徴兵に出られぬ子　タマ除《よ》けを産めよ殖《ふ》やせよ　志願兵　召集兵

【騎兵《きへい》】一騎当千《いっきとうせん》　三騎《さんき》駈《か》け　只一《ただいっ》騎《き》　出《で》しなに騎兵がちゃつかせ　八万騎《はちまんき》居《い》ても

【雑兵《ぞうひょう》】雑兵どもは赤合羽《あかがっぱ》　皆《みな》ぞう兵《ひょう》の手にかゝ《か》り

【新兵《しんぺい》】初年兵同志《しょねんへいどうし》になって　新兵教えられ　新兵が畳《たたみ》の上で　新兵の母　新兵は　班長《はんちょう》と出た新兵は

【水兵《すいへい》】水兵さんへ道をあけ　水兵は　水兵まぶしそう

【斥候《せっこう》】斥候が　遠見《とおみ》を出《だ》して

【兵糧《ひょうろう》】兵糧は濁酒《にござ》「どぶろく」をつめる　兵糧を使うなり　雑嚢《ざつのう》の中に

【勇士《ゆうし》】畢竟《かきょう》七千万《まん》勇士　嘗《かつ》て勇士で発《た》った駅　勇士後《うしろ》を見せる也《なり》　三勇士八勇士

【除隊兵《じょたいへい》】除隊して見る　除隊の肩の幅《はば》　除隊は冷《ひや》かされ　除隊兵朝になり　上等兵で戻って来《き》

【廃兵《はいへい》】廃兵足が落ち　廃兵に買《こ》うてやり　廃兵の曰《いわ》く廃兵一《ひと》つ売り　廃兵と話のはずむ

【傷病兵《しょうびょうへい》】片足五十銭《せん》　義手義足名誉《めいよ》の不具《ふぐ》へ　傷ついた戦友《とも》に　手と足を大陸におき　手と足をもいだ丸太に

武器

【銃《じゅう》】空気銃《くうきじゅう》　銃架《じゅうか》へ打ちならび　その引《ひ》き金《がね》を引きました　窓にかすかな銃声か　銃口《じゅうこう》が叛《そむ》いて　銃口《じゅうこう》に立つ　銃口《じゅうこう》のその真向《まむこ》うに　明日《あす》は又《また》短銃が入る　一挺《いっちょう》の短銃　四民《しみん》ピストルを持って　ピストルで舞台を回《まわ》す　ピストルを買う金得《う》べく

【鉄砲《てっぽう》】鉄砲の間《あい》へ一声《ひとこえ》　鉄砲の雷《らい》も止《や》み　鉄砲も薬をのまぬ　兵隊の鉄砲のように　鶉《うずら》が逃げる筒《つつ》の音《おと》　筒先《つつさき》を向けて　飛道具《とびどうぐ》　鉄砲玉《てっぽだま》と落ち

【弾丸《だんがん》】すさまじや弾丸　祖国の弾丸《たま》に佇《た》ち　弾丸《たま》の来《こ》ぬところで　弾丸《たま》をこさえる徹夜、徹夜　ブッス〳〵《ブッス》と弾《たま》の雨　薬《やっ》キョウを拾《ひろ》って

【撃《う》つ】撃てば撃ち　何撃つか知らず　次々標的《つぎつぎひょうてき》になる

【大砲《たいほう》】高射砲《こうしゃほう》　大砲は　大砲をくわえ肥《ふと》った

【火薬《かやく》】遊具に遣《つか》う玉薬《たまぐすり》　導火線《どうかせん》となろう　春へ春への導火線《どうかせん》

【爆弾《ばくだん》】熱して来る爆弾　爆弾握《にぎ》らせる　爆弾を抱いて僕に一個のダイナマイトを

【武器《ぶき》】明日《あす》へ研《と》ぎ合う武器と武器　これきりという武器を持ち　マスク武器に見え

【原爆《げんばく》】原子力　原爆に死し　水素爆弾

武士

【武士《ぶし》】正味《しょうみ》の武士が　太平《たいへい》の武士八武士が腹貸《はらかさ》ぬと　武士づき合《あい》と　武士でも出家《しゅっけ》でも　武士に裏《うら》なし表《おもて》なし　武士のめしをも食《く》た顔　武士をさらりと丸く研《と》ぎ　ものゝ《の》ふに成迄《なるまで》おく

る　武士《もののふ》のけんかに　武士《もののふ》の手利《てきき》は　もののふも　北征《ほくせい》の血気《けっき》武者《むしゃ》　素浪人《すろうにん》　大根武者《だいこんむしゃ》　鎧武者《よろいむしゃ》　弱武者《よわむしゃ》も後ろは見せぬ　敵持《かたきもち》　三将《さんしょう》で思《おも》い〱《おもい》の　やかたもの　大《おお》またな武士　武士もうしろを見せる　北面《ほくめん》の武士　武士のまねして　なまりぶし反《そ》りを打程《うつほど》　女に逢《あ》うと　かつおぶし　狗《いぬ》が嗅出《かぎだ》す鰹武士《かつおぶし》

【俄侍《にわかざむらい》】俄侍御失念《ごしつねん》　にわかざむらいを

【浅黄《あさぎ》】浅黄の頭巾《ずきん》安いしゃれ　浅黄幕《まく》まで辿《たど》りつき　帯《おび》の下から水浅黄《みずあさぎ》　ざるへぶち込む浅《あさ》ぎ裏《うら》　シテワキで浅黄の通る　ふんどしの浅黄は　水浅黄《みずあさぎ》迄《まで》着た男

【武士道《ぶしどう》】武士道いまだ地に墜《お》ちず　武士道犯《おか》されず　武士道の闇《やみ》へ　武士の道

【武勇《ぶゆう》】金で武勇をふるう所《とこ》　食《く》う事も武勇も　武勇伝《ぶゆうでん》

【落武者《おちむしゃ》】落人《おちうど》の為《ため》かや宿屋《やどや》　落武者のように

【赤穂義士《あこうぎし》】義士で死ぬとは思われぬ　義士に邪魔《じゃま》なる杉の楯《たて》　義士は炭《すみ》まで見て戻り　義士もいろはで勢揃《せいぞろ》い　五百のあすが四十七《しじゅうしち》　四十七人《しじゅうしちにん》　陽炎《かげろう》もゆる四《し》十七《じゅうしち》　正味《しょうみ》の武士が四十七《しじゅうしち》

【草履取《ぞうりとり》】［家来］　岸に見て居《い》る草履取　ぞうりとりへそ迄出《までだ》すが　草《ぞう》り取無言《とりむごん》で　常にくゆらす草履取　階《はし》子《ご》の下の草履取　笛吹《ふえふ》いて居《い》る草履とり　いまだ御草《おぞう》が気は知れず　お草《ぞう》に石を抱かせる気

【鑓持《やりもち》】やり持一人《もちひとり》供《とも》がへり　鑓持をはじめてつれて

【鎧《よろい》】死にゝ《に》行こうと鎧を着《き》　寝《ね》まきのうえへ鎧を着《き》　鎧をなげかける

【兜《かぶと》】甲冑《かっちゅう》に似たるかな　兜に香《か》の煙　甲《かぶと》を脱《ぬげ》ば皆坊主《みなぼうず》　昔《むか》し話《ばな》しになる兜

【弓《ゆみ》】折れた弓　弓は袋に　弓やなぐいをかえすなり

【弓矢《ゆみや》】城 中《じょうちゅう》へ矢文《やぶみ》が着《つ》いて　その矢は的《まと》と共に死《し》す　矢の雨も晴れ　矢のごとし　矢の走る力あまって　矢をたずね　箙《えびら》には一本もなし　弓矢を捨《すて》て

【鑓《やり》】鑓ならば　浪人《ろうにん》の鑓　鑓にも浮沈《うきしずみ》　鑓が降《ふっ》ても／居間に一筋《ひとすじ》こけおどし

刀剣

【剣《けん》】打つ名剣《めいけん》に錆《さび》はなし　懐剣《かいけん》をのんで寝ている　けんげき［剣戟］をふって薬を　剣光《けんこう》のあまりに清し　銃剣《じゅうけん》で奪った美田《びでん》の　わが剣で一人《ひとり》はさびぬものをさし／こい［鯉］口《くち》をならせば

【太刀《たち》】上《あ》がり太刀《だち》　御難《ごなん》の太刀はなたに成《な》り　太刀

に手をかける　太刀を抜《ぬ》き　二度目の太刀は届きかね
【刀《かたな》】懐刀《かいとう》にはならず　切《き》れ味《あじ》見せる日本刀《にほんとう》　古刀会《ことうかい》
錆刀《さびがたな》　ぬしの無い刀　廃刀《はいとう》に火の消えたよう　枕刀《まくらがたな》を
引《ひき》よせて　刃《は》に神経の眉《まゆ》を寄せ　刃《やいば》の減《へ》るばかり
【差《さ》す】落《おと》し差《ざし》　侍《さむらい》のさゝぬ所が　ふんどしへ脇差《わきざし》をさす
【抜《ぬ》く】刀をぬいてせめる恋　かりそめに抜くものでな
し　くどかれて又《また》すらりぬく　子供が素《す》っぱぬき　しち
［質］屋はずらりぬき　すっぱぬきみんな逃《にげ》たで　スッパ
抜く奴《やつ》　ぬいた時やっぺしたゝ《た》く
【大小《だいしょう》】［刀と脇差］　大小で配ってあるく　大小なげ出《だ》し
大小渡すなり
【竹光《たけみつ》】竹光も鞘《さや》にさびつく　竹光をさしはじめ
【長刀《なぎなた》】長刀じゃしょせんいかんと　長刀斗《ばかり》二本しめ
【サーベル】サアベル邪魔《じゃま》になり　サアベルの日本刀《にほんとう》
【鞘《さや》】鞘の奥　魂《たましい》を鞘におさめて　足軽《あしがる》の鞘鳴《さやなり》がして
【疵《きず》】うしろ疵うけたで　中尉《ちゅうい》うしろ疵　敵にもらう
向《むこ》う疵《きず》
【抜身《ぬきみ》】ぬき身と聞いて屋《や》ねへ逃《にげ》　ぬきみの下でいい　ぬ
き身をさげてうち死《じに》し　さやのなき刃《やいば》　白刃《はくじん》へ

【柄《つか》】つかに手をかけて　柄へじゅずかけて

毒

【鉱毒《こうどく》】鉱毒の泥海《どろうみ》を　鉱毒の泥の海　鉱毒
の飯《めし》は　鉱毒も食《く》わねばならぬ　蒼《あお》ずんだ毒《どく》
泥《でい》の底　きのうまでとかした毒泥《どくでい》　毒泥《どくでい》を呑《の》んでつかん
で　泥海《どろうみ》にふた親のまれた子がいる　泥海《どろうみ》の村へ
【毒《どく》】襲うてくる蜂《はち》の毒剣《どくけん》へ　薬に化《か》す毒　効能はあっ
ても毒ぞ　酒を毒と知る　聖盃《せいはい》に毒盛《も》る夜の　毒菓子《どくがし》の
毒となり　毒とると　毒になる　毒薔薇《どくばら》の刺激《しげき》に耽《ふけ》る
塀《へい》にはどくを書《かき》ちらし　毒な夕ぐれ　奥様の毒　毒な
所も守る　毒に成《なり》薬にもなる
【毒《どく》ガス】毒瓦斯《どくガス》が霽《は》れて　毒瓦斯《どくガス》を抱いて　瓦斯《ガス》マスク
【毒草《どくそう》】毒草咲きほこり　毒草と知らず毒草

罪

【罪《つみ》】いよ〳〵《いよ》つみがおもくなり　つみ有《あっ》て
罪重くなるほど　つみつくりだと　罪つくる気
では殺せぬ　罪なき草はなかりけり　罪なし人の世《よ》の
ちまた　罪ならぬ　罪になるとハ　つみのひとつなり
罪の深みへ入《い》る手釣《てづり》　罪は消え文字はきえぬ　罪はしら
ねど浮《う》く経木《きょうぎ》　人間罪を知り　迷宮《めいきゅう》の罪にふれて　我《わが》
罪《つみ》とおもえば軽し　恋の罪人《つみびと》／ごうの秤《はかり》の

【咎《とが》】あたら桜のとがに成《なり》　とがゞ知れ　娘の咎《とが》を　その科人《とがにん》を恋しがり

【無罪《むざい》】今の女房《にょうぼ》に罪は無い　子は無罪　罪が無し　濡《ぬ》れ衣《ぎぬ》きたは露《つゆ》知らず　無罪放免　過《あやま》ちが無いので

【悪《あく》】悪《わる》でなし　悪《わる》になり切れぬ心を　悪もよし　この人が悪《わる》いと　身の悪事《あくじ》　悪《わる》い相手なり　悪からず　悪《わる》すぎる　悪《あく》も身の教《おし》え

【悪《わる》さ】あねのわるさなり　手のわるさ　悪いとこがふえ　悪いとこだけは貴郎《あなた》に　わるさとはいえず

【使《つか》いこみ】使いこみ　金を髪結遣《かみゆいつか》い込み　引《ひき》おいの手代《てだい》

【賄賂《わいろ》】贈賄《ぞうわい》の菓子　贈賄《ぞうわい》の切手もつくる　涜職《とくしょく》をせぬ豚牛を　賄賂の来たのは知って居《い》る　賄賂は取りました　握《に》ぎ〳〵《にぎ》を早く覚える　もらったと言わぬ議員の　役人の子はにぎ〳〵《にぎ》を　洋服で袖《そで》の下《した》　中《なか》は小判《こばん》なり

【鼻薬《はなぐすり》】〔わずかな賄賂〕　鼻薬付《つ》けて　鼻薬目薬《めぐすり》ほどで　人に呑《のま》せる鼻薬　耳を揃《そろ》えた鼻薬

【悪人《あくにん》】悪人がとなりに有《あ》るで　悪人が美服《びふく》　悪人は猛《たけだ》〴〵《け》し　悪人はむしり取っても　わるものに成《な》りはじまりは　おたずねもののように住み

【曲者《くせもの》】曲者を二人《ふたり》助けて　奇異《きい》の曲者

【極道《ごくどう》】極道がひょろりと戻る　極道へ中途半端な　どこにいるやら極道め　無法《むほう》もの　与太者《よたもの》を　莫連《ばくれん》の腕に　ばくれん者《もの》に気がつかず

【不良《ふりょう》】不良染《じ》み　不良少女諸君　悪太郎頬《あくたろうほお》に鍵裂《かぎさ》き　札《ふだ》が付いてはならぬぞよ　札付《ふだつき》の

盗む

【盗《ぬす》む】かっぱらわれて　髪のあるのが来てぬすみ　ぬすまずに居《い》て　盗まれたように盗まれて　ぬすまれるものぬすまれぬもの　盗み出《だ》す　役は俺《おれ》さと　ぬすみでもしたようにする　ぬすみにおうた晩《ばん》　盗みの陥《おと》し穴《あな》　盗むにあらず俺《おれ》の魚《うお》　盗んだ米を盗まれる　まじり〳〵《まじり》とぬすまれる　むす子拾度《とたび》に盗み出《だ》し　物盗む時　人を盗むも

【くすねる】隠すは親のくすね金《がね》　くすねはじめは蛇《へび》になれくすね銭《ぜに》　雪の日に五両くすねて

【泥棒《どろぼう》】銀行という泥棒さ　師走《しわす》の泥棒の酔払《よっぱら》い　泥棒と知れ　泥棒にしては　泥棒の子は　泥棒はぬすみ　泥棒もいっしょに見てる　泥棒も休みなり　泥棒を選べと

【盗人《ぬすっと》】盗人にあえばとなりで　盗人にあって　盗人の

糞《ふん》を見ている　盗人も天下《てんか》を取れば　ぬす人《びと》にほら貝《がい》をふく　ぬすびとは其金《そのかね》三日　ぬす人《びと》も　瓜《うり》ぬす人《びと》の花盗人《はなぬすっと》の跡《あと》を追い　夜盗《やとう》ども見ろと　夜《や》とうの方《ほう》へおち内《うち》へもごまのはいがつき　人のごまのはい　馬盗人《うまぬすっと》は乗《のっ》て逃《にげ》　馬ぬす人《びと》をくろうがり　明巣《あきす》狙《ねら》い也《なり》　明巣《あきす》をねらう身《み》持猫《もちねこ》　手《て》長猿万引《ながざるまんびき》をする　万引《まんびき》を脱《ぬ》がして居《い》るを髪結《かみゆい》は掏摸《すり》に逢《あ》い　巾着切《きんちゃくき》りの手がくるう　スリに遭《あ》ったあとの／白日鼠《はくじつそ》　昼《ひる》とんび

【賊《ぞく》】海賊《かいぞく》に命を拾《ひろ》う　山賊《さんぞく》と　忍んだ賊は逃げ　賊思い　賊もビックリ　賊を知り　這入《はい》る賊　山にかゝ《か》ると賊を出《だ》し　警察へ賊　追《お》いはぎにおうたもしるす　追《お》いはぎも　ぬげとおいはぎすいつける　通《とお》り魔《ま》の後に

【強盗《ごうとう》】気短《きみじか》な強盗に遭《あ》う　女房のまた迄明《まであ》ける

【猿轡《さるぐつわ》】朝寝《あさね》おこせば猿轡　猿轡殺されぬのを　猿轡涙がつきて　自分の口へ猿轡　遣《や》り手《て》の遣《つか》うさるぐつわ

刑

【牢獄《ろうごく》】監獄《かんごく》に年の明《あ》けぬが　監獄《かんごく》の壁に獄死《ごくし》した　獄窓《ごくそう》にほゝ《ほ》えんできく　獄壁《ごくへき》を塗《ぬ》るたび　深夜の独房と　人間性を搾《しぼ》る檻《おり》　水牢《みずろう》に這入《はい》れど　水牢《みずろう》はぜげんの世《せ》わで　釈放を　出獄《しゅつごく》の其夜《そのよ》牢人《ろうにん》の心に着せる

【刑《けい》】死刑の宣告程《せんこくほど》　死刑をのり越える　ソクラテス死刑孔子《こうし》失業　火あぶりにあって世《よ》に出る　銃殺《じゅうさつ》という宣《せん》告《こく》に　銃殺《じゅうさつ》の鳥　蛇責《へびぜ》めをあぐらで話す　しゃめん状《じょう》きくばからしさ

【太刀取《たちとり》】足があぶないと太刀取　太刀《たち》とりの　辞世《じせい》待つ太刀取　介錯《かいしゃく》は　首斬《くびきり》が刀を抜《ぬ》けば

【鎖《くさり》】鎖腐《くさ》りかけ　鎖にけつまづき　鎖ぶち切れる

【鞭《むち》】古典とならん鞭、鎖《くさり》　頭上《ずじょう》に鞭を振《ふ》るは誰《た》ぞ　鞭うてど　鞭のふるたびに　鞭もつ人のあくびかな

【手錠《てじょう》】オーバーで手錠を隠す　もうよしという手鎖人《てじょうにん》

【囚人《しゅうじん》】囚人車《しゅうじんしゃ》　囚人の持てる鎖《くさり》の　囚人のように生きてる　懲役《ちょうえき》の服　とう丸籠《まるかご》が二《ふた》つ出来《でき》　腐《くさ》った胸の番号札　未決《みけつ》から出れば　未決囚《みけつしゅう》寝られず　枷《かせ》をとられる死刑囚　死刑囚地獄《じごく》の夢を　教誨師《きょうかいし》明日《あす》死ぬ人へ

【流人《るにん》】美しい流人　流されて居《い》ても　流された昔を知らぬ　流されて養生《ようじょう》をする

【前科者《ぜんかもの》】縄付《なわつき》の　縄付《なわつき》へ女の惚《ほ》れる　腰縄《こしなわ》の気で　女《にょう》房《ぼ》の御帳《おちょう》つき　肥《ふと》って帰る前科者

時

暦

【暦《こよみ》】かりそめの暦に　暦に沙汰《さた》もせざりけり　暦見る日が多くなり　西暦《せいれき》の外《ほか》は知らない　綴暦《とじごよみ》　剥暦《はぎごよみ》　めし屋の壁の古暦《ふるごよみ》　柱暦《はしらごよみ》は　聞きそめるや梅暦《うめごよみ》　暦日《れきじつ》を花におそわる　初暦《はつごよみ》見るたび毎《ごと》に　姫《ひめ》と読《よみ》さす初《はつ》ごよみ　一年を十二に割って

【カレンダー】カレンダーの鏡　カレンダーの真上《まうえ》に　日《ひ》めくりを剥《は》がずに居《い》ても　日《ひ》めくり二月が出《で》

【時間表《じかんひょう》】時間表　時刻表　スケジュール

【佳《よ》き日《ひ》】きょうのよき日の旗《はた》が立って　鳩《はと》が飛出《とびで》た佳き日晴れ　よき日柄《ひがら》　佳き日なり　暦《こよみ》で見てもいゝ《い》日なり

【吉日《きちじつ》】吉日が遠くて　音の吉日　暦《こよみ》の吉《きち》の日《ひ》が迫《せま》り

【旗日《はたび》】旗日の朝の　旗日の御用聞《ごようきき》　祭日《さいじつ》に

【誕生日《たんじょうび》】誕生日　母の誕生日　元日の生《うま》れ

【年《とし》】去年とは別な所へ　米の年　年年《としどし》の　一月《ひとつき》孕《はら》む潤《うる》う年　逝《ゆ》く年を　例年《れいねん》のごとく　来年の暦《こよみ》見ている　来年の樽《たる》に手のつく　来年はきっちりと合う　丙午《ひのえうま》だろう

【土曜日《どようび》】下宿屋の土曜は　土曜日の靴を踏まれて

【日曜日《にちようび》】時計も遊ぶ日曜日　日曜忙しい　日曜の雨が　日曜の試歩《しほ》は　日曜の膳《ぜん》へ　日曜の外《ほか》はつぶれた　日曜を　日曜を待つ　勉強に日曜日　まだ日が高い日曜日

【二月《にがつ》】けさも来て二月は尽《つ》きぬ　足袋《たび》の底にもある二月　二月から稼《かせ》ぐ心へ　二月来る　二月に虫の声を聞《きき》　二月は古き家の中　そのきさらぎの　きさらぎの酒うまく

【三月《さんがつ》】三月の霰《あられ》さら〱《さら》　春三月の唄《うた》いよう　三月ハ黄色にくらす　三月ハおん出《だ》されても

【四月《しがつ》】四月来る　四月の炬燵《こたつ》　四月馬鹿

【五月《ごがつ》】風薫《かお》る五月の空ぞ　五月の千切《ちぎ》れ雲《ぐも》白い　まばゆい五月　五月の鐘《かね》の　閏《うるう》五月の　五月から明るく成《なり》し　皐月《さつき》の闇《やみ》に

【六月《ろくがつ》】青い六月　六月の腹《はら》を　鍛冶《かじ》の六月　凄《すご》い六月　青い水無月《みなづき》　水無月《みなづき》をふく　あつい六月　うまい六月　六月の凪に　六月の闇《やみ》　京《きょう》の六月　六月さむく

【七月《しちがつ》】七月の夜《よ》ハ仏《ほとけ》さえ

時

【八月《はちがつ》】八月が恐ろしい　八月の灯《ひ》は
【九月《くがつ》】九月の子　九月の十三夜《じゅうさんや》　九月を白い靴で来る　何かのすべる九月なり
【十月《じゅうがつ》】神無月《かんなづき》なれど　かんな月《づき》身を削《けず》るほど　髪《かみ》なし月の余《あま》しもの　神去《かみさ》りの　そろそろさむき神無月《かんなづき》　小六月《ころくがつ》　十月の気は澄《す》みて　どれも十月ゆうた髪
【十一月《じゅういちがつ》】霜月《しもつき》の手足さみしく
【十二月《じゅうにがつ》】声が昂《たか》ぶる十二月　十二月踏倒《ふみたお》してぞ　済《す》ます十二月　ヤケが暴《あば》れる十二月　極月《ごくげつ》の文《ふみ》　極月《ごくげつ》に梅《うめ》笑う

昔の時

【刻限《こくげん》】子《ね》の刻迄《こくまで》がかぎり也《なり》　女房《にょうぼ》八《や》つ迄《まで》話してる
【六《む》つ】明六《あけむ》つを聞《きき》　明六《あけむ》ツわたる　明六《あけむつ》を枕《まくら》へ畳《たた》む　明六《あけむつ》を我物《わがもの》にして　暮六《くれむつ》をくすりと思う　暮六《くれむつ》を我物《わがもの》にする　六《むつ》に出て六《むつ》に帰《かえる》を
【九《ここの》つ】九ツを問《と》えば　九ツハ禿《かぶろ》の消える　九ツハ独寝《ひとりね》られぬ　九つの鐘《かね》
【引《ひ》け】中引頃《なかびけ》を雪になり　引け過ぎを　引けの鈴
【丑満《うしみつ》】色男《いろおとこ》うしみつ頃に　丑満の頃が
【四《よ》つ】四つに来る　四ッを聞て食《くい》　もう四つで　四つ過《すぎ》迄《まで》は　四つの時至《いた》っても　四つ時分《じぶん》
【明《あけ》の鐘《かね》】明《あけ》がたのかねには花の　暁《あけ》の鐘　廓《くるわ》の朝の鐘　明の鐘恨《うら》みし人が　明《あ》ける鐘　名も覚えずに明《あ》けのかね

時刻

【時《どき》】おうま時《どき》　楽長《がくちょう》はなん時《どき》でもと　肩叩《たた》きあう落葉時《おちばどき》　桜《さくら》どき　雑煮時《ぞうにどき》　粗末《そまつ》を誉《ほめ》る田植時《たうえどき》　何時《なんどき》と聞《きけ》ば　紅葉時《もみじどき》　綿抜《わたぬい》て来る　袷《あわせ》どき　わか菜時《などき》　すゞ《ず》めいろ時《どき》　松魚時《かつおどき》
【飯時《めしどき》】めし時《どき》といえば　飯時に下掃除《したそうじ》　飯時は忘れず　飯時を煙《けむ》がらせ　飯《めし》の時《とき》
【時節《じせつ》】時節柄《じせつがら》とは　時節《じせつ》〳〵《じせつ》と云《い》ってのけ　麦の頃
【時分《じぶん》】桜もちる時分　時分どき　つかまった時分は　まだ飲んで居《い》る時分さと　日ぐらしの鳴《な》くいゝ《い》時分
【灯《ひ》ともし頃《ごろ》】丁度《ちょうど》灯ともし頃乾《かわ》き　灯ともし頃の　灯ともし頃をとぼ〳〵《とぼ》と　火をとぼす頃
【一時《いちじ》】死亡室《しぼうしつ》午前一時の　死をそゝ《そ》る午前一時の　鳴《な》る一時
【二時《にじ》】帰りが午前二時　午前二時まだ女房は　苦笑《くしょう》したら二時　二時の顔三時の顔へ　女房《にょうぼ》二時を聞き　吹

き募《つの》る嵐《あらし》に二時の　母親も二時を待ち
【三時《さんじ》】一時二時三時四時五時　裏町《うらまち》の三時　午後三時
【四時《よじ》】夜毎《よごと》三時も四時もき丶《き》　四時を打ち
【八時《はちじ》】秋の夜《よ》を八時　八時の空の色
【十時《じゅうじ》】午後十時　十時を宵《よい》にして歩き　坊主《ぼうず》十時に
眼《め》を覚《さま》し　ゆんべ別れた十時半
【十二時《じゅうにじ》】十二時を聞く女房の

時間

【時《とき》】或《あ》る時ちょいと　いつとなく　おくって出ても小半時《こはんとき》　時が追い来る　時聴《き》いた方《ほう》が、時の手よ　「時」の番兵《ばんぺい》　時は金、金は塵《ちり》なる
時も時　時をしはかり　時を待つ工夫《くふう》　流れ去る時よ
【瞬間《しゅんかん》】欠伸《あくび》したその瞬間が　音信《おんしん》を瞬《また》く間《ま》
【時間《じかん》】今寝る時間　子供時間へ　時間に借りのない男
ドンと打《う》て替《かわ》ったのは時間　夏時間　むだにせぬ時間
【秒《びょう》】一秒と過ぎ二秒たち　腕時計刻《きざ》み止まって　セカンドの刻《きざ》みのすきに　セコンド刻《きざ》んでる　セコンドの音が
【分《ふん》】一分ごとに針《はり》がとび　仮定《かてい》の前の二分間
【瀬戸際《せとぎわ》】瀬戸際へ来て　どたんばで／こ丶《こ》がつるぎと
【いきなり】いきなり金をくれる人　いきなり子供呼んで見る　いきなり立って窓をあけ　いきなりに　芸者《げいしゃ》いきなり居崩《いくず》れる
【いつの間《ま》】いつの間か　いつの間にやら子をでかし　バイバイはいつの間にやら　ふさいで居《い》たら知らぬ間《ま》に　ふとんを知らぬ間《ま》にたたみ　いつからか　いつからの覚悟
いつしか可笑《おか》しからず我《われ》　いつしか凄《すご》く成《なり》
【今《いま》】今からでもおそくないという　今死《しん》だ戸へ　今に赤いなり　今にして　今にとりかえす　今の人
【じき】じき死にそうな顔も居《い》る　直《じ》きに出る　じき孕《はら》み　直《すぐ》に御帰《おかえ》り　葬列《そうれつ》にじき死にそうな　もうじきに一年生を　もうじきに正月が来る　間《ま》もないに／江《え》戸《ど》を去事遠《さることとお》からず　馬鹿を去ること遠《とお》からず
【たま】偶《たま》さかのお客に　たま〳〵《たま》の　偶然《ぐうぜん》と　偶然《ぐうぜん》にして　とき〳〵《どき》に　おもい出《だ》してハ　たまたまに箸《はし》も流れて
【いちどきに】いちどきにきせるをはたく　いちどきに下《くだ》されませと　いち時《どき》に出るなと
【一時《ひととき》】ひと丶《と》き露《つゆ》を振《ふ》る　ひと丶《と》きを　茶腹《ちゃばら》も一時《いっとき》
【一日中《いちにちじゅう》】一日行火《あんか》冷えて居《い》る　一日湯《ゆ》につかり　裏《うら》門《もん》に日《ひ》がな一日《いちにち》　今日一日を伴《つ》れられる　娘一日よく

笑い 始終《しじゅう》を見届ける ひねもすや 夜と昼を集め

【暫《しばら》く】客にしばらく留守《るす》をさせ しばらく京《きょう》へ足をとめ しばらくは我《われ》を忘れた しばらく膝《ひざ》の上にあり 電話暫《しば》らく鳴《な》ったまゝ《ま》 横になってしばしが程《ほど》は やゝ《や》あって女 やゝ《や》あって一《ひと》きねあてる やゝ《や》しばしあって

【ようやく】手をようやくに探《さぐ》りあて ようやく掛《か》けた地図が落ち 漸《ようやく》に ようやく解《わかっ》た

経過

【最初《さいしょ》】始《はじ》にて 始《はじ》めもあともなく 取《とっ》てくれたが起《おこ》り也《なり》 武蔵野に起《おこ》り すてっぺんからたばこにし 猫の恋すてっぺんから 一番に足のうら見る 一番に乗る気 一番に間《ま》に合《あ》う まっ先に帰り 真先《まっさき》に見え 皮切《かわき》りという面《つら》で見る

【初手《しょて》】［始め］ 初手の内《うち》 初手の勘当《かんどう》 初手は犬にも侮《あなど》られ 龍田姫《たつたひめ》初手は

【最後《さいご》】最後のものを売るばかり 最後までおどる 最後までだまって別れた

【仕舞《しまい》】［最後］ いっちしまいに お茶あげろよが仕廻《しまい》なり 小供《こども》の時間もうしまい 仕舞なり しまいまで聞けと ひざをはたくがしまい也《なり》

【延《の》ばす】婚礼《こんれい》を笑って延ばす 延《のば》すはよいが 最《も》う此《この》うえ八日も延《のび》ず 葬礼《そうれい》の翌《あす》へ延《のび》て

【過《す》ぎる】過ぎるなり もう正月を過ぎるなり 時過《すぎ》て出る

【早《はや》い】秋はすばやくしのびこみ 去年のがあるので早い 魁《さきが》けの又《また》先を越す ちと早い 殿《との》さまはすばやい方《かた》と 早いもんだすと 早過ぎて 早すでに

【遅刻《ちこく》】遠足は遅刻もせずに おくれたか先へ来たのか 遅く来たのも叱《しか》られる 砂《すな》ずりせゝ《せ》る遅参客《ちさんきゃく》 遅刻しそうに又滑《またすべ》り 遅刻して 遅刻するまいぞ 遅刻の子が笑い 一《ひ》と足《あし》おそく来る 結び直しただけ遅刻

【遅《おそ》い】おそいこと おそくなき 自動車が一番遅い 母親の帰りが遅い 夜《よ》もおそく着《つ》きて 遅々《ちち》と筆《ふで》

月日

【光陰《こういん》】［月日］ 顔の光陰 光陰に一《ひ》と鞭《むち》あてよ 光陰のむだ遣《づか》い 光陰は待たぬぞ 光陰を缶詰にした まねく光陰 光陰に蹴《け》つまずかせる 光陰の矢をはね返す 光陰もうくとしずむに 人の光陰 光陰も一幕過《ひとまくすぎ》て

【月日《つきひ》】立つ月日 月日過《すぎ》て行《ゆき》 人は月日の後《あと》を追う

時

【日数《にっすう》】三千日あるき　七日《なのか》見かける　十五日経《た》ったら　将棋のことで二日《ふつか》来《こ》ず　千日を越す　廿日《はつか》ほど二十日《はつか》程《ほど》遅れて　日が狂《くる》い　二日《ふつか》すくない月を書きボーナスもたった二日《ふつか》の　小半日《こはんにち》いなゝ《な》いて居《い》る　三月《みつき》のうちに靴が減り

【九十九夜《くじゅうくや》】九十九夜律儀《りちぎ》に通《かよ》い　九十九夜で死に九十九夜これが夏なら　ほれ〔惚〕帳《ちょう》を九十九夜めに供《とも》も同じく九十九夜　大晦日《おおみそか》に九十九夜

【小半年《こはんとし》】いゝ《い》え〳〵《いいえ》で小半年　小半年いる風の神

【千年《せんねん》】九千年生きても　獄壁《ごくへき》を叩《たた》いて三千年　小千《こせん》年《ねん》書くことも無い　千年生きた鶴《つる》に聴《き》け　四千年《よんせんねん》　寿《ことぶき》を千年《ちとせ》に契《ちぎ》る　千歳《ちとせ》ふる神鈴錆《かみすずさび》て　海に千年

【年数《ねんすう》】一年のパス買い足《た》して　二年越《ご》しとは　二億年百年の火を埋《う》めて居《い》る　百年は生きず　百年も生きるつもりか　百年《ももとせ》をかけて巻《まき》たる

【永遠《えいえん》】永遠を抱《いだ》けば　永久《えいきゅう》に　永久《えいきゅう》の時計が　永《なが》くいるとこしえに餉《は》わねばならぬ　とこしえに人は去《さ》り得《え》ず

【久《ひさ》しぶり】庭の久しぶり　久しく逢《あ》わぬ人があり久しぶり聞《きい》て居《い》ました　久しぶり互《たがい》に傘《かさ》を　久しぶり堤《つつみ》のきれた　久しぶり更《ふ》けちまい　久しぶりふければよいと　久々《ひさびさ》の友と　久々《ひさびさ》の風呂《ふろ》を　麦飯《むぎめし》に会《あ》って久しい代ゝ《よよ》に久しき食《めし》と汁《しる》　久しい願い　久しい顔の

時代

【時代《じだい》】現代の何かと云《い》って　元禄《げんろく》の水は残らず　時代価値　時代に後《おく》れまじ　次の時代へ残す家　年代を云《い》って　封建の　全盛期　神《かみ》の代《よ》を寂《さび》しく想う　神代《かみよ》から続くいのち　神代《かみよ》の杉は

【明治《めいじ》】ざんぎりも明治の絵なり　明治と書いて日が沈む

【大正《たいしょう》】大正ッ児《こ》　大正の貼紙《はりがみ》をして　大正四年明初《あけそ》めり　馴《な》れぬ字の大正春《はる》と

【昭和《しょうわ》】淋《さび》しき昭和二年春　昭和二十年の秋の月

【世紀《せいき》】生き難《がた》き世紀の　紀元前二世紀ごろの　五十世紀　世紀の闇《やみ》を見よ　世紀の齢二十《よわいにじゅっ》歳《さい》　世紀末　世紀末的人種の　月はまだ出ぬ世紀末　二十世紀の顔二十世紀の街《まち》　薄明《はくめい》の世紀に　火を発《ほっ》す世紀の底の

【昔《むかし》】いにしえの恋を偲《しの》ぶの　いにしえからのもの　イヤ〳〵《イヤ》昔思うまい　幾何《きか》を忘れて一昔《ひとむかし》　戦国の昔にかえる　二昔《ふたむかし》　昔は三度笠《さんどがさ》　むかし昔のはなし　むかし〳〵《むかし》一《ひと》つの石は　恋すちょう昔は知らず　むかしをいう

とはりこまれ　むかしを誉《ほめ》て　我《われ》もひかせし一昔《ひとむかし》　昔に返る風が吹キ　むかしは命かけたひと　古今東西《ここんとうざい》　軋《きし》る太古《たいこ》の歯車よ　太古《たいこ》より冷《ひ》ゆる地

【歴史《れきし》】あゝ《あ》歴史の歯車を　神代史《じんだいし》　人類史の頁《ページ》めくって　世界史をどう書き直す　中古史を在《ざい》鎌倉《かまくら》で　読みつくす歴史も　歴史はまさに繰返《くりかえ》す　歴史を復習する大声《おおごえ》　我《わ》が歴史　故事を引き例を挙《あ》ぐれば

【過去《かこ》】過去の背中に　過去もよい　眼前《がんぜん》に過去未来

【行末《ゆくすえ》】行末が真《ま》暗《くら》になりぬ　行末の見える頃には　行末の雇仲居《やとな》の望み　行末へいきなり　未来へ続きけり

日

【日《ひ》】或日《あるひ》フト　安息日《あんそくび》　鏡も砕《くだ》ける日　恋しい日　其日《そのひ》まで　十日過ぎ　なに思うことなき日あり　日がつゞ《づ》き　日のありて　日の永《なが》さ　日を歩む　日を送り　日を思い　満期する日を間違《まちが》わず　鳥謡《うた》い蝶《ちょう》の舞う日や　悲しき日　六斎《ろくさい》の

【毎日《まいにち》】毎日の　常世《とこよ》〆《じめ》　常世《とこよ》不断《ふだん》の風の音

【今日《きょう》】今日がある　今日限りの涙にしたい　今日だけの顔へ　今日問《と》うて今日帰る夜《よ》の　今日にもおくれ　今日のうた　今日の地位　今日の陽《ひ》が当《あた》って　今日の日のために　今日は帰らぬ事を聞き　今日も来る　今日も過ぎ　今日も無駄《むだ》に暮《く》れ　今日を居《い》ず　まず今日も　今朝《けさ》来たと　今朝《けさ》のはけんか也《なり》　今朝《けさ》は消えたい　今朝《けさ》見つけ

【昨日《きのう》】昨日来た　昨日ばかりなり　きのうは遠き昨夜《さくや》からつづき　昨夜《さくや》聴《き》いて来た　昨夜《さくや》のことに触れ

【明日《あす》】明日ありと思う哀《あわ》れは　明日があり　あす帰る女中が　明日と言う　明日の事にしても　翌《あす》の枕《まくら》ハ翌《あす》の事　明日は砥《と》の如《ごと》く　明日へ送られる　明日へ立ち　明日を待ち　此処《ここ》の始末《しまつ》を明日にする　ついあすという日があって　扉《と》が明日へ閉《し》まる　休みあしたのそのあした

【昼《ひる》】雨戸《あまど》明《あ》ければ昼ぼらけ　一天《いってん》に雲ちる昼の　お昼前　午後となり　赤壁《せきへき》を昼見て戻る　大黒舞《だいこくまい》の昼休《ひるやすみ》　昼ころ出たっきり　昼へ立つ　昼も蚊《か》に食《くわ》れ　昼休み　昼を打ち　真《ま》っ昼間《ぴるま》　間《ま》抜《ぬ》けた様《よう》に昼になり　気の抜《ぬけ》た昼

朝

【朝《あさ》】朝々《あさあさ》の　朝が来る　あさっぱら　朝と夜《よ》に　朝の色　朝の母　朝の一仕事《ひとしごと》　朝の昼を掃《は》き　朝はだまって朝になる　朝ぼらけ　朝を起き兼《か》ねる　朝を出る　永代橋《えいたいばし》の朝の色　駒止《こまどめ》の雪の朝　これが滅法《めっぽう》高い朝　せめて雀《すずめ》の朝ゆうべ　別な朝となり　緑の

朝の土に成《な》り 朝から市《いち》へ立《たち》 朝から片づかず 朝から線香《せんこ》 朝から敵《てき》になり 朝から風呂《ふろ》が湧《わ》き 近所は朝からの休み 寒声《かんごえ》の朝から笑う

【暁《あかつき》】 暁の淋《さび》しさ 暁の思案《しあん》につきた 暁《あけ》の彩《あや》 星を掃《は》く暁起《あかつきお》きや 暁のうまい雲漕《こ》ぐ 暁の声を聞知《ききし》る

【後朝《きぬぎぬ》】［共寝の翌朝］ 後朝に きぬ〴〵《ぎぬ》の跡《あと》は身になる 後朝の笑顔《えがお》見せ合う きぬ〴〵《ぎぬ》はころもにえん［縁］の きぬ〴〵《ぎぬ》山の帯《おび》をする 名も知らぬきぬ〴〵《ぎぬ》 衣々《きぬぎぬ》に 御所《ごしょ》の衣々《きぬぎぬ》 武士の衣々《きぬぎぬ》 地獄《じごく》きぬ〴〵《ぎぬ》

【早朝《そうちょう》】 朝が早い 朝まだき 蓮《はす》の明《あけ》ぼの 衛士《えじ》の有明《ありあけ》

【朝帰《あさがえ》り】 朝帰りさながら妻は 朝がえり首尾《しゅび》のよいのも 朝がえり回《まわ》らぬ舌で 御帰りをいうな〴〵《いうな》と 朝帰らない はいりかねたる／こっから声をかけずによ

【夜《よ》が明《あ》ける】 明けそめる 明けて行《ゆ》く夜《よ》を 明ける夜《よ》か 一夜《いちや》明《あけ》ると 美しく夜《よ》の明《あけ》る うっすら霜《しも》を着て明ける しゃかで夜が明けみだ［弥陀］で明け 夜の明ける迄目《までめ》を回《まわ》し 夜は明けて居《お》り 夜《よ》ハしら〴〵《じら》と 夜を明かし 男の中で夜を明《あか》し 後合《うしろあわせ》に夜《よる》が明《あけ》 背《せ》中合《なかあわせ》に夜《よ》が明《あけ》て 夜《よ》明新《あけあた》らし 夜《よ》明《あ》けも近く 夜《よ》が白《しら》み

【明方《あけがた》】 明《あ》け方《がた》近く明《あ》け近く 明方の蚊《か》の 明方消《きえ》る 物着星《ものぎぼし》 明《あけ》がたの戸をたゝ《た》く

夜

【夜《よる》】 おぼろ夜《よ》をさざめくめく 寒夜《かんや》の靴 続く夜 天地《てんち》は夜の底 長くなる夜《よ》が 半夜《はんや》程《ほど》 短夜《みじかよ》をどこの家 もののあわれの夜《よ》を重《かさ》ね 夜《よ》の長さ 夜《よ》の深さ 夜《よ》は遅く朝早く候《そうろう》 夜を食《く》い飽《あ》きた 夜いくつ越したその夜《よ》に 夜となり 夜の底 夜の冷《ひ》え 夜の深さの 夜の道 夜も見に行《ゆく》 夜夜《よるよる》を 夜《よ》を追いて

【夜更《よふけ》】 夜更しな 夜《よ》ふけて通る 夜更て人を

【夜中《よなか》】 天分《てんぶん》を知っている夜中 真夜中《まよなか》と覚《おぼ》ゆ 真夜中《まよなか》の音を聞き 夜中でも 夜夜《よるよ》中《なか》

【夜通《よどお》し】 独《ひと》り寝る夜《よ》はよもすがら 夜《よ》っぴて馬は破目《はめ》を蹴《け》り 夜《よ》っぴとい 夜《よ》もすがら 夜《よ》をこめて鶏《とり》の啼迄《なくまで》

【一晩《ひとばん》】 小判《こばん》たった一晩 一晩中《ひとばんじゅう》の音を知り 一晩で読み了《おわ》り

【更《ふ》ける】 小《さ》夜《よ》更《ふけ》る 橋に更け 深々《ふかぶか》と更けて 更けて来た一人《ひとり》に困る 更《ふけ》る行灯《あんどん》 更け渡る 夜《よ》が更ける

【宵《よい》】 今宵逢《こよいあ》う 今宵《こよい》いざよい 今宵《こよい》だけのもの 今宵《こよい》地上に恋ぞ満《み》つ 今宵《こよい》も笠《かさ》に暮《く》れ 宵にしげ〴〵《しげ》うら

へ出る　宵の口《くち》　宵は花朝《あさ》の娼妓《しょうぎ》は　宵払《はら》い　宵に欠《かけ》おち〔駈落〕　宵の侘言《わびごと》　命みじかき春の宵

【晩《ばん》】雨の晩　遅い晩　晩を待ち

【暮《く》れる】熱海《あたみ》暮れ　うつくしく日の暮《くれ》る　奥座敷《おくざしき》から暮れかかる　幾何学的《きかがくてき》に暮れてゆき　来て日暮《ひく》れ　今日も暮れ　暮れかかり　暮れて宮津の灯《ひ》に泊《とま》り　暮れて行《ゆ》く　暮れ迷い　静かな日が暮れる　とっぷりと暮《くれ》てと　日がくれろ日がくれろ　富士山一《ひとつ》暮れ残り　まだ暮れぬ　むせび泣くように日暮《ひく》る丶　白い桔梗《ききょう》の暮残《くれのこ》り

【夕《ゆう》べ】夕べ気《け》の　夕べ出る　夕《ゆうべ》にちらり朝ちらり

【夕暮《ゆうぐれ》】暮がたに二人《ふたり》で通る　暮《く》れの町　暮《くれ》の嫁《よめ》　煙一《けむひと》つある夕暮の　日の暮《くれ》に　日も精進《しょうじん》も落《おち》る頃　夕《ゆう》ぐれという罪《つみ》がある　夕暮の踏切小屋《ふみきりごや》も　夕《ゆう》ぐれや　夕暮《ゆうぐ》れる　分《わけ》て夕《ゆう》ぐれ　黄昏《たそがれ》近く　たそがれに出て行《ゆく》男　黄昏《たそがれ》の縁《えん》にものうく　拾《ひろ》うたそがれ　たそがれる　夕《ゆう》まぐれ　嫌《き》らいに成《なり》し夕間暮《ゆうまぐれ》

季節

【春《はる》】明《あ》けの春　浅い春の　池にも春の色を添《そ》え　宇治《うじ》の春　おらが春　孔雀《くじゃく》春　食《く》われる春の草　今朝《けさ》の春　恋に似た気の春なれや　小《こ》僧春《ぞうはる》　子には春　此土《このつち》の春の目覚《めざ》めを　今春《こんしゅん》の　酒の春になり　雑然としてそとは春　忍ぶ春　背中に春の陽《ひ》を感じ　雑煮《ぞうに》半《なか》ばの春の興《きょう》　空を春にする　ただ春をだん〲《だん》春に抱《だ》き込《こ》まれ　花咲く春になり　春逝《ゆ》く日　春いつか　春動き　春踊り　春朧《おぼ》ろ　春かくて　春籠《はるごも》り　春淋《さび》し　春でなし　春といえば　春なればこそ　春に遇《あ》い　春の歌小鳥も水も　春の顔　春の顔も見ず　春の川になり　春の心で陽《ひ》に向《むか》い　春の心のはねまわり　春の太陽へ　春の田に笑い　春の田の雪　春の匂いを刺《さ》している　春の人　春の日のあわたゞ《だ》し　春の響《ひびき》あり　春の街《まち》　春の水馬《うま》に飲ませて　春のもの　春の宵《よい》　春の夜《よ》の　春の蘭《らん》　春ハ霞《かすみ》に邪魔《じゃま》をされ　春は目出《めで》たくのんでさし　春へ伸びんとする力　春迄《まで》はふみこんで置《おく》　春もとゝ《と》のう　春徂《ゆ》くや　春を知り　春を寝る　春をふみ　春を舞《ま》う　春を待つばかり　一二《いちに》りん春の封切《ふうき》る　春を呼ぶ造花《ぞうか》の下の　御世《みよ》の春　無限に春を一《ひと》つずつ　行《ゆく》春《はる》の限りしられて　逝《ゆ》く春を　青陽《せいよう》のうたいもの

【春日《はるひ》】永《なが》い日も二《ふた》つは出来《でき》ぬ　永《なが》き日を　春日かな

【小春《こはる》】小春と言うも　小春の海を見ぬはなく

【春《はる》めく】 一日《いちにち》は春めいてくる　春めきながらさえかえり　御影供《みえいく》やさすが春めく

【梅雨《つゆ》】 雷《かみなり》に梅雨があいたに　京《きょう》の梅雨　梅雨明《つゆあけ》に　梅雨雲《つゆぐも》や　梅雨ぞらのかぎりまで　梅雨空《つゆぞら》へ　梅雨照《つゆで》りや　入梅《つゆ》の壁　梅雨の中　梅雨の窓　泣きたい入梅《つゆ》の昼晴れた入梅《つゆ》　梅雨とり〴〵《どり》の傘《かさ》の色

【夏《なつ》】 あたりへ夏をよせ付《つけ》ぬ　夏籠《なつごも》り　夏近し　夏解《と》ける　夏隣《なつとな》り　夏になり　夏の雨　夏のおのれの肯定か　夏の雲いろんな形《なり》を　夏の昼　夏の宵《よい》　夏の夜《よ》の　夏一日《ひとひ》　夏を皆籠《みなかご》へ盛り込む　女房の夏　晴《はれ》て夏　口をそろえて夏を待《まち》　初夏《しょか》の空からりっと

【土用《どよう》】 寒中《かんちゅう》にある土用　土用丑《どようし》　土用が猶《なお》こたえ　土用波《どようなみ》　土用の風を引き　土用掃《どようばき》

【二百十日《にひゃくとおか》】 草も木も二百十日の　乙鳥《つばめ》ハ二百十日の気《き》　二百十日の風も無事《ぶじ》　二百十日も無事《ぶじ》に済《す》み　二百十日の風の位置　二百十一日にゆき

【秋《あき》】 秋が押す　秋がすき　秋が吹く　秋が行渡《ゆきわた》り　秋澄《す》めり　秋たけて　秋だなと思う　秋とてか月も無し　秋に入《い》り　秋に死す　秋に立ち　秋になり　秋になりました　秋の朝　秋の色　秋の唄《うた》　秋の心に浮いている　秋の心を突《つ》いてみる　秋の月の笑《え》み　秋の冷《ひ》えを知り　秋の的《まと》　秋の夜《よ》の雨　秋の夜《よ》をどこへ行ったか　秋は暮《く》れている　秋果《あきはて》て　秋深《ふこ》うなり　秋も早《は》や　秋を飾る　秋を五衰《ごすい》と　秋を指《さ》し　いずこに秋を深むらん　今朝《けさ》の秋　秋夜《しゅうや》酒なし　澄《す》み切った秋へ泣き　其処《そこ》へ秋が来る　立つ秋を　深い秋　またもとの秋に戻った　待てど来《こ》ぬ夜《よ》を秋と書く　黙《もく》せば秋の夜《よ》の響《ひびき》　秋の蚊《か》のそろそろ歩行《あるく》　秋の蝶《ちょう》最《も》う是迄《これまで》と

【冬《ふゆ》】 行《ゆ》きどころのない冬を　オレの嫌《きら》いな冬が来る　凍傷《とうしょう》のない黒い冬　さあ来《こ》いと冬へ突張《つっぱ》る　知れり、冬　冬の冬が来る　どっと冬　深い冬を知り　冬構《ふゆがま》えして　冬の愛相《あいそう》　冬の樹《き》のうちに鳴《な》る音に　冬の灯《ひ》の　冬の山　冬は銀《ぎん》春は黄金《こがね》の　冬は青竜刀《せいりゅうとう》の　冬は冬だけで嬉《うれ》しい　冬は行《ゆ》き　冬も夏もない　冬を越す　冬を知り　冬を灯《とも》して明日《あす》を待つ　行《ゆ》く冬や　冬の愛相《あいそう》　ぞっとする冬

【冬至《とうじ》】 冬至の陽《ひ》　冬至持込《もちこ》む手斧音《ちょうなおん》

【冬眠《とうみん》】 恋心底《しんそこ》に冬眠す　冬眠の蛙《かえる》へせまる

【冬籠《ふゆごも》り】 飼猫《かいねこ》までたべる冬籠り　冬籠《ふゆごもり》独《ひとり》口利《くちき》く

数・量

数字

【一つ《ひと》】雲一つ　行李《こうり》一ツ　事《こと》一つ　一つ受け　一つずつ　一つの村の鐘《かね》

【一人《ひとり》】尼《あま》一人居《い》て　ねえや一人の　一人居《い》る　ひとり来て　一人死に又《また》一人死ぬ　ひとり宛《ずつ》子の戻る　一人ずつ戻り　一人出る　一人となり　ひとりに成《な》て　一人は川のへりを行《ゆき》　一人日暮《ひぐれ》を　ぽつねんと一人で居《い》れば　元の一人になって泣き　心中《しんじゅう》の一人　駈落《かけおち》の一人

【一人《ひとり》ぼっち】寝ても淋《さび》しい独《ひと》りぼち　一人《ひとり》っきりの陽《ひ》を浴びて　一人ぼっちという姿　一人ぼっちの靴を穿《は》き

【一人者《ひとりもの》】淋《さび》しい独者《ひとりもの》　独身《ひとりみ》がこうも魅力の　独身者《どくしんしゃ》　独居《ひとりい》て横たわり見る　独居《ひとりい》るには　独聳《ひとりそび》ゆる　独身《ひとりみ》で通す　独《ひと》り身《み》の去年を思う　一人者内《うち》へ帰ると　一人《ひとり》もの食《く》ってしまって　独《ひと》り者《もの》小《こ》ぎれいにして　独者隣《ひとりものとなり》が妬《や》けて　独身《ひとりみ》の脱《ぬ》ぎちらかして　畳《たた》んだ物の見えぬ

【一声《ひとこえ》】只《ただ》一声で足《た》りる鶴《つる》　一声捨《す》てるはつ鰹《がつお》　一声のつかゝ《か》り　一声は鶴《つる》に劣《おと》らぬ　一声よんじゃびんをなで

【一足《ひとあし》】一足で　一足先の紙の雪　一足ずつにうれて行《ゆく》　もう一足で玄関《げんか》まで

【一滴《いってき》】一滴の血を搾《しぼ》らせるなと　一滴の涙と　一滴も飲まぬ　香水《こうすい》の一滴　一《ひ》とたれの

【一度《いちど》】一度存分飲《ぞんぶんのみ》たがり　一度で思うのが出《だ》せず　たった一度に百笑う　身に一度　もう一度

【一発《いっぱつ》】一発は　もう一発ほしい

【一本《いっぽん》】一本の竹を伐《き》り　枯芝《かれしば》の中に一本　たゞ《だ》一本の道があり　角《つの》一本はえると　もう一本の欲《よく》があり

【一夜《いちや》】一夜妻《いちやづま》　一夜の雪の宿《やど》　一夜明《あけ》ると　一《ひ》と夜《よ》きり　一夜《ひとよ》さ切《ぎり》の　一夜《ひとよ》さのみあかし

【一葉《ひとは》】一葉ずつきしをはなれる　一葉ずつ摘《つ》む茶も積《つま》ば

【一握り《ひとにぎ》】一《ひ》とにぎり有《あ》るを　一握りハコベの礼は

【一羽《いちわ》】一羽突切《つっき》る霞《かすみ》かな　一羽は別な方《ほう》へ飛び　最後の一羽がたおれて　鶴《つる》一羽　鍋屋《なべや》に一羽飼《かわ》れけり

【一回り《ひとまわ》】朝がおを一回りみる　朝めし前に一回り　どの湯《ゆ》へも一回り入《い》る　一《ひと》まわりずつ

【一筋《ひとすじ》】義仲寺《ぎちゅうじ》へ一筋に行《ゆく》　暮《く》れ残る河一《ひ》と筋《すじ》の　煙は空へ一《ひと》すじに　一《ひ》と筋霧《すじきり》の底　一筋の　一筋の糸と針《はり》

【一軒《いっけん》】一軒寒い家があり　一軒残し雪になり　往《ゆ》くとこが一軒ふえた　あんなところに一軒家《いっけんや》　一家《ひとつや》うごく

【一粒《ひとつぶ》】雀《すずめ》その一粒ずゝ《っ》へ　一粒の米　一粒も穫《と》れぬに

【二つ《ふた》】影《かげ》二ツ纏綿《てんめん》として　蝶々《ちょうちょ》二つは飛んで来《こ》ず　ちろり二つ出《だ》し　二ツ鳴《な》らして　二つ一《ひと》つの

【二つ三つ《ふたみ》】花びら二つ三つ　昼も鼠《ねずみ》が二つ三つ　二つ三つあやし　二つ三つ打ってつゞ《づ》みを　二つ三つ灸《きゅう》をおとして　二つと三つずつつかみ　まどから顔が二つ三つ

【二三《にさん》】牛は二三歩《にさんぽ》ほど急ぎ　二三軒勤《にさんげんつとめ》て　二三丁《にさんちょう》　二三人ばらして其夜《そのよ》　二三年おんなじ年の　飼《か》うとしもなく二三年　二三ばいのむと　二三遍撫《にさんべんな》でゝ《て》　二三本《にさんぼん》やいてくんなと　二三輪《にさんりん》　御《ご》めん駕《かご》二三度乗《の》ると　かごで二三度へど「反吐」をつき　雑誌二三度拗《す》ねてあき

【二三日《にさんにち》】恋聟《こいむこ》の其《その》二三日は　汁《しる》の実《み》青き二三日　二三日間《ま》がありや　二三日もう四五日《しごにち》と

【二人《ふたり》】うつろなる二人に　姑《しゅうとめ》のことで二人《ふたあり》　たった二人に春の風　二人《ふたあり》でいて面白い　二人《ふたあり》はいつもの場所と　二人阿吽《あうん》の棒《ぼう》ねじり　二人がかりで風を来る　二人代わってまだかけず　二人来る　二人で来たい浪《なみ》の音　二人です　二人で見るは　二人とあてゝ《て》米をとぎ　二人取《とり》つく　二人の夜《よ》が白《しら》み　二人の夜を暗くする　二人はもう泣かず　二人読み　二人を深くさせ　くろ髪ふたり　元のふたり寝《ね》　欠落《かけおち》ふたり

【二度《にど》】これで二度目の　二度はいり　二度迄《まで》は　みんな二度めの口ばかり　二度市《いち》へ行《いき》　時雨《しぐれ》と雪と二度に逢《あ》う　月二回

【二本《にほん》】亭主《ていしゅ》の傘《かさ》と二本持ち　田楽《でんがく》の二本ざし　二本あり　箸《はし》二本　雪は二本の線の上

【二枚《にまい》】雨戸《あまど》二枚あけ　いゝ《い》庭布団《ふとん》を二枚敷《し》き　シャツ二枚　なめくじを重《かさ》ねた二枚の唇から　二枚貼《は》り

【三《さん》】梅《うめ》に三《さん》の徳《とく》　三人称《さんにんしょう》にして　三《さん》の字《じ》に

【三猿《さんえん》】三猿守るなと　見ず聞《きか》ず食《くわ》ずの猿《さる》と　三《み》つの猿《さる》より増《まさ》るのは

【三人《さんにん》】三人が三人芸者《げいしゃ》　三人になる春へ　三人の子を三様《さんよう》に　三人寄《よ》れバ

【三度《さんど》】三度逢《あ》い　三度きゝ《き》　三度とり　三度に及びけ

り　鍔《つば》と身と三度に拾《ひろ》う　三《み》たび向け

【四五《しご》】朝顔《あさがお》が四五輪《しごりん》咲いた　髪《かみ》ゆいの四五《しご》あしならす　四五寸《しごすん》近く来てすわり　四五度《しごた》びめ　四五《しご》はいのんだよう

【四五軒《しごけん》】四五軒ことわられ　終点の四五軒先へ

【四五冊《しごさつ》】うたゝ寝《たね》の枕《まくら》四五冊　四五冊を枕《まくら》に

【四五人《しごにん》】から傘《かさ》に四五人　聞けば四五人居士《こじ》に成《なり》　四五人連《づ》れはよけぬなり　四五人で　四五人手を叩《たた》き　四五人の大笑《おおわらい》　四五人の親とは見えぬ　四五人別な唄《うた》　四五人をべらぼうにして　車夫《しゃふ》四五人で声をかけ　入金の傘《かさ》で四五人

【四五日《しごにち》】四五日なべのやかましさ　四五日にくがられ

【四五年《しごねん》】下駄《げた》は四五年新《あた》らしい　四五年ぶりの痔《じ》を痛む

【五六《ごろく》】馬五六疋《ごろっぴき》に　おどり子を五六人前　おれもが五六人　五六人夕べをねむる　あはゝ《は》が五六人　肩に五《ご》六羽値《ろっぱね》をつける　五六行《ごろくぎょう》あくと　五六年立《たて》ば　五六軒《ごろっけん》行った　大《だい》なる本の五六冊　まごつく京《きょう》の五六日

【九十九《くじゅうく》】九十九谷《くじゅうくたに》と九十九里《くじゅうくり》　百人の九十九人《くじゅうくにん》を

【百《ひゃく》】百人が百人　百の口たらぬで

【千《せん》】過剰米《かじょうまい》一千万石《まんごく》　千人の枕《まくら》にくい　千本の槍《やり》に料理人千人前も　海に千年　木乃伊《みいら》四千年

【万《まん》】億万《おくまん》の星　億万《おくまん》の虫の涙を　数万《すうまん》の首をよじらす　何万のさかなの中の　万巻《まんがん》の書は読《よ》まいでも　万巻《まんがん》を胸に畳《たた》んで　万人《ばんにん》の耳は　万人《ばんにん》を酔《よ》わせてかえす　日に百万の足の音　八百万《やおよろず》押すな押すなと

昔の数

【里《り》】浅草を里数《りすう》で話す　一万里《いちまんり》　五里霧中《ごりむちゅう》　二里ほどの街《まち》で　百里程《ほど》はなれて　平砂《へいしゃ》千里を行暮《ゆきく》れる　昔の三千里　酒屋《さかや》へ三里あると言う　三里五里十里地に添《そ》い　三里隔《へだ》てし浪《なみ》の上　山川万里《さんせんばんり》へだてゝ《て》も　こゝ《こ》ろの旅の幾千里《いくせんり》

【四里四方《よりしほう》】［江戸の町］　箸《はし》を探して四里四方　四里四方見て来たような

【間《けん》】傘《かさ》は四五間《しごけん》にげてさし　四五間《しごけんの》退いて嚏《くさめ》をし　母ははだしで二三間《にさんげん》

【尺《しゃく》】一尺《いっしゃく》低き民衆よ　机上《きじょう》より一尺《いっしゃく》低き　五尺《ごしゃく》とび五尺《ごしゃく》の身　五尺真下《ごしゃくました》に澄《す》む白紙　人間を五尺《ごしゃく》ときめて　糸に二尺《にしゃく》の陽《ひ》があたり　国は二尺《にしゃく》の雪が降《ふ》る　二尺程《にしゃくほど》飛んで　葉蘭《はらん》から二尺《にしゃく》　舟へ二尺《にしゃく》の風がある　瞳《め》に二尺《にしゃく》

【升《しょう》】一《いっ》升《しょう》ふやす初《はつ》がつお　ちびちび二升飲明《にしょうのみあか》し　二《に》升《しょう》借りて飲み　一枝《いっし》を切らば酒一升《いっしょう》　門番二《に》升《しょう》とり

【寸《すん》】一寸《いっすん》の差に死がひそむ　五寸程明《ごすんほどあ》けて質屋《しちや》は　姿《すがた》見《み》へ最《も》う一寸《いっすん》の　手紙の末に鮎《あゆ》の寸　冬を隔《へだ》つること二《に》寸《すん》　屋根《やね》ふきは四五寸先《しごすんさ》きも　六寸五歩《ろくすんごぶ》も有《あ》る関取《せきとり》

【分《ぶ》】いけんは七分《しちぶ》焼くのなり　一分《いちぶ》だけわらい　七分《しちぶ》三分《さんぶ》に睨《にら》み分《わ》け　二分《にぶ》残し　八分《はちぶ》の縁《えん》を

【五分《ごぶ》】着物が五分長い　五分だめし　五分の魂《たましい》

【匁《もんめ》】人間味《にんげんみ》一匁《いちもんめ》ほど

【貫目《かんめ》】貫目が知れる体重器　持仏《じぶつ》は〆《しめ》て拾貫目《じっかんめ》　一《ひと》眼《め》見て貫目の知れる

数

【数《かぞ》える】数《かぞ》う声ありき　勘定出来《かんじょうでき》ぬ星の数　こころみに数《かぞ》うる中を　今度逢《あ》う日の指を折り　無尽《むじん》のゆびをおり　ゆびを一《ひと》つ折《おり》　瓢箪《ひょうたん》を数取《かずとり》にした

【算術《さんじゅつ》】算《さん》がたけ　算術を子に教え　三分の一で　算《さん》用《よう》は　代数解《だいすうと》けぬなり　胸算用《むなざんよう》を消しておく

【九々《くく》】久方《ひさかた》ぶりの九々の声　八《や》つ上《あが》りまえ九々のこえ　割算《わりざん》の九々に困《こう》じる

【数《かず》】数がなし　数知れぬほどの　数に入《いり》　数にはじかく筑摩鍋《ちくまなべ》　数の無い　数のない数を食《く》ってる　九十五度

【人数《にんずう》】あたま数程《かずほど》　口が二《ふた》つふえ　子はいくたりかなど問《と》いつ　人数を胸算《むなざん》で買う　四人《よったり》で　子が五人　五人抜《ぬ》き　五人の親となり　五人の目

【幾《いく》】幾十《いくじゅう》の　幾百《いくひゃく》といる　幾万《いくまん》の顔が　幾万《いくまん》の血と色と　幾百万《いくひゃくまん》の羊《ひつじ》の死

【度々《たびたび》】うらから女房《にょうぼ》度《ど》〳〵《ど》逃《にげ》る　度々捨《すて》る能《よ》い女　度々《どど》困り　度《ど》〳〵《ど》の留守《るす》　母のうしろを度《ど》〳〵《ど》のぞき　膝《ひざ》へ度々　舟宿《ふなやど》へたび〳〵《たび》すてる　度々のうそ

【順《じゅん》】おのずから順番を知る　順繰《じゅんぐり》に幹部が孕《はら》む　巡《じゅん》繰《ぐ》りの　順々《じゅんじゅん》に一《ひと》つ頂く　順をよく死ぬのを　箸《はし》順々に割れる音　雛段《ひなだん》の雛《ひな》の順序を　約束の順を忘れる

【列《れつ》】一列《いちれつ》の家鴨《あひる》へ　一列《いちれつ》に肩を組《く》み　式場へ雁行《がんこう》となる　雌雄《しゆう》の仮装行列じゃ　縦列《じゅうれつ》さえし得ず　まだまだ話出来《でき》ぬ列　大名《だいみょう》を百足《むかで》にしたる

多少

【多《おお》い】ねずみの多い家を知り　のぞみが多すぎる　恥多き我《われ》ならん　欲《よく》の多い顔　山多ければ雨多し　芋《いも》を洗うよう　多すぎる　ぎょうさんに　随分《ずいぶん》たっぷり出来《でき》ますと　たっぷり見える母の欲《よく》

【有《あ》りったけ】智恵の有《あり》たけ　有《あり》たけ伸《のば》す鶴《つる》の首　ありったけ貸して　はなの下有《あり》たけのばす　舞妓《まいこ》の力有りったけ　またのありたけまたぐ也《なり》　留守《るす》の事有《ことあり》ったけ

【嵩《かさ》】一反程《いったんほど》の嵩で来る　うれしい嵩を見せ　これだけ食《く》った嵩を見せ　パン屋は箱のかさで見せ　焼藷《やきいも》の嵩を

【束《たば》】雨傘《あまがさ》を束にして待つ　案山子《かがし》束にされ　束にした春を投げ込む

【余《あま》る】有り余る　有余《ありあま》る女の数を　有り余る国へ　賽《さい》銭《せん》がありあまり　抱き込《こ》むとチト手に余る

【もちっと】大《おお》や「家」もちっとなまぐさし　最《も》うちっとのがおんど取《とり》　もすこしという大きさは　もちっとで

【僅《わず》か】一抹《いちまつ》の蚊《か》や「帳」やめてわずかな手間《てま》の　僅かな陰《かげ》で待ち　わずかな事一《ひと》つ　僅かな人の欲《よく》　わずかな欲《よく》を買《かい》

【少《すこ》し】心持酔《こころもちよ》うたを　少し打ち　少しずつ灯《ひ》のふとく成《なる》　少し離れて父と来る　少若衆《すこしわかしゅ》に楯《たて》を突《つき》

【半分《はんぶん》】半分剃《そり》のこし　半分頃《ごろ》でちくしょうめ　半分は上《あ》げてもよいと　半分ほどはこぼれたり　五分〳〵《ごぶごぶ》に枕《まくら》をよせる　無沙汰《ぶさた》は五分五分《ごぶごぶ》　和尚大工《おしょうだいく》半分

位置・形

位置

【位置《いち》】特価《とっか》きのうと同じ位置　眼鏡《めがね》の位置はほぼきまり　やっぱり持てるものの位置

【ここ】ここだけは　ここにあり　こゝ《こ》へうてという

【横《よこ》】紙さえも横には裂《さ》けぬ　玉子《たまご》も横のまゝ《ま》　臍《へそ》を離れて横に引き　娘は横へ外《そ》れ　横から出《で》　よこざまに横すじかいに縫《ぬ》いにけり　横にあるいて出る男　横に裂《さ》け　横に抱きつかせ　横に這《は》う礒《いそ》　横の物取るに　恋風《こいかぜ》の横からあたる　横へ聞《きか》せる

【向《む》く】足を向け　上向くと夫《それ》が仕舞《しまい》の　こちら向くコチ向かせたし　向いて寝る　むいて見せる　娘あっちを向いて出《だ》し　鏡台《きょうだい》の向《むき》を替《かえ》　煙草《たばこ》がすむと向きを替《か》え

【向《むこ》う】丁度《ちょうど》向うの松林　向うから　向うから使う硯《すずり》の　向うから女房《にょうぼ》も遣《つか》う　向《むこう》から春　向うの岸は灯《ひ》が

はいる　向うむき　我《わが》思う子は向う也《なり》

【真正面《ましょうめん》】どん底《ぞこ》の真正面に　真面《まおも》を向けば又叱《またしから》れ　真正面出会《であ》った人が

【真《ま》っ直《す》ぐ】真ッ直ぐな道に　真直《まっすぐ》に　真《まっ》スグにあるけば

【斜《なな》め】斜《ななめ》にほしい陽《ひ》を受けて　斜《はす》に抜《ぬ》け　斜《はす》に見た　薬局へ女斜めに　大《おお》ばすに切《きっ》て松魚《かつお》を

【逆《さか》さま】逆流《ぎゃくりゅう》に　逆さまにしたので　さかさまによめば　逆さまは　分別《ふんべつ》を逆《さかさ》につかう

【間《あいだ》】蓮《はす》の葉の間に　花の間に朧月《おぼろづき》　羽毛《うもう》のあいへ　本《ほん》店《だな》と出見世《でみせ》の間《あい》に　股引《ももひき》と足袋《たび》の間の　若いのを間へ入《い》れる

【空間《くうかん》】空間に　真昼の空間に　燃《も》ゆは焔《ほのお》か空間か

【隙間《すきま》】寒い隙《すき》があり　桟橋《さんばし》の隙《すき》へ　隙《すき》があり　隙間から目《ま》た丶《た》きさせる　隙間洩《も》る風が　掌《て》の隙《すき》ばかり　戸の隙《すき》を洩《も》る灯《ひ》　日《ひ》の隙《す》きがぼんやり青い

【樋合《ひあわい》】背《せ》と腹《はら》のひあわいに　樋合で言う　ひな棚《だな》の樋合ふさぐ

【境《さかい》】越《こし》の境は雪がある　境《さか》いはなかりけり

【隅《すみ》】片《かた》っすみ　子を抱いたのは隅へ行《ゆ》き　隅っこへ来ては隅であり　隅の正直《しょうじき》　隅の方《ほう》向いて娘は　隅の眼《め》の隅へでも来て居《い》るようで　吹《ふ》きだまりめいて

【裏表《うらおもて》】裏表あるで　下田の裏表　そば食《く》う宿《やど》の裏《うら》おもて　茶杓《ちゃしゃく》の裏表　屏風《びょうぶ》の裏表　見たか日本のうら表《おもて》　よく〳〵《よく》見れば裏表

【裏《うら》】裏梅の中へ　裏反《うらがえ》し見よと　裏となり表となりて　裏の裏を行《ゆ》き　裏は又《また》裏で使える　裏ゆかば菰《こも》もかぶらん　裏より落《お》ち給《たも》う　裏を見せ　裏を行《ゆ》き　葉柳《はやなぎ》やみな裏みせて　富士の山裏から見ても

【搦手《からめて》】［裏］　からめてならば　搦手の暗《やみ》を落《お》ち行《ゆ》く

【表《おもて》】表から見れば　表にも二三人居《い》る　表は雨の音　表は卍巴《まんじともえ》なり　表を覗《のぞ》く貸《かし》ゆかた

遠近

【遠《とお》い】香《か》久《ぐ》山《やま》遠《とお》かすむ　だん〳〵《だん》母へ　遠くなり　遠い火事　遠くから　遠くから見える　遠くから娘に見える　遠くなり　遠くなる　遠くの海の音　遠くの針《はり》を　遠くの夜《よ》を思い　遠い思案《しあん》に　遠くから楽しみにする　遠くて近い　遠くて近き足の音

【遠《とお》ざかる】噂《うわさ》の二人《ふたり》遠ざかり　月も柳《やなぎ》も遠ざかる　身になる顔へ遠ざかり　若さ日に〳〵《ひに》遠ざかり

【果《は》て】あめつちの極《きわ》みのはてに　海の涯《はて》　木《こ》がらしの果《はて》　のぞみの果ての骨となり　野《の》の果ての　果てにいる果てに死す　枕《まくら》に思う風の果て

【無限《むげん》】無限の空を向く　有限《ゆうげん》と無限

【遥《はる》か】きのう思えば遥かなり　遥か精舎《しょうじゃ》の窓があき湯殿《ゆどの》はるかに　氷室《ひむろ》はるかに　御寝間《おねま》はるかに

【近《ちか》い】色街《いろまち》を通れば近い　近くなり　ちかくなるにも女房《にょうぼ》の顔が真近《まぢか》い　乗った俥《くるま》の近いこと　早稲田《わせだ》から遠くて近き　うしろ間近《まぢか》く　お手近《てぢか》に　雷《かみなり》が近過《ちかす》ぎるかるたに火鉢《ひばち》近過《ちかす》ぎる　側《そば》のうちわ［団扇］をかじりけり

【辺《あた》り】その辺《へん》にもうおらず　此《こ》の辺りから　籾《もみ》とやの辺《あたり》で　海の端《はた》を行《いき》　大川端《おおかわばた》の夕小雨《ゆうこさめ》

広狭

【広《ひろ》い】海の広さへ街《まち》を抜《ぬ》け　お庭の広さ引きしめる　帰る夜《よ》の広い道　顔が広くなり　肩身《かたみ》も広し　川の広さに挑《いど》む　元旦の道の広さを　空の広さに気がつかず　広い新宅《しんたく》　広さの知れぬ人又《また》日本が広く成《な》り

【狭《せま》い】鰻《うなぎ》に狭い水　せまいわが家《や》を日に何里《なんり》　狭く寝る　道を狭くする　露次《ろじ》が二人《ふたり》に狭過《せます》ぎる

【窮屈《きゅうくつ》】きゅうくつそうな腹《はら》をきり　窮屈な物にして置く　きゅうくつにすわって

前後

【前《まえ》】うどん屋《や》の前　これだけうちの前にする　前へ出る　湯屋《ゆや》の前

【先《さき》】光明《こうみょう》の一線の先　是《これ》から先が　先の先《さ》き見えし先へ進めば後《あと》があき　先見《さきみ》た物の　先頭《せんとう》は

【後《うし》ろ】跡《あと》に成《な》り先になり来る　うしろから追われるような　うしろから風を送って　後《うしろ》から見て　うしろから目にも立《た》たずに　うしろに置《お》いて　背《うし》ろにも　後《あと》へもう一《ひと》人《り》　うしろ向いてもすきがなく　うしろより　後《うしろ》を見《み》

【奥《おく》】奥へ用があり　奥へよび　奥行《おくゆき》を見せる　話を奥へつれて行《いき》　奥へ行《いき》　赤子《あかご》を奥へ借りる

左右

【右《みぎ》・左《ひだり》】貝ひろう右と左は　車右左《みぎひだ》り小便《しょうべん》右に左に縦《たて》に横に　駄馬《だば》の右左《みぎひだ》りデモの右、左《ひだ》り　右と左に恋を分け　右の足左の足を回《まわ》れ右《みぎ》したので　右の腕　右の手は無筆《むひつ》　手袋の左ばかりに　左側とても歩けぬ

【左手《ひだりて》】今日は左で鐘《かね》をつき　寒い左の手　左手を伸ばし右手で掻《か》き　ゆかたのない衆《しゅ》ひだりの手　明《あ》き手《て》の方《ほう》へ

【左利き《ひだりき》】左きゝ《き》 左ぎっちょの子 左《ひだ》り箸《ばし》 嫁《よめ》の左《ひだ》り利《き》き 嫁《よめ》左利き見《み》付《つけ》られ

上下

【上《うえ》・下《した》】上ほど下等《かとう》 上見るな 上を見ず 一番下の層《そう》に居《い》る 男は下にされて居《い》る 下からは 下に夢 下の道 花のこゝ《こ》ろは下を向き

【中《なか》】その中で 中程《なかほど》へ願われて居《い》る 中を行《ゆ》き

【真中《まんなか》】真中に 三角定規《さんかくじょうぎ》の真中に 東京の真中 舟の真中 夫婦喧嘩《ふうふげんか》の真中へ 真《ま》ん中《なか》の穴を押《おさ》えて 真中の抽斗《ひきだし》は海苔《のり》 真中ははようそこねる 真中に陽《ひ》が沈み

高低

【高《たか》い】うず高い うず高き 高いこと 高い処《ところ》へ落《おち》るのは 高き線 高く上《あげ》 高く積み危《あやう》く揺《ゆ》るゝ《る》

【低《ひく》い】食《く》うにも腰の低い膳《ぜん》 鼻は低砂《ひくさご》や 低き線を圧《お》している 低きより高きに落《おち》る 低《ひ》く見《み》から見物をする

【深《ふか》い】段〳〵《だんだん》に深みへ這《は》入《いる》 深入《ふかいり》し 深み深みへ落ちて行《ゆ》き 深みへ行《ゆく》を知って居《い》る ふかみへついとつ〔突〕き

【底《そこ》】底がなし 底が抜《ぬ》けますと 底の知れない車井《くるまい》戸《ど》 底のない桶《おけ》を 底のない谷に 底のないのは蚊帳《かや》計《ばか》り 底まで見える水に脱《ぬ》ぎ その底は口から見える どん底《ぞこ》に 冷々《ひえびえ》と壺《つぼ》の底なる

【窪《くぼ》み】すぐ窪みそうに 俎板《まないた》も中凹《なかくぼ》み 目が凹《くぼ》み

【穴《あな》】いさゝ《さ》かな穴も洩《も》らさぬ 水に明《あ》く穴 穴蔵《あなぐら》へ

【節穴《ふしあな》】節穴でなし 節穴を覗《のぞ》くと

方角

【方角《ほうがく》】方角が先《ま》ず気《き》に入《い》った 方角はさて違《ちが》うもの 東西南北さだめなき

【こなた】江の島の十里《じゅうり》こなたに こなたへも汽車線路

【行方《ゆくえ》】風のその行方 人の行《ゆ》く方《え》へ 又貸《またが》しの行方知れず 行《ゆ》きがた知れずなりにけり 行方知れずなり

【恵方《えほう》】恵方から来たにして置く 恵方から素顔《すがお》で戻る 子を伴《つ》れて恵方戻りを 母に恵方を教えられ 割《わり》引《びき》の恵方は 恵方へ潜《もぐ》る身祝《みいわい》

【外《そと》】外に置《おき》 外は別世界 外へ知れ 外へも行《ゆ》けという 外を見ながら

【西《にし》】西へ行《ゆ》く 西も左もなかりける 日は西に入《い》る命題を 梅《うめ》の西隣《にしどな》り 横になぎれる西颪《にしおろし》

【東《ひがし》】台風の東へそれて 日の東 東枕《ひがしまくら》に

【南《みなみ》】長屋《ながや》一《いっ》軒南窓《けんみなみまど》 南縁《みなみえん》から畳《たたみ》まで きのうハ南きょうハ北

【北《きた》】北すれば西する橋の　北の海　北の国　北の空　北へ折れ　北へ向き　はる〴〵《ばる》北に消えて行《ゆ》き

形

【形《なり》】あたま形《なり》　その形《な》りで　つきのめされる　形《なり》に寝る　一人《ひとり》か二人《ふたり》ばかな形《な》り　見た形《な》りも

【尖端《せんたん》】切先《きっさき》で　尖端に立つ如《ごと》く也《なり》　尖端の針《はり》のいのちの　塔《とう》の尖端　凝視《ぎょうし》の尖端に　尖針《とげばり》の奥に　尖《とが》るからたち

【十文字《じゅうもんじ》】十文字　野中《のなか》の十文字

【細《ほそ》い】細く長くと　細長く　ほそ〳〵《ぼそ》と　三《み》つ葉《ば》細々《ほそぼそ》頼られる　アスパラガスに似て細し

【模様《もよう》】裏恥《うらはず》かしき縫《ぬ》い模様《もよう》　絵模様《えもよう》のある蚊帳《かや》を買い

【線《せん》】明るい線を引き　混線《こんせん》の様《よう》に　その線で　なごやかな線を描いて

【平《たい》ら】近江《おうみ》は真《ま》っ平《たい》ら　平らにし

【凸凹《でこぼこ》】境内《けいだい》を凸凹にする　凸凹の風呂敷《ふろしき》を持つ

【皺《しわ》】皺くちゃの書付《かきつけ》を出《だ》す　皺だらけ　皺にする　皺のまゝ《ま》　頭巾《ずきん》まで縮緬皺《ちりめんじわ》の

【角《かく》】三角に成《なっ》て雑煮《ぞうに》の　三角の底に寝る　私欲《しよく》の三角　四角四面《しかくしめん》に　俗《ぞく》の目《め》を四角にふせぐ　多角形《たかっけい》農業！

【曲《まが》る】あふれ水ゆるく曲って　曲った木には曲る影《かげ》　曲った道を行《ゆ》き　曲ってる　曲らずに行《ゆ》けど　急カーブ　ジグザグは教えなかった

【歪《ゆが》む】むすめ一寸《いっすん》ほどゆがみ　ゆがみながらも顔は顔　ゆがめて張った紙取らし　世《よ》の中《なか》はみな歪み　いびつな月も見るところ　いびつなものばかり

【ねじる】大きな鼻をヒン捻《ねじ》り　口迄《くちまで》ねじってる　つめりではないねじり也《なり》　ねじ上《あ》げて手をやってみる　ねじり合《あい》

丸い

【丸《まる》い】円《まる》い月　円《まる》き窓　円《まる》みさえ知れぬ　子の頬《ほお》のまろさ　白蕗《しろふき》のまろさ　露団々《つゆだんだん》　まろさふと崩《くず》るゝ《る》涙　了簡《りょうけん》の丸いが　まんまるき　卵のまんまるき　まん丸い月　まんまるい夢のまわりのまんまるな月の凝視《ぎょうし》に　まんまるな春　まん丸《まる》な日陰《ひかげ》の並ぶ　汗《あせ》ばんだ紙を丸めて　丸めてはみんなぶち込《こむ》　紅葉《もみじ》の様《よう》な手でまろめ

【輪《わ》】映《うつ》る桜に輪をえがき　落葉《おちば》の中へ子供の輪　雫《しずく》から輪を描き　自転車に輪を書かせ　灯《ひ》の輪美しい　水の輪のひろがって行《ゆ》く　輪郭《りんかく》を崩《くず》し　輪を結び　円周に出《い》でにけり　円周を早く回《まわ》って

【跡《あと》】あたゝ《た》かな跡へ　跡押《おさ》え　跡くさらかし　跡で貼《は》

る筈《はず》の引手《ひきて》へ　跡ばかり　後世《こうせい》に痕《あと》を残した　跡を引《ひか》ねば害もなし　跡を見ぬ人の乗るゆえ　嬉《うれ》しい跡といやな跡　出た程《ほど》は跡へひっさる　闇《やみ》の跡

【足跡《あしあと》】足跡は浪《なみ》に消されて　蟹《かに》の足跡　極道《ごくどう》の足跡がつく　白浪《しらなみ》の足あと凄《すご》し

大小

【でかい】温泉宿《おんせんやど》の名がでかい　地主《じぬし》のでっかい杭《くい》　そなえをでっかくし

【大《おお》きい】大きくて　大きな事が出来《でき》　暗闇《くらやみ》に影《かげ》が大きい　黙《だま》って大きい　袋だけ馬鹿に大きい

【重《おも》い】重いこと　重い荷《に》を引きずる群《むれ》の　これをおもんみるに　膝《ひざ》の子の重さに足《た》りて　持重《もちおも》りせぬは　やわ〱《やわ》とおもみのかかる

【ちっぽけ】小《ち》っぽけな家が嬉《うれ》しい　ちっぽけな金に　ちっぽけな魂《たましい》がある　ちっぽけな春が来たよな　ちっぽけなふとんで

【ちんまり】ちんまりとあるきなさいと　ちんまりと居《い》なと　ちんまりと寝る

【小《ちい》さい】朝は小《ち》いさい　小《ち》さく書き　小さ過ぎ　小さな義理《ぎり》を思い出し　小《ち》さくいる　小《ち》さくなり　母親の小《ち》さいこと

【細《こま》かい】細か過ぎ　細々《こまごま》とした涼味《りょうみ》　きれ〱《ぎれ》の恋のどれかで　切《き》れ〱《ぎれ》を次《つ》ぎはぎにして見る

【軽《かる》い】軽いこと　かるいのは　かる〱《がる》と　子を杖《つえ》とおもえば軽し　富士を手に乗せても軽し　戻りは軽い　雪の軽さは掌《て》に消ゆる

長短

【長《なが》い】姉のお灸《きゅう》の長い事　うたゝ寝《たね》の長い顔　帯程《おびほど》長いものはなし　爪《つめ》は長いが　長いうちわをさし懸《かけ》る　長い御挨拶《ごあいさつ》　長い旅　長い長い貨車　長い文《ふみ》を書く　長い夢なりし　長い夜《よ》をうか〱《うか》話す　長くなり　長く呼ぶ　長過ぎる　特別にお経《きょう》が長い　長い看経《かんきん》　なまながい経《きょう》で有《あっ》たと　ながい羽織《はおり》に合《あわ》せ鬢《びん》　羽織《はおり》にちっと長いを着《き》　馬鹿長《ばかなが》い暖簾《のれん》を　まだ書《かく》長い文《ふみ》

【長短《ちょうたん》】長短わからず　長《ちょう》を捨て短《たん》を取るのは　長い髯《ひげ》短い智恵の　長《なが》みじか　今年八丈《たけ》の長短《ながみじか》

【短《みじか》い】三代《さんだい》の春は短かく　土手《どて》もみじかし月こよい　母はみじかく思ってる　短《みじ》かい羽織《はおり》　短い奴《やつ》が捕縛《ほばく》され　みじかくて　短く成《なっ》て　短《みじ》か過ぎ　帯《おび》も日も短くなりて

音・色

音

【音《おと》】朝に消ゆる音の冷たさ　朝の音　足音に足音を聞知《きき》って居《い》て　石の音　音がある　音が見え出《だ》して　音のつめたい　音も香《か》もなし　音をきく　音を立て　思わせぶりの音がする　折《おれ》る音　金《かね》の無くなる音をさせ　ガラス割れた音　木辻《きつじ》のつぼねおさ［筬］の音　衣《きぬ》ずれの音さや〳〵《さや》と　下駄《げた》を割った音　こわれた音を聴《きい》て逃げ　混んでいる音　静かになるとペンの音　忍《しの》び音《ね》の　外の音　道場程《ほど》の音を立て　年程《としほど》の音　鈍重《どんじゅう》なる轟音《ごうおん》を立てて　猫と馬ほど音《ね》がちがい　音《ね》を合《あわ》せ　はっきり焼けた音を立て　人音《ひとおと》に仕事をつかむ　響くは瓶《びん》を割った音　貧しい音の竹パイプ　物音のせぬより淋《さび》し　物の音　物を刻《きざ》む音　屋根《やね》の音　雨の音　雨の音から気を変える　木曽《きそ》は落葉《おちば》の雨の音　淋《さび》しい雨の音を聞く　さみだれや味《あじ》な音する　涼しい雨の音　二人雨《ふたあり》をきゝ《き》　冷たい石に靴の音　行《ゆ》きつ戻りつ沓《くつ》の音　悲しきものは水の音　神気《しんき》の回《まわ》る水の音　世界へひゞ《び》く水の音　水音は　水差《みずさ》しに水の音なく　消える浪《なみ》の音　静かな波の音

【風《かぜ》の音《おと》】風が戸を叩《たた》き　風に鳴《な》る　風に和《わ》し　風の声　風の囃《はや》しで　すぎて返らぬ風の音　冷たい風の音　二人《ふたり》に冬の風の音　松籟《しょうらい》を聴《き》ける身《み》の幸《さち》

【軋《きし》む】河岸《かし》の灯《ひ》をくだいて軋る　コロップ軋ませる

【響《ひび》く】此《この》かね関東へはひゞ《び》き　信州《しんしゅう》へ地《じ》ひゞ《び》きがして　柱をそれて来《く》る響《ひびき》　ひびきすぎ　我《わ》が夜《よ》くまなくひゞ《び》きけり　警鐘《けいしょう》の赤き響《ひびき》に　腹《はら》へ響ける大《おお》つゞ《づ》み

【無音《むおん》】音のない台所　音もなく　音のしない雨

【山彦《やまびこ》】木魂《こだま》して　谺《こだま》を残す　咳一《せきひと》つ谺《こだま》が返《か》える　丁《ちょう》と樵夫《きこり》のこだまする　山彦に遅《おく》れ桜《さくら》が　山びこの外《ほか》は静かな

【サイレン】サイレン賊《ぞく》を逃がすよう　サイレンに武者《むしゃ》ぶるいする　ひるのサイレンは　警鐘《けいしょう》も落《お》つべき

【鳴《な》る】海鳴《うみな》りの音絶《たえ》　海鳴《うみな》りを障子《しょうじ》に聞いて　ドンが鳴り　何も言わずによく鳴らし　鳴らして包む陶磁器《とうじき》部《ぶ》　鳴らしてみ　鳴り止《や》んで　半分鳴らぬ　振《ふ》れば鳴りそうに　ぺんともならされず　まだ鳴らし

【笛《ふえ》】風に笛をふき　銀の笛　簫《しょう》の笛をバ吹《ふか》ず　手に取って麦笛《むぎぶえ》召すや　遠音《とおね》の笛は咽《むせ》び鳴《な》き　一《ひと》つ鳴《な》らない笛の穴　笛の穴に尽《つ》き　笛を音《ね》に鳴《なく》　笛でよる鹿《しか》　横笛《よこぶえ》は露打払《つゆうちはら》い　横笛《よこぶえ》の肘《ひじ》　横笛《よこぶえ》を竪《たて》に直して　非常汽笛《ひじょうきてき》に冴《さ》ゆる月

【能笛《のうてき》】能笛は／あごでかき込《こむ》ように吹《ふき》

【ラッパ】貝殻《かいがら》の喇叭《ラッパ》で進む　近衛師団《このえしだん》の寝る喇叭《ラッパ》　豆《とう》腐屋《ふや》のラッパで仕舞《しま》う　突撃《とつげき》ラッパ鳴《な》りわたり　村の児《こ》のラッパ　ラッパの息を吹きかける　ラッパはみんな下を向き　起きている家へチャラメル　チャルメラで踊り込《こみ》

【鈴《すず》】岩清水《いわしみず》鈴を鳴《な》らして　銀の鈴の　心耳《しんじ》をすます鈴の音　鈴重く　鈴の音と共に　鋏《はさみ》につけた鈴　心のうごく鈴ひとつ　がら〱《がら》とならせば

【呼鈴《よびりん》】呼鈴は　呼鈴を押すといわれて

【風鈴《ふうりん》】風鈴に似た花とある　風鈴の音へ　風鈴のせわしないのを　風鈴の烈《はげ》しき鳴《な》りに　風鈴の窓《まど》虫の窓《まど》

声

【声《こえ》】集まれの声に　大きな声はせぬものさ　帰りゆくこえ〲《ごえ》　かけ声《ごえ》きえる也《なり》　からまった声　声あって人こそ見えね　声があり　声悲し　声からす丸《まる》　声出《だ》して本読む父と　声つぼんだりひらいたり　声なき水も風に鳴《な》り　声も糸引く　声を売るように聞《きこ》える　声をかえ　声を出《だ》すなと　声をたてやすと　声を張り　声を呂《ろ》に落《おと》し　言葉に出《で》ず声に出《で》ず　声高《こわだか》に　すき切《ぎ》れのする声を出《だ》し　声帯《せいたい》に　托鉢《たくはつ》の声に　竹芝《たけしば》を的《まと》に　矢声《やごえ》で　たゞの声で無《だ》し　ちと声を細めて　尖《とが》り声《ごえ》　どつからか声あり　どの声が能《よ》いとも知れず　鼻声《はなごえ》を出《だ》して　母の声で開《あ》き　ひくい声　古い声　まだ青い声　夕べの声は出《だ》さぬ也《なり》　わが子を声で知り　さくらに沈《しず》む人の声　関《せき》の人声《ひとごえ》　人語《じんご》は尽《つ》きる　段々《だんだん》と高《た》か声《ごえ》　だん〱《だん》に人の声　討《うた》るゝ比《ころ》が声がわり　それから地声《じごえ》かさにきせ

【掛合《かけあい》】かけ合《あい》の付焼刃《つけやきば》　掛合のように鳴《な》き出《だ》す

【小声《こごえ》】小声なり　小声の御注進《ごちゅうしん》　小声ほど耳につき

【寒声《かんごえ》】寒声と寒念仏《かんねぶつ》は　寒声も　寒声や蕎麦湯《そばゆ》を呑《のん》で

【大声《おおごえ》】鐘《かね》の大声　大声な京《きょう》の鐘《かね》　大声を下《さ》げて友呼ぶ　大声をふり下《さげ》て　しれる大声　時《とき》〱《どき》でかい声を出《だ》し　突然でかい声で降《お》り　表《おもて》でどなる　遠く玄関怒鳴《どな》ってる　よく怒鳴《どな》る馬方《うまかた》　わたの師《し》へ母どなり込む

【囁《ささや》く】囁いて居《い》る蟇《ひきがえる》　囁《ささやき》 を聞《きい》て居《い》る身ハ　囁くを見て囁きに　遠いさゝ《さ》やき　風のさゝ《さ》やく枯柏《かれがしわ》　何かささ

やいて　別な自分に囁かれ　手にある金と囁きつ

【うなる】うなり込み　うなり出《だ》し　金がうなるに泣《ない》て見せ　浪花節《なにわぶし》うなる湯槽《ゆぶね》の

【口三味線《くちじゃみせん》】お師匠《ししょう》の口三味線は　口三味線は酔《よ》って寝る　ぬいながら口三《くちじゃ》みせんで　稽古《けいこ》帰《がえ》りは口で弾《ひ》き

【口笛《くちぶえ》】口笛が吹けて叱《しか》れる　口笛のうまいコックが口笛の手に　口笛を吹いて　口笛をふく

【鼻唄《はなうた》】提灯《ちょうちん》をさげて鼻唄　鼻唄が行《ゆ》き過《す》ぎて　鼻唄でいるさびしさを　鼻唄で来て　鼻唄の出合頭《であいがしら》に

鳴く

【鳴《な》く】梅《うめ》ひとつおちて鳴《なき》やむ　郭公《かっこう》泣きァ　くゝ《く》と鳴くばかり　すいっちょ啼《な》き続け　月落鳥啼《つきおちとりな》くまで　鳥啼《な》くや牡丹《ぼたん》に酔《よ》うて　鳥は格子《こうし》の内《うち》で啼《な》き　啼《な》いていますよと　啼《な》かず去らず　鳴かずんば　啼《な》かぬもの　啼《な》かぬもの我《われ》ばかりなり　昼鳴く虫を聞いて待ち　都《みやこ》で八梅《うめ》で啼《なく》　虫が鳴く土が鳴く　高く啼《な》き　高音《たかね》かな　瑠璃鳥《るりちょう》啼《な》くや　虫の音《ね》が止《や》むと　虫の音《ね》に　終《つい》に命を鳴《なき》ちぢめ　籠《かご》に月を啼虫《なくむく》　籠《かご》で死ぬ気で鳴《なき》あかし　ない分別《ふんべつ》を鳴《ない》て居《いる》

【蝉《せみ》の声《こえ》】裏へ出て見る蝉の声　うろたえて来た蝉の声　お寺の蝉が鳴《な》き　閑居賑《かんきょにぎ》わし蝉の声　蝉鳴《な》くところ無くなりし　蝉鳴《な》くは　みん〳〵《みん》がなくぞと

【吠《ほ》える】御《お》かごからわんといわれる　しんのやみ［闇］わんといわせて　おとこに犬の吼《ほえ》かゝ《か》り　ほえる声　ほえるぞと　吠えるを知らぬ顔で行《ゆ》く　吠えれば吠える　木綿《もめん》ものさえ見るとほえ

【嘶《いなな》く】いなゝ《な》く声で尻《しり》がわれ　何《なん》べんも外で嘶く　ひいんひんという　嘶く時は

色

【色《いろ》】色が白くなった　色やある　色をかえ　惜《お》しい色　鏡の中の花の色　草の色　雲の色　玉虫色《たまむしいろ》に午後の雲　涙のあとの草の色　春らしい色で深くなる程《ほど》澄《す》んだ色　ほんとの色が出る　ゆかりの色を水にとき

【五色《ごしき》】親仁《おやじ》五色の梅《うめ》をかき　五色に乱舞《らんぶ》する

【彩色《さいしき》】えどられる　極彩色《ごくさいしき》の本を恋《こ》い

【茶《ちゃ》】うぐいす茶　芝翫茶《しかんちゃ》に染直《そめなお》し　梅幸茶《ばいこうちゃ》

【紅《べに》】花紅柳緑《かこうりゅうりょく》　紅色の無いが淋《さび》しい

【赤《あか》】青杉も赤くなり　赤い姿に見つくされ　赤い血が見たい　赤いのが見たいばかりの　赤い花　赤い奴《やつ》　赤い

やつをさげ　赤色を吸《す》いつくしたる　あかいわな［罠］
赤が落ち　赤き線　赤に出たのを　いまさかの赤いをえ
って　牛一字《いちじ》赤く　次世は強う赤に咲け　何を入《い》れたか
赤くなり　松葉牡丹《まつばぼたん》の赤い道　真紅《しんく》に燃える笠《かさ》の紐《ひも》
真赤《まっか》な真赤《まっか》な

【赤々《あかあか》と】柿赤々と陽《ひ》のくるる　妖火《ようか》あか〳〵《あか》

【朱《しゅ》】朱の煙管《きせる》　朱を入れた話へ　悩ましい朱が流れ

【桃色《ももいろ》】薄桃色《うすももいろ》の　カレンダの桃色の日に　出て来る客
もさくら色　桃色に祭を照らす　桃色の夢へ子の瞳《め》の
もゝ《も》色程《ほど》はのみならい

【黄色《きいろ》】黄色い声して　黄色なえり巻《まき》　天も地も黄色
に見える　春を黄色い日が当《あた》り

【浅黄《あさぎ》】浅黄空　浅黄の空に富士を見せ　照りつゞ《づ》くほ
こり浅黄《あさぎ》服《ふく》　元の浅黄《あさぎ》服《ふく》　桔梗《ききょう》さえ浅黄がちなる

【紫《むらさき》】薄紫《うすむらさき》に富士を見せ　藤《ふじ》の江戸染《えどぞめ》　紫紺帯《しこんおび》　むら
さきに上総《かずさ》が見える　紫に川を残して　紫の空を　紫
の包みを解《と》くと　紫の富士へ日の入《い》る　紫を水に溶《と》かし
て　紫を見ては　茄子《なす》の露《つゆ》紫色に　紫に身を投出《なげだ》すや
紫の足袋《たび》から懺悔《ざんげ》

【青《あお》】青々と　青いものばかり　蒼《あお》い屋根裏《やねうら》の部屋へ　蒼《あお》
ざめし夜明《よあけ》の相《すがた》　青さも会式《えしき》前の色　青白《あおじろ》い苔《こけ》うち湿《しめ》
る　青となり赤となり　海の青　海の蒼《あお》さは　時雨《しぐれ》ハま
だ青し　青い庇《ひさし》に種《たね》ふくべ　お先真青《さきまっさお》　蚊帳《かや》の青　紺《こん》
青《じょう》の海へ　直青《まっさお》な人形遣《にんぎょうつか》う　月額《さかやき》青き

【白《しろ》】幻影《げんえい》の白きに　白い所ハ　白いもの着せれば　白き
を見れば身ぞ更《ふけ》にけり　白く見え　白さなり　しろ〳〵《じろ》
と　其《その》白き　白梅《しらうめ》の白きを誇《ほこ》れ　ほの白《じろ》い思いは　ほの
白《じろ》い顔と月　ほの白《じろ》い窓　真白《ましろ》さを超えた真白《ましろ》さの　真《ま》
っ白《しろ》し　まっ白《しろ》な犬　ふきんの白き法事過《ほうじすぎ》

【藍《あい》】藍色の水へ　藍微塵《あいみじん》　藍より出《い》で藍を罵《ののし》る　藍よ
り出《いで》て藍より濃《こ》かれ

【瑠璃《るり》】切る手が瑠璃の露《つゆ》に濡《ぬ》れ　茄子《なす》のるり　瑠璃色
の空へ消えてく

【灰色《はいいろ》】灰色に曇《くも》った街《まち》の　灰色の猫に

【黒《くろ》】黒い色を見る　黒いのがとれて明るい　黒き布の天
より落《お》つる　黒きを見れば　あずまでくろむ　くろず
んでいた　黒は弱いと　ドス黒《ぐろ》い　黒髪《くろかみ》の黒さを子等《こら》へ
真黒《まっくろ》けを唄《うた》い　真《ま》っ黒《くろ》な小刀遣《こがたなつか》う　真《ま》っ黒《くろ》に人が立ち

光・灯・火

闇

【闇《やみ》】逢闇《あうやみ》に　大きな闇にみな吸《す》われ　押迫《おしせま》る廂《ひさし》の闇に　人造《じんぞう》の闇へ　しん[真]のやみ駕《かご》い〱《かごい》の　迫《せま》る闇　壺《つぼ》の闇　常闇《とこやみ》の戸を　墓底《ぼてい》の闇に　枕《まくら》に闇を吸《す》いつくし　星の深さを闇が吸《す》い　闇を誉〱《ほめほめ》過《すぎ》る　無明《むみょう》の闇を帰《き》す　闇上《やみあが》り　闇その物の動くようやみと月夜《つきよ》也《なり》　闇なりし　闇にいる　闇に浮く　闇に鳴《な》る葉摺《はず》れに光る　闇に我《わ》が心が化《ば》けて　闇の枝　闇の底には　闇のとぎれる　闇の中　闇の深さを身にあつめ　闇の幕《まく》　闇の夜《よ》や　闇を切る　闇を食《く》う　闇を区切《くぎ》った　壁一重《かべひとえ》　闇をさす　闇を好き　闇を衝《つ》く　闇を出《で》て行《ゆく》　闇を掘《ほ》りつづける　五月闇《さつきやみ》　只《ただ》忍びうる夕《ゆう》やみよ　夕《ゆう》闇《やみ》を密造する　宵闇迫《よいやみせま》る杉の森　宵闇《よいやみ》を　老朽船《ろうきゅうせん》に迫《せま》る闇　闇の舟賃《ふなちん》　くらやみで食《く》う　くらやみに茶がら捨《すて》るを　くらやみのゆかた　闇を出て闇に落付《おちつ》く

【諒闇《りょうあん》】諒闇と云《い》う春は来《き》ぬ　諒闇を彩《いろ》どるものは

【暗《くら》い】折〱《おりおり》くらい　暗い明日《あす》　暗い駅　暗いとさがす手《て》提灯《ぢょうちん》　空は暗かりき

【暗《くら》がり】くらがりで　暗がりを通る牛　手暗《てくら》がり

【真《ま》っ暗《くら》】元日の晩《ばん》真っ暗な　太陽の光の真暗《まくら》　まっくらな海の上から　真《ま》っ暗《く》らな窓をのぞいて

【薄暗《うすぐら》い】うす暗い格子《こうし》をくゞ《ぐ》る　薄暗いめし屋《や》の壁の　未《ま》だ薄暗い畦《あぜ》を行《ゆ》き　ほの暗《ぐら》い奥の炬燵《こたつ》に

【陰《かげ》】陰の人　かげひなた　その陰影《かげ》の自《おのず》から　盥《たらい》を陰へ変えてやり　夏の犬陰へ回《まわ》って　夜陰《やいん》金魚が動いている　陰へ陰へと　娘の逃《にげ》る焚火《たきび》陰《かげ》

【影《かげ》】足にまつわる影一《ひと》ツ　うしろ影　影あとになり先になり　影がある　影が添《そ》う　影が前に立ち　影に寝る　影のあるものの生命《いのち》を　影の底には影のなく　影の無いもののかたちに　影は地に折れて　影は流れぬままに澄《す》み　影見ても　影も影を踏み　影もなし　影を切りとって　影をどこまで踏んで行《ゆ》く　影を踏む通りに　壁に写る影　雲の影　ちゞ《ぢ》かまった影　直角な影を落《おと》して　散柳障子《ちるやなぎしょうじ》の影の　鳥の影　日の影も身をはなれ　菩提《ぼだい》

樹《じゅ》の影に　ものの影さえ常《つね》に似ず　雪のなかにも雪の影

【影法師《かげぼうし》】かげぼうしとらまえたがる　かげぼしの一《ひと》つかくれる　影《かげ》ぼしもかたまって行《ゆ》く　今年は足《た》らぬ影法師困る夕日の影法師　茶《ちゃ》の間《ま》の影法師

光

【光《ひかり》】朝の光線　光線は牡丹《ぼたん》へ届き　もう光線は春に成《な》り　かっと日の反射　日光と月の地日光を怖れる蓋《ふた》と　白日《はくじつ》の下《もと》にそも〳〵《そも》　白光《はっこう》と囁《ささや》き暮《く》れた　光《ひか》りの増した雨後《うご》の月　光、光、光、旗《はた》、旗《はた》、旗《はた》光みな影《かげ》を作って　光《ひか》りを添《そ》える保存金

【光《ひか》る】庭に蜥蜴《とかげ》の背が光り　光り過《すぎ》　光り並ぶ　光るのを知らせる役は　光れば御免《ごめん》と　二人《ふたり》へ光る　よく光り　燦然《さんぜん》と

【燦爛《さんらん》】さんらんたる陽《ひ》の舞踏《ぶとう》　さんらんと　さんらんとして陽《ひ》の乱舞　燦爛の春は花月《かげつ》の　さんらんの陽《ひ》を破《やぶ》つたる　町はさんらん

【まばゆい】草がまばゆい　手ぎわまばゆき朝日《あさひ》鰡《ぼら》二《に》重橋夕陽《じゅうばしゆうひ》まばゆく　光りまばゆき

【輝《かがや》く】行灯《あんどん》脇にかゞ《が》やかせ　輝《かが》やきて　輝くや

【明《あか》るい】明るくなった安全油《あんぜんゆ》　明るさ暗さ　うしろ迄《まで》あかるくするが　ガラス戸《ど》の明《あか》る過ぎ　十六燭《じゅうろくしょく》は明《あか》る過ぎ　昼のようだと　ろうそくの片明《かたあか》るいに　霖雨《りんう》の時《とき》明《あか》り　顔の淋《さび》しき時《とき》あかり　米《こめ》つきの明るみへ出る　あかるみへ引《ひき》ずって出る　明るみへ持出《もちだ》され

【黎明《れいめい》】黎明の一尖《いっせん》にちる　黎明の大気《たいき》の中に

灯

【電灯《でんとう》】色電気《いろでんき》　さっさと電気つけて出る　電気に向けて　電気の味と知らず酔《よ》う　電気を裏へ吊《つ》り替《かえ》る　豆電気　電気の玉を入れ　電気の球を替《か》えている　電球は躍《おど》らされ　電球にあやかしがつく　焚《たき》火《び》も消《き》えて電気灯《でんきとう》　電気灯《でんきとう》のホヤ　電灯で夜も輝く電灯の紐《ひも》の長さの　ヒューズまで　スタンドの笠曲《かさま》がりいて

【ネオン】田舎《いなか》銀座《ぎんざ》のネオン灯《とう》　ネオンからペンキへネオンサインの媚《こ》びている　熔鉱炉《ようこうろ》よネオンよ

【街灯《がいとう》】街灯が雨に濡《ぬ》れてる　街灯に影《かげ》を落《おと》して　灯《ひ》の街《まち》を　町の灯《ひ》へ　町はポツ〳〵《ポツ》灯《ひ》がはいり

【点灯夫《てんとうふ》】街頭《がいとう》の点火夫《てんかふ》によし　点灯夫

【紅灯《こうとう》】［赤い明かり・色町］　紅《あか》い灯《ひ》がにじむ　赤い灯影《ほかげ》にキラが浮く　紅灯消したけど　紅灯の巷《ちまた》で

【灯台《とうだい》】灯台の夜《よ》の後光《ごこう》　灯台を浮彫《うきぼり》にして　灯台の遠《とお》

明《あか》り

【灯《ひ》】灯を下《さ》げて　秋の灯《ひ》に　朧々《おぼろおぼろ》の常夜灯《じょうやとう》　親父《おやじ》に嬉《うれ》しい灯　風をほめてる遠灯《とおあか》り　合掌《がっしょう》御灯《みとう》と母　川の灯の伸びて縮《ちぢ》んで　岸は柳《やなぎ》に灯がはいり　倶楽部《くらぶ》の灯の淋《さび》し　里《さと》の灯は　山荘《さんそう》の灯　背に灯を回《まわ》せば　灯《ともしび》のねむたい色へ　裸灯《はだかび》に　春の灯を前に髪結《かみゆい》　春の灯を見おろしている　灯がゆらぎ　氷川《ひかわ》の灯　灯のうつる川　灯の海と書いたゆうべの　灯の底の　灯のとゞ《ど》く限りの事は　灯のゆらぎ　灯は暗《くら》し　灯も眠《ねむ》い　灯を下《お》ろし　灯をかゝ《か》げ　灯を掻《か》き立《たて》て読直《よみなお》し　灯をけさないとねつかれず　灯を消して寝られぬまゝ《ま》の　灯を吸《す》い込んだ明《あ》けの色　灯を寄せて　仄《ほの》かなる灯影《ほかげ》の下の　めを御仏《みほとけ》に見る灯《あかり》　門灯《もんとう》の下の嵐《あらし》に　雪の灯の　横を我家《わがや》の灯が照らし　夜の灯に　蘭灯《らんとう》に　清水《きよみず》あたり灯がともり　灯がとぼり　火を灯《とも》し　日のある内《うち》に灯をともし　麓《ふもと》の村の灯がともり　まだともり　漁師《りょうし》巷《まち》灯がともり　灯に向《むか》う女の顔へ　酒場《さかば》の灯暗く

【カンテラ】カンテラへ黒い蛾《が》　カンテラをたよりに

【ランプ】内《うち》のランプの消《きえ》ぬうち　大《おお》ランプ　ランプ殊《こと》更《さら》暗くなりぬ　ランプという物　ランプの毀《こわ》れ買《がい》　ランプの腹《はら》の中　ランプの火　ランプ鉢合《はちあわ》せ　汽車にも釣《つ》りランプ　シャンデリア　照明を

【瓦斯灯《がすとう》】瓦斯灯に食《く》い付いている　瓦斯灯の露次《ろじ》　瓦斯灯へ来る火取虫《ひとりむし》　瓦斯灯や　月夜に瓦斯灯

【行灯《あんどん》】行灯へ寄《よる》と女房《にょうぼ》じみ　行灯で食《く》うは　あんどんで娘をおくる　行灯の朱《あ》けを奪うや　行灯の字は世《よ》を呪《のろ》い　風呂場《ふろば》の行灯　軒行灯《のきあんどん》　雛《ひな》のこゝ《こ》ろは朱雪洞《しゅぼんぼり》　ぼんぼりで追人《おって》のかゝ《か》る　ぼんぼりの上は

【掛行灯《かけあんどん》】待合《まちあい》のかけ行灯　夜宮《よみや》のかけ行灯　盆《ぼん》の懸《かけ》

【走馬灯《そうまとう》】油のへった回灯籠《まわりどうろう》　追いつけそうな走馬灯

【提灯《ちょうちん》】暗夜《あんや》に提灯　小田原町から提灯　借りの有《あ》る家へ提灯　黒犬を提灯にする　四角なもあり小提灯《こぢょうちん》　提灯鈴《すず》な　高張《たかはり》は嬉《うれ》しがらせて　ちょうちんが消《きえ》ると　提灯の珠数《じゅず》つり　提灯で昼おくらるゝ《る》　提灯の寒い色　提灯の底に死んでるなぎ　手提灯《てぢょうちん》　途中で消えた提灯は　箱《はこ》ぢょうちんで来る　箱《はこ》ぢょうちんはこわくなし　背中へ棒の無いちょうちんで行《ゆ》く　紋提灯《もんぢょうちん》が辻《つじ》で待ち　弓張《ゆみはり》をもたし　弓《ゆみ》はりで送れば　わるい道引《みちひく》くがんど

ぎょうちん　ひもかわのような骨

【紙燭《しそく》】蚊《か》の紙燭　紙燭して　紙《し》そくして見たを　紙《し》そくをひったくる　燭台《しょくだい》の灯《ひ》に　雨《あま》もりの中を紙燭の

【手燭《てしょく》】停電に出《だ》した手燭の　手燭してゴルキーを読む　手燭の持手《もちて》うつくしき　藪入《やぶいり》へ手燭も揃《そろ》え

【蝋燭《ろうそく》】裸の蝋燭で　半身《はんしん》浮かぶ蝋燭　蝋燭の消える音　ろうそくのしんを切《きり》　蝋燭の高さに　蝋燭の光りに　蝋燭の灯影《ほかげ》に眠る　蝋燭を消すに　ローソクがホ、ホ、ホと　蝋燭でよむ／夜食〳〵《やしょくやしょく》としんをきり

【灯心《とうしん》】灯心で　灯心に乗る油

【油《あぶら》】油差《あぶらさし》　油をついだ如《ごと》くなり　女竹《めだけ》の油呑《の》めという　油煙《ゆえん》が浮いて　ランプに油とられて居《い》

火

【火《ひ》】一俵《いっぴょう》近い火にあたり　嬉《うれ》しき事の火を起《おこ》し　赫灼《かくしゃく》の火となるときを　かまぼこ板《いた》に火がともり　煙《けむ》になるものと火になるもの　下火《したび》なり　少《す》こし火を借りに　宅《たく》では無駄《むだ》な火が起《おこ》り　裸火《はだかび》は消《けし》安《あん》し　火入《ひいれ》の火　火加減《ひかげん》へ　火に狂《くる》う巷《ちまた》に遠き　火になれて　火にもあたられず　火の子があがる迄《まで》あおぎ　火の底をみつめて　火の点《つ》いた方《ほう》へ　火のつかぬたばこ　火は水に弱し　火もらいの　火もらいの吹《ふ》き〳〵《ふき》　火を扇《あお》ぎ　火を起《おこ》し　火をおこすまでに　火をかりによれば田舎《いなか》は　火を発《はっ》す　火をはらむ　皆《みな》火にくべる　めら〳〵《めら》と　炉火《ろび》ちらちらと　下闇《したやみ》に火の恩《おん》ふかき　火を吹《ふ》くような顔をする　燃立《もえたっ》た野火《のび》も消え

【火花《ひばな》】グラインダーの蒼《あお》い火花に　静かに火花散らし合い　小《ち》さき火華《ひばな》を見る疲れ　火花する炭《すみ》を見つめて　火花をちらし　闇《やみ》に散る火華《ひばな》

【松明《たいまつ》】先へ松明　たいまつ二本買《かい》　たいまつの火のきえかゝ《か》り　面《つら》へ松明　篝火《かがりび》が暗く　篝火《かがりび》の陰《かげ》に落火が

【炭火《すみび》】炭火がっさり世《よ》を崩《くず》し　炭火が水を吸《す》っている　とう〳〵《とう》破裂した炭火

【埋み火《うずみび》】埋み火になっても雅《が》あり　埋み火も蛍《ほたる》ほど　埋《う》もれ火《び》に聞けば　火をほじり　嫁《よめ》は埋み火

【焚《た》く・焚火《たきび》】あたらして貰《もら》う焚火へ　けむたさに回《まわ》る焚火の　子の焚火　これだけの焚火に　山賊《さんぞく》のような焚火の　杣《そま》の焚《た》くのは乳《ちち》の色　焚《たき》つけられて　焚火に水を打ち　焚火のはしへ尻《しり》をくべ　焚火の灯《ひ》　焚火へ榾《ほだ》をくべ　どっと焚《た》き上《あげ》る　ドレおれが焚《た》こうと代《かわ》る　踏切の

バケツの焚火　むだっ火《び》をたき〳〵《たき》　草を焚《た》く篝《かがり》へ

【燃《も》える】チリ〳〵《チリチリ》と丸く燃え　また燃えた　丸めたものが丸く燃え　燃え切れる音　燃え尽《つく》す迄《まで》の柱に　燃えてしまった　燃《もえ》ても残る竹の節《ふし》　燃えながら冷えながら　燃ゆるもの　燃《もえ》る火をじっと尻目《しりめ》に

【燻《いぶ》る】雨に焚火《たきび》の火がいぶり　いぶらせる　案山子《かかし》の火がいぶり　格安《かくやす》がいぶる　酒を煮《に》る煙がいぶる

【煙《けむり》】朝の烟《けむ》　織《お》る煙《けむ》り　煙が町の木を枯らし　煙《けむ》りけり　けむり其《そ》こらにいたまらず　けむり出《だ》し　煙《けむ》を吐《は》きつ　煙《けむ》を包んで　山腹煙《さんぷくけむ》を立て　白い煙《けむ》　少し煙《けむ》すゝ《す》けむり　煤煙《ばいえん》ばかり　一《ひと》とこ別に煙《けむ》を立て　別な煙《けむ》

【灰《はい》】かたまった灰をつゝつく　千住《せんじゅ》の風の灰が立ち　冷《つ》めたい灰が盛《も》ってあり　灰神楽《はいかぐら》それも嬉《うれ》しい　灰が見え　灰漉《こ》せば　はんぱに笑う灰ならし　火鉢《ひばち》の灰へ書《かい》て見せ　灰をかき　火気《かき》失《う》せぬ藁灰《わらばい》は　わら灰《ばい》をつっかけちゃ吸《すう》

火事

【火事《かじ》】あったばかりの火事の跡《あと》　大火《おおか》事《じ》に遭《あ》いましてなと　火事明《あか》り　火事が凍《い》て珊瑚珠《さんごじゅ》となる　火事は遠いと窓をしめ　火事場《かじば》へ下《げ》駄《た》の脱《ぬ》げかゝ《か》り　火事らしいぜと　火事を知る鼠《ねずみ》の話　火事を問《と》われて火事を知り　火事を見る　肩越《かたご》しに火事を見ている　子を抱きしめている近火《きんか》　瓦屋《かわらや》の教える火事は　霜凍《しもいて》て火事の消えたる　すぐにやけ　月へ焦《こ》げつく無風《むふう》火事　寺の火事　火元《ひもと》を客に聞いて見る　火の海にする賑《にぎ》やかさ　火の波の　火元《ひもと》は署《しょ》へ曳《ひ》かれ　炎大《ほのおだい》地《ち》を這《は》いまわり　焼けない町の屋根《やね》が見え　よくも焼けない蔵《くら》を見る　バケツ毀《こわ》しただけの火事

【小火《ぼや》】囲《かこ》うてることがボヤから　ボヤから引きかえし　小火だった　ボヤですみ　小火で済《す》みましたと　小火の宵《よい》　まず小火でよかった

【焼跡《やけあと》】まだ焼《や》け跡《あと》の手もつけず　焼跡の整理　焼跡の陽《ひ》の痛々《いたいた》し　焼出《やけだ》され　焼け残り　焼野原《やけのはら》

【消防署《しょうぼうしょ》】勇《いさま》しゅう来た消防に　消防署昨夜の火事に表彰をされた消防

【半鐘《はんしょう》】半鐘も鳴《な》らずに消えた　半鐘を指で数《かぞ》えて

【火《ひ》の見《み》番《ばん》】さっき火の番通《とお》り抜《ぬ》け　火の番へ　火の見の顔を出《だ》し　火の見番　火の見を教《おし》えられ　櫓番《やぐらばん》

【火《ひ》の用心《ようじん》】妻の手で火の用心と　火の回《まわ》り

【防火《ぼうか》】消火水　鼠巣《ねずみす》を食《く》う張《は》り手桶《ておけ》　防火線路は

天象

空

【空《そら》】朝の空みつめて　重くるしい空　暗き空　時雨《しぐ》るゝ《る》空に　澄《す》める空　せっせと空を衝《つ》き空が泣く　空高く　空の色　空は希望と失望と　空は晴《はれ》　空へ手を当《あて》る　空を四角に　空を向く　短冊型《たんざくがた》の空があり　湛然《たんぜん》と空から離れ　上《かみ》へきらく［碧落］を先《ま》ずたずね　碧落《へきらく》までさがし　恋しい足《た》りにならぬ空

【宇宙《うちゅう》】宇宙です　大宇宙《だいうちゅう》の一点

【虚空《こくう》】そも虚空　まろき虚空を抱《だ》き上《あ》ぐる

【青空《あおぞら》】あゝ《あ》蒼天《そうてん》　青き空　蒼空《あおぞら》と草の蒼《あお》さに　青空に直して帰る　蒼空《あおぞら》の奥の奥　青空の深さを　青空は風を生《う》み　蒼空《あおぞら》をはらんで　飽《あ》きぬ青ぞら　余りに空青し　蒼穹《そうきゅう》の割れ目に　空の蒼《あお》さと相映《あいえい》じ　空の青さに死を溶《と》かし　空はたゞ《だ》蒼《あお》し

【大空《おおぞら》】大空に　大空に底あり　大空へ胡粉《ごふん》をちらす大空を越したら　大空を見る病人の

【天《てん》】天《あま》かける雨の一線　天に星　天の高さを知って居《い》る　天の高さを忘れ　天の広さに当《あ》てがえり　天は長し天へ向くことは知らない　天を指《さ》す先の瓜《つめ》　みんな天という　天心《てんしん》にしめくくられて　天心《てんしん》の

月

【月《つき》】朝の月　雨後《うご》の月　うわの空《そら》なる月を愛《め》で　追えども月は山に入《い》り　お月さま　おらが月　風払う月の雲　傾《かた》むく月を見て帰り　軽石《かるいし》に似た月を見る　月世界《げっせかい》見たとは聞けど　人工の月とや云《い》わん　月が静かについて来る　月が回《まわ》る月が踊る　月こよい　月白き　月澄《す》めり　月に教えられ　月に寝る月に見つけられ　月の歩める音を聞《きき》　月の色　月の唄《うた》月の加護《かご》　月の暈《かさ》　月の風　月の冴《さ》え　月の精宿《せいやど》ったように　月の地《ち》に　月の露《つゆ》　月の晩《ばん》　月の船　月の丸さも忘れ勝《がち》　月の都《みやこ》を見て通り　つきのよいので客が有《あ》り月の夜空《よぞら》の大菩薩《だいぼさつ》　月ばかり更《ふ》けて　月は河に落ち月は日本のものでなし　月は見れども花に出《で》ず　月細《ほそ》る　月真上《まうえ》　月もころ〳〵《ころ》　月も日もうばい　月を遮《さえぎ》る花もよし　月を背の　月を待ち　月を見て凧《たこ》が飛《とん》だ

のかと　出る月も入《い》る月もある　ときどき月を皺《しわ》にする　どこにあろうと秋の月　夏の月　春の月　冷《ひ》え切《き》った月の知ってる　昼の月　昼の月の死んでいる風景　二日《ふつか》月《づき》　冬の月ほめたりけりで　ほかならぬ月という月　まだ月が笑っています　松がはさむ月　満《みち》れば欠《かけ》る月の武蔵野を刈《か》る気の月は　世《よ》に捨《す》てられた月をほめ　羅馬《ローマ》に残る月　月も匂うや

【月光《げっこう》】月光を浴びてマラソン　月の影《かげ》　月を布漉《ぬのご》し　月影《つきかげ》馬鹿に長《なが》〳〵《なが》し　薔薇《ばら》へ月光銀《ぎん》のよう

【月蝕《げっしょく》】月蝕の晩《ばん》に不思議な　月蝕の時鳥《ほととぎす》

【月夜《つきよ》】月夜だに　月夜をヤミで走る車夫《しゃふ》　良い月夜

【三日月《みかづき》】月といや三《み》か月《づき》でさえ　三日月の兎《うさぎ》八猪牙《ちょき》で　三日月の晦日《みそか》を照《て》らす　三ケ月《みかづき》をしぼって落ちた

【満月《まんげつ》】月は十五夜　満月の真珠《しんじゅ》　まん月《げつ》のせなかへあたる　満月の高さを思い　満月も翌日《あす》は欠《か》け　満月も只一夜《ただいちや》　満月をガブリほうばる　満月を芒《すすき》の所《とこ》で

【名月《めいげつ》】名月の影《かげ》　名月の丸《まる》はだか　名月は鏡　名月を我物顔《わがものがお》に　名月やうき世《よ》の隅《すみ》に　名月やそれ程《ほど》もなき　明月《めいげつ》の曇《くも》り空《ぞら》

星

【星《ほし》】池へも星の眼《め》が光り　お星さま　同《お》んなじ様《よう》に回《まわ》る星　風と星　梢《こずえ》の星の見えかくれ　直下の星を貫《つらぬ》く　天に昇《のぼ》って星となれ　光り過ぎる星　一《ひと》つ星《ほし》　星が降《ふ》る夜《よ》なり　星屑《ほしくず》を焼いてしまった　星空《ほしぞら》へ　星に寝ている冬木立《ふゆこだち》　星の色見飽《みあ》きる儘《まま》に　星の数言わず目出度《めでたい》　星の光り　星は河原《かわら》の灯《ひ》に続き　星は放つ光りのうちに　星ふき落《おち》る響《ひびき》あり　星降《ふ》れば　真上《まうえ》の星の威圧《いあつ》かな　まだ星のあるに　見る内《うち》に星と変化す　北辰《ほくしん》の爰《ここ》にうごかぬ　気に懸《かか》る星　星の名を覚《おぼえ》て空も

【明星《みょうじょう》】明星がくるりとふれて　明星に追《お》いおろされしかゝ《か》る明星　明星八朝日の側《そば》に　宵《よい》の明星

【星月夜《ほしづきよ》】或《あ》る夜《よ》銀座の星月夜　春は短かく星月夜

【流星《りゅうせい》】流《なが》れてる星に乗りたい　流星《ながれぼし》のように　星流る　流星のあとを拭《ぬぐ》える　彗星《すいせい》が見えて　星がとび

【天《あま》の川《がわ》】銀河《ぎんが》の下へ子を寝かせ　銀河《ぎんが》一筋《ひとすじ》更《ふ》けかかり　天《てん》に川ある筈《はず》　水の底見る天《あま》の河《がわ》　天《あま》の河堅《がわたて》になるころ　天《あま》の河両国橋《がわりょうごくばし》に　佐渡《さど》へふり向く天の川　鵲《かささぎ》のはし　星の中なる女夫星《めおとぼし》　女夫星妹山背《めおとぼしいもやませ》山《やま》　星迎《ほしむかえ》　夜《よ》の明《あけ》る星逢《ほしあい》

【星座《せいざ》】七《なな》つの星を能《よく》おぼえ　二尺《にしゃく》ずつ刻《きざ》む星座の　星《ほし》の座《ざ》の夜夜《よるよる》動く　四ツ《よ》橋《ばし》で見て来た星座

陽

【陽《ひ》】明日《あす》の陽へ向けて寝ている　新らしき陽の朝の舞い　俺《おれ》へなか〱《なか》陽が暮《く》れず　肩にギラ〱《ギラ》光った陽　ぎっしり陽が詰《つま》り　コロ〱《コロ》と日が登り　芝生《しばふ》の陽　陽がうつり　陽ぞのぼる　陽に飽《あ》きた土は　陽に躍《おど》る　陽の描く　陽の奏曲《そうきょく》に芽《め》がのびる　陽のとゞ《ど》くかぎりを唄《うた》う　陽のぬくみ　陽の冷《ひ》ゆる頃に　陽は赤み地は冷《ひ》え切って　陽はありながら　陽は己《お》のが錯《さっ》覚《かく》の夜《よ》を　陽はまとも　陽を仰《あお》ぎ　陽を慕《した》い　陽を孕《はら》むクレオン[クレヨン]となり　ぽっかりと陽は流れ寄る　廻《めぐ》る陽の　ゆる〱《ゆる》陽が燃える　われをひたすら陽の凝視《ぎょうし》

【太陽《たいよう》】青葉《あおば》をくゞ《ぐ》る太陽　在《あ》るとこに太陽がある　おどり込む太陽　太陽が輝いている　太陽と話してみたい　太陽に飢《う》えて　太陽のあるを忘れる　太陽の思想にかぶれた夏　太陽の灼熱《しゃくねつ》に　太陽の寿命を知らぬ　太陽の注射　太陽の作る影《かげ》　太陽の出所《でどこ》が違《ちが》う　太陽のどしゃぶり　太陽の認識　太陽の認識不足だ　太陽のベルト　太陽の真下《ました》に　太陽は知り尽《つ》くし　太陽は無駄《むだ》に光れり　太陽を失念《しつねん》した　太陽を立てた日だ　七色《なないろ》を捨《す》て、太陽　おてんとうさまが　日《にち》りんに迄《まで》つかゝ《か》る

【日《ひ》】うすら日《び》に　日となりぬ　日の恩《おん》土の恩《おん》　日の盛《さか》り　日もありき　日をば知らざりき

【陽《ひ》が沈《しず》む】大きな山へ日が沈み　枯葉《かれは》が舞《ま》って陽が沈む　関八州《かんはっしゅう》に日が沈む　日《ひ》落《お》ちんとして待《まっ》た無し

【陽《ひ》が当《あ》たる】一度に陽が当《あた》り　梅《うめ》に陽があたり　笠《かさ》ハ裏から日があたり　気軽な陽に当《あた》り　こまかに日があたり　紺《こん》ののれんに日が当たり　小さな夢へ日が当《あた》り　燕《つばめ》へ陽が当《あた》り　膝《ひざ》の毛布に陽が当《あた》り　陽に当《あた》り　残りすくなく日があたり　周囲の屋根《やね》に日を当《あ》てず　あまり陽《ひ》が射《さ》して　顔へ日がさす　舌へ日がさす　日脚伸《ひあしのび》る頃　膝《ひざ》へ入日《いりひ》のたまる　日のうつり

【西日《にしび》】御天守《ごてんしゅ》は西日　西陽《にしび》さえ親《した》しみやすき　西日の町に　西日の宿《やど》の　西日のひがし山

【日盛《ひざか》り】此日《このひ》ざかりに　日盛りの焚火《たきび》のぞけば

【日光浴《にっこうよく》】日光浴　日光浴の元祖《がんそ》なり

【日向《ひなた》】子供らの日向くささへ　日向を戻る蕣《あさがお》や　ひなたをよける島の内《うち》　やがて日向の声となり　よき日向

【日向《ひなた》ぼっこ】しゅうとめのひなたぼっこは　日向ぼっこは立上《たちあ》がり
【日蝕《にっしょく》】日蝕を見て梟《ふくろう》　松沢病院窓外《そうがい》の日蝕
【日当《ひあた》り】日あたりくさい馬工良《ばくろう》　日当りに寝る慰《なぐさ》めで　日当りの仕事下駄《げた》やへ　日当りの好《よ》い顔ばかり
【初日《はつひ》】金粉《きんぷん》を塗《ぬ》る初日《はつひ》の出《で》　雲と山とに塗《ぬ》る初日漣《さざなみ》へ初日がゆるゝ《る》　寝坊《ねぼう》へ見せぬ初日出《はつひので》　初日が蹴《け》って出《い》で　初日《はつひ》の出《で》溶《と》けて　半日遅い初日出《はつひので》
【朝日《あさひ》】朝の陽《ひ》匂うよう　朝の陽《ひ》に匂い　朝日さびしく朝日にハとける　この朝の陽《ひ》をめでたくす
【夕焼《ゆうやけ》】夕焼小焼《こやけ》　夕焼雑草　夕焼に　夕焼の　夕焼の空へ尾《お》を引く　夕栄《ゆうばえ》の小豆島
【夕日《ゆうひ》】赤い夕暮《ゆうぐれ》　赤い夕陽《ゆうひ》を歌で来る　雨は夕陽《ゆうひ》を赤く染め　今日もなき夕日　障子《しょうじ》に夕日無心《むしん》なり　空に朱《しゅ》を流す夕日の　夕陽《ゆうひ》が肩に落ちかゝ《か》り　夕日さし込《こむ》夕日の罪で　夕陽《ゆうひ》の村へ乗り込む　夕照《ゆうで》りに　横日《よこび》淋《さび》しく
【落日《らくじつ》】落日が血走《ちばし》っている　落日見よやもぐらもち　落日を　陽《ひ》が落ちる　日の落ちた　落日の僧《そう》　入日《いりひ》の中のいかのぼり

雨

【雨《あめ》】暁《あけ》の雨《あめ》　朝の雨　朝の雨見る　雨足《あまあし》きいている　雨、雨に柳《やなぎ》なよ〳〵《なよ》　雨が来る　雨が来るなと鯉《こい》をほめ　雨風《あめかぜ》をしのぐ心の　雨が降《ふ》り　雨が止《や》んでも　雨煙《けぶ》る　雨しとど　雨近し　雨となり　雨と寝《ね》る　雨に逢《あ》い　雨に明《あ》け　雨に風に会うほど　雨にはひまな　雨の享楽《きょうらく》を恋《こ》う緑　雨の侍《さむらい》　雨の降日《ふるひ》ハ　雨の夜《よ》ハ　雨ふりに　雨ふれば　雨もよく降《ふ》る　一雨降《ひとあめふっ》て　雨もよし　雨若葉《あめわかば》　雨をつき　雨を泣いたり笑ったり　雨をほめ　雨を行《ゆ》く　洗う雨　異見《いけん》する雨　音のしない雨　かくて其夜《そのよ》は雨なりき　唐崎《からさき》へ来て雨に逢《あ》い　小糠雨《こぬかあめ》　骨まで濡《ぬれ》るこぬか雨　こんな嬉《うれ》しい雨があり　底ぬけ雨に　その夜降《よふ》る雨　冷たい雨を知り　とらが雨　日照雨《ひでりあめ》　窓の雨　村雨《むらさめ》は晴れず　通るむら雨《さめ》　もう過ぎた雨へ　山多ければ雨多し　山の雨静かに通る夜の雨　雨が止《や》んでも　雨と中《なか》よく　雨の相伴《しょうばん》　片口《かたくち》の雨を一盃《いっぱい》　雨の糸綾《あや》に乱れて　雨の糸柳《やなぎ》の糸が　雨細く　銀糸《ぎんし》の雨に暮《く》るゝ《る》街《まち》　銀糸《ぎんし》の雨に灯《ひ》が流れ　銀の雨蛙緑雨《あまがえるりょくう》の毒は　雨は緑になって落ち　名のつかぬ雨
【俄雨《にわかあめ》】あきらめて行《い》くにわか雨　かけるにわか雨　暑《しょ》

中《ちゅう》の俄雨　俄雨帰って聞けば　祭りの俄雨　蓑市《みのいち》に俄雨

【五月雨《さみだれ》】あがるさみだれ　愚痴《ぐち》に等《ひと》しき五月雨　五月雨が静かに　さみだれにとけて　五月雨に涙を添《そ》える　五月雨に黙《もく》し合《お》うたる　届く五月雨

【時雨《しぐれ》】朝時雨《あさしぐれ》　時雨する　時雨つゝ《つ》あらん　時雨に立つ煙　時雨を淋《さび》しがり　夕《ゆう》しぐれ　あまり律義《りちぎ》な初《はつ》しぐれ　顔へ時雨の降《ふ》りかゝ《か》り　時雨を戻す傘《かさ》二本　いく通《とお》り時雨て見ても　しぐれ見送る　戸を明兼《あけかね》る横時雨《よこしぐれ》

【秋雨《あきさめ》】秋の雨　今日の秋の雨　障子《しょうじ》から見る秋雨よ　泣くように降《ふ》る秋の雨　擬音《ぎおん》のような秋の雨

【春雨《はるさめ》】絹糸《きぬいと》のような春雨　囁《ささや》きの様《よう》に春雨　サラ〳〵《サラ》と春の雨　春雨に恋の返事が　春雨をきく屋根《やね》でなし　春の雨枝にからめば　春雨もしっぽりと聞《きき》

【夕立《ゆうだち》】出ると夕立あったらし　那須岳《なすだけ》夕立す　夕立《ゆうだ》ち牛の背をわける　夕立があがったような　夕立に逢《あ》ったと話す　夕立ぬいて行《ゆき》　夕立の傘《かさ》をさし　夕立のする小便所　夕立の戸は　夕立はおれもはだしと　夕立や夕立を遁《に》げて　夕雨《ゆうだち》の隣《となり》から来る　夕立は鷺歩《さぎある》きして

【雨垂《あまだれ》】雨垂落《あまだれおち》の水がすむ　雨《あま》だれ越《ごし》に　雨垂《あまだ》れ淋《さび》しき夜《よ》　雨垂を聴《き》く頬杖《ほおづえ》の　あまだれを手へ受《うけ》させて　髱《たぼ》を辷《すべ》る雨《あま》だれ　雨だれを飛ぶ

【雨漏《あまも》り】雨漏りに　雨漏りの畳《たたみ》　雨漏りを直して降《お》りる　瓦家根《かわらやね》さえ雨が漏り　社宅《しゃたく》雨が漏り　屋根《やね》が漏り

【雨乞《あまごい》】雨乞《あまご》いの隣《とな》り村　雨乞も袖乞《そでごい》もして　雨乞の下《げ》駄《た》　雨乞に力を添《そ》える　雨乞の相談に乗る　雨乞をして帰る　ぬるい雨乞　雨呼ぶ歌を信じ鳴《な》く

【雨宿《あまやど》り】雨やどり男のすがた　雨舎《あまやど》り気の毒がって　男の雨やどり　追われる雨は最《もう》やまず　傘持《かさもっ》て雨舎《あまやど》り　かたりの出来《でき》る雨やどり　桜の下の雨宿り　さゝ《さ》ずに出るは雨《あま》やどり　物の直《ね》をきく雨《あま》やどり　雨上《あめあが》り

【降《ふ》る】雨降らば降れとは憎き　軽く降られて庭いじり　恋を囁《ささや》く様《よう》に降り　この降りに　降《ふっ》て来《くる》　降り出《だ》して　降り出《だ》すと　降《ふり》に出《で》て行《ゆく》　降るならば　空気を洗うように降り　照《て》ると降《ふる》との二《ふた》おもて

【吹降《ふきぶ》り】［強い風を伴った雨］吹降りに絹地《きぬじ》傘《がさ》　ふき降《ぶ》りに白衣黒衣《びゃくえこくえ》の　吹《ふ》き降《ぶ》りの子に母親も　吹降《ふきぶり》の傘《からかさ》に

【本降《ほんぶ》り】［やみそうもない強い雨］本降りだにとじゃまがられ　本《ほん》ぶりになって出《で》て行《いく》　ざんざ降《ぶ》り

天象

雲

【雲《くも》】赤い雲の峯《みね》　雨雲《あまぐも》が伸びて　雲煙模糊《うんえんもこ》と
雲が美しい　雲輝いて日は死ぬる　雲がなけれ
ばないでよし　雲悲し　雲か山かと思う中　雲が湧《わ》き
雲地球から逃げるよう　雲に姿をかくす山　雲に立ち
雲のかかわらず　雲の高さに　雲の峯幾《みねいく》つ隔《へだ》て丶　雲の
紫地《むらさきち》のみどり　雲は下《お》りて来《こ》ず　雲一《ひと》つうつして　雲
程《ほど》に　雲迄《まで》よこに成《な》る　雲よ散れちれ　雲を出る　雲
を吹出《ふきだ》す　雲を皆《みな》金銀にして　黒い雲が飛び　黒雲《くろくも》が
とれてまぶしい　血染雲《ちぞめぐも》　白雲《はくうん》が森に浮いてる　飛雲《ひうん》し
きりなる　水遂《つい》に雲とわかれつ　身に雲のか丶《か》らぬ様《よう》に
むらさきの雲　ゆる〱《ゆる》雲は行《ゆ》き　帯《おび》に似た雲さえ解《とい》て
【夕立雲《ゆうだちぐも》】［積乱雲］　淡墨《うすずみ》の夕立雲に　夕立雲は伸び
夕立の雲　入道雲に金《きん》の縁《ふち》

風

【風《かぜ》】天津《あまつ》風《かぜ》　いきなり夜の風があり　薫《かお》る
風　風があり　風が手にのこり　風が出る
風が吹き　風が吹く　風白し　風となり　風の留《たま》らぬ
事《こと》はじめ　風の吹く　風の夜《よ》を　風は横に吹き　風吹《ふけ》バ
風も替《かわ》り目　風もさわらぬ　風を産《う》み　風を生《う》む　風
を追《お》う　風を聴《き》く　風をはらんだ姿なり　風を見る
風を除《よ》け　川風《かわかぜ》に吹《ふき》とられ　暮《くれ》の風　戸外《こがい》の風　風ハ袂《たもと》
に入れておき　この風のいろめきを見る　空吹《そらふく》風と　頂《ちょう》
上《じょう》の風に　取巻《とりま》く風があり　夏も風を除《よ》け　ならい風
走る風　風雲《くも》も呼ばずに　吹かる丶《る》に好《よ》い青葉《あおば》風《かぜ》　吹く
風の　若葉《わかば》からあまった風に　風に食残《くいのこ》されし　わずウ
かな風に吹かれる　吹いてるのも夜長《よなが》　吹きすさび　恋
という字を吹付《ふきつけ》る　松風《まつかぜ》に乗《のる》　松風《まつかぜ》の和《やわ》らかに来《く》る　か
わく松かぜ
【凪《なぎ》】朝の凪　風が凪　凪日和《なぎびより》　夕凪《ゆうなぎ》の　吉田の舟の凪《なぎ》
景色《げしき》　風止《や》んで　風も止《やむ》を得ず
【つむじ風《かぜ》】傘《かさ》をとられるつむじ風　つむじ風追《おい》かける
紅葉《もみじ》をこぼすつむじ風　おどりをおどるつむじ風　格子《こうし》
の前で二《ふた》ツ巻《まき》
【なぶる風《かぜ》】流しをなぶる風　若芽《わかめ》をなぶる風
【向《むか》い風《かぜ》】女の向い風　杖《つえ》にして行向風《ゆくむかいかぜ》　向い風
【潮風《しおかぜ》】潮風に晒《さら》した顔へ　汐風《しおかぜ》にもまれぬ先《さ》きに
【秋風《あきかぜ》】秋風がどさっと来れば　秋風はよそに吹いてる
寺へ秋風　両袖《りょうそで》に秋風つ丶《つ》む　秋風にとうもろこしの寝《ね》
乱《みだれ》て　秋風の行《ゆく》あたり　秋風ハ留《とめ》た袂《たもと》へ

【春風《はるかぜ》】一枚脱《ぬ》げば春の風　肩に流るゝ《る》春の風　懲《こ》りず又《また》吹く春の風　春風うら寒し　春風が　春風に吹散《ふきち》らされる　春風や　春風を見つけたり　初東風《はつごち》よ

【南風《みなみかぜ》】南風

【北風《きたかぜ》】北風寒く痩《や》せて行《ゆ》き　北風の大地《だいち》を這《は》って　吹くは北　門口《かどぐち》へ野分《のわき》の届く

【空《から》っ風《かぜ》】空っ風　人を押し込む空ッ風

【木《こ》枯《がら》し】木《こ》がらし寒く　凩《こがらし》に磨《みが》かれきって　木枯《こがらし》の葉を踊らして　木枯《こがらし》の夜半《よわ》の中なり　鼻の赤い木《こ》がらし　凩《こがらし》の口から余る　凩《こがらし》の向《むこ》うへ回《まわ》る　さかさに撫《なで》る木枯し

【台風《たいふう》】大い《おおき》風雨《ふうう》龍《たつ》つるみ　台風一過《いっか》　台風の針路は一人《ひとり》逃げてる低気圧

【暴風《ぼうふう》】暴風雨《ぼうふうう》の翌《あす》　暴風と海との恋を　暴風の中に

【嵐《あらし》】荒川の夕嵐《ゆうあらし》　あらしが吹いてそれっ切り　嵐後の瓦家根《かわらやね》　嵐過ぎし朝の　あらし過ぐ　嵐に散らぬ花　嵐の底に色もなく　嵐の底の家に寝る　大《おお》あらし　風のない嵐　初嵐《はつあらし》　待つ嵐　しけあとの　山嵐《やまあらし》何か出《い》ずんば

雪

【雪《ゆき》】打ち払う雪の軽さは　海へ降《ふ》る雪を見ていて　えらい雪　傘《かさ》の雪　此《この》雪に来《き》たか　さあ雪だ出たくなったと　さっきの雪が一《ひと》つ降《ふ》り　雪中《せっちゅう》にさけぶをきけば　雪中《せっちゅう》の梅《うめ》　叩《たた》かれる雪の竹　チラリと姿見せて雪　猶更《なおさら》重し傘《かさ》の雪　母雪と知って　ふんぷんと海にふる雪　まだ雪のある埋立地　まだ路次《ろじ》にある雪　満洲の雪の底から　万年雪《まんねんゆき》　みす〳〵《みす》雪に帰る也《なり》　見《み》せ中《じゅう》を雪にして行《ゆく》　雪折《ゆきおれ》も千鳥《ちどり》も　雪が積《つも》って酒がきれ　雪ちらりほらり　雪と欲積《よくつも》れば道も　雪なればよしと　雪に狐《きつね》の足の跡《あと》　雪に咲く梅《うめ》　雪になったと妻帰り　雪に熱湯　雪の重さの下に待ち　雪の苦《く》も　雪の根負《こんま》け　雪の白さも溶《と》けて水　雪の竹へ風　雪のちゅうしんし　雪の積《つも》る夜　雪の鳩《はと》　雪の晩《ばん》　雪の日は銀箔《ぎんぱく》押した　雪の深《ふかさ》の　雪の降《ふ》る夜《よ》も日の匂い　雪の山　雪の宵《よい》　雪の夜　雪の綿《わた》　雪は消え竹は伸び　雪は子供にゆすぶられ　雪晴れて　雪へ送り出《だ》し　雪片《せっぺん》の土に吸《す》われる　雪まじり　雪を食《く》い　雪を食《く》う女の顔へ　雪を楽しがり　雪をたべやるなと　雪を踏むも惜《お》し　雪をまぜ　嗚呼《ああ》降《ふり》たる雪かな　耳に八雪の音を聞《きき》　風花《かざはな》にちらちら帰る　まっ白なやみを　嬉《うれ》しい牡丹雪《ぼたんゆき》　猿《さる》が鳴く牡丹雪《ぼたんゆき》　夢を包む牡丹雪《ぼたんゆき》　青い淡雪《あわゆき》　淡雪《あわゆき》消え悩み　雪の挨拶《あいさつ》　雪

見て雪のかしらかな

【銀世界《ぎんせかい》】明《あけ》れば銀世界　鬼瓦《おにがわら》まで綿帽子《わたぼうし》　白銀《はくぎん》のれて
【雪模様《ゆきもよう》】誂《あつら》え通《どお》り雪になり　母が予報の雪催《もよ》い　雪模様

【雪かき《ゆき》】雪おろし　雪掻《ゆきかき》を　雪かきでぶつと　雪かきに十《じゅう》のう〔能〕の出る　雪かきの口へ押込《おしこ》む

【雪解《ゆきどけ》】雪が溶《と》け出《だ》すと　雪解水《ゆきげみず》　雪解道《ゆきげみち》　雪解《とけ》て起《おき》る竹　雪とけて葛水《くずみず》となる　雪解《ゆきど》けの雫《しずく》へ

【残雪《ざんせつ》】残雪の高峯《たかね》哉《かな》　残雪へ　雪はまだ残る茶室の

【初雪《はつゆき》】初雪を食《く》う　初雪のたつた二《に》尺《しゃく》は　初雪ハ　初雪や出たがるやつと　はつ雪や牡丹《ぼたん》のごとく　初雪を誉《ほめ》ぬむす子《こ》が　初雪ハ降《ふり》そこないも

【吹雪《ふぶき》】今朝《けさ》も吹雪也《なり》　死ぬる瞳に吹雪《ふぶ》いてる　吹雪が募《つの》る　吹雪に冷《ひえ》て冷《ひえ》て明《あ》け　吹雪《ふぶ》くは五尺《ごしゃく》上のこと　吹雪《ふぶ》く夜《よ》となりぬ

【粉雪《こなゆき》】外套《がいとう》の粉雪　粉雪今《こゆきいま》　粉雪《こゆき》さら〱《さら》　粉雪《こゆき》する　粉雪《こゆき》の窓をなつかしむ　徳利《とくり》粉雪《こゆき》を肩に着て

雷

【雷《かみなり》】益《えき》なし冬の雷《らい》　雷が落ちてつからの　雷《かみな》りが嫌《きら》い　雷が近過ぎる　雷《かみな》りと風の神　雷《かみな》り蚊帳《かや》までも質《しち》に置き　雷《かみな》り太鼓《たいこ》もち　雷に二《ふた》ツ鳴《な》られて　雷に臍《へそ》もかくさぬ　雷のあてもなく鳴《な》る　雷のあと　雷の宵《よい》を　雷は電気　雷《かみな》り臍《へそ》を多く溜《た》め　かみなりをまねて　蚊帳《かや》雷に釣《つ》ったまま　雷《らい》の音《おと》　おもう神鳴《かみなり》　初雷《はつらい》や　鳴《な》り止《や》んでからの雨戸《あまど》は

【子雷《こがみなり》】褌《ふんどし》を買う子雷《こがみな》り　へそ〱《へそ》と泣く子雷《こがみな》り

【稲光《いなびかり》】稲光《いなびか》り　番太《ばんた》が顔に稲光　首にからまる稲光

【稲妻《いなづま》】庵《あん》の稲《いな》づま　稲妻の青い義仲寺《ぎちゅうじ》　稲妻の崩《くず》れようにも　晴天に稲妻の出る　稲妻を打《うち》　稲妻の大きく這入《はいる》　ぴっかりというと

【雷雨《らいう》】炎天《えんてん》に雷雨過激の　城下《じょうか》は大雷雨《おおらいう》　雷雨の跡《あと》の月

他

【霞《かすみ》】霞の海に点を打ち　霞の中でカンと鳴《な》り　鐘《かね》は霞の中に消え　山は霞に夜《よ》が白《しら》み　夕霞《ゆうがすみ》

【霜《しも》】旭《あさひ》に麦の霜　大霜《おおしも》の多摩墓地《たまぼち》へ来る　今日の霜　今朝《けさ》の霜を見る　こゝ《こ》からを霜どける　霜になる夜を　霜の朝　霜の白さを見　霜夜《しもよ》忘るゝ《る》富貴草《ふうきそう》　橋の霜　晩《ばん》霜《そう》に　路次《ろじ》の向《むこ》うは霜ばかり　霜溶《しもと》けに　霜の声

【霜柱《しもばしら》】朝の霜柱ふんで　霜柱

天象

【氷《こおり》】悪水《あくすい》の氷　氷に鳴《な》るばかり　氷になれば　氷も元は流れの身　氷よりつらし　大円《だいえん》を画《えが》く氷に　花氷《はなごおり》　氷《ひ》面《も》鏡《かがみ》　月に蓋《ふた》する薄氷《うすごおり》　水に皮あり薄氷《うすごおり》　おのれを囲《かこ》う氷かな

【氷柱《つらら》】学寮《がくりょう》の外ハ氷柱の　氷柱の真《ま》下《した》の土に　氷柱《ひょうちゅう》の少しくびれて　御手洗《みたらし》の氷柱　鼻に氷柱の下《さが》る

【霧《きり》】朝の霧　いつもこまかい霧が降《ふ》り　絹麻《きぬあさ》へ霧が冷たい　霧吸《す》うて　霧にかくす峰《みね》　霧に溶《と》け行《ゆ》く春の唄《うた》　霧の海深く　霧の街《まち》　霧の闇《やみ》　霧の夜　霧はれて答《こた》え忙《せわ》しき　霧深い朝　眼《め》に見えぬ霧におもたい　二人《ふたあり》を夜霧《よぎり》が包む　夜霧《よぎり》の中の顔　夜霧《よぎり》の町へ来て鳴《な》らし　夜の霧が深いなり

【露《つゆ》】踊り出《だ》す芋《いも》の露　踊る露　草の露　草葉《くさば》の陰《かげ》へ戻る露　さわれば落ちる花の露　露けきものを思うのみ　露散るや　露に濡《ぬ》れ　露は消え　土手《どて》の草に露　葉末《はずえ》に露一《ひと》つ　花から垂《たる》る露　人の知らない昼の露　やがてを落《お》つる花の露　やっぱり露に濡《ぬ》れた花　山道に濡《ぬ》る〻露　今年の露の置所《おきどころ》　白玉《しらたま》の露もなし　白露《しらつゆ》のまろさ二《ふた》つが　白の珠《たま》をつらねし　写《うつ》る夜露《よつゆ》の銀の玉　鉢植《はちうえ》に夜《よ》露《つゆ》あて　夜露《よつゆ》の毒な事も知り

【霙《みぞれ》】朝を霙《みぞ》れる　書面《しょめん》書く日の霙なる　霙になった音を聞き　霙の夜《よ》

【霰《あられ》】霰急《きゅう》に　霰の音と知っただけ　霰の窓を打つ　霰降《ふ》ろうが降《ふ》るまいが　霰を衝《つ》いて往《ゆ》き　雨あられ雪と替《かわ》りて　掌《てのひら》に受ける霰は

【靄《もや》】靄の色　多摩川梅雨癖《つゆぐせ》のもやが降《お》り　靄がこめ

天候

【天気《てんき》】好《い》い天気　いやな御天気好《おてんきよ》いしめり　小寒《こさむ》い雨もよい　空模様《そらもよう》　天候と作《さく》柄《がら》をいう　陽気《ようき》知るのは

【天気予報《てんきよほう》】拝《おが》むばかりに予報聞き　測候所《そっこうじょ》　天気予報で馬鹿尋《たず》ね　気象台から　気象台信用をして　春南《はるみなみ》

【日和《ひより》】い〻《い》日和　梅日和《うめびより》　エルバ島《とう》明日《あす》の日和を　お講日和《こうびより》にほこり顔《がお》　菊日和《きくびより》　素足《すあし》に日和　日和の好《よ》さにサボったる　泣く雨泣く日《ひ》より

【照《て》る】赤く照り　油照《あぶらで》り　こ〻《こ》ばかり日が照るものか　照る月を産《うみ》つ孕《はら》みつ　照れば照る降《ふ》ればふるとて

【晴《は》れる】秋晴る〻《る》　からり晴《はれ》　山茶花《さざんか》の雨晴れ上《あが》り　奈須平《なすだいら》晴れて　日本晴《ばれ》　晴る〻《る》まで　晴れた秋　晴れた

天象

日がつ〴き 晴《はれ》て書く 晴れ渡る 岬《みさき》晴れて 夕立が晴れて 雪の雲は晴れ 雪は晴れ 晴天《せいてん》に返す傘《かさ》 晴天《せいてん》八日きやくがふえ 誉《ほめ》る晴天《せいてん》

【旱《ひでり》】旱魃《かんばつ》に通《とお》り雨《あめ》 旱魃《かんばつ》の俄雨《にわかあめ》 起死回生《きしかいせい》の日照《ひで》りの田 夏の日照《ひでり》の行《ゆ》き渡り 母は雨父は旱の 水からになる旱年《ひでりどし》

【曇《くも》る】一天《いってん》かき曇り かき曇る 曇《くも》り日《び》の 曇天《どんてん》の上に 花曇《はなぐも》り

寒暖

【暑《あつ》い】暑い事となりでもまだ あついばん うん〔温〕気も少しかんがえる 昨日より暑いと 今日の暑すぎる つよい暑気《しょき》 薄暑《はくしょ》かな まだ暑く 夜《よ》の暑さ 嫁《よめ》の出るのはごく暑也《しょなり》 一層蒸暑《いっそうむしあつ》し 二階でも蒸《む》す暑さ 百合《ゆり》さえむし暑い

【炎天《えんてん》】炎天に越す峠《とうげ》 炎天に紫《むらさき》に咲く 炎天の女に 炎天の交通巡査《じゅんさ》

【灼熱《しゃくねつ》】灼熱の群衆 灼熱の地のかぎろいに 灼熱の都《みやこ》に

【暖《あたた》かい】秋の陽《ひ》暖かい 暖《あたたか》い綿《わた》寒い雪 温《あたた》かし 暖かそうな灯《ひ》を覗《のぞ》き 暖かになるぞと しみ〴〵《じみ》伊豆が 暖《あたたか》い 春の温《あたた》かみ 陽《ひ》をもつあたたかさ もう針《はり》もたぬ暖かさ

【寒《さむ》い】朝寒《あささむ》の 朝寒《あささむ》を着膨《きぶく》れて来る 足の方《ほう》から寒く成《な》り あとさむし いっそ寒くなり うそ寒い春をいるオウ寒《さ》ぶと障子《しょうじ》 寒《かん》の明《あ》け 寒《かん》の水 急に来た寒さのように 今日の寒さに丸く着る 首の根を縮《ちぢ》めて寒い 極《ごっ》寒《かん》の 寒い朝 寒い家 寒い顔 寒い風を受け 寒い艶《つや》を見せ 寒いといえば飲めと云《い》う 寒いナと 寒い形《なり》に寒い晩《ばん》 寒《さむ》う見る 寒かった手は 寒かったろうと 寒がっていると さむがらせ 寒くなる星というのを 寒さの残る門の鋲《びょう》 寒さを知らす窓の音 寒そうに 白《しろ》襟《えり》が寒い 妻を黙《だま》って寒く見る 出て来る顔の寒《さ》むそうさ 手をめっきりと寒《さむ》ござる 日本の寒さ置《お》て来た ねつから寒い 這《は》い迫《せま》る寒さ 早《はよ》う寒《さむ》なることをいい 一《ひ》と箸《はし》ずつの寒《かん》を知る まだ雪があるに寒かろ 三日の寒き夜となり 雪の寒《さむさ》を わが寒さ

【夜寒《よさむ》】円本《えんぽん》買う夜寒 落《おと》し湯《ゆ》の匂う夜寒と 夜寒がらせるきり〴〵《ぎり》す 夜寒の柿を

【凍《こお》る】毛皮に息を凍らせる 氷《こお》る侍《さむらい》 膳箱《ぜんばこ》の箸《はし》さえ凍る 灯《ひ》を中へ映《うつ》して凍る 悶絶《もんぜつ》の姿にされて凍ってる

【かじかむ】 駕《かご》ちんをかじかんだ手へ　かじかむ芽《め》
【冷《ひ》える】 起《お》き冷《び》えをするは　冷《さ》め切《き》って　底冷《そこび》えへ
冷えつある自然の中の　冷《ひえ》ている　冷えはじめ　冷《ひや》びや
と　冷やゝ《や》かな風で　冷やかな野《の》にアラゝ《ラ》ンの
【涼《すず》しい】 お宅は涼しいですといい　今日涼し　涼しか
ろ　涼しさの下を見やれば　涼しそう

気

【空気《くうき》】 朝川岸《あさがし》の冷える空気に　空気ちと重
たく　空気に煙溶《と》けて行《ゆ》き　空気の座布団《ざぶとん》
空気の中に住み　空気の対《むこ》うに　この辺の空気を
【虹《にじ》】 神の作った虹の橋　消《きえ》て行《ゆく》虹を　きのうの虹にな
ぶらるゝ《る》　そりゃ虹が吹いたぞと出て　虹の色　虹に見
とれる　虹の橋だん〳〵《だん》消えて　虹むらさきの夢の色
虹も知らずに鉄を打ち　初虹《はつにじ》や　夕虹《ゆうにじ》を
【蜃気楼《しんきろう》】 蜃気楼映《うつ》して　もろ〳〵《もろ》の蜃気楼　我故《わがふる》さ
とよ蜃気楼
【逃《に》げ水《みず》】 逃げ水の逃げ果《おお》せたる　にげ水をおっつまくっつ
逃水《にげみず》の白く
【陽炎《かげろう》】 陽炎に頬嬲《ほおなぶ》らせて　かげろうのちい〳〵《ちい》燃《もえ》る
陽炎の方《ほう》から一人《ひとり》　鶴《つる》の陽炎を食《くう》　麦食《むぎめし》に陽炎もえる

地理

山

【山《やま》】 秋の山　有山河《あるさんが》　伐《き》られ山きられなが
らに　山頂の　ヒマラヤは屏風《びょうぶ》の如《ごと》く　山下《お》り
て来て　山がきく　山と水　山は浮雲《あぶな》し　山は春と成《な》
り　山へ行《ゆ》き海へ行《ゆ》こうと　山ゝ《やまやま》が笑えば　山を降《お》り
夕張《ゆうばり》に山あり　嵐山《らんざん》の　青山《せいざん》を出て
【噴火《ふんか》】 浅間ふき出《いだ》し　御神火《ごじんか》霞《かす》む中を噴《ふ》き　火を吐《は》
かんとして抜《ぬ》かれ　火を噴《ふ》き切れば
【浅間山《あさまやま》】 浅間と聞《きい》て　浅間ばかりか虫の秋　浅間晴れ
ぬ　のこる浅間と画家一人《ひとり》　夕浅間《ゆうあさま》から　浅間はもえて
【富士山《ふじさん》】 頭だけ白く富士山　一《いっ》ぱいに富士をひろげ
る　裏から見ても富士の山　駒込《こまごめ》の富士青し　逆《さか》さ富《ふ》
士《じ》　神国《しんこく》の富士　筑波《つくば》は青く富士白し　夏の富士　裸《はだか》
富士《ふじ》　母のみた富士は　日は富士の山甲斐《かい》の山　富士威《い》
儀《ぎ》を正《ただ》して　富士がそびえる空を　富士が見え　富士

山で暮《くれ》て　富士に似た山を　富士の雲　富士の見えない駿河台《するがだい》　富士の夢君にさゝ《さ》げて　富士八ちいさき　富士は初日《はつひ》に輝《て》りかえり　富士晴れて　富士を画《え》にかく　もう富士山は黒く浮き　やっぱり富士という　不二山《ふじさん》も目出《めで》たく見れば　不二《ふじ》は付いて来る　不二《ふじ》は近付《ちかづ》

【崖《がけ》】石崖《いしがけ》へ次の波　崖見下《みお》ろす　断崖《がけ》を見おろす　絶《ぜつ》壁《ぺき》に来て　断崖《だんがい》に立った喜び　断崖《がけ》へ来て　土は苦《く》もなく崖を落ち　越えて来た嶮阻《けんそ》を

【谷《たに》】一《いち》の谷二《に》の谷越えて　地獄谷《じごくだに》　谷の水末《すえ》は海　谷の夜《よ》が明《あ》ける　ふと千丈《せんじょう》の谷の水　鶯《うぐいす》ハ谷へ戻して　花の雲谷へ流るゝ《る》　谷へ咄《はなし》をこぼす　他人の谷へ　谷へ骨牌《カルタ》を投捨《なげすて》て

【洞窟《どうくつ》】鍾乳洞《しょうにゅうどう》　洞窟の灯《ひ》が　洞窟の闇《やみ》の欠伸《あくび》と

【峠《とうげ》】碓氷峠《うすいとうげ》も　唄《うた》ばかり峠を越ゆる　越すも矢《や》っ張《ば》り峠の苦《く》　峠からたのもしく見る　峠の家の　峠の茶屋は夕陽《ゆうひ》なり　峠の宿《やど》の

海

【海《うみ》】青海原《あおうなばら》に一《いち》と書き　秋の海、ひとりの男　あぶなくほめる海おもて　歌になり絵になる　海に　海赤く　海明《うみあか》り　海暮《く》れる　海だ海だ　海と山を越え　海に首　海の上　海の幸《さち》　海の精《せい》か　海の面《も》の海は油のように照り　海はオゾンの風に明《あ》け　海ばかり　他人のように　海は晴れ　海は晴れている　海晴れる　海へなげ　海を出て　海を詠《なが》めて　絵のような海で　元日の海静《しずか》　四季の海の音　芝《しば》を降《お》りると海が見え　畳《たたみ》のような海　夏の陽《ひ》の海にきらめく　一《ひと》つ宛《ずつ》ある芝《しば》の海　松の葉越《ご》しに見ゆる海　見るための海　夜《よ》の海海の白き歯よ　夜《よ》の海は星ばかりなる　夜の海　壇《だん》の浦《うら》　生《なま》で食《く》われる春の海　今夜死ぬ海が見えてる

【四海《しかい》】笑《え》める四海の草も木も　四海波静《なみしずま》るとまた

【湾《わん》】東京湾を浅くする　渤海湾《ぼっかいわん》に船もなし

【沖《おき》】室戸《むろと》の沖と聞く枕　沖の白帆《しらほ》も蝶《ちょう》と見え　霞《かす》む沖　沖は紅《べに》富士は紫紺《しこん》に　沖の時雨《しぐれ》の晴《はれ》はじめ　沖の石

【波《なみ》・浪《なみ》】あたってはくだける浪の　アレ〳〵《アレ》波の上　おだやかな波に　来る浪よ　さらった後《あと》の浪の色　白浪《しらなみ》がのこる　涼しい波が打ち返えし　其夜《そのよ》の浪に浚《さら》われる　波うち際《ぎわ》に　波おこる一点　波しずか　波に一杯《いっぱい》のした波に沈む音　浪の色　浪もしずかに　波、闇《やみ》に怒《いか》るを　波も縮《ちぢ》みの　波を蹴《け》り　ひろごる波は胸に寄《よ》す　舳《へさき》へだ

地理

けの波があり　小波《さざなみ》でこそ面白し　小波《さざなみ》に魚は居《い》ず　雄《お》波《なみ》から雄《お》波《なみ》に隠れ　女《め》波《なみ》男《お》波《なみ》は金《きん》を溶《と》き　海の怒《ど》涛《とう》の中に見る　怒《ど》涛《とう》岸を噛《か》む　怒《ど》涛《とう》には船出《だ》さず

【潮《しお》】帰る引汐《ひきしお》　潮満ちるとも　光って夜の潮　引汐《ひきしお》のたんびに　夜《よ》の潮に

【浜《はま》】麗《うらら》かな浜へ看護婦　浜路《はまじ》は濡《ぬれ》る袖《そで》　浜にまろびて人を待つ　浜の朝　浜のオブジェで風呂《ふろ》がたけ　浜の魚の高い夏　浜の砂

【磯《いそ》】荒磯《ありそ》のはてに　磯辺《いそべ》の夕景色《ゆうげしき》　ふるさとの磯でない

【渚《なぎさ》】暫《しば》し渚のさゝ《さ》やける　春の渚のひろびろと

【島《しま》】島が見え　島からの便《たよ》りが来てた　島の内《うち》　島の宿《やど》　島は水平線にあり　無人島《むじんとう》　嫁《よめ》が島《しま》　笑った日から島に飽《あ》き

川

【川《かわ》】川あれば橋　川上《かわかみ》の夜《よ》が明《あ》ける　川ではて　河《かわ》に浮く　川水《かわみず》に昔流る《る》ゝ　駄目《だめ》な大《おお》川《かわ》　どんより動かぬ川づらに　流れ見ており　冬の川　谷川《たにがわ》の筏《いかだ》は　谷河《たにがわ》は澄《す》んで

【ダム】ダムの真下《ました》の鉱夫村　ダムはもりあげていやがった

【河岸《かし》】河岸通《かしどお》り　河岸に住み　河岸の朝　河岸の米　河岸の月　河岸は寝られぬ話《はな》し声《ごえ》　鎌倉河岸《かまくらがし》の空を向き　倉《くら》並ぶ河岸へ　釣舟《つりぶね》かしをつき　二人《ふたり》で向河岸《むこうがし》を見る　夕河岸《ゆうがし》へ来ると　夕陽《ゆうひ》の河岸に立つ

【河原《かわら》】石ころの河原で見せる　河原へ降《お》りる雨の鷺《さぎ》

【岸《きし》】おちばをきしにつないどく　川ばたにつゝ立《たち》あがる　岸の波　きょうハあちらの岸に　岸に水馬《すいば》の鼻あらし

【湖《みずうみ》】湖心《こしん》に歌う細き声　山中にある湖水《こすい》　琵琶湖《びわこ》で夜《よ》が明《あけ》る　琵琶湖《びわこ》に躍《おど》る魚《うお》　余韻湖水《よいんこすい》へうなり込み

【瀬《せ》】浅瀬《あさせ》に騒ぐ浪《なみ》　瀬にそむき　瀬に立てば涼しい波が　淀《よど》の川瀬《かわせ》の火《ひ》の車《くるま》

【流《なが》れ】清流《せいりゅう》の上を　流る《る》ゝ如《ごと》くなり　流れたいから流れてる　流れの浮沈《ふちん》　流れは写される　急流《きゅうりゅう》のところへ来て　急流《きゅうりゅう》のぼる魚《うお》

【せせらぎ】せせらぎの底の真底《まそこ》に　せせらぎを聞く

水

【水《みず》】青い水　行《ゆ》くともなしに水源池《すいげんち》　枯《か》れ行《ゆ》く水を吸《す》いつくし　河の水　しっかりと握《にぎ》る水　水中に仕掛《しかけ》なけれど　せめて水さえあればと　たて板《いた》に水を流して　なめらかな水　抜《ばっ》と水かける　放《ほう》水路《すいろ》　ホースの水にとまりかけ　水があってよかった

地理

水かげん　水潜《くぐ》り　水煙《みずけむ》り　水さえやればよし　水地《みずじ》獄《ごく》　水白く光りて　水と闘《たたか》う　水に入《い》る　水に浮き水にさす　水に誘《さそ》われて　水に届かぬ手が寒い　水の泡《あわ》水の色　水の影《かげ》よれつもつれつ　水の心に柳《やなぎ》の気《き》　水の事水の底　水へ投《なげ》る　水水水と　水もさびしそう　水もらぬ　水や空、空や水なる　水を出て水より清し　水を見て居《お》れば　水をやり　水を呼び　夜の水　油が水をつっぱしり

【水際《みずぎわ》】水際で逃《にげ》た魚《うお》　水際へ子の行《ゆ》く夢に　水際を歩くだけ

【清水《しみず》】岩清水《いわしみず》　清水に旅の口を寄せ　清水にも味手に受《うけ》て飲む山清水《やましみず》

【水鏡《みずかがみ》】水かゞ《が》み見る　欠《あく》びの顔を水かゞ《が》み　あたりの怖《こわ》い水かゞ《が》み　雉子《きじ》の水鏡　ひだるいうちハ水鏡　柄杓《ひしゃく》を遣《つか》う水鏡　夜《よ》も鳴《なく》鳥の水かゞ《が》み　だらりと加茂《かも》の水鏡　一葉一葉《ひとはひとは》に水かゞ《が》み　水鏡二人《ふたり》の影《かげ》に　水に自分の姿見る　水の鏡の裏もよう　水の月又《また》丸くなる

【水玉《みずたま》】水玉になって落ち　水玉の行列を見る

【水溜《みずたま》り】足跡《あしあと》だけの水溜り　知らずに這入《はい》る水たまり　水溜り　にわたずみよけ〳〵《よけ》　女別れるにわたずみ沖《おき》にうれしき庭《にわ》たずみ

【雫《しずく》】最後のその雫　雫へ月はのりうつり　雫廂《ひさし》へにぶい音　栓《せん》の雫がきざむ時　まだまだ奥のある雫　一《ひ》と雫《しずく》

【渦《うず》】渦は消去《きえさ》って　鳴戸《なると》で渦を巻き　橋のたもとで渦を巻き　怖《こわ》い手のある大鳴門《おおなると》

【淵《ふち》】石淵へ沈み行《ゆ》く　魚《うお》淵に躍《おど》る　淵のない淵を

【滝《たき》】五色《ごしき》の滝に為《なり》　この滝へ降《お》りる　鹿聞《しかきく》耳に邪魔《じゃま》な滝　滝しぶき　滝に砕《くだ》ける月の影《かげ》　滝に臨《のぞ》む鮒《ふな》　滝の音四五丁《しごちょう》先きで　滝の正面《しょうめん》　滝の夢　滝不動雨垂《たきふどうあまだれ》ほどの　滝へ両手を上げている　地図にない滝にぶつかる　話は滝にとられけり　わずかな滝へ　藤《ふじ》は滝へ散り　湯滝《ゆたき》を遠くいる　滝壺《たきつぼ》へ落ちそうな　滝壺《たきつぼ》をのぞいて

地

【地《ち》】地べたにも湯気《ゆげ》を見つけた　地に食《くい》ついて離れざる　地にくちづけて　地に尽《つ》きる地に潜《ひそ》む力の上に　地の底の　地のほろぶ　地へあしのつく人計《ばかり》　地を噛《か》まん　地を慕《した》い　地を知らぬ　地を掘《ほ》り天《てん》にのびてゆき

【大地《だいち》】知っていた大地　大地にくちつけて　大地は大

地です　大地迄《まで》　大地を歩《あ》るく鳥を見よ　大地を知らず消え　鉢《はち》の根と大地の間《あい》に　大陸《たいりく》へおいて来た

【天地《てんち》】あめつちの中に　あめつちの開《ひら》けはじめは　あめつちは　大《おお》なる天地に　天地開闢《てんちかいびゃく》前の事　天地創造の二日目《ふつかめ》に　天地にはじず　天と地の未《いま》だ剖《さか》れず　天にも地にもの　雄大な天地と知りぬ

【土地《とち》】開墾地《かいこんち》　公園地　淋《さび》しさを知らぬ土地　指定地の　土地馴《な》れぬ　土地へ根を張る　土地を売り　別荘地　まだ当分《とうぶん》は分譲地《ぶんじょうち》

【地球《ちきゅう》】全地球　地球さえ転《ころ》ぶ物　地球の上《うわ》っ面《つら》で　地球の皺《しわ》に人の巣《す》　地球の底は燃えて居《い》る　地球の夜と昼　地球は回《まわ》る　地球まで老《お》いぼれず　地球まで来て　地球も知らず　地球も回《まわ》るよう　地球を呑込《のみこ》む子　半球の闇《やみ》を地球は　踏んでかためた地球なり　ほんに地球はまるいもの　地球は春にめざめたり　耳に地軸回《ちじくまわ》る音

【地上《ちじょう》】地上が　地上だ《だ》　地上の酒を召し上《あが》れ

【地熱《ちねつ》】地熱に続く休火山　地熱燃え怒り

【森《もり》】神の森　鎮守《ちんじゅ》の森で　森五千年空を衝《つ》く　森の奥から　森深く　うれしい森へ　生田《いくた》の森を　代々《だいだい》の森はずかしの森の

【野《の》】枯野也《かれのなり》　枯野《かれの》の髑髏《どくろ》に教えらる　枯野《かれの》見に　野に入《い》り森を出て又《また》野　野に満《み》つる　野の声す　野良《のら》は浅《あさ》黄《ぎ》に明《あ》けて行《ゆ》き　むらさき野飛ぶ

【林《はやし》】官林《かんりん》を伐《き》ったで　ことごとく散った林に　処女林《しょじょりん》に密林《みつりん》を恋《こ》う

【砂漠《さばく》】愚《ぐ》は砂漠　トリックの砂漠で

【土手《どて》】土手の草　土手の腰　土堤《どて》を来る　廊下《ろうか》続きに花の土手

【坂《さか》】衣紋坂《えもんざか》　男坂《おとこざか》えこじに道は　ここはしんどい五条《ごじょう》坂《ざか》　坂多き　坂際《さかぎわ》へ来て　坂の下より雪の峰《みね》　坂を下《お》り十段のぼる九《く》段坂《だんざか》　念仏坂《ねんぶつざか》は通りません　登《のぼ》り坂《ざか》　男坂《おとこざか》おりかけて見て　女坂《おんなざか》　一際《ひときわ》きつい坂が見え　見おろせば雲の坂　横に車を挽《ひく》は坂　下《くだ》り坂《ざか》帰りに見れば　江戸見坂《えどみざか》から

道

【道《みち》】秋のぬけ道茅《ちがや》の輪《わ》　一本道の百合《ゆり》　田舎《いなか》道《みち》　生《うま》れし迷路《めいろ》　お成道《なりみち》　帰るべき道を忘れる　勝手《かって》な道をつける丈《だ》け　来た道の講釈《こうしゃく》をする　今日を重《かさ》ねた道が出来《でき》　国道《こくどう》の　ここの道　信濃路《しなのじ》の洗い

流しも　どの道か読めぬ　野《の》掛道《がけみち》はるか後《おく》れて　本道《ほんどう》の風　道が付き　道普請《みちぶしん》　路行《みちゆ》く人の秋　道をあらそう道をかえ帰るものだと　路《みち》を知り　もと来た道になり指折《ゆびおり》の都会道路も　指が教えて呉《く》れた道　無理な細道《ほそみち》蔦《つた》の細道《ほそみち》　横道《よこみち》へ入り　道路《みち》ばたの住居《すまい》　道ばたにすわって　路傍《ろぼう》の住居《すまい》　帰りの道をきいて置き　桜と違《ちが》う道を聞き　生酔《なまよい》道をきゝ《き》　道問《と》えば　道など聞いておびき出《だ》し　道を教えてもとの唄《うた》　道をおしえる　道を聞き道を聞くお客　床《ゆか》しく成《なり》ぬ谷《や》中道《なかみち》

【畦道《あぜみち》】縄手《なわて》道《みち》　畷手《なわて》道《みち》チョイ〳〵《チョイ》汽車に　譲《ゆず》り合う畦道　松に腰置く田畝《たんぼ》道《みち》

【回《まわ》り道《みち》】座《ざ》敷《しき》の内も回　道《まわりみち》　煙草《たばこ》忘れて回《まわ》り路《みち》　回りみち　ぐるり回って元の道

【近道《ちかみち》】極楽《ごくらく》の近道　近道だとおもい　近道を四《し》五町《ごちょう》送る　近道をして　遠くて近い道

【大道《だいどう》】木を敷《し》いた以後は大道　大道狭《せま》し年の暮《くれ》　大道で唐本《とうほん》を売る　大道の　大道へ

【大路《おおじ》】大路の旗《はた》の海　はくちゅうに大路をわたす

【泥濘《ぬかるみ》】ぬかり道つり上げて行《ゆく》　ぬかる道　泥濘に疲れた足で　泥濘の　泥濘はあなたの涙　ぬかるみを踏《ふん》だ下《げ》駄《た》　泥濘をよける気のない程《ほど》　泥濘の長屋《ながや》へすくむ

【石畳《いしだたみ》】石畳　反《そ》り身《み》に戻る石畳

【別《わか》れ道《みち》】別れし道も茨《ばら》の花　別れ路《じ》を　わかれて行《ゆ》けという道！　別れ道

【トンネル】隧道《トンネル》に近く　トンネルの上を　トンネルの長さへ家出　隧道《ずいどう》は蟹《かに》が元祖《がんそ》と／汽車腹《はら》を切る権田坂《ごんたざか》

【道標《みちしるべ》】眼《め》のあく道しるべ　仮名《かな》で教えたしるべ標《ひょう》

【一里塚《いちりづか》】一里塚　年の歩みの一里塚

【里程標《りていひょう》】吹雪《ふぶき》に消えた里程標　里程標の先

鉱物

【金銀《きんぎん》】黄金《おうごん》多からざれば　黄金《おうごん》の壺《つぼ》うち砕《くだ》け　黄金《おうごん》も土から出《で》　硝子《ガラス》の中の金と銀　金・銀・瑪《め》瑙《のう》　金を被《かぶ》せ　黄《こ》金《がね》の背《せ》革《がわ》の虚栄　銅中に金　土《ど》中《ちゅう》に埋《うず》む金　金銀の鍵《かぎ》さんらんと　金銀の中に　銀の鱗《うろこ》を着て遊ぶ

【水銀《すいぎん》】水銀のパラリと落ちて　水銀は昇《のぼ》り　水《みず》かねで

【石炭《せきたん》】明《あ》日《す》の火をはらむ石炭が　石炭がドン〳〵《ドン》燃える　石炭の無くなる　石炭火燐寸《マッチ》ひと

【鉄《てつ》】鉄《くろがね》の箱もあき　鉄あびて死ねば　鉄屑《てつくず》の中で

鉄柵《てつさく》の咆哮《ほうこう》　鉄板背《てっぱんせ》負《お》う若い人間　鉄へ象眼《ぞうがん》　鉄ほてり　鉄を観《み》し　光る切断面の鉄　待つ鉄よ　硫酸に溶《と》ける鉄

【硫黄《いおう》】硫黄の匂《にお》う　陽炎《かげろう》の硫黄にうつる

石

【石《いし》】石置場《いしおきば》　石が切り割《さ》けず　石から石へ飛び　石投げて　石になっては冷《つめた》いもの　石に悲憐《ひれん》の花が咲く　石の矢《や》じりも稀《まれ》に出て　石一《ひと》つ投げたところも　石を噛《か》み　石を蹴《け》ってゆき　石をなげ　おうむ石是《いしこれ》かと聞《きけ》バ　重石《おもし》となったを知らぬ　沓脱石《くつぬぎいし》の凹《へこ》みより　この石を一《ひと》つ運ぶに　敷石《しきいし》を大きく回《まわ》る　捨石《すていし》に腰をおろして　そこらの石で事が足《た》り　つまずきし石の響きや　冷たい石になりにゆき　星は地球で石になりまだ〳〵石が切り裂《さ》けず　御影石《みかげいし》　女夫石《みょうといし》　夜泣石《よなきいし》　夜泣石《よなきいし》よりも　二見《ふたみ》の石の首《くび》っ引《ぴき》

【つぶて】礫《つぶて》のような　つぶてのように子供出る

【隕石《いんせき》】隕石になった星と　隕石になる約束を

【石《いし》ころ】石ころ畑《はたけ》の鍬《くわ》の音　石ころ原が美田《びでん》となるまで

【岩《いわ》】岩にからまる春の水　岩は烈日《れつじつ》のいろとなる　岩をも通し路《みち》が出来《でき》　海の岩　固き岩　巨岩砕《きょがんくだ》きて　屏風岩《びょうぶいわ》

土

【土《つち》】あとは自分の土で咲け　営庭《えいてい》の土を還《かえ》るべき土か　乾《かわ》き切った土　さきに小《ちい》さな土を付《つ》け　去るべき土かとも　土が噴《ふ》く　土、木《こ》の葉《は》となり　土に吸《す》わるる音をきく　土に寝る　土のある限り続けと　土の重さ　土の夢　土へ何か書《かき》　土までは掘らぬ　土を貫《つらぬ》く心　土を掘り　土砂《どしゃ》の入《い》る　ハネ上げた土　春の土　みな土に還《かえ》るなり　もちやがった土が芽《め》になる　片足は土を踏み　此土《このつち》を踏んで育って　しっかり土を踏みしめる　土を踏み　土を踏むことを忘れて

【泥《どろ》】広告で拭《ふ》く靴の泥　泥足《どろあし》にやっと気の付く　泥が乾いてからの靴　泥に住むみみずは　泥の歌　泥のつく物と八見えぬ　泥まみれ　泥よけと名づけて　泥を上げます旗《はた》を立て　泥を食《はん》で生《いき》　はねたどろをふき　ひとに泥をかけ

【土煙《つちけむり》】土煙《つちけむ》り　土けむり中にまじ〳〵《まじ》

【砂《すな》】砂置場　砂漉《すなこし》にした水の澄《す》み　砂又《また》砂の山　場所の砂がつき　春を吸《す》う白砂《しらすな》の　一粒《ひとつぶ》の白砂《しらすな》と　灯《ひ》を知らぬ砂に照る　焼砂《やきすな》の道にのたうつ　砂利《じゃり》の霜《しも》

【砂埃《すなぼこり》】砂煙《すなけむ》り　砂《すな》ぼこり

所

【名所《めいしょ》】雨垂《あまだれ》ほどの名所なり　居乍《いなが》らに名所写真で　名所の月も家根《やね》から出《で》　名所は行《ゆ》かぬ間が　目と鼻の名所も見ずに　名所で巧《くち》る風の神　白《しら》河《かわ》を名《な》どころにして

【景色《けしき》】余《あま》り好《い》い景色　一《いち》の景色の人の山　汽車は変《かわ》った世《よ》の景色　景《けい》に成《な》り　景色よく　寒い景色はなかりけり　三景《さんけい》をほめる言葉が　隅田《すだ》の景《けい》　東京で知る富士の景　橋で見る夜景《やけい》　絶景《ぜっけい》八一《いち》も二《に》も無き　絶景《ぜっけい》へ来たに　孤島《ことう》の風景です　冬がれの風景か　ゆがんだ風景　茶屋《ちゃや》はいぶるが景《けい》になり　旧《もと》の風《ふう》　八景《はっけい》に花なし

【所《ところ》】いつもの所《とこ》と云《い》っただけ　居所《いどころ》を聞《きい》て　同じ処《ところ》で返《かえ》し所《どころ》を　暗い所をより　此所《このところ》　出るところ　所《とこ》でなし　一《ひと》つ所《とこ》　一所《ひととこ》に　みられてならぬひとところ

【他所《よそ》】よそながら　他所の朝　よその夕《ゆう》ぐれ

【置所《おきどころ》】置所なき　おのが手の置所《おきど》にこまる　氷《こお》りものの置《おき》どころ　こぼれる猪口《ちょこ》の置き所《どころ》　淋《さび》しき置《おき》どころ　鉄砲《てっぽう》の置き所《どころ》　帽子《ぼうし》の置《おき》どころ　欠落《かけおち》の身の置所　手の置所なし　手の置所《おきどこ》の　心の置所　娘ひとりの置所　露《つゆ》の置所　遊《あそ》び所《どこ》

【何処《どこ》】主人は何処へ行ったやら　何処からか　どこでどう　何処でまこうか　何処にどうして御座《ござ》る鼻　どこへ行《ゆ》く姿ともなく　どこへ行ったか　何処へ行っても見る男　どこへ出る道か　どこへ〳〵《どこへ》と手をひろげ　どこへ行《ゆ》くもんだと内《うち》を　どこまで伸びる凧《たこ》の糸　何処迄《どこまで》も汽車の蠅《はえ》　どこやらで金、金、金と　どこやらに笑う声　何処よりも早く秋知る　どこを握《にぎ》って見ても　どっこにも

【捨所《すてどころ》】鳥のはねすて所《どころ》より　涙の捨《す》てどころ　あきらめの捨場《すてば》は

【出処《でどころ》】出処にまご付《つい》て居《い》る　出所《でどこ》も知れぬ品《しな》あり

里

【故郷《こきょう》】故郷が見える　古郷《こきょう》恋しく　故郷の土にけつまづき　故郷の方《ほう》を枕《まくら》にし　故郷は恋し　故郷へ続く波が立ち　故郷へボロを飾る釈迦《しゃか》　故郷忘れ易《やす》しと　水郷《すいごう》に　ふるさとの樹《き》や水　故郷《ふるさと》の雲が見え　故郷《ふるさと》のないのを誇《ほこ》る　故郷《ふるさと》を忘れかけ　略式をきらう故郷に　ふるさとは遥《はる》か　ふるさとに灯《ひ》を入《い》れる

【国《くに》】［故郷］　生国《しょうこく》は主人と同じ　同県と称《しょう》し　国に無い船と店《たな》もの　国の親知らず　国の母　国ばなしつきれば　国許《くにもと》の人と　故郷《くに》を売り　国を出て何年　酒国《しゅこく》か

ら夢が戻ると　雪国《ゆきぐに》がだん〴〵《だん》近い
【国者《くにもの》】国者に屋根《やね》をおしえる　ふるさと人《びと》は
【里《さと》】里の母　里へ文《ふみ》　妻の里　古里《ふるさと》の凪　嫁《よめ》の里　嫁《よめ》の里から柿が来る　炭《すみ》を焼く里にうかうか
【里帰り《さとがえ》】里帰り　里へさがれば瓜《うり》の皮　女房《にょうぼ》を里へやり　歩行《あるき》こそばい五日帰り《いつかがえ》　帰郷《ききょう》の日
【里心《さとごころ》】酒が苦《にが》くて里ごゝ《こ》ろ　次第々《しだいしだい》に里ごゝ《こ》ろ
【在所《ざいしょ》】乳母《うば》が在所の　此《こ》の在所　在所のくらもかわらぶき　在《ざい》の寺　嫁《よめ》の在所が直《すぐ》に知れ　嫁《よめ》の在所へ三斗樽《さんとだる》
【村《むら》】小村《こむら》かな　自治の村々　ともかくも一村無事《いっそんぶじ》の村の朝　村の名誉職　村々の　村を売り出《だ》され
【村外れ《むらはず》】牛が草食《は》む村はずれ　村端《むらはず》れ
【田舎《いなか》】田舎のあかゞ《が》ぬけ　田舎の町の馬車の笛　田舎の祭更《ふ》けてゆき　片田舎《かたいなか》　草木も育つ片田舎《かたいなか》

地名

【日本《にほん》】日本の娘が多い　日本洗われる　日本が言《い》えて　日本の女にかえす　日本の顔のよう　日本の国に生《うま》れ出《い》で　日本の隅《すみ》にそっと置け　日本の背骨《せぼね》の上を　日本の土地を売り　日本の軒《のき》にあるつばめ　豊葦原《とよあしわら》の民　瑞穂《みずほ》の国の女ども　瑞穂《みずほ》の美《び》
【蝦夷《えぞ》】蝦夷で織《お》る　蝦夷の別嬪《べっぴん》　蝦夷も賑《にぎわ》う
【シベリア】西比利亜《シベリア》の闇《やみ》に呑《の》まれる　シベリアへ帰れず
【印度《インド》】印度人踊る　印度の花嫁《はなよめ》　聖跡《せいせき》と号《ごう》する印度
【英国《イギリス》】英《イギリス》の富《とみ》　英吉利《イギリス》は　いぎりすへすがるこゝ《こ》ろの
【独逸《ドイツ》】独逸から目立《めだち》に来たは　独逸では　独逸の女たち
【米国《アメリカ》】あめりかで色がちがえば　亜米利加《アメリカ》で孕《はら》み　あめりかとやったら　アメリカに濡《ぬ》らした袖《そで》も　アメリカの粉《こな》で育った　あめりかの人間になれ　傾けた国はアメリカ　米国《べいこく》の味が知れ　米国《べいこく》は粗々熟《そそじゅく》し
【世界《せかい》】限られた世界で　世界のことを考えて　世界の聖者なり　世界のどこもみんな島　世界の扉《とびら》みんなあき　世界へ響くドンを打ち　世界も丸くなり　世界をエロにする気なり　全世界　目に見える丈《だ》けの世界に世界うごかす
【西洋《せいよう》】西洋権衡《ばかり》に乗りきらぬ　西洋へ漫遊《まんゆう》し　全欧《ぜんおう》州《しゅう》の羨《うら》やむ眼《め》　欧羅巴《ヨーロッパ》へ渡り　古羅馬《コローマ》の
【東洋《とうよう》】東洋の星に寝ている　蒙古《もうこ》もいつか食《く》いつくす
【南洋《なんよう》】米《こめ》三度取れる南で　南洋に面して据《す》える

動植物

植物

【花《はな》】雨風《あめかぜ》は花の父母　押花《おしばな》の　剪花《きりばな》の　香《か》に　咲花《さくはな》も雪と見る日ハ　少し遅れた　接穂《つぎほ》に咲《さい》た花　どの花へ先《さ》きに実《み》がなる　匂わざる花は　花が咲こうと咲くまいが　花が名残《なごり》の水をあげ　花と花とのその中に　花に浮《うか》れたこぼれ客　花にうずまって　花ニコリ　花に冷たい眼《め》を落《おと》し　花に酔《よ》うて　花の枝御《お》ひとりの時　花の屑《くず》　花の皺《しわ》また殖《ふや》すのか　花の陣《じん》　花の精《せい》踊れば　花の小《ちい》さしそれも秋　花の時憎みし風も　花の堤《どて》　花の名は知らず　花の留守《るす》　花畑《はなばたけ》　花一弁《ひとひら》を口にあて　花迄《まで》も盛《さか》りがすむと　花も咲く　花ものをいわねど　花も葉と嵐《あらし》に変《かわ》る　花も裳《もすそ》も乱《みだ》れ勝《が》ち　花を主《あるじ》に　花を送り来《こ》し　花を折るなやい　花を見る人を見に出る　実《み》を結ぶ花　目移《めうつ》りのする花もあり　花の山古蹟《こせき》を聞くは　花の山残して二人《ふたり》　酒の呑《のま》れる花でなし　何万両の花の雲　醍醐《だいご》の花の雲　花の姉とも唱《とな》えたき　花の姉とも名付《なづけ》たし

【花吹雪《はなふぶき》】さくら吹雪《ふぶき》が目に残り　大神宮《だいじんぐう》の花吹雪　花吹雪あとは淋《さび》しき　花も景色《けしき》ぞ花吹雪

【花盛《はなざか》り】一路《いちろ》の花ざかり　匂《にお》わぬ菊の花盛り

【落花《らっか》】どこの落花かはかり込み　落花するそばに　落花の下に立ち　落花の雪に踏み迷い

【咲《さ》く】あそこにも何か咲いてる　いっちょく咲《さい》た所へ　咲いてる花を知り　咲き切った花に　咲きほこり　咲く花に散る花　咲く花のあとから緑　造花《ぞうか》のように咲き　つかまって咲くように咲く　閉《と》じたまんまの花が咲き　三日見ぬ間《ま》に花の咲く　無雑作《むぞうさ》に花は咲き　魂《たましい》で咲く　ほたほたと桃の花さく　元日に咲《さく》は律義《りちぎ》な

【散《ち》る】あたら花散らして　咲いてちり　ちりか《か》ゝり　散り際《ぎわ》も花《はな》ゝ《ばな》し　散る花粉《かふん》　散る桜今年の役が　散るに念《ねん》なし蓮《はす》の花　散る花の下《もと》に　花に散り雪に消え　やがて散る花なり

【枯《か》れる】枯れ枝《えだ》に　枯れか《か》ゝり　枯木《かれき》ばかりなる　枯草《かれくさ》の音楽　枯《か》れ芝《しば》よ！　枯穂《かれほ》立《だ》ち　夏枯《なつが》れなどと仰《おお》

せられ　また枯らすための　風のさゝ《さ》やく枯柏《かれがしわ》
【植《う》える】お手植《てう》えの　からたちを植《うえ》て　花植えて
【芽《め》】万年青《おもと》の芽　かびの若芽《わかめ》が生《は》えて来る　球根の芽へ
草の芽のはじらい　草ふんだんな芽を擡《もた》げ　差木《さしき》も芽
ついに芽を吹く　土を破《やぶ》ってものの芽が　どの芽へも　針《はり》
の山程芽《ほどめ》ぐんで来《き》　芽生《めぐ》む風　芽に籠《こも》る力　芽生《めば》える
ものに目が届き　若木《わかぎ》の芽　草の芽やかぞえ尽《つく》さぬ
【根《ね》】あざみの根　そばの根の赤いばかりの　根が切れ
て居《お》るに　根からはえ　根の張った
【枝《えだ》】枝も葉もなし　江《え》の月に枝の手を出《だ》す　下枝《したえだ》に親
をとめたし
【梢《こずえ》】梢高く晴《はれ》たる　梢は吹き折られ　梢も骨と皮
【草《くさ》】石にも根付《ねづ》く草　草いきれ　草が萌《も》え　草摘《つ》み
ているうちに　草の生命《いのち》の播《ま》かれたり　草の姿で　草の
中にもお辞儀草《じぎそう》　草の根の　草の花　草萌《もえ》る　草も木
も　草紅葉《くさもみじ》　こんなに草が枯れました　深草《しんそう》熱くなり
深草《しんそう》の　草木《くさき》きばみ落《おち》て　染替《そめかえ》し秋は千草《ちぐさ》の　苗《なえ》を寝か
した草いきれ　生《はえ》る草　春の草へ影《かげ》　踏まれても草は根
を張る　なびく若草《わかくさ》　若草野《わかくさの》　若草《わかくさ》は地に冷《ひ》えて　朝
日当《あた》らぬ草は痩《や》せ
【苔《こけ》】青い〳〵《あおい》苔　鱗《うろこ》のような苔もある　苔に風　苔の
花敷《し》きてみめよき　こけむせる　水苔《みずごけ》の手がすべり
【蔓《つる》】朝顔《あさがお》の蔓のまにまに　垣根の豆の蔓　蔓のはじめ
は　蔓はどうでも伸びて揺《ゆ》れ　一《ひと》すじの蔓のはじめは
【茂《しげ》る】茂る若木《わかぎ》の下雫《したしずく》　年毎《としごと》に茂れる中の
【薮《やぶ》】鶯《うぐいす》を追う寺の薮　薮からのぞく鈴の音　薮の中
薮を切り払って　薮だゝ《た》み　人の明《あか》りや薮の梅《うめ》
【葉《は》】木《こ》の葉《は》土となる　木《こ》の葉《は》が木を肥《こや》し　木《こ》の葉〳〵《はこのは》
にふれる音　木《こ》の葉《は》の落《お》つる音　葉裏《はうら》ただ暗さ孕《はら》んで
葉の陰《かげ》に　夕立《ゆうだち》のよう降《ふ》る木《こ》の葉《は》　病葉《わくらば》の中に　百万《ひゃくまん》
石《ごく》の若葉の香《か》　窓の若葉　若葉して　若葉《わかば》照《で》り　若葉の
香《か》　青葉が映《うつ》る溜涙《ためなみだ》　青葉影《あおばかげ》　青葉しぬ　青葉のほの
匂《にお》う　青葉若葉も眩《めくるめ》く　窓の青葉だ　円山《まるやま》の青葉　み
な青葉　弥《いよいよ》せんだんの二葉《ふたば》なり　出た双葉《ふたば》　芽《め》の双葉《ふたば》
【落葉《おちば》】落葉が踊る　落葉の音に身をちゞ《ぢ》め　落葉の火
落葉を一人《ひとり》はき　散る落葉　落葉《らくよう》の　葉の落《おち》る比《ころ》
【紅葉《もみじ》】いつまで見ても紅葉だと　片面赤し夕紅葉《ゆうもみじ》　河《かわ》
水《みず》も染めて紅葉に　紅葉から柳《やなぎ》へそれる　紅葉のそばで

一歩《いちぶ》かし　今度紅葉の村へ入《い》り　多摩《たま》もひそかに紅葉して　見飽《みあ》いてる紅葉を　紅葉した中の松　紅葉の根をほじり　紅葉ふみわけ　紅葉まだ　紅葉山《もみじやま》　山川へ紅葉が踊る　山に紅葉の秋が来る　山はもう染上《そめあげ》てあり　車明るき下《した》もみじ

【木】木の嘆《なげ》き　木の匂い　木肌《きはだ》に虫を見る　木も節瘤《ふしこぶ》は折れ易《やす》し　古木《こぼく》を集め新しくする　松並木垂《たれ》あげさせて　流木《りゅうぼく》は濁《にご》らず　大木《たいぼく》に成《な》っても　大木《たいぼく》の杉も箸《はし》　鉢《はち》の木を大木《たいぼく》にして　木立《こだち》まだ続いて　夏木立《なつこだち》　あらたに涼し木々《きぎ》の底

植物名

【朝顔《あさがお》】朝顔くらく　朝顔のコップ　朝顔のこんぐらかって　朝顔の種を冠《かむ》って　朝顔の蕾《つぼみ》きり《きり》〳〵　朝顔の蔓《つる》より　朝顔の水から　朝がおは朝寝《あさね》のものに　朝顔は木舞《こまい》かき　朝顔一《ひと》つ〳〵《ひとつ》減り　朝顔ほめて行《ゆ》き　朝顔三日咲き　朝顔を入谷《いりや》へ運ぶ　明日屹度《あすきっと》咲く朝顔へ　あとを追う朝顔　朝顔を朝食《あさめし》にする　朝顔に追立《おいた》てらる〻《る》　朝顔の二《ふた》ツ咲く日ハ豆腐屋に有《ある》朝顔が　朝顔の一夜《いちや》指さす

【あやめ】あやめ苅《がり》　泥《どろ》の干《ひ》上《あが》るあやめ買《がい》　蓑《みの》もあやめ濡《ぬ》れている　文《ふみ》も五尺《ごしゃく》のあやめ草《ぐさ》

【苺《いちご》】青さの中の蛇苺《へびいちご》　苺の実《み》

【銀杏《いちょう》】銀杏散る　銀杏の疲れ足　銀杏の樹《き》　銀杏ふりしきる　芽《め》をふく焼《や》け公孫樹《いちょう》

【卯《う》の花《はな》】卯の花へ蠅《はえ》が来る　江戸八卯の花

【梅《うめ》】明《あけ》の梅　梅一路《いちろ》　梅が枝《え》に口を酢《す》くする　梅が咲き　梅寒く　梅寒し　梅散りてわが庭淋《さび》し　梅に対し　梅に流る〻《る》唾《つば》を知り　梅の戸に　梅は笑い出《だ》し　梅古し　梅を活《い》け　梅を折る妻　官舎《かんしゃ》の梅が咲き　ことし二度目の梅を見る　さすが香《かんば》し風の梅　師走《しわす》さく梅　関《せき》の梅　冬至《とうじ》の梅に　春の封切《ふうき》る梅の花　展《ひら》けて梅の香《か》もよそに　ふっくらと梅の蕾《つぼみ》に　町中《まちじゅう》の梅咲く日のみ野梅《やばい》かな　梅の実《み》ぽつんと　黄《き》ばむ梅の実《み》　実《み》の能《よ》き梅は花一重《はなひとえ》　青梅《あおうめ》のかたまる頃に　双生児《ふたご》の梅さくら　梅は老女の隠《かく》し芸《げい》　金の梅

【女郎花《おみなえし》】一日咲《いちにちざき》の女郎花　咲《さ》き揃《そろ》う女郎花　裾《すそ》へからまる女郎花　大和《やまと》の女郎花　預《あず》り者の女良花《おみなえし》

【柿《かき》】あんなに柿が生《な》っている　枝柿《えだがき》の　青梅《おうめ》の町や柿赤く　柿が生《な》り　柿の秋なれや　柿の種　柿の実《み》の真《ま》ッ

赤《か》な下に　柿を知らない　柿を誉《ほめ》られて赤らむ　かざ
り柿《がき》　たいけつになる柿一《ひと》つ　つるし柿《がき》　生《な》り初《そ》めの柿
は　渋《しぶ》いと見えてみんな干《ほ》し　渋《しぶ》っ柿《かき》赤くなり　渋《しぶ》の抜《ぬけ》
ぬ柿　べったりと熟　柿《じゅくし》の落ちる　熟柿《うみがき》に竿《さお》が短い　柿熟《う》
れてからは　柿も熟《じゅく》せばぬける渋《しぶ》　熟《じゅく》し落《お》つ
【杜若《かきつばた》】かきつばたぬすめば　つたないぬすみかきつばた
【桔梗《ききょう》】桔梗淋《さび》しき　桔梗の花も顔上げて　桔梗ぽつん
と一《ひと》つあれば　桔梗も菊も枯《か》れ
【菊《きく》】俺《おれ》の菊妻《つま》の菊　かむろ菊《ぎく》　きいてるような菊の花
菊一《きくいっ》花《か》天《てん》を載《の》せたる　菊が咲き　菊咲いている　菊角力《きくずもう》
菊作《きくづく》り咲きそろう日は　菊匂う　菊にとつらまり　菊
の花　菊の花お許《もと》も　菊の美《び》をほこり　菊へ電話で水の
事　菊よりも　白菊《しらぎく》の匂いに　なかに黄菊《きぎく》もあってよし
又菊好《またきくず》きの手がよごれ　乱菊《らんぎく》やみんな尾《お》の出る　菊の香《か》
とともに染《し》みたまえ　菊の香《か》部屋に充《み》ち　懸崖《けんがい》を作る気
【夾竹桃《きょうちくとう》】夾竹桃がのぞいてる　夾竹桃へ待たせ過ぎ
【栗《くり》】毬栗投込《いがぐりなげこ》まれ　埋《う》めた栗　落栗《おちぐり》を嬉《うれ》しく拾《ひろ》う　栗
の里《さと》　栗の実《み》の落《おっ》こちかゝ《か》る　いが一本をつまみあげ
【鶏頭《けいとう》】鶏頭秋の時をつげ　昼眠《ね》むい葉鶏頭《はげいとう》

【芥子《けし》】芥子のほろほろと　芥子の実《み》の力　散り易《やす》い芥
子の花　緋罌粟《ひけし》の弁《べん》の崩《くず》れたる
【欅《けやき》】欅枯田《かれた》へ切倒《きりたお》し　欅の下は夢になり
【こうほね】こうほねのうごくを見れば　痩河骨《やせこうほね》が
【コスモス】コスモスが咲いて　コスモス覗《のぞ》き込《こ》み　コスモ
スの向こうから　コスモスはむしられる　コスモスへ煙突の
影《かげ》　コスモスを少しゆすって　コスモスを倒さぬ棒の
【桜《さくら》】絵馬《えま》へ散る桜　遅《おそ》ざくら　記念碑《きねんひ》を包む桜の　今
年も桜見そこない　桜ざめにはかゝ《か》わらず　桜ちりつく
す　桜は桜なり　さくらへのぼりおりられず　桜まで
桜無駄《むだ》に咲き　さくらを浴《あび》る　さくらをうえるなり
棄子《すてご》のような稚児桜《ちござくら》　墨染《すみぞめ》の桜も　背から淋《さび》しく見る
桜　提灯《ちょうちん》に桜ひら〳〵《ひら》と　日本さくらの国となり　人
間にかまわず桜　やっぱり桜咲いてくれ　柳《やなぎ》だのさくら
だのとて　山桜《やまざくら》散って行《ゆ》き　夕桜《ゆうざくら》　六百階を散りざくら
さくら八闇《やみ》になり　死にようをさくらに習《なら》え　さくら
のような顔をして　さくらから出る　いつか葉《は》ざくら
葉桜《はざくら》の下に　葉桜《はざくら》へさそうは　葉桜《はざくら》に成《な》って気の減る
【桜草《さくらそう》】桜草　萎《しお》れて桜草帰り　蝶《ちょう》の遊びやさくら草

動植物

格子《こうし》のうちにさくら草
【柘榴《ざくろ》】朝熟《う》れる柘榴　柘榴熟《う》れ母を伴《つ》れ出《だ》す　柘榴が旨《うま》く書けないわ　柘榴がなっている　柘榴口《くち》をあき　柘榴の花の百一《ひと》つ　花柘榴《はなざくろ》　西日《にしび》ほうばる笑《え》み柘榴
【笹《ささ》】否《いや》が応《おう》でも笹が立ち　今日も小笹《おざさ》で行《ゆ》きづまり　笹の風　笹をすべって　叩《たた》けば笹の雪が落ち　一《ひ》となぐりだと笹をかい　目があぶないと笹をよけ
【山茶花《さざんか》】山茶花が落ちて茅葺《かやぶき》　山茶花に照《て》る日　山茶花に涙《なみだ》　脆《もろ》き姉　山茶花は一《ひと》つ咲き
【皐月《さつき》】買ったさつきは三日咲《みっかさき》　皐月が真《ま》っ盛《さか》り　屋根《やね》へ皐月の芽《め》を育て　サツキの値《ね》
【仙人掌《さぼてん》】さぼてん買って来《く》る　仙人掌は
【芍薬《しゃくやく》】芍薬も牡丹《ぼたん》が咲《さ》いて　牡丹《ぼたん》後の芍薬
【菖蒲《しょうぶ》】菖蒲咲き　菖蒲の二《に》番咲《ばんざ》き　花菖蒲《はなしょうぶ》
【杉《すぎ》】清澄《きよずみ》の杉の幹《みき》　霧《きり》に浮く杉　杉並木　杉の木が雲を突《つ》き抜《ぬ》く　杉ばかり見ても　直《すぐ》に育った深山杉《みやますぎ》
【篠懸《すずかけ》】篠懸の落ちる音聞く　スヾ《ズ》カケへまぐれた様《よう》に　篠懸を這《は》う
【芒《すすき》】おさえればすゝ《す》き　枯れ芒《すすき》　すすきの上や大菩薩《だいぼさつ》　芒の動く中を来る　すゝ《す》きの中で　芒の道を分けて来る　芒は風を見せ　薄《すすき》をばにげても
【菫《すみれ》】五寸《ごすん》はなれて咲くすみれ　菫を櫛《くし》へ付け　地に花すみれ　すみれ昔の恋の色
【芹《せり》】芹が生《は》え　芹に落ち
【竹《たけ》】青竹《あおだけ》が青く切られて　青竹《あおだけ》の死の唄《うた》よ　寒竹《かんちく》の春には　今年竹《ことしだけ》　コマ切《ぎれ》の竹の皮　空うつ竹となれ　竹に猫《ねこ》　竹は起き雪は消え　若竹《わかたけ》の伸びや
【ダリヤ】うなだれたダリヤ　倒れたダリヤ起こされる　ダリヤが嘘《うそ》のように咲き　ダリヤ咲く庭に　ダリヤの雨にさし
【チューリップ】チューリップ　夜店《よみせ》の鉢《はち》のチューリップ
【月見草《つきみそう》】月見草が咲き　月見草泣いて別れた　湯《ゆ》やら霧《きり》やら月見草　月見草はうなだれる
【土筆《つくし》】土筆ズボンを穿《は》いて生《は》え　土筆の姿ながみじか
【椿《つばき》】括《い》けしは椿　椿ほろほろ落ちてけり　冬椿《ふゆつばき》
【撫子《なでしこ》】撫子は　緋撫子《ひなでしこ》　撫子のりんとして居《い》る
【菜《な》の花《はな》】菜の花でうずまる道の　菜の花の畔《あぜ》を見ている　菜の花の風も嬉《うれ》しい　菜の花や　菜の花をかぞえて

動植物

【南天《なんてん》】南天の葉も洗われる　南天の実《み》を掃《は》き出《だ》して
南天の雪を落として
【野菊《のぎく》】月夜に笑《え》む野菊　野菊あちこち　野菊小さく
野菊這《は》い回《ま》わり　踏まれたまんま野菊咲き
【萩《はぎ》】萩さいて　萩すすき　萩の風　萩らしい　裾《すそ》がさわってこぼれ萩　雨の萩　萩の露《つゆ》
【蓮《はす》】蓮にふたり八狭《せま》い　蓮の葉で楽遊《らくあそ》び　蓮の花　蓮の葉の真珠《しんじゅ》ふざける　蓮の葉をかむって　蓮を掘り　蓮の白雨《ゆうだち》　はちすの花の開く音　ボンの蓮開き　乗ルともしらず蓮を切《きる》　蓮切《はすきり》の一葉《ひとは》一葉《ひとは》に　蓮のうえ行《ゆく》　蓮の明《あけ》ぼの　蓮見戻《はすみもど》リの　珠数《じゅず》に繋《つな》ぎたし蓮の露《つゆ》　蓮より先に眼《め》が覚《さめ》て
【薔薇《ばら》】ばら色でないばらばかり　茨《ばら》に舞《ま》う蝶《ちょう》は　茨《ばら》の花　ばらまいたばらの一《ひと》つ　優《やさ》しき薔薇の鋸歯《のこぎりば》
【雛罌粟《ひなげし》】雛《ひな》げし萎《な》えるなり　雛罌子の
【向日葵《ひまわり》】向日葵が境《さかい》　向日葵下を向いたきり　向日葵の日に回る時
【昼顔《ひるがお》】昼がおの淡《あわ》　昼顔にいとま乞《ごい》
【蕗の薹《ふきのとう》】空家《あきや》の蕗の薹　時雨《しぐれ》の下に蕗《ふき》のとう

【福寿草《ふくじゅそう》】暖かそうに福寿草の花　福寿草咲き
【藤《ふじ》】つくだの藤を見てかえり　藤棚《ふじだな》の　藤蔓《ふじづる》に　藤は屋根《やね》ふき
【糸瓜《へちま》】重かろうからと糸瓜へ　なんの糸瓜と思うなよ
糸瓜の尻《しり》の一《ひと》しずく　糸瓜の葉　糸瓜のむだっ花《ばな》
【鬼灯《ほおずき》】鬼灯の在所《ありか》が知れた　鬼灯の色づくを見る
鬼灯を朝の素顔《すがお》で　ほおずきを口から出《だ》して　ほおずきを出《だ》して　鬼灯を鳴《な》らして女　ほおずき置き忘れ
【牡丹《ぼたん》】うっかりと咲《さく》冬ぼたん　牡丹に芽《め》の微笑　牡丹の蟻《あり》に　牡丹の芽《め》の夢に　薔薇《ばら》より牡丹
【松《まつ》】磯《いそ》の松　海岸の松に　浜の松ダンスにしては　松に目をやすめて通る　松の色　松の枝　松の風　松の根《ね》元《もと》の青い煙《けむ》　松の葉の　松の幹《みき》を見詰《みつ》め　松の緑が黒く浮き　松はくゝ《く》れた腰を伸《の》し　松深く　松へやんわり春の雪　松を縫《ぬ》ってく青い煙《けむ》　松を見せ竹を見せ　腰を懸《かけ》たる磯馴松《そなれまつ》　風の吹来《ふきく》る磯馴松《そなれまつ》
【木蓮《もくれん》】鐘《かね》に木蓮崩《くず》れ落つ　木蓮の花
【八手《やつで》】後《あと》に八《や》つ手《で》の花が咲く　おっと八手へ引っかかり
花八手《はなやつで》　八手へ来るはゴムマアリ　八手へ水を打ってから

八手を濡《ぬ》らすだけ濡《ぬ》らし

【柳《やなぎ》】 青柳《あおやぎ》や　糸柳《いとやなぎ》　うつる柳に　風にひれふす川柳《かわやなぎ》　加茂川《かもがわ》の柳も見よや　今年も柳緑《みどり》なり　枝垂柳《しだれやなぎ》の姿となって　見帰らぬ柳だなどと　むくむくとした柳は　芽《め》柳《やなぎ》の交《まじわ》りむすぶ　柳が散《ち》って口が無し　柳に風があり　柳に添《そえ》る竹　柳の青みよう　柳の糸にかけ針《ばり》の　柳は雨を見せ　柳ほろ〱《ほろ》　柳眼《め》につく　柳、柳、枝をまじえて　柳の闇《やみ》に　柳桜《さくら》は言名附《いいなづけ》

【山吹《やまぶき》】 山吹のかわせに届《とど》く　山吹の実《み》なきは

【山百合《やまゆり》】 山百合匂うなり　山百合を惜《お》しく見て行《ゆ》く　山百合を呉《く》れた女の

【夕顔《ゆうがお》】 夕顔が　夕顔一つ夜《ひとよ》を創《つく》り　夕顔へぼんやり帰る　夕顔も糸瓜《へちま》も　闇《やみ》に咲くゆう顔《がお》の君よ

【百合《ゆり》】 うつむく百合の花　膝《ひざ》のあたりに百合が咲き　百合を一《ひ》と鎌《かま》刈り残し　百合の花　百合の一《ひとつ》ツ咲き　一本道の百合

【蘭《らん》】 結局蘭を書き　蘭の白さかな

【蓮華草《れんげそう》】 蓮華草　れんげを流して　春の野《の》に蓮華草摘《つ》む

【他の植物】 藍花《あいばな》を撒《ま》かれる程《ほど》に　優曇華《うどんげ》の花さく宵《よい》に　烏瓜《からすうり》　石楠花《しゃくなげ》に　鈴蘭《すずらん》へ手が届かない　団栗《どんぐり》のこぼるゝ《る》いのち　泣く蘇鉄《そてつ》　芭蕉葉《ばしょうば》を破《やぶ》り　ポプラから曼珠沙華《まんじゅしゃげ》　栗鼠《りす》も伝わる猫柳《ねこやなぎ》　蓮翹《れんぎょう》は

【小鳥《ことり》】 小鳥いま五感《ごかん》を握《にぎ》る　小鳥大地《だいち》を俯《ふ》す勿《なか》れ

動物

【水鳥《みずどり》】 手は水鳥の足の色　花水鳥の留守《るす》に咲《さき》　水鳥に二《ふた》つ名のある　水鳥の少し流れて　水鳥の寝るとも見せず　水鳥まで届き

【鳥《とり》】 あっけらかんと陸《りく》の鳥　大空の鳥の高さも　鳥歌い蝶《ちょう》舞い　鳥が啼《な》き花が咲き　鳥に出る　鳥の骨　鳥の見た　鳥の見た人間　ぬくめ鳥《どり》　寝《ね》に来る鳥もなし　春の鳥　目のすごい鳥だと　解《わか》らない鳥にさゞ《ざ》めく　渡《わた》り鳥数《どりかぞ》えられ　こうの鳥《とり》びんぼう寺は　産卵《さんらん》せねば　駄鳥《だちょう》のくだり腹《ばら》　丹鳥《たんちょう》は　珍しい魚鳥《うおとり》

【ひよこ】 引出《ひきだ》しへひよこの這入《はいる》　ひよこ一《いっ》ぺん考える　ひよこの咽《のど》の乾《かわ》く　ひよ子の息のうす煙　雛《ひな》のようでも

【羽《はね》】 鳥のはね　羽がとれ　はねがもげてから　はねの有《ある》　羽《は》ねはたき　黒き翼《つばさ》　棚を越せぬ翼《つばさ》にされ

【鳥《とり》の毛《け》】鳥の毛を捨《すて》るに　鳥の抜毛《ぬけげ》を首へ巻き

【尾《お》】尾を振《ふ》っているのに　けんらんと尾をひろげれば

【巣《す》】ここに巣をもつ　巣に籠《こも》る　巣を造り　鳶《とび》の巣のある木　巣立《すだ》ちしたあとは　巣立《すだ》ちする

【番《つが》い】幾番《いくつが》い　嘘《うそ》で悲劇の幾番《いくつが》い

【餌《えさ》】餌に飽《あ》き　餌の形《な》りになられた　餌まいて　口餌《くちえ》さ少しくれて　摺餌《すりえ》の乾《かわ》き気味《ぎみ》　蒔餌《まきえ》に集《つど》う魚《うお》

【魚《うお》】魚仲間死ぬると　魚の字の凧《たこ》　魚の夢　魚も尾《お》を振《ふ》って流るゝ《る》　出世魚《しゅっせうお》　眼《め》に影《かげ》を宿《やど》した魚の　飛《とび》の魚《うお》　鯡《にしん》が一子《いっし》

【鰭《ひれ》】尾《お》も鰭もなし　鰭がもつれ合い

【貝《かい》】貝殻《かいがら》に浮く　貝拾《ひろ》う二人《ふたり》　小箱《こばこ》に貝をため　桜《さくら》貝《がい》　寒い蜆《しじみ》　掘り

【獣《けもの》】あのケダモノを如何《どう》釣《つ》らん　食《く》うけもの　けだもののように　けだものはむじつなり　けものに乙女《おとめ》食わるらじ　獣面人心《じゅうめんじんしん》鹿《しか》の皮《かわ》　人をけものに　猛虎《もうこ》のように起き　猛獣《もうじゅう》の檻《おり》空《から》にして　老獣《ろうじゅう》のように

【角《つの》】一年置《お》きに角をもぎ　牛《うし》の角　落角《おちつの》を拾《ひろ》えば　落《おち》る角出る角　角が折れ　角出《だ》さぬ　よく人間に角が出《で》ず　角をはやして吸付《すいつけ》る

【前足《まえあし》】前足で頭を直す　前足で茶碗《ちゃわん》の持てる

【虫《むし》】今もむかしの虫の声　大《だい》の虫　小さな虫の羽が鳴《な》る　鳴《な》きつづけ　鳴《な》き残る虫に　何《なん》という虫かと　ぽつんと落ちた虫があり　虫が鳴《な》き　虫で穢《きたな》い皿《さら》　虫仲間　ペン〳〵《ペン》草《ぐさ》に　虫を削って　アミーバから　尺蠖《しゃくとり》のあゆみは　玉《たま》むしの家　なんきん虫と若い女房《にょうぼ》が　虫の命のおんづまり　蓑虫《みのむし》の吹《ふき》ちらされて

【家鴨《あひる》】あひるの子　すりこ木《ぎ》であひるを仕廻《しま》う　流されて行《ゆ》くあひる

動物名

雪降《ゆきふり》に家鴨の足跡《あしあと》

【虻《あぶ》】虻の声　また芍薬《しゃくやく》に戻る虻　虻もぐり　硝子戸《ガラスど》へ虻《ぶ》が打つかる

【油虫《あぶらむし》】油虫　人のまわりを油虫

【蟻《あり》】甘《あま》きに付く蟻　蟻と蟻　蟻の穴梨《なし》の芯《しん》まで　蟻の伝令使《でんれいし》　蟻の塔《とう》　蟻のひく物を見て居《い》る　蟻の道　蟻の列　蟻は泳がされ　蟻一《ひと》つ　蟻ほどに　蟻まだ退治《たいじ》尽《つ》されず　蟻も運ぶ餌《えさ》　蟻よ蟻よ　蟻をほめ　蟻を見給《みたま》え　音羽《おとわ》から蟻　白蟻《しろあり》に食《く》い倒される

【蟻食《ありく》い】蟻食いの舌がとどかぬ　蟻食いの爪《つめ》とがれ　蟻食いの糞《ふん》　蟻食いを噛《か》み殺したまゝ《ま》

【犬《いぬ》】一匹《いっぴき》犬が通り過ぎ　犬がいる猫がいる　犬がほえますと　犬がみなこちらむいてる　犬さえ食《く》わず　犬繋《つな》ぐ　犬に頭をなめられる　犬に顔見られて　犬の挨《あい》拶《さつ》　犬の帰るを見届ける　犬の子といやすうやすや　犬の語も解《かい》せず　犬のたわむるゝ《る》　犬の遠吠《とおぼ》え　犬の主《あるじ》　犬の骨　犬は目があるのに　犬も食《く》い　お預《あず》けは犬さえするぞ　親犬牙《きば》をむき　犬馬《けんば》の血に非《あら》ず　小犬《こいぬ》捨てられる　地犬《じいぬ》をほえている　血に飢《う》えた闘犬《とうけん》へ　ヅケを争う人と犬　野良犬《のらいぬ》の子を分けて居《い》る　野良犬《のらいぬ》へ　ブルドックブルをつないで　盆屋《ぼんや》の門《かど》でつるむ犬　負腹《まけばら》が犬叩《たた》く　迷い犬　村の犬　痩《や》せ犬吠《ほ》えている　やっぴし犬に手をもらい　こないだのポチは　女犬《めいぬ》の乳に　山路《やまじ》に嬉《うれ》し犬の声　血に飢《う》えた番犬《ばんけん》へ　番犬《ばんけん》の深々と寝て　番犬《ばんけん》へ小《こ》憎《ぞう》こわ〳〵《ごわ》

【猪《いのしし》】いのしゝ《し》はおきると　手負猪《ておいじし》　いのしゝ《し》にくさめをさせる

【芋虫《いもむし》】芋虫つのがあり　芋虫の暴《あ》ばれ　芋虫へ繰《く》り出《だ》す蟻《あり》の　いも虫ほどの腹《はら》を立て　未《ま》だ芋虫の夢の底

【岩魚《いわな》】岩魚の踊る底　午後の汽車待つや岩魚と

【浮寝鳥《うきねどり》】浮寝鳥　浮寝《うきね》の鳥の江戸《えど》模様《もよう》　瓜《うり》もしばしのうきね鳥《どり》

【鶯《うぐいす》】鶯が死んで　鶯が能《よ》ければ　鶯聞いている　鶯に啼《なか》れて　鶯の木賃宿《きちんやど》らし　鶯の来ている　鶯の近さにとめる　うぐいすのまだ口先《くちさき》で　うぐいすも役者にしてハ鶯を鳴《な》かせた三味《しゃみ》が　止《と》める鶯　師走《しわす》から鳴《なく》うぐいすも　藪鶯《やぶうぐいす》も啼《な》きいでよ　鶯の谷渡《たにわた》り　屋根《やね》を谷渡《たにわた》り　鶯は闇《やみ》　うぐいすよ寝てハならぬぞ　鶯の影《かげ》ハ障子《しょうじ》へ

【兎《うさぎ》】兎今日ぬくいおからを　兎晦日《みそか》に餅《もち》をつき　絵筆《えふで》にはしる兎の毛　元日《がんじつ》の兎は　耳筋《みみすじ》が通り兎の　芙蓉《ふよう》を出る兎かな

【牛《うし》】あと戻り出来《でき》ぬ牛　牛牛牛牛牛牛牛牛　牛売った足が重たい　牛殺し　牛じっとして立ち　牛に馬乗りかえ　牛にチト食《く》われ　牛の声　牛の御飯《ごはん》を食《く》いに行《ゆ》き　牛の背で送る塩　牛の背の　牛の骨　もどり牛　牛一《ひと》つ花野《はなの》ゝ《の》中の　他の牛に突《つ》き殺される　くらやみへ牛を引出《ひきだ》す

【馬《うま》】洗った馬の　あるぷすに万馬《ばんば》のつゞ《づ》く　伊勢路《いせじ》の馬に姦《かしま》しさ　内《うち》へあがった廓《なか》の馬　馬が儲《もう》けてくれるなり　馬困り　馬しょんぼりと待つ　馬に草食《く》わせて　馬に突《とっ》貫《かん》して貰《もら》い　馬に乗ったは　馬には食べるひまがなし　馬に見られて　馬ねがい　馬の尾《お》のだらりと　馬の顔　馬の口にもあるリズム　馬の小便《しょうべん》くんで出《だ》す　馬の尻《しり》　馬の姿も　馬の涙も書いてあり　馬の腹太鼓《はらだいこ》　馬の晴着《はれぎ》は尻《しり》で鳴《な》り　馬の横面《よこつら》　馬のをはいでこしを巻き　馬は尾《お》斗《ばかり》ふって居《い》る　馬を鹿《しか》と云《い》い　馬をしょったが　売られる馬の　公達《きんだち》の馬　鳥よりつらい馬の声　眠る馬　はねのけて行《ゆ》く馬のくつ　程《ほど》なく通る馬の声　まじまじと馬の見て居《い》る　見越《みこし》の松に馬の沓《くつ》　もの食《く》うものは馬斗《ばかり》　馬相《そう》見て　雪の中ゆく月毛馬《つきげうま》　売られる馬の顔へ

【鸚鵡《おうむ》】売れぬおうむの　鸚鵡ものいえども　買人《かいて》の出《で》来《き》ぬ鸚鵡

【狼《おおかみ》】狼に尾《お》をふらせ　狼の嗅《か》ぐ　狼の強行軍　狼の中に旅僧《たびそう》　狼は飽《あ》くまで食《く》って　狼をまた野《の》に放つ

【鴛鴦《おしどり》】鴛鴦の唄《うた》　鴛鴦を　にぎやかに鴛鴦《おし》が人よぶ　鴛《おし》の口舌《くぜつ》を

【蚊《か》】秋の蚊の埒《らち》もなく死ぬ　朝の蚊の窓のがれ行《ゆ》く　あたまへ一《ひと》つ蚊がとまり　おさななじみの蚊がとまり　蚊《か》っくいを　蚊に食《く》われまっせと　蚊に住《すま》い　蚊のくわぬまじない　蚊のすねにやすりをかける　蚊の涙　蚊の逃《のが》れ行《ゆ》く声を聞き　蚊の初音《はつね》　蚊は色々の尻《しり》を食《く》い　蚊は食《く》い逃《にげ》をして歩行《ある》き　蚊を追って　蚊をせめてから　蚊をはらい　蚊を焼いた跡《あと》を　蚊を焼《やい》てさえ　蚊を許し　食逃《くいにげ》を仕《し》た蚊もいつか　児《こ》の血をのみて蚊の膨《ふく》るゝよ　畳《たたみ》の蚊一《ひと》つ隅《すみ》へ消え　黙《だま》って蚊に食《く》われ　のっぴきならぬ蚊に食《くわ》れ　ひたいの蚊をころし　人味《ひとあじ》を知る八幡の蚊　又《また》来ては蚊をいれる　昔々《むかしむかし》の蚊がつぶれ　やっと飛んだ蚊　蚊が死《しに》に来《くる》　やせる蚊の声　蝿《はえ》と蚊は交代《こうたい》　藪蚊《やぶか》知らぬのは人の味　藪蚊《やぶっか》やせて見え　蚊も七癖《ななくせ》の啼上戸《なきじょうご》　蚊柱《かばしら》がくずれ　蚊柱《かばしら》の移ると見れば　蚊柱《かばしら》へ　蚊柱《かばしら》を見つめる人の

【蛾《が》】あやし蛾の　怪《あや》し蛾の灯《ひ》に来る良人《おっと》

【蛙《かえる》】活《い》きた蛙が鳴《な》いて居《い》る　枝蛙《えだかわず》　蛙面白そうに浮き　蛙蛙へ這《は》い上《あが》り　蛙とならぶ　蛙の声をみやげにし　蛙の太郎冠者《たろうかじゃ》　蛙の面《つ》ら構《がま》え　蛙の鼻の筋　蛙の目玉《めだま》はり

とばし　蛙《かわず》だけ　かわず殿《どの》　蛙鳴《かわずな》いて居《お》り　蛙《かわず》に水のかけ納《おさ》め　蛙《かわず》の夜が好き　蛙我《かわずわ》れを　空に居《い》る蛙　鳴《な》く蛙　水をこぼせば蛙来る　蛙の面《つら》へ酒をかけ　お玉《たま》杓子《じゃくし》も魚《さかな》ぶり　雨《あま》がえる　雨蛙《あまがえる》すぐに其角《きかく》が　雨蛙《あまがえる》啼《な》くや　色を頼みの雨蛙《あまがえる》　いつものとこを蟇《がま》がえる　大《おお》蝦蟇《がま》庭へ出《い》ずなりぬ　がまがえる　蝦蟇《がま》の這《は》いずる電車道　ひきがえる石をのせると

【河鹿《かじか》】岩に寄《よ》る河鹿の音《ね》　河鹿かな　河鹿鳴《な》く　河鹿にまた更《ふ》けぬ　そこ開《あ》くる河鹿かな　啼《な》き立つ河鹿かな　二階に高き河鹿かな　雨を聴《き》けとて鳴《な》く河鹿

【蝸牛《かたつむり》】俺《おれ》を見習《みなら》え蝸牛　蝸牛きげんが宜《いい》と　互燵《こたつ》に一人《ひと》り蝸牛　人間のかたつむり　葉末《はずえ》に蝸牛　華《はな》に這《は》う蝸牛　蝸牛這《は》わぬ時にハ　袂《たもと》のうちに蝸牛　角《つの》を出《だ》し

【蟹《かに》】蟹面《つら》を出《だ》し　蟹の穴に蟹があぐらをかく　蟹の穴程《ほど》　蟹の親　蟹はいず　蟹を追《お》い　口から蟹の泡《あわ》　沢辺《さわべ》の蟹も跡戻《あともど》り　曲《まが》れる蟹の脚《あし》

【蟷螂《かまきり》】かまきりの斧《おの》をぶんどる　かまきりはかなわぬまでも　蟷螂腹《とうろうはら》を立て　まだかまきりの斧《おの》動く

【亀《かめ》】亀自慢鶴《つる》を十羽《じっぱ》の　亀の子のしっぽよ　亀は石に為《な》り　泥に棲《す》む泥亀《どろがめ》なれば　かめのこ程《ほど》にみえるなり　甲《こうら》を干《ほし》

【鴨《かも》】鴨立《かもたつ》や　お濠《ほり》は鴨を寄せ　鴨の羽根《はね》も縫《ぬ》い　鴨の群《む》れ　子になでさせる鴨のはら　子の撫《なで》て見る鴨の腹《はら》　袂《たもと》から口《くち》ばしを出《だ》す／青首《あおくび》で猫などおどす　青首《あおくび》をさかさになでゝ《て》　青首一羽《あおくびいちわ》覗《のぞ》かせて

【烏《からす》・鴉《からす》】明烏《あけがらす》よりも　朝烏《あさがらす》　美《うつ》くし歯にも濡《ぬれ》がらす　鵜《う》を真似《まね》る烏　鴉だんべえと　鴉つゝ《っ》くなり　烏にも恥よ　烏の知った事でなし　鴉の夢が　烏は雪に何を想《おも》う　子の多い鴉　聖護院《しょうごいん》今日も鴉が　外ハ夜明《よあけ》て初烏《はつがらす》　寝忘れた鴉　初烏《はつがらす》　日の出に起《おき》て濡《ぬれ》がらす　無縁鴉《むえんがらす》の今日も啼《な》く　山へ鴉と日が落ちる　夕《ゆう》がらす帰ったあとに夜鴉《よがらす》に　烏犬死《いぬじに》

【雁《かり》】帰《か》える雁　雁が来る　こう雁《がん》「行雁」つらをみだす也《なり》　雨の中飛ぶ乱れ雁

【雉子《きじ》】今ないた雉子うりに来る　雉子と蛇《へび》

【啄木鳥《きつつき》】木つゝ《つ》きが鳴《な》くぞ覗《のぞ》くぞ　啄木鳥の頭痛持《ずつうもち》

【狐《きつね》】狐疑《うたが》われて　狐老《おい》たり　狐にもせよあの姿　狐の子雨コン〳〵《コン》が　狐の業《わざ》と知れ　狐も出《で》　白い狐の言い

おくり　引《ひっ》か《か》ゝる古狐《ふるぎつね》　好《よ》い狐　狸《たぬき》というも狐なり　われは年ふる野干《やかん》なり　ある夜《よ》狐の供《とも》をして　狐を化《ばか》す

【九官鳥《きゅうかんちょう》】九官鳥の左様《さよう》なら　九官妙《みょう》なことを云《い》い

【キリギリス】馬に似ているきり〱《ぎり》す　うろたえてなくきり〱《ぎり》す　きり〱《ぎり》す背中《せなか》の上に　きりぎりす半《はん》ぶん啼《な》いて　したたらずのきり〱《ぎり》す　はいとりもちにきり〱《ぎり》す　はなせばきり〱《ぎり》す

【孔雀《くじゃく》】孔雀には如《し》かざる花見《はなみ》　孔雀の女　孔雀の死　孔雀の巣《す》　孔雀のハネの　孔雀の羽《は》ねへ花がちる　孔雀のよな女　孔雀は尾《お》を拡《ひろ》げ　孔雀は気が狂《くる》い　白孔雀《しろくじゃく》　鶴《つる》の齢《よわい》は得ぬ孔雀

【鯨《くじら》】鯨子を孕《はら》み　鯨も一《いっ》ぴき　鯨も海の塵《ちり》　鯱《しゃち》も鯨も泳がせる　髭迄金《ひげまでかね》に成《な》るくじら

【轡虫《くつわむし》】くつわ虫ほど音をさせ　鳴《な》き出《だ》す轡虫　嫁《よめ》も姑《しゅうと》も轡虫　ガチャ〱《ガチャ》が死んだ位《くらい》に

【蜘蛛《くも》】一文字笠《いちもんじがさ》に付《つけ》た蜘　蜘蛛王《おう》の如《ごと》くに歩む　蜘蛛さがり　蜘《くも》の織《お》る機《はた》を断《た》ち　蜘《くも》はあてにはなりにくい　蜘蛛の小さい支配権　蜘《くも》も糸かけて願うか　蜘《くも》を尋《たず》ねる　昨夜のくもと今朝《けさ》のくも　何を見た蜘蛛　夜蜘蛛《よぐも》殺される　蠅取蜘《はえとりぐも》の下手《へた》に成《なり》　蜘《くも》を見るのが大《だい》きらい

【蜘《くも》の巣《す》】くもが巣を　蜘が巣をかけて目出《めで》たし　蜘の巣に掛《かか》る蜂《みね》　蜘の巣の糸で縫《ぬ》ってる　蜘の巣は取るなと　蜘の巣払《はら》うように起き　蜘の巣へ枯葉《かれは》　蜘の巣巻きてとれるいぼ　蜘の巣破《やぶ》られる　蜂《はち》も取るゝ《る》蜘《くも》の糸　弱きを殺《こわ》す蜘蛛《くも》の網《あみ》

【海月《くらげ》】浮く海月　美《うつ》くしき海月の中の　海月押して見る　海月の如《ごと》く浮《う》く女

【げじげじ】げじ〱《げじ》に　げじげじはきゃっといわせて　げじげじはって行《ゆ》き　琴《こと》なりにげじ〱《げじ》の這《は》う

【毛虫《けむし》】飛鳥山《あすかやま》毛虫に成《なり》て　顔へ毛虫が落ちて起き　毛虫が落ちて場所を更《か》え　毛虫が化《か》した蝶《ちょう》の夢　毛虫に成《なっ》て見限《みかぎ》られ　毛虫焼く竿《さお》は　さわぐをきけば毛虫なり　もう小金井《こがねい》も毛虫也《なり》

【鯉《こい》】泳ぐ鯉　鯉迄《まで》もむらさきに成《な》る　鯉をとる罪も　吐《は》き戻してる鯉の口　鯉魚《りぎょ》の骨

【蝙蝠《こうもり》】蝙蝠も羽を縮《ちぢ》め　蝙蝠を掴《つか》んで　下をこうもりついととび　低く飛ぶ蝙蝠を見る

【蟋蟀《こおろぎ》】籠馴《かごな》れた蟋蟀　蟋蟀朝の風呂《ふろ》に浮き　こおろ

ぎ生《せい》の唄《うた》　こおろぎの覗《のぞ》いて去りぬ　こおろぎの髭《ひげ》せまそうに　こおろぎ一《ひと》つ逃げ　空耳《そらみみ》にコオロギがある

【鷺《さぎ》】思《し》案《あん》する様《よう》に白鷺《しらさぎ》　白鷺《しらさぎ》の田を汚《きたな》がる　雪の鷺　雪野《ゆきの》に舞《ま》う鷺

【真田虫《さなだむし》】真田虫絶《た》えぬ　悩むは腹《はら》に真田虫

【猿《さる》】猿が鐘《かね》をつき　猿が似たとは　猿がほしがる　猿だけで置けば好《よ》いのに　猿と蟹《かに》　猿には猿の友が無し　猿の鎖《くさり》の伸びきって　猿の尻《しり》あかいわあかいわ　猿は一寸《ちょっと》入《はい》り　しらぬ人なき壬生《みぶ》の猿　背中に猿をのせ　何処《どこ》かで猿の叫び声《ごえ》　尾《お》長猿《ながざる》

【鹿《しか》】或日《あるひ》鹿　男鹿《おじか》鳴く　ぐんにゃりと鹿の屎《くそ》　鹿が来《こ》ず　鹿が振《ふ》かえり　鹿と子供と遊ぶ所《とこ》　鹿の餌《え》を売る婆《ばあ》さんは　鹿のくそ　鹿の首祭る諏訪《すわ》　鹿に蹴《け》らる、《る》鹿《しし》の鼻　滝に鳴鹿《なくしか》　孕《はら》み鹿《じか》　まださいぜんのはらみ鹿《じか》鹿のうつらうつら　身を捨《す》てる鹿

【軍鶏《しゃも》】勝った軍鶏落花《らっか》を浴びて　しゃもの眼《め》に格闘《かくとう》の相手ばかり　しゃもは決闘《けっとう》におくられる　血塗《ちま》みれの軍鶏へ夕陽《ゆうひ》は　決闘《けっとう》の血《ち》しぶきにまみれ　平和にかえる決闘場　新手《しんて》の蹴爪《けづめ》飛ぶ

【虱《しらみ》】鬼《おに》のふんどしにも虱　毛虱《けじらみ》を這《は》わして　虱が減《へ》って食込《くいこ》んだ　しらみ取るそばではだかで　虱の土左衛門《どざえもん》虱を置いて去《い》に　しらみをば先《まず》ぬがしょうと　血を分《わ》けて見れば虱も　羽二重《はぶたえ》を這《は》ったしらみに　千手観音《せんじゅかんのん》背負《しょ》わせられ　鳶《とび》じらみ［毛虱］

【木兎《ずく》】変哲《へんてつ》もねえ木兎の面《つら》　み、《み》ずくのような

【鈴虫《すずむし》】鈴虫と夏痩《なつやせ》の娘《こ》と　鈴虫にまじる筧《かけい》の　鈴虫へ鈴虫を鳴《な》かせて寝てる

【雀《すずめ》】いつか雀になっている　雀来る　雀逃げ　雀の唄《うた》も雀の子　雀より舌切《したき》らせ度《た》き　千代《ちよ》〳〵《ちよ》と軒《のき》の雀も天平《てんぴょう》の雀の裔《すえ》ぞ　揚柳《ようりゅう》に雀の巣《す》　しら浪《なみ》を覗《のぞ》く雀の案山子《かかし》へ雀来て遊び　雀も薮《やぶ》をわすれ顔《がお》

【鶺鴒《せきれい》】鶺鴒の絵ですと女将《おかみ》　せきれいを見て居《い》て

【蝉《せみ》】油蝉《あぶらぜみ》　蝉をおさえる手が白い　法師蝉《ほうしぜみ》音痴《おんち》らし　黐竿《もちざお》を逃《のが》れて蝉の　蝉の死は易《やす》し　ひぐらしに　耳を鳴《な》つぶす蝉

【象《ぞう》】象が来る虎《とら》が逃《にげ》るも　象の芸　象の鼻　象の鼻ほど

【鷹《たか》】鷹の目と鵜《う》の目を忍ぶ　放《はな》たれてこぶしの鷹や　ふくれたつ鷹　野守《のもり》の鷹の

【蛸《たこ》】足を食《く》う章魚《たこ》　蛸怒《おこ》り

【狸《たぬき》】神体《しんたい》は狸　狸穴《たぬきあな》　狸が呼《よん》で　狸の穴の　狸を驚《おど》す　狸の耳へ遠砧《とおきぬた》　狸はしんで風おこし　寝て叱《し》かられる狸の子　問答《もんどう》に狸が負けて　若狸《わかだぬき》　狸の一思案《ひとしあん》　狸うらやむ　狸老《お》いけり　狸の化《ばけ》おさめ

【千鳥《ちどり》】千鳥どす　千鳥啼《な》く　めんない千鳥　爪先《つまさき》赤き千《ち》どりかな

【蝶《ちょう》】銀針《ぎんばり》に刺《さ》された蝶よ　残紅《ざんこう》の痩蝶《やせちょう》　蝶落ちず　蝶がいる　蝶が野道《のみち》の連《つれ》になり　蝶狂《くる》い　蝶となる毛虫《けむし》も　蝶飛べず　蝶流れ出る　蝶の貪《むさ》ぼる美人草《びじんそう》　蝶の夢　蝶は楽しい連《つれ》に成《な》り　蝶一《ひと》つ　蝶もまだ吸《す》わぬ若菜《わかな》の蝶を追う　どう生きて行《ゆ》くらん蝶の　花の蝶　窓を出てゆく蝶一《ひと》つ　夢とも知らず舞う胡蝶《こちょう》　蝶の世《よ》の中《なか》　一口《ひとくち》ずつや花の蝶　背中へ蝶を浴《あび》て行《いき》　妹が手元に蝶小蝶《こちょう》

【蝶々《ちょうちょ》】紅《あか》い蝶々舞踏　蝶々が来《き》そうな櫛《くし》を　蝶々先《さ》きへ行《ゆ》き　蝶々に浮く子　蝶々に沈む母　蝶々の立てた翅《はね》　蝶々の腹《はら》に触《ふ》れて見る　蝶々のように　蝶々を追うて　蝶々を見る女　麦に蝶々の影二《かげふた》つ　置《おい》て帰るちょうちょう

【狆《ちん》】奥のちん　地犬《じいぬ》のようなちんをだき　狆を叱《しか》って馬鹿にしやすとちんを抱《だき》　よくほえたなとちんをなで　狆を見たがる

【燕《つばめ》】去年来た燕が来《こ》ない　其《そ》の日燕は旅に立ち　卵を抱《いだ》くつばくらめ　つばくら八帆《ほ》のふところを　つばくらめ乙女《つばくろ》は庫《くら》を建て　燕《つばくろ》はぼん字《じ》のように　燕の巣《す》も土蔵《どぞう》　乙鳥《つばめ》は暇乞《いとまご》い　吊橋《つりはし》を燕が抜《ぬ》ける

【鶴《つる》】飼鶴《かいづる》は　千《ち》代をことぶく鶴の声　鶴下《お》りて　鶴が立ち　鶴と亀《かめ》　鶴斗《ばか》り松に目のつく　鶴は囀《さえず》らず　鶴は立《たち》　鶴を折り　はき溜《だめ》へ鶴のおりたは　呼べば鶴聞こえたように

【虎《とら》】檻《おり》の虎　この虎に賛《さん》をしようと　虎の住む国の癖《くせ》　虎の爪《つめ》をぬき　虎の出た貧家《ひんか》は　虎もふえ

【蜻蛉《とんぼ》】蜻蛉釣《とんぼつり》　蜻蛉飛ぶ　とんぼのとまる鑓《やり》の先　蜻蛉は一呑《ひとの》み　ねじ首にされて蜻蛉　眠っては居《い》ぬ蜻蛉の目　蜻蛉へ息をはずませる　やんま追《お》い〳〵《おい》かえるなり　蜻蜓《やんま》の足やすめ　やんまを追った小僧也《こぞうなり》　赤とんぼ　赤とんぼうと行違《ゆきちが》い　赤とんぼ焦《じ》らして　赤とんぼ空を流るゝ《る》　赤トンボ郵便受《うけ》に　電車の中へ赤蜻蛉《あかとんぼ》　むらさきとんぼ赤とんぼ　赤蜻蛉風船玉《あかとんぼふうせんだま》に

【鶏《にわとり》】手負《てお》い鶏《どり》 鶏《とり》の声 鶏《とり》のなみだの 鶏《とり》の主《ぬし》 鶏《とり》の身振《みぶる》い にげた鳥 二番鶏《にばんどり》 鶏が啼《な》いて 鶏買《こ》うて 鶏三羽《さんば》減り にわとりしめた ニワトリ血を流し にわとりと話している 鶏《とり》にひろわれる 鶏ぬけてゆき 鶏の歩きよう 鶏の何か言いたい 鶏の必死 庭鳥《にわとり》のひとり 時雨《しぐ》る丶《る》 にわ鳥《とり》はおっつめられて 鶏はとかく隣《となり》へ 鶏も板にとまれば 鶏を流せば 抜《ぬい》てほし鶏《とり》の舌 子を抱《だい》て鶏の丸寝《まるね》や 殺す日の話鶏小屋《とりごや》 ちゃぼが白く浮き無精卵《むせいらん》ばかり生《う》むめんどり

【猫《ねこ》】赤猫《あかねこ》の襟《えり》がみをとる 足元の猫をうるさくあた丶かに猫を寝せるや いや〱《いや》よくも似た猫だ 鰯《いわし》を読めば猫が鳴《な》き かたえの猫も聞如《きくごと》し かりた猫 こいつと思う猫ひとつ この世《よ》の猫鼠《ねこねずみ》 三疋《さんびき》の猫が濡《ぬ》れてる 白猫の髭《ひげ》に 捨《すて》た猫 ぬすと猫ぬすむと云《い》うは 猫が出てくる障子穴《しょうじあな》 猫が出て鵺程《ぬえほど》騒ぐ 猫が鳴《な》き 猫が眠ってる 猫社会 猫抱いて 猫遂《つい》に 猫と知るまでに 猫に迄《まで》とばっちり 猫ねむり 猫の親子を転《こ》ろばして 猫の皮 猫の屎《くそ》 猫の恋況《いわ》んや人に 猫の尻目《しりめ》も 猫の血なるべし 猫の手を ねこのなわとくと 猫の番 ねこのめし入れ添《そう》て遣《や》る 猫の眼《め》に鼠《ねずみ》の涙 猫の眼《め》は 猫は踊れ杓子《しゃくし》は跳《は》ねろ 猫ばかりかいて 猫は知っている 猫は待ち 猫へ札《ふだ》 猫を親が誉《ほ》め 猫を抱上《だきあげ》 猫を撫《なで》て行《ゆ》き 猫を踏み 鼠《ねずみ》をとらぬ猫 はたく猫の毛 鼻の下乾く猫 孕《はら》み猫 火鉢《ひばち》へネコといる 不意打《ふいうち》を食《く》った猫 子猫《こねこ》よ盗心《ぬすみごころ》を 小猫《こねこ》を抱いて覗《のぞ》くなり 骨を噛《か》む 小猫《こねこ》の牙《きば》が まけた猫 娘は猫にものをいい 泥棒猫《どろぼうねこ》に羽《はね》が生《は》え やりての声で猫の真似《まね》 蔵《くら》の邪魔《じゃま》なり猫の穴 くろねこおい出し 黒猫が居《い》ぬと 闇《やみ》の夜《よ》の烏猫《からすねこ》

【鼠《ねずみ》】うきがともには鼠也《なり》 噛《かじ》る鼠なり 旧鼠《きゅうそ》かくれて猫を噛《か》み 只《ただ》の鼠で 鳴かぬ猫とる鼠 鼠が出てもびっくりし 鼠ぎょっとする 鼠に成《なっ》てくい 鼠にひかれそう ねずみの多い家を知り 鼠の子 鼠の髭《ひげ》で 鼠も化《か》して鶉《うずら》いろ 母親の訴訟《そしょう》で鼠 寒そうに鼠の覗《のぞ》く 蔵《くら》にねずみの仏顔《ほとけがお》 ねずみ取りにがし 鼠泣《ねずな》きよ 鼠鳴《ねずみな》き 鼠がえしの／嫁《よめ》が君《きみ》何を祝《いわ》うぞ

【蚤《のみ》】犬か蚤 親と子の血をもつ蚤の 子の蚤を 長いきの蚤見つけたり 眠りに付《つい》た蚤 蚤飛ぶに 蚤の痕《あと》 蚤の不運《ふうん》なり 蚤ハ昼夜《ちゅうや》ばん ひまを潰《つぶ》してる狆《ちん》の蚤

動植物

獏《ばく》より先に蚤が食《く》い　猫の蚤を取り　肥《ふと》りたる蚤を潰《つぶ》せば

【蠅《はえ》】秋の蠅しきりに拝《おが》む　動けない蠅を　背中で蠅の遊ぶ　立《たつ》て行《ゆく》蠅　蠅とまり　蠅の大鎧《おおよろい》　蠅は逆《さか》さになつて死に　蠅はにげたのに　蠅を追《お》い　はらわたを引きずり蠅は　冬の蠅　冬の蠅が飛ぶ　飯《めし》の上の蠅　悶々《もんもん》と蠅を叩《たた》いて　宿《やど》からの蠅　夜明《よあか》し癖《ぐせ》か冬の蠅　夜の蠅

【白鳥《はくちょう》】白鳥がないてさびれる　白鳥をかんこ鳥《どり》だと

【沙魚《はぜ》】大阪はハゼを釣《つ》る　沙魚一《ひと》つ　ぼんやりとはぜが釣《つ》れてる

【蜂《はち》】入《はい》ろうかなと窓の蜂　働き蜂《ばち》の剣の毒　はちにさ《さ》ゝれるような針《はり》　蜂に蜜吸《みつす》われつくした　蜂の巣《す》へさわらぬように　蜂のよる　蜂は毒剣の使用を　はちばらいだと　蜂ら刺《さ》しちがえて死んで　花蜂《はなばち》の眠い唄《うた》　蜜《みつ》の蜂　詩集で蜂を追い

【鳩《はと》】鳩が糞垂《ふんた》るゝ《る》に　鳩の豆　鳩ポッポ　豆はポッポを当《あて》に売り

【羊《ひつじ》】羊起《お》き上《あが》り　羊の皮

【火取虫《ひとりむし》】躍《おど》り疲れた灯取虫《ひとりむし》　女の頸《くび》へ灯取虫《ひとりむし》　火取虫重《かさ》なり合って　蛍《ほたる》に恥《はじ》よ火取虫　ランプへ火取虫

【雲雀《ひばり》】揚雲雀《あげひばり》　春の野に舞《ま》う雲雀　雲雀聞く首ほど雲雀はおちゃっぴい

【梟《ふくろう》】ウカリ梟は目を覚《さま》し　梟もうかり寝過《ねすご》す　梟がねむる瞼《まぶた》に　官林《かんりん》に棲《す》む梟　梟が鳴《な》いて

【豚《ぶた》】外科殿《げかどの》のぶたは死《し》に身《み》で　種豚《たねぶた》にされる　豚がいる牛がいる　豚の夢　牝豚《めすぶた》乳《ち》房を曳《ひ》きずりて

【鮒《ふな》】寒鮒《かんぶな》を釣《つ》る気動かぬ　こゞ《ご》り鮒《ぶな》　小鮒《こぶな》の色がうすく見え　鮒くう内《うち》にしてやられ　鮒に借《か》す衣《ころも》　鮒のごみ　鮒は真昼《まひる》の腹《はら》を見せ　鮒一《ひと》つ

【船虫《ふなむし》】舟虫《ふなむし》の一疋《いっぴき》這《は》って　船虫の一《ひと》つ動いて　舟虫《ふなむし》へ珠《じゅ》数《ず》ふり上げる

【蛇《へび》】穴に居《い》る蛇　草はしる蛇　こんがらかって蛇眠り　毒蛇《どくじゃ》舌を噛《か》み　墓場から出た蛇　白蛇《はくじゃ》にも成《な》りそう　蛇なるや　蛇に怖《お》じ　蛇の舌　蛇の脳潰《つぶ》した石の　蛇の惚《ほ》れたる　蛇はどこまで這《は》って行《ゆ》き　蛇はよく眠り　蛇光る　蛇昼寝　蛇を沢山《たくさん》殺してる　まつられた蛇

【孑孑《ぼうふら》】ぼうふらにもなれず　孑孑はかわりばんこにボーフラのけいれんめいて

【蛍《ほたる》】一疋《いっぴき》の蛍でくずす　宇治川は蛍をまいて　観世音《かんぜおん》蛍飛び　淋《さび》しく蛍一《ひと》つ寄り　手から手へうつす蛍の　なく蛍　腐草《ふそう》が蛍　蛍一《いっ》ぴき殺される　蛍かと見れば蛍光るなり　ほたるを一《ひと》ツ　武蔵野に飛ぶ蛍　くらい男へ飛ぶ蛍　ゆくゆく八蛍にならん　祇園《ぎおん》の蛍

【時鳥《ほととぎす》】籠《かご》の時鳥　京《きょう》に不足はほと〻《と》ぎす　尻《しり》の下からほととぎす　世話《せわ》しなき時鳥　遥《はる》か彼方《かなた》の子規《ほととぎす》　時鳥あくる日からは　ほと〻《と》ぎす聞かぬといえば　ほと〻《と》ぎすき〻《き》んしたとは　ほととぎす啼《な》きゃあ　ほととぎす日原《にっぱら》かけて　時鳥はっきりと聴《き》く　闇《やみ》に啼《な》く時鳥　あした経読《きょうよ》む鳥《とり》が啼《な》く　行《ゆき》ながらきくほと〻《と》ぎす　時鳥近く見られて　時鳥四月過《す》ぎれば

【蚯蚓《みみず》】大蚯蚓《おおみみず》のたうちおれば　這《は》い出《だ》した蚯蚓が死ぬる　蚯蚓鳴《な》く　闇《やみ》の時間に住む蚯蚓

【都鳥《みやこどり》】都鳥　行平鍋《ゆきひらなべ》へみや子鳥《こどり》

【目高《めだか》】池だけ知って目高死に　缶詰の空《から》へ目高の　目高は鼻を打ち続け　めだかは不意《ふい》に掬《すく》われる　寄《よ》れば目高の列乱れ

【土龍《もぐら》】臆病《おくびょう》の土龍　親の土龍　巣《す》を食《く》う土龍　むぐらもち　揺《ゆす》るもぐら

【百舌《もず》】出戻《でもど》りの百舌に泣く村　鵙《もず》が来た　百舌の声

【山羊《やぎ》】山羊来《きた》る　山羊の鈴　破《や》れ帽子《ぼうし》を山羊にやる

【葦切《よしきり》】よしきりに地をうたわせて　葭切《よしきり》の古巣《ふるす》も今ハ

【ライオン】ライオンの寝て居《い》る間　ライオンは眠り　百獣《ひゃくじゅう》の王は　百獣《ひゃくじゅう》の中の獅子《しし》　眠れる獅子《しし》のかすかな動き　獅子象犀《ししぞうさい》の目ざめる日　獅子《しし》でも来《こ》いと　獅子《しし》の蹴落《けお》し

【駱駝《らくだ》】まだ歩かすのかとラクダ

【鷲《わし》】鷲の執念爪《しゅうねんつめ》となり

●引用文献一覧

『井上剣花坊』井上剣花坊著・山本宍道郎編／川柳全集7／構造社出版
『田中五呂八の川柳と詩論』斎藤大雄編／新葉館出版
『鶴彬全集』鶴彬著・一叩人編／たいまつ社
『謎解き・北斎川柳』宿六心配編／河出書房新社
『西島〇丸』西島〇丸著・藤島茶六編／川柳全集3／構造社出版
『西田当百』西田当百著・堀口塊人編／構造社出版
『前田雀郎』前田雀郎著・川俣喜猿編／川柳全集9／構造社出版
『吉川英治全集補巻3』吉川英治著／講談社
『明治大正　新川柳六千句』井上剣花坊撰／南北社
『川柳・雑俳からみた江戸庶民風俗』鈴木勝忠著／雄山閣出版
『現代川柳名句集』高木角恋坊編／磯部甲陽堂
『古今川柳壹萬集』骨皮道人編／博文館
『時事川柳百年』読売新聞社編／読売新聞社
『昭和川柳　類題高得点句集』山川花戀坊編／山川信男発行
『初篇　昭和川柳百人一句』宮尾しげを編／小噺頒布会
『新興川柳選集』渡辺尺蠖監修・一叩人編／たいまつ社
『新川柳分類壹萬句』近藤飴ン坊編／磯部甲陽堂
『川柳女性壹萬句』近藤飴ン坊編／磯部甲陽堂
『類題別　番傘川柳一万句集』岸本水府監修／番傘川柳本社／創元社
『誹風柳多留』（初編～十編）諸家校注／現代教養文庫／社会思想社
『柳多留名句選』山澤英雄選・粕谷宏紀校注／岩波文庫
『「武玉川」を楽しむ』神田忙人著／朝日選書／朝日新聞社
『誹諧武玉川』1～4／山澤英雄校訂／岩波書店
『川柳狂歌集』杉本長重校注　日本古典文学大系57／岩波書店

●参考文献

『川柳総合事典』尾藤三柳編／雄山閣
『江戸語事典』三好一光・編／青蛙房
『誹風柳多留全集』岡田甫校訂／三省堂

●引用作者名一覧

仝 旭 一 英 燕 鴎 花
馨 幹 巌 暁 金 轡 厳
五 紅 行 香 桜 寿 新
星 声 黛 台 巽 徴 汀
忍 半 瓢 仏 柳 要 鱗
朗 倭 和 壽 ィ 櫻 箙
鉞 鯱 卍
〆丸 〆太 ○丸 やえ 唖酔
愛泉 愛柳 握玉 綾瀬 安之
為笑 移柳 磯松 一羽 一佳
一花 一魁 一楽 一丸 一吉
一孝 一忽 一骨 一砂 一枝
一実 一若 一樹 一笑 一水
一選 一足 一男 一斗 一得
一盃 一瓢 一夫 一風 一復
一福 一歩 一味 一柳 一雄
一羊 一路 一朗 一浪 一佳
逸雨 稲万 芋丸 印象 因翁
羽丸 羽伸 羽誠 雨園 雨燕

雨楽 雨香 雨城 雨石 雨雪
卯木 唄種 雲煙 雲蓋 映絲
栄公 栄寿 栄川 永樹 永里
英治 園琴 遠陸 横月 黄金
沖魚 牡鶏 音琴 化外 化笑
佳琴 佳汀 加楽 加丸 可居
可吟 可候 可笑 可成 可泉
夏生 歌六 河童 花宴 花王
花形 花月 花紅 花笑 花酔
花栖 花川 花袋 花朝 花蝶
花菱 花瓢 花鳳 花柳 花友
花露 荷十 華村 華堂 霞山
霞村 霞谷 蚊象 我童 雅外
雅交 雅人 雅遊 雅蓼 解毒
塊人 海堂 皆真 皆夢 皆眞
楽安 楽眼 楽岩 楽斎 楽山
楽心 楽水 楽調 楽蘭 楽邑
葛江 株木 完倉 環翠 甘屋
竿斎 翰林 莞爾 貫之 丸角

丸々 丸喜 丸恵 丸狸 丸和
丸猩 岩橘 喜楽 喜菊 喜升
喜世 喜仙 喜望 喜邑 喜鄙
器水 基徳 机友 帰一 鬼外
鬼人 鬼佛 亀楽 亀山 亀遊
義雄 菊下 菊花 菊月 菊枝
菊世 菊栖 菊仙 吉日 久鳥
久坊 宮川 牛月 挙好 虚空
漁公 魚行 魚周 魚目 京ニ
共遊 恐縮 狂々 狂縮 仰天
暁雨 玉水 玉泉 玉兎 玉之
玉木 玉柳 玉林 錦丸 錦糸
錦浪 琴人 琴柱 琴如 近賀
金旭 金丸 金湖 金十 金笑
金太 金波 金鳳 金里 吟女
銀杏 銀星 九一 九東 苦楽
駒木 愚陀 空琴 空蟬 栗々
栗平 桂華 桂月 桂雄 渓山
渓石 軽舟 月花 月守 月歩

月麿　鍵也　幻樹　玄機　玄六
古斎　古調　古鉄　古堂　古柳
古齋　孤山　孤舟　枯柳　狐鴬
狐猫　虎石　五健　五代　五柳
五葉　五連　伍健　呉松　呉竹
吾妻　鯉好　鯉水　光明　光澤
厚丸　口髭　向花　向兎　垢外
好魚　好古　好蝶　好猫　好浪
孝秀　幸永　幸化　弘美　晃卓
甲子　糠袋　紅丸　紅石　紅葉
考葦　香雨　香女　香水　香夢
香林　香坡　合中　骨太　骨皮
根丸　混太　左楝　左瓶　斎水
細長　肴飯　桜下　三羽　三笠
三休　三絃　三光　三枝　三扇
三寅　三巴　三福　三文　三房
三昧　三友　山佳　山賀　山丸
山湖　山笑　山人　山清　山鎮
山八　山柳　残念　史陽　史郎
子規　子遊　志郎　糸好　紫水
紫石　誌内　児氷　時有　自楽

鹿川　鹿島　鹿鳴　七九　七敵
実子　芝有　芝筵　舎楽　舎人
邪魔　爵水　若蛙　守中　酒成
寿楽　寿山　寿鶴　寿亭　寿的
寿宝　樹ニ　秀花　秀丸　秀峰
秋月　秋香　秋晴　舟人　十起
十紫　重扇　祝平　俊郎　春雨
春花　春吉　春枝　春畝　春川
春彦　春風　春陽　初音　女好
勝英　勝男　勝美　升丸　升喜
升也　升熹　宵灯　宵門　小菊
小子　小舟　小正　小倉　小弁
小夢　小友　小龍　小和　昇旭
昇月　昇山　昇寿　昇々　昇叟
松雲　松園　松花　松菊　松琴
松月　松斎　松枝　松寿　松舟
松水　松清　松仙　松窓　松竹
松涛　松皮　松夫　松葉　松翠
樵夫　省二　笑楽　笑菊　笑渓
笑人　笑知　笑痴　笑之　笑門
上上　常丸　常盤　常坊　色葉

信子　信平　寝言　寝語　寝坊
心斎　心太　新生　新造　新猫
新柳　真雨　真士　真舎　真青
真中　真直　真鶴　真米　真絮
親玉　甚輔　甚六　陣居　酢成
水魚　水鏡　水玉　水仙　睡花
翠石　翠柳　酔雨　酔月　酔痴
酔猫　雛太　雀郎　澄風　世香
瀬川　勢魚　成程　成之　政女
晴多　正喜　正午　正次　正樹
正人　正蔵　正文　清丸　清、
清太　清風　清柳　清里　生酔
生斗　青果　青岸　青今　青山
青年　青波　青明　青柳　静賀
静楽　静斎　静太　静豊　静柳
静葉　石亭　石風　石予　赤丸
赤子　赤面　拙児　拙者　節子
雪雁　雪舎　雪緒　雪成　雪峯
蝉古　千丸　千亀　千江　千歳
千山　千枝　千若　千種　千鳥
千鶴　千浪　川華　川名　川友

川来 扇紙 扇鳥 撰鉢 泉月
泉糸 船橋 船遊 銭翁 前歯
善心 祖山 素骨 素人 素仙
素文 素遊 蘇堂 鼠子 双六
叢隠 早苗 窓月 総成 草史
草人 荘丸 袖内 其一 其雪
其白 其文 村雨 他外 多貫
駄六 対岳 泰雅 泰景 大観
大喜 大吉 大洲 大酔 大染
大当 大当 濁水 達也 樽丸
丹裙 淡々 湛露 炭車 団鞠
智桐 蜘友 竹丸 竹月 竹子
竹枝 竹翠 竹坊 竹葉 竹林
竹隣 竹冷 茶臼 茶旧 茶童
仲魚 宙ニ 丁子 兆寿 張六
彫久 朝雨 朝起 朝香 朝正
長楽 長舟 長人 長波 長柳
鳥木 珍馬 珍林 陳林 津霞
蔦江 蔦雄 鶴川 鶴彬 貞之
庭鳥 諦ニ 鉄翁 鉄州 伝丸
田亀 田城 田人 田鶴 田夫

田毎 兎波 兎馬 吐香 斗酒
杜若 都楽 都子 都風 土岐
土偶 刀三 唐通 島蟻 東華
東気 東規 東魚 東月 東湖
東耕 東郊 東三 東洲 東雀
東亭 東府 東雄 東里 東浪
東籬 桃雨 桃崖 桃雀 桃彦
桃里 桃崔 当百 糖袋 豆秋
豆人 豆成 堂昌 堂太 道義
道太 道也 道林 得月 敦賀
呑湖 鈍決 鈍痴 南枝 南風
南北 南門 南遊 二角 二橋
二瓢 尼子 匂宿 虹衣 虹楼
日車 如水 如翠 如洗 如柳
猫猫 波郎 破笠 馬角 馬橋
梅園 梅丸 梅輝 梅吉 梅月
梅守 梅梢 梅笑 梅雪 梅仙
梅氷 梅里 梅弄 梅籟 梅鶯
柏木 白雨 白水 白馬 白梅
白峰 白郎 粕丸 麦魚 八雲
八光 八楼 抜三 半開 半角

半砕 半象 半酔 半柳 帆舟
繁樹 斐太 比松 尾丸 微笑
美笑 美水 美石 美亭 菱雨
姫松 百一 百羽 百花 百樹
百姓 百仙 氷魚 氷月 瓢駒
瓢二 瓶主 不及 不詳 不酔
不二 不乱 不老 富久 布袋
扶桑 浮橋 浮世 舞良 楓谷
風月 風士 風袋 風柳 福人
福瓶 淵石 文久 文橋 文月
文香 文斎 文象 文多 文芳
文明 文盲 文柳 聞也 平喜
平気 平吉 平平 米賀 米丸
米圃 碧水 碧浪 歩月 穂垂
宝一 宝子 放江 放亭 方敬
方正 芳一 芳丸 芳翠 芳川
芳泉 芳野 蓬莱 豊寿 豊秋
邦春 忙人 房子 北公 北斎
北山 卜枝 牧月 奔空 本一
凡愚 凡倉 凡太 凡凡 末広
万雨 万字 万治 万仁 万丸

万亀　万貯　万登　万二　満丸
満月　満麿　夢楽　夢丸　夢玉
夢考　夢山　夢次　夢助　夢正
夢村　夢中　夢二　夢遊　夢路
無学　無折　無智　無名　名山
明王　鳴皐　綿袋　茂り　茂る
茂樹　茂道　毛桃　木蔭　木圭
木母　木羊　黙笑　黙痴　黙釣
黙々　紋太　夜宴　夜行　野猿
野景　野桜　野水　野老　弥生
柳愛　柳燕　柳嘉　柳家　柳芽
柳崖　柳蛙　柳岳　柳暁　柳月
柳江　柳山　柳子　柳志　柳枝
柳紫　柳舎　柳秀　柳舟　柳垂
柳翠　柳村　柳袋　柳庭　柳堂
柳二　柳眉　柳風　柳圃　柳睦
柳也　柳路　柳麓　柳叟　柳坡
柳絮　油花　勇魚　勇子　勇二
友得　幽王　悠哉　有人　有石
有徳　有明　裕侍　遊燕　遊我
遊雅　雄内　余楽　揚吉　羊白

葉光　葉雀　羅門　螺炎　来人
雷相　落丁　蘭香　李山　李友
理屈　里月　里雀　里朝　里鳥
里童　里保　陸平　立機　流水
流水　竜二　旅雨　了介　凌雨
涼山　涼池　稜瀬　力哉　緑天
林花　林子　臨井　臨升　臨笑
輪堂　冷花　冷刀　冷、　玲郎
鈴也　零骨　麗か　麗月　麗水
麗石　列子　恋山　魯悦　魯光
魯山　路生　露谷　老鴬　老楽
老鶯　六角　六石　倭亀　和合
和人　和泉　和郎　鷲丸　湾白
湾々　兒笑　兒氷　曼助　喃々
壽鶴　壽賓　壽武　寶子　彌延
朧月　朶丸　樂調　櫻下　洒落
濱人　犇郎　瓊音　禧月　秡三
茗八　葭舟　蘆泉　蘆長　蝸牛
鮓成　鶯齋　鵞童
あきら　あや美　あら井　いつみ
いまき　いもせ　いろは　いわを

うさみ　おぼこ　おれた　かく寿
かしく　かなめ　かほる　かもめ
キマリ　きまり　きよし　こがね
さくら　さだよ　さん知　シカリ
シゲル　しげる　しげ子　しづ子
シンジ　たかめ　たぼこ　たまき
たれた　ときわ　どら突　のぼる
はじめ　はてな　はやり　ひさご
ヒタラ　ひろし　ふくべ　ふじを
ほてい　ほのか　ポンチ　マコト
まこと　またか　みさご　みつら
みづゑ　ミドリ　みどり　みのる
メハエ　ヤセイ　ヤナキ　やの字
よし丸　よし子　ランプ　りう五
わかめ　わら五
阿喜良　阿豆麻　阿弥丸　飴ン坊
安本丹　案山子　伊知呂　意彌惰
一〇九　迂大人　英賀夫　英二郎
岡句雀　音よし　音梨文　下久保
下手成　可好丸　可睡坊　可良丸
嘉遊喜　家寿美　家和良　歌の舎

花残庵　花寿美　花童子　花恋坊
迦陀僧　蚊友子　我南辺　臥龍坊
雅楽王　角大星　角恋坊　甘煮菜
甘太郎　喜多坊　喜良久　奇籟子
貴志子　鬼一郎　義母子　吉左右
吉日堂　久保見　久流美　久良伎
京都村　京之助　玉雪堂　玉兎朗
桐の家　金之助　金比古　九七四
九里丸　句沙弥　苦労人　駒の屋
駒の家　鶏牛子　月華子　剣花坊
剣狂児　剣珍坊　幻怪坊　胡枝花
五花村　五月雨　五十番　五束齋
五猫庵　五呂八　五萬石　紅ン坊
紅太郎　此野楼　紺之助　砂子丸
砂詩郎　崎長人　三ツ輪　三四四
三四郎　三嵩史　三日月　三拍子
三面子　山雨楼　四方路　志ら婦
志恋矮　志連矮　獅子郎　而笑子
自凝舎　鹿の子　七九四　実の里
柴の戸　芝山人　捨小舟　車楽斎
蛇の目　寿の字　十五夜　十四郎

十七八　出太老　出鱈目　春雨庵
初勝男　小阿弥　小車粂　小尺一
小太郎　小利介　松かけ　松の家
笑三朗　笑字坊　笑寺鬼　城雨郎
振り玉　真珠洞　真名夫　人まね
人鬼仏　人真似　仁志喜　須本太
水調子　清風堂　聖梵子　青之助
雪の本　千喜久　千代ニ　千代子
千万騎　千龍斎　鮮々堂　素梅女
素有子　蘇息斎　早乙女　孫悟空
多句庵　駄々坊　泰次郎　泰平楽
瀧の人　狸兵衛　竹の子　茶喜次
丁一路　潮三郎　蝶五郎　珍茶坊
珍枕庵　蔦の家　鶴太郎　鉄羅漢
天邪鬼　天水亭　天津郎　田舎漢
兎猿子　登佐森　都之介　土筆坊
唐変木　東楽亭　東天紅　道志要
篤敬堂　呑気坊　呑水子　奈良武
日本村　猫通人　馬鹿斎　馬鹿子
梅の家　白眼子　白水子　八重垣
八翠坊　八千代　八万北　半風子

半文銭　半面子　斐太良　尾連太
美の作　美家古　美都良　美禰坊
姫小松　百一生　百々爺　瓢箪子
不動子　不寮軒　不浪人　夫柳子
富久女　富士子　布柳軒　浮世亭
浮沈子　芙美子　風也坊　福恋坊
文盲庵　米蘭明　保都見　宝の里
朴念仁　万よし　夢の家　夢一佛
夢笑子　無名庵　茂美智　木の芽
木卯尊　默念人　紋次郎　也奈貴
夜叉王　夜半杖　野狐禅　柳の家
柳陰子　柳花女　柳珍堂　予我老
余念坊　与三郎　与太郎　陽気坊
里十九　林鐘子　冷呵子　六畳坊
六厘坊　和知海　和知喜　亞閑坊
佛荷庵　呵々子　囀々子　晃際坊
籟々子　雉子郎
闇蜘杏坊　一二散史　郷左衛門
千々空齋　梅花女子　不見の家
墨竜墨龍

編　者

西方草志　にしかた・そうし

1946年、東京生まれ。コピーライター。俳号 草紙。千住連句会。

著作　坂本　達・西方草志編著『敬語のお辞典』(三省堂)

佛渕健悟・西方草志編『五七語辞典』(三省堂)

西方草志編『雅語・歌語　五七語辞典』(三省堂)

川柳五七語辞典

2013年9月20日　第1刷発行

編　者…………西方草志

発行者…………株式会社　三省堂

代表者　北口克彦

発行所…………株式会社　三省堂

〒101-8371　東京都千代田区三崎町二丁目22番14号

電話　編集(03)3230-9411　営業(03)3230-9412

振替口座　00160-5-54300

http://www.sanseido.co.jp/

印刷所…………三省堂印刷株式会社

ＤＴＰ…………株式会社　エディット

カバー印刷……株式会社　あかね印刷工芸社

〈川柳五七語辞典・448pp.〉　ISBN978-4-385-13643-1